編年体大正文学全集

taisyô bungaku zensyû　第七巻　大正七年

1918

【責任編集】
中島国彦
竹盛天雄
池内輝雄
十川信介
海老井英次
藤井淑禎
紅野敏郎
紅野謙介
松村友視
東郷克美
保昌正夫
曾根博義
亀井秀雄
安藤宏
鈴木貞美
宗像和重
山本芳明
［通巻担当・詩］
阿毛久芳
［通巻担当・短歌］
来嶋靖生
［通巻担当・俳句］
平井照敏
［通巻担当・児童文学］
砂田弘

【本巻担当】
紅野敏郎
【装丁】
寺山祐策

編年体　大正文学全集　第七巻　大正七年　1918

目次

創作

小説・戯曲・児童文学

評論

詩歌

［詩］

［短歌］

編年体　大正文学全集　第七巻　大正七年　1918

ゆまに書房

創作

小説
戯曲
児童文学

土の霊

野村愛正

一

　何処《どこ》からか飛んで来た種子《たね》が、偶然に眼の前の土に落ちて二《ふた》葉《は》を開いて来たやうな結果だつた。誰《た》れにも分らなかつたが、然《さ》うなるまでには種々《いろ／＼》の必然的な径路があつた。しかし林太《りんた》には早早《もはや》過去を穿鑿《せんさく》する必要はなかつた。思ひついてからこのかた、顫《ふる》へ通しに顫へながら熟考して来た計画が、漸く実行の域まで達したのだつた。彼れは昂奮して居た。羞しいやうな、擽《くすぐ》つたいやうな、と云つて何処かに恐怖の潜んで居るやうな、病的に近い異様な幸福が全身の血を沸き立せた。彼は背《うしろ》に掛けて居た蒲団を撥《の》ね退けて、半身を起して坐つた。

『婆さん。』彼は顫へ声で母親を呼んだ。『婆さん。』

　返事は無かつた。家裏《うら》の洗ひ場にでも出て居るのかも知れないと思つて、彼は鳥渡《ちよつと》耳を傾けた。筧《かけひ》の水が桶に落ちる音の外は、それらしい物音も聞えなかつた。あれ程心配して居てくれたのだ、せめてはこの幸福の感じの一端でも早く聞《きか》して安心させてやりたいと思つたのだつた。林太は軽い失望に交つて少し腹が立つた。が、それは極めて纔《わづ》かの障《さは》りだつた。彼はさうして囲炉裡《ゐろり》の辺《へり》に凝平《ぢつ》と燻《くすぶ》つて居ることが出来なくなつた。総ての過去を篩《ふる》ひ落すやうな調子で、勢ひよく立上つた。

　其処の炉辺《ろべり》は、爰《こゝ》数日間、襲はれるやうな苦悩と、それを切り拓いて行かうとする喘ぎ喘ぎの努力とに依つて費された、傷ましい戦闘《たゝかひ》の場所だつた。林太がたつた一人の家族である母親が、悩み悶える息子の為めに生命《いのち》を縮める程心配して居たことも、彼には好く分つて居た。分りながら時には堪《た》へ難いうるさゝを感じて来た。心を尽してすゝめる膳立《ぜんだて》にも、彼はよく／＼餓ゑを覚えなければ箸を執らなかつた。夜は夜でめつたに床へは入らず、闇の中の唯一つの活物《いきもの》でもあるやうにとろとろと燃え上がる囲炉裡の焚火の前で、蒲団を羽織つたまゝ明した。彼の眼の周囲は著しく窪み、頰の肉は落ち、纔《わづ》かの間に顔全体に急に老人らしい衰へが現はれた。が、それよりも瞳に流れた薄白い底光りが、最《も》つと心の経過を語つて居るやうに見えた。延びたまゝの、乱したまゝの頭髪《かみ》には、焚火の埃《ほこり》が白く降りかゝつて居た。しかし……壊れた土の炉段の上に列んだ黒い煙草の吹殻が、彼には今は総ての苦痛の名残のやうに思はれた。

　家の半分を占めて居る程の広い内庭《には》と、座敷との間には境戸《さかひど》も無かつた。新しく框《かまち》を取替へた座敷口の傍の粉挽臼《こなひきうす》の上には、破れた藁蓑が乱雑に投げ出されてあつた。藁屑と薪屑とが一杯に散ばつて居る内庭《には》の一隅《すみ》を仕切つて作つた牛部屋からは、がさ〳〵と硬《こは》い青草を噛む音や、唸るやうに太い獣の吐息が時々聞えて居た。

　これと云ふ目的《めあて》も行場所も無かつた。母を尋ねる考へでもなかつた。が、林太は裏返つた草履を起して爪先に引つ掛け、長い静坐の後の疲労を歩調《あしどり》に感じながら屋外《そと》へ出ようとした。その途端、不図思ひついた牛部屋を覗いた。横に長く寝て噛返しをして居た黒い獣は、急に起上つてのそ〳〵と此方《こちら》へ来た。何か食物でもくれるかと思つたらしく、仕切りの木戸格子の間から灰色の長い舌を出して周囲《まはり》を嘗めまはした。厩の匂ひが彼の涙線と鼻覚の底とを刺戟した。その匂ひは林太には長い長い馴染だつた。生れ落ちるとから以来《このかた》、家からも、村からも、野からも断えず嗅いで来て居た。生長が、歳月が、苦痛が、みんなその中で生れ、その中で躍動し、その中で消えて居るやうなものだつた。彼は久しく逢はなかつた友達にでも出逢つたやうな、物懐し気な表情を浮べて、暫くこの黒い獣を眺めて立佇《たちつく》した。

　感激的な幸福の感じは矢張り持ち続けて居た。が、然《さ》うして居るうちだん〳〵彼の心は別な重い曇りに閉されて来た。不意に起つた聯想が、考へ尽し歎き尽して来た或る悲哀《かなしみ》を一つに集めて浮んで来たのだつた。彼は髯の勝手に延びた顔を鳥渡《ちよつと》痙攣的に震はせ、瞼を激しく瞬《しばたゝ》いた。資産を失つた彼の主家の田川は、この夏故郷を棄てゝ遠くの都会へ移つて行つた。牛は田川の主人が林太の為めに買つて残してくれたものゝ一つであつた。十三の時牛飼小僧として住込んで以来、三十年間の彼の生活は悉《こと〴〵》く田川家のものゝやうだつた。田川家の幸福は彼の幸福だつた。田川家の不幸は彼の歎きの原因《もと》だつた。彼は然う云ふ感じ方をするのが主家に対する下男の義務だと云ふことは知らなかつた。たゞ長い長い生活が、家に親しませ、家族に親しませ、生れた家よりも、肉身よりも却つて懐しく思はせるやうになつて居るに過ぎなかつた。彼は懐中手《ふところで》をして、幸福と悲哀との紛《こ》糾《ぐら》がつた心持にふら〳〵しながら屋外へ出て行つた。追懐として楽しむには、田川家の移住に依つて受けた彼の傷は未だ余りに生々しかつた。

『不幸《ふしあはせ》なのはあの家ばかりじやあない。』

　田川家の話になると、彼は口癖のやうにかう云つた。実際、或る意味で林太は家も両親も兄弟も妻も主家の為めに犠牲に供して了つたやうな境遇に居たのだつた。さうまでして作り上げた一生安住の場所を、むざ〳〵と何物かに奪はれたやうに思はれて仕方が無かつたのだ。別れるに先立つて、田川の主人は彼に農夫として暮せるだけの土地や農具を与へ、足りないものは買ひ足して遣つた。纔《わづ》かばかりのことだと云へば云ふものゝ、金に換算すれば、故郷を出奔しなければならなくなつた家族に取つては血が染《にじ》む程に辛い額であつたに異ひなかつた。けれども感謝の情より先に林太は腹が立つた。踏みつけられて行く足跡《あしあと》の草、と云ふ感じが沁々《しみ〴〵》と胸に来たのだつた。

が、家族の人達はみんな懐しかつた。主人も彼より二つ年上に過ぎなかつた。先年死んだ妻君は、彼よりも六年遅れて嫁いで来た。それから生れた六人の子供達を、彼は掌《てのひら》に入れ、懐中《ふところ》に入れて甞めるやうに育てた。だから彼は田川ではたゞに家僕として愛され親しまれして来たばかりではなかつた。主権者のやうに誰れにでも振舞ふことの出来る愛の所有者でもあつたのだつた。大人の方の四人の子供は彼を『兄《あんや》』と呼んだ。幼い方の二人は『爺《ぢい》』と呼んで居た。別れてから此方、彼は『爺』の愛情の遣り場の無いのをひどく悲しんで来た。

　南を竹籔と杉の林とで障《さへぎ》切られて居る林太の家は、一年中陽《ひ》陰《かげ》ばかりで至極陰欝であつた。殊に太陽が真西に渡つて来なくなつたその頃は、家の内部は終日《いちにち》薄暗かつた。枇杷の茂りの蔽《おつ》蓋《かぶ》さつた箇所の、葺いた屋根茅の腐つた上には、名も知れぬ雑草が叢《むら》り生えて、花をつけたり実つたりして居た。が、一歩戸外に出ると、日和続きの秋は流石に眩しい程明るかつた。谷を隔てゝ向ひの、常緑木《ときはぎ》の黝ずんだ山のあひから覗いて居る国境の山々は、彼が二三日見ない間にすつかり紅葉して居た。彼の屋敷よりも一段低い桑畠にも、光り輝く日輪はその幸福な光線《ひかり》を投げて居た。林太は前庭《かど》に敷いた踏石の上を拾つて、突出した西角まで行つて見た。其処は二抱へに近い梨の大木が二三年前の暴風に幹を吹き折られた為めに切倒した跡で、今は好い見晴しとなつて居た。彼は切株に腰を下し、右手で顎を支へて、見渡す限り一杯に恵みの漲り溢れた日向へ眼を遣つた。

苦しい吐息が咽喉《のど》を抉つて洩れた。微かな痙攣が波のやうに走つて消えて行つた。漸く追つ払つて居た彼の悩みが再び胸に甦生《よみがへ》つて来たのだつた。眼は瞬《みは》つて居るが視覚には何一つとして来なかつた。聴覚も完全には働いて居なかつた。暫時の後には居場所さへも忘れ果てゝ了つた。つい先刻《さつき》まで感じて居た幸福、聯想が生んだ悲哀、それまでも何処かへ消へ失せて、石のやうに重く冷たい固形物《かたまり》に抑へつけられて居るやうな行詰つた心持となつて来た。痙攣が又足部《あし》に現はれたが直《すぐ》に去つた。

二

蒔かれた種が実つて居るのだつた。半年《はんとし》の長い農夫が労苦に酬いられて居るのだつた。谷の底はかなり狭かつたが、それでも車の通る道路と一筋の川とは、うね〳〵と曲つて山の出鼻で消えて居た。此方《こつち》の丘は段々に鮮やかに劃られて、林太が居る場所から俯瞰《みおろ》すとまるで一面の原つ場のやうに稲田《た》が展けて居た。最早風の心配も雨の憂ひも無くなつた。行きつく処まで行きついた軟黄色の植物は、有るか無しかの風の接吻にさへ一斉に傾けた安心の首を揺り動かして、頷きあひ、笑ひあひ、囁きあつて居るやうに思はれた。しかし刈り取るには少し時期が早や過ぎるので、田圃の中には未だ人影は見られなかつた。

　丁度今が農閑の季節だつた。収穫《とりいれ》まではこれぞと云ふ纏つた仕事も無かつた。が、職蟻《しよくぎ》のやうに働くことの好きな村人達は、一日でも安呑に無駄な日を過すやうなことはしなかつた。冬の牛の秣《まぐさ》の為めに、山に入つて葛の葉を採つて来てはせつせと乾した。明年の稲田《た》の肥料《こやし》とする草も刈つた。薪を家に運ぶものもあつた。家に居る者は居る者で農具の手入れなどをした。収《とり》穫《いれ》と冬籠との準備は、たいていこの期間に行はれるのであつた。

農夫の間には一つの激しい競争があつた。それは野の仕事を他家よりも早く済すと云ふことだつた。この誇りを持つ為めに、朝は早くから夜は遅くまで働いて、少しでも多くの結果を得ようとして居た。不満も哀愁も悉《ことごと》く投げ棄て丶、これから真実《ほんと》に自分の為めに働かうと決心した林太は、有り来りの慣習と競争心とに唆られて、爰《こゝ》半年は側目《わきめ》も振らずに懸命に稼いで来た。けれども今は仕事のことなどは全く念頭に無かつた。何《ど》うかして安らかになりたい。何《ど》うかしてこの霊《たましひ》の傷みを取り去りたい、それのみが彼の切迫した願ひであつた。

だが、擡げて居た顔は次第に深く俯垂《うなだ》れて来た。瞳の遣り場も自然と近くへ寄つて、泥に塗《まみ》れた草履を挟んだ、農夫らしく皮膚が荒れて節くれ立つた足の指先にその視線が落ちて居た。顎を支へた手が何時《いつ》の間にか頭部《かしら》へ移つて、不自然な喚き声が顫へ顫へ口を衝いて出た。防ぎ切れなかつた苦悩の戦慄が、流れるやうに背筋を走つた。踏んで居る大地がくる〳〵廻転して、彼を遠くへ撥ね飛ばしさうに思はれた。

しかしかう云ふ発作も長くはなかつた。或ひは時間で云へば分秒の間であつたかも知れなかつた。又後に考ふれば、然う云ふ肉体にまで来る発作は全然跡方も無いことのやうでもあつた。たゞ彼の抱いて居る恐怖が、自分の心の中にある幻影を瞶《みつ》めて居たやうでもあつた。が、かう云ふ酷虐《こくぎやく》の境地を通つて来た後には必ずかなり幸福な時が来た。彼はまた新しく計画を繰返して胸に描いた。そして愈《いよ》〻それを実行することに依つて彼自身の欠陥が補はれ、真に彼の持物と云へる楽しい時が来るやうに思はれた。発作も、懊悩も、苦悶も悉く消え去つて了ふやうに思はれた。彼は昂奮した。激しい決心に身体が快よく顫へた。日暮が廻つて来て、交り合つた竹の葉越しに彼の横から暖い光を洩すやうになつた。が、彼は凝《ぢつ》然と同じ形のまゝ何時までも動かうとしなかつた。

林太の居る直ぐ足の下は、壊《くづ》れかゝつたやうな低い石垣となつて居た。石垣に沿つて山へ通ずる細い石塊路《いしころみち》があつた。彼はこの路に慌しい跫音《あしおと》を聞いて不図頭部を擡げて眼を遣つた。綱のつけてない一匹の牡牛が、足早やに山の方から村へ帰つて来た。そしてその後から稲架《いなかけ》を結ぶに使ふ葛蔓《かづら》を少しばかり背負つた男が駈け出すやうにして随《つ》いて来た。その男は種三《たねさ》と云つて彼の子供時代からの友達だつた。林太は今の場合他人と顔を合せるのを好まなかつたし、それに種三との間には少し紛糾した事件があつたので一層物が言ひたくなかつた。遁げ出せばよかつたと思つたが最《も》う時機が無かつた。種三は尖り角の上に踞《うづくま》つて居る林太を認めると急に立止まつて元気の好い大声で呼びかけた。

『今日《こんち》は。』種三は鉢巻に鳥渡《ちよつと》手を遣つて取る真似をした。『聞きやあこの頃病気しとるさうだなあ。どがいだい、些《ちつ》たあ好《え》か？……うん、未《ま》んだ顔色が悪いなあ。』

『いや、何あに、……病気ちう程のことぢやあないのだけどな、たゞ些《ちつ》とばかり心持が悪いもんだけ。』林太はもじ〳〵して立上つた。『最う昼飯時かへ？』

『さあ？』種三は額に手を当てゝ日輪を仰いで見て『巽を越しとるな、一時頃だらうぜ。……叱ツ！　叱ツ！　畜生、菜畑に入りあがつた。……こなひだから嬶《かゝあ》がお前に話しとることな、あの事に就て俺、よくなつたらお前にとつくり相談したいと思つとつただが、今夜でも邪魔してもよからうか？』

『今夜はいけん。』と林太は打切棒《ぶつきらばう》に云つた。そして顔を赤くして激しく吃《ども》つた。『それに二三日町へ出て来うと思つとるでなあ。』

『町に？』種三は林太が自分を避けるのか何うかを確めるやうに凝視した。『町に何しに行くだい？』

『医者にでも見て貰はうかと思つて。』林太は他出すると云つた時、思はず悚《ぎよ》つとした。医者に診察を受けやうなどゝは毛頭考へなかつたが、計画を実行するには是非出掛けなければならなかつたからだつた。彼はそれが成就するまでは他人に推察されることをひどく恐れて居た。

『医者なら町まで出んでも此処にもあるがなあ。』種三はさう云つたが、菜畠を荒す牛の方へすつかり気を取られて了つた。

『兎に角今夜行くけ、町に出るのはそれからのことにせいよ。な。……や、左様なら、大事に。』

種三は駈け出して行つた。

肉と骨との離れるやうな疲労《つかれ》が急に彼を襲つた。林太は沁々と健康者が羨しかつた。そして正午《ひる》が過ぎたと聞いて、朝飯も未だ食べて居ない彼は流石《さすが》に激しい空腹を覚えて来た。彼は影のやうに気の乗らない歩調でのろ〳〵と家へ向つた。

『何度同じことを繰返すのだ。』林太は種三を追つ掛けて行つて然う云ひ切つて了ひたいやうに思つた。

『最う沢山だ、二度共恥を晒して居るのだ。三度繰返す必要はあるまい。』

だが、心の欝して居る時で無くとも、彼にはそれだけの事を云ふ勇気は無かつた。

『俺はどうせ莫迦《ばか》だ。莫迦だからこんな境遇になつたんだ。それだから心配せんでも好いことまで心配するのだ。』彼は泣くやうに自分に語つた。『……どうあつてもあの子を連れて来る。若《も》しもくれなかつたら盗んでゝも来る。だが、屹度《きつと》くれるだらう。その方があの子にも幸福だから。……若しもあの子が彼女《あれ》の生んだ子だと云ふことが分つたら、村の者は手を拍いて嗤ふだらう。構ふものか、他人《ひと》の事は他人の事、俺の事は俺の事だ。俺はどうせ莫迦なんだ。』

突然足を止めて彼は家の入口を見た。家の内部の薄暗さを背負つて、蛹《さなぎ》のやうに皺の寄つた老婆が、その悄々《しほ〳〵》と視覚の薄さうな瞳に激しい不安の情を湛へながら、浮き出るやうに凝乎《ぢつ》と立佇《たちつく》して此方《こつち》を覗いて居た。そして不思議にもその頰の尖りだけが膨んだやうに光つて艶がよかつた。林太の母親のおよねであつた。林太は直ぐに眼を逸して頭部《かしら》を垂れたが、心は咽せ返るやうな嫌悪の情で一杯であつた。数時間前にそれを母にも語らうと思つた事と同じ幸福を持ちながら、今は家に入ることさへ躊躇された。そのまゝ何処かへ真直に歩いて行つて了ひたいやうだつた。が、この感情は独り母親へ対するものゝみではなかつた。心を持ち眼を持つて居て、彼の内部を読取らうとするやうにまじ〳〵と顔を見る、総ての人間そのものに対する心持だつた。彼は兎に角今日家を出て了はうと思つた。其の方が一段落つくまで知つた者と顔を合せる必要が無くて好いやうに思はれた。

三

働かう、働いて自分だけの幸福を得ようと決心して居た心が、何時の頃よりかう病的になつたのだか、林太は明瞭《はつきり》と他人にも自分にも語ることが出来なかつた。例へば昼から黄昏《たそがれ》へ、黄昏から夜へと区劃なしに次第に光りが消え失せて行くやうな状態《ありさま》だつたと云ふより外はなかつた。そして彼がそれを屈托として肉体にまでも感じなければならなくなつた時には、陰翳《かげ》は濃く濃く、執念に蚕蝕《くひこ》んで来て居たのだつた。

しかし時期から云へば夏からではなかつたのだつた。夏は野の仕事が忙しかつた為め、心の有る無しさへも忘れて居た。従つて健やかで、行く先々に幸福が彼を待つて居た。田川家と別れた哀愁があつたり、それ程明瞭《はつきり》と意識こそして居なかつたが、すく〳〵と生長して行く稲にも、鎌の刃先に倒されて行く雑草にも、彼は延びて行く自分の生活を見た。秋が来てこの農閑になつた時分に、身体の安静に乗じてこつそりと忍び込んで来たと思ふのが最も適当な判断であつた。それは彼も知つて居た。

『また怠惰《なまけ》の怨霊に祟られた。』

林太は然《さ》う思つた。かう云う怠惰《なまけ》の経験はこれまでにもあつたからだつた。

その時は必ず田川家を離れた時だつた。林太は次男であつたが、兄が両親を棄て、村へ別居した為め、養つて行く責任が彼に負はされた。で、二度妻君を娶つて田川を離れた。その当時のことであつた。幾度見廻つて来ても彼が茫然《ぼんやり》と囲炉裡の傍に燻つて居るので、彼のことに就いてはめつたに怒つたことの無かつた田川の主人も遂に小言を云つた。

『働けませんがなあ。』

と、彼は泣くやうな声を出した。彼は欝《くす》んだ顔をしてめつきり哀へて居た。

『仕方の無い奴だなあ。ぢやあ明日から家へ来い。』でぶ〳〵肥つて背の低い主人は舌打ちと変な苦笑とを一緒にした。『お前程働きやあ、小作ばかりだつて充分食つて行けるのだがな。』

林太は翌日から田川へ通つて元気よく働いた。家に居る時とは見違へる程気味よく働いた。時には夜も家《うち》へ帰らずに田川に泊ることがあつた。永年慣れて来た寝床は、自分の家の寝床よりも心地よく眠れるのだつた。二度娶つた妻君が二人共彼を棄てゝ遁げ出したのは、原因は別にあつたが間接には彼のかう云ふ性格が禍したのだつた。

『田川の林太。』

真先に立つて真黒になつて働くので、日雇稼《ひようかせぎ》の仲間にはかう云つて恐れられて居た。それが又彼の第一の誇りだつた。そして生涯『田川の林太』と云はれて死ぬ積りだつたのだ。

が、今度と云ふ今度は、林太も余程深い決心を持つて居たのだ。帰つて行くにしても帰る田川家は無かつたからだつた。

『怠惰の怨霊――』

彼は生れた家へ帰つて働くやうになつた最初からそれを懼れて居た。心の変化を見た時も屹度《きつと》また遣つて来たのだと信じた。で、呪符《まじなひ》で悪魔を追つ払ふやうに、刻命に間断なく手足を動かした。初めそれでも紛らされて居た。だが、三日経《か》ち五日経《か》つに従つて、手足を動かすのみでは誤魔化されなくなつて来た。身体《からだ》も眼に見えて衰へ、仕事をするのも物憂く根気が無くなつた。

『婆さん、俺明日から二三日休むわいな。どうも少し身体の具合がよくないけえ。』

彼は夕方家《うち》へ帰つて来ると、屋敷口へ身体を投げ出して疲労れ切つてかう云つた。

『休むが好《え》えよ、今は閑な時だけな。』母は夕餉の支度をする為に、台所で何か刻んで居た。『稲刈りにかゝつてからお前に病はれると家は台無しだけえなあ、今のうちに養生しとかんといけんぜ。』

内庭《には》も座敷も台所も、総て彼の家は見通しだつた。彼は横に転んだまゝ母親を眺めて居た。囲炉裡の焚火が少し俯向いた額に照りつけて、白髪《しらが》になつた頭髪《かみ》が赤く染つて居た。物を云ふ為めに口を動かすと、両頬がひどく落ち込んで来て、如何にも衰へ切つた暗欝の影が湧き出た。林太は毎日顔を見合して居るのではあるが、その時ほど沁々と母親の顔を眺めた事は曾て無かつたやうな気がした。

『最う長い生命《いのち》ぢやあないな。』

と、彼は思つた。そして深い哀憐の情に唆られて、涙含《なみだぐ》まれるやうだつた。実際彼女《かれ》の長い一生は虐げを感ずる為めにこの世に生れ出たやうなものであつた。彼女《かれ》が他から嫁いで来た時の林太の家は、周囲《まはり》の太い役に立たなくなつた果樹とだゝつ広い屋敷とが、何代前かの昔を語つて居るやうな場合だつた。それから彼女《かれ》達は食つて生きる為めに若い日を過して来た。息子が漸く一人立ちの出来る頃には夫と死に別れた。二人ある息子の内、長男は彼女《かれ》に叛いて了つた。次の林太は古びた家へ彼女《かれ》一人を残して置いて、長い間外部《そと》で暮して居た。漸く彼女《かれ》の手許へ帰つた時には、彼女《かれ》の背後には既に灰色の影が濃く窺ひ寄つて来て居る程の老齢であつたのだつた。

『仕方がない、誰れでも同じことだ。』

林太は投げ出すやうにかう呟いた。心の陰翳《かげ》がこの哀愁の情と交りあつて、突然、心臓を凍らせるやうに冷たい衝動的な寂寥が彼を襲つて来た。暗い暗い底知れぬ洞穴の中に身体《からだ》が落ち込んで居るやうな感じだつた。半生を通じて最初の、中年に達した者でなければ分らなさうな感じだつた。

四肢から力がみんな抜けて居た。身体《からだ》を横に動かすのも臆劫であつた。けれども彼は勇気を奮ひ立たして起き上つた。そして牛にも秣《かひば》を作つてやつた。屋外《そと》から薪を運んだり、内庭《には》を綺麗に掃いたりして、少しでも母の手助けとなるやうに働いた。

夕餉の膳に向つた時、およねは余り黙り込んで居る林太の為めそろ〳〵心配をし初めた。最初は老人らしい遠慮で控へて居たが、だん〳〵悩ましく歪んで来る顔を眺めて居ると、つい自然《ひとりで》に涙が浮んで来た。あらゆる場合に感情が子供になつて居る彼女《かれ》は、我慢し切れなくなつて口を切つた。

『林や。どがいに悪いだえ？　俺心配だがよう。』綾のかすれた震へ声で云つた。『ひどくなるといけんけえ、お医者様に診て貰つたら好えがなあ。』

『俺寂しいだがなあ。』林太は卒直に云つた。夕方感じた感情を持ち越して来て居るのであつた。『俺の持病がひどくなつたゞけ仕方がないだがなあ。……俺がお医者様の田川が無くなつたゞけ、癒し人《て》は何処にだつてありやせん。』

林太は囲炉裡の傍へ胡坐《あぐら》を組んだ。榾光《ほだび》が燻《くすぶ》り燻り燃え上つた。一抱へもある釜に入れた秣《かひば》が、天井から下つた自在鍵にかゝつて居た。菜屑や青草の煮えた匂ひが、辺り一面に拡つて蒸すやうだつた。彼は頬に手を当てゝ、凝乎《ぢつ》と自分を瞶《みつ》めて居るやうに考へ込んで了つた。

何十年の過去が一度に眼の前に現はれて来て居るやうな幻覚が彼にあつた。そしてその何れもが田川家に関するものだつた。

『兄《あんや》、お前は僕を二度撲《なぐ》つたことがあつたねえ。覚えて居るかい？』告別の前夜、田川の長男は林太にかう云つた。長男はその時二十二の青年だつた。『一度は慥《たし》か六つ位の時だつたと思ふ。も一度は高等二年の時だつた。あの時は可笑《をか》しかつた、全級の生徒がみんな坊主のやうに頭を剃つて了ふ約束でな、それで帰つてお前に頭髪《かみ》を剃り落して貰つたんだつた。そら、家横《よこ》の梨の木の下だつた。夏の頃で蟬が鳴いて居たよ。……僕が痛い痛いと云つて頭部を動すものだから、お前が怒つて剃刀の柄で二つ三つ撲つたつけ。』青年は感激的な意味の複雑な涙を浮べて居た。『兄《あんや》、僕は一生お前を忘れやあしないよ。撲つてくれたその可憐《いぢら》しい愛情もね。……人間は別れて了へば何にも無くなる。けれどもその中で愛だけは残るからね。永久にみんなの間に残つて行くからね。』

何うにもならないこと、其の何うにもならないことを悟つて居て、全然心から取り去ることの出来ない林太の追憶は苦しかつた。林太は顫へ出した。かう云ふ気持から遁れたくなつた。が、手に持つた持物のやうに、容易く放り出すことは出来なかつた。

四

種々《いろいろ》な幻想、種々《いろいろ》な追憶、種々《いろいろ》な恐怖が懊悩となつて彼を厚く取り囲んだ。考へるものと身体《からだ》とが別になつて、肉体はとくに何処かへ行つて了つて居るやうであつた。そして赤く黒く塗られた空間の中を、彼の考慮の霊《たましひ》だけがふら〳〵と漂ひ廻つて居るやうに思はれた。爪もはがれて血みどろになつた両手で、鉄板のやうな固いものを懸命に掻き分けて前へ出ようとして居るやうであつた。

すべての官能が全然閉鎖して居た、何時まで彼はさう云ふ感情の中に居たのだか分らなかつた。遠くから彼を呼ぶやうな気持がして、彼は不図意識の世界へ立帰つた。

『林や、苦しけりや寝るが好えがね、寝床を敷いてやつたに。』

母親だと彼は思つた。煤の多い石油を使つた小燈《こともし》の近くへ寄り添つて、古綿を丹念に千切つて居た。その姿を不思議に彼は明瞭《はつきり》と見た。周囲は薄く暈《ぼか》されて居てよく分らなかつたが、その屈んだ背や、白い髪や、皺のよつた顔などが小さく鮮やかに見えた。彼の居るより何処か高い処に居たやうだつた。

『熱だよ、婆さん。熱が出たのだがなあ。』

林太は漸くこれだけ云つた。夕食の後囲炉裡の傍へ来てから、彼はおよねと何事か話しあつたやうにも思つた。しかしその要領までも分らなかつた。彼はそれを考へ出して見ようと思つた。何の為めに其の場合然《さ》う考へたのだか分らなかつた。

次に意識が帰つた時には、彼は寝床へ入つて居た。幾代前から持ち伝へて来たか分らないやうな、綴り合せに綴り合せた蒲団は石のやうに固かつた。それが幾枚も重ねて彼の上に掛けてあつた。傍から老人らしく弱々しい、生きて居ることにさも疲《つか》れ労切つたやうな、細く長い鼾がして居た。林太は不意に明瞭《はつきり》と姿を認めた時と同じやうに、母親だと思つた。

全身が未だ熱の為めに火照つて居て、頸《うなじ》に当てた枕より頭部《かしら》は、特別に鉛を結びつけたやうに自然《ひとりで》に反り返へる程の重量《おもみ》を持つて居た。敷いた蒲団と脊との間が動揺して舟のやうなものに乗つて居る心持だつた。心臓が著しく鼓動し、呼吸が苦しく喘ぎ喘ぎに洩れた。が、心は案外安らかになつて居て、激しい戦闘《たゝかひ》の中を通つて来たやうな疲労《つかれ》が却つて肉体を暢《の》びやかにした。

彼はその時まで少しも眠つて居なかつた。慥《たし》かに眠つて居なかつたことは彼も微かに意識して居た。けれども其の間を何うして過して来たのだか惘《ぼん》やりとして記憶に無かつた。身体《からだ》は飽迄も動かして居なかつた。先刻《さつき》激しく感じて居た、残るものはそれだけのものと思はれる程だつた、あの赤と黒との世界のふやけたやうな考慮の霊も何処へ行つて了つて居たのだか分ら無かつた。しかし林太は確実に自分が自分に帰つて来て居ることを知つた。

光りらしい光りは何処にも無かつた。全宇宙を永久に取り囲んで居るやうに思はれる濃厚な暗《やみ》は、残る隈なく重い恐怖を溶してひた〳〵と林太の身辺に迫つて居た。彼はこの闇の中に凝《ぢ》乎《つ》と眼を据ゑた。極めて卑近な種々の考へが、着実に脳裡に浮んで来た。

『とう〳〵病気に罹つた。』と彼は思つた。『医者に診て貰はう、重くなつたら大変だから。』

が、かう云ふ病的な現象の全部が病気の為めだとは思はれなかつた。熱が去つて苦悩が消えて了へば身体《からだ》だけは健康になることが想像された。けれども身体《からだ》が健康になつても、未だ満され無いものが残るやうに思はれた。夕方あの母親の姿に依つて感じた、どん底に陥るやうな寂寥の感じを根本から打消してくれる何物かゞ不足して居るやうに考へられるのだつた。あの寂《さび》寥《しき》は単に病気の為めだとは思はれなかつた。当然何時かは感じなければならなかつた事を、かう云ふ境遇と心との激変に際して一層強く感じた迄に過ぎなく思はれるのだつた。何故《なにゆゑ》に当然であるかそれは分らなかつた。

　彼の頭脳《あたま》は未だ真実《ほんたう》の事を考へ得られる程確実《たしか》に回復はして居なかつた。そしてかう云ふ悩みの無い時でも、然う深く心の内部に這入つて考へることが出来るだけの可能性を持つて居たなかつた。で、彼自身の内に不足して居る何物かを探ね出さうとするのは、まるで瞶《みつ》めて居る闇の中から物象の形を見出さうとすると同じことであつた。けれども若《も》し彼が自分の理智の程度を充分に知ることが出来ても、考へよう、探ね出さうとせずには居なかつただらうと思はれた。空想家が空想に淫するやうに、未知の世界の秘密を嗅ぎ出さうとする考慮を悦んで、彼はだん〳〵思索の中へ入つて行つた。それは却つて外来的の心の苦悶を増すものだと云ふことは分ら無かつた。彼は両手で頭脳《あたま》を抱へて悶えた。血管が怒張して今にも破れるかと思はれるやうであつた。其の儘悉く頭髪を搔《む》し取つて了ひたいやうな、堪へ難い焦慮《いらだた》しさが全身を顫はした。

　軈《やが》て又精神の恍惚境が彼を襲つた。彼は遠い遠い過去の幻影を見た。それは彼が未だ十四五だつた頃大人に随いて兎狩《うさぎがり》に行つて、雪の降る林の中に一人取残された時の光景だつた。林の中は夕暮のやうに気味悪く薄暗かつた。何方《どちら》を見渡しても矗《すく》〳〵と延びた幹と、網の目よりも細かく交りあつて空を蔽つて居る梢とだけであつた。雪はしのびやかに、音も無く降つて居た。そして林の隅から、梢の上から、幹の中から、雪が積つた上に纔《わづ》かに現はれた熊笹の葉の蔭から、何物かの魂魄《たましひ》が囁くやうに、啾々密々《しう〳〵ひそ〳〵》とした声が起つて来た。声は彼の立つて居る場所を中心として、波紋状に幾重にも幾重にも重なりあつた。雪は愈〻《いよ〳〵》激しく降り出した。梢にも白く積つた。熊笹の葉の上にも、篩《ふるひ》を洩れて来る糠《ぬか》のやうに降り濺《そゝ》いで居た。耳を傾けて居ると、この囁きにも似た声がだん〳〵数を増して、幾千幾万の集合となつた。それが悉く啾々《しう〳〵》と密々《ひそ〳〵》と、囁き呟き嘆いて彼を襲つて来るのだつた。彼は惑乱した。視界が遠くなるやうに思はれた。遂には空も、地も、雪も、林も、総てが魂を得て活物《いきもの》となり、この声の中で躍動し初めるのだつた。かうして外界の物象から押し竦められた身体《からだ》には、氷柱《つらゝ》を抱くやうな恐怖がどつと肌膚へ流れ込んで、全身がわな〳〵と止め度なく戦慄しだした。彼は静つと暫《ぢ》くでも一箇所に立止まつて居ることが出来なくなつた。我れ知らず方角も定めずに駈け出した。声を限りに叫んで、仲間の者へ救ひを求めた。——

自分の唸声が耳に入つて、林太は又自分に帰つた。依然として闇を見詰めたまゝ、瞬《まばた》き一つしないで居るやうな状態に居た。彼は瞳を動して周囲を見廻した。闇の中には自分の姿があつた。十四五の頃の姿が、雪の林の中に居た時の姿と同じ姿が、闇の中に判然と立つて居た。啾々と嘆き、密々と囁く声も耳にあつた。彼は慄然と戦いた。膚《はだ》が著しく鳥膚《とりはだ》だつた。呼吸が切迫して止つて了ふやうであつた。

闇の中の彼の姿は次第に急速に年取つて来た。初めは遠くにあつたが段々近くへ寄つて来るやうであつた。十四五から二十、三十、四十と近くへ来て、現在の彼と同じ年齢になつた時には視界一面が彼自身の顔となつた。頭髪《かみ》は乱れ、頬は削け、髯《ぢ》が顎一面に生えて居た。そして衰へ切つた、気力の失せた眼で静つと彼自身を瞶《みつ》めて居るのだつた。彼は又堪へ難く唸つた。幻影も消えて意識が自分に帰つた。

汗が全身に流れて居た。恐怖、何物も対照としない恐怖が全身の神経を緊縮さした。林太は母を呼び起して灯を点けて貰はうかと思つた。が、それをし得ない内に恐怖は激しい寂寥《さびしさ》と変つて来た。例の恐しい底無しの寂寥《さびしさ》であつた。生きて居ることの寂寥《さびしさ》であつた。

林太は転輾《てんてん》と悶えた。

五

全身を挙げて苦しみ抜いて居るやうであつたが、それでも肉体の疲労《つかれ》の方が激しかつたらしかつた。林太は真実《ほんたう》に眠つて居た。そして眼が覚めた時は翌日の正午《ひる》近くであつた。

彼は奥の間へ眠つて居た。が、奥の間と云つてもほんの名ばかりで、大部分は邪魔になる我楽苦多道具《がらくただうぐ》に占領されて居る、謂はゞ物置きの一隅のやうな処であつた。およねが眼を覚させることを心配して雨戸も繰つて居ないが、古び尽した壁の隙目《すきめ》や、板のはぎめ《いゝゝ》などから外部《そと》の白い光線《ひかり》が差し込んで、暗い中に縦横の線を描いて居た。世間とは区劃られたやうな中ではあるが、家の周囲を巡る昼の賑かさが何処からとなく及んで来て居て、彼の心をかなり強く勇気づけた。彼は裏の竹籔の葉ずれの音を聞いて、今日は風の少し強い日だなと思つた。

熱は去つて居たが、身体《からだ》が未だ真実《ほんと》に回復して居なかつたので、起上るには少し物憂かつた。で、其の日一日は寝たまゝで暮さうと思つた。彼は母を呼んで雨戸を繰つて貰つた。昼の光りが喚き叫んで部屋一杯に入つて来た。煎じて貰つた暖い消熱《ねつさま》し薬を飲んで、彼は再び快い眠りの中へ陥つて行つた。

それから何《ど》れだけの時間が経つたか分らなかつた。林太は不図燥《はし》やいだ女の声を聞いて眼を覚した。気分はすつかり回復して居た。昨日《きのふ》の苦悩、昨夜《ゆふべ》の幻影、それこそみんな夢だつたのではあるまいかと思はれる程、その時の彼とは余程の隔りが生じて居た。寝覚めの爽快な気持が来たのだつた。

だが、この気持は全く信用の出来ぬものであることは彼は好く承知して居た。精神的《こころ》の幸福日だと思つて床を離れた日に、幾度も背負ひ投げを食はされたやうな、苦しい心の経験を持つて居たからだつた。仔細に考へ合して見ると、ひどく苦しい時は然《さ》う云ふ心の澄んだ日が多いやうに思はれた。昨日だつて然うだつた。今日こそは愈〻執拗な心の陰翳《かげ》を残りなく振ひ落したと思つて床を離れたのだつた。それが正午《ひる》にならぬ迄にすつかり曇り切つて、半日に纔《わづ》か一荷宛《かづゝ》の刈草《かりくさ》にさへも堪へ得られなくなつたのを、漸く喘ぎ喘ぎに続けて行つたやうな状態であつた。そして次ぎはあの恐しい苦しみの一夜となつた。林太は眼を瞑《つぶ》つて猶眠りに入らうとした。脅迫され切つた暗い彼の心は、かう云ふ平和さへも味ふことが出来なかつたのだつた。風はやゝ涼し過ぎて、寝て居るには丁度適当な気候であつた。

又女の疳高い笑声が聞えた。続いて内証らしく語り合つて居るやうだつた。一人は母のおよねに違ひなかつたが、最一人の笑つた方は誰だか分らなかつた。彼の家へ一番よく話しに来るのは隣り合せの大工の妻君であつたが、その女は最《も》つと高声で他人《ひと》の悪口なども平気で述べる方だつた。外に女の来るやうな用事は、林太には鳥渡《ちよつと》見当がつか無かつた。彼は暫く注意を濺《そゝ》いで、その女を確めようとした。けれども判然とは分らなかつた。

とう〳〵彼は寝逸《ねそ》れて了つた。そして又暗欝な曇りが何処からとなく忍び寄つて来だしたのを見た。彼は恐怖を持つた。外来的だと思はれるその陰翳《かげ》より先に内部から湧く悩みが起つた。彼は起き上つて広間の座敷へ出て行つた。床の中は余り心の動きが多い為めに苦痛が激しく来るやうに思はれるからであつた。それでなくとも禦《ふせ》げるだけは禦がねばならなかつた。起きて居れば、動いてさへ居れば、未だ彼の体力の方が勝利を得るやうに考へられた。

女客は種三《たねさ》の妻君のおとらだつた。おとらは足を内庭《には》に垂れ、腹這ひになつて囲炉裡の台所の側に坐つて居るおよねと話して居た。が、奥から出た林太を見ると狼狽《あわて》て起き上つて病気の容子などを訊いた。髪を引き締めて結つて居るので、平つたい顔が一層平つたく見えた。

直覚的に彼はおとらが何んな用事で来て居るのかを悟つた。彼は余程以前からそれを見抜いて居たやうな気もしたが、実際一度も想像した事では無かつた。林太はやゝ険悪になつた眉を顰めて、正直に不快の相を現はした。しかしおよねもおとらも然う云ふ事には少しも気が付かなかつた。

『なあお婆さん、丁度林《りん》さんも居んさつて好《え》え折りだに、今の話をして見たらどがいだらあな。』一亙り世間話が終つた頃を見計らつておとらはおよねに云つた。そして眼を瞬いて合図をするようにおよねを見た。今云へと云ふ謎だつた。『然うなりや、俺家《おれげ》も真実《ほんと》に都合が好《え》えだによう。』

哀れな老母はすつかり度を失つてまご〳〵と周章《うろた》へた。口数の少ない息子の心持を、恐れて居る程ひどく憚つて居る為めであつた。頬の肉を動かし動かし林太の顔を見上げて居たが、遂に思ひ切つて云つた。

『林《りん》、昨夜《ゆふべ》ちよつとお前に話したことな、あの事でおとらさんが来てつかあさつただが。』およねの話は余程聴き慣れた者でなければ、音に空気が交つて聴取りにくかつた。『何でもまあお前の心一つだけど、俺好《おらえ》えと思ふがどがいだらうなあ。……俺《おら》も前途《さき》はそがいに長くないだけ、俺が生きとる内に安心さしてごせいや。』

『俺《わし》何のこつたか知らんがなあ。昨夜《ゆふべ》は熱で分らなかつたでもの。』

矢張り林太が想像して居た通りだつた。子供を二人生んでから自分の生れた家へ帰つて来て居る種三の妹との縁談だつた。彼は母親のくど〳〵と廻りくどい、歯切れの悪い話を聞いて居ると、自然に気が欝して来た。何処からか小さな顫へが発して、頭脳《あたま》が重く痛んだ。けれども眼に涙を湛め声を震はせて懸命に説き立てる母親の姿を見ては、流石に激しい悲しみと憐れみとを感じた。

『でも俺の罪ぢやあない。』

林太は然う云ふ意味のことを考へた。

林太は二十八の時初めて妻君を娶つた。その妻君は半年ばかりで遁げ帰つた。しかし一度はまた彼に帰つて来たが、矢張り半年の後には遁げ出して行つた。次に帰つて来た時には、彼より田川の主人が諾かなかつた。女は林太の兄の家へ一週間ばかり滞在して居て返事を受取つて、国を越えた自分の家へ悄々《しほしほ》と帰つて行つた。

『何に、離縁が極つて了つた後だつたゞもの、構ふもんかいな。』

林太の兄は酒に酔つた時不図かう口を滑らした。生涯の内殆んど怒つた事の無かつた林太も、この話を聞いた時ばかりは怒つた。

『殺したる。』

と叫んで、鍬を担いで兄の家へ押掛けて行つた。顔面は蒼白に拘攣《こうれん》し、血走つた眼が据つて居た。が、幸《さいはひ》に兄が居なかつたので無事に終つた。

次の妻君はその後二年ばかり経つてから娶つた。小柄の色の白い、愛嬌のある顔だつた。

『不具《かたわ》だぜ。』

その妻君は然う云ふことを平気で云つて歩いた。それでも二年以上同棲して居たが、とう〳〵辛抱が仕切れなくなつて遁げ出して行つた。黒い影が彼女を包んで居たのだつた。

女は林太から遁げ出して後七ケ月目に男の子を産んだ。

『月の数が月の数だから引取つてくれ。』

かう云つて女の方から交渉に来た。しかしこの場合でも林太は門外漢であつた。それを彼は欲したのだつた。日常通りの顔をして『田川の林太』として一直線に働いて居た。交渉は悉く田川の主人が引受けてやつた。そして種々《いろ〳〵》紛糾して来た時、女は影にくるまつて姿を隠して了つた。それつ切り交渉が中絶して、子供は女の生家で生長して行つた。

『最《も》う懲り懲りだ、田川さへありやあ好《え》え。』

その後《のち》縁談があつても、林太は耳を傾けやうとしなかつた。

波は動いて行つた。月に六回の休み日に林太が肩車に乗せて若衆宿に連れて行つて居た田川の末の女の子が、袴を穿いて小学校に通ふやうになつた。けれども林太だけは、永久に『田川の林太』であるだらうと、誰れが眼にも信じられて居たのだつた。

六

忍ぶことより外には、是れと云ふ防禦《ふせぎ》の良案は一つも無かつた。林太は前を展いて焚火に目を炙《あぶ》つて居たが、絶えず襲はれる冷却し切つた衝動の為めには、心臓から戦慄せずには居られなかつた。両手は力限り両方の足首を握り締めた。頭部《かしら》はだん〳〵股間へ落ちて行つた。唸るやうな吐息が、時々口を衝いて洩れた。

余り長く黙り込んで居るので、おとらや母親は彼が分別を決める思案に耽けつて居るのだと思つて居た。が、他人の心持を推察して憚ることを、生れついて持つて居ないおとらは、遠慮なく大声で喚き立てた。間々に織込まれて行くおよねの暈《ぼ》けた声も共々に、彼の苛立つた神経を激しく刺戟して、彼の苦悩は一層廓《み》たされた、彼は大声で怒鳴りつけようかと度々考へたが、それもし得ないで堪へて居た。

『でもな、林さんは幸福《しやわせ》ですぜ。田川さんから種々《いろ〳〵》資本《もとで》を貰ひんさつたゞものなあ。』おとらは然う云ふ女に有り勝ちな、他人の幸福《しやわせ》を羨むやうな口吻で云つた。『これからあ働き一つだけなあ。……でも林さんは評判《なうて》の稼ぎ人だけ、お婆さんも安心ですなあ。』

『え丶。給金は年々貰つて来とりましたゞけえ、拾ひ物をしたように喜んどりますだぜ。』老婆は真実《ほんとう》に然《さ》う思つて居るやうだつた。

『是れからが大事な時ですけえなあ、林さんも早よう身を固めんさらにや楽しみも無い訳だけなあ。』

『それにこの儘で行きやあ、相続者《あとつぎ》が無いことになりますけえな。』およねは涙声で云つた。

『さうりや、第一俺が先祖に済みませんだ。』

二人が此方《こつち》を向いた気配が、俯向けた頭部《あたま》の頂辺《てつぺん》の頭髪《かみ》を通して感じられた。彼は益〻苛々して来た。

『火事場泥棒のやうに思つてあがる。』

と思つた。空間の傷みのやうな苦痛が胸を掻き挘つた。

『さうだとも。』おとらは合槌を打つた。『折角働いて林さんがこれだけにしんさつた資産を人にそつくり取られるやうなことになりますけえなあ。』

『貰ひ子をすりやあ好《え》えぢやないか。』

林太は頭部《かしら》を擡《あ》げて、絞り出すやうな皺嗄《しわが》れた声で云つた。二人は吃驚《びつくり》して彼を凝視した。蒼白に変つた彼の顔が顫《ふる》つて居た。

『でもなあ、貰ひ子ちゆうもなあ思ふように行かんもんだし………。』

　おとらはかう云つておよねの顔を見た。

『兄貴の子もある。』

独語《ひとりごと》のやうに林太は呟いた。およねがそれに目をつけて居ることは、彼にもそれとなく分つて居た。けれども自分が望んで貰つた資産ではなし死後何《ど》うならうと構やあしないと彼は思つて居た。

『お前は、それは……あがいな奴の子に家が継がせられるもんかい。なあ、おとらさん。』

　およねは急に周章《あわて》て口籠りながら林太の顔を脂《やに》の湛つた白い眼で見上げた。そして彼からおとらに視線を遣つて救けを乞ふやうに窺つた。

『それだつて今嬶《かゝあ》を娶《もら》つたとこで、子供が生れて一人前になるまで俺も迚《とて》も生きとらんけなあ。』林太は遂に唸つた。『苦しい。……婆さん蒲団持つて来てごせい、俺此処へ少し横になる。』

『熱かいな？』

と、おとらは訊いたが誰れも答へなかつた。凄じい痙攣が林太を襲つて来たのだつた。顔面は拘緊《こうきん》し、四肢は動揺した。眼が空を瞶《みつ》めて据つた。およねが背を屈げながら、固い蒲団を苦しさうに引擦つて来て後から羽織つて遣つた。が、林太は間も無く横に俯伏した。その戦慄の激しさは、蒲団の上からでも充分に受取れた。感じ易い老婆の心も同じやうに痛んだ。彼女はおとらに手伝つて貰つて、迂路々々《うろ〱》しながら消熱薬を煎じにかゝつた。開け放つた入口からは、向ひの山に当つた午後の反射が家の中に滝のやうに白く流れ込んでゐた。

　林太が落着いたのは既に夜であつた。昨夜と同じやうにおよねは小燈《こともし》の傍で古綿を千切つて居た。囲炉裡には秣《まぐさ》が煮えて居た。榾火《ほだび》がとろ〱と燃え上つて居た。総てが同じだつた。昨夜と同じだつた。林太は昨夜の続きの中《うち》に居るのではあるまいかと云ふやうな妄想を鳥渡《ちよつと》起したが、その考へは直ぐに消滅した。そしてその光景の、その物象の近々と普通の夜のやうに暈《ぼや》けて居るのを見て、昨夜より精神の確実《たしか》なことを悟つた。

『あの時に何故《なにゆゑ》謝絶《ことわ》つて了はなかつたのだ。』

　おとらが持つて来た縁談のことを思ひ出して彼は考へた。母親がその中に入つて一緒に動いて居るのを思ふと腹立しくもなかつた彼は首を廻しておよねを見た。およねは火に近く寄り添つて居るが、両頬の尖りをのけては悉く単なる影だつた。薄い、濃い、灰色の影が、漸く彼女を形作つて居るやうに思はれた。

　執拗な寂寥が昨夜のやうにまた彼に来た。彼の歯は震へた。凝然《じつ》と然《さ》うして居ることにさへ、涙は自然《ひとりで》に瞼から転げ落ちた。

天も地も空間を包んだ闇も、残らず凍つて了ひさうな、あの生きて居る者の感ずる寂寥《さびしさ》であつた。

其の夜から彼は奥の間の床へは眠らなかつた。時々獣のやうに荒れ狂ふ霊の陰翳《かげ》と闘ふには闇の中よりも焚火の燃え上る傍の方が彼の力となるからであつた。彼は既に闇そのものを怖れて居たのだつた。

怖しい苦悶は翌日も歇《や》まなかつた。霊の痛みは更に凄じく、鋭い刃物で刻々と削り取られて行くやうであつた。そして度々熱と共に起つて来る痙攣は、内部器能を食ひ尽しても未だ飽足らぬやうに、顔面筋肉をひどくヒン歪げて行つた。発作が歇《や》めばまた寂寥が来た。

『病気だ！』

喘ぎの中から林太は度々さう思つた。けれども医者では迚《とて》も苦悩や寂寥は去りさうになかつた。何物か満されないもの、その何物かを探し出さねば彼を救助してくれる者は無ささうに思はれた。

で、彼は或る時は総ての考慮を歇《や》めて了へば、雪の溶げるやうに消え去るかも知れないと思つても見た。或る時は壁を瞶《みつ》めたやうな凝視を投げかけて、その求めて居る何物かを発見しようとした。又ある時は知識的な努力に依つて緩和を図らうと試みた。しかしみんな失敗であつた。紛糾と混乱と複雑との重り合ひ交りあつて居る霊の傷は、彼自身の力ではその一片だに癒すことが出来ないやうであつた。跳躍的に来れば跳躍に、病的に来れば病的のまゝに、虐げられても訶《さいな》まれても蹂躪られても猶凝然《じつ》と忍んで居なければならなかつたのだつた。林太は懼《おそ》れたり、戦《をのゝ》いたり、嘆いたりする別な心で、真実《ほんとう》に瞼に涙を浮べながらこの自分を眺めて来た。長い間のやうであつた。幾十年の彼が過去の苦痛を一緒に集めて経験して来たよりも、彼には更に更に長い数日であつた。そしてそれよりも激しい苦悩であつた。

七

真実《ほんとう》に偶然な思ひつきであつた。その考へが頭裡《あたま》に浮んだ時には、思はず躍り上る程だつた。だが、直《たゞち》に反対の心持も浮んで来た。

『しがし誰れの子供だか分ら無いからな。』

と、彼は呟いた。

それは人間の心が全く自然と融合して了ひさうな秋日和の午後であつた。林太の家の中は依然として薄暗かつたが、それでも外界からする調和は何処までも拡らずには居なかつた。彼の熱も殆んど取れて居た。

『誰れの子だつて同じことだ。』暫く経つて彼はまた呟いた。『俺にはたゞ可愛がる者さへあれば好いんだ。それがありさへすれば楽しく生きて居られるんだ。……田川を失つて愛する者が無くなつたのを、無理に堪へようとしたから病気になつたのだ。……代りだ、代りだ、代りの愛する者さへあれば好い。』

林太は囲炉裡の傍へ蒲団を着て横になつて居た。未だ時々は発作も来ることがあるが、最初の頃のやうに激烈ではなかつた。衰へ尽した肉体と共に、その苦悩までも衰へて来たのであつた。本能的な生きる力が、何処にか最善を尽して来た為めであつた。

しかし林太は、新しく思ひついた計画を、直《たゞち》に実行しようとは考へて居なかつた。離縁した妻の生んだ子、然も黒い疑問の衣に包まれた子供を、全然関係の絶えた何年かの後に至つて引取ることに就ては、余程世間と云ふものを考へなければならぬやうに思はれたからであつた。そして、彼は初めて子供の母である女から受けた傷の痛さを沁々《しみ〴〵》と感じた。

不思議な感情が彼に来た、物に憑かれたやうな。幸福だか不幸だか分ら無い、妙に昂奮した感情であつた。彼はその子のことを考へると、必ず浮《うは》づつた顫ひに襲はれた。けれども考へずには居られなくなつた。考へずに居る時は寂しく堪へられなかつた。発作や寂寥の感じも、其後はそれを制へようとする苦悶から来た。彼はだん〳〵その計画を実行する方法に就て考へるやうになつた。その子の代りに兄の子供や其の外の知つた子供を持つて来て考へることがあつたが、それでは満足が得られなかつた。どうしてもその子供でなければならなかつた。

軽い眠りから不図覚めると、彼の瞼は一杯に泣き濡れて居た。その子供の可愛さに泣いて居たのだつた。夜なども何うかすると闇の中から赤ん坊の泣く声が聴えた。

『幾歳《いくつ》になるだらう？』

彼は指を折つて勘定した。九つになる筈であつた。九年の間、さうした可愛い生物めがこの世に居ることを知らなかつたかと思ふと、猶更可愛さが増すやうだつた。田川の次男の九つの時を思ひ出してその子供と比べて見ると、最《も》つと悪戯者《いたづらもの》で最つと可愛らしかつた。彼はその子供が彼の頭の上に乗りかゝつて居る場合を想像した。

『撲るぞ、撲るぞ。』

と、云ひながら両手で支へて遣つて居る彼自身の顔が莞爾《にこ》〳〵と笑つて居た。

林太は別れた妻の両親の前へ自分が手を支《つ》いて頼まうと決心した。

気は重かつた。又発作でも起りかね無い程欝して居た。そして屋外の空気の中で、彼が独居の空想程にその子に愛が持てなかつた。が、彼の決心は固かつた。生に対する本能は彼の為めには生きて居る慣習の力だつた。生きんとする為めには何《ど》うしても愛が必要だつた。彼はその生きんとする力を得る為めに愛の対照を求めなければならなかつた。家へ入ると彼は母親に云つた。

『婆さん飯を食して。』そして林太はこの計画を母に語らうか語るまいかと云ふやうにおよねの顔を見た。

『俺飯食つて鳥渡《ちよつと》町に出て来るけえ。』

『町にかへ？』およねは不審さうに林太を見た。『でもお前からだが悪いだらあに。』

『何《なん》に最《も》う好《え》え、癒つて了つたゞ。』彼は鳥渡《ちよつと》思案して『ひよつとすると今夜種さんが来るかも知れんけどな、来たらあの話はお前から謝絶《ことは》つといていな。』

『謝絶れ？』老婆は失望し切つて両手を握り合した。涙が急速に瞼に浮んだ。『何んでだいや？　縹緻《きりやう》が気に入らんのかいや？』

『いゝやいな、婆さん。』かう云つて林太は久し振りに笑つた。

『待つとんさい、今に好《え》えことがあるけ。』

林太の家から北へ続いたこの山腹の小村は今午後の陽を一杯に飽和して居た、祭の時に幟《のぼり》を立てる高い柱の傍の、赤く熟した柿の梢に鴉が群つて実を啄んで居た。――空気が、光線が、色彩が、それから発する情緒が、霊魂《たましひ》を暖め、感激を与へ、愛を芽含ませて、野育の人間と混和融合して其処にあつた。

一時間の後林太は屋敷の石段を下りて行つた。


（「太陽」大正7年1月号）

転機

伊藤野枝

一

不案内な道を教へられるまゝに歩いて古河の町外れまで来ると、通りは思ひがけなく、まだ新らしい高い堤防で遮られてゐる。道ばたで子供を遊ばせてゐる老婆に私はまた尋ねた。老婆はけげんな顔をして私達二人の容姿に目を留めながら、念を押すやうに、今私の云つた谷中村と云ふ行く先きを聞き返しておいて、

『何んでも、その堤防を越して、河を渡つてゆくんだとか云ひますけれどねえ。私もよくは知りませんから。』

何だか、はつきりしない答へに当惑してゐる私達が気の毒になつたのか、老婆は自分で他の人にも聞いてくれたが、矢張り答へは同じだつた。しかし、兎に角、その堤防を越して行くのだと云ふ事だけは分つたので、私達はその、町の人家の屋根よりは遥かに高い位な堤防に上つた。

やつとのぼつた私達の前に展かれた景色は、何と云ふ思ひがけないものだつたらう！　今、私達が立つてゐる堤防は黄褐色の単調な色をもつて、右へ左へと遠く延びて行つて、遂には何処まで延びてゐるのか見定めもつかない。しかも堤防外の凡てのものはそれによつて遮ぎりつくされて、たゞ漸々に一二ケ所づゝ木の茂味が低く、暗緑の頭を出してゐるばかりである。堤防の内は一面に黄色な枯れ葦に領された広大な窪地であつた。私達の正面は五六町を隔てた処に横つてゐる古い堤防に遮ぎられてゐるが、右手の方に広がつたその窪地の面積は、数理的観念には極めて遠い私の頭では、一寸どの位と云ふやうな見当はつかないけれど、何しろそれは驚くべき広大な地域を占めてゐた。かうして高い堤防の上に立つての広い眼界がたゞもう一面に黄色なその窪地と空だけで一杯になつてゐる。

その思ひがけない景色を前にして、私はこれが長い間――本当にそれは長い間だつた――一度聞いてからは、ついに忘れることの出来なかつた村の跡なのだらうと思つた。窪地、と云つても、この新しい堤防さへのぞいて仕舞へばこの堤防の外の土地とは何の高低もない普通の平地だと云ふ事や、窪地の中を真つ直ぐに一と筋向ふの土手まで続いてゐる広い路も、この堤防で遮ぎられた、先刻の町の通りに続いてゐたものだと云ふ事を考へ合はせて見れば、何うも左様らしく思はれもする。けれど、堤防の中の窪地に今もなを居残つて住んでゐると云ふ、今私の尋ねて行かうと云ふ人達は、この広い窪地の何処に住んでゐるのであらう？　道は一と筋あるにはあるが彼の土手の外に人家があるとは、聞いた話を信用すれば少しおかしい。

『一寸お伺ひいたしますが、谷中村へ行くのには、この道をゆくのでせうか。』

丁度その窪地の中の道から、土手に上つて来た男を待つて、私は聞いた。その男もまた、不思議さうに、私達を見上げ見下ろしながら、谷中村は、もう十年も前から廃止になつて沼になつてゐるが、残つてゐる家が少々はない事もないけれど、とても行つた処で分るまいと云ひながら、それでも、其処はこの土手のもう一つ向ふになるのだから、土手の蔭の橋の傍で聞けと教へてくれた。けれど彼はなほ、私達に、とても行つた処で仕方がないと云ふやうな口吻で、残つた人達を尋ねる事の困難を説明した。

窪地の中の道の左右は疎に葦が生えてはゐるが、それが普通の耕地であつた事は一と目に肯かれる。細い畔道や、田の間の小溝が、ありしまゝの姿で残つてゐる。しかし、この新らしい高い堤防が役立つ時には、それも新らしい一大瀦水池の水底に葬り去られてしまふのであらう。人々は、そんなかゝはりのない事は考へても見ないと云ふやうな顔をして、坦々と踏みならされた道を歩いてゆく。

土手の蔭は、教へられたとほりに河になつてゐて舟橋が架けられてあつた。橋の手前に壊れかゝつたと云ふよりは拾ひ集めた板切れで建てたやうな小屋がある。腐りかけたような蜜柑や、みぢめな駄菓子などを並べたその店先きで、私は又尋ねた。

小屋の中には、七十にあまるかと思はれるやうな目も、鼻も、口も、その夥だしい皺の中に、畳み込まれて仕舞つたやうな、ひからびた老婆と、四十位の小造りな、貧しい姿をした女と二人ゐた。私はかね〴〵谷中の、居残つた人達がだん〳〵に活計に苦しめられて、手当り次第な仕事につかまつて暮らしてゐると云ふやうな事も聞いてゐたので、この二人がひよつとしてさうなのではあるまいかと云ふ想像と一緒に、何となくその襤褸にくるまつて、煮しめたやうな手拭ひに頭を包んだ二人の姿を哀れに見ながら、それならば、多分尋ぬる道筋は、親切に教へて貰へるものだと期待した。しかし、谷中村と聞くと、二人は顔見合はせたが、思ひがけない嘲りを含んだ態度を見せて、私の問に答へた。

『谷中村かね、はあ、あるにはあるけんど、沼の中だでね、道にも何にもねえし――ゐる人も、いくらもねいだよ――』

あんな沼の中にとても行けるものかと云ふやうにてんから、道など教へさうにもない。それでも最後に橋番に聞けと云ふ。舟橋を渡ると直ぐ番小屋がある。三四人の男が呑気な顔をして往来する人の橋銭をとつてゐる。私は橋銭を払つてから又聞いた。

『谷中村ですか、此処を右に行きますと堤防の上に出ます。其の向ふが谷中ですよ、此処も、谷中村の内にはなるんですがね。』

一人の男がさう云つて教へてくれると直ぐ他の男が追つかけるやうに云つた。

『その堤防の上に出ると、すつかり見晴らせまさあ、だが、遊びに行つたつて、何にもありませんぜ。』

彼等は一度に顔見合はせて笑つた。多分、私達二人が、気紛れな散歩にでも来たものと思つたのであらう。笑声を後にして歩き出した時、私は、この寒い日に、わざ〳〵斯うして用もない不案内な癈村を訪ねてゆく自分の酔狂な企てを振り返つて見ると、今の橋番の言葉が、何か皮肉に聞こえて、苦笑しないではゐられなかつた。

一丁とは行かないうちに、道の片側には綺麗に耕された広い畑が続いてゐて、麦が播いてあつたり、見事な菜圃になつてゐたりする。畑のまはりには低い雑木が生えてゐたり小さな藪になつてゐたりして、今、橋の傍まで見て来た景色とは可なり、かけ離れた、近くに人の住むらしい、稍温かなけはいを感ずる。片側は、直ぐ道に添ふて河の流れになつてゐるが、河の向ふ岸は丈の高い葦が、丈を揃へてひしひしと生えてゐる。その葦原もまた何処まで広がつてゐるのか解らない。しかし、左側の生々した畑地に慰さめられて、もう左程遠くもあるまいと思ひながら歩いて行つた。

『可笑しいわね、堤防なんてないぢやありませんか。何うしたんでせう？』

『変だねえ、もう大分来たんだが。』

『先刻の橋番の男、堤防にのぼるとすつかり見晴せますなんて云つてたけれど、そんな高い堤防があるんでせうか?』

私と山岡がさう云つて立ち止まつた時には、小高くなつた畑地は何時か後の方に残されて、道は両側とも高い葦に迫まられてゐた。行く手も両側も、後も、森として人の気はいらしいものもしない。

『橋の処から此処までずつと一本道なんだからな、間違へる筈はないが、――まあ、もう少し行つて見やう。』

山岡はさう云つて歩き出した。私は、通りすごして来た畑が、何か気になつて、あの蔭あたりに、家があるのではないかと思つたりした。

漸く、向ふから来かゝる人がある。待ちかまへてゐたやうに、私達はその人を捉へた。

『さあ、谷中村と云つても、残つてゐる家はいくらもありませんし、それも、皆飛び〳〵に離れてゐますからな、何と云ふ人をおたづねです?』

『Sと云ふ人ですが――』

『Sさん、はゝあ、どうも私には分りませんが――。』

その人は少し考へてから云つた。

『家が分らないと、行けない処ですからな。何しろその、皆一とかたまりになつてゐませんから――。』

意外な事を聞いて当惑した。しかし、兎に角、人家のある所までゞも行くだけは行つて見たい。

『まだ、余程ありませうか。』

『左様、大分ありますな。』

丁度その時私達の後から来かゝつた男に、その人はいきなり声をかけた。

『この方達が谷中へお出なさるさうだがお前さんは知りませんか。』

その男も矢張り、今迄と同じやうに妙な顔付きをして私達を見た後に云つた。

『谷中へは、誰を尋ねてお出なさるんです?』

『Sと云ふ人ですが――』

『あ、さうですか、Sなら知つて居ります。私も、直ぐ傍を通つてゆきますから御案内しませう。』

前の男にお礼を云つて、私達は、その男と一緒になつて歩き出した。男はガツシリした体に、細かい茶縞木綿の筒袖袢纏をきて、股引わらじがけと云ふ身軽な姿で先きにたつて遠慮なく急ぎながら、折々振り返つては話かける。

『谷中へは、何御用でお出です。』

『別に用と云ふ訳ではありませんが、実は彼処に残つてゐる人達が愈々今日限りで立ち退かされると云ふ話を聞いたもんですから、どんな様子かと思つて――』

『はゝあ、今日かぎりで、さうですか、まあ何時か一度は、どうせ逐ひ払はれるには極まつたことですからね。』

男はひどく冷淡な調子で云つた。

『残つてゐる人は実際の処どの位なものです。』

山岡は男が大分谷中の様子を知つてゐさうなので頻りに話かけてゐた。

『さあ、確かりした処は分りませんが、十五六軒もありますか、皆んな飛び〳〵に離れてゐるので、よく分りません。Sの家がまあ土手から一番近い処にあるのです。その近くに、二三軒あつて、後はずつと離れて、飛び〳〵になつてゐます。Sの母親と、私の母親が姉妹で、彼の家とは極く近い親戚で――え、私も元は矢張り谷中の者です。Sも、どうもお百姓のくせに、百姓仕事をしませんので、始終何にもならん事に走りまはつてばかりゐて困ります。』

彼はそんな事も云つた。若いSは谷中の為めに一生を捧げたT翁の亡き後は、その後継者のやうな位置になつて、残留民の代表者になつて、いろ〳〵な交渉の任にあたつてゐた。Sにはそれは本当に一生懸命な仕事でなくてはならなかつた。

『堤防を切られて水に浸つてゐるのだとか云ひますね。』

『なあに、家のある処は皆地面がずつと他よりは高くなつてゐますから、少々の水なら決して浸るやうな事はありませんよ。Sの家の地面なんかは、他の家から見るとまた一段と高くなつてゐますから、他は少々浸つても大丈夫な位です。お出になれば分ります。』

彼はさも、何でもない事を大げさに信じてゐる私達を笑ふやうに、また私達をさう信じさせる村民に反感をもつてでもゐるやうに、苦い顔をして云ひ切ると、またスタ〳〵先きになつて歩き出した。

何時のまにか、行く手に横はつた長い堤防に私達は近づいてゐた。

『あ、あの堤防だ、橋番の奴、直ぐ其処のやうな事を云つたが、随分あるね。でもよかつた、かう云ふ道ぢや、うまくあんな男にぶつかつたからいゝようなものゝ、それでないと困るね。』

『でも、よくうまく知つた人に遇つたものね、本当に助かつたわ。』

二人はやつと思ひがけない案内者が出来たのに安心して、少し後れて歩きながらそんな話をした。

『これがずつと元の谷中です。』

土手に上つた時、男は其処に立ち止まつて前に拡がつた沼地を指して云つた。

二

それは何と云ふ荒涼とした景色だつたらう！　遥かな地平の果てに、雪を頂いた一脈の山々がちゞこまつて見えるほかは、目を遮ぎるものとては何物もない、唯だ一面の茫漠とした沼地であつた。重く濁つた空はその広い沼地の端から端へと同じ広さで低くのしかゝり沼の全面は枯れすがれて生気を失つた葦で覆はれて、冷たく欝した空気が鈍くその上を動いてゐた。右を向いても左を向いても同じ葦の黄褐色が目も遥かに続いてゐるばかり、うねり曲つて左右に続く堤防の上の道さへ何処まで延びてゐるのか遂には矢張り同じ黄褐色の中に見分けもつかなくなつて仕舞ふ。振り返れば来る〱歩いて来た道も堤から一二丁の間白く見えた丈けで一と曲りしてそれも丈の高い葦の間にかくされてゐる。その道に沿ふてたゞ一叢二叢僅かに聳えた木立が、其処のみが人里近いことを思はすだけで、何処を何う見ても底寒い死気が八方から迫つて来るやうな、引き入れられるやうな、陰気な心持を誘はれるのであつた。

古河の町を外づれて、高い堤防の上から谷中村かと思はれる沼地の中の道に踏み入らうとして、私は且つて人の話に聞いて勝手に想像してゐた谷中村と云ふものとは、あまりの相異に凡ての自分の想像から持つてゐる期待の取捨に迷ひながらやつと此の土手まで来たのであつた。先刻道を聞いた時橋番が云つたやうに、成程廢村谷中の跡は此処から一と目に見渡せるのであつた。しかも見渡した景色は、瞬間に、私の及びもつかない想像をも期待をも押し退けた。それは此処までの途すがらに散々私を悩ましたあの人気のない落莫とした取りつき端のないやうな景色よりも、更に思ひがけないものだつた。

『まあひどい！』

さう云つたなりで、後の言葉がつゞかなかつた。ひどい！と云ふ言葉も、私が今一度に感じた複雑な感じのほんの隅つこの切れつぱしにすぎないとしか思へないやうな不満な思ひがするのであつた。冬ではあるが、それでも、かうして立つてゐる足元から前に拡がつたこの広大な地に、目の届く処にせめて、一本の生々とした木なり草なり生えてでもゐることか、たゞもう生気を失つて風にもまれる枯れ葦ばかり、虫一匹生きてゐさうなけはいさへもない。ましてこの沼地の何処に人が住んでゐるのだなど〻思へやう？

案内役になつた連れの男はさつさと歩いて行く。何処を何う行くのかも分らずに従いて行くのに不安を感じて私は聞いた。

『谷中の人達の住んでゐる処まではまだよほどあるのですか？』

『さうですね、この土手をずつとゆくのです。一里か一里半もありますかね。』

道は幅も広く平らだつた。しかし、この道をもう一里半も歩かなければならないと云ふ事は私には可なり思ひがけもない辛らい事だつた。殊に帰りもあるのに、この人里離れた処では乗物などの便宜のないと云ふ分り切つた事が無暗に心細くなり出した。それでもこの雪もよひの寒空に、自分から進んで、山岡までも引つぱつて出かけて来ておいて、まさかそのやうな事までも、口へ出しては云ひかねて黙つて歩いた。

『斯うして見ると広い土地だね、荒れてゐる事も随分荒れてるけれど、これで人が住んでゐた村のあとだとは一寸思へないね。』

『本当にね、随分ひどい荒れ方だわ、こんなにもなるものですかねえ。』

『ああ、なるだらうね、もう随分長い間の事だから。しかし、こんなに酷くなつてゐやうとは思はなかつたね。何んでも、此処は実にいゝ土地だつたんださうだよ。田でも畑でも肥料などは施らなくても、普通より多く収穫がある位だつた、と云ふからね。御覧、そら、其処らの土を見たつて真黒ないゝ土らしいぢやないか。』

『さう云へばさうね。』

私は土手に匐ふやうに低く生えた笹の葉の緑色を珍らしく見ながらさう云つた。この先きの見透しもつかないやうな広い土地――今はかうして枯れ葦に領されたこの広い土地――に且つてはどれだけの生きものが育ぐまれたであらう。人も草木も鳥も虫も悉ての者が。だが今はそれ等の凡てが奪はれて仕舞つたのだ。そして土地は衰へ果てゝもとのまゝに横はつてゐる。

『何故このやうに広い、そして豊饒な土地をこんなに惨めに殺したものだらう?』

もとのまゝの土地ならば、この広い土地一杯に、春が来れば菜の花が咲きこぼれるのであらう。麦も青く芽ぐむに相違ない。秋になれば稲の穂が豊かな実りを見せるに相違ない。さうして凡ての生きものはしあはせな朝夕をこの土地で送れるのだ。それだのに、何故、その豊かな土地を、わざ〳〵多くの金をかけて、人手を借りて、こんな廃地にしなければならなかつたのだらう?

それは、私がこの土地の事に就いての話を聞いた最初に持つた疑問であつた。そして、私はその疑問に対する多くの答を聞いてゐる。しかし現在この広い土地を見ては、矢張り、そのやうな答へよりも最初の疑問が先づ頭をもたげ出すのであつた。

歩いて行く土手の道の内側の処々に、土手と並んで僅かな畑がある。先きに歩いて行く男は振り返りながら

『かう云ふ処はもと人家のあつた跡なのですよ。』

と思ひ出したやうに教へてくれる。もとは、この土地に住んでゐた村民の一人だと云ふその男は、この情ないやうな居村の跡に対しても、別段に何の感じもそゝられないやうな無神経な顔をして、ずつと前にこの土地の問題が世間に彼れ是れ云はれた時の事などをポツリ〳〵話してゐるのであつた。そして、それも且つての自分達の上を話してゐると云ふよりは、まるで他人の上の事でも話してゐるやうな無関心な態度を、私は不思議な気持で見てゐた。彼は惨苦のうちに、この土地に未練をもつて、今もなほ池の中に住んでゐる少数の人達に対しても、冷淡な侮蔑を躊躇なく表はすのであつた。

『ずつと向ふに一寸した木立がありますね、えゝずつと遠くの方に、今煙が見えるでせう? あの少し左へよつた処に矢張り木の茂つた処が見えますね、あれがSの家です。まだ大分ありますよ。』

指された遥かな方に、漸々のことで小さな木立が見出された。細い貧し気な煙も見える。私と山岡が今尋ねて行かうとしてゐる人達の住居は其処なのだつた。連れの男は折々立ち止まつて

は、後れる私達を待つやうにして一言二言話しかけては又先きにずん〲歩いて行く。道に添ふて、先刻はたゞ一と目に広く大きいまゝに見た景色の中につゝまれた、小さな一つ〲のみじめな景色が順々にむき出しにされて私達を迎へる。何時か土手に添ふた畑地はなくなつて土手の直ぐ下の沼の岸の、疎らになつた葦間に、みすぼらしい小舟がつなぎもせずに乗り捨てゝあつたり、破れた舟籃が置きざりにされてあると見てゆくうちに、人の脊丈の半ばにも及ばないやうな低い、竹とむしろで漸くに小屋の形をしたものが、腐れ破れかゝつて残つてゐたりする、長い堤防は人気のない沼の中を、うねり曲つて、何処までも続いてゐる。

　山岡は乾いた道にステツキを強くつきあてゝは高い音をさせながら、十四五年も前にこの土地の問題に就いて世間で騒いだ時分の話や、知人の誰彼がこの村の為めに働いた話をしながら歩いて行く。

『今ぢや皆忘れたやうな顔をしてゐるけれど、その時分には大変だつたさ。それに何の問題でもさうだが、あの問題も矢張りいろんな人間の為めに随分利用されたもんだ。あのTと云ふ爺さんがまた非常に人が好いんだよ。それにもう死ぬ少し前なんかにはすつかり耄碌して意久地がなくなつて僕なんか会つてゝも厭やになつちやつたがね。少し同情するやうな事を云ふ人があると、すつかり信じてしまふんだよ。それで随分いゝ加減に担がれたんだらう?』

『さうですつてね。でも、死ぬ時には村の人にさう云つたてぢやありませんか。誰も他をあてにしちやいけないつて。仕舞ひにはこりたんでせうね。』

『それやさうだらう。』

『だけど、人間の同情なんてものも、全く長続きはしないものなのね。もつとも各自に自分の生活の方が忙しいから仕方はないけれど。でも、此の土地だつて、その位に皆んなの同情が集つてゐる時に何とか思ひ切つた方法をとつてゐれば、どうにか途はついたのかもしれないのね。』

『あゝ、これで矢張り時機と云ふものは大切なものなんだよ。此処だつてむしろ旗をたてゝ騒いだ時に其勢でもつと思ひ切つて一気にやつて仕舞はなかつたのは嘘だよ。かう長引いちや、どうしたつてかう云ふ最後に成る事は解り切つてゐるのだからね。』

　けれど兎に角世間で問題にして騒いだ時には多くの人に涙をわかたれた土地なのに、それが何故に何の効果も見せずに、斯うした結末に来たのだらう? 他事としての同情なら続く筈もないかもしれない。しかし、一度はそれを自分の問題として寝食を忘れてもつくした人が、もう思ひ出しても見ないと云ふやうな事が、どうしてあり得るのであらう? 私はこの景色を前にして、色々な過ぎ去つた話を聞いてゐると、最初に私がその事件に対して持つた不平や疑問が新らたにまた帰つて来るのであつた。

三

私が始めて其の谷中村と云ふ名を聞き其の事件に就いて知り得たのは、三年か四年も前の事だ。其の頃私の家に一番親しく出入してゐたM氏夫妻によつて、初めて私は可なり委しく話して聞かされた。

或る日――それはたしか一月の寒い日だつたと覚えてゐる――M氏夫婦は、何時になく沈んだ、しかし何処か緊張した顔をして門を這入つて来た。上ると直ぐ例のとほりに子供を抱き上げてあやしながら一としきりよろこばしておいて、思ひ出したやうに傍にゐた私に明日から二三日他へゆくかもしれないと云つた。

『何方へ』

何気なしに私はさう尋ねた。

『え、実は谷中村まで一寸行つて来たいと思ふのです。』

『谷中村つて何処なんです。』

『御存じありませんか、栃木ですがね、例の鉱毒問題のあの谷中ですよ。』

『へえ、私些つとも知りませんわ、その鉱毒問題と云ふのも――』

『あゝさうでせうね。あなたはまだ若いんだから。』

さう云つてM氏は妻君と顔見合はせて一寸笑つてから云つた。

『T翁と云ふ名位は御存じでせう?』

『えゝ、知つてますわ。』

『あの人が熱心に奔走した事件なんです。その事件で問題になつた土地なんです。』

『あゝさうですか。』

私にもさう云はれゝば何かの書いたものでT爺と云ふ人は知つてゐた。義人とまで云はれたその老爺が何か或る村の為めに尽したのだと云ふ事も朧ろ気ながら知つてゐる。しかしそれ以上の委しい事は何にも知らなかつた。

『実は今日その村の人が来ましてね、いろ〳〵話を聞いて見ると実にひどいんです。何だか、とてもぢつとしてはゐられないので一つ出かけて行つて見やうと思ふのです。』

M氏は急に、恐ろしく昂奮した顔付きをして、突然にさう云つて黙つた。私には何の事だか一切分らなかつたけれど、不断何事にも真面目なM氏の一と通りの事ではないやうな話の調子に、まるで外れてゐるのも済まぬやうな気がして、さぐるやうにして聞いた。

『その村に、何かあつたのですか?』

『実はその村の人たちが水浸りになつて死にさうなんですよ。水責めに遇つてゐるのですよ。』

『えゝ、何うしてです?』

『話が少しあとさきになりますが、谷中村と云ふものは今日はもうない事になつてゐるんです。旧谷中村は全部堤防で囲まれた潴水池になつてゐるんです。いゝ加減な話では解らないでせうけれど。』

斯う云つてM氏は先づ鉱山問題と云ふものから話しはじめた。

谷中村は栃木県の最南端の、茨城群馬と近接した土地で渡良瀬と云ふ利根の支流の沿岸の村なのであるが、その渡良瀬の水源が足尾の銅山地方にあるので、銅山の鉱毒が渡良瀬川に流れ込んで沿岸の土地に非常な被害を及ぼした事がある。それが問題となつて長い間物議の種になつてゐたが、政府の仲介で鉱業主と被害民の間に妥協が成立して、一と先づそれは片附いたのだ。しかし水源地の銅山の樹が濫伐された為めに、年々洪水の被害が絶えないのと、その洪水の度びに矢張り鉱毒が濁水と一緒に流れ込んで来るので鉱毒問題の余炎がとかく上りやすいので政府では、その禍根を絶つ事に腐心した。

水害の原因が水源地の濫伐にあることは勿論であるが、栃木、群馬、茨城、埼玉等の諸県にまたがるこの被害のもう一つの原因は利根の河水の停滞と云ふ事にもあつた。本流の河水の停滞は、支流の渡良瀬、思等の逆流となつて、其の辺の低地一帯の氾濫となるのであつた。其処で、その河水の停滞をのぞく為めに、河底を濬へると云ふ事、その逆流を緩和さす為めの潴水池をつくる事が最善の方法として選ばれた。そして渡良瀬、思の両川が合して利根の本流に落ちようとする処、従つて、何時も逆流の正面に当つて一番被害の激しい谷中村がその用地にあてられたのである。土地買収が始まつた。躍起となつた反対運動も、何の効も奏しなかつた。激しい反対の中に、買収はずんずん遂行された。しかし、少数の強硬な反対者だけではどうしても肯んじなかつた。彼等は祖先からの由緒を楯てに、官憲の高圧的な手段に対しての反抗、または買収の手段の陋劣に対する私憤、その他種々な、からみまつはつた情実につれて、死んでも買収には応じないと頑張つた。大部分の買収を終つて、既でに工事にかゝつた当局は、この少数の者に対しては、どうしても、土地収用法の適用によつて、他に立退かすより他はなかつた。其処で、その残つた家の強制破壊が断行された。

『その土地収用法と云ふのは一体何んです?』

『さう云ふ法律があるんです。政府で、どうしても必要な土地であるのを、買収に応じないものがあれば、その収用法によつて立ち退きを強制する事が出来るのです。』

『へえ、そんな法律があるんですか。でも家を破すなんて、乱暴ぢやありませんか。もつともそれが一番有効な方法ぢやあるでせうけれど、あんまりですね。』

その家屋破壊の強制執行は、更らに残留民の激昂を煽つた。

『そのやり方も、随分ひどいんですよ。本当ならば先づ破す前に、皆を収容するバラツク位は建てゝおいて、それからまあ破すなら破して、それも他の処に建てゝやる位の親切はなければならないんです。それを何んでも家をこはして、此処にゐられないやうにしさへすればいゝ位の考へで滅茶苦茶にやつたんでせう。それぢや、とても虫をおさへてゐる訳にはゆきませんよ。第一他にからだのおき場所がないんですからね。』

彼等はあくまで反抗する気で、其処に再び自分達の手でやつと雨露をしのげる位の仮小屋を建てゝ、どうしても立ち退かなかつた。勿論、下げ渡される筈の買収費をも受けなかつた。県当局もそれ以上には手の出しやうはなかつた。彼等がどうしても、その住居に堪えられなくなつて立ち退くのを待つより他はなくなつた。しかし、それから、もう十年の年月が経つた。工事も済んで、谷中全村の広い地域は高い堤防に囲まれた一大豬水池になつた。そして河の増水の度びにその豬水池の中に水が注ぎ込まれるのであつた。それでも彼等は其処を去りさうな様子は見せなかつた。

『今となつちや、もう愈々動く訳にはゆかないやうになつてゐるんでせう。一つはまあさうした行きがゝりの上から、意地にもなつてゐますし、もう一つは最初は手をつける筈でなかつた買収費も、つひ困つて手をつけた人もあるらしいので、他へ移るとしても必要な金に困るやうな事になつたりして。処がこのごろにまた堤防を切つたんださうです。其処からは、この三月時分の水源の山の雪がとけて川の水嵩がまして来ると、どん〳〵水が這入つて来て、とても今のやうにして住んでゐる事は出来ないんださうです。当局者は、さうでもすれば、何うしても他へゆかなければならなくなつて立ち退くだらうと云ふ考へらしいのですがね。残つてゐる村民は、例へその水の中に溺れても立ち退かないと決心してゐるさうです。Sと云ふその村の青年が、此度出て来たのもその様子を訴へに来たやうな訳なのです。』

『随分ひどい事をしていぢめるのですね。ぢや今だつて水に浸つてゐるやうなものなんですね。その上に水を入れられちや堪つたものぢやありませんわ。そして、その事は、世間ぢやちつとも知らないんですか。』

『ずつと前には鉱毒問題から続いて、収用法適用で家を破されるやうになつた時分までは、随分世間でも騒ぎましたし、一生懸命になつた人もありましたけれど、何しろ、もう三十年も前から続いた事ですからねえ、大抵の人には忘れられてゐるのです。』

それは私には全く意外な答へであつた。先づ世間一般の人達はともあれ、一度は、本当に一生懸命にその為めに働いた人があるとすれば、今また新らしくさうした最後の悲惨事を、どう上の空で黙過する事が出来るのだらう？　私はM氏に、何か、不満なその考へをむき出しにして云つた。しかしM氏はおしなだめるやうに云つた。

『それや、あなたは始めて聞いたんだからさう思ふのはあたりまへですけれど、みんなは、「まだ片付かなかつたのか」くらゐにしか思ひはしないのでせうよ。さう云ふ事はほんとうに不都合な事です。不都合な事ですけれど、しかし、それが普通の事なんですから。いまは三河島に引つ込んでゐるKさん、御存じでせう？　あの人でさへ、一時は、あの問題の為めに一身を捧げる位な意気込みでゐたんですけれど、今日ぢや、何のたよりにもならないのですからねえ。』

K氏と云へば、一時は有力な社会主義者として敬意を払はれた人である。創作家としても、その人道的な熱と情緒によつて多くの読者を引きつけた人である。

『へえ、Kさん？　あゝ云ふ人でも――』

私は呆れて云つた。

『Kさんも、前とはよほど違つてゐますからねえ。然しKさんばかりぢやない皆がさうなんです。要するに、もう随分長い間どうする事も出来なかつた位ですから、この場合になつても、どう手の出しやうもないからまあ黙つて見てゐるより仕方はあるまいと云ふのが皆の考へらしいんです。しかし、』

M氏は一たん言葉を区切つてから云つた。手の出しやうのないのは事実だ。今まで十年もの間苦しみながらしがみついて残つてゐた土地から、今になつてどうして離れられやう、と云ふ村民の突きつめた気持に同情すれば溺れ死なうと云ふ決心にも同意しなければならぬ。と云つて手を束ねてどう見てゐられやう？　けれど、事実の上では矢張り黙つて見てゐるより他はないのだ、しかし、どうかして自分は考へて見るだけでも忍びないこの自分の気持を少しでも慰さめたい。せめて、その人達と暫くの間でもその惨めな生活を共にして、その人達の苦しみを自分の苦しみとして、もし幾分でも慰められるものなら慰めたいと云ふやうな事を、センテイメンタルな調子で云つた。

私も何時か引込まれて暗い気持に襲はれ出した。然し私には、どうしても、『手の出しやうがない』と云ふ事が腑に落ちなかつた。兎に角幾十人かの生死にかゝはる悲惨事ではないか。何故に犬一匹の生命にも無関心ではゐられない世間の人達の良心は、平気でそれを見のがせるのであらうか。手を出した結果が、どうあらうと、のばせる丈けはのばすべきものではあるまいか。人達の心持は『手の出しやうがないのではない。』『手を出したってつまらない。』と云ふのであらう。

『ではもう、どうにも手の出しやうはないと云ふのですね。本当に採つて見る何の手段もないのでせうか。』

『まあさうですね、もう此の場合になつては一寸どうする事も出来ませんね。』

然し、結果はどうとしても、何とか皆の注意を引く事位は出来さうなものだと私は思ふのであつた。かう云ふ事を、いくら古い問題だからと云つて、知らぬ顔をしてゐるのはひどい、私は氏の話に感ずるあきたらなさを考へ詰める程、だん〳〵に或る憤激と焦慮が身内に湧き上つて来るのを感ずるのであつた。

『Sと云ふ人は、K氏やH氏の処に、その事で何か相談に来たんですか。』

今迄だまつてゐたTが突然に口を出した。

『えゝ、まうさうなんです。しかし、村民も今更他からの救ひをあてにしてる訳ではないので、相談と云ふのも、ほんの知らせかた〴〵の話に来た位のものなんですけれど、どうも話を聞いて見ると実に惨めなもんです。実際どうにかなるもんなら

――』

M氏はさう云つて、どうにも手出しの出来ない事をもう一度述べてから、K氏のろくに相手にもならない心持は、多分、今当局に、他からいくら村民達の決心を呑み込ませやうとしても無駄だから、矢張り何処までも、本人達によつて示されなければ、手応へはあるまいと云ふ事、さうした場合になれば、ひとりでに世間の問題にもなるだらうと云ふ考へだらうと説明した。
『僕もさう思ひますね。実際もう何とも仕方のない場合になつて来てゐるのですからねえ。』

Tは冷淡な調子で、もうそんな話は片附けやうとするやうに云つた。

四

けれど、私はそれなりで話を打ち切つてしまふには、あまりにその話に昂奮させられてゐた。私は出来る丈けその可愛想な村民達の生活を知らうとしてM氏に根掘り葉掘り聞き初めた。

彼等の生活は、私の想像にも及ばない惨さであつた。僅かに小高くなつた堤防のまはりの空地、自分達の小屋のまはりなどを畑にして耕したり、川魚をとつて近くの町に売りに出たりして漸々にくらしてゐるのであつた。それればかりか、とても、その位の事ではどうすることも出来ないので、潴水池の工事の日傭になつて働いて、漸々に暮してゐる人さへあるのであつた。その上にマッチ一つ買ふにも二里近くの道をゆかなければならないやうな人里離れた処で、彼等の小屋の中は真直ぐに立つて歩く事も出来ないやうな窮屈な不完全なものであつた。
『よくまあ、そんなくらしを十年も続けて来たものですねえ。で、その他の買収に応じて他へ立ち退いた人達はどうなつてゐるんです？』

私の頭の中では聞いてゆく事実と私の感情が、いくつも〳〵こんぐらがつて一杯になつてゐた。しかし、そのもつれから起つて来る焦慮に追つかけながらも、なほ聞くだけの事は聞いて仕舞はうとして尋ねるのであつた。
『えゝ、その人達がまた矢張りお話にならないやうな難儀をしてゐるのです。皆が苦しみながらでもまだ、谷中に残つてゐるのは一つはその為めでもあるんです。今ゐる人達の間にも一たんは、他へ行つてまた戻つて来た人などもあるんださうです。』

買収に応じた人達も、残つた人達に劣らぬ貧困と迫害の中に暮らさなければならなかつた。最初はいゝ加減な甘言にのせられて、それ〴〵移住して、或る者は広い未開の地をあてがはれて其処を開墾し始めた。しかし、それは一と通りや二通りの困難ではなかつた。長い間朝も晩も耕し、高い肥料をやつても、思ふやうな耕地にはならなかつた。収穫はなし僅かばかりの金はなくなる。人里遠い荒涼とした知らない土地に、彼等は寒さと飢にひし〳〵迫まられた。或る者は、偶々住みよさそうな処に行つても、其処では土着の人々からきびしい迫害を受けなければならなかつた。彼等のたよりは、僅かな金であつた。その金が失くなれば、何うする事も出来なかつた。土を耕す事より他には何の仕事も彼等は知らないのだ。耕やさうにも土地はないし、金はなくなると云へば、彼等はその日からでも路頭に迷はねばならなかつた。さうしたはめになつて、或る者は、再び惨めな村へ帰つた。或者は何のあてもない漂浪者になつて離散した。

M氏によつて話さるゝ悲惨な事実は何時までも尽きなかつた。殊に、潴水池に就いての利害の撞着や買収を行ふにあたつての多くの醜事実、家屋の強制破壊の際の凄惨な幾多の悲劇、それらがM氏の昂奮した口調で話されるのを聞いてゐるうちに、私も何時かその昂奮の渦の中に巻き込まれてゐるのであつた。そして、それ等の事実の中に何の罪もない、たゞ善良で無知な百姓達を惨苦に導く不条理が一つ一つはつきりと見出されるのであつた。あゝ！　此処にもこの不条理が無知と善良を虐げてゐるのか。事実は他所事でもその不条理の横暴は他所事ではない。これをどう見のがせるであらう？　且つてその問題の為めに、一身を捧げてもと人々を熱中せしめたのも、たゞその不条理の暴虐に対する憤激があればこそではあるまいか。それ等の人はどう云ふ気持ちで、その成行を見てゐるのであらう？

M氏は日が暮れてからも、長い事話してゐた。夫婦が辞し去つてから、机の前に坐つた私は、暫くして漸々昂奮からのがれて、始めて、いくらか余裕のある心持ちで考へて見やうとする落ち付きを持つことが出来た。けれど、その沈静は、私の望むやうな、批判的な考への方には導かないで、何となく物がなしい寂しさをもつて、絶望的な其の村民達の惨めな生活を想像させるのであつた。私の心は果てしもなく広がる想像の中に凡てを忘れて没頭してゐた。

『おい、何をそんなに考へ込んでゐるんだい？』

余程たつてTは、不機嫌な顔をして、私を考への中から呼び返した。

『何つて先刻からの事ですよ。』

『何んだまだあんな事を考へてゐるのかい。あんな事をいくら考へたつて何うなるもんか、それよりもつと自分の事で考へなきやならない事がうんとあらあ。』

『そんな事は、私だつて知つてゐますよ。だけど他人の事だからと云つて考へずにやゐられないから考へてゐるんです。』

私はムツとして云つた。何うにもならない他人の事を考へるひまに、一歩でも自分の生活を進めることを考へるのが本当だと云ふ事位知つてゐる。Tの個人主義的な考への上からは、私が何時までも、そんな他所事を考へてゐるのは、馬鹿々々しいセンテイメンタリストのする事として軽蔑すべき事かもしれない。現に今日私とM氏との間に交はされた話も彼には普通の雑談として聞かれたにすぎない。けれど、今私を捉へてゐる深い感激は、彼の所謂幼稚なセンテイメンタリズムは、彼の軽蔑位には何としても動かなかつた。そればかりではない。今日ばかりはさうした悲惨な話に無関心なTのエゴイステイツクな態度が忌々しくて堪らないのであつた。

『他人の事だからと云つて、決して余計な考へ事ぢやないと私は思ひますよ、皆んな同じ生きる権利を持つて生れた人間ですもの。私たちが、自分の生活を出来る丈けよくしやう、下らない圧迫や不公平をなるべく受けないやうに、と想つて努力してゐる以上は、他の人だつて同じやうにつまらない目には遇ふまいとしてゐるに違ひないんですからね。自分自身だけのこと、云つても、そんなに自分ばかりに没頭の出来る筈はありませんよ。自分が受けて困る不公平なら他人だつて矢張り困るんですもの。』

『それやそうさ、だが、今の世の中では誰だつて満足に生活してゐる者はありやしないんだ。皆それぞれに自分の生活に就いて苦しんでゐるんだ。それに他人の事まで気にしてゐた日には切りはありやしないぢやないか。そりや随分可愛想な目に遇つてる者もあるさ。しかし、そんな酷い目に遇つてゐる奴等は意久地がないからさう云ふ目に遇ふんだと思へば間違ひはない。何時でも愚痴を云つてる奴にかぎつて弱いのと同じだ。自分がしつかりしてゐて不当なものだと思へばどん〳〵拒みさへすればそれでい、んだ。世の中の色んな事が正しいとか正しくないとかそんな事がとても一々考へられるものぢやない。要するに、皆んなが各々に自覚をしさへすればい、んだ。今日の話の谷中の人達だつて、もう家を破されたときから、とても自分達の力で叶はない事は知れ切つてるんぢやないか。少しばかりの人数でいくら頑張つたつて何うなるものか。そんな解り切つた事に何時までも取りついてゐるのは愚だよ。云はゞ自分自身であがきのとれない深味に這入つたやうなもんぢやないか。』

『そんな事が解れば苦労はしませんよ。それが解る人は買収に応じて遂うにもつと上手な世渡りを考へて村を出てゐます。何も知らないから苦しむんです。一番正直な人が一番最後まで苦しむ事になつてゐるでせう? それを考へると、私は何よりも可愛想で仕方がないんです。』

『可愛想は可愛想でも、そんなのは何にも解らない馬鹿なんだ。自分で生きてゆく事の出来ない人間なんだ。どんなに正直でも何んでも、自分で自分を死地におとしてゐながら何処までも他人の同情にすがる事を考へてゐるやうなものは卑劣だよ。僕はそんなものに向つて同情する気にはとてもなれない。』

私は黙つた。しかし頭の中では一時に云ひたい事が一杯になつた。いろ〳〵Tの云つた事に対しての理屈が後から後からと湧き上つて来た。Tはなほ続けて云つた。

『お前はまださつきのMさんの昂奮に引つぱり込まれたま、でゐる。だから本当に冷静に考へる事が出来ないのだよ。明日になつてもう一ど考へて御覧。きつと、もつと別の考へ方が出来るに違ひない。お前が今考へてゐるやうに、皆んながいくら決心したからと云つて、決して死んでしまふやうな事はないよ。さう云ふ事があるものか。よし皆んなが溺れやうとしたつて屹度救ひ出されるよ。そして結局は無事に何処かへをさまつて終ふんだ。本当に死ぬ決心なら相談になんぞ来るものか。今云つてゐる決心と云ふのは、かうなつてもかまつてくれないかと云ふ面当てなんだ、脅かしなんだ。何の本気に死ぬ気でなんかゐるもんか。もし、さうまで谷中と云ふ村を建て直したいのなら、何処か他のいゝ土地をさがして立派に新らしい谷中村を建てればいゝんだ。その意久地もなしに、本当に死ぬ決心が出来るものか。お前はあんまりセンテイメンタルに考へ過ぎてゐるのだよ。明日になつて考へて御覧、屹度今自分で考へてゐる事が馬鹿々々しくなるから。』

けれど、此の言葉は、私にはあまりに酷な言葉だつた。

私がいま、出来る丈け正直で善良で可愛想な人達として考へてゐる人々の間に、そんな卑劣な事が考へられてゐるのだと云ふやうな事を、どうして思へやう！

だが私は又、『その善良な人達が何んでそんな事を考へるものですか』と直ぐに押し返して云ふ程にもその事を否定してしまふ事は出来なかつた。

けれど、なほ私は抗つた。

この可愛想な人達の『死』ぬと云ふ決心が、よしTの云ふやうに面当てゞあらうと、脅かしであらうと、どうして私はそれを悪めやう。よしそれが本当に卑劣な心からであつてもそんなに卑劣には何がしたのだらう？

自分の力でたつ事が出来ないものは、亡びてしまふより他に仕方がない。そうして自から、其の自分を死地に堕す処に思ひきり悪く居残つてゐるものが亡びるのは当然の事だ。

それに誰が異議を云はう。

だのに私は何故その当然の事に楯つかうとするのだらう？

私は其処に何かを見出さなければならないと思ひあせりながら、果しもない、種々な考への中に何にも捕捉し得ずに、何となく長い考へのつながりのひま〳〵に襲はれる漠然とした悲しみに、床についてもとう〳〵三時を打つ頃まで私の目はハツキリ灯を見つめてゐた。

五

次の日も、その次の日も、当座は毎日のやうに、私は目前に迫つた仕事のひま〳〵には、黙つて一人きりでその問題に就いて考へてゐた。Tの云つた事も、漸次に、何の不平もなしに真実に、受け容れる事が出来て来はしたけれど、最初からの私自身が受けた感じの上には何の響きも来なかつた。

Tの理屈は正しい。私はそれを理解する事は出来る。併し、私には、その理屈より他に、その理屈で流して仕舞ふ事の出来ない、事実に対する感じが生きてゐる。私はそれをTのやうに単に幼稚なセンテイメンタリズムとして無雑作に軽蔑する事も出来ないし、無視する事も出来ないのだ。

私が偶々聞いた一つの事実は、広い世の中の一隅に於ける、ほんの一小部分の出来事に過ぎないのだ。もつと〳〵酷い不公平を受けてゐる人も、もつと悲惨な事もあるかもしれないと云ふ事位は、私にも解らない事はない。けれど私は、それ等の事実に鑑みて、直ちに『先づ自分の生活をそのように惨めに蹂躙されないように、自分自身の生活から堅固にして行かねばならぬ』と考へて仕舞ふ事は出来ない。勿論先づ自身の生活に忠実であらねばならぬと云ふことは、私達の生活の第一義だとは、私も考へるけれど、私自身の今日迄の生活を省みて、本当に自分の生活を意のまゝにしやうと努力して、その努力に相当する結果が一つでも得られたらうか？　私達は大抵の場合に、自分達の努力に幾十倍、幾百倍とも知れない、世間に漲つた不当な力に圧迫され、防ぎ止められて、一歩も半歩も踏み出すことは愚か、どうかすれば反対に、底の底まで突き落され、弾ね飛ばされなければならなかつたではないか？　唯だ『正しく、偽はらず、自己を生かさむが為めに、』のみ、どれ程の無駄な努力や、苦痛を忍ばねばならなかつたかを思へば、いろ〳〵な堪えがたい不当な屈辱をどうして忍ばねばならなかつたかと思へば、『不公平を受ける奴は意久地がないからだ。』と、一と口に云ひ切つて仕舞ふ事が何うして出来よう？　私達はまだ、どんな不当な屈辱をでも忍ぶだけの、どんな苦痛をも堪え得る、自分に対する根拠のある信条をも持つてゐれば、物事を批判をするに都合のいゝ、いくらかの智識も持つてゐる。意久地がないと云ふ、その多数の人達にはそれがない。単に、『天道様が見てゐらつしやる』位の強ひられた、薄弱な拠り処では、彼等の受けてゐる組織立つた圧迫にはあまりに見すぼらし過ぎる。それだから乗ぜられ、『圧倒されるのが当り前』だけれど私は、それだから猶更無智な人達が可愛想でならない。気の毒でならない。人間として持つて生れた生きる権利に何の差別があらう？　だのに、何故、たゞ無智だからと云つて、その正しい権利が割引きされなければならないのか？　恐らく、それに対する答へは只だ一つでいゝ。どんなに無智であらうとも、彼等はその一つの事を知りさへすればいゝのだ、だが彼等はそれを、何によつて知ればいゝのだらう？　『彼等自身で探しあてるまで』待つより仕方がないと云ふ人もあるだらう？　けれど、それ迄ぢつと見てゐられぬ者はどうすればいゝのだらう？

自分も生きる為めには戦はねばならない。そして同時に、もつと自分よりも可愛想な人々の為めにも戦ふことは出来ないであらうか。

私が今日迄、一番自分にとつて大切な事としてゐた『自己完成』と云ふ事が、どんな場合にでも、どんな境地に於いても、自分の生活に於いての第一の必須条件であると云ふ事は私には、だん〳〵考へられなくなつて来た。

私達は本当に、どんな場合にでも、与へられるまゝの生活で自分を保護する事より他に出来ないのであらうか。

『虐げられてゐるのは少数の者ばかりぢやないのだ。大部分の人間が、皆んな虐げられながら惨めに生きてゐるのだ。今はもう、何んだつて一番わるい状態になつてゐるのだ』

深い溜息と一しよに私はこんな事しか考へる事は出来なかつ

た。幾度考へて見ても同じ事だつた。

けれど私は、かうして自分の考へを逐ひまくられると、きまつて夢想する他の世界があつた。

ほんの些細な事からでも考へ出せば人間の生活の悉ゆる方面に力強く、根深く喰ひ込み枝葉を茂げらしてゐる誤謬が、自分達の僅かな力で、どうあがいたところで、とても揺ぎもするものではないと云ふ絶望のドン底に突き落される。ではどうすればいゝだらう？　私は其の度びに、自分の力の及ぶかぎり自分の生活を正しい方に向け正しい方に導かうと努力してゐるのだと云ふ事に僅かに自分を慰めて、自分の小さな生活を保つて来た。しかし、第一に私は手近かな、家庭と云ふもの、為めに、不愉快な『忍従』の為つゞけであつた。種々な場合に、そんな時には何の価値もない些細な家の中の平和の為めに、そして自分がその家庭の侵入者であるが為めに、自分の正しい行為や云ひ分を遠慮しなければならない事が多かつた。その小さな一つ〳〵がやがて全生活をうづめて仕舞ふ油断のならない一つ〳〵である事を知りながらでも、その妥協と譲歩はしなければならなかつたのだ。そして、それが嵩じて来ると、何もかも呪はしく、馬鹿らしく、焦立たしくなるのだつた。

『こんなにも苦しんで、私は一体何をしてゐるのだらう余計な遠慮や気がねをしなければならないやうな狭い処で折々思ひ出したやうに、自分の気持を引つたてゝ見る位の事しか出来ないなんて——同じ事なら。』同じ事ならこんな誤謬にみちた生活にこびりついてゐなくたつて、いつそもう、何も彼も投げすてゝ広い自由の為めの戦ひの中に、飛び込んでゆきたいと思ふのだつた。そのムーヴメントの中に飛び込んで行つて、力一杯に手ごたへのある事を為て見たいと思ふのだつた。自分のもつてゐるだけの情熱も力も其処ならば一杯に傾け尽せさうに思はれた。

私は、自分の現在の生活に対する反抗心が炎え上ると、さう云ふ特殊な仕事の中に、本当に強く生きて動く自分を夢想するのだつた。

しかし、その夢想と眼前の事実の間には文字通りの隔りがあつた。私は矢張り夢想を実現させようとする努力よりも、一日一日の事に逐はれてゐなければならなかつた。けれどそれは決してさうして放つて置いてもいゝ事ではなかつた。必ずどつちかに片をつけなければならない事なのだつた。

私に、特にさうしたはつきりした根のある夢想を持たせるやうに導いたのは、山岡が二三年前に創めた『K』雑誌であつた。私は何にも知らずに、そのうすつぺらな創刊号を手にしたのであつた。私の興味は一度で吸ひ寄せられた。号を逐ふて読んでゐるうちに、だん〳〵に雑誌に書かれるものに対する興味は其人達の持つ思想や主張に対する深い注意に代つて行つた。そのうちに私の前に、もつと私を感激させるものが置かれた。それは、エンマ・ゴルドマンの、特に、彼女の伝記であつた。私はそれによつて始めて、伝道と云ふ『奴隷の勤勉をもつて働らき、乞食の名誉をもつて死ぬかも知れない』仕事に従事する人達の真に高価な『生き甲斐』と云ふやうなものが、本当に解るやうな気がした。

それでも、私はまだ出来る丈け不精をしやうとしてゐた。それには、一緒にゐるTの影響も大分あつた。彼は、ずつと前から山岡達の仕事に対しては理解も興味も持つてゐた。しかし、彼は何時もの彼の行き方どほりに、その人達に近よつて交渉をもつ事はいやだつたのだ。交渉をもつ事が嫌やだと云ふよりは彼は、山岡達のサアクルの人達が、どんなにひどい迫害を受けてゐるかをよく知つてゐたので、その交渉に続いて起る損害を受けるのが馬鹿らしかつたのだ。それ故私もまた、それ程の損害を受けないでも、自分には、手近かな『婦人解放』と云ふ他の仕事があるのだ、『婦人解放』と云つた処で、これも間違ひのない『奴隷解放』の仕事なのだから意味は一つなのだ等と勝手な事を考へて遠くから山岡達の仕事を、矢張り注意ぶかくは見てゐた。

思ひがけなく、今日まで避けて来た事を、今、事実によつて、考への上だけでも極めなければならなくなつたのだ。

『曲りなりにも、とにかく眼前の自分の生活の安穏の為めに努めるか。遥かな未来の夢想を信じて「奴隷の勤勉」をも、「乞食の名誉」をも甘受するか』

勿論私は何処までも自分を欺きとほして暮して行けると云ふ自信はない。その位なら、これ程苦しまないでも、遂うに何処かに落ちつき場所を見出してゐるに相違ない。では後者を選ぶか？　私はどの位、それに憧憬をもつてゐるかしれない。本当に、直ぐにも、何もかもすてゝ、其処に馳けてゆきたいのだ。けれど、其処に行くには、私の今迄の生活をみんな棄てなければならない。苦しみあがきながら築きあげたものを、この、自分の手で、叩きこはさねばならない。今日までの私の生活は、何の意味も成さない事になりはしないか？　それではあんまり情なさすぎる。しかし、今日までの私の卑怯は、みんなその未練からではないか。本当の自分の道が展かれて生きる為めになら、何が欲しからう？　何が惜しからう？　何物にも執着はもつまい。もたれまい。あゝだが――もし、本当にかう決心しなければならない時が来たら――私はどんな事があつても、辛い目や苦しい思をしないやうにとは思はないけれど、それにしても、今の私にはあまりに辛らすぎる。苦しすぎる。せめて子供が歩くやうになるまでは、ああ！　だがそれも私の卑怯だらうか？

六

M氏の谷中ゆきは実行されなかつた。折角最後の決心にまでゆきついた人々に、また新らしく他人を頼る心を起さしては悪いと云ふ理由で他から止められたのであつた。氏は私の為めに谷中に関する事を書いたものを持つて来て貸してくれたりした。

私がそれ等の書物から知り得た多くの事は私の最初の感じに、更に、油を注ぐやうなものであつた。その最初から自分を捉へて離さない強い事実に対する感激を、一度は是非書いて見やうと思つたのはその時からであつた。そして、その事を考へついた時には、自分のその感じが、果して、どの位の処まで確かなものであるかを見やうとする、落ちついた決心も同時に出来てゐた。それが確かめられる時に、私の道が始めて確かになる。私は本当にあはてずに自分の道がどう開かれてゆくかを見やうと思つた。

私がさうして、真剣に考へてゐるやうな事に対して、本当に同感し、理解をもつ事の出来る友人は私の周囲にはひとりもなかつた。さう云ふ事に対してはTを措いて他にはないのに、今度はTでさへも取り合つてはくれない……。私は本当にだまりこくつて、独りきりで考へてゐるより仕方がなかつた。しかし、兎に角、私は散々考へた末に、二日ばかりたつてから、思ひ切つて、山岡の処に初めての手紙を書いた。勿論谷中の話を聞いてからの気持を順序もなく書いたものだつた。私はもし、それによつて彼のやうな立場にゐる人の考へをさぐる事が出来ればとも思ひ、また、それによつて、自分の態度に、気持に、ある決定を与へる事が出来ればいゝと思つたのであつた。

しかし私は彼からも、何物をも受け取る事が出来なかつた。彼もまた、私の世間見ずな幼稚な感激がきつと取り上げる何の価値もないものとして忘れ去つたのであらうと思ふと何となく面映ゆさと、軽い屈辱に似たものを感ずるのであつた。同時に出来る丈け美しく見てゐたその人の、強い意志の下にかくれた情緒に裏切られたやうな腹立たしさを覚えるのであつた。私はもうこの事に就いては、誰にも一切話すまいと固く断念した。山岡にも其後幾度も遇ひながら、それについては素知らぬ顔で通した。

二年後に、私とTとは、種々な事情から一緒に暮らす事は出来ないやうにまで離れて来た。私は一たん家を出て、それから静かに、自分一人の『生き甲斐』ある仕事を本当にきめて勉強しやうと思つた。私はあんまり若くて、あがきのとれない生活の深味に這入つたことを、本当に後悔してゐた。

けれど、事は計画どほりにすら〳〵とは、大抵の場合運ばない。もうその話にある決定がついて後に山岡と私は、始めて二人きりで会う機会を与へられた。そして、それが凡ての場面を一変した。順当に受け容れられてゐた事が、凡て曲解に裏返された。私はその曲解を云ひ解くすべも凡ての疑念を去らせる方法も知つてゐた。しかし、凡ては世間体を取り繕ふ、悧巧な人間の用ふるポリシイとして、知つてゐるまでだ。私はたとへどんなに罵られやうが嘲られやうが、真つ直ぐに、彼等の矢面に平気でたつて見せる。彼等がどんなに欺かれやすい馬鹿の集団かと云ふ事を知つてゐても、私はそれに乗ずるやうな卑怯は断じてしない。第一に自分に対して耻しい。また此度の場合、そんな事をして山岡にその卑劣さを見せるのはなほいやだ。どうなつてもいゝ。私は矢張り正しく生きむが為めに、あてにならない多数の世間の人間の厚意よりは、山岡ひとりをとる。それが私としては本当だ。それが真実か、真実でないか、どうして私以外の人に解らう？

Tと別れて、山岡に歩み寄つた私を見て、私の少い友人達も多くの世間の人と一緒に、

『邪道に堕ちた……』

と嘲り罵つた。けれど、彼等の中の一人でも私のさうした、深い気持の推移を知つてゐた人があるであらうか？

久しい間の私の夢想はかの谷中の話から受けた感激によつて目覚まされた、私の目からは、最早決して、夢想ではなく、私の歩み入るべき真実の世界であつた。その真実の前では、私は何物にも左右されてはならなかつた。かうして、私は恐らく私の生涯を通じての種々な意味での危険を含む最大の転機に立つた。今まで私の全生活を庇護してくれた一切のものを捨てた私は、脊負ひ切れぬ程の悪名と反感とを贈られて、その転機を正しく潜りぬけた。私は新たな世界へ一歩踏み出した。

『漸々の事で――』

山岡と私の手は握り合はされた。しかしその握手は、二人にとつては、世間の人に眉をひそめさすやうな恋の握手よりは、もつと意味深いものであつた。やつとの事で私の夢想は、悲しみと苦しみと歓びのごちや〳〵になつた私の感情の混乱の中に実現された。私は彼の生涯の仕事の仲間として許された。一度は拒絶しても見たY――K――等いふ彼と関係のある女二人に対しても、別に、何の邪魔も感じなかつた。真つ直ぐに自分丈けの道を歩きさへすればいゝのだ、他の何事を省みる必要があらう？　とも思つた。あんな二人にどう間違つても敗ける気づかひがあるものかとも思つた。またあんな事は山岡にまかしておきさへすればいゝ。自分達の間に間違ひがありさへしなければ、自分達の間は真実なんだ。あとはどうともなれとも思つた。要するに、私は今迄の自分の生活に対する反動から、たゞ、真実に力強く、すばらしく、専念に生きたいとばかり考へてゐた。

併し、とは云ふものゝ、山岡との面倒な恋愛に関聯して、私の経験した苦痛は決して少々のものではなかつた。幾度私はお互ひの愚劣な嫉妬の為めに不快に曇る関係に反感を起して、その関係から離れやうと思つたか知れない。けれど、そんな場合に何時でも私を捕へるのは、私達の間に一番大事な生きる為めの仕事に必要な、お互ひの協力が失はれてはならないと云ふ事であつた。

山岡に対する私の愛と信頼とは、愛による信頼と云ふよりは、信頼によつて生れた愛であつた。彼の愛を、彼に対する愛を拒否する事は、勿論私にとつて苦痛でない筈はない。しかしそれはまだ忍べる。彼に対する信頼をすてる事は同時に、折角見出した自分の真実の道を失はねばならぬかもしれない。それは忍べない。私は何うしても、何うなつてもあくまで自分の道に生

きなければならない。

さうして、私は凡を忍んだ。本当に体中の血が沸えくり返る程の腹立たしさや屈辱に出会つても、私は黙つて、をとなしく忍ばねばならなかつた。それは悉ゆる非難の的となつてゐる、私の歩みには必然的につきまとふ苦痛だつたのだ。そして、私が一つ一つそれを黙つて切り抜ける毎に、卑劣で臆病な俗衆はいよ〳〵増長して、調子を高める。しかし、たとへ千万人の口にそれが呪咀されてゐても、私は自身の道に正しく踏み入る事の出来たのに何の躊躇もなく充分な感謝を捧げ得る。

谷中の話を聞いた当座の感激は、今の私にはもう全くないと云つてもいゝ。しかし、その感激は知らず〳〵のうちに俗習と偏見の生活に巻き込まれ去らうとする私を救ひ出した。谷中村と云ふ名は、今はもう忘れやうとしても忘れられぬ程に、私の頭に刻み込まれてゐる。勿論、山岡と私の間には、その話は折々繰り返された。一度はその癈村の趾を見ておきたいと云ふ私のねがひにも彼は賛成した。

丁度、四五日前の新聞の三面に、哀れな残留民が愈々この十日限りで立ち退かされると云ふ十行ばかりの簡単な記事を私は見だした。直ぐに、私の頭の中には三四年前のM氏の話が思ひ出された。

『もういよ〳〵これが最後だらう』

と云ふ山岡の言葉につけても、是非行つて見たいと云ふ私の望みは、どうしても捨てがたいものになつた、とう〳〵、その十日が今日と云ふ日、私は山岡を促し立てゝ、一緒に来て貰つたのであつた。

七

行く手の土手に枯木が一本しよんぼりと立つてゐる。低く小さく見えた木は、近づくまゝに高く、木の形もはつきりと見えて来た。木の形から推すと、且つては大きく枝葉を茂らしてゐた杉の木らしい。それはこの何里四方と云ふ程な広い土地に、たつた一本不思議に取り残されたやうな木であつた。且つては、どんなに生々と、雄々しくこの平原の真ん中に突つ立つてゐたかと思はれる、幾抱へもあるやうな、たくましい幹も半ばは裂けて凄まじい落雷のあとを見せ、太く延ばしたらしい枝も大方はもぎ去られて見るかげもない残骸を、いたましくさらしてゐる。しかも、その一本の枯れ木に、四辺の景色が他の一帯に生気を失つた沈んだ、惨めな景色よりも、一層強い何となく底しれぬ物凄さを潜めてゐるやうな感じさへする。

行く程空の色はだん〳〵に沈んで来、沼地は何処までとも知らず広がり、葦間の水は冷く光り、道は何処までも曲りくねつてゐる。連れの男はずん〳〵先きに歩いて行くので折々、姿を見失つてしまふ。二人の話がとぎれると、私達の足元からもつれて起る草履と下駄とステツキの音が、はつきりと四辺に響いてゆく。黙つて引きづるやうに歩いてゐる自分の足音を聞きながら、この人里遠いあたりの荒涼な景色に目をやつてゆくと、まるで遠い〳〵旅で知らぬ道に踏み迷つてゐるやうな心細さがひとりでに浮んで来るのであつた。

『どうしたい？』

『まだかしら、随分遠いんですね。』

『もう直きだよ、くたびれたのかい、もつとしつかりお歩きよ、足をひきづるから歩けないんだ、今から疲れてどうする？』

『だつて私こんなに遠いとは思はなかつたんですもの、こんな処とても私達だけで来たんぢや解りませんね、あの人が通りかゝつたので、本当に助かつたわ。』

『あゝ、これぢや一寸分らないね、どうだい、一人でこんなに歩けるかい。今日は僕来ないで、町子ひとりをよこすんだつたなあ、その方が屹度よかつたよ。』

山岡はからかひ面にそんな事を云ふ。

『歩けますともさ、だつて、今そんな事云つたつてもう一緒に来ちやつたもの仕方がないわ。』

私はさう云つた。けれど山岡の冗談は私には何となくむづがゆく皮肉に聞こえた。先刻から眼前の景色に馴れ、真面目な話が途切れるとは、他に人目のない道を幸ひに私は彼に向つて甘へたり、ふざけたりして来た。彼のその軽い冗談ごかしの皮肉に気づくと、私はひとりでに顔が赤くなるやうに感じた。その感じを胡魔化すやうに一層ふざけても見たが、私の内心はすつかり悄気てしまつてゐた。

『何しに来た？』

さう云つて正面からたしなめられるよりも幾倍か気がひけた。本当に、考へて見れば、彼の先きに歩いて行く男にも遇はず、彼も来てくれないで、自分ひとりで道を聞きながら、うろ〳〵こんな道を歩いてゆくとしたら？　二人で歩いてゐてさへあまりさびしすぎるこんな道を――私は黙つた。急にあたりの景色が一層心細く迫つて来るやうにさへ思はれる。

葦の疎らな泥土の中に、くるつた土台の上に、今にも落ちさうに墓石が乗つてゐるのが二つ三つ、他には土台石ばかりになつたり、長い墓石が横倒しになつてゐたりして見える。それが歩いてゆくにつれて、彼方にも、此方にも、葦間の水たまりや、小高く盛り上げた土の上に、二つ三つと残つてゐる。弔ふ人もない墓としか思はれないやうな、その墓石の傍まで、土手からわざ〳〵つけたかと思はれるやうな畔道が、一条づゝ通つてゐるのも、この土地に対する執着の深い人々の、いろ〳〵な心根が思ひやられる。

泥にまみれて傾き横はつた沼の中の墓石は、後から、後からと私に種々な影像を描かせる。その影像の一つ一つに、私の心はセンテイメンタルな沈黙を深めてゆく。あたりは悲し気に静まり返つて、私の心の底深く描かれる影像を見つめてゐる。亡しつくされた『生』が今、一時にこの枯野に浮き上つて来てみんなが私の心を見つめてゐる。――その感じが私に迫つて来る。同時に今にも、あふれ出さうな、あてのない私のかなしみを沈ますやうな太いゆるやかなメロデイが、低く強く私を襲ふて来る。今までたゞ茫漠と広がつてゐた黄褐色と灰色の天地の沈黙が見る〳〵私の前に緊張して来る。けれど、やがて、それも何時の間にか消え去つた影像と同じく、その影像を描いたセンテイメントが消えてしまふ頃には矢張りもとの何の生気もない荒涼とした景色であつた。しかし、私は、それで充分だ。僅かに頭をもたげた私のセンテイメントは本当のものを見せてくれたのだ。

『何しに来た？』

もう私はさう云つてとがめられる事はない。一人で来たら私のセンテイメントはもつと長く私を捕へたらう。もつと惨めに私を圧迫したらう。だが。もう充分だ、これ以上に私は何を感ずる必要があらう。私はしつかり山岡の手につかまつた。

漸くに、目指すS青年の家を囲む木立が直ぐ右手に近づいた。木立の中の藁屋根がはつきり見え出した時には、沼の中の景色も稍や違つて来てゐた。木立はまだ他に二つ三つと飛び〳〵にあつた。葦間の其処此処に真黒な土が珍らしく小高く盛り上げられて、青い麦の芽や、菜の葉などが、生々と培はれてある。

道の曲り角まで来ると、先きに歩いてゐた連れの男が、遠くから其処から行けと云ふやうに手を動かしてゐる。見ると沼の中に降りる細い道がついてゐる。土手の下まで降りて見ると、沼の中には道らしいものは何にもない。葦は其の辺には生えてはゐないが足跡のついた泥地が洲のやうに所々高くなつてゐるきりで、他とは異りのない水たまりばかりであつた。

『あら、道がないぢやありませんか、こんな処から行けやしないでせう？』

『此処から行くのさ、此処からでなくて何処から行くんだい？』

『他に道があるんですよ屹度、だつて此処からぢや裸足にならなくちや行かれないぢやありませんか。』

『あたりまへさ、下駄でなんか歩けるものか。』

『だつて、いくら何だつて道がない筈はないわ。』

『此処が道だよ、此処でなくて、他に何処に、何処にある？』

『向ふの方にあるかもしれないわ。』

私は少し向ふの方に小高い島のやうな畑地が三つ四つ続いたやうな形になつてゐる処を指しながら云つた。

『同じだよ、何処からだつて。こんな沼の中に道なんかあるもんか、ぐず〳〵云つてると置いてくよ、ぜいたく云はないで裸足になつてお出。』

『いやあね、道がないなんて、冷たくつてやり切れやしないわ。』

『此処でそんな事云つたつて仕様があるもんか、何しに来たんだ？　それとも此処まで来てこのまゝ帰るのか？』

山岡は、そんな駄々は一切構はないと云つたやうな態度で、足袋をぬいで裾を端折るとそのまゝ裸足になつて、ずん〳〵沼の泥水の中に入つて行つた。私はいくら沼の中とは云つても、せめて其処に住んでゐる人達が歩くのに不自由しない畔道くらゐなものはあるに違ひないと、自分の不精からばかりでなく考へてゐたのに、何にもそのやうな路らしいものはなくてその冷たい泥水の中を歩かなければならないのだと思ふと、さう云ふ処を毎日歩かねばならぬ人の難儀を思ふよりも、現在の自分の難儀の方に当惑した。それでも山岡の最後の言葉には、私はまたしても、自分を省みなければならなかつた。私はすぐに思ひ切つて裸足になり、裾を端折つて山岡の後から沼の中に這入つた。冷たい泥が足の裏にふれたかと思ふと、ぬる〳〵と、何とも云へぬ気味悪さで五本の指の間にぬめり込んで、直ぐ足首までかくしてしまつた。そのつめたさ！ 体中の血が一度に凍えてしまふ程だ。二三間は勢よく先きに歩いて行つた山岡も、後から来る私をふり返つた時には流石に冷たい泥水の中に行きなやんでゐた。

『何う行つたらいゝかなあ。』

『さうね、うつかり歩くとひどい目に会ひますからね。』

つい其処に木立は見えてゐるのだが、うつかり歩けば、どんな深い泥におちこむかも知れない。私たちは一と足づゝ気をつけながら、足跡を拾つて漸々の事で、葦間の畑に働いてゐる人の姿をさがし出した。其処は一反歩位な広い畑で、四五人の人が麦を播いてゐたのだ。私達がS青年の家への道を聞くと其の人達は不思議さうに私達二人を見ながら、此の畑の向ふの隅からゆく道があるから、この畑を通つてゆけと云つてくれた。けれど私達の立つてゐる処と、その畑の間には小さな流れがあつた。私には到底それが渡れさうにもないので当惑し切つてゐるのを見ると、間近にゐた年を老つた男は直ぐに私に脊を貸して渡してくれた。私達はお礼を云つて其の畑を通りぬけて、再びまた沼地に這入つた。畑に立つてゐた二人の若い女が、私の姿をぢつと見てゐた。私はそれを見ると気はづかしさで一杯になつた。柔かに私の体を包んでゐる袖の長い着物がその時ほど耻かしくきまりの悪かつた事はなかつた。足だけは泥まみれになつてゐても、こんなにも自分が意久地なく見えた事はなかつた。甲斐々々しい女達の眼には小さな流れ一つにも行き悩んだ意久地のない女の姿がどんなに惨めにおかしく見えたらう？ だが一体どうした事だらう？ まさかに、あの新聞の記事があとかたもない嘘とは思へないが、今日を限りに立ち退きを請求されてゐる人達が悠々と落ちついて畑を耕やして麦を播いてゐると云ふのは、どう云ふ考へなのだらう！ 矢張り、何うしても此の土地を去らない決心でゐるのであらうか。私はひとりでそんな事を考へながら、山岡には一二間も後れながら此度は前よりも更らに深い、膝までも来る葦間の泥水の中を、ともすれば重心を失ひさうになる体を一と足づゝに漸くに運んでゆくのであつた。

『皆んな、毎日こんなひどい道を歩いちや癪に障つてるんだらうね。』

山岡は後をふり向きながら云つた。

『たまに歩いてこんなのを毎日歩いちや、本当にいやになるでせうね。第一、私達なら直ぐ病気になりますね、よくまあこんな処に十年も我慢してゐられること。』

と云つてゐるうちにも、一と足づゝにのめりさうになる体をもてあまして幾度も私は立ち止まつた。少し立ち止まつてゐると刺すやうに冷たい水に足の感覚をうばはれて、上辷りのする泥の中にふみしめる力もない。下半身から伝はる寒気に体中の血は氷つてしまふかとばかりに縮み上つて、後にも先きにも動く気力もなくなつて、私はもう半泣きになりながら、山岡に励まされて、僅かの処を長い事かゝつて漸々に水のない処まで来ると、其処からはSの家の前までは細い道がづつと通つてゐた。

八

木立の中の屋敷は可なりな広さをもつてゐる。一段高くなつた隅に住居らしい一と棟と物置小屋らしい一と棟とがそれより一段低くならんでゐる。前は広い菜圃になつてゐる。畑のまはりを鶏が歩きまはつてゐる。他には人影も何んにもない。取りつきの井戸端に下駄や泥まみれのステツキをおいて、家に近づいて行つた。正面に向いた家の戸が半分しめられて家の中にも誰もゐないらしい。

『御免!』

幾度も声高に云つて見たが何の応へもない。住居と云つても、傍の物置きと何の変りもない。正面の出入口とならんで同じ向きに雨戸が二三枚しまるやうになつた処が明いてゐる他は三方とも板でかこはれてゐる。覗いて見ると、家の奥行きは二間とはない。其処に低い床上に五六枚床の畳が敷かれてあとは土間になつてゐる。勿論押入れもなければ戸棚もない。夜具や着物などが片隅みに押し寄せてあつて上りかまちから土間へかけて、いろ〳〵な食器や、鍋釜などがゴチヤ〳〵におかれてある。土間の大部分は大きな機で占められてゐる。家の中は狭く、薄暗く、如何にも不潔で貧しかつた。けれどその狭い畳の上には、他のものとは全くふつり合ひな、新らしい本箱と机が壁に添ふて置かれてあつた。机の直ぐ上の壁にはT翁の写真が一つかゝつてゐる。人気のない家の中には火の気もないらしかつた。私達二人は寒さにふるへながら、着物の裾を端折つたまゝ戸のあいたまゝになつてゐる敷石に腰を下ろした。

腰を下ろすと直ぐ眼の前の柚子の木に黄色く色づいた柚子が鈴なりになつてゐる。鶏は丸々と肥つて呑気な足どりで畑の間を歩きまはつてゐる。木立で囲まれてこの青々とした広い菜圃を前にした屋敷内の様子は、何処となく、のび〳〵した感じを持たせるけれど、木立の外は、正面も横も、広いさびしい一面の葦の茂味ばかりだ。この家の中の貧しさ、外の景色の荒涼さ、それにあの難儀な道と、遠い人里と、何と云ふ不自由な辛らいさびしい生活だらう。

二人が腰をかけてゐる処から正面に見える葦の中から『オーイ』と此方に向つて呼ぶ声がする。返事をしながら、其方の方に歩いてゆくと葦の間から一人の百姓が鉢巻きをとりながら出て来た。挨拶を交はすと、それはS青年の兄にあたる、此の家の主人であつた。素朴な落ちつきを持つた口重さうな男だ。主人は気の毒さうに私達の裸足を見ながら、S青年が昨日から留守であると云ふ。家の方に歩いて行く後から山岡は、今日尋ねて来た訳を話して、今日立ち退くと云ふ新聞の記事は事実かと聞いた。

『は、さう云ふ事になつては居りますが、何にしろ此のまゝで立ち退いては、明日から直ぐにもう路頭に迷はなければならないやうな事情なものですから、――実は弟もそれで出て居るやうな訳で御座いますが。』

彼は遠くの方に眼をやりながら、其処に立つたまゝで、思ひがけないはつきりした調子で話出した。

『私共が此処に残りましたのも、最初は村を再興すると云ふつもりであつたのですが、何分長い間の事ではありますし、工事もずん〳〵進んで、この通り立派な潴水池になつて仕舞ひ、その間には当局の人もいろ〳〵に変りますし、此処を収用する方針に就いても、県の方で、だん〳〵に都合のいゝ決議がありましたり、どうしても、もう私共少数の力では叶はないのです。しかし、さう云つて此処を立ち退いてはもう私共は全くどうする事も出来ないのです。収用当時とは地価ももう随分違ひますし、その収用当時の地価としても満足に払つて呉れないのですから、その位の金では、今日ではいくらの土地も手には入りませんのです。何んだか慾にからんでゞもゐるやうですが、実際その金で手に入る土地位では、とても食べてはゆけないのです から、何とか其の方法がつくまでは動けませんのです。此処にまあかうしてゐれば、不自由しながらも、あゝして、少しづゝ地面も残つて居りますし、まあ食う位の事には困りませんから、余儀なくかうして居りますやうな訳で。立ち退くには困らない丈けの事はして貰ひたいと思つて居ります。』

『勿論その位の要求をするのは当然でせう。ぢや、また当分のびますかな。』

『さうです。まあ一と月や二た月では極るまいと思ひます。どうせそれに今播いてゐる麦の収穫が済むまでは動けませんし。』

『さうでせう、で、堤防を切るとか切つたとか云ふのは何の辺です、その方の心配はないのですか？』

『今、丁度三ケ所切れて居ります。つい此の間、直ぐこの先きの方を切られましたので、水が這入つて来て麦も一度播いたのを、また今播き直してゐる処です。』

堤防の中の旧谷中村の土地は、彼の云ふ処によると二千町歩以上はあるとの事であつた。彼はなを、其処に立つたまゝで、ポツリ〳〵自分達の生活に就いて話しつゞけた。しかし、彼の話には自分達がかうした境遇におかれた事に就いての愚痴らしい事や未練らしい云ひ草は少しもなかつた。彼は凡ての点で自分達の置かれてゐる境遇をよく知りつくしてゐた。彼は本当にしつかりしたあきらめと、決心の上に立つて、これからの自分の生活を出来る丈けよくしやうとする考へを持つてゐるらしかつた。かうしてわざ〳〵遠く尋ねて来た私達に対しても、彼は簡単に取りやうによつては、反感を持つてゞもゐるやうな冷淡さで挨拶をした丈けで、よく好意を運ぶものに対して見せたがる殊更らしい感謝や、その他女々しい感情は少しも見せなかつた。私達が暫く話をしてゐる間に其処に来合はせた一人の百姓は、矢張り此処に居残つた一人であつた。彼は主人から私達に紹介されると幾度も私達の前に頭を下げて、かうして見舞つた好意に対する感謝の言葉を連ねるのであつた。その男は、五十を過ぎたかと思はれるやうな人の好い顔に、意地も張りも失くしたやうな皺が一杯たゝまれてゐた。

主人と其の男と、山岡の間の話を聞きながら、私はあとから〳〵と種々な尋ねて見たいと思ふ事を考へ出しながら、一方にはまたもう何にも聞くには及ばないと云ふやうな気がして、どつちともつかない自分の心に焦れながら、気味わるく足にぬられた泥が少しづゝかはいてゆくのをこすり合はしてゐた。

風が出て来た。広い葦の茂味のおもてを、波のやうに揺り動かして吹き渡る。日暮近くなつた空は、だん〳〵に暗く曇つて寒さは骨までも滲み透るやうに身内に迫つて来る。

『折角お出下さいましたのに生憎留守で――』

気の毒さうに云ふ主人の声をあとに、私達は帰りかけた。

『矢張りその道を歩くより他に、道はないのでせうか。』

私は来がけに歩いて来た道を指して、分り切つた事を未練らしく聞いた。またその難儀な路をかへらねばならない事が、私にはたゞもう辛くてたまらなかつた。

『左様だね、矢張りその道が一番楽でせう。』

と云はれて、また前よりは一層冷たく感ずる沼の水の中に足を入れた。

漸々の事で土手の下まで帰つて来はしたもの、足を洗ふ場所がない。少し歩いてゐるうちには何処か洗へる処があるかもしれないと思ひながら、そのまゝ土手を上つた。白く乾き切つた道が、気持よく走つてゐる。けれど、一と足そこに踏み出すと思はず私は其処にしやがんだ。道は小砂利を敷きつめてあつて、その上を細かい砂が覆ふてゐる。むき出しにされて、その上に冷たさでかぢかんだ足の裏には、その刺戟が、とても堪えられなかつた。と云つて今泥の中から抜き出したばかりの足を思ひ切つて草履の上に乗せる事も出来なかつた。

『おい、そんなところにしやがんでゐてどうするんだい。ぐず〳〵してゐると、日が暮れて仕舞ふぢやないか。』

さう云つてせき立てられる程、私はひし〳〵迫つて来る寒さと、足の痛さに泣きたいやうな情なさを感ずるのだつた。それでも、両側の草の上や、小砂利の少ない処を撰るやうにしてやつとあてにした場所まで来て見ると、水は青々と流れてゐても、足を洗ふやうな所はなかつた。私はとう〳〵懐から紙を出して、よほど乾いて来た泥をふいて草履をはいた。二人はやつとそれで元気を取返して歩き出した。

日暮れ近い、この人里遠い道には、私達の後になり先きになりして尾いて来る男が一人ゐるだけで、他には人の影らしいものもない。空はだん〳〵に低く垂れて来て、何時か遠くの方はぽつと霞んでしまつてゐる。遠く行く手の、古河の町のあたりかと思はれる一叢の木立の黒ずんだ蔭から濃い煙の立ち昇つてゐるのがやつと見える。風はだん〳〵に冷たくなつて道の傍の篠竹の葉のすれ合ふ音が、私達の下駄の音ともつれあつてさびしい。二人はS家の様子や主人の話など取とめもなく話しながら歩いた。

『あの主人は大分しつかりした人らしいのね。だけど後から来たおぢいさんは本当に意久地のない様子をしてゐたぢやありませんか。』

『あゝ、もうあんなになつちや駄目だね。尤も、もう長い間あゝした生活をして来てゐるのだし、意久地のなくなるのも無理はないが――彼処の主人見たいなのは残つてゐる連中の内でも少いんだらう。皆なもう大抵はあのぢいさん見たいなのばかりなんだよ屹度。残つてゐると云つても、他へ行つちや食へないから仕方なしにあゝしてゐるんだからな。』

『でも、それも惨めな訳けね、あんな中にあゝしてゐなきあ困るのだなんて、此度は、お上だつていよ〳〵立ち退かせるには、せめて彼の人達の要求位は容れなくちやあんまり可愛想ね、沢山の戸数でもないんだから、何とか出来ない事はないのでせうね。』

『勿論出来ない事はないよ。少し押つよく主張すれば何でもない事だ、だが、残つた連中は、他の者からはすつかり馬鹿にされてゐるんだねえ、来るときに初めて道を聞いた男だつて、そらあの婆さんだつてさうだつたらう！ 一緒に行つた男なんかもあれで、Sの家を馬鹿にしてるんだよ、Sを非難したりなんかしてたぢやないか。』

『さうね、彼の男なんか、こんな土地を見たつて別に何の感じもなささうね。あゝなれば本当にのんきなものだわ。』

『そりやそうさ、皆なが何時までもさう、同じ感じを持つて居た日にや面倒だよ。大部分の人間が異つた生活をすれば、直ぐその生活に同化してしまふ事が出来るんで、世の中はまだ無事なんだよ。』

『さう云へばさうね。』

『どうだね。少しは重荷が下りたやうな気がするかい？ もつと彼処でいろんな事を聞くのかと思つたら何んにも聞かなかつたね。でも、たゞかうして来ただけで、余程いろんな事が分つたらう？ Sがゐればもつと、委しくいろんな事がわかつたのだらうけれど、この景色だけでも来た甲斐はあるね。』

『沢山だわ、この景色だの、彼のうちの模様だの、それだけでもう何にも聞かなくてもいゝやうな気になつちやつたの。』

『これで、町子ひとりだともつとよかつたんだね。』

『沢山ですつたら、これだけでも沢山すぎる位なのに。』

長い土手の道は何時か終りに近づいてゐた。振り返ると、今沈んだばかりの太陽が、低くはるかな地平に近い空を、僅かに鈍い黄金色に染めてゐる他は一体に空も地も濃い夕暮の色に包まれてゐる。凡ての生気と物音をうばはれたこの区切られた地上にはたつた一つの恵みである日の光りさへ今は失はれてしまつた。明日が来るまでは此処は更らに物凄い夜が来るのだ。黄昏れて来るにつれて黙つて歩いてゐると心の底から冷たくなるやうな、何とも云へない感じに誘はれるので、道々私は精一杯の声で歌ひ出した。声は遮ぎるものゝないまゝに遠くに伝はつてゆく。時々、葦の間から脅かされたやうに群れになつた小鳥があはたゞしい羽音をたてゝ飛び出しては、直ぐまた降りてゆく。

古河の町外れの高い堤防の上まで返つて来たとき町の明るい灯が、どんなになつかしく明るく見えたか！　私はそれを見ると、一刻も早く暖い火の傍にその凍えた体を運びたいと思つた。

古びた、町の宿屋の奥まつた二階座敷に通されて火鉢の傍に座つた時には、私の体は何物かにつかみひしがれたやうな疲れに動くことも出来なかつた。落ちつかない広い室の様子を見まはしながらも、まだ足にこびりついて残つてゐる泥の気味悪さも忘れて、火鉢にかぢりついたまゝ湯の案内を待つた。

（「文明批評」大正7年1〜2月号）

子をつれて

葛西善蔵

一

掃除をしたり、お菜を煮たり、糠味噌を出したりして、子供等に晩飯を済まさせ、彼はやうやく西日の引いた縁側近くへお膳を据ゑて、淋しい気持で晩酌の盃を甞めてゐた。すると御免《ごめん》とも云はずに表の格子戸をそうつと開けて、例の立退《たちの》き請求の三百が、玄関の開いてた障子の間からぬうつと顔を突出した。

『まあお入《はい》りなさい。』彼は少し酒の気の廻つてゐた処なので、座つたなり元気好く声をかけた。

『否《いや》もうこゝで結構です。一寸そこまで散歩に来たものですからな。……それで何《なん》ですかな、家《うち》が定《き》まりましたでせうな？もう定《き》まつたでせうな？』

『……さあ、実は何《なん》です。それについて少しお話したいこともあるもんですから、一寸まあおあがり下さい。』

彼は起《た》つて行つて、頼むやうに云つた。

『別にお話を聴く必要も無いが……』と三百はプンとした顔して呟きながら、渋々に入つて来た。四十二三の色白の小肥《こぶと》りの男で、紳士らしい服装してゐる。併し斯うした商売の人間に特有――かのやうな、陰険な、他人《ひと》の顔を正面《まとも》に視れないやうな変にしよぼ〳〵した眼付してゐた。

『……で甚だ恐縮な訳ですが、妻《さい》も留守のことで、それも三四日中には屹度帰ることになつて居るのですから、どうかこの十五日まで御猶予願ひたいものですが。……』

『出来ませんな、断じて出来るこつちやありません！』

斯う呶鳴るやうに云つた三百の、例のしよぼ〳〵した眼は、急に紅い焔でも発しやしないかと思はれた程であつた。で彼はあわてゝ、

『さうですか。わかりました。好《よ》ござんす、それでは十日には屹度越すことにしますから』と、謝まるやうに云つた。

『私もそりや、最初から貴方《あなた》を車夫馬丁同様の人物と考へたんだと、そりやどんな強い手段も用ゐたのです。がまさかさうとは考へなかつたもんだから、相当の人格を有して居られる方《かた》だらうと信じて、これだけ緩漫に貴方の云ひなりになつて延期もして来たやうな訳ですからな、この上は一歩も仮酌する段ではありません。如何なる処分を受けても苦しくないと云ふ貴方の証書通り、私の方では直ぐにも実行しますから。』

何一つ道具らしい道具の無い殺風景な室の中をぢろ〳〵気味悪るく視廻しながら、三百は斯う呶鳴り続けた。彼は、『まあ〳〵、それでは十日の晩には屹度引払ふことにしますから』と、相手の呶鳴るのを制える為め手を振つて繰返すほかなかつた。

『……実に変な奴だねえ、さうぢや無い？』

やう〳〵三百の帰つた後で、彼は傍で聴いてゐた長男と顔を見交はして、苦笑しながら云つた。

『……さう、変な奴。』

子供も同じやうに悲しさうな苦笑を浮べて云つた。……

狭い庭の隣りが墓地になつてゐた。そこの今にも倒れさうになつてゐる古板塀に縄を張つて、朝顔がからましてあつた、それがまた非常な勢ひで蔓が延びて、先きを摘んでも〳〵わきから〳〵と太いのが出て来た。そしてまたその葉が馬鹿に大きくて、毎日見て毎日大きくなつてゐる。その癖もう八月に入つてゐるといふのに、一向花が咲かなかつた。

いよ〳〵敷金切れ、滞納四ケ月といふ処から家主との関係が断絶して、三百がやつて来るやうになつてからも、もう一月《ひとつき》程も経つてゐた。彼はこの種を蒔いたり植ゑ替へたり縄を張つたり油粕までやつて世話した甲斐もなく、一向に時が来ても葉や蔓ばかし馬鹿延びに延びて花の咲かない朝顔を、余程皮肉な馬鹿者のやうにも、またこれほど手入れしたその花の一つも見えずに追ひ立てられて行く自分が一層の惨《みぢ》めな痴呆者《たわけもの》であるやうな気もされた。そして最初に訪ねて来た時分の三百の煮え切らない、変に廻り冗《くど》く持ちかけて来る話を、幾らか馬鹿にした気

持で、塀いつぱいに匐ひのぼつた朝顔を見い〳〵聴いてゐたのであつた。処がそのうち、二度三度と来るうちに、三百の口調態度がすつかり変つて来てゐた。そして彼は三百の云ふなりになつて、八月十日限りといふいろ〳〵な条件附きの証書をも書かされたのであつた。そして無理算段をしては、細君を遠い郷里の実家《さと》へ金策に発たしてやつたのであつた。……

『なんだつてあの人はあゝ怒《おこ》つたの？』

『やつぱし僕達に引越せつて訳さ、なあにね、明日《あした》あたり屹度母《かあ》さんから金が来るからね、直ぐ引越すよ。あんな奴幾ら怒つたつて平気さ。』

膳の前に座つてゐる子供等相手に、斯うした話をしながら、彼はひとりで酒を飲んでゐた。

無事に着いた、屹度十日までに間に合せて金を持つて帰るから——といふ手紙一本あつたきりで其後消息《たより》の無い細君のこと、細君のつれて行つた二女のこと、また常陸の磯原へ避暑に行つてるKのこと、——Kからは今朝も、二ツ島といふ小松の茂つたそこの磯近くの巌に、白い波の砕けてゐる風景の絵葉書が来たのだ。それには、「勿来関《なこそのせき》に近いこゝらはもう秋だ」といふやうなことが書いてあつた。それがこの三年以来の暑気だといふ東京の埃りの中で、悶き苦しんでゐる彼には、好い皮肉であらねばならなかつた。

『いや、Kは暑を避けたんぢやあるまい。恐らくは小田を勿来関に避けたといふ訳さ。』

斯う彼等の友達の一人が、Kが東京を発つた後で云つてゐた。それほど彼はこの三四ケ月来Kにはいろ〳〵な厄介をかけて来てゐたのであつた。

この三四ケ月程の間に、彼は三四の友人から、五円程宛金を借り散らして、それが返せなかつたので、すべてさういふ友人の方面からは小田といふ人間は封じられて了つて、最後にKひとりが残された彼の友人であつた。で、『小田は十銭持つと、渋谷へばかし行つてるさうぢやないか』友人達は斯う云つて蔭で笑つてゐた。晩の米が無いから、明日の朝喰べる物が無いから——と云つては、その度に五十銭一円と強請つて来た。Kは小言を並べながらも、金の無い時には古本や古着古靴などまで持たして寄越した。彼は帰つて来て、『そうらお土産《みやげ》……』と、赤い顔する細君の前へ押遣《おしや》るのであつた。

(何処《どこ》からか、救ひのお使者《つかい》がありさうなものだ。自分は大した贅沢な生活を望んで居るのではない、大した慾望を抱いて居るのではない。月に三十五円もあれば自分等家族五人が饑えずに暮して行けるのである。たつたこれだけの金を器用に儲けれないといふ自分の低能も度し難いものだが、併したつたこれだけの金だから何処からかひとりでに出て来てもよさゝうな気がする）彼にはよくこんなことが空想されたが、併しこの何ケ月は、それが何処からも出ては来なかつた。何処《どこ》も何処《かしこ》も封じられて了つた。一日一日と困つて行つた。蒲団が無くなり、火鉢が無くなり、机が無くなつた。自滅だ——終《しま》ひには斯う彼も絶望して自分に云つた。

電燈屋、新聞屋、そばや、洋食屋、町内のつきあひ――いろんなものがやつて来る。室《へや》の中に落付いて座つてることが出来ない。夜も晩酌が無くては眠むれない。頭が痛んでふら〳〵する。胸はいつでもどきん〳〵してゐる。

と云つて彼は何処へも訪ねて行くことが出来ないので、やはり十銭持つと、Kの渋谷の下宿へ押かけて行くほかなかつた。Kは午前中は地方の新聞の長篇小説を書いて居る。午後は午睡や散歩や、友達を訪ねたり訪ねられたりする時間にあてゝゐる。彼は電車の中で、今にも昏倒しさうな不安な気持を感じながら、『どうか誰も来てゐないで呉れ……』と祈るやうに思ふ。先客があつたり、後から誰か来合せたりすると、彼は往きにもまして一層滅入つた、一層圧倒された惨めな気持にされて帰らねばならぬのだ――

彼は歯のすつかりすり減《へ》つた日和を履いて、終点で電車を下りて、午下《ひるさが》りの暑い盛りをだら〳〵汗を流しながら、Kの下宿の前庭の高い松の樹を見あげるやうにして、砂利を敷いた阪道を、ひよろ高い屈《まが》つた身体《からだ》してテク〳〵のぼつて行くのであつた。松の樹にいつでも蟬がギン〳〵鳴いてゐた。また玄関前のタヽキの上には、下宿の大きな土佐犬が手脚を伸して寝そべつてゐた。彼は玄関へ入るなり、まづ敷台の隅の洋傘やステツキの沢山差してある瀬戸物の筒に眼をつける――Kの握り太《ぶと》の籐のステツキが見える――と彼は案内を乞ふのも気が引けるので、こそ〳〵と二階のKの室《へや》へあがつて行く。……

『……K君――』

『どうぞ……』

Kは毛布を敷いて、空気枕の上に執筆に疲れた頭をやすめてゐるか、でないとひとりでトランプを切つて占《うらな》いごとをしてゐる。

『この暑いのに……』

Kは斯う警戒する風もなく、笑顔を見せて迎へて呉れると、彼は始めてほつとした安心した気持になつて、ぐたりと座るのであつた。それから二人の間には、大抵次ぎのやうな会話が交はされるのであつた。

『……そりやね、今日の処は一円差上げることは差上げますがね、併しこの一円金《えんきん》あつた処で、明日《あした》一日凌げば無くなる。……後をどうするかね？　僕だつて金持といふ訳ではないんだからね、さうは続かないしね。一体君はどうだ自分の生活といふものを考へて居るのか、僕にはさつぱり見当が附かない。』

『僕にも解らない……』

『君にも解らないんぢや、仕様が無いね。で一体君は、さうしてゐて、些《ちつ》とも怖《こわ》いと思ふことはないかね？』

『そりや怖いよ。何も彼も怖いよ。そして頭が痛くなる、漠然とした恐怖――そしてどうしてい丶のか、どう自分の生活といふものを考へてい丶のか、どう自分の心持を取直せばい丶のか、さつぱり見当が附かないのだよ。』

『フン、どうして君はさうかな。些《ちつ》とも漠然とした恐怖なんかぢやないんだよ、明瞭な恐怖なんぢやないか。恐ろしい事実なんだよ。最も明瞭にして恐ろしい事実なんだよ。それが君に解らないといふのは、僕にはどうも不思議でならん。』

Kは斯う云つて、口を噤んで了ふ。彼もこれ以上Kに追求されては、ほんとうに泣き出すほかないと云つたやうな顔付になる。彼にはまだ本当に、Kのいふその恐ろしいもの、本体といふものが解らないのだ。がその本体の前にぢり〳〵引摺り込まれて行く、泥沼に脚を取られたやうに刻々と陥没しつゝある――そのことだけは解つてゐる。けれどもすつかり陥没し切るまでには、案外時がかゝるものかも知れないし、またこの間にどんな思ひがけない救ひの手が出て来るかも知れないのだし、また福運といふ程ではなくも、どうかして自分等家族五人が饑えずに活きて行けるやうな新しい道が見出せないとも限らないではないか？――無気力な彼の考へ方としては、結局またこんな処へ落ちて来るといふことは、寧ろ自然なことであらねばならなかつた。

（魔法使ひの婆さんがあつて、婆さんは方々からいろ〳〵な種類の悪魔を生捕つて来ては、魔法で以て悪魔の通力を奪《と》つて了ふ。そして自分の家来《けらい》にする。そして滅茶苦茶にコキ使ふ。厭《いや》なことばかしさせる。終ひにはさすが悪魔も堪え難くなつて、婆さんの処を逃げ出す。そして大きな石の下なぞに息を殺して隠れて居る。すると婆さんが捜しに来る。そして大きな石をあげて見る。――いやはや、悪魔共が居るわ〳〵、塊り合つてわな〳〵ぶる〳〵慄へてゐる。それをまた婆さんが引摑《ひつつか》んで行つて、一層ひどくコキ使ふ。それでもどうしても云ふことを聴かない奴は、懲らしめの為め何千年とか何万年とかいふ間、何にも食はせずに壁の中や巌の中へ魔法で封じ込めて置く――）

……

これがKの、西蔵《チベツト》のお伽噺――恐らくはKの創作であらう――といふものであつた。話上手のKから聴かされては、この噺は幾度聴かされても彼にはおもしろかつた。

『何と云つて君はヂタバタしたつて、所詮君といふ人はこの魔法使ひの婆さん見たいなものに見込まれて了つてるんだからね。幾ら逃げ廻つたつて、そりや駄目なことさ。それよりも穏《おと》なしく婆さんの手下になつて働くんだね。それに通力を抜かれて了つた悪魔なんて、ほんとに仕様が無いもんだらうからね。それも君ひとりだつたら、そりや壁の中でも巌の中でも封じ込まれてもいゝだらうがね、細君や子供達まで巻添へにしたんでは、そりや可哀相だよ。』

『そんなもんかも知れんがな。併しその婆さんなんていふ奴、そりや厭な噺だからね。』

『厭だつてそりや仕方が無いよ。僕等は食はずにや居られんからな。それに厭だつて云ひ出す段になつたら、そりや君の方の婆さんばかしとは限らないよ。』

夕方近くなつて、彼は晩の米を買ふ金を一円、五十銭と貰つては、帰つて来る。（本当に、この都会といふ処には、Kのいふその魔法使ひの婆さん見たいな人間ばかしだ！）と、彼は帰りの電車の中でつく〴〵と考へる。――いや、彼を使つてやらうといふやうな人間がそんなのばかしなのかも知れないが。……で彼は、彼等の酷使に堪え兼ねては、逃げ廻る。食はず飲まずでもいゝからと思つて、石の下――なぞに隠れて見るが、また引摑まへられて行く。……既に子供達といふものがあつて見れば！　運命だ！　やつぱし辛抱が出来なくなる。そして逃げ廻る……

処で彼は、今度こそはと、必死になつて三四ケ月も石の下に隠れて見たのだ。がこの結果は、やつぱし壁や巌の中へ封じ込められやうといふことになつたのだ。……

Kへは気の毒である。けれども彼には何処と云つて訪ねる処が無い。でやつぱし、十銭持つと、渋谷へ通つた。

処が最近になつて、彼はKの処からも、封じられることになつた。「それは、Kの友人達が、小田のやうな人間を補助するといふことはKの不道徳だと云つて、Kを非難し始めたのであつた。（小田のやうなのは、つまり悪疾患者見たいなもの、それもある特志な医師などに取つては多少の興味ある活動《いきもの》であるかも知れないが、吾々健全な一般人に取つては、寧ろ有害無益の人間なのだ。そんな人間の存在を助けてゐるといふことは、社会生活といふ上から見て、正《まさ》しく不道徳な行為であらねばならぬ。）斯ういふのが、彼等の一致した意見なのであつた。

『一体貧乏といふことは、決して不道徳なものではない。好い意味の貧乏といふものは、却て他人に謙遜な好い感じを与へるものだが、併し小田のはあれは全く無茶といふものだ。貧乏以上の状態だ。憎むべき生活だ。あの博大なドストエフスキーでさへ、貧乏といふことはいゝことだが、貧乏以上の生活といふものは呪ふべきものだと云つてる。それは神の偉大を以てしても救ふことが出来ないから……』斯うまた、彼等のうちの一人の、露西亜文学通が云つた。

また、つひ半月程前のことであつた。彼等の一人なるYから、亡父の四十九日といふので、彼の処へも香奠返しのお茶が小包で送つて来た。彼には無論一円といふ香奠を贈る程の力は無かつたが、それもKが出して置いて呉れたのであつた。Yの父が死んだ時、友人同志が各自に一円位ゐづゝの香奠を送るといふのも面倒だから、連名にして送らうではないかといふ相談になつて、（彼はその席には居合せなかつたが）その時Kが、『小田も入れといてやらうぢやないか、斯ういふ場合なんだからね。小田も可哀相だよ』斯う云つて、彼の名をも書き加へて、Kが彼の分をも負担したのであつた。

それから四十九日が済んだといふ翌くる日の夕方前、――丁度また例の三百が来てゐて、これがまだ二三度目かだつたので、例の廻り冗い不得要領な空恍《そらとぼ》けた調子で、並べ立てゝゐた処へ、丁度その小包が着いたのであつた。『いや私も近頃は少し脳の加減を悪るくして居りましてな』とか、『えゝその、居《きよ》は心を移すとか云ひますがな、それは本当のことですな。何でも斯ういふ際は多少の不便を忍んでもすぱりと越してるんですな。第一処が変れば周囲の空気からして変るといふもんで、自然人間の思想も健全になるといふやうな訳で……』斯う云つたやうなことを一時間余りもそれからそれと並べ立てられて、彼はすつかり参《まゐ》つてゐた処なので、もう解つたから早く帰つて呉れと云はぬばかしの顔してゐた処なので、そこへ丁度好くそのお茶の小包が着いたので、それが気になつて堪らぬと云つた風をしては、座側《わき》に置いた小包に横目をやつてゐた。また実際一円の香奠も友人に出して貰はねばならぬやうな身分の彼としては、一斤といふお茶は貴重なものに違ひなかつた。で三百の帰つた後で、彼は早速小包の糸を切るのももどかしい思ひで、包紙を剥ぎ、そしてそろ〳〵と紙箱の蓋を開けたのだ。——新しいブリキ鑵の快よい光り！　山本山と銘打つた紅いレッテルの美はしさ！　彼はその刹那に、非常な珍宝にでも接した時のやうに、軽い眩暈《げんうん》すら感じたのであつた。

　彼は手を附けたらば、手の汗でその快よい光りが曇り、すぐにも錆が附きやしないかと恐るゝかのやうに、そうつと注意深く鑵を引出して、見惚《みと》れたやうに眺め廻した。……と彼は、ハツとした態《さま》で、あぶなく鑵を取落しさうにした。そして忽ち今までの嬉しげだつた顔が、急に悄《しよ》げ垂れた、苦いやうな悲しげな顔になつて、絶望的な太息を漏らしたのであつた。

　それは、その如何にも新らしい快よい光輝を放つてゐる山本山正味百二十匁入りのブリキの鑵に、レッテルの帖られた後ろの方に、大きな凹みが二箇所といふもの、出来てゐたのであつた。何物かへ強く打つけたか、何物かで強く打つたかとしか思はれない、ひどい凹みであつた。やがて、当然、彼の頭の中に、これを送つた処のYといふ人間が浮んで来た。あの明確な頭脳の、旺盛な精力の、如何なる運命をも肯定して驀直《まつしぐ》らに未来の目標に向つて突進しようといふ勇敢な人道主義者、——常に異常な注意力と打算力とを以て自己の周囲を視廻し、そして自己に不利益と見えたものは天上の星と雖も除き去らずには措かぬといふ強猛な感情家のY、——併し彼は如何に猜疑心を逞ふして考へて見ても、まさかYが故意に、彼を辱しめる為めに送つて寄越したのだとは、彼れにも考へることが出来なかつた。……これは余りに理由《いはれ》ないことであつた。

『何しろ身分が身分なんだから、それは大したものに違ひなからうからな、一々開《あ》けて検べて見るなんて出来た訳のものではなからう。つまり偶然に、斯うした傷物《きずもの》が俺に当つたといふ訳だ……』

　それが当然の考へ方に違ひなかつた。併し彼は何となく自分の身が耻ぢられ、また悲しく思はれた。偶然とは云へ、斯うした物に紛れ当るといふことは、余程呪はれた者の運命に違ひないといふ気が強くされて——

　彼は、子供等が庭へ出て居り、また丁度細君も使ひに行つて、ゝ留守だつたのを幸ひ、台所へ行つて擂木《すりこぎ》で出来るだけその凹みを直し、妻に見つかつて詰問されるのを避ける準備をして置かねばならなかつた。


　それから二三日経つて、彼はKに会つた。Kは彼の顔を見るなり、鋭い眼に皮肉な微笑を浮べて、

『君の処へも山本山が行つたらうね？』と訊いた。

『あ貰つたよ。さう〳〵、君へお礼を云はにやならんのだつけな。』

『お礼はいゝが、それで別段異状はなかつたかね？』

『異状？……』彼にもKの云ふ意味が一寸わからなかつた。

『……だと別に何でもないがね、僕はまた何処か異状がありやしなかつたかと思つてね。そんな話を一寸聞いたもんだから。』

　斯う云はれて、彼の顔色が変つた。――鑵の凹みのことであつたのだ。

　それは全く彼にも想像にも及ばなかつた程、恐ろしい意外のことであつた。鑵の凹みは、Yが特に、毎朝振り慣れた鉄亜鈴《てつあれい》で以て、左りぎつちよの逞しい腕に力をこめて、Kの口調で云ふと、『えゝ憎《にく》き奴め！』とばかり、殴りつけて寄越したのださうであつた。

『……K君そりや本当の話かね？　何でまたそれ程にする必要があつたんかね？　変な話ぢやないか。俺はYにも御馳走にはなつたことはあるが、金は一文だつて借りちやゐないんだからな……』

　斯う云つた彼の顔付は、今にも泣き出しさうであつた。

『だからね、そんな、君の考へてるやうなもんではないつてんだよ、世の中といふものはね。もつと〳〵君の考へてる以上に怖ろしいものなんだよ、現代の生活マンの心理といふものはね。……つまり、他に理由はないんさ。要するに貧乏な友達なんか要《い》らないといふ訳なんだよ。他に君にどんな好い長所や美点があらうと、唯君が貧乏だといふだけの理由から、彼等は好《す》かないといふんだからね、仕様がないぢやないか。殊にYなんといふあゝ云つた所謂道徳家から見ては、単に悪病患者視して傍観してるに堪えないんだね。機会さへあればさう云つて目障りなものを除き去らう撲滅しようとかゝつてるんだからね。それで今度のことでは、Yは僕のこともひどく憤慨してるさうだよ。……小田のやうな貧乏人から香奠なんか貰ふことになつたのも、皆なKのせゐだといふんでね。かと云つてまさか僕に鉄亜鈴を喰はせる訳にも行かなかつたらうからね。何しろ今の娑婆といふものはそりや怖ろしいことになつて居るんだからね』

『併し俺には解らない、どうしてそんなYのやうな馬鹿々々しいことが出来るのか、僕には解らない。』

『そこだよ、君に何処か知ら抜けてる――と云つては失敬だがね、それは君は、自分に得意を感じて居る人間が、惨めな相手の一寸したことに対しても持ちたがる憤怒や暴慢といふものがどんな程度のものだかといふことを了解してゐないからなんだよ。それに一体君は、魔法使ひの婆さん見たいな人間は、君に

仕事をさせて呉れるやうな方面にばかし居るんだと思つてるのが、根本の間違ひだと思ふがな。吾々の周囲――文壇人なんてもつとひどいものかも知れないからね。君のいふ魔法使ひの婆さんとは違つた風流な、愛とか人道とか慈《いつ》くしむとか云つてるから悉くこれ慈悲忍辱の士君子かなぞと考へてたら、飛んだ大間違ひといふもんだよ。このことだけは君もよく〳〵腹に入れてかゝらないと、本当に君といふ人は吾々の周囲から、……生存出来ないことになるぜ！　世間には僕のやうな風来々坊《ふうらいくぼう》ばかし居ないからね。』

今にも泣き出しさうに瞬《しばた》いてゐる彼の眼を覗き込んで、Kは最後の宣告でも下《くだ》すやうに、斯う云つた……。

二

…………

眼を醒まして見ると、彼は昨夜《ゆふべ》のまゝのお膳の前に、膚襦袢一枚で肱枕して寝てゐたのであつた。身体中そちこち蚊に喰はれてゐる。膳の上にも盃の中にも蚊が落ちてゐる。嘔吐を催させるやうな酒の臭ひ――彼はまだ酔の残つてゐるふら〳〵した身体を起して、雨戸を開け放した。次ぎの室で子供等が二人、蚊帳も敷蒲団もなく、ボロ毛布の上へ着たなりで眠むつてゐた。

朝飯を済まして、書留だつたらこれを出せと云つて子供に認印を預けて置いて、貸家捜しに出かけようとしてる処へ、三百が、格子外から声かけた。

『家も定《き》まつたでせうな？　今日は十日ですぜ。……御承知でせうな？』

『これから捜さうといふんですがな、併し晩までに引越したらそれでいゝ訳なんでせう。』

『そりや晩までゞ差支えありませんがね、併し余計なことを申しあげるやうですが、引越しはなるべく朝の涼しいうちの方が好《よ》かありませんかね？』

『併し兎に角晩までには間違ひなく引越しますよ。』

『でまた余計なことを云ふやうですがな、その為めに私の方では如何なる御処分を受けても差支えないといふ証書も取つてあるのですからな、今度間違ふと、直ぐにも処分しますから。』

三百は念を押して帰つて去つた。彼は昼頃までそちこち歩き廻つて帰つて来たが、やはり為替が来てなかつた。

で彼はお昼からまた、日のカン〳〵照りつける中を、出て行つた。顔から胸から汗がぽた〳〵流れ落ちた。クラ〳〵と今にも打倒れさうな疲れた頼りない気持であつた。歯のすり減つた下駄のやうになつた日和《ひより》を履いて、手の脂《やに》でべと〳〵に汚れた扇を持つて、彼はひよろ高い屈《まが》つた身体してテク〳〵と歩るいて行つた。それは細いだら〳〵の坂路の両側とも、石やコンクリートの塀を廻したお邸宅《やしき》ばかし並んでゐるやうな閑静な通りであつた。無論その辺には彼に恰好な七円止まりといふやうな貸家のあらう筈はないのだが、彼はそこを突抜けて電車通りに出て、電車通りの向うの谷のやうになつた低地《ひくち》の所謂細民窟附近を捜して見ようと思つて、通りか丶つたのであつた。両側の塀の中からは蟬やあぶらやみん〳〵やおうしの声が、これでもまだ太陽の照りつけ方が足りないとでも云ふやうに、ギン〳〵溢れてゐた。そしてどこの門の中も、人気が無いかのやうにひつそり閑としてゐて、敷きつめた小砂利の上に、太陽がチカ〳〵光つてゐた。で、『斯んな広いお邸宅《やしき》の静かな室で、一日ゆつくり午睡でもしてゐたいものだ』と彼はだら〳〵流れ出る胸の汗を拭き〳〵、斯んなことを思ひながら、息を切らして歩るいて行つた。左り側に彼が曾て雑誌の訪問記者として二三度お邪魔したことのある、実業家で、金持で、代議士の邸宅があつた。『やはり先生避暑にでも行つてるのだらうが、何と云つても彼奴等《きやつら》はい丶生活をしてゐるな』彼は羨ましいやうな、また憎くもあるやうな、結局藝術とか思想とか云つて丶も自分の生活なんて実に惨めで下《くだ》らんもんだといふやうな気がされて、彼は歩みを緩めて、コンクリートの塀の上にガラスの破片を突立てた広い門の中をギロ〳〵横目に見遣りながら、歩るいて行つたのであつた。が丁度その時、坂の向うから、大きな体格の白服の巡査が、剣をガチン〳〵鳴らしながらのそり〳〵やつて来た。顔も体格に相応した大きな角張つた顔で、鬚が頬骨の外へ出てる程長く跳ねて、頬髯の無い鐘馗《しようき》そのまゝの厳《いか》めしい顔をしてゐた。処が彼が瞥《ちら》と何気なしに其巡査の顔を見ると、その巡査が真直ぐに彼の顔に鋭い視線を向けて、厭に横柄なのそり〳〵した歩るき振りでやつて来てるので、彼は何といふことなし身内の汗の冷めたくなるのを感じた。彼は別に法律に触れるやうなことをしてる身に覚えないが、さりとて問ひ詰められては間誤《まご》つくやうなこともあるだらうし、またどんな嫌疑で——彼の見すぼらしい服装だけでもそれに値ひしないとは云へないのだから——『オイオイ！　貴様は？　厭《いや》に邸内をギロ〳〵覗き歩るいて居るが、一体貴様は何者か？　職業は？　住所は？』

で彼は何気ない風を装ふつもりで、扇をパチ〳〵云はせ、息の詰まる思ひしながら、細い通りの真中を大手を振つてやつて来る見あげるやうな大男の側を、急ぎ脚に行過ぎようとした。

『オイオイ！』

……果して来た！　彼の耳がガアンと鳴つた。

『オイオイ！　……』

警官は斯う繰返してもの丶一分程もぢつと彼の顔を視つめてゐたが、

『……忘れたか？　僕だよ……忘れたかね？　ウ、？……』

警官は斯う云つて、始めて相格を崩し始めた。

『あ君か？　僕はまた何事かと思つて吃驚しちやつたよ。それにしてもよく僕だつてことがわかつたね。』

彼は相手の顔を見あげるやうにして、ほつとした気持になつて云つた。

『そりや君、警察眼《けいさつがん》ぢやないか。警察眼の威力といふものは、そりや君恐ろしいものさ。』

警官は斯う得意さうに笑つて云つた。

午下《ひるさが》りの暑い盛りなので、そこらには人通りは稀であつた。二人はそこの電柱の下につくばつて話した。

警官――横井と彼とは十年程前神田の受験準備の学校で知り合つたのであつた。横井はその時分医学専門の入学準備をしてゐたのだが、その時分下宿へ怪しげな女なぞ引張り込んだりしてゐたが、それから間もなく警察へ入つたのらしかつた。

横井はやはり警官振つた口調で、彼の現在の職業とか収入とかいろ〳〵なことを訊いた。

『君はやはり巡査かい？』

彼はさうした自分のことを細かく訊れるのを避けるつもりで、先刻から気にしてゐたことを口に出した。

『馬鹿云へ……』横井は斯う云つて、つくばつたまゝ腰へ手を廻して剣の柄を引寄せて見せ、

『見給へ、巡査のとは違ふぢやないか。帽子の徽章にしたつて僕等のは金モールになつてるからね。……ハヽヽ、この剣を見よ！ と云ひたい処さ』横井は斯う云つて、再び得意さうに広い肩をゆすぶつて笑つた。

『さうか、警部か。それはえらいね。僕はまたね、巡査としては少し変なやうでもあるし、何かと思つてたよ。』

『白服だからね、一寸わからないさ。』

二人は斯んなことを話し合ひながら、しばらく肩を並べてぶら〳〵歩るいた。で彼は、

『此際いゝ味方が出来たものだ』斯う心の中に思ひながら、彼が目下家を追ひ立てられてゐるといふこと、今晩中に引越さないと三百が乱暴なことをするだらうがどうかならぬものだらうかと云ふやうなことを、相手の同情をひくやうな調子で話した。

『さあ……』と横井は小首を傾《かし》げて急に真地目な調子になり
『併し、そりや君、つまらんぢやないか。そんな処に長居《ながゐ》するもんぢやないよ、気持を悪るくするばかしで。結局君の不利益ぢやないか。そりや先方《むかふ》の云ふ通り、今日中に引払つたらいゝだらうね。』

『出来れば無論今日中に越すつもりだがね、何しろこれから家を捜さにやならんのだからね。』

『併しそんな処に長居するもんぢやないね。結局君の不利益だよ。』

彼の期待は端れて、横井は警官の説諭めいた調子で斯う繰返した。

『さうかなあ……』

『そりやさうとも。では大抵署に居るからね遊びに来給へ。』

『さうか、ではいづれ引越したらお知らせする。』

斯う云つて、彼は張合ひ抜けのした気持で警官と別れて、それから細民窟附近を二三時間も歩き廻つた。そしてやう〳〵恰好な家を見附けて、僅かばかしの手附金を置いて、晩に引越して来るといふことにして帰つて来た。がやつぱし細君からの為替が来てなかつた。昨日の朝出した電報の返事すら来てなかつ

た。

三

その翌日の午後、彼は思案に余つて、横井を署へ訪ねて行つた。明け放した受附の室とは別室になつた奥から、横井は大きな体軀《からだ》をのそり〳〵運んで来て、『やあ君か、まああがれ』斯う云つて、彼を二階の広い風通しの好い室へ案内した。広間の周囲には材料室とか監督官室とかいふ札をかけた幾つかの小間があつた。梯子段をのぼつた処に白服の巡査が一人テーブルに坐つてゐた。二人は中央の大テーブルに向ひ合つて椅子に腰かけた。

『どうかね、引越しが出来たかね？』

『出来ない。家はやう〳〵見附かつたが、今日は越せさうもない。金の都合が出来ないもんだから……』

『そいつあ不可《いか》んよ君。……』

横井は彼の訪ねて来た腹の底を視透かしたかのやうに、むつかしい顔をして、その角張つた広い顔から外へと跳ねた長い鬚をぐい〳〵と引張つて、飛び出た大きな眼を彼の顔に据ゑた。彼は話題を他へ持つて行くほかなかつた。

『でも近頃は節季近くと違つて、幾らか閑散なんだらうね。それに一体にこの区内では余り大した事件が無いやうだが、さうでもないかね？』

『いや、いつだつて同じことさ。ちよい〳〵これでいろんな事件があるんだよ。』

『でも一体に大事件の無い処だらう？』

『がその代り、注意人物が沢山居る、第一君なんか始めとしてね……』

『馬鹿云つちや困るよ。僕なんかそりや健全なもんさ。唯貧乏してるといふだけだよ。尤も君なんかの所謂警察眼なるものから見たら、何でもかんでもさう見えるんか知らんがね、これでも君、幾らかでも国家社会の為めに貢献したいと思つて、貧乏してやつてるんだからね。単に食ふ食はぬの問題だつたら、田舎へ帰つて百姓するよ。』

彼は斯う顔をあげて、調子を強めて云つた。

『相変らず大きなことばかし云つてるな。併し貧乏は昔から君の附物ぢやなかつたか？』

『さうだ。』

二人は一時間余りも斯うした取止めのない雑談をしてゐた。その間に横井は、彼が十年来続けて来てるといふ彼独特の静座法の実験をして見せたりした。横井は椅子に腰かけたまゝでその姿勢を執つて、眼をつぶると、半分とも経たないうちに彼の上半身が奇怪な形ちに動き出し、額《ひたい》にはどろ〳〵汗が流れ出す。横井はそれを「精神統一」と呼んだ。

『……でな、斯う云つちや失敬だがね、僕の観察した処ではだ、君の生活状態または精神状態――それはどつちにしても同じやうなもんだがね、余程不統一を来《きた》して居るやうだがね、それは君、統一せんと不可《いか》んぞ。……精神統一を練習し給へ。練習が少し積んで来ると、それはいろ〳〵な利益があるがね、先づ僕達の職掌から云ふと、非常に看破力が出来て来る。……此奴《こやつ》口では斯んなことを云つてるが腹の中は斯うだな、といふことが、この精神統一の状態で観ると直ぐ看破出来るんだからね。そりや恐ろしいもんだよ。で僕もこれまでにいろ〳〵な罪人を摑まへたがね、それが大抵昼間だつたよ。……此奴怪しいな、斯う思つた刹那にひとりでに精神統一に入るんだね。そこで、……オイコラ〳〵で引張つて来るんだがね、それがもうほとんど百発百中だつた。』

『……フム、さうかな。でそんな場合、直ぐ往来で縄をかけるといふ訳かね？』

『……なあんで、縄なんぞかけやせんさ。そりやもう鉄の鎖で縛つたよりも確かなもんぢや。……貴様は遁《のが》れることならんぞ！　貴様は俺について来るんだぞ！　と云ふことをちやアんと暗示して了ふんだからね。つまり相手の精神に縄を打つてあるんだからな、これ程確かなことはない。』

『フム、そんなもんかねえ。』

彼は感心したやうに首肯《うなづ》いて警部の話を聞いてゐたが、だん〳〵と、この男がやはり、自分のことをもその鉄の鎖で縛つた気で居るのではないか知らといふ気がされて来て、彼は言ひやうのない厭悪と不安な気持になつて起ちあがらうとしたが、また腰をおろして、

『……それでね、実は、君に一寸相談を願ひたいと思つて来たんだがね。どんなもんだらう、どうしても今夜の七時限り引払はないと畳建具を引揚げて家を釘附けにするといふんだがね、何とか二三日延期させる方法が無いもんだらうか。僕一人だとまた何でもないんだが、二人の子供をつれて居るんでね……………』

しばらくもぢ〳〵した後で、彼は斯う口を切つた。

『そりや君不可《いか》んよ。先方《むかふ》かつて、都合して越して了ひ給へ。結局君の不利益ぢやないか。先方かつて、まさかそんな乱暴なことはしやしないだらうがね、それは元々の契約といふものは、君が万一家賃を払へない場合には造作を取揚げるとか家を釘附けにするとかいふことになつて居るんではないのだからね、相当の手続を要することなんで、そんな無法なことは出来る訳のものではないがね。併し君、君もそんなことをしとつてもつまらんぢやないか。君達はどう考へて居るか知らんがね、今日の時勢といふものは、それは恐ろしいことになつてるんだからね。いづれの方面で立つとしても、ある点だけは真地目にやつとらんと、一寸のことで飛んでもないことになるぜ。僕も職掌柄いろ〳〵な実例も見て来てるがね、君もうつかりしとると、そんなことでは君、生存が出来なくなるぜ！』

警部の鈍栗眼《どんぐりまなこ》が、喰入るやうに彼の顔に正面《まとも》に向けられた。

彼はたぢろいだ。

『……いや君、併し、僕だつて君、それほどの大変なことにな

つてるんでもないよ。何しろ運わるく、妻《さい》が郷里に病人が出来て帰つて居る、……そんなこんなでね、余り閉口してるもんだからね。……』

『……さう、それが、君の方では、それ程大したことではないと思つてるか知らんがね、何にしてもそれは無理をしても先方の要求通り越しちまふんだな。これは僕が友人として忠告するんだがね、そんな処に長居をするもんぢやないよ。それも君が今度が始めてだといふからまだ好いんだがね、それが幾度もそんなことが重なると、終ひにはひどい目に会はにやならんぜ。つまり一種の詐欺だからね。家賃を支払ふ意志なくして他人の家屋に入つたものと認められても仕方が無いことになるからね。そんなことで打込《ぶちこ》まれた人間も、随分無いこともないんだから、君も注意せんと不可《いか》んよ。人間は何をしたつてそれは各自の自由だがね、併し正《せい》を踏んで倒れると云ふ覚悟を忘れては、結局この社会に生存が出来なくなる………』

………

空行李、空葛籠、米櫃、釜、其他目ぼしい台所道具の一切を道具屋に売払つて、三百に押かけられないうちにと思つて、家をゞ切つて八時近くに彼等は家を出た。彼は書きかけの原稿やペンやインキなど入れた木通《あけび》の籠を持ち、尋常二年生の彼の長男は書籍や学校道具を入れた鞄を肩へかけて、袴を穿いてゐた。幾日も放《ほ》つたらかしてあつた七つになる長女の髪をいゝ加減に束ねてやつて、彼は手をひいて、三人は夜の賑かな人通りの繁しい街の方へと歩るいて行つた。彼はひどく疲労を感じてゐた。そしてまだ晩飯を済ましてなかつたので、三人ともひどく空腹であつた。

で彼等は、電車の停留場近くのバーへ入つた。子供等には寿司をあてがひ、彼は酒を飲んだ。酒のほかには、今の彼に元気を附けて呉れる何物もないやうな気がされた。彼は貪るやうに、また非常に尊いものかのやうに、一杯々々味ひながら飲んだ。前の大きな鏡に映る蒼黒い、頰のこけた、眼の落凹んだ自分の顔を、他人のものかのやうに放心した気持で見遣りながら、彼は延びた頭髪を左の手に撫であげ〳〵、右の手に盃を動かしてゐた。そして何を考へることも、何を怖れるといふやうなことも、出来ない程疲れて居る気持から、無意味な深い溜息ばかしが出て来るやうな気がされてゐた。

『お父さん、僕エビフライ喰べようかな。』

寿司を平らげてしまつた長男は、自分で読んでは、斯う並んでゐる彼に云つた。

『よし〳〵、……エビフライ二――』

彼は給仕女の方に向いて、斯う機械的に叫んだ。

『お父さん、僕エダマメを喰べようかな。』

しばらくすると、長男はまた云つた。

『よし〳〵、エダマメ二――それからお銚子……』

彼はやはり同じ調子で叫んだ。

やがて食ひ足つた子供等は外へ出て、鬼ごつこをし始めた。長女は時々扉《ドア》のガラスに顔をつけて、父の様子を視に来た。そして彼の飲んでるのを見て安心して、また笑ひながら兄と遊んでゐた。

厭らしく化粧した踊り子がカチ〳〵と拍子木を鼓いて、その後から十六七位ゐの女がガチヤ〳〵三味線を鳴らし唄をうたひながら入つて来た。一人の酔払ひが金を遣つた。手を振り腰を振りして、尖がつた狐のやうな顔を白く塗り立てたその踊り子は、時々変な斜視のやうな眼付きを見せて、扉《ドア》と飲台《テーブル》との狭い間で踊つた。

幾本目かの銚子を空《から》にして、尚頻りに盃を動かしてゐた彼は、時々無感興な眼付きを、踊り子の方へと向けてゐたが、『さうだ！　俺には全く、悉くが無感興、無感激の、状態なんだな……』斯う彼は自分に呟いた。

幾年か前、彼がまだ独りでゐて、斯うした場所を飲み廻りほつき歩るいてゐた時分の生活とても、それは決して今の生活と較べて自由とか幸福とか云ふ程のものではなかつたけれど、併しその時分口にしてゐた悲痛とか悲惨とか云ふ言葉――それ等は要するに感興といふゴム鞠《まり》のやうな弾力から弾き出された言葉だつたに過ぎなかつたのだ。併し今日ではそのゴム鞠に穴があいて、凹めば凹んだなりの、頼りも張合ひもない状態になつてゐる。好感興悪感興――これはおかしな言葉に違ひないが、併し人間は好い感興に活きることが出来ないとすれば、悪るい感興にでも活きなければならぬ、追求しなければならぬ。さうにでもしなければこの人生といふ処は実に堪え難い処だ！　併し食はなければならぬといふ事が、人間から好い感興性を奪ひ去ると同時に悪るい感興性の弾力をも奪ひ取つて了ふのだ。そして穴のあいたゴム鞠にして了ふのだ――。

『さうだ、感興性を失つた藝術家の生活なんて、それは百姓よりも車夫よりもまたもつと悪るい人間の生活よりも、悪るい生活だ。……それは実に悪生活だ！』

ポカンと眼を開けて無意味に踊り子の厭らしい踊りに見惚れてゐた彼は、彼等の出て行く後姿を見遣りながら、斯うまた自分に呟いたのだ。そして『自分の子供等も結局あの踊り子のやうな運命になるのではないか知らん？』と思ふと、彼の頭にもさうした幻影が悲しいものに描かれて、彼は小さな二女ひとり伴れて帰つたきり音沙汰の無い彼の妻を、憎い女だと思はずにゐられなかつた。『併し、要するに、皆な自分の不甲斐ない処から来たのだ。彼女《あれ》は女だ。そしてまた、自分が嬶や子供の為めに自分を殺す気になれないと同じやうに、彼女だつてまた亭主や子供の為めに乾干《ひぼし》になると云ふことは出来ないのだ。』彼はまた斯うも思ひ返した。……

『お父さんもう行きませうよ。』

『もう飽きた？』

『飽きちやつた……』

幾度か子供等に催促されて、彼はやう〳〵腰をおこして、好い加減に酔つて、バーを出て電車に乗つた。

『何処へ行くの？』

『僕の知つてる下宿へ。』

『下宿？　さう……』

子供等は不安さうに、電車の中で幾度か訊いた。

渋谷の終点で電車を下りて、例の砂利を敷いた坂路を、三人はKの下宿へと歩るいて行つた。そこの主人も主婦《かみ》さんも彼の顔は知つてゐた。

彼は帳場に上り込んで、『実は妻《さい》が田舎に病人が出来て帰つてるもんだから、二三日置いて貰ひたい。』と頼んだ。が主人は、彼等の様子の尋常で無さゝうなのを看て取つて、暑中休暇で室も明いてるだらうのに、空間が無いと云つてきつぱりと断つた。併しもう時間は十時を過ぎてゐた。で彼は今夜一晩だけでもと云つて頼んでゐると、それを先刻から傍に坐つて聴いてゐた彼の長女は、急に顔へ手を当てゝシク〳〵泣き出し始めた。それには年老つた主人夫婦も当惑して、『それでは今晩一晩だけだつたら都合しませう』と云ふことに定《き》まつたが、併し彼の長女は泣きやまない。

『ね、いゝでせう？　それでは今晩だけこゝに居りますからね、明日別の処へ行きますからね、いゝでせう？　泣くんぢやありません……』

併し彼女は、ます〳〵しやくりあげた。

『それではどうしても出たいの？　他所へ行くの？　もう遅いんですよ……』

斯う云ふと、長女は始めて納得したやうにうなづいた。で三人はまた、彼等の住んでゐた街の方へと引返すべく、十一時近くなつて、電車に乗つたのであつた。その辺の附近の安宿に行くほか、何処と云つて指して行く知合の家もないのであつた。子供等は腰掛へ坐るなり互ひの肩を凭せ合つて、疲れた鼾を掻き始めた。

湿つぽい夜更けの風の気持好く吹いて来る暗い濠端を、客の少ない電車が、はやい速力で駛つた。生存が出来なくなるぞ！斯う云つたKの顔、警部の顔——併し実際それがそれ程大したことなんだらうか？

『……が、子供等までも自分の巻添へにするといふことは？』さうだ！　それは確かに怖ろしいことに違ひない！

が今は唯、彼の頭も身体も、彼の子供等と同じやうに、休息を欲した。……


——大正六年九月——

（「早稲田文学」大正7年3月号）

或る朝

志賀直哉

祖父の三回忌の法事のある前の晩、信太郎は寝床で小説本を読んで居ると、並んで寝て居る祖母が

「明日《あす》坊さんのおいでなさのは八時半ですぞ」と云つた。

暫くした。すると眠つたと思つた祖母は又同じ事を云つた。彼は今度は返事をしなかつた。

「それまでにすつかり支度をして置くのだから、今晩はもうねたらい丶でせう」

「わかつてます」

間もなく祖母は眠つて了つた。

どれだけか経つた。信太郎も眠くなつた。時計を見た。一時過ぎて居た。彼はランプを消して、寝返りをして、而して夜着の襟に顔を埋めた。

翌朝（明治四十一年正月十三日）信太郎は祖母の声で眼を覚した。

「六時過ぎましたぞ」驚かすまいと耳のわきで静かに左う云つて居る。

「今起きます」と彼は答へた。

「直ぐですぞ」左う云つて祖母は部屋を出て行つた。彼は帰るやうに又眠つて了つた。

又、祖母の声で眼が覚めた。

「直ぐ起きます」彼は気安めに、唸りながら夜着から二の腕まで出して、のびをして見せた。

「此お写真にもお供へするのだから直ぐ起きてお呉れ」

お写真と云ふのは其部屋の床の間に掛けてある擦筆画の肖像で、信太郎が中学の頃習つた画学の教師に祖父の亡くなつた時描いて貰つたものである。

黙つて居る彼を「さあ、直ぐ」と祖母は促した。

「大丈夫。直ぐ起きます。――向ふへ行つてて下さい。直ぐ起きるから」左う云つて彼は今にも起きさうな様子をして見せた。

祖母は再び出て行つた。彼は又眠りに沈んで行つた。

「さあ〳〵。どうしたんだつさ」今度は角のある声だ。信太郎は折角沈んで行く、未だ其底に達しない所を急に呼び返へされる不愉快から腹を立てた。

「起きると云へば起きますよ」今度は彼も度胸を据ゑて起きると云ふ様にもしなかつた。

「本統に早くしてお呉れ。もうお膳も皆出てますぞ」

「わきへ来て、左うぐづ〳〵云ふから、尚起きられなくなるんだ」

「あまのじゃく！」祖母は怒つて出て行つた。信太郎ももう眠むくはなくなつた。起きてもいゝのだが余り起きろ〳〵と云はれたので実際起きにくくなつて居た。彼はボンヤリと床の間の肖像を見ながら、それでももう起こしに来るか〳〵といふ不安を感じて居た。起きてやらうかなと思ふ。然しもう少しと思ふ。もう少しかうして居て起こしに来なかつたら、それに免じて起きてやらう、左う思つてゐる。彼は大きな眼を開いて未だ横になつて居た。

いつも彼に負けない寝坊の信三が今日は早起きをして、隣の部屋で妹の芳子と騒いで居る。

「お手玉、南京玉、大玉、小玉、」とそんな事を一緒に叫んで居る。而して一段声を張り上げて、

「其内大きいのは芳子ちやんの眼玉」と一人が云ふと一人が、

「信三さんのあたま」と怒鳴つた。二人は何遍も同じ事を繰返して居た。

又、祖母が入つて来た。信太郎は又起きられなくなつた。

「もう七時になりましたよ」祖母はこわい顔をして反つて叮嚀に云つた。信太郎は七時の筈はないと思つた。彼は枕の下に滑り込んで居る懐中時計を出した。而して、

「未だ二十分ある」と云つた。

「まあどうしてかうやくざだか……」祖母は溜息をついた。

「一時にねて、六時半に起きれば五時間半だ。やくざでなくても五時間半ぢやあ眠いでせう」

「宵に何度もねろと云つても諾きもしないで……」

信太郎は黙つて居た。

「直ぐお起き。おつつけ福吉町からも誰れか来るだらうし、坊さんもうお出でなさる頃だ」

祖母はこんな事を云ひながら自身の寝床をたゝみ始めた。祖母は七十三だ。よせばいゝのにと信太郎は思つて居る。

祖母は腰の所に敷く羊の皮をたゝんでから、大きい敷蒲団をたゝまうとして息をはづませて居る。祖母は信太郎が起きて手伝うだらうと思つて居る。所が信太郎は其手は食はぬと冷淡な顔をして横になつたまゝ見てゐる。とう〳〵祖母は怒り出した。

「不孝者」と云つた。

「年寄りの云ひなり放題になるのが孝行なら、そんな孝行は真つ平だ」彼も負けずと云つた。彼はもつと毒々しい事が云ひたかつたが、失策つた。文句も長過ぎた。然し祖母をかつとさすにはそれで十二分だつた。祖母はたゝみかけを其所へほうり出すと、涙を拭きながら、烈しく唐紙をあけたてして出て行つた。

彼はむつとした。然しもう起こしに来まいと思ふと楽々と起きる気になれた。

彼は毎朝のやうに自身の寝床をたゝみ出した。大夜着から中の夜着、それから小夜着をたゝまうとする時、彼は不意に「えゝ」と思つて、今祖母が其所にほうつたやうに自分も其小夜着をほうつた。

彼は枕元に揃えてあつた着物に着かへた。

あしたから一つ旅行をしてやらうかしら。諏訪へ氷滑りに行つてやらうかしら。諏訪なら、此間三人学生が落ちて死んだ。祖母は新聞で聴いてゐる筈だから、自分が行つてゐる間少なくも、心配するだらう。

押入れの前で帯を〆めながらこんな事を考へて居ると、又祖母が入つて来た。祖母はなるべく此方を見ないやうにして乱雑にしてある夜具のまわりを廻はつて黙つて押入れを開けに来た。彼は少しどいてやつた。而して夜具の山に腰を下ろして足袋を穿いて居た。

祖母は押入れの中の用箪笥から小さい筆を二本出した。五六年前信太郎が伊香保から買つて来た自然木の軸のやくざな筆である。

「これで如何《どう》だらう」祖母は今迄の事を忘れたやうな顔を故意《わざ》として云つた。

「何にするんです」信太郎の方は故意《わざ》と未だ少しむつとしてゐる。

「坊さんにお塔婆を書いて頂くのつさ」

「駄目さ。そんな細いんで書けるもんですか。お父さんの方に立派なのがありますよ」

「お祖父さんのも洗つてあつたつけが、何所へ入つて了つたか……」左う云ひながら祖母は其細い筆を持つて部屋を出て行かうとした。

「そんなものを持つて行つたつて駄目ですよ」と彼は云つた。

「左うか」祖母は素直にもどつて来た。而して叮嚀にそれを又元の所に仕舞つて、出て行つた。

信太郎は急に可笑しくなつた。旅行もやめだと思つた。彼は笑ひながら、其所に苦茶苦茶にしてあつた小夜着を取上げてたゝんだ。敷蒲団も、それから祖母のもたたんでゐると彼には可笑しい中に何んだか泣きたいやうな気持が起つて来た。涙が自然に出て来た。物が見えなくなつた。それがポロ〳〵と頬へ落ちて来た。彼は見えない儘に押入れを開けて祖母のも自分のも無闇に押込んだ。間もなく涙は止まつた。彼は胸のすが〳〵しさを感じた。

彼は部屋を出た。上の妹と二番目の妹の芳子とが隣りの部屋の炬燵にあたつて居た。信三だけ炬燵櫓の上に突つ立つて意張つて居た。信三は彼を見ると急に首根を堅くして天井の一方を見上げて、

「銅像だ」と力ンで見せた。上の妹が、

「左う云へば信三は頭が大きいから本統に西郷さんのやうだわ」と云つた。信三は得意になつて、

「偉いな」と臂を張つて鬚をひねる真似をした。和らいだ、然し少し淋しい笑顔をして立つて居た信太郎が、

「西郷隆盛に鬚はないよ」と云つた。妹二人が、「わーい」とはやした。信三は

「しまつた!」といやにませた口をきいて、櫓を飛び下りると、いきなり一つでんぐり返しをして、おどけた顔を故意《わざ》と皆の方

へ向けて見せた。（明治四十一年正月）

（「中央文学」大正7年3月号）

清作の妻

吉田絃二郎

猫の子一疋《ぴき》死んでも噂の種になるN村では、新田《しんでん》の清作《せいさく》とお兼《かね》とが夫婦になつたといふことは、野良でも、炉の傍《そば》でも、舟着場でも人々の口の端《は》に上つた。若い娘たちは村一番の若い衆を、ひよツくり旅から帰つて来たお兼に奪《と》られたといふ意趣もあり、年老つた女親たちは村一番の稼ぎ者を片意地な、自堕落さうな親無しの娘にものされてしまつたことを腹立たしく思つた。それにお兼が田舎には珍しい縹緻善《きりやうよ》しで、可なりな金を貯へて帰つて来てゐることも村の人々の嫉妬心を喚び起すに充分であつた。

「あの母《かゝ》さんが慾が深うあらすもの、金を嫁に貰うたやうなものさ…………」

「いくら金があつたにしても、他人《ひと》の妾《めかけ》のお古なざあいやなことぢやなう…………」

「清作さんが気の毒ですなう…………」

村では寄ると触ると蔭口が利《き》かれた。

お兼の父親といふのはこの村でも一番見すぼらしい水呑百姓であつたが、今から十年ばかり前お兼が十三の時、お兼を伴れて長崎に出て行つて、三菱の造船で働いてゐた。お兼は十四の春から奉公に出されて、十六の時には長崎一流の呉服屋の隠居の、小間使とも妾とも付かぬものにされてしまつてゐた。それが辛さに隠居の家を逃げて来たことも二度や三度ではなかつたが、人の善《い》い父親もその時だけは恐しい顔をして怒つた。五十に近い、そして何の職業も持つてゐない父親は造船に行つては運搬職工といふ雑役に従事するより他はなかつた。終日牛馬のやうに駆使されながら重い船材や機械などを運ぶといふことは、若い者にとつても並大抵な労働ではなかつた。父親は三日には一度、四日には一度と言つた風に休んでは床に就いてゐた。このやうな無能な父が、年中蒼白い顔をして薬に親しむでゐる妻と二人の子を養つて行くといふことは容易なことではなかつた。三畳の棟割長屋《むねわりながや》の薄暗い底に、病人の母を真ん中にして四人の大人と子供とが一枚の夜具を引つ張り合つて寝てゐる姿を見ては、十六のお兼も流石《さすが》に自分の我を通すことはできなかつた。甃石《いしだたみ》の幾つかの坂道を上つてはまた下つて、お兼は寂《さび》しい、やる瀬ない心を抱いて隠居所の方へ帰つて行つた。脂切《あぶらぎ》つた隠居はお兼の父よりは老けて見えた。隠居はお兼を嘗めるやうに可愛がつた。けれどもお兼は可愛がられゝば可愛がられるほど気味が悪かつた。隠居は酒が好きであつた。それでお兼は強ひても酒を飲ましては隠居を早く床に就かしてしまふ工面をした。お兼は小娘《こむすめ》の折から最《も》う人一倍ませた智慧を持たなければならなかつた。

「お母《かゝ》、何《なに》か肉食《にくじき》せんと快《よ》うならんとよ………」

お兼がかう言つて袂から風呂敷につゝむだ鶏を出した時、父親は手を合せんばかりによろこんだ。そして父親とお兼と二人で手ばしこく鶏に熱い湯をかけて毛を挘《むし》つてしまつた。一羽の鶏を病人に食はせることさへも、彼れ等は隣り近所に対して憚らなければならぬほどな、不義理に苛まれてゐた。

「妾《わたし》さへ我慢すれば………」

十六の小娘はいつもさう思つて隠居所の方へ帰つて行つた。まだ恋といふことを知らぬお兼にとつては、隠居所の奉公は身を切らるゝほど心苦しいことであつた。しかしお兼が知つてゐる幾人の娘たちは、印度や尚《も》つと遠い外国あたりまでも稼ぎに行つてゐることを想ひ出しては慰むるともなく自分を慰めてゐた。十七となり、十八となるにつれてお兼は見ちがへるほど美しくなつた。いつとはなしにお兼自身が自分をより美しく見せることを覚えた。隠居は自分から店に出かけて行つては、お兼のために友禅の長襦袢やら、下着の柄までも見つくろつて来た。湯上りのほんのりと紅らむだ頬から、乳白の頸筋から胸にかけての若やかな肌さはりは、自分ながら鏡に対して惚れ惚れするやうにおもはれた。

「誰れか妾《わたし》を呼んでるやうな気がする………」

お兼は幾度もさう思つた。そして次の刹那には現《うつゝ》とも夢ともつかぬやうな淡い寂しさのなかに引き入れられて行くやうに思つた。お兼が十九になつて間もなくであつた。隠居は湯殿で加減が悪いといつたのが病み付きになつて、数日の後に藻掻《もが》きながら死んでしまつた。流石《さすが》にお兼は悲しかつた。隠居の死後お兼にとりては可なりな金が遺言によつて彼の女に与へられた。お兼は弟二人を店に預けて、両親を伴《つ》れてN村に帰つて来たのであつた。けれどもN村の人々は昔の心で彼れ等一家を受け容《い》る、ことをしなかつた。彼れ等は何時も侮蔑と嫉妬の眼をもつてお兼親子を見た。人の善い、気の弱い親子にとりては可なり苦痛なことであつた。そして村に帰つて来て二年目に引きつゞいて両親は亡くなつた。村の人々は冷笑的に彼れ等の死を見た。そして後にはお兼と一疋《ぴき》の老犬のみが村人の憎悪の的となつて取り残された。お兼には村中の人々が仇敵《あだがたき》のやうに思はれた。お兼はたゞ一人で泣いた。お兼と清作が親しくなつたのはこのごろからのことであつた。清作はその頃兵隊から帰つて来たばかりで、村の青年会の役員であつた関係からして、お兼の両親の葬ひに墓地の相談から、寺の交渉から、一切の面倒を見てやつた。お兼とは相年《あひどし》であつたが、お兼よりはまだ子供々々してゐた。お兼は清作の親切を心から感謝せずには居られなかつた。しかし都会馴れたお兼の眼には清作のおづ〳〵した風が可笑《をか》しいやうに思はれてならぬこともあつた。

清作は×聯隊の模範兵であつた。彼れは在隊中も二度知事や隊長から賞与を貰つたこともあつた。彼れは除隊の日までその賞与金を貯へて置いて、その金で小型の鐘を買つてN村に帰つて来た。舟着場に迎へた村の人々のうちには、彼れが村への土産だと言つて、信玄袋のなかから鐘を出して見せた時、吹き出したものもあつた。

「その鐘何するだえ？　清作さん………」

温厚な村長は笑ひながら訊いた。

「何《ど》うするだか明日《あす》になるとお分りになります。」

まだ軍隊そつくりな調子で姿勢をとつて言ひ切つた時、人々はまた笑ひ出した。

果してその翌日の朝になるとその鐘の意味が分つた。南国にも薄い霜が下りた朝であつた。人々は丘の松林から鳴り響く鐘の声を聴いた。まだ野良には人の影も見えないころであつた。

「誰ぢやろか………何ぢやろ？」

村の人々は寝不足な眼を開《あ》いて起き上つた。

「清作さんの鐘ぢや………昨日の鐘ぢや………」

笑ひこけるものもあれば、真面目になつて怒るものもあつた。人々は松林のなかに鐘を吊して乱打してゐる清作の姿を見た。清作はそれから後一日も欠かさないで夜明けごとに松林から鐘を打つた。そして人々が野良に出るころは、彼れは一と汗かいて二三畝《せ》の畑を耕してゐた。

「清作さんを見んさい………」

村の若い者が――男も女も――何時も清作を引き合ひに出して小言を喰はされた。やがて村中が挙《こぞ》つて早起きの習慣を作つた。

清作が村に帰つて来てから村の若い者たちの夜遊びが少くなつたとさへ言はれた。清作は隊にゐた際に聴いたり、見たりして来た色々な経験を農作の上にも試みた。清作は今迄の稲苗《なへ》の植方を全然捨てゝしまつて、縦横《たてよこ》の苗《なへ》の条幅《しまはゞ》をば広くしたり、狭くしたりして太陽の光りを成るたけ多く受けるやうな具合に決めてしまつた。村の人々は最初これをも冷笑の眼をもつて眺めてゐた。けれども秋の収穫《みいり》は段別に五俵からの差を生むだ。不完全な温床を拵へて早茄子《はやなす》を作つて長崎に出したばつかりに段に三百円づつの上りがあつたことも、村人の驚きの眼を瞠らせた。清作はN村になくてならぬ青年となつた。彼れは村中の人々に敬せられ、愛せられた。

清作がお兼の家に接近して行く時、いつもにた〳〵笑ひながら男女《ふたり》を見てゐる男があつた。それはお兼の遠いたゞ一人の親戚《みより》に当る兵助といふ男で、お兼の家に厄介になつてゐるのであつた。兵助は今年三十八にもなるが智慧は尋常科の子供ほども持つてゐない。筑前の湯治場から一人でN村に帰つて来る時、Hといふ停車場で下りることを忘れてしまつて、駅七つ先きの長崎まで行つてしまつた。それで長崎からH駅まで送り返されて来たが、今度はまたH駅を通り抜けてしまつて鳥栖《とす》まで行つてしまつた。鳥栖駅では胸にH駅行といふボール紙の札を下げさせられて貨物車に入れられた。「兵助さんの筑前行き」といふことは村の子供といふ子供が、物心つくと真つ先きに教へられる逸話になつてゐる。しかし兵助にも恋はあつた。五六年前のことである。村の蚕豆《そらまめ》や芥子菜《からしな》の畑が深い靄につゝまれて、枇杷の実が厚ぼつたい葉の間から黄金《こがね》のやうに熟してゐるころであつた。長崎あたりから流れ流れて来たらしい女乞丐《をんなこじき》があつた。女乞丐は気に向くと芦の生えた浜に出て口三味線で唄など唱つた。半年も経たぬ間に人々は女乞丐が妊娠してゐることに気付いた。春には珍しい雪でも降りさうな寒い日の夕暮れであつた。女は浜の舟小屋のなかで男の子を産むだ。夜中ごろまで人々は浜に来て女に炭火をおこしてやつたり、襤褸《ぼろ》を持つて来てやつたりした。赤ん坊の泣く声も折々聞えた。その翌《あ》けの朝人々が浜に行つて見た時は女も子も死んでゐた。その傍には兵助がぼんやりした顔をして藁のなかに坐つてゐた。

「何うしたのや？」村の人が訊ねた。

「眠つとるとたい…………」兵助はさう言つてまたそこにある藁を母子《おやこ》の屍《かばね》の上に被《き》せてやつた。

「誰れの子？　兵助さんの子かい？」

笑ひながら誰れかゞたづねた。

「俺《おいどん》の子たい…………」

兵助はかう言つて軽く首肯《うなづ》いて見せた。母子《おやこ》の屍骸は村の墓地に葬られた。その当座今更のやうに人々の兵助と女乞丐とが浜で日向ぼつこしてゐた日のことや、鎮守さまの堂にゐた折のことなどを新たに語り出しては笑つた。兵助はしかしいまだに母子の死といふことをはつきり意識することはできないでゐる。

彼れはまだどこかに彼れ等が生きてゐて、旅から帰つて来るやうに思うてゐる日もある。彼れには何時もどこからか幸福な日がもどつて来るやうに思はれてゐる。

＊

清作は野良の帰りや、村の評議のことやなぞで訪ねて行つて、土間口からお兼の家を覗いた。大抵そこには老いぼれた一疋の犬と、兵助とが対《むか》ひ合つたやうにして蓆《むしろ》の上に坐つてゐた。兵助は手斧や鎌を握つては何かしら仕事をしてゐた。お兼の華やかな友禅模様の襦袢などが南の縁側に展《ひろ》げられてあることもあつた。清作は悲しいやうな心を抱いてお兼の家から帰つて来ることもあつた。清作は未明から起きては鐘を打つて、野良に出た。

けれどもお兼と親しくするやうになつてからこつち、清作には朝早くから鐘を打つたり、野良から帰つて修養会を開いたりすることがともすると、億劫に思はれたりすることがあるやうになつて来た。恰度《ちやうど》清作が隊から帰つた次の年のことであつた。霜柱が解け初めて、麦が三四寸も伸び、桃の梢が紅らむで来たころであつた、清作とお兼が人目を忍ぶやうになつたのは。清作は毎晩のやうに村の禅寺で開かれた修養会に出かけて行つた。そして帰りしなには屹度道をちがへて一人でお兼の家の横道に出た。そこには竹藪があつて、日中には盛り上つたやうに椿の花が咲いてゐるのが見えて、繡眼児《めじろ》が鳴いてゐるのが聴かれた。兵助に見られるのが厭《いや》さに清作はその藪の蔭にかくれた。女は大抵時間を見計つて藪の蔭に出て来た。女のほのかな白粉《おしろい》の臭ひが暗のなかに静かに彼れの魂を魅惑するやうに漂うて来た。二人は村の墓地から茶畑を上つて村境の高い草山に上つた。そこからはN村の中央を流れてゐるゆるやかな小川が白い帯のやうに見えた。鯛の浦湾の女性的な海岸が靄の紗につゝまれて眠つてゐた。N村の浜を沿うて流る、入り江の潮が黒く淀んだ上を、折々流るゝやうにして小舟の燈《あかり》が動いて行つた。女はこの草山に来るごとに星が頭の直ぐ上にあるやうに思つた。

春のおぼろな月が有明海《ありあけのうみ》の方から出た。女は男の膝に突つ伏して泣くこともあつた。清作は女の白い頸筋を尊いほどに思つて見つめた。夜更けてから清作は家に帰ることが多くなつた。そのやうな時は彼れは深い罪を犯したもの、やうな気がして母や妹の前に出ることを杞《おそ》れた。彼れは土間から直ぐ煤けた階段を上つて中二階に上つて、三分心のランプを点けた。そこには聯隊長や県知事から貰つた賞状などが額にしてかゝげられてあつた。

「お兼さんを捨てよう、忘れよう！」彼れは幾度さう思つたか知れない。彼れは朝になると早くから起きてまた松林に行つた。

草山の上に犬を伴《つ》れた男女の影が見えたといふ噂が村の青年たちの間に何時《いつ》とはなしに伝はつた。隣り村の男女だらうなどといふものもあつた。お兼と清作の逢ふ機会はだん〳〵狭められて行つた。苗代田《なはしろだ》には夜な夜な蛙が鳴いた。人間の魂が夢の底へ溶けこむで行きさうな晩であつた。土の香が甘い、生温い悲哀を喚び起すやうな晩であつた。彼れが修養会から帰つて来る途中で、木蔭のなかから急に出て来たものがあつた。それはお兼であつた。お兼は一封の手紙を彼れに渡して逃げるやうにまた木蔭にかくれて行つてしまつた。月がかすむでゐた。彼れは流れに沿うて歩きながら女の手紙を見た。彼れの手は顫《ふる》へた。彼れは少しづつ読むでは裂いた。裂いてはその手紙を流れに捨てた。その夜であつた、彼れが思ひ切つてお兼との結婚を母親に頼んだのは。

妹も母親も可なり絶望した。母親や妹の考へでは、清作の嫁は少くとも近郷の物持ちでなければならなかつた。隊から帰つて間もなく県会議員の娘をとの相談があつた時も、貧乏人の妻は貧乏人からと言つて清作は断つた。それでも母親や妹たちは清作の妻はそれ以上の家から来るにちがひないといふ予期を持つてゐた。しかし清作とお兼との関係が何《ど》うすることもできないほどに進むでゐることを知つた時、母親は他に適当な方法を考へることはできなかつた。母親にとつてはこれまでの清作の立派な名を傷けさせることが杞《おそ》れられた。

「お兼さんが長崎から貰うて来た金は何《ど》れくらゐあるのぢやろか?」

その夜の母親の言葉は清作には非常に不快だつた。それでも彼れは宜《い》い加減な推測で答へた。

＊

お兼と清作の話はその後幾日も経たないで直ぐに纏つた。兵助は嬉しいやうな可笑《をか》しいやうな顔をして「お兼と清作さんが夫婦《めをと》になるばい………」と言ひ触らして歩いた。

浜辺の葦に行々子《よしきり》が啼くころは村の人々はお兼と清作が睦しげに畑に出てゐるのを見かけた。「お兼貰うたら鐘も打てんだらう」と言つてゐた村人の悪口も杞憂に終つて、清作は朝早くから野良に出た。白粉《おしろい》を塗つたり、柔かい着物をじやらつかしてゐたお兼に何ができるものかと見くびつてゐた村の人々は、お兼が清作に劣らぬ勝気な勤勉な農夫の妻となつたのを見て驚いた。

＊

山には紅葉《もみぢ》が映え、浜には芒《すゝき》の穂が波打つころには、清作の家は五六段の水田と一二段の茶畑とを増した。「あれはお兼の金で買うたとぢやらう………」かう言つて村の人々は噂した。間もなくお兼と清作は兵助と一緒にお兼の家を普請して住むでゐた。お兼は流産したが村の人は誰も知らなかつた。お兼と清作の母や妹との間は姑、小姑といふ世間的な軽い嫉妬や愚痴は免れなかつた。「清作さんがお兼さんが桑畑で睦じう一枚の蓆に坐つてゐた。」「清作さんとお兼さんの肩を撫でてゐた。」といふやうな他愛もないことまでもが不快な影を誘うて母親や妹たちの耳にはいつた。お兼は夕方野良から帰つて来ると「草臥《くたび》れついでに新田まで行つておいでよ………」と言つて清作を促して母親の家にやつた。それでもお兼はちよつとでも清作から離れては寂しくて耐らなかつた。女は藪の外に立つて男の帰りを待つてゐた。雨の夜など殊に女は男を出したくなかつた。

「俺《おら》、青年会の役員は誰かにかはつて貰ひたい………」

清作が集会の席上でこのやうなことを言ひ出すやうになつたのも女と一緒になつてからであつた。

「男は何《ど》うか知らんけど、女には一生のうちほんとうな男といふものは一人しかなかとでせう、妾《わたし》さう思ふ………」女はさう言つていつまでも男の顔を見つめた。

女は男が外から帰つて来ると暗い土間から、出し抜けに彼れの胸に飛びつくやうなことをして男を驚かした。

村の人々は朝、松原に鐘を打つ清作の傍《かたはら》に、お兼と老犬とを見出すことが多かつた。

「鐘の有り難味が少うなつたばい………」と言つて笑ふ者もあつた。「あの古狸《ふるだぬき》が清作さんの魂まで食うてしもた………」かう言つて村の人々はお兼を憎むだ。けれども男にはわけもなしに女が村の人々に憎まるれば憎まるゝほどいぢらしいもの、やうに思はれた。

お兼は清作の母親が言つたやうに片意地で強情張りのところがあつた。

「あんただつていまに何《ど》うなるか知れたものぢやない。あんたも一緒になつて妾《わたし》を追ひ出すとでせうが………妾はやつぱり世界に一人ぢやつた、あんただつて妾をいまに捨てるに決つとる………」

村の人の蔭口でも聴いたやうな時は女はヒステリイのやうになつて喚き立てた。

「お前はそのやうに根性がひねくれとるから村の人に憎まるゝとたい………」

母親がお兼に毒付いた言葉がいつまでも清作の記憶から離れなかつた。清作も「根性曲りツ」と怒鳴つてお兼をどやしつけたこともあつた。それでも体を投げ出して、土間に喰ひつくやうに泣いてゐるお兼の姿を見ると、清作の心は泣き出したいほど感傷的になつて来た。

「お前は子供の時から一日でも心から楽しいことはなかつたからなあ………幾らでも泣け、俺が泣かしてやる………」清作は無理にお兼を抱き上げて女の背を撫でてやつた。女は子供のやうに柔順《すなほ》になつて泣いた。

「妾あんたにさへ可愛がつて貰やいつ死んでも宜《い》い………」

女はさう言つて男の手を握つた。

「この手もみんな妾のものぢや………」

さう言つた女の眼はよろこびに輝いてゐた。長い時の間疑ひと、反抗と、片意地とにつゝまれた女の心の殻が破られて、女はほんとうな生れたまゝの生女《きむすめ》のやうな心になつて泣いた。

庭の隅には朱欒《ざむばあ》の実が温かい陽をうけて黒い厚ぼつたい葉の間から南国らしい香を漂はしてゐた。朝毎の松原の鐘も休みなしに響いて来た。秋の収穫《とりいれ》の半ばごろN村はまた県の模範村として推奨せられた。清作夫妻の幸福も日一日と増して行くやうに思はれた。

＊

秋の収穫《とりいれ》が済むで間もなくであつた。秋の祭りの日がつゞいた。笛や鐘の寂しい声がどこともなく知れず毎晩のやうに隣り村あたりから響いて来た。また外国との戦争が起るといふやうな噂が新聞にも世間にも伝へられた。△△師団動員？　といふやうな標題が毎日の新聞に見出された。N村の青年会でも万一の場合を予想して色々な相談会が開かれた。

清作はまた毎晩のやうに色々な相談会に出かけて行つて遅く帰つて来た。

「あんたほんに戦争があるとでせうか？」

お兼はいつも不安な心持ちでゐた。

「あるんかも分らん………」

清作は俯向いて炉の榾火《ほだび》を見つめたまゝ言つた。二人が暗い心で何時までも黙りこんで坐つてゐることもあつた。

尾花が枯れて、森には百舌鳥《もず》の高音《たかね》が聞えるやうになつた。お兼と清作は畑の施肥《こやし》や、甘藷竈《いもがま》の準備《したく》に忙しかつた。筑前から来た蠟屋《らふや》が櫨《はぜ》の実を買ひ込むでは、終日紅葉した櫨の樹に登つてゐた。

「お兼何考へてるとや？」

清作は時々さう言つてお兼を呼びかけた。お兼は深い吐息をくりかへしてゐた。

「何も考へては居らんと、でも妾こんげん骨折つてゐても来年は何うなるとやら思うて………」

「来年は来年さ、霜が降りぬうち甘藷竈の方も何《ど》うかしとかんとなあ………」

清作は力まかせに黒い土に鍬を打ち込むだ。

「あんた平気ぢやなあ………」

「なにがよ………」

「戦争のこと気にならんのかなあ………」

「気にしても仕方なか。成るごとしか成らんとぢやもん………」

「あんた呑気なあ………」

「………」

清作は黙つたまゝ更に力をこめて土を打つた。遠くで長崎行きの汽車の音が聞えた。

「妾なあ、あんたに戦争にでも行かれたら、何《ど》うもならんがなあ、兵助はあのやうだし、お母や妹さんは妾を気に入つてぢやなかとぢやもん………」

「戦争ぢやてさう長くはつゞかぬばい、行つても直《ぢ》き帰つて来るとよ………」

「でもなあ、もしものことがありやあ………」

「俺一人死ぬわけぢやなし………」

「ほんにあんたは諦めが宜《よ》か………」

女は海を隔てゝ見る島々の山の背に流れた午後の光りや、嶺《みね》にかゝつてゐる煙のやうな雲を見つめてゐた。女には世界中が今にも空虚な墓場になるやうな気がしてならなかつた。丘の下で連枷《からさを》を打つ音が懶《ものう》げに聞かれた。女の眼には涙が湛へられてあつた。

「清作さん、今夜は平常《よ》より早う集つておくれつてですばい………」

村役場の小使が畑の隅に立つてゐた。

「何か急なことでもあるとな?」

「何うか知らんが、今朝から二三度電報が来とりましたばい………」

「いよ〳〵始まるとかなあ………」

「さうでつしよう………」

老小使は俺《おら》が知つたことぢやないと言つた風に言ひつ放しにして、丘を下つて、栗の林のなかにかくれた。

「あんた帰らうや………」

お兼は既《も》う鍬や鎌を一つにして道に出てゐた。

「幾ら働いたて明日《あした》は何《ど》うなるか知れんとぢやもん………」

女はさう言つてやけに鍬に附いた土をはねた。

「でもなあ、俺《おら》でも居るうちに出来るだけ為とかんと、後で困るとばい………」

清作は二つ三つ力任《ちからまか》せに鍬を打ち込むだ。

その晩清作が役場に集つた時は既《も》うK町の師団が動員したといふことが兵事係の口から語られた。

………

「今日は長崎行きの汽車の数が平常《いつも》より多かごとあつたもん………」

「今夜あたり召集令状《あかふだ》が来るかも知れん………」

人々はばかに興奮した調子で語つた。帰休兵や、帰つて来たばかりの若い兵隊たちは、身顫《みぶる》ひするほど興奮してゐた。

「兎も角ぢや、お互に今夜にでも召集令状《あかふだ》を貰ふかも知れぬ。かうなつて来ると村中が一緒になつて働かぬといけん。出征するものに後のことなど心配さしちやならぬ。それでぢや、何《ど》ういふ風にして出征軍人の家を保護してやるかといふことが第一の問題ぢや………」

この村の最高の軍人であつた後備大尉はかう言つて一座を見まはした。

薄暗いランプを掻き方てゝ人々は長いこと語り合つた。

「酒だ! 酒だ!」

小学の体操教師をしてゐる軍曹が隅の方で叫んだ。皆んなが笑ひ出した。間もなく老小使は酒と沢庵とを運んで来た。

「出征軍人の遺族の訪問はやはり軍人会の仕事としてやつて欲しい。」

騎兵上等兵の水車屋の主人が言つた。

「しかし訪問は公平にやつていたゞきたい。金持ちの家には毎日のやうに訪ねてやつて、貧乏人の家には一週に一度もやつてくれないやうでは駄目だツ。」

鉄道に出てゐる工兵の伍長が兵事係の男を瞋《にら》めつけるやうにして言つた。

「さうだ、この前の戦争の時はひどいことをしたからな、役場の連中は………」

　騎兵の上等兵が言つた。彼れの盃からは酒がこぼれた。

「いや、そんなことは………」兵事係が立ち上るやうにして言つた。

「そんなことはないといふのかツ」

　工兵の伍長と騎兵の上等兵が立ち上つた。老大尉が中にはいつて止めた。少時《しばらく》は座が白けて見えた。

「しかしなあ、訪問といふやつは余つぽど考へてやらんと………若い妻君でもある留守宅ばかり度々訪ねても妙だてな………」

　後備の特務曹長が言つた。老大尉までもが笑ひ出した。清作の顔を覗き込むだ男もあつた。

　相談会が終つてからも、酔ひつぶれた男たちは軍歌を唱つたり、卑猥な俗謡を唄つたりして夜更けまで騒いでゐた。彼れは老大尉と橋の袂で別れた。

「生きてゐて見たい………」彼れは幾度もさう思つた。生死といふ問題が厳粛な声を以て迫つて来た。

　彼れは自分でも何処《どこ》を何《ど》う歩いたか分らなかつた。彼れは幾度も同じ道を行き来してゐた。

「あんたぢやなかとなあ………?」不図彼れは妻の声を聴いた。彼れはお兼の温かい柔い手を意識した。後ろには老犬が随いてゐた。

「あんたいよ〳〵戦争に行くとですか………」

「………………」

「妾あんたが戦争に行たら、何《ど》うしたら宜《よ》からうか思うて………妾直きに死んでしまはうか思うて………」

　女は息をはずませてゐた。清作は二三年前の夜懐しい恋を抱いて女と二人でこの河岸を歩いた日のことを想ひ出した。長崎行きの汽車がけたゝましい響を立てゝ過ぎた。星が二三度長い尾を引いて高い空を飛んだ。水車の音や、流れの音が一層夜の静寂を増すやうに聞えた。

　清作はそれから三日目の午後動員令に接した。母親も妹もお兼も泣かうと思つても泣けないやうなあわたゞしい心で清作を送つた。無理に酒を強ひられたので、清作は少し頭が痛むと言ひ言ひ家を出た。

「振り帰つて家を見ちやいかんとばい、真つ直ぐ向いて行きなはい、さうすると達者で帰らるゝいふけに………」

　母親はさう言つて清作を出してやつた。清作は一度も振り向かないで畑のなかを突つ切つて行つた。兵助も村の人々と一緒にH駅まで送つて行つた。他の村々からの召集兵と見送りの人々とで駅は混雑してゐた。十年も昔の軍服の男もあれば、野良の仕事着のまゝで駈けつけてゐる男もあつた。村の学校の体操教師も召集されてゐる。彼れは軍刀を手にして得意気に狭い駅内を歩いてゐた。彼方《あっち》でも此方《こっち》でも緊張した笑声が聞えた。

　汽車が動き出してからであつた、お兼や母親が老犬と一緒にプラットフオームに駈けつけて来たのは、汽車が見えなくなつてからであつた。始めて女たちは限りもない寂寞と悲しみとを感ずることができた。

霜の深い朝がつゞいた。松林の鐘を打つ者もなく、村中が墓場のやうになつた。野良に出た女たちはうれはしげな顔付で戦争の噂ばかりした。長崎から出征する師団の兵がH駅を通過するごとにけたゝましい人々の叫び声が聞えた。

「昨日はO駅で馬に蹴られて、汽車から兵隊がはね出されて死んだげな……………」

村の人々は寄るとさはるとこのやうな話をした。駅には夜昼村の人々が集つて、通過する列車毎に親戚《みより》の者や村から出た男たちを探した。

「Sがゐたッ！」

自分の村から召集された男を見出す毎に、最初に発見した男は蘇生《よみが》へつて来た人間でも見出したかのやうによろこびと驚きの声を絞つて叫んだ。

「酒、酒だッ、酒だッ！」

一つの窓口へビールや正宗の罎や、盃やが突きつけられて。哄笑する男、酔ひつぶれてゐる男、万歳を叫んでゐる男までもが一人としてぢッとして見送るだけの勇気はなかつた。彼れ等は恐れつゝ、悲しみつゝ、をのゝきつゝ、笑ひつゝ、且つわめいた。

「喜造やい、これ、持つていてくれやい…………」半ば狂乱したやうな老婆が、汽車が動き出してからまで窓にしがみついて小ひさな風呂敷包を渡さうとしてゐるのもあつた。

「徳三の汽車が今出てしもたてなッ？」

失神したやうに突つ立つて汽車が消えて行つた方の暗のなかを見つめてゐる男もあつた。

「俺《おら》は今日で五日五晩こゝに待つとつたと、そいでも今夜は余り遅かけんで最《も》う来んぢやろ思うて鳥渡《ちよつと》寐たら………」

その男が泣き顔をして話した時笑ひ出した者もあつた。隅の方ですゝり上げて泣いてゐる女たちもあつた。

草山には野火が点けられるころになつた。遠い草山には帯のやうな線を描いて野火が燃えひろがつて行つた。煤《すゝ》のやうな薄い煙のなかからは紅い炎が野を舐めずるやうに走つて行つた。浜の烏や鳶《とび》が煙の上を舞ひながら鳴いた。お兼は野良に出ては遠い野火の煙に見入つた。ことん〳〵と遠くの谿底《たにそこ》で木を伐る斧の音などが聞えた。

「戸籍《せき》を入れてくれというても清作が戻つて来んば何《ど》うもならんたい…………」

お兼は野良に出ても幾度も姑の言葉を繰りかへして見た。お兼は色々な意味に姑の言葉を考へて見た。お兼は世界中にたゞ一人でゐるやうな寂しさを感じた。

戦争が始まつてから半年経ち一年経つた。その間には村でも五六人の戦死者を出した。時が経つにつれて人々は却つて恐しい予期にも馴れて、やゝもすれば出征者のことなども忘れられるやうな日もあつた。

「お兼さん清作さんが帰つて来んで寂しかろ…………」

半ば冷笑的に声をかけて行く村の男たちもあつた。

「元々が長崎あたりで稼いでゐたんぢやから、何処まで堅固やら知れたことぢやなか…………」

女は村の人のはしたない蔭口を聴く度に袂を噛むで泣いた。村中の人が彼女一人を仇敵《あだがたき》のやうにして憎むやうにおもはれた。

「名誉な出征軍人の妻といふことは一日でも忘れちやならんよ…………」

何時か家を訪ねて来た折の村長の言葉までもがお兼にはいろ〳〵な不快な聯想を喚び起さした。例《いつも》ならば長崎の隠居に拵へて貰つた派手な簞笥のなかのものも色干しするのであつたが、清作が出征してからこつち彼女は、簞笥から取り出すことさへも憚るやうにした。偶《たま》に取り出しては派手な模様の昼夜帯だの、下着だのを清作の妹に与《や》つた。簞笥を開けるたんびに着物が減つて行くといふことも女には寂しかつた。

「でも、何時《いつ》まで生きて居られるのか、それも知れない…………」

かう思つては彼女は清作の妹に着物をゆづつた。

「妾《わたし》が一人で清さんを取らうとしたのが悪かつた。清さんはお母や妹たちにも大事な人であつたもの…………」

女は心から姑や小姑を気の毒だと思ふこともあつた。

戦地からは欠かさずたよりがあつた。手紙が来る毎《ごと》に女は手紙を懐にして眠つた。夜が明けるといふことが悲しいやうに思はれた。姑たちにかくれて村から二里余りも隔つたE町に行つて写真を撮つて、清作に送つてやつたこともあつた。夜半にも女は幾度となく犬の声に眼をさました。そして人が家《うち》の前を通り過ぎた時始めて軽い安心を得た。

けれども来なければならぬ運命は来た。女が兵助と一緒に野良から帰つて来る途中で村役場の老小使に出会つた。老小使は一枚の紙片を女に渡した。それは清作が負傷して内地に送還されるといふ通知であつた。悲しい恐しい想像と、尚一度男を見ることのできるよろこびとが女の全身を顫はした。

「何《ど》うせ内地に送られるといふからには軽くはあるまいなあ…………」

村の人たちの言葉を聞いてゐる間に女は意識が遠くなつて行くやうな気がした。

「でも戦地で死なすのより、逢つて死ねるだけでも仕合せと思はんぢや…………」

女はかう思つては終日清作からのたよりを待つてゐた。

燃えるやうな椿の花が谿から丘へとつゞいて咲いた。四十雀《から》や鷽《うそ》や繡眼児《めじろ》が村里の草の実をついばみに来た。丘の畑から見下す浦々には鏡のやうな潮を這うて紗のやうな靄が立ちこめた。山々が輝いて、鶯の声が眠さうに聞えて来た。水田には芹の葉が薫つた。

Rといふ城塞では一日に幾千人といふ日本人が死んでゐるといふやうな恐しい噂がN村にも伝へられた。けれどもこゝでは日は輝いて、麦や芥子菜《からしな》の上には春の香が微風につれられてはどことも知れぬ世界から再び帰つて来た。倦怠《けだ》るい牛の声や、蜜蜂の羽音までもがお兼の空想をそゝつて、遠い悲しい世界に女の魂を運んで行つた。女は鍬を投げ出しては丘の麓を眺めた。清作が丈夫な体をしてづん〳〵丘を上つて来るやうな気がしてならなかつた。

清作がK町の師団の病院に収容されたといふ通知が来たのは恰度蚕豆《ちやうどそらまめ》の柔かな実がみのつたころであつた。

「妾《わたし》ばやつておくれ、妾が行かんぢや………」

村から病院へ見舞に行かうとした時、清作の母はたつて自分を伴《つ》れて行つてくれとせがむだ。「妻が行くのが………」と言つたものもあつたが、村の人に味方の少ないお兼は病院に行くこともできなかつた。清作の母親と妹は村の代表者と一緒に、H駅からK町に立つて行つた。

「村中の人たちに面当《つらあ》てに死んでやろか？」

お兼は身を顫はして薄暗い上り口で泣いた。三日目の夕方人々はK町から帰つて来た。清作の傷が大分快くなつてゐるといふこと、三週間も経つとUの湯泉地へ転地するかも知れぬから、その折は村にも立ち寄るといふ清作の伝言《ことづて》を伝へた。お兼は村の後ろの草山に上つてはK町の方を見た。そこからは幾十の山脈が重つて見えた。こんもりと黒く茂つた山、青々とした草山、巌のそゝり立つた山、そしてそれ等の山脈が一様に煙のやうな靄につゝまれてゐた。帯のやうな白い流れや、黄金《こがね》のやうな菜の畑が幾十里といふ涯もなく続いた。Kの町はその雲の涯をまだ遠く行つたところであつた。お兼は草山に上つては泣いた。世界中が彼女一人を憎み出してゐるやうにおもはれた。

桑の実がどす黒く熟した。兵助は桑の下に立つては桑の実を喰つてゐた。

「清作さんは、また知事さんに褒美貰うて来るとばい………」

鉄漿《おはぐろ》をつけたやうに桑の実の汁で黒く染まつた歯をむき出しては、兵助は逢ふ人ごとにさう言つて聞かせた。軒には燕が巣くうて若い雛が親鳥を待つてゐた。

麦が実りつくして蚕豆《そらまめ》が黒ずむだころ清作が白い患者服を着て、赤十字の大黒帽を冠つてH駅に下りた。村中の人たちがこの名誉ある戦士を迎へるために野良からも、家のなかからも声をかけた。母親も妹もお兼も泣いた。清作は老犬の頭を撫でながら元気らしい声で語つた。

「たつた二日しか逗留はでけんとな………」

「また直ぐ戦地に行くとかな………」

人々は母親と清作とを取り巻いて家に帰つて来た。

夜更けまで清作の家では酒が酌まれた。

「決死隊の勇士を生むだのはN村の名誉だツ」

「まあ大に飲まんぢや駄目だ………」

「我が村の名誉………何糞ツ………死んで来い………」

「久し振りだ女房を可愛がつてやれ、アハ………」

人々はぐでん〳〵に酔つて罵り合つた。

お兼は暗い二分心のランプを点した流し口に立つてゐた。ありつたけの嬉しさと悲しさとが今夜中に燃えつきてしまふやうな気がした。

清作とお兼が眠つたのは明け方近くであつた。お兼はまんぢりともしなかつた。お兼が起き上つた時は窓からはまぶしい初夏の光りが射してゐた。男は疲れ切つて眠つてゐた。男は一年ばかりの間に五つ六つ老けたやうにおもはれた。女は顔をのぞいた。男の白い足が畳の上に出てゐたので、女は自分の掻い巻をそうつと掛けてやつた。女はたまらなく悲しくなつたので突つ俯して泣いた。

女は今更に過ぎ去つた一年の寂しさや、頼りなさを考へ出さずには居られなかつた。男は帰つて来た。男は女のものになつた。けれども男はまた明日は出て行かねばならぬ。女はこの刹那に自分が死んでしまへば宜《い》いと思つた。清作は午後村長の家や老大尉の留守宅へ行つてなか〳〵帰つて来なかつた。

「尚《も》う少し傷が深いと生きてゐても戦地には行かれなかつたなあ………」

女は昨夜の酔ひどれの言葉を想ひ出した。お兼はいつまでも暗い土間の上り口にぼんやり腰かけてゐた。

夕方清作が帰つて来た時、お兼は蒼白い顔をして椿の下に立つてゐた。清作はお兼の手を握るやうにして家のなかにはいつて行つた。

「見つともない、泣くな。また直ぐ達者で帰つて来るが………」

女の冷い涙が清作の手に落ちた。

その夜も村の人たちが集つて酒が酌まれた。それでも明日の出立があるといふので人々は早く切り上げて出て行つた。母親と妹とが後に残つてゐた。

母親は夜更けてから妹をつれて帰つて行つた。母親は草履を突つかけることもできないほど顫へてゐた。兵助が先に立つて提灯を持つて送つて行つた。

薄暗いランプの前で二人は始めてゆつたりした心持ちで坐ることができた。女の胸には新しい悲しみが湧いて来た。

「また泣きよる、阿呆ぢやなあ………」

男は叱りつけた。それでも彼れは夜中までお兼の背を撫でてやつた。

「最《も》う妾、一日でもあんたに離れては生きて居られぬ………」

「でも今まで一年も待つとつたぢやないか………」

「自分でも克《よ》う待つとつたと思ふと………」

「また直き帰つて来るぢやないか………」

「でも何《ど》うなるか分るものな………」

「屹度《きつと》達者で帰つて来る………二三日も経てば忘る、よ………」

「そんげんことが何うして………そんげんことが………」

女は口に袂を嚙みしめて泣いた。

静かな朝が明けた。今日も太陽は人々に幸福を与へるやうに静かな麦の畑の上に朝の光りを投げた。

人々は名誉の戦士を送るために清作の家に集つた。土間から縁側へかけて村の人々は酒を酌むだ。兵助の調子外れな笑ひ声が際立つて聞えた。蒼白い顔のお兼が村の人々に一寸会釈をして引つこむで間もなくであつた、人々は奥の間でけたゝましい人声を聞いた。そこからは母親と妹とが泣きながら飛び出して来た。お兼を罵つてゐる清作の声が聞えた。血の気を失つたお兼が狂人《きちがひ》のやうになつて庭に飛び出して、二三度麦の畑に転がつたのを、人々はたゞ驚きの眼を瞠つて見てゐた。それでも人々は次の刹那に清作の眼から血がにじみ出して、清作が畳の上に苦しがつて反転してゐることを知つた。

「あの馬鹿奴が私の眼を私の眼を………」

清作は両眼を押へては畳の上を転がり廻つた。お兼は村の人々が捻ぢ上げるやうにして伴《つ》れて来た。

「死なしておくれ、殺しておくれ！」

お兼は意識を失つたもの、やうにさう言つて泣いた。

「太《ふて》え女だ、ひでえ奴だなあ………」

人々は女を罵つた。巡査が来、医師が駈けつけて来た時には村中の人が今朝の出来事を噂し合つた。午後にはO町から憲兵がやつて来て、そして村長や病人を対手《あひて》に色々なことを訊ねた。

「村の方に送られまして愈ゝ《いよ〳〵》立ちませうとして居りますと、彼奴《あいつ》が私の両方の眼に何か突つ込みましたと見えまして………あの悪党が………」

清作は繃帯された両眼を苦しさうに押へながら興奮し切つた調子で語つた。

「故意に本人が妻にさせたといふやうなことはありますまいね！」

憲兵は低い声で村長に訊いた。

「いえ、本人は御存じでもありませうが、先《せん》から模範兵であり、今度の戦地でも決死隊へはいつて負傷したやうな人物ですから………」

人の善《い》い村長の声は顫へてゐた。

「あの女といふのが元々長崎あたりで妾奉公などしたこともあるといふ奴ですから………」

村長の言葉につけて兵事係の男が言つた。

夕方になつて病人の熱は急に昂じて来た。病人は幾度もお兼を罵つた。お兼は村の駐在所へ連れられて行つた。

負傷兵がその妻に殺されようとしたといふ噂がいろ〳〵な噂を伴うて村から村へと伝はつたころにはお兼はT町の監獄に押し込められてゐた。清作も一度軍法会議に問はれたが、清作は何事もなくて村に帰つて来た。皆ながお兼の心を憎むだ。村の人々は清作を気の毒だと思つていたはつた。

清作の病気は案外経過が良かつた。両方の視力は殆んど失はれたが、間もなく彼れは兵助や老犬と一緒に鐘を吊した松林や丘の上に行つた。

＊

村ではまた新しく数人の戦死者を出した。
「清作さんは仕合せたいなあ………」
半ば妬ましい心を持つて清作の噂をする者も出て来るやうになつた。清作はそのやうな噂を聞くたんびに心からお兼を憎いと思つた。村では不自由な足を運んで清作がまた鐘を打ち始めた。
「幾ら朝から鐘を打つても村の若い者は死んでしもた………」かう言つて清作の前で笑ふものもあつた。清作は怒つた。
「お兼が帰つて来たら殺して見せる………」清作はさう思つた。

お兼が監獄に入つてから二度目の秋が来た。雨催《あめもよ》ひの日などは彼れの傷口が甘いやうに快く疼くこともあつた。彼れは兵助に手を引かれながら櫨《はぜ》が一面に紅葉した丘や、茶畑の間を歩いた。百舌鳥《もず》の声や四十雀《から》の唄が静かな秋を更に空寂なものにした。視力を失つた清作の耳や、一体の神経は、一層鋭く働くやうになつた。彼れは秋の静寂の底から湧き出て来る声なき声の妙音を聴くことができるやうな気がした。遠い谿の斧の音や、梢を吹く寂しい風の声が絶えて、野にも空にも大地にも物の音一つしない刹那、彼れはぢいつと耳を澄まして永劫の不可思議な声を聴かうとした。彼れの眼からは生温い涙がにじみ出た。

彼れは生でもない、死でもない、現でもない、夢でもない虚無の世界に投げ入れられた。そこには罪もなく、呪ひもなく、罵詈もなく、怒りもなく、憎みもなかつた。凡べての人間、凡べての男女が一様に不可解な、そして何処から何処へ行くともわかぬ薄暗い人生の道を歩いてゐた。お兼の鉄鎖にいましめられた赭《あか》い衣《きもの》の姿がはつきりと彼れの心に泛んだ。

二人或ひは三人づつ寂しい人々は道伴れを作つて歩いてゐた。お兼だけがたゞ一人で両腕に鎖を重さうに下げながら俯向いて歩いてゐた。

秋が深くなるにつれて清作の心は日一日と空漠と孤独とになやまされて行つた。お兼の不運な一生がひし〳〵と彼れの胸に描かれて来た。彼れは何時とはなしにお兼を呪ふことを忘れてゐた。

それでもお兼が監獄から帰つて来るといふ噂が伝はつた時、清作の心にはまた憎悪と殺伐な心とが目さまされた。彼れは眠れないほど興奮した。村の人々はお兼に対して清作が何《ど》のやうな処置をするかを深い興味を持つて待つてゐた。

霜の深い朝であつた、お兼は見る影もない姿をしてH駅に現はれた。清作と兵助だけが迎へに出た。老犬はお兼の胸に飛びついて喜んだ。野良にはまだ人影は見えなかつた。兵助の手に引かれて行く清作の後ろ姿を見た時、女の胸には新しい悔恨の涙がこみ上げて来た。三人は村の人々を恐るゝやうにして家に帰つた。
「何《ど》うか妾を殺しておくれ………」女はすゝり上げて泣いた。清作は手を延ばしてお兼の肩を擦つた。肩は痩せこけてごつ〳〵してゐた。清作はいつまでも女の肩から手を放さなかつた。

清作は女を憎むことはできなかつた。

　村の子供たちは清作の家の前に来ては非国民と叫んで石を投げた。

「お兼を追ん出しさへすれば分ることぢやが……………」

　母親はかう言つて清作を促した。

　清作が毎朝打つた鐘は何時の間にやら誰れかに盗まれてしまつた。清作とお兼とが日中も戸を鎖すやうにして、暗い室のなかに坐つてゐるのを人々は見た。

「夫婦談合して盲《めくら》になつたんぢや…………」

　村の大人たちまでもが大きな声をして、清作の家の前を話しながら通つて行つた。

　お兼が帰つてから十日ばかり経つた日の朝であつた。清作が床から起き上つたころは野良には人々の声がしてゐた。何処かで牛の声が倦怠《けだ》るいやうに聞えてゐた。彼れは二三度お兼を呼んだ。お兼はゐなかつた。彼れの声は怪しく顫へた。彼れは危ふげな足どりで裏手の藪の下に立つた。彼れはそこでも二三度お兼を呼んだ。誰かゞ畑のなかでわざとらしい大きな笑ひ声をしたやうに思はれた。彼れはまた縁側に廻つて耳を傾けて静かに声を聞かうとした。

「妾は他人《ひと》の一生分も二生分もあんたに可愛がられたからよろこんで死にます………」

　清作はこのほどから女が口癖のやうに言つてゐた言葉を想ひ出した。清作の全身の力が一度に失はれてしまつたやうに思はれた。彼れは投げ出すやうにして縁の上に腰を卸した。小家の方から兵助がげらげら笑つて来た。

「清作さん、犬がなあ、今朝は牛肉《ぎう》の美《う》まかとば腹一つぱい喰うたとよ………」兵助はかう言つて小屋の方を眺めた。そこには頑丈な綱でくゝられた老犬が喰ひ余した飯を傍にして寐ころんでゐた。

「誰が喰はせたとな、牛肉《ぎう》ば、贅沢な………」

「お兼さんが犬ば、縛《くび》つて牛肉ば喰はせさしたとたい………」

「お兼は何処に居るとな？」

「朝から何処に行かしたとか居らつさん………」

　兵助は話しかけたまゝ、鎌を握つて茶畑の方へ出て行つた。清作は何時までも耳を傾けて物の音を聴いてゐた。彼れは腰を卸《おろ》したまゝで何時までも立ち上らうともしなかつた。彼れの盲ひたる眼からは止め度もなく涙が流れて来た。

　その日の午後浜の舟着場の沖からお兼の死骸が発見せられた。

　お兼の死後清作は滅多に縁側にも出ないで、終日薄暗い家のなかに蟄《と》ぢこもつてゐた。

　春になつて戦争が済むだ。村から出征した人々が帰つて来て、村では祭りから祭りとつゞいたころであつた。村の人々はまた同じ舟着場の沖で清作の死骸を見出した。

　初夏の太陽は幸福な光りをN村の畑にも、家《うち》にも、野良の人々にも投げかけた。朱欒《ざむぼあ》の花が咲き、燕が翔んだ。やがて桑の実が黒く熟し、麦が黄ばむだ。

悪童たちに追ひ立てられてゐる兵助と老犬の姿を久しい間村の人々は見た。

——一八・三・三——

（「太陽」大正7年4月号）

お三輪

水野仙子

一

高い山々の頂はまだ雪の襞《ひだ》に蔽はれてゐるけれども、峠路には若草が萌え初めて、ぽか〳〵とした日和《ひより》も珍しくなくなりかけた時分、お三輪は羽前と岩代の国境にある山の湯に別れを告げて峠を下《くだ》つて来た。宿ではスキーに来る僅かな西洋人の外には、これといつて対手のない冬籠りから漸く明けて、そろそろ湯治客のたてあふ頃となつてゐたのだけれど、お三輪が出て行かうとするのを強いて止めはしなかつた。彼女は主人に取つて決して惜しい女中ではなかつたのである。

それでもお三輪は此の山の湯に五月《いつゝき》余り足をとめた。それは彼女がかうした生活に入つてから、割合に落著いてゐられた分《わけ》であつた。何処に行つても大抵其土地の空気や其家の調子に馴れて来る時分になると、彼女は自分から出て行かうとするやうな感情を起すか、又は解雇されるかして、次から次へと渡つて歩いた。その渡り方は併し、普通の莫連者《ばくれんもの》のやうな気紛れからではなくて、止むを得ずさうなつて行かなければならぬやうな渡り方であつた。それを彼女は別に望みもしない。けれどもまた拒まうともしないで、追ひ立てられゝば立ち、居たくなければ居ないで次の場所へと移つて行つた。彼女は常にさうならなくてはならないやうなものを其脊中に負うてゐた。恰もそれが遁れられぬ彼女の運命であるかのやうに。

　ぼんやりとして山を下りて来た彼女は、それから岩越線の分岐点のK町に足をとめて、其処の口入れから停車場前の旅館に住み込む事となつた。其翌日よく埃の上《あが》る二階の縁側を掃きかけたまゝ、幾条《いくすぢ》も立ち騰つてゐる汽車の煙りを、お三輪は別に興もなさゝうに眺めて突つたつてゐた。そして列車が著くたびに表に出て客を呼ぶ番頭の禿頭を上から見下してゐた。其夜時でもない時にそれを思ひ出して、

『番頭さんの頭は随分よく禿げてるなア。』などとつけ〳〵言つた。

『あま！』

　人附きの悪い、そして年の割に禿げてる事を常にひどく気にしてゐる番頭は、ぢろりとお三輪を眺めながら呟いた。

　お三輪は別に何の痛痒も感じなかつた。そして今自分の言つた事も何も忘れたやうに、わざとでも何でもなく、彼女がいつもするやうに袂を担いで、ばたり〳〵と草履を引擦つて去つた。

　不思議に強い憎しみの念が、其跡に残つてゐた。それを臭ぎ廻るやうに番頭は暫くぷり〳〵しながらひとりで気持を悪くしてゐた。

　彼女がかうして我にもなく不用意に蒔いた種は、思ひの外早く刈らなければならなかつた。一ケ月も経つか経たないうちに、お三輪は例の番頭と烈しい喧嘩をして、（何か客の前で番頭がお三輪の悪口を言つたとか何とかゝら初つたのであつた。）内儀《おかみ》が一寸番頭の肩を持つやうな言葉を洩らした為めに、彼女は腹をたてゝすぐに其処を飛び出してしまつた。

　折から夏場に向つてゐたので、次の口はすぐに見付かつた。其処は岩越線の沿道に当つて近年発見された温泉場で、K町の有名な料理店が、支店として営んでゐる旅館に向けられたのであつた。

　お三輪が其処に著いたのはもう六月の中旬近い頃で、宿の後の山や前の繁みの中では、鶯も啼けばまた郭公も啼いてゐた。ずん〳〵と気持よく成長して行く青葉や、真白な泡をたてゝ一刻の猶予もなく流れて行く谷川や、澄んだ涼しい空気やは、彼女の鈍い神経にも多少の刺激を与へた。仮令一寸でも都会らしいK町の空気を吸つて来たあとなので、お三輪は殊に寛《くつろ》いだやうな気がしたのであつた。それに客足はまだ繁くなかつたので、料理番の口やかましさを除いては、割合に楽な所でもあるやうな気がした。

二

『旅館みやこ』と空色に塗つた戸袋や洋館の板壁などに大きく書いてある文字は、林の中を潜つて来て直ぐ前面の高見を通つて行く汽車の窓からもよく見えた。みやこの主人は町の本店から一週間に一度位しか顔を出さないで、常には料理番が支配人を兼ねてゐた。

　彼はもう頭には大分白髪が見え、四十肥りに太つた頑固な男で、目盲縞《めくらじま》の筒袖に汚れた白い前垂れを腹の下に巻き、其紐にはいつも金庫の鍵がぶら下つてゐた。彼の権力は時たま見える若主人よりも豪い位で、好かれ悪しかれ自分から言ひ出した事は決して曲げようとはしないで、遮二無二怒鳴りつけて押へて了ふのであつた。それを飲み込んでゐる女中達や番頭は、決して其時は逆《さか》らはないで、自分が悪くなくとも悪るかつたといつて済《すま》して了ふ事になつてゐた。若しさうでもしなければ、直ぐに鉄拳が飛ぶのである。けれども此暴力も彼は決して自分の為めにするのでは、ないと心得てゐた。つまり常に留守である主人に代つて取締り、主人の為めに好かれと図るのである。之れが彼の道徳であつた。

　彼は板場が済むと、時々家の内外を見廻つて、下駄の緒が切れてゐるの、便所が汚れてゐたの、と注意を怠らなかつた。そんな時に何か手抜《てぬか》りを見つけられると、女中達はがみがみと怒鳴られるのを俟たないで、『はい〳〵』とふた返事をした。

　彼は又余分に祝儀を出した客や官位のある客を大切にし、其座敷には例の姿で顔も出せば、帰る時には玄関先に膝も折つた。彼はなるべく費用の掛らないやうにとしてゐる倹約《つま》しい女客《をんなきやく》などに余り重きを置かなかつた。それは此旅館の権威を現はす事であり、又従つて主人の為めでもあると心得てゐた。さういふのが、小さい時からかうした社会の空気の中に育つて来た彼の道徳なのであつた。

　七月八月の忙しさを見越して、今度雇入れた女中のお三輪は、この料理番の目に初めおとなしさうな女として映《うつ》つた。顔は一寸渋皮の剝《む》けたといつた方の部類で、肌はいゝけれども少し雀斑《そばかす》があり、額が狭く、眼は牛のやうに温和《をとな》しく、きらりと光るといふやうな事は絶対になさゝうだつた。中肉中背で廿七といふ年よりは二つ三つ若く見える。銀杏返しに結つてる髪はひどく癖毛だけれど、それがまた一寸仇つぽく、腑向《うつむ》いた拍子に見せる襟元に大きな黒子《ほくろ》があつた、其辺は後から見た時は一寸小粋にすら見えた。

　けれどもたつた一日用をさせて見ると、料理番はすぐに首をひねつた。黙つて物も言はないで夢中になつて働いてゐるかと思ふと、後《あと》に締りがなくて、掃除をしたあとに箒が投げ出してあつたり、仕事がぞんざいだつたりする。自分のやりかけた事をしをほせないで、人の方へ口を入れる。ひどく鼻にかゝる南部訛りの言葉も舌たるかつた。

『おい〳〵〳〵お三輪さん、幾ら言つても駄目だなア。』と時々料理番は大きな声をあげた。

『どうしてね？』

お三輪は別にびくりとする容子も見えなかつた。そしてきつと何かしら言葉を返した。そして三日目にはもう擲られた。彼女は朋輩達が口答へするのを止せと眼顔で知らせてるのにも気を止めず、いつもむきになつて料理番に向つて行つた。それでも結局はいつも自分がお詫びをしなければならなかつた。そんな時の後では彼女はひどく興奮して、

『ふん、ちつと位擲られたつて喰つた方がいゝ……』など、、それが原因になつた茶菓子の残りを摘んだ事を悔いもせず、寧ろ得意な顔をして朋輩達を呆れさせた。

彼女は又大つぴらに吝嗇だつた。客に貰つた菓子を皆に配《わ》けるのが厭だといつて便所の中で喰べたり、蒸暑い日など、朋輩達が氷水を取らうとする仲間には決して入らなかつた。

『お銭出して氷水なんて飲む気がしないね、たゞちつと甘いだけさ、それよりも無銭《たゞ》であの清水《しみづ》を飲んだ方がよつぽど増《ま》しだ。』

彼女はかう言ふのだつた。朋輩達も真面目では段々彼女を対《あひ》手《て》にしなくなつた。そして手切金を窃まれたといふ、彼女の一生の痛恨事を却て笑話にした。

お三輪は十八の時に郷里の鍛冶屋にお嫁にやられたのだつた。十ばかり年上だつた亭主は、相当に面倒を見てくれたけれども、何処か少し引摺りの癖に馬鹿に気の強いお三輪は、姑《しうとめ》と折合が悪く家の中には喧嘩が絶えなかつたので、亭主もほと〴〵困《こう》じ果てた上、三つになる男の子もあるのに、思ひ切つてお三輪を離縁して了つたのであつた。彼女は其時三十円の手切金を貰つた。そして虎の子のやうに大事にしてゐるうちに、何時の間に何処でかそつくり窃まれてしまつたといふのである。

彼女はそれから余計に吝嗇になつて行つたのであつた。

三

七月に入つてからは、さすがに此山合ひの湯にも眩しく照りかへす日が続いた。河岸の岩の上に建つてゐる湯槽から、湯疲れのだるい足を運んで出て来る浴衣の人達が、三々五々橋の上に足をとめて、吹き上げて来る涼風を心地よげに貪つてゐる。或は遠くの宿からやつて来たお客達は、洋傘代りに濡れ手拭ひを頭に乗せて帰つて行く。近い種馬所から毎日のやうに体を洗ひに来る馬の毛並みに、きら〳〵と強い日光が輝いた。青空高く時々漂《たゞよ》つて行く白い流れ雲が、山の中腹に陰を落すと、其陰に恰も生きものゝやうに山腹を走つて行く。やかましい蟬しぐれの折々には、すべてを超越したやうな声で閑古鳥も啼いた。

みやこの勝手口から、有り合せた跛の下駄を引摺つて、客座敷の縁の方に出て来た番頭は、其高見から一段低い場所に出来かけてゐる普請場を見下《みおろ》して、

『おうい、おれの情婦《いろをんな》ゐねえかア。』と剽軽《ひやうきん》な大声を振下した。

普請場に働いてゐた二三人の大工は皆顔を上げた。

『情婦《いろをんな》つて何だ、どれだ？』

『南部《なんぶ》よ！』と番頭はすましてゐる。

大工達は其剽軽な若い顔を見上げて皆笑つた。

『南部つて何だ？』

『あれ！　ごにや〱解《わか》んねことを言ふやつよ！』

番頭はお三輪を探してるのであつた。

『あれかア、あれア先刻湯小屋の方さ行つたやうだつけよ！』

と大工の一人が言つた。

番頭は石段を下りた。そして湯小屋の女湯の方を覗《のぞ》いて見た。彼は其処で著物を著掛けてゐた客に一寸挨拶をして、板の間にお三輪の単衣を脱いだ籠に目をとめると、チヨツと舌打ちをしながら、爪立ちをして濡れた湯槽への階段を中頃まで下りて行つた。

『おいお三輪さん！　この忙しいのに何愚図《なにぐづ》〱してるんだつ、さつさと上つさんしよ、昼日中《ひるひなか》お湯になんぞ這入り込んで……料理番《めんばん》さんが怒つてつぞ！』

湯槽の縁に上つて、別に洗ふでもなく、いゝ気持になつてぼんやりしてゐたお三輪は、怒鳴り声を聞くと吃驚《びつくり》してお湯の中に滑り込んだ。

彼女は慌《あは》てゝ上つて来た。そして湿《しめ》つた体に風を入れようともしないで、急いで著物を著出した。額から汗が玉のやうに流れた。一寸帯の格好を見て、帯止めを結びながら下駄をつゝかけた。湯小屋を出てから、彼女はがぶ〱とすぐ前に溢れてゐる清水を飲んだ。

『このぐうたら女《あま》め、ほんとに！　ちつとは考へてもよさゝうなもんぢやねえか、あゝんお三輪さん！　今日は日曜なんだぜ、土曜日曜にはいつも忙しつて位解つてさうなもんだ、暑い〱つて皆が昼つから湯這入りしてちや、商売が出来ねえぢやねえか、人一倍気が利かねえ癖しやがつて怠けやがる！……あ、お手が鳴るよ……あゝ！　それ〱〱、えゝこん畜生！』

先刻からぢれ〱してゐた料理番は、いきなり猫の頭を打つた。お三輪はふつと笑ひたいやうな気がした。笑つたら大変だつたらうけれども、運よく朋輩の言葉がそれを救つた。

『お三輪さん、八番お客さん、烟草盆は出たよ、お茶とそれから浴衣を出して頂戴、えゝ、お二人さん！』

彼女は無造作に汗を袂で拭きながら出て行つた。

『いらつしやいまし。』とお三輪が入つて行つた時、洋服の胡坐《あぐら》をかいて何やら声高に話してゐた客の一人は、

『やあ……』といつて不思議さうにお三輪の顔を見た。

『おやまあ！』とお三輪も、別にはつきりとした覚えはないけれども、見た事あるやうな顔なので言つた。

『君は何だね、たしかAの笹屋にゐたんだらう？』

『えゝ、あゝさう〱、まあよくいらつしやいましたねえ、今度もちやんと私の番ですよ。』

『今度こんな所にゐるのかい、不思議だねえ、いつからゐるんだい？』

『えゝ、まだ来たばかしなんですけどね……』

『ふうむ、兎に角まあ麦酒《ビール》を一つ冷たくして貰はうぢやないか……全く奇遇だね、あゝさうか、ぢや君一風呂浴《あ》びて来よう！』

『お泊りでいらつしやいませうね……？』

『いゝや、日帰りだ〳〵、折角君の顔を見たんだから泊つて行きたいけれどもね、ハツハ、、。』

客達は宿の浴衣に三尺を締めて、お三輪の揃へる下駄を突つかけて湯殿の方に下りて行つた。

『どうしたんだい君！』と離れてから連れの男が言つた。

『なあに、去年僕がAに行つたらう、其時泊つた笹屋にゐた女だよ、あゝして方々渡つて歩くんだねえ。』

『さうして到る所でお馴染みに出つくわすて訳なんだね。』

『馴染？　ふゝさういふ事もあるかも知れないね、だけど君、僕は何だかあいつ余り好かんね、何だかかうだらしがなくてね……一寸仇つぽい所はあるんだけれども。』

『さうだねえ、初め烟草盆を持つて来たのは一寸可愛い顔をしてたぢやないか。』

座敷では、お三輪が興味のなさゝうな顔をして、例の癖の、心持ち首を曲げて、汗になつた襯衣《シャツ》やズボン下などを簀屛風《すびやうぶ》にひろげてゐた。

彼女はそれでもお酌の時には、珍しく著物なぞを著替へて出た。

四

土用に入つてからは一しほ客が込み合つて来た。尤も余り長逗留の客といふのもなかつたので、出代《でかわ》りが激しく、目が廻るやうに忙しい日もあれば、また思ひの外ゆつくりとした日もあつた。人手が不足なので、本店からは番頭と料理番とを一人づゝ殖《ふや》して来た。それでも知名の人士などが逗留した時などには、多くの手が皆其方にかゝつてしまふので、お三輪は朋輩の受持の分まで引受けなければならなかつた。

一度或るお客から、『あの女を決して自分の座敷に出してくれるな。』と言はれてから、支配人なる料理番はお三輪を上等な客の前には出さないやうにした。その不文律をお三輪も結局気楽に思つた。彼女は気拙《きまづ》い思ひをしなければならぬやうな客の前よりも、笑戯《わらひごと》を言つたり言はれたりするお客か、子供連れの人達の方を好んだ。彼女はまたさう金になる客ならぬ客の区別を余り知らなかつた。誰にでも一寸附きはいゝのだけれども、彼女の足らないところから来る不作法さが、神経質な客には嫌はれたのであつた。

或女客が言つた。

『お三輪さんがお膳を置いてく時には、いつでも真直ぐだつた事がないのね、時によるとお箸のある方を向ふになぞして置いてきますすよ。』

生憎其頃の忙しい最中に、無口な働き手の飯焚きが足に踏抜《ふみぬ》きをした。そして無理をしてるうちに膿をもつたので、本店の主人が来てK町の病院にやるやうにしてやつた。それから誰か一人づゝが御飯焚きの方に廻つたので、込み合ふ日などには座敷廻りがてん手古舞ひの姿だつた。或日なぞは皆がもう足を引摺るやうになつて、漸く夜の二時頃に床に就いたり、気がゆるむと同時に帯も解かず蒲団も著ずに倒れて了ふやうな事もあつた。

客が込むと共に膳部の上下も複雑になつて、うつかりするとよく間違つてお膳が運ばれた。それが大抵はあとでお三輪の仕業だといふ事になつた。外の者になら怒鳴つて済すところも、料理番《めんばん》はお三輪だといふと必ず手を振り上げた。彼女は時々心細い悲しげな声を出して泣きながら詫びる事もあつた。それでも直ぐに其後から、客に出した品を忘れたりして又叱られるのだつた。

駄目だ、到底見込みがないから帰す〳〵といひながらも、目前の手不足に制せられて、つい其儘に七月も暮れて行つた。

お三輪は時々気が向くと、朝早く起きて、溜つてゐた浴衣や敷布、又は自分の肌著などをもつて橋の下に降りて行つた。湯槽に近い川の水は、落湯の為めに温《ぬる》んで青く流れてゐた。砂の上に盥を据ゑて袂を背中で結び裸足になつて洗濯をしてゐる彼女の姿は、暫くの間静かな朝景気の中に動いてゐた。

彼女は殆ど無意識に手を働かせながら、白い石鹼の泡の溶けて流れて行くのを見まもつてゐた。彼女のさうした忘我の境には、いつも五年前に別れた夫の顔や子供の姿などが、影絵のやうに音もなく現はれるのだつた。子供は生れ落ちるとから姑の手に奪はれて育つた。それを其時は結句欲くなつてい〻と思つてゐたお三輪の記憶には、たゞ乳をやる時の感覚が最初に泛んで来る位のものであつた。それに別れる時分にはもう、仲の悪い姑の仕込みで、母親の悪口などを片言に言つてゐた。けれども、それでもやつぱり我ものといふやうな気がするのは争はれなかつた。それに自分が置いて来たもので、それ故に自分のものではないと思ふ事は彼女にもひどく寂しかつた。けれども、実のところ今の、彼女の何といふ何ものをも持たないことであらう。有てる者は猶与へられて余りあるのに、彼女は有たぬうちから、その有てるものを奪られてしまつた……。

お三輪の目には又其後の日の夫の姿も新しいものだつた。彼は少くもお三輪を離すのを喜んではゐなかつた。彼は朝から酒を飲んでゐた。そして姑が一寸むづかる子供をおぶつて表に出た時、

『またなあ、縁があつたら一緒になられんべや、達者で暮せよ！』と一言《ひとこと》いつた。

二三日すつかり拗《す》ね切つてゐたお三輪は、一言《ひとこと》も物を言はず、いよ〳〵の時涙も溢《こぼ》さずに出たのだつたけれど、後々《あと〳〵》になつてよく其時の夫の言葉をしみ〴〵と思ひ出した。そしてそれから間もなく、後妻を貰つたといふ事を確かに聞いてゐながら、今でも自分が帰るべき所であるやうに、うつかりと思ひ込んでゐる

る事などがあつた。

　こんな時のお三輪は、はたから見ると恐ろしく茫然《ぼんやり》としてゐた。すつかり無口になつてしまつて、気が抜けたやうに笑ひも怒りもしなかつた。そして無意識に仕事を怠けた。雇主にはそれが図々しくも太々しくも見えた。

『又お三輪さんが見えないやうだなア、どうしたんだ？』と、夕方近くなつて料理番《めんばん》は思ひ出したやうに聞いた。

『先刻お座敷の方に行つたやうだつけ……お三輪さん！　お三輪さあん！』

　けれども返事はなかつた。

　珍しく午後から隙だつたので、お三輪は例のやうに茫然《ぼんやり》しながら、座敷の廊下の柱に倚りかゝつて、橋の上を通る人や、岩燕の飛ぶのなぞを眺めてゐた。涼しい風が心地よく彼女を撫でゝ行つた。さうして知らず〱ぺたりと廊下に座つてしまつたのを、自分では少しも気が付かなかつた。

『チヨツ！　仕様がねえなア、おいお三輪さん、お三輪さん、見つともねえ何だ！』

　お三輪は通りかゝつた番頭に揺り起されて、吃驚《びつくり》して目を覚した。

『料理番《めんばん》さんに見付かつたら大変だぞ』

　彼女は恰も犬か猫のやうに、ごろりと板の間に倒れて眠つてゐたのである。

五

『お三輪さん何か買ふものがないかい、呉服屋さんが来てるよ。』と朋輩の一人が擦れ違ひざまに言つたので、お三輪は畳みかけてゐた浴衣をほふり出して飛んで行つた。

『何ぞ如何ですか、お安くして置きますが。』と、お三輪が寄つて来たのを見て、女の行商人が言つた。

　紺の大風呂敷に包んだ葛籠の中から、浴衣地やメリンス類などを引出して見てゐる一人の朋輩が、

『お三輪さん、何か一つ奢つたらいゝだらう。』と冷かすやうに言つた。

　お三輪は黙つてあれこれと手に取つて、一々其符牒を調べて見た。彼女にはどれもこれも皆法外な値のやうに思はれた。

『へえ！　これでも一円二十銭？』と、女は三尺余りのメリンスの切端を引摺り出して呟いた。

『それで随分お安くついてるのですよ！　一寸蹴出しにお格好なところですね……此位の地ですと、尺で切りやあどうしたつて五十銭から出ますんですよ、まあ端切れですからね、随分見切つてあるんですよ、これで三尺五寸はたつぷりありますもの……』

『おゝ勿体ない〱、浴衣が一枚買はれるよ！』

『ではお浴衣を一つ如何ですか。』

　けれども、彼女には別に何を買はうといふ心もないのであつ

た。目に見れば決して欲しくない事はないけれども、それを金と引替へにしなければならぬのを思へば、やつぱり金の方が惜しく大事であつた。

『さ、どつこいしよ、私しやあまた此次にでも何か貰ひませう。』と、ちらつと料理番《めんばん》の姿を見た朋輩は如才なく立上つた。

すると買へさうもない戦手《あひて》に見切りをつけて、呉服屋も黙つて拡げたものを蔵《しま》ひにかゝつた。それでも猶お三輪は思ひ切りわるく、先刻の小切れをひねくつてゐた。

『又そんなとこに引つかゝつてる！　仕事を半ばにして何だ！　ほんとに幾ら言つても解らない、馬のやうに鞭でゝもおつぺし叩かれなくつちや駄目なんだな！』

突然背後に例の悪罵がはじまつた。

『はいゝゝはいゝゝ。』と、彼女は如何にも其鞭に馴れた馬のやうな調子で、人の前を極りの悪いさうな顔もせずに逃げて行つた。

生れながらに負つて来た軛を、彼女はどう振ひ落しようもなかつた。

其夕方であつた。どやゝゝと午後の汽車で著いた藝者や半玉連れの一行が、間もなくドンチヤン騒ぎを初めた。頻りなしに鳴る呼鈴と共に厨も忙しかつた。

『どうぞ三番のお膳を願ひます、お催促ですから。』と、つい二三日前に来たばかりの女中が、内気さうに料理番《めんばん》に向つて言つた。

『三番？　今其処にあつたお膳はどうした？』

『二つ並んでたのでせう？　あれを私が三番に持つてつたら、お三輪さんがそれは九番に出すのだつて取り返して行きました……』

『お三輪を呼べ！』

折からパツと点《つ》いた電燈に焦立ちながら、料理番《めんばん》は早くも恐ろしい権幕になつた。

其処へ何も知らないで、お三輪がお飯櫃を抱へて入つて来た。つかゝゝと立つて行つた料理番は、いきなりお三輪の横顔をものも言はずに平手で打つた。

『あいつ！　何ですよう料理番《めんばん》さん！』とお三輪は吃驚して泣声を振上げた。

『幾ら言つても言つたゞけぢや解んねから叩くのよ！』

『えゝ何をしました？　え、私が何をしましたよつ！』と、お三輪は見るゝゝ気負《きお》つて行つた。

『何も糞もあるか！　お芳さんが折角出したお膳をふんだくつて来る奴があるか、しかも手前が間違つてるんぢやねえか……』

『いえゝゝ間違ひやしませんよ、お芳さんが持つてつたのは、さつき料理番《めんばん》さんがこれは九番だよつて言つたあれですよ……』

『嘘いへ！　あれは上《じやう》の膳だ！』

『上《じやう》だか何だか知りませんけどもね、先刻《さつき》料理番《めんばん》さんが慥かに……』
『まだ強情を張るか』
彼は脅すやうに拳を振上げた。
お三輪は黙つて居なかつた。
『え、打つならお打ちなさいとも、そんな理不尽な事を言つて、私ば……』

言ひも終らぬうちに、続けざまに二つ三つ拳が脊中に下つた。又かと言はぬばかりに、人々は顔を見合して、黙つて眉を顰めた。そして成るべく此場を避けるやうに、てんでに用を作つてそゝくさと出て行つた。

かうした有様を初めて見たお芳は、度胆を抜かれたやうに小さくなつて、恐ろしさうに料理番《めんばん》の顔を偸《ぬす》み見、又お三輪の方を振返つて見た。

お三輪は蹲《うづく》まつて、袂で顔を押へながら肩を慄はしてゐた。此頃の忙しさに、たゞ一束に巻いてゐる髪が少し解けかけて、赤い玉の簪が抜け出してゐる。

もの、十分ばかりもさうしてゐた彼女は、ふつと袂を顔から外《はづ》して、
『どうも済《す》んませんでした……』と手をついて首を下げた。

彼女はそれから猶よく涙を拭つて、下《さが》つた前裾をくゝしに手を入れて引上げながら、立つて出て行かうとした。

其時再び余憤の去らない声で言つた。
『い、、座敷になんか出なくとも』

お三輪はぴたりと足を止めた。
『さうですか……ぢやあ直ぐに勘定をして貰ひませう』
『よし、勘定をしてやる』

お芳は呆気《あつけ》に取られて、興奮してゐる二人を見競べた。そして、誰かに仲裁を頼まうとする積りで其場を逃げ出して行つた。

一寸した機《はづ》みでさう言ひ切つてから、お三輪は却て心持がさつぱりしたやうな気がした。彼女は決してこゝを去る事を心残りには思はなかつた。それはたゞいつものやうに、来なければならぬ時が来たに過ぎないのであつた。

彼女は早速女中部屋に入《はい》つて行つて、薄暗い中で自分の荷物の始末を初めた。洗ひ晒しの浴衣を潰して縫つた大風呂敷に、彼女は別に秩序もなく総ての持物を投げ込んだ。それを括《くゝ》しあげてから、洋傘を新聞紙で巻き、又入れ忘れた下駄や何かを別な新聞紙包みにした。

彼女がかうしてごそ〳〵と始末をしてる間に、料理番《めんばん》は彼女の二ケ月余りの給料と、祝儀の分けとを勘定して待つてゐた。みんな黙つて目ばかり働かせながら、誰も何とも言ふ者がなかつた。そしてなるべく掛り合ふのを避けよう〳〵としてゐた。
『それぢや皆さん、どうも長々お世話になりました……おみつちやん、お次さんやお勝さんに御挨拶をしないで行きますからね、宜しく言つて頂戴。』

彼女は料理番《めんばん》の方は振向かうともしないで、其処にゐた番頭と一人の朋輩とに挨拶をした。

『忘れ物が無いやうにしていかさんしよ。』番頭がいふと、

『まあ、ではお大事に……』と気の毒さうに朋輩も手をついた。

　お三輪は庭に下りて、薄暗がりに暫く自分の下駄を探すのにもぞ〳〵してゐた。やつとそれが見付かると、彼女は見得も構はず矢庭に其大荷物を脊中に脊負つた。そして胸のあたりで手拭ひや襷やを結び合せて括つた。それから両手に洋傘と新聞紙包みとをもつて、黙つてみやこの最後の閾を跨いだ。

　彼女はいゝ下駄を蔵つて、擦り減つた下駄のまゝで出たので、荷物の重みに幾らか前跼《まへかゞ》みになつた。後姿は恐ろしく低く小さく見えた。そして其荷物の歩き出す姿は可笑しいものだつた。けれどもそれを見送つて誰も笑ふ人はなかつた。誰もほつとしたやうな心を覚えたと同時に、体が隠れる程の荷を背負はれて、黙つてのろ〳〵と、自分では何処までさうして行かなければならないのかも知らずに、尻を追はれ〳〵て行く牛の姿を見た後のやうな、可哀いさうのやうな、重くるしい影が胸に翳したのであつた。

『あんな背負つたれが、何処に行つたつて勤まるもんか』

　暫くしてから、早鍋に玉子を掻き廻してゐた料理番《めんばん》が掃き出すやうに言つた。彼は又代りを雇入れなければならぬ面倒や、哀れな者を追うてやつたあとの、自分も知らぬ気持わるさやらで、何となくむしやくしやとしてゐた。

　其処へ小さい方の番頭が入つて来て、其処らを眺め廻しながら、『へ、あんな薄汚い緒の切れた草履まで持つて行つた』と嘲けるやうに言つた。

　けれども、まだ誰も笑ふ者はなかつた。

＊　＊　＊

　忘れものをしたやうに、何処かでまだ蜩《ひぐらし》が鳴いてゐる。けれども、今まで雄大に空を彩つてゐた夕日は、不思議な形ちをして歩いて来る彼女を待たないで、お構ひなしにさつさと山の端に隠れて行く。

　夕闇は袂に迫つて来た。だん〳〵黒くなつて行く両側の青葉の間に、道は僅かに白く続いてゐる。けれどもそれすらも、彼女が停車場まで行きつく迄には、もうすつかり暮れ切つてしまふであらう。


（「中外新論」大正7年4月号）

虎

久米正雄

　新派俳優の深井《ふかゐ》八輔《すけ》は、例《いつ》もの通り、正午《おひる》近くになつて眼を覚した。戸外《そと》はもう晴れ切つた秋の日である。彼は寝足りた眼をわざとらしくしばたゝいて、障子の硝子越しに青い空を見やると、思ひ切つて一つ大きな伸びをした。が、ふと其動作が吾乍ら誇張めいてゐるのに気がつくと、平常《ふだん》舞台での大袈裟な表情が、此処まで食ひ込んでゐるやうな気がして、思はず四辺《あたり》を見巡し乍ら苦笑した。彼は俳優の中でも、実に天成の誇張家であつた。そして其誇張が過ぎて道化た気分を醸す処に、彼の役処の全生命が在つた。彼は新派中での最も有名な三枚目役者だつた。

　彼はもと魚河岸の哥兄《あにい》だつたが、持つて生れた剽軽な性質は、新派草創の祖たるオツペケペーの川上が、革新劇団の旗を上げて、その下廻りを募集した時、朋輩たちの嘲笑をも顧みず、真つ先きにそれに応募した。が、愈々その試験めいたものを受けた時、川上はつく〴〵此の毬栗頭《いがぐりあたま》の哥兄《あにい》を見て、さて見縊《みくび》つたやうにかう云つた。

「おまへさんは到底役者になる柄ではないね。」

　彼が凡ての言葉を尽したにも係らず、川上は笑つて受け附けなかつた。が彼はそれでも懲りなかつた。而《そ》して今度は頭をすつかり剃り円めて、人相を変へて再び募集に応じた。ところが恰度《ちやうど》一座が多人数を要したので、彼も川上の眼を遁《のが》れ、人々に紛れてうまく採用されて了つたが、入つて了つてから、川上はすぐに彼に気が附いた。

「やあ、此奴《こいつ》とう〳〵入りやがつたな。」川上は幾分驚嘆の気味で彼に云つた。

「へん、どんなもんです。」と彼は剃つた頭を二つほど叩いて見せた。

「まあ仕方がない。入つたんなら慥《しつか》りやれ。」と川上も笑ひ乍ら、それでも心中かう云ふ男の使ひ道がないでもないと思つて、快く入座を許さない訳には行かなかつた。かうして彼は俳優になる時から、既に既に立派な三枚目の役を勤めた。而《そ》して今では、新派興亡の幾変遷を経て、兎にも角にも由井の一座に、無くてはならぬ俳優となつた。給金も相応には取れる。役者らしく会《たま》には女も出来る。――思へば彼もうまい出世をしたものに相違なかつた。

　が、彼とても又、決して自分の今の地位に、満足してゐる訳ではなかつた。彼ももう三十五歳を越えてゐた。普常《なみ》の職業に従事してゐるのなら、分別盛り働き盛りの年輩だつた。けれども今の儘の彼は、舞台で絶えず道化を演じてゐるに過ぎなかつた。真面目な役は一つも振られなかつた。彼は只、観客をわつと笑はす為にのみ、若《もし》くは浮き立たす為にのみ、配合的に用ゐられるばかりだつた。これでは手品師の介添に出る、戯奴《ジョーカー》に変らぬことを彼自身も知ってゐた。知つてゐたが仕方がなかつた。彼はいゝ年をして相変らず、大向うをわや〳〵笑はして、自らも己の境涯を笑つてゐた。

彼にはもう八歳になる子があつた。そして其子《そのこ》は去年初舞台を踏んで、彼と同じく、否《いな》彼よりももつと正式な、新派俳優になる未来を有《も》つてゐた。彼はその子を決して、三枚目にはしたくないと思つた。自分と違つて正当な、立派な立役に仕立てるのが願ひだつた。――

今、深井はぼんやり床の上で、昨日受取つた役の事を考へてゐた。昨日は今度開《あ》く歌舞伎座の茶屋の二階で、「継《まゝ》しき仲《なか》」の本読みがあつたのだが、そこで彼の振られた役と云ふのは、たゞ「虎」の一役だつた。人の名ではない。ほんとの獣の虎に扮する一役だけだつた。

虎一役！　彼は考へると不満でもあり、又不平も云へぬほど可笑《をか》しくもあつた。彼は嘗つて猫にも扮した。又犬になつて幕《まく》外《そと》で踊つた事もあつた。而して動物役者と云ふ異名をさへ取つてゐた。で今更虎の役を振られたとて、それが何の不思議であらう。寧《むし》ろ彼にその役が廻らなかつたら、それこそ一つの不可思議事なのである。

けれども彼は、彼が虎に扮することの不思議でない事を、鳥《ちよつ》渡《と》悲しく感じた。長年馴れて来てゐ乍ら、職業だと思つてゐ乍ら、どうせ茶化してゐるのだとは思ひ乍ら、自分の中なる「人間」が馬鹿にされてるやうな気がして、鳥渡《ちよつと》の間《ま》は腹立たしくさへ思つた。

昨日の本読みの時にも、丁度作者が三幕目を読み初めようとして、さて一座をずつと見渡し乍ら、

「こゝで一つ在来の趣向を変へまして、清岡球江《きよをかたまえ》の豪奢《がうしや》を見せるために、私はヴェランダに虎を飼ふことにしました。南洋産の猛烈な奴で、そいつが幕切れに暴れて、球江に喰ひつかうとする処を考へたんですが、どうでせう。」

と云つた時、皆の視線は一度に彼の方へ注がれた。而《そ》して座長の由井が、

「そいつはよからう。それで深井君の嵌り役が出来た。受ける事は疑ひなしさね。」

と云つた時、皆のもう一度彼の方へ投げた視線が、何となく嘲笑の色を帯びてゐるやうに、彼には感ぜられたのだつた。けれども又、立女形《たておやま》の川原までが、

「そいつはきつと評判になりますね。その幕はすつかり深井君の虎に食はれて了ひますよ。」

と云つた時には、彼も笑ひに加はり乍ら、幾らか得意にさへなつてゐた。……

「兎にも角にも、」彼は猶床の上で考へた。「振られた虎一役は、

うまくやらなければならない。獣に扮することが、何も恥辱と云ふ訳ではない。獣でも鳥でも、うまく演りさへすれば立派な役者なのだ。而《そ》して何と云つても、虎を演《や》れる役者は、日本中に俺しかないのだ。さうだ。一つ虎をうまくやつて見物をわつと云はしてやらう。そして外の役者どもを蹴とばしてやらう。今の俺が生きて行くには、さうするより外はないのだ。」

　彼は急いで起き上ると、階下《した》にゐる妻を呼んで、着物を着かへた。そしてもう晴々した顔付をし乍ら、階下《した》へ下りて行つた。そこの長火鉢の傍には、黄色い布帛《ふきん》が懸けてある、彼の遅い朝の食台が待つてゐた。彼は急いで楊子を使ふと、そゝくさとその朝飯とも昼飯ともつかぬ物に向つた。

　縁側には息子の亘が、日向《ひなた》ぼつこをし乍ら、古い演藝画報の頁《ページ》を、見るともなく引繰り返してゐた。其口絵の中には、極く稀れにしか載らぬ、彼の小さい写真姿が在るに違ひなかつた。お情けで会《たま》に載せて貰ふ写真。彼は息子に対して、毎《いつ》も乍ら恥らひを感じた。此の息子の眼に、役者としての自分がどの位に映るだらう。而してそれが父としての自分と、どれだけの抵触を引起すだらう。――彼は漠然とそんな事を考へて、箸を運んでゐる時に、亘は不意に声を掛けた。

「お父さん。今日は稽古がお休みなの。」

「あゝ立稽古《たてげいこ》までお父さんは休みだ。」

　かう云ひ乍ら彼は、覚えなければならぬ白《せりふ》が一言もない虎の役を、改めて苦々しく思ひ起した。彼は実際稽古場へは出ても、今度は他人と白《せりふ》を合はせる必要も無かつた。要するに稽古と云ふものは、彼には如何に虎らしく跳躍すべきかを、一人で考へればそれでよかつた。

　が併《しか》し虎と云ふものは、一体どんな飛び跳ね方をするのだらう。彼は絵に画いた虎は見た。旧劇の或る物に出る虎も見たが、実物の虎は、たゞそれらを通して、漠然想像してゐるに過ぎなかつた。いざ自分が演ずるとなると、如何に動物役者の自分にも、まるで特徴が解らなかつた。いづれ猫属に入つてゐる獣だから、勢ひ立つた大きな猫と思へば大差はなからうが、もし旧劇の猫騒動なぞに出る、猫の科《しぐさ》以上に一歩も出ないで、口の悪い劇評家なぞから、深井の虎は文字通りに、虎を描いて猫に類するなぞと云はれては癪だ。――彼は又そんな事を考へ続けた。

　息子の亘は父がそんな事を思ひ悩んで居るとは知らず、親に阿《おも》る小供の技巧の、おづ〳〵するやうな甘へた口調で、猶も問を進めて行つた。

「それぢや何処へも行く御用はないの。」

「うん。まあ無いな。――だが何だつて、そんな事を聞くんだ。」

「僕ね。お父さんが暇なら、今日上野へ連れてつて貰ひたいんだよ。お天気がいゝんだからさ。ね。連れてつとくれよ。」

「上野の何処へゆくんだ。あんな処へ行つたつて、少しも面白くはないぢやないか。子供に絵の展覧会は解らないし。――」

「だつて、僕動物園へ行つて見度いんだよ。昨年からまだ一度も行かないんだもの。」

「動物園？」

　思はず反問した彼は、頭の中でひら〳〵と思ひ浮ぶ事があつた。彼はこの小供の言葉を、一種の啓示として感謝していゝか、一種の皮肉として苦笑していゝか、どつちに取るべきかに迷つたが、仮令《たとへ》小供を通して、神様から嗤はれてゐるにしても、此の機会を利用して、虎の実態を研究して置くのが昨今の急務だと彼の職業が教へた。

「動物園へ河馬《かば》が来てるんだからさ。ね。連れてつてお呉れよ。」

「さうだな。それぢや会《たま》には亘坊の相手にもなつて、河馬でも虎でも見て来ようか。」

　かう云つて彼は、申訳をするように傍の細君を顧みた。

「ご用が御座いませんでしたらさうなさいよ。外《よそ》へ行くより却《かへ》つて気が晴れるかも知れませんよ。」

　細君は「虎」にこだわる良人《をつと》の心持とは違つて、「外《よそ》へ行くより」と云ふ言葉に、一種の意味を持たせて賛成した。

　彼は勿論そんな諷刺には敏感だつた。がそれを外《はづ》すのにも又、軽く受け流す手段を知つてゐた。

「成程、どこかへ猫を見に行くよりは、おまへも幾らか安心だらうな。」

　かう云つて彼はわざと大声に笑つた。

「ぢやお父さん直ぐ行かうね。」

「あゝよし〳〵。」

　かうして彼は何の憚りもなく、天の与へて呉れた好機に乗つたが、彼の心の何処かには、何となく擽《くすぐ》つたい或るもの、小供に耻づかしい或るものがあつた。併しまづ何よりも職業なのだから……さう思ふと快活に凡てを諦めて、自分を笑ひ乍ら恂《いたは》る「江戸つ子」に帰つてゐた。

　それから小半時も経つと、彼はもう亘を伴れて上野行の電車に乗つてゐた。彼は普通の俳優並みにかう云ふ電車の中なぞでは、人に知られまいとする努力の快感と、その努力にも係らず、人にそれと知られ指される快感とを、交互に得たいと思つた。彼は誰が見ても目に立つ派手な大島の袷を揃へてこれも子役らしく袖を長くした衣物の亘と共に、車室の隅に殊更身を縮めてゐた。彼は知人にこんな動物園へ行く所を、見つけられたく無いと思つた。がそれと同時に、誰かにひよいと出会つて、此の自分の妙な動物園行を、さりげなく笑ひ話の種にしたくも在つた。

　丁度須田町から乗り合はした男が、うまく其要求を満たして呉れた。それはJ新聞社に居る、見知り越しの劇評家だつた。深井は眉深に被つたソフトの下から、素早くそれと認めたが、向うでそれと気附いて呉れるまで、息を塞《つま》らせて待ち構へた。間もなく劇評家は彼と解ると、側へ寄つて来て私《ひそ》かに、親しげに、鷹揚に黙つて肩を叩いた。

「いや、先生ですか。これは珍らしい処でお目にかゝりましたな。」

「妙な人と乗り合せたものだね。だから此の電《いなづま》車《ぐるま》といふ奴は面白《めんぱく》だて。」

「又そんな六ケ敷《し》い言葉をお使ひなすつちやあ不可《いけ》ません。——だが今日はどちらへ。おいでの所かお帰りの所か存じませんが。」

「さあ、どつちに片附けるかね。行きとも云へるし、帰りとも云へる。……」

「どちらが御本宅だが解らないと来てますからね。」

「そんな粋な寸法ぢやないよ。——だが君はどちらへ。」

「私《わつし》ですか。私《わつし》はこれで仲々粋な処へ行くんぜ。——まあ御覧なさい。かう云ふ瘤付きです。」

　と彼は無視されてゐた小供に頤《あご》を向けた。

「ほう、亘公か。——今日はお父さんのお伴かい。それともお父さんがお前のお伴かね。」

「さう〳〵。其イキなんです。今日は小供に引かれて上野へ行くんです。」

「何だい。展覧会かい。鳥渡《ちよつと》感心だね。」

「そんな野暮な処ぢやないんです。——これでも動物園へ行かうてんです。」かう云つて彼は、慌て、附け加へた。「河馬《かば》を見にね。」

「動物園？」劇評家はわざと大仰に眉をひそめたが、すぐ又にた〳〵しい笑顔に帰つて、ぽんと膝頭を打つた。「あ、成程。さうかい。解つた、解つた。——だが見に行くのは河馬ぢや無からう。」

「ぢやあ河馬の逆さまを見に行くとでも洒落ますかな。」

「いや、さう外《はぐ》らかしても其手は食はないよ。見に行くのは例の「虎」だらう。今度の趣向はもうちやんと聞いてるぜ。あれは大谷の思ひ付だつて云ふが、彼奴《あいつ》も話せる男さね。」

「へゝえ、さうですか。そいつあ初耳ですね。私は又、亭々《てい〳〵》さんのわるい悪戯だとばかり怨んでゐましたよ。——それぢや鳥《ちよ》渡《つと》研究の仕栄《しばえ》がありますね。何しろこちとらは、座主《しうち》の受けが大切ですからな。」

「そうれ見給へ。見事に白状に及んだぢやないか。併し虎を見たいんなら、わざ〳〵動物園まで行くにも及ぶまいぜ。」

「一二升飲ませれや誰だつて成りますか。」

「どうだい、そつちの虎を見に行かうぢやないか。」

「そいつあ不可《いけ》ません。何しろ此奴を、撒く訳には行きませんからね。」と彼は又小供を顧みた。

「君も老いたね。」劇評家も亘の方をぢつと見乍ら、何気なしに云つた。

　深井は此言葉を聞くと、水を掛けられたやうに真面目に帰つた。而して息子の手前を顧みず、べらべら冗談口を叩いた事が、何とも云へず恥しいやうに思へた。が其儘口を噤んで了ふには、今迄の彼の教養が軽快過ぎた。

「年は取つても演《す》る事は小供ですつてね。何しろ虎一役ぢや遣り切れませんよ。」

「併し馬鹿さ加減を云へば、由井の役だつて同じやうなものさ。寧ろ君の虎一役が名誉かも知れんぜ。人気が虎の一身に集つたりしてね。」

「さう思つて私《わつし》も一生懸命やるだけはやる積りなんですがね。」

「さうとも、僕たちだつて寧ろ君の虎に期待してゐるよ。」

「恐れ入ります。」深井は苦笑をし乍らも、内心尠《すくな》からず慰められた。

其の中に電車は上野山下へ着いたので、彼は息子に促されて、劇評家を残したまゝ慌てゝ電車を下りた。

上野の秋は木々も色づいて、広く白い散歩道には、人の流れが所々に日傘を浮かして動いてゐた。屋内にばかり居馴れた深井は、青空の下で自ら気が晴々した。彼は真つ直ぐに動物園へ向つた。

園内に入ると、亘は喜んで駆け出さうとした。深井はそれを引留めて、

「ぢやあお父さんは虎を見てゐるから、お前はすつかり見て廻つたら帰つておいで。」と云ひ渡した。亘は父が何故さう虎に興味を持つかと穿鑿する余裕もなく、勇み立つて父の許《もと》からの解放を喜んだ。彼はもう走つて行つて、猿の檻の前にゐる多勢の小供の中に紛れ込んで了つた。

父も亦《また》子からの解放を喜んだ。而《そ》して一人ゆつくり歩を運んで、ずつと前に来た時の記憶を辿りつつ、猛獣の檻を探し廻つた。目ざす虎の居る所は直ぐに解つた。

彼は妙な心持で檻の前へ立つた。方二間ほどの鉄の檻の中には、彼の求むる虎其物が、懶げに前足を揃へて蹲《うづくま》つてゐた。その薄汚れた毛並みと、どんより曇つた日のやうな眼光が、先づ彼の眼に入つた時、彼は鳥渡《ちよつと》した落胆を感じた。余りに今迄想像してゐた、猛獣の威勢と違つたからである。けれどもぢつと見凝めてゐる間に、彼の心はだん〳〵虎に同情して来た。一種の憐憫と共に、妙な愛情さへも生じて来た。この朗らかな秋の日を、うすら寒く檻の中に塞されて、あらゆる野性の活力を奪はれ、只どんよりと蹲つて、人々の観るが儘に動きもせぬ獣。その獣こそは自分の境遇にも似てゐるとさへ感じた。併し何処が似てゐるのか、彼自身にも解らなかつた。

彼は漠然とそんな感慨に打たれて自分が此の虎に扮するのを忘れ、虎の肢態を研究するのを忘れてぢつと檻の前に立つてゐた。

虎も動かなかつた。彼も動かなかつた。此の不思議な対象をなす獣と人とは、ぼんやり互ひに見合つた儘、ぢつと何時までも動かなかつた。終ひには深井は、虎と同じ心持を持ち虎と同じ事を考へてゐるやうに感じた。

突然虎は顔を妙に歪めた。と思ふと其途端に、それだけ鮮かな銀色の髯を植ゑた口を開いて、大きな獣の欠伸をした。開いた口の中は鮮紅色で、牡丹といふよりは薔薇の開いたやうだつた。がそれも一分間と経たずに、虎はまた元のやうな静けさに

帰つた。

　ふと吾に帰つた深井は、危ふく忘れかけた自分の目的を、再び心に蘇らせた。けれども眼前の虎は、彼に只一度の欠伸を見学させただけで、あとは林のやうに動かなかつた。それでも彼は満足した。これだけ虎の気持になれゝばあとは、自分で勝手に跳ね狂へるやうに感じた。

「さうだ。一つ思ひ切つて虎になつてやるぞ。俺には色男の気持なぞよりも、もつと切実に虎の気持が解るのだ。」かう彼は心に叫んだ。

　やがて彼はそこへ戻つて来た息子の手をひいて、前よりももつと欣然としながら、動物園の門を出た。――

　翌日彼はふとJ新聞の演藝一夕話と云ふ噂書の一欄を見た。すると其処には麗々しく、

「例の動物役者で売つた深井八輔は、此頃ではすつかり人間離れがして了つて、昼飯はにやご〳〵云ひ乍ら鮑貝《あはびがひ》で食ひ、給金はチン〳〵後足で立ち乍ら貰ふと云ふ凝り方だが、愈々今度の歌舞伎座でも役もあらうに虎一役で大収《おほをさ》まりに収まり、動物園に通つて熱心に研究中と。」出てゐた。それは昨日会つた例の劇評家が、筆にまかせて書いた物に相違なかつた。

　彼はそれを読んだ時、鳥渡《ちよつと》一種の憤激に近いものを心に起した。が併しそれはすぐ消えて、あとには苦笑となり、次いで晴れやかな微笑へ推移した。

「なあに是が俺の人気なのだ。」

　さう思ふと彼は更に「虎」一役を成功させる必要を感じた。彼はもう煙草を吸ひ乍らも、飯を食ひ乍らも、寝床の中に居乍らも、只管《ひたすら》虎の動作のみを考へてゐた。

　其中に愈々《いよ〳〵》初日は来た。而《そ》して丁数《ちやうすう》は進んで彼が虎となつて現はるべき三幕目となつた。彼は笑い顔一つせずに虎の縫ぐるみを着て、知らせの木と共に球江邸の露台上《バルコニーうへ》に横たはつた。

　幕は開いた。まだ誰も登場しなかつた。ただ懶げに寝てゐた虎が、やうやく永い日の眠りから覚めたやうに、鳥渡《ちよつと》身を動かして一声二声「うゝつ」と唸つた。其途端に大向ふから、「深井、深井！」と呼ぶ声が五つ六つ掛つた。深井は内心尠からず得意だつた。

　つゞいて由井が登場した。川原が登場したが、その度にかゝる大向の懸け声は、深井のそれに劣るとも勝らなかつた。深井は「それ見ろ」と思つた。而して内心益々得意だつた。

　劇は進行した。彼は由井と川原との会話を聞き乍ら、只管《ひたすら》自分が跳躍すべき機を待つてゐる。劇は高潮に達した。而《そ》して愈《いよ》〳〵彼の活躍すべきキツカケとなつた。

　彼は先づ猫とも虎ともつかぬ獣の伸びを一回した。それから徐ろに一二度唸つた。而して球江の揶揄《からか》うに連れて、猛然と其胸を目がけて躍りかゝつた。繋いである鎖がぴんと緊張する程に、勢ひ込んで跳ね狂つた。

　観客は湧き立つた。「深井、深井！」と呼ぶ声が随処に起つた。彼は縫ぐるみを通して、それらの喝采を聞き乍ら、殆んど

吾を忘れて跳躍した。もう不平も無かつた。憤激もなかつた。鬱憂もなかつた。恥辱もなかつた。たゞ彼の忘我の心の中には、云ひようのない快感のみが存在した。

彼の猶も猛然たる跳躍の中に幕は閉ぢた。見物の喝采はまだ鳴り響いてゐた。彼はすつかり満悦した。而《そ》して揚々として縫ぐるみの儘、舞台を引上げて来た。すると其暗い書割の陰で、不意に彼の片手へ縋り付く者があつた。彼は鳥渡《ちよつと》吃驚して、縫ぐるみの覗き穴から、其方を見やつた。其処には彼の息子の亘が、

「お父さん！」と云つて立つてゐた。

深井は得意の絶頂から、忽ちにして愧《き》耻《ち》のどん底に放り込まれた。彼は彼の息子の前で、縫ぐるみの中の顔を年甲斐もなく真赤にしたが、再び見下した息子の眼には、この腐甲斐ない父の一役を、非難する様な何物も無かつた。却つて父の苦しい境遇に同情する、泣き度いやうな表情が現れてゐた。

「お父さん！」再び息子は鼻声で云ひ乍ら寄り添つて来た。

「亘！」深井も思はずさう云つて、息子の身体を犇《ひし》と引寄せた。涙が縫ぐるみの虎斑《とらふ》を伝うてぼろぼろと落ちた。…………

かうして虎と人間の子とは、暗い背景の陰で暫し泣き合つた。

（大正七年、四月）

（「文章世界」大正7年5月号）

白鼠を飼ふ

須藤鐘一

松田がM未亡人と結婚したのは、今から十年前で、彼が二十三歳の時だつた。未亡人は確か三つばかり年上で、しかも君子といふ三つになる連れ子をして居た。尤も松田と死んだMとは真の兄弟も唯だならぬ交はりをして居たから、君子とも生さぬ仲とは云へ、生れ落ちるとから抱いたり負ぶつたりして可愛がつたもので、彼は、今後我が子とちつとも変らぬやうに愛育する積りだつた。

然し、子をもつた経験のある友人は、

『君に子供が出来なきやア兎に角、若し出来て見ろ、今の心持はグラリと変つてしまふから。』と警告した。

松田は、けれども余り気にしなかつた。――小さい者に対する愛に変りがあるものか。他人の子でも自分の子だと思つてしまへば、何の相違があらう。あんな事をいふ友人は、小さな、所謂人情に囚はれて居るのだ。広い大きな愛の眼が開いた人にとつては、まるで問題にならぬ。――こんな風に考へて平気だ

つた。

　されば、まだ結婚の話が持ち上つた当時のこと、媒酌のKがやつて来て、

『君子さんは、奥様のお里《さと》の方で引取らうといはれますが……。』といつた時、

『いゝえ、それはいけません。第一、僕は子供が好きですから、何とも思つちや居ませんし、一人や二人居た方が却つて家庭が賑やかで結構です。』と、彼は一はねにしたのであつた。――

　そんな風で、少女の方からもよく彼になづいた。毎晩、妻は夜業《よなべ》の仕立物をするので、夕食が済むや否や君子は、

『お父様、ねんねしませうよう。』といつて彼を促した。

　二人は早々に蒲団の中へ入つた。すると、少女は乳房をさぐるやうに、小さい手を彼の懐に差し入れ、足を股の間に衝込んで、顔をピツタリと胸のあたりにつけ、やがてスヤ〳〵と微かな寝息を立てるのだ。何といふ可愛さであらう。彼は心臓を絞られるやうな、涙ぐましい悦びに胸が一ぱいになるのだつた。そんな時、ほんとうに少しの混り気もない慈愛を感じた。――いきなり彼は眠つた少女の小さい体をグツと抱きすくめて頬ずりした。それでも飽き足らぬ時は、額から頬、頤、鼻と、顔ぢうにキツスした。

　松田が妻子と初めて家をもつたのは、郊外の埃ツぽい街道端であつた。杉の生垣の内に、四坪ばかりの庭のある、ガサツな平家造りで、三間ほどあつた。

　彼は君子を抱いて、よく近所の銭湯へ行つた。頭へ石鹸を塗つてよく揉んだ後、横抱きにして仰向かせ巧みにお湯をかけて洗つてやり、頬や鼻の上などにコビリついた汚れを、丁寧に清め、湯から上ると、モヂヤ〳〵と縺れた髪を綺麗に梳いてやつた。

『ほんとによくお世話が出来ますことね。――お丶お嬢ちやん、別嬪ちやんになりました。』など、番台から湯屋の主婦《おかみ》が愛相を云つた。

　誰れも継子だとは思はなかつた。彼は、それと知つて、密かに得意の笑みを浮べないでは居られなかつた。

　妻は、自分が連子をしたといふ点で、常に彼に対して何彼に就けて気がねした。さう気がつくと、彼は猶更ら少女に甘くして、妻の心を安くしてやらうと努めた。その為めか、妻の居る時には容易に泣かないで、よく云ひつけを守り、ちよい〳〵した使ひなどは、さかしく勤める少女も、彼が会社から帰つて来ると直ぐに膝の上に乗つてもう動かない、僅かの事にでも忽ちビイ〳〵と泣き出すのである。

『お父さん、そんなに甘やかしては困るぢやありませんか。あなたがお留守の時には、ほんとにいゝ子ですけれど、帰つてゐらつしやると、直ぐあれだ。』と、妻は忌ま〳〵しさうに、抱かれた少女を睨んだ。いつしか妻のお腹は目立つほど大きくなつて居て、少し激《げき》して物を云つたりすると、ひどく肩のあたり

が波うつた。もう七ケ月である。

『いゝさ、僕と君ちやんが一しよに居る時は朝と晩と、ホンの少しの間だもの、それをガミ〳〵叱りつけたら、いつだつて仲よしになる時はないぢやないか。』と云つて、彼は一層強く少女を抱きすくめ、『あゝ、よし〳〵、泣くぢやアないぞ。――さアいゝ物を買ひに行かう。』と、立ち上つて出かける。

玄関まで出ると、君子の機嫌はもうケロリと直つてしまつた。妻は蒼い顔して、黙つてそれを見送るのだつた。――口でこそ、甘やかしては困ると云ふもの〻、内心非常に嬉しいに相違ない。継子であつて見れば、碌々《ろく〳〵》抱いても貰はれぬにしたところで仕方がないのに、あんなに可愛がられて、子供にしてもどんな幸福だらうと思へば、感謝の念さへ起るのだ。

此間、八百屋の主婦《おかみ》が云つた事も思ひ出された。――『あんたの処の旦那さん、なんてお優しいでせう。ほんとに子煩悩ですことね。宅がお湯で一しよになつて、旦那が女も及ばぬやうにお嬢ちやんを世話して居らつしやるのを見て、感心してましたつけ。』――此の話は、聞いて来た晩、食事の時に彼にもして聞かせた。

妊婦は神経過敏になつて、取越苦労とまはり気が多く、事毎に松田の顔色を読まうとした。嬉しさの後には悲しさが訪れた。平和のうちにも不安が離れなかつた。――(夫の今の様子が何時まで変らずに続くだらうか。……此の子が生れた後までも、果たして変らぬだらうか。……)と、自分のふくらんだ腹に手を当てゝ見ないでは居られなかつた。――其の不安が、ともすれば妻の顔を曇らす事も、彼はよく察して居た。それは然し、彼にとつて全く馬鹿々々しい事であつた。何で、そんないらざる心配をするのかと、寧ろ不思議な位ゐであつた。

出勤の途中、山の手電車の停留所に近く、雑草の茫々と生えた空地があつた。その寄りつきに、『周易』といふ看板を出した家があつた。其の家の庭には、丸木の小さな鳥居を建て『元始大神』と記した額が掲げてあつた。彼は、初めて其の前を通つた時から、妙に好奇心をそゝられた。

鳥居の下には、よくぶちの犬が仔犬をつれて、コロ〳〵転げまはつて遊んで居た。旭のキラ〳〵とさすトタン屋根の上に、親子の雀が群つて、騒々しく鳴き立てゝ居る事もあつた。

松田は、我家から電車までの十分ばかり、朝行く時には、其の元始大神に就いて、いろ〳〵想像して見ることもあり、又何も考へずスガ〳〵しい郊外の空気を心ゆくほど深く呼吸しながら行く事もあつた。然し夕方の帰りがけには、家の事が気にかゝり、子供の事が思ひ出されて、自然に足が早くなつた。

ふと、或る朝、例の元始大神の鳥居の横へ、高さ五六尺の白木の標木の建てられたのを見つけた。四五寸角の正面には『元始大神』と墨痕鮮やかに記し、右横に『万神帰一神』左横には『万象還一元』と同じく筆太に書いてあつた。――之れで久しく心にかゝつて居た元始大神の由来も、略々想像するやうに彼は思つた。

やがて、停車場まで行つて、電車を待つ間も、不思議に先刻の標木の事が忘れられなかつた。四角の標木の残る一方には何と書いてあつたか、それを見落したのが、非常な心のこりだつた。——自分ならば、さしむき『万愛発一心』とでも書いたらう。——などと考へて居る時、電車の地響が彼の想像を破つた。

平和な月日が流れた。

彼が子供をつれて浅草に行つた時に買つて来た朝顔が、勢よく蔓を延ばして、毎朝一輪二輪づゝ、紫だの白だの、爽やかな花をつけ出した。それは街道を通る荷馬車の砂塵で、植木から廂まで一面に灰色に染まつたあたりの空気を、夕べの星のやうに照らした。芽生の頃から丹精した花だけに、彼の楽しみは一しほであつた。

妻の満月が来た。産は非常に軽かつた。生れたのは女児であつたが、彼は兎に角初めて、ほんとうの「父」になつたのである。恥かしいやうな、誇らしいやうな、えたいの知れぬ気がして暫らくは勤め先へ行つても、ソワ〳〵として落ちつけなかつた。自分の血を分けた「生《せい》の芽生え」が初めて此の世に現はれたのである。植物の種子が割れて、二葉を出す前に、先づ力強い太根が大地へ向つて突き入るものだが、丁度其の太根に似た、確かな逞ましい「愛」が、彼の心を萌すのを覚えた。

彼は、然し、それが為めに、君子に対する愛が変化を来さうなどとは、思ひも寄らぬ事に考へた。成程、君子の方は、中途から引取つたもので、云はゞ挿木である。が、さし木も何時か根を下し、枝葉を繁らせるやうに、彼の心には君子に対しても純愛が芽をふき、大地にしかと根を張つてしまつた。もう滅多な事で動くものか。斯うも考へた。

朝子と名づけた嬰児は、虫気もなくて日増しに成育した。一二ケ月の間は、唯だブヨ〳〵した肉塊のやうで、抱くのも気味が悪かつたが、次第に筋肉が固まつて、クル〳〵と太つた頰に靨《ゑくぼ》が浮くやうになると、彼は無性に可愛くなつて、構はずベロ〳〵嘗めたりした。口辺の乳の香を嗅ぐ時は神聖な、然しセンジユアルな官能の戦きをさへ感じた。

少し大きくなると、松田は君子の手を引き、朝子を抱いて、近所の菓子屋へ行つたり、街道を隔てた麦畑の間を散歩したりした。銭湯へも二人をつれて行つた。「子煩悩の旦那」といふ評判は、益々近所に広まつた。

彼は小さい時分から小鳥や家畜が好きだつた。——雀の仔を捕つて来て飼つたり、野良犬の仔を拾つて来て育てたりした事もあつた。故郷は山国で、家の向の峡には、よく翡翠が穴を掘つて巣をかけた。それを発見すると、藤蔓につかまりながら攀ぢ登つて、そつと雛を盗んで帰つた。此の鳥は、小魚を常食として居て、雛鳥をも小魚で育てるので、その時の、ムツと息づまるやうに腥《なまぐさ》かつた事を、今も忘れない。——又裏山の松の老樹には、よく烏が巣をつくつた。雛が孵ると、彼は梯子をかけて木に登り、親烏の留守の間に雛を捕つて帰つた。すると、途中で其れと知つた親鳥が、気も狂はしく頭の上を鳴いて翔けまはつた。家へ持ちかへつて、鶏籠にふせておくと、親鳥はそこまで追つて来た、人が居なくなると、餌をついばんで籠の穴から雛に与へた。彼は其の有様を今もよく記憶して居る。——又、亀を飼つて、卵から孵化した一銭銅貨大の小亀が、スイ〳〵と水を泳ぐのを見て喜んだのも其頃であつた。

家をもつて、彼の癖が久しぶりに復活して、友人から南京鼠を一番《つがひ》貰つて来て飼ひ出した。それは白地に黒の斑点のある、一握りに足らぬ位の大きさであつた。成育し切つても、普通の小鼠のやうなので、見るからに可愛らしかつた。然し一種の臭気は、家ぢうにこもつて、たまに訪ねて来た友人などは、皆な鼻をうごめかしながら、

『君、何だか臭いね。』と云ふ。

『あゝ、鼠を飼つてるから……僕なんか、もう馴れて何とも感じなくなつたよ。』

『鼠？ 君も随分物好きだね。まさか鼠は大黒さんの使はしめで、金がふえるといふやうな訳ではあるまいね。ハ、、、。』

『ハ、、、、そんな訳かも知れんね。——然し何といふ理由もないさ、唯だ可愛らしいから飼つてるのだよ。』

『でも、鼠はペストが恐いぢやないか。同じ飼ふのなら他《ほか》のものにし給へ』といつて、眉をひそめる友もあつた。

『まア、兎に角見てくれ給へ、そりやア可愛いんだから……。』

と、彼は縁の隅から、金網張りの小さい箱を持ち出した。

見ると、物音に驚いて、古綿や藁芥の巣の中へ、慌てゝ潜り込んだ小動物が、暫くたつと、又チヨロ〳〵と臆病らしく小さな顔をのぞけた。やがてすばしこく出て来て、中に蒔かれた米粒をあさるのだつた。

『鼠算といふが、実際非常に繁殖の早いものだよ。貰つた時には二匹だつたが、三月たつうちに六匹になつちやつた。』

『おゝ、成程可愛いね。随分小さいのが居るぢやアないか。』

『うん、ソラ——彼《あ》の隅ツこから出やうとしてるのが、つひ此間生れたんだ。アノーお腹の太いのが、もう直ぐお産をするよ。』

『ふん、折角斯うして飼ふのなら、何か藝を仕込んだらいゝぢやアないか。——あゝ、どうも堪らぬ。』と、友人は袖で鼻を掩うて席にかへつた。

『車でも拵へてやれば、直ぐにクル〳〵まはすだらうよ。今、大工に造らせて居るんだ。——何しろ、鼠には先天的に体を回転させたがる性質があるらしいね。』と、松田は小米を撒いてやりながら、飽かず箱の中を眺めて話した。『時によるとね、奴《やつこ》さん、藁の上からピヨンと金網に飛びつき、ヒラリと宙返りをして元の位置にかへる。後には金網につかまらないで、ヒラリ〳〵とやる。——さういふ運動を続けざまに繰りかへしてる事があるよ。そりやア奇態だね。だから車をまはす位は、教へなくて屹度直ぐやり出すだらうと思ふよ。』

初め、鼠と云はれて眉を顰めた友人も、彼が余り熱心に話す

ので、後には黙つて耳を傾けるのだつた。

　或る日曜の午後、松田は鼠の箱の掃除を思ひ立つた。——金網の一方を外し、そつと芥を持上げた。とその下から現はれた光景、それは何といふ敬虔なる驚異であつたらう。たとへば、見る事を禁ぜられた御神体をあばいて、其の尊厳を冒瀆したやうな、一種の恐怖をさへ覚えしめた。然し、次の瞬間には、身も戦くばかりの熾烈な好奇心に駆られながら、じつと凝視した。

　一匹の鼠が、生れて間もない仔鼠の、大豆粒ほどのを四五匹——まだ毛も生えず目も明かない——小さい懐ろに抱き寄せながら、乳をのませて居た。その他の鼠もそれ〴〵家庭生活を楽しんでゐた。処が突然、心なき彼の手によつて、楽園を荒らされたので、鼠族の慌てやうは一方ではない。右往左往に逃げ惑ふのであつたが、件の母鼠だけは、じつと踏み止まつて、仔鼠をかばふやうに四肢をつゝ張り、無理に大勢の幼きものを腹の下へ掻き込んだ。そして、暫く恐怖に顫ひながらも護衛して居たが、目もくるめく強烈な午下り《ひるさがり》の日光の下《もと》でしかも迫害の魔手が今にも身に及ばうとしてゐるのを感ずると、たうとう居堪らずに、一旦幼き者共を振りすてゝ、芥の蔭へ隠れた。

　すると、其の跡には、急に乳房を振り離された、目も見えぬ小動物が、唯だ空しくウヨ〳〵と蠢くのであつた。互ひに盲さがしに探り寄つて抱きつくのもあれば、刎ね飛ばされて転がるのもある。——まだほぐれぬ木の芽を爪で剝《は》がしたやうな肌の柔らかさ、名工の手になる彫刻のやうな姿態の精巧さ。——それは尊き生命の滴り（drops of life）といふやうな感じがした。

　さて一旦逃げた母鼠は、やがて再び立帰つて、幼きものどもの上にのしかゝり、身を以て外敵に当らうとするやうに身構へた。何といふ悲壮な意義だらう。彼は慈愛の神聖といふ事を思つた。

　此の時まで目《め》じろきもせず見つめて居た松田は、急に涙ぐましい感激に打たれて、手早く芥を元の通りにかぶせてやつた。

　そして、暫く其の場を去らずに考へ込んだ。自然の秘密をまざ〳〵と目《ま》のあたりに凝視して、覚えず高まつた胸の動悸は、容易に静まらなかつた。

　此の事あつて以来、彼の眼は到るところで「慈愛の世界」にぶつかつた。——彼は早春の一日、大根の種を蒔くとて、裏の畑を耕した。すると、黒々とした土の中から、潑溂たる物の芽が出て来た。それはぬくぬくと大地の懐ろに抱かれて、自分では知らぬ間に大きく育ちながら、胎児の如く眠つてゐたものであらう。——戸山ケ原を散歩した時、若草の萌えるスロープの日向に、乞食が休んでゐた。二歳位の子供に乳をふくませながら、もう一人の四歳位の子に、南京豆の皮を剝いてやつて居た。やぶれ垢づいた着物、風雨にさらされた窶れ顔、垢にうづまつた手足、見るもむさくるしい姿ではあるが、母と子が揃つて、斯うしてゐる有様は、大日輪の光に対しても、ちつとも恥かしいものではなかつた。glorious な感じをさへ与へた。其のゆたりとした様子と、平和な相貌とを見ると、彼は懐かしくなつて、近寄つて話しかけ度いやうな気がした。彼等は、人の世に容れられなくて、一生を漂泊のうちに過さねばならぬかも知れぬ。けれども自然の懐は大きかつた。どんなに貴い人にも亦富んだ人にも譲らぬ、愛の歓びを所有することだけは否まれなかつた。心のしんに暗い陰影がさして居なかつた。いつも空のやうに晴れやかであつた。――又、彼は裏の杉の木に蜂の巣を見出した。朝夕にちよい〳〵覗いて見ると、日ましに其の茶褐色の六角の房が多くなつて行つた。二三羽の足長蜂が、交る〲飛び去つては巣の材料を運んで来た。やがて一定の大きさになると、それ〲の室へ卵を生みつけた。それが孵へると、親蜂はセツセと蜜や露を集めて来て、幼虫を養つた。夜は巣のグルリを抱くやうにして守護した。――その他、あらゆる自然の現象が、慈愛といふ大きな軸を中心にして回転して居るやうに、松田の眼には映じた。

それは単にダーウヰンの進化論や自然淘汰で解釈するには、余りに神秘であつた。又余りに厳粛な感激であつた。その神秘の殿堂、不可思議の聖境へは、唯だ「慈愛の道」によつてのみ達することが出来る。科学のメスも議論の挺子《てこ》も、之れを拓く事は出来ない。よし、その形骸は解剖され得るとしても、内部にひそむ心の真実は、そんな冷やかなものによつて暴露されて堪るものか。――彼は昂奮してこんな事を考へる事もあつた。

君子と朝子とは壮健《たつしや》に育つた。いつしか姉は六つ、妹は三つになつた。

妹の朝子は、丸顔のふツくらとした頬の色と、ぱツちりした二重瞼の眼《ま》なざしとが、堪らなく愛らしく美しかつた。松田の愛は次第に君子から去つて、朝子の方に移つて行くやうに見えた。――小さい方を余計に可愛がるのに何の不思議がある。――斯う自分に言ひ訳をして、勤め先から帰ると、直ぐに妹の方を抱き上げた。一しよに縺れつく姉の方は、どうかするとはねのけられて、何時《いつ》までもボンヤリ傍に立つて自分の頭を撫で丶貰ふのを待つやうな事が度々あつた。彼はハツと気がついて、取つてくつ丶けたやうに撫でたり抱いたりしてやつた。

戸外《そと》で子供の泣声がすると、彼はそれが朝子のやうな気がして耳を傾けた。時には、慌て丶縁へ出て見たりした。朝子が転がつて、頭を柱にぶつけたり、石に趺《つまづ》いて膝頭を割つたりするのを見ると、彼は自分の身が傷ついたやうなシヨツクを感じた。どんなに痛かつたらうと思ふと、居ても立つても居られなかつた。そこで、自分で態と自分の頭を同じ柱に打ちつけたり、膝をついたりして見て、やつと納得した。

或日、松田は朝、家を出る時に、玩具を買つて来る事を二人に約束した。その日は、会社の仕事が少しいつもとは多かつたので、二時間ばかり帰宅が遅れた。そこで、つひ玩具の事を忘れて、門口まで帰つてふと思ひ出した。

『しまつた！　今頃はきつと父の買つて来る玩具を、いろ〳〵に想像して待ち侘びて居るだらう。』と思ふと、此のま丶素手で帰つて、彼等の失望の様を見るに忍びない気がした。

で、十町余りもある、電車停留所の附近まで引返して、約束通りの玩具を二組買つた。それを持つて帰りながら、彼はふと或る事に思ひ至つてギヨツとした。――君子一人の時分には、斯う云ふ場合、約束を破るのにさして苦痛を感じなかつた。近所で二三銭も駄菓子かなんか買つて、うまく誤魔化したものである。それが今晩は態々遠方まで引返して、約束を果した。……年のセイだらうか。それとも肉身の愛の強い為めだらうか。――斯う考へると、彼は今までも既に薄々気づいて居た、二人の幼きものに対する愛の濃淡が、ハツキリと分つたやうで、何だか済まない事をして居るやうに気が咎めた。

その後も、彼は屢々此の問題で苦しんだ。殊更に一方に対しては「愛の補足」を行ひ、他の一方に対しては「愛の節約」を行はねばならなかつた。

田舎の伯母から手紙が来た。松田が会社から帰つた時、妻はもうそれを読んで居た。文意は――田舎の可成《かなり》田畑もゝつて居る中百姓で、目下子供をほしがつて居るものがあるが、君子を養女にやつてはどうか、といふのである。

彼が着物を着かへて、火鉢の向へ坐るか坐らぬに、妻は口を切つた。

『伯母さんに、あなたから何か云つてやつたのですか。』と、夫の心の奥を透視しないでは措かぬといふやうな執拗な視線を彼女は光らした。思ひなしか、口の辺《ほとり》が微《かす》かに痙攣して居る。

『そんな事があるものか。お前に相談なしに、そんな事は、之れまでだつて一度も有りやアしないぢやないか。』と、松田は、妙に僻《ひが》まれたのがグツと癪に障つて、言葉が自づと固ばつた。

『あなた、どうするお積りです。やりますか。』

『お前の意見はどうだ？』

『さうですね、先方でほんとに可愛がつてくれるなら、やつてもよいと思ひますの。』と、案外気軽に答へたので、彼はつひ釣り込まれて、

『私もさう思ふ。――ぢやア兎に角先方の事を詳しく聞き合せて見やうか。』

極端に圧迫された心の一端に、小さい安全弁が出来て、少しゆるみを覚えたやうな気で、彼は斯う云つた。

『あなた直ぐ返事を出して御覧なさい。』と妻は云つて、食事の用意にかゝつた。

二人は気まづく夕食をすました。

その夜の明け方近く、ふと松田が目をさますと、妻がシク〳〵泣いて居るのだ。矢ツ張り伯母からの手紙に就いてだらうと、彼は察したが、

『おい、どうしたんだ。』と、意外だといふやうに問ひかけた。

『私、厭な夢を見ましたのよ。――ねえ、君ちやんが川のほとりにシヨンボリ立つて居ますので、近づいて見ると、メソ〳〵と泣いて居るぢやアありませんか。どうしたの？　と聞くと、伯父さんや伯母さんがぶつたり蹴たりして苛《いぢ》めるので、家を飛

び出して来たが、矢張り後から追つかけて来るので、今、川へ飛び込んで死なうと思つてますと云ふのですよ。そこで私が抱きとめやうとすると、無理にふり離して、たうとう飛び込んでしまつたので、其の水音に驚いて目がさめると、体《からだ》ぢうがグッシヨリ汗になつてるぢやありませんか。』と、妻は涙にぬれた顔を拭かうともせず、しんみりとした調子で『君ちやんを遣るのはいゝけれども、先で夢に見たやうな目に逢ふのぢやないかと思ふと、悲しくなつて……。』と泣いじやくるのである。

『馬鹿な！　そんな事を心配したら際限がないよ。』と、彼は打消すやうに云つた。

『だつて、昔から十二時過ぎての夢は正夢《まさゆめ》だつて云ふのですもの。――それに、私の夢はそりやアよく当るのですもの。』

『又、夢の取越し苦労かね。夢を見るのは、つまりお前がそんな風に心配してゐるからよ。何で未来の事が夢で分るものかね。』と、たしなめるやうに云つた。

『ぢやア、あなたはどうしても遣る気ですか。』と、あらたまつて問ひかけた。

『お前も其の気で居たんだらう、昨夜《ゆうべ》は？』

『いゝえ、昨夜《ゆうべ》あゝ云つたのは、実はあなたの気を引いたのですよ。私、初めから手離すのは不賛成です。』と、大分昂奮して居るらしく、声が妙に甲高《かん》くなつて来た。『たとひ私が追ひ出されても、あの子を人手にかけるのは厭です。』

『それなら、初めから然《さ》うい つたら可いぢやないか。』彼は寧ろ馬鹿々々しくなつた。

こんな風で、養女の話は立ち消えになつてしまつた。

白鼠は其の後盛んに繁殖して、十五六匹が方一尺余りの小天地を、目まぐるしく跳梁跋扈した。例の自働回転は頻繁に演ぜられた。車の製作を依頼した大工が気まぐれ者で、容易に誂へのものを造つてくれなかつたので、そのまゝにしてあつた。

或る日、松田は箱の掃除をしやうと思つて、明《あか》みへ箱を持出すと、ふと一匹の鼠の屍体を発見した。彼はそれを見ると、ハツと胸をつかれた。――それは、つひ二三日前のこと、金網の隙間を潜《くぐ》り抜けて逃げ出し、一週間ばかり座敷の此処其処を駆けまはつて居た小鼠の一匹を、やつと捕へて元の箱に入れてやつた事を思ひ出したからである。――畜生のあさましさに、箱の中の鼠どもは、暫く逢はなかつたので、もうスツカリ前の事を忘れたらしく、まるで外敵でも闖入したかのやうに、多くの同胞が執拗に追ひかけて頭へ尾へ噛みつくやうに見えた。

松田は此の有様を見て、ハラ〱したが、妻は、

『いや、あれは久しぶりで逢つたので、懐かしくてあんな風をするのでせう。』と解釈した。

『さうか知らん、動物にもそんな感情があるのか知らん。』と彼は半信半疑であつたが、つひ他の事に気をとられて、そのまゝで過したのであつた。が、矢張り妻の解釈は間違つてゐた。

『おい〱、たうとうやられたぜ。しかもひどい目に逢つてる

よ。』と、彼は茶の間に飛び込んで、妻に其の事を話した。彼の心は暗く悲しかつた。何だか凶《わる》い暗示をかけられたやうな気がした。

『可哀さうねえ、まアあんなに咬まれてますわ。』と、妻は新聞紙の上に載せられた屍体の鼻頭から、背中のあたりに、黒く血潮のこびりついて居るのを、痛ましさうに見入つて云つた。

『お墓を拵へてやりませうね。』

庭の一隅に、小さい鼠の墓地をつくり、目標に手水鉢の下から小石を拾つて来て載せ、折から咲き出したコスモスの花を折つて供へた。――「愛の脈」が澪《みを》のやうに動揺し断続する姿を、松田はじつと客観しやうとした。

自然は、又しても皮肉な試みをした。翌年の八月初め、姉の君子は風をひいて床についた。熱が高くつて容易に降りない。夕方になると、九度六分にも昇る事が続いた。医師も眉を顰めて、単に風ばかりでないやうだから、用心しなくてはならぬと云ひ出した。一週間たつても二週間たつても、熱は降らなかつた。

松田は、テツキリ之れはチブスだと思つた。妻は其の当時、第三の子を孕んで、悪阻《つわり》に悩んでゐたので病児の夜の看護は、彼が受持たねばならなかつた。彼は一時間毎に起きて、氷嚢を取りかへてやりながらそつと胸に手を当てゝ見ると、火のやうに熱い。額から鼻、頸筋のあたりには、ベツトリと冷たい汗をかいて、呼吸が駆足の後のやうに早い。少しの物音にも、病児は直ぐに眼をさました。

暑い紛れに踏み脱いだ蒲団を静かにかけなほしておいて、蚊帳の外へ出てから振りかへると、蚊帳越しの電燈に、ゲツソリ痩せて血の気の少い顔が照らされて、ほんとうに痛々しかつた。彼は、然し、愛するものをいたはるといふよりも、義理あるものに対する務めといふ心持を多分にもつて、少女の介抱に当つて居た。

病気は幸ひにチブスでなく、偏桃腺炎と分つて其の方の手当をし出したので、ズン〳〵熱も引いたが床を離れるまでには、前後一ケ月半ばかりかゝつた。

ホツと一息ついたと思ふと、其の翌々月の初め、今度は妹の朝子が熱を出して、丁度姉と同じやうな容態に陥つた。今度は、年も行かないし、聞き分けがないので、看護に一層骨が折れた。然し、彼は非常な熱心をもつて一切の世話を甲斐々々しくするのであつた。

病児が寝たツ切り起きないので、食物は匙《さじ》で掬つて口に入れてやつた。それが熱いと思つた時には、自分で一口味はつて見た。病児の足先は時々氷のやうに冷えて、体《からだ》ぢうに粟立つやうな悪寒を覚えた。そんな時には、彼は湯タンポや行火《あんくわ》の代りに、ピツタリと抱くやうにして添寝をして、自分の体温で暖めてやつた。やがて、ポツ〳〵と発熱して、汗が満身を湯上りのやうに浸すと、それを丁寧に拭いてやり、其の都度洗濯着物と取りかへさせた。

　眠い――伝染――そんな事は、彼の念頭になかつた。病児がもとらぬ事を云つて泣き止まぬ時は、彼は無暗にイラ〳〵し出して、傍に居るものをウンと殴りつけてやらねば気がすまなかつた。で、妻や君子は謂《いは》れなく其の犠牲になつた。彼の愛は鎔炉の中の鉱石のやうに白熱した。寧ろ病的になつて居た。

　松田は、幼き者の痛々しい病衰を見ると、（抱きすくめて、全身をゲタ〳〵嘗めまはしてやつたら。）とさへ思つた。少女の骨立つて艶のあせた頰へ、自分の髯の延びた頰を当て丶見ると、ヒヤリとするやうに冷たい時と、ホツとするやうに熱い時とあつた。すると、彼はこみ上げるやうにハツハ、、、、と笑ひ出したりした。その癖胸の中は掻きむしられるやうに苦しかつた。思ふさま声をあげて泣き度かつた。――嘗て新聞で読んだ事のある。――可愛さの余り自分の孫の全身に紫立つた爪傷や殴打の痕をつけたといふ老婆の心持が、初めてよく分るやうな気がした。

　松田は、之れまで、嘗て会社を休んだ事がなかつたのに、近頃ちよい〳〵休んだ。余り子供の病気が長いので、何か、物の怪が障つてゐるのだらうと八百屋の主婦《おかみ》の云つたのを、妻が聞いて帰つた。

『もの丶障りといふ事は、ほんとにあるのですから、何所かで卜占《うらな》つてもらつたらどうでせう。』と、彼女はかつぎ出した。

『まさか、矢張り偏桃腺だよ。』と、彼は口では賛成しなかつたが、（或はそんな事があるかも知れぬ。）と思つた。翌朝、妻から又此の話をもち出された時は、一も二もなく承知して、

『ぢやア兎に角行つて見やう、どんな事を云ふものか、ためしに。』と、着物をあらためて出て行つた。

『あの、穴八幡様へもお参りして虫封じをして頂いて下さい。まだ彼《あ》の子は虫封じがすんで居ませんでした。』と、妻は追つかけるやうに云つた。

　平常、迷信の嫌ひな、信神気《しんぐぎ》の微塵もない松田が、卜占師《うらなひし》の家へ入つたり、祈禱札を大事さうに持つて帰つて、柱に貼りつけたりする姿は、あはれなる皮肉であつた。

　朝子は発病以来二ケ月半ばかりを床に居てやつと起き上つた。松田は敵の捕虜になつて生死不明であつた子が、救ひ出されたやうな歓びを感じた。或る日、もうスツカリ元気づいて、顔色もよくなつた少女が勢ひよく外から帰つて来たのを見ると、彼は急に嬉しさがこみ上げて涙がこぼれた。そして先頃君子の病気の時に比べて、余り相違した自分の熱心さに気がつくと、彼は駭然として自分の心を顧みた。幼い者に対する可愛さは同じだ。可愛さに我が子、人の子の区別があるものか、といふのは子をもたぬうちの空想に過ぎなかつた。それを初めて今悟つて、彼は昔の単純な自分を憫まないでは居られなかつた。――挿木《さしき》の根には中心がなかつた。微かの風にもグラついた。種子から根を下した木は、どんな大暴風雨にあつても、滅多に倒れるやうなことはなかつた。

やがて妻は産をした。又女の児であつた。松田の心には、永久に溶解することの出来ぬ二いろの愛が、ついたり離れたり、コツンとぶちかつたりするのを覚えた。複雑な慈愛の世界が開展された。

子供が二三年目毎に生れた。松田はいつしか五人の父となつて居た。「慈愛の波」は同じやうな形をして、絶えず彼の心に、寄せては返した。

『もう十年すると、君子さんは十九で、朝子さんが十七、大変ですわね。女のお子さんはお嫁さんまでの物いりが一通りぢやありませんからね。』と、近所の主婦《おかみ》さんに云はれて、彼は今更の如くギクリとした。

『はゝゝ、何奴《どいつ》も此奴《こいつ》も自活するやうにさせなくちや遣り切れません。とても支度を揃へてお嫁にやるなんていふ事は、我々腰弁には出来るこつちやありませんからねえ。』と、口では何でもないやうにいつてるものゝ、成程之れはウツカリ出来ないと彼はひどく心を脅《おび》やかされた。

松田は会社の用事で、一週間ばかり関西に出張して居た。夜の九時頃、我家に帰つて、一日汽車に揺られた体を床に横へると、グツスリ寝込んでしまつた。ふと眼がさめると、白鼠のことを思ひ出した。

『おい！　こら！』と、妻を呼び起した。『留守中、鼠に餌をやつたらうね。』

『あ、スツカリ忘れて居ました。』と、妻は今年二つになる子に添乳しながら、眠さうな声で答へた。

『そいつはいかん、さぞ飢《ひも》じかつたらうな。』と、彼はムツクリ起き上つて、電燈の下へ例の鼠の箱を持ち出した。

そして、ブリキ鑵から小米《こごめ》を出して撒いてやつたがいつものやうに騒がない。何だか様子がちがつて居るので変だと思つた。何所か隙間からでも逃げたのではないかと、隅々を検べて見たが、それらしい形跡もない。

此の時、ピカリと彼の頭に閃いたのは、枕を並べて死んでゐるのではないか、といふ事であつた。すると、何か大凶変の前兆のやうに、俄かに動悸の高まるのを覚えた。

そつと、手を差入れて芥を取り去つて見たが、別に変つた現象もなかつた。と、隅ツこに仄白《ひ》いものがあるので、よく見ると、それはカラ〳〵に乾からびた鼠の片肢《かたあし》――爪と毛の少しを残した――ではないか。

彼はギヨツとした。手先がワナ〳〵と顫へ出した。

白鼠は饑渇に迫つた結果、互ひに噬み合ひ殺しあつて、弱い者から斃されて強いもの丶空腹を充たした。数が減じて以前のやうに騒がなくなつたのも之れが為めであつた。――彼は此の時、甞て戦争から帰つた友が、斃れた戦友の死肉を啖つて飢を凌いだといふ話をしたのを思ひ出した。――饑渇の前には慈愛も友情もなかつた。彼は、之れまで経験した事のない、あさましさ、なさけなさを感じながら再び床に就いた。

それから眠られないで、一時間ばかりマジ〳〵してゐたが、ひよいと頭を擡《もた》げてあたりを見まはした。十一歳を上《かしら》に、八つ、五つ、三つと四人の子供が床を並べて寝て居る。その外、まだ母に抱かれて寝たのも一人居た。（まるで、鼠の箱のやうだ！）と彼は自分を嘲けるやうに、心で呟《つぶや》いた。すると、いつか冗談半分に、

『今に、年頃になると、皆な売り飛ばしてやる。一人が五百両づゝでも大《たい》したものだぞ。』といつた事を思ひ出して、太い、絶望的な溜息をついた。

　時計は二時を打つた。それが、固い、春寒の深夜の空気に、気《け》うとく響き亙つた。


（大正七年三月二十二日）

（「早稲田文学」大正7年7月号）

鴉が縊り殺された日

岡田三郎

羊のやうな雲が空一ぱいに散らばつて、西の禿山の方へ静かに動いてゐた。遠くの海は青かつた。春の日は緑の畑に照つたり影つたりした。雲雀は何処かで囀つた。山裾の李畑は真白に咲き揃つて、その中に一本のどろの樹が枝を拡げて立つてゐた。その枝の間に鴉が巣を造つたが、卵は孵つて、子鴉は幼い声で鳴いた。

　町の小学校をひけた悌三は、時々高い空の雲を眺めながら、畑の中の一本路を山裾の一軒家へと帰つた。李畑のどろの樹を見た時、まだ誰も鴉の巣をとらないのを見て安心した。路傍の草の間から小石を拾つてかなりに遠いその巣を目がけて精一ぱいに投げたが、ぢきそこの麦畑に落ちた。今日はあの巣をとつてやらうかと思つたが、ふと左の手に握つてゐた物に気がついて、急に足をとめて悄気こんだ。それは当直の先生と小使の眼を掠めて、標本室の硝子戸をあけて盗んで来た満俺と硫黄の塊であつた。学校の帰りにいつものやうに町長さんの家のうつぎ

の垣根から中を覗いたのに、しげ子の姿が見えなかつた。金色に光つてゐる満俺はしげ子に遣るつもりであつた。さうしたならしげ子はもうあんな卑しめたやうな憎らしい眼で見なくなるだらうと思つたのであつた。が、垣根のきはに何時まで待つてゐても、しげ子の顔は庭にも窓先にも出て来なかつた。……

家へあがると、背中に背負つてゐた包みを室の隅に投げ飛ばして、台所の竈の傍からマッチをとつて懐にねぢこみながら、裏口から外へ出た。悌三より先に学校を終つて帰つて来てゐた従妹のけい子は、軒下にしやがんで人形を相手に独語を云ひながら、赤い白い時知らずの花で飯事をしてゐた。悌三は一間ばかり行きすぎてから振返つてけい子に声をかけた。

『あんちやんが面白いことやつて見せる。一緒にあべや。――』

けい子はいたづら好きさうな眼で悌三に笑ひかけながら、すぐに走つて跟いて来た。そこらには誰も大人はゐなかつた。皆「奥の畑」と呼んでゐる畑で、馬鈴薯の草をとつてゐた。

『あんちやん、面白いことつてば何?』

『そら!』

悌三は足をとめてけい子の眼の前へ右手を拡げて見せた。けい子は喫驚して眼を丸くしながら、その手の中を見ないで悌三の顔を見あげた。

『何だか解らねいんだなあ。美味いもんだえ。端つこ欠いて食つて見れや。』

『嘘だえ! 食ふもんでねいや。』

悌三は大きな頭をぐら〳〵させて、えへ〳〵笑つた。けい子も訳はなくやはり笑つた。

二人は家の裏の樺の樹の下へ出た。悌三は物置小屋へ入つて暫く出て来なかつたが、やがて古柾を何枚が持つてけい子の所へやつて来た。

『此処の草とれや。』と、悌三は木片で樺の樹の根元のはこべの生えてゐる土へ四角な区劃をひいた。けい子が草を挘つてゐる間に、悌三は柾を様々な形に割つた。

『あんちやん、何こしれるんや?』

『好いもん。黙つて見てれや?』

悌三は土へ柾をたてた。

『家だ、家だ。な、あんちやん、家だな?』

『けい子の人形貸せや。この家の中を飾るべしよ。』

けい子は大喜びで、抱いてゐた人形を悌三に渡した。

広さ一尺四方位の二階家が、かなり器用に建てられた。

『この家、人形さんの家だなあ? な、あんちやん?』けい子は人形と悌三の顔を交る〴〵眺めては、何度も念を押して訊ねた。悌三は笑つてばかりゐて返辞をしなかつた。硫黄の塊を懐から出して二つ三つに砕いた。人形は二階へあげて、下には細かい柾屑を積みあげ、それに硫黄をのせて火をつけた。マッチの火を見た時、けい子は急に眼と口を大きくあいて、両手を矢鱈に握りしめた。

『あんちやん、〳〵、何するや! 火、何するや!』

紫色の焔が柾の家の中にちよろ〳〵と燃え初めるのを黙つて見てゐたが、遽かに大あわてゞ二階の人形に手をかけた。悌三はけい子の細腕を両手で摑んで放さなかつた。

『あんちやん、人形さんが焼けるや、〳〵！』

けい子は涙声になつた。顔を真赤にして体を揺りもがいたが、たうとう口を歪めて泣き出した。涙の粒が二つの眼からぽろ〳〵頰ぺたを転がり落ちた。

『馬鹿！　火事だと云ふに泣く奴ねいものだでい！　もちよこし待てや。そら〳〵、だん〳〵二階さ燃えてくや。臭い〳〵！　綺麗な火でねいかや！』

家の中は白い煙で一ぱいになつた。二階からも煙が洩れた。屋根からも。紫色の焔がちら〳〵した。そのうちに赤い火が壁を破つて出た。けい子は草地に尻をついて、摑まれた腕を抜かうとあせりながら熱心に夢中に泣いた。しまひに気が狂つたやうになつて、いきなり悌三に歯をむいて食ひかゝつた。かぶさつて行つた。

『何こくや！　待てや、けい子よ！　二階さまだ火つかねいや。二階さ燃えついだら、大急ぎて人形さんを助けるんや。解つたけい？　焼けねい家からは誰だつて助けるに好いども、最中焼けてる家から助けるがえらいんや。解つたのう？』

『早くよ、早く！　あんちやん、もう火ついたあ！』

人形を摘み出して間もなく、二階にも火が移つた。けい子は、袂だの裾だのからまだ煙が抜けきらずにゐる人形を前垂に大事にしまつて、両手で堅く押へながら、悌三と並んで家の燃えるのを眺めた。涙の痕が、蚯蚓の匍つたやうに白く光つてゐた。人形を焼かれる心配はなくなつたが、この火事が傍の樺の樹に燃えついて、そして本当の家へも移り付はしないかと、不安な眼で、けい子の考へでは天まで届いてゐた樺の樹をうんと仰いだ。知らず〳〵、悌三の方へぴたり寄りついてゐた。

『あんちやんや、煙がずつと上まで行つてるじや。樺の葉つこあ見えなくなつたや、もや〳〵つて。』

悌三も上を見た。家の軒庇の上に高く拡がつた樺の枝葉は、うすい煙にぼやかされてうつすらしてゐた。

ふと倦き〳〵したものが、眠たいやうなものが、悌三の顔の隅から拡がつて来た。頭がふら〳〵揺れるやうな気もした。そのなかに不意に赤い鹿の子がふわ〳〵と見えた。結び流しの髪につけた、蝶々のやうな赤い鹿の子、学校の運動場の隅の木柵あたりで、何時も卑しめきつた眼で悌三を見てゐるしげ子の髪に躍つてゐる鹿の子が、腹癒せにどうかしてあの鹿の子が盗めないものかと考へ込んでしまつた。

『けい子や、お前赤い鹿の子持つてるかや、赤い鹿の子？』

けい子は悌三を丸い眼で見あげた。

『真赤だ鹿の子よ。持つてるかや？』

『わい持たねいもの！』けい子は幾日も前に結つて貰つた小さな銀杏の葉の形をした髪へ手をあげたが、急に赤い鹿の子が欲しくなつて悌三にねだり初めた。『わい欲しなあ、赤い鹿の子よあんちやん、赤い鹿の子けれや。な、あんちやん。』

『あんちやんも持たねいもんなあ。町長さんの家のしげちやん、大きな赤い鹿の子髪さつけてゐるい。見たことねいかや？　好い鹿の子よ。けい子も欲しくねいかや？』

『わい欲しなあ。買つてけれや。あんちやん！』

『うん、〳〵、明日な、明日けでやるい。』

けい子は嬉しさうに手を叩いて草の上を飛んだり跳ねたりしてゐたが、悌三は物置小屋から筵をひきずり出して来た。

『眠たくなつたでい。』

『わいも眠たくなつたでい。』

筵を家のきはへ敷いて、二人で寝た。

悌三は筵に仰のけに寝て、ずつと上でふら〳〵揺れてゐる樺の葉を見てゐた。足元の枉家の焼け残りからうすい煙がすうつとのぼつて、それが葉に絡まつて、さうして葉の間の青い空へあがつて行つた。雲の隙間から黄色い日光がさして、枝葉を洩れて草地に明るい点々を落した。畑の奥で山鳩がでゞつぽつゝぽつゝぽと鳴いた。

うと〳〵眠りかけた時、先刻の赤い鹿の子がまた眼先にちらついた。あの憎たらしいしげ子の頭から、どうやつて鹿の子盗んでやつたら好いか？　学校の帰りを待つて、後からぐつと引つぱつてとつてやべいか？

何時でも馬鹿にした眼付で悌三を見てゐるしげ子が、鹿の子をとられて泣いてあやまつて来る可憐さうな姿が眼に見えた。

『これからわいを馬鹿にするか、しねいかや？』

『もう〳〵馬鹿にしねい。悌三さん、許してけれや。鹿の子戻してや。』

『何でもわいの云ふことききくかや？』

『何でもきくや。』

『きかねば帯でも前垂でも、着物でも何でもとつてやるでい。いゝかや？』

悌三は有頂天になつて自分の勝利と満足を空想した。寺の傍の落葉松の林へしげ子の手を曳いて連れて行つて、着物を残らずはぎとつて来る、そんなことまで空想した。

落葉松の林へしげ子を連れて行くと云ふことから思ひついて、悌三の心には新たに甦つたもの——過ぎ去つた日のこと——があつた。我知らず胸がどきめいて顔がほてつた。何時かその林の湿つぽい草地に足を投げ出してゐた時の事、黒い眼をした、頬ぺたの膨れたしげ子の顔を眼の前に描きながら、そしてその幻影に掩ひかぶさるやうに口をわく〳〵顫はせてゐた時の事。

その時林の奥で不意に人の足音がしたのであわてゝ振返つたが、誰からでも馬鹿扱ひされてゐる寺男が、にや〳〵笑ひながら悌三のしぐさを眺めてをつた。悌三は大きな頭をぐら〳〵させて夢中で立ちあがつて、そこにあつた棒切を拾つて寺男に投げつけると転げるやうにして林を駈け出た。そのことを思ひ出したのであつた。眼を細くして口を開いて笑つてゐる寺男の赤ら顔が、どうしても眼の前から消え失せなかつた。恥かしい嫌な思ひで眼を瞑つて半分は腹立ちまぎれに、半分は自分を責めて腰に力を籠めて尻を二度三度ひどく土にうちつけた。どうしてもしげ子の赤い鹿の子を盗んで泣かせて、思ふ存分むごい目に会はせてやらなければと堅く決心した。

気を換へるために傍で寝てゐるけい子を見やつたが、人形を大事に胸に抱いてすう〳〵眠つてゐた。柔らかい頬を指で突いて見た。少し開いた赤い唇を拡げて見たりした。それでも眼を覚まさないので、人形を握つてゐる手を解いたり、赤い細帯をいぢくつたりした。

その時鴉の喧ましい鳴声――ぎや、〳〵〳〵――と云ふ鳴声が畑の方から起つた。子鴉らしかつた。李畑の中のどろの樹にある鴉の巣がすぐに思ひ出された。

悌三は筵の上へ起きなほつた。

樺の樹の少し先に細い河が低い呟きをたてゝ流れてゐた。その向ふ岸は熊笹に蔽はれた僅かの崖で高くなつてゐた。その上はずつと奥まで李畑であつた。

子鴉の声がまだ続けざまにきこえた。高い樹の上から巣が落されたやうな騒ぎであつた。立つて背のびして眺めたが、白い花で拡がつてゐる李畑の上部しか眼に入らなかつた。どろの樹のあたりで、鴉が三四羽一つところをぐる〳〵舞ひながら鳴いてゐた。悌三は白樺の幹にしがみつくやうにして登つた。

一面に花をつけた枝でごちや〳〵してゐる李の樹の間に、人が三人をつた。白い手拭を冠つた二人は悌三の姉達らしかつた。一人は男であつた。隣の畑の長太らしい背の高い男であつた。長い竿で樹の上をついてゐた。三時休みになつたので、境の藪を潜つて鴉の巣をとりに来たのに違ひないと悌三は思つた。何時かとつてやらうと思つてゐたのに、長太に先抜けされたのが腹立たしくなり、それに二人の姉までがそれを黙つて見てゐるのが、一層面白くなかつた。

長太は李の樹の間を探しまはつて子鴉を手に提げて女達の前へ来た。三羽らしかつた。親鴉が鳴きながら李の樹の上をあつちへ飛んだり此方へ飛んだりしてゐるのが見えた。

不意に女達の叫び声がきこえた。長太が子鴉を三羽一緒に摑んで女達の鼻先へ突き出したのであつた。さうして追ひまはると、二人の女は鴉に似た声をたてゝ、一本の樹のまはりを逃げてまはつた。悌三は『うん!』と一つ呻りながら樹を降りかけたが、すぐまた枝に足をとめて眼を凝らした。長太が地べたにしやがんで何かしてゐるやうであつたが、やがて一本の李の樹へ登つてすぐに降りて、そして三四間離れた別の樹へまた登つた。すると叢から黒い物が三つ上へあがつた。子鴉の首を縄で縊つて、樹から樹へ張り渡したのであつた。それを見ると悌三も面白をかしく笑つた。『長太ん、面白いことやつたや。羽根つこばくたら〳〵動かして鳴いてるや。』

長太は竿で子鴉を突いたり叩いたりした。樹の枝を洩れた日光が、そこらに縞をなして射し込んでゐた。子鴉の鳴声は次第に弱つて、しまひには嗄れて全くきこえなくなつたが、親鴉はぢき傍まで降りて来て、うろたへたやうな声をたてながら、枝から枝へと飛びまはつてゐた。山鳩が奥でまた鳴いた。

三人は地にしやがんで何か拾ふと、樹の上の親鴉に一斉に投げつけた。女達の声は李畑一ぱいに響いた。白い花が光の中をちら〳〵こぼれ散つた。さうして長太は右の藪へ、女二人は左の方へ消えた。悌三のすぐの姉の透きとほつた唄声が、林の中にながく響いて消えて行つた。

悌三は樺の枝に乗つて面白さうにぐら〳〵揺りながら暫く遊んでゐたが、『あの鴉とつて来てやべいか。』と、そろ〳〵樹を降りた。樹の下ではけい子は先刻まで手に握つてゐた人形を投げ出して、口を開いて熟睡してゐた。

『けい子眠つてる間に鴉持つて来て、此処さぶらさげておくべいや。眼い覚めだら喫驚するやあ！』

小河を飛び越えて熊笹をわけて攀ぢ登つたが、崖の上へ片足かけてあがらうとした時、李畑の奥の方を誰か走つて通り過ぎるのを見た。樹の茂みに隠れて見えなくなつたと思ふ間に、白い手拭を冠つた頭だけが藪の上に見えた。もう一つ黒い頭がその傍に現はれた。悌三のすぐの姉と長太らしかつた。

悌三は崖から顔を出して息を呑み込んで熱心に見てゐたが、そのうちに二人の頭は藪の中へ埋まつて全く見えなくなつた。

『行つて見てやるかなあ、』

崖にあがりかけたが思ひ返した。『木登りして見てやつた方が好いや。』

崖を滑り降りてまた小河を飛び越えた。樺の幹に手をかけて登らうとしたが、何か咽喉の奥でぜいぜい鳴るものがあつて、足先が妙に顫えて、滑らかな樺の樹の肌には容易に落付かなかつた。

微風は樹の枝を揺がした。日光をうけた樹の葉樹の葉は、睡りから覚めたやうに忙しく顫えた。手がかりの枝を見あげながら幹を攀ぢ登る悌三の顔に、樹の葉の影が乱れ動いた。先刻の所まで登つて李畑を眺めたが、人影も見えなかつた。子鴉三羽はあのまゝ縄に縊りさげられて、親鴉は枝の上で鳴き羽ばたいてゐたが、その度毎に李の花が雪のやうにこぼれ落ちた。

枝はだん〳〵細くなつた。長太と姉の頭が隠れた藪を彼方此方と眼で探しまはつたが、その藪のかげの草地に漸う白い手拭が見えた。黒いもの、一部分も見えた。悌三は眩しい日光に眼を顰めて梢を仰いだが、思ひきつて最後の枝を腕をのばして摑んだ。その枝に登つた時には、樹は悌三の重みでしな〳〵揺れた。家の屋根も眼の下になつた。石を載せた屋根で、雀の群が喜ばしさうに囀つたり転がつたり飛んだりしてゐた。それを見て悌三は口を歪めて謎のやうな笑ひを浮べた。さうして頭をかへすと、眼先の邪魔になる枝や葉を片手でおしのけて体を前へ乗り出して眼を痛いほどに瞬つてあの藪のかげを見た。樺の枝を両腕でしつかり搦んで、白いすべ〳〵する樹の肌に熱い頰をおしつけて、胸を躍らせながら口を開いて食ひ入るやうに眺めた。ふとそわ〳〵して大きな頭を揺りながら、四辺を見まはした。眠くなるやうな春の光を浴びた広い畑、林、さう云ふものが樹の葉の隙間から見えた。「奥の畑」で草をとつてゐる人達の豆粒ほどの黒い姿も。足元の枝をすかして下を見ると、筵の上にけい子は両腕を拡げ、小膨れの脛を出して眠つてゐた。樺の樹に登つてゐる悌三を見てゐる者は誰もなかつた。それでも悌三は首を縮めて眼を光らせて、もう一度ぐるつと四辺を眺めおろした。しまりのない口元に寂しい笑ひを浮びながら、そこらの葉を何枚も撈りとつた。……

それから十分と過ぎない時であつた。樺の樹の根元では柾の家の焼け残りは火が消えてしまつて、唯硫黄だけが細い煙をあげて燻つてゐた。さうして白い幹を匍ひずるやうに絡みながら、すら〳〵と登つて行つた。樹の上にはもはや悌三の姿はなかつた。河の岸に頭を半分土に埋めて、手を拡げて今にも土の底へもぐり込まうとしてゐる姿勢で、悌三は何時までもぢつとしてゐた。けい子は枝の折れた音も、悌三の叫び声も、地に墜ちたその物音も知らずに、筵の上に安らかに熟睡してゐた。湿つぽい草地に、まだらに日光が落ちてゐた。悌三の屍骸の上にも。

李畑の方では、親鵐が哀れな声で鳴いてゐた。――七、五、五――

(「早稲田文学」大正7年7月号)

煉獄

上山草人

一

大正三年の花時《はなどき》は、昭憲皇太后陛下御崩御の為め、歌舞音曲の類も停止せられ、世間が一般にヒツソリしてゐた。五月の末となつて、規定の御遠慮が御葬典の翌日から解かれると、人々は一斉に放たれたやうな気持になつて、ポカ〳〵と暖かい時候相当の楽みを思ひ思ひに求めるのだつた。

御葬典の翌日の、五月二十八日。大空の輝き渡つた朝早く東京を出発して、瀬川淡路《せがはあはぢ》、花川朱雀《はながはしゆじやく》の二女優を主脳とする香山《かやま》草《さう》二の近代協会は、翌年の一月下旬迄凡《およそ》八ケ月間、中国九州を経て朝鮮に渡り、満洲も遠く露領に進み、支那海の港々を訪れながら台湾の最南端迄押廻り、引返して四国の太平洋岸に亘る、行程合せて八千哩《マイル》の、長い〳〵旅興行の途に上つた。

新劇団と呼ぶ彼等の社会は、其頃押なべて素晴しい人気を呼んでゐた。学者連の催す演劇――それには必ずや在来の芝居には見られない、何等かの新しい権威が存在するに相違なからう。との当然な一般の期待は、期待は期待として放置せず、性急にも最早権威其のもの、やうに取沙汰して、盲《めくら》めつぽうな喝采を無闇矢鱈《むやみやたら》に浴せかけた。彼等は其喝采の調子に乗つた。始めは文藝運動の一端として、頗る敬虔な態度で、都会の一隅で手綺麗に催してゐたものが、この案外な世間の気受《きうけ》に、立所に増長して、堂々と都会の大劇場に乗出し、不当な名声と収入とを貪つた。かくて団体の分裂、模倣者の頻出は、彼等自らの蒔いた種子《たね》で当然免るゝ事の出来ない趨勢だつた。「雨後《うご》の筍《たけのこ》」とは、其頃の此の社会の乱脈な有様を評し得た言葉で、大して根差した要求もなく、修業もなく、たゞ／＼時運に乗じたこの道の好景気を羨む心から、然らざれば侮《あなど》る心から、兎に角頗る不純な心から、一応心得のある文士又は画家は、ペンを捨て刷毛《はけ》を投じ、相語つて何々劇社、何々劇団と名乗を挙げた。云ふ迄もなく此の形勢は決して永続きはしなかつた。空景気の船底の下には、冷たい恐ろしい海が待つてゐた。慧《さと》くも再び書斎や画室に引退つたものは幸福だつたが、自惚《うぬぼれ》の強いものや、退引《のつぴき》ならぬ所迄乗出したものは、気紛な世間から、鼻唄最中に一気に風向を変へられ、侮蔑や嘲笑の大波を打被《うちかぶ》せられた。其上こゝへ来ては、どんな下廻りでも、もう男盛りの三十に近く、父兄の保護からも見放されやうとする、生活上の不安さへも混じて、手厳しく彼等を脅かした。それやこれや、彼等は安閑としてゐられなかつた。是迄のやうな呑気な半道楽的の立場から離れて、何とか速《すみやか》に堅固な職業的立場を占領しなければ、仮初《かりそめ》ながらも彼等の貴重な半生を賭した事業が、たゞに虻蜂《あぶはち》取らずに終るのみならず、忍び難い侮辱の裡《うち》に一生を敗残者として葬り去られやうとする危い瀬戸際に立つてゐるのだつた。個々の俳優が皆さうだつた。彼等の頭分《かしらぶん》は、彼自身、並びに其の沢山な配下の為めに是非共手早く此の問題を解決しなければならなかつた。

香山草二の近代協会は、岡村月人松代五百子《をかむらげつじんまつしろいほこ》の藝術社に対立してゐた。いづれも主脳俳優が女優で、其の演《だ》し物も衝突すれば、其出来栄えも対比せられ、不断から何呉《なにくれ》となく角目立《つのめだ》つてゐた。世間の喝采の鳴《なり》のしづまらない間《ま》に、何とか私《ひそ》かに適確な職業としての地盤を見出さうとする腹迄が、お互に探り合ひの間《あひだ》に知られて来た。この狭い東京で糶合《せりあ》つてゐた所で仕方がない、此際の勝利は地方の開拓にある。地方と云つても東京から東北は、半年は雪に降籠められて、謂はゞ半身不随の地方だから、広漠たる大陸の殖民地へも応接する関西へ一足先に入込んだものが、此際の勝利者だと、両方の主宰者が殆んど同じ時分に気付いたらしかつた。

草二の事務員が九州の博多で運動を始め出した時分、岡村の方からも其土地の新聞記者に書状があつて、劇場の借入、有力な方面の応援等を依頼して来てゐた。岩瀬と云ふ事務員から其等の様子を細々と知らせて来たので、気早《きばや》な草二は先づ独りで博多に下つた。咄嗟の出発で旅費なども思ふに任せなかつた。女等《をんなたち》は彼女等の貴重な外出《そとで》の長襦袢などを質草に縛《いまし》めて、草二の此度の旅の用意に提供してゐた。新橋駅の下に住む彼は、近所のカフエーなどを訪れる程の無雑作な気組で、懐手の儘、一気に九州に急行した。

草二の敏捷が勝を奏して、博多の有志、九州大学の学生等が相寄つて、此の団体を華々しく迎へる事になつた。草二は再び東京に取《とつ》て返す暇もなく、長距離電話で、留守居の淡路や朱雀に大体の命令を下して、配役やプログラム等は、暗号電報で諜《しめ》し合せて作製した。淡路と朱雀とは力を協《あは》せて一両日の中に三十名程の男女優を集合統率し、新規な狂言は汽車の中で打合せるなどの慌しさの中《うち》に、博多へ向つて乗込んで来た。

女優は淡路、朱雀の他、川路《かはぢ》美佐子《みさこ》、花柳春子《はなやぎはるこ》、矢村《やむら》三重子《みへこ》、蓮見《はすみ》久江《ひさえ》の美人揃ひ、男優は諸口《もろぐち》九弥《や》、宮島武夫《みやじまたけを》、近藤力《こんどうちから》、笹《さゝ》本金吾《もときんご》、高山松《たかやままつ》三郎《らう》を手始めとして全員約三十名で、中にも放逸な諸口は当時、纏ふものもなく、御葬典拝観の日迄突通《つゝとほ》してゐた、腹掛半纏をかなぐり捨て、衣裳葛籠《いしやうつゞら》の中から引摺り出した手頃な燕尾服に儀容を整へ、白手袋の風采も堂々として、関門海峡迄一行を出迎ひに出てゐた草二の手に飛付いて、食堂であふつたらしい、ビールの呼吸《いき》を吹きかけた。

博多では興行僅かに三日間、第一日はイプセンの人形の家、第二日にはズーダーマンの故郷、三日目はストリンドベルヒの令嬢ユリエと他にチエホフの喜劇とを演じた。三日が三日共か丶る興行物に餓てゐた此土地の智識階級の盛な歓迎をうけた。そこから一二ケ所で帰京する手筈だつたのが、お祭騒ぎの会計が乱脈で、興行師から興行師に売渡され、振り廻されるやうにして、それからそれへと滞まる所を知らず、心棒の曲つた独楽のやうに、唸りながら、苦しみながら、然しながら威勢よく、小一年の長道中となつてしまつた。其一亘《ひとわたり》の異趣異様な国々の印象は、彼等の生涯にあつて忘れ難い色彩であるのみならず、これから物語らんとするもの丶、絶好な序幕になつてゐた。

博多から大牟田《おほむた》、大牟田では月の筑紫の海に小舟を浮べた。大牟田から熊本、熊本でも五高の学生達とボートで夜通し城の外廓の坪井川を上下した。ある日は此の町の郊外を一週して、水前寺の池中に噴上り、迸り、渦巻く、水の美しさも見た。折から蟬時雨の境内は、緑葉が蓁々《しん〳〵》と茂つて、その涼しげな大きな傘は、降灑ぐ夏の日光の一線をも洩らすまいと、充分に立拡がつてゐた。

すべて草二は新規な町に入る度に、少しの時間を偸《ぬす》んで、先づ独り俥で其町の外廓を一週する事に、人知れぬ興味を持つた。新しい土地を踏む事は、処女に面接するやうな快さを以て彼を悦ばせた。繁栄な町や、名高い公園を眺めるより、荒敗《さび》れた田園や、裏山の墓地等を見廻る事に、何とも言へぬ憧憬《あこがれ》を持つた。もう此町はこ丶で尽きたのか、此の畑は此の家の此の老爺《ぢゝ》が耕してゐるのか。この一連の墓地は此町の人々の祖先を埋めたのか、と、只単に斯う見届けるだけでさへ、深く根差た彼の不思議な放浪性を矗々《すく〳〵》と培ふのだつた。

熊本から西へ、小型な汽車が一走りすれば、三角湾《みすみわん》が湛へられ、其港の税関吏をしてゐる草二の早稲田時代の学友が、一行を迎へて、幾艘かの鯛釣舟を艤《よそほ》ひ、折から募る熱暑に悩んでゐた男女優に、全《まる》一日、息も詰る程な涼しい潮風を饗してくれた。一尺程の目出度い魚が、潑溂として草二の綸《いと》の先にも躍つた。

此所から海路長崎に向つた。夕立の過ぎた熱海の夜の波はキラ〳〵と蒼白な鱗光を燃して、草二等の乗らうとする二千噸《トン》程の小蒸汽の舷側に、美しく砕けてゐた。草二は少年のやうにステツキで其浪をたゝいた。一日の清遊で知合に成つた税関の役人達は、一同提灯をつけて一行の出発を見送つた。縁《えにし》の淡さが、かへつて別れを惜ませて、「御達者に、お達者に」と呼びかはした。海は夜つぴて荒れた。朱雀も淡路も酷く酔つて、二人は抱き合つたまゝお互に労つてゐた。船は豪雨の中を夜明と共に長崎湾に入つた。草二は暗い中から甲板に立つて、濛々たる雨と、払暁の靄とを潜り脱《ぬ》けるやうにして姿を現して来る港外の景色を、遥に日本を訪問れて来る異人達の心根になつて見入つた。長崎は日本の西の際涯《はて》の美しい港だつた。呼べば答へるやうな柔かな山が市街をくるみ、綺麗な水が到る所の家々の窓の下を粼《せゝ》らぎ流れてゐた。果物や珍らしい野菜が市街に溢れ、海洋を吹渡る薫風が、幾組も手を組んで往来する西洋人の裳《すそ》を吹いてゐた。後から小走る犬の尾を吹いてゐた。長崎から陸路鹿児島に廻つた。汽車は尺蠖《しやくとりむし》のやうになつて高い山脈を越えるのだつた。深山の頂に汽車が息づいた時は其奥に都市ありとも思はれず、こゝに布置せられた国の人の尋常ならざるを頷かせた。もう時候と場所とは炎熱をいやが上に盛り狂はせて、更らに此の港の喉を塞いだ桜島の噴煙と共に、一行の町廻りの車の幌を焙つた。桜島にも渡つて見た。此の島を背景にして見物人を船に浮べ、篝を焚いてマクベスのやうな奇怪な台帳の野外劇でもやつて見たい、などゝ草二が、観光の帰路の小舟の中で呟く程、海岸へ流れ出た熔岩は、灰色な黄昏の空の下に、一面の暗紫色を呈し、夕日をうけて凄じい姿に蟠まつてゐた。島の火はまだ活きてゐて夜昼となく時々ばく〳〵と異様な音響を発し、空高く焔を吐いてゐた。こゝの興行は当つた。「ノラ」「マグダ」「ハムレット」其他これ迄はこゝに入てあつた狂言は、悉《こと〴〵》く演じ尽しても客足が落ちず、其頃月人、五百子《いほこ》の一派が東京でトルストイの「復活」を仕組んで大当りをとつた「カチユーシヤ」の評判が、この遠国にも聞えて来て、土地の記者団や興行師側から懇望され、終に最後の夜は一夜稽古のその「カチユーシヤ」を演出しなければならなかつた。砂糖入りのロシヤパンが流行《はや》るのなら普通のパン屋でも精々甘い所を焼出さなければなるまい、などゝ主宰者の草二は嘯《うそぶ》いて、この新規な狂言を次興行からはこゝに入れた。到る所の観客は喜んで之れを迎へた。

鹿児島から再び熊本。熊本から佐賀。煠《うだ》るやうな熱暑を押して舞台に立つ一行は、一と出入毎にバケツ一杯の砕き氷に齧りつくのだつた。二度目の熊本の失敗から、興行不振の為めに、兎に角こゝ迄ひよろ〳〵と廻つて来た独楽は、勢尽きて止つてしまつた。彼等は此所で十日間のとやをした。行詰つた彼等は

酷く困つた。淡路が使ひはたした紙入の底から探し出した錆び汚れた三銭の銅貨を、大事さうに掌に乗せて、

「さあ之《これ》で、お湯に行きませうかね、それとも飴湯にしませうかね」と思案するのを、「お湯は一度でせう、飴湯は三杯呑めますよ。飴湯になさいよ、淡路さん」と朱雀が切に忠告した。

淡路が此籠城の留守を預り、草二が神戸に先乗して、流汗淋漓《りうかんりんり》の奔走功を奏し、都合よく土地唯一の新式劇場聚楽座《じゆらくざ》に売込む事が出来て、兎に角一行を救ひ出した。八月中旬、暑さの盛りにもめげず、根気のよい独楽は再び唸りを生じて転がり出した。神戸から呉、呉から海を跨いで朝鮮の釜山へ一足飛びに飛んだ。呉から朝鮮へ渡る時は、興行上の不安やら、日々に募る熱暑に萎えて「この上虎の棲む国などへは渡れぬ」と気の弱い俳優はポツ〳〵と落伍した。自分は落伍しない迄も秘かに懇《ねんごろ》に成てゐた女優の為めにドロンの手伝ひをする者も生じた。見す〳〵役に立つ役者でも、草二はそんな不所存者の頸を刎ね、心細くも、振出しの時から殆んど三分の一に減じた座員を結束した。

下の関から設備の調つた関釜連絡船新羅丸《しらぎまる》が、便々たる下腹部の一隅に、移民団と誤られさうな一行の男女優を呑んで、颯爽として夏の朝鮮海峡を横切つた。幸ひ日は晴れ、海は静かで、三角から長崎への荒れた航海の経験の新しい一行にとつては、淼々《べう〳〵》たる太洋も恐るゝものなく、甲板に集つて、涼しい風と、光る海と、紺青の空とを愛でた。寸刻の休みなく突進む舳に、鏡の如き海は忽ち絹のやうに裂け糸のやうに乱れ、やがて総《ふさ》のやうに縺れ流れて、顧れば越し方を印する長い長い船の尾が眼界の限りに曳かれてゐた。両舷から飛魚《とびのうを》の翅が勢よく水を切つて立つた。左右同時に飛び出したものは行手も形もシンメトリカルに、暫時《しばし》そこに絶好の図案的活動映画《キネマカラー》を幻出して、スクリユーの楽につれて動くのだつた。

やがて数多い釜山港外の列島が、水平線を滑る落輝に彩られ、無事上陸を寿ぐ乗客の心と、こゝらの江湾の、夏の薄暮の風情とがしつとりと融合ふ頃、船足も悠々と、輝く星の下に拡がり渡つた大陸の一端へ碇を下すのだつた。

朝鮮の炎熱は又格別だつた。奇異なる風物も目にとまらばこそ、草二はその炎熱よりも先づ第一に炎熱の中に蠢く亡国の民の不潔なのに少からず辟易した。何ものをも烙《や》かんとする烈日の下に、跣足《せんそく》半裸のまゝ、男は猶悠然としてシルクハツトを頂き、女は夜会の貴婦人のなす如く乳房《ちぶさ》を露してゐた。正に是れ太古の鼎に鋳《い》られたる「山海経図」を脱け出たやうな異形の群で、豚の泣く如き物売の声、犬小屋のやうな泥造りの家、其の家の横手に仕かけられた蓋の無い大きな鍋、鍋の中に煮込まれたる牛の頭！　その煮られながら見開いた目の玉！　又その目の玉とすれ〴〵にどろつく真黒な煮汁の脂《あぶら》を貫いた針の如き睫毛！　之等の不快極まる人家の傍《かたはら》へは雀も烏も近寄らうとしなかつた。無智無力の齎す当然の姿として、旅行者をして同情すべきものを裏切つた。

「まあ何といふみじめな生活でせう」

「戦には敗けたくありませんね」など女達さへ語り合つた。過敏な草二は渡鮮して四五日食事をする事も出来なかつた。随所の丘を埋むる離々たる青草と、ポプラの葉の鱗のやうに翻る僅な自然の恵が欠けてゐたならば、草二は自分が必ず窒息したに違ひないと信ずる程だつた。有難い事には日に一度必ず夜の帳《とばり》が下りた。大陸の夏の夜は風が冷々として、全一日の悪感を快く洗ひ、低い家の窓にも灯が美しく瞬いた。

釜山から大邱《たいこう》、大邱から京城へ進んだ。一行が京城へ辿り着いた時は炎暑ももう峠を越してゐた。お暑い所を遠路御苦労との官民の大歓迎をうけ、時の総督寺田伯爵閣下からも金子一封を下し置かれた。草二は身に余る光栄として之を受けた。大邱から京城へ進むに際し、草二は亦《また》興行上の不振を一挙に恢復しようとして手打興行《てうちこうぎやう》を試み、牛蝨《だに》のやうに粘つてゐた釜山の興行師に一泡吹かせたのが因《もと》で、朝鮮名代のゴロツキ四五人に包囲され、煙草盆を投げつけられたり、屋根の上に札束を撒散らされたり、遊佐宅の貫一よろしくの憂目を見たが、そんな事には容易に屈せぬ態度を、土地の大親分が「香山と云ふ書生は己《おい》らの仲間にしてもいい顔だ」と褒めてくれ、草二は一層之を光栄とした。

京城の興行は見事に成功して十日間全部満員の盛況を呈した。まあこゝらで引返すかな、などと弱い音も出たが、一行の東京迄の旅費を計算すると、これ迄の骨折が草臥儲《くたびれもう》けに終るので、行く所迄行つて見よう、それ此の勢《いきほひ》で、唐天竺迄押渡らう、と強気になり、旅行案内の地図を拡げ、鉛筆で穴のあく程印を附け、仁川平壌《じんせんへいじやう》と日取を取定め、草二は独りこゝから便船に乗つて大連に向つた。仁川の海から四五哩《マイル》沖合に碇舶してゐる汽船を追ふ可く、夜晩く暗い海の一二時間を、只一人鮮童《せんどう》の操る舸上《かじやう》の客となつた。たま〳〵風あつて鱗形に立つ波の涯《はて》に、血のやうな月が乱雲の間に出没した。ラーマを追はれたる釈迦のやうな情調を、此異様な海と舸《ふね》とが齎した。

鬱陶しい雲霧の黄海を、船室に閉籠つて来た草二が大連の波止場に降り立つた時は、雨上りの青空を大陸の風が吹通り、もう十分秋がたけてゐた。

壮快なのは到る所整頓した煉瓦造りの市街だつた。それよりも壮快なのは、それらの建築物を圧して亭々たる白楊の緑だつた。澄んだ空と、建物の乳紅色と颯々たる風の音と共に鮮緑を銀白に変ずる白楊の快い色彩の調和は、大連のみならず南満一帯の此時候の印象だつた。

大連《だいれん》、遼陽《れうやう》、撫順《ぶじゆん》、奉天《ほうてん》、安東県《あんとうけん》、と打日《うちび》を定《き》めて、支那と朝鮮の国境たる鴨緑江《おうりよくかう》の橋の袂で、淋雨のあとの水量凄じく、橋桁の裏を嘗めんとする旺んな水の気勢を見入りながら、平壌を打上げて来た一行を待受け、すべて順調に、蚤の跳るやうな勢で南満鉄道の北の端迄進んだ。一望海のやうな高粱《かうりやん》の野が、動脈のやうなその鉄路の左右に開けて、行けども〳〵尽きなかつた。

時候が秋に向ふのと、緯度を縦に驀直《まつしぐら》に寒帯へ進むのとで、彼等は日毎夜毎に激増して来る寒さに悩まされた。白地の浴衣の下にジヤケツを着込んだり、舞台用の衣裳葛籠《つゞら》の中から、フアウストの纏ふ毛衣や、ルネツサンス式の女王の引摺る緋のガウンなどを引張出して、スツトコ被りをして列車へ乗込む者もあつた。此異形の団体を十手を持つた鉄道の警備隊がてつきり革命軍の変装と目星を付け、到る所警戒の眼を光らしてゐた。

南満鉄道の北の端と、東清鉄道の西の端とを繋ぎ合せてゐる長春《ちやうしゆん》は、日支露の三国人が雑居してゐて、見るから国際関係のデリケートな市街らしく、常々国事等には無関心な彼等の前にも国家の勢力伸長の一日も忽《ゆるが》せに出来ない実例を歴々として示してゐた。

もう手に息を吹掛ける程の寒さで、サモワルに擬《なぞら》へた、支那の茶店の豚饅頭を蒸す竈《かまど》の湯気も、其悲しげな汽笛も、難渋して其前を行き違ふ異形の馬車も、馬車の轍《わだち》を阻む恐ろしい泥濘も、鞭を上げて車上に叱咤する馭者の毛帽子も、もう日ならずして襲うて来る此所ら辺りの厳寒を凄じく想像させた。夕暮は露西亜人の家も支那人の家も窓に灯し、炊煙を洩らし、犬は旅人に吠え、寒鳥が空林に噪いだ。

草二は持前の放浪性の突発に任せ、此所から一行を大連に送り、自分は独り、東清鉄道の客となつて、大陸を一層北に侵入した。

二

紺色のルパシカに咬《くは》えパイプの猶太種《ゆだやしゆ》らしい労働者や、目も醒めるやうな軍服軍帽に恐しく長く反《そり》をうつた軍刀をガチヤつかして、手附可笑しくガリシヤの戦況を語り合ふらしい将校連などの、ぎつしり詰つた客車の中に、只一人の他国人となつて、草二は十分彼の放浪性を満足させてゐた。

薪をどん／＼焚いて黒煙を漲らす割には、速力が思切つて緩《のろ》い、如何にも露西亜然たる幅広の汽車が、而《しか》も一日只一度のこの労働を大儀さうに引擦る様にして、重々しい灰色の空と、黄《たそ》昏《がれ》も待たないで空と一所に寝込み度い様なのび／＼とした平原をゆり起して進んで行つた。時には屋根の低い又傾斜の鋭い、ペザントアートらしい建物が白樺の並木や菜園の緑の間に配置されて、その眠さうな地上に和《やはら》かな趣《おもむき》を添へてゐた。駅々には必ずブツフエーがあつて、糸繋ぎのパンや、雛鳥や、豚のはららごの丸茹などを売つてゐた。乗客は汽車の停る度にどや／＼とブツフエーの店先へ下りて来て物を食つてゐた。汽車は幾度も／＼鈴《ベル》を鳴して六角のグラスでゆつくりと紅茶を啜らうとするのを急かせてゐた。汽車は幾度か鉄橋を渡つた。戦争当時、沖、横川、其他の志士の壮挙を追想すると、草二は窓硝子を下して、水の涸れた雑草のはびこる河床の上の寒げな橋の影を顧《こ》望《ばう》した。

夜となつても燈火の無い汽車だつた。乗客が用意の蠟燭を肘掛の板に立てると、丈《せ》の高い車掌が消して廻つた。やがて自分の軍刀を紛失した軍人が草二の客車に現れ、探し廻る様子が可《を》笑《か》しかつた。断念して、日本から土産に買つて来た箒《はうき》を、大切さうに杖《つゑづ》いて降車する様子は更らに滑稽だつた。窓外を見入つて身動《みじろぎ》もしない金髪の若い女もゐた。草二のすぐ前で淋しげに眠りかけては肉体のすく薄着から、真紅の毛布を幾度か辷り落さうとするのを、彼は幾度かそつと掛けて遣つた。

ハルビンには夜晩く着いた。停車場の広場に降立つと、夥《おびただ》しい馬車の群《むらがり》が皆赤の角燈を寒空に点じて乗客を争ひ乗せて縦横に馳けた。其喧《そのかまびす》しい馭者の声が凍つた路に鳴る蹄の音と共に冴返り、勢《いきほひ》のよい馬の鼻息は、夜目にも白く見られた。

草二はたゞ右往左往して此の街を眺廻つた。巨大な兜を伏せた様な寺院の屋根を市の中央に紺色に輝かして、松花江《しようくわかう》に添うた曠野に十万の露人が瓢《ふくべ》なりに、壮麗な市街を建設してゐた。美装した碧眼金毛の美人が到る所に溢れてゐる事は、猶日本の殖民地に美人の藝者又は夫人の比較的多いのと同じだつた。朝寝と、早仕舞と鮭のソツプと、浴場の設備と、特種な活動写真などの此の街の特色は、何《いづ》れも十分に彼を悦ばせた。料理店《レストーラン》に立寄ると、秘密の室があるらしく猿の様に顔を赤くした兵士達が其扉《ドアー》の外を気にしては覗き覗き、禁制の酒をこつそりと呑むらしかつた。大勢の靴ずりの音とコツプの音とが、室外にも洩れてゐた。露地を辿ると、扉が内から開《あ》いて白い生毛だらけの女の顔が不気味に笑つて草二を誘ひ入れた。中には下髪に蝶形リボンのけば〱しい女が長短半ダース程整列して歌《コーラス》を唄ひ、滑稽《おどけ》た丸腰の兵士が之に拍子を合せ、長靴で勢よく床を蹴つて踊つてゐた。

草二はこゝからモスクワに直通するステーションの木柵に倚つて勢よく煙を吹いて進んで行く汽車を見入つた。残る煙を見入つた。彼は此儘、此足で欧洲に進み度い事は山々だつたが、大連に残した一座と女達の事を思ふとそんな無謀も出来なかつた。彼はこゝの領事の注意で此国の特産たるアレキサンダーライトと称《よ》ぶ、朝夕に色の変る不思議な宝石を三つ買つて土産とした。彼は之をお揃ひの指輪にして此頃の彼等の平和な生活を祝福し、合せて此の行を紀念しようとした。彼は又この憧憬《あこがれ》の国から、洋服や、更紗地や、コツプや皿や、目につくまゝに彼の用意した懐中をはたいて買込み、帰路は水とパンのみで三日三晩胸焼の儘大連に引返して来た。

大連から旅順、旅順では二〇三高地や、鶏冠山《けいくわんざん》の砲塁址《はうるいし》を見た。所謂肉弾相搏つた山脊《さんせき》の修羅場も、十年後の今日は草が寝よげに生えて、閑《しづ》かな夕陽が美しく薄れ、巨獣の顎骨のやうな廃塁から廃塁へ鶺鴒《せきれい》が渉つてゐた。

旅順から営口《えいこう》、営口から沙河口《さかこう》と打つて、十月の末に大阪商船の基隆丸《きいるんまる》で、一行は南満の地を離れる事になつた。

其時再びハルビンから、露領深く進まうと云ふ説と、船路台湾に渡らうといふ説と、其他の異説とあつたのだが、その相談を催した宿《ホテル》の部屋を飾つた金屏風に水墨の春駒が威勢よく蹄を挙げて台湾方面に馳けてゐるので、天意こゝにありと一も二もなく台湾遠征の議が成立した次第だつた。満鉄会社でも遠路の所御苦労と彼等の出発に際して一封の金を餞けたので、草二は三個の金時計を買つて二人の女達と共に会社の好意を紀念した。

それから基隆丸の狭い一等室の小さい円窓に顔を寄せて、彼等は一週間支那海の上にあつた。其航海の無聊の朝夕にあつて、何よりも彼等を慰めたものは、草二のハルビン土産のアレキサンダーライトだつた。三カラツトもかゝる同型の指輪の篏つた三ツの手を並べて、彼等は刻々と変る石の色を愛でた。船窓に旭《あさひ》する時此の石は青かつた、波上に夕月の砕くる頃は紫となり、ほの青い船室《ケビン》の灯の下に此の石は真紅に輝いて紅玉《ルビー》よりも美しかつた。窓外の天候の異変は立所に石の色に応じて或は緑となり、石油色となつた。

船は未だ陥落せざる青島沖《せいたうおき》を通つた。浮流水雷を恐れつゝ灯を消して暗い海を進んだ。

上海《シャンハイ》では船の碇泊中に在留邦人の為めに上陸して「ノラ」と「復活」とを演じた。此港では全世界の人種を見る事が出来た。荒涼たるシベリヤや満洲を見慣れた目には著しく熱国的な、又雑然混然とした多岐多様な此街の基調を容易に見出しかねて、たゞ〳〵驚異の目を瞬《みは》つた。

船のボートが濁流渦巻く揚子江《やうすかう》に浮んで彼等を朝夕に送迎して呉れた。

或る時彼等三人と船のボーイとを乗せた、木の葉のやうなボートが、大きな船の蜿《うねり》を食つた拍子に、ボーイが櫂の坪をはづしたのですんでの事で四人諸共《もろとも》転覆しようとした瞬間があつた。草二が身を倒して隣の船の舷縁を攫む事によつて危くも免れた。それは真に一瞬時だつた。然しながら彼等が濁流の中に呑れて死骸だも拾はざる運命は一髪の差を以て迫つた一瞬間であつた。船の動揺が止まれば、彼等は川の両岸に立並ぶ多様な異国趣味を悦ぶ観光客として生きてゐた。一切の秘密がそこにあつた。当時の彼等の乏しい思慮がどうしてこの些末な過ぎ去つた出来事から、その秘密の一端をだも尋ね得よう。次の瞬間は胸を撫下し、その次の瞬間からは打笑ひつゝ、上陸し、土産物を買ひ、旅行を続け、生活を続けるのだつた。

船は福州にも寄港した。熱風に拡がる白い靄と、靄に暈《ぼか》さる江岸の翠《みどり》とは彼等の前に再び夏の国土を展げてゐるのであつた。

彼等は碇泊地から手駕籠に乗つて、二三里奥の城中に入つた。江の島の磐路《いはみち》に等しい、狭い一本路の両側に、純粋の支那街が押迫つて、欷泣《すゝりな》くやうな蛇皮線の音や、ゑならぬ薫物《たきもの》の煙が流れ、奇異から奇異のパノラマの開展は、漫《そゞ》ろ龍宮城に入るの感があつた。彼等はこゝに一泊して、翡翠や骨董などを漁つた。

台湾は又不思議な島だつた。樹木は強烈に繁茂して、名も知らぬ大輪の花が、紫に又黄金色に咲誇り、すが〳〵しい香気が、街路を吹通る風に融けてゐた。十一月といふに此島では浴衣一枚でも暑かつた。つひ半月前迄、ハルビンや長春で、素晴しい寒さに縮み上り、其の馬の鼻息の白さがまだ目先にちらついてゐるのに、龕燈返《がんどうがへ》しに夏の領域に飛込んで、汗を流しながら泣寄る蚊を払はねばならなかつた。天にもとゞくやうな椰子の林の樹下路を、土人に太鼓を打たせながら、町廻りをしなければならなかつた。

到る所の旅館の天井には、守宮《やもり》が歯を軋るやうに泣いてゐた。水牛が二度取れると云ふ田を耕してゐた。砂糖黍が広い葉を光る風に戦《そよ》がせて、見渡す限り続いてゐた。青島陥落の報は此島の南部の或街で聞いた。草二は座員一同と土地一流の青楼に祝賀の宴を張つた。芝居は到る所満員で、一座の俳優連も機嫌よく、彼等三人も福々だつた。滞在約一ケ月の間には、遊里の女と馴染む座員もあつて、彼女等を此の島に持ち運んだ汽船の名を其の儘に、笠戸丸が待つてるよ、とか、アメリカ丸が泣いてたぜ、などゝ耳こすりする程になつた。

帰航に際し北投《ほくとう》と云ふ温泉場で、当《あた》り祝《いはひ》をかねて引上げの宴を張つた。北投は蕃島唯一の楽園で、綺麗な湯がダブ〳〵と満ち溢れ、湯壺も広大で、其広大な湯壺の中を自由に泳がれるやうな仕掛けにもなつてゐた。浴槽の窓からは、熱帯の植物が翠を輝かし、一望何やら白いものゝ花ざかりで、温泉にも其匂ひがうつつてゐた。東洋第一と称《とな》ふる建物の設備は浴する者の総ての官能を快くした。帰航の船は少しく揺れた。淡路は少し船に酔つた。三日の航海中朝晩毎に袷一枚づゝ寒さを増して来て、再び無事に冬の最中の本土の土を踏んだのだつた。顧れば一行が広漠たる一巡の足跡は、草二が懐中の旅行案内附録の地図に小さく縮つて、素晴しく気の大きくなつた一行の目には、関門間の海などは、盥《たらひ》の水のやうに思ひなされた。凱旋の確証として、札束がたつぷり草二の胴巻の中に膨らんでゐた。

その儘、門司の周囲を一二ケ所打廻つたが、年末の田舎町は大して思はしくも無いので、草二は一行を、裏九州の別府温泉に拉して、翌年の新春迄約一ケ月間、温い湯で是迄の労動を犒《ねぎら》つた。入江の魚は小味でうまく、単調な蜜柑畑も、此の際の彼等には美しく眺められた。彼等はこゝで十分休息した。

宿のぬる湯は、夜昼となく溢れ零《こぼ》れて、小流れの音を立てゝゐた。一両日で小道具や衣裳葛籠《つゞら》を整理してしまひ、あてのない脚本をアレンジするなどの外には全一月《まるひとつき》、なす事もない草二等は、よく浴槽の縁を枕にとろけるやうに眠りこけた。何と云ふ気楽さだらう、懐に十分に金があつて、温かい土地の、温い湯に浸りながら、間近く新年を迎へやうとは！

彼等は夜半ぬる湯に浸りながら、よく睦み語つた。今や三人の指を等しく飾つた露西亜土産の歴山王光玉《アレキサンダーライト》は、温泉の裡《うち》にあつてさへ七色に燃えて、彼等の現在の生活を誇り顔だつた。

「まるで夢のやうですわね、去年の今頃の事を思ふと」

「ほんとうにね、今頃は丁度宇都宮の親分に引取られてやつと牡蠣飯にありついた頃でしたわ」

「さう云へば尾の道は直ぐそこですね」などゝ女達は、髪さへ長々と湯の中に流して、凄じかつた去年の今頃を懐ふのだつた。

去年の暮から、今年の春先迄、彼等は可成に悲惨だつた。押詰つた年の瀬に、備後《びんご》の尾の道で散々になつてから、朱雀は渋谷辺りの産婆に預けられ、淡路は五反田の親戚に監禁同様となり、草二はそこから程近い呉の海軍の姉の家に逃込んで、はなればなれに他人の家で、何《いづ》れも喉に閊《つか》へる雑煮を祝つた。四月の半に有楽座で、イブセンの「人形の家」とハウプトマンの「ハンネレの昇天」とを演じて、再び陣形を整へる迄には、三人が三人共、その嘗め尽した苦労は並大抵のものでなかつた。草二は襟巻に面《おもて》を覆《つゝ》み、淡路はおこそ頭巾に眉を隠して、各々東西に飛廻つた。岡山や尾の道に覆没した芝居の荷物を残らず引上げる迄には、草二は三四度も無味乾燥な山陽線を往来した。其間に朱雀は無事に女の子を産落した。朝に生れて朝子と呼ばれた。朝子は朱雀のお袋の計ひで玉川あたりの百姓家に里子となつて引取られた。気の毒な朱雀は、可愛い我が児の、水蜜桃のやうな頬ぺたを幾日も吸つてはゐられなかつた。彼女は産褥から直ちに稽古場に現れて、無台監督としての草二の峻厳な鞭韃を受けた。噴出る乳を吸ふ児がなかつた為めか、彼女は乳房を腫《はら》して悩んだ。彼女は其の痛手を他人に語るまいとして一層苦しみながら、ノラと少女ハンネレとの二役を稽古した。舞台監督の癇癪が屢々《しば〳〵》破裂して此の痛々しい女の頬を打つた。彼女は幾度か稽古場の板の上に卒倒した。

　此芝居が華々しく本舞台に乗つた時は、彼女は衣裳の下に、小刀《メス》で左右の乳房の膿を渫つた手術後の繃帯を襷十字に巻きつけてゐた。

「ほんとうに夢のやうですわね、もう傷痕《きずあと》はちつとも痛みませんの」

「有難う、此頃はちつとも、あの時分淡路さんがハンネレの尼さんになつて、皆が気無しに担ぎ込むのを被護《かば》つて下さらなかつたら、私は屹度舞台で気絶したかもしれませんわね」など、語り合つた後に、其当時尼マルテに扮した淡路が、青白い電気の下で唄つた児守歌を、二人は湯気の罩《こも》つた浴槽の中で、のんびりと口吟むのだつた。

　いゝこだ〱ねんねしな
　ぞろ〱ひつじがのをとほる
　みどりのつゝみをぞろ〱と
　ちいさなひつじがむれてゆく
　いゝこだ〱ねんねしな

　翌年の真赤な初日の出は、四国の松山に乗込む瀬戸内海の波上に迎へた。豊後水道《ぶんごすゐだう》を迂廻して、荒海の裏四国に離れ小島のやうになつてゐる、宇和島の港も訪れた。

　彼等は此所で土地に稀なる大雪に降り込められ、四五日徒らに籠らねばならなかつた。此の時草二は商売敵の月人《げつじん》、五百子の団体から、脚本「復活」に関して訴訟を提起されてゐた。其事を大阪朝日の特派員に訪問されて、始めて知つた。それやこれや船で一先づ高松に引上げたが、一同帰心矢の如く、最早浮き足になつてゐる彼等には、こゝでも劇を演ずる根気もなく、海路大阪に上り、一気に帰京の途に就いた。

ハルビン仕立の洋服やら、帽子やらに反り返つた草二は、一等客車内に体を跳翻《はず》ませながら、雪に映る富士の雄姿を見た。出発の時とは打て変つて、左右の女達の身のまはりも美々しく、支那や台湾の珍らしい土産物を山積して意気揚々と凱旋した。

三

長い〳〵旅行を終へて、新橋のプラツトホームに降り立つた三人は、数多い荷物の世話などを、事務の者や出迎への人達に任せて、先づばた〳〵と直ぐ鼻の先のあかしやの二階に駆け上つたものだ。

二階の八畳には、太い孟宗竹の床柱が、主待《ぬしま》ち顔に立つてゐた。

「まあほんとうにしばらくぶりだわ」と彼等は交々《こも〴〵》其床柱を撫でゝ、自分達の古巣を愛くしんだ。

「あゝ極楽々々、やつぱり自分の家が一番いゝわね」と女達は足を投げ出して、此の貧弱な家屋を無上とした。長道中の物忙がしい気分が耳鳴りがする程こびり着いてゐた。畳も道路も大きな船の甲板のやうに揺れて見えた。彼等は、其日の夕暮も待たず、銀座の街頭に姿を現し、溢るゝ灯の前に、アスファルトを踏んで雀躍をするのだつた。

問題になつてゐた「復活」の訴訟事件は、義侠的に引受けて呉れた或弁護士の一団に一任した。荷物も嵩み、人出入も劇しく、あかしやは益々手狭を感ずるので、物干を潰して部屋を建て増したり、畳換をしたり、電話を買入れたりした。鉋屑《かんなくづ》や塵《ごみ》屑《くづ》が、暫くの間店の前に堆《うづたか》かつた。

淡路の父の老工学士は、年齢《とし》の程は左程でもないのだが、事業不振の為めに大阪に引越さねばならない事情が生じて、此事でも草二の此度の収益が役に立つた。八歳の平八郎と七歳の袖代とは留守の間にめつきり丈が延びてゐた。彼等の父母が、かうした生活の状態なので、教育にも手が廻らず、自然と祖父母に馴染んでゐた為め、伴はれて大阪に立たねばならなかつた。汽車の窓に並んだ小さな兄妹の顔が、淋しさうに動いて行つた。

此の頃から一度あゝした事情で分離した伊東が、草二に降参して再び帰つて来た。伊東の降参は余りに無雑作だつた。当時林欧山《おうざん》博士も骨を折つて仲裁に立つて呉れたのを突ぱねて、独立の旗を上げたのに、その旗色が怪しく、草二の調子の好いのを見ると、意地もなく突然一人あかしやを尋ねて来て、話し込んで三日三晩帰らなかつた。分離の頃から伊東に加担した杉村は、此の三日の間に病勢が重つて発狂状態となり、間もなく此の世を去つた。同人は等しく伊東の行動を非難した。伊東の外に当時売出しの河田といふ俳優も新しく藝術社から脱出して参加する事になつた。伊東や河田が仲介となつて二葉《ふたば》茶屋《ちやや》の下田《しもだ》京子《きようこ》も参加する、九条鸚鵡《でうあうむ》も露村文路《つゆむらふみぢ》も目出度く復帰して、花時の溜池の演伎座で長期興行を試みた。脚本は色気の溢る伊原《いはら》青々園《せい〳〵ゑん》の「役者の妻」七幕十七場で、劇中劇サロメには其下田京子が扮演して豊麗な肉体美を披露した。かくて興行は美事に成功した。

　それから誘ふが儘に信濃路に入つて、長野、松本、上諏訪、甲府と晩春の高原を一巡りした。姨捨山《をばすてやま》の辺《ほと》りや田毎《たごと》の月《つき》のあたりは雪を被つた連峯が鋸形に聳え立つてゐた。信濃をめぐる音に聞いた名山が皆、指呼のうちにあつた。おゝ見事なる日本アルプス！　草二は思はずのび上つて、彼の越中の立山の所在を凝望した。

　此の時汽車は驀地《まつしぐら》に、李《すもゝ》や梨子の花の凄艶に咲誇つた高原を走つてゐた。夕陽が正面に窓硝子を射て、一座の幹部連の談笑最中の客車をぽつくりと温めてゐた。朱雀は立つて髪を解いてゐた。左手に其の長い〳〵黒髪を絡ませて、俯むいた儘片手でゆるやかに梳つてゐた。窓から零《こぼ》れた夕陽は彼女の指先から、ふくよかな二の腕かけて見事な茜色に染め上げてゐた。

　此の絵のやうな彼女を俺は今更どうして苛む事が出来よう、責める事が出来ようぞ。曾《かつ》て青木事件のあつた頃、是非その肉体を洗ひ浄めねばならぬと心に誓つた立山の瀧ケ池の水は、俺には最早必要はなくなつた。今更物凄い山奥へ、この弱々しい女を連れ込んで行つて、行者のやうな真似をした所が始まらない、彼女の善良と純潔とは、今この目の前の姿に溢れてゐる。窓の彼方に、連山の奥に、ぽつちり綿帽子の見えるのが或《あるひ》は彼の北アルプスの立山の頂であるかも知れない。万一左様でないにした所がこゝの空気はこのやうに清らかだ、この清らかな空気はこの女の旧《ふる》い罪を浣《あら》ひ浄めるのに十分だらう。此の高原の空気を、あの瀧ケ池の水に換へて、彼女の誤り落したる一点の汚染を洗つてしまはう。俺はもう今日限り何事も云はず、あの事を忘れてしまはう。

　斯く黙想した草二の胸は軽い哀愁と喜悦と、いやそれとも異つた、何やら捉へ難い純な満足を覚えた。又偶然《ふと》、早い頃伊東があかしやの店頭で朱雀が今のやうに黒髪を解くのを見入りながら、朱雀さん、あなたは丁度メリサンドのやうですねえ、とからかつた事を想ひ出した。此時草二はそつと伊東の顔色を見た。

「君いゝ景色だね、空気の色がまるで違ふね」などゝ心にもない挨拶をする間も、更らに名状し難い柔かな感情が影のやうに掠めて行つた。汽車は草二のこの温かな胸を乗せたまゝ見る〳〵香ばしい夕闇の奥に進み入つた。

　信濃路から帰ると間もなく、草二は再び団体を率ゐて郷里の仙台を見舞つた。

　劇界の新人として、遥かに草二の成功を祝してゐて呉れた郷里の人達は、家並に語り伝へて声援した。目出度く打上げてから、団体を東京に帰し、草二は淡路と朱雀とを伴つて、町端《まちはづ》れの南山閣と云ふ山の頂にある義兄の家を訪れた。彼が少年の頃佯狂《やうきやう》を装て紛れ込んだ山々は、今将《まさ》に花盛りの山桜を交へて、新緑が滴るばかりだつた。其所から十里奥のとある寒村の菩提寺に安らかに眠つてゐる草二の父の墓にも詣でた。

「俺のお父さんならとりも直さずお前達のお父さんだ。容易にこんな所には来られないのだから、よくお叩頭《じぎ》をして置いて呉れないか」と左右の女を顧みながら草二は先づ、自ら閼伽《あか》の水を一叢の藪蔭に立つてゐる其墓石の上に注いだ。女二人は相並んで合掌した。

それから彼等は松島に遊んだ。彼等が土地の人の好意に依つて特別に仕立てられた汽船に乗つて塩釜《しほがま》から出立した時は、最早夕暮で、真赤な夕陽が流るゝ雲の間から洩れて、海の風が威勢よく甲板を過ぎてゐた。草二はヌツクと船首《へさき》に立つたまゝ故郷の海を睨んで動かなかつた。夕陽は数多い島の腹を射て名残が海洋に煌《きらめ》いた。その光が西の端《はて》に落ちる迄には、夕月が輝き始めて、今度は又蒼白い光を小波《さゞなみ》に浮べた。草二は岸に着く迄舳に立つて動かなかつた。観月楼の主人は草二の旧師で、草二の幼い時寝起した鉄格子の嵌つた病室の真下に住んでゐたので、草二の幼い頃の事を精《くは》しく知つてゐた。二人は古い〳〵昔を語つた。夜は酒をたつぷり飲んで雄島の勝を探つた。幻のやうに朧気に草二の頭に埋まつてゐたこの絶景が、酔眼朦朧の中に浮んで来た時、彼は絶叫して被つてゐた山高帽子を入江の波の上へ投げた。帽子は笹舟のやうにポツクリと夜の静かな海の上に浮いて、緩かな汐に流れて行つた。戦に疲れた時死を希《こひねが》ふ時、夢寝《むび》にも忘れなかつた松島の海も、此の時草二には歓喜の海と変じて現はれてゐた。「先生は好い景色の国にお生れなすつたんですわね」といつて朱雀は熟々《つく〴〵》感嘆した。

東京へ帰つて又一つ芝居を打つた。第一には「金色夜叉」の新演出、第二には露西亜の新詩人ソログーブの「死の捷利《せふり》」、第三には岡本綺堂氏の「能因法師」といふ喜劇だつた。「復活」事件は其後も様々な曲折を見せたが、結局裁判長が物解りのした人で、当事者の月人と草二とを会議室に呼び入れ、法服をぬいでから「貴君方は社界の先覚者でゐらつしやるのだから、こんな感情問題はサラリと水にお流しになつたらいゝでせう」など、言葉柔かに和解を勧めたので、至極簡単に鳬《けり》が着いてゐた。

又夏が来てあかしやには旧式の煽風器が生ぬるい風を起しながら欷泣《すゝりな》いてゐた。草二はこの頃から気分が何となく鬱陶しく人生の帰趨や、思想問題に関して今更らしく考へ込んでゐた。「我とは何ぞや、我は生れたるが故にあり」と自問自答して、彼は此の開かざる扉の前にフラ〳〵と思ひ悩んでゐた。帝国劇場と契約を結んであつた期日が来て、草二は熱暑盛りの七月下旬に五日間チエホフの「桜の園」を演出した。先年帰朝した小山田進が、露国で此の芝居を見て帰つたので、舞台監督の肝煎《きもいり》を頼み草二は自ら進んでヒルスといふ老僕の一役を受持つた。学生の帰省中にも係らず渋い芝居を上場したので予想した通り見物は薄かつた。紀念ある「桜の園」を売渡さねばならない貴婦人を中心として纏らない三組の恋が絡み、物淋しく四幕の演技が終る時草二の扮したヒルスがヨロ〳〵と出て来てこの芝居の幕を切るのだつた。舞台監督の小山田は自ら槌を振つて舞台裏で桜林を切払ふ伐木の音を立てゝゐた。トーン〳〵と聞えて来る其響は物悲しく観客の心を惹いたばかりでなく、舞台に立つた草二の心にも悲しく響いた。彼は何物かを暗示されたやうに感じない訳にはゆかなかつた。

四

　七月の末に帝劇で「桜の園」を演じたのを打止として、草二は暫くあかしやの二階で、旧式な煽風器を鼻先に据えて、久しく怠つてゐた読書や思索に耽つた。十年この方乱雑な俳優生活のお蔭で、荒《すさ》みに荒むだ頭が、丁度泥水の濁りが澱むやうに次第々々に澄明になつて行つた。朝夕に冷気が増して来て、気分も落着き、茶も美味く、詩歌を練る感興も、渦のやうになつて彼の頭に湧いて来た。偶々隠遁的な心持で街路を歩む草二の眼に生々とした青年や、新しい婦人——若々しく且つ見慣れぬといふ意味での新しい婦人が、其処にも彼処にも好ましく溢れてゐるのが映つた。

　玉川在に里子になつてゐた朱雀の子の朝子は、丸三年にもならない内に急性脳膜炎で死んでしまつた。もとより正式な葬儀も出来なかつた。盆過ぎの寂しいある夜の明近く、幾張の白張の提灯が、忍びやかに彼女の小さな棺を守つて駒込のとある寺の土中に運んだ。その頃は朱雀の胎内にもう第二の生命が十分に育くまれてゐた。彼女は毎日だるさうにころ〳〵と冷たい畳の上に転がつて自分で自分の身体《からだ》を持余してゐるかのやうにも見受けられた。

　十月となつて、或る朝、草二は常の如く朱雀の眠りを呼び覚すと、彼女は急に腹痛を訴へながら目覚めた。見る間に両手で下腹を抑へ次第々々に苦しさの増す気配に見えて来た。未だ九ケ月にもならないので、彼等はうつかり油断してゐたのだ。草二は慌てゝ附近の産婆を探しに出掛けた。今しも新橋駅には露国一寸法師劇団が到着するといふので、旗を振り立て出迎へに来てゐた芝居者が大勢犇《ひし》めいてゐた。出産と一寸法師の劇団とは不思議な取合せだなどゝ、草二は慌しい中に余計なことを考へながら、愛宕下《あたごした》の路次を盲滅法にうろついてゐた。遂々《たう〳〵》とある路次で、清見といふ産婆の看板を見出す事が出来た。主人の産婆は折悪く留守だつた。年の若い助手が不思議さうに草二の申出に応接した。草二は主人の留守だといふのに、無理に押付けるやうに頼み込んで、今此処へ押迫つた産婦を連れ込む事を自分勝手に極めて帰つて来た。

　朱雀は最早苦痛に堪へられぬといふ風で、顔の色も青ざめて、淡路の介抱をうけてゐた。注意深い淡路はもう手早く二人の女優髷を解いて、素人らしく櫛巻に巻き直し、手まはりのものをまとめてゐた。時を移さず幌をかけた二台の俥が、あかしやを出て、その清見の家にとまつた。するともう一人の年の若い割に確かりとした経験のありさうな助手が来てゐた。

「突嗟の事でお困りでせうからお引受けをしませう」など、ゆつくり挨拶する言葉半ばに、朱雀の苦痛の切迫は、慌てゝ薬品や器械等を、取そろへにかゝらねばならなかつた。

　玄関横の三畳に転がると、朱雀は慌しく女の児を生み落した。

若い助産婦は彼が学んでゐた学理と経験とを傾到して総ての手当を順序よく施した。其児は二声ほど生声を挙げたけれども何となく其声は低かつた。

一握のあはれな生命は、幾度も〳〵餅のやうに掌の上でひつくり返された。其処に折よく先生と呼ばるゝ老婦が帰つて来た。髪の半白な分別顔のこの家の主は格子を開けると共に驚いた様子で、二言三言助産婦から事の訳を聞くと、落着いてその生れた子供を扱ひ始めた。ゴム管を取つて小さい子供の口の中に入れ、喉から絡まる粘液を吸出したり、何やら香の高い薬を注いだ湯で幾度も〳〵此子供を拭つたりした。手慣れた老産婆は生きてゐるものを取扱ふとも思へない程な手軽さで、寧《むし》ろ残忍を感ずる程に取扱ひ、一二度脊中をはげしく叩いた。やがて「どうもお元気がありませんねえ。」と云つて小首を傾けだした。それから思ひ出したやうに無言《だま》つて立つて見てゐた草二へ向けて此の一塊の肉を放り出すやうに渡した。と、ほとんど機械的にブキツチヨに突出した草二の掌が、これを受けた。軽いふうわりとした物が、生きてゐるでもなく死んでゐるでもなく、丸まつて彼の掌に乗つた。温かいビロードのやうな手触りが彼の神経に不思議な恐怖を起させた。彼はつく〴〵此小児の顔を見入つた。湯気の上るピンク色の皮膚の下に、微細精巧な静脈の走つてゐる様子がすいて見えた。生れたての病児は全身が蠟細工の様だつた。見る〳〵内に様子が変つて呼吸が自然止つて行つた。其後も産婆は此児の背中を幾度も叩いた。果ては両足を両手に握つて倒《さかさま》にして、時計の振子のやうに二三度振つた。草二は顔をそむけた、其様なことをせずとも宜《よ》い、死なねばならぬ運命の者なら、まだ世の中の何も見えないのだから其儘暗から暗へ帰つて行つた方が此の子にとつてどれほどか幸ひだか知れない、などゝ思つて胸がせまつた。其子は死児として届け出された。彼女の小さな〳〵死骸《なきがら》は、白い布に包まれ、朱雀の母に携へられて、此程世を去つたばかりの駒込の姉の墓の傍に埋められた。

すべてが極秘中の出来事なので、草二は自分独りで芝の区役所に行つて、淡路の死産として届け出て、埋葬証を受取つた。おゝ謎のやうな彼女は此世に出現して、二声の声を揚げて行つた。何故声を挙げたのだらう。其意味は何だらう。子供は母の体から出て冷たい土になる間に真に只一瞬時、父親の掌に乗つて不思議な温かさを伝へて行つた。其の意味は何だらう。そも〳〵生命は何処から来て何処に流れて行くのであらう。おゝ一切は謎だ。草二が芝の区役所で埋葬証の下附を待つた一寸《ちよつと》の間にも死亡届や、出産届の書式の堆くつまれてあるのを見た。彼はひどく隠遁的な気分に襲はれて、道端に散らばつた紙屑に対してさへ、感傷的な即興詩を吟んでゐた。

道ばたをころげゆく紙くづ
畳まりしひだの中にも、夢やあらむ、生命やあらむ
ころげころげてどこへゆく
おしや紙くづどこへゆく

五

一週間ばかりで、朱雀《しゆじやく》はあかしやに帰つて来た。産後の肥立も案外に良好で、打見た所、生命のあるものを生んだ素振もなく、けろりとした様子合で、先頃新築した二階の船室に似た長五畳に、淡路ののべてくれた布団の上に、一先づ静かに横になつた。

「粃糠《もみがら》が詰つてゐたのだらう、これからは主に呪はれるやうな事をしないがいゝ」など、草二は旧訳聖書を引例して、帰宅早々いやがらせを云つた。

「掛けるものなんか要りませんよ。気分も清々してゐるんだし、只前の様に軽卒《かるはづ》みな事をして余病を起さなければ宜《よ》いんですからね」彼女は身軽さうに白い敷布《シーツ》の上に起上つて、所在なさゝうに、うつとり畳の目を見るのであつた。

「油断して又乳を腫《はら》さないやうになさいよ。どんな工合ですの、お見せなさいな」と淡路は心配さうに聞いてゐた。

「えゝ今度は大したことはありませんの。しかし清見さんが大変心配して呉れて、かうやつて湿布がしてありますわ」

荒い棒縞のセルの寝巻の襟元を拡げると、小麦色の素肌に清げな白布が当てゝあつて、激しい高い薬の香が、中のピンク色のガーゼにたつぷり含ませてあつた。ツンと鼻を刺す其薬は草二の神経を興奮させた。

「朱雀の体がすつぱり良くなるまで、二階へ余り人を上げないやうにして呉れ。お前もなるたけ下に降りて大抵の用事は店先で捌いて呉れ給へ」と淡路を下に遣つて、草二は、朱雀と相対の時間を多く取つた。

「先生、近頃はまるで冷淡ね」

「そんな事はないよ、冷淡なのはお前だよ」

「どうしてファウストの頃のやうに、熱心になつて下さらないの、もうお厭になつたのね、朝子の葬式にもお出にならなければ、今度の子の死んで生れた事も悲しいとはお思ひなさらないやうね、あなたは私の子供なんかどうでもよいのでせう。人の気も知らないで、毎日ぶすついて、怒つて、あんまり冷淡だわ、余り残酷だわ」

「そんな事はないさ、僕はちつとも変らないよ。変つたのはお前で、僕のこの熱烈な愛を受ける誠意がお前にはなくなつたのだよ、お前は自分が誠意の底を脱《ぬ》いで置いて、僕の愛情を受入れようと思つたたつて無理な話だ。元のやうになるには先づ自分の心懸けが肝心だよ」

「さうね、全くね、さうかも知れませんね」二人はこんな問答の後で黙り込んでしまつた。

「先生、此の間お婆さんにお告がありましてね」と暫くして朱雀は少し改たまつて、「私の身の上に何か近々大変な良い事があるんですつて、此の間お母さんが来て知らしてくれました。朝子の死んだのも此の間の赤ん坊の死んだのも、皆私達の罪を背負《しよ》つて行つて呉れたんですつてさ」と言葉を切つてから、

「先生私良い娘になりませうねえ」と溜息まぢりに云つて、面を上げた。

「かうやつてお前は良い娘《こ》ぢやないか、こんなに僕を慰めて呉れるんだもの、お前のやうな良い娘《こ》はないと思ふよ、自分の感情さへ許せば、俺はお前を露西亜の皇帝に献上しても好いと思ふよ」と突拍子もない草二の諧謔に、朱雀も快く笑つたが、笑ひが済むとシーンとなつた。

「先生、私、もつと〳〵良い娘《こ》になりませうねえ」と顔を傾けて手を組んだ。此の様な様子《やうす》合《あひ》が四五時間続いた。

産後の不思議な気分が、何かしら彼女に物を思はせた。あかいやの二階に電気が明るく燈つて涼しい夕風が窓の簾を叩いた。草二はハルビン土産の、緑と紅とに花形を染めた繻子《しゆす》更紗《さらさ》の布で電気の球を包んで柔かな光りで、彼女の休息を輔《たす》けた。

「先生今日は屹度先生にお話をしますわねえ。どんな事があつても、先生は私を捨てるやうな事はないでせうねえ」

「お前を捨てる俺だか俺でないか、それはお前がよく知つてゐるぢやないか、今日もお前が何か云はうとする、それを特に尊重しない俺では無い。サア何だい、云つて御覧。どんな事なんだい」と草二は彼女の側に近寄つた。彼女は整然《きちん》と坐つて何事か云ひ澱んだ。

「何がそんなに云ひ悪《にく》いんだい。」

「……先生……私達は今更もう離れる事は出来ませんねえ…………一層の事申上げませうか」と云ひかけては又ぐつと片《かた》唾《ず》を呑んで、結局沈黙した。

「何《なん》だい、何がそのやうに重大な事があるんだい。お前は何か自分の悪い事を云はうとしてゐるんだらう、俺は何も知らない。何も知らない俺に告げようとするお前の意志は屹度々善良なものに相違ない。俺は決して追求はしない、けれども、お前の語る意志があるのなら手取早く語つて聞かせて呉れたまへ」と多少草二が気色ばんだ。

「はい〳〵真実《まつたく》ですわね」かう云ひかけて、又ぢつと白い敷布《シーツ》を凝視《みつめ》てゐた。

「あゝよし〳〵、電気が明るいね、電気を消さう。」と草二は、電気を消してから、彼女の頭を両袖で胸に柔かに抱へてやつた。

「サア何でも好いから云つて御覧、眼を瞑《つぶ》つて云つて御覧。お前は今僕の胸に抱かれて居るぢやないか、俺の胸を措いて其他にお前の世界が如所《どこ》にある」と軽く背中を叩いた。

「先生」暫くして朱雀は草二の胸に顔を押当てゝ、ポツと〳〵と語り出した。

「先生、先生は私達がフアウストをもつて大阪へ行つた時の頃を覚えてゐらしつて」

「あゝ知つてるよ」

「芝居が済んで水明館を立つ時、淡路さんの胴巻のお金子《かね》が紛失つた事を覚えてゐらしやるでせう。」

「うむ、百五十円もろにやられた」

「あの家の風呂番が盗つたんだわね」

「さうさ、分りきつた事だから、随分窮命したけれど、奴中々強情で白状しなかつたので警察へ届けてやつたつけ、うむ、刑事も来たね。」

「先生、お金子はあの男が盗んだに違ひ無いんですか」

「さうさ、分りきつた事だ」

「先生、あれは私が盗つたんです」と朱雀の言葉は意外だつた。

「お前が盗つたと、馬鹿な、そんな事があるものか」

「えゝ私が盗つたんです」ときつぱり云つて顔を草二の胸から離した。彼女の異常な力が、その目の色にも唇にも、その両袖を摑んだ拳にも現はれてゐた。

「何、お前はそれを本気で云つてゐるのか」と草二は漸く信じて驚嘆した。思はず飛びのかうとするのを、

「え本気です。真実《まつたく》です」と朱雀の手は固く彼を握つて離れなかつた。

「先生、勘忍して下さい」と悲痛に叫ぶと、彼女の眼の縁から頰へ掛けて顔の全面が緊張して、隆起した筋肉が打慄ふやうになつて、やがて涙が雨と零《こぼ》れ出した。

「先生、私が盗つたんです。私は盗人《どろばう》なんですよ。いつか一度は先生にお話しようと思つてゐたんですが、先生はてつきり最《も》早《う》あの風呂番だと思込んでゐらつしやつて、厳重に詮議なさるもんですから、私はそれを申上げる機会《きつかけ》がありませんでした。青木の事件や、矢田の事件がありました時、先生はよく仰しやいましたねえ。お前の其の曲つた根性は、独り愛情の窃盗《せつたう》に止まらない、良家の家庭に育つたればこそお前はそのやうにして善良でゐられるけれども、万一物質的に貧困な家に育つたなら、お前の其の根性は万引もし兼ない根性だつて。私は万引をした事はありませんけれども、私は窃盗《どろばう》をしました。其の時先生の仰しやる事が、実は私の胸にひし〳〵と響いて居りました。自分で止めよう〳〵と思つても止める事が出来ません。自分で自分を制御する力が、弱い私には出ないのです」

草二は朱雀から離れてこの意外な自白を、夢心地に聞いてゐた。

「先生何故あなたは怒らないの。お怒りなさいよ、怒つて私を打つて下さいよ、打つて〳〵打ちのめして下さい。そしてあなたの其のすぐれたお力で、私を善良な方に導いて下さい」と悲しい媚を呈して来た。

「麗子、お前は俺に自白する事はもう其れだけなのか」と草二は次第に厳粛になつて、彼女の顔を睨んでゐた。

「まだあるだらう。さあお前の悪い事はその事一つに止まらないだらう、それを皆云つておしまい、云つて御覧」と草二は厳《き》然《つ》となつた。朱雀は黙つてしまつた。

暫くして草二は悲しいとも、遣瀬ないとも名付け難い感情に見舞はれて、態度が打つて変つてやさしくなつた。再び彼女の顔を彼の懐に暖めて遣つた。そして嬰児を眠らせる時のやうに拍子をとつて、その背を撫でた。乳の香と薬の香が此時草二の鼻を衝いて、特種な感情の涌出を止めかねた。

「さあ何でも良いから皆云つてしまつた方が良い。少しでも隠し事があれば、軈《やが》て又々お前の悪癖を募らせる因《もと》になるんだからね。」と物柔かに尋ねると、

「あゝ云つてしまひます、皆残らず云つてしまひます」と熱い呼吸《いき》と涙をなすりつけながら語り出した。

「家で失くなりましたお金子《かね》は、大抵は私が盗つたのです。京阪から帰つて来て昼夜銀行の小切手が前後で、百七十円程も盗まれた事を知つてお居でゝせう」

「いやあれはあの飲んだくれの野島が盗んだんぢやないか」

「えゝ先生は最早《もう》左様《さう》とばかり思ひ詰めてゐらつしやつたのです。其後満韓から帰つて来て野島が先生の所へ謝罪《あやまり》に来た時、先生はあの男を打つてお帰しになりましたねえ」

「さうさ、又泥棒をしに遣つて来たと思つたから、又其れを其所に居た伊東や高橋の前で発表する事はあの青年の将来を残酷にする事と思つたから、己の少しばかりの同情心が、酒呑をこらす事にかこつけて、打つて帰したのだつた」

「私はあの野島が可哀想だと思ひました。あの金子《かね》は私が盗りましたのです。先生が銀行へ行つてお調べになつた時、引出人が築地になつてゐて、筆蹟が女文字でしたらう。あれはあの当時私が行つてゐた女髪結の弟子に頼んで取らせたのでした。先生、あなたは覚えていらつしやいますか。青木の事が知れましてね、あの煙草やの二階で、私が徹夜《よつぴて》先生に叱られ、朝になつてあかしやへ帰つた時、先生は旅行にお出かけになるつもりで銀行の帳面をお出しかけになつたでせう、あの時はもう一枚の小切手をへがしてありました。私はその発覚を恐れて、気違ひのやうなお芝居をして……最もあの日はほんとに気分が変にもなつてゐましたけれど……先生を無理にお留めしたのでした。私は随分悪い娘《こ》なのよ。それからマクベスの時ヲロシーの稽古場で、淡路さんのバツグの中から五六十人の大勢の人込に紛れて……先生はもうお忘れになつてゐるでせう。淡路さんが自分の腰掛の凭れの耳にぶら下げたのを、私はその凭れに手を添へて……そらかうしてね、かうのしかゝつて置いて左の手でそつとぬいたのです。それから先生はまるでお金子《かね》の勘定なんか御存じがないでせう、それにつけ込んで、私は平常《ふだん》先生の財布を自分の財布のやうにして居りました。頂きますと云つて頂いた事はございませんけれど、先生がお風呂にゐらしつたりお寝みになつたりした後で、二円三円乃至《ないし》五円十円、其時々の在高《ありだか》で、お気の付かない程度の僅かな金子《かね》を黙つて頂いて居りました。さう云ふ事は数限りもありません。先生からかうして頂いてゐたお金子《かね》を、私が先生の為めに物を買つて上げたり、払つて上げたりすると、先生はお釣銭の草二だと、いつもニコ〳〵して喜んで居らつしやつたぢやありませんか。私はそれが嬉しかつたんです。」朱雀の語る事は奇怪を極めてゐた。其日は草二は怒る事も出来ないで、此の憐れな女を胸に抱きながら、よつぴて彼女の云ふ事を聞取つた。

「一体お前は其れを何につかつたのだね」

「先生の所へ来ない前の借財を返したり、目にも立たない小布や持物を買散らしたり、大方は皆におごつてやりました。私は世の中の誰からでも悪く思はれたくないのです。少しでも悪く思はれたくないのです。おごられて喜ぶ人々の顔を見ると私はたまらなく嬉しいのです」

「まあ義賊と云ふ訳なんだね。其頃お前は家からもお金《かね》を貰つて居たぢやないか」

「えゝそんなものも皆、私は経済的観念が無いんですから、だらしなく使つてゐましたの、だから何時も先生に申上げたでせう、淡路さんと云ふ人が無かつたなら、私は先生の身の周囲を彼《あ》のやうに叮嚀には見て上げられませんてね、私はほんとに仕様のない娘《こ》なんですの。」

「いや〳〵良く云つた。良く自白して呉れた。お前のした事はお話にならない程の悪い事ではあるけれど、他から疑はれもしないのに、自分自身から進んで自白する程の、その反省の力を俺は見上げる。尊敬する。其れに若い娘盛りを、女房子のある者に捧げて、かうして一生懸命働いて居て呉れるそのお前に対して、其親切に対して、俺は常々取定めて、お前に報ゆる事をしなかつた。一部の罪は俺にもあらう、家の物をお前が盗るのは、道楽息子が親父の臍繰金子《へそくりがね》を盗み出すのと同じ意味に取扱つて、深く咎めないことにしよう。」と草二は寧ろ自分自身に気安めを云つて、彼女の罪を軽く見ようとした。けれども忽ち新しい疑ひが起つて来た。

「然《しか》しお前はよもや他人の物を盗りはしないだらう」

草二は、朱雀の罪が願はくば自分の物を悪戯半分に盗つた位に過ぎない事であれかしと希《ねが》つた。然《しか》し最早《もはや》、度胸の坐つた彼女の自白は雄弁に語り続いて遠慮なくこれを裏切つた。

「いゝえ、先生、私の盗癖は子供の時からなんです。私は子供の時から父に可愛がられて……丁度、今あなたに可愛がられてゐるやうに可愛がられて育つて来ました。ザラツポな父の性分は、丁度先生のやうに自分の財布の在高《ありだか》などに気を留めてはゐませんでした。子供ながらもそれにつけ入つて、幾度も〳〵、玩具《おもちゃ》を買ふには有り余る金子《かね》を盗りました。面倒なしに、自分の慾望を遂げるにはこれ程便利な仕方はないと深く心に植ゑつけたのです。ですから人が居ない部屋になれば、私の眼が自然に据つて、私は無意識に何かしら探して見たいのです。人が秘密にして押隠す程、どうかして無理にも覗いて見たいのです。蟇口《がまぐち》があればきつと手を触れて見たいのです。それは私にとつて、甘い甘い誘惑なのです。私はとても此の誘惑に打克つ事が出来ません。現に、此の夏、神戸の佐東清さんが故郷にお帰りになる時一晩あかしやにお泊りになつたでせう。あの時、先生は先生の浴衣を着せて、一所に日比谷公園に散歩にゐらつしやいましたねえ。清さんの洋服がこの部屋のこの柱に懸つてゐたでせう。其時、私はその上着のポケツトに手を入れて、蟇口を開けて見て、中から五十銭銀貨を一つ摘みました。其れが私の最近の物盗《ものとり》ですわ。それからね先生、今淡路さんの抽斗《ひきだし》の中に、今後の用意の為だと云つて蔵つてある百円の札束がありますね、あの金子《かね》を未だ淡路さんがマラリヤの気味で寝《やす》んで被居《ゐらつしや》つて、その床の下に敷いてお出の時から、私は狙つて居りました。その頃私は非常に苦しんで煩悶しまして、そら此の前先生と中通り迄散歩に出た時、私が勧めて幾つも錠のかゝる白木の机を、事務の多い淡路さんの為めに買つて上げたでせう。あれはね先生、私の腹ではね、淡路さんの事務のためでは厶《ござ》いませんの、私が自分自身で私の悪癖に対して錠を用意したのでした。其後お金は錠のある抽斗の左の方の一番下の中にふくさにくるまつて入つて居ります。然し其後の私の悪癖は、淡路さんの蟇口にギヤラ〳〵下げてあるあの鍵を狙つて居ります。ですから私のする悪い事はみんなこんな風に組織的なんです。大阪の水明館の時のお金にした所が、淡路さんの胴巻にあるのを前からチヤンと目星をつけて置いて、あの風呂場の隣の便所に用意してあつた桜紙と同じ質の紙を、四五日も前に近所の紙やから何気なく買つて置いて……大阪の桜紙は質が悪いのよ………札束とすりかへたんですわ、誰が見ても宿の奉公人のした様に思はれる様にね、そして私は東京から持つて行つた上等の桜紙を使つてゐましたわ。すりかへる暇もほんの一寸の隙で、一所に風呂に入る時私が先づ先に着物を脱いで風呂場に飛込んで、淡路さんに油断させ、シヤボン籠を忘れたふりをして、そらあの脱捨場と風呂場の仕切の磨硝子の戸をわざと半開きにして置いて手早く仕事をしたんです。私はそりや手早いんですの、かうみんなお話してしまへばもう底が脱《ぬ》けたやうな気がしますわ」

「わかつた〳〵、然しねお前佐東の五十銭を盗るなんておかしいね。五十銭位は何時だつて、お前は不便を感じないんぢやないか」

「欲しくて盗るのぢや無いのですわ。盗るのが興味なのよ」

など、朱雀は至つて平気だつた。彼女は話の調子に乗つた。そして活動写真の筋でも語るやうに彼女のこの種の性癖をすら〳〵と述べて行つた。ロシアから買つて来て貰つた昼と夜と色の変るアレキサンダーライトと云ふ宝石は、派手好きの彼女には非常に嬉しかつた。そして其内でも一番色の良い石を彼女が選取《よりど》つた。然《しか》し大きさに於ては誰のよりも小さかつた。船の窓に波の紆《うね》りを映して、翠《みどり》の色を輝し、夜の湯の中に浸つても真紅色に燃ゆる不思議な指輪も、彼等三人の指に三つ揃へて見る事が内心彼女の不快を唆つた。彼女は其を二つ揃へて共に自分が嵌めて居たかつた。残る一つは草二の指に置きたかつた。それが為めに彼女は台湾の南部の或る街で興行して居た頃、淡路の舞台に出た留守に自分の持つてゐる銀時計と、淡路の持物になつてゐる指輪とを天井裏に隠した。其時、草二は淡路を怒つて、

「お前は何といふ粗忽な奴だ。朱雀の時計はどうでもいゝとして、俺達三人の盟約の印として買つた指輪を失ふとは呆れ果てた奴だ。お前は多分此の盟約から脱したい積りなんだらう。」

と言葉鋭く責めた。淡路は蒼くなつて探し廻つたが発見されな

かつた。淡路は其物の価《あたひ》を誇大にして、直ちに警察に届け出させた。開演中にもかゝはらず舞台裏はヒツクリ返る騒ぎとなつた。楽屋番の若者が尋問されたり、支那人の道具方が調べられたりした。俳優の誰れ彼れ、女優の誰れ彼れも目星を付けられた。騒ぎは余りに大きいので、朱雀は隈なく部屋を探す振をして、電燈を部屋の隅の方に向けると細紐で繋いだ二つの贓品《ぞうひん》をずる〳〵引張出した。

「こんな所に入れてあつてよ。そうらね私の眼は違ふでせう。」と朱雀はそれを振廻して一同に誇つた。

「あらまあ見附かつたの！　朱雀さんは偉いわねえ。まあよかつた〳〵」と一同は一先ほつとした。

「あゝ御苦労様でございました。部屋の隅の方に隠してございました。」草二はかう言つて臨検の巡査に謝した。

「貴重品を置つ放しにしちやいけませんよ。貴重品はなるべく体を離さないやうにして下さい。劇場には色々な人が出入りをしますから一々監督をする訳には行きませんからね。」巡査はサーベルを鳴しながら帰つて行つた。その興行中のある夜の有様や、その時の心持を交ぜて細々語つた。

こんな話が其晩から翌々日の夕迄つゞいた。草二は此憐れな者の頭を撫でゝ、幾度も〳〵嗟嘆した。

「まあさう興奮しないで今日は休むがいゝ」と朱雀を床にもぐらせ、親切さうに夜具をたゝいて朱雀の目を閉ぢるのを待つて、草二はぶらりとあかしやを出た。

丁度金比羅様の縁日だ。夜は可成晩《おそ》かつたにも拘はらず、街には人が出盛つてゐた。夏の炎熱から漸く免れて、初秋の爽々しい縁日の夜を、人々は皆気軽さうに歩いてゐた。結ひ立ての丸髷や束髪に、アセチリンの蒼白い光を浴びて、長く家庭の中に閉籠つてゐた婦人達が、南佐久間町から虎の門へかけて絡《ぞろ》駅《ぐ》として歩いてゐた。蒼い顔をした草二は其間を縫つて当てもなく歩いてゐた。あゝ、自分の愛するものは盗人であつた。人間生活の地平線以下に住んでゐた。何といふ意外な出来事であらう。何といふ浅間しい、凄じいことであらう、と彼の頭はこの感情で一杯になつてゐた。美しい若い女達が幾組も〳〵彼の眼の前をよこぎつた。

彼が少年時代に育まれてゐた細々とした寂しさは、新しく彼が心に蘇返つてゐた。古い恋人のやうに蘇返つて来た。彼は何かしら目に見えない冷たいもので襟元を巻かれてゐるやうな気持だつた。

「あゝ、一体俺は何をしてゐたんだらう」先程の長旅が俺に幾《いく》何《ら》かの金を齎したゞけの事で、人の真実の生活の上から見れば、只喧燥な無意味な旅行に過ぎなかつた。それと同じやうに朱雀との生活も亦長い〳〵無意味な生活に過ぎなかつた。何等の精神力を持つてゐないあの女を頼りにして、俺はこれからどんな生活をしようといふのだらう。溢るゝ力と、溢るゝ情熱とを、俺はあの女に注いで来た。俺はあの女に自分の魂を托してゐた。俺は魂の置き所を変へなければならない。俺はどうしても別途に生きなければならない。しかし、さう考へたゞけでかう差し含んでるこの涙をどうしよう。この熱い心をどうしよう。だけど俺の心は長旅のやうなものだ。長い旅路の後は陸に上つてゐても身体が揺れてゐるやうに思はれるものだ。俺の心持は根のない旅の熱だ。根のない旅の塵埃《ちりほこり》だ。俺は早くこれを払はなくてはならない。「あ、もう女は懲々《こり〳〵》だ。」と思はず口に出して呟いた。

草二は相不変《あひかはらず》歯が悪かつた。しかし早い頃あの事件があつてから、一般の歯医者といふ者さへ嫌悪をして、痛むに任せ、虫喰むに任せてゐた。「青木に行つて診て貰はうか。肝心なあの女に何の価値《ね》がないとすれば、俺はあの青木に対して何の憤りを含む理由《うち》があらう。以前のやうに気軽な友人としてあの男を迎へてみたい。同じ国から出て来て、まあ〳〵趣味も合つてゐる。俺はこの際釈然としてあの男を許すべきが至当だ。」

虎の門を過ぎて、アメリカ大使館の土手の暗に向ひ、その附近にある青木の診察所を凝《じ》つと見入つてゐた。冷たい秋の風が溜池の方から流れて来て大道店の壺焼の天幕の裾を叩いた。『つぼやき』と書いた赤い行燈の灯影にコークスの火が赤くおこつて、壺の中から温かさうな湯気が上つてゐた。やはらかな秋の涼味のやうに静かな心持が彼を包んで行つた。道路の闇に人集《だか》りがして、横向きの若い女達が幾人も立交つて、啜り泣くやうなヴァイオリンと共に、「お前とならば何処までも……」と張り上げる茨城訛の書生の唄を聞いてゐた。灯の明るい人出盛りの往来は草二の遣瀬ない新愁をいくらか和げた。

翌る日は、朝早くから勢よく青木歯科医院のドアを押して、快活に治療を乞うた。

「おう香山君か、暫く見えなかつたね。」と青木はニコ〳〵として草二を迎へた。晩になる迄話込んで、二人は至極打解けて、其処に厄介になつてゐる友人のやうな書生のやうな男を加へ、三人でステツキを振りながら銀座をうろつき、松喜の二階に押上り、あぐらをかいて飲み始めた。

「兎も角も君の生活は羨しいね。始終問題の女に囲まれてゐるのだから……」と青木は幾度も草二が返事の仕悪《しにく》い言葉を洩した。

「香山君、君は星能を知つてゐるだらう。そら、実業の日本の星能水里《ほしのうすゐり》さ。彼男《あのをとこ》だつて学校にゐた頃は人のものと出来てゐてね。女は星能の手紙を枕紙に巻いてゐたと云ふことだ。奴は戸山ケ原のトタン屋根の下に自炊生活をしてゐて、雨ふれば我家の屋根はトタンやね、寝よとの鐘も聞えざりけりとか、聞かで過ぎたりとか、馬鹿にセンチメンタルな歌をよんで居たつけ、彼《あ》の男も詩人だね。兎も角君達の生活は羨しいよ。」

「君だつて余り悪い生活ぢやないよ。何処へ行つてももてると云ふぢやないか。人の歯を穿《ほ》つて高い金を儲けて、晩には酒がのめるんだからなあ、君もいゝかげんな年だらう。早く女房でも貰はないと鎌倉のお母さんが心配するよ」と草二も酒の勢で不遠慮な言をしやべつてゐた。

然し胸の底では、愚昧にして長い間お前に敵意を持つた事を謝すと云ふ心を、彼の不器用な手先に籠めて幾度も〳〵青木に盃をさしてゐた。

三四日の後に草二は朱雀の承諾を得てから、淡路を呼出して、勿論朱雀の前で、今度偶然に知れた朱雀の悪癖を淡路に報告した。「まあお可哀想に」と只一言、朱雀を顧みた淡路は例の如く彫刻のやうな顔に些《いさゝか》の感情をも表はさなかつた。朱雀は目を釣つて無言で之れに対してゐた。

草二は又、朱雀の母が横浜に所要があつて出かけるのを、自分も所要あり気に装つて、連立つて横浜に出かけた。草二は其の物やさしい老婦人と昼の食事を取りながら朱雀の今度の自白の有りの儘を申出でた。

「……当人も悔悟して居るのです。私も因縁ですから、良くお話をして悪い習慣を脱却するやうにお勧めをしてゐます。それでお母さんのお考へを伺ひ度いと思つて、実はかうやつて横浜迄お供をした訳です」と申出た草二の言葉を朱雀の母は左程驚きもしないで、

「……まあそんなことをし出かしたので厶《ござ》いますか、小さい時分から困つた娘でございましてどれ程苦労をしたか知れません。あなた方の事は私は最初から腹を定めて居《き》りますから、どうかあなた方の思ふ存分になすつて下さい。只、先々、あの娘が身の立つやうにお取計を願ひます。」と二人はこんな意味の言葉を話し合つて、其の料理店の店頭で左右に別れた。

それから十月の末迄、草二は名状し難い寂寞に悩まされた、極度の隠遁的気分は、二人の女達と夜具を区別し、食膳を区別した。

「俺はもうお前達と一所に御膳も食べたくない。俺は今日から一人で御膳を食べる。給仕などもかまつて呉れるな。」と淡路も朱雀も下に追ひ遣つた。そして朝夕淋しい食膳に対《むか》つた。其時草二は黯然《あんぜん》として彼の幼少の頃、彼の父がよく家族から離れて一人で食膳に対つてゐた事を想ひ出した。そしてその詫しい心根に始めて同情を持つ事が出来た。其頃の彼の日記には、

男ざかりがごぜんをたべる
男ざかりがたゞひとり
箸と茶碗をかきならし
男ざかりがごぜんをたべる

とか

枕につくときかなし
寝醒めはさらにかなし
右も左も空寞にして

とか、纏らない唄文句が、沢山に書き捨てゝあつた。

下田京子や露村文路や、其他二三の女優候補生がちよい〳〵あかしやを見舞つた。淋しい草二は必ず彼女等を二階に引上げて紅斑竹《こうはんちく》の月形の食卓を出し、御馳走を勧め、自分もたつぷり酒を飲んだ。彼女等は時々、

「朱雀さんはどうなさいました。ちつともお見えなさいません

ね」など、尋ねてゐた。世馴れた京子は、

「お小さいのがお亡りなさいましたつてね。お二人ともですつてねえ、朱雀さんもお気の毒ですわねえ」と声を潜めて同情してゐた。朱雀は草二の命令で階下の一室に押籠められて血の気のない顔で、終日聖書を読んでゐた。机の上に俯伏して祈る事もあつた。草二は昼はプイと飛び出して、あてもなく郊外を歩み、草原にねころんだり、秋晴の空を瞶めたりしてあつけらかんと時を潰《つぶ》して来る。夜は何処かの酒場《バア》で強《したゝ》かに酔つぱらつて来ると、屹度持前の胃痙攣を起してばた／＼と苦しむだ。でもその胸を抑へ鎮める肝心な役目は、朱雀の柔かい手の外になかつた。或夜は草二は幽霊のやうな顔をしてふらりと帰つて来て一切無言で寝てしまつた。朱雀はおづ／＼枕辺に寄つて来て、無言で草二の髪を梳いた。

「先生、何とか仰しやつて下さいな。以前のやうに可愛がつて下さいな。」やさしく云つて彼を揺り起す。草二はむつくり起きて、涙の一杯溜つた眼で朱雀を睨む。朱雀は線香をともして整然《きちん》と坐り直る。無言の彼等の間を糸のやうな線香の煙が流れる。遠くから御会式《おゑしき》の太鼓の音が聞える。

「麗子、俺は以前のお前を思ひ出して悲しいぞ。お前を抱いては如何《どん》な物をも投げうちたかつた。お前と一所に死にたかつた。俺はお前と別れた事が悲しい、別れる事ぢやない、別れたのが悲しいのだぞ。お前と俺とは最早《もう》対岸の人だ。此前のお前とは云つても今から考へれば皆幻だ。幻だとは思ふがお前を引抱へて京都大学の裏庭で泣いた事を思ひ出す。お前が俺を偽つたことを見出してから今日迄お前に対する執着、義務、責任、の為めに俺はお前を俺の生活の地平線下に置いて来た。苦しみに堪へ無いので地平線下に置いたのだつた。そして今日俺の執着は去り、お前と俺とは別れなければならなくなつた。俺の前にはお前は生きた死骸である。人は死骸を墓に埋める。何時迄も家に置きたい死骸だが生ある者の側に腐れて行く者を長く置くに堪へないので人々は泣きながら其を墓場に持つて行つて埋める。俺はお前を義務と責任との為めに側に置いて居る。既に俺にとつては死骸と共に生活をしなければならない。生きた死骸は墓場へは遣れない。其を知つて居るからお前と話をする事が無駄だ／＼といふ心がしてならないのだ。今更お前の悔《くひ》を聞いて許り居るのは無駄な事だ。お前は新しく生れなければならぬ。そしてそれは難しい事であらう。生れるといふ事が難しく、又生れた事を信じ得ない人に信じて貰う事が難しからう。今の感激はせずともよい。こゝで泣いた所が何になる、今更その悔と感激とを止めて、此後に悪魔が真実を食ふ自分の姿を省《かへりみ》たがよい。深夜になつて寝るお前を引留めて話したい心持がするのは俺の無駄な執着があるからだ。解つたか。かうして見ればお前と俺が話をするのは無駄な事だ。なあお前と俺とはなるべく話をしない様に心懸けねばならない。」と、かう言ひ切つて草二はいきなり頭から夜具を被つてねてしまふ。

　こんな生活が幾日も続いた。

「もつと何か隠し事が有るだらう。隠さずに云つた方がいゝよ」と時たま機嫌が直ると、草二は気力のない言葉で朱雀に尋ねる。朱雀はかう云ふ事を思ひ出しました。あゝ云ふ事を思ひ出しました。と、朝に一つ、夕に一つ彼女の悪事を語つた。第一其語り法が草二には気に入らない。其中、

「度々卒倒して御心配をかけたのも、みんな私の仮病なのでした。」と切り出した。

「毎月、月の終りに一枚づゝ痛い指を切つて、あなたに差上げて来たあの誓紙の中に、一番文句の長いのは……短い言葉や歌を書いたのは間違ひはございませんが……甚だ済みませんがたつた一枚……ある不浄なもので書いたのがございます」と云ひ放つた。流石《さすが》に草二は激しい怒りに触れない訳には行かなかつた。彼の掌《てのひら》は忽ち朱雀の頬に飛んだ。

「売女《ばいた》、お前は人の誠実を弄んで嬉しいのか。お前は何の為めに、己に連れ添ふて居た。お前は何が目的で俺に附いてゐるんだ」奮激して数多《あまた》度《たび》彼女を打ちのめした。朱雀の両方の頬は見る〳〵腫《は》れ上つた。只でさへ丸い顔が丸々とふくれて泣腫らした眼が心持ち赤くなつて、其上に後毛《おくれげ》が懸つて居る様は又なく哀れなものだつた。

「一体君は何と云ふ人だ、君は人の心持ちを半分しか持つてゐないのか。おゝ半眼の女よ、お前は其瞳が表象する丈けの心しか無いんだ。馴れ初めの時、俺はお前の其眼ざしを美しいと思つた。御仏の眼差と思つた。お前の素晴しい藝術は此の眼の奥から奔り出るやうに思はれたのだつた。おゝこゝへ来て、お前の眼をお見せ」と草二は両手で朱雀の上の瞼を捲《めく》り上げて見た。蒼白い膨れ顔の中に、怪しむべき二つの瞳が現はれた、瞼に被はれて居る所から上は飴色に濁つて蛙の腹のやうな白眼へ境界もなく瞳が流れて居た。美しい人でもべツカンコをするのは興《きよう》醒《ざめ》な物である。かゝる時に朱雀の瞼を上に釣上げた状態《さま》は人間の容貌とも思へなかつた。ブルドツクに見る強さと醜さとが、おどろに乱れた髪の下に顫れてゐる顔一杯に表はれてゐた。

「お前は獣だ」草二は一声かう叫んで、何を思つたか突然傍の椅子の上に座禅を組んで、瞑目して、仏像のやうな形で手を組んだ。

「お前は神や仏を拝むにはまだ早い、先づ神より前に人間を拝め」と真顔で申渡す。

「えゝ拝みますとも、先生どうか導いて下さい」彼女は素直に殊勝気に合掌して彼を拝んだ。

「獣ならば獣らしく人間の傍で人間の食べる物を食べるな。これでも飲んで見るがいゝ」と今度は草二は椅子から飛び下りて

……………。

「……………………………………」

「……」……………………………………。

……………。やがて朱雀は唇を噛んで居座《ゐずまゐ》を直すと、

「先生、私はよろしうございます、然し此所に私の懐にお婆さんから頂いて来た経文とお守とがございます。それにこのやう

な真似をなさつたら、あなたは失礼ではありませんか」と云つて懐から一束の紙把を取出して畳の上に据えた。其気勢は鋭かつた。

「あゝさうか〳〵。や、これは悪かつた。これは済まなかつた。同時にお前にも済まなかつた。俺はお経に対して飛んでもない事をしてしまつた。」其紙包を机の上に乗せると、草二は肘を張つて恭しく三拝九拝した。立上るとカラ〳〵と高笑ひをして、

「何が故に然云ふ。夫れ天日の浄き光とても、好んで壊乱《えらん》の肉に触るれば、狗児《くじ》の屍《しかばね》に蛆を醸す……」

とハムレットの声色を捨科白にして、プイと外へ出て行つた。彼の頭脳《あたま》はそろ〳〵変になつてゐた。

六

朱雀が意外の自白の夜から、かゝる有様の間に半月も過ぎた。夜毎々々に秋の冷気が募つて、十月も末近く二十七日の夜となつた。

この物語りはこの夜から緊張する。草二はこれまで幾晩も〳〵彼女の浅間しい性根をためるべくはなした。

お前は深い〳〵、暗い〳〵谷の底にゐるのだぞ。お前自身は温かな快い秘密の穴室《あなむろ》だと思つてゐるけれども、その穴室はお前の生命を食み、光明を呪ふものだ。穴室に棲んでゐるのは、ほんとうのお前の心ではなくて、奇怪な、物凄いけものが棲んでゐるんだぞ。それを追ひ出すには、お前も非常な力であらゆる因襲から飛び離れなければならないんだぞ。飛上れ〳〵、俺の体罰と思ふな。お前の獣を追ひ出すいぶしだと思ふがいゝ。小さい時から知らず〳〵の間に、とりつかれて了つたものだから、お前はちつとも気がつかないのだ。勇敢に飛上つて何とかして早く朗かな日の目を見るが可い。それには先づ第一に、お前自らの口から、お前の悪癖を社会に公表して、独り、俺ばかりではなく、万目監視の下に立つて、これからの生活を注意したらよからう。

朱雀は感奮した。彼女は自ら筆を執つて、先づ大阪の水明館に詫びの手紙を出したり、哀れな風呂番にもそれとなく謝罪の手紙を出したり、自叙伝めいた懺悔文の著作にも、かゝり始めた。

私《わたくし》は明治二十七年の五月二十八日、其頃の地久節《ちきうせつ》に生れました。当時父は三十七歳で、母が十七歳でした。父は非常に頭脳の明敏な人でしたが、精神生活のない、そして道義的観念の弛緩した、生活慾の非常に旺盛な人で、母は又極く柔しい信仰の厚い女で、其間に生れた私は、母よりも父に似て、父の非常な愛を受けて育ちました。父のまだ母と夫婦になる前の並外れた淫蕩な生活、それらの罪悪の血は幼い時から私《わたし》の身体《からだ》を流れてゐたものと見えます。私の五つの時弟が生れましたが、これは母を其儘の心根の柔しい而《しか》も可愛らしい子なので、眼を半白にして人を見る私に引比べて、親類の者等は、反対になれば好かつたにねと言つてゐました。弟が生れ

る前後から父の生活はまた以前に戻つてゐたらしく、母を他にして殆んど家に居る時間はなく、母は弟を生んでから一層蒻弱《ひよわ》くなつて年中蒼い顔ばかりしてゐました。父に対して何の勢力も持たない母を頭の家庭にあつて、父の愛を受けてゐる私は家庭の女王《クイン》で、父が家にゐる時は、常に傍で機嫌をとり、其命ずるまゝになつてゐました。それが幼い頭脳に罪悪の生れる第一歩で父の機嫌の為めには何事も犠牲にしようとして、表裏といふ事を覚え、表向は何事も唯々諾々として裏ではひそかに自分の慾求の満足を買ひ、虚偽《うそ》を何よりの便宜と思ふ様になりました。だん／＼と虚偽《うそ》がうまくなり何事も自分の切盛で無理なしに目的を遂行するのが一番いゝといふ事がしみ込んで来ました。病身な母と、道義的な教を与へない父の前に、私の悪癖は発見せられず教へられずに成長し、確かに七歳の時と思ひます。母の蟇口《がまぐち》の中から二十銭を出して、常々やかましく止められてゐる駄菓子店へ行きました。それがそのまゝ誰にも知れず、悪癖は恐るべき淵に臨んで来て、其後二回、三回と巧妙に切りぬけ得たので自分の欲求を無理なしに通す唯一の方法と思ふ様になり一遍それが現れて母から非常な折檻は受けたものゝ、発見された事は失敗《しま》つたと思ふだけで、悪かつた、すべからざる事をしたといふ心を育てる事は出来なかつたのです。小学校でも級《クラス》の女王《クイン》で教師や友達からちやほやされ、たゞそれが嬉しさに無暗に人に物を与る。それが親から貰ふだけでは足らず、無理に強請《せが》むよりは楽に目的を遂行する方法として、密かに父の財布を探りました。かういふ事が発見されない一つの理由は、父の生活に母が少しも立入る事を許さず、おほまかな父の財布は私の悪癖を、とても見出す事は出来ませんのでした。……

彼女は余程精進したらしく、朝夕神に祈り、畳紙《たとう》の表紙の桜ちらしの千代紙の上にも、意味も通らぬ思ひせまつた文字を書散らした。

　精神力を籠めて打たせ給ふ体罰を通して神を見る。

……………神。………真実。

　これに寄らで寄るべきもの、救はる道の他にあるべき、偽りて購ひし幾万幾億の真実の、その一つ／＼の生命に何もて報ふべき。

　真実の愛を限りなく浴びせし人に何もて報ふべき……………………新しく目醒し自己を……信仰に結びつけて新しく踏み出す真実の生活、その生活をそれらの霊、それらの人のためにつくさんのみ。また偽りて購ひし真実の霊の幾多の呪ひに罪の報ひの身に来つて、我死なば、あゝ我死なば……我が霊は幾重のいましめを永久にとかれざるべし。その時我を愛さむとする人、我がために祈る人の悲しみは……我を愛さむとするもの、切なる心。わがために生命をかけて祈れるもの、ために我を救ひて、新しくめざめたる生涯を授け給へ。

朱雀は下で絶食してゐた。草二も二階で殆んど絶食してゐた。

淡路は自然と減食して、二人は引込まれて何呉《なにくれ》となく精進した。たまと云ふ小女が一家内で只一人三度の食事をした。

人を欺き恋人を欺き、己れを欺く女、正義を知らず、真実を知らざる女、それがどうして「貞操」の尊さを理解してゐよう。彼女が自らすら〳〵と、物とりの罪を自白したことは、固《もと》より彼の精神的進化で、暗《やみ》から光明に立ち向はんとする誠意は十分に認める。然しその懺悔のやりかたが甚だ不徹底だ。ます〳〵出て益々奇怪だ。何処まで腸《はらわた》が腐つてるのかわからない。貞操上の罪悪が未だ〳〵必ず隠蔽してあるに違ひない。断じてあるに違ひない。と草二は自然とある脅迫観念に捉はれて来た。

疑惑の小蛇が執拗な目を輝かして彼の胸に蘇り、のろ〳〵と這ひ廻つて来た。

「まだ何か匿して居る事があるだらう。貞操上の罪科は、俺が直接に苦痛を感ずるだらうと思つてお前は遠慮して云ひ澱んでゐるんぢやないかね。そんな事を躊躇する事は無用だ。此の際は何もかも奇麗に清潔に一切を懺悔をしてしまつて、新しい生活に這入り度くはないのかね。」

「いゝえ、もう一切申上げてしまひました。何ももうあらためてあなたにお話し申上げることはございません、精神的なことは……或は影のやうなことがあつたかも知れませんが……具体的なことは少しもありませんから……」と斯の種の押問答が引続き〳〵交換されてゐた。

いざこざは別として、草二は相変らず男女の候補生のため、エロキユーシヨンの教授を怠らなかつた。四五人の男女優が夕刻からあかしやの二階に集まつて、毎日せりふの遣取を稽古してゐた。

草二の近頃の弟子の一人に、桂木寿子《かつらぎひさこ》と云ふ女優があつた。「役者の妻」を演つた頃、その亭主だと名乗るおとなしさうな青年に連れられて来て、草二の協会に這入り、教へを乞うてゐた。酷い四国訛で、とても物になりさうもなかつたが、物持の主人が後援すると云ふ境遇が他の女優よりゆつたりしてゐるので、永い間の修業のうちには何かの役どこを見出さないでもないと思はれたので、草二は気永にこの女の訛を直してやつてゐた。彼女はその頃桜川町に住んでゐて、亭主の他に一人の弟と、協会の俳優の高橋義人と速川金三と名乗る二人の役者を下宿させてゐた。その二十七日の夜、稽古が済んでから、

「桂木君、今日は君に御陪食を仰付けになるよ。何も無いけれど、夕食《ゆふめし》の相手をしてくれ給へ」と草二は彼女の帰宅を呼止めて、梅の井の鰻などを馳走した。

「先生お芝居は未だおやりにならないんですか。早くお演りにならなければ駄目ですよ。此の間の朝日の風聞録に『香山草二は「桜の園」でぽしやつてしまつて残るは借金と女房丈けだ』なんて書かれたぢやありませんか」

「そんな事が書いてあつたかね」

「然し皆先生の事を偉いと云つてますよ。和製のラインハルトですつて」かう云つて遅鈍《のろま》な、そして心もち藪睨みの瞳を上げ

て、にやりと笑つた。

「和製のラインハルトかい。そりあ光栄だね、しかし一体諸君は僕の事を何んと思つてるんだい」

「さあ賞めたり、貶《けな》したり」

「何を賞めて、何を貶してゐるんだい」

「あてる時はあてゝ儲けて置いて、調子が悪い時は黙つて引込んでゐるから偉いつて……つまり、貶すことも、ほめることもとり交ぜての話なんでせう」

「女優の噂はきかないかね」

「淡路さんも、朱雀さんも、みんなお上手だと云つてますわ、」

「そんなお世辞を云はなくつてもいゝよ。九条だの、文路や下田だの、噂は聞かないかね。」

「誰でも朱雀さんが一番うまいといつてますよ。先生のお仕込みが違つてますもの。誰でも朱雀さんのことをほめないものはありませんよ、外の人はみんな駄目ですわ。私なんかも役者なんかはとても駄目だから止めた方がいゝつて主人が云ひましたわ」

「素行《みもち》の噂はないかね」

「どなたの」

「協会の女優のさ」

「ねえ先生、先生は偉いんですつて、知つてゐるならなほ見上げるんですつて」

「何だい、それは」

「何でもいゝわ……先生西郷と云ふ役者は色魔なんですつてね。この間白竜館に這入つてから、熊子さんとの事をお聞きになりましたか、あの気違の様な亭主に暴れられて、大変な騒動を起したんですつてね、先生お聞きなすつて！」

「いや、そんなことは聞かないよ、協会にゐたときは神妙にしてゐたぢやないか」

「ふん……」

「ふむ？」

「長野の方へ行つた時は、協会の女優さんを片端から当つたんですつてね……そして皆に綺麗に撥付けられたんですつて、でも一人、でも先生、一人？」とにやりと無気味に笑つた。

草二の頭は颯と熱してくら〳〵とした。

「でも一人かゝつたものがあると云ふのかい」草二はかた唾《づ》を飲んだ。

「…………」

「がそれあ君だらう、あはゝ」と大きく云つてのけて、大笑ひをして平気を装ふた。

「御冗談をおつしやつちやいけませんよ、でも私だつて妙なことをされましたわ、顔をつくつてくれると云つてね。人が居なくなると妙なことを云ふんですよ。それにあの人の悪い事は、お金を巻き上げることなんですつて」

「誰だい。その協会の女優であんな奴の云ふことを聞いたと云ふ奴は。浜本かい」

「誰でもないんですよ。先生嘘なんですよ。高橋さんでしたか、速川《はやかは》……さんでしたか、何だかそんなことをたしか云つてゐたか……云つてゐなかつた様なことなんです。」

草二の胸に暗雲が簇々《むら〳〵》と群つた。

「先生気を悪くなすつたの、嘘なんですよ」

草二の顔色を見て桂木はそこ〳〵に帰りかける。

「どれ君の御主人には済まないが君の家のあたりまで一緒に散歩をさせて貰はうか」と草二は立上つて下に降りる。襖を開けて、黄昏時《たそがれどき》の電燈の下で机に対つてゐた朱雀の後から、耳元に鋭い言葉を私語《さゝや》いた。語つてゐる間もぼさ〳〵としたほつれ毛が草二の顔に触れて、一層憤りの情を募らせた。

「俺は二時間程して、帰つて来る。お前はその間胸に手をおいてよく考へて見るがいゝ、そしてもし俺に話す事があるならば、………問詰められない内にみんな話をしてくれ、今夜は俺も覚悟があるから」

土橋の高架線の下を潜ると、「口説くには暗い方がいゝよ、ね桂木君。」などと軽口を云つて本郷町の裏通りの埋立地の人通りの少ない片側町を歩んで行つた。草二はこの女から露骨に種々な事を聞き出したかつたが、劇団の主宰者たる彼としての権威を保留する為めに、突つ込んだ問を発することが出来なかつた。

「桂木君、君がもし実際に先生を信頼するならば、何か聞き込んだことがあるならば、此際打明けて忠告してくれないか。うちの者達と西郷とどうかしたと云ふ様な噂を実際に聞いたのなら、参考までに聞かしてくれ給へ」

「えゝ、飛んでもない、そんなことはありませんよ。先生私が実際に聞いたらお話をしますわ。先生暇なもんだから、詰らないことをお気におかけなさるんですよ。私は知りませんからね、協会の男の方にでもお聞きになつたらいゝでせう……。高橋さんでも……速川さんにでも……」

とかう云つて後は多くは語らなかつた。議事堂の角から南佐久間町の賑かな通りを脱けて草二は桂木の宅まで行つた。そこには、若いくせに鬚を生した桂木の弟と、役者の速川とが居た。

「おゝ先生、これあよくいらつしやいました」と彼等は今迄自分等の胡座《あぐら》を掻いてゐた布団を裏返して出したり、急に居ずまひを直したりして意外な珍客を迎へた。

速川金三と云ふ俳優は、草二が満韓巡業に出る少し前に協会に入会した男で、体の丈夫な音度の朗々とした九州出の青年であつた。役者の性は余りよくなくつてセリフの呂律がよく廻らない。頭の働きも鈍く、まめに用を足すと云ふ方でもなかつたが、動物の鳴声をすることが得意で、これ丈けは一種の天才であつた。「復活」の序幕で、ネフリユードフとカチユーシヤとが恋を語るとき、氷の裂ける音に交つて、夜明の鶏の声を出す役はこの金三がしてゐた。其技が真に迫るので、「いよう、鶏。」と見物席から浴せられることもあつた。「死の勝利」の幕切れでは夜陰に響く犬の遠吠の声を舞台裏で上げて、ソログーブの気分にふさはしい舞台効果を彼によつて添へられてあつた。

草二はこの男の朴訥《ぼくとつ》を愛した、しかし此男に対して草二は一つの陰影があつた。四国の松山の興行中――たしか正月の二日だつたらう。草二が朱雀に、稽古初めだと云つてシエクスピアの或る台帖でクラシツクな台詞《せりふ》廻しを教へた後、

「だめだ〳〵、君のやうな役者が物になるものか」と酷く朱雀を叱り飛ばした。朱雀は何時になくぷつと怒つて。

「私勉強して来ますわ」と云ひ捨てゝ、未だ始まらない劇場の楽屋に飛込んで行つてしまつた。一二時間の後、この楽屋に速川も亦行つて、セリフ廻しを稽古してゐたことを知つてゐた。

それから二時間程して草二が朱雀と淡路をつれて、そこから一里程先の道後の温泉へ行く電車の停留場に、この速川も来て待つてゐた。

「おゝ速川か、君も此所に居たのか、丁度いゝ所だ、君も一緒に上等の鷺の湯の方へ連れて行つて遣らう」とこの速川も同勢に加へて電車に乗つた。

電車は暖日の光の下に展けた四国の豊饒な田園の中を走つてゐた。一人離れて向側に腰掛けてゐた速川が、見る〳〵ぽろ〳〵と泪をこぼした。

「君、泣いてゐるね、風を引いたのか」と草二は何気なく問ひかけた。

「いや只、寒いんです」といつものやうにぶつきら棒に答へた。

不思議な泪だと草二は思つた。

一年程前の幻のやうな暗影が、此の際金三の顔を見ると一所に蘇つて来て、一段の暗雲を捲起した。

「速川君、君ちよいとその辺迄送つて呉れないか。実は桂木君と一緒に一寸散歩に来たんだが、又一廻りして来るつもりだから」かう云つて草二は又速川を連れ出した。

「速川君、実はね、今日桂木から妙なことを聞かされたんだがね、君どうかうちの花川のことに就て何か知つてることがあるなら聞かしてくれないか」

「いえ。なんにも……」と朴訥な此の男は、只一言かう云つたぎり、何も言はない。

「西郷と花川とおかしいと云ふ様なことを云つてゐたがね、桂木は君から聞いた様なことを云つてゐたが、少し考へることがあるんだから、若《も》し知つてゐることがあつたら聞かしてくれないか」

「いゝえ、なんにも……」

「高橋からもそんなことを聞かなかつたかね」

「いえ、なんにも」

「速川君、君は僕のことを信じてくれるだらうね」

「えゝ、先生の為めなら死なうと思つてます」と此の言葉丈は頸を上げて答へた。

草二のこの時の頭に、「朱雀さんの為なら死なうと思つてます」とはつきり、世界の何処かで発せられたやうに聴取れた。

この男のほんの少しばかりの技巧が、協会の為めなら死んでも

いゝ、先生の為めなら死んでもいゝと云ふ言葉に代へた事を直覚した。ステツキを左に持換へ草二はピタリと速川にくつ付いて、又通りを早足に歩いた。金三は何を聞かれても、「いゝえ、なんにも」を繰返して、草二と同じ足取りに何処迄も連立つて行つた。二三時間程も歩き廻つて草二は到々金三を見放した。草二の頭は悩乱してあかしやに帰つて来た。

草二が出て行つた後で、朱雀は机の上に伏して両肘をつき、暫時眼をつぶつて考へてゐた。この頃巣鴨に帰つた時、朝晩に戴いて暗記する迄に誦みあげるがいゝと云つて、おばあさんの呉れた功徳の大きい御本山の施本の経文を繰り拡げた。懺悔文、一返りを口の中に読むと、次は般若心経である。

摩訶《まか》般若《はんにや》波羅《はら》蜜多《みつた》心経《しんぎやう》
観自在菩薩《くわんじざいぼさつ》行深《ぎやうじん》般若波羅蜜多《はんにやはらみつた》時《じ》照見《せうけん》五蘊《ごおん》皆空《かいくう》度《ど》一切《いつさい》苦厄《くやく》舎利《しやり》
子《し》色不異空《しきふいくう》空不異色《くうふいしき》即是空《しきそくぜくう》空即是色《くうそくぜしき》　受相行識亦復如是《じゆさうぎやうしきやくぶによぜ》舎利子《しやりし》
是諸法空相《ぜしよほうくうそう》不生不滅《ふしやうふめつ》不垢不浄《ふくふじやう》不増不減《ふぞうふげん》是故空中《ぜこくうちう》無色《むしき》無受相行識《むじゆさうぎやうしき》
無眼耳鼻舌身意《むげんにびぜつしんい》無色声香味触法《むしきしやうかうみそくほう》無眼界《むげんかい》乃至《ないし》無意識界《むいしきかい》無無明《むむみやう》亦無《やくむ》
無明尽《むみやうじん》乃至《ないし》無老死《むらうし》亦無老死尽《やくむらうしじん》無苦集滅道《むくしうめつだう》無智亦無得《むちやくむとく》以無所得故《いむしよとくこ》
菩提薩埵《ぼだいさつた》依般若波羅蜜多故《えはんにやはらみつたこ》心無罣礙《しんむけいげ》無罣礙故《むけいげこ》無有恐怖《むうくふ》遠離一切《をんりいつさい》
顛倒夢想《てんどうむそう》究竟涅槃《くきやうねはん》三世諸仏《さんぜしよぶつえ》依般若波羅蜜多故《はんにやはらみつたこ》得阿耨多羅三藐三《とくあのくたらさんみやくさん》
菩提《ぼだい》故知《こち》般若波羅蜜多《はんにやはらみつた》是大神咒《ぜだいじんじゆ》是大明咒《ぜだいみやうじゆ》是無上咒《ぜむじやうじゆ》是無等等咒《ぜむとうとうじゆ》能《の》
除一切苦《うじよいつさいく》真実不虚《しんじつふこ》故説《こせつ》般若波羅蜜多咒《はんにやはらみつたじゆ》即説咒曰《そくせつじゆはり》羯諦羯諦《ぎやていぎやてい》波羅羯《はらぎや》
諦《てい》波羅僧羯諦《はらそうぎやてい》菩提薩婆訶《ぼちそはか》
般若心経《はんにやしんぎやう》

朱雀は線香を焚いて、くど〳〵と口早に読んでゐたが、経文を襞《たゝ》んで戴くと、半眼の目を細くして目の前の摺ガラスを透して、陳列の窓に燃ゆる瓦斯の灯をじつと見てゐた。やがて一枚の用箋にすら〳〵筆を走らした。

祖母君、叔父君、母上、弟に、

歎かせ給ひそ、我はよろこびて死ぬべし、宿世《すぐせ》なり、因縁なり、罪障の消滅を喜び給へ。死ぬも生くるもみな神の御心なり、神の御手のおんさばきに、誰か向ひ得む、我霊の目覚めて、よろこびて、生死を神に捧げ、一そ御さばきを喜ばむ。親の子を思ふ、子の親を思ふ。兄弟相思ふ。これみな妄執なり。

神を見、神の偉大を感ずる時、天地の霊感を感ずる時、始めて其妄執なることを知る妄執なり、忘執なり。

たゞ何も神の御心のまゝに。

大正四年十月二十七日午後八時　　麗　子

細かく畳んで経文の間に挟み、帯の間にぐつと入れてから、

丁度其時後に立つた淡路を顧みて斯う云つた。

「先生が今お出かけの前、私の耳のところで、とつくり考へて置けと云つてゐらつしやいましたが、先刻《さつき》御飯の時、桂が何か出鱈目な事を云つて先生のお気を騒がしてゐるのぢやないでせうか。若《も》し私が、先生に申上げる事が真実であるならば、神様が救つて下すつて私の意志が徹るものでせうか」

淡路は今新橋駅に親類側の知人を送る時間が来て、取急いで

コートを羽織つてゐた。

「あなたのおつしやる事が真実なら、直ぐには徹らなくても、いつか一度は徹るでせう」と淡路はコートの胸紐をいぢりながら、そこから目も向けずに答へてゐた。

「でも罪の報ひと云ふものがありますわ」かう云つて両手を机の上に組んで、その上に額を乗せ、其儘身動《みじろ》ぎもしなかつた。

「では一寸行つて参りますから、先生がお帰りになつたらよろしく」と淡路はその姿の上へ、云ひ捨てゝ行つてしまつた。

行き違ひに草二は真蒼な顔をして帰つて来た。

「麗子、二階へお出で」と目に眉を被せて云つた。

「はい、でも淡路さんが停車場《ステーション》へ行きましたから、お店がおるすになりますわ」

「ねえや一人で沢山だ、おいで」

二人は二階に上つて、さし対つた。

「お前考へて置いたか？　何か先生に言ふことはないか」

「先刻《さつき》お云ひ置きになつてお出まし以来、なほなほ深く過去を見つめましたが、精神的の事で洩してある事はありませうが、現はれた事実には何にも包み匿《かく》してゐる事はありませんの。そりや私の過去の人を苦しめた浅からぬ罪がかう云ふ風に報ひて来てゐるのだとは思ひますけれど、又先生のお疑ひになるのも御無理ならぬ事と思ひますけれど、無い事は無いんですから……無い事に何故かうせめられるのか、何かまだ神様から憎まれてゐる事があるのだらうかと色々考へて見て居ります、又かういふ事からでは無いかと存じます。私が先生を愛してゐるといつてゐるのは虚偽で、功利から出立してゐるのだといふ事を自白しない、その大もとの心根を隠してゐるからだらうか等とも思つても見ましたが、さういふ事以外には何も申上げる事はございませんわ」

「それでは聞く、お前西郷と何かなかつたのか」

「西郷さんと云ふと役者の西郷さんですか」

「さうさ」

「それはいつぞや申上げた通り地方興行でしたか、長野か松本辺でマグダの芝居で、あの人がお母さんで私がマリーになつて、舞台裏で笑談を云ひ交したりしてゐた時に、あなたのやうな役所は新派のやうに男が女形《をやま》をやるのではいけない、是非とも女でなければならない役所《やくどこ》だと云ひましたので、ほめられたやうな気もして悪い心持はしませんでした。其他別にどうのかうのといふ事は記憶にはありません」

「では云ひ寄られた事はなかつたか」

「別に云ひ寄られたといふ事もありませんわ」

「ではお前は彼《あれ》が好きだつたか」

「嫌ひぢやありませんでした」

「此の間はさうは云はなかつたな」

「さうでした、済みません」

「ぢや何故お前と西郷との評判が立つたんだ」

「どういふ？」

「お前と西郷と関係があるといふ評判が立つてゐるぜ」

「そんな筈がありません」

「ごまかさうつたつて駄目だぞ、今夜は確な証拠を握つて来てゐるんだからな……さう云ふ事を云つて此の俺をごまかさうとするか！　さあ事実を云へ！　云はないか！　白状しないか！　さあ事実を云へ！　云はないか!?　白状しないか！」激しい声色と体罰とが一時に下つた。朱雀はもう卒倒や佯狂《やうきやう》の武器を封じられてゐる。朱雀の慟哭と草二の忿怒の声とが一時に四隣を揺がした。

「云ひます〳〵、さうです、西郷とは確に関係がありました」雨下する体罰に対して、見事な報復を叩き付けるやうな態度で云つてのけた。

草二の頭は一気に釜のやうに鳴つた。「それ蛇の巣だ」と口の中で叫んだ。

「よし〳〵よく云つた。他に云ふ事があるなら云つて終へ」と盲めつぽふに詰め寄せた。

「え丶、ぢや先生みな云ひますからどうか少しお離れなすつて……」

何としたか草二はふいと立つて、電気を拈り消す。と、四辺《あたり》は真暗だ。遠く街頭の灯が月の光りのやうに映《さ》して来る。窓々が忽ち明るくなつて夜の空が凄く蒼い。草二の目の前に光り物が一つふらついてゐる。

此時何時の間にか帰つて居た淡路が梯子段の中程から、のろ〳〵とした調子で声をかける、

「先生……もう十時過ぎましたから、……先刻から玉やに寝ろと云つてゐますが、気にして寝ないんですから……」

「もう大丈夫だ。もう静かになつたから安心して寝て呉れ。お前も寝てくれ。」と答へ終ると草二はいくらか気が落着いた。

「さあかうして電気も消したし、下の者もねるし、俺は決して怒らないよ。さあ皆云つてくれ、さあ誰と誰だ名前だけ云つてくれ」と静に云つて物盗《ものとり》の自白を促した時のやうに、女の顔を胸で温めた。顔の方の温みが、胸の方へも伝はつた。その生たての鶏卵のやうな不気味なものを其まゝ押潰し度い感情も湧いた。

「云ひます〳〵、云ひますから、どうぞ許して下さい、怒らないで下さい、西郷と伊東と、速川とそれから先日お話した池月とも新井とも、其他先生がこれまでお疑ひになつた人達とは大抵あつたんです」

「あゝさうか、さうか。一寸《ちよつと》待つてくれ」

草二の目の前を落雷の火のやうな、それよりも白い火が過ぎた。後頭部の圧力が一時に息を押へつけた。唾が一時に乾涸《ひから》びた。彼は目をまはしかけたのである。

草二は兼て覚悟してゐた。覚悟してゐたのではない。覚悟をしてゐたぞ、俺は覚悟をしてゐたぞと、叫ぶ観念丈けに取縋つて、全身の知覚を失はうとする心の嵐を支へてゐた。やがて目の前の光りは五彩の火の玉となつて彼の前に分裂した。

「麗子、よく云つてくれた。怒るどころぢやないぞ。さあ〳〵本当の事を、云ひ悪《にく》い事でも何でも云つてしまへ。あゝ朱雀、決して怒らないぞ、俺は神に謝さねばならぬ、俺は自分の直感を信じてゐたが、かう迄真実なものとは思はなかつた。かゝる貴重な能力を賦与された事を感謝しなけりやならない。あゝ俺は神に祈る、神に祈る」

草二は力の限り手を組んで神に祈つた。

「あゝ朱雀、真実《ほんとう》の歓びだぞ、これが真実《ほんとう》に生の歓喜といふものだ。俺はもう怒りも苦しみもしない。歓喜だ。よく云つてくれた。真実《ほんとう》の歓喜だ」

灯の無い暗《くらがり》に星あかりが映し込んで、蒼い〳〵夜が更けて行く、草二は此夜のやうな物凄い夜の空を見た事がない。彼は寒さに胴慄ひしながら、彼女の乱雑な放埒な自白を聴取つた。彼の頭脳《あたま》は昂奮の極に達して氷結した様に活動を停止した。もう少し待て、もう少し待てと云ふ心の下積の方で微かに叫ぶ声をたよりにして纔《わづか》に生気を保つてゐた。

「先生、私は先生が満韓に連れて行つた俳優と云ふ俳優を、一人残らず撫で切にしました」

女はキリリと眦《まなじり》を裂いて、凄い白目一杯に草二を睨んだ。事こゝに及んでは流石に悩乱した草二も水を浴びたやうに愕《ぎょ》つとして更めて朱雀を見返した。

絵草紙で見てゐたり物語りに聞いてゐた凄しい毒婦が、今自分の眼の前に、血と肉とを持つて坐つてゐた。愛と云ふ愛の限りを尽し、力と云ふ力の限を傾けてきた女が、覆面をかなぐり捨てゝ草二の前に坐つてゐた。

先生世の中にはあなたには御存じのない世界がある。あなたの様な正直な方々の夢にも幻にも窺ふことの出来ない世界がある。真実の世界と云ふ、先生が絶叫してお求めになる世界は、私共には真暗《まつくら》だ。どこを求め、どこを目標《めあて》にして、探していゝか分らない。貞操と云ひ真実と云ひ、純潔と云ひ高い生活だとおつしやる、永年の間先生がおつしやつたことは、唯先生に引き摺られて来たばかりだ。其真髄は私には分らない。そこでは私はほんとうに盲人《めくら》なんです。しかし先生あなたも盲人《めくら》なのだ。私達の情慾は、随所に火花と散る。たとひ一度も言葉を交したこともない異性と、眼と眼を合せた丈けでも、不言のうちに、暗黙の間に黙契がなり立つ。さうして先生などの夢にも思ひつかぬ世界に於て、時間に於て不言のうちに行はれてしまふ。そこには香もなく、清いものもなく、高いものもない。永い間の芝居の生活には、楽屋もあり、宿屋もある。長い折曲つた宿屋の廊下、客のゐない沢山なあき間、或は出を待つ舞台の袖裏、きたない幾つにも劃られた楽屋、物置、化粧室、湯殿から、かわや、ひる猶ほ暗い奈落の隅、それ等の場所が、随所々々に私達の花火の様な歓楽の庭に変るのであります。その世界は、私共だけが持つてゐる。其の世界での享楽は私共だけが特別に賦与された享楽だ。あなたにも淡路さんにもない世界だ。しかし私の見る所では、総《あら》ゆる人間が持つてゐる世界だ。尠くも私の知つてゐる男性は皆この世界に住んでゐる人達だ。先生、あなた丈けが盲人《めくら》なのだ。

かう云つて正面《まとも》に草二の顔をじつと見てゐた。草二はあつと嘆息して、自ら頭を垂れなければならなかつた。頭が下がると自分の坐つてゐる畳諸共ぐん〳〵地の底に下つてゆくやうに思はれた。グラ〳〵する草二の頭に沙翁のオセローのセリフが浮んだ。

「たとひ全軍の先駆《さきばらひ》のげす賤奴《やつこ》までが……」

これは芝居のセリフである。俺は現実に全軍の下奴子《げすやつこ》までに最愛最重のものを辱められたのである。

草二、しつかりしろ、お前も男だ。雪の国から出て来て、諸国の奴等を相手に、こゝまで仕事をしてきたのではないか、お前が幼年の頃天に誓つた、何時如何なる場合に臨んでも狂人《きちがひ》になるまいと誓つたその根強い精神を振り起せ、お前が物心のついた時、真狂人《ほんきちがひ》と、半狂人《はんきちがひ》の子だから二十歳《はたち》まではもつまい、狂人《きちがひ》の子は狂人《きちがひ》になると罵り笑はれた口惜しさを、しつかりと胸の中に修めて、何時如何なる場合へ行つても、どつこいと土俵際に踏み止つてこゝまで来たのではないか。三十二歳にしてお前が狂人《きちがひ》になるのか。女の為めに狂人《きちがひ》になるのか。最後の弱者として、全軍の下奴子《げすやつこ》にまでに嘲られ、卑まれて、狂人《きちがひ》になつてるのか。そんな事ではならないぞ。打勝て〳〵。貴様はもう一層高い所へ着眼して此の場合を切抜けろ。この観念が草二を、身動きもさせないで坐らせて置いた。朱雀は黙つて草二の顔を見てゐた。其時間は可成永かつた。男の爛々たる眼の光に対して、女はやがてはら〳〵と泪をこぼした。

「先生。私は啻《たゞ》の女ではないのです。おばあさんがよく、私は三代続いた祖先の悪劫を背負《しよつ》てゐるのだとおつしやいましたが、自分の気性を顧みますと、全くその様に思はれます。三代前の御先祖のことは分りませんが、父は非常な放埒者で、幾度もお話した通り、幾十人の女をたぶらかしたか知れません。御承知の通り私の兄弟は、みんな腹が違ひます。私の母は、父の十幾人目の妻になつて居ります。一月に一人、二月に一人と方々に世帯を持たせて、飽きると、颯々《さつ〳〵》と逃げて行つたものださうです。或る女は、狂人《きちがひ》になつたり、或る女は自殺を遂げたりしたさうです。或る女は、別に世帯を持つ女の所へ蛙を一杯に箱詰にして送つた相です。蛙を送つた女が一番執念深くて、父が気が狂ふまで其女のことは忘れませんでした。横浜の仕立屋の師匠から、習ひに来る大勢の若い弟子達から、下女や子守に到るまで、十幾人の女達をなでぎりにした相です。父が機嫌のよい時得意になつて話して聞かせました。麗子、男に負けちやいけないよ。寝床の中で幼い頭にかう云ふ思想をつくりこみました。なでぎりといふ父が得意で話した言葉は、幼い時から私の不思議な病癖を唆る言葉なのです。御承知の通り私は蛙が嫌いで、生きた蛙ならば、どんな小さな蛙でも青くなつてふるへることゝ、竹や木で作つた置物の蛙でも、不思議に身ぶるひをするのは、父の弄んだその女の怨霊が、私に附纏うてゐるのでございます」

こんなことをも云ひ出した。

草二は其時早い頃自分が考へてゐた「諦の原理」と云ふことを思ひ出した。それは、諦ざるを得ざるが為めに諦るといふ事である。事此所《ここ》に及んでは、今では俺は奇麗に弱者となつた。其れは止むを得ない。然らば俺は彼等の人間共の上に別の意味で打ち勝たねばならぬ。これ等の悪魔に対して、これ等の悪魔の団体に対して、尚一歩の強者であらなければならないと思つた。それは、何よりも第一に、彼等の世界を知ることである。事実の真に徹することである。真実そのものを極むことである。しかして後に多くの罪人が出てから、仮初《かりそめ》にも主宰者たる草二に対して、その愛人《おもひもの》を盗んだ罪悪に対して、一々謝罪を述べさせ、それが永久の紀念となる様に謝罪状を書かせることである。それはたとひ幾人《いくたり》の多さでも、どれ程強慢な奴があつても、命に名誉とを賭して取つて見せると、火の様な悩乱の頭の中でも、突差に覚悟をきめた。

朱雀は、試験の答案のやうに自白しただけの彼の罪悪を、紙に認めさせられた。十幾人に亘る人の名前と、場所と時日とが其下に恰も表のやうに記された。草二は此の表を仔細に一覧して先づ一番困難だと思ふ伊東から始めよう。彼も学問のある奴だから、草二の誠意を以てしたならば、易々と謝罪状を書いてくれるに違ひない、と悩乱した頭の中で種々《いろ〳〵》と肝胆を砕いた。生なか別な場所を選ぶよりは階段一つしかない二階でし遂げた方がよいと腹をきめた。玉やに命じて其頃四谷に産科医を開業してゐる兄のうちに寄寓してゐる伊東へ電話をかけさせた。玉やが伊東のうちに電話をかけてゐる間、草二と朱雀とは膝をつき合はせて、黙つて電話を聞いてゐた。

「今夜はお留守でございますつて」

ねえやがかう云つて二階に報告した時、朱雀はほつとした様子を、顔色とかた先で表白した。

「よろしい、それでは速川から先に貰はう。一番無口な、一番物解りの悪さうなあの男から一枚の証書を貰うことが出来れば、外の人から貰ふことは、一層容易《たやす》くなる。よし、俺が今金公を連れてくるからお前はしばらく待つてゐるがい丶」

草二はふら〳〵と梯子段を降りて行つた。

淡路は草二の足音で、髪もおどろの寝衣の儘店先へ出て来た。

「淡路、短刀を出せ」

「何をなさるんです、明日になさつたらい丶でせう。今夜はお晩《おそ》うございますから」

「心配することは無いよ、一寸使途《ちよつとつかひみち》があるんだから……」

彼は、淡路が心配さうに差出した、青貝摺りの鞘に茶の下緒を巻きつけた短刀を、ぐつと懐《ふところ》にのんで、寝静まつた戸外に出た。

七

草二は勢《いきほひ》よく店の硝子度を締切つた。夜更の手荒い物音は勿論二階にも響き渡つた。二階では朱雀《しゆじやく》が例の凄い眼を据ゑて聞耳を立てゝゐた。淡路は一寸気《ちよつとき》脱《ぬけ》の様子で、短刀を抜取られた儘の手付も崩さず、大変な見幕の主人の後姿を見送つてゐたが、やがて、その心配げな目の遣り場を二階の方に送つて、同じく一寸《ちよつと》聞耳を立てる。二階も下もひつそりとなつて、裏の庇間《ひあはひ》から際立つて蚯蚓《みゝず》が鳴く。

「たまや、お前はおやすみ」と淡路が下でゆつくり声を出すと、その言葉尻から階段がみし／＼と静《しづか》に揺れて、朱雀が極めてのろり／＼と下に降りて来る。

外は一ぱいの霧だ。口も鼻も塞がるやうで草二はグツと息が詰つた。夜の霧は水のやうに深いのだ。おかげで街道の軒並の灯《ともしび》はいつもと異つて滅法奇麗だが、どの灯《ひ》も／＼目が廻る程揺れて見える。今夜の彼にはそれが堪らなく煩《うるさ》い。本通りへ出て一直線に見渡すと、両側の灯が一様に暈《かさ》を被つてその中で毫《ご》光《くわう》も絶えず伸縮するので、灯《ひ》と灯《ひ》が時々握手する。はては光の棒になつて見える。草二は自分の朦朧とした頭を毟《むし》りながら再び桜川町の桂木の家の格子戸までやつて来た。

「速川君！」と締切つてある入口から五六尺離れて、金三の居間と見定めた二階の小窓へ仰向いて声をかける。その声は我ながら落着いてゐる。

「あ」と確かに手答があつて、直ぐ小窓の障子があく。

「どなた」

「速川君か、僕だよ、今夜はどうしても眠られないので散歩してゐるんだが、君、霧が非常に美しいから君も一所に散歩してはどうだ」

「はい」と兵卒のやうに簡単に応諾して、どさくさ着物を着ると帯を巻着けながら周章《あわ》てゝ表に出て来た。

草二は胸が踊つた。然《しか》し務めて平静を装つた。二人は親しげに肩を並べて、夜霧の中をあかしやに向つて来た。路々草二は絶えず動乱する嵐のやうな感情を押鎮めて物柔かに金三に尋ねてゐた。

「金ちやん、僕がかうして夜中もかまはず君を訪ねて来るのは僕が君を信ずるからなんだよ。金ちやん君も僕を信じて呉れ。金ちやん君は僕を信ずるだらうな。先生を信ずるだらうな」

「信じます」

「金ちやん、君は先生を可哀さうだとは思はないか、先生から口を切らないうちに、君から口に出してくれてもいゝだらう。ね、君。気持よく打明けて呉れてもいゝだらう」

「何をです、先生」と金三は多少冷笑気味である。

「何をつて君、僕は何もかも知つてゐるよ。君は俺達が満韓廻りの後で四国の松山にも立寄つて興行した時分の事を覚えてゐるだらう。そら、道後へ行く電車の停留所で俺達と君とが落合つて一所に連立つて鷺の湯へ行つた事があつたつけね。あの時電車の中で君は俺達の前で泣いてゐたね。意味の無い涙を零《こぼ》してゐたね。僕は君のあの涙に対して十分な同情があるんだ。大《おほい》に打解けて語りたい事があるんだ。何事も匿さずに打明けて呉れ給へ。さ。」

「あゝあの時の事ですか、あの時は寒かつたから只涙が出たんです。その事を先生がどうやら気にかけてゐらつしやつた事は私はちやんと知つてゐました。あの晩の芝居は「マグダ」で、私が中尉のマツクスを演《や》つてゐまして先生のシユワルツエに対《むか》つてうまいせりふが出来なかつたので大根だと云つて酷く叱られましたね。その途方もないお叱りのなさりかたも其日の先生の感情をお察しして、私はちつとも腹を立てませんでした。然しそれは皆先生の誤解です」と、金三は決然《きつぱり》云ひ切つた。

草二は熱して聞き糺したが、凝り固まつた金三は「誤解です」の一点張りで多くを言はない。此の気合で草二と金三とがあかしやの二階に上つて来た時は、朱雀も淡路も下の間でぢつと息を凝してゐた。

「金ちやん、まあ今夜はゆつくり話さう、君は先生の為めなら死んでもいゝと云つて呉れたね。それが本当なら俺は今、非常に苦しんでゐる。然し今となつては事実の真さへ知る事が出来ればそれでいゝのだ。どうかその真実を君の親切な心から静かに話して呉れないか、たのむ、かうして頼む」と草二はテーブルの上に手をついて、恭《うや〳〵》しく金三に叩頭《おじぎ》した。

「先生それは誤解ですよ。何か私に御用があるなら、どうか明《はつ》確《きり》おつしやつて下さい。先生の為なら火水の中へでも飛び込みますから……、然し無い事を云へとおつしやつても私は何も申上げる言葉がございません」

「速川君、花川はもうとくに白状してゐるのだよ。それでも君は其様に白を切つて、僕に本当の事を知らせて呉れる好意を持つ事が出来ないんだね」

「何をです」

「何をつて君と朱雀との……関係についてさ」

「何だか私には分りません」

「分らない事があるものかね、云ひ悪《にく》からうが、事こゝに及んだのだから素直に打明けて呉れ給へ、さ、さ、君のその勇気と好意に対しては僕は十分に感謝を表するつもりだ」

「何だか僕には分りません」金三は何処迄もけろりとしてゐる。

「花川君、一寸《ちよつと》二階へ来て呉れ給へ」草二は決然として朱雀を呼び上げた。

躊躇する様子もなく、確《しつ》かりした歩調《あしどり》で、朱雀が二人の席へ出て来て坐つた。流石《さすが》に顔が蒼ざめて、不眠の瞼はばうつと腫《はれ》上《あが》り、束ね髪の解《ほつ》れが哀れ気にかゝつてゐる。

「速川君はどうしても僕に本当の事を打明けて呉れないんだがね。どうか君が一言口を添へて呉れ給へ……」と草二は朱雀を見遣つた。

朱雀は息を喘《はず》ましてゐる。暫く沈黙が置かれる。その不思議な静寂の中を蚯蚓《みゝず》が細々となきつれてゐる。

「速川さん」口を斜《なゝめ》にして可成な決心を表白すると、朱雀は居ずまひを直した。「私はもう先生に不残《のこらず》申上げてしまひましたから、どうか貴方も隠さずにおつしやつて下さいませんか。さうして一言先生に、あやまつて戴けませんか」と正面を切つた。

「何をです……朱雀さん何をおつしやるんです。貴女のおつしやる事は私にはちつとも分りません」と金三は不平さうに抗言した。

　再び沈黙が続いた。

「金ちやん、そんな事を云はないで私を助けると思つてどうか早く先生に謝罪《あやま》つて下さいね、金ちやん、ね、私は一日一晩叱られ徹《どほ》しなんですから――」と今度は彼女は袂を顔にあてゝ泣出した。

「何だかちつとも分らない」金三は益々嘯《うそぶ》く。

「君、女の方があれ程な事を云つてるんだぜ、男たる者が最少し淡白であつていゝぢやないか、僕は今迄君に静かに嘆願をして来た。然しこゝへ来ても、君が強情を張るとなれば冷静を保たうとしても、保てなくなるよ」

「どれ程先生のお叱りを受けても、覚えのない事は云へないぢやありませんか」

「金ちやん、そんな事を云はないで私を可哀さうだと思つて……」

「朱雀さん、貴女は何をおつしやるんです、私に頼み度い事があるんなら、正面からはつきり云つて下さい」

「君白ばつくれるのは、いゝ加減にして呉れ給へ、男なら男らしく小気味よく打明けて呉れていゝぢやないか。君は俺の感情をよく知らないだらうが、君が自白をしてさへ呉れゝば、内心非常な愉快を感じこそすれ、又感謝をこそすれだ、聊《いさゝ》かでも犬《けん》糞的《ぷんてき》な危害を加へようとするやうな、そんな陰険な考へは毛頭も無いのだから、さ、早く云つて聞かせた、気軽に、淡白に、簡単に」

　金三は石のやうに沈黙してしまつた。

　草二の顔色は見る〳〵変つて行つた。着けてゐたセルの袴に両手を入れて、端然と坐つて眼は爛々と輝いてゐる。金三は草二の此の凄い相形を避けて、目を伏せて時々朱雀の顔色を見る。朱雀の顔色を窺ふ金三の有様を見ると、草二の忿怒が一層高潮して来る。

「速川君、僕がかうやつて君に迫るには、可成の覚悟の上なんだぞ。人間は、時と場合によつては生命《いのち》も名誉も投出さなけりやならない。又こゝでは明言が出来ないが、君一人に丈け迫らうと云ふんぢやないんだ、唯君が僕に一番親しんでゐるから、一番誠意を持つてゐると思ふから、一番最初に聞いてゐる丈けなんだ。さ男らしく云つて聞かして呉れ給へ」

「外の人にもお聞きなさらうと云ふのですか――それは一体誰なんです」

　彼は気勢に似気なく、きつと太い頸を上げて聞いた。

「誰だつていゝぢやないか、こゝでは明言の限りに非ずだ」と草二は彼の余裕を憤慨した。金三は又朱雀の顔を偸《ぬす》み見た。

「金ちやんそんな事を云はないで、どうぞおつしやつて下さい、貴方は先生のお気象《きしやう》を知つてお居でゞせう、さ、私の為めに、ね私の為めに」と熱心に突込まれ、金三の眼の周囲《まはり》も見る〳〵紅潮して、どうやら顔の遣り場がなくなると、けろりと横を向ひて大きな掌で腮《あご》を撫でた。

「金ちゃん、貴方は私が可愛さうだとは思はないんですか。私は先生に是《こ》れ程叱られて居るんですよ。」ととう〳〵彼女はいざり寄つて、金三の目の前に、痛さうに二の腕迄捲り上げると、其所には、草二の激怒から蒙つた青い又紫色の痣が点々として白い肌を染めてゐた。涙がぽろ〳〵と肉附の豊かな金三の頬を伝はると、きつと顔を上げて怨めしさうに朱雀を睨み附けた。そして今にも大きな声を上げて、泣き出しさうになるのをグッと吭元《のどもと》で呑込んで、

「朱雀さんそれあ何時頃の事なんです」と探るやうに、慄へ声を出した。草二は片唾《かたづ》を呑んだ。

「松山あたりの事をね……」と朱雀は敏捷に目を使つた。

金三は二三度溜息をついてゐたが、結局、

「知りません」ととぼけてしまつた。

「麗子もういゝ、下に行け……」草二は奮然として彼女に退席を命じた。朱雀は立つて梯子段を下りる時、

「金ちやん後生ですから頼みますよ」と心配さうに云ひ捨てゝ下りて行つた。

殺気は居残つた二人の間に漲つてゐる。

「おい速川、余り人を馬鹿にするな、彼は君を尊重すればこそ、かうして頭を下げて頼んでゐるぢやないか。君が何時までも空《そら》嘯《うそぶ》いて、俺を侮辱するならば、今夜は俺にも覚悟があるんだ。」と懐に両手を差込むと懐の中で短刀の鞘を払つて、抜身のまゝ胸元から突出すと片肌が自然に脱《ぬ》げて、シヤツが凄い程純白である。力の限り握堅めた拳の先から、光り過ぎて目にも入らない鋭利な鋩《きつさき》が金三の鼻先に尖つてゐる。

「さあ云へ。男なら云へ」と草二は詰寄る。

金三は一度眼を寄せて鼻先の兇器を見たが、至つて無神経で気の脱《ぬ》けた人間のやうに忙然《ぼうぜん》として坐つてゐる。

「云はないか、云はないなら俺と一緒に果し合をしろ」右手はそのまゝ、左手で右に押せば肥大な体が右に傾き、左に突けば左に転げる。頗る手応がないので草二も亦気脱《きぬけ》の体で仕方なく隻手《かたて》で胸倉をとつて五六度小突き廻すと、流石《さすが》に肩先や眼の色で反抗の気勢を示して来た。

「さ、腹が立つか、腹が立つなら男らしくしろ、俺は君を、無《む》闇《やみ》に迫害しようとするんではないんだぞ」草二の声は悲しさうである。

「先生どうかお赦し下さい」と漸く胸倉の手を払はふとする。

「それなら云つて聞かせて呉れ、どうぞ頼む、えつ、強情な奴だな」と胸倉の手が離れると平手になつて金三の頬に飛んだ。

「先生、先生がお頼みとならば、私は水火の中にでも這入ります」金三の声も痛切に悲しさうだ。

「それなら、何もかうやつて俺を苦しめなくともいゝぢやないか。早くすまなかつたと一言云つてくれ、たのむ」と泣声であ

る。

「だつて知らない事は……」

「何を」草二の掌が続けさまに金三を打つた。指の股が立所に脂ににちやついた。金三は頬を脹《ふく》らまし目の色を変へて、ぬつくと立ち上つた。

「逃げるのか、貴様、誰が逃がすものか、下には淡路が白襷を掛けて堅めてゐるぞ」と、草二は降口《おりくち》の障子を締切つて其の前に立ち塞がつた。

　金三は草二の顔を此の世にもない恨めしさうな顔で凝《じ》つと見てゐた、二人は素晴しい見幕で立向つてゐた。其中金三はいきなり草二を突飛すと梯子段の通路口なる障子に飛び付いた。草二が後から引戻す腕を手酷く引つ払つて無理に一気に逃げ出さうとする馬鹿力が、メリ〳〵つと一枚の障子を真二つにへし折つた。金三はその破れ目を潜つて梯子段の上に立つた。障子に挟まつてゐた大きな硝子板が、粉微塵に毀《こは》れて其の大小の硝子屑がちやら〳〵〳〵と幾段かの梯子を転げ落ちた。その驚く可き大きな響が次第に小さくなり、最後には風鈴のやうな涼しい音が階段の下に聞えて、一時シーンとなつた。すると時を移さず獣の唸るやうな声を先に立て丶、一層途方もない大きな声で、金三がウワッと泣出した。

「先生済みません」とその大変な泣声に交ぜて一言吐出すと、のめるやうに戻つて来て、草二の足元にゴロリと転がつて畳に顔を押当て丶、際限もなく泣きじやくる。深夜の荷物列車が此時轟々として程近い高架線を行過ぎる。その地響《ぢひゞき》の全く鎮まる頃は彼の泣声も収まつてゐる。

「お、よく男らしく謝罪《あやま》つて呉れた」と草二は金三の背中を撫で丶、

「さ簡単でい丶から一言云つて呉れ給へ……松山のあの事は僕の思つた通りなんだらう、ね、金ちやん」と抱き起しながら顔を覗き込むのを、金三は羞明《まぶ》しさうに眼をぱちくりさせ、呂律の廻らぬ言葉で、

「先生御免下さい。朱雀さんがあんまり熱烈だつたもんですから……」と充血した人の好さ丶うな目を草二に向ける。却つて草二の目の遣り場が無くなる。

「あ丶さうだとも、君に罪のない事は前から知れてゐる、こんな事はみんな女の方が悪いのさ」

　二人は居ずまひを直した。草二は十分安堵して短刀を鞘に収め額に滲んだ脂汗《あぶらあせ》を拭つた。彼の胸は立所に痛快な感情で一ぱいになつた。

「あ丶俺は嬉しい。非常に嬉しい、ね君、二人は友達にならうね、一生離れない友達にならう。さあ仲の可い友達にならう」

草二は金三の肉着《にくつき》のよい体を抱き竦めると、そのむくつけな脂ぎつた額や頬に熱心な接吻を続け様に与へた。草二の温かい舌が対手《あいて》の厚い唇に触れかかると、金三は顔をそ向けて、意外の襲撃を避けてゐた。

「おい〳〵水を持つて来い。露西亜のコツプにレモンと砂糖を

入れてね。速川君の分も持つて来るんだよ」

階段から突出した盆を待兼ねたやうに受取つて草二は息をせいて一コツプを飲干し、他の一つのコツプを速川に勧めた。速川はそのロシヤ製の六角のコツプに溢れた盆の裡《うち》の水を指先でいぢくつてゐる丈けでコツプには口も付けない。輪形に切られたレモンの一切がその口切の水の上に浮んで、草二が風を入れる為に袖を捲し上げた両腕が卓の上に動く度に揺れてゐる。

「さあ速川君、そこで俺が君に頼みがあるんだがね、君もかうやつて快く告白をして呉れたのなら、一枚の詫状を書いて呉れても可いだらう。それ丈けは君の此際の義務だと思ふがどうだらう。実は俺の希望はそれなんだ。俺はそれで安心するんだ。さあこつちへ来て書いて呉れ給へ」

金三を次の間の長五畳に連れて行つて、机の前に坐らせた。金三はもう草二の意の儘に動いてゐる。

「原稿紙と万年筆ぢや困るね、さあこゝに硯がある」と草二の持出す硯箱の蓋を取つて、金三は遅疑する気色もなく墨を磨り出した。

「先生何と書くんです?」

「や只済まなかつたと書けばいゝんだ、貴下に対して松山以来心ならずも申訳のない事を働いてゐた、今回機会あつて反省した。貴下の御心情は同情に堪へないとか何とか、まあ文句は俺が云はう、一寸待つて呉れ給へ、下から半紙を持つて来るから。」

草二が慌しく立つて下に降りかゝつた。その突然な足音に、今迄階段の下に物の怪のやうに這つくばつてゐたものが、鼠のやうにひらりと身をかはして姿を消した。朱雀が階段の下から耳を聳てゝ二階の様子を窺つてゐたのである。

草二は下で後向に竦《すくだ》まつてゐる朱雀に一睨《ひとにらみ》を呉れて、一帖の半紙を携へて再び二階に上つた。二階には不思議にも速川の影がない。広くもない二階の二間を一亘り見廻したが、寂《せき》として人影がない。おやと訝る暇もなく一瞬時の前迄坐つてゐた紫檀の机の前の書院格子の小窓が明いてゐる。金三はこの窓から隣の豆腐屋の屋根に飛降りて逃げたらしく、机の上の原稿紙に万年筆が転がつてゐて、そこには一行の文字も認められてゐなかつた。

「速川が居ない!」とけたゝましい主人の声に、二人の女達も急遽《あわたゞ》しく二階に上つて来て、交々《こもごも》窓から首を出してながめた。夜の更けるに連れて霧は益々深く、煙のやうに朦々として遠くも見えず、勿論踪跡《そうせき》の判じやうもない。

草二は激しく失望して、髪を摑んで机に突伏してしまふ。淡路は幾度も隣の屋根瓦を眺めたり、戸外へ出て豆腐やとの露路を探したりした。かくて二三十分は経過した。

「下駄も履かずに、まああの人は一体どうしたんでせう」など、怪しんでゐると、突如として店の硝子戸があいた。

一名の巡査が厳《おごそか》に立つてゐて、急用があつて主人に面会したいと申込んだ。草二はドキツとした。

二階の窓から脱出《ぬけだ》した金三は、豆腐やの屋根から飛降りて跣《はだし》のまゝ馳出した所を、新橋停車場《ステーション》の交番の巡査に呼留められ、不審の者として引置され、其申開きによつて、貴下の御意見を伺ひに来たとの事である。

「どうやら混み入つた事情があつて、貴下と口論した結果、逃出したと申して居りますが何分深夜の事ではあるし、跣の上多少負傷もしてゐる様子ですから……」と其巡査は怪しみの目を光らせた。

草二は一先づ平身して、其巡査と程近い交番迄同道した。興奮やら、恐怖やら、異様な感情に悩乱した草二を綿のやうな霧が噎《む》せるやうに包んで、遥に停車場《ステーション》の広場の先の交番の紅い燈火の下に、影絵のやうな四五人の人だかりを望んだ時、草二は自分が現在恐ろしい夢を見てゐるのではないかと怪しまれた。

金三は紅い燈火の下に凄い顔をして、三四人の巡査に取巻かれ厳しく訊問されてゐた。

「この男は速川金三と申しまして私の協会の俳優でございます。決して怪しい者ではございません。先程一寸した事で、宅で私と口論を致しましたので、酷く激して飛出した迄で、皆さんの御厄介になるやうな向きの者では決してございませんのですから、何卒此の儘お見のがしを願ひます」草二もうろ〳〵して苦しい弁解をする。

「花川朱雀と云ふのは貴下のとこにゐる女優ですか。何かその婦人に関した事だと申して居りますが、何んですかその婦人は最近にお産でもなすつたんですか」

「え、半月程前に」

「何処でお産をなすつたんです、お宅ですか、はあお宅ぢやない、はあ其の愛宕下《あたごした》の、何丁目何番地です? よく解らない? おかしいですね、」と若い方の巡査が真向から切込む。

「先生はそんな事を何時も気に留めないお方です」と意外にも金三は横から口を添へて草二の狼狽を救つて呉れる。

「何か余程深い事情がありさうだよ、何しろ夜明近くに跣で逃げ出すんだから、本署でゆつくり取調べようぢやないかね」と鬚を跳ねたのが興味半分嗾《け》し掛けて、事態容易ならざる形勢を呈して来た。其のうち一番上役らしい穏当な容貌の持主が、

「君達は多分酒でも呑んだのだらう。深夜に物騒な真似は以後注意したがよい。まうよし」と応揚に出て呉れたので二人は幾度も〳〵低頭して引退つた。二人は無言で連立つてあかしやの入口迄来た。金三はこゝであわたゞしく泥足の儘自分の下駄を突掛けて、

「どうも済みません、おやすみなさい」とぶつきら棒に云切ると戸を締切つて帰つた。もう四辺《あたり》は薄蒼く白んでゐた。

八

それから三人は兎に角夜具を被つた。異常な疲労と困憊とは名状仕難い悪夢となつて、寸刻の休みもなく草二を悩ませた。女達も寝られなかつたらしい。

翌朝十時時分、金三の寄宿してゐる桂木寿子《かつらぎひさこ》の宅から寿子の弟の春吉といふ青年がヒヨツコリあかしやを訪ねて来た。小作りな才気らしい、ハキ〳〵した言葉使ひで、クリツと大きな眼を心配さうに見開いて、速川が昨夜意外に負傷して帰つて来た事、夫れが為めに今朝突然高熱を発して寝てゐる事、何か非常に憤慨して、診断書をも作製して告訴する一面、急報に依て駆けつけた通信社に出勤《つとめ》てゐる兄貴の尻押しから、事情を詳記して新聞に発表しようと為てゐる所だから先生へ密かに知らせに来たといふのである。二人は非常に驚いて速川を宥めて呉れるやうに此の男に頼み、草二自身も一緒に速川の家を訪ねた。金三は何故か彼に会つては呉れなかつた。自分の名誉を脅かされる不安が堪へ難き苦悩と共に草二に迫つて来た。けれども彼は斯うした際に在つても真実を摑まうとする志は離れ難ない執着と一緒になつて逃れ様とはしなかつた。顔も蒼ざめ気力もなく、旅へ出ようとする勇気も出なかつた。桂木の家を出た彼はフラ〳〵と秋日和の街路を彷徨う様に歩んでゐた。道行く人の面も彼の目に止まらなかつた。電車の線路を横切らうとした時突然鼻の先で鈴《べる》が鳴つた、踝《くるぶし》の辺りを救助網が掬う様にして過ぎた。自働車が突然鼻先きに現はれて、けたゝましい喇叭の音が草二を叱し乍ら方向を転換して行つた。彼は何時の間にか日比谷公園の入口の所に来てゐた。フト目の前に見覚えのある男が立つてゐて自分に挨拶するのに気が付いた。藍みぢんの唐桟の着付けで、夫が役者の西郷である事が判つた。此の男もだな、と草二は緊張した。

「西郷君」

「や、何方《どちら》へ」

「天気が好いから散歩に来たのさ、西郷君、君少し僕と一緒に歩かないか？」二人は連れ立つて歩き出した。正午《ひる》頃の日光は穏かに芝草の上に陽炎を立たせて、ちよこ〳〵と歩き盛りの子供を戯弄《あや》す子守や美しい娘に手を引かれた老人が杖をゆるく引いて通つて行つた。二人は日当りの好いベンチに来て腰を掛けた。軽い暖い日光も草二の暗欝の頭を覗き込む様で眩しかつた。

「先生、大変お顔の色が悪い様ですねえ。お加減でも悪いのですか？」

「やあ、少し心配事が有つてね、君、宅の花川ね、一体君彼女《あれ》を如何思ふ？」

「如何思ふつて、旨い女優さんぢやありませんか」

「西郷君、君僕を信じて呉れ給へ、そして友人なら真実《ほんとう》の事を聞かせて呉れ給へ。」と草二は西郷の顔を覗き込んだ。唐桟を五分廻しにきちんと合せて、更紗の帯を締めた、色魔と呼ばれる西郷は、薄い唇の周囲に小皺を寄せてニヤ〳〵笑い乍ら草二の顔を見てゐた。

「先生如何《どう》かして居ますねえ」

「君、女つていふ者は不思議な者だねえ」

「え、女が如何かしたんですか？」

「西郷君、君宅の花川と伊東とをかしいといふ事を聞かなかつたかね？」

「いゝや、ちつとも、何か其麼《そんな》噂があるんですかね。」と云つて彼はニヤリと笑つた

「速川とをかしいといふ事を聞かなかつたか？」

「速川つて……金公ですか？」彼はプツと吹き出した。

「先生、何故其麼《そんな》事をお聞きになるんです。え、よしんば誰とをかしくつたつてい、ぢやありませんか。え、花川さんは先生のお上さんぢや無いんでせう。お妾《めかけ》なんでせう、お妾さんなら其麼《そんな》事は如何だつてい、ぢやありませんか、まア出ませう」斯う云つて彼はベンチを立つた。「お妾さんなら如何だつてい、ぢやありませんか……」草二の頭には此の言葉が不思議に大きく響いた。頭がかあツとなつて、湯の沸る様な音が脳髄の奥でする様に思はれた。彼の胆玉《きもたま》は胸の辺り迄突上げるかと思ふ程転倒して、自分で自分の立つた姿勢をさへ支へることが出来ない様に感ぜられた。ステツキを地に引きづり乍ら西郷と別れた彼の足は青木の診察所の方へと向つてゐた。日比谷から溜池へ抜ける虎の門の広場に来た時、折から東京女学館の放課時間らしく、校門から三々伍々《ごゝ》と出て来る若々しい女生徒の群に出会つた。草二は夢遊病者の様な姿と心とを持つて只茫然とこの美しい一場の光景を眺めた。そして口の中で「卿！……卿！……卿！……」と呟いた。

青木ドクトルの応接室に入つて、テーブルの上に堆高《うづたか》く積まれてある雑誌類をめくつてゐた。表紙も口絵も赤い所は赤いと許《ばか》り、黒い所は黒いと許り、何の意味もなく彼は一枚々々丁寧に頁《ページ》をめくつてゐた。新聞を開くと「ブルガリヤ宣戦す……」とか「独軍白耳義《ベルギイ》に侵入」と大きな標題《みだし》が目に入つた。己の恋の破産に際して、千古未聞の欧洲大戦争もとう〳〵バルカン半島に飛火した。など、途方もない取合せを考へてゐた。大きな活字も小さい活字も只寄合つて押つこをしてゐるとのみしか思はれなかつた。辛抱してぢつと新聞の表を見てゐると活字が動き出して来て、クチヤ〳〵と一緒に畳まる様にも見えて来る。

「やア香山君、此の間は失礼……」青木がタオルで手を拭ひ乍ら気軽に挨拶するのに気が付いた。

「歯が痛むのかね」

「イヤ遊びに来たのさ、後で少し君に話が有るがね、此処では話せないから何処かへ一緒に出掛けて呉れないか。あるきながら話さう」

「ウム、よし〳〵、もう少しで済むから待つてゐて呉れ給へ。」

青木と草二とが連れ立つて歩き出したのは日暮であつた。

「君、誤解して呉れちや困るがね、君が若し此の僕を友人だと思つて呉れるなら何事も隠さずに云つて呉れないか、僕は嘗て君と花川と関係の有つた事を知つてゐるんだ」

「ウム〳〵、あの事か、あの事なら僕も一遍君に話したいと思つてゐたんだがね、最早ずつと前だよ、僕は君の女だとは些つとも思つてゐなかつたもんだからねえ……なあに、自働車へ一二度乗合せた位な物だよ」

「イヤ、僕は何も君に此麽《こんな》事を云つて君を脅さうとしてゐるんぢやないがね、今度は少し考へが有つて俺はあの女を処決しなければならないのだ。就いては俺は彼の女の事に就いて十分知らなければならない事があるんだ。君に聞き度いと云ふ事は俺達が満洲から帰つた後でも君とあの女とが交渉が有つたか無かつたかといふ事を知らせて貰ひ度いんだ」

「飛んでもない事だぜ、君達が満洲から帰つたのは去年の事だらう、イヤ、今年だらう、君達が演伎座で『役者の妻』を演《し》てゐた頃なんだらう、あの事は三年も前の事で、あれつきりぷつつり手紙も何も無しさ」

「君、真実《ほんとう》かい、それは？」

「ウム、真実《ほんとう》だとも」二人は何時か赤阪見附から弁慶橋を渡つて、清水谷公園《しみづだにこうゑん》の夕闇の茂みの中を歩いてゐた。

「君達はよく此処いらを歩いたんだつてね」と云ふと、草二は嘗て早い頃彼等二人が此の幽邃《いうすゐ》な水石《すゐせき》の間を、手を組んで歩いた情景を新しく想像し出した。

「あゝさうだつたよ、なに真《ほん》の冗談さ、話も何も合ひやしないのさ、全で肌が異ふんだもの、どんな色がお好きですかつて聞くから、いろは年増に限りますよつて返事をしたら、妾《わたし》は緑が好きよつて云ふぢやないか、それで解つてらあね」弁慶橋を渡る時、見附前の家並の灯が堀の水に溶けてゐた。

「君は未だ女に甘んだよ、俺と其後関係がある様な事を云ふのは、そんな事を云つて君を嫉妬《やか》せ様つていふんだよ。つまり君に可愛がつて貰ひたいんだよ、ハヽヽ、君は昔から余り生真面目だからねえ、だから僕は世間でいふ程始つから君と彼《あ》の女との関係を信じなかつたんだ」

橋を渡つて見附の或るカフエーの扉《ドアー》を排した。

「まア一杯やり給へ」青木は彼にウヰスキーを勧めた。店の灯は赤々と照つて、エプロンの娘が二三人美しい頬に愛嬌を振撒き乍ら酌をしたり皿を運んだりしてゐた。三年の間草二の感情の奥深く食ひ入つて彼を悩ませた青木といふ男も、打解けて酒を飲んで見ると、手を取つて泣きたい様な親しみを感じるのであつた。青木は電話で例の書生の様な友人の様な男を呼寄せた。其の男も草二の早稲田時代の知合であつた。彼は急に此の男に対しても手を取合つて高らかに笑ひ、胸を合せて声の限り泣き度い様な心持が湧き上つた。

「青木君、あゝ今日は僕は非常に愉快だ、馬鹿に愉快だ、まアもう一盃酌いで呉れ給へ、お互に同じ国から出たんだからなア、大いに活動しよう……」エプロンの女が二人の男に打解けて冗談口をきくのを聞いても、彼は興奮しない訳には行かなかつた。草二の手から皿が一枚落ちて割れた。慌てゝ立上がる拍子、椅子から転げて尻餅をついた。彼はひどく酔つたのである。

「君俥《くるま》を呼ばうか」と青木の云ふ声が聞えた。

「ウム大丈夫〳〵要《い》らない」

草二はのめる様にしてカフエーの扉《ドアー》を押開けて、屋外《をもて》へ出ると泥溝板の上にバツタリと倒れた。

「なアに、俥なんか要らない」

「送つて行かうぢやないか」と草二を抱起し乍ら二人が囁き合つた。

「なに大丈夫、送るには及ばず……」

「さうかしつかりして行き給へ、さよなら、気を付けて行き給へ」青木と其の男とは斯う云つて再び店の中へ入つて了つた。

地面が草二の前に波の様にうねつてゐた。家並《いへなみ》の燈火《ともしび》はギラ〳〵と光つて珠数の様に繋がつて見えた。彼は乱酔の体をヒヨロ〳〵と運ばせて堀端に添うて帰つて行つた。両手を懐に入れて、中心の取れない体をのめる様にして進んで行つた。一人になると乱酔の頭の中にも昨夜来の凄じい懊悩が今更の様に蘇つて来た。自分の愛する者が自分のあらゆる友人と姦を通じてゐるといふ新しい激しい大きな出来事が、海嘯《つなみ》の様に押し寄せて来た。

草二確《しつ》かりしろ、今、貴様は一気に気狂に成る運命に臨んでゐるんだぞ。貴様は今鱈腹《たらふく》酒を呑んでゐる。貴様の恋は一時に破産した。貴様の一生の成敗が此処で的確《はつきり》と岐れるんだ。正気と狂気とが一髪の差を以て迫つてゐる。気を付けなくつちやならない……斯うした理性が朦朧として悩乱の中に意識された。

「仮令《たとへ》全軍の先払の下奴《げすやつこ》迄も……」草二は大きな声を挙げてオセローの科白《せりふ》を唸り出した。短刀の光が彼の前をヒラリと過ぎると、彼は臍の上で其の柄を摑む様にぎつちりと手を握り〆めてゐた。よくも俺の誠実を欺き食つたな……彼の目の前に白い肌が見えた。彼はプッツリと刃を徹す快さを感じた。

山王下に懸ると暗い山の上から男女の陰が阪を降りて来て、橋を渡つて、草二の目の前を過《よ》ぎつた。目の前がカツと明るく成つたと思ふと草二は活動写真館の前に来てゐた。此の時草二の酔は漲り溢れて危く横倒しになり相になつた。強い電気の光が草二の顔をくるんで、熱した湯気で蒸かへされる様な息苦しさを感じた。上を見ると毒々しい看板絵の中の人間が抜出して来て、何やら刃物を振つて躍りかゝつて来る様だつた。

「あゝ苦しい、如何して俺だけが斯う苦しまなければならないのか？」乱酔と困憊との為めに一切の能力が一斉に麻痺して終つた彼には只「苦痛」といふ感覚の外には何等の機能も意識もなくなつて終つた。苦しい！　と思ふ丈けの微かな感覚の裡《うち》に、一脈の生意が保たれてゐるに過ぎなかつた。

「何を俺は斯う苦しいのだらう？」

「俺の女が不都合な事をしたからだ」

「俺の女は何をした？」

「俺の女は俺との誓を破り、其の貞操を蹂躪した」

「貞操を破つた事は何故俺にかう苦痛を与へるのか？」

「彼奴《あいつ》は女だ」

「男には貞操は要らないのか？」

「要る！　大いに要る、少くとも女の貞操を保留する手段としても要る」

「では、俺は如何だ？」

此の時草二は乱酔中のとぎれ〱の思索の中に、微かな〱意識の裡に、ヂツと自分を内省しなければならなかつた。

「あ、俺も遣つてゐる」彼は彼自身の生活を顧みた。此の時彼は自分の記憶の中に一点の汚点《しみ》の様に成つてゐる何の邪魔にもならない或る物を見出した。

「ウム、ハルビンへ行つた時俺は毛唐の女を買つた、そして夫れを彼女等《あいつら》には黙言《だま》つてゐた、少くともあの女には打明けられなかつた。其の汚点《しみ》を凝視《みつ》めろ！　お前には只一点の汚点《しみ》だらうが、誠意を交換する相手に取つては天日をも掩はんとする妖雲ではないか、それから……それから……」彼は窃《ひそか》に省みて数多い妖雲が自分の今日迄の生活の陰に潜んでゐる事に気が付いた。

「此の事を彼女等に話したならば彼女等は何と感ずるであらう、必ずや憤《おこ》るだらう、泣くだらう！　俺に在つては夢であり、忘却であるとして澄ましてゐられるが、夫《それ》が白日の下に引出された時、如何して夫《それ》を抹殺する事が出来ようぞ、少くとも彼女等に取つては一点の汚点《しみ》として止まらないのだぞ、俺に在つては一点の汚点《しみ》、彼女等に有つては妖雲であり、懊悩である。さうだ！　彼女《あれ》に在つては一点の汚点《しみ》、俺に在つては斯くの如き妖雲であり、懊悩である。朱雀と俺とは別な生命だ、俺と淡路でも別な生命だ、さうだ、青木も、伊東も別な生命だ。速川も、西郷も別な生命だ。おゝ其処を行く人影も別な生命だ。此の石ころも別な生命だ！」彼は下駄の先きで道端の石を蹴飛ばした。石ころは勢よく転げて泥溝《どぶ》の中で水の音を立てた。

おゝ人々よ！　事々物々よ！　お前等は皆別な生命を持つてゐる。何といふ奇蹟だらう！　彼は感情を傾けて他の生命を始めて認めるのだつた。

俺に打たれた速川は他《ひと》に打たれた俺である。彼は突然《いきなり》力一杯自分で自分の頬ぺたを引叩いた。

「あ痛た。こん畜生！」彼は大きな声で斯《か》う怒鳴つた。彼は彼に打たれた際の速川の気組で道路の真中に突立つた。痛かつたであらう、憤懣に絶えなかつたであらう……彼は生れて嘗て覚えた事のない新しい感情を以て其の際の速川を思遣つた。彼は夢中になつて力の限り続けざまに自分の頬ぺたをはり倒しては「あ痛た、あ痛た」と怒鳴つた。

空車を曳いた俥夫が向側に立止つて狂気《きちがひ》じみた彼の様子を不思議相に眺めてゐた。昏酔して倒れようとするのを「此処だ、此処が通り路だ、此処を通れ！　此処を通れ！」と彼は窃《ひそ》かに心で絶叫した。

今日迄草二の前を取囲む物は草二一人を王者として、彼の妻も、彼の女も、彼の友人も、彼の弟子達も、玉座を取囲んだ帳《とばり》の様なものであつた。垣根の様なものであつた。

「おゝ垣根がとれた。垣根がとれた。俺も速川も西郷も同じ生命だ、同じ価値だ、之は奇蹟だ、歓べ〱」彼は大道の中央に踊り上つて喜んだ。はげしい鈴《べる》の音と共に電車が非常な勢ひで草二の傍《そば》を走り過ぎた。

此の歓びの源は何だ？　お前の生活の蔭に隠れてゐる一点の汚点《しみ》だ。自分の生活に隠れてゐる一点の汚点《しみ》だ。夫《それ》を凝視《みつ》めろ、そら〳〵大きくなる、そら〳〵妖雲が拡がり出す、自分の苦みは他の苦みだ。彼は雀躍をし乍らヒヨロ〳〵とあかしやの硝子戸に迄辿り帰つて来て、バツタリと倒れた。

心配して待つてゐた淡路と朱雀とは死人の様な草二を二階に引きづり上げて左右から泣崩れた。

九

「誰がそんなことを云ふものがあるものですか。男は死んでも、そんなことは云やしませんよ。だから先生、これからそんな事を人に聞いて廻る事なんかやめて下さいね。」と淡路は眼覚めたばかりの草二の枕元で云つてゐた。草二は翌る日の昼近く宿酔の不快と苦悩とから骸の様な姿になつてぢつと床の上に坐つたまゝ、淡路の言葉を聴いてゐた。

「先生昨晩は非常に酔つてゐらつしやいましたね。実は昨晩お話しなければならなかつたのですが、酷く酔つてゐらつしやつてお話も何も出来なかつたものですから、お眼覚までお待ちして居りました。……昨晩桂木寿子さんが来ましてね、速川が強情で聞かないのみならず、速川の兄さんといふ人が大変憤慨して、弁護士などを頼んだといふことです。それで私達兄弟の手では、もうどうにもすることが出来ませんから、それを先生にまでお伝へに来たのですつて。人の気も知らないで、太平楽さうに酔つてゐらつしやるのを見て、気持を悪くして帰つた様ですわ。今桂木兄弟に機嫌を悪くされては、物事がこだはつて、詰らない恥を世間に晒さなくちやならないでせう。お眼覚になりましたら、お厭でせうけれども、先生からあの人達へもう一度頼んで下さいまし。何しろ金公は馬鹿ですから、思ひ込んだら何をするか分りませんからね。」と心配さうに淡路は告げた。

「手を引くなら引くがいゝさ、実際の事が世間に出るのなら仕方がない。おほかたあの兄弟が尻押しをしてゐるのだらう。」と平気らしく云つたもの、草二は今更彼の生活の中で最も貴重と信ずる「名誉」を脅かされる不安を加へねばならなかつた。何《なに》も彼《か》もそこに打捨てゝ、山の奥の奥にでも逃げ込みたい気にもなつた。暗澹たる頭を彼は幾度か自分で叩いた。「あゝみんな俺が悪い」こんな言葉が太い溜息と共に出る。彼はデスクの下に頭をつつ込んで動かなかつた。困惑の極度に達した時、草二は、何時もかうして机の下に頭を突込んだまゝ、足を縮めて寝るのが癖だつた。朱雀も床から離れなかつた。事実の真を知らうとする願は、こんな自暴自棄の状態に入つても、どうしても草二の感情から離れさうにもなかつた。

「あゝ麗子、一体お前は何が面白くて、何が嬉しくつて此麼《こんな》に俺を苦しめるのだ。一体俺はお前に何を怨まれてゐるのだ、お前は何を怨んでゐるのだ。只一片のお前の誓を信じて俺はお前を女房よりも高い、精神上の位置に置き、俺の仕事も皆お前といふもの、為めに注いで来たではないか。淡路だつてお前の誠意を信ずればこそ優しい心から自分の席を配《わ》けて来たのではないか。俺の何処が気に入らないのだ？　どうか真実の事を云つて呉れ。出鱈目を云つて此の上俺を苦しめて呉れるな。彼麼《あんな》事を聴かされ、彼麼《あんな》目に会はされても、尚俺は最後の、それは僅かではあらうがお前の最後の善いものを生かせ度い。その最後の真実を俺に渡して呉れ！　そして二人の心と心とが仮令一分でも好い二分でも好いからお互に照し合ふ事が出来たら俺はそれで満足する。さ、どうか真実の事を云つて呉れ！　そして俺を救ひ、お前自身をも救つて呉れ！　此の間お前は俺が袖でかくしたら物とりの事を云つたぢやないか、あの様にお前の最後の誠実は俺のこの深い〳〵誠意、お前を愛する誠意を以て迫れば必ず感応するぢやないか」

　そのうちがらりと下の障子が明いて、再び桂木の弟が尋ねて来た事が、彼《あ》の男の特色のある甲高な昂奮した声音《こはね》で明らかに知られた。速川の事はもう望がない。種々の手続を了つて、今にも発表をするばかりになつてゐる。私達は非常に迷惑を感ずるから、どうかこの事件から無関係にさせてくれ。唯それだけを通告に来たのだと声高にまくし立てゝ、留守を使つた二階にも手に取る様に聞取れた。淡路はこれを二階の草二に取次いだ。

「先生、もう帰ると云つてゐますから、あなたからよく〳〵お頼みになつたらどうです」淡路はおど〳〵しながら草二の顔色を見てゐた。

「そんな様子なら頼んだところで仕様がない。あゝ近代協会もこれでおしまひだ。高い藝術も、高遠な事業も、俺の生活も、朱雀、お前の生活も……」彼は思はずもかう叫ばぬ訳には行かなかつた。朱雀も見る見る泪を漲らした。草二は机の下から出る気にもなれなかつた。

「あゝ、お父さんが小さい時から私の眼をお家騒動の眼だと云つたつけが、ほんとうにさうだ。私はこゝへ来てこの家をこんなにして了つた」と云ふ声と涙とが一緒だつた。

　淡路にせがまれて仕方のないやうに草二が下に降りると、桂木の弟は何の為ともなく非常に憤慨して、才気走つた眼を輝かしながらちよびひげをひねつてゐた。先生には御同情は申すのですが、こんなこんがらがつた事は私共には扱へません。それに姉が非常に憤慨してもう断然この事件から手を引けと申すのですから……と云つて畳を蹴つて帰つて行つた。

　その硝子戸の音の消えないうちに、草二はけたゝましく突然階段を下りて来る女中の様子に気がついた。只事でない！……彼は直に二階に馳け上つた。

　朱雀はたゞならぬ気配で、両手を長く夜具の中から差しのべて草二の顔を見ると、

「先生さようなら！」と悲痛な声を上げた。枕元には大きな湯呑が転つて、二三滴の水が畳の上に流れてゐた。

「先生さようなら、御免下さい。別に書置も致しません。私の書き残した歌や日記が其まゝの書置なのです。死んだら私の誠実を信じて下さいね。」とぎれ〴〵に苦しさうに言ひ乍ら唇を

まげて、胸をぐつと両手でしめ出した。転げてゐた湯呑を拾つて中を嗅ぐとつんと薬の臭がして、薬品戸棚が開いてゐた。

「お前何か飲んだのかい」

一番先に出てゐる瓶を調べると、日本製薬会社の石炭酸の瓶であつた。コボ〳〵と底の方に少量を残して、八分までは飲み乾された形跡であつた。

「どうした。お前これを飲んだのかい？」

「……」朱雀は眼をつぶつて黙つてゐた。

「はい、先程私が二階に上つた時、それを召上りになつたんですよ」と玉やが梯子段の下から首を出して斯《か》う言つた。

「どうだ、苦しいか」と草二は尋ねた。朱雀は咽を動して答へない。途端、その畳の真下に、生れたての鼠の赤児の啼声が彼女の唸きを圧してキ、と鳴いた。淡路も上つて来た。

「どうなすつたんですつて？　石炭酸を飲んだのですつて？　貴女一体どうしたの？　先生早く医者を呼んで参りませう」

「いや医者を呼ぶ必要はない。慌てることはない。これは生の石炭酸ぢやないのだから……よしんばこれが身体に害があつて、朱雀がこのまゝ死んでしまうなら、俺達も死ぬるばかりだ」

草二は少しも騒がなかつた。

「どうだ苦しいか。死ぬるなら何故相談をしない。桂木が下に来てゐるといふことを見計らつて、こんな真似をするとは純粋な心で死なうと思うたのではないやうに思れるがどうだ」

草二は斯うした朱雀の心を深く見詰めなければならなかつた。朱雀は暫く息苦しさうに熱い息をはいてゐた。その顔は何時までもほてつてゐた。

夕刻から、雨がしと〳〵降り出した。あかしやを取まく新橋の街々を、人々は傘を濡して行き交うてゐた。色町も景気だつて見えた。近所に催された菊人形の囃の音が秋の夜頃に澄んで響いてゐた。硝子戸を締め切つたあかしやの空気は、憂鬱に暗澹に進んで行つた。草二は顔を蒼白にして、朱雀は白眼をつり上げ、切るにも切られない愛着の綱でぐる〳〵巻きに巻かれながら、真実を渡せ真実を渡せと叫んでゐた。

草二が座をたてば、淡路と朱雀が相抱いて泣いた。朱雀が座をたてば草二と淡路とが相抱いて泣いた。向ひの新橋倶楽部では、この夜紅の幕を垂れ廻して、公《おほぴら》には世間に出せない種類の西洋の活動写真を、ひそかに会員を募つて、観せる催しがあるらしく、草二の知人の若い文士や画家等がこそ〳〵と這入つて行く姿が、あかしやのすり硝子の隙間から覗かれた。静かな秋の雨の夜を、彼等はほしいまゝな楽しみに耽るのに、硝子戸一枚距てたこの家は、重く暗く味気なく、深い谷の底にと陥ち込んで止るところを知らなかつた。

この夜淡路は熱心に朱雀を説いた。

「あなたはまあ何といふことです。そんな心掛でよく平気で生きてゐられますね。あなたのお祖母さんは、あなたのお心掛けを直すやうにと、もう三年このかた塩断ちをしてお不動様に祈つてゐらつしやるといふではありませんか。あなたがかうして香山を苦しめるのは、一人香山を苦しめるばかりでなく、私を苦しめるのです。あなたのお母さんを苦しめ、弟さんを苦しめ、お祖母《ばあ》さんを苦しめ、総《あらゆ》る世間の正当《まとも》な人を苦しめるのです。貴女はなぜ真実《ほんとう》のことが言はれないのです。かうなつても真実《ほんとう》の事が言はれないほどなら、むしろ貴女のために生命《いのち》を縮めて祈つてゐるあの祖母《ばあ》さんの細い首を締めてから、貴女の思ひ通りの生活をなさつたらい丶でせう。」と常に似げなく凛然として語つた。

朱雀は淡路の手を握つて泣いた。

「淡路さん有難う、そんなら真実《ほんとう》の事を申上げます。桂木寿子から何やらお聞き込みになつてからの先生の追求は、弱い私を脅やかしてみんな出鱈目な事を申させたのです。青木の事件のあつてからの私は、悔悟して真心から先生に貞操を捧げて来たのです。先生は真実といふことを追求なさる。真に真実といふものが徹《とほ》るものか徹らぬものかと弱い私を疑はせる程、先生は私を追求し、又虐みました。私は真実を試すためにこの二三日虚偽の限り、出鱈目の限りを言つて見たのです。桂木といふ憎らしい惑はかしの女が現れて、先生を疑惑の闇の中におびき出し、先生の聡明を惑乱させたのです。私は是迄、手軽に先生を欺くことがないでもありませんでしたが、それは大体直截な先生のやり方に過失《あやまち》のないやうにと、それをやはらげる為めの好意の上から出立した偽りであつたのです。先生と、私程には先生を理解しない私の家族との間に立つて、その調和のために止むを得ずとつたのです。現に先日の九条鸚鵡《でうあうむ》さんの切符代の百円も、先生から頂戴したのだと云つて、母に渡しました。母に聞いてお調べ下さい。又人の気を知らない先生の為に、僅かのことに、さもしく物喜びをする下廻りの役者達に、金や品物を分けてやりました。お手から出たのだと云つて、時々はお礼などは及ばないと申添へた事もあります。何事も先生のため、先生のお仕事のためにしたのです。決して決して先生の顔を潰すやうなことはしてございません。どうぞこの真心《まごころ》を信じて下さい。信じて下さい。」

彼女の真剣に、淡路も動かされ、草二も動揺した。

「それならどうして、金公は自白したのだ。第一それが明白な証拠ではないか。」

虚偽か、真実か。真実か、虚偽か。草二はさつぱり判らなくなつた。

「先生あなたの意気と、劇しい気勢の前に何者がたち向ふものがありませう。あれほど強情な金公でも。可哀さうに出鱈目を自白したのです。先生それは真実《ほんとう》ですよ。先生の大きな力は、闇からものを摑み出さなければやまない。宝が出なければ怪物《ばけもの》が出ます。現に金公は怒つてゐるぢやありませんか。若《も》し本統にあの男が私と関係があつたなら誰れが訴へるの、何のと言つて自分の恥を自分で洒し出すやうなことをしませう。」

「お前はまたそんなことを云つて俺を巧みに欺かうとするのぢやないか、再びお前は俺を瞞《たぶ》らかして、どうしようと云ふのだ。」

「いえ、決して瞞《たぶ》らかすのではありません。真実《ほんとう》です。信じて下さい。私は現在《いま》心から真実の世界に入つてゐます。只昨日《きのふ》までの私は、小供の時、虚偽を覚えたのが発見されず、苦痛を見ずに、知慧で巧みに塗りかくして来たのが、今日の私を作り上げたのです。其虚偽が一方の遺伝の血をそゝつて病的欲求をも生むに至つたものと思ひます。道徳的反省とか、情操とかいふもの、皆無な私は、「虚偽」を悪徳とも感知せず、知慧で縦横に切り廻した二十年の習癖は正当な自己を抑へつけて、例へば何かの事実を話す時でも、事実通りの事をいふ事が、実に嫌で堪らない程の心持なんです。…………先生は真実には底があるから如何なる場合でも破綻を生じないと仰有るけれど、私には事実そのまゝは只一筋で抜け道がないといふ不安がどうしてもつき纏うて、理屈の上では、真実の如何に力強いものであるかといふ事を知つても、どうしてもその気にはなれませんでした。それは昨日《きのふ》迄の私です。今日からは異《ちが》ひます。かう迄手品の種を打明けて了つたなら先生―貴方は今日から私を信じて下さるでせう。ねえ先生」

「さう饒舌つてゐるその事が、真実か虚偽かそれさい俺には判らない。先づお前の昨日迄の生活の真実を俺の納得する迄、打明けてくれ。」

　この種の押問答が募り募つてこの家の空気は、刻々と重い罪の色に塗り籠められて行つた。貞操に関する罪は微塵もない。ないとは信じない。絞り出すぞ。少しの体罰の後には皆本統だ。

「自白したことは皆ほんたうでございます。先生どうぞ許して下さいまし。」と痛切に涙を流して謝罪する。かと思へばふと又言葉を尽し力を極めて自分の純白を主張した。草二はその度毎に霊が宙に飛んで、風を捕へる如くであつた。

　みんな本統だ。しからざれば、みんな嘘だ。

　終《つひ》に彼女は先夜の如き面魂《つらだましひ》と変じ、毒婦の形相をあらはにして草二を睨んだ。天井の電燈は、この凄じい気勢に圧せられたかのやうに、薄暗くなり、又明るくなつた。一室は唸りつゝ、青くふるひ出した。草二は三年前、彼女に黄色い白粉の出来上つた事を通知する葉書を書いた時のことを思ひ出してぞつとした。

「先生、先生は淡路さんの貞操はお信じになるでせうね」

「それは信ずるとも、外の処は兎に角として貞操は婦人の生命《いのち》だもの、僕を怒らせてばかりゐて、僕を少しも慰める事を知らない哀れな女だけれど、自分の生命《いのち》だけは、完全に保留してゐる女だと信じてゐる」

「先生、それなら私は、淡路さんの血を飲ましていたゞいて先生に正直な所を誓ひませう」

「むゝよし。何事でもよし。お前が俺に真実をさへ披瀝してくれるならば……」

　二人は交々淡路に頼んだ。淡路は快よく承諾して、直ちにナイフを取出して立ち乍ら自分の小指の先を切つた。朱雀はその指を戴いて、仔牛が乳房を吸ふ様にして、血を啜つた。そして啜り終るときつとなつた。淡路は聖像のやうになつて立つてゐた。

「それからこゝに御経文がございます。お祖母様が真実をこめて、朝夕に読めといつて下すつた御経文ですの、摩訶般若波羅《まかはんにやはら》蜜多心経《みたしんぎやう》の経文のうちに「真実」といふ文字がございます。それをも飲んで先生に誓ひます。四五年前から塩断をして私の為に祈つてるお母祖様のお意《こゝろ》も、この文字と共に飲み込むことが出来ませう」

「あゝさうしてくれ、其決心で俺に真実を渡してくれ」草二の声は慄へてゐた。

「あゝ朱雀さん、さうなさい。そしてあなたも真人間におたち返りなさい」と淡路も口を添へた。天井の電燈はその間しばしば瞬いてゐた。彼女は経文を押し戴いて真実の二字をひねり取つて、ぐつと飲み込んだ。

「さあ先生、かうして私の云ふことをお信じ下さい。淡路さんも信じて下さい」と居住《ゐずまゐ》を直した。

「あゝ信じよう。信じよう」

「えゝ、信じませうとも」草二と淡路とが形を正しくして坐つた朱雀の膝に、同じく形を正しくして詰め寄せるのであつた。朱雀は眼を神々しくして、暫く息を溜めてゐたが、

「桂木が来てからの後に申上げた事は、みんな嘘です。真実は別にあります。私は貞操を汚した覚えはありません」とモノトナスに言ひ終ると、天井の電燈は音なく消えて、三人は暫く声もなく闇の中に坐つてゐた。

十

虚偽か真実か、一切が謎である。女が始めてあかしやを訪ねて来て、草二が黄色い白粉の出来上つた事を知らせる葉書を書いた晩、音もなく電燈が消えた。何の為めに電燈が消えたか、それは謎である。女が経文の中の真実の文字をむしり取つて之を呑込み、その身の潔白を誓つた時、再び音もなく電燈が消えた。それも謎である。

自然か寓意か、一切が謎である。謎の中から真実を求めるべく草二は之を解き悩んだ。

「まア仮にお前の云ふ事を信じて見よう、経文迄呑んで誓ふのだからね、其のお経文の権威に対しても、一先づは信じなければなるまい。然《しか》し物は相談だがね、なんとか斯《か》うさらりと打解けて、お互の秘密を語合ふ訳には行かないものだらうか。麗子、俺が今お前に要求してゐる事は無理な要求だ、それは俺も知つてゐる。そりやあ誰にだつて秘密といふものはあるものだ。俺にも秘密はある。それを今俺はお前に云ふ、お前に話す、だから俺にだけ、俺にだけ云つて呉れ、それを云つた後の俺とお前との二人きりの世界……其処へ一寸《ちよつと》でも住んでみろ。麗子、さ、云つて呉れ。云つてさへ呉れたなら、その後は俺はお前の思ひ通りにならう、お前が死に度ければ一緒に死んでやらう、此儘にして居度ければそれも好《い》い、何でもお前の思ひ通りにする。

どうぞ最後の、最後の真実を渡して呉れ、そして其の二人つきりの世界を一分でも二分でも持たせて呉れ。それで、それだけで俺は此の三年間本当のお前といふものを知らずに愛して来た自分の朦昧を晴らす。どうぞさうして呉れ。俺は既《も》う自分の女だとは思はない。一昨晩青木と飲んで、酔払つて帰る途すがら俺は思想上に一道の光明を摑んだ。人間の生命は別々で、其の生活も又別々だ。俺はお前にその貞操の純潔を要求してゐるのだから、又その秘密の告白を要求してゐるのだから、俺が先づ俺の秘密をお前に告白しなければならない、之は男子の貞操を認めて云ふのぢやないよ」

「いゝえ、先生何も仰言らないで下さい、妾《わたし》は聴かない」

「俺は未だお前に云はなかつたが、実はね……一人でハルビンに行つた時……」

「あゝ、聴かない〳〵、どうか何も仰言らないで下さい！」朱雀は慌てゝ、両手で自分の耳を掩ひ、次いで素早く草二の口に手を押当てゝ、その言葉を遮つた。

二人は暫く無言で対合《むかひあ》つてゐた。不分明のものを挟んで柱時計の秒を刻む音が際立つ。

苦し相にうめいてゐた草二が突然、

「ぢゞばゞに成つたら判る哩《わい》」と云ひ放つて夜具の中にもぐり込んだ。蒼い顔をした朱雀も思はず噴出して、

「ま、何といふ方なんでせう、先生は」と久振りに淋し相に笑ふのであつた。


明る朝、草二は早く眼醒めた。事茲《ことこゝ》に及んでは、此の女と別れる外に路はないと思つた。

十月の終りである。朝寒む夜寒むはさらぬだに淋しい。生活もこゝに行き詰つた。離れ難《がた》ないこの執着から逃れよう。これ以上惨めな生活を繰返す事は俺にはとても堪へられない。経文の真実を呑んで誓つた彼《あ》の女の誠意……それをさへ信ずる事の出来ない俺としたならば、彼《あ》の女と俺との間には永久に埋める事の出来ない溝があるのだ。彼《あ》の女の紀念もいろ〳〵残らうが、真実をむしり取つたあとの経文こそ絶好の紀念だ。

草二は朱雀の持つてゐる経文と守護札《おまもり》とをだまつて貰ひ受けた。朝日の差込む窓に倚つて、歯磨をかけてゐると、悲しみは喉元にさし込んで来て、こらへる事が出来なかつた。

長《なが》五畳《でふ》に寝てゐた朱雀が眼を醒まして、寝返り乍ら草二の顔を見た時、彼の悲しみは破裂して終つた。泪は漲り溢れて、激しい歔《しや》くり泣きは、歯磨の白い泡を口の周囲《まはり》にあふれ出させて、白い粉を胸にうちかけ、右手に袋をとり、左手に楊子を持つた儘、大声を挙げて泣くのであつた。果は楊子も袋も投げ出した儘泣き倒れて終つた。

「ねえや〳〵、こつちへ上つておいで」と呼ぶ草二の大きな声に、玉やは怪訝な顔をして階段を上つて来た。

「お前は今俺の大きな泣き声を聞いたらう、三十男が朝つぱらから大声を挙げて泣く声を聞いたらう、俺が斯《か》うやつて大声で泣くのをお前はをかしく思ふだらうな、ねえや、俺が今朝斯《か》う

して泣いた事を忘れるなよ、記憶《おぼ》えてゐればきつといまに思ひ当る事もあらうし、きつとお前の為めになる。お前も悧巧だから大抵の様子は判つてゐるだらうが、此の騒ぎの間を階下《した》でよく気を付けて黙つて働いて呉れたな、お前は未だ年歳《とし》が若い、これから如何《どう》にでもなる。嘘を吐くなよ、嘘さへ吐かなければ、何麼《どんな》馬鹿でも世の中に生きてゐられる。嘘を吐き、人を欺けば旦那の様な男から可愛がられなくなるぞ。嘘を吐くなよ。あゝ生れて三十三年、今日は十月三十日か、俺は自分の生れた月日を知らない、俺が夫《そ》れを聞き度いと思つても、母親《おふくろ》は俺を産み落すと其の儘気が狂つて終つて、判らないし、戸籍は一月三十日となつてゐる。父親に聞いたら十月二十八日、ウム二十八日だぞと口籠つてゐたつけが、現在《いま》から思へば流石《さすが》に可愛相だと思つて出鱈目を云つたんだらう。俺は思ふ、多分俺は十月の三十日、今日生れたのだらう……」

彼の云ふ事を首垂《うなだ》れて聴いてゐた玉やは、

「妾《わたし》も生れた日が判らないんです」と淋し相に泣いて階下《した》へ下りて行つた。

「俺は女には何時でも此麼《こんな》目に逢ふ、決して俺の方から捨てた事はない、決して倦いたり、嫌になつて捨てた事はない。麗子、俺は今朝お前と別れ様と思つたんだ。思つた丈けでもたまらなく悲しくなつて泣いた。今朝お前からそつと守護札《おまもり》とお経を貰ひ、之をお前の紀念として一切を断切らうとしたが、それを思つてみた丈けで俺は泣いた。今日迄お前とは何度別れようと思つたらう、青木の時も、矢田の時も別れると口には出したが真に別れ様とは思はなかつた。今朝も思つてみたが、矢張り斯うして執着が湧く、さんざ乱暴な事をして済まなかつた。」

金公事件は、其後様々な様子合ひから推察するに、桂木兄弟が親切にかこ付けて、どうやら彼の尻押しをしてゐるらしかつた。草二と朱雀とが隠れてゐる金公を桂木の家で見付け出して、一生懸命謝罪《あやま》つても見たが、金公は憤つた様な、済まない様な、意味の判らない顔をして黙つてゐた。

此の事件が如何《どう》しても彼等の手で取り繕う事が出来なくなつたので、この飛んでもない恥を巣鴨の牛窓の母親《おふくろ》迄打明けて応援を頼まねばならぬ事に成つて来た。恰度《ちやうど》其の時、お前達の身の上に種々《いろ〳〵》善くないお告げがあつたから様子を見に来ました、と心配相な顔をした母親《おふくろ》があかしやを訪ねて来た。

巣鴨の家には以前からお不動様のお告げといふ物があつた。自分のお祈禱《いのり》の時、娘の淋し相な顔が見えたり、黒髪を垂らした儘憐憫《あはれみ》を乞ふやうな姿が現はれた事や、最も心配な事は祖母《おばあ》様《さま》の夢に、未だ一度も来た事のないあかしやの様子がはつきりと映つて、不思議に善くないお告げがあつたといふ事等を語り出した。

「香山さんが金の角を生やし、口から火を吹いて、袴を着けて、長い鞭の様な物で室の壁を叩いてゐた。その二階は不思議にも左右に同じ様な梯子が二つ付いてゐた。何か変事《かはり》が無いかと祖母《おばあ》さんがひどく心配してゐますよ」母親は物静かな言葉で麗子の祖母の夢に現はれた怪しい啓示の有様を語つた。三人は思はず顔を見合せた。

「壁を叩いてゐたのですつて！　梯子段が二つありましたつて！」と草二は慄然とした。

「え丶、梯子が二つあつたのが不思議だと老人《としより》は云つてゐましたよ。話に聞いてゐた所ではあかしやには梯子が一つあるといふ事だが、夢で見たのは確に二つで、同じ様なのが左右に付いてゐたのが不思議だと云つてゐましたよ。其の次ぎの晩の夢には、根を綺麗に洗ひ上げられた万年青《おもと》が二つ、塵溜の中に捨て丶あつたのを御覧なすつた。これもお前方へのお告げで、お前方の生死《いきしに》にも拘る危いことが目の前に起つて来る前兆だと云つてゐました。然《しか》し、万年青といふ草は、精分の強い草で、仮《たと》令《へ》根を洗はれても再び土に植ゑられ丶ば呼吸を吹きかへして栄えてゆく、塵溜から塵置場に運ばれて終へば其の儘朽ち果て丶終ふ際どい瀬戸際をお知らせ下さるお告げだと云つておゐで丶した」

「さうですお祖母さんの御覧なすつた通り、其の晩このあかしやには慥《たし》かに二つの梯子がありました。全く私は長いもので壁を打ち叩いて居りました。恐ろしいお告げですね……」と云つて草二は見る〳〵胴慄をして火鉢の縁にしがみ付くのであつた。

　先晩、彼は乱酔の裡に一道の光明を発見《みつ》けた。一点のふし穴から差込む光明を発見《みつ》けた。彼は人々の生命を発見けた。事々物々の生命を発見けた。自分以外の者の生命を発見《みつ》けた。自分をとりまく一切の垣根を払はねばならないのに気が付いた。

「お丶！　其の生命を統べ給ふものが俺を支配してゐる。朱雀を支配してゐる、すべての人々を支配してゐる……」自分の生命の外に、自分の携はるもの丶外に、他の何物をも認むる事の出来なかつた草二は、今、一炬の炬火《たいまつ》を照して自分の行手を指示し給ふ天の摂理を始めて感知した。釈迦の仏も、基督《キリスト》の神も、お祖母さんの不動明王も、即ち吾等の生命の源であり、権威であり、大霊であらう、何といふ大慈大悲の摂理であらうぞ、矇昧愚痴にして、狂暴の限りを尽した此の草二にさへ憐憫《あわれみ》を垂れ給ふとは。忝《かたじけな》し、大霊の摂理はこの室に迄かう押詰つてゐるのか……

　草二は全身をとり巻く宇宙の権威を感知して五体悉《ことごと》く緊縮し、火鉢の前に踞《うづく》まつた儘みじろぎも出来なかつた。

「お丶生命の源《みなもと》よ！　最善の慈悲を垂れ給ふ力よ！　私は始めてあなたに感謝する！」涙は自づと滲み出て桜炭の上に落ちると、微塵の灰も生命あるもの丶如く踊つて、ぢゆつと微かな音を立て丶消えて行つた。

　草二は顫へ乍ら朱雀と淡路をつれて其の夜直ちに巣鴨の祖母《おばあ》さんの所に駆け付けた。物慾も枯れ果て丶、念仏三昧に入つてゐるこの老婆は、メエテルリンクの劇中に現はれる超人であつた。薄茶色のぼやけた、ねんねこの背を丸くこゞませて、縮緬細工の様に美しい皺のよつた手を顫はせ乍ら、煩悩に悩む三人の男女を前に置いて、仏道の因縁を説くのであつた。

「ずつと前からいろ〳〵とお告げが御座いましたよ、これはあなた方許《ばか》りの罪では御座いません。三代前の御先祖からの因縁が絡み絡んでゐるのだと仰言つてゞ御座います。あなた方は此の世にもない合性で、此の世にもない争ひの星なので御座います。此の世にもない強い星なので御座います。……この孫《こ》は一つ間違へばお伝といふ女になるので御座いますよ。香山さん、あなたもかつとなる星で、よく〳〵気を付けなければいけません。お前達の事は兎に角として、淡路さんが一番御気の毒です。淡路さんにも三代前の因縁があるのですから、やつぱりお互に苦しまなければならない星なのです。お前方の為《し》てゐる事は……その三角のつながりは……お前方の心掛けさへよければ立派に添ひ遂げて行けないものでもないのです。末は三体の阿弥陀様に成るのです。お前方が三体の阿弥陀様に成る様に祖母様は日毎夜毎お祈禱《いのり》を上げてゐるのです。香山さん、あなたは正直な星だ。お判りになりましたならこれからお不動様をお信じなさい。それは〳〵崇《あらた》かな神様ですよ。女性《をんな》は総て草花だと思召して、不埒な子供ですがどうか麗子も可愛がつてやつて下さい、万年青《おもと》のお告げがあつたのですから、あなた方の心掛一つではこれからます〳〵お栄えになります。近頃何やらさし迫つた悪い事があなた方の間に起つてゐるらしいが、それは母親《おつかさん》が出れば丸く治まる事となつて居りますから御安心なさい」。

草二は打ち顫へ乍らこの予言者の言葉を敬虔な心を捧げ乍ら聴いた。神の摂理が是程明徹に草二に身にも心にも迫つた事は為かつた。彼は泣き出した。彼の信仰は本能の如く衝動した。彼は突然この家の不動明王の厨子の下にひれ伏した儘永い間動かなかつた。

朱雀は右から、淡路は左から、彼に続いて額づいた。

十一

あかしやは其夜から信仰の家と変つた。不動明王の護摩札を御本尊に捧げて、二階の書院格子の小さな床に形ばかりの神具を安置し、燭を点じ香を薫じて三人は等しく伏して祈《いのり》を上げるのであつた。草二は一番熱心だつた。朱雀も淡路も何が無しに敬虔な心を捧げて三人は打揃つて巣鴨の老祖母から勧められたる「礼拝」と云ふ行に移つた。「礼拝」の行とは、坐して拝し、立つて拝し、祈りつゝ百回坐り直す事を云ふのである。百本の紙綟《こより》を作つて、淡路はこれを一本づつ繰り、其回数を勘定した。三人は祖母さんから授けられた通り一祈《ひといの》り毎に口の中でノーマクサンマンダー……と云ふ咒文を口称《とな》へた。香煙は縷々として三人の熱心な行を包んだ。草二は目前に立つて拝し坐つて拝する朱雀の後姿の腰のあたりを見て居ると、湧き起る様な憤激の情と、断ち難い愛着の念との綯交《なひま》ざつた不思議な感情に襲はれる。彼は此雑念を押しのけ〳〵神に祈つた。

「憐れなる暗き者を救ひ給へ、大霊の光を今少し朗かに垂れ給へ、人類より人類に伝はる、抜き難き悪劫の根元を払はせ給へ。

この涌き返る毒血を鎮めさせ給へ」

　草二の精神が統一すると間もなく瞼の中に青い三つの焔が燃え上り、その眼界が望遠鏡のピントが合ふ様に鮮明になると、白髪を慈姑《くわゐ》の様に束ね、背を丸くして仏に参じて居る牛窓のお婆さんの姿が見えて来た。或は新鮮な草花が、純白な皿の上に盛られて、紅に又紫に息をしてゐる幻を見た。草二は迫り来る感情を傾けて新しい信仰の扉をたゝいた。

　金公事件は其後朱雀の母が諸方面を馳歩き、磨《す》つた揉《も》んだの末、先方では金子《かね》が欲しいのだと云ふ事に漸く気が付いた。打合せの上、ある夜神田の常盤で五十円の金子《かね》に草二と朱雀とが謝罪状を書いて渡す事によつて凫《けり》が付きさうになつた。其夜は時雨れてゐた。速川と桂木の弟は降り出す前の夕刻からもうその常盤へ押上つて飲んで居た。流石速川は現はに金を要求する事が面目悪《きまり》さうであつた。之を後から操つて居たのは桂木で、

「兎に角非常に怒つて居るんですから、酔つてる中に彼《あ》の男に金子《かね》を渡してしまはなければ此話は破裂して終ひます。私がたつぷり酒を呑まして置きますから頃合を見計らつて貴君方が御出でになつて謝罪状と一所にお金子を懐にねじ込んでおしまひなさい」などと云ふ申条《まをしでう》であつた。花川のお袋と草二とが彼等の飲んで居る中庭の樹木のかげの離れの一室に通つた時は、夜もかなりに遅かつた。速川は十分に酒を飲んだらしく、臭い呼《い》吸《き》を吐いて居たが、顔は蒼ざめて、眼を瞑つて開かなかつた。流石《さすが》に正気があるらしく、呼吸《いき》を深く吐いたり体を紆《くね》らせたりする故意《わざ》とらしい酔ひ様が、彼の舞台の様に拙かつた。草二や朱雀のお袋の前では彼はまぶしくて一寸《ちよつと》でも眼を開く事が出来ない様子であつた。たま〳〵開けばどんよりとした正直さうな目差で目脂《めやに》が眦《めじり》に付いて居た。花川のお袋が柔しく彼の前に手をついて、

「速川さん、飛んだ御災難でしたつてね、どうか気に懸けないで堪忍して遣つて下さい」と述べる後から草二も口を添へて、

「まあ速川君、此の間はどうも済まなかつた。自分の邪推から罪の無い人に飛んだ迷惑を掛けて、狂暴な振舞をした事は何とも申訳がない」と云つて丁寧に謝罪した。

「だから先生、あの時私は先生の為めなら死んでもいゝと云つたぢやありませんか。無理押つけに押つけなくつても宜いでせう」と憤慨に堪へないらしい口吻を、元気のない言葉で云つてゐた。

「お医者にも掛つたんでせうね。さあ此所に五十円」と云つて、花川のお袋は桂木の前で金子《かね》を数へて、白いハンケチに包んだ包みを速川のだらしのない懐に押入れると、彼は子供の様にしく〳〵と泣出した。

「僕は金子《かね》なんか要らないんです。僕は金子《かね》なんかいらないんです」

　と太い足を投出したまゝ、上半身をちやぶ台の上に俯伏《うつぷ》して酔倒れたやうな振を見せた。ハンケチの包みが金公の懐から自然にはみ出すのを、

「金ちやん、そんな事を云はずに、まあしまつて置けよ、折角のお志しだから」

桂木が此間を甘く切廻してその包みを金公の懐深く突込んだ。

「君、速川君は僕等の謝罪状なんかは要らないだらう、それよりか君にも大変お世話になつた、これは少しばかりだが君の親切に対する僕達の志だから……」と云つて、草二が用意してあつた謝罪状をしまつて、別に二十円の紙包を差出すと、彼は酒気を帯びた顔に怒気を漲らして、

「何ですつて香山さん、余り人を馬鹿にしない方が良い。私は金子《かね》を欲しくつてこんな事をしてるんぢや無いんです。あなた方の御名誉を思へばこそ、これ程苦心をしてゐるんです。そんな事を仰有るなら私は此所で手を引きます。金ちやん、さあ帰らう、サアこんな物は返しつちまへ！」

今度は金三の懐の中から件の包を引出して畳の上に叩きつけて腕を捲くつて、立上つて見せた。

「ヤア、さう怒つて貰つちや困まる。」

「まあ桂木さん、それは私共が悪ふ御座いました。貴君の御親切を知らないで、お金子《かね》なんかで御礼を差上げようとしたのは大きな間違ひで御座いました」

お袋と草二とが両方から押静めて、胡座《あぐら》をかいた春吉の両膝に左右から取付いて、幾度も幾度も頭を下げて謝らねばならなかつた。

「何もこんなに怒り度い訳ぢやありませんがね、誤解されるのはいやですからね」

と春吉はしばらくして砕けて来て、チヨビ鬚を捻り乍ら、間もなく豪傑笑をした。年の若い血気な春吉の股の肉はスベ〳〵として温かつた。草二はその上に頭を押しつけて平謝りに謝つた。此男もこれだけの悪事を、自分が悪事だと思つてしては居ないだらう。自分が今、急込んで啖呵を切つた様に、真に他人の為めに一片の好意を尽して居るのだと信じて疑はないのだらう。そしてかうやつて呑んでゐる酒も、これから呑まふとする酒も、喜んで彼の喉を下つて、彼の温かい血となり、肉となつて、憚る所なく生活して行くのだらう。露骨に二十円と換へなかつた彼に取つて、何の価値も無い草二と朱雀との謝罪状も、之を是非保留しようと頑張る蔭には、彼の意識の外に潜在して居る憐れな悪癖が、露骨な二十円以上の物を期待して居るのだらう。さうとすれば此の男も気の毒なものだ、人間に何よりも必要なものは聡明な理解だ、その理解の源《みなもと》は信仰から流れて来る。容易に人に謝つた事の無い草二が、腹の内にこれ丈けの理解を持つ事が出来て、むら〳〵とする気を押鎮め〳〵此場を旨く取繕つて雨模様の外に出た。

神田の常盤を出た草二は、霧の様な夜の小雨のしぶきを浴び乍ら、傘を半開きに窄めて右手に下げ、高足駄を穿いて堀端に添うて御所前へと歩んで居た。御大典の飾物を徹夜で急いで居る人夫が、雨の中に篝火を焚いて大い緑門《アーチ》用の松の葉や、美しい紅白の幔幕等を引廻したり打つけたりして忙しさうであつた。

御所前へ来ると素晴しい飾付けで篝火が広庭一杯に燃えてゐた。傘をさして見物してゐる人もあつて、夜更とは思へなかつた。「オ、御大礼が来る！」四五日の間新聞一枚読む事が出来なかつた草二には、此光景を見て、やう〳〵此国家の一大慶事に心付くのだつた。

「オ、御大礼が来る。総ての人々は生温い生活をしてるのに、俺だけかう苦しまねばならぬと云ふ事は、俺だけが撰ばれて居るのだらう。俺はもう一切の女性《によしやう》を断ち、一切の衆俗を断つて今から修道の途に上らう。遠藤盛遠も此ジレンマを経て髻《たぶさ》を切つたのであらう。加藤重氏も此煉獄を通過して高野《かうや》登《のぼ》りとなつたのであらう。何とかして俺は高い処へ免れよう。藝術よりも、恋愛よりも高い処に免れよう。」大跨《おほまた》に歩む彼の足駄の歯は、電車の線路の石畳の上にカツ〳〵と鳴つて居た。

家《うち》へ帰ると、大阪の祖父母の手元に育てられてゐる平八郎と袖代から、草二と淡路の二人へあて丶、各一枚づ丶のはがきを寄せてゐた。御大典をことほぐ小国民の感情を、色鉛筆で描いたぶつちがひの旭日旗の下に、いたいけな片仮名で、兄をまねた妹は一層いたいけに、

トウチヤマ　カアチヤマ　モンノマイ　平八郎
トウチヤマ　カアチヤマ　モンノマイ　袖代

と書いてあつた。

時も時、「門の前」との言葉は、何等の寓意ぞ。門の前！門の前、子供等よお前の父母は馬鹿者である、と草二は長大息を禁じかねた。

十二

翌日の十一月十日は、今上陛下御大典の第一日で、きつい朝寒ではあつたが、淡曇りの空から香ふやうな朝日かげがあかしやの二階にも差覗いて居た。早朝から店の前の人通りが刻一刻賑かなどよめきになつて午《ひる》近くには花火とも祝砲とも分ち難き轟きがしば〳〵この家を揺がした。舞台に立てば幾千の観客の胸を躍らせ、感嘆の涙を絞らせるに足る丈けの技藝の持主である此家の朱雀も、淡路も蒼ざめおびえて国民の喜ぶ日を喜ぶ事が出来なかつた。彼等は戸を締め切り、御燈《みあかし》と線香とを点じて常の日の如く熱心に「礼拝」の行を捧げて居た。草二は独り撈《らう》然《ぜん》として、親しく成田の本山に彼の新らしい信仰を捧げるべく家を出た。五彩七彩の布や提灯や花飾りや、到る所の街々の化《け》粧《はひ》は目も彩《あや》に全市を彩り空の色さへ時めいてゐた。思ひ〳〵に着飾つた群集は、雪崩を打つて町から町へと溢れて居た。花電車が通る度に、花火の音の響く度に、群集は等しく、相格を崩して歓声を挙げてゐた。草二は溢れる電車の車掌台に押付けられ乍ら、新橋から上野迄の盛場の飾付や、雑沓の有様を夢心地で見送つてゐた。

成田行の汽車中に乗合せた人々も一様に晴々しい顔をして居た。車窓から見る何《ど》の家も〳〵、国旗や花飾りをつらねて、国家の喜びを喜びとして居た。我孫子《あびこ》で乗換へた汽車が成田線を

進む時は、秋の日がトップリと暮れて田園の中の百姓家にも赤い喜びの提灯が灯つて居た。一人々々の喜びが積り積つて、この物淋しい田舎へも、大きな都会の大きな喜びが流るゝやうにどよめいてゐた。日が暮れ終ると汽車は成田駅に着いた。彼は急いで先づ俥で新勝寺《しんしようじ》の本山の坂下迄馳け付けた。晩秋の夜霧が夢のやうに高い殿堂を包んで、杉木立の間に金色が燦いて居た。階段《きざはし》の下の広庭は左右共菊の花壇に敷詰められ、黄と白とに拡がつた夜の花が、星明りをうけて暁の霜のやうに咲きそろつて居た。

此《こ》の第一の参籠の夜こそ草二にとつて神々しいものはなかつた。おゝ南無不動明王！　彼はまづ階段《きざはし》の最下段に跨《ひざまづ》いて敬虔の涙を滾《こぼ》さゞるを得なかつた。

本堂の門前の真正面の旅舎《やどや》に宿を取つて、特別に頼んでその真正面の部屋を明けて貰ひ、静かに戸を繰り、障子を拡げて、しばし眼の前の絵のやうな寺院に対して、堪へに堪へてゐた懊悩の心を投げ掛け、溢るゝ祈願を籠めるのだつた。

「もうお扉は締りましたけれど何とか御案内を致しませう」と親切な番頭に導かれて、彼はこの有難い石の階段《きざはし》を一つ一つ登つて行つた。涙が自然に流れて一足毎に滾《こぼ》れて行く。本堂の前に立つた時はもう夢の中だつた。扉を細めに開けて暗い殿堂の中に吸ひ込まれ、無暗矢鱈に畳に額をすりつけた。吸ひ込まれて畳にひれ伏す一瞬時、明王の峻厳な眼差がこの罪人の網膜に映像して、爛として烙《やきつ》いた。

「南無不動明王、ゆるさせ給へ、草爾《さうじ》たる我等如きものが、今御神威《みいづ》をも憚らず恐れ多くも御膝下に額づく、あゝ我等の如き草爾たる者に対してさへ、最善の摂理を垂れ啓示を授け給ふ南無不動明王よ、どうぞ、その御手に握り給ふ御剣を以て、此の断ち難き愛着の絆をお断ち下さい、然らざれば此悩みに悩む悪劫の源たる我が毒血を流させ給へ。願はくばその鋭き御剣を振つて祖先の悪血を悉《ことごと》く迸らしめ給へ、願はくばひとり我のみならず大慈大悲の御恵みを彼女等の上にも垂れさせられ、悪業、悪血を、悉く迸らしめ給へ」草二は一生懸命に祈願した。

草二にとつて其夜こそ不思議なものは無かつた。大慈大悲の不動明王の階段《きざはし》の下に眠ると思へば、喜びと有難さとに宿の夜着を濡らしながら、彼はこゝでも祈つた。

「大慈大悲の明王よ、我れに一層の聡明を与へ給へ、一層高い生活を与へ給へ、愛する者の真実を追求する事が然《しか》く朦昧な願望であらうか、願はくば御手に下げ給ふ黒金《くろがね》の綱を以て、離れ行く者を結び付けさせ給へ！」彼は且つ悩み且つ念じた。彼の心が労《つか》れて緩むやうに睡りに陥ると、忽ちにつこりと笑ふ朱雀の顔が夢の中に現れて、膿み爛れた愛着が蛇のやうに這上り、簇《はびこ》り群がつて彼の心に絡みついた。

「あ、苦しい、煩悩は温かい寝床から生れる！」

彼は夜半にかう叫んで床を跳起きた。寝静まつた店の前を通つて、階段《きざはし》の右手にある水垢離場に辿りつき、纏ふものをかなぐり捨てゝ素裸となつた。夜の風は氷のやうに冷かつた。顫へる心と、顫へる身体とで重い釣瓶《つるべ》の水を汲み上げ、熱し切つた身体に灑《そゝ》いだ。続け様に灑いだ。

「吾が此身に伝はる悪劫を払ひ給へ！　湧起る憤激の情を払ひ去り給へ！　毒血を迸らしめ給へ！」一桶毎《ごと》の水は刃のやうに彼の皮膚に沁み徹り、次第々々に彼の血潮の奔騰を鎮めるやうであつた。一先づホツとして彼は又宿の寝床へと帰つたが、痙攣のやうに差込む煩悩に彼は三度迄も、水垢離場へと馳けつけた。暁近く彼の心身は綿の如くになつて、やつと眠りに落ちる事が出来た。

　高い〳〵金色の海であつた。鷁首《げきしゆ》を挙げて櫂も櫓もない独木《まるき》舟の中に彼等三人が乗つてゐた。金色の海の涯に大輪の旭日《あさひ》が真紅の毫光を八方に輝かして曈々《どう〳〵》と昇つて行つた。金色の海に真紅の光りが照り映えて居た。朱雀は竪琴を抱へて細々と弾じながら、その罪の限りを唱ひ終つた。次に草二が笙《しよう》を取つて一吹き吹鳴すと悲しい響が黄金の海の波の上を辷つて行つた。彼のこれまでの生活の陰にひそんだ罪と云ふ罪の曇りが洗はれ融けるやうにして、何の苦もなく美妙な歌と化して流れ出た。意外なるかな、第三の淡路は、琴を横へ、首を俯垂《うなだ》れて、消入る様な悲しい声音で、彼女の罪を唱うのだつた。驚く可きかな、淡路にも亦、罪があつた。意外な最も大きな罪が、淡路の静かな琴謡《ことうた》を通して、静かに〳〵流れ出た。罪は歌と共に美しかつた。長く〳〵縷々として尽きなかつた。

「見よお前達の罪は皆、謡と共に流れてしまつた。此海を離れてお前達の一所に住む娑婆は無いのだ。この時を措いてお前達の一所になる時はないのだ」かう云ふ声が何処からともなく聞えて来た。三人は水晶のコツプを挙げて眠る様に倒れて行つた。櫂も櫓も無い不思議な船は、金色の海の表面を暫し静かに漂うて居た。真紅の旭日は見る〳〵消えて、金色燦爛たる三体の阿弥陀尊と化し、相照し、相輝いて、見る限りの六合が黄金光に燃え上つた。

　草二はハツと目を覚した。

「おゝ三体の阿弥陀尊、巴形の愛の極致は地上には許されないのである。人の子は懺悔と死とを以て之れを贖《あがな》はなければならないのである。」

　草二は流るゝ汗を拭ひ、又新しく涌起る感激を傾けて、此の霊夢を授け給ふた明王の摂理を感謝した。

「あゝ、淡路にも罪があつたか、朱雀や俺にも劣らない罪があつたか、縷々杳々《るゝやう〳〵》として語るに余る深い〳〵罪科が、人智の窺ひ知れぬ底の底にかくれてゐたか、然らば〳〵人の罪は大きく人の智識は浅い。俺は徒《いたづ》らに女の罪を責める事をやめよう」

　夜はほのぼのと明けた。明け放たれた座敷一杯に、払暁の色に包まれた殿堂が厳に現れて来た。おう更生の夜が明けて来る！　草二は再び朝の殿堂を拝した。朝の鐘が鳴渡つた。一番護摩が上るのであらう。本堂下の杉木立に被はれた新勝寺の門前から緋の衣の僧正を先頭に、水色黄色紫の衣の伴僧の行列が、粛々として木立の間を縫つて石段を登つて行つた。

朝の靄は次第に晴れて行つた。

十三

草二は頭《かしら》を頸垂《うなだ》れて帰京の発車を待つべく成田駅の附近の田園をぶらついてゐた。美しい甲羅を持つた黄金虫の様な一種の甲虫が一円の菜畑を蚕食《さんしよく》して艶やかな緑の葉を海綿の様に蝕んでゐた。一人の老媼《をうな》が黐《もち》を以てその虫を駆除してゐたけれども、夥しい繁殖は到底《とて》も〳〵人間の手等で駆除し切れ相にも見えなかつた。草二はヂツと手近の菜の葉の上の甲虫の生活を見てゐた。

其の夜巣鴨から朱雀の母親があかしやを訪ねて来てゐた。

「どうだね、こゝしばらく母さんと一緒に巣鴨にでも帰つてゐたら、君が目の前にゐちやあ僕の御信心もチトたぢ〳〵だからね」草二は此麼《こんな》瘦我慢を云つてみた。母親は之を顔の色で賛成した。朱雀はちやぶ台の上に手を組んで目に泪を溜めて黙つてゐた。淡路は無論その賛否を表白しよう筈はない。

物静かな話の裡《うち》に夜はいよ〳〵押迫つて、電車の停る時間に成つて来た。

「帰つたら好《い》いだらう、僕は一向差支へはないよ、僕の腹はもう決つてゐるのだから、帰るも帰らないも君の腹一つで取決めて呉れ、如何《どう》だね、帰るかね、帰らないかね」

「どつちでも」と朱雀は云つた。

「妾《わたし》はどちらでも好いのですが、皆さんで御相談の上で……」

と母親は押迫る気勢もない。

此所迄の行掛りで、この苟且《かりそめ》の別居の話も彼等の交情に取つて最も悲しむべき運命の危機が包蔵されてゐるのである。

「妾《わたし》は今夜帰ります」朱雀は決然としていひ切るや否や立上つた。彼女の顔は充血してゐた。

「妾家に行つてよく考へて来ますわ」と目を閃めかして付け加へた。殺気がさつと漲つた。

「……よく考へて見るがいゝ、……よく家に帰つてゆつくりと考へてみるがいゝ、さよなら」草二にも意外の度胸が湧いて来て、冷静な調子で云つてゐた。母子二人は連立つて帰つて行つた。

「おい〳〵塩を持つて来い、塩をどつさり」

玉やが怪訝相に持つて来たつと樽の中から、草二は一握の塩を摑み取つて之を二階の二間一面に撒き散した。

「悪魔払ひだ」と投出す様に云つて投げ付けた最後の一撒きは、気持ちよく障子に当つてさつと音を立てた。桟から桟へと辷る音が、春の雪の降り積むやうな静かな〳〵音を立てた。

「おい〳〵塩が足りない」草二は又もや沢山の塩を取寄せて、矢鱈に撒き散らした。どれ程勢よく撒き散しても、撒き散しても、其の物音はひつそりとして淋しかつた。

「可愛相だ、訪ねて行つてやらう」

「もう電車はありませんよ」淡路は斯う注意した。

「可愛相だ、訪ねて行つてやらう」彼は帽も被らず足駄の歯をならして電車道に駆けつけた。折よく愛宕下の闇の中から巣鴨行の青電車が勢よく走つて来た。彼はヒラリと之に飛乗つた。日比谷を過ぎて堀端の闇を通る頃、彼はつく〴〵自分の意気地なさを感じて、奮然として疾走中の電車から飛降りた。

雨上りの夜だつた。彼は頭《かしら》を頸垂《うなだ》れて家に引返して来た。華族会館の前あたりで再び赤電車の同じ方面に疾走して来るのに出会つた。彼は発作的に之に飛乗らねばならなかつた。二三人の車掌や運転手の外には、一人の乗客もないこの赤電車は、草二のやる瀬ない心の苦闘を乗せた儘、見る〳〵裡に水道橋迄突進んだ。煙突から火を吐いてゐる砲兵工廠の夜業の盛な塀際迄来ると、草二はこの電車をも見捨て、突然辻俥で新橋へ引返した。

その夜は無論巣鴨から便りのあるべき筈はない。朝となつても便りがなかつた。正午《ひる》になつても便りがなかつた。二時頃になつて電話の鈴《べる》が嬉し相に鳴つた。玉やが、

「巣鴨からお電話」と取次ぐや否や草二は飛付く様に此の電話口に立つのであつた。

「先生？　あ先生！」云はずと知れた特色のある彼《あ》の女の声である。柔い〳〵彼《あ》の女の声であつた。

「昨夜《ゆふべ》は如何なすつて、妾《わたし》ね、今からすぐ帰りますわ、帰つて来ましたら祖母様から大変叱られましたわ、お不動様のお告げでは妾達は如麼《どんな》事があつても添遂げなければならないんですつて、今時家に帰るなんて大変悪い事だと叱られましたわ、先生妾は今朝から非常に嬉しいの、帰途《かへり》に藤村に寄つてお好きな蒸羊羹を買つて行きますわ。それからね、先生が胃痙攣の時に召上れと云つて祖母様が「御土砂」を呉れました、そりやあらたかな「御土砂」ですつて……」と華やかに語つて電話を切つた。

朱雀は一晩だけで再びあかしやへ帰つて来た。彼等の嬉しい、然《しか》し乍《なが》ら遣瀬ない生活は再び始つた。

「何といつてもお前と俺とは三年間、千日一緒に暮したんだぞ、お前が家に帰つてゐれば毎日訪ねるし、仮令《たとへ》お前が如麼《どんな》男と如《どん》麼《な》事をしようとも、それは僅かの隙間《ひま》で一日とそれに暮した事もあるまい。みんな集めても精々三十日位なものだ。俺に取つては既《も》うお前の病癖を認め、彼我の境を脱却し得る位置に立つてゐるのだから些かの苦痛でもない。只、お前を真実に生かせ度い、お前の最後の誠実に対してもお前を許して俺の男の意地を立て度い、それ丈けだ。俺に取つては最後の誠実、お前に取つては進転の唯一の道、俺に取つては生命に代へても要求するもの、それ丈けを渡して呉れ、お祖母様が女は草花だと思へと云つたが実際さう思ひ得ればいゝのさ、君を人間と思ひ、女と思ひ、それ所ぢやない恋人とも、女房とも、母とも、又神様だとも思へばこそ怒り出すのさ、草花だと思へば虫が付いたからと云つて踏み躙るのは俺の間違ひさ。何所迄も其の虫を取つて育てゝ、花を咲かすといふのが本当なのさ。然《しか》し同じ草花でも朗かな春の光を受けて美しく咲き誇つたらいゝぢやないか。泥濘《どろ》にまみれて汚れた花を咲かせ度いのか、君の周囲の幾人かは皆

君の為めに誠意を持ち、祖母様《おばあさま》やお母様は神に祈り、僕も総てを君の為めに尽してゐるんぢやないか。自分の心持一つで其麼《そんな》馬鹿な自分を突落すやうな事を何故するんだ。君は草花の中でも浮草だよ。ふうら〳〵ふうら〳〵とちつとも一つ所にゐないじやないか、針金でゞも縛りつけて置かなきやならない訳なんだ」

「だから縛つてさへ置けばいゝんですから自分から、自分の為めにさういふ禁足の生活に入つて、精神を守護り育てる心算《つもり》ですわ」

信仰は草二の大きな感激であつた。中年迄草二の感情肉体と共に養み育てられてゐた妄執は一場の感激を以ては容易に脱却し去る事は出来なかつた。それは恰《あたか》も節穴から差覗く暗い部屋の光線の様に只一道の光明を投げたに過ぎなかつた。光を投ぐる節穴も時には曇り、時には隠れた。激しい妄執に悩む日が幾日か続いた。熱酒の中に入れられた泥鰌《どぢやう》の苦しみの様に彼の悪血は此所へ来て殊に激しく踊り狂つた。疑惑と妄執と愛着と憤怒とが唆り立つて彼の血を湧かせた。又、彼は斯うも云つた。

「神の摂理に依つて今日斯《か》ういふ境地に置かれ、何事にも最善をとらせ給ふ深い慈愛に浴し、俺は幸に最大の苦痛を通じて自他相照す門戸に出てみれば、あれ程の苦痛に対して今朝は甲虫の菜の葉を食ふのと同様に見られる迄になつた。お前の心持に成つてお前の為《し》た事を見る事も出来る。お前と俺との間に蟠まつてゐる分明ならざるものは其の儘にして置かう、俺は今更聴くのは不愉快だ。それより今朝お前が云つた言葉が俺には非常に嬉しい、どうかもう一遍云つて呉れないか」

朱雀は素直に目を瞑つて自分の云つた言葉の一々を思ひ出し乍ら語り出した。

「昨夜床へ入つてからつく〴〵思ひました。お不動様の御利益で斯ういふ事となり、眼が覚めて凝視《みつ》めれば、三年間の先生の誠意を泥濘《どろ》まみれにした事が実に何とも〳〵済まなく思ひます。けれど脳膜炎で死んだ嬰児《こども》もそれを解剖に附せば医学界に貢献する所がある様に、此の三年間から今日の奇蹟に到る迄の妾《わたし》の罪悪を犯す心地の総てを提供し、又先生にない記憶を妾《わたし》が辿つて今日迄の経路を記述して先生の処女作の材料となる事が今後の進転の唯一の路であり、又妾《わたし》が先生への物質以上の一番高い報酬であると思ひました」

「さうだ、それがお前と俺との本統の子供だ、さうだ、俺はそれ丈けでいゝ。それを完成すればもうお前の思ひ通りに成つてやる。死に度ければ死ぬ、家へ帰り度かつたら帰つて行つて俺と会つてもいゝ、何でもお前の為めに尽くす」

「先生は一体何の義務があつて妾《わたし》みたいな者にそんなになさるの？」

「あゝ情けない人だな、お前は功利から許《ばか》り考へるから其麼《そんな》事を思ふのだ。俺の博大な愛を知らないか、功利の打算しか知らないんだからな。功利の恋愛なら如何《どう》してお前を斯《か》うして置く。男の生命、俺の生命をかけてゐる恋愛だぞ。あゝあ、判らないんだな。お前は恋愛を勝負といふ、男女の争闘だと思ふから奪ふ心持になるのだ。与へる事、即ち愛すといふ裡に自分を融かし、愛す心持の裡に生きられないか。人を愛する事を知らないか。愛が深ければ深い程他へ洩すまい〳〵とし、其の力が貞操を保護し、やがては恋愛の絶対境へ辿りつくものなのだ。恋愛の絶対境と云ひ、霊の結合と云ひ、お前に判る心持ぢやないのだ」

朱雀も此所へ来て激しい未練に悩される様に見えた。激しい追求を受けた後、

「先生は偉い人だ、必然《きつと》将来偉く成る。如麽《どんな》境遇に落ちても好いからお側を離さないで下さい。女中の役をしても、淡路さんの産んだ子供の子守をしても好いから此所で見捨てないで下さい……」と云つて号泣する事もあつた。

爛熟し切つた愛着は、いよ〳〵蛇の姿を現はして、眼を光らせ、紅の舌を吐き乍ら、ぐる〳〵巻に巻き付けて、二人を離さうとはしなかつた。凄じい愛欲は凄じい勢で、憤恨の谷へ落ち込んで行つた。まことに美事に逆落《さかおと》しに落ち込んで行つた。朱雀がどれ程言葉を極めても、草二の或物を抹消し去る事は出来なかつた。草二がどれ程言葉を極めても、朱雀のみ所有するある不分明のものを見定める事は出来なかつた。それは恰《あたか》も口を開いた蛤が、慌てゝ貝を閉づる途端に、長い舌の一部を喰出して締切つたやうなものだつた。引くにも引かれず、切るにも切られなかつた。嘗ての金公の自白と、金子《かね》を受取る時の彼の涙とは、如何なる妖術を以て誑かされても草二は其れを到底不問に附する事が出来ないと云ひ張つた。「巣鴨に帰つたら良いぢやないか、俺はもう覚悟を極めてゐるんだから」と幾度も〳〵相手のいたいけな様子に付込んで不貞腐れを投げつけた。淡路は只ウロ〳〵として居た。何とはなしに共に涙を流し、共に礼拝し、共に水垢離《みづごり》を取つた。

「朱雀さん、お察ししますよ、未だお年齢《とし》もお若いのにお金持ちの所へでもお娶《よめ》に嫁つていらしつたら、この頃の時候ですもの、自働車や宴会や帝劇等と華美《はで》な生活もお出来になつてたでせうに、ほんとに御同情しますわ、これも何かの因縁でせうからこれから皆で出来るだけ向上して、三体の阿弥陀様になるやうに努めませう……」と口癖のやうに云つてゐた。巣鴨のお婆さんから聞いて来た「三体の阿弥陀様」と云ふ言葉は甚く淡路の気に入つた様であつた。

「あゝ犬だ、犬の様な生活だ」と草二は吐息と共に心に叫び乍ら、然《しか》し乍ら引摺られて朱雀と夜を共にして居た。其胸には、崇《あら》たかなおどさが乗せられてあつた。

おゝ悦楽よ、限りも知らぬ悦楽よ、悦楽であり、罪である。人間の世界に有つて一つの事象が観方によつて罪であり、悦楽である。造化の明王は総ての事象を静かに冷観し給ふ。個人の要求は求め得て歓喜となり、郤《しりぞ》けられて罪を生む。俺の誠実を喰食《はみく》つた彼女の罪は、俺に取つては生命《いのち》も賭して血を見ねば止まない程の憤りともなり、灼熱天に冲する恨《うらみ》ともなつてゐるが、

一度《ひとたび》我執の窓を離れて、他《ひと》の生命を思ひやれば、罪と歓喜とは入乱れて睦まじさうに遊んで居る。人間は皆、自我の窓から覗いてゐる。自我の窓から絶叫してゐる。大きい窓小さい窓、中には窓の鍵穴から、微かに〳〵覗いてゐるものもある。人間は皆自我の窓から絶叫して苦しがつてゐる。独り造化はこれを冷観しつゝ、劫因劫果の律整然たりだ。俺の憤激の対象も造化の明王から御覧なされたなら、菜畑を食ふ甲虫の被害程にもおぼされまい。いや〳〵、俺は神と共に其甲虫の生活を愛して、大きな因果律として、天候や地味の塩梅を思はゞ、此悲しい因果律をも、歓喜の感情を以て迎へねばならない。我心神に流れよ。此年に成つて始めての考へだ。人間の生命と呼び、力と呼び、劫と呼び、権と呼ぶ、此生活欲の本質を、病習と我執とを離れて、天の力、即ち天の摂理に融《とか》し得る人は、永久の力を摑み得る人だ。其所に人間の限ある力は限なき力と成つて現はれて来る。其所にこそ真実の生甲斐があるのだと翻然悟る幾時もあつた。

　おゝ愛も罪也、巨大なる愛は巨大なる罪也と詠嘆する時もあつた。台所へ下りて水垢離をとる彼女をちらと見て、腰の辺りの逞しい曲線を見ると彼は激しく愛着を感じた。

「女郎を買切りにして家に置いたとは思へばいゝぢやないか」

こんな手荒な事を考へて眠りに就く夜もあつた。晩秋は愈々押詰つて、冴渡つた夜更けに撥音の良い流しの三味が彼等の夜の語らひを悲しくさせた。

　我が側《かたはら》に眠る女は、些かの貞操の念なく、真実の念なく、其肉はマザ〳〵と汚れたる売婦である。血も肉も悉《ことごと》く爛れた、到底人間の棲むべからざる茅屋《あばらや》の怪《ぬし》である。軒毎に食を乞ひ掃溜の餌を貪り食ふ乞食である。然《しか》し乍ら彼女の生涯は彼女自身が持つて居る。草二は憤りも哀れみも脱《ぬ》けて、彼女の寝姿を眺める事もあつた。

　おゝ此温かい獣よ、どうして俺は此側《このそば》を離れることが出来ないのだらう。巣鴨のお婆さんは長く可愛がつてやれとおつしやつた。然《しか》し此苦悩をどうしよう。此困憊をどうしよう。何故俺はかう苦しまねばならないのか。何所に一道の光明があらうぞ。然《しか》し俺がかう考へる事が、かう苦しまぎれに考へる事が、俺の生活を向上させる一路であるかも知れない。真に人生は苦悩の中にあるのみである。斯うも思つた。

　朱雀は日々「礼拝」の行を取り、夜は冷たい水を裸行に浴びて、熱心に祈つて居た。彼女は草二に要求される儘に、幾度も〳〵彼女の生活の真実を記して固く封緘をして不動尊に捧げた。

「先生、之は何卒《どうぞ》、今は開けて御覧なさらないで下さい。今開けて御覧なされば、貴君《あなた》のお怒りを喚る許《ばか》りで御座いますから……………」

「心を籠めてお不動様に捧ぐ」と表に書かれた朱雀の封緘が、四五通神壇の護摩札の上に立懸けられて細々と立上る香煙がそれを廻つて居た。先に捧げたものから、日夕《にっせき》燻ゆる煙に染つて、淡黄くなつてゐた。新しいものは白かつた。

嵐の中に小康の日が幾日か来た。或日草二が呉から横須賀に転任して来た姉の家に無沙汰見舞に訪ねた後で、朱雀は淡路を欺いて、あかしやを脱出した。

草二は淡路からの電報を受取つて、慌てゝ横須賀から引返して来た。引返す草二の汽車と、遠足帰りの少年の一隊を満載した電車とが、京浜間の海岸を並行して走つてゐた。只訳もなく嬉しさうな小さな顔が、窓一杯鈴生《すゞなり》になつて、汽車と電車が擦れ合ふ毎に無邪気な歓声を挙げてゐた。草二の席はこれに対ひ合つてゐた。彼の悲しみは絶頂に達してゐた。

けれども草二の暴風のやうな心労は、二三時間にして一先づ鎮まる事が出来た。それは、草二の留守にあかしやを飛び出した朱雀が、殊勝にも、深川の不動様に参じて、お水を頂き、お百度を踏んだ後、そこから間近い久保田と云ふ彼女の遠い親戚の家に謹慎を表してゐる事が知られたからである。朱雀のお袋が大急ぎで其家を訪ねて、一先づ巣鴨へ連れて帰つた。僅かに半日の出来事ではあつたけれど、草二は勿論、淡路も玉やも、巣鴨ではお袋を始め清之助、お祖母《ばあ》さん、耳の遠い叔父さん其他二三の縁者達が八方に馳廻つて、どれ程の心配と苦労とを重ねた事であつたらう。

草二は此の一瞬時、「離別」と云ふ寒い冷たい、牢獄を眼《ま》のあたり覗いた。彼は心密かに覚悟を決めた。そして其宣告の日を待つてゐた。けれどもこの固い信仰の家では、何事に拘らず、一家の大事は、必ず年寄つた予言者を通して現はれる、不動明王の御啓示のまゝに動かねばならなかつた。此の時のお祖母《ばあ》さんのお祈りのお珠数の普面に現じた。不動明王の御啓示は、「朱雀は再びあかしやに帰れ」と命じ給ふたのである。朱雀は又あかしやへ帰つて来た。

「お前方がこれ程悪い事をしても、お不動様は未だお前方をお助け下さるといふ事です。有難いぢやありませんか。香山さん、どうか宅の麗子を草花と思つて下さい。何事も草花だと思召したらお腹の立つ事は御座いますまい。あなたは正直な方だが怒る事が悪い。あなたは表の罪、麗子は裏の罪。悪い事といふものは大抵嘘から始まります。麗子はこれから嘘を吐かない様に、香山さんは麗子を怒らない様に、此処で二人共、お不動様に神文をお上げなさい。そしてこれから仲よくお暮しなさい」

二人は一も二もなく承知した。いそ〳〵と墨を濃く磨つて、奉書の上に筆太に、彼等の新しい宣誓を認め、此の家の不動明王の護摩壇の前に捧げるのであつた。

二人が斯うして相並んで仏壇に額づいた時は、老祖母も母親も清之助も、一家中が歓喜の色を見せた。

「欺かない事、怒らない事、お二人でそれを固く守つてさへ下されば、お不動様は必ずお前達をお助け下さいます。これからは必定《きつと》〳〵神文を破るやうな事があつてはなりませんよ。万一それを破れば『不動の金縛《かなしば》り』といふ恐ろしい刑罰《おばち》に遇ひますよ」老予言者は二人の若者が玄関を出る時、斯う念を押してゐた。

「俺には奪ふ罪があるんだ。他人《ひと》から金子《かね》を奪ふやうな事をしない迄も、激怒や暴行は他人から何等かの権威を奪ふんだ。他《ひ》人《と》から金子《かね》を盗むよりは、場合によつては重い罪かも知れない。俺もかう迄悟つた上は、今更お前に怒るやうな事は無からうと思ふ。若《も》しお前の方が俺を欺きさへしなければ……」

「妾《わたし》これから決して先生に嘘を申しませんわ、何もこれからは、先生には嘘を申上げなきやならないやうな事は無いのですからね、先生に怒られると怯えて本当の事が云へなくなります。これからはきつと正直にしませうね。先生がお怒りなさりさへしなければ……」

　神文を捧げて新しい生活に入らうとする二人の意気組も、門口を出た最初から、不分明の物は依然として不分明であつた。如何なる摂理か、其所に大なる禍根があつた。朱雀があかしやを飛び出す迄の、彼《か》の女《ぢよ》の真の生活を知らない草二にとつて、その生活から引続いての今日の生活に対して、草二は云ひ知れぬ不安を感じた。先づ何より第一に、朱雀が先頃あかしやを飛び出した時、近所の江戸金といふ料理屋に立寄つて、其所《そこ》から俥を呼びよせて何所かへ急がせた事を知つてゐた。当時窃《ひそか》に淡路の聞き出した所によると、その俥を、朱雀は銀座の尾張町の交叉点で乗捨てたといふ事である。朱雀の語る所を聞くと、彼の女は真直に深川の不動様の門前に乗付け、其俥を待たせて置いて、同じ俥で兜町の久保田の店先迄乗つたといふ事である。のみならず一厘の小遣銭を持たないといふ彼の女は、其家から俥賃を借りて払つたといふ申条《まをしでう》である。此の様な話の毛程の相違でも、根強い疑惑の所有者たる草二をして、決して等閑《なほざり》に附しては置かしめなかつた。

「淡路は嘘を吐く女ぢやないよ。僅かな事を隠さなくともいゝぢやないか。久保田さんへ行く前に、何処かへ寄つたのなら寄つたといふ事を、俺に話して聴かせてもいゝぢやないか」

「其事は神文を書いて新らしい生活をする以前のお話ではありませんか。先生どうか御神文を上げた以前の事は聞き訊さないでおいて下さいませ」

「でも其れを語らない理由が俺には解らない。時の流《ながれ》と云ふものは昨日から今日と云ふ日に続いて居る。今日の生活は昨日の生活に続いて居る。お前が先達《せんだつ》て家《うち》を空けた時の生活が判らないで、俺はお前と安心して生活をする事が出来ないではないか」こんな争ひが途《みち》すがらポツ〳〵起つて来た。

　此の頃から草二の疑惑は途方もなく病的に拡がつて停まる所を知らなかつた。彼を随時に見舞ふ憤怒の悪癖をグツと呑込んで堪へる度に、彼の胸を焼き彼の心臓を圧迫した。我よりも魔智の勝れたる女は、必ずや我の彼を恨む恨よりも深く根強く彼女の感情を占領してゐるに相違ないと思つた。夜となく昼となく白刃が草二の眼の前に閃めき躍つた。惨虐な血が涌き返つてゐた。彼は此時陸奥《むつ》の国に住んだ彼の祖先が、白刃を振つて多くの人を斬殺した感情と力とを明白に体得する事が出来た。極りなき愛の醱酵し酸敗する極致は、殺戮である。されば彼女の怒りは我等よりも強く、激しく、必ずや無反省なるべく、その怒りと妬みの発する所、彼女は必ず我等を毒殺せんと試みつゝあるべし。

毒殺！　朱雀は俺を毒殺しようとしてゐる！

嘗《かつ》て彼等二人が青木を憤り、如何にしてこれを成敗しようかと相談した時、朱雀はクリームケーキの中に毒を入れようと申出でたことがあつた。今、多分俺は反対の地位に立つてゐる。先方の人格は無論俺よりも劣等だ。彼《あ》の女の猫のやうな柔獰《じうねい》な申出を如何して拒む力があらうぞ。彼等は相謀つて最も微妙に、最も組織的に、最も文明的に俺の生命を狙つてゐるに違ひない。俺の生命は危い！　慥《たし》かに危い！　今斯う云ふことに気の付いたのも偏に不動明王の御庇護《おかげ》である。うか〱してはゐられない、戦闘の用意！

今迄俺は余りにも公然《おほつぴら》であつた。余りに明つ放しであつた。これからは何事も秘密でなければならない。何事に対しても鍵を用意しなければならない。鍵だ！　鍵だ！　先づ第一に鍵の用意だ！　彼は手紙や日記類を慌てゝ南蛮錠のかゝる手箱の中に投げ込んだ。

尾張町で俥を乗捨てた朱雀が踪跡《そうせき》を眩《くら》ますために、数寄屋橋迄歩いて行き、其所から外濠線の電車で、若い医師の家を訪ねたに違ひない。無論その前に自働電話で打合せを済ませて置いたに違ひない。慥《たし》か彼《あ》の男は診療所の附近に秘密の室を一つ持つてゐる筈である。助手や薬局生も近づけない室であると聞いてゐる。総ての計画が其所《そこ》で行はれたに違ひない。自然に、最も自然に、人命を殪《たふ》して行く最新の薬品が小さな紙包みとなつて彼の女の胸高な帯の間に挟まれたに違ひない。いや、帯ではない。あの古代紫の紙入の中かな？　イヤ〱其麼《そんな》迂濶な事はしない、さうだ！　足袋の底だ！　俺は既に此の両三日その薬品の利目をうけてゐるに違ひない。さうだ！　慥《たし》かにうけてゐる。昨夜も、その前の晩も、俺の寝つきかたの不思議つたらありやアしない。優しい手で頭髪《かみのけ》を梳いて貰つてゐる裡に、俺の彼の女に話しかけた言葉の主格《サブヂエクト》が目的格《オブヂエクト》を待たない裡に眠つて了つた。これが其の魔薬の利目でなくて何だらう！　さう〱さう思へばマラリヤだと思つてゐるあの不規則な淡路の熱の出方も不思議である。今朝朱雀が汲んで出したお茶の味も変つてゐた。彼は先づ試みに、朱雀にお茶を入れさせて舐めづつてみた後で、淡路にも茶を入れさせて夫を舐め比べてみた。慥かに味が変つてゐた。これ迄草二は歯が悪いので夜半に漱ひをするために、枕元に硼酸の薬瓶を備へてゐたのだが、さうしてそれを作るのは朱雀の役に決つてゐたが、彼は夫《それ》をも、誰もゐない室で一滴二滴掌の上に滴して舐めづつてみた。

それからもう一つは、この素晴らしい記憶力の欠乏である。根気の欠乏である。眼が絶えずチラ〱してゐる。今は一頁《ページ》のの文字を読む気力さへ失くなつて終つた。彼等の俺の生命を狙ふ計画は或はずうつと〱以前からであつたに違ひない。俺はもう人間として、藝術家として、最も貴重なものを、大半彼等の手によつて奪はれて終つてゐるのである、残るは只この哀れな息の根だけだ……

　或る晩、草二は襲つて来る睡魔を堪へて、窃《そ》つと眠つた振りをして、空鼾《そらいびき》をかいてゐた。耳を澄ませて朱雀のすることを窺つてゐた。淡路も、玉やも寝入つてゐた。朱雀は只一人不動様にお祈りをあげてゐた。モノトナスなその声が夜陰に物すごく響いてゐた。呪文を唱へ終ると彼女は立つて帯を解いた。伊達巻を解く音がさや〱と聞えた。死のやうな沈黙がしばらくあつて、軈《やが》てカチヤリと鉄瓶の蓋の音がした。

「そら来たぞ！」草二は慄然《ぞつ》と身顫をして床の中に足を縮めてゐた。

　朝になつて草二は誰よりも先きに起出してその鉄瓶を東窓の所へ持出し、口から底迄丁寧に検べてゐた。

　其日舞台社から興行上の用事で、横河と毛利とが訪ねて来た。二枚の切符代の一円六十銭に対して、二枚の札を差出した。釣銭の四十銭が彼等の帰つたあとの草二の手廻りの塗盆の上に乗つてゐた。草二が処用で下に下りた。戻つて来て見るとその二つの二十銭銀貨が失くなつてゐた。

　誰の所業《しわざ》であらう。よもや朱雀の所業ではあるまい！

　小柄で、丸顔な、この家の女達のやうに髪を二つに割つた玉やは、目をクリ〱と輝せて草二の前に呼ばれて来た。

「悪い事とは存じましたが、つひ目の前にありましたので……だまつて頂いたのでございます。ほんの出来心なので御座います。以後は決してこんな不都合な事は致しませんから……今度だけはお見逃しを願ひます」と涙を滾《こぼ》してあやまつた。草二は酷く感傷的になつて、一円の御褒美を玉やに遣つた。

「おゝよく言つた。物盗りの癖を覚えてはいけないよ。お前が反省したといふ其可憐な、善良なものに対して、俺はお前が盗つた物の倍以上の御褒美を遣るよ」と一円札を延して玉やの指の股にはさんでやつた。玉やは泣きしやくりながら、それをもみくちやにして、帯の間に押込んでゐた。草二は此十四五の娘よりも、多量の涙を滾《こぼ》してゐた。

　世は挙げて皆盗みの世界だ！　彼は斯う思つて泣かない訳には行かなかつた。激しく泣きしやくり乍ら、彼は幼い女中の為めに、人道を説き、正直を説き、真実を説いた。

「俺もお前と同じく云はゞ孤児《みなしご》だが、親父が厳重であつた丈けで物盗りといふ悪癖を育てないですんだ。お前は俺と違つて女だぞ、孤児《みなしご》だからと云つて、盗みをする悪癖を自ら許してはならない。」

　此様な訓戒を加へた後で、偶然《ふと》思ひ付いて玉やを階下《した》に連れて行き、小声で這麼《こんな》事を尋ねた。

「お前も下で聞いてゐたから、二階の事は大抵何のお話しだつたか解つて居たらう。朱雀さんも此頃は後悔して、あゝやつて先生に謝つて居る。お前は夏場よく朱雀さんのお供をして出歩いた事が有るが、何か先生に語つて聞かせる事は無いか。朱雀さんがあゝやつて先生にお世話に成つて居る以上、先生にかくれて他の人と交際すると云ふことが、悪い事だといふことは、お前の年頃になつたらよく解るだらう。お前が、かうやつて物盗のことを反省する序《ついで》に、この気の毒な先生に、その事に関してお前の知つてゐる丈の事を知らして呉れないか」

玉やは暫時《しばらく》の間《あいだ》、躊躇つて居たが、やがてポツ〳〵と、朱雀のかつての自白を裏付けるに足るだけの物語を始めた。「私は只、お供をして待つてゐろと仰しやる所で待つて居るだけですから、悉《くわ》しい事は解りませんけれど、一人や二人のお方ぢや無いんでせう……電話にも符牒があるやうですよ……」など、驚くべきことを、平気にませた言葉で云つてゐた。

果然、彼女はハウプトマンの「エルガー」の中のドルトカであつた。草二と玉やとの話が長引くので、朱雀は気懸りになつたらしく、階下《した》へ下りて来た。草二は話を止めて二階へ上つた。草二が二階へ上つた隙を見て朱雀はいきなり玉やを抱竦《だきすく》めて何やら優しい言葉を懸けて居た。階段の中程から草二が振返つた時、朱雀は慌てゝ其の羽交締《はがひ》を解《ほど》いた。それ見ろ、此の家のドルトカとエルガーとは連絡がある。魔女同志には連絡が有る。此小さいドルトカを通じて雑多なオギンスキーにも連絡が有る。無数のオギンスキーがある！　オ、盗む者の世界には連絡が有る！

あゝ世はあげて盗みの世界だ！

草二は欄によつて下の人通を見た。流行の衣裳や持物を身につけて、取りすまして縦横に行交ふ男女の群を見てゐた。どれもこれも盗人に見えた。目のある限り、手のある限り、人の子の世界は等しくあげてぬすみの世界である！　彼は心に絶叫した。

然《しか》しながら、あゝ然《しか》しながら、天は先頃我が妄執を払ひ給ひて、あらゆる物の心根になれと命じ給ふた。天は彼女の心根に成れと命じ給ふた。菜畑を喰ふ甲虫の心にも成れと命じ給ふた。即ち時には自分の世界を捨てゝ彼等の世界をも知れと命じ給ふた。彼女にも世界が在る。彼女と共に事を企む者にも世界が在る。彼等には共通の世界が在る。自分の我執の窓から観ればこそ、盗む者の世界と嘲り、姦淫の世界と憤り、病妄の世界と罵るけれども、なれども、世界の全人類を挙げて此の盗む者の世界ならば、共通の世界ならば、彼等にとつての黄金の世界ならば、おくればせ乍らも自分も亦首《かうべ》を垂れて此の世界を知らねばならぬ！　あゝ盗む者よ、姦《をか》す者よ、悲しき恋しき盗む者よ、お前達の食ふ物は旨いか、お前達の寝床は温いか、ま、どれ程の醍醐味であり、楽園《パラダイス》であらう、あゝ俺は乞食だ！　餓えてゐる！　涎が出る！　願くばこの憐れに首垂《うなだ》れたる者に一切の喰ひ余しを分つて呉れ！　一滴の余瀝《よれい》をたらして呉れ！　何卒《どうぞ》！　何卒《どうぞ》！　何卒《どうぞ》！　一片の食物を投げて呉れ！

草二は絶叫した。

翻り思ふ、男は女に最初から求む可からざる欲求を持つた。切味の好い彼女の理智は、時過ぎてこの要求の裏を流るゝ男の我儘勝手なる功利を発見したらう。馴染めの頃、金春の或る家で、男は始めから女に重荷を負はせてゐた。自分の方が此麼《こんな》男より余程偉いと思つてゐた心根は、直ちに下手に喰ひ下り、よくない育ちと習慣と相俟つて、その悪癖を唆つたらう。唆られてする悪事は、悪事とも心付かず、悪事其物に執して、自分を責むる心も起るまい。今自分を責むる心も起らない女に対して、俺の凡ての感情を傾けて、同情の涙を流して見よう。

「麗子！　真にお前の心根にも成つてやれば気の毒だ、女盛りを女房子のある男に捧げて、将来何を当てにするといふ当度《あてど》もなく、此麼《こんな》乱暴者の爪牙《さうが》に懸つて黙つてゐるお前は気の毒だ」

「先生、今日は大変皮肉なお話を為さるんですね」朱雀は目をうるませて答へた。

「皮肉ぢやないよ、この涙を御覧」

ふうわりと柔い、神のやうな有難い心が、草二の胸の何処からともなく止度《とめど》もなく湧いて来た。

「お前は一体誰が好きなんだ」

「今更仰言らなくとも好いぢやありませんか、決つてるぢやありませんか。斯うやつて何も彼もあなたに捧げてゐるぢやありませんか」

「お前は一体俺の何処が好きなんだい？」

「何処でも残らずよ」

「その中《うち》で？」

「情熱ですわ」

「若《も》しお前に俺よりも好きな人があるのなら、はつきりと云つて貰へまいか！　俺はきつとその埒を開けてやる」

「まあ先生、何を仰言るの、此間も申上げた通り先生の外は皆遊戯なのですよ」

この女には本当に男はないのかしら、若《も》しないとしたなら作つてやるのが本当でないかしら。この思付きが草二の胸に閃いた時は、暗転の舞台に一穂《すゐ》の赤い灯影が、次第に光を増して来るやうで、快かつた。俺はこの分裂した欲求、病習に搦まれた女の為めに、自らの愛着を無理にも離して正道を作つてやる義務がある。彼女の為めには正道であり、彼女に連る肉身の為めには安心であり、慰安である。又俺の妻女の淡路の為めには、裕《ゆる》やかに席をひろげる事であり、凡てを善良に、穏健に、平和に導く一路である。更に俺の或る感情の為めにはこの愛着の最後の、最後の墓標である。お丶！　凄じかりし恋愛よ！　願くばこの美しい墓標の下に眠つて呉れ！　俺はこの墓標丈けでも美しく作りたい、一切の愛着をこの墓標の中に埋めて終ひ度い！

彼女は嘗《かつ》て俺の一切の歓喜《よろこび》の対象であつた。慰安の対象であつた。然《しか》るに一朝《てう》墜落して蛇となり、獣となり、死骸となり、あばら家の主となつた。今また此所に墓標を作るといふ、仮令《たとへ》美事な墓標でも墓標は墓標である。女に対してぢり〳〵と墜ちてゆく憐れな自分の我執がはつきりと見えて来た。あ丶！　憫れな者よ！　お前の根強い我執はあの女との愛の争闘に於て、此の墓標を押立て、勝鬨を挙げたいのだ。俺は矢張争闘《たゝかひ》を以て此の女に臨んでゐる。此の女の男好きの性癖に附入つて、その弱味に附入つて、詰まらない人間に押付けてみた所が、俺を離れる彼の女は果して幸福だらうか。早い頃羽田の田圃で、俺は彼の女の幸福の為めに力を尽さうといふ事を誓つた。慌てゝヘマな真似をして彼の女を一層不幸にしたなら、俺は其の時の誓に背く事になる。俺は如何なる場合でも、不信者にはなりたくない。

おゝ！　女よ！　幾度か顧み思ふ、お前は俺の恋人でもなかつた。母親でもなかつた、生命《いのち》でもなかつた、神でもなかつた、歓喜でもなかつた、慰安でもなかつた、花でも草でも、舟でも水でも、蛇でも獣でも、死骸でも墓標でも、ヱルガアでもイツポリタでもメリサンドでもセリセツトでもなかつた。

今迄の比喩《たとへ》は一つも当つてゐない、おゝ女よ！　黒髪を以て我が首を捲くものよ、お前は俺の思想の源《みなもと》なのだ、おゝ烏羽玉《ぬばたま》の黒髪を以て我が首を捲く者よ、お前はお前の生命の儘に動いて、俺に新しい高い思想を呉れろよ。そのお礼に、何時迄も〳〵俺はお前に此の家に居て貰はう。

十四

霜月も残り少なになつた。長らく閉ぢ籠つて、豆萌《まめもやし》のやうに暗鬱な濡菰《ぬれごも》に被せられてゐた草二は、気も腐れ、形容もげつそりと痩せて終《しま》つた。頬を撫でると、ぢやり〳〵と気持の悪い音がして髭が延びてゐた。でも一種の病的の鬱陶しさは、彼の足をつい鼻の先きの理髪店《とこや》の椅子に迄も運ばせる勇気がなかつた。玉やに命じて理髪店で剃刀を砥がせて、自ら頬にと当てるべく、物憂さゝうに鏡の前に坐つた。

「おや、お珍しいのね、髭をお当りになるの、妾《わたし》が剃つて上げませう」朱雀は側からをど〳〵と機嫌をとつてゐた。

「なに、いゝよ、俺は自分で剃るよ、髭剃りは商売人《くろうと》で、鏡が無くつても剃れるんだよ、俺の顔が済んだら、お前のそのもぢや〳〵の襟元も剃つて遣らうか」

「有難う、先生は此の頃大変お優しいのですわね」

二人は顔を寄せて、一尺程の手鏡の面に薄笑ひの顔を映してゐた。朱雀のおくれ毛が草二の頬にこそばゆく感じた。つんと甘酸い特色の匂ひがした。砥ぎ澄した剃刀が煌《きら》りと草二の眼を射ると、一時に目が眩んでくら〳〵とした。草二は撥条機《ばねじかけ》のやうに憤激の情に襲はれたのである。最初の一突は、鏡の中の朱雀の左の眼の辺に突き出された。きつ尖のない鋼がつるりと鏡の面を辷つて、折れ曲つて来て草二の指を傷けた。人指指の中程に、絹糸を巻いたやうな跡を残して、可成な深傷は見る見る内にどす黒い血を噴出した。傷跡をなめづりながら朱雀に向直つた草二の顔は、口尻から血潮を滴して凄かつた。

「それでお前は俺を欺したつもりか」再び握り直した剃刀の刃の方が、危いかな！　女の頸動脈を離るゝ一二寸のところを、力の限り突きぬけた。

「神文以前のことは問ふなと云ふけれど、先頃のお前の挙動をしらないで、俺はお前と生活してゐる不安に堪へない。万一それを白状することが出来ないのなら、どうして出来ないかその理由を明白に説明しろ、その説明の出来ない暗黒なものに対して、俺はどうしても我慢が出来ないんだ」剃刀を握つたまゝ草二の拳は顫へてゐる。

「御神文以前の事をおきゝになつては困ります。先生、貴方は御神文をお破りになるのですか」朱雀は恐怖と反抗とで激しく緊張してゐる。

「お前は毒薬を貰ひに行つたらう！」草二はいきなり、かみそりを畳に叩きつけた、その顔は見る〳〵蒼ざめて、明白に正気の沙汰ではなかつた。

「先生貴方は御神文をお破りになるのですか。」

「俺は破らない。お前が破るのだ。」拳が再び突き出された。彼は何者かに後から操られてゐるやうである。彼の拳が宙に飛んだ時、かすかに温かな女の皮膚に触れた事を感じた。朱雀があつと声を掠めて左の瞼を押へた時、彼ははつと気がついた。

「どうした、眼にあたつたか？　眼が潰れたか！」

草二は打つて変つて彼女を優しく介抱した。朱雀の左の瞼は、一二分にして膨れ上がつた。二三十分にして瞼と瞼とが腫れ塞がつてしまつた。それは恰も彼等の眼に入らない魔神の手が、魔力を籠めて彼女の瞼を撫でゝゐるやうにも思はれた。それは恰《あたか》も彼等が神文を捧げて帰る時に巣鴨の予言者から課せられた三日間の水垢離の満願の日であつた。彼女の瞼は一二時間にして紫色となつた。四五時間にして暗紫色となつた。芝居の累《かさね》に見る残忍な色彩が、半日にして彼女の左の半顔を占領してしまつたのである。

草二は神文を破つたのである。

彼等の痛々しさは譬へやうもなかつた。咬み合ふことが激しければ激しいほど、口が裂けて、血潮が流るれば流るゝ程、愛着妄執の蛇は、絡みに絡んでほぐれさうにもなかつた。

「ま、先生、これから私達にどんなお罰があると思しめして？」と草二が神文を破つたことを、朱雀はいたく浩歎《かうたん》した。事こゝに及んでは愛着の情が愈々《いよ〳〵》募ると見えて、彼女は殊更優しく草二に謝し、並びに自分の罪の懺悔の心を不動明王の前に披瀝した。

「先生お腹も立ちませうが、どうか御神文以前の事は聞かずに置いて下さい。お気にかゝるとなら、このこともお不動様に捧げて置きますから、先生が何時ぞや仰有いましたやうに、私達がぢゝとばゝになつた時、あけて見て下さいな」と又新しく懺悔文を認《したゝ》めて不動明王の前に捧げるのであつた。彼女の瞼は異様に膨れ上り、暗紫色から紺色に、紺色から黒色に、夜陰に不思議な手があつて、鮮かに染め更へて行つた。あかしやの店へ巣鴨のお袋が様子を見に来た時、朱雀はその浅間しい痛手の姿を、自分の母に見せまいとして、二階にかくれて会はなかつた。淡路が体よく之をごまかした。

二人は二階の長五畳の隅に膝を突き合せて……丁度牢獄内の囚人のやうに……黙つて顔を見合はせてゐるばかりであつた。やがて少しの時を置いて又巣鴨のお袋が再び下へ訪ねて来た。淡路はその時、東京座にある舞台社の芝居に助けに出て行つた留守であつた。たまやは店先で命ぜられてあつた通り、

「お三人とも東京座の方にお出掛になりました」と答へた。けれども何としたか朱雀のお袋は、たまやと共に二階に通つて来た。次の間で二人は息を殺してゐた。不動様に供物の菓子などを捧げるらしく、お厨子の硝子戸を繰るやうであつたが、カチンと音を立てゝ硝子が破れた。

「まあ飛んだ粗相を、でも二つに破れたゞけだからまあよかつた。お玉さん、お帰りになつたら私のこの粗相を謝つて下さいね。お留守にお線香を上げに来て、こんな粗相を仕出かした事をね」など、物静かに云つてゐた。線香を上げるらしかつた。お祈りをするらしかつた。隣では愈々息を殺してゐた。

「それからね、お玉さん、皆さんがお帰りになつたら、お祖母さんに新しいお告げが出た事を仰有つて下さいね。麗子と香山さんと二人で一緒に深川のお不動様で、翌日から三日間お水垢離を戴いて下さいとのお言伝《ことづけ》をね……」とお袋が帰りかけて二階の階段の中程まで下りた。それまでじつと堪へてゐた朱雀は、

「お母さん！」と押迫つた小さな声で一声呼んだ。お袋は引返して来た。朱雀の浅間しい姿が、お袋の前に現れた。

「お前どうしたんだね、お祖母さんの昨晩の夢のお告げでは、お前が目の紅い雉子のやうな鳥の姿になつたことを御覧なすつた。お前は又何か悪い事をしたんでせう。そんな姿になる程に……」と云つて草二を見入つた。物静かな言葉が、顫へながらに強かつた。

「鳥の心を持つた子だから、今頃は鳥の姿になつてゐるとおつしやつた。……どれこゝへ来てその目をお見せ。」

お袋は朱雀の膨れ上つた瞼を、静かに〳〵そつと開けた。草二も覗いた。見ると特長の白眼は過半鮮紅に彩られて、ルビーの輝きよりも、輝かしく光つてゐた。

彼等の痛々しさは何に譬へやうもなかつた。朱雀は眼に白い繃帯を巻いて、草二はこれにぴつたりと附いて、黄昏れ時を待つて、深川のお不動様の水垢離場まで通つた。こゝへ来て彼等は一瞬時も離れてはゐられなかつた。一台の車を雇つて来て、幌を下した狭い中へ肩を摺寄せて乗るのであつた。

深川の不動様の水垢離場の大きな石の井戸の上を白い羽虫が寒さうにちら〳〵してゐた。二人は、向き合つて水を浴びた。冬の夕闇に、頭上から灑《そゝ》ぎかゝる刃のやうな水を、鴨の首のやうにしてふり切る彼等は、口々に唸るやうに咒文を称へた。寒さは骨に滲みた。たゞ足の裏で濡れた荒菰だけがどれ程か暖かであつたらう。彼等は顫へながら目の前の石像の不動明王の下に額づいた。

二日目になつた。

「先生……私と一緒に死んで下さらない？」

「いやだ、今となつては俺はお前と死ぬことはいやだ」

朱雀は泣いた。

「先生どうぞ元のやうに可愛がつて下さい。……かうして……元のやうに、そら、かうして……」と朱雀は草二の両手を取つて、ほてつた自分の頬の上に置いた。草二は、彼女のなすまゝに彼の掌を朱雀の両頬の上に置いて、片眼を繃帯した残つた一つの小さな哀れな目を見守つた。……三年前、グリンルームの中で仕慣れたこんな他愛もない仕草が、微かにその頃の歓びの感情を想出させ、遠く〳〵離れてしまつた現在《いま》を嗟嘆した。

あゝあの頃は……

彼等は等しく昔を想つて、相倚つて泣いた。

次の日の夕も、彼等は一つ俥にすくだまつて深川の御門前迄乗つて行つた。幌をかけた狭い人力車の中は、「別れ」といふ大きな死の海を前にした道行のやうな、やるせない心を彼等に起させた。此の夜のお不動様は恰度《ちやうど》お命日で参詣人が込合つてゐた。御門前で俥を捨てた二人は、社前迄の石畳の路でさへ四五歩も離れゝば胸を躍らせて追縋つた。相並んで賽銭を上げ、相並んで合掌し、相並んで水垢離をとつた。

愈々最後の水垢離の日が来た。お告げによると、この第三の日に、水垢離の場から真直に、朱雀は巣鴨の家に帰らねばならぬのである。云はずと知た、彼等の「別れ」の日なのである。

草二はこの朝茫然としてあかしやの二階の欄から、下の人通りを見てゐた。初冬の雲が向ひの建物の上にぢつと動かなかつた。どんよりとした乳色の空気は、彼の痺れたやうな心の上に暫く安易の時を与へてゐた。電車通りを距てゝ、彼等が馴染めの頃、彼等にとつて此の世にもない歓びの室であつた柳行李屋《やなぎがうりや》の二階が映つてゐた。

「おゝグリーンルーム！」彼は悩ましい眼を窓の前にある並木のプラタナスの上に落した。麗子が明らかに自分のものとなつて、彼女のためにあの室をしつらへてやつた最初の夜、あの窓に明るく灯ともり、その色は如何に華やかに、如何に若々しく、燃え立つた事であつたらう。吁《あゝ》あのプラタナス！　あの時はもう軽く芽んで生々と枝を張つてゐたのに……

枯れた一葉がヒラリとこぼれて、草二の見てゐる間に地に落ちて行つた。目を上げてじつと見定めると、眼にも止らぬ小さな〳〵狭霧が、乳色に曇つた冬の日射しの中に飛んでゐた。その時草二の胸の中をヒラリと掠めた思想があつた。この思想が彼の胸に浮んだ時、彼は千鈞の重荷をその肩から下されたやうな安易さを感じた。彼は机の側に飛んで来て、ノートの上に息を喘いで書出した。

「秋はプラタナスの生活をよく知つてゐる。あゝ、一株のプラタナスよ」と筆をつけた。

「その葉は枝にあつた。春に芽生えて青々と茂つた。夏近くその広葉は雨にうたれた。青嵐が吹過ぎた。……秋には時雨が過ぎた。時に迅風《はやて》が来て根こそぎ倒れよとゆさぶつた。物静かな日、あの一枚の広葉がいつも隣りの一葉と仲好さゝうに重なつて、そよ風に吹かれ乍ら、優しいキスを投げてゐた。

　さり乍ら闇夜を荒ぶる嵐の夜は、どの葉がどの葉に行つて触れたらう。時は続き来り、続き去り茂るものは年毎に茂る。一年の中で、風物は刻々にうつり変る、うつり変る時の中に、動くもの、葉と葉のキスや、流れ落つる雫の数こそ無限であらう。然もこれ等の真実の記録が世にあらうか！　天にあらうか！　求むるものがあつて、一年の間の葉と葉の接触や、うち濺《そゝ》いだ雨風の数や、雫の流れ落ちる路のあやまちのない真実の記録を所望したとて、どれ程に絶叫したとて、哀叫したとて、号泣したとて、与へられる時が来ようか
　あゝ、求むる者の病である。触れ合つた葉も、流れ落ちた雫も、あるが儘の自然にして、次ぎの瞬間には無限であり、又夢幻であり、虚無である。消えたるに非《あら》ず、非《あら》ざりしなり。

　あゝ、非ざりしなり。あゝ、非ざりしなり。真に非ざりしなり。朱雀の罪も淡路の罪も、彼女等の罪は等しく非ざりしなり。

おゝ、女よ！　黒髪を持つものよ！　烏羽玉《ぬばたま》の黒髪を持つ者よ！　お前達には罪はない」

文字の跡は横になり、縦になり、インクも嗄《かれ》て文字とも見えなかつた。書き終ると、草二はペンを紙の上に投げ付けた。ペン先のインクの飛沫が、ノートの上にぱつと散つた。

「どうなすつたの、唸つて何をお書きなすつたの」

「よろこびの歌を書いた」

「今日になつて『よろこびの歌』だなんて、あなたは別れるのが嬉しいんですか」

「あゝ、嬉しいさ、俺は今この世にもない貴《たつと》い詩の句を摑んだのだ。」

「先生、あなたは随分呑気なんですね」暫くして朱雀が斯う口を切つた。

「お不動様の今度のお告げは、只のお告げぢや無いんですよ、これが永のお別れなんですよ。既《も》う御一緒にはなれないんですよ。先生それがあなたには嬉しいんですか」

　二人は机の前と横から各々《おの〳〵》頬杖をついて顔を寄せてゐた。会話が途切れると悲しみがひし〳〵と湧起つて来る。各々《めい〳〵》見せまいとする涙が頬や鼻を伝はつて、黒い紫檀の上に丸く盛り上り、黒耀石のやうに耀いてゐる。二人は申合せたやうに、その各自《てんで》の涙を指先きでづる〳〵と掻き廻して乾かせてゐる。

「既《も》う男は懲り〳〵だ！」とも朱雀は嘆息した。やがて、

「旨く欺されましたわね、三年間……」強い事を云つて唇を噛んでゐた。

「欺されたんだつて、失敬な事を云ふな、俺は何時お前を欺した。俺が何一つお前に嘘言《うそ》をついた事があるか」

「嘘言《うそ》をつく事許りが欺す事なんではないでせう。先生、あな

たは嘘《うそ》をつかない大嘘つきだ。騙《かた》りだ、大騙りだ、女蕩《をんなたら》しだ！」とたゝみかけた。

「おい〳〵、静かにしないか、斯うなつたら度胸よくしようぢやないか、そんな血迷つた事を云はないで、度胸よく運命に従はうぢやないか」

「あなたは今になつて本音を吐くんですね。妾《わたし》は三年間欺されてゐた。妾のお母さんも、妾の家の者もみんな……、あなたは三年間唯の一度でも……お世辞にでも……」と云ひ澱んで、「淡路さんを出して妾を本妻にしてやると仰言つた事がありますか！」と口早に云ひ放つて、満面に朱を注いだ。

「いゝえ、今更何も伺ひません、こんな事を妾《わたし》の口から申したら既《も》う最後です。あなたは妾《わたし》が生命《いのち》だと仰言つた、生命《いのち》と仰言る程なら……ほんとうに生命程に大切に思召すなら、立派なシートを妾に与へて下さるのが当然でせう。……妾は唯黙つて一年待ちました、二年待ちました、三年待ちました。……恐らくは妾の母も何《ど》れ程か心待ちに待つたでせう。以前妾達が尾の道で失敗した時、淡路さんのお家の方々のあなたに対してとつた所置は如何でした。あんな落ち目の時に離縁話を持上げたぢやありませんか。あの時の妾の母のあなたに対してとつた所置は……」

「そりや御親切で非常に有難かつた。多分なお金を融通して呉れて俺の落ち目を救つて呉れた」

「その親切な、控目な妾の母の、無言の申込をあなたは如何《どう》してお受けにならなかつたの……」

「だつて、そりや駄目だ、その事はお前が俺の所へ飛込んで来た最初から、淡路の位置は絶対に動かされぬものだとお前に断つて置いたぢやないか、めかけ呼ばはりされるのを承知の上で来たのぢやないか、それが今になつて不服なのか、それでその復讐に、この間中からあの不都合を働いたと云ふのか」

「さうは申しません」

「それなら何故早く、女房にしてくれと、明白に気軽に申出なかつた」

「そんな事が妾の口から申出されるものか、ものでないか、少しは考へて御覧なさい。与へられゝば貰へるものでも、欲しいと云つて貰へるものぢやありません。いや、欲しかない、そんなものが誰が今更欲しいものですか」

「今になつてそんな事を云はれても困る、淡路と俺との仲は、お前の知つてる通り夫婦とは云はれない……いはゞ親密な友人のやうなものだけれど……又お前に対する俺の愛は見らるゝ通り全力的ではあるけれど……事実俺はお前に何等の不満を与へてはゐなかつたのだけれど、……さう云はれて見れば……然《しか》し今更になつてそれは無理だ……義理と云ふものがある、意地といふものがある……」

タヂ〳〵となつた草二は、言葉丈に力をこめて一先づ斯《か》う答へた、そしてこの時草二は女に新しい愛を感じた。

朱雀は無言で草二を圧迫してゐた。草二は朱雀の次《つ》いで来る可き詰問のために。はた又自分の所持する哀れな論理《ロジック》のために汗をかいて更めて「義理」といふものを考へてゐた。意地と云ふものを考へてゐた。……義理とは……「義理とは社会の我執である！　意地とは個人の我執である！」と斯《か》う答が出来た時、彼の朱雀に対する愛情が洪水のやうに汎濫した。

「もう要《い》らない、何にも要らない」と朱雀は気を更へて、「たゞ一生忘れないでね」と優しい目をして気軽く座を立つた。草二は両手で毛髪《かみのけ》を搦つた。

午前中に淡路は東京座へ出へ行つてしまつた。午《ひる》から巣鴨の母親がやつて来た。此の最後の日は、共に参詣して、其の儘麗子を伴ふつもりなのである。

三人は三時頃、仲よく鰻飯を喰べた。それから連立つて深川に詣でた。あかしやを出る時朱雀は自分の履古した古足袋の片側を片側の中に押込んで、その中に又何やらを押込んで、「お履き」と小声で玉やに呉れてゐた。此の日の水垢離は未だ明るい五時頃に済んだ。母親は水垢離場の傍のぬぎ捨場で、細い煙管《きせる》に煙を吹き〳〵二人の行を眺めてゐた。草二は常よりも顫へてゐた。御門前を出る時、朝からの雨催《あめもよ》ひの空が急に時雨《しぐ》れて、街の人通りを騒々しくした。

「俥を呼んで来て上げませう」草二は女二人の為めに其所等の溜りから巣鴨行きの二台の俥を命じて、値段までとり決めてやつた。

「先生、今夜はきつと東京座から、晩《おそ》くも宅へ廻つて下さいな」俥の前幌を閉ぢる時、朱雀は斯う云つて首をさし出した。

二台の俥が駈け出した後で、草二も急いで新橋行きの自分の俥を命じた。一町程行くと、新橋へ走る草二の俥が巣鴨へ走る二台の俥の後を追うた。折から時雨が颯《さつ》と音を増して前幌を切抜いたセルロイドの窓を曇らせ、美しい水玉を綴らせてゐた。

草二の俥の梶棒《かぢぼう》が、前の俥に近よつた時、

「麗ちやん」と一声声をかけた。

「先生ですか、宅へいらしつて下さるんですの」と前の俥に乗つてゐた朱雀の声が聞きとれた。

「いゝや、新橋へ帰るんだ、僕も電車を止して俥をおごつたんだ」斯ういふ草二の声の終らない裡に、前の二台の俥はとある大道を右に曲つて、草二の俥は真直に進んで行つた。

十五

車の梶棒《かぢぼう》があかしやの店頭《みせさき》に降りた。店頭の瓦斯の灯は常のやうに蒼く淋しく燃えてゐた。勿論淡路はまだ帰つてゐなかつた。玉やが一人留守をしてゐた。

草二は二階に駈上つた。先程母親と三人で喰べた後の鰻丼の鉢や、呑みさしの茶碗等が其のまゝちやぶ台の上に載つた儘、森閑として静まつてゐた。

「麗子！」彼は小さな声で呼んでみた。

「麗子！」彼は悲し相に呼んでみた。大きな〳〵寂寞が、此の家の二階一杯に詰つてゐた。

草二はいきなり襖を開けて、夜具を引つぱり出してその中にもぐり込んだ。それは一時に押寄せてくる悲しみの嵐を防がうとする、慌しい仕ぐさの一つだつた。仰けに寝てみた。すると全身が空に浮いてゐた。俯伏になつてみた。亀の子のやうになつて寝た。するといくらか沈着いた。亀の子の手足は延びて畳の冷たさにふれた。此際冷たい畳が、四つの手足の熱を吸つてくれるのが堪らなくうれしかつた。子供の時分、彼はよくかうして、宮城野の草の上に寝たものだ。静かな日和《ひより》の草の冷たさを思ひ出した。寝ながらにして、野の涯と空との境界が、地球の厳かな回転を感じさせた時代の事を思ひ出した。おゝ今夜も地球は回転しつゝあるのだ。何人も俺を愛してくれない。何人も愛すことが出来ない。俺はたゞ一人だ、だから俺は地球を愛する。俺はこれから憚る所なく地球を抱かう。地球こそは他の草木や生物と共に、この俺を永久に愛してゐてくれよう。

　向直つて、右手を投ずれば右はひいやりとしてゐた。左手を投ずれば左もひいやりとしてゐた。自分の周囲はすべてひいやりとしてゐた。腕を挙げると浮くやうにかる〳〵と上つた。何といふ頼りない軽さだらう。自分の腕は、かつて斯う軽かつたことがあらうか、寝ながらに挙げられた両腕は、死んだ蛇の腹のやうに青白く、細長く、力なく、ふら〳〵してゐた。二つの死んだ蛇は、やがて絡み合つて肋の上に音もなく倒れた。絡み合つて倒るゝもの、下に、何物も抱く者はなかつた。風も逃げて行つた。空漠といふより静謐に近い厳かな沈黙が、力一杯彼を引括《ひつくゝ》つてゐた。

　おゝ柔かなもの、おれの唯一つの柔かなものはどこへ行つた。すべて地上の柔かなもの、温かなもの、穏かなもの、静かなもの、明るい華やかなもの、巣窟はどこだ。そして衆《みんな》はどうしてあの様に、平和に、幸福に、暢気に、他《ひと》を許し己をゆるして生きて行くことが出来るのだらう。さつぱりわからない。まつ暗だ。己は座頭だ。どうか手をとつて連れて行つてくれ。そのコツはどこにある。何所《どこ》が入口だ。何所が扉だ。何所がハンドルだ。何所が鍵穴だ。そして鍵を借せ！

　草二は夜具をはねのけて飛び上つた。思ひ出した様に時雨が通る。彼は又室の中をぐる〳〵と廻つて見た。竹の柱に飛付いても見た。冷たい節が彼の高い顴骨《くわんこつ》に当つて痛かつた。

「痛い、畜生泣かせあがる！」

　彼はあかしやを飛出して、電車で東京座の裏口へ馳けつけた。楽屋の入口で彼はこの芝居の幹部の一人に出会つた。

「肝心の舞台監督が稽古にも初日にも、顔を出さないなんて、随分ですなあ。」

「いや手離されない用事があつたんでね。淡路をお貸しするだけでもやつとの事だつたんで……」

「どうなすつたの、先生今度はちつとも見て下さらないのですね」と通りがゝりの役者といふ役者が皆々草二に挨拶をした。

「先生、芝居を御覧下すつて、妾《わたし》こんどは駄目なんですの……」と女優の誰彼も煩さく集つて来るのを、「え、見ましたよ、結構々々、どなたも、大変結構」など、出まかせを云つて、暗い舞台裏に逃込んだ。後で手を組んで、夢遊病者のやうな姿で其の暗い舞台裏を、ふらり〳〵と歩いてゐた。

　淡路の役の明くのを待つて、彼は連立つてこの芝居の楽屋口を出た。雨はまだ晴れてゐない。二人は一つの傘をさして帰つた。淡路はいそ〳〵と取急いで、濃厚な舞台化粧をドリーンで拭取つた程の無雑作な風采《なり》で、夫に親しげに寄添ひながら、三崎町の電車道へ斜めにぬける、とある通りの中程で「加賀や」と云ふうどんやの看板を見附けて、その表口の前で立止つた。

「先生、そらこゝですわ。先生の三崎町時代に二人でよくこゝの鶏卵《たまご》うどんを喰べに来ましたつけね」

　淡路は途方もない旧い事を語り出した。今から顧れば彼此《かれこれ》十四五年も前の……彼女の瑞々《みづ〳〵》しかつた頃の……日露戦争当時の提灯行列の光景などが、蜃気楼のやうに現れて来て此の夜の草二の異常な感慨の上に、淡く〳〵影を落した。

「昔の思出に二人で鶏卵うどんでも食べてみようか」

　淡路は小娘のやうに喜んで、この旧いおなじみの店の戸を明けた。うす汚れた畳の上で、草二と淡路とが向ひ合つて、一緒に黒い丼の蓋をとつた時、淡路はふと天井を見上げて、

「おやもう五銭になりましたわね、あの時分はたまごが沢山入つて三銭五厘でしたのに」と定価表を読みながら云つてゐた。

　草二はうどんが喉に閊へた。

　此の作物は、昨年の花見時を引籠つて、処女作「蛇酒」の第一稿と共に約八百枚ばかりを三週間で書き上げた非常に乱暴な記録なのである。其儘活字になつて広く読者に見《まみ》えようとは夢にも思はず、単に念の為の手記として書残して置いたものである。去年の秋「蛇酒」出版の際は十分日取があつて悠つくり書直して見たのだが、本篇は走り書其の儘の方が却つて結構だとの生田氏や谷崎氏の御意見で、些つとも手を入れずに捨てゝ置いたのを、今回同じく両氏の推薦で本紙に掲載せらるゝの光栄を有した次第である。特に本号所載の分は、折悪しく有楽座から芝居を頼まれ、「ヴェニスの商人」全演の舞台監督やら、其の主役やらを引受けたので、落着いて字句さへ修正する暇もなかつたのである。それやこれや、いろんな意味で、穴あらば入りたい。
（作者）

（「中外」大正7年6、7月号）

河岸のかへり

里見　弴

　魚金《うをがね》の平公《へいこう》は梶棒を腋《わき》の下にはさんで了つて、青筋だつた両腕をぶらつかせながら、ヒヨコ〳〵と仕入の車を引いて駈けて来た。

　須田町へかゝると、交番の前に人だかりがしてゐる。

『なんでがせう……』

　云ひながら、もう平公は歩調をゆるめて了つて、貪り喰ふやうに息を入れたが、さて交番の方を見向くだけの気力はなかつた。尤もまたさうしやうと云ふ興味もないので、実は、若い力の充満《みち〳〵》た腕で、うしろからグン〳〵押してゐる親方が、うまくこつちの話に釣り込まれて、ちよつとの間でも緩歩《ある》いてくれゝばいゝのだ。

『何んだか女のやうだぜ。』

　若大将は巌丈《がんじやう》な、丈《せい》の高いからだを延《の》び上るやうにして、人立ちの頭の上から交番の方を窺《のぞ》き込んだ。

『へえ、女ですかい。若いんですか。わツしやアちんちくりんだから、皆目《かいもく》容子が知れねえが。………へえヱ、別品ですかい。』

　魚金の平公も古い平公で、もう六十いくつかだ。小供の頃に患つたのださうだが、その後ふツつり快《よ》くつて、自分にはついぞ覚えのない喘息が再発《で》たらしく、半月ほど前から息切れと咳でヒドく悩まされてゐた。

『この頃のやうに、かう息が切れちやア全くやりきれない。有繋《さすが》の平さんも病《やまい》にやア勝てませんや』強情我慢の平公が、主人たちの前でこんな弱音《よはね》を吹くと云ふのは、よく〳〵だつた。それでも冗談半分のやうなかう云ふ言葉で、あんに、買出しの役がちつと辛《つら》すぎることを諷しながらも、それが年齢《とし》のせいではなくて、全く喘息のためで、癒《なほ》りさえすれば直ぐまた前々どほり働けると云ふ意味合で話すことは忘れなかつた。みよりたよりのまるでない、独ぽつちの平公は、どうでも魚金から葬式《とむらい》を出して貰ふ気でゐた。

『なんだらう』

　嗄れ声でかう、独言《ひとりごと》のやうに云つてみたが、半長《はんなが》を穿《は》いた若大将の脛《すね》は、容易にその歩度を緩めないので

『ね、なにもんでせうね』

『さうさね、なんだかなア』

『掏攫《すり》ぢやアがアせんかい』

　平公は滝縞《たきじま》のやうに流れ走る足もとの地べたを見詰めたまゝ、またかう話しかけた。話の続いてゐるうちは、それでもいくら

かゆつくり行ける。平公は、何んでも構はない、唯もう話を杜《と》絶《ぎ》らせない算段をしてゐた。『そんな容子でもねえんですかね』

『さうさねえ………』

『いえね、この節アめつたあるんですぜ。かう、ちよいと見るてえと、どこの奥方様かと思ふやうな、どうしてりうとしたこしらえでね。えゝえ、うつかり見惚れたりなんぞしてやうもんなら、もういつの間《ま》にか、チヨロツカしてやられてまさア。どうして、女だと云つて油断してゐられる世の中ですかい』

『さうだとね。………サ、一ツ走りやるか』

いけねえ、と平公は肚《はら》のなかで舌を打つた。さうさね。さうだとね………とばかりぢやアまるで話の芽をチヨン〳〵摘《つ》んぢまうやうなもんだ。どうしてかうこの節の若いもんは、話ツぺたの、聞きツぺただらう――思ひながらも平公は、もう押しやられるやうにヒヨコスカ駈けてゐなければならなかつた。それでも、若大将を恨むやうな気は少しもなかつた。――自分等の若い時分、もう今の若大将の年比にはいつぱし道楽もんだつた。それから思へば、今時の学校に通つたものは、何んと云つても違ふ、中でもうちのなんぞと来たらこれはまたちつと堅すぎるくらゐだ。忠実《まめ》で、親孝行で、無口で（こいつは御難だが）ちつと人好は悪いとしても、至極温和《おだやか》で、もう来年は検査だと云ふのに地情人《ぢいろ》の一人あるではなし、放蕩《あそび》は知らず、勝負事なんぞは話に聞いたこともないくらゐなものだらう。さう思つて平公は、兼てから若大将には感心してゐた。その代り、河岸へ行きア………と云ふ自負はあつた。が、それとても、もう以前の、火の出るやうなケハシいかけひきはなくなつて来た、全くの素《しろ》人《うと》でも、買つて買へないことはないやうなところになつて来た。現在若大将一人でも、立派に買ひ出しをして来る。あめえもんだとは思ひながらも、何んとなく馬鹿に出来ないやうな気もしてゐた。そのくせ平公は、まだ若大将が生れないさきから、魚金の釜の飯《めし》を食つてゐた。何遍かしつこもかけられた。死んだおかみさんには、眼のなかへはいつても痛くなかつた、誠坊《せいばう》の我儘勝手も癪《しやく》で、平公はその頃から三人の兄弟のうちで、この、末ツ子の常坊が一番の贔負《ひゐき》だつた。

たんと急でもない坂を、お茶の水の女学校の前まで登つて来た時には、もう咽《のど》がヒリつくやうで、意地にも足が運べなかつた。丁度授業始めの鈴が構内でカラン〳〵鳴つてゐた。永年の巧《かう》で、行き遇つたり追ひ越したりする女生徒の数でも、平公は凡そ時間を計ることが出来た。

ちつとおそくなつたぞ。吉の奴、もうとうに帰つてゐやがるだらう。それを思ふと、ぶつ倒れるまでも駈けださなければならない。『アラヨ』とつけ景気のかけ声をしてみたが、見る〳〵肉や血が絞られて行くかと思はれそうな冷たい汗ばかりが流れて、からだは重くギゴチなく、痺《しび》れて覚えもなくなつて行つた。

『べらぼうに暑いや、こりやア』

薄くなつた眉毛を潜《くぐ》つて、汗は遠慮なく目のなかへも流れ込まうとする。平公は手を挙げて拭う元気もなく、目をつぶつて頻りに首を振つた。汗は灰を撒いたやうな往来の砂埃《すなぼこり》にポタ〳〵飛び散つた。

『いつの間にかもうすつかり夏ですねえ』

『あゝ』

平公は最後の気力を会話に注いで、一と息いれるよりほかに手はないと思つた。

『菊さんとこぢやア、かみさんをもらつたてえますね』

『さうだとさ』

仕方なく、若大将も少し歩調を緩めた。しめた、と平公は矢つぎばやにまくし立てやうとしたが、相憎咽に痰《たん》がからんで、猫のやうにグルゴロと云つた。

『え？　なんだつて？』

『どんなですね』

『さアねえ……』

いけねえ、と思ふと、平公は直ぐ新らしい糸を繰り出した。

『仙ちやんとこのはいゝ女ですね』

『いゝやうだね』

たうとう若大将もポカ〳〵緩《ある》歩きだした。

『まつたく、あいだけの器量で……』

『それにお前、気だてがさ』

『さう〳〵。それが何より肝心ですからね。あれでなんですとね、おツとりしてるやうで中々めはしが利《き》くんですとね』

『たゞ朝がちつとおそいてえこつたぜ』

若大将もいつもの手とは知りながら、ついうか〳〵釣り込まれてゐた。

『へえヱ、朝寝ですかい』

と、さも〳〵感に堪へぬやうに『だが、そいつアよくねえね。なんでも、この生物商売《なまものあきねえ》てえやつア、朝も暗いに起きて、すべてこの、早いとこ、早いとこといかねえぢやア駄目でさア』

『まつたくさ』

『でせう？　なんでもこの、亭主の寝てるまにすつかり支度をしといて、ほけ立つたおまんまを食はせて、河岸イ出してやるんでなくつちやア、とても本もんぢやアありませんや。ねえ、さうでせう。それを、お前さん、……そら、あのウ、えゝと、梅さんとこね、あすこの山の神と来たひにア……』

今が今までハツハ云つて駈けて来た息の下で、直ぐかう立て続けに喋《しゃべ》くるのは、決して楽な藝当ではなかつた。目も眩《くら》むばかりに朦朧としたあたまで、仮令その場かぎりの出放題にもしろ、相手の心をギユツと引ツぱりよせて置いて、ちよつとのすきを見せずに、調子よく喋り続けてゐる平公は、話好きでもあり話上手でもあつたが、第一さうでもしなければ、所詮もう命が続かないと感じられる苦しまぎれだつた。さうかと云つて、何十年来瑕瑾なく握りとほして来た仕入れ車の梶棒は、これは死んでも擲《ほう》り出せるものではなかつた。

『……何せえ、あゝして、あれだけのなんだア、店を張つてかうてえに、嬶からしてそれぢやア、ねえお前さん、第一若いもんどものしめしがつかねえや………』

その時平公は大勢《おほぜい》の靴音を聞いた。革《かは》くさいやうな甘酸ツぱい匂を臭いだ。それで兵隊の列が自分たちの側《そば》を通つてゐることを知つたが、いつのまにか自分でも気がつかないうちに、ガツクリと首を下げて、目を堅くつぶりながら歩いてゐた。『兵隊さんにしたところでさうでせう。ねえ、士官が真先き立つて、あゝして、お前さん、ねえ………。だがさ、うちの亡《なくな》つたおかみさんは、そけえいくと、お世辞ぢやアねえが、まつたくえらかつたねえ………』

それから小《ちい》さかつた魚金の店の昔をも語つた。すると、いつのまにか、一生を振り返つて見る老人《としより》の愚痴めいた調子もまじつて来さうになつた。

『だがもう今ぢやア、何せえてえした店になつちまつたもんさね』

それと気がつくと、平公は直ぐそのみぢめな調子を捨て、勢を盛り返へさうとした。『坂町の御屋敷、北条さん、ね、奥平さん、水野さん、安部さん、森川町から菊坂、駒込、西片町、真砂町、でせう? 丸山、福山町それからづうツと………まづまア本郷一えん………』

かう油が乗つて来ると、平公はもう咽のゼロ〳〵も何もとれて了つて、我ながら面白いやうに舌が廻つた。

『まづまア、本郷一えんと云つてもようがさアね』

『ちつと大袈裟なやうだね』

『エツへゝゝゝ』

平公はさも可笑さうに笑つた。

『ときにあんまりおそくなるといけねえぜ』

『なアに、もう一ツ走《ぱし》りでさアね』

『ハリヤヨ』

若大将は威勢よく大股にピョン〳〵と飛んで、その拍子にグイ〳〵車を突き出した。

『キタイ』

平公も景気よくかけ声を受けると、光沢《つや》のいゝ露出《むきだし》の禿頭《はげあたま》をヤケに振りたてながら、店をさして駈け出した。さも軽げにピヨコ〳〵足を蹶上《けあ》げて、そのくせ、うしろに吸ひ込まれるやうに感じる目は、仏像のやうに半眼に閉ぢて、殆ど盲滅法《めくらめつぽう》で走つた。

（「中外新論」大正7年7月号）

夜の海

福永挽歌

一

「園子《そのこ》さん、そんなお悪戯《いた》をすると、お婆さんがお灸をすゑますよ。へゝゝゝへ！」といふお増婆さんの声が、井戸端の方で聞こえた。

　良吉《りやうきち》には、その声が意地の悪い意味を含んでゐるやうに響いた。「お前の親が碌でなしのやうに、お前も碌《ろく》でなしだよ。お前たちが舞ひ込んで来たばつかりに、俺たちはとんだ迷惑をしてゐるんだ。」と云つてゐるやうに思はれた。と、お饒舌の、図々しい、慾の深い、お増婆さんの姿が、良吉の心に浮んだ。

　良吉は、机の前に坐って、チリ〳〵と灼けつくやうな暑い裏庭を見てゐた。眼の前に、銭葵が咲いてゐる。蕗《ふき》の葉は、暑さに敗けて萎れてゐる。恰度、正面に見える農家らしい大きな納屋の前を、洗ひ晒らした浴衣を着た、毛の赤い、今年三歳になる園子が、ベソをかきながら、跣足《はだし》でふら〳〵と歩いてゐた。

　良吉の部屋は、簀の子で天井を張つた六畳であつた。一方に黒光りのした大きな板戸で（板戸の向側にはお増婆さんの一家が住んでゐた）一方の壁ぎわには、古い長持や塗りのはげた仏壇や、壊れかゝつた古い簞笥が置いてあつた。それは座敷といふよりも寧ろ物置といふ方が適当なほど殺風景な部屋であつた。隣の部屋には、妻の近子が、昨年生れた赤坊を抱いて午睡《ひるね》をしてゐた。明らかに疲労の色が読まれる彼女の顔や、赤坊の口の辺りには、夥しい蠅が群り飛んでゐる。表の障子が一枚開いてゐるので、投げだしてゐる近子の足の辺まで、暑い日がカン〳〵射し込んでゐた。そして、三崎通ひの馬車が表の街道《とほり》を通ると、黄ろい埃がモヤ〳〵と立ち上るのが見えた。

　良吉が、この海岸に来てから半年経つた。彼がこゝへ移住したのは、生活の負担を軽くして、多年心がけてゐる創作の方を専心にやるためと、病弱な妻や孱弱《かよわ》な子供たちの健康のためであつた。が、こゝへ来てから半年も経つのに、その目的は、どちらも達せられないでゐた。子供たちは、代る〴〵熱をだしたり、痙攣《ひきつけ》たりして村の医者を呼ばねばならなかつた。妻は妻で、この海岸へ来てから、その持病の最も険悪な徴候が、始めて現はれた。子守や、看護や、水汲みや、その他いろ〳〵の気遣ひで、昼間の大部分が費された。夜は、昼間の疲れが出て、机に向つても考を纏めるまでに睡気を催した。で、良吉は、白紙を机の上にひろげたまゝで、昼も夜も心の中に病気のやうな苦みを抱いて輾転してゐた。

良吉が一ばん苦んだのは、日々の生活であつた。月々送つて来る筈の東京からの送金が途中で断えたり、纏まつたものが書けないので、その方の収入がほんの僅かであつたりして、とう〳〵その日の生活にも困るやうな状態になつてゐた。間代ももう三月《つき》たまつて、お増婆さんから度々催促を受けてゐた。「借りるばかりが能ではありませんよ。」お増婆さんは、ズケ〳〵とこんなことを云つた。

お増の亭主の岩吉は、殆んどゐないも同様な温順《おとな》しい男で、家のことは何でもかでも、お増一人で切り廻はしてゐるのであつた。大工の岩吉は毎日仕事に出て行くが、大工と云つてもほんの日雇取で、一ケ月一日も休みなしに働いたとしたところで、岩吉の収入だけでは、とても一家の生計を支へるには足りないので、お増は、饅頭をこしらへて売つたり、畑のものを八百屋に卸したり、三人の娘を叱りつけて地曳網を曳かせにやつたりして、漸くその日〳〵の暮しを立てゝゐるのであつた。で、婆さんが良吉たちに間代の催促をするのも、考へて見れば無理もないのであつた。

半年の間に、良吉は、近所の村人たちと心安くなつた。また、村人のいろ〳〵の噂を聞いた。三人の娘をV町の遊廓に売つて老後を安楽に暮してゐる藤作爺さん夫婦、従兄の家が栄えて行くのを嫉んでその家に放火したお政婆さん、もとは棒手振の悴で、若い頃はそちこちに迷惑をかけて村中の鼻つまみになつてゐたのだが、その持前の弁舌と策略とでとう〳〵村の知識階級の間に勢力を得て、借金で建てた御殿風な田舎者だまかしの家に建て籠つて村の者を睥睨してゐる大原屋の亭主……さういふ人たちやさういふ人たちの噂は、良吉にいろ〳〵のことを考へさせた。

「母ちゃん、母ちゃん！」

真赤な顔をして戸外から帰つて来た園子が、死んだやうに睡つてゐる母親を起した。母親と一緒に寝てゐた友子は、目を醒まして、泣きだした。

日がいくらか傾くと、近子は夕飯の支度や、友子に飲ませる重湯のこしらへをしなければならなかつた。彼女は、六畳の縁側の隅で、七輪の下をバタ〳〵あふぎはじめた。

良吉は、近子が炊事にかゝつてゐる間いつもするやうに、友子を抱いて、園子を歩るかせながら、浜へ散歩に出た。

家の前の往来を隔てた向ふに、ゆるく傾斜した畑があつた。その畑の中の細い道を下つて行くと、直ぐ眼の前に海があつた。日がまだ高いので、浜の白い砂の上はまだ暑かつた。松林の中では、油蟬が鳴いてゐた。浜辺の生活に馴れてしまつた園子は、浜へ出ると直ぐ下駄を脱いで跣足になつた。

良吉は、引揚げてある漁船の涼しい影へ腰を下ろし、二人の小児《こども》を相手に砂を掘りはじめた。

風が出はじめたので、濃い紫色の海の表面には、飛白のやうに白い浪頭が立つてゐた。沖には帆を上げた漁船が、いくつも浮んでゐた。右手の日の陰になつてゐる松葉が岬、それと相対してゐる、日光の直射に烟つてゐる千駄ケ岬、それから、長く横はつてゐる房総の山々が手に取るやうに間近かに見えた。

が、さういふ景色も、良吉には何の魅力ももつてはゐなかつた。それは、彼がそれ等の景色を見馴れてゐるからといふだけではなかつた。良吉は、この頃だん〳〵深い憂欝に沈んで行く自分を感ぜずにはゐられなかつた。何を見ても面白くない。気晴らしに何処かへ遊びに行かう、などといふ気にもなれなかつた。「金がないからだ、金さへウンとあれば、憂欝な心が何処かへ飛んで行つてしまふんだ。」と考へる。なるほどさうかも知れないとも思ふ。それは一時的のことで、表面だけはパッと賑やかで愉快であるかも知れないが、結局自分の心の奥の方にあるものは、それがためにどうともなるわけではないのだといふ風にも考へられる。

近頃では、良吉の考《かんがへ》は、僻《かた》よつた方へのみ向けられて行つた──人間は慾張りで、意地悪るで、脂ぎつてゐて、誰も彼も自分のことだけしか考へないし、誰も彼も互に他人の隙を覗つて、あわよくば他人の持つてゐるものを根こそぎ取上げてしまはうとする、他人の血も、肉も、骨までもすつかり舐《しやぶ》つて、他人を亡ぼしてもすこしも悔いないものだ、尠《すくな》くとも、人間と人間が親密の状態にあるのは、お互の利益が五分々々である間だけだ、たとへ一分でも一厘でもどちらかへ傾けば、歯をむいて嚙み合ふのだ。

「尠くとも、」と良吉は考へる、「さういふ風に考へて見なければ、人間といふものが、はつきりしない。いや、無論人間はそれだけではない。又、それだけであつてはならない。が、もしそれだけだとするとどういふことになるだらう。」

良吉の感情は、だん〳〵重苦しく沈んで行つた。彼は、息苦しくなるのを感じた。で、考を他に転じようとして海の方を見た。

「父ちゃん、貝殻、」と園子が不意に云つた。彼女は、そこいらで前掛の中へ集めて来た貝殻を父親の前へ投げ出した。

「あ、貝殻」と良吉は機械的に云つた。そして又、考へ続けた。

日がだん〳〵陰つて来るのに気がついて、良吉は浜を一まはりして家に帰つた。

良吉が、抱いてゐた友子を縁側に下ろすと、急ぎ足に奥から出て来た近子は、友子の方を見かへりもせずに、

「あなた、一寸、」と小声で夫に云つた。

良吉は、彼女の様子で、何か只ならぬ出来事が起つたことを知つた。近子は、良吉が坐るのを待ち兼ねて、云つた。──

「あなた、大変なのよ。」

「大変？　どうしたんだ。」と良吉が落着いて云つた。

「今ね、魚屋のおばさんから内密で聞いて来たんですけどね、こゝのお婆さんは、ずゐぶんひどい人ねえ……」

「どうしたんだ。」

「私たちがこの間V町へ行つたでせう、あの留守に私たちの荷物を調べたんですつて。戸棚を開けて行李の中をすつかり調べたんですつて。きつと私たちがあのまゝ逃げだすかと思つたのでせう。ずゐぶんひどい人ねえ。そして、どうでせう、(行李の中には襤褸布《ぼろつきれ》と古本ばかりだ、目ぼしい着物一枚ありやしない)ツて魚屋のおばさんに云つたんですツて。」

「ふむ。」と云つたきり、良吉は二の句がつげなかつた。

「私この土地が、つく〴〵怖ろしくなりましたわ。こんな所にゐる位ゐなら、どんなに困つてもいゝから東京へ帰りたいと思ひますわ。ね、何とか都合して、一日も早く東京へ帰りませうよ。」と近子は眼に涙をためて云つた。

「東京だつて同じことさ。」と云つて良吉は煙管を取り上げた。

「いや、東京の方がそんなことは此所よりももつとひどいんだよ。もつと怖ろしいんだよ。」

「だつて、東京にゐれば、まさか他人から行李の中まで調べられる気遣ひはありませんからね。」と近子が反抗するやうに云つた。

「お前がさう思ふのは、都会の人はそんなことを露骨《あからさま》にやらないからなんだ。東京の人は、それよりももつと性質《たち》の悪い方法で、もつと悪いことをするんだよ。」と良吉は云つた。

二

良吉は、正午《ひる》過ぎに、釣竿と尾籠《びく》を持つて、そつと抜けだすやうに家を出た。

彼は、近頃はほとんど毎日のやうに釣に出かけた。そして、それがいつも正午過ぎであつた。魚の釣れるのは、朝か夕方で、彼の出かける時刻は釣をするには適した時刻でないのを彼は知つてゐた。が、彼の出かけるのは、釣が目的ではなかつた。彼は、日中の暑い盛りには、とても家の中に凝つと落着いてゐることが出来ないので、釣にかこつけて家を逃げだすのであつた。

良吉は、白く乾き切つた村の街道《とほり》を歩いて行つた。太陽はヂリ〳〵と照りつけて、路傍の草叢には、陽炎《かげらふ》がギラ〳〵と燃え上つてゐた。魚のやうに跳ね上りながら往来を横切る蛇が、良吉を驚かした。

良吉の行きつけの川は、村はづれの方にあつた。橋の袂を下りて、一丁ばかり河岸を遡ると、傾斜した甘薯畑の縁と河岸との間が竹藪になつてゐる。その竹藪を抜けた所が、彼のいつも行く場所であつた。そこでは、川はやゝ深い淵をなしてゐる。対岸は見上げるやうな高い崖になつてゐた。両岸の樹木が、隧道《とんねる》のやうに頭上を蔽うてゐるために、あたりにはほとんど日が漏れない、そして、いつも空気が冷え冷えして、川岸の土はじめ〳〵してゐた。

良吉は、適当な坐る場所を見附けて、そこへ懐から出した新聞紙を敷いて、その上へ腰を下ろした。彼は、濁つた水の表面を見つめながら、マツチを擦つて、一本の巻煙草をゆる〳〵喫ひはじめた。

こゝまで来ると、良吉の心を乱すものはもう何もなかつた。あたりは静かで、爽やかな木の葉の香が漂つてゐた。時々、街道の橋の上を通る荷馬車の轍の響が遠雷のやうに聞えた。どこかで鶏が鳴いてゐる。……良吉は、トゲ〳〵した心持がいくらか静まるのを覚えた。彼の心の中に、穏かな親みのある感情が湧き上つて来るのを覚えた。彼は、冷たい土を跣足《はだし》で踏み、凝つと動かぬ赤い浮標《うき》を見詰めながら穏かな心持を尚一層落着けようと試みた。

彼は、暫らくの間、うつら〳〵と夢見るやうな心持でゐた。が、やがて、だん〳〵はつきりした意識が彼の心の表面へ浮んで来た。

先づ何よりも先きに、良吉の心に浮んだのは、近子の昨日の話であつた。それを思ひだすと、強い屈辱の感じで、彼は心が一時に曇るのを覚えた。昨日近子からその話を聞いた時には、良吉は、強い憤怒を感じたのだが、病気や生活の苦労のために激し易くなつてゐる近子の前だつたので、強ひて平気を装うたのであつた。

「何といふ失敬な奴だらう、人の留守に持物を調べて見るなんて！　ひどい奴だ。まるで泥棒だ。礼義や人情なんてものは、あんな奴には、てんで問題じやないんだらう。恥も外聞もないたゞ奪るだけが得だといふんだらう。何といふ浅ましい奴だらう。」

こんなことを考へると、縮れた胡麻塩毛の、眼の縁の爛れた、いつも洗晒した紺飛白の単衣を裾近かに端折《はしを》つて、娘たちをいぎたなく叱り飛ばしてゐるお増婆さんの姿が、良吉の眼の前に浮んだ。良吉はもし眼の前に実際にお増婆さんがゐたのであつたら、直ぐその場に有り合はせた物を摑んで婆さんに飛びかゝりでもしかねまじい激しい気持になつた。が、そんな熱情もやがてするとすつかり消えてしまつた。そして、そのあとに言ひ様のない不快が残つた。

ピクリ、ピクリ……と浮標が動いた。

良吉は、急に我に返つて、地面に刺してあつた釣竿を手に取つて、水から引上げた。絃の尖《さき》には、二寸ばかりの沙魚《はぜ》が跳ねてゐた。良吉は魚を尾籠に入れ、新らしい餌をつけて、再び絃を水につけた。

「だが、」と良吉は考へた、「あの婆さんが、あんなにゲス〳〵するのも、考へて見れば無理もないんだ。あんなヤクザな亭主をもつて、あんなに大勢の家族を抱へてゐるんだから、婆さんが人に嫌はれたつて何だつて、一文でも多く儲けなければ、あの家は立つて行かないのかも知れない。」

そんな風に考へると、お増婆さんを心から憎む気にはなれなかつた。お増婆さんばかりではなく、藤作爺さん夫婦でも、大原屋の主人でも、その他この村中の誰でも、――いや、世界中で一ばん怖るべき極悪人でさへも、心から彼等を憎む気にはなれないのだ……と良吉は考へた。

日中のせいか、その日はほとんど魚が喰はなかつた。良吉は、一時間ほどの間に、漸く沙魚を一尾と小鮒を一尾釣つた。彼は浮標を見詰めるのに飽きて、煙草を喫つたり、頭の上の木の葉の透間から見える青空を仰いだりした。

カサ、カサ……といふ響が、眼の前の崖の頂の方で起つた。ひよいと見上げると、一羽の白い鶏が、餌を猟《あさ》りながら、だん〳〵下の方へ降りて来るのであつた。崖の上にはきつと人家があるのであらう。それから又、暫らく経つと、それとは反対の方向の、良吉の背後の何処か非常に遠方で、甲高い鶏の鳴声が聞えた。その声は、あたりが如何に静かであるかを思はせた。良吉は、東京から何十里を隔てた全く知人の無い、この海岸に心細い生活を送つてゐる自分を考へて見た。そして、彼は強い淋しさを身体全体に感じた。

その晩、良吉は、夕飯を済ましてから、机を釣洋燈《つりらんぷ》の下へ持ち出して、久しぶりでペンを握つた。その晩こそは、書けるやうな気がしたのであつた。が、彼は、考を纏めるのに可なりの時間を取られた。そして、一二枚書くと、嫌になつてペンを投げ出してしまつた。

彼の眼の前の蚊帳の中には、近子と二人の小児が眠つてゐた。薄暗い洋燈の光は、蚊帳を通して、彼等の寝顔を照らしてゐた。友子は母親に抱かれて寝てゐた。園子は、敷布団の外へ半分身体を乗り出してゐた。

園子は、蚤に喰はれるので、時々声をあげて泣き出した。その度毎に、母親は眼を醒まして、蠟燭の火を点して蚤を捕つてやつた。夥しい蚤のために、彼等は毎晩苦められるのである。

「三崎の方ぢや大変だとよ。六畳の間一間に三家族ゐるだとよ。」

板戸の向側では、家の者が涼みながら、話してゐた。

「三家族！ 大変だなア。なかには子供連れの人もあるべいが、さうすると一家内二畳の割りだな。さうだんべいよ。三崎の者は、この夏中に一年の食扶持をとつてしまふといふからなア。」と云ふのは、お増婆さんの声である。

「お母ちやん。T――（この村の或る字《あざ》）の新店じや、今年も部屋を東京の人に借したんだとさ。」と一ばん末の娘が云つた。

「いくらで借したんべい。」とお増婆さんが尋いた。

「十五円だと。」

「夏ぢうでか？」

「いんや、一ケ月よ。」

「一ケ月？ 十五円？ い丶値だなア。十五円！ ふーむ。」とお増婆さんは、声を大きくして云つた。

良吉は、その一語々々を聞く毎に、笞《むち》で背中をピシ〳〵打たれるやうに感じた。

三

それから一週間ばかり経つた或る日の夕方、良吉がいつものやうに釣から帰つて、家の方に近づくとこの村ではついぞ見かけない一人の青年が、往来の生垣の透間から、良吉の借りてゐる部屋を覗いてゐるのを良吉は見つけた。

その青年は、辺りを憚るやうに覗いてゐたが、良吉が近づくのに気がつくと、狼狽てゝ逃げるやうに立ち去つた。

「占部《うらべ》だ！」

良吉は、その横顔を見て、直ぐさう思つた。彼は、その意外なのに驚ろいた。

「占部の奴、こんな所へ何しに来たのだらう？」と良吉は疑はざるを得なかつた。

占部は、良吉とは五つも年下の青年で、某私立大学の理財科の学生であつたが、近子と同郷の関係から、一年ほど前には始終良吉の家に出入りしてゐたのであつた。所が、占部は何時の頃からか近子に宛てゝ度々穏かならぬ手紙を送るやうになつた。近子は、始めのうちは事を荒立てるのを怖れて、その手紙を握りつぶしてゐたが、あまりにそれが度重なるので、終にそのことを良吉に打ち明けたのであつた。それ以来、彼は良吉の家庭に足踏みしなくなつたのである。その頃、占部は良吉の家の近所の素人下宿にゐた。その下宿は近子が世話をしたのであつたが、占部が他へ引越してから、近所の噂をきくと、彼はその下宿の娘と関係してゐたので、そこを出る時には、下宿料を二三ケ月分も踏み倒して出た。占部は今までに何遍もそちこちでそれと同様のことをして来たので、その下宿の場合も、娘に関係したのは下宿料を踏み倒す下ごしらへであつたといふのである。


そんな噂を聞いてから、良吉はます〳〵占部をよく思はなかつた。

「おれは、とう〳〵自分の女房までも人に覘はれることになつたのかな。」と良吉は、釣竿や尾籠を下ろして、縁側に腰掛けながら心の中で独言を云つた。

が、占部が近子に手紙を送つたのは、ほんの出来心で、何も深く思ひ詰めての上ではないやうに思はれてゐたので、占部が交際を絶つてから、占部が一年の間近子の面影を忘れかねて、遥かこゝまで彼女の後を追つて来たものとはどうしても考へられなかつた。

「では、何をしに来たのだらう？」良吉にはかういふ疑問が当然起らねばならなかつた。

良吉は、不安な——といふよりは寧《むし》ろ、それでなくてさへ不快な噂を立てられてゐるのでこの村が狭くなつたやうに感じられてゐた矢先へ、占部のために尚一層それが狭くなつたやうな感じがして、二三日は落着かなかつた。占部が何処に宿《とま》つてゐるか、それさへ分らなかつた。

或る日の朝早く浜へ散歩に出た時に、良吉は遠方に占部の姿を見つけた。良吉は、身体に一種の衝動を感じて、その場に立ち竹《すく》んだ。

その日の夕方であつた。津島屋といふ近所の宿屋から、女が一通の手紙を持つて来た。それは、占部から良吉に宛てたもので、お互の間には種々の誤解があるやうに思ふから、それを一掃するためにお目にかゝりたい、といふやうな意味が簡単に認《したゝ》められてあつた。

その文意が、良吉には不快であつた。彼は占部の行為を誤解してゐるとは思つてゐなかつた。良吉は自分に対して迷惑をかけた占部が、さも対等であるやうに、さも正当なことをしてゐるやうに、そんな横柄な手紙をよこしたのを心外に思つたのである。が、それは文字面らの上だけで、実際はどんな考でゐるのか知れたものではないといふやうにも考へられたので、兎に角お出でを待つといふ返事を認めて使の女に渡した。

それから二十分程して、良吉が縁側に立つて、前の畑を越えて向ふの煮干魚小舎《にぼしごや》の屋根と樹木の茂みの間から見える暮れて行く海を眺めてゐるところへ、占部が入つて来た。良吉の方では、占部の顔を正視することが出来ないほどにきまり悪るさを感じた。

「お上りなさい。」と云つて、良吉は占部を六畳の机の傍に導いた。

占部は、痩せた、丈の高い、一寸悧巧さうな顔だちの青年で、白地の浴衣にセルの袴をはいてゐた。

「暫らくでございました。日頃は一度伺はなければならないと思ひながらつい御無沙汰してをりました……」座に着くと直ぐ占部は両手を畳に突いて、云つた。

「いや……」と云つたきり、良吉は二の句がつげなかつた。彼は、占部の態度や挨拶の白々しいのに反感を感じた。

占部は、東京の暑いといふことや、この海岸の景色の佳いことや、宿屋の設備の行届かないことなどを次ぎ〳〵と話した。彼は「昔のことは昔のこと、現在は現在」と云つたやうな顔をして平気でゐた。良吉は、「そんなものではあるまい、人間といふものは、そんなものではあるまい、」と断えず思ひつゞけてゐた。良吉の方で話に興味をもたないので、話は兎角途切れ勝ちであつた。と、そこへ近子が（彼女は占部が来ると、小児を引抱えて戸外へ出て、裏の畑をうろ〳〵してゐたのだ）お茶を持つて出たので一層座が白らけた。占部は、近子の顔を見ると、さすがに顔を赤らめた。が、成るべく自分の態度を乱さないやうに用心深く気を配つて、形式的な流暢な挨拶をした。

暫らくの間、二人の間に重苦しい沈黙がつゞいた。もう話すべきことをすつかり話してしまつたので占部は膝をモヂ〳〵させてゐた。

「昨年はとんだことで、貴方がたの御感情を損つてしまひまして、恐縮でした。……実は今日もその事でお伺ひしたのですが、あの件に就いちや、私にも思ひ違ひがございましたらうし、貴方がたの方にも誤解なすつてゐらつしやる点もあるやうに思ひますから、そんなお互の誤解を一掃したいと思ひまして……実は今日伺つたのですが……」と占部はすら〳〵と淀みなく云つた。

「何といふ厚顔《あつかま》しさだ。」と良吉は、心の中で呟いた。

占部が近子に送つた手紙は誰が見たつても普通の手紙ではな

かつたのだ。近子は良吉の妻だ。で、占部は畳へ頭を擦り着けて、良吉にその罪を謝さなければならないのである。涙を流して悔悟しなければならないのである。それに、占部の今の挨拶は、何といふ挨拶であらう。まるで、何かの事務でも処理するやうに、商業上の談判でもするやうに、すら〳〵ツと捲くし立てゝしまふ、「お互の誤解を一掃したいと思つて伺つたのです！」それで、彼はその事が片附いてしまふやうに思つてゐるのだらうか。かういふのが、現代の青年の法式なのであらうか！……と良吉は、心の中で独言を云つた。が、もう古い事でもあるのだし、今彼が近子をどう思つてゐるといふのでもなさうだから、今更事を荒立てるには及ばないと良吉は思つた。

「いや、その事に就いちや、お互にもう何も云はぬことにしませう。もう過ぎ去つたことですから、」と良吉は云つた。

「はア、さうでございます、過ぎ去つたことではございますが……どうか御誤解のないやうにお願ひいたします。実は、それが非常に気にかゝつてゐたものですから……」と占部は云つた。

占部が今日来たのは、やはりあの事を謝りに来たのだ、内心では謝罪するつもりでゐるのだが、きまりがわるいので、あんな空々しいことを云つてゐるのだ、……さういう風に考へると、良吉は占部が気の毒でもあつた。が、眼の前に、鹿爪《しかつめ》らしく座り込んで、勿体振つた調子でペラ〳〵喋り立てる占部の顔を見ると、やはり不快を感ぜずにはゐられなかつた。

と、また二人は、言葉が途切れて、重苦しい沈黙に陥ちて行つた。

近子が、烏賊《いか》の刺身の皿や、猪口や、燗徳利を載せた食卓を二人の間に持ち出すと、良吉はやゝ打寛ろいだ気持になつた。夕暮が迫つて来た。納屋の前では、浜から帰つたばかりの、編笠を冠つたお増婆さんが、麦を乾した筵を取り込んでゐた。蚊の鳴く声が、家のまはりに聞えてゐる。

二三杯盃を重ねると、良吉は、ぼつ〳〵話しだした。この海岸の生活――借家がないといふことや、暴風雨《しけ》がつゞくと幾日でも魚が喰べられないことや、野菜物の不便なことや、蚤の多いことなどが語られた。近子や小児たちも、食卓の傍に坐つて、話の仲間入りをした。

酒の飲めない占部は、四五杯飲むともう真赤な顔をして、その癖妙に沈み込んで、先程とは打つて変つたやうに言葉尠なになつてゐた。良吉は、相手が飲まないので手酌でチビリ〳〵やりながら、これもしきりに考へ込みはじめた。

「君は今年御卒業でしたかね？」と良吉が唐突に尋いた。

「いえ、来年です。」

「近頃の学生は、僕等の時代の学生とは非常に違つてゐますねえ。ほんの七八年しきや経つてゐないんですが……」

「違つてゐるといふと……気風がですか。」

「さうです。人生や生活に対する考へ方が余程違つてゐますよ。近頃の学生の考へ方は、非常に単純だ、そして着実だ、たとへば幸福などといふやうなものに対する考でも、百人が百人みんな同じで、印判《はんこ》で押したやうにちやんと決り切つてゐるじやありませんか。人生の番組《プログラム》……さうです、彼等の人生の番組《プログラム》は、極めて簡単だ、学校にゐるうちにもうちやんと一生の準備をする……つまり学校は生活術の練習所ですね、学校を出ると、五十円組、四十円組、三十円組といふやうに一束にからげられて買はれて行く、そこで成るべく金持の、自分の立身出世の為めになるやうな家から細君を貰ふ、子供が幾人か出来る頃には、初めの月給が幾倍かになつてゐる、そして年を老つて、楽隠居をして、死んでしまふ……良心、正義、恋愛、情熱、覇気と云つたやうなもの……つまり青年の意気とか力とかいふものが、僕等の学生時代にはまだ残つてゐたものだが、今の学生はまるでそんなものをもつてゐない、魂を抜かれた人間……生きた機械……」

占部は、良吉が非常に雄弁になつて来たのを見て、眼を瞠《みは》つた。良吉は、まだ何か云ひ足りないと云つたやうに、眼を瞑《つむ》つて考へ込んでゐる。

「つまり生活難のためですね。」と、良吉の言葉が途切れたので、何か相槌を打たねばならぬやうな気がして占部が云つた。

月が出たのか戸外は明るかつた。表の方の障子が開け放つてあるので、海の方から、夏の夜らしい涼しい風が吹いて来て、傍の煙草盆に立てた蚊遣線香の煙が、断えず風に靡いてゐた。近子は、子供を伴れて海岸へでも散歩に出たのか、いつの間にかその場にゐなくなつてゐた。

「青年ばかりではなく、都会生活ばかりではなく、こんな片田舎でもさうですよ。田舎の人の律義とか正直とかいふやうなものは年々薄らいで行くんですね。だん〳〵慾張りになつて行く、狡猾になつて行く、厚顔《あつかま》しくなつて行く……が、それが、何も彼等自身が好んでさうなつて行くんではなくつて、何処か外の方から彼等をそこへ引張り込んで行くものがあるんですね。」

と云つて、良吉は燗徳利を取りあげて、自分の盃を充した。

良吉は、だん〳〵酔が廻つて行くのを感じた。そして、自分が恐ろしく雄弁になつて行くのを感じたが、何故《なにゆゑ》そんなことを言つてゐたのかゞ彼には解らなかつた。初め良吉が今の青年のことを云ひだしたのは、占部に対する反感があつたからであつた。が、だん〳〵話を進めて行くうちに、占部のことを云つているのか、他の人のことを云つているのか、それとも自分自身のことを云つているのか、さつぱり解らなくなつた。それでゐて、まだ何か云ひ足りないやうな、何処までも何処までも語り進めて行かなくてはならぬやうな気がしてゐた。と、占部が云つた。——

「つまり今の社会全体が悪いんですね、かういふ社会にあつては、理想を行ふことが実に困難なのです。高い処に目標を置けば、きつとその人は滅びてしまふんです。だが、人間は理想なしには生きて行けるものではない、で今の人間は現代の中にゐて、現代よりもやゝ少し高い所を覘はなければならぬと、僕は思ひます。恰度、蓮の花が、泥沼の中から抜け出て、白い清らかな花を開くやうに、現代の中にゐてそれよりも一尺か二尺高い所に目標を置くんです。さうすれば、少しづつ進んで行くんです、現代の社会もさういふ風にして少しづつ進んで行くのだと僕は思ひます。」

占部の話してゐるうちに、「あ、それがいけない！」といふ言葉が、良吉の口から何遍も漏れ出ようとした。良吉は、占部の考を皮相的な軽薄なものとして心の中で軽蔑した。「彼は滅びてもいゝんだ。真実《ほんたう》の理想家は滅びなければならないんだ。」といふやうな意味のことを云はうとした。が、自分はそんな理想家ではないんだ、と思ふと、それを云ふ気になれなかつた。

そして、別のことを云ひだした。

「僕には、人間がそんな風に進むものか、社会全体が進歩するものかどうか、解らない。それは理屈ではさう考へられないこともないが……」と云つて、良吉は、盃の酒を飲み乾して、燗徳利を振つて見た、が、酒はもう一滴も残つてゐなかつた。

近子が、まだ帰らなかつたので、良吉は飯櫃を探し出して来て、占部の茶椀に飯を盛つてやつた。

戸外は、明るかつた。月が高く上つたのである。板戸の向ふでは、粉をひく石臼の音が断えず聞えてゐた。

「ですが、一切を社会の罪に帰して、平気でゐられる人は幸ひです。」と占部が唐突《だしぬけ》に云つた。

「ふむ。」と自分の茶椀に飯を盛つてゐた良吉は、すこし意外に感じて、占部の顔を見た。酔醒めのせいか、占部はいつもよりも心もち青い顔色をしてゐた。

「実は、今私に結婚問題が起つてゐるのです。御存じの通り、私の家は商業のために失敗して、私の学資も出してくれない状態なのですが、若し私がその結婚を承諾すれば、私の家の方もたつて行くし、私の学資も出るといふので、家ではしきりに私に勧めるのです。それから、さうすれば、私が将来身を立てる上にも非常に都合がいゝんです。」と云つて、占部は言葉を切つた。

「ふむ。では、先方は金持なんですね。」と良吉が尋いた。

「えゝ。大阪で可成りの資産がある実業家なんです。この春郷里へ帰つた時に、その家を訪ねて、先方の娘にも会ひました。明日にも郷里へ帰つて、はつきりした返事をしなければならないんですが、私はどうもこの結婚は気が進まないので、弱つてゐるのです。私は生来野心が強いので、この結婚を利用して、当面の苦境を切り抜け、将来の地位を作りたいと思ひますが、先方の娘のことを考へるとどうも決心が鈍るのです。私は結婚といふものをさういふ風に政略的に考へることが出来ません。……それは、妻は妻として、結婚した上で藝妓買ひでも何でも出来るとも考へます。でも、私はまだそれほどの悪人になり切れないんですねえ。」と占部はしんみりした調子で云つた。

占部が今までにいろ〳〵の女と関係したといふ噂も聞いてゐるし、いざとなれば随分悪辣な手段を講じかねない占部の性格を知つてゐるので、良吉は今彼の云ふことが信ぜられないやうな気もしたが、それだからと云つて、満更それを嘘だと考へることも出来なかつた。

石臼の響が断えず聞えてゐた。

良吉は、占部が帰ると、直ぐ戸を閉めて蚊帳の中へ入つたが、暫らくの間は寝つかれなかつた。

占部は結局何をしに来たのか、何時までこの海岸に滞在するつもりなのか――そんなことを考へてゐるうちに睡つてしまつた。

ドン、ドン、ドン……と烈しく雨戸を叩く音に良吉は眼を醒まして、飛び起きた。誰が叩いたのか、何時頃であるのか、一切彼には解らなかつた。

「もうお就寝みですか、大変失礼ですが……」といふ占部の声が聞えた。

蚊帳から出て、表の雨戸を繰ると、昼のやうな月光の中に占部が立つてゐた。彼は大きな鞄を重さうに下げてゐた。

「や、失礼しました。実は急に思ひ立つて今晩の汽船で東京に帰ることにしましたから、一寸お暇乞ひに上つたのです。」と占部は云つた。

「まア、急にねえ……でも、間に合ひますかしら、一体今幾時頃でせう。」近子も起きて来て云つた。

「今恰度十一時です。汽船の出るのは十二時前ださうですから、まだ充分間に合ふと思ひます。……では、御機嫌よう。」と占部は麦藁帽子を脱つた。

「一寸お待ちなさい。」良吉が云つた。「その辺まで送りませう。」

占部は、それには及ばぬと云つてしきりに辞退したが、良吉は黙つて着物を気換へだした。

二人は、明るい月の光を浴びて、船着場の方へ急いだ。両側の人家は、大抵戸を閉めて眠つてゐた。氷や甘酒を売つてゐる店は、まだ起きてゐて、往来へ持ち出した床几《しやうぎ》の上で、村の若者が涼んでゐた。人家が途切れると、白い海が見えた。路傍の草叢の中では虫が啼いてゐた。

「汽船は、明日の朝未明に着きますよ。少し待合室で待つてゐると電車が動き出しますからね。」

歩きながら、二人はこんなことを話した。

小川に架けた橋を渡ると、広い田圃《たんぼ》が見えた。月光は田圃を隔てゝうねくと続いてゐる丘を照らしてゐた。

船着場では、浜へ明るいアセチリン瓦斯を点けて、大きな荷物を波打際の方へ運んでゐた。汽笛がK沖の方で鳴つた。それから、いよく汽船が近づいて、荷物の積込みが済むまでには、可成りの時間がかゝつた。

その間に、乗客は浜の砂の上に腰を下ろして、艀船《はしけ》の出るのを待つてゐた。占部もそのうちの一人であつた。二人は、時々極く簡単な会話を交はしながら、海の方を見てゐた。いつの間にか雲が出て、光を失つた海上から湿つぽい潮の香を含んだ風が吹きつけた。

「さア、乗つて下さい！」

さういふ声が聞えると、乗客は一斉に立ち上つて、艀船の方へ進んだ。占部も、良吉に挨拶をして、その方へ歩いて行つた。人足たちによつて押し出された艀船は、波打際で二三度大きく揺れて、静かに沖の汽船を目がけて進んで行つた。

帰途《かへり》には、良吉は、浜伝たひに帰ることにした。彼は、尻を端折り、跣足で波打際を自分の家の方向に歩きだした。雲がだん〳〵出て来たので、海の上がます〳〵暗くなつた。

村の通りは、砂山を越えた向ふにあつた。砂山の上に覗いてゐる煮干小舎の屋根や、松の樹で、大体の見当はつくのであつたが、月の光が無いので、自分の家の前浜を見つけるのが困難なやうに思はれて、良吉は心細さを感じた。

良吉は、柔かい濡れた砂の上をスタ〳〵と歩いて行つた。暗い海——ほとんど漁火一つ見えない——の方から吹きつける潮の香が、彼の面を打つた。良吉は強い淋しさが彼の心を襲ふのを感じた。占部のこと、お増婆さんのこと、彼の妻子のこと、彼の知つてゐるすべての村人のこと……が次ぎへ次ぎへと考へられた。彼は、それ等の人々の全体を安らかな親みのある心で迎へることが出来た。

トン、トン、トン……と桶の底を叩くやうな響が、海の方で起つた。占部を載せた汽船が、二町ばかり沖を海岸に沿うて走つてゐるのであつた。海の上が暗いので、船体は見えないが、赤と青の燈火で、汽船の方向がわかつた。が、その燈火は、見るうちにだん〳〵遠ざかつて、直ぐ見えなくなつてしまつた。

良吉は、見覚えのある煮干小舎の屋根の前まで来ると、立停つた。そして、その煮干小舎の傍の畑の中の細い道を上つて行つた。村の通りはひつそりと寝静まつてゐた。

（「雄弁」大正7年9月号）

田園の憂鬱

I DWELT alone
In a world of moan,
E. A. Poe.

佐藤春夫

自然の景物は、夏から秋へ、静かに変つて行つた。それが彼には、はつきりと見ることが出来た。

夜は逸早くも秋になつて居た。轡虫《くつわむし》だの、蟋蟀《こほろぎ》だの、秋の先駆であるさまざまの虫が、或は草原で、或は床の下で鳴き初めた。楽しい田園の新秋の予感が、村人の心を浮き立たせた。村の若者達は娘を捜すために、二里三里を涼しい夜風に吹かれながら、その逞しい歩みで歩いた。或る者は、又、秋の村祭の用意に太鼓の稽古をして居た。その単純な鳴りもの丶一生懸命なひゞきが、夜更けまで、野面を伝うて彼の窓へ伝はつて来た。

彼の狂暴ないら立しい心持は、この家へ移つて来て後は、漸く彼から去つたやうであつた。さうして秋近くなつた今日では、彼の気分も自《おのづか》ら平静であつた。彼は、ちやうど草や木や風や雲のやうに、それほど敏感に、自然の影響を身に感得して居ることを知るのが、一種の愉快で、誇りかにさへ思はれた。その夜ごろの燈《ともしび》は懐しいものの一つである。それは心身ともに疲れた彼のやうな人々の目には、柔かな床しい光を与へるランプの光であつた。そのランプのガラスの油壺は、石油を透して琥珀の塊のやうに美しかつた。或る時には、薄い紫になつて、紫水晶のことを思はせた。その燈の下で、彼は、最初、聖フランシスの伝記を愛読しようとした。けれども彼は直ぐに飽きた。根気といふものは、彼の体には、今は寸毫も残されては居なかつた。さうしてどの本を読みかけても、一切の書物はどれもこれも、皆、一様に彼にはつまらなく感じられた。そればかりか、そんな退屈な書物が、世の中で立派に満足されて居るかと思ふと、それが非常に不思議でさへあつた。何か——人間を、彼自身を、別世界へ引きづり上げて行くやうな、或《あるひ》はこの古い古い世界を全然別のものにして見せるやうな、或は全く根柢から覆すやうな、非常な、素晴らしい何ものかゞ何処《どこ》かにありさうなものだ、と彼は屢々《しば〳〵》漫然とそんな事を攷《かんが》へて見た。さうして、この重苦しい退屈が、彼の心に巣喰うて居る以上、その心の持主の目の見る世界万物は、何時も、すべて、何処まででも、退屈なものであるのが当然であることを、彼は知らないのではなかつた。但《たゞし》、さういふ状態の己自身を、どうして新鮮なものにすることが出来るか、人人が大勇猛心と呼んで居るものは、どんなものか、それを何処から彼の心へ齎すべきか、それらのすべては彼には全然知り得べくもなかつた。

「ただ万有の造り主なる神のみ心のまゝに……」

と、言つて見ようか……。彼は太鼓のひゞきに耳をかたむけて、その音の源《みなもと》の周囲をとり囲んで居るであらう元気のいい若者達を、羨しく想像した。

彼の机の上には、読みもしない、又、読めもしないやうな書物の頁《ページ》が、時々彼の目の前に曝されてあつた、彼はその文字をたゞ無意味に拾つた。彼は、又、時々、大きな辞書を持出した。そのなかから、成可《なるべ》く珍らしいやうな文字を捜し出すためであつた。言葉と言葉とが集つて一つの有機物になつて居る文章といふものを、彼の疲れた心身は読むことが出来なくなつて居たけれども、その代りには一つ一つの言葉に就ては、いろいろの空想を呼び起すことが出来た。それの霊を、所謂言霊《いはゆることだま》をありありと見るやうにさへ思ふこともあつた。言葉に倦きた時には、彼は、その辞書のなかにある細かい挿画《さしゑ》を見ることに依つて、未だ見たこともない魚や、獣や、草や、木や、虫や、魚類や、或は家庭的な器具や、武器や、古代から罪人の所刑に用ひられたさまざまな刑具や、船や建築物の部分などの図を見ることを喜んだ。それ等の器物の形のなかには、人類の思想や、生活や、空想などが充ち満ちて居るのを感じた――それは極く断片的にではあるけれども。さうして、彼の心の生活はちやうどそれらの断片を考へるに相応したゞけの力しか無いのであつた。

彼は、時々、夜更けになつてから、詩のやうなものを書くこともあつた。それはその夜中、彼自身には非常に優秀な詩句であるもののやうに信ぜられた。併《しか》し、翌朝目を覚して最先《まつさき》にその紙片を見ると、それには全く無意味な文句が羅列されてあつた。

彼は家の図面を引くことを、再び始めた。彼は非常に複雑な迷宮のやうな構へを想像することがあつた。さうかと思ふと、コルシカの家のやうに、客間としても台所としても唯大きな一室よりない家を考へることもあつた。

生気のない無聊が幾日も幾日もつゞいた。

＊　＊　＊

或る夜、彼のランプの、紙で出来た笠の上へ、がさと音をたてゝ飛んで来たものがあつた。

見ると、それは一疋《ぴき》の馬追ひである。その青いすつきりとした虫は、その縁を紅くぼかして染め出したランプの笠の上へとまつて、それらの紅と青との対照が、先づ彼の目を引いたが、その姿と動作とは、おもむろに彼の興味をひいた。その虫は、長い触角をゆるやかに動しながら、ランプの円い笠の紅いところの上を、ぐるりと廻り出して、青く動いて行つた。さうして、時々には、壁や、障子や、取り散した書棚や、或《あるひ》は夜更しをしすぎて何時になれば寝るともきまらない夫《をつと》を勝手にさせて自分だけは先づ眠つて居る彼の妻の蚊帳《かや》の上などへ、身軽に飛び渡つては、鳴いて見せた。

「人間に生れることばかりが、必ずしも幸福ではない」と或る詩が言つた、「今度生れ変る時にはこんな虫になるのもいい」。或る時、彼はこんなことを考へながら、その虫を見て居るうちに、ふと、シルクハットの上へ薄羽《うすば》蜉蝣《かげらふ》のとまつて居る小さな世界の場面を空想した……あの透明な羽を背負うた、青い、小娘の息のやうにふわふわした小さな虫が、漆黒なぴかぴかした多少怪奇な形を具へた帽子の真角《まつかく》なかどの上へ、頼りなげに然《しか》しはつきりととまつて、その角の表面をその線に沿うてのろのろと這つて行く……。それを明るい電燈が黙つて上から照して居た……。彼は突然、光を覗いた。それは電燈ではない。ランプの光である。彼はそのランプの光を自分の空想と混同して、自分も今電燈の下に居るやうに思つたからである。

　何故《なぜ》に彼がシルクハットと薄羽蜉蝣といふやうな対照をひよくり思ひ出したか、それは彼自身でも解らなかつた。ただ、さういふ風な、奇妙な、繊細な、無駄なほど微小な形の美の世界が、何となく今の彼の神経には親しみが多かつた。

　馬追ひは、毎夜、彼のランプを訪問した、彼は、最初には、この虫が何のためにランプの光を慕うて来るのか、さてその笠をぐるぐると廻るのか、それの意味を知らなかつた。併《しか》し、見て居るうちに直ぐに解つた。それは決してその虫の趣味や道楽ではなかつたのである。この虫は、其処へ跳んで来て、その上にたかつて居るところのもう一層小さい外の虫どもを食ふためであつた。それらの虫どもは、夏の自然の端《はし》くれを粉《こな》にしたとも言ひたいほどに極く微細な、たゞ青いだけの虫であつた。馬追ひは彼の小さな足でもつてそれらの虫を掻き込むやうに捉へて、それを自分の口のなかへ持つて行つた。馬追ひの口は、何か鋼鉄で出来た精巧な機械にでもありさうな仕掛に、ぱつくりと開いては、直ぐ四方から一度に閉ぢられた。一層小さな虫どもはもぐもぐと、この強者の行くに任せて食はれた。食はれる虫は、それの食はれるのを見て居ても、別に何の感情をも誘はないほど小さく、また親みのないものばかりであつた。指さきでそれを軽く圧へると、それらの小さな虫は、茶色の斑点を残して消去せてしまふほどである。

　馬追ひは、或る夜、どこでどうしたのであるか、長い跳ねる脚《あし》の片方《かたつぽ》を失つて飛んで来た。

　遂には、或る夜、彼の制止をも聞かなかつた猫は、書棚の上で、彼の主人の夜ごとのこの不幸な友人を捉へた。散々に弄んだ上で、その馬追ひを食つて仕舞つた。彼は今度生れ変る時にはこんな虫もいいと思つたことを思ひ出すと、こんな虫とてもなかなか気楽ではないかも知れぬと小さな虫の生活を考へた。

　彼がそんな風な童話めいた空想に耽り、酔ひ、弄んで居る間に、彼の妻は寝牀の下で鳴くこほろぎの声を沁み沁みと聞きつつ、別の童話に思ひ耽つて居るのであつた。こほろぎの歌から、冬の衣類の用意を思うて猫が飛び乗つても揺れるところの、空つぽになつた彼《か》の女《ぢよ》の箪笥の事を考へ、それから今は手もとにない彼の女のいろいろな晴着のことを考へた。さうしてそれ等の着物の縞や模様や色合ひなどが、一つ一つ仔細に瞭然《ありあり》と思ひ浮ばれた。又、それにつれてそれ等の一かさね一かさねが持つて居る各々《おのおの》の歴史を追想した。深い吐息がそれ等の考へのなかに雑《まじ》り、さてはそれが涙ともなつた。彼の女は、女特有の主観によつて、彼の女の弄具《おもちや》の人生苦を人生最大の受難にして考へることが出来た。さうしてその悲嘆は、然も訴ふるところがなかつた――これ等のことを今更に告げて見たところで、それをどうしようとも思はぬらしく「何ものも無きに似たれどもすべてのものを持てり」といふやうな句を、ただ聞かせるだけで、一人勝手に生きて居る夫《をつと》を、象牙の塔に夢みながら、見えもしない人生を瞰下《かんか》したつもりで生きて居る夫を、その妻が頼み少く思ふことは是非ない事である。彼の女は、時々こんな山里へ来るやうになつた自分を、その短い過去を、運命を、夢のやうに思ひめぐらしても見た。さて、今でもまだ舞台生活をして居る彼の女の技藝上の競争者達を、今の自分にひきくらべて華やかに想望することもあつた。……Nといふ山の中の小さな停車場まで二里、馬車のあるところまで一里半、その何《いづ》れに依つても、それから再び鉄道院の電車を一時間。真直ぐの里程にすれば六七里でも、その東京までは半日がゝりだ。それにしても、どんな大理想があるかは知らないが、こんな田舎へ住むと言ひ出した夫を、又それをうかうかと賛成した彼の女自身を、わけても前者を彼の女は最も非難せずには居られなかつた。遠い東京……近い東京……近い東京……遠い東京……。その東京の街々が、眠らうとして居る彼の女の目の前を通り過ぎた。

＊　＊　＊

空の夕焼けが毎日つづいた。けれどもそれはつい二三週間前までのやうな灼《や》け爛《ただ》れた真赤な空ではなかつた、底には深い快活な黄色を匿《かく》してうはべだけが紅であつた。明日の暑さで威赫する夕焼ではなく、明日の快晴を約束する夕栄《ゆふばえ》であつた。西北の空にあたつて、ごく近くのある丘の凹みの間から、富士山がその真白な頭だけを現して、夕映《ゆふばえ》のなかで光らせて居た。俗悪なまで有名なこの山は、ただそのごく小部分しか見えないといふことに依つて、本来の美を保ち得て居た。この間うちまでは重なり合つた夕雲のかげになつて、それらの雲の一部か或は山かと怪しまれた西方の地平に連る灰黒色な一列は、今見れば、何処か遠くの連山であることは確かであつた。今日も亦無駄に費したといふ平凡な悔恨が、毎日この夕映を仰ぐ度ごとに、彼にははげしく瞬間的に湧き上るのであつた。多分色彩から来る病的な感激を心がそれの意味に翻訳したのであつたらう。地の上の足もとを見ると、その足場である土橋の下を、渠《みぞ》の水が空を反映して太い朱線になつて光り、流れて居た。

田の面《も》には、風が自分の姿を、そこに渚のやうな曲線で描き出しながら、ゆるやかに蠕動《じゆどう》して進んで居た。それは涼しい夕風であつた。稲田はまだ黄ばむといふほどではなかつたけれども、花は既に実になつて居た。さうして蝗《いなご》がそれらの少しうなだれた穂の間で、少しづつ生れ初めて居た。蛇苺といふ赤い丸い草の実のころがつて居る田の畦《あぜ》には、彼の足もとから蝗が時折飛び跳ねた。すると彼の散歩の供をして居る二疋の犬は、より早くそれを見出すや否や、彼等の前足でそれを押し圧へると、其処に半死半生で横はつて居る蝗を甘《うま》さうに食つて仕舞つた。彼等の一疋はそれを見出す点で、他の一疋よりも敏捷であつた。併《しか》し、前足を用ゐて捉へる段になると、別の一疋の方が反《かへ》つて機敏であつた。又、一疋の方はとり逃がした奴を直ぐあきらめるらしかつたけれども、他の一疋はなかなか執拗に稲田のなかまで、足を泥にふみ込んで追ひ込んだ。彼等にもよく観れば各《おの〳〵》違つた性質を具へて居ることが、彼を面白がせ、且つ一層彼等を愛させた。稲の穂がだん〳〵頭を垂れてゆくにつれて、蝗の数は一時に非常に殖えて居た。犬は自分からさきにたつて彼を導くやうにしながら、田の方へ毎日彼を誘ひ出した。彼は目の前の蝗を見ると、時々、それを捉へて犬どもに食はせてやりたくなつた。それで指を拡げた手で、それ等の虫をおさへやうとした。犬どもは彼等の主人がその身構へをすると、主人の意志がわかるやうになつたと見えて、自分の捉へかかつて居るのを途中でやめて、主人の手つきを目で追うて、主人の獲物が与へられるのを待つて居るのであつた。けれども彼は大てい五度に一度ぐらゐよりそれを捉へることが出来なかつた。ただ揉ぎとれた足だけを握つて居たりした。彼は虫を捉へるには、それに巧《たくみ》でない方の犬にくらべてもずつと下手であつた。それにも拘はらず、犬どもはそんな事にまで主人の優力を信じて、主人を信頼して居るらしかつた。さうして、彼が虫をとり逃がした空しい手をひらいて見せると、犬どもは訝《いぶか》しげに、主人の手のなかと顔とをかはるがはる見くらべて、彼等は一様にその頭をかしげ、その可憐に輝く眼で彼の顔を見上げた。それがさも主人のその失敗に驚き失望して居るのであつた。彼等犬には、実に豊な表情があつた！　彼等は幾度もその徒《いたづ》らな期待の経験をしながらも、矢張り自分達よりも主人の方が虫を捉へるにでも偉い筈だといふ信念を、決して失はぬらしかつた。彼が蝗を捉へようとする身構と手つきとを見る毎《ごと》に、彼等は彼等自身が既に成功して居るも同然な虫を放擲して、主人の手を見つめたまま、何時までもその恵みを待ちうけて居るのであつた。彼は空しくひろげた掌で、失望して居る犬どもの頭を愛撫して居た。犬はそれにでも満足して尾を振つた。彼には、それが――犬どもの無智な信頼が、またそれに報ゆることの出来ない事が、妙に切なかつた。彼が人間同士の幾多の信頼に反いて居ることよりも、この純一な自分の帰依者に対しての申訳なさは、彼には寧《むし》ろ数層倍も以上に感じられた。彼は、彼等のあの特有な澄み切つた眼つきで見上げられるのが切なさに、遂には目の前の蝗を捉へようとする一種反射運動的な動作を試みないやうに、細心に努力するのであつた。

＊　＊　＊

何日か、彼自身で手入れをしてやつた日かげの薔薇《ばら》の木は、それに覆ひかぶさつた木木の枝葉を彼が刈り去つて、その上には日の光が浴びられるやうになつた後、一週間ばかり経つと、今では日かげの薔薇ではないその枝には、始めて、ほの紅い芽がところどころに見え出した、さうして更に、その両三日の後には、太陽の驚くべき力が、早くもその芽を若々しい葉に仕立てて居た。彼は顔を洗ふために井戸端へは毎朝来ながら、何時しか、それらの薔薇の木のことは、忘れるともなくもう忘れ果てて居た。

図らずも、ある朝――それは彼がそれの手入れをしてから二十日足らずの後であつた。彼は、偶然、それ等の木の或る緑あざやかな茎の新らしい枝の上に花が咲いて居るのを見出した。赤く、高く、ただ一つ。――

「永い永い牢獄のなかでのやうな一年の後に、今やつと、また五月が来たのであらうか！」その枯れかかつて居た木の季節外れな花は、深い歓喜の吐息を吐き出しながら、さう言ひたげに、今四辺《あたり》を見まはして居るのであつた。秋近い日の光はそれに対《むか》つて注集して居た。おお、薔薇の花。彼自身の花。「薔薇ならば花開かん。」彼は思はず、再び、その手入れをした日の心持が激しく思ひ出された。彼は高く手を延《の》べてその枝を捉へた。そこには嬰児の爪ほど色あざやかな石竹色《せきちくいろ》の軟かい刺《とげ》があつて、軽く枝を捉へた彼の手を軽く刺した。それは、甘える愛猫が彼の指を優しく嚙む時ほどの痒さを彼に感じさせた。彼は枝をたわめてそれを彼の身近くにひき寄せた。その唯一つ花は、嗟《あゝ》！丁度アネモネの花ほど大きかつた。さうしてそれの八重の花びらは山桜のそれよりももつと小さかつた。庭前の花といふよりも、寧《むし》ろ路傍の花の如くであつた。然もその小さな、哀れな、畸形の花が、少年の唇よりも赤く、さうして矢張り薔薇特有の可憐な風情《ふぜい》と気品とを具へ、鼻を近づけるとそれが香をさへ帯びて居るのを知つた時、彼は言ひ知れぬ感に打たれた。悲しみにも似、喜びにも似て、何《いづ》れとも分ち難い感情が、切なくも彼にこみ上げたのである。それは丁度、あの主人に信頼しきつて居る無智な、犬の澄み輝いた眼でぢつと見上げられた時の気持に似て、もつともつと激しかつた。譬《たと》へば、それはふとした好奇な出来心から親切を尽してやつて、今は既に忘れて居た小娘に、後に端《はし》なくめぐり逢うて「わたしはあの時このかた、あなたの事ばかりを思ひつめて来ました」とでも言はれたやうな気持であつた。彼は一種不可思議な感激に身ぶるひさへ出て、思はず目をしばたたくと、目の前の赤い小さな薔薇は急にぼやけて、双の眼がしらからは、涙が二しづくほどわれ知らず流れて居た。

涙が出てしまふと感激は直ぐ過ぎ去つた。併し、彼はまだ花の枝を手にしたまま呆然と立ちつくし、心のなかの自分での会話を、他人ごとのやうに聞いて居た。

「馬鹿な、俺はいい気持に詩人のやうに泣けて居る。花にか？自分の空想にか？」

「ふふ。若い御隠居がこんな田舎で人間性に餓えて御座る！」

「これやあ、俺はひどい憂鬱症《ヒポコンデリア》だわい。」

＊　＊　＊

或る夜、庭の樹立がざわめいて、見ると、静かな雨が野面《のづら》を、丘を、樹をほの白く煙らせて、それらの上にふりそそいで居た。しつとりと降りそそぐ初秋の雨は、草屋根の下では、その跫音《あしおと》も、雫も聞えなかつた。ただ家《うち》のなかの空気を、ランプの光をしめやかなものにした。さうして、それ等の間に住んで居る彼に、或る旅愁のやうな心持ちを抱かせた、さうして、その秋の雨自らも、淋しい遠くへ行く旅人のやうに、この村の上を通り過ぎて行くのであつた。

そんな雨が二度三度と村を通り過ぎると、夕方の風を寒がつて、猫は彼の主人にすり寄つた。身のまはりには単衣《ひとへ》ものよりは持ち合せて居ない彼もふるへた。

或る夕方から降り出した雨は、一晩明けても、二日経つても、三日経つても、なかなかやまなかつた。始めのうちこそ、それらの雨にある或る心持を寄せて楽しんで居た彼も、もうこの陰気な天候には飽き飽きした。

それでも雨は未だやまない。

犬の体には蚤がわいた。二疋の犬はいぢらしくも、互に、相手の背や尾のさきなどの蚤をとり合つて居た。彼は彼等のこの動作を優しい心情をもつてながめた。併し、それ等の犬の蚤が何時の間にか、彼にもうつつた。さうして毎晩蚤に苦しめられ出した。蚤は彼の体中をのそのそと無数の細い線になつて這ひまはつた。

それに運動の不足のために、暫く忘れて居た慢性の胃病が、彼の身体《からだ》を先づ陰鬱にした。それがやがて心を陰鬱にした。毎日毎日の全く同じ食卓が、彼の食慾を不振にした。その同一の食物が彼の血液を古く腐らせさうにして居ると、感じないでは居られなかつた。犬でさへもうそれには飽きて居た。ちよつと鼻のさきを彼等の皿の上に押しつけただけで、彼等さへ再び見向きもしなかつた。けれどもこれに就て、彼は彼の妻には何も言ふべきではなかつた。この村にある食ひ物とては、これきりだからである。

蚤の巣のやうに感じられる体を洗つて、さつぱりするために、風呂に入りたいと思つても、彼の家には風呂桶はなかつた。近所の農家では、天気の日には毎日風呂を沸かしたけれども、野良仕事をしないこの頃の雨の日には、わざわざ水を汲んだりしてまで、風呂へ入る必要はないと、彼等は言つて居た。さうして農家では、朝から何もせずに、何も食はずに寝て居るといふ家族もあつた。

猫は、毎日毎日外へ出て歩いて、濡れた体と泥だらけの足で家中を横行した。そればかりか、この猫はある日、蛙《かへる》を咥《くは》へて家のなかへ運び込んでからは、寒さで動作ののろくなつて居る蛙を、毎日毎日、幾つも幾つも咥へて来た。妻はおほぎように叫び立てて逃げまはつた。いかに叱つても、猫はそれを運ぶことをやめなかつた。妻も叫び立てることをやめなかつた、生白い腹を見せて、蛙は座敷のなかで、よく死んで居た。

　或る日。彼の二疋の犬は、隣家の雞を捕へて食つて居るところを、その家の作代に見つかつて、散々打たれて帰つて来た。その隣家へ、彼の妻がそれの詫びに行つたところが、円滑な言葉といふものを学ばなかつた田舎大尽の老妻君は、案外な不機嫌であつた。犬は以後一切繋いで置いて貰いたい。運動させなければならぬならば、どうせ遊んで居られる方ばかりだから自分達で連れて歩けばよい。庭のなかへ這入つては糞をしちらかす。田や畑は荒す。夜は吠えてやかましい。そのために子供が目をさます。その上につい一週間ほど前から卵を産み始めたばかりのいい雞などを食はれてたまるものではない。まるで狼のやうな犬だ。若《も》し以後、庭のなかへ這入るやうな事があつたならば、遠慮はして居られないから打ちのめす、家には外にも沢山の雞があるのだから。と何か別の事で非常に激昂して居るらしい心を、彼の犬の方へうつして、ヒステリカルな声で散々に吐鳴《どな》り立てた。その声が自分の家のなかで坐つて居る彼の耳にまで聞えて来た。この中老の婦人は、この犬どもの主人が、他の村人のやうに彼の女に対して尊敬を払はぬといつて、兼々《かねぐ》非常に不愉快に思つて居たからであつた。最も奇妙なことには、彼の女は彼等夫婦が何も野良仕事をしないといふ事実の彼の女自身の解釈から、彼の女の新らしい隣人が何か非常に贅沢な生活でもして居るものと推察して居たものと見える。かういふわけで、発育盛りの若い二疋の犬は、毎日鎖で繋がれねばならなかつた。彼は始めの数日は、自分で自分の犬を運動に連れて行つた。二疋の犬を一人で牽くのは仲々にむづかしかつた。それに傘をささねばならなかつた。道は非常に濘つて居た。どうせ遊んで居る閑人《ひまじん》だ、運動なら自分で連れて歩けと言つたといふ言葉を思ひ出すと、彼は歩きながら悲しげに苦笑を洩した。若い大きな犬どもは五町や六町位の運動では、到底満足しなかつた。それに彼等は普通の道路を厭うて、そのなかへ足を踏み込むと露で膞《すね》までぬれる畦道の方へ、横溢した活気でもつて、その鎖を強く引つ張りながら、よろめく彼を引き込んで行つた。わけても闘犬の性質を持つた一疋は非常な力であつた。それらの様子を、隣家の老妻君は家のなかから見て居さうに、彼は思つた。実際そんな時もあつた。運動不足で癇癪を起して居る犬どもは、繋がれながら、夕方になると、与へた飯を一口だけで見むきもせずに、ものに怯えて淋しい長い声で何かを訴へて吠え立てた。その声は、雨のためにほの白く煙つた空間を伝うて、家の向側の丘の方へたどつて行くと、その丘からはその声が山彦になつて、吠え返して来た。犬はそれを自分達自身の声とは知らずに、再びより激しくそれへ吠え返した。かうして夕方毎《ごと》に一しきり物凄く長鳴きした。猫の方は猫で、相変らず蛙を咥へて来て、のつそりと泥だらけの足で夕闇の座敷をうろついて居た。彼は時に、それらの猫を強く蹴り飛した。連日の雨にしめつて燃えなくなつて居る薪が、風の具合で、意地わるく毎日座敷の方へばかり這入り込んで来た。

　昼間の犬の音なしい時には、例の隣家の大尽の家では、卵を生んだ鶏が何羽も何羽も、人の癇をそそり尽さねば措かぬやうな声で、け、け、け、けけけけけと一時間もそれ以上も鳴きつづけた。或る日、それらの一羽が、彼の家へ紛れ込んで来たが、犬どもの繋がれて居るのを見ると、したりげに後から後から群をなして彼の庭へ闖入した。さうして犬の食ひちらした飯粒を悠然と拾ひ初めた。犬は腹を立てて追ふ。鶏はちよつと身を引く。腹を立てた犬は吠え立てたけれども、鶏の一群は別に愕《おどろ》かなかつた。その一群の闖入者を追ひ払はうとして走り出した犬には、鎖が頸玉《くびたま》をしつかりとおさへて居た。あせればあせるだけ彼自身の喉が締めつけられるだけであつた。遂には彼等同士の二つの鎖が互の身動きも出来ぬほど絡み合つて居たりする。鶏は平気で縁側へさへ上つて来て、そこへ汚水《をすゐ》のやうな糞をしたりした。手を拡げて追ふと、彼等はさも業々《げふ〴〵》しく叫び立てた。彼等は丁度、あの女主人に言附かつて、彼を揶揄するために来たかとさへ思はれた。その女主人は、墻根《かきね》の向ふから、それらの光景を見て居ながら、わざと気のつかぬふりをして居る。彼の妻はそれを見ると、何かあてつけらしく鶏を罵りさうにするのを、彼は制止した。彼はそんな事をしては悪いと思つて居るよりも、臆病と卑屈とから、それすらも出来ないのであつた。さうして内心妻よりもより以上に憤慨して居るのである。別の隣家の小汚い女の子が二人、別に嬰児まで負うて、雨で遊び場がないので、猫よりももつと汚い足と着物とで、彼の家へ押込んで来る。背中の嬰児が泣く。さうして三人ともそれぞれに何を見ても欲しがる。十三になるといふ一番上の児は、もうすでに女特有の性質を発揮して、彼の妻を相手に、隣の大尽の家の悪口やら、いろいろの世間話を口やかましく聞かせて居た。それ等の児は時々彼等が風呂を貰つて這入《はい》る家の子なので、その子を追ひ立てることは出来にくいと妻は言つた。その実、彼の妻はそんな子供でも話相手に欲しかつたのである。犬や猫ばかりではない。確にこの子供達が一層沢山に蚤を負うて来るに違ひない、と彼は考へた。彼はいらいらしながらも、他所《よそ》の人とさへ言へばこんな子供にまで小さくなつて、小言一つ言へない性質であつた。さうしてそんなことには無神経なほど無頓着な彼の妻が、その子供達を雨降りのなかを、あまり度々用事に使ふのを見ると、彼は反《かへ》つてはらはらして、妻を叱り飛ばした。その子供達の家へ風呂を貰ひに行くと、七十位な盲目《めくら》で耳の遠い老婆が、風呂釜の下を燃してくれながら、いろいろと東京の話を聞きたがつた。東京の話ではない江戸の話であつた。この老婆は、「煙のやうな昔」（とそのツルゲニエフのやうな言葉をその老婆自身が言つた）娘のころに、江戸の某様《なにがしさま》の御屋敷で御奉公したとかで、殿様の話やら、まだ眼の見えた昔に見た江戸の質問を彼にするのであつた。維新で田舎へ帰つたと言ひながら、その維新とはどんなものか知らぬと見えて、電車が通つて居たり、公園があつたりする東京といふものの概念は何一つも持つて居なかつた。さうして彼には答へる術もないその江戸の質問を、くどくどと尋ねるのであつた。さうして彼が「江戸」の事は不案内だと気がつくと、彼の女の娘時代のその家の全盛、今の主人である息子の馬鹿さ、実に実に平凡なことどもを長々と聞かせて、それでなくてさへ口不調法な彼には、返事の仕方が解らなかつたほどである。それにこの老婆は答へても何も聞えぬだらうほど耳が遠かつた。「俺にはそんな話は面白くないんだ！　他《ひと》のことなどはどうでもいいんだ！」彼はさう叫んでやりたくなつた。この老婆のくどい話は結局、何のことであるかは解らなかつたけれども、彼の気持をじめじめさせるには、何しろ充分すぎた。しかもそれの相手になつてくれと懇願する表情をもつて、この老婆は五十六の時に全く失明したと、今のさつきも物語つたその両眼で、彼を見上げ、見つめた。風呂釜の火が一しきり燃え上つた機《はづ》みに、この腰の全く曲つて居る老婆を照すと、片手に長い薪を持つた老婆は、広い農家の大きな物置場の暗《くらやみ》の背景から浮き上つて、何か呪《のろひ》を呟く妖婆のやうにも見えた。

その風呂場を脱《のが》れ出てくると、さすがに夜風がさわやかに、彼の湯上りの肌をなぜた。併し、家へ帰つて見ると、彼の妻は、ホヤのすすけた吊りランプの影で、里の母からでも来たらしい手紙を読んで居たが、彼には見せたくないらしく、遽《にはか》にそれを長々と巻き納めると、不興極まる顔をして、その吐息を彼に吹きかけでもするかのやうに、涙で光らせた瞳で彼を見上げた。それは何か威嚇するやうにも見え、哀願するやうにも見えた。その手紙を、彼は読まずとも知つて居る。彼にはつまらぬ事であつて、彼《か》の女《じよ》達には重大な何事かであらう。彼の女等は互に彼の女等の苦しい困窮を訴へ合つて居るのであらう……

彼の家には、もう一人泣きに来る女があつた。それはお絹といふ名の四十女であつた――彼等がこの家へ引越して来る時に、この家へ案内し、引越しの手伝ひをしたのが因縁で、彼の家庭へ時々出入りするやうになつた女である。彼の女は身の上ばなしを初めては泣いた。最初たつた一度、珍らしさにこの女の身の上ばなしに耳を傾けたのが原因で、お絹はいつもいつも一つの話を繰返した。彼はしまひにはお絹の顔を見ると腹立しくなつた。最も不思議なことには、彼はお絹の顔さへ見れば胃のあたりが鈍痛し初めた。……

床の下では、犬が蚤にせめ立てられて、それを追ふために身を揺ぶると、その度にゆれる鎖の音が、がちやがちやと彼に聞えて来た。彼はお絹の身の上ばなしよりも、蚤に悩まされて居る犬どもの方に、より多くの同情を持つた。さうして彼は自分自身の背中にも、脇腹にも、襟首にも頭の髪の毛のなかにも、蚤が無数にうごめき出すのを感じた……

些細な、単調な出来事のコンビネエシヨンや、パアミテエシヨンが、毎日単調に繰り返された。それらがひと度彼の体や心の具合に結びつくと、それは悉《ことごと》く憂鬱な厭世的なものに化《かは》つた。雨は何日まででも降りやまない。それは今日でもう幾日になるか、五日であるか、十日であるか、二週間であるか、それとも一週間であるか、彼はそれを知らない。唯もうどの日も、どの日も、区別の無い、単調な、重苦しい、長々しい幾日かであつた。牢獄のなかのやうな幾日かであつた。おお！　然《さ》うだ。日蔭になつて、五月になつても、八月の中ごろになつても青い葉一枚とてはなく、ただその茎ばかりか蔓草のやうに徒らに延びて居た、あのこの家の非戸ばたの薔薇の木の生涯だ。彼は再び薔薇のことを考へた。考へたばかりではない。あの日かげの薔薇の憂悶を今は生活そのものをもつて考へるのである。

薔薇といへば、その薔薇は、何時かあの涙ぐましい――事実、彼に涙を流させた畸形な花を一つ咲かせてから、日ましによい花を咲かせて、咲きほこらせて居たのに、花はまたこの頃の長い長い雨に、花片はことごとく紙片《かみきれ》のやうによれよれになつて、濡れ砕けて居た。

＊　　＊　　＊

こんな日頃に、ただ深夜ばかりが、彼に慰安と落着きとを与へた。雞の居ない夜だけ、鎖から放して置くことにした犬が、今ごろは、田の畔をでも元気よく跳びまはつて居るかと想像することが、寝床のなかで彼をのびのびした気持にした。併し、或る夜であつた。家の外から彼の家を喚《よ》ぶものがあつた。未だ机の前に坐りこんで、考へに圧えつけられて居た彼は、縁側の戸を開けて見ると、一人の黒い男が、生垣と渠《みぞ》との向ふの道の上に立つて居た。さうしてその何者かが彼に対《むか》つて、横柄《わうへい》に呼びかけた。巡査かも知れないと、彼は思つた。

「これやあ君の家の犬だらう。」

「さうだ。何故だい」

「これやあ、怖くつて通れんわい。」

その村位、犬を恐怖する村は、先づ世界中にないと、彼は思つた。この附近には、狂犬が非常に多いからだと村の一人が説明して居た。それに彼の犬の一疋は純粋の日本犬であつた。

「大丈夫だよ。形は怖いが、おとなしい犬だから。」

「何が大丈夫だい。怖くつて通れもしない。」

「狂犬ぢやないよ。吠えもしないぢやないか。」

「飼つて居る者はさうでも、飼はんものにはおつかない。ちよつと出て来て、繫いだらどうだい。」

この何者かの非常に横柄な口調は、其奴が闇で覆面して居るからだと思ふと、彼は非常に憤ろしかつた。彼はいきなり其処にあつた杖をとると、傘もささずに道の方へ飛び出した。雨は糠《ぬか》ほどより降つて居ない。その知らぬ男は、何かまたぐづぐづ言つて居た。さうしてどうしてもこの犬を繫げ、それでなければ俺は通れぬ、と言ひ張つた。可笑《をか》しいほど犬を恐れ乍ら、可笑しいほど一人で威張つて居た。「これは優しい犬だ、未だ子供だから人懐しがつて通る人の傍へ行くのだ」と、彼は犬のために弁護した。彼にとつては、犬は今無辜《むこ》の民である、その男は暴君である、彼自身は義民であつた。その男の言ふことが一々理不尽に思へた彼は、果は大声でその男を罵つた。彼の妻は何事かと縁側へ出て来たが、この様子を見ると、暗《くらやみ》のなかの通行人に向つてしきりに詫びて居た。彼にはそれが又腹立しかつた。

「黙つて居ろ。卑屈な奴だ、詫る事はない。犬が悪いんぢやないぞ。この男が臆病なんだ。子供や泥棒ぢやあるまいし……」

「何、泥棒だと。」

「お前が泥棒だと言やしないよ。音無しく尾を振つて居る犬をそんなに怖がる奴は泥棒見たいだと言つただけだ。」

彼は、しまひには、その男を殴りつけるつもりであつた。彼等は五六間を距てて口争ひして居た。其処へ、見知らぬ男の後から一つの提灯が来た。それがその男に向つて何か言つて居たが、提灯は彼の方へ近づいて来た。奴等は棒組だな、と彼は即座にさう思つた。若《も》し傍へ来て何か言つたら、と彼は杖をとり直して身構へした。

「どうぞ堪忍《かんにん》してやつて下さいましよ。親爺やあ酒をくらつて居るんでさ。」

その提灯の男は、反つて彼に詫つて居るのだ。彼は急に自分が馬鹿げて来た。併し、彼は笑へもしなかつた。その時、或る説明しがたい心持で、彼は身構へして把つた、自分の杖をふり上げると、自分の前で何事も知らずに尾を振つて居る自分の犬に、彼は強たかに打ち下した。犬は不意を打たれて、けん、けん、叫びながら家のなかへ逃げ込む。打たれない犬もつづいて逃げ込む。彼は呆然とそこに立つて居たが、舌打をして、その杖を渠《みぞ》のなかへたたきつけると、すたすたと家へ這入つて行つた。犬は床下深く身を匿して居た。杖を捨てても未だ握つて居た彼の掌は、ねちこちと汗ばんで居た。

「今に見ろ。村の者を集めてあの犬を打殺してやらあ!」酔漢はそんな事を言ひながら、提灯をもつた若い男に連れられて通り去つた。

酔漢のその捨白《すてぜりふ》が、彼には非常に心配であつた。村の者が、実際、彼の犬を打殺しはしないかと考へられ出すと、身の上話で泣いて居たあの太つちよの女が、何日か彼に告げた言葉も思ひ出された——「この村では冬になると犬を殺して食ひますよ。御用心なさい、御宅のは若くつて太つて居るから丁度いいなんて、冗談でせうがそんな事を言つて居ましたよ。」

捨てて仕舞つた杖は、思へば思ふほど、彼には非常に惜しいものであつた。それは唐草模様の花の彫刻をした銀の握のある杖であつた。別段それほど惜しむに足りるものではないのに、それが彼には不思議なほど惜しまれた。その翌日は、彼は犬を運動させるやうなふりをして、その杖を捜す為めに、渠《みぞ》の流れに沿うた道を十町以上も下つて見た。あの清らかであつた渠の水は、毎日の雨で徒《いたづ》らに濁り立つて居た。杖は何処にも見出されなかつた。彼は杖を無くした事を、妻にも内緒にして居るのであつた。

杖と酔漢の捨白《すてぜりふ》とが、彼自身でさへ時々は可笑しいばかり気にかかる。一層、あの時、あの男を撲りつけてやればよかつたに――彼には寝床のなかで、口惜しくてならぬこともあつた。……若《も》しや犬がいぢめられて居はしないかと、それを夜中放して置くことが苦労になりだした。気を苛立てながら聞耳をそば立てると、犬の悲鳴がする。大急ぎで縁側へ出て戸を開けながら口笛を吹くと、犬は直ぐ何処かから帰つて来る。さうして鳴いて居るのは外の犬であつた。併し、口笛を吹いても名を呼んでも容易に帰つて来ない事がある。さうして一層けたたましく吠えつづける。そんな時には居ても立つても居られない。彼の妻は、あれは家の犬ではないとか、犬は別に何処でも鳴いては居ないとか言つて、初めは彼を相手にはしなかつたけれども、彼があまりやかましくいふので、この妄想《ばうさう》は、何時しか妻の方にまで感染した。彼等は呪はれた者のやうに戦々兢々として居た。その上に、ランプがどうした具合か、毎夜、ぽつぽと小止みなく揺れて、どこをどう直して見てもそれは直らなかつた。彼は自分の不安な心を見るやうにランプの揺れる心を凝視して、癇を苛立てて居た。或る夜、ただ事でない鳴き声がするので、庭に出て見ると、レオ（犬の名）はさも急を告げるらしく彼を見て吠え立てる。遠くの方ではフラテ（犬の名）の悲鳴が聞えて来る。彼はレオの後に従ひ乍ら、悲鳴をたよりに、フラテ！　フラテ！　と叫びながら、それの居所を捜し求めるのであつた。やがて帰つて来たフラテは、顔の半面と体とは泥だらけであつた。フラテは泥の上にすりつけられて折檻されて居たのであらう。何処からか凱歌のやうに人の笑ひ声が聞えて来る……。その夜以来、犬は夜中のただ一二時間だけ放して置いてから、又再び繋ぐことにした。且又《かつまた》、それの鎖の場所を玄関の土間のなかへ変へた――素通りの出来る庭の隅では、たとひ繋いで置いても不用心だからである。しかし繋がれるために呼ばれるのだと知ると、犬は呼んでもなかなか帰つては来なかつた。食物を与へても鎖の傍へならば寄りつかなかつた。闘犬の子のフラテは、或る夜自分の鎖を真中から食切つて、四辺の壁から脱《ぬ》けるためには床下の土に大きな穴を開け、鎖の半分は頸にぶらさげて地上を曳きながら、夜中楽しく遊びまはつて居た。それを主人に知らせるために、さうして自分の解放されたいために、レオは激しく鳴き叫んだ。

　彼は、犬に対する夜中の心配を昼間に考へ直すことがあつたが、これはどうも一種の強迫観念だと気づかずには居られなかつた。犬だつて自分の力で自分を保護することは知つて居るだらう……、さうして、犬のことなどをばかり考へて居る自分が、恥しくも情けなかつた。けれども夜になると、矢張り「俺の犬は盗まれる、殺される！　きつとだ！」今では、犬は彼にとつてただ犬ではなかつた――何か或る象徴であつた。杖のこともなかなか忘れられなかつた。犬の心配のない時には、銀金具の把りのある杖が、頭の方だけ少し沈みながら、濁つた渠《みぞ》の水のなかを、流れのまにまに、何処かを、さうして涯しのない遠いところへ持つて行かれるために流れて行くところを、彼は屢《しば》

〵々寝床のなかで空想して居た。

＊　＊　＊

雨は、一日小降りになつたかと思へば、その次の日には前よりももう一層ひどく降る。さてその次の日にはまた小降りになる。併しその次の日にはまた降りしきる……けれども、間歇的な雨は何日まででも降る。幾日でも、幾日でも降る。彼の心身を腐らせやうとして降る……

＊　＊　＊

ここに一つの丘があつた。

それは彼の家の縁側からは、庭の松の枝と桜の枝とが、互に突き出して交り合ひ、そこに穹窿形《きうりうがた》の空間《あきま》が出来て、その樹々の枝と葉とが形作るアアチ形の線は、生垣の頭の真直ぐな直線で下から受け支へられて居た。言はば、それは緑の枠であつた。額縁であつた。それの空間の底から、その丘は、程遠くの方に見えるのであつた。

彼は何日《いつ》、初めてこの丘を見出したのであらう。兎に角、この丘が彼の目をひいた。さうして彼はこの丘を非常に好きになつて居た。長い陰気の雨の日の毎日毎日、彼が沈んだ瞳を人生の憂鬱からそむける度毎に、彼の瞳にうつるものは、その丘であつた。

その丘は、わけても、彼の庭の樹々の枝葉が形作つたあの穹窿形の額縁をとほして見るときに、自づと一つの別天地のやうな趣《おもむき》があつた。丁度いい位に程遠くで、さうして現実よりは夢幻的で、夢幻よりは現実的で、また雨の濃淡によつて、或る時にはやや近く、或る時にはやや遠くに感じられた。或る時にはすりガラスを透して見るやうにほのかであつた。

丘はどこか女の脇腹の感じに似て居た。のんびりとした感情をもつてうねつて居る優雅な、思ひ思ひな方向へ走つて居る無数の曲線の集合から出来上つた一つの立体形であつた。さうして、あの緑色の額縁のなかへきちんと収まつて、譬《たと》へば、発端と大団円とがしつくりと照応できる物語のやうに、その景色は美しくも、少しの無理もなくまとまつて居た。それはどこかに古代の希臘風《ギリシャふう》な彫刻のやうに、沈静な美をゆつたりと湛《たゝ》へて居た。丘の頂には雑木林があつて、その木は何《いづ》れも、彼の立つて居る場所からは、一寸か五寸位かに見える。さうして短い頭髪のやうに裸の丘の頂にだけ見える。それらの林の空と接する凹凸には、言ふべからざるリズムがあつて、それの少しばかり不足して居るかと思へるところには、家の草屋根が一つ、それの単調を補うて居る。さうしてその豊《ゆたか》にもち上つた緑の天鵞絨《びらうど》のやうな横腹には、数百本の縦の筋が、互に規則的な距離をへだてて、平行に、その丘の斜面の上を、上から下へ弓形に走りおりて、くつきりした縞を描き出して居た。それは多分、杉か檜《ひのき》かの苗畑であるからであらう。この丘をかくまで絵画的に、装飾風に見せて居るには、自然のなかのこの些細な人工性が、期せずして、それのために最も著《いちじる》しい効果を示して居るのであつた。それは見て居て、優しく懐しかつた。

「何をそんなに見つめて居らつしやるの？」

彼の妻が彼に尋ねる。

「うん。あの丘だよ。あの丘なのだがね。」

「あれがどうしたの？」

「どうもしない。……綺麗ぢやないか。何とも言へない……」

「さうね。何だか着物のやうだわ。」

この丘は渋い好みの御召《おめし》の着物を着て居ると、彼の妻は思つて居る。

それは緑色ばかりで描かれた単色画であつた。しかしこのモノクロオムは、すべての優秀なそれと全く同じやうに、殆んど無限な色彩をその単色のなかに含ませて居た。さうして見て居れば、見て居るほど、それの豊富が湧き出した。一見ただ緑色の一かたまりであつて、併もそれは部分部分に応じて千左万別の緑色であつた。さうしてそれが動し難い一つの色調を織り出して居た。譬《たと》へば、一つの緑玉が、ただそれ自身の緑色を基調にして、併し、それの磨かれた一つ一つの面に応じて、各々《おのおの》相異つた色を生み出して居る有様にも似て居た。

彼の瞳は、常に喜んで其の丘の上で休息をして居た。

「透明な心を！　透明な心を！」

その丘は、彼の瞳にむかつて、さうものを言ひかけた。

或る日、その日は前夜からぱつたり雨が止んで、その日も朝からうすぐもりであつた。やがて正午《ひる》前には、雲に滲んで太陽の形さへ、かすかながら空の奥底から見え出した。

彼の妻は、秋の着物の用意に言寄せて、東京へ行つて来ようと言ひ出した。彼の女は空の天気を案ずるよりも、夫の天気の変らないうちにと、早い昼飯をすませると、毎夜の憧れである東京へ、あたふたと出かけた。心は恐らく体よりも三時間も早く東京へ着いたに相違ない。

彼は、ひとりぼんやりと、縁側に立つて、見るともなしに、日頃の目のやり場であるあの丘を眺めて居た。その時その丘は、何となく全体の趣《おもむき》が常とは違つて居ることに、彼は気づいた。それはどうもただ天気の光だけではないのである。けれどとその原因は少しも解らなかつた。と見かう見して居るうちに、彼はやつと思ひ出して、机の抽出しから眼鏡《めがね》を捜し出した。彼は可なりひどい近眼でありながら、近頃は折々、眼鏡をかけることさへ忘れて居るのであつた。何ごともしない近頃の彼には眼鏡も殆んど用がなくなつて居たから。さうして、つひ眼鏡をかけずに居ることが、彼を一層神経衰弱にさせて居ることに気づかずに居た。

眼鏡をかけて見ると、天地は全く別個のものに見え出した。今日は天地の間に何かよろこびのやうなものを見ることが出来た。空が明るいからである。丘ははつきりと見えた。成程、丘はいつもとは違つて見える。――丘の雑木林の上には鳥が群れて居た。うすれ日を上から浴びて、丘の横腹は、その凹凸が研《みが》き出されたやうな丸味を見せて、滑らかに緑金に光つて居た。苗木の畑である数百本の立縞——成程、違つて居るのは其処だ。その立縞の縞と縞との間の地面をよく見ると、その左の方の一角を要にして、上に開いた扇形に、三角に、何時もの地面の緑色が、どういふわけか、黒い紫色に変つて居るのである。はて！　何時《いつ》の間にこんなに変つたのであらう。何のために変つたのであらう。彼には、実に不思議でならない気持がした。彼は世にも珍らしい大事が突発したかのやうに、しばらくその丘の上を凝視した。その丘は、彼には或るフエアリイ・ランドのやうに思はれた。美しく、小さく、さうして今日はその上にも、不可思議をさへ持つて居るのである。

　かうして暫く見つづけて居ると、その丘の表面の紫色と緑色との境目のところが、ひとりでにむくむくと持ち上つて、その紫色の領分が、自然と少しづつ延び拡がつて行くのであつた。尚も瞳を見据えると——さうすると眉と眉との間が少し痛かつたが——其処には、小さな小さな一寸法師が居て、腰をかがめては蠢動しながら、せつせとその緑色を収穫して居るのであつた。あの苗木と苗木との列の間に、農夫が何かを作つて置いて居たのであらう。併し、見た目には、その農作物が刈りとられて居るといふよりも、紫色の土が今むくむくと持上つてくるとしか、彼の目には感じられなかつた。

　彼は不可思議な遠目鏡の底を覗いて、其の中にフェアリイ・ランドのフェアリイが仕事をして居るのをでも見るやうに、この小さな丘を或る超越的な心持を抱きながら、ちやうど子供が百色目鏡を覗き込んだやうに、目じろぎもせずに眺め入つた。彼は煙草盆と座布団とを縁側まで持ち出して、ゆつたりとした気持で、フェアリイ・ランドのなかで活動をつづけるフェアリイの小さな姿を、持ち上る土の紫色を飽かず凝視した。紫色の土は湧くやうに持ち上る。あとから、あとから持ち上る。紫色の領土が、緑色の領土を見る見る片はじから侵略して行く。

　うすれ日は段々と、明るくなつて空が少しづつ晴れて来る。不意に、夕日の光が、雲の細い隙間から流れ出て、その丘の上へ色彩のあるフットライトを投げたやうに、丘が一面に輝き出す。丘の上ではフェアリイも、雑木林も、永い濃い影を地に曳いた。今もち上つたばかりの紫色の土は、何か一斉に叫び出しでもしさうに見える。丘の頂《いたゞき》の雑木林のなかに見える草屋根からは、濃い白い煙が縷々と、ちやうど香炉の煙のやうに立昇つて居た。さうして、彼は今、うつとりとなつて、フェアリイ・ランドの王であつた。

　その天地の栄光は、一瞬時の夢のやうに、夕日は雲にかくれて、次には遠い連山と一層黒い雲とのなかへ落ちて行つた。

　気がついて見ると、丘は全部紫色に変つて居る……見とれて居るうちに、あたりは何時しかとつぷりと暗くなつて居た。それでも彼の瞳のなかには、そのフェアリイ・ランドの丘だけが、依然として闇のなかにくつきりと見えるやうに思ふ。

　やがてその丘も見えなくなつた……

その晩ではなかつたが、或る雨の晴れた別の晩であつた。円い月が丁度、あの丘の上から、舞台の背景のせり出しのやうに上つて来たことがあつた。

＊　＊　＊

その晩は犬が二疋ともはげしく吠えた。

彼は、それらの犬を遊ばせるつもりで庭へ出た。庭から外へ出た。

月は殆んど中天まで昇つて居た。遠い水車の音が、コットン、コットン、コットン、と野面《のづら》を渡つてひびいて来た。彼は彼の家の前の道を、幾度も幾度も往つたり来たりして歩いた。二疋の犬は彼の影について、二疋で互にふざけ合ひながら、嬉々として戯れて居た。彼は立ちどまつた。水のせせらぎに耳をかたむけた。路の傍《かたはら》に、彼の立つて居る足の下に、細い水が月の光を砕きながら流れて居る。ふと、南の丘の向ふ側の方を、KからHへ行く、十時何分かの終列車が、月夜の世界の一角をひびかせて、通りすぎた。その音がしばらく聞えて居た。彼には、この時、もの音が懐しかつた。月の光で昼のやうに明るい野面を越えて、彼は南の丘の方へ目を向けた。……今、物音の聞えたところ、丘の向ふ側には、素晴らしく賑やかな大都会がある……其処には、家々の窓から灯《ともしび》が、ぎらぎらと輝いて居る……、不意に彼は何の連絡もなく、遠い汽車のひびきを聞いただけで、突然、そんな空想が湧き上つた。さういへば、一瞬間、ほんの一瞬間、その丘のうしろの空が、一面に、無数の灯の余映か何かのやうに、ぽつとほの赤くなつた……かと思ふと、すぐに消えた。それは実際神秘な瞬間であつた。

「俺は都会に対するノスタルジアを起して居るな？」

彼は、さう思ひながら、その丘の方から目をそらした。見ると、彼の立つて居る一筋の路の向から、黒い人影が彼の方へ歩いて来た。その人影が、一声高く口笛を吹いた。すると彼の犬は二疋とも、疾風のやうな勢《いきほひ》で、その人影の方へ馳け出した。それが彼には非常に不愉快であつた。これらの犬は彼、即ち犬どもの主人の呼ぶ時より外には、今まで決して他の人の方へは行かうとはしなかつたからである。それがその夜に限つて、この一声の口笛を聞くと、飛ぶやうに馳け出す。

彼は或る狼狽をもつて、口笛を吹いた。犬をよび返すためである。彼の口笛を聞くと、犬も気がついたらしく慌てて彼の方へ引き返した。

「フラテ！」

人影はさう言つて、彼の犬の名を呼んだ。

「フラテ！」

彼も慌てて、犬の名を呼んだ。彼の叫んだ声は、ちやうどあの人影の声と同くそつくりであつた。さうして直ぐに同じ言葉を呼び返したために、彼の声は、ちやうどあの人影の声の山彦のやうにひびいた。二つの声は、この言ひ現し難い類似をもつて全く同一なものだと感じさした。それは犬でさへもさう聞いたに相違ない。一旦、馳け出した犬は、人影を慕うて行つて帰つて来なかつた。

彼は呆然と路の上に立つて、その人影を確めやうと眼を瞬つた。人影は、路から野面の方へ田の畔をでも伝うらしく、石地蔵のあるあたりから折れ曲つた。さうして！

何といふ不思議であらう！　その人影は、明るい月夜のなかで、目を遮るものもない野原のなかで、忽然と形が見えなくなつた！

「あつ」と叫び声を、口のなかに嚙み殺して、彼は家の門へ、家のなかへ、一散に駆け込んだ。「……この村は誰も俺の犬の名を覚えて居る筈はないのだ。たとひ、名を呼ばれても、俺の犬は俺以外の人間の方へ行く筈はないのだ。たとひ、行くとしても、俺が呼び返せばきつと俺の方へ帰つてくる筈なのだ。今までこんなことは一度もない。」彼は一人でさう考へた。「……それにあの人影は何だつて、不意にかき消すやうに見えなくなつたのであらう？……若《も》しや、あの時俺が、この俺自身が同一人が二人の人間に別れたのではなからうか？　離魂病といふ病気はほんとうにあることであらうか？　若しさうだとすると、俺は、若しや離魂病にかかつて居るのではなからうか？　犬といふものは物音をききわけるのに微妙な能力を持つて居なければならない筈だ、わけて主人の声はちやんと聞き別けられる筈だ……」

彼の心臓の劇しい鼓動は、二十分間以上もつづいた。彼は時計の針を見守りながら、離魂病のさまざまの文学的記録や、或は犬のことなどを考へ出しながら、心臓の鎮まる時間を待つて居た。

翌日の朝になつて、彼は彼の妻に向つて、昨夜の出来事を話した。彼はその夜のうちはそれを人に話するだけの余裕もないほど怖ろしかつたからである。この話を聞いた彼の妻は可笑《をか》しがつて笑つた。突然、人影が見えなくなつたといふのは、犬が足もとまで懐《なつ》いて来たために、誰かその人が、犬の頭を撫ぜてやるので、身を屈めたに相違ない。そのためにその人は稲の穂にかくれて形が見えなかつたのであらう、と彼の妻は、その事を然《そ》う解釈した。成程、それが適当な解釈らしい、と彼も考へた。併し、その瞬間に感じた奇異な恐怖は、その説明によつて消されはしなかつた。

＊　＊　＊

彼は眠ることが出来なくなつた。

最初には、時計の音がやかましく耳についた。彼は枕時計も柱時計と、二つともとめてしまつた。全く、彼等の今の生活には、時計は何の用もないただやかましいだけのものにしか過ぎなかつた。それでも、彼の妻は、毎朝起きると、いい加減な時間にして、時計の振子を動した。彼の女は、せめて家のなかに時計の音ぐらゐでもして居なければ、心もとない、あまりに淋しいといふのであつた。それには彼も全く同感である。何かの都合で、隣家の声も、犬の声も、鶏の声も、風の声も、妻の声も、彼自身の声も、その外の何物の声も、音も、ぴつたりと止まつて居る瞬間を、彼は屡々《しばしば》経験して居た。その一瞬間は、彼にとつては非常に寂しく、切なく、寧《むし》ろ怖ろしいものであつた。そんな時には、何かが声か音かをたててくれればいいがと思つて、待遠しい心持になつた。それでも何の物音もしないやうな時には、彼は妻にむかつて無意味に、何ごとをでも話しかけた。でなければ、ひとりごとを言つたりした。

けれども夜の時計の音は、あまりやかましくて、どうしても眠つかれなかつた。それの一刻みの音毎に、彼の心持は一段一段とせり上るやうに昂奮して来た。それ故、彼は寝牀に入る時には、必ず時計の針をとめることにした。さうして毎朝、妻は、夫のとめた時計を動かす。時計を動かすことと、止めることと、それが毎朝毎夜の彼等各《おのおの》の日課になつた。

時計の音をとめると、今度は庭の前を流れる渠《みぞ》のせせらぎが、彼には気になり初めた。さうして今度はそれが彼の就眠を妨げるやうに感じられた。毎日の雨で水の音は、平常よりは幾分劇しかつたであらう。或る日、彼はその渠のなかを覗いて見た。其処には幾日か以前に——彼がこの家へ転居して来たてに、この家の廃園の手入れをした時に、渠の土手にある猫楊から剪り落したその太い枝が、今でも、その渠のなかに、流れ去らずに沈んで居て、それが𥳑《さく》のやうに、水上からの木の葉やら新聞のきれのやうなものなどを堰きとめて、水はその𥳑を跳り越すために、湧上り湧上りして騒いで居た。あの騒々しい夜毎の水の音は、成程この為めであつた。彼はひとりでさう合点して、雨に濡れながら、渠のなかに這入つて、その枝を水の底から引き出した。沢山の小枝のあるその太い枝の上には、ぬるぬるとした青い水草が一面に絡んで上つて来た。彼はそれを一先づ路傍へひろひ上げた。さてもう一度、水のなかを覗くと、今まで猫楊の枝の𥳑にからんで居た木の葉やら、紙片やら、藁くづやら、女の髪の毛やらの流れて行く間に雑つて、其処から五六間の川下を浮きつ沈みつして流れて行く長いものに、ふと目をとめた。見れば、それはこの間の晩、犬を打つてから水のなかへたたきつけたあの銀の握のある杖であつた。

彼は不思議な縁で、再びそれが自分の手もとにかへつたことを非常に喜んだ。何といふことなく恥しく、馬鹿ばかしくつて、それを無くしたことを妻にも隠して居たのに、つひうつかり話してしまつたほどであつた。さうして彼は考へた——あの騒々しい水音は、きつと、この杖のさせた声であらう。杖はさうすることに依つて、それを捜し求めて居る彼に、杖自身の在処を告げたのであらうと。

彼はその杖を片手に持つて、とどこほりなく押し流れて行く水の面をぢつと見た。これならば、今夜はもう静かだ、安心だと思つた。併し、それは間違ひであつた。その夜も、前夜よりは騒がしいかと言つても、決して静かではないせせらぎの音が、それはもともと極く微かなものであるのに、彼にはひどく耳ざわりで、それが彼の眠りをさまたげたことは、前夜と同じことであつた。

けれども、そのせせらぎの音は、もうそれ以上どうすることも出来なかつた。その外に、もう一つ別に、彼の耳を訪れる音があつた。それは可なり夜が更けてから聞える、南の丘の向側を走る終列車の音であつた。然《しか》も、それはよほどの夜中なので——時計は動いて居ないから時間は明確には解らないけれども、事実の十時六分？　にT駅を発して、直ぐ、彼の家の向側を一里ほど遠くに、丘越しに通り過ぎる筈の終列車にしてはそれは時間があまりに晩《おそ》すぎた。そればかりか、それは一晩中に一度ではなく、最初にそれほどの夜更けに聞いてから、また一時間ばかり経過するうちに、又汽車の走る音がする。どうしてもそれは事実上の列車の時間とは、すべて違つて居る……たとひ、それが真黒な貨物列車であつても、こんな田舎鉄道が、こんな夜更けに、それほど度々貨物列車を出す筈はない。さうして、それほどはつきり聞かれる汽車の音を、彼の妻は決して聞えないと言ふ。

　時計のセコンドの音、渠のせせらぎ、汽車の進行するひびき、そんな順序で、遂に彼は、その外のいろいろな物音を夜毎に聞くやうになつた。その重なるものの一つは、彼が都会で夜更けによく聞いた。電車がカアブする時に発する遠くの甲高《かんだか》な軋る音である。それが時々、劇しく耳の底を襲うた。或る夜には、うとうと眠つて居て、ふと目がさめると、直き一丁ほどのかみにある村の小学校から、朗らかなオルガンの音が聞え出して来た。もう朝も晩くなつて、唱歌の授業でも始まつて居るのかと、あたりを見まはすと、妻は未だ睡入《ねい》つて居る。戸の隙間からも光もささない。何の物音もない——そのオルガンの音の外には。深夜である。睡呆《ねとぼ》けて居るのではないと疑ひながら一層に耳を確めた。オルガンの音は、正にそれの特有の音色をもつて、爽やかに、甘く、物哀れに、ちやうど晩春の夕方のやうな情調をもつて、よく聞きなれた何かの進行曲を、風のまにまに漂はせて来るではないか……彼は恍惚としてその楽の音に聞き惚れて居た。或る夜にはまた、活動写真館でよく聞く楽隊の或る節が——これもやはり何かの進行曲であるが——何処からともしもなく洩れ聞えて来た。其等の楽の音を感ずるやうになつてからは、水のせせらぎは、一向彼の耳にはつかなくなつた。さうして彼はもう眠らうといふ努力をしない代りに、眠れないといふことも、それほどに苦しくはなかつた。それ等のものの音は、電車のカアブする奴だけは別として、その外のは皆、快活なほがらかなそれぞれの快感をともなうて居て、彼はそれらの現象を訝しく感ずるよりも前に、それを聴き入つて居ることが、寧《むし》ろ言ひ知れぬ心地よさであつた。就中《なかんづく》、オルガンの音が最もよかつた。次には楽隊のひびきであつた。オルガンの方は、二三度聴いただけで、それ以上度々は聴かれなかつたけれども、楽隊は殆んど毎夜欠かさずに洩れ聞えた。彼はそれを聴き入りながら、それの口真似をして、その上臥て居る自分の体を少し浮上らせる心持にして、体全体で拍子をとつて居た。それは一種性慾的とも言へるやうな、即ち官能の上の同時に精神的でもある快楽の一つででもあるかのやうであつた。若《も》しこれが修道院のなかで起つたならば、人々はそれを法悦と呼んだかも知れない。

幻聴は、幻影をもつれて来た。或は幻聴の前触れがなしに、幻影が一人でも来た。その一つは、極く微細な、併《しか》し最《もつと》も明瞭な市街である。それの一部分である。ミニアチュアの大きさと細かさとで、仰臥して居る彼の目の前へ、ちようど、鼻の上あたりへそのミニアチュアの街が築いて、ありありと浮び出るのであつた。それは現実にはないやうな立派な街なので、けれども、彼はそれを未だ見たことはないけれども、東京の何処かにきつとこれと同じ場所がありさうに想像され、信じられた。それは灯のある夜景であつた。五層楼位の洋館の高さが、僅に五分とは無いであらう。それで居て、その家にも、それよりももつと小さい——それの半分も三分の一の高さもない小さな家にも、皆それぞれに入口も、灯のきらびやかに洩れて来る窓もあつた。家は大抵真白であつた。その窓かけの青い色までが、人間の物尺《ものさし》にはもとより、普通の人の想像のなかにもちよつとはありさうもないほどの細かさで、而も実に明確に、彼の目の前に建て列ねられた。いやいや、未だそればかりではない。それらの家屋の塔の上の避雷針の傍に、星一つ、唯一つ、きつぱりと黒天鵞絨《くろびらうど》のなかの金糸の点のやうに、鮮かに煌《かゞや》いて居る……不思議なことには、立派な街の夜でありながら、どんな種類にもせよ車は勿論、人通り一人もない。……柳であらう街樹の並木がある。……しんとした、その癖、何処にとも言へぬ騒々しさを湛へて居ることは、その明るい窓から感じられる……その家はどういふ理由からか、彼には支那料理の店だと直覚出来る……。それをよくよく凝視して居ると、その街全体が、一旦だんだんと彼の鼻の上から遠ざかつて、いやが上に小さくなり、もう消えるよと見るうちに、非常な急速度で景色は拡大されて、前のとその儘の街が、非常な大きさに、殆んど自然大に、それでもまだやまずにとめどなく巨大に、まるで世界一面になつて……ぼんやりそれを見て居ると、その街はまた静かに縮小して、もとのミニアチュアの街になつて、それとともに再び彼の鼻の上の上の座に帰つて来た。彼はかうして数分間か、それとも数秒間かの間に、メルヘンにある、小人国と、巨人国とへ、一翔りして往復して居る心地がした。何かの拍子に、その幻の街が自然大位の巨大さで、ぱつたり動かなくなる時がある。彼は、突然、実際そんな街へでも自分は来て居るのではなからうかと、慌てて手さぐりでマツチを擦つて、闇のなかで自分のすすけた家の天井を見わたした事があつた。

それらの風景は、屢々《しば〳〵》彼の目に映じた。それの現はれる都度、それは前度のものとは決して寸毫も変つたところはなかつた。それもこの現象に伴ふところの一つの不可思議であつた。

ある時には、稀に、その風景の代りに自分自身の頭であることがあつた。自分の頭が豆粒ほどに感じられる……見る見るうちに拡大される……家一杯に……地球ほどに……無限大……どうしてそんな大きな頭がこの宇宙のなかに這入りきるのであらう。と、やがてまたそれが非常な急速度で、豆粒ほどに縮小される。彼はあまりの心配に、思はず自分の手で自分の頭を撫ぜ廻して見る。さうしてやつと安心する。滑稽に感じて笑ひ度くなる。その刹那にキイイイと電車のカアブする音が、眉の間を刺し徹す。

これらの幻視や、幻感は、併《しか》し、幻聴とはさほど必然的な密接な関係をもつて現はれるものではないらしかつた。一体に幻聴の方は、彼にとつて愉快であつたに拘はらず、こんな風に無限大から無限小へ、一足とびに伸縮する幻影は、彼にさへ不気味で、また悩しかつた。

これの怪異な病的現象は、毎夜一層はげしくなつて行くのを彼は感じた。彼はそれ等の現象を、彼の妻から伝はつて来るものだと考へ始めた。汽車のひびき、電車の軋る音、活動写真の囃子、見知らぬ併し東京の何処かである街。それ等の幻影は、すべて彼の妻の都会に対する思ひつめたノスタルヂアが、恐らく彼の女の無意識のうちに、或る妖術的な作用をもつて、眠れない彼の眼や耳に形となり声となつて現はれるのではなからうか、彼はさう仮想して見た。それは最初には、ほんの仮想であつたけれども、何時とはなく、それが彼の女には真実のやうに感ぜられ出した。彼自身のやうに、殆んどないと言つてもいい程に、意志の力の衰えて居るものの上に、意志力のより強い他の人間の、或はこの空間に犇き合つて居るといふ不可見世界のスピリツト達の意志が、自分自身のもの以上に、力強く働きかけるといふことはあり得べき事として、彼は認めざるを得なかつた。生命といふものは、すべての周囲を刻々に征服し、食つて、その力を自分のなかに吸集し、それを統一するところの力である。さうして、今や、その力は彼からだんだんと衰えて行きつつあつた。

彼が闇といふものは何か隙間なく犇き合ふものの集りだ。それには重量があると気付いたのもこの時である。

彼は、若《も》し自分が今、修道院に居るとしたならば……と或る時考へた。若し彼が彼の妻と一緒にこんな生活をして居るのではなく、永貞童女である美しいマリアの画像を拝しながら、この日頃のやうな心身の状態に居るならば、夜の幻影は、それは多分天国のものであつたらう。その不快なものは地獄のものであつたらう。さうして画像のマリアは生きて彼にものを言ひかけたであらう。さうして怖ろしいものはすべて画家アンドレアス・タフイが描いたといふ悪魔の醜さと怖ろしさとをもつて、彼に現はれたであらう。修道院では生活や思想がすべて、そんな風な幻影を呼び起すやうに、呼び起さなければならないやうないろいろの仕掛で出来て居るのだから。

彼はそんな事を考へた。併しこの考は、この当座よりも、ずつと後に纏つた。

＊　＊　＊

今まで手に持つて居たものが、たとへばペンだとか、煙管《きせる》だとか、そんなものが不意にどこかへ見えなくなることはよくあることだ。さうして一時姿を匿して居たそれらの品物は、後になつて、思ひもよらないやうな場所から、或は馬鹿ばかしいやうな場所から、出て来る。しかし捜す時には、決して現はれない。さういふことは誰にもよくある。併し、そのころ彼に起つた程、そんなに屢々《しばしば》は決して誰にもあるものではない。彼には、その頃、そんな事が一日に少なくも二三度は必ずあつた。そのふとしたことが、彼にはどんなに重大に見えたであらう。彼はそれを、寧《むし》ろフェイタルな出来事のやうにさへ感じた。さうして、彼の持ちものが斯うして、毎日二三品づつひよつくり消え失せでもするやうに彼には感じられた。……

＊　＊　＊

一度かういふこともあつた――

夜ふけになつて、ランプの傍《そば》へ蛾が一羽慕ひ寄つた。彼はこの虫をもつとも嫌つて居た。この虫の、絹のやうに滑らかな毛が一面に生えた小さな頭、その灰黒色の頭の上に不気味に底深く光つて居る真赤な小さな目、それからいくら追つ払つても平然として、厚顔に執念深さうに灯のまわりを戯れる有様、それがホヤの直ぐ近くで死の舞踏のやうな歓喜の身もだえをする時には、白つぽくぼやけた茶色の壁の上をそのグロテスクな物影が、壁の半分以上を占めて、音こそは立てないけれども、物凄く叫び立ててでも居さうに狂ひまわつた。彼の追ひ払ふのを避けて、この虫が障子の上の方へ逃げてしまふと、今度はその黒い翅でもつて、ちやうど乱舞の足音のやうに、ぱたぱた、ぱたぱた、ぱたぱたと障子紙を打ち鳴らした。

彼は、蛾の静かになつたのを見すまして、新聞紙の一片でそれを取り押へた。さうして、その不気味な虫を、戸を繰つて窓の外へ投げすてた、

けれどもものの十分とは経たないうちに、その蛾は（それとも別の蛾であるか）再び何処からか彼のランプへ忍び寄つた。さうして再び不気味な黒い重苦しい翅の乱舞を初めた。彼はもう一度その蛾を紙片《かみきれ》で取り押へた。さうして、今度は、その紙《かみ》片《きれ》を虫の上からしつかりと畳みつけて。さて再び戸を繰つて窓の外へ投げ捨てた。

けれどもまたものの十分とは経たないうちに、蛾は三度び何処かから忍び寄つた。それは以前二度まで彼をおびやかしたと同一のものであるか、別のものであるかは知らないが、さつきあれほどしつかりと紙のなかにつつみ込んだものが出て来ることは愚か、生きて居る筈もないのだから、これは全く別の蛾だつたのであらう。兎に角、悪魔のやうに、三度、四度まだ彼のランプを襲うた。

この小さな飛ぶ虫のなかには何か悪霊があるのである。彼は

さう考へずには居られなかつた。さうして、わざわざ妻を呼び起して、この虫を捕へさせた。それから一枚の大きな新聞紙で、この小さな虫を、幾重にも幾重にも巻き込んで、今度戸の外へは捨てずに、彼の机の上へ乗せて置いた。

　かうしてやつと安堵して、寝床に入つた。

　しばらくして、眠れないままに、燭台へ灯をともすと、ひらひらと飛んで来て、嘲るやうに灯をかすめたものがある。それも蛾であつた！

＊　＊　＊

「決して熱なんかは無くつてよ、反《かえ》つて冷たい位だわ。」

　彼の額へ手を翳して居た彼の妻は、さう言つて、手を其処からのけて、自分の額へ手を当てて見て居た。

「私の方がよつぽど熱い。」

　それが彼には、反つて甚だ不満であつた。試みに測つて見ようと、験温器を出さして見ると、それは度々の遠い引越しのために、折れて居た。

　若《も》し熱のためでないとすれば、これはこの天気のせいだ、このひどい風のせいだ。と彼は思つた。全くその日はひどい風であつた。あるかないかの小粒の雨を真横に降らせて、雲と風自身とが、吹き飛んで居た。そのくせ非常に蒸暑かつた。こんな日には、彼は昔から地震に対する恐怖で怯えねばならなかつたのだけれども、今日はこの激しい風のために、その点だけは安心であつた。併し、風の日には風の日で、又その異常な天候からくる苛立たしい不安な心持が、彼を胸騒ぎさせたほどびくびくさせた。


　猫よ、猫よ、あとへあとへついて来い！

　猫よ、猫よ。おくへおくへすつこめ！


　ふと、劇しく吹き荒れる大風の底から一つの童謡の合唱が、ちぎれちぎれに飛んで来た。それらは風のかたまりに送り運ばれて、吐絶《とだ》え勝ちに、彼の耳もとへ伝つてたやうに思はれた。けれども、それもやはり幻聴であつたのであらう。それは長い間忘れて居た彼の故郷の方の童謡であつたからである。風の劇しい日に（然《さ》うだ、こんな風の劇しい日に）子供たちが、特に女の子たちが、駆けまわりながら互に前の子の帯の後へつかまり合つたり、或は前の子の羽織の下へ首を突込んだりしながら、こんな謡《うた》を今のやうな節で合唱して、繰り返して、彼等は風のためにはしやぎながら、彼の故郷の家の門前の広場をぐるぐると環になつてめぐり走つて居たものであつた……それはモノトナスな、けれどもなつかしいリヅムをもつたレフレインの童謡で、またその謡《うた》の心持にしつくりはまつた遊戯であつた。それを見惚れて、砂埃の風のなかで立つて居る子供の彼自身が、彼の頭にはつきりと浮んで来た。それが思ひ出の緒口《いとぐち》になつた。……城跡のうしろの黒い杉林のなかで、或る夕方、大きな黒色の百合の花を見出した事、そのそばへ近よつてそれを折らうとして、よくよく見て居るうちに、急に或る怪奇な伝説風の恐怖に打たれて、転げるやうに山路を駆け下りた。次の日、下男をつれて、そのあたりを隈なく捜したけれども、其処には何ものもなかつた。それは彼には、奇怪に思へる自然現象の最初の現れであつた。それは子供の彼自身の幻覚であつたか、それとも自然そのものの幻覚とも言へる真実の珍奇な種類の花であつたか、それは今思ひ出しても解らない。ただその時のその風にゆらゆらゆれて居るその花の美しさは、永く心にのこつた。それがその珍らしい花が、彼の青い花の象徴ででもあつたやうに。彼はその頃からそんな風な淋しい子供であつた。さうして彼の家の後である城跡の山や、その裏側の川に沿うた森のなかなどばかりを、よく一人で歩いたものだつた。「鍋わり」と人人の呼んで居た淵は、わけても彼の気に入つて居た。そこには石灰《いしばひ》を焼く小屋があつた。石灰石《せきくわいせき》や方解石《はうかいせき》の結晶が、彼の小さな頭に自然の神秘を教へた。又、その淵には、時々四畳半位な大きな碧瑠璃《へきるり》の渦が幾つも幾つも渦巻いたのを、彼はよく夢心地で眺め入つた。さうしてそれを夢のなかでも時々見た。その頃は八つか九つかででもあつたらう……。何か嘘をつくと、其夜はきつと夜半に目が覚めた。さうしてそれが気にかかつてどうしても眠れなかつた。母を揺り起して、その切ない懺悔をした上で、恕《ゆるし》を乞ふとやつと再び眠れた。……それから、然《さ》う、然《さ》う、夜半に機《はた》を織る筬《をさ》の音を毎夜聞いた事があつた。あの頃、俺は五つか六つ位だつたらう。俺は昔から幻聴の癖があつたものと見える――彼はさう思ひ出して愕いた。それ等の幼年時代の些細な出来事が、昨日のことよりももつとありありと（その頃の彼には昨日のことは漠然として居た）思ひ出された。然もそれ等に今日まで殆んど跡方もなく忘却し尽して居たことばかりだつたのに。さうして、彼はその思ひ出のなかのその子供のやうに、彼の母や兄弟や父を恋しく懐しく思ひ浮べた。この時ほど切なくそれらの人人を彼が思ひ出したことは今まで決してない。その母へも、父へも、どの兄弟へも、彼はもう半年の上も便りさへせずに居た。彼は第一に母の顔を思ひ出さうと努めて見た。それは、半年ばかり前に逢つて居ながら、決して印象を喚び起せなかつた。奇妙にも、無理に思ひ出さうとすると、十七八年も昔の或る母の奇怪な顔が浮び出た――母は丹毒に罹つて居た。黒い薬を顔一面に塗抹して、黒い仮面のやうに、さうして落窪んだ眼ばかり光らせて、その病床の傍へ来てはならないと言ひながら、物憂げに手を振つた怪物のやうな母の顔である。さうして、その時子供の彼はしくしくと庭に出て一人で泣いた。その泣いた目で見た、ぼやけた山茶花の枝ぶりと、簇《むらが》つた花とが、不思議とその母の顔よりもずつと明瞭に目に浮び出る……。

決して思ひ出したことのないやうな事柄ばかりが後へ後へ一列に並んで思ひ浮んで来た。その心持がふと、彼に死のことを考へさせた。こんな心持は確《たしか》に死を前にした病人の心持に相違ない。して見れば、自分は遠からず死ぬのではなからうか……。それにしても知つた人もないこんな山里で、自分は、今斯《か》うして死んで行くのであらうか……死んで行くのであるとしたならば。彼の空想は谷川の水が海に入るやうに死を思ひ初めるのであつた。彼は今まで未だ一度も死に就て考へたことはなかつた。さうして彼はこの時、最初には、多少好奇的に彼の特有の空想の様式で、彼自身の死を知つた知人の人人？　その時の有様を一つ一つ描いて見た。

　すさまじい風のなかに、この騒々しい世界から独立して静寂な、人の霊を誘ひ入れるやうに、彼の床の下ではげしく啼きしきるこほろぎの声に耳を澄した。

　彼は手をさし延べて、枕のずつと上の方にある書棚から、何か書物を手任せに抽《ぬ》かうとした。さうして手を書棚にかけた瞬間に、がちやん！　と物の壊れる音がした。彼は自分自身が、何かをとり落したやうに、びくつと驚いて、あたりを見まわした。それは彼の妻が台所の方で、何かを壊した音が、風に吹きとばされて聞えて来たのだつた。

　彼の書棚も今は哀れなさまであつた。其処には僅かばかりの古びた書物が、塵のなかで、互に支へ合ひながら横倒しになりかかつて立つて居た。あまり金目にもならないやうなものばかりが自然と残つて、それは両三年来、どれもこれも見飽きた本ばかりであつた。彼の今抽《ぬ》き出したのは訳本のファウストであつた。彼は自分の無益なあまりに好奇的な自分自身の死といふやうな空想から逃れたいために、何の興味をも起さないその本をなりと読まうとしたけれども、風の音は断えず耳もとを掠めた。台所の流元に唯一枚嵌められて居るガラス戸が、がちやがちやと揺れどほしに揺れて、彼の耳と心とを疳立《かんだゝ》せた。彼は腹這ひになつて、披《ひろ》げた頁《ページ》へ目を曝して行つた。

　現世以上の快楽ですね、
　闇と露との間《あひだ》に山深くねて
　天地を好《よ》い気持に懐《ふところ》に抱《いだ》いて、
　自分の努力で天地の髄を掻き撈《むし》り
　六日《か》の神業《かみわざ》を自分の胸に体験し、
　傲る力を感じつつ何やら知らぬ物を味ひ
　時としては又溢るる愛を万物に及ぼし、
　下界の人の子たる処が消えて無くなつて……

偶然、それは「森と洞」との章のメフイストの白《せりふ》であつた。この言葉の意味は、彼にははつきりと解つた。これこそ彼が初めてこの田舎に来たその当座の心持ではなかつたか。

　彼は床の中からよろけて立ち上つた。机の上から赤いインキとペンとを取るために。さうして今読んだ句からもつと遡つて、洞の中のファウストの独白から読み初めた。彼はペンに赤いインキを含ませて読んで行くところの句の肩に一々アンダアラインをした。その線を、活字には少しも触れないやうに、又少しも歪まないやうに、彼は細い極く神経質な直線を引いて行つた。それがぶる〱とふるへる彼の指さきには非常な努力を要求した。

　手短かに申せば、折々は自ら欺く快さを
　お味ひなさるも妨げなしです。

だが長くは我慢が出来ますまいよ。

もう大ぶお疲れが見える。

これがもつと続くと、陽気にお気が狂ふか
陰気に臆病になつてお果てになる。

もう沢山だ……

アンダアラインをするに気をとられて、句の意味はもう一度読みかへした時に、始めてはつと解つた。メフイストは、今、この本のなかから俺にものを言ひかけて居るのだ。おゝ、悪い予言だ！

陰気に臆病になつてお果てになる。

それは本当か。これほど今の彼にとつて適切な言葉が、たとひどれほど浩翰な書物の一行一行を片つぱしから、一生懸命に捜して見ても、決してもう一度とはこゝへ啓示されさうもない。それほどこの言葉は彼の今の生活の批評として適切だ。適切すぎる。その活字の字面を見て居ると、彼は少しづゝ怖ろしいやうな心持にさへなつた。

「まあ、何といふひどい風なのでせう。裏の藪のなかの木を御覧なさい。細い癖にひよろひよろと高いものだから、そのひよろひよろへ風のあたること！　怖ろしいほどに揺れてよ。ねえ折れやしないでせうか」彼の妻の声は、風の音に半ばかき消されて遠くから来たやうに、さうして何事か重大な事件か寓意かを含んで居るらしく、彼の耳に伝はつた。

気がついて見ると、彼の妻は彼の枕もとに立つて居た。彼の女はさつきから立つて居たのであつた。妻は彼に食事のことを聞いて居た。彼は答へようともしないで、いかにも大儀らしく寝返りをして、妻の方へかう意地悪く顔をそむけた。けれども再び直ぐ妻の方へ向き直つた。

「おい！　さつき何か壊したね。」

「ええ、十銭で買つた西洋皿。」

「ふむ。十銭で買つた西洋皿？　十銭の西洋皿だから壊してもいゝと思つて居るのぢやないだらうね。十銭だの十円だのと。それは人間が仮りに、勝手につけた値段だ。それにあれは十銭以上に私には用立つた。皿一枚だつて貴重なものだ。まあ言はゞあれだつて生きて居るやうなものだ。まあ、其処へ御坐り。お前はこの頃、月に五つ位はものを壊すね。皿を手に持つて居て、皿の事は考へずに、ぼんやり外のことを考へて居る。それだから、その間に皿は腹を立てゝお前の手からすべり落ちるんだ。一体、お前は東京のことばかり考へて居るからよくない。お前はここのさびしい田舎にある豊富な生活の鍵を知らないのだ。ここだつてどんなに賑かだかよく気をつけて御覧。つまらぬとお前の思つて居る台所道具の一つ一つだつて、お前が聞くつもりなら、面白い話をいくらでもしてくれるのだ……」

彼は囈言《たわごと》のやうに小言を言ひつゞけた。しかしいくら言はふとしても彼の言はふとして居る事は一言も言へなかつた。彼は人間の言葉では言へない事を言はふとして居るのだ、と自分で思つた。さうして遂に口を噤んだ。

二人は黙つて荒れ廻る風の音を聞いた。暫くして妻は、思ひきつて言つた。

「あなた、三月にお父さんから頂いた三百円はもう十円ぽつちよりなくなつたのですよ。」

彼はそれには答へようともせずに、突然、口のなかで呟くやうにひとり言を言つた。

「俺には天分もなければ、もう何の自信もない……」

＊　＊　＊

彼は暗《くらやみ》のなかでマッチを手さぐり、枕もとの蠟燭に灯をともすと、寝床から起き上つた。さうしてその燭台を、隣に眠つて居る妻の顔の上へ、ぢつとさしつけた。けれども深い眠に陥入つて居る彼《か》の女《ぢょ》は、身じろぎもしなかつた。彼はしばらくその女の無神経な顔を、蠟燭の揺れる光のなかで、ぢつと視つめて見た。彼はこの時、自分の妻の顔を、初めて見る人の顔のやうに物珍らしげにつくづくと見た。

蠟燭の光はものの形を、光の世界と影の世界との二つにくつきりと分けた。その光のなかで見た人間の顔は、強い片光を浴びて、その極淡い光の濃淡から生ずる効果は、人間の顔の感じを全く別個のものにして見せた。彼は人間の顔といふものは——ただに自分の妻だけではなく、一般に——かうも醜いものであらうかと、つくづくさう感じた。それは不気味で陰惨で醜悪な妙な一つのかたまりとして彼の目に映じた。女は枕元に、解きほどいた束髪のかもじを、黒く丸めて置いて居た。奇妙な現象には、彼はそのかもじを見た時にこれが——ここに眠つて居る女が自分の妻だつたのだと始めて気がついた。

彼は燭台を少し高く持上げたり、或は直ぐその顔の耳のわきへくつつけて見たり、暫《しばら》くその光の与へる効果の変化を実験して遊ぶかのやうに、それをいろ〳〵と眺めて居た。彼の妻はそんなことには少しも気がつかずに眠つて居る。寝返りもしない。こんな女は、今若《も》し喉もとへ剣を差しつけられても、それでも平気で眠つて居るだらうか。いや、そんな場合には、いかに無神経なこの女でも、さすがに人間の本能として突然目を睜《みひら》くであらう。さうでなければならない。彼はそんなことを考へた。さうして、若《も》しやこの女は今、殺される夢でも見ては居ないだらうかとも思つた……。それにしても、かうした光の蠱惑《こわく》から人間といふものはいろ〳〵なことを思ひ出すものである。こんなことから実際人を殺さうと決心した男が、昔からなかつただらうか。

「尤も、俺は今この女を殺さうとして居るわけではないのだが。」

彼は思はず小声でさう言つた。自分自身の愕くべき妄想に対して、慌てゝ言ひわけしたのである。「それにしても俺は今何のためにこんなことをして居るのだつけな、」彼は気がついたやうに、急に妻を揺り起した。

夜中である。

妻はやつと目を覚したが、眩しさうに、揺れて居る蠟燭の光を避けて、目をそむけた。さうして半ば口のなかで、

「また戸締りですか、大丈夫ですよ。」

さう言つて、寝返りをした。

「いゝや。便所へ行くんだ。ちよつとついて行つてくれ。」

厠から出て来た彼は、手を洗はうとして、戸を半分ばかり繰つた。すると、今開けた戸の透間から、不意に月の光が流れ込んだ。月はまともに縁側に当つて、歪んで長方形に板の上に光つた。不思議なことには、彼はこれと同じやうに、全く同じやうに月の差込んで居る縁側を、ちやうど今のさつき夢に見て、目がさめたところであつた。何といふ妙な暗合であらう。彼には先づそれが怪奇でならなかつた。さうして、今、自分達がかうして此処に立つて居ることも、夢のつゞきではないのかと、ふとさう疑はれた。

「おい、夢ではないんだね。」

「何がです。あなた寝ぼけて居らつしやるの。」蠟燭は彼の妻の手に持たれて、月の光を上から浴びせかけられて、ほんのりと赤くそれ自身の光を失うた。危く風にふかれて消えさうになびいたが、彼の妻の袖屏風《そでびやうぶ》の影で、ゆら〳〵と大きく揺れた。風は何時の間にかおだやかになつて居たけれども、雲は凄じい勢《いきほひ》で南の方へ押奔《おしはし》つて居た。小雨を降らせて通り過ぎる真黒な雲のぱつくりと開けた巨きな口のファンタスティックな裂目から、月は彼等を冷々と照して居た。

彼は手を洗ふことを忘れて、珍らしいその月を見上げた。それは奇妙な月であつた。幾日《いくか》の月であるか、円いけれども下の方が半分だけ淡くかすれて消え去せさうになつて居た。併し、上半は、黒雲と黒雲との間の深い深い空の中底に、研ぎすましたやうに冴え冴えとして、くつきりと浮び出して居た。その上半のくつきりした円さが、何かにひどく似て居ると、彼は思つた。然《さ》うだ。それは頭蓋骨の髑頂《ろちよう》のまるさに似て居る。さう言へば、その月の全体の形も頭蓋骨に似て居る。白銀の頭蓋骨だ。彼の聯想の作用は、ふと海賊船といふやうなものの事を思ひ出させた。彼はその月を飽かずに眺めた。ああ、これと同じ事が、全く同じことが、その時も俺はここにかうして立つて居た。雲の形も、月の形もこれとそつくりだつた。どこからどこまでも寸分も違はない。そればかりかその時にもさう思つたのだつた、今と同じ事を思つたのだつた。遠い微かな穴の奥底のやうな昔にも、現在と全然同一な出来事が曾《かつ》てもあつた……。茫然として、彼は瞬間的にさう考へた。……何時の日のことだつたらう……何処でであつたらう……

空一面を奔る雲はもう少しで月を呑まうとして居る。

「もう、閉めてもいい？」

妻は、寒さうにさう言つた。

彼はその言葉で初めてわれに帰つたのか、手を洗はふと、身を乗り出した。その瞬間であつた。

「や、大変！」

「え？」

「犬だ！」

「犬？」

彼は速座に、手早く、戸締りに用ゐて居た竹の棒を引つつかむと、力任せに、それを庭の入口の方へ投げ飛した。彼の目には、もんどりを打つ竹片《たけぎれ》からす早く身をかわして、いきなりそれを目がけて飛びかかると、その竹片《たけぎれ》を咥《くは》へたまま、真しぐらに逃げて行く白犬が、はつきりと見えた。尾を股の間へしつかりと挟んで、耳を後へ引きつけ、その竹片に噛みついた口からは、白い牙を露して、涎をたらたらと流しながら、彼の家の前の道をひた走りに走つて行く。月光を浴びて、房々した毛の大きな銀色の犬の、その織るやうな早足、それが目まぐるしく彼の目に見える。

それは王禅寺といふ山のなかの一軒の寺の犬だつた。その形は明確に細密に、一瞬間のうちに彼には看取出来た。

「狂犬だよ！」

彼は自分の犬どもの名を慌しく呼んだ。呼びつづけた。其処らには居ないのか、犬どもは彼の声には応じなかつた。妻には何事が起つたのか、少しも解らなかつた。併し、彼がさうするままに、彼の妻も声を合せて犬の名を呼んだ。その疳高い声が丘に谺した。七八度も呼ばれると、重い鎖の音がして、犬どもは、二疋とも同時に、いかにものつそりと現はれた。さうして鎖をぢやらんぢやらん言はせながら、身振ひして、彼等は主人の不意な召集を訝しく思ひながらも、尾をちぎれるほどはげしく振り、鼻をくんくんとならした。

月は雲のなかに呑まれてしまつた。

彼は妻の手から燭台を受け取るや否や、それを、犬どもの方へ差し出したが、一時に風に吹き消された。直ぐに、別にランプに灯をともして見たが、彼の犬には別に何の変事もないらしかつた。

「ああ、愕《おど》いた。俺はうちの犬が狂犬に噛まれたかと思つた。」

彼は寝牀に這入つたが、妻にむかつて、今見たところのものを、仔細に説明した。彼の妻は最初からそれを否定した。いかに明るくとも月の光で、そんなにはつきりと見える筈はない。それに王禅寺の犬は、成程、狂犬になつたのだ、けれども、もう一週間も十日も前に、そのために屠殺された。その時、村の人が、

「だから、お宅の犬もお気をおつけなさい」

とさう言つた。その事は、その時彼の女自身の口から彼に話した筈だつた。――妻は事を分けて、宥めるやうに彼に説明するのであつた。しかし彼は王禅寺の犬が気違ひになつた話などは聞いたこともないと思ふ。

「犬の幽霊が野原をああして馳けまわつて居たのだ。さうして、さういふ霊的なものは俺にばかりしか見えないのだ……」

＊　＊　＊

その翌日は――雨月の夜の後の日は、久しぶりに晴やかな天気であつた。天と地とが今朝甦つたやうであつた。然も、森羅万象は、永い雨の間に、何時しかもう深い秋に化《な》つて居た。稲穂にふりそそぐ日の光も、そよ風も、空も、其処に唯一筋《ひとすぢ》繊糸のやうに浮んだ雲も、それは自《おの》づと夏とは変つて居た。すべては透きとほり、色さまざまな色ガラスで仕組んだ風景のやうに、彼には見えた。彼はそれを身体全部で感じた。彼は深い呼吸《いき》を呼吸《こきふ》した。冷たい鮮かな空気が彼の胸に這入つて行くのが、いかなる飲料《のみもの》よりも甘かつた。彼の妻が、この朝は毎日のやうに犬どもを繋いで置けなかつたのも無理ではない。それはよい処置であつた――遠い畑の方では、彼の犬が、フラテもレオも飛び廻つて居るのが見られた。百姓の若者がレオの頭を撫ぜて居た。音無しいレオは、喜んでするに任せて居る――太陽に祝福された野面《のづら》や、犬や、そこに身を跼《こご》めて居る働く農夫などを、彼はしばらく恍惚《うつとり》として眺めた。日は高い。この景色を見るためて、何故もう少し早く目が覚めなかつたらうとさへ、彼は思つた。

縁を下りて、顔を洗はうと庭を通ると、黒い犬が昨夜咥《くは》へて行つた筈の竹片《たけぎれ》は、萩の根元を転がつて居た。彼は思はず苦笑した。それは、併《しか》し、寧《むし》ろ楽しげな笑ひであつた。

井戸端には、こぼれた米を拾はうとして――妻はわざわざ余計にこぼしてやつたかも知れぬ、と彼は思つた――雀が下りて居た。彼の今までこちらで見たこともないほどの沢山で、三四十羽も群れて居た。彼の跫音《あしおと》に愕かされると、それが一時に飛び立つて、そこらの枝の上に逃げて行つた。その柿の枝には雀とは別の名も知らぬ白い顔の小鳥も居た。さうして彼の家の軒端からのぼる朝の煙が、光を透して紫の羅《うすもの》のやうに、それらの枝を繞つて静かに登つて居る。井戸桁《ゐどげた》からも草屋根からも、水蒸気がほのぼのと立ちのぼる。散々雨に打ち砕かれて、果《はて》は咲かなくなつて居た薔薇が、今朝はまたところどころに咲いて居る。蜘蛛《くも》の網《い》は、日光を反射する露でイルミネエトされて居た。薔薇の葉をこぼれた露は、転びながら輝いて蜘蛛の網にかかると、手にはとる術もない瞬間的の宝玉の重みに、網は鷹揚にゆれた。露は糸を伝うて低い方へ走つて行く、ぎらりと光つて、下の草に落ちる。それらの月並の美を、彼は新鮮な感情をもつて見ることが出来るのであつた。

水を汲み上げやうと縄つるべを持ち上げたが、ふと底を覗き込むと、其処には涯知らぬ蒼穹を径三尺の円に区切つて、底知れぬ瑠璃を静平《せいへい》にのべて、井戸水はそれ自身が内部から光り透きとほるもののやうにさへ見えた。彼はつるべを落す手を躊躇せずには居られない。それを覗き込んで居るうちに、彼の気分は井戸水のように落着いた。汲み上げた水は、寧《むし》ろ、連日の雨に濁つて居たけれども、彼の静かな気分はそれ位を恕《ゆる》すには充分であつた。

妻の用意した食卓についた時には、彼の心は平和であつた。食卓には妻が先日東京から持つて来た変つた食物があつた。火鉢の上には鉄瓶が滾《たぎ》つて居た。さうして、陰気な気持は妻の言つたとほり、いやな天候から来たものだつた――と、彼は思つた。彼は箸をとり上げようとして、ふと、さつき井戸端で見た或る薔薇の莟《つぼみ》の事を思ひ出した。

「おい、気がつかなかつたかい。今朝は随分いい花が咲いて居たぜ。俺の花が。二分どほり咲きかかつてね、それに紅い色が今度のは非常に深い落着いた色だぜ。」

「えゝ、見ましたわ。あの真中のところに高く咲いたあれなの？」

「然《さ》うだよ。一茎独秀当庭心《いつけいひとりすぐれてていしんにあたる》――奴さ。」彼はそれからひとり言に言つた「新花対白日《しんくわはくじつにむかふ》か。いや、白日は可笑い。何しろ彼等は季節はづれだ……」

「やつと九月に咲き出したのですもの」

「どうだ。あれをここへ摘んで来ないかい。」

「ええ、とつて来るわ。」

「さうして、ここへ置くんだね。」彼は円い食卓の真中を指でたたきながら言つた。

妻は直ぐに立上つたが、先づ白い卓布を持つて現れた。

「それでは、これを敷きませう。」

「これはいい。ほう！　洗つてあつたのだね。」

「汚れると、あの雨では洗濯も出来ないと思つて納つて置いてあつたの。」

「これや素的だ！　花を御馳走に饗宴を開くのだ。」

楽しげな彼の笑ひを聞きながら、妻は花を摘むべく立ち去つた。

彼の女は花を盛り上げたコツプを持つて、直ぐ帰つて来た。少し芝居がかりとも見える不自然な様子で、彼の女はそれを捧げながらいそいそと入つて来た。それが彼には妙に不愉快であつた。彼自身が、人悪く諷刺されて居たやうに感じられた。彼は気のない声で言つた。

「やあ、沢山とつて来たのだなあ。」

「ええ、ありつたけよ。皆だわ。」

さう答へた妻は得意げであつた。彼にはそれが忌々しかつた。彼の言葉の意味の通じないのが。

「何故。俺は一つでよかつたんだ。」

「でもさう仰言らないのですもの。」

「沢山とでも言つたかね……。それ見ろ。俺は一つで沢山だつたのだ。」

「ぢや、外のは捨てて来ませうか。」

「いいよ。折角とつた来たものを。まあいい。其処へお置き。……おや、お前は何だね――俺の言つた奴は採《と》つて来なかつたのだね。」

「あら、言つたの言はないのつて、これ丈けしきあ無いんですよ！　彼処《あすこ》には。」

「然《さ》うかなあ。俺は少し底に、斯う空色を帯びたやうな赤い莟があつたと思つたに。それを一つだけ欲しかつたのさ。」

「あんな事を。底に空色を帯びたなんて、そんな難しいのはないわ。それやきつと空の色でも反射して居たのでせうよ。」

「成程、それで……?」

「あら、そんな怖い顔をなさるものぢやない事よ。私が悪かつたなら御免なさいね。私はまた沢山あるほどいいかと思つたものですから……」

「さう手軽に詫《あやま》つて貰はずともいい。それより俺の言ふことが解つて貰ひ度い。……一つさ。その一つの莟を、花になるまで、目の前へ置いて、日向へ置いてやつたりして、俺は凝乎《じつ》と見つめて居たかつたのだ。一つをね! 外のは枝の上にあればいい。」

「でも、あなたは豊富なものが御好きぢやなかつたの。」

「つまらぬものがどつさりより、本当にいいものが只一つ。それが本当の豊富さ」彼は自分の言葉を、自分で味つて居るやうに泌み泌みと言つた。

「さあ、早く機嫌を直して下さい。折角こんなにいい朝なのに……」

「然《さ》うだ。だから――折角のいい朝だから、俺はこんな事をされると不愉快なのだ。」

彼は、併《しか》し、そんな事を言つて居るうちにも、妻がだんだん可哀想になつて居る。さうして自分で自分の我儘に気がついて居た。妻の人示指には、薔薇の刺で突いたのであらう、血が吹滲んで居る。それが彼の目についた。併し、そんな心持を妻に言ひ現す言葉が、彼の性質として、彼の口からは出て来なかつた。寧《むし》ろ、その心持を知られまい、知られまいと包んで居る。さうしてどこで言葉を止めていいやら解らない。それが一層自身を苛立たせる。彼は強いて口を噤んだ。さて、その花を盛り上げたコップを手にとり上げた。最初は、それを目の高さに持上げて、コップを透して見た。緑色の葉が水にしたされて一しほに緑だ。葉うらがところどころ銀に光つて居る。そのかげにほの赤い刺も見える。コップの厚い底が水晶のやうに冷たく光つて居る。小さなコップの小さな世界も清麗な秋である。

彼はコップを目の下に置いた。さうして一つ一つの花を精細に、見入つた。其処にある花は花片《はなびら》も花も、不運にも皆蝕んで居る。完全なものは一つもなかつた。それが少し鎮まりかかつた彼の心を掻き乱した。

「どうだこの花は! もつと吟味をしてとつて来ればいいのに。ふ。皆蝕《みなむしくひ》だ。」

彼は思はず吐き出すやうにさう言つて仕舞つたが、又、妻が気の毒になつた。急に、その中の最も美しい莟を一本抜き出すと、彼は言葉を和《やは》げて、

「ああ、これだよ。俺の言つた莟は。そら、此処にあつた! 此処にあつた!」

彼の言葉のなかには、妻の機嫌を直させようとする心持があ

つた。けれども、妻は答へようとはしないで、黙つて彼の女自身の御飯を茶椀に盛つて居るのであつた。彼は横眼でそれを睨みながら、妻の額を偸視《ぬすみみ》た。このコツプを彼処へ、額の上へたたきつけてやつたなら……。いや、いけない。もともと自分がよくないのだ。彼は仕方なく、寂しく切ない心をもつて、その撮《つま》み上げた莟を、彼自身の目の前へつきつけて眺めて居た……。その未だ固い莟には、ふくらんだ横腹に、針の穴ほどの穴があつた。それは幾重にも幾重にも重なつた赤い葩《はなびら》を、白く、小さく、深く蘂《ずゐ》まで貫いて穿《うが》たれてあつた。言ふまでもなくそれは虫の仕業である。彼は厭はしげに眉を寄せながら、尚もその上に莟を視た。

はつと思ふと、彼はそれをとり落した。

その手で、す早く、滾つて居る鉄瓶を下したが、再び莟を摘み上げると、直ぐさまそれを火の中へ投げ込んだ。——莟の花《はな》片《びら》はぢぢぢと焦げる……。そのいこり立つた真紅の炭を見た瞬間、

「や！」

彼は思はず叫びさうになつた。立上りさうになつた。それを彼はやつと耐へた——ここで飛上つたりすれば、俺はもう狂人だ、さう思ひながら、彼は再び手早に、併《しか》し成可く沈着に、火鉢で焼けて居る花の莟を、火箸の尖《さき》で撮《つま》み上げるや、傍の炭籠のなかに投込んだ。

彼はこれだけの事をして置いて、さて、火鉢の灰のなかをおそるおそる覗き込むと、其処には何もない。今あつたやうなものは何もない。愕《おどろ》き叫ぶべきものは何もない。彼は灰の中を掻きまわして見た。底からも、何もない。水に滴した石油よりも一層早く、灰の上一面をぱつと真青に拡がつた！と彼の見たのは、それは唯ほんの一瞬間の或る幻であつたのである。

彼は炭籠の底から、もう一度莟を拾ひ出した。火箸で撮《つま》まれた莟は、焼ける火のために色褪せて、それに真黒な炭の粉にまぶれて居た。さて、その茎を彼は再び吟味した。其処には、彼が最初に見たと同じやうに、彼の手の動き方を伝へて慄へて居る茎の上には、花の蕚《がく》から、蝕んだただ一枚の葉の裏まで、何といふ虫であらう——茎の色そつくりの青さで、実に実に細微な虫が、あのミニアチュアの幻の街の石垣ほどにも細かに積重り合うて、茎の表面を一面に、無数の数が針の尖ほどの隙もなく裹《つゝ》み覆うて居るのであつた。灰の表を一面の青に、それが拡がつたと見たのは幻であつたが、この茎を裹みかぶさる虫の群集は、幻ではなかつた——一面に、真青に、無数に、無数に……

「おゝ、薔薇《さうび》、汝病めり！」

ふと、その時彼の耳が聞いた。それは彼自身の口から出たのだ。併しそれは彼の耳には、誰か自分以外の声に聞えた。彼自身ではない何かが、彼の口に言はせたとしか思へなかつた。その句は、誰かの詩の句の一句である。それを誰かが本の扉か何かに引用して居たのを、彼は覚えて居たのであらう。

彼は成るべく心を落ちつけようと思ひながら、その手段として、目の前の未だ伏せたままの茶碗をとつて、それを静かに妻の方へ差し出した。その手を前へ突き延す刹那、

「おゝ、薔薇《さうび》、汝病めり！」

突然、意味もなく、又その句が口の先に出る。

彼はやつと一杯だけで朝飯を終へた。

妻はしくしくと泣いて居た。嗟《あゝ》！　また始まつたか、と心のなかで呟きながら。さうして食卓を片付けつつ、その花のコツプをとり上げたが、さてそれをどうしようかと思惑うて居た。あの蝕んだ焼けた莟は、彼が無意識に搾《むし》り砕いたのであらう――火鉢の猫板の上に、粉々に刻まれて赤くちらばつて居た。彼はそれらのものを見ぬふりをして見ながら、庭へ下りようと、片足を縁側から踏み下す。と、その刹那に、

「おゝ、薔薇《さうび》、汝病めり！」

「フエアリイ・ランドの丘」は、今日は紺碧の空に、女の横腹のやうな線を一しほくつきりと浮出させて、美しい雲が、丘の高い部分に小さく聳えて末広に茂つた木の梢のところから、いとも軽々と浮いて出る。黄ばんだ赤茶けた色が泣きたいほど美しい。何日《いつ》か一日のうちに紫に変つた地の色は、あの緑の縦縞を一層引立てる。そのうへ、今日は縞には黒い影の糸が織り込まれて居る。その丘が、今日又一倍彼の目を牽きつける。

「俺は、仕舞ひには彼処で首を縊りはしないかな？　彼処では、何かが俺を招いてゐる。」

「馬鹿な。物好きからそんなつまらぬ暗示をするな。」

「陰気にお果てなさらねばいいが。」

彼の空想は、彼の片手をひよつくりと挙げさせる。今、その丘の上の目に見えぬ枝の上に、目に見えぬ帯をでも投げ懸けようとでもするかのやうに……

「おゝ、薔薇《さうび》、汝病めり！」

井戸のなかの水は、朝のとほりに、静かに円く湛《たゝ》へられて居る。それに彼の顔がうつる。柿の病葉《わくらば》が一枚、ひらひらと舞ひ落ちて、ぽちりとそこに浮ぶ。其の軽い一点から円い波紋が一面に静にひろがつて、井戸水が揺らめく。さうしてはまたもとの平静に帰る。それは静で、静である。涯しなく静である。

「おゝ、薔薇《さうび》、汝病めり！」

薔薇の藪には、今は、花は一つもない。ただ葉ばかりである。それさへ皆蝕《むしく》ひだ。ふと、目につくので見るともなしに見れば、妻は今朝の花を盛つたコツプを台所の暗い片隅へ、ちよこんと淋しく、赤く置いてある。それが彼の目を射る。「お前はなぜつまらぬ事に腹を立てるのだ。お前は人生を弄具《おもちゃ》にして居る。怖ろしい事だ。」

「おゝ、薔薇《さうび》、汝病めり！」

裏の竹藪の或る竹の或る枝に、葛の葉がからんで、別に風とてもないのに、それの唯一枚だけが、不思議なほど盛んに、ゆらゆらと左右に揺れて居る。さうしてその都度《つど》、葉裏が白く光る――それを凝《じつ》と見つめて居ても……。彼を見つけた犬どもが、

いそいそ野面から飛んで帰つて、両方から彼に飛び縋る、それを避けようと身をかわしても……。どこかの樹のどこかの枝で、百舌《もず》が、刺すやうにきりきり鳴き出しても、……渡鳥の群が降りちらばるやうに、まぶしい入日の空を乱れ飛ぶのを見上げても……明るい夕空の紺青を仰いでも……向側の丘の麓の家から、細々と夕餉の煙が、ゆれもせず静に立ち昇るのを見ても……

「お丶、薔薇《さうび》、汝病めり！」

言葉が何時までも彼を追つかける。それは彼の口で言ふのだが、彼の声ではない。その誰かの声を彼の耳が聞く。それでなければ、彼の耳が聞いた誰かの声を、彼の口が即座に真似るのだ——彼は一日、何も口を利かなかつた筈だつたのに。

犬どもは声を揃へて吠えて居る。その自分の山彦に怯えて、犬どもは一層吠える。山彦は一層劇しくなる。犬は一層吠え立てる……彼の心持が犬の声になり、犬の声が彼の心持になる。暗い台所には、妻が竈へ火を焚きつける。また何処かから帰つて来た猫が、夕飯を催促してしきりと鳴く。ぱつと燃え立つと、妻の顔は半面だけ、真赤に浮び出す。その台所の片隅では、蝕《むしくひ》の薔薇《ば ら》の花が、暗《くらやみ》のなかで、ぽつかりと浮き出して居る。薔薇は煙がつて居る！

彼はランプへ灯をともさうと、マッチを擦る。ぱつと、手元が明るくなつた刹那に、

「お丶、薔薇《さうび》、汝病めり！」

彼はランプの心へマッチを持つて行くことを忘れて、その声に耳を傾ける。マッチの細い軸が燃えつくすと、一旦赤い筋になつて、直ぐと味気なく消え失せる。黒くなつたマッチの頭が、ぽつりと畳へ落ちて行く。この家の空気は陰気になつて、しめつぽくなつて、腐つてしまつて、ランプへも火がともらなくなつたのではあるまいか。彼は再びマッチを擦る。

「お丶、薔薇《さうび》、汝病めり！」

何本擦つても、何本擦つても。

「お丶、薔薇《さうび》、汝病めり！」

その声は一体どこから来るのだらう。天啓であらうか。予言であらうか。兎も角も、言葉が彼を追つかける。何処までも何処までも……

線路

広津和郎

円覚寺《えんかくじ》の境内にゐる犬は、大概びつこである。それは汽車に轢かれるためだ、と云ふ事を、私はそこの居士になつてゐた或友人から聞いた。さう聞いて見ると、なるほど、円覚寺の近辺では、よく一本足のない犬に出会ふ事が時々ある。私が鎌倉に散歩に行つて、夜おそくなど帰つて来ると、暗い往来ばたに、ヒユツヒユツと鼻の音をさせながら、黒いびつこの犬がよく現れて来る。人通りが尠《すくな》いために、人が恋しいのでもあらうか、黙つて歩いて来ると、後からひよつこひよつこと気の毒な、不細工な足どりで蹤《つ》いて来る。どうかすると、私の家の前まで蹤いて来て、私が格子戸を開けながら振返つて見ると、名残惜しさうに往来に突つ立つてぢつと、此方を見てゐる事がある……

　誰でも知つてゐる通り、円覚寺の境内には汽車の線路が通つてゐる。けれども、犬のやうな敏捷な動物が、どうして轢かれるのだらう。と考へると、私は一寸それが解らないやうな気がする。めつたに人間が轢かれたと云ふ話は聞かない。犬の方が人間よりも頭が悪いから轢かれるのだと云ふと、一寸《ちよつと》そんな気もするが、併しかう云ふ事には、犬の方が人間よりも本能的に動くから、轢かれる事が尠いだらう、と考へると、又その方が尚一層ほんたうのやうな気もする。殊に、時々変になる自分の頭などを考へると、余計に人間の方が危険であるやうな気がして来る。頭が変になると、直ぐ側まで汽車が来てゐても、そのすさまじい音が、私の耳に入らない事がある。何か考へ事をしてゐたりすると、よくそんな事がある。犬にはそんなやうな事はないだらうと思ふ。

　私は、必ず毎日散歩に出るが、円覚寺の境内から普通の街道を通らずに、汽車の線路を伝はつて来ると、すぐ私の家の裏に出られるので、いつでもその線路を通つて来る。それに、線路の方が、田圃や畑の青々とした間を通るので気持もいゝ。丁度レエルの下の枕木が、一歩々々踏んで行くのに適した距離を取つて置いてあるので、子供がするやうに、下を向きながら、その上をコツコツリと下駄で踏みながら通る。……そこを通りながら、私はよく此処は危険だと考へる。殊に近頃は、もうちよこちよこ駈け出して歩けるやうになつてゐる私の子供が、よく汽車道に行きませう。と彼の母にせがんでゐるのを聞く事がある。そんな事を考へると、余計に此汽車道が危険であるやうに思ふ。私の家《うち》の裏の木戸を出て、二三十歩田圃の中を通れば、そこが直ぐ線路の堤《どて》なのであるから、うつかりすると、子供が知らない間に、ひとりで線路に行かないとも限らないやうな気がして来る。……犬が轢かれるとなると、人間の子供は尚あぶないやうな気がして来る。時によると、そんな不安が胸中いつぱいになる事がある。妙にゐても立つてもゐられない位心配になつて来る事がある。そんな時には、頭が悪いためだとは思ふ。併し早くこんなに危険に近い場所からは、移転するのが当然だとよく考へる。

或日の午後であつた。私はいつもの通り散歩に出かけて、円覚寺前の腰掛茶屋に一寸《ちよつと》腰かけて、そこの婆さんと世間話をしてから、線路に沿うて、自分の家の方へ帰つて来た。線路と堤《どて》の路の上に、堤《どて》の方から、草の葉がかぶさるやうに延びてゐる。その下り勾配との間には、一尺ばかりの路がついてゐる。線路に沿うて歩く人々の足のために跡のついてゐる路なのである。そ乾き切つた白い路の上を歩いて行くと、足の甲がその草の葉をさらさらとはぢいて行くやうになる。その日はどう云ふわけか、私は線路の中の枕木の上を通つて行かなかつた。そしてその狭い路を草をはぢきはぢき歩きながら、かう云ふ処には蛇がゐるから気をつけなければいけない、と考へて、ステツキで、歩いて行く路の二三尺先の草の上を、ポンポン叩いて行つた。鎌倉の山の内は蛇が沢山ゐるので評判である。私は普通の蛇はそんなに恐ろしくはないが、此辺にはよく蝮《まむし》がゐると云ふので、それにはかなりの不安を感じてゐた。蝮を私は見た事はないが、併し二三歩前から、ステツキで警戒して行けば、大概向ふから逃げるものだと云ふ事を聞いてゐた。そこで、さうしてステツキでポンポン草の上を叩いて行くのであつた。

円覚寺の蓮池から、約二三十間ほど来た時であつた。『ゐたな』と私は思つた。草の中に、にゆるにゆると動き出したものがあつた。いつゐるか解らないと覚悟はしてゐるもの丶、にゆるにゆると草の中に動くのを見た時には、やはり一寸《ちよつと》ぎよつとした。けれどもそれは蝮ではなく、大きな縞蛇であつた。白茶けた肌の上に、黒い縞がはつきりと綺麗についてゐる。それが緑色の草の間をにょろりにょろりと動いて行く。私はステツキでその蛇の後の草の上を、音のするやうにポンポンと二つ叩いた。蛇は緩慢に逃げ始めた。縞蛇はそれ程恐ろしい蛇ではない。あんまり追ひまはすと、却つてあべこべに向つて来るやうな事もあるが、併し咬まれたところで、それ程毒のある蛇ではない。

私はポンポンと草の上を叩いては、蛇が逃げて行くのを待ち、又暫くすると、ポンポンと叩いては、又蛇の逃げて行くのを待ちして、二三歩行つては立止り、二三歩行つては立止りしてゐた。——殺さうと云ふ考は毛頭うかんで来なかつた。子供の時には、蛇を見ると、片つ端から叩き殺したものであつたが、近頃は私にはさう云ふ事があんまり無惨で出来なくなつてゐる。

私は蛇が堤《どて》の勾配を下つて、草の茂みの中に逃げて行く事を予期してゐた。ところが、彼は、それとは反対に、あの底気味の悪い小さな頭をもたげて、スルスル、スルスルと線路の中に匍つて行き出した。線路を越えた向側の堤《どて》の草の茂みに逃げて行くつもりらしい。頭の方から尻尾の方へかけて、鱗《うろこ》がさらさら、さらさらと動くと云ふよりも、その模様の具合で、流れるやうに見える。その度に少しづゝ、その長い不気味な身体《からだ》が、調子を取つて進んで行く。その上から太陽が照つてゐるので、その鱗がへんに鮮かに綺麗に見える。――私は立止つて、のらりのらりと、かなり悠然として線路の上を通つて行く此長い虫の運動をながめてゐた。

　それよりも大分前から、下り列車の近づいて来る音がきこえてゐた。それがかなり近づいて来て、音が轟々と響いて来ても、蛇は相変らず悠々と動いてゐた。

　汽車が直ぐ側を通ると、妙に渦を巻くやうな風が起る。私にはあれがいけない。くらくらと眩暈《めまひ》を感じて、身体《からだ》がへんてこに其の中に巻き込まれるやうな気持がする。それが堪らなく不快だ。そこで私は汽車が直ぐ近くに来ると、片足を堤《どて》の方へ下ろして、ステツキでしつかり身体を支へて、眩暈の来ない用心をした。けれども、その時になつても尚、例の縞蛇が、相変らずのろりのろりと動いてゐるのに、私は一種の興味と心配とを感じた。一体どうするつもりだらうと思つた。こんなに汽車が近づいて来ても、それが解らないのだらうかと思つた。――そこで、尚もその方を見てゐた。

　汽車が二三間に近づいて来た時であつた。その時になつて、初めて蛇はそれを感じたらしい様子を表し始めた。大きな砂利が敷いてあるので、歩きにくいためであらうが、長細い身体を、左右にのたりのたりと非常に波打たせながら急ぎ初めた。それが、何となく砂の上にゐなごを置いた時のやうな運動に見えた。――その中に、彼は急に向きを変へた。今まで線路を横切らうとしてゐた方向を、ぐると転じて、その小さな頭の先から、ペロリペロリと黒い舌を出しながら、線路と線路との間を、汽車の進んで行く方向に向つて走り出した。一瞬間大きな汽車が、此小さな虫を追つかけてゐるやうな恰好に見えた。――私は蛇のその方向転換を、初めは成程と思つた。もう汽車が余りに近づいて来たから、横切つてゐては、瞬く間に切断されてしまふ。それを思つて、汽車の進む通りに進み出したのだと思つた。さうすれば、汽車が蛇の頭の上を唯通過して行つてしまうからである。

　さう思つてゐる中に、汽車は私の直ぐ前を、蛇の頭の上を通過した。そのあかりの不快な風を避けるために、私は思はず顔をそむけた。そしてそれが通過し切ると、私は早速線路の上に眼をやつた。

　蛇の頭は内側の線路の上で、くちやりと平たくつぶされてゐた。そして割合に肥つた丸い身体が、白つぽい腹の方を少し見せながら、砂利の上にだらりと横たはつてゐた。やつぱり彼は轢き殺されたのであつた。

　私は大変むごたらしいものを見たやうに、妙に胸が暗い感じに充たされた。歩き出しながら、どうして轢かれたものであるかを考へた。あのまゝ汽車の下になつて、線路と線路との間を動いてさへゐれば、確に轢かれる事はなかつた筈である。併し、やつぱり慌てたらしい。幾台かの客車が通つてゐる中に、その車と車との間から、どうかして外に逃げ出さうと云ふ気になつたらしい。これは我々でも一寸《ちよつと》さう云ふ立場に置かれたら慌ててそんな風な事をするかも知れないと思つた。線路を横切らうとして間に合はなくなつたので、汽車と同じ方向に進み出して、頭の上を通過させてしまはうと考へたところまでは、(或は偶然にさうなつたのかも知れないが、併しその位の思考力は蛇にあると見なしても差支へないと思ふ) おちついてゐるが、肝心なところに行つて、やつぱり慌て始めたものと見える――。こんな風に考へた。円覚寺の内の犬が、びつこになつてゐるといふのも、やつぱりこんな風な慌て方から来るのかも知れない、など丶考へた。

　何でも同じやうなものだ、と考へた。へんな処で、おちつきを失つて、みんなひどい目に会ふのだと考へた。――そして蛇は声を立てないから黙つて、轢き殺されてゐるけれども、頭をちよこんと線路の上に出すまでには、随分烈しい恐怖を感じたのだらうなど丶も思つた。

　三四日経つた日であつた。私は又線路を通つて見たら、その縞蛇の屍骸に蟻がいつぱいついてゐた。大きな身体を引きずつて行くわけには行かないものだから、その蛇の横たはつてゐる下の地面を掘つて、砂利の間の土をもぐらもちの道のやうにもたげて、それで蛇の身体を下から包まうとしてゐた。線路なのだから、さうやつてどうするのか、蟻の仕事の意味が私には解らなかつた。あんまり日光の直射がはげしいので、蛇は腐らずに、みいらのやうに、かちかちに乾上りさうになつてゐた。

(「文章世界」大正7年10月号)

故郷の人々

加能作次郎

舅（妻の父）が亡くなつて、会葬かた〳〵妻の生家へ行つた序に、私はそこから二里ばかり離れた私の郷里の家へ立ち寄つた。

丁度その頃は東京に於ける仕事が非常に忙しい時分であつたが、妻が臨月の身をもつて居て帰国出来ないので、拠ろなく私が一寸手を抜いてやつて来たのであつた。

舅は郷里から三十里ばかり離れた或る町に勤めて居て、そこで死んだので、私は先づそこへ行つた。そして其の地に行はれた仮葬式に会し、三日目に遺骨と共に舅の家まで行つた。そしてそこでもまた本葬の済むまで二日二晩といふものを殆ど身心を休める暇もなく窮屈と混雑との中に過したのであつた。そんなことで私は全く疲れ切つて居た。夜中に電報を受取つてその晩は一睡もせず、翌くる日は終日仕事のことで奔走し、尚ほ残りの仕事を抱へて慌しくその日の夜汽車に乗り込み、翌日の正午頃やつと着いたやうなわけで、連日の睡眠不足と、無意味な精神過労とで、極度に疲れて居た。で、私は、本当は私の郷家へ立ち寄るのが厭《いや》でならなかつたのだ。何となれば、自由な気楽な我が家といふもの、、そこには安かな休息の代りに、いろ〳〵な煩さい世間が待つて居ると思はれたからである。私はこの三四日の間に、どれほど多くの見知らぬ人々と知り合にならねばならなかつたらう！　そして如何に多くの下らぬ事を喋舌らされたり聞かされたりして心を労したことであらう！　私はこの上また多くの村の人々に会つて、無意味に心を遣はねばならぬのを堪らなく苦痛に思つた。せめて五日なり七日なり滞在が出来るなら兎も角、それだけの時間の余裕がなく、たつた一晩か二晩自家に帰つたとて、それは却つて身をも心をも虐待しに行くやうなものだ、私は親類や近所の人達と挨拶するのを思ふだけでも胸が重く塞がるのを覚えた。で、泊りがけに会葬に来て居た父や継母やに向つて、東京に於ける仕事の忙しさを口実にして、この儘帰京したいと言つて見たけれども、許されなかつた。

『それぢや身体が疲れて仕様があるまい。病気でも起したらどうする。自家《うち》へ行つて一晩も二晩も休んで行かつしやい。』

正直な父は、私が仕事が忙しいからといつて逃げようとすると、かう言つて引き止めるのであつた。母は母で、『眼と鼻のこんな近い所まで来て居つて、村へ顔出しもせんと帰つては、お前、一家親類の者が何ちうやら知れん。あんまりやちうて腹立てさつしやるぞの。』みんなお前さんの来たことを知つとるもん。』と、義理を説いた。私はそれが嫌《いや》さに逃げようとして居たのだが、まさかさうだとも言はれなかつた。父は、事情さへ話せば『さうか、そんなら帰らつしやい』と私を愛するが為に快く承諾して呉れるにきまつて居たが、一時間でも長く我が子を側に置いて、自ら楽しみたい心の歴然《あり〳〵》と見える父を失望させるに忍びなかつた。父は『息災な顔さへ見たら、これでもう沢山や。』と言ひはして居たものゝ、こんな機会でもなければ、滅多に会ふことの出来ぬほど互に遠く離れて居る身であつたから、本当は、我が家へ我が子を連れて行つて、気儘にゆつくり物語をしたかつたに違ひない。

　で、私は葬式の翌日の午前、灰葬と初七日の勤（もう舅の死後七日になつて居た）が済むとすぐ父と母と三人連れで、舅の家を出た。

　それは二月中ばの寒い頃であつたが、その日は不思議に朝から暖かく、屋根の雪が溶けて流れる点滴の音も滋《しげ》く、何となく春めいた、穏かな日であつた。雪解のあとの路傍の枯芝の葉先からは、水蒸気がかすかにゆら〳〵と陽炎の様に立つてゐるのも、物懐かしく、何処かで鶯でも啼きはせぬかと怪しまれる程だつた。

　私はこの四五日さま〴〵の煩累の為に窒息しさうだつた空気から、心の重荷から解放されて、さすがに救はれたやうな晴れ〴〵した気持になつた。つい先刻まで、重苦しく心を塞いで居た自宅に帰つてからの煩累の予感は最早私の心の中になかつた。今や私の心は平かな穏かな、軽快な気持で充たされた。さくり〳〵と柔い砂路を踏む足駄の歯音をも、私は言ひ知れぬ快さを以て懐しんだ。この鄙びた、併し美妙な音を耳にするのも、私には幾年か振りであつた。

　里の道は細かつた。私を真中にして、父を先頭に三人は一列になつて歩いた。小さな村里と村里との間々には、雪に掩はれた田圃があつたり、黒い土の上に青い葉先を出した、大根畠があつたり、松林の丘があつたりした。或る里では、大きな家をめぐらした竹垣の根に、一羽の雄鶏が頻りに土を蹴散らして居た。そして何か思ひかけぬ餌物《えもの》でも見つけて、配偶《つれあひ》の雌鶏でも呼ぶらしく、艶《なまめ》かしい声で啼いて居た。行つて見ると、そこには蕗の薹が五つ六つ青い頭を出して居た。また或る小さな流れには、夫婦者らしい中年の百姓が、明日町へ売りに行くのか、じやぶ〳〵と藁だわしで大根の土を洗ひ落して居た。雪よりも白く清らかな太い大根が、土堤の上に堆く積まれてあつた。

『お、冷たいに御精《ごせい》が出ますね。』と父は歩きながら言葉をかけた。

『え。御苦労様でございます。』と姉様かぶりの女が見返へりながら、会釈した。お歯黒を塗つた、色の白い女だつた。

『お、あんた達か、御苦労様やね。佳い日和やがいね。』と母も後から声をかけた。

『お、こりや、あんた達か。』その女も同じことを言つた。『どこへ行つて御座つたいね？』

彼女等は見知合らしかつた。父と私とは、母を残して通り越して行つた。そして少し行つた所で待つて居た。

『えい、さうかいね！　遂にはや、快《よ》うなれ得さつしやらなんだかいね。それは早や残り惜しいことで御座います。』

『えいはや、残り惜しいことをしましたわいね。』

『えい、さうかいね、ありや貴方《あんた》とこの兄様《あんさま》かいね。御苦労様な、東京から態々御座つたのや？』

『えい、あんた。忙しい身体でね、家へも寄らずね、すぐね東京へ帰らんならんちうのやれど、此所まで来て居つて、村へ顔出しせんと帰るちう法はないさかえつてね、今、家へ一晩も二晩も休みね行つて貰ふのやとこと。』

『さうや、さうや、御尤もや。』

『さあ、そんなら、精出してくんさいませ。』と言ひながら母は歩き出した。

『そんなら、気をつけて行つてくんさいませ。』

百姓の女は背後から言つた。

私は稍々離れた所に母を待ちながら、そんな会話を耳にして居ると、始めて生れ故郷へ帰つたやうな、のんびりした心持を味ふことが出来た。そしてたとひ一日でも村へ寄ることにしてよかつたと思つた。

もう故郷の村へ近かつた。かなり大きな村を通り過ぎて、ある川の流れに沿うて道が続いて居た。その川の下《しも》に見える松林の先が海で、そこの渡舟《わたし》を渡ればもう私達の村の地内に入るのであつた。海は凪ぎらしかつたが、さすが北国の冬の海の遠鳴りが、何処ともなしに轟々と響いて、思ひなしか空気も塩臭くなつたやうに思はれた。

父と母とは歩きながらこの五六年来の村の変遷を私に物語つて聞かせた。それは多くは人の死んだ話だつた。五十戸余りの小さな海岸の村でも、暫くの間に十指を屈しても尚ほ足らぬほどの人々が、既に彼の世へ旅立つて居た。その中には、酒に酔つて高い崖から落ちて怪我したのが原因で遂に死んだといふ老年者《としより》も居た。沖に出て居て難船して死んだ若者もあつた。中には、曾て私が――いや私ばかりではなく、彼女もまた恐らくさうらしかつた――。密かに愛慕の情を胸の奥深く蔵して、只だ眼だけで物を言はせて居たことのある若い女も交つて居た。彼女は矢張り私と同じく貧しい漁夫の娘だつた。私よりは二つばかり年下だつたらう。小柄な眼のくる〳〵した聡明らしい顔《かほ》面《つき》をして居た。ふと道に出会つた時など、私が微笑を含んだ眼で彼女を見やると、彼女はさつと顔を赧らめ、前垂の端で半顔を――その可愛らしい口元に上り来る微笑を――掩ひながら、うつむいて、逃げるやうに小走りに通り過ぎたり、または道を外《そ》らしたりして行き〳〵したものだつた。私が若し東京へ出ずに、漁夫となつて村に残つて居たならば、私は彼の女と結婚して居ないとも限らなかつたのだ。さうでないとは誰が言へよう。彼女は二人の子供を残して去年の夏肺病で死んだのださうだ。

その臨終が非常に非惨なものであつたことを母は細々と話した。彼女は船乗りの男の許へ嫁に行つたのだが、その亭主は道楽者で、何年も出稼先の北海道から帰つて来ないばかりか、金一文送つて来なかつた。で彼女は二人の子供を抱へて、魚売りなどして暮して居たので、病気になつても医者にかゝることも出来ず、無理々々に働いて居る中に、到頭血を吐いて倒れた。そしてその姑が世にも冷酷な女で、そんな風になつても彼女の為に医者を呼んでもやらず、富山の売薬か何かを飲ませて居た。そればかりか己れ自身は、病気が伝染るといつて、二人の孫を連れて親類の家へ行つてばかり居た。現に女が死んだ時にも家には誰も居なかつたので、彼女は末期の水をも与へられることなしに苦しみ悶えて死んだのであつた。

『可哀相ね、どんだけ水が飲みたかつたやら。何でも死に際に、流し場へ水でも飲みに行かうとしたもんか、寝床から這ひ出して、界の障子をあけて、身体を半分敷居の外へ出したなりに血イ吐いて死んどつたといの』

母は眼のあたりにその光景でも見るやうに慄然《ぞつ》と首をすくめた。

『気の毒だつたね。』

私は遠い過去を思ひ浮べながら言つた。

『気の毒にも何にも、土台《どだい》、お話にならん。』

父が引き取つて言つた。

『此頃はどうだか知らねど綺麗な可愛らしい女だつたがね。』

『おいの。』母は勿論だといはんばかりに言つた。『村での評判娘での、嫁に行かん前など、若い衆が夜這に行つて仕様がなかつたもんや。』

こんな話を続けて居る中に、私達はもう村界の渡舟の所まで来て居た。

『誰に出遇うても、丁寧に挨拶せんならんぞ。』愈々村の地内に入つた時に、父は私を顧みながら諭すやうに言つた。

『人間ちうもんな、嫉《ねた》み妬《そね》みの深いもんで、何でもないことでも、「ふん、東京へ行つて学問したと思うて、偉らさうねしとるわい」と言うたがるもんやさかいの。』

これは私がまだ学生時代から、帰郷する毎に必ず父から受ける教訓であつた。私は子供の時分から人に挨拶するのを厭がつたもので、父は今でもそれを気遣つて居たのである。

『在所《ざいしよ》へ入つたら、嫌でも、家へ入るまでね。隣近所だけ、「今、帰つたわいね。息災ね御座つたかいね。」と声掛けて行かつしやい。それでもう用は済んだもんや、何《なん》も六かしい挨拶をする要はないんや。外から呼ばつてけやそれでい可んや。可いか、分つたな。兄。』

父はかう念を押したが、その言葉には慈愛がこもつて居た。真情《まごころ》が充ちて居た。私は涙なしにこの幼稚な、子供らしい教訓を聞くことはなかつた。父は全くの無学文盲だつた。我が子の私に対しても、これ以上の教訓は為し得ないのであつた。その他のことについては、父は却つて何事にも私の忠言を待つ位だつた。けれども我が子に対する、特に私に対する愛の深さは、真実さは、他の如何なる父親にも劣るまいと思はれるほどだ。父は私の幸福の為には、如何なる犠牲を払ふことも辞しないであらう。父にとつて最も大切な家長としての尊厳を捨てることまでも敢て辞しないほどである。あの広い、赭い石のやうな額に刻み込まれた太い深い皺は！　まだ六十にも大分間があるのに、余りに白いあの髪は……それらは皆な、実に私一人の為にのみ捧げたと言つてもいゝ半生の辛労の唯一の賜物なのだ。

父は更に、何家《どこ》と何家《どこ》とへは特に挨拶に行けとか、誰に遇つたら悔みを述べろとか、まるで私を世間知らずの子供か何かのやうに注意を与へるのであつた。

『お前があのまゝ東京へ行つて了うたのならそれきりやれど、斯うして家《うち》へ帰つた以上は、それも仕様がない。煩さいやらうけれど、都会《ひろみ》と違うてこんな田舎やさかい、な。』

父の言葉は如何にも同情に充ち〳〵て居た。私は胸一ぱいになつた。思はず涙がこみあげて来るのを覚えた。

『お父さん、もう沢山です！　分つてゐます、大丈夫です。――お父さん、あなたはどうしてそんなに子供らしいんでせう、可愛らしいんでせう。そんなことにまで気を遣ふなんて！』

私はかう腹の中で言つてゐた。そして父の頭を、あの箒のやうな、粗《あ》らい剛《こは》い白髪頭を撫でゝやりたかつた。

『あのう、町田へも顔出しして呉《く》んさいの。』

この時継母《はゝ》が横合から遠慮勝ちに嘆願する様に口を挟んだ。

この一語を聞くと、私はふと或る苦渋《にがしぶ》いものを無理に呑まされたやうな、不快な気持になつた。それは通りのいゝ、吸ひ加減の煙管で、むつくりした味の細《こま》かく柔かい旨い上等の煙草を吸つてゐる中に、何かの拍子にふと苦いヤニが交つて来たやうなものだつた。それまで父の愛撫的な温かい愛情に甘えて快適に膨れあがつて居た私の心が、急に水を注されたやうに変に気まづい、頑くなゝものになつて了つた。

『そんなこと言はれなくても、よく知つてますよ。』

斯ういふ冷たい反抗的な言葉が口を衝いて出ようとしたが、私は漸くそれを抑へつけた。

これが若し父の口から言はれたのであつたら、私の心は何のこだはりもなく素直にそれを受け取つたであらう。同じ言葉でも、父の口を透して言はれるのと、継母《はゝ》の口を透して言はれるのとで、その味なり気分なりに、斯くも著しい差の生ずるのは誠に悲しい事実であつた。私の継母《はは》は実際善良な人である。私に対しては全く真実の母のやうに親切にして呉れてゐる。それには私の父自身が深く感謝してゐる位である。私もまた心から母を尊敬し感謝し、また愛さうとしてゐる。けれどもそこに見えざる或る力が働いてゐるのを如何したものだらう。私は血といふものゝ不思議さを思はずには居られなかつた。

併し今の場合は、継母《はは》と私との愛の問題ばかりではないのだ。それには町田といふ家のことが、主として関係して居るのであつた。町田といふのは私の妹（継母の実子）の嫁入先であつた。

私はそこの女主人に会ふのが何よりも厭であつたのだ。妹の聟は優しい善良な人であつたけれど、その母親には、私は最初から好意をもつことが出来なかつた。彼女は痩せぎすの脊の高い慾深な顔付をした女だつた。眼上のものに対しては猫のやうに柔順で阿諛的であるが、眼下のものに対しては虎の様に傲慢で、自己の優越を誇らうとするやうな性質《たち》の女だつた。彼女は自分の家が村でも相当な財産家であり、少くとも私の家よりも富んで居るといふことを以て、誇りとなし、あらゆる場合にそれを諷示《ほのめか》すことを忘れまいとしてゐるらしかつた。私の妹を、息子の嫁にしてゐるのを、私達一家のものに対して、何か大きな恩恵でも施して居るかのやうな態度を常に示さうとしてゐた。

『お前はいくら学問があらうが、偉らからうが俺は決してお前には頭はさげないぞ。俺はお前の妹を嫁に貰つてやつてるのだぞ。』

こんな風に彼女の眼なり口なりが言つて居るらしかつた。

私はこれまでも、帰省する毎に一二度は、必ず義理としてその家を訪はねばならなかつた。そして妹が世話になつて居るといふことに対して礼を述べたり、将来のことを頼んだりせねばならなかつた。東京に居ても、四季の移り変り目毎に見舞状を出さねば機嫌が悪るいらしかつた。そんなことが一度でも欠けると妹から内密に、時候見舞の手紙を出して呉れと言つて寄越した。

『東京の兄様《あんさま》は此頃何うして御座るやらのう。』

斯んな風に彼女が私の噂を妹に向つて言ふとそれが妹には、私の安否を尋ねるのではなくて、私の無沙汰を諷示《あてこ》するやうに聞えるらしかつた。

すべてこんな事は真価以上に自己の価値を誇らうとする人に共通な、性格の弱さに基くのだけれど、私は好かなかつた。

『夏（妹の名）の為やさかいの。さうでないと、あの子が居辛らいわいの。』

母は言訳のやうに言つた。

『えい。』私は簡単に首肯《うなづ》いた。

『娘を嫁にやつてる者《もん》といふ者は、劣弱《おぞ》いもんやわいの。一生頭を下げんならんさかいの。』

母は私を宥めすかすもの丶如く、また自ら述懐するもの丶如く言つた。

私の心は再び暗くなつた。私はこの一日か二日かの短かい間に会はねばならぬ幾人かの人々の顔を思ひ浮べた。それらの人達は、何等かの意味で私から彼等に頭を下げることをひそかに期待してゐるやうな人達であつた。それは私自身の個人的の関係からばかりでなく、私の生れた「家」そのもの丶、伝統的な関係の故でもあつた。故郷に帰つた私は、個人としてよりも、寧ろ伝統的の存在として振舞はねばならぬことが多かつた。私は私の私ではなく、私の「家」の私であつた。

わけもなき憂欝と焦躁のうちに、私は一歩一歩故郷の村に近づいた。

家には私を待ち迎へる準備がすつかり出来あがつて居た。いつもなら莚を敷いてある筈の上り口の八畳の広間には、特に畳が敷かれてあつた、その中程に切られた大きな囲炉裏には炭火が熾んに青い焰をあげて居た。真鍮の自在鍵にかゝつた鉄瓶には湯がちん〳〵と煮えたぎつて居た。縁側の障子には午過ぎの陽光が一面に射して、取り片附けられた部屋の中はからりと明るく広やかに、見るからに暖かさうであつた。鉄瓶の口から出る湯気が縁側の障子に影をつくつて居るのも、如何に春めいて長閑であつた。

私は『あーあ』と叫ぶやうな大きな溜息を吐いて、その儘正体もなく囲炉裏端に身を投げ出して了つた。やがて昼飯のお膳が据ゑられたが、私は起きあがるのも大儀であつた。

『大儀やつたら、寝とつて食べ。』

かう父は私を労《いた》はつて言つた。

『まさか!』

私は笑ひながら起き上つた。弟の妻がお盆を手にしながらお給仕に侍《はんべ》つた。

私は弟の妻をば不思議な心持で眺めた。彼女は私の家の本家の二番目の娘で、名をお文と言つた。一昨年結婚したのであつたが、私は弟の妻としての彼女を今始めて見るのであつた。弟は大連の方に行つて京都の親類の者がやつてゐる或る商店へ勤めて居るので、彼女は其の留守を守りながら、老夫婦にかしづいて居るのであつた。

お文さんはまだ十九になつたかならぬかで、可愛らしい娘々した女だつた。脊が少し低過ぎる位小柄で、それが難といへば難だが、その外に顔立から気立から、殆ど申分のない子であつた。子供の時分から縹緻もよく頭もよく、それに子供に似合はずよく働くので、村での評判娘だつた。私はまだ田舎に居た時分は七八つの可愛らしい盛りで、私はまるで妹のやうに可愛がつたものだ。

お文さんについて、私は両親に対して気まりの悪い思をせねばならぬことがある。それは五六年前のことで、私は学校を卒業して、今の社に勤めるやうになつた当時のことだつた。私は永い間の下宿住居にも飽きて、一人で一軒家を借りて自炊生活をして居た。が、如何にも免倒でもあり、且つ留守居もなかつたので、私は老婆なり小女なりを雇はねばならぬと思つて居た。その時ふと思ひ浮んだのはお文さんだつた。お文さんはその時まだ十四か五で、小学校を卒へたばかりの時だつたが、その平生から察してまだ子供ながらも彼女なら十分煮炊の世話も出来やうから、両親さへ許したなら、女学校へ通はせるといふ条件つきで東京へ呼び寄せたいと思つた。当時の私の考では彼女ほどのいゝ頭脳をもつた女を小学校だけ位で終らせるのは惜しくもあるし、また彼女ほどのいゝ縹緻をもつた女を田舎の漁夫や百姓の女房にするのも惜しいと思つた。兎に角私は彼女を私の側に置いて、私の理想通りに教育して見たかつた。また必ず私の理想通りになるものと信じて居た。四五年間東京で仕込んだなら、彼女はきつと立派ないゝ娘になると信じて居た。そこで私は不取敢お文さんの両親の意志を聞いて呉れと国元の父へ手紙に書いてやつた。ところが父から来た返事には、お文さんはこの時丁度弟の妻にすることに親同志の間に約束したばかりだからやられない、本家の親達に相談すると、お前が嫁にでも欲しがつてゐるのだらうなどゝ、種々の誤解を招いて免倒になるから黙つてゐることにする、云々と書いてあつた。私はその時穴へでも入りたいほど両親に対して気恥しかつた。何となれば私がそんな申込をした半面には、私とお文さんとの恋の可能を信じ結婚の予想を抱いて居たからである、そしてその心の秘密を見事両親に看破された様な気がしたからである。

　今から考へると、冷汗が出るほど子供じみたロマンチツクな考だつたが、兎に角私はその時既に、まだ子供のお文さんに愛を感じて居たのである。そのお文さんが、今弟の妻として私の前に座つて居るではないか。若しあの頃の私の心をお文さんが知つて居たら、如何だらう――？

　若しあの時が、お文さんと弟との婚約が成り立たぬ前であつて、私の申込をお文さんの両親が喜んで承諾して（勿論承諾したに違ひない）東京へ寄越したなら、今時分はどうなつて居るだらう。お文さんでも私でも今日とは著しく異つた境遇に居るに相違ない。何れがお互にとつて幸福であるか不幸であるか誰が知らう。ほんの一寸した偶然の機会だ。それが人間の運命を支配することがどんなに多いかを私はつくづくと思はずには居られなかつた。

　お文さんはそんなことは知らず、時々彼女の上に投げられる私の眼を避けながら、只だ恥しさうに顔を赧めて膝の上に眼を落して居た。

　お文さんが囲炉裏の側に床をのべて呉れた。私はこの数日来初めて柔かい蒲団の中で伸々と身を伸ばすことが出来た。夜具も、お文さんが嫁入の時に持つて来たものらしいのが何となしに快よかつた。私はすぐ深い睡りに陥つた。

　ふと枕元に高い話声がするので眼をさますと、もうそこに小さな酒宴が開かれて居た。本家の主人、先達て妻君を亡したばかりの継母《はゝ》の実家の主人、隣の主人、それに斯うした振舞ひ酒の折には必ずの様に来る出入の家の親爺などが集つて居た。

『お先に御馳走様ねなつとりますわね。』

　彼等は私の寝て居る間に酒宴を始めたのを、私に対して済まぬといつたやうな風に口々に言つた。

『あんたが起きまつしやるまでお待ちせんかちうたんやれど、此家のお父さんが――』と継母《はゝ》の実家の主人が弁解した。

『お前の起きるまで待たうと思うたれど、あんまりよう寝とるもんで起こすのが可哀相やつたし、それに皆な早うから来て下さつたもんでのう、待つとつて貰ふのが気の毒で、先に始めたわいの。』と父は引取つて更に弁解した。

継母《はゝ》と、お文さんと、手伝に来たお文さんの妹との三人が勝手もとの方で忙しく立ち働いて居た。けれどもいつも斯んな場合には何を措いても手伝ひに出て来る、私の従姉で、私の実母の生家の家の女主人の姿がどうしたものか見えなかつた。私の寝て居る間に多勢の人が挨拶に来て行つたさうだが、その人々の間にも彼女の名が挙げられなかつた。そこで私は

『月岡のあねさはどうしたいね？　今日来なかつたかいね？』

と何気なく訊いて見た。

『月岡のあねか——？』と父は問ひ返したが、それきり口を噤んで了つた。

一座の人々も急に黙つて了つた。そして互に顔を見合せ始めた。一種異様な空気がそこに醸された。父は如何にも興醒めた顔をして矢張り黙つて居た。私は不思議でならなかつた。何かいやな事情があるのだと思つたが、強いて訊くこともならなかつた。

『月岡のあねと此家《こゝ》な家と仲違《なかたが》ひをしとるのでの。』

暫くたつてから本家の主人が言ひ憎さうに言ひ出した。

『へーえー』と私は驚き怪しみながら父の顔色を窺つた。

父は苦しさうに口元を曲げて眼を瞑《つぶ》つて居た。そして思ひ出したやうに、全くてれ隠しの様に手酌で酒を注いでぐいと呑んだ。

月岡の家と絶交してからもう四年になるといふことだつた。原因は極く単純な、子供の喧嘩の様に殆どお話にならない程度の、ふとした感情の行違ひかららしかつた。

月岡のあねは、私の実母の兄の一人娘で養子取りであつた。その養子は、十年ほど前に、二人の子供を残して北海道へ鮭漁に行つて居て難船して死んだので、彼女はそれ以来ずつと後家で通して、魚売りなどして暮らして居たのだが、この近年、私の継母《はゝ》が魚売を止めてからは、私の家で獲つた魚は、殆ど全部彼女に売らせることになつて居た。ところが或る時、鱈か何かを町に売りに行つたところが、値が安くて大分損をしたので、負けて呉れと言つたのが因《もと》だつた。気短な私の父はその時虫の居所でも悪るかつたと見えて、『そんなに愚図々々言ふのなら、もう止せ〳〵！　お前に売つて貰はんでもいゝから！』と叱りつけたさうだ。それ以来彼女は私の家の舟揚場へ姿を見せなかつた。最初のうちは親類の者共が調停を試みたさうだが、両方共に、自分が悪るいといつて頭を下げないので、お互の間に出来た溝渠が年と共に大きく深く、容易に穿つべからざるものになつて行つた。

私はそれ以上深く立ち入つて聞きはしなかつたが、表面にあらはれた事情以外に、もつと細《こま》かな、微妙なもつと深い感情のいきさつが裏をつけて居はせぬかと思つた。今では私自身も或る意味に於てこの事件に関係してゐるのではないかと疑ひさへした。

私は夜、床に入つてからも長い間そのことを考へた。私は私自身を中心にして、月岡のあねと継母とを両方に置いて見た、

そして彼女等の心持を深く思ひやつた。私はそこに微妙な暗闘が行はれて居ると思はずには居られなかつた。私はまたこの二人の間に立つた父の苦しい立場をも思ひやつた。

翌くる日の午後、私は町田の家や、私の学資のことなどで恩を受けた人の許や、その他四五軒の『頭を下げねばならぬ』人の許へ挨拶に廻つた。そして夕暮近く軽るい疲れを覚えながら家に帰ると、間もなく本家から、主人が話があるからすぐ来て呉れと使があつた。

私は明日未明に出発することになつて居たので、今夜はまた別盃を挙げる為に本家の主人も来る筈になつて居るのに特に私を呼び寄せるとは不思議だと思ひながら行つて見ると、

『あんたに会はして呉れちう人があつてね、お忙しいとこをお呼び立てしましたわいね。』と妻君が丁寧に言つた。

『へーえ、さうですか、誰でせう』と私は益々不思議に思つた。

『今まで待つて御座つたけれど、今一寸そこまで行かした。今、呼んで来ますぞ。』と囲炉裏に薪をくべながら言つた。

私はふと、それは月岡のあねではないかと直覚的に感じた。本家の妻君は傍らの子供に耳打ちした。子供は、『あい』と首肯いて出て行つた。

『月岡のあねやわいの。』

先刻から黙つて囲炉裏にあたつて居た主人は此時小声で言つた。

『一ぺん会つてやつて呉《く》んさい。――つまらぬことに仲違ひなどして、馬鹿らしいこつちや。お互にあつさりした心になりや何でもないのやけれど、其家《そこ》な親爺なども片意地やさかいの。勘忍ちうことを知らずに、皆な我《が》を通さう〳〵とするから起るこつちや。』

本家の主人は如何にも苦々《にが〳〵》しさうに言つた。私は黙つて居た。

『家《うち》の文さも、弟様《おつさま》ね娶《と》つて貰うて、ね、はや、使うて貰うとるわね、私達も有り難いことね思うて居りますわいね。あんな間に合はん子やさかいお父《とゝ》やお母《かゝ》の気にも入るまいけれどね。』

妻君は話を外らさうとするものゝ如く、愛嬌笑ひをしながら口を挟んだ。それは軽薄な皮肉にも聞えたが、また昨日継母《はゝ》が言つたやうに、娘を嫁にやつて居るものゝ弱さを示すものゝやうにも思はれた。本来ならば、本家ではあるし、村に於ける地位から言つても、私の家などに対しては大威張りで居てもいゝ筈なのだに、娘を嫁にやつたといふ理由で、自尊心を傷けてまでも、眼下の者に頭を下げたり機嫌を取つたりしなければならぬとは、我子可愛さからと言ひながらも、彼女にとつては随分辛らいことだらうと私は推察した。

『あんたとこにも大切《だいじ》な人でしたらうに……』私は外に言ふこともなかつた。

『いえ、あんた、あんな間に合はぬ、妹娘《おばむすめ》を、あんた所ならこそ貰うて呉んさいましたれど、他人なら誰れが……』

彼女の言葉には本当の謙遜ではない別な気持が含まれてゐる

のが明かであつた。

そこへ月岡のあねがやつて来た。

『息災に御座るかいの。いゝ塩梅やの。』

さすがに懐かしさうに私の顔をしげ〳〵と、恰も私の顔の何処かに、彼女の伯母である私の実母の俤を見出さうとでもするらしく、しげ〳〵と見入るのであつた。

『立派なもんになつたのう。お母《かゝ》が生きとつたらのう。』

彼女は声をうるませて、後を言はなかつた。彼女はもう四十を越して居る筈だが、生れつき色の白いのと、長年独身で通して来たのとで、年よりはずつと若く、まだ三十を幾つも出ないやうに見えた。顔も身体も膝も、釣合よく円々と肥え太つて、どつしりと落着いた体格で、側に寄る異性は、誰でも重い肉の圧迫を受けるだらうと思はれる位、何処かに男を魅するやうな所があつた。黒く染めた美しい歯が、くつきりと、白い円顔に映えた風情などは、たしかに豊熟した女性の美をあらはして居た。

『お前さんが帰つたことを聞いて、一度会ひたいと思うたれどの、お前さんは知つてるか知らんか知らねどあんなことになつてるもんで……』

『さうだつてね、私は昨夜聞いたばかりで驚いて居たんですよ。困つたことですね。』と私は炉の火の中に視線を注ぎながら言つた。

『残念なことやれど、仕様がない。これも人間の意地でのう。時節が来ねば人様がいくら骨折つて下さつても、仲直りは出来んわいの。妾のことは、こんな劣弱《おぞ》いもんやが、お前さまの家へ出入りせんからつて食うて行かれんこともないけれど、お前様さままでが、みんなの味方して妾を見顧《かへ》りもせんのかと思ふと残念で〳〵ならんわいの。』

『私が——?』

『おいの?』

彼女は鋭く言ひきつた。

『私が、どうして? たつた昨夜聞いたばかりで、実は今晩でもあなたの所へ行かうかと思つて居た位だつたんですよ。』

『さうかいの。本当にの?』と彼女は尚ほ、疑ふらしかつた。

『さうですとも、ねえ、お父《とゝ》?』と私は、主人を顧みて同意を求めた。

『さうやわいね、此の子は何も知らなんだらしいわいね。』と主人は私の言ふことを肯定した。

『さうかいの』と従姉は疑が解けたといふ風に笑顔を見せて、

『おれはまた、お前さんがこの三四年といふものは、年始状一本呉れんさかい。こりや家から手紙で妾とは往来《ゆきゝ》するなと言うてやつたので、お前さまがそれを本当にして便り一遍して呉れんのかと心で恨んで居つたわいの。何ぼ学問して偉らいもんになつたかてあんまりやと思うてのう。』

『いや、許して下さい。御無沙汰して居たゝめに飛んでもない御心配をかけました。私も忙しいもんでつい……』と私は頭を掻きながら詫びた。そして、『一体どうしたんです。私にはまだ一向その訳がはつきり分らないんですが。』と話頭を転じた。

『忘れもせん、それは四年前の二月七日の日やつた。……』かういふ風に彼女は当時の紛紜をこまやかに話し出した。

『お父《とう》のことは、あんな気短かな、一時に嚇となる人やさかいさうまで腹が立たなんだけれど、あの、あの憎らしい、どす嬶が尻馬に乗つて、言ふことに事欠いた、「お前みたいもんに売らんかて、売らして呉れちうて頼んで来るもんが沢山やわい！」とぬかしたので、その一言で妾《おれ》はぐつと胸にこたへたのや妾《おれ》もそんな酷いこと此の年になつて言はれた例《ためし》がないさかいの。本当にもう、残念で〳〵で、一時《とき》の間は夜もロクロク睡られなんだ。』

『さうとも、さうとも』と本家の妻君は同感だといふ風に調子を合せた。

『それから妾はもうあのどす嬶の生きとる間は、あの家へ足踏みせまいと心を決めたわいね。……妾にとつては一軒しかない大事な親類で、これまで随分あのお父ねも世話になつたけれど、あんまり酷《むご》いこと言はれたんで、何ぼこんな劣弱《おぞ》い女でも、虫ちうものがあるさかいの。』と彼女はひどく昂奮して訴へた。

『まあ、そんなことを言はないで、何とか善い工合に仲直りして、お互に仲よく暮して下さい。頼みます。私も親父《おやぢ》に何とか話して見ますから。』と私は嘆願する様に言つた。

『お父《とう》のことは兎ね角あの嬶さが、素直に折れて出るもんかいの、ふん。』と彼女はせゝら笑つた。『それにお前、お父《とう》はあの嬶さの言ふまゝやさかいの。』

『さう言へば、新宅さんでは、お父《とう》の方が少しお母《かゝ》の湯巻《ゆもじ》被つて御座るさかいね。』と本家の細君が口を挟んだ。

『余計なことを言ふな！』と主人は強くたしなめた。

『ほんとやわいね、何でも「婆さんが、婆さんが、」ちうて持ち上げて増長さして了ふたのやわいね。』

と月岡のあねは本家の妻君を取りなし顔に言つた。

私はこんな所で父の弱点を洗ひ洒らされるのが堪らなく不愉快であつた。そして彼女等が言ふ通り、父が継母《はゝ》に敷かれて居るとしても、それには相当の理由があるのだと、心の中で父を弁護して居た。

月岡のあねは、尚ほ続けざまにいろ〳〵の恨み小言を言ひ並べた。併し結局は矢張り私が最初この話を聞いた時に想像した通り、この確執の底には極めて微妙な複雑な心理が作用《はたら》いてゐることは確かであつた。そしてその中心に私自身が挟まつてゐるのも疑ないことであつた。

月岡のあねに取つては、私は彼女の伯母の唯一の忘れ遺児《がたみ》である。そして私の家と彼女の家とを結びつける唯一の楔である。だから若し私の実母が今だに生きて居たならば、彼女は私の家とは本家と共に最も濃い親類として出入りして居たであらうが、実母が死に今の継母《はゝ》が新しく入つてからは、彼女と私の家との関係は事実に於て一皮薄くなつたわけだ。でも私があるが為に依然として親類交際を続けて来たし、早くから両親に別れ、夫に死なれた不幸な彼女の境遇を思ひやつて、私の父は親代りとなつて、これまで月岡の家のことを、いろ〳〵と世話して来たのである。だから彼女は、私の父なり私なりは、いつまでも自分の味方だと思つて居り、且つ自分は私の母方の家の後嗣者《あととり》として、後々までも私の家に重要な地位を占め得るものと思つて居たのである。が、月日が経つにつれて事情は変つて行つた。新しく入つたものの勢力が次第に強く広くなつて行つて、自分が次第に軽視され、曾て自分のものだと思つて居たものまで奪ひ取られて了ひさうなのが、彼女には此上もなき苦痛であつた。『ナニ後妻が！』と心では思つても、事実は確実にその後妻の為に打ち敗かされて行きつゝあつた。それは彼女にとつて如何ともしがたい淋しい事実であつた。今、自分の方から素直に折れて出さへすれば、何事もなく円満に解決出来ることは知つて居れど、その屈辱は私の継母《はゝ》に対して忍び得ないものであつた。矢張り『後妻風情が！』といふ痩我慢がとれなかつた。だから、それは仕方ないとして、せめて私だけでも謂はれなく自分の敵の手に奪はれたくなかつた。私だけは、いつまでも月岡家の血縁者として、彼女の心の中に存在させて置きたいのであつた。

私は月岡のあねを不憫に思つた。子供の時分に私を、孤児の私を特に可愛がつて呉れたことを思ひだした。彼女は私をまるで自分の子のやうにして面倒を見て呉れた。それだけに彼女は今でも特別に私に関心するのだと思つた。私は有り難いとも思つた。

家に帰つて、私は此の話を両親にした。

『困つたわいの。何とかしたいけれど……』と父は大きな溜息を吐いた。それは継母《はゝ》の思惑を恐れて居るといふ風であつた。

『何とかい、工夫はないかね。』と私は言つた。

『先方《むかう》からお前、折れて来んとつて、こちらに謝罪《あやま》らさうちたて、それや無理やわいの。こちらは何とも思うとらんのや、あのあねさへ、一言、勘忍して呉んさいませ、おれア悪るかつたさかい、というて来さへすりやそれで、何でもないんや。』と母が言つた。

父は苦《にが》りきつた顔をして何とも言はなかつた。継母《はゝ》に対する種々の遠慮気兼から、自分から進んで解決の途を講ずることも出来ないで、内心非常に苦しんで居るのを、私は父の顔にあり〳〵と見た。

父は貧しい漁夫の身であるにも拘らず、私を東京に出して勉強させたのをすべて継母《はゝ》の功にしてゐた。村の人達が、彼の奮発と決心とを賞讃すると、彼はいつでも、継母《はゝ》の意気込が強かつたのでと言つてゐた。

『あれが、やらんか〳〵ちうもんでのう。それで俺も一苦労する気になつたのやわいの。』

彼はかう友達などに話して居た。継母《はゝ》が義理ある仲にも拘らず（否それあるが為に）先妻の子の為に一切を犠牲にして、労苦を共にして呉れたことに対して父は衷心感謝して居るのである。

『お前が大学を出て偉らいもんになられたのも、みんなお母さんのお陰だぞ、あの時お母さんが一言でも不服らしいことでも言はうもんなら、お前はいくら学校へ出たうても出られなんだのや。』

　こんな風なことを、継母《はゝ》の居る前にでも、また私一人の時でも、父は幾度も言ひ〳〵した。

　こんなことから父は何時の間にか継母《はゝ》に一目置く様になつて行つた。『婆さん、婆さん。』といつて、何事でも彼女の意見をきいて行ふといふ風になつて行つた。

　その上、もう年も老つて、流石に人生の寂寥を痛感してゐるらしい。子供はみな大きく育てあげたけれど、彼等は皆な今は自分の手許を離れて、一人は東京に、一人は大連に、一人は他に嫁入りして、みな別々な途を歩いて生活してゐる。彼等は身体ばかりでなく心までも次第に自分から離れて行つてそれ〴〵別な新しいものに向つて行つてゐる。父はその淋しさをよく感じてゐる。今や父の為には、三十年来苦楽を共にして来た現在の妻のみが、淋しい老後の人生の旅路の唯一の伴侶《みちづれ》なのだ。嬶に敷かれて居るとの譏《そしり》は彼は甘んじて受けることであらう。

『婆さんや、婆さんや、』

　かういつて妻を呼ぶ彼の心持が私にははつきり解る様な気がする。そしてひとりでに涙を誘はれる。私は父が、何事にでも継母《はゝ》の意を迎へようとする卑屈な態度を取らぬけれど、さうしないでは居られないその心持には、深い同情を禁ずることが出来ない。

　私はその翌くる日の未明に故郷を出発した。弟の妻のお文さんが、汽船の乗場まで、三里の峠路を私の為に荷物を担いで送つて来て呉れた。

『そんなら、息災に行らして下んせね。』

　彼女は老成《ませ》た口調で別れの挨拶をした。

『あゝ御苦労さんでしたね。あんたも健在に働いてくんさい、そして年老達の世話をしてやつてくんさいの。今年の冬には弟も帰つて来《こ》うぞいの。』

　私も純粋の田舎言葉で別れを告げた。その方が一層しつくりとその場の気分に合つた。橋の上に立つて汽船を見送つて居たお文さんの姿がいつまでも私の眼に残つた。


（大正七年九月十三日）

（「早稲田文学」大正7年10月号）

空骸

細田源吉

一

耳の内が熬《い》りつくやうに覚えて、策三は飛び立たないばかりに眼を醒した。余りに出抜《だしぬけ》だつたので、彼の心臓は痛いほど昂《たかま》つた。で、胸のあたりを不安さうに抑へた彼は、そのまゝ鳥渡《ちよつと》の間、何を自分が意識してゐるのかも判らずにゐた。が、その内に、自分の重い睡眠《ねむり》を脅かしたのは、この頃朝々の例になつた隣の交尾期に入つた雌犬のまるの叫声だといふことや、それはまるが、夜中繋がれた鎖を解いて呉れと強請《せが》む為めだといふことや、四辺《あたり》の静寂と薄れはじめた部屋の内の暗の具合とから、まだやつと夜明前だといふことなぞを知つた。

　戸外の叫声は、まるで貝殻でも摺り合はせるやうに聞えた。そしてそれは、誰かゞ起きて行つて鎖を解いてやるまでは、とても鎮まらないといふことがわかつてゐるだけ、一層焦立《いらだゝ》しいものになつた。

「あゝ今朝《けさ》もだ。かう毎朝では、なんぼ何んでも助からない。俺がどんなに正気だつて、これぢやいよいよ気狂にされつちまふ。だが、多寡が犬の啼声ぐらゐで、俺の気が狂つて堪るものか。こんなことで俺の気を狂はすことが出来ると思ふ奴の方が、余ぽど気がどうかしてゐる。」

　彼はたうとう泣くやうに呟いた。と、心の内に例の理由のない不安が、強い力で群がり出して、彼の妄想を逞しくさせた。（一体、隣家《となり》に部屋借をしてゐる大学生は、あれは本当の大学生だらうか。それともさうだ、屹度誰かに頼まれて俺の張番をしてゐる男に違ひない。だから彼奴は、毎日〳〵うちの姉を引ずり込んでは、人並に口も利《き》けない唖者の手真似からでも、強ひて俺のことを聞き出さうとしてゐるのだ。さういへば、あの雌犬は、俺をまんまと狂人にしようといふ考から、彼奴が夜中にこつそり繋《しば》りつけておくものに違ひない。そんなことゝ知らずに、盛のついた雌犬は、朝になると、あゝして一図に叫び立てるのだ、それにしても、姉は何だつて俺を裏切るのだらう。いつも俺が口汚く罵るので、その腹癒《はらいせ》をしようといふのか知らん。そんなら、姉はほんの小さい憎みから、とんでもなく肉身の弟を売らうといふものだ。しかし、それにしても……）と彼は更に切ないやうな、忌々しいやうな考へに堕ちて行かうとして、

「なアに、神様はみんな見透《みとほ》しだ。俺が正しいか。彼奴や姉が正しいか。」と口癖のやうに呟きかけた。と、総身を凍らせる

やうなあるものを感じて、彼はやゝしばらく苦しさうに押黙つてゐたが、「これは俺の気がやつぱりどうかしてゐるためかしらん。いやこれはほんの一寸した発作だ。だがこんな根もない、さうだ本当にこんな根もない発作が、一寸でも自分にあるといふことは、たとへ狂人《きちがひ》でないまでも、俺は余ぽど病的になつてゐるのだらう。いや、だが、今のは、誰れにでもある一時的の興奮だ。あんまり自棄《やけ》に犬が啼き立てるので、此方《こつち》まで自棄《やけ》になつて、いつの間にか沈静《おちつき》を失つちまつたのだ。それだけのことなんだ。俺は病的どころかこんな正しい意識や反省があるではないか。これが立派に正気の証拠だ。いやそんなこともどうだつて、いゝのだ。自分に正気な意識のあることを確めて、自分を納得させようとするのは、実は内心うしろめたいからなんだ。正気か狂気か、そんなことを気遣ふのは、もうすでに正気から狂気の方へ一歩近づいてゐるのだ。」

　と、彼は自分のはつきりとした意識に、やゝ誇らしい気持をさへ感じたが、ふと、昨日《きのふ》の朝も、こんなことを同じやうに確めたことに気づいて、一種の慄きを覚えた。「さうだ、俺はいつも、あの恋の為めに友人を殺した「デイレンマ」の何とかいふ主人公が、一言めにも正気だ明確な意識の上でだといつては、飽迄自分を証明しようとしたり、「六号室」のイワン何とかいふ男が、自分で自分を本物の狂人に狩り立てゝ行くのを見て、あれは正気に対する自覚や自信を失つたからだと、内心擽《くすぐ》つたく思つてゐたではないか。この点を俺は立派に気づいてゐるのだ。俺はそれほど、どんな場合にでも、正気の自覚や自信を失つてゐない筈だ。俺は何日神に試みられてもいゝやうに、平然としてゐる筈だ。」

　かういひながら、彼は誰かに自分の正気を証明するやうに、ぢつと目を閉ぢた。そして五月末の夜中にはだけるとなくはだけた寝間着の襟を合せて、何か大きな遠いものを瞑想しようとした。

　性急な、鋭いあるものを感じさせる狭い彼の額には、いつか苦しい汗が浸み出てゐた。そして長い間の不眠症と、根もない不安の為めに落ち窪んだ目の上には、毛らしい毛の一本もないほど抜きとられた眉が赤く腫《は》れ上つたやうに見えた。

　隣家《となり》の庭では、雌犬の叫び声が、依然として続いてゐた。四辺《あたり》の気勢《けはい》を窺ふやうに、鳥渡の間静まるかと思ふと、何の反応もないのを見出して、業を煮やしたやうに、消魂《けたゝま》しく喚き返つた。そして、その間には雄犬の甘へ縋るやうな、もどかしがるやうな唸声や、木小屋の角で鎖のこすれる音なぞが入り混つたりした。

　彼はもうそれらの叫び声や物音を、ある隠れた奸計の為めだなぞと思ふまいと努めた。と、今度は、それらが、徒らな、露骨な、遂げることの出来ない慾情を強請《せが》んでゐるものとして映つて来た。

「あゝ万事が益《ます〳〵》悪くなるばかりだ。こんな生暖い、淫らな朝は、思つても助からない。このまゝで行つたら、終にはどうなるだらう。」と、彼はつい此間まで、冷たい、落ちついた朝々を味つたことや、庭の樫の木に群がつて来た雀が、忍ぶやうに呟き合ふ声を聞いたことや、さういふ朝が、此頃の喧々しい蒸すやうな朝よりも、どんなに快かつたかといふことを、悔むやうに思ひ返した。

　彼は、突嗟に、寝くたれた自分の床を、手荒く突き退《の》けるやうにして起き上つた。そして襖をとり払つた薄暗い隣室に、まだ寝入つてゐる母親や姉の枕元を通つて、縁側の戸を繰り開けた。

　明るい朝が、彼の眼に染みた。庭には何処かの雄犬が、二匹までのそ〳〵してゐた。

「畜生、あつちへ行け。」と、彼は目を怒らして怒鳴つた。と一匹の黒い軽快さうな犬は、彼の方に気の善ささうな眼を注いだ。彼は、それを見ると、いきなり物を投げつけるやうな真似をした。二匹の犬は、潜り易い板塀の下から、隣家《となり》の庭の方へ潜り込んだ。

二

　寝起きの悪い姉のおみよを、強ひて起さうとして、病的なほど潔癖な彼は、まるで聞える人にでもいふやうにがみ〳〵罵つた。おみよは、床を畳む早々、まだ掃き出しもしない三畳の窓際に鏡を持ち出して、わざと意固地さうに坐り込んで、心持縮《ちゞ》れた束髪を手早く解いてしまつた。で、彼は忌々しさうに唇を顫はしながら、片隅に自分の机を据ゑた四畳半と、居間の六畳と、二畳の玄関とを、次々に掃き出してから、姉の坐つた三畳に払塵《はたき》と箒とを投げ付けるやうに放り込んだ。二人の間では、朝々さういふことがめづらしくなかつた。どうかすると二人ともそのまゝ掃除をしないことがあつて、一人で勝手をする母親を、一層忙しがらせたりした。

　おみよは、もうこの頃では、朝から夕方まで、家に居つかないで、素人下宿をしてゐる隣家《となり》の保田や裏の奥井へ行つたきりになつて、自分から煮焚の手伝をしたり、下宿人の部屋を掃除したりして、食事時にも帰らないことが多かつた。

　朝飯が済むと、策三は姉がいつの間にか見えなくなつたのを知つて、縁の戸袋に身を寄せながら五六間隔てた保田の家の気勢《けはい》を窺はうとした。と、「あ、あつ」といふやうな喉音で何かを話してゐる姉の声や、「おみよさんてば」といふやうな十五になる娘の声なぞが、意味もなく聞えて来た。朝寝らしい大学生は、まだ起きてゐないやうだつた。で、彼は、いくらか吐《ほつ》としたが、母親のそばへ行くとまた姉のおみよを責めずにはゐられなかつた。

「姉さんは、また保田へ行つてるよ。お母さんはどうして叱言を言はないんだい。いまに間違が起つたらどうするんだね。お母さんは姉さんを親身《しんみ》に考へてやらないから、あゝやつてうつちやつておくんだよ。僕は保田の様子は何から何まで、かうやつてゐて、ちやんとわかつてるんだ。」

「そんなにわかつてるんなら、お前からおみよにいつておやりなね。保田さんで大事にするから、あれもあゝして行くんだらうぢやないか。」

「大事になんかされてるもんか、使立てられたり、弄られたり、いゝやうにされてるんだよ。あの大学生が何をしてるか知れたもんぢやない。」

「お前のやうに云つたなら、この世の中は立つていきやしないよ。始終きち〳〵して角目《つのめ》立つてゐなきやならないよ。お前のやうに変人でもお母さんは困つちまふ。」

母親は、日頃神経の強い策三に出来るだけ触れまいと思つてゐながら、つい忘れて口を突いた。

「俺のことは放つといておくれよ。俺には俺の考へがあるんだから。」

「みんなてんでにそんなことを云つてゐりや、世話ありやしない。」と母親は独言のやうに言つて、いつになく不機嫌になつた。

台所で、おみよがしきりと呼んでゐるので、母親は面倒くさゝうに立つて行つてみた。と、おみよは母親の袖を引いて、裏の奥井との廂間を見ろといつて指した。そこには、保田の脚の低い胴長な雌犬のまるが、薄汚れた晒木綿の布で、腰の辺を幕のやうに蔽はれながら、歩き悪くさうに歩いてゐた。

「まあ、どうしたといふんだね」と、母親は腑に落ちないやうな顔をした。おみよは、すぐとそれを見てとると、学校の門衛をしてゐる保田の主人が、今朝の出がけに、近所の雄犬がうるさいといつて、布に紐をつけてあゝしたのだと、もの馴れた手真似をした。

「だつてお前、こんなことをしないでもよささうなものにね」

「保田では、お米が高くつてせち辛いのに、こんな雌犬の子を誰が貰ふものか、かうやつておけば子が無くつて済むつていふらしい」とおみよが手で答へた。

まるは、夜明前のもの狂はしい啼声を忘れたやうにけろりとして、おみよの足許へ近づくと、無格好な割には可愛いゝ眼で、二人を見上げながら、木綿布《もめんきれ》の下で、しきりと尾を振り立てた。

「罪だねエ、こんなことをして。」と、母親は憐れむやうな、可笑しがるやうな笑ひを浮べたが、「お前、その布を取つてやつたら」と吩咐《いひつ》けた。おみよは、母親に一たんまるを見せたので満足して、すぐとまるの頸輪と後脚とに結びあつてゐる、四本の紐を解いてやらうとした。と、まるは、何か勘違ひをしたやうに、一寸腰を低めたかと思ふと、一瞬の間もなく逃げ出した。

「あツ、あツ」とおみよは叫んで、「気の知れないまるだ」といふやうに目顔を顰めた。

まるは庭の方へ廻つて行つた。と、丁度縁近くには、策三が蹲つて、新聞を睨むやうに見詰めてゐた。おみよは、まるを追つて、狭い廂間から庭の方に廻つた。策三は駆け込んで来たまるの様子と、それを追つて来たおみよをみると、すぐにその場

の意味を見てとつて、

「そんなもの介《かま》ふことアないよ。放《ほつ》ときよ。」と怒鳴つた。が、その声の耳に入らないおみよは、尚もまるを捉えようとして、両手を展《ひろ》げながら近づいた。

「おい、放つときつたら。」と、彼はふいに起ち上つて目眦《めじり》を立てた。

「でもお前、可哀さうぢやないかね。」

　いつか座敷へ廻つた母親が後《うしろ》からいつた。

「何が可哀さうなもんか。畜生はあゝしておかなければ方図がないよ。それに他人《ひと》のうちの犬なんかのことを、此方《こつち》がおせつかひする必要がどこにあるんだい。」

「さういへばさうだけどもね……。」

「だから余計なことをするなつていふんだよ。」

　彼はさういひながら瞬もしないで、庭のおみよを睨みつけた。母親はおみよに手を振つてみせて、そのまゝ勝手の方へ立つて行つた。小さい躑躅の株に、身軀《からだ》をすりつけてゐる犬の方へ、おみよは尚も寄つて行つて、もう一度手をかけようとしたが、今度もまるはその手からすり抜けて、尻に下げた布をふか〳〵させながら、塀の下を潜つてしまつた。で、折角邪魔なものをとり退けてやらうとしたおみよは、馬鹿くさいといつたやうに舌打をして、廂間の方へ引返して行つた。

「何が可哀さうなものか。あゝして、一匹でもやくざな獣の生殖を碍げてやるのは、むしろ慈悲だといつていゝんだ。」と策三は、性急さうに窪んだ蟀谷《こめかみ》の辺を、焦々《いら〳〵》と痙攣《ひきつ》らせながら「可哀さうなんていふのは自分自身の弱点を見遁したいからなのだ。さういふ人間は他を哀れむよりも、まづ自分自身を恥ぢるがいい。自分自身を恥ぢることを知らないやくざ者が、他を哀れむからこそ、この世は絶えず馬鹿々々しい過失や悲劇で充ち満ちてゐるのだ。」と、彼は鳥渡の間考の連絡を求めるやうにまぢ〳〵してゐたが、「さうだ俺達は、一刻でもさういふ馬鹿々々しい過失や悲劇を演じないやうにしなければならない。それには、真先に淫な肉情を棄てなければ駄目だ。そして神へまで一路精進を続けるのだ。「神人《ゴッドマン》」と「人神《マンゴッド》」——さうさう、俺は何かでこんな言葉を読んだつけ。これはつまり、神本位のヘブライズムと、人間本位のヘレニズム——いや、反対だつたかしらん、人間本位のヘブライズム？　いや矢張り神本位はヘブライズムだつたらう。さう〳〵、とにかく「神人」と「人神」の符牒だけは間違ひなしだ。そこで現代はといふと、悉くヘブライズムの、いやヘレニズムの信徒で、「人神」の狂信者だ。が、今日では、もう彼等の生活もいよ〳〵行き詰つてゐる。少くとも俺といふ一人の人間が、熱い熱い心で、真神を崇め求めてゐる以上、やがて世の中は、「神人《ゴッドマン》」教の善男善女で一杯になる徴候が見え出したといつていゝのだ。だがそれには、人間は一日も早く獣の魂を棄てゝ神にまで精進しなければ駄目だ。かういふと「人間が人間であるのに何の障《さまたげ》がある。そんならまづ君自身から見本を示したまへ」といつて、猿の様に歯をむいてかゝる人間があるかもしれない。さういふ人間には、俺はかういつてやる。「――悪くして姦淫する時代は徴《しるし》を求む。然れどヨナの徴の外に徴は之に与へられじ」と。自分に精進する意向のない人間は、どんな場合でも外にばかり徴《しるし》を求めたがるのだ。あゝ、何て浅間しい時代だ。が、神様はちやんと見透してゐる。」

彼は誰かに説き聞かせるやうに呟き続けて来たが、ふと自分の肉体を顧みると、切なさうに吐息をついた。いつも抜き〳〵する脛のあたりの毛が、いつの間にかまた忍ぶやうに薄黒く生えかゝつてゐたのだつた。で、彼は自分の身に、いかにも動物らしい不浄さを感じて、やにはにそれらの毛を拗り初めた。毛の切れる微かな音が、断え間なく指先に起つて、一種鋭い快さを全身に伝へた。その度に、彼は自分の身体が清まるやうに思つた。で、腕から盆の窪の方までも、ところ嫌はず拗つて行つたが、終には、部屋の隅に片寄せた机の抽斗から、小さい手鏡を取り出して、血の気のない顔を覗込みながら、赤く地腫《ぢば》れのした眉や唇許の一本の毛をも見遁がさずに引抜にかゝつた。

「いつになつたら、俺の身体中の毛は失くなるのだらう。俺がこんなに心を砕いてゐるのに、いつの間にか私《こつ》そり生えくさつてる。」と、彼は自分の身内の抗ひきれない力を怨めしさうに見た。

三

彼は、一年ほど前から、急に人の顔を見るのが厭はしくなり、他人《ひと》から自分の顔を見られるのも嫌ふやうになつた。で、去年の九月に、××大学の英文科の二年に進級したのにも拘はらず、その以後学校へふつつり行かなくなつた。二三度友達が訪ねて来たことがあつたが、彼は「何を探ぐりに来たのか」といはないばかりに遇《あしら》つて無愛相に帰へしてしまつた。で、友達も訪ねて来なくなつた。もうまる半年もの間、彼は自分から家の外には一歩も出なかつた。一箇月の中に、偶《たま》に一度くらゐは、一二丁先にある町通の銭湯へ出かけることがあつても、二十分と費さないで、そこ〳〵に帰つて来た。で、彼の目に見る世界は、いよいよ狭《せば》められた。朝々来る新聞紙の上に突伏しては、姦婦が姦夫を嫉妬のあまり刺し殺したといふ出来事に焦立しく呟いたり、生活難の為めに一家三人が縊れ死んだといふ出来事を見つけ出しては、幼い頃から身に滲みて来た不如意な心持を惹出されて涙ぐんだり、樹木の茂つた原の一隅に発見された死体を麗々と写真にして組み込んであるのに奮慨したりして、どうかするとまる一日興奮して暮らす他かには、厠の窓から見る裏の奥井の部屋とか、縁から伸び上つて見る保田の家とか、大空の一部とか、近所の屋根越しに聳えてゐる何処かの邸《やしき》のこんもりした樹木とか、それから五六坪の細長い庭の高い樫の木とか、二三株の低い躑躅とか、茂つた青木なぞに限られてしまつた。

彼は割合に背丈《せい》が高いだけに、身体《からだ》の痩せ細るのが目に立つた。

「お前、医者に診てもらつたら。一体どこがいけないんだい。脳が悪いんかい。早く診てもらつて、早く癒《なほ》してしまはなけりやお互ひに困つちまふよ。寒い北海道で、いつまでお父さんを働かしてもおけないぢやないかね、」と、母親は、初めの内はその度に「学校へも行かずにゐる彼に向つて、さういひ〳〵したが、彼は学校をうまく卒業したところで、お金なんかとれやしないよ。文科なんか、お母さんの思つてるやうなものぢやないんだ。それに俺は人の中に出るのがつく〴〵厭《いや》なんだから、このまゝぢつとして、身体を落ちつけておきたいんだよ。」と渋りながら答えた。

「お前にそんなことをいひ出されちや、お母さんなんか、これから前々《さき〳〵》どうしてい丶かわかりやしない。お母さんは、だから、折角入るんなら商科へ入つてお呉れつて云つたのに、」

「商科へ入つたつて、俺みたいなものは商人にも会社員にもなれやしないさ。」

「だつてお前は、お父さんなんかと篠田の工場にゐる頃、商人になるつていつたらうぢやないか。」

母親は終《しまひ》には策三の十七八の頃のことまで思ひ出して、愚痴のやうに云つたりした。五六年前に、父親が篠田といふ大きな石鹸工場の職工監督をしてゐたところから、その工場の一部分の部屋を、二間ほど仕切つてもらつて、四人の家族で住んでゐた頃は、彼も世間並らしく「出世」とか「成功」とか「富豪」とかいふものに強い憧れを抱いてゐて、末には父親達を、ある時連れられて行つた工場主の別荘のやうな、床の高いガラス戸を囲らした、大きな邸に住はせることを空想したりした。そして貧しい境遇を切り拓く為めに当然実業家になる方針を選んだが、心ではその頃偶然に読みはじめた文学雑誌に影響されて、周囲の生活を見る目が養はれゝば養はれるほど、反対の文学方面に傾いて行くのを、どうすることも出来なかつた。知識を愛することを早くから覚えた彼は、二三の通信教授なぞに就いて変則な勉強をやり初めた。そして二十一の四月には、同じい工場の事務室に雇はれながら、私立××大学の高等予科の入学試験を、案外にも無事に通ることが出来た。

しかし、その頃になつて、彼は予期しなかつた暗い懊悩に捉はれ出した。それは、殆ど思ひ出すこともなかつた。十三四時分の古い記憶だつた。その時分の自分を愛してくれた小学教師の口から、ある時、「生存競争」とか「人為陶汰」とかいふやうな新しい知識といつしよに、「血族結婚」から起る怖しい結果を教へ込まれたことがあつた。その時は、そんな話を何気なしに聞き流しかけたが、ふと、自分の父方の姓と、母方の姓とが同じだといふことに、気づくと、その教師や母親なぞからすべてについて根を掘るやうに聞き糺さずにはゐられなかつた。そして、間違なく一人の姉が唖者であるといふ事実は、彼の心に恐ろしい動揺を与へた。が、彼は、その当時学校の成績が他の生徒よりも遥かに優れてゐたので、自分だけはさうした悪結果から免れたものゝやうに吐《ほっ》としたのだつた。それに少年らしい快活は、彼をさういふ苦しい心の状態にいつまでも置き去りにはしなかつた。

が、さうした過去の記憶は、もう一度、更に力強く彼の胸を蝕む為めに、十分の機会を待ち構へてゐた。彼の次々と読んで行く新しい小説や戯曲が、自分の魂の一分〳〵を目覚めさせてくれたやうに、彼の「現在」をも、「過去」から切り離しては置かなかつた。彼はイプセンの「幽霊」を読み終るまでには、自分の生涯にぴたりと背を合せてゐる執拗な宿命を、幾度か呪はずにはゐられなかつた。

(俺の呪ひは、どの点からも権利のない、不当なものかも知れない。が、俺にはどうしたつても、これを呪はずにはゐられない。姉の不幸や、俺の不安は、一体誰と誰が導いたのだ。こんな宿命の下に俺達を生みつけたのは、一体誰だ。俺達の両親が、若いその頃に、せめてほんの少しの知識と、自制とがあつたら、俺達はこんな宿命を、全然背負はされずに済んだのではないか。) 彼はこんな考の方に、狂はしいほど駆られて行つた。姉が生れながらの唖者として宿命づけられたやうに、自分も早晩白痴か狂人として宿命づけられてゐるのだといふ絶望に近い不安に襲はれつゞけた。彼は屢々まるで自信を喪《うしな》つてゐる自分を見出した。

ある温気の蒸々とした夏の夜、彼は場末の家から市街の方へ買物に出かけて行つた帰り道に、とある細い横町の朽ちかけた堀際を通りかゝつた。と、出し抜けに、身体《からだ》でも折られるかと思ふやうな悲鳴を聞いた。彼は思はず立ち停つて、全身に注意を凝らした。丁度通りかゝつた何処かの男も、同じやうに立ち停つたが釘の外れた木戸口を見ると、そこから忍ぶやうに入つた。で、彼も不意の好奇心に釣られて、その男の後から、薄暗い空地に入つてみた。と、そこの、茫やりと火影の射した勝手口では、仕事着を着た男と白い浴衣を着た男とが折重つて、四十五六の一人の男を、力任せに揚板の上に突伏せながら、二人がゝりで手荒く縛り上げようと焦つてゐた。組み敷かれた男は、声の限りに叫んだ。

「何だつて俺を、こんなめに逢はせるんだ。俺は狂気《きちがひ》でも何でもないぞ。おい、そこを放してくれエ。あーッ、アーッ。何をしやがる。何を。あゝ助けてくれエ。」と、押し付けられた揚板の上で必死に身を跳ね藻掻いた。

「その手の方を、早く〳〵」と濁つた男の声が、もう一人の男の方に指図した。俯伏した胴の方は、見る間に縛り上げられたが、まだ縄のかゝらない足だけは、そこら中を蹶廻はしてゐた。胸を圧せられた叫び声は、地に響いた。やがて、思ふ通りに縛り上つたのを見た仕事着の男は、ふいに木戸口の方に振返つて、ふと暗い中に立つた人影を見ると、「何を見てやがるんだ。擲りつけるぞ。」と怒鳴つた。で、彼は、慴えたやうに木戸から出たが、そのまゝ立ち去ることが出来なかつた。しばらくすると、全身の自由を失つた男は手拭で口を縛られたまゝ、裏口に曳き込まれた俥の上に載せられて、深い幌で隠されて了つた。俥は、仕事着の男に守られながら、人通のない暗い方へ曳かれて行つた。

「あんなにされたら、正気のものでも、勢ひ気が狂つちまふだらう。」と、彼は歩き出しながら、さう呟くと総身がぞつとした。自分も亦、誰かのために、あんな風に縛り上げられて、無理にも瘋癲病院へ送られるのではないかと惑ひ初めた。思ひ込み違ひの多い人間の間では、そんなことはざらにあるのだ、まして、宿命に祟られた自分には、何日何時そんなことが擡ち上るかもわからない。と、彼には、急に、そこらの人間といふ人間が恐ろしいものに見え出した。それ以来彼は理由のない些《ちよつ》とした出来事にも、警戒と虚勢とを、油断なく払はずにはゐられなくなつた。そして胸の底の自信は、断えずぐらついた。が、今では、もう正しい意味で自信は彼を去つてしまつた。

四

あれほど、朝々火のつくやうに叫び立てた隣家《となり》のまるも、月を越す頃には、殆どまた旧《もと》のやうに、朝晩自由にほつゝいてゐた。梅雨も半になると、その幾つもの乳房は、やゝ目に立つくらゐ可愛く膨らんで来た。

「へーえ、やつぱりまるは身持になつたんだね。」と、母親は意外な顔をした。

おみよは傍から（保田のおぢさんがあんなことをしても、まるはまるで自分の好きなやうにしてゐたのだ。酒屋の御用聞きが、一寸の間に町通の方へ出てゐるのを見たといつてゐた。）といふ意味を可笑しさうに話した。

一日庭に向つてゐる策三は、夙《とう》にそれを見遁さなかつた。彼はまるが庭へ入つて来ると、いきなり何かを投げつける真似をしたり、睨みつけたりした。犬の方でも、それに狎れて、彼の目の前から逃げるやうに隠れた。

母親はこの頃になつて、おみよに対する策三の疑ひが、全然根もないものと思はなくなり出した。時折は、保田の小さい娘の口から、それとなしにおみよの様子を聞き出さうとした。策三が小うるさくおみよをこづき廻はして、「あんな男のところへ、何んだつて入りびたつてるんだ」とか、「あの男はお前をイヌに使つてるのを知らないのか」なぞといつて、焦立しく問ひ詰めてゐる傍へ行つても、むしろその儘うつちやらかしておいて、凝とおみよの様子を見ようとすることもあつた。しかし、弟の言葉の意味をとりかねておみよが口惜し泣きに泣き出したりすると、幼い時から気性の合はない二人を、忌々しさうに持て扱つた。

「また策は、何をするんだい。」

「姉さんが姉さんらしくしないからさ、弟の命に係はるやうなことを、彼奴に内通するなんて、許しちやおけないもの。」

と、策三はぢれ〳〵して、保田にゐる例の大学生が、今朝《けさ》も向ふの縁側から伸び上つて、うちの部屋の方をぢろ〳〵覗いてゐたが、あれは姉と牒《しめ》し合はせて何か一家に係はるやうな不気味なことを謀んでゐるからだなぞと、声を低くして母親に言つたりした。母親は惘れたやうにとり合はなかつたが、いつの間にか策三が手頼りなくなつて行くのを、心細く憂はしく思はずにはゐられなかつた。

「ね、策や、北海道へ家中で行つてしまはうかね。お前からお父さんにさう行つてやつておくれな。身内のない東京にいつまでかうやつてゐるのも心細いしするから。」と、母親は、自分一人では、この頃めつきり様子の変つた策三や、一日家に帰らないで、家のことは何一つしないおみよ達の面倒が、とても見きれないやうな気がするので、時々そんな風に云つてみた。

北海道行を母親が持ち出すと、策三はいつも忌はしさうに横を向いて、

「行きたけりや行く方がいゝ、俺はもう何処へも動かない。」と、不機嫌に呟いた。そしてどうかすると、「お母さんももういゝ加減髪の毛を抜いちまつたらどうだね。もう飾りにも何んにもなりやしないんだから、一体女つていふ女は、髪の毛を一分でも長いのを望むけど、神様はその度に顔を外向けるんだよ。それだけ獣に近くなるんだからね。」なぞと云つた。

「をかしなお前だね。神様にだつて、髪を奇麗に結つた女の神様があるぢやないか。」母親は軽く調戯《からか》ふやうに笑つた。さういはれると、策三にも鳥渡《ちよつと》の間有髪の神の像が浮んだ。が、彼はどこまでも、さういふ神を否定せずにはゐられなかつた。で、彼は苦々しく唇《くち》をすぼめながら、

「いや、そんなものは、不浄な人間の造り出した神様だ。ほんとうの神様は、まるでかう水晶のやうに清浄で、そんな人間嗅いところなんか一点もないんだ。」と、真剣になつて説いた。

母親は、さういふ策三には、なるべく抗はないやうにした。毛を抜きとつた眉の跡や、斑《まだら》に地肌の露はれた頭を見ると、自分の身が痛むかと思ふほど切なく感じたが、気が狂つたなぞとは思はなかつた。それは策三が脳を悪くしてゐるので、時々欝陶しいあまりにさうするのだらうと思ひ做してゐた。

今の母親にとつては、策三よりもおみよの方が、余ぽど心掛りになつた。気がついて見ると、彼女はいつも上旬に月のものゝあるらしいおみよが、先月も今月も、さういふ素振さへ見せないことが怪まずにはゐられなかつた。で、彼女はいゝ機《をり》をと思ひ〳〵、おみよに訊くことを一日延ばしに延ばしてゐたが、ある日裏から出て行かうとするおみよを捉えて、三畳の部屋へ連れて行つた。

「お母さんはうつかりしてゐたけれど、お前先月も今月もあれがないやうぢやないか。」

「…………………」おみよは吃驚《びつくり》したやうに母親の顔色を覗いて、鳥渡の間ためらつたが、さういふことはないと殊更に打ち消した。

「ね、隠さないでいつてお呉れ。でないと、後になつてそれこそお母さんがいゝ恥を掻かなくちやならないからね。」と、母

親は柔しく訊き返したが、おみよはどこまでもさうでないと首を振つて押し通した。それを見ると母親はその上問ひ詰めるのも痛々しくなつて、

「さうかい、それぢや気をおつけよ。他人《ひと》さんがとやかくいふとうるさいからね。」と、念を押すだけにしておいた。が、おみよの返事に、どこか飲み込めない一点があるやうに思へて、それからの彼女の素振に心を配つた。


　雨の中で、保田の庭の茂つた梅の木には、青い実が毒々しく大きくなつた。雨が霽《あ》がつたかと思ふとまた黒くびしよ〳〵と降つた。肌が羽織のほしいほど冷える日の後で、梅雨が上つたかと思ふほど照り輝く日があつた。おみよは湿気た勝手元に坐り込んで、いつになく何かを見入つてゐることがあつた。さうかと思ふと、いつも大好きな走りの茄子の漬物なぞを見ても、胸が吐きぽくなるといつて、箸をつけるのも厭つたりした。策三が一言いつても、どうかすると、喰べかけた茶碗を放つたらかして、三畳の部屋に半日不貞《ふて》くさつてゐることがあつた。


　七月の日が強く射すやうになつた。母親は流元《ながしもと》を漁りに来た隣のまるが、いつの間にか漲るやうな腹をして、急に瑞々《みづ〳〵》と肥《ふと》肉《りじゝ》の女のやうに肥えたのを見て、吃驚《びつくり》した。月が代つてから、おみよの身体《からだ》のことを、彼女は忘れないで注意した。そしてもしやと思つた疑ひが、間違なく事実になりさうなのを愁へた。

「お前隠さないでおくれね。そら、この前お母さんが云つた通りぢやないか。もうなつたことは仕方がないんだからね。正直に打ち開けておくれ。お前は嘘をいつてもいゝかも知れないが、お母さんはお父さんに申訳が立たなくなるんだからね。お母さんはもう何にも叱言を云ひやしないから、すつかり本当の事を話しておくれ、ね。」


　母親は声を柔げて、劬はるやうに云つた。と、おみよはつい気を弛《ゆる》めたやうに。

「もしかすると…………」と小首を気遣はしさうに傾けたが、

「そんな、そんなことのある筈はない」と打ち消した。


　と、母親は透《すか》さずに背の高い男を描いてみせて、「保田にゐる仁木だらう。ね。さうだらう。いゝから云つて御覧、お母さんはちつとも怒りやしないから……」といつて、心もち痩せたおみよの肩を抱くやうにした。と、いひやうのない哀れさが、彼女の胸に一杯になつた。


　おみよは、しばらく当惑したやうにもぢ〳〵してゐたが、につと唇で笑つて、右の掌《てのひら》を展げて二三度頬を撫でゝ見せた。母親は、それが裏の奥井に十日ほど前まで下宿してゐた小綺麗な学生の意味なので、「………まさか」と思つた。

「だつて、あの書生さんはこの間引越して行つちまつたぢやないかね。」

「引越して行つたけど。実はあの人なの……」といふやうに、おみよは急に気が軽くなつたやうな顔をした。

「お前嘘をいふのぢやないだらうね。嘘をいふと後で困るよ。何かい、お前はそんならあの人とこれつきりになる気だつたん

だね」と、母親は事の意外であつたのに惑ひながら、重ねて訊いた。

「……………」おみよは、返答に窮したらしく、只無意味に首を振つた。そして母親の前を遁れたさうにした。母親は、いつか何の気もなく、保田の娘が、「おばさんとこのおみよさんは、うちの仁木さんが一番好きだが、奥井の堀さんも可愛いつて云つて、うちのお母さんに笑はれてたわ」と言つた言葉が、今更に思ひ当つた。しかし、彼女の見当は、まだ小供らしい堀よりも、もう立派に一人前の男になつてゐる仁木の方に傾かずにはゐなかつた。


　おみよは、そつと母親の前を外したが、母親は一人で「もしかしたら、みよはわざと嘘をいつて、此方《こつち》をはぐらかす気かも知れない。みよはどうでも、あんな子供が、まさか………」と思ひ惑つた。が、母親にとつては、相手が誰であつても、此方にいひ分の附けやうがないといふ諦めがあつた。それだけ（もし娘が人並だつたら、こんな目をさせなくともいゝのだ）といふ口惜しさや腹立しさが、猶更に強く起つた。一家が工場内に住んでゐた頃、ある若い事務員がおみよを瞞しかけたことがあつて、それを知つた自分は男の無耻を世間に鳴らしてやらうとまで取りのぼせたが、今の場合は娘が妊娠までしてゐるといふのに、とてもさういふ荒立つたことが出来さうもなかつた。よし何をしたところで、結局は（此方が泣き寝入りをするより他かに仕方がない）といふ考に落ちた。


「おみよは腹の子をどうするつもりだらう。北海道へ何といつて詫びが出来よう。」と、彼女はいづれは生れ出る嬰児の始末をいろ〳〵に思ひ暮れた。と、（まだ今の内なら）といふ考が閃いた。彼女は、二夕昔以上も前に、今の良人がまだ独り立をしてゐない頃、その胤を宿した自分の苦しい悶や当惑が、まざ〳〵と思ひ出せた。「いつそ、あの時、胎の子を下して、別に身の振方をつけたら、親類中の義理や思惑も好かつたらうに……」と、後で身を噛むやうに惜《くや》んだことが、今更に引比《ひきくら》べられた。「いつそ思ひきつてさうしたら、みよは後々《のち〳〵》楽になるだらうに。父《てゝ》親なし子なんか、一生抱いて暮らせもしまいから。」と呟いて、ふと我ながら戦いた。が、いくら考へ返してみても、結句は人並でないみよを、せめても知れ切つた苦労の底に落したくなかつた。で、彼女はなるたけみよを、冷え易い台所仕事に向けやうとした。

「もうお母さんは何にも云はないからね。その代り少しうちにゐて、お母さんに手伝つておくれな。世間の口つてものは、そりやうるさいんだからね。洗物なんかも溜つてるから、ほんとうに少し手伝つておくれ。」と、含めるやうに云つた。

　で、おみよは、いつになく肯いて、単衣の裾を端折り上げると、勝手元に近い廂間に盥を据ゑて、半日浴衣なぞを濯いだりしてゐた。

五

六畳に釣つた蚊帳の中から、深く寝入つた姉が無意識の間に薄い歯をきりきり噛む音が聞えて来て、四畳半の方に一人釣の蚊帳の中に寝てゐる策三の神経を、鋭く刺戟した。彼は、肉薄の瀬戸物の砕片のやうな、底光りのする真白いものが、静つた闇の中で、自棄《やけ》くそに軋み合つてゐるのを見た。と、弱い惹込まれ易い神経は、みる〳〵その不意味な白いものゝ間に啣《くわ》へ込まれて、まるで噛み切られるやうな痛みをさへ感じた。「あゝまた眠れさうもない」と、彼は呟いた。少しでも、冷えた部分を探さうとして、幾度となくキヤラコの蔽布《おほひ》をかけた括枕《くゝりまくら》を、頭の下で転がしてみたり、こればかりは自分の身体《からだ》を庇護《かば》つて呉れるものゝやうに、暑いのを堪えながら引被《ひきかぶ》つた掻巻をも、足を上げて跳ね除けてみたりした。が、求めあぐんでゐる睡眠《ねむり》は、身体の位置を快く代へようとしたくらゐでは、容易に襲つて来なかつた。そして反対《あべこべ》に、いつといふことなくいたずらに神経を悩めた思ひや出来事やが――今日も彼奴が家中を見透かしてしまふから縁側の方にもう二枚簾をかけたいから買つて呉れと、自分がいくら強請《せが》んでも、母親は些《ちつ》ともそれをどうしやうとも思はない。何といふ鈍い神経なのだ。彼奴も彼奴だ。奥井の学生が休暇になる早々二人まで帰省したらしいのに、図々しく障子を開け放つた部屋でごろ〳〵して、夜になると何処かへ出かけて行く。然しもう彼奴の正体も判つた。神様は見透しだから、思つても恐ろしい。まるは、まるで三十女のやうだ。肉が緊つて、重い乳房を泥土《どろ》の上に引摺らないばかりにして。さういへば、この頃は何かといふと姉は俺の方に喰つてかゝる。姉は彼奴にすつかり血迷つちまつた。いや、うつかりしてゐると姉ばかりぢやない。お母さんの目も、この頃は他人の目のやうに探り深いことがある――などと、ごた〳〵と頭の内に映つては消えた。目を瞑ぢてゐても、まるの肉づいた肩や、保田の部屋で時々聞える姉の気勢なぞが、あり〳〵と見えるやうで、自らあるもどかしいやうな、突き出してしまひたいやうな心持が、身体中に漲つて来るのを意識した。

（俺は一体恋をしたことがあるのだらうか、これが恋だと思ふやうな経験があつたらうか。）と、彼は自分に問ふやうに呟いた。と、それに答へ得るやうな満足な経験は、一つも思ひ出せなかつた。が、恋とは名づけられないまでも、妙に近づいて、媚びてみたいやうな心持を抑へられなかつたことが、幾度かあつたやうに思はれた、そしてその対象が、篠田の工場に住んでゐた頃に、朝夕見た細い縞の仕事着の幾人かの工女だつたと思ひ当ると、彼は、その頃嗅ぎ狎れた石鹸の香が、思ひかけず臭つて来たやうに覚えて、忌々しさうに寝返りを打つた。

と、庭の方で、誰かの探ぐるやうに歩く足音が聞えた。彼は凝と聞耳を立てた。外では何かに囁くやうな低い声がして、やがて何処かを掘り返しはじめたらしかつたが、その内にシユツと物を擂りつけるやうな音がした。

彼は、そつと蚊帳から出た。そして音を偸んで、雨戸の桟を外すと、注意深く一二寸引き開けてみた。その瞬間、またシユツと摺りつける音がして、ふと四辺《あたり》の闇が、小さい点のやうな火で、ぱつと照らされた。と、秋の暴風雨で、隅の方の板をめくり取られたまゝにしてある板塀を透かして、誰かの黒い人影が浮くやうに見えた。と、小さい火影が燃え落ちて、また暗い闇に返つた。それから、マツチは幾度か摺られた。そして暗いと思つた庭には、白い水蒸気が一面に立ち籠めてゐて、柔かさうに土を掘る黒い人影の足許には、犬が狎々しく鼻を鳴らしながら纏ひ附いてゐるのが見えた。

「こんな夜更に、何んだつて穴なんぞ掘るんだらう」と、彼は黒い人影が、保田の家の誰かであるらしいのに吐《ほつ》として、訝かしさうに呟いた。そしてまた蚊帳の中へ戻つた。あれは保田の主人らしいが、今頃何だつて穴を掘るのだらう。しかもこんな夜更に。もしかすると、盗んだ金でも埋めやうとしてゐるのぢやないか。いや、学校の門衛なぞをしてゐる意気地のない主人に、そんな大それたことがやれるものか。だがもしかしたら、却つてあの意気地なさを利便する者があつて、盗んだ金を託さないとも限らない。そしてあの主人が意気地なさからそれが断り切れないで、あゝして穴を掘つて隠さうとしてゐるのではないか。それとも彼奴かしら。そんなら彼奴は何を隠さうといふのだらう。秘密な記録？　俺のことを洗ひ渫ひ書き込んだ記録？　だが、俺の何を書き込んだらう。姉はまた何を内通したのだらう。いや、俺には悪く内通する何ものもない筈だ。俺は自分の身肉を苛んでまでも、飽迄淫悪なものに打ち克たうとしてゐるぢやないか。それに一体、何の権利があつて、彼奴や姉は俺を苦しめるのか。」彼はさう考へて行く間にだん〳〵理路を失つて行つて、終にはかう嘆息するやうに呟いた。

「この二三ケ月来、いよ〳〵何もかもが悪くなるばかりだ。一人が清浄にならうとするのに、他の何もかもが一向平気で顧みやうとしないばかりか、ます〳〵濁り腐らうとする。が、神様はみんな見透しだ。」

で、彼は、近づいて来るある聖い何かの場合に備へようとして、床《とこ》の上に端正《きちん》と坐つた。そして自分の油断をつけ込んで漲らうとする身体《からだ》の内の忌はしい温気《うんき》を抑え付けやうと努めた。彼は闇の中で、手足を撫でゝみて、僅かの毛をも手探《まさぐ》らうとした。庭では、犬だけがくん〳〵鳴いて、夜は深と静つた。

一度寝入つた母親も、四辺のもの音で、目を醒してゐた。彼女は、ふと目が醒める前まで、亡なつた母親が、まだ三十くらゐの若さで、町から村の実家へ月に一度づゝ帰へり〳〵した時に、町端れの小さい下駄屋へ寄つて、一しよに連れて行つた幼い自分に、きまつて塗下駄を買ひ〳〵して呉れたことを、いつになく夢に見てゐたのだつた。で、ふつと物音に驚いて、覚めると同時に、妙にもの哀しい心持に襲はれた。彼女は、向ふの蚊帳の中で、寝苦しさうに身を藻掻いてゐる策三や、傍でよく寝入つてゐる、末の苦労を意にかけようともしないやうな片輪のおみよが、憐《いぢ》らしく思へてならなかつた。

「親達が死んだら、この子達はどうして暮らすだらう。みよは勿論のこと、策だつてこの頃の様子ではどうで人の世話にかゝらなければ暮らして行けさうもない。」とおもふと人嫌ひの痩せた策三が、秋口になつても洗ひ摺れのした単衣で、そこらをこそ〳〵歩いてゐる様子や、口の利けないおみよが、乳の足りない青ぶくれの嬰児《あかご》を抱いて髪をさゝくらせてゐる様子が、目の前に見えて、彼女は胸が塞がるやうに覚えた。親達の容さないうちに身籠つた女、片輪の子を持つた女親として、彼女は他《ひ》人《と》にない自分だけの苦労を、随分と忍んで来たことを思ひ返した。策三が身籠つた頃には、いよ〳〵唖者ときまつたおみよを抱えながら他人《ひと》に誘はれて放蕩《あそ》び出した良人――その頃は親戚の間で、いろ〳〵の非難があつて、まだ公向《おもてむき》には夫婦として許されてはゐなかつた――の心を計りかねて、怨み泣きに泣いたことや、もの固い親戚の誰彼から淫奔者のやうに影口《かげくち》をいはれ〳〵する口惜しさまぎれに、三つになつた唖者の娘と、胎《はら》の児《こ》とを殺した後で、自分も死にこくつて、とり返しのつかない面《つら》当《あて》をしてやらうと思つたことが、幾度かあつた。同じ年頃の女の児がみよを唖者〳〵と苛《いぢ》めたといつては、堪えようもなく泣いたりした。それを思へば、おみよが父親《てゝ》なし子を生んで、その子と一生を苦労するさまが思ひ遣られた。彼女には、つゞいて、良人といつしよに田舎を出てから、人馴れない東京で商店《みせ》を開いたり、無尽会社を起したり、工場に雇はれたりして世渡りの苦しさを染々と嘗めて来た道筋が、まざ〳〵と浮んだ。そして、現に釧路へ行つて、そこで近年めき〳〵仕上げた旧い知己の許に身を寄せて、月々取るだけの金の大部分を送つて寄来す良人も、並大抵の苦労でないやうに思つた。彼女は、曩頃から僅かづゝでも郵便貯金をし初めたことを、後々の何かの力頼みに思ひたかつた。

少しでも寝入つたゞけに、彼女は妙に目が冴えてしまつた。もう一時に近いのに、策三はまだ眠入ることが出来ないやうだつた。

六

おみよにかこつけながら、母親は保田の長火鉢をおいた玄関の二間へ上つて、小一時間も話し込むことがあつた。空世辞の上手な上さんの口から漏れる、仁木の身許なぞに関はつた言葉だけを、何の甲斐がないと知りつゝ小耳に留めようとした。

「この女《ひと》はうちのみよと仁木との仲を感づいてゐないのかしら。感づいてゐて、黙つてゐるんなら、随分な女《ひと》だ。」と、呑気さうな面長な上さんの顔を見詰めたりした。

開け放つた隣の部屋から、仁木が人馴れた声で「おみよさんには大変お世話になりますよ。学校を出たら台湾へ行きますが、あつちで成功したらうんとお礼をします。」なぞと、空々しく云はれて、その一日仁木の声が、忌々しく胸にこびりついて離れなかつた。

おみよは、どうかすると、保田からぶり〳〵帰つて来て、「おばさんは便所の掃除までいひつける」といつてぶり〳〵と口惜しがつた。さうかと思ふと、「おみよさんのやうに、一日入りびたりでも、うるさくつて仕様がない」といはれたといつて、身を嚙むやうに泣いたりした。「お前があんまり行くからだよ。向ふも向ふだ。さん〴〵扱《こ》き使つておいて、うるさいもないもんだ。」と母親は娘を女中代りのやうに使ひ立てながら、保田の人達が何一つ礼らしい礼もしないことを、とりたてゝ忌々しく思つた。しかし、考へてみれば、頼まれもしないのに、日参するやうに出かけて行くおみよもおみよだと腹立しかつた。

おみよは、どうかすると、顔色を曇しながら、こつそり裏口から帰つて来て、三畳の部屋に半日閉ぢ籠つてゐるやうなこともあつた。母親はさういふ時には仁木といふ男が明かに娘を弄《なぶ》り者にしてゐるのだと思つて、胸が搾められるやうに切なかつた。今では、おみよの相手が、仁木だといふことは疑ふ余地がなくなつた。それに出来るだけ心がけて、おみよの身体を冷すやうに仕向けたことも、何の徴候がなかつた。母親は、うか〳〵してゐられないやうな不安をおぼえた。釧路の良人へ、この事を知らせずに済まないとすれば、何といつて知らせていゝものかと、思ひ惑つた。彼女は、今更に、自分の手ぬかりを悔んだ。詫びの仕様がないやうにも思つた。

彼女は、生れて来る嬰児《こども》のことも考へてみなければならなかつた。どうせ嬰児《こども》は、男の方に押し付けるわけに行かないのは知れきつてゐた。といつて、人並でないおみよが、父親《てゝ》なし子を抱えて、これからの生涯を過すなどゝいふことは、とても出来さうなことではなかつた。で、母親は、結句早いうちに私かな所置をするか、それとも産れるのを待つて、里に出すか、どつちの途かを選ばなければならなかつた。ある日母親はおみよを物影に呼んだ。そして、

「お前いよ〳〵あれなんだね。今の内ならどうにもなるだらうから。」といひかけると、

「いやだ、〳〵。そんな鬼のやうな真似は出来ない。」といふ風におみよは首を振つた。そして、自分の母親までが、そんな人でなしなことをいふのかと呆れたやうに目を瞬つた。「これも、この頃は顔を見さへすれば、下ろせ〳〵といふのだけど、自分はどうしてもそんな気になれない。女か男かもわからないやうな胎児《こども》を、皆な何だつてさう薄情にするのか。」と終にはほろ〳〵して、涙を一杯に溜めた。

母親は、案外に落ちついてゐることが出来た。彼女は、おみよが親指を出したのを見遁さなかつた。で「そんなら、お前はまだこれに逢つてるんだね。」と突込んで訊いた。と、おみよは鳥渡当惑したやうにもぢもぢして、

「会つてなんかゐない」

「嘘をおいひ、保田にゐる仁木さんだぐらゐのことは、お母さんは夙《とう》に知つてるんだよ。」

かういつたが、母親は何にもならないことを問ひ詰めたやう

に不快になつた。

おみよは照れ隠しに、保田では内証が苦しくなつて、米屋の払ひが溜り溜つたので、別の米屋から米をとつたとか、主人は勤から帰つて来ると、早速内職の煙管の筒を編むのだとか、まるが子を生んだら、すぐにその場で取り上げてしまつて、前から掘つてある穴の内に埋めちまふのだといつてゐるとか、仰山さうに手真似で話してみせた。

前後もなく腹の子を大事にするおみよを見ると、母親はこの上にも自分の力を振ふ気なぞは起らなかつた。で、勢ひ前後の所置を考へ直さないわけには行かなかつた。

「釧路へ何もかもいつてやらう。そして何もかも詫びをしよう。」と、彼女は思ひ返した。その上で良人のいひつけ通りにならうと思つた。それには、思ふやうに手紙の書けない彼女は、いつものやうに策三に頼むより仕方がなかつた。が、さうするには、幾度も躊躇ふやうな気がしたが、「どうせ一度は策にも知つてもらはなければならないんだから」と思ふと、一人で考へ尽せない弱い心は、いくらかでも策三を力になるやうに考へたかつた。

策三は、母親が話してきかせるのを、終まで待つてゐなかつた。

「やつぱり、さうだ。〳〵。俺のいつた通りだ。」と、目尻を据えて、繰返し云つた。「だから俺があれほど云つてたのに。今になつて喧《さわ》いだつてどうなるもんぢやない。」

「だからお前に相談するんだよ。お前落ちついて聞いてくれなくつちや。私が困るよ。お父さんの方へお前からかう〳〵だつて」

「そんなことは末のことですよ。人間並でないのに、そんな真似をするなんて、第一に間違つてる」

「お前は私がせつかく相談するのに本気で考へちやくれないんだね。」

「お母さんこそ本気ぢやないよ。俺はこれで本当のことをいつてるんだ。」

「今更さういつたつて始まらないからね。それよりも」

「俺は知らないよ。今頃になつて、おい〳〵いつたつてどうなるもんか。」

「…………………」

母親は、泣くに泣かれないやうな気になつて、策三の傍を離れた。うつかり相談をもちかけたことを悔まずにはゐられなかつた。

不意に事実を知つた策三は、凝としてゐられなくなつた。

「やつぱりさうだつたんだ。思つてた通りだ。」と、声に出して云ひながら、憑かれたやうに部屋の内を歩いた。(不具に手をつける馬鹿もないだらう。姉だつてそんな真似をする権利はない筈だ。)なぞと理窟をつけて、人並でない姉を、知らず〳〵自分の身方に加へてゐたことが、今初めて明瞭と意識された。と、「裏切られた」といふ忌々しさが、胸一杯に募つた。

相手の男が誰であるかは、母親から聞かなかつたが、彼には、それがいふまでもなく、例の大学生だと解された。「やつぱり彼奴だ。何といふ畜生だ。」湧くやうな激しい憤怒が、身体全体を痙攣らした。彼は目が眩んで頭がくら〳〵するやうに覚えた。三畳に姉がいつか帰つて来てゐるのを見ると、彼はとてもそのまゝ過すことが出来なかつた。「何んて馬鹿な、淫なことをしたんだ。男をこしらへるなんて。片輪の身で聞いて惘れらあ。畜生。本物の畜生。俺なんか、かうやつて毎ん日〳〵身体の毛を抜いてまで、神様に従はうとしてゐるんだ。それなのに、俺を見習ひもしないで、いよ〳〵本物の畜生に成り下るなんて。何んといふ浅間しさだ。畜生。畜生。」

身体中が何かで焙られるやうに昂奮した彼は、姉の薄い肩を攫んで、口から言葉の出るまゝに罵つた。罵つても罵り足らないといふやうに罵つた。

おみよは、初の内は呆気にとられてゐたが、その内に、ふと自分の身持を罵つてゐるのだと悟ると、血の動き易くなつてゐる彼女は、もうそのまゝ凝としてはゐられなくなつて、肩の手を跳ね除けると、いきなり策三の顔を掛りかゝつた。と、策三はその手首を素早く攫んで、右手に拳をつくると同時に、目の前に迫つた鬢のあたりを二つ三つ続けざまに擲つた。

もの音に驚いて来た母親は、力の弱いおみよを庇護ふやうに引放した。そして口惜しさにひい〳〵いふおみよを勝手の方へ伴れて行つた。傍から母親が何と宥めても、おみよはなほ無性に泣き狂つた。で終には母親も持て剰して、「そんならどうでもおし。お前もお前だ。お母さんが機嫌をればいゝことにして。」と、涙声でいひながら、身を持ち崩した娘を突つ放したくなつた。「策は策で、まるで狂者のやうだ……」と、しばらくしてから、母親は悲しい吐息のやうに云つた。

七

おみよは、そのまゝ夕飯時にも出て来ないで、三畳の押入際に突伏してしまつた。蚊帳の都合で母親が六畳へ連れて行かうとしても、おみよは掻巻に裹《くる》まつて、不貞《ふて》くさつたやうに動かなかつた。翌日も翌々日も、彼女は慵《ものぐ》さゝうに寝込んでゐた。軽い熱が枕に絡んだ髪を胸悪く臭はせた。

策三は、絶間なく何かゝら狩り立てられてゐるやうに、縁側や座敷の内をほつゝいては、例のやうに口説いたり非難したりするかと思ふと、泣くやうな祈るやうな独言《ひとりごと》を呟いた。

「……彼奴が正しいか、俺が正しいか、神様はいつか立派に証明してくれるのだ。どんな人間でも、いつか神様から試みられて、自分の本当の心臓を吐かせられるのだ。晩《おそ》かれ早かれ……それを図々しい彼奴は、どこまでも俺の一家に祟らうとしてゐる。そしてたうとう一つだけはうまくやり遂げやがつた。が、第二は？　いや俺は姉なぞのやうに、彼奴の手なんかに乗るものか。俺は彼奴の不正事を、ちやあんと見透してゐるんだ。それに俺は彼奴など、違つて、毎日《まいち》〳〵精進努力してゐるから、神様はちやあんと保証してくれる。……が、獣の彼奴等は、そんなこと、は知らずに、獣の子を生まうとしてる。これは許すべからざることだ。……」

が、彼は口任かせにさういつてゐる間に、ふと朝方読んだ新聞の記事が思ひ出されて、ひどく心を腐らした。「何といふ無意味な、馬鹿げた計劃だ。各府県に精神病院を建てる、理想的な計劃を、今度の議会に上程するといふ、よくそんな間違つた、大それたことが計劃されたもんだ。彼等は世の中に特に精神病者がゐるなぞと妄信してゐるのだ。が、一体精神病者とは何だ。精神を病んでゐる者が精神病者なら、この世に誰か精神病者でないものがあらうか。正しくいへば、この世の人間は悉く精神病者だし、逆にいへば、この世の人間は悉く精神病者ではないのだ。彼等は本当の事実を見逭して、臆面もなく「外国には理想的な大建築の精神病院はあるが、我国にはまださうしたものがないから、一日も早く外国に劣らない精神病院を建てなければならぬ」なぞと云つてる。かういふ手合《てあひ》は、病院さへ建てれば、この世に狂人が根絶するものだと思ひ込んでゐるのだ。俺にいはせると、さういふ手合が、「狂人」なぞといふ先入概念を頭の内から追つ払つてしまへば、莫大な金を費して姑息な病院を建てなくつても、立ちどころにこの世から狂人が無くなつちまふのだ。俺はもう一遍いつてやる。特にこの世の中には精神病者はない。」と、彼は力を籠めて言つたが、ふと同じ記事の事で、今迄の狂人の取扱方は、まるで囚人同様で、監致的だつたが、今後は旧来の弊を大いに改良して患者を明るい方面に導いたり保護したりする——といふ文句を思ひ浮べると、急に腹立しくいつた。「これは彼奴等の奸計《て》だ。彼奴等はいつでもそれと同じい立派な口上を述べ立てゝ、世の中から気の鬱いだ馬鹿な人間を寄せ集めるのだ。そしてしかも実際の事実は、まるで反対にやるのだ。こんな奸計に乗つてうか〳〵出かけて行かうものなら、忽ちふんづかまつて牢獄へぶち込まれてしまふのだ。何といふ怖ろしい事実だ。俺はとてもこんな奸計《て》に乗るものか。」

と、彼は、ある夏の夜、通りがゝりに見たもの凄い光景をさまざまと描き出した。

「あの男は、あれからどうなつたらう。暗いじめ〳〵した、鉄格子の部屋の内で、狂ひ死をしてしまつたに違ひない」

さう思ふと、爪先から、身体を逆に、何ともいへぬ悪寒が走つた。底のない絶望が、泥土《どろ》かなんぞのやうに掻き立てられた。「狂人扱ひをされて憤死したら、とても涼しい透明な神にはなれさうもない。」と、彼は悲しさうに呟いた。と、今度は、全く別の小さい記事の記憶が——ある地方で二十になるかならないかで、互ひに肺患に罹つてゐた相愛の男女が、ある日いひ合せて心中を遂げたといふ小さい地方の報道が、彼を救ふやうに浮んで来た。

「これは何といふ出来事だらう。男が肺病で女が壮健だつたら、俺はヂヨルジオがイポリタを崖から突き落した無理心中と同じやうに、この出来事を疑ふだらう。が、俺はこの出来事を涙が出るまで信じ切つてゐる。この二人の場合には、ヂヨルジオのやうな勝利とか敗北とかいふやうな、そんな忌はしい闘ひの細工なんかはない。二人は今、水晶のやうな愛に入つてゐるのだ。」

かう呟くと、彼の目には、若い二人が、この世の濁つた脂肪《あぶら》くさい一切のものから超越した、白い、透明な、高々しい気体のやうなものに見えた。

「俺のこれまでやつて来た神へまでの精進は、死が最も理想的に仲介してくれるのではないか。死が、一気にこの俺を淫悪なものから脱却させてくれるのではないか。俺が現にかうやつて生きてゐることは、徒らに淫悪を背負つて生きてゐるに過ぎないのではないか。」

で、彼は、一足先に「してやられた」やうな気がして、清浄に死んだ若い二人が、羨しいやうな妬ましいやうな気がした。

「もう二人とも人間以外の何ものかだ。——それに比べると、姉や彼奴のは豚のやうな恋だ。」と彼は吐きつけるやうに云つた。「しかも彼奴等は、また新しい獣を孕んでゐるのだ。だが、いつまで神様は見遁してはおくものか。いつか彼奴達を試みるのだ。」

彼の手足は、ぶる〳〵と痙攣《ひきつ》つた。そしてしばらく重い沈黙が続いたが、「——彼奴達は焙り殺される。が、俺は、神様から静かな死を恵まれるのだ。狂人に仕立てられて、憤死するやうな死は御免だ。神様はそんなことをする筈はない。それには、俺も寸分油断なく正しく確《しつか》りしてゐなけりやならない。何時うつかりと油断してゐるところを、神様が試みるかも知れない。」

彼は四辺を見廻はして、心が弛むのを恐れた。

低い天井の板まで、反り返へるばかりに照りつけた日が、今やうやく落ちて、庭の固い樫の葉枝が黝《くろず》みかゝつた。彼は、思ひついたやうに部屋の真中に座つて、薄れかけた庭の方を見入つた。

と、境の板塀の根方で、隣のまるが、前脚の爪を立てゝ、堆く盛つた柔かさうな土を、しきりと掘り返してゐた。彼はふと、いつかの夜中に、誰かゞ丁度その辺に穴を掘つたことを思ひついた。と屹度彼処《あすこ》に何かゞ埋めてあるに違ひない。それをまるが鋭い嗅覚で嗅ぎ出したのだ。さう思ふと、彼はぢつと、瞳を据えた。と、やがてまるは、掻き立てた穴の中から、土まみれの、ぐにや〳〵した、小鼠のやうな死骸を啣へ取ると、空《から》の袋のやうにぺつしやりした腹を地に摺つて塀の下を此方の庭へ飛び込んで来たが、ふと釣り上つた異様な眼で、座敷の彼を見ると、重い唸声を立てゝ、射るやうに縁の下に駈け込んでしまつた。

彼は総毛立つた。そしていつになくまるの狂相を帯びた鋭い視線に威圧されて、鳥渡の間竦んでゐたが、瞥《ちら》と見てとつたまるの口先に垂れた鼠のやうなものに思ひ当ると、心臓が紋られるやうに苦しくなつた。

「あれは人間の胎児《こ》だ。誰かゞ月足らずで下して埋めたのを、まるが掘り出したのだ。」

　と、この二三日おみよが烈膨《じぶく》れたやうに寝込んだまゝ、起き出ようともしない理由が、突嗟に浮んだ。彼は全身に電気でもかゝつたやうにわな〳〵と顫へた。

「彼奴に咬かれて、たうとうあんな真似を演じたのだ。獣が獣を生む以上に、獣が獣を殺すのは不当だ。神に対する大罪悪だ。こんなことが許せるものか。——神は今俺にそれを呵いてゐる。そして俺を試みようとしてゐる。今だ。彼奴達が正しいか、自分が正しいかを示すのは今だ。俺はうつかりしてこの試みを外してはならない。」

　彼は突嗟にかう思ふと、何かに弾かれたやうに、三畳の部屋へ跳り込んで行つた。そして黙つたまゝおみよの上に乗りかゝると、襟のはだけた咽喉元を抑へかゝつた。

　おみよは、締めかけられた鳥のやうな、必死の声を絞つた。そして上から押え落す男の強い手を遮二無二、払ひ除けようと藻掻いた。

　壁隣りの四畳半にゐた母親は、血相を変へて飛び込むと、押し被《かぶさ》つた策三の身体にしがみついて、引倒した。と引倒されまいとして策三は四辺かまはず狂つた。

「何を、何をするんだい、お止し、お止し。」

「止せるものか。神のいひつけだ。」

「これはお前の姉さんだよ。お前の……お止し、お止しつたら……」

　かういふ母親の声を、策三は耳にもかけないで、なほもおみよの身体にのしかゝらうと焦つた。力限りに振払はうとする男の強い腕が、幾度か母親を打つた。終には、「貴様もか」といふやうに真向から打つ。

「よくもお母さんを打《ぶ》つたね。さあ、打《ぶ》つならお打《ぶ》ち。さあどうにでもお打ち。」

　かつとした母親の目に、瞥《ちら》つと眉毛の跡の赤腫《あかば》れた顔と血走つた眼とが映つた、と、「狂者《きちがひ》」といふ叫びが、口を衝いて出たと意識した時、

「留め立てする奴は親もくそもあるものか。」といふ声がすぐ耳元で起つて、身体中が瞬く間に中心を失つたやうにぐら〳〵した。と、その瞬間に起ち上つたおみよが、髪を振つて、しだらない格好で、あべこべに策三にしがみつきかゝつたので、

「あつちへ、あつちへ行けつてば」

　が、斯う叫んだ突嗟、彼女の胸には、「いつそこんな子達を殺して、自分も死なう」といふ考が閃めいた。と、彼女は熱にかゝつたやうに、また組みついた二人からいきなり身を離して、宙に浮いた足で、畳から板の間に蹈み込んで——ふと黒い鉋丁の柄に手をかけた瞬間、初めて「はつ」とした意識が、身柱《ちりけ》元《もと》に走つて、彼女はそこの揚板の上に突伏してしまつた。


（「早稲田文学」大正7年11月号）

楽園の外

舟木重信

一

際涯のない広野のぼんやりした地平線上に、太陽はいつものやうに姿を現はした。痩せた灌木は、丘の上や岩の間に、葉の疎《まば》らな梢を音もなく慄はせた。霧は既に殆んど霽れてゐた。が、消え残つたその断片は、朝日を受けつゝ、丘の麓、灌木の間を静かに爬つてゐた。

アダムは、鍬を持つ手を憩めて、太陽と其光と光に照らされた地上の諸物とに眼をやつた。彼の視線が丘の麓まで来た時、彼の眉はぴくりと動いた。そこには、荒地を耕すイヴとカインとの姿が、豆粒のやうに小さく見られた。

アダムは、再び鍬を持つ手に力を入れた。頭上に高く振り上げられた鍬の先は、深く地に打ちこまれ、土塊は彼の足もとに砕けた。が、彼の力はすぐと衰へて行つた。彼は、鍬を手から放し、片手で額の汗を払つた。そして、土の上に腰を下したまゝ、動かずに空を凝視した。

彼は、自分が今耕作するのは、それが喜であるからではなく、神の命を怖れるからでもなく、単なる習慣の惰勢のためにすぎない気がしてゐた。彼はこの労役を特別に苦しいとは思はなかつた。又、労役の結果として穀物が実り、それがなければ彼及び彼の妻子が生活出来ないことを知つてゐた。が、それだけでは、力の抜けた彼の肉体と気力とを、耕作にまで振ひ立たすことは出来なかつた。彼には今、耕作したい欲望の芽が枯れた。そして、生活の欲望さへも消え失せた。

彼は、楽園を追はれて初めてこゝに永住の地を定め、イヴと共に耕作し始めた昔を考へた。彼等は其時、自分等が「最も狡《さ》猾《か》し」い蛇に誘惑された罪を悔ゐた。彼等は神に懺悔し、神に祈り、神に献物をした。彼等は熱心に地を耕した。喜悦は心の内にあつた。外界はその喜悦を倍加した。太陽は輝いた。地も亦輝いた。耕地には穀物が実つた。そして、彼等は互に愛してゐた。彼等は神に感謝し、神を祝福し、地上の生活を喜んだ。日々の耕作と日々の生活とは、彼等に幸福の感情のみを齎した。神が増さんと予言した出産の劬労《くるしみ》を、イヴは安全に通過した。彼等は、二人の子供――カインとアベルと――の親となつた。狡猾な蛇の誘惑の禍も、彼等を追つた神の呪咀も、今や消え失せたやうに思はれた。地上に於ける四人の生活は、永遠に幸福なりと約束されてゐるやうに見えた。

イヴは、毎朝の祈りの度毎に、蛇の誘惑に従つた自分の罪を懺悔して涙を流した。彼女は又惓まざる勤労者だつた。彼女の勤労の下に、荒野は耕地となり、耕地は青々した苗床となり、苗は芽を発し穂を擡げ、穀物は熟した。労役は、彼女には絶えざる喜だつた。彼女は、労役のうちに神に対する懺悔と服従とを見た。彼女は、夫アダムを愛すると同じく、彼等の小供を愛した。子供等は既に成長した。カインは父母と共に地を耕し、アベルは丘の上にあつて牧羊した。

アダムも亦勤勉に労苦した。彼の生活も、イヴのそれの如く、平和と幸福とに満ちてゐるやうに見えた。彼の生活の形式は、昔のまゝに続いてゐた。そして彼自身も亦、それが平和で幸福であると考へてゐた。が、彼の胸はいつからか暗い懐疑の囚となつた。彼は今、平和、幸福と思はれる自分の生活は、昔のまゝの生活形式の下に隠された自己欺瞞であることに気が附いた。彼の祈りの言葉にも耕作する腕にも——彼の生活全体に、内心から溢れる力が欠け、生活その物に対する希望と喜悦とが失はれたことに気が附いた。で、彼は屢々妻子と離れて、一人地に鍬を打ちこみつゝ、自分の生活と状態とを考へた。そして、彼はいつの間にか鍬を棄てゝ地上に黙然と蹲踞る自分を見出した。

——

彼の頭上には、いつもの高い青空が拡がり、それが段々と弧を画いて垂れ下り、視線の達しない荒野のはてゞ地と抱き合つてゐた。地は——彼の足もとから拡がる地は、窪んで谷となり、ゆるく隆起して丘を形作り、再び低下して野となり、幾度の隆起、低下の波状を重ねて遠く続いてゐた。ある耕地の穀物は既に熟して収穫に近く、ある耕地には、蒔かれた種子が芽を発し、水色の芽は一勢に日光を吸つて伸びやうとした。

彼は立ち上つて、全身に力をこめるために一瞬の間呼気をつめた。そして、自分を囲む周囲の事物を凝視した。彼は永くさうして立つてゐた。が彼の顔の筋肉は次第に弛緩し、暗い影に被はれた。彼は再び地に蹲踞つた。

彼の眼底に映る総ての事物は彼に、何等の感じを呼び起さない。空は空であり、太陽は太陽であり、地は地であり、草木は草木であるに留まる。夫等の事物は、彼と全々没交渉な存在にすぎなかつた。夫等の事物によつて、彼には何等の心の動きが感じられない。そして、外界の事物相互の関係は失はれた。事物は個々分裂し、意味もなく雑然と存在してゐた。

彼は、再び立ち上つて両腕を伸し、空に向つて差し上げた。そして、頭を振りつゝあちらこちらと歩いた。彼は今、自分の肉体と頭とが特別に弱つてゐるのではないことを確めた。——事実彼はまだ、老衰するほどの歳ではなかつた。

彼は丘に登つた。そして、麓に働くイヴとカインとを見た。——二人は、鍬を振り、鍬を地に打ちこんだ。土は掘り返され、土塊は砕けた。二人の後には、耕された地が黒く広がつてゐた。野を隔てた次の大きい丘には、アベルの飼ふ羊が白く群つて、アベルの吹く牧笛の音は、静かに野を渡つて響いて来た。——アダムはじつとそれを見てゐた。と、彼の眼は曇つて来た。彼は、自分の頬に涙を感じた。彼は、自分の心が涙で湿るのを待つかのやうに、動かずに立つてゐた。

『俺は怠け者だ！』

彼は自分に云つた。

やがて、彼は丘を下つて耕し始めた。が、すぐと又鍬を棄てた。そして、力なく小屋に帰つた。

二

太陽は既に高く昇つた。

アダムは小屋のうちに体を横たへた。

アダムには、耕作をやめて無為に横はる自分の生活が正しいとは思へなかつた。自分の生活に満足出来なかつた。不満は彼の心のうちにあつた。しかも、その不満をいかにして満たすべきかゞ分らなかつた。その上、彼にはこの不満がどこから来るのかも分らなかつた。彼には、自分の生活の中心と方向とが不明になつた。耕作するには、力が湧かなかつた。しかも、無為でゐることも不満だつた。そして、何よりも悪いことは、この現在の生活に対する不満が強激、熾烈ではなくて、至つて微弱なことだつた。彼には、正しくないと思はれる自分の生活を憤るだけの張りも力もなかつた。彼の頭だけは、自分の生活を責めてゐた。しかも、彼の体全体は、だらけてぐつたりしてゐた。そして、彼はいら立つた。

アダムは立ち上つて小屋の外に出た。前の広場には高い木があつた。木は梢を広く高く空にのばして、その下にある彼等の祭壇に涼しい影を投げてゐた。彼は、祭壇の前に跪いて、自分の内心に力が湧き、それによつて生活が活気づき、進み流れることを祈つた。しかし彼の祈願の声は、彼の舌の上で死んで、唇の外に出なかつた。彼には、内心の欲求なしで祈願することは出来なかつた。

彼は、神の言葉——「求めよ。さらば与へられん」——を思ひ起した。

『さうだ。求めよ、だ。求めることは、それが与へられることゝ同じなのだ』

彼は云つた。が、彼には求める力がなかつた。求める目的、対照も分らなかつた。そして、その状態は益々彼をいら立たせた。彼は、正しい生活をしてゐない自分によりも、却つて、正しい生活を欲する力と緊張とさへもない自分の状態に憤つた。

彼は、地上から礫を拾つて、内心の総ての憤怒を托したかのやうに、それを力まかせに投げつけた。礫は地に当つて跳ね返つた。そして、祭壇の上の犠牲を地に落した。彼は驚いた。が、勝手にしろと考へた。

彼は小屋に帰つて、再び床の上に仰臥した。

彼には世界中が無関係で無意味に思はれた。自分の体さへも無関係で無意味に思はれた。彼には、いかなる欲望も欲求も衝動も消失した。ぐつたりと力なく、しかも体中いら〳〵して、彼は長い間横たはつてゐた。彼には、何等の欲求も目的もなくて無為に生きてゐるのは耐えられなかつた。彼の頭は『貴様は怠け者なのだ!』と呻き続けた。

外界の静けさは、イヴ達の足音で乱された。戸口からイヴの祈禱の声が響いて来た。敬虔な、熱心な声である。自分の心から溢れ出る声である。アダムは恥しいと思つた。そして、自分の内心を曝露して、妻子の心を暗くする——それは彼には何にもならない。——ことのないやうに、立ち上つて平気を装つた。

カインは母に先立つて小屋に入つて来た。

『お祈りをしないの?』

カインに呼びかける母の声が聞かれた。が、カインは答へずに、黙つて小屋のうちに腰掛けた。そして、筋張つた太い腕を片手でなでた。

アダムはカインに眼を向けた。そして、カインの不機嫌を見てとつた。

小屋に入つたイヴは、すぐと食事の支度を始めた。彼女は少しも疲れてゐないやうに見えた。彼女はその支度の途中、今日の出来事を話した。それは云ふに足りない些細なことだつた。耕作はかなり進んだとか、先に蒔いた穀物はもう実つて収穫に間がないとか、カインは自分よりは五倍もよく働くとか、アベルの牧笛は今日はいつもよりよく聞こえたとか……。しかも、彼女はそれを元気に生々と話した。そして、その言葉のうちに、彼女の内心の満足と平和と、夫と子供達とに対する愛の心遣ひとが現はれてゐた。

アダムは初うるさいと思つた。が、次には羨しいと思つた。同時に、自分の生活が恥しいとも思つた。——彼は黙つてイヴの話を聞いてゐた。元気に働き廻る妻を見守つた。そして『すまない!』と感じた。

『自然』が彼に与へることを拒んだものを、『人』が彼に与へるやうに思はれた。イヴの愛——それは特別にどこに現はれてゐると云ふのではない。彼女の声のうちに、彼女の動作のうちに、彼女の存在そのもの、うちに現はれてゐる。——は彼の心を動かした。彼は彼女の愛を感じた。彼女とのこれまでの生活が、彼の内心に蘇生した。彼女が、蛇から惑はされた第一の者として自分を感じ、自分を罰し、自分を責めてゐる涙と苦痛とを思つた。彼は、彼女の心がぴつたりと自分の心と触れ、互に抱き合つてゐるのを感じた。

彼等は食事を了へた。そして、アダムは、自分の心はやつぱし心であつて、外界と交感して生命の呼吸をすることを悦んだ。

『俺は生きてゐる! 俺は愛を感じ、妻子を愛してゐる!』

彼は心の中でさう叫んだ。

『そして、この愛する妻子のために、俺は断じて怠惰者であつてはいけない! 俺は働くのだ! 俺は、彼等と共に働くことに於てのみ幸福なのだ。働くことのみが俺の心を活気づける。俺は働く力を恢復した』

彼はさう思ひ続けた。

イヴは食器を片附けた。そして、牧羊するアベルに与へる食物を持つて外に出た。

アダムは、彼女の後姿とその後につく彼女の影とを、永い間――彼女が小径を通り、丘の坂路に消えるまで見守つた。

三

食事の間中黙りこんでゐたカインは、同じ沈黙を守り続けた。アダムは、カインの心持を推察してゐた。そして、それを見ない振りをした。――二人は一言も発しずに、互の眼をさけながら、自分の心と自分に向き合ふ者の心とを忖度した。

カインは良い耕作者だつた。しかも、彼の苗は度々水に流された。彼の熟した穀物の穂は度々風に打ち折られた。彼は働いた。が、彼の耕地は荒れてゐた。――カインはいつからか自分の祭壇を祭ることをやめた。祈禱の言葉はもはや彼の口から出なかつた。が、彼の働きは其度を倍加した。それは、全心、全力を打ちこんだ勤労だつた。しかも、彼の顔からは笑は消えた。彼の寡言は益々その度を高めた。何物かに対する不満と反抗とが、常に彼の太い眉と厳丈な四肢と彼の挙動とに現はれた。そして、彼の口角には、冷たい微笑が見られることがあつた。

暫の後、カインは急に立ち上つて、鍬を握り上げた。そして、強く地を踏みしめつゝ、小屋の外に歩み出た。アダムは黙つて、彼の後姿を見送つた。そして、アダムは、カインに誤りの行為がなければよいがと思つた。同時に、カインの考にも無理がないとも思つた。アダムは、カインが自分の生誕と存在とを呪咀してゐるのを知つてゐた。そして、その呪咀が力を加へ、今、形を変へつゝあることをも知つてゐた。――

イヴも亦カインの内心を洞察した。そして、彼等が蛇に惑はされて食つた知識の木の実の禍が、カインに於て形を現はすことを怖れてゐた。が、アダムは、その怖れを打消した。

アダムは、愛するカインに過のないことを願つた。そして、戸外に出た。

頭上をやゝ西に廻つた太陽は、前にも増して輝いた。雲は姿を隠し、空は青く遠かつた。地上の諸物は、その創世の活動を、自分の衷心から続けてゐた。地と丘と野と谷とは日光の下に輝き、樹木は微風にその梢を動かし、その葉を翻し、草はその茎を靡かせた。アダム等が勤労の結果なる穀物は、既に黄に実つて重い穂を地に垂れて身を揺り、収穫の日を待つてゐた。愛の光に湿つたアダムの心は、清新に動いてゐた。彼は、全身に元気が充溢するのを感じた。彼は、耕地に鍬を打ち込む自分の腕の力を思つた。そして、希望とその予感から来る喜びのために、彼の顔は晴々と輝いた。

彼は耕地に立つた。彼の両腕の力によつて、鍬は軽々と動いた。耕作は進んだ。彼は、蘇生した若さを全身のうちに感じた。が、それは一時の緊張にすぎなかつた。彼の心は弛緩し始めた。彼の心の隅に蟠る無気力と無元気とは全身に拡がつた。彼には希望も喜びも消え失せ、あらゆる欲求――生活と存在との欲求さへもなくなつた。そして、いら〳〵した懐疑が頭を擡げ始めた。彼の眼は、鍬に跳ね押されてころがる土塊にぼんやりと向けられてゐた。いつの間にか、鍬の柄は彼の掌の中に動かず残つてゐた。自分に気がついた彼は、再び鍬を振り上げた。が、地に下ろす代りに、彼は鍬を投げ棄てた。同時に彼は、ぐつたりと地の上に腰を下ろした。

『俺には今、何事に対する欲求も欲望もないのだ！』

彼はさう云つた。そして、長い間そのまゝ動かずにゐた。が、暫くの後、彼は考へ始めた。

『俺は今、自分の内心から仕事に対する欲望が湧いて来ないのを歎じてゐる。だが、今まで俺は、それほど何物かを欲求したことがあつたのか』彼は自分に云つた。そして、彼自身は其問に答へることが出来なかつた。

アダムが初めて自分の存在を見出したのは楽園のうちだつた。やがて彼は、自分の傍にイヴを見た。彼等は夫妻となつた。そして、神と共に生活した。彼等は、楽園のうちに『知識の木』と『生命の木』とがあるのを知つてゐた。神は、その木の実を食ふことを彼等に禁じた。蛇は食ふことを彼等にすゝめた。そして、彼等は……。

イヴが木の実を捥《も》ぎ取り、彼等がそれを食つたのは、彼等の欲求に従つた行為だつたらうか。彼等は、神の禁を犯すほど『知識の木』の実を欲したのだつたらうか。………そして次に、彼等人間夫妻の地上に於ける最初の抱擁、最初の接吻、その後に於ける性的関係――それらの行為が果して彼等の内心の欲求に従つたものだつたらうか。又、其後の生活全体を彼等は事実欲したのだつたらうか。………

アダムは、夫等の行為及び事実が彼の欲求のみによつて起つたのでないことを認めなければならなかつた。事実、その中には彼の欲しさへもしないものもあつた。彼は、死ぬべしと神に定められた人間には――少くも彼自身には、自分の欲求のみに従つた行為はなく、自分自身が欲求する前に――更に云へば、欲求さへもしないのに、既に幾多の行為があつたことを認めなければならなかつた。

『だが、一体自分自身が欲求さへもしなかつた行為の結果は誰に帰すべきだらう。その結果として、幾多の事実が生れたことは何を意味するのだ。自分には意志がある。しかも、意志が全々働かないこともある。そして、自分は殆んど盲目的に行為する。其時、人間は自分の意志の欲求に従つて行為したのではない。人間はその力さへも持たなかつたのだ。しかも人間は行為する。それは一体何を意味するのだ』

アダムの眼の前には、彼とイヴとの間に生まれたカインの姿が浮び出た。カインは此頃常に、自分は自分の生誕を欲しもしなかつたのだと云つてゐた。そして、欲しもしなかつたこの生誕から生ずる苦難を、自分は何故受けなければいけないのかと云つてゐた。――アダム自身も、あの官能の陶酔によつて、カインなる一個の人間が此世に生れ出ることを欲して――更に云へば、予知してさへもゐたゞらうか。しかも、カインは生れ出た。そして、苦悩に満ちた存在を続けてゐた。それは、否定すべからざる事実なのだ。

アダムは空を仰いだ。そして、考へ続けた。

『行為は事実を生む。その行為を自分が欲してゐず、更に其事実をも自分が欲してゐないとしたら、事実継起の責任は誰に負はすべきか。欲する者は自分ではない。が、行為するものは自分なのだ。そして、行為は事実を生み、事実は更に事実を生む。……自分は今現在の生活――この無為、怠惰な生活を欲してはゐない。むしろそれを嫌悪し、非難してゐる。しかも、その生活を生活し、その生活を脱することが出来ない。何故にこの状態に陥つたかさへも分らないのだ。そして、自分は歎じ、悲しみ、焦燥《いらだ》ち、苦しんでゐる。……この欲求の消失した、無気力、無元気の状態は一体何なのだ』

アダムには、人間の立つ位置が非常に不確に思はれた。世界に対する関係が非常に変に思はれた。そして、彼は益々焦燥つた。

『俺には欲求もない。欲求を振ひ起す力さへもない。俺には何もない。しかも俺は生きてゐる。怠けて生きてゐる。その怠けた生活を非難しながら生きてゐる。そして、焦燥つてゐる』

彼は絶望的に叫んだ。

四

暫の後、アダムの焦躁はやゝ落着いて来た。彼は、自分の思索の道をたどり、初から批評の眼を向けようと決心した。

『俺は「欲求」と「力」との言葉の内容をどう考へてゐるのだ。俺の意味する「自分」とは何なのだ』

彼は、自分に発したこの問に答へることが出来なかつた。が、彼には、彼の意味する夫等の言葉の内容には無理な傲慢な所があるやうに思はれた。専横な唯我的な或物が潜在してゐるやうに感じられた。そして、自分の「知」のみを「知」として総てを判断する跡を見た。彼は、蛇に惑はされて口にした『知識の木』の実の禍が、既に自分に於て充分に力を振ひつゝあるのを知つた。

彼は、無理にも力を振ひ起さうとするのは、焦躁に終るにすぎないことに気がついた。そして、その焦躁によつて、彼は益々自分の力を消費してゐるのだと考へた。彼は、この無元気、無気力の状態も、自分には自然に起る現象なのだと云ふ気がした。力がない状態――力がないと見える状態も、やつぱし自分の生活の一部なのだと思ひ始めた。そして更に、この無気力、無元気な状態を静かにうけ、静かに凝視することによつて、自分の生活全体が分り、そして、この状態から最も早く脱することが出来るのではないかと考へた。――彼の気持は謙遜になつた。落着いて来た。何物にか自分を委す気になつた。「時」と「自然」とに総てを委す気になつた。この状態さへも意味がないことはないと云ふ気になつた。

が、彼には又こんな疑が起つて来た。

『是等の心的経過が自然的、必然的であり、「自分」よりもより全体的な何物かの現はれの一部であるとしたら、「全体」の行きつく目的は何なのだ。そして更に、「全体」にある目的があるとしたら、その目的を果す課程に一生を捧げるのが人間の生活なのだらうか。或は、「全体」にも目的はなく、総ては不可抗的な必然の下につながれた連鎖であり、人間の一生もこの連鎖の一部なのではなからうか。そして、人間の生活は、何等の目的も意味もないあるがまゝの生活にすぎないのではなからうか』

彼の頭の中の思索の戦はまだやまなかつた。彼はこの問に答へることが出来なかつた。が、しかも彼は、自分の体全体がある落着と平静とに近付いてゐるのを感じた。彼の胸の中で心臓は、静かにそして力強く鳴つてゐた。

彼は立上つて、静かに歩き出した。——

彼は丘の麓を廻り、谷を横切り、野に出た。そして、再び隆起した丘のゆるい傾斜面を静かに登つた。丘の面を被ふ青草の香は、快く彼の鼻を襲つた。小鳥は叢の間から飛び立つて、灌木の梢にとまつて啼いた。小鳥はやがて飛び上つて、空を上へ〳〵と飛んだ。そして、その啼き声を地上に送つた。

アダムは、自分の心が拡がり、自分の胸が自由に呼吸しつゝあるのを感じた。

彼は、岩間に影を投げつゝすく〳〵と立つ、数本のやゝ高い木の下に立つて、自分の来た方向を見返した。野は広く続き、丘に露出した巌は、既に傾いた斜陽をうけて赤く輝いた。谷を隔てた彼等の耕地は、青い草原の中に板の破片のやうに小さく横はつてゐた。そして、イヴとカインとが、その上に二つの黒点として見られた。アダムはじつと見守つた。初彼の眼に全然動かないやうに映つた黒点は、気付かないほどに動いてゐた。彼には、イヴとカインとが「自然」に比してこれ程小さく見え、彼等の活動が又これ程遅々として見られることが奇異に思はれた。——じつと見守つてゐるアダムの顔は段々と晴れて行つた。彼の両眼に漂ひ始めた微笑の影が、顔全体に拡がつた。彼は、終に笑声を禁ずることが出来なかつた。そして、丘の上に唯一人で笑つてゐると云ふ反省が、その笑声を益々高くした。

彼は又歩き始めた。

彼には、空は限りなく高く、地は限りなく広く思はれた。

彼は既に丘の斜面を登りきつた。そこからは、アベルの牧笛がもう間近に聞こえた。群を離れて草を食ふ羊が、白くそこゝに見られた。

父の姿を見たアベルは、牧笛を口から離して立ち上つた。そして父に近附いた。白く群る羊の一群の間に急に混乱が生じた。数匹の羊は、後足で烈しく地を蹴つて走り廻つた。群はいくつかの小さい群に分れた。が、夫等は再び前のやうに大きい一群に合して、アベルの後に静かに従つた。

アベルは体が弱いので、耕作の仕事には適さなかつた。彼は羊等の温良な番人であり、その注意深い守護者だつた。彼は敬虔な青年だつた。彼の祭壇には、常に肥えた小羊の犠牲が絶えなかつた。そのやゝ青味を帯びた双頬は微笑に輝き、その平静に満ちた内心は、与へられた物以上の何物をも欲しなかつた。与へられたものを快くうけて満足した。彼は、内心から溢れ出る微笑を人々に投げかけて、人々の心を暖めた。彼は、人々の勤労を尊重し、感謝の言葉を吝《をし》まなかつた。そして、人々の上に幸福が来らんことを祈つた。彼は屢々病んだ。が、総ての苦痛を微笑をもつて受けとつた。——何物も彼の内心の平和と平静とを乱さないやうに思はれた。

父と子——アダムとアベルとは、小屋に帰るために、肩を並べて丘を下り始めた。太陽は既に、遠い地平線上に群る七彩の夕焼雲のうちに姿を没した。頭上の空は透明な水色に輝き、群る雲はその奇怪な形をいつまでも崩さないやうに思はれた。野の面、丘の麓から吹き起る微風に、草と木とはその茎とその梢とを思ひのまゝに揺り動かした。彼等の後には、静かに歩を運ぶ幾百の羊の群があつた。その足音は、騒がしく雑然たる不秩序を現はしてゐた。しかも、父と子とには、自然のうちにある総てが、平和と調和との完全性を示すやうに思はれた。

群に後れた羊等は、アベルが口に当てた笛の一声に、頭を上げて群のうちに馳せ加はつた。

父と子と羊の群とは、丘を下り谷を廻つて耕地に近づいた。イヴはもうそこに見られなかつた。巨大なカインの姿のみが、一人地に立つて惓まざる勤労を続けてゐた。彼は、アダムとアベルと羊の群とが、彼の耕地に近づくのを感じないやうに思はれた。彼の両腕は、鍬を振り上げ、鍬を打ち下ろした。それは殆んど、自分の憎悪する敵なる大地との烈しい戦闘のやうに思はれた。雲の裂目から流れ出た斜陽の一線は、今、地と地に立つカインとを赤く照らした。

アダムとアベルとはカインを見た。そして、胸のうちに苦しい同じ圧迫を感じた。だが、彼等は、その感じを打ち明けて、彼等の怖れる問題に触れるのを避けたかつた。彼等は何も感じないやうに装つた。しかも、彼等は彼等の心の間に幾分の間隙が出来、そして、沈黙のうちにそれを埋めようとする互の努力を反射的に知り合つた。

アベルは、兄に合図するために牧笛を吹いた。カインは体を伸ばして、彼等の方に顔を向けた。が、一瞬の後、彼の体は再びもとの姿勢をとつて鍬を動かした。

笛の音は、野の面を渡り、草の葉を撫で、諸所に隆起する丘に当つた。そして、自分のもと来た道を引返し、反響《こだま》となつて谷の間、野の面に拡がつた。

アダムは、アベルと別れてカインに近づいた。

『カイン！　もう晩い。帰る時が来た』

アダムは、父のやさしさをもつてさう云つた。

カインは鍬を持つ手を休めて、西の空を指しつゝ独語のやうに云つた。

『日はまだ高い。働くにはまだ時がある』

『イヴはもう小屋に帰つた。わしも帰る。アベルも帰る。そしてお前も帰らねば……』父は云つた。

カインは、斜陽に照らされて、燃え上る火のやうに輝きつゝ、黄昏の野の面を行く羊の群を静かに見やつた。そして黙つてゐた。

『もう夕食の時が来る。イヴも待つてゐる』アダムは、子を見守りつゝ云つた。

『先に帰つて下さい。私もすぐ後から……』

カインの言葉の後半は口のうちに消えた。そして、彼はもう鍬を握りしめて耕し始めた。

アダムは、耕作を続ける子を暫く凝視してから云つた。

『では、先に行つて待つてゐる』

その声は、アダム自身にも、暗く淋しく響くやうに思はれた。

アダムは、鍬と土との触れ合ふ音を後に残して歩き出した。

五

太陽はその一日の労を卒へて、最後の光輝を地平線上に留めて沈んだ。重なり合ふ雲の形はまだ変らない。が、翼をひろげて上へ伸びたその幾塊かは、既に赤味を失つた。それは段々と紫色となり、更に褪せて濃い灰色に近づいた。頭上の空さへ幾分の灰色を帯びて来た。広野をめぐる地平線は、空と地との境界を失つて、ぼんやりとした灰色の線を太くした。暗く窪んだ谷に湧き出た霧は、静かにその軽い足を動かして、野を爬ひ丘に迫つた。

既に夜が来た。――

アダムは、静かに小屋に向つて歩を運んだ。彼はカインに就て考へた。彼は、カインが、自分の呪はれたと見える存在を価値づけるために、自分の意志の力と肉体の努力とによつて神に反抗し、神を征服しようとしてゐることを考へた。彼は、カインが、懐疑の眼を過去の生活に向けることをやめて、未来の生活を形作らんとし、そのために全力を儘してゐるのを知つてゐた。現在の労苦が烈しければ烈しいほど、カインは未来の――人間の生活に憧憬した。彼は未来のために現在を犠牲にした。そして、熱心なる努力をもつて耕作した。――カインを考へると、アダムの心は暗い気持に包まれた。しかも、それはアダムにとつて不快なものではなかつた。彼は、全々焦躁な気分から脱してゐた。

アダムには、自分の存在と生活とに就ての疑、及び自分と外界との関係に就ての疑がまだ根強く残つてゐた。そして、それは自分にはやつぱし分らない気がしてゐた。彼には、自分の生誕とそれ以前の自分とが分らなかつたと同様に、自分を待つ未来の出来事も分らなかつた。彼は、限られた自分の認識の力の弱小をひし〳〵と感じた。しかも、彼の内心の平静は乱されなかつた。却つて、その感じは、彼の平静の度を高めるに役立つた。彼は、自分の卑小を明に認識した。そして、謙遜になつた。あるがまゝの生活を生活する落着きがあつた。外界に対して自己を主張する優越感が消え失せた。

彼は小屋に帰つた。暗い土間に燃える火は、黒く小屋の中を照らしてゐた。

イヴは、既に夕食の仕度を了へて、彼等が帰るのを待つてゐた。小屋の外の闇からは、羊等に食を与へつゝ言葉をかけるアベルの声が響いて来た。

アダムとイヴとは外に出て、アベルを呼んで各自の祭壇の前に跪いた。アダムは祈ることが出来なかつた。彼は、祈る力が出るまでは、祈らないでゐるより仕方がないと考へた。そして、自分の側に跪く二人の熱心な祈禱と讃美との言葉を静かに聞いた。頭上に長い梢を広く四方に張つてゐる樹木は、梢を動かし、その葉を鳴らした。

カインはまだ帰らなかつた。三人は、燃え上つては燻る火を囲んで、静かな話を続けてゐた。が、彼等の心の隅にかくれた不安は段々と高まつた。イヴは立ち上つて戸外に出た。

『カインはまだ帰らない』

闇の中から戻つて来た彼女は、独語するやうに呟いた。三人は再び話し始めた。しかし、それは彼等には暗く物悲しく思はれた。

イヴはもう自分の不安を耐えることが出来なかつた。

『私は、カインを探して…………カインを連れて来なくては…………』

さう云ひつゝ、イヴは立ち上つてもう外に出た。

『わしも行く』

アダムは、アベルと自分とに半々に云つて、イヴに続いて外に出た。

アベルの不安も彼等に劣らなかつた。彼は、愛する兄カインのために心配した。彼は今、斜陽の光の中に立つて鍬を振るカインの姿を思ひ浮べた。彼は夜度々、カインの体が長く伸びむくくと動いて、蛇の姿となつて自分を巻き殺す夢を見た。彼は、神に対するカインの反抗を知つてゐた。そして、それが正しくないことを信じてゐた。彼は、どうにかして兄を正しい道に導きたかつた。――暫時動かずに火を凝視してゐたアベルは、同じく外に出た。彼は、肥えた子羊を殺して祭壇に捧げた。そして、カインのために祈つた。彼等親子に襲ひかゝる凶兆が事なく過ぎ去つて、神の御旨が彼等の上に行はれんことを祈つた。祈りは彼の心にいつもの平静を齎した。彼の祈りは益々その熱心を高めた。彼は恍惚とした。そして、楽園の門が開かれ、神の恵光は遍く地上の万象を抱き、今天使の一群が自分の頭上を飛び廻つてゐるのを感じた。

アベルは、祭壇の前の闇に跪いて、長く熱心に祈り続けた。

六

月はなかつた。そして夜は暗かつた。

アダムは、イヴに先立つて、慣れた小径を進んだ。日光によつて疲労した大気は、闇に会つて既にその生々した清新さを恢復し、滑らかに密度を増して、彼等の鼻に香を送り、彼等の皮膚を快く撫でた。歩毎に彼等の足に絡る草は冷たく冷えて、草の葉は既に露を帯びてゐた。頭上の樹木の枝は、黒く茂つて、月のない夜の闇を更に濃くした。そして、それを通して稲妻は閃き、彼等の眼を射た。

アダムは、自分の背に、後に従ふイヴの早い呼吸を感じた。彼は、妻の憂苦を知つてゐた。自分の胸も亦、同じ憂苦に重いのを知つてゐた。彼は妻と子とを愛してゐた。そして、自分と子とに対してイヴの抱く愛が、それに劣らず――それ以上に深いのを知つてゐた。彼の心は、妻を考へつゝやさしく霑つて行つた。彼は妻を慰めようと考へた。が、彼はどうして慰めてい丶のか分らなかつた。彼には、カインの心持の全部が分らなかつた。又、カインがこれからどうなるかも分らなかつた。

微風は彼等の顔に当り、木の葉を鳴らした。イヴの足音は急にやんだ。

『カインでは……………ないかしら………』彼女は溜息のやうに囁いた。

アダムも足を止めて耳を立てた。そして、静に空を渡る風の音を聞いた。

二人は同時に足を動かした。――二人は坂路を下つた。

アダムは夜の静けさを充分に吸つた。そして、自分の心が、謙遜に、柔軟に、生々となるのを感じた。彼は、長く自分の体中に虫喰つてゐる無気力、無元気が、遠からず失はれて、やがて前にも増して心が晴々となり、体が活力に満ちるのを予覚した。同時に彼は、長く秘めてゐる自分の現在の状態を、イヴに告白したい衝動に駆られた。彼は、闇の中に、やさしい妻の顔を眼前に思ひ浮べた。

カインの耕地はもう近かつた。二人は止まつた。膝までに達する草の葉は、静かに動きをとめた。彼等の耳は、静けさの外の何物をも聞かなかつた。

『カインや………』

愛情と不安とに満ちた、透き通るやうなイヴの声は、突然に静けさを破つた。声は反響となつて、暗い大地の上に漂つた。そして、暫時の後静けさは帰つて来た。

イヴは再び呼んだ。そして、静けさは再び帰つて来た。――彼女は益々不安に囚へられた。

彼女は三度呼んだ。が、徒なる反響の後に、声は闇にのまれて、三度静けさは帰つて来た。

地平線上に稲妻は時折閃いた。――彼等は並んで立つてゐた。アダムには、妻の心がよく分つてゐた。

『………心配しないがい丶。………』

彼は静かに初めて口を開いた。が、イヴは慰められなかつた。そして、四度闇に向つてカインの名を呼んだ。

『カインはきつと家に帰つてゐるのだ。………』

アダムは云つた。が、彼も亦不安の囚だつた。そして、彼は、側に立つイヴの眼が、闇の中で、疑惑と不安とに昂じて彼の顔を凝視してゐるのを直覚した。彼は、妻の不安と疑惑とをどうにかして打消してやりたかつた。

『カインはきつと家に帰つてゐる。………カインは迷つてゐるのだ。カインは苦しいのだ。………だが、あれは元気な若者だ。あれは迷から抜け出て来る。きつと正しい道に出て来るのだ。………心配しないがいゝ。あれは、苦しみと迷とに打ち勝つ力を持つてゐる』

　彼はさう云つた。彼は、自分のその言葉を信じたかつた。イヴも亦その言葉を信じたかつた。そして、夫自身もその言葉を信じてゐるとの確証が得たかつた。彼女は夫に近寄つて、彼の手を執つた。

『間違ひはないでせうね。………大丈夫でせうね。』

　彼女は、自分の言葉を立ち聞かれるのを怖れるやうに囁いた。アダムは、答へる代りに、彼女の手を堅く握りしめた。そして、彼等は長く立つてゐた。

　野と谷とを越えて起伏する幾多の丘を隔てた地平線上に、奇怪な形をした雲の塊は、動かぬ翼を広く天上に伸ばしてゐた。そして、雲の間を、稲妻は横に走り、竪に光つた。稲妻の緑の光は、谷に満ち、野に溢れ、丘を照らした。そして、地上の諸物は、一瞬の間、透明な緑色に輝いた。が、稲妻はもう消え失せて、前よりも深い暗黒がそこに横はつた。

　天と地と其間に介在する万象とは、暗黒と静謐とに領せられた。そして、総ては平和だつた。

『心配しないがいゝ、大丈夫だ』

　アダムはやさしく云つた。そして、その言葉は偽ではなかつた。彼は、この平和に満ちた天地の間には、怖るべきいかなる事も起り得ないと感じたのだ。彼の心は、溢れるやうな暖かさで一杯になつた。

　彼は、イヴの細い頸に片腕を巻きつけて、彼女の体を引き寄せた。そして、やさしく彼女の顔を押し上げて、唇の上に接吻した。彼女は、彼の抱擁と接吻とのもとに喘ぎながら、彼の唇を長く吸つた。

　稲妻は再び雲の間を走り、緑色に閃めいた。——

　アダムは、彼女の顔を抱いたまゝ、それが青く透明に輝くのを見た。

　彼は、カインが小屋に帰つてゐるに相違ないと考へた。で、自分達も小屋に帰らうと云つた。が、イヴは拒んで、耕地まで探しに行くと主張した。——アダムは、妻に別れて、歩を返して坂路を登り始めた。

　彼の心からは、恐怖も憂苦も疑惑も消え失せた。喜悦に近い平静のみがそこにあつた。彼は、地上の事は総てうまく行くに相違ないと考へた。彼には、地上の生活は、楽園に於ける生活よりもはるかに望ましかつた。彼は、自分がいかに妻子を愛し、地上の生活を愛するかを考へた。そして、いかなる事件が惹き起らうとも、断じて地上の生活を祝福すると心に確めた。

　坂路を登りきつた彼は、静かに家に向つて歩を進めた。カインに就ての考も、彼の心の平静を曇らさなかつた。彼は、カインが必ず疑惑と迷誤とに打ち勝つと考へた。彼は、カインに同情した。カインのために祈りたかつた。

彼は急に立ち止まつた。そして、カインとアベルと論争する声が、闇と寂漠とを破つて響くのを聞いた。

七

『お前は知らないのだ。地上に於て、人がどんなに苦しんで来たか、現在も苦しんでゐるかを知らないのだ。人は、自分の生存を確実にするために、どんなに苦しまなければならないか。……人は放浪した。地を探した。家を建てた。土を耕した。種子を蒔いた。穂を刈つた。……それがどれ程苦しかつたか。そして、神は、人の労苦を減じてくれたのか。或は幸にも黙つて見てゐてくれたのか。さうではない。神は、いつも手を――余計な手を差し出した。そして、援助の代りに、更に大なる困難と邪魔とを齎した。――俺は、自分の穀物の穂が風にたゝかれ、自分の苗が水に流されたことばかしを云つてゐるのではない。お前の父を、お前の母を、お前自身を考へてみるがよい。……お前は、お前の状態を、最も幸福で、最も平和で、最も祝福されたものだと思つてゐるのか。もし神が欲し、もし神が出来たら、お前は更に大なる幸福と平和とを得ることが出来るとは考へないか。いや、お前は、お前の状態よりも更に良い状態があることを知つてゐる。そして、時々臆病にそれを欲するのだ。だが、お前は弱いのだ。神に対する愛と柔順との名によつて、お前の奴隷根性に鍍金してゐるのだ。お前は神を怖れてゐるのだ。あの吝嗇な神が、お前の現在持つてゐるその僅な物さへも取り上げることを怖れてゐるのだ。お前は臆病で無力なのだ。神の怒りと対抗することを怖れ、神に打ち勝つて更に大なる幸福を神の玉坐から奪取しようなど、は思ひも及ばないのだ！』

カインの声は、高く闇の中に反響した。アダムは、物に打たれたやうな気がした。が、彼は、カインの総ての考を聞いてしまひたかつた。で、彼は、静かに小径を進んだ。そして、総てがうまく治まることを心で願ひながら、カインの言葉に耳を傾けた。

『アベル！　お前は、俺に対する両親の心配を告げて、両親に対する俺の愛を眼醒ませようとするのか。お前は俺が両親を愛してゐないと考へてゐるのか。……そんなこともあつた。俺は、俺の生命を呪ひ、生誕を呪ひ、更に両親を呪つた。そして、自殺しようとも考へた。が、今俺には過去の生活、過去の事実はどうでもよくなつた。俺は、人間の生活を創造したいのだ。俺は、未来の生活のために生きてゐるのだ。……そして、俺は、両親を呪ひきれなかつた。俺は、やつぱし両親を愛してゐた。俺は、両親が俺と同じ「人間」なることを考へた。神の暴虐のために苦しめる「人間」なることを考へた。そして、俺は、両親のために涙を流したのだ。……考へるがいゝ。父と母とは、どんなに勤労の汗を流したか。現在も流してゐるか。父と母とは、たゞ働くためにのみ生きてゐる！　苦しむためにのみ生きてゐる！　誰がそれを見て、彼等を愛しないでゐられるだらう！　神は、彼等を愛して、彼等の労苦を減じてくれたのか。俺はそれを疑つてゐる。俺はそれを認めない。俺はそれを否定する。………そして、お前は、両親の勤労に対して感謝の言葉を投げてゐる！　そして、自分をもつて、人間の勤労を尊重するものだと考へてゐる！　アベル！　お前の蜜のやうに甘い言葉を棄てゝくれ！　穀物の一粒を得るにさへも、人はどの位労苦しなければならないかを考へてくれ！　人の言葉で、種子が芽を出し、穂を擡げると考へるな！　感謝の言葉も、やつぱし言葉にすぎないのだ！　言葉によつて、両親の労苦は減じないのだ！………そして、お前は、神を祝福してゐる。人間の勤労を無視し、更に人間に困難を与へる神を祝福してゐる。お前は本当に神の御弟子様だ！………肉体の勤労を、容易な言葉で買はうと云ふのだ。一瞬の間に労なくして幾百も口を衝いて出る言葉で買はうと云ふのだ！　虫の良い神様だ！………地を耕すにも、種子を蒔くにも、穀物の穂を刈るにも——地上の生活を営むのに必要なものは、人間の意志なのだ！　肉体の労役なのだ！　人間そのものなのだ！　人間の生活を支へるものは、人間なのだ！　それを知らない者には、地上の生活は分らない。人間に対する愛を感じない。………俺は、両親を愛してゐる。勤労せる両親を愛するのだ。俺は愛に就て黙つてゐる。が、俺は、事実としてはお前よりも両親を愛してゐる。俺は、両親の労役を減じたいのだ。それから、俺は又、俺の後に来る人々の苦痛と困難とを知つてゐる。俺は、両親に対する如く、俺の後に来る人々に対しても涙を流す。俺は、「人間」を愛するのだ！　俺は人間の友なのだ！　俺は、神の暴虐から人間を救ふのだ！』

　カインの荒々しい声は、彼が怒つてゐるのを明に示してゐた。そして、彼の荒々しい声に交つて、やさしいアベルの宥める声が聞かれた。が、カインの声は益々高かつた。

『お前は、俺の言葉の総てが「知識の木」の実の禍だと考へるのか。そして、お前は神と一緒になつて、人が、神の禁じた「知識の木」の実を食つたことを非難するのか。ではなぜ、神は、人に「知識の木」の実を食ひたい欲望を与へたのか。なぜ、神は、人に、知識に対する希望を与へたのか。それは、全能な神のたつた一つの落度だつたのか。そして、神は、自分の落度のために苦しむ人間を、何の故に罰しなければならないのか。………或は、木の実を食はせたものは「最も狡猾《さか》しい」蛇であるとして、神はその責を蛇に負はさうと思ふのか。そして、自分を全能だと誇るのか。だが、神は、楽園を支配する主ではないのか。蛇は、楽園のうちに住む神の一個の臣下ではないのか。神の被造物たる一個の蛆ではないのか。そして、神は、自分の臣下たる蛇をも支配出来ないのか。神は何故、蛇の「狡猾《さか》しさ」をためることが出来なかつたのか。——それは、神の無力と無能とを証明してゐる！　神は蛇の「狡猾《さか》しさ」を見抜くことが出来なかつたのだ！　蛇は既に、神以上の力あることを証明した。そして、人は、蛇よりもすぐれてゐる！　さうだ。神は無力なのだ！　無能なのだ！　人は、神に打ち勝つのだ！

この無能な一人よがりの神に打ち勝つのだ！………アベル！

お前の奴隷根性を棄てるがいゝ。神の無能と暴虐とを見て見ない振りをして、神を祝福する愚を繰り返さないがいゝ。そして更に、自分の無力と愚と卑屈とを標準として、俺を批評し、非難しないがいゝ。………俺には力がある。意志がある。知力がある。俺は、人が一個の蛆でないことを証明してやる。神の暴虐に圧せらる、ことを怒り得る者なることを証明してやる。俺は、肉体の力を提供して働くのだ。人間が、神の指示なくして、更に幸福に生活し得ることを証明するのだ。………』

カインの声を遮つて、アベルは云つた。

『神がなければ何物も存在しません。総ての存在は神の現はれなのです。そして、人は………。怒らないで下さい。神の怒りを招かないで下さい。自分の魂を、蛇の餌食として地に曝さないで下さい。………人は………』

『総ての存在は神の現はれだつて？』カインの嘲る笑声が、荒々しく、そして高々と闇の中に響き渡つた。『本当にさうか。お前は本当にさう思ふのか。では、お前が敵視し、お前が総ての禍の根元なりとする蛇も亦神の現はれではないのか。………それでもお前は、神を怖れて、知識をもつて蛇の禍なりと云ひくるめる気か。さあ、お前の弱い奴隷根性と狡猾な仮面とを投げ棄てろ！』

カインの笑声は、彼の咽喉にこみ上げて、気味悪く闇の中に続いてゐた。そして、暫の後、彼は力強い声で叫んだ。

『さうだ。神は勝手に楽園のうちを支配するがいゝ。神は、楽園のうちで蛇と睨み合つて、自分の創造の業を後悔するがいゝ。だが、地上だ！　この地上をも支配し、地上に喜を齎すと云ふ自惚を捨てゝくれ。そして、人間が、神の無益な手出しと邪魔とを制御する力のあることを知るがいゝ。この地上を支配するのは、人間の権利なのだ！　人間には力がある！　知識がある！　意志がある！　そして、人間は、それらのものによつて地上を支配するのだ！　地上の主は、永遠に人間なのだ！………さあ、神が地上から手を引く時が来た！………そして、まづ………』

アダムはもう静かに聞いてゐることが出来なかつた。彼は暗い小径を走り出した。が、其時、物が衝突し崩れ落ちる烈しい音が、アダムの心臓をどんと打ちつけた。

『何をなさる？………』アベルの声も鋭かつた。

『このまやかしの祭壇を打ち倒すのだ！　この人間の卑屈な………奴隷根性を………』カインが叫んだ。

『祭壇を………祭壇を………』アベルも亦叫んだ。

『………邪魔をするか。………無能な神の………奴隷奴！』カインの声は、憤怒に満ちて闇に響いた。そして、衝突する物音は、更に烈しくアダムの全身を打つた。

アダムは、今カインとアベルとが争闘してゐることを知つた。彼は走つた。全力をつくして走つた。そして、二人の争闘の間に身を投げて叫んだ。

『待て！………待て！………待てと云へば。カイン！』が、其時稲妻が閃いた。そして、アダムは、カインの打ち下ろす木片のもとに、アベルの全身が横様に崩れ落ちるのを見た。

『カイン！　お前は………』

再び帰つて来た闇の中で、アダムの声は叫ばれた。そして、彼は、地に跪いて、死苦に悶える人の体を――アベルの体を抱き上げた。

『アベル！　アベル！………』

アダムは叫んだ。が、アダムの両腕のうちに、アベルの体は烈しい痙攣に慄えてゐた。

稲妻は又閃いた。そして、死にゆくアベルの顔を照らした。

アダムは黙つたまゝ、重いアベルの体を抱いて地に倒れた。そして、彼は、自分の頭の中で、イヴの泣き声が、高く鋭く渦巻くのを感じた。


――大正七年十月一日脱稿――

（「帝国文学」大正7年11月号）

K温泉素描集

勝本清一郎

□

夕方。――

幾重の落葉松の向うには円味のある浅間の頂が、黒く眼に迫る様に泛んでゐる。霧の様な雲が静かにそれに這ひ寄つては消えて行く。煙は今は向側の方へ靡いてゐると見えて、その一部分だけが、こちらの雲の中に、落日の余光を受けながら、きはだつて濃いどす赭みを帯びて見えて居る。

ふと前の松林の中から、材木をかついで静かに一人の男が出て来た。見てゐると後から、二三人の子供達がついてくる。男はぢつとこつちの草山の方へ登つて来た。

浅間の煙は漸く黒味を帯びて来て、山と共にもう暮れようとして居る。（旧暦文月十三日）

□

浅間は今日は全く見えぬ。雲の濃淡の変化が静かである。総べてがこのまゝ暮れ行くのらしい。

近い端山の上に一本のぽつつり秀でた赤松がある。――今濃い雲がむら〳〵と、そのバックを塗らうとして居る。松は墨画の様に、くつきりと泛み出てくるのであつた。（十四日）

□

私の呼吸の次第に静まつて行く音が聞える。滝の音とその拍子が合つて行く様な、又、凝乎《ぢつと》かうして滝の音に耳をまかしてゐる事が、いつまでも出来る様な、落ちついた揺らぎのない心持ちである。

青苔の一面に生えた左右の赭い岩――その狭く迫つた暗い奥の所に、その独りの響きを立ててゐるのが此の滝である。丈《たけ》はあまり高くはない。しかし水量が多いので、どつしりとした感じはする。而も二段になつてゐるので殊更にその感じが深い。

今、左側の岩の面には葉もれの陽のひかりが青やかに照つて来て居る。山あひの秋の陽らしい如何にも澄んだ感じである。こまかい霧が、そこら其の陽の中に白く淋しい。苔と樹からの光線の反射は、白く泡立つ滝の面にも戻つて一面に其所に静かな青味を帯びさして居る。

眼をうつすと暗い対岸の岩は又すばらしいものである。それは積む様に高く聳えて、上は青樹の中にかくれて居る。中程に一箇所、恰度黒い岩面が平らに切り立つた様な所があつて、其所にはミケランヂェロが「アダムの創造」とでも云ひたい様な、原始的なあやしい人間の、而も水に飛び込まんとするかの如き形をした、古い木の根のぺつたりと張り附いてゐるのが見える。なにとなく不思議な思ひを起させる木の根である。これを見てゐると、まことに見てはならない古い神秘を、ぢつと見て居る様な気が起つて来る。――

静かに時がたつて行つた。

青い透明なひかりは、やがて私の腰かけてゐる所にも、その淡い秋の淋しみをもつて来た。沙地の上に戻つた自分の影は、輪廓が二重になつてゐて古い影絵の様な憶ひを起させる。この紙の上にうつるこの万年筆を持つ手のかげさへも、今はやはり二重の輪廓を持つたしつとりとした秋の色である。

ここで私は、更に眼をあげてぢつと遥かに、高い岩の上の青樹のしげみの間からわづかながらも、かの力強い真実の大空の光りの一片を、今更に恋ふるが様に窺はうとした。（十五日）

□

遠くこの草山のふもとに当つて、生々しい材木の一面横たへられた少しばかりの平地が、三方を松林にかぎられてゐるのが見える。小屋が二軒ある。そしてそこには一条のトロツコの線路がその松林に沿うてゐて、しかしそれも草山続きの芒の穂の中に、やがては消えて行つてしまつて居る。

三四人の人が静かにその材木の間を動いて居る。新しい麦藁帽の動きが殊に一つ眼に付く。あたりの材木の上には同じく麦藁帽のしかし古いのが、二つ三つ載つてゐるのも見える。

松林の中から鳥打帽を眼深にかぶつた腹掛の男が、ふと黙々として出て来た。

陽が静かにくもつてゐる。夏の匂ひのまだ何処となく漂うてゐる昼さがりである。暗い松林の中には白樺《しらかんば》の木の一二本が明るく眼に立つ。遠く下の方で、瀬の音にまじつて人の声がして居る。

今日は浅間は見えぬ。

材木場では、何やら男たちが、金鎚《かなづち》の音をさせ始めた。（十七日）

□

なだらな傾斜を前にしてゐる。落葉松の苗木がてんでに面白い形をして一面に植ゑられてある中に、白く朽ちかけた古い切株の其処此処に残つてゐるのは戦地の墓所の様な気がする。そして稍ゝ小高くなつた所には太い、やはり落葉松らしい幹が一本、左右に短いとんがつた枝を突き出しながら立枯になつてゐて、其れに蒼い蔦の葉の巻きついてゐるのが、バックの曇天の中にくつきりと黒く見えてゐる。恰度その真んうしろには少し低目に、遠い円い一つの山の頂が見える。

その山の輪廓の所だけが、空が明るくなつて居る。

それが――ふと見てゐるまに上の暗い雲がその山に崩れ懸つて来る様な気配である。一本の立枯が、その険悪なバックをうしろにして益々凝乎《じつと》淋しくなつて行く。（十七日午前）

□

頂上から左の傾斜《なだら》な輪廓へかけて真綿の様な霧がぽつり〳〵と浮ぶ様に附着《くつつ》いて居る。くつと描かれた油絵の筆触の様な感じである。それに反して右方の輪廓は胡粉を淡く塗つた様な一面の霧の中から匂ひの如くにうつすらと描かれてゐるのであつて、全くの日本画的の味ひである。

左右の間には何等の不調和もない。かくして今日の浅間の円い輪廓は静かに夕焼の中に暮れて行くのである。

前の端山の落葉松の多い森林が漸く黒くなつて来る。

虫の声は此所まで登つて来た私の呼吸を凝乎《じつと》更に凝乎《じつと》静めてくれるかの如くに啼き初めてゐる。そして此の草山に今、漂ふ夕べの明るみこそは幽かな平安そのものなのである。――ぱつと山の肩の所の大きな雲の切目が赤くなつて、それが又やがて次第に色あせて行く。（十八日）

□

軽便の玩具《ちや》の様な列車がけたゝましい音をたてながら、白い崩れさうな火山灰の露出した崖をまがつてしまふと、私達は云ひ合はした様に他をかへり見ては其処に一抹の淋しさを感じない訳には行かなかつた。

『もう今此処にゐる人だけなのね』帰途につかうとした時にエディスは、幼い葉子さんの頭に手をやりながらしみ〴〵とした口調で云つた。

『清子さん、清子さん』後を振りかへつては遅れ勝ちな葉子さんの姉さんのまあるい麦藁帽に声をかけながら、私達は松林の中の道を下つて行つた。やがて気が付いて見た時には葉子さんも、もういつの間にか道草のお仲間入りをしてしまつてゐた。

そしてエディスと私との二人の足音のみが調子よくあたりの樹々に響いてゐた。

　エデイスは妹のポールの病気の事からしきりに、八つの時に自分もやつたと云ふ盲腸炎の話をし始めた。

『……それでね、どうしてもママが手術はさせないつて云つたのよ』と、大跨にぐん〳〵と歩きながらエデイスは話をする。動ともすれば後れがちになりながら、ポールの本当の病気をすでに私かに知つてゐる私は、平気で盲腸炎の話をしてゐるエデイスの顔を、心に嘲笑ふ様な心持ちでしば〳〵盗み見ようとしてゐた。

『一人悪い看護婦がゐたの。こつちは何か食べたくて食べたくて仕様がないんでせう。それをわざ〳〵大きいコップと小さいコップとに一杯《いつぱい》牛乳をもつて来てどつちが好《い》いつて訊くから大きいのがいいつて云つたら、その中の牛乳を匙一つぱいきりしか食べちや不可ないんですつて。ママに云ひ付けてやらうかと思つたけれども、叱られて可哀さうだと思つたから黙つててやつたけれども、まだ今でも好く覚えてゐるわ。それから又その看護婦——此麼な事もあつたのよ。——』

　エデイスはふつと言葉を切つたと思ふと、凝つと向うから来る一団の外人の群を瞶めた。知らない間に私達はもう、片側が傾斜《なだら》な広い草原に明るく開けてゐる道に来てゐるのであつた。浅間がくつきりと裾野から頂に至るまでの全容を、秋らしく澄んで来た空に眼に迫る様に浮べてゐた。

『ドイツ人、——ドイツ人よ、変な英語なんか使つて』一群のその人達がてんでに私達の顔を盗み見る様にして道の傍を過ぎ去つた時、エデイスはぶつきら棒な口調でかう云つて、そして唾を強く地に吐いた。

　私はエデイスの視線を避ける様にして、思はず浅間の姿に見入らなければならなかつた。その裾野の広いまばらな草地には今静かに雲の陰影《かげ》が一つ西より南へと動きつつあつた。

『清子さん、葉子さん！』

　エデイスは突然大きな声を出して後を振りかへつた。午近い秋の陽がしんかんと私達の周囲に照つてゐた。（十八日）

□

　両岸から迫つた赭い岩の間を水は、捕へ様のない複雑な変化を持つた渦の泡立ちをもつて滝の落ち口の方へと進んで行つて居る。滝の落ち口の所は岩が深く瓶の様になつてゐて、その縁《ふち》の狭い一方の欠《かけ》から滝は向うに落ちて行つて居るのである。かうした瓶はまだ此の瓶の手前にも浅くて平たいのや深くて狭いのや、二段にも三段にも存在してゐて、其の都度《つど》水は小さい滝をなして居る。或る瓶では細長く岩がその瓶の中に突き出てゐて、水はその岩の下に穴をうがつて通じて居る。かうした瓶に一つ二つと順に眼を落して行くと、本当の滝の落口は、此所からは大分の下になつてゐるのが分かる。そして其処で切られた様になつて落ちて行く白い水泡の水平線の彼方には、更にずつと低く、此の水の下流が山あひの緑の間を遠く、流れて行つて居るのを見る事が出来る。——所々木洩日のさし込んでゐる所が二三箇所、水を白く見せて居る。そして両岸からの岩の具合に依つて面白く水が曲折して行く様が、遥かにS字形になつて居るのが分かる。

滝壺の前に人が立つたらしい。

落ち口の水平線の上に気持ちのいい麦藁帽とパラソルの上部の二つばかり動いてゐるのが、ひよつこりと今見える。其等は滝壺の響きにつれてたゞ左右に音もなく動き合ふばかりである。如何なる人かは全くその姿を見る由もない。

鶺鴒が一羽はらつと何処《いづこ》ともない木の間から飛んで来て、恰度木洩日の一箇所明るく差してゐる落ち口の岩鼻の青苔の上に止まつた。鳴きもしない。静かに尾羽根を大きく二三度づゝ動かして居る。……

落ち口から更に三四間行つた先きの、両岸の岩の高く差迫つた所に、細い枯木が一本横倒しに懸つて居る。そして其の木は滝の落口の狭い水平線と両岸の岩との四辺に依つて、梯形の空間を描いてゐる。此の狭い空間の中にうかがはれる下方の瀬の一部の光景は、望遠鏡の中にでも見る様な、一種の光線味を帯びてくつきりと、それだけの一世界として纏つた美はしいものになつてゐるのである。又この木が境する上方の空間には更に、流れの末の方が一面の青樹の中に、ひろく静かに見渡されてゐるのである。

狭い落ち口の上に、これも頭だけしか見えぬ下方のとある岩の上に、さつきの帽子らしいのが今一つ載せてある。緑の光りのなかにそれがきはだつて白く鋭い。その外のものは見えない。昼近く寂として山峡は今とどろく瀬の音で満ちてゐる。音極まつたかへつてその中に一抹の静の存在するを覚える。

——R滝の上の水に臨んだ岩の平らになつてゐる所にて。

（文月十九日）

□

浅間は山襞も見えずに一面に影絵の様に、霧の中にぼかされて居る。夕焼がその輪廓に透き通つたしばしの明るさを漂はして居る。

低い山脈の起伏が近く前にある。今——その一面に黒々とした松林の上に、ふと先程からの赭黒色の雲がにはかに活動し初めた所である。競ふ様に其等はもく〳〵と盛り上つて来る。

雷鳴がする。雲がます〳〵動く。

雷鳴がする。さわやかなかすかな音が一斉に松林に起つた。雨の音である。

こちらの草山は今草の葉一つそよがない静けさ——来らんとする何物かを待つ恐ろしくなるまでの静けさの中に総べてを保つて居る。思はず額に手を翳して見た時、其所にはほのかな夕べの明《あか》りの漂ひが感じられた。

稲妻がして、松山の雨のかそかな響きは、漸く此方《こちら》へと迫つてくる気配である。（十九日午後六時十五分）

□

滝の歌が出来ないので、三脚をもつた私は毎日の様にこの滝へやつて来る。そして滝壺に面したり両岸の岩に面したりしては一時間でも二時間でも范然《ぼかんと》して居る。で、つまらない事ではあるが、——殊に日曜土曜の翌日など——新しく岩石や流材の上に楽書のふえると云ふ事がふとした興味を引いて、私は此処に来ると先づそれをしらべる様になつた。

先づ私がいつも三脚を据ゑる直ぐ傍の流材は、水でもまれて滑々になつたそしてすでに青苔をさへ薄く帯びた太い幹の根あたりに「AUG17, '18」と彫りつけてある。余程根気よく彫つたらしいナイフの跡である。そして其の字の上には斜に白く鳥の糞がひつかかつてゐて、其儘いつ見ても変らない。

又沢山の流材の上には腰をかける事が出来る様に其処其処に平らに四角い板が打ち付けてある——その板の面にも時々鉛筆や万年筆などで楽書が沢山書かれる。土地柄だけに言葉は単に日本語ばかりではない。英語もあればフランス語もある。而も楽書だけに殆どその国語に対して無智識に等しい様な程度ののまでが、どし〳〵と大胆に勝手な文法をもつて書きつけてゐるらしい。片仮名で「グドバイ」と書いたなども、これも楽書の楽書たる心理の一端の現はれであらう。中には西洋人の手らしいのもある。

K —— no taki nanda tsumaranai.

一番滝壺に近い腰掛に書かれた文句である。しぶきで今は殆ど消えかかつて居る。

I came here with Miss A and K at the 25th August, 1918.
Mr. K. Ogawa.

まづい英語で此麼のがあるかと思ふと、日本語で「お茶のむベカラズ」などと云ふ訳の分らないのがある。又中にはかうした板の上に御丁寧にも鉛筆でせつせとこの滝を写生して行つた人などもあり、時には淫猥な画なども見掛ける事がある。

尚滝に向つて流れの真中に大きな青苔の蒸した岩がある、その岩にも色々なものが書かれてある。575とナイフか何かで書いたらしい字が莫迦に大きい。1918と書いてあるのが二つ三つ眼につく、あとはごちや〳〵新古錯然と画だか字だか分らない。とにかく総べて飛び〳〵の流材を渡つて行つては書いたものらしい。

かうした各種の楽書が、古いのが次第に消えて行つては又新らしいのが其所に書かれて行くのである。

私はいつも人間の心の跡と云ふことを考へる。かうした山の中にも人間はその様々の心の跡を残して行くのである。総べてのものは、すでに人間の心に触れてゐる。——

もう一月もすれば人は一人も来なくなる。そしてやがては雪に全く埋れてしまふ。長い冬ごもりの間にはかうした楽書もみんな跡方もなく消えてしまふかも知れない。そして来年も夏には又多勢の避暑客がやつて来ては今年の様に色々な心の跡を残して行くのかも知れない。滝の響きと苔の匂ひと岩と流材とのかうした山の奥にも、面白い人間生活の現はれはあるものであ

る。（廿三日）

□

K温泉の門――門と云つても丸木の赤松の柱が二本立つてゐるだけであるが其の流れに沿うた左側の一本の方に次の様な文句を書いた板が高々と打ち付けてある。

GERMANS
(baby-killers)
are *not*
allowed
in this
valley!

The Proprietor

此の夏の初めの頃であつた。

この温泉の中に赤色に塗つた別荘を持つてゐるフランス人の息子や娘たち――ミス・エデイス。ミス・ポール。ミスタ、ルイ。ミスタ、ジヨーヂ。などと云ふ連中――が軽便の小さな列車の中でK町から乗り合はしたドイツ人たちと口喧嘩でもしたらしい事があつた。彼等はドイツ人と見さへすれば直ぐ、常に所謂愛国心を発露しようとしてゐるのである。彼等は山の上にある小さな停車場で下りるやいなや、大急ぎで先き廻りをして帰つて来た。そして彼等の幼い時からの遊び相手であつた所のこの温泉の宿屋の若い主人Sさんをしてとう〳〵、あの一枚の札を門の所に打ち付けさしてしまつたのであつた。

其の頃はまだ板も新らしかつた。くつきりと生々しく匂ふ新しい墨のあとは、折から後れてやつて来たドイツ人達の眼を強く射た。其れは可愛い子供を二人つれた夫婦づれの人なのであつた。男のドイツ人はそのきりつとしまつた額を真赤にしていかつた。しかしばらくで彼等は淋しさうな顔をして帰つて行つた。無心な子供達はやはりうれしさうに道々の黄色い花を摘んでゐた。――別荘のフランス人達は日の暮れるまで声を合はして高くマルセイユを歌つてゐた。

この小温泉場に語られてある、かうした種類の短いストーリーは、まだ〳〵沢山私は知つて居る。私はさうした総べてを「敵国人哀話」とでも名づけたいと思つてゐる。

『駄目だわ』病み上りの面影がまだ顔に暗く残つてゐる二番娘のポールはかう云ひなから、尚しきりに立札に向つてカメラのピントを合はせた。と、エデイス、ルイ、ジヨーヂの三人が云ひ合せた様に同じく不安気に、その立札を見上げた。

山の霧の静かに流れ行く気配が頻に冷い感じを与へる。冷い水が一面の露草の間に、さわやかに流れつつ光つて居る。朝の陽は、そのささやかな流れをへだてた向うの松山の、肌理《きめ》の粗い火山灰の膚に今当り初めて居る。

『これを写《と》つて横浜まで持つて帰らうつて云ふんですね』

私がかう独語《つぶや》く様に云つた時、Sさんのお母さんは笑ひながら崖に沿うて立ち止つてゐた。

エデイスもポールも今はお揃ひの新しい衣服をつけてゐた、白いスカートが朝の風に気持ちよく軽い襞を造るのであつた。長いズボンをはいて大人びて来たルイは、澄まして少し離れて太い山の木のステツキを突いてゐた。

『駄目だわ。とう〳〵とれずに帰るのかしら』

エデイスはちよつとそのカメラを覗き込んだが、すぐ姉らしい態度で『駄目、よしませう』ときつぱりと云つた。

遠く振り返つてゐたSさんのお母さんと私とは、此の時思はず眼を見合はして軽い苦笑を泛べた。一番下の十三になるジヨーヂは唐突《いきなり》大きな声で
『Germans (baby-killers) are not allowed in this valley!』

と叫ぶ様に読みながら附辺《あたり》を飛び廻はつた。

私は遠い山の霧の静かな動きに心を遷した。

□

『俳句は大変面白いです。わたくし仮名は読めますけれども、古い言葉読めません。それでみな小泉八雲の翻訳で読みました。たいへん面白いです。和歌も大変面白いです。日本のポエートは蝶々と桜の花と月のうた大変よく作ります。皆んな面白いです。しかし……虻や蚋の歌などありません。虻や蚋の歌、貴方つくりますか。作ると大変いいですよ』

Wさんはかう云つて淋しい感傷的な笑ひをもらした。

『え丶作りませう。虻や蚋どころか、落葉松でもトロツコでもなんでも作りますよ』

かう答へて私は軽い笑みを見せた。Wさんは笑ひをかへすかはりに、遥かの草山のはてに遠くその眼をさまよはした。

馬のなき声が聞える。谷越しの前の松山の材木小屋に灯がついてゐる。澄んだ十六日の月がその上に高く上つて居る。Wさんは宿屋の浴衣が短かくて、毛深い二本の脚《すね》があらはである。細いこれも宿屋からの寝着用の帯に両手を差入れたまま、遠い山の端にしばしの夕べの明るみを贖めて居る。

騒々しいそして神経の鈍い西洋人の間にあつて、Wさんは珍らしい東洋的のデリケートな閑寂味を解し得る人であつた。Wさんがポーの信者であるかどうかは私は知らない。しかしとにかくミルトンやその他の西洋の長い詩は此所にけなされた。そして今静かに、私と云ふ対話者の存在をすら忘れたかの様に、Wさんはひとりの沈黙に浸つて居るのである。

風が時折に渡つて来ては一面の芒の穂波を銀色に光らす。昼間の名残らしい草いきれが、おもむろに地から身に迫つて来る。Wさんは無意識の様に時折りに、裾のあたりに蚋の群をはらつた。虫の音が止まうとしては又近く起つた。月のひかりがだん〳〵と冴えて来る。私は引き入れられる様に、月光にそむいて立つたWさんの陰影の多い顔に見入つてゐた。

『貴方、学校で漢文をならひますか』Wさんはふと口をきつた。

『え、習ひます』

『では読めますか』

月の光りが恐しい様に澄んで来る夜である。谷に釣瓶を落す音がいづくともなく聞えて来る。


（「ホトトギス」大正7年11月号）

梟啼く

杉田久女

私には信光《のぶみつ》といふたつた一人の弟があつた。鹿児島の平の馬場で生れた此弟が四つの年（その時は大垣にゐた）の御月見の際女中が誤つて三階のてすりから落し前額に四針も縫ふ様な大怪我をさせた上、かよわい体を大地に叩き付けた為め心臓を打つたが原因でとう〳〵病身になつてしまつた。弟の全身には夏も冬も蚤の喰つた痕の様な紫色のブチ〳〵が出来、肝癪が非常に強くなつて泣く度に歯の間から薄い水の様な血がにじみ出た。私達の髪をむしつた。だけども其他の時にはほんとに聡明な優し味をもつた誰にでも愛され易い好い子であつた。五人の兄妹の一番すそではあつたし厳格な父も信光だけは非常に愛してゐた。家中の者も皆此の病身ないぢらしい弟をよく愛しいたはつてやつた。弟は私が一番好きであつた。病気が非常に悪い時でも私が学校から帰るのを待ちかねてゐて『お久《しや》しやんお久《しや》しやん』と嬉しがつて、其日学校で習つて来た唱歌や本のお咄を聞くのを何より楽しみにしてゐた。鳳仙花をちぎつて指を染めたり、芭蕉の花のあまい汁をすつたりする事も大概弟と一処であつた。

父が特命で琉球から又更に遠い、新領土に行かなければならなくなつたのは明治三十年の五月末であつたらうと思ふ。最初台湾行の命令が来た時、この病身な弟を長途の船や不便な旅路に苦しませる事の危険を父母共に案じ母は居残る事に九分九厘迄きめたのであつたが信光の主治医が「御気の毒だけど坊つちやんの御病気は内地にゐらしても半年とは保つまい。万一の場合御両親共お揃ひになつてゐらした方が」との言葉に、動かされたのと一つには父は脳病が持病で、馴れぬ熱い土地へ孤りで行つてもし突然の事でも起つてはと云ふ母の少からぬ心痛もあり結局母はすべてのものを擲つて父の為めに新開島へ渡る事に決心したのであつた。小中学校さへもない土地へ行くのである為め長兄は鹿児島の造士館へ、次兄は今迄通り沖縄の中学へ残して出立する事になつた。勿論新領土行きの為め父の官職や物質上の待遇は大変よくなつたわけで、大勢の男女子をかゝへて一家を支えて行く上からは父母の行くべき道は苦しくともこの道を執らなくてはならなかつたに違ひない。私の母は非常にしつかりした行渡つた婦人であつたが、母たる悲しみと妻たる務との為めに千々に心を砕きつゝあつた其の苦痛は今尚ほ私をして記憶せしめる程深刻な苦しみであつたのである。

八重山丸とか云ふ汽船に父母、姉、私、病弟、この五人が乗り込んで沖縄を発つ日は、この島特有の湿気と霧との多い曇り日であつた。南へ下る私共の船と、鹿児島へ去る長兄を乗せた船とは殆ど同時刻に出帆すべく灰色の波に太い煤煙を吐いてゐた。次兄はたつた孤りぼつち此島へ居残るのである。

送らるゝ人、送る人、骨肉三ケ所にちりぢりばら〳〵になるのである。二人の兄の為めには此日が実に病弟を見る最後の日であつた。新領土と言へば人喰ひ鬼が横行してゐる様におもはれてゐる頃だつたので、見送りに来た多数の人々も皆しんから別れををしんで下さつた。船が碇を捲き上げ、小舟の次兄の姿が次第〳〵に小さく成つて行く時、幼い私や弟は泣き出した……

真夜中船が八重山沖を過ぎる頃は弟の病状も険悪になつて来た。その上船火事が起つて大騒ぎだつた。太洋上に出た船、而かも真夜中の闇い潮の中で船火事などの起つた場合の心細さ絶望的な悲しみは到底筆につくしがたい。

ジヤン〳〵なる警鐘の中にゐて、病弟をしつかと抱いた母はすこしも取り乱した様もなく、色を失つた姉と私とを膝下にまねきよせて、一心に神仏を禱つてゐるらしかつた。

が幸ひに火事は或る一室の天井やベツドを焦したのみで大事に至らず、病弟の容体も折合つて、三昼夜半の後には新領土の一角へついたのである。淋しい山に取かこまれた港は基隆《キールン》名物の濛雨におほはれて淡く、陸地にこがれて来た私達の眼前に展開され、支那のジヤンクは龍頭を統べて八重山丸の舷側へ漕いで来た。

今から二十何年前のキールンの町々は誠に淋しいじめじめした灰色の町であつた。とう〳〵こんな遠い、離れ島に来てしまつたと云ふ心地の中に、三昼夜半の恐ろしい太洋を乗りすてゝ、やつと目的の島へ辿り着いたといふ不安ながらも一種の喜びにみたされて上陸した私達は只子供心にもの珍らしい許りであつたが、これからは尚ほ更ら困難な道を取つて、島内深くまだ〳〵入らなくてはならなかつた。

基隆の町で弟は汽車の玩具がほしいと言ひ出して聞かなかつた。父と母とは雨のしよぼ〳〵降る町を負ぶつて大基隆迄も探しに行つたが見当らず、遂に或店の棚の隅に、ほこりまぶれになつて売れずに只一つ残つてゐる汽車のおもちやを、負つてゐる弟がめばしこく見つけ、それでやつと機嫌をなほした事を覚えてゐる。

基隆から再び船に乗つて、澎湖島を経て台南へ上陸したのであるが、澎湖島から台南迄の海路は有名な風の悪いところで此間を幾度となく引返し遂々澎湖島に十日以上滞在してしまつた。澎湖島では毎日上陸して千人塚を見物し名物の西瓜を買つて船へ帰つたりした。漸うの思ひで台中港へ着き、河を遡つて台南の税関へついた。そこで始めて日本人の税関長からあたゝかい歓迎をうけ西洋料理の御馳走をうけたりパイナツプルを食べたりした。心配した弟の体も却つて旅馴れたせいか変つた様子もなく頗る元気であつた。

台南から目的地の嘉義県庁迄はまだ陸路を取つて大分這入ら

ねばならなかつた。困難はそこからいよ〳〵始まつた。汽車は勿論なし土匪は至るところに蜂起しつゝあつた物騒な時代で、沢山な荷物とかよわい女子供許りを連れて益々危地へ入つて行く父の苦心は如何許りで有つたらうか。私達は土人の駕籠に乗せられて、五里ゆき三里行き村のあるところに行つては泊り朝早く出て陽のある中に城下へ辿りつくと言ふ風に様々な危ない旅をしたのであつた。ある時には青田の続いた中をトロで走り、或時は一里も二里も水のない石許りのかわいた磧を追つかけられる様に急ぎ、又時には強い色の芥子畑や、わたの様な花の咲く村を土人の子供に囃されつゝ過ぎた事もあり、行つても行つても、今の様な磧の（或場所の石を積み上げてあるところなどは土匪でも隠れてはしないかと危ぶみ怖れつゝ）果てに雲の峰が尽きず村も三里も五里もない様な処もあつた。或時には豪雨で橋の落ちた河へ行きあはせた事もあつた。両岸には奔流を空しく眺めてゐる日本人や土人が沢山ゐた。郵便夫もゐた。父は裸になつて河をあつちこつち泳いで深さを極め、私共は一人一人駕籠かきの土人に負さつて矢の様に早い河を渡してもらふ事もあつた。奔流に足を取られまいとして、底の石を探り〳〵歩む土人の足が危ふく辷りかけてヒヤリとした事も一度や二度ではない。竹藪の中の荒壁のまゝの宿屋（村で一軒しかない日本人の宿）に佗びしく寝た夜もあつた。丁度新竹から先は都合よく嘉義へ行く軍隊と途中から一処になつたので夜も昼も軍隊と前後して、割合に危険少なく幾多の困難を忍んで漸く嘉義についたのは七月の初旬であつた。

やれ〳〵と思ふまもなく長途の困難な旅に苦しめられた弟はどつと寝付いてしまつたのである。日本人といつても数へる程しかなくやつと県庁所在地といふのみで上級の官吏では家族を連れて来てゐるのは、私共一家のみといふ有様だつたので、私共は県庁の内の家に這入り病弟は母が付添つて市の外づれの淋しい病院へ入れられた。そこはもと廟か何かのあとで、領台当時野戦病院にしてあつたのを当り前の病院に使つてるので軍医上り許りであつたし外には医師も病院もなかつた。煉瓦で厚く積まれた病院の壁は、砲弾の痕もあり、くづれたところもあり、病室と言つても、只の土間に粗末な土人の竹の寝台をどの間も平等に、おかれてある許り。廊下もなくよその病人の寝てゐる幾つもの室を通つて一番奥の室が弟の特別室であつた。隣室には中年増の淪落の女らしいのが青い顔をして一人寝てゐた。弟の室の裏手の庭は草が丈高くはえて入口には扉も何もなく、くづれかけた様な高い煉瓦塀には蔓草が這ひまはり隣りの土人の家の大樹が陰鬱な影を落してゐた。院長などは非常に一生懸命尽して下さつた。弟の身動きする度ギーギーなる竹の寝台を母はいたましがつた。弟は台南で食べた西洋料理を思ひ出してしきりにほしがつた。馴れぬ七月中ばの熱帯国の事故、只々氷をほしがつた。枕元の金盥には重湯《おもゆ》とソツプを水にひやしてあつたが水は何度取り替へてもぢきなまぬる湯の様になる。信光は母のすすめる重湯を嫌つて

みづう、みづう

と冷たいもの許りほしがつた。この離れ島へ遠く死にに連れて来た様に思はれる病人の為め出来る丈けの事をしてやり度いと思つても金の山を積んでもここでは仕方がなかつた。父は台南へむけ電報で氷を何十斤か何でも非常に沢山注文した。知事さんのコックに頼んで西洋料理を作らせた。其時許りは弟も非常に悦んだらしいけど、「信《のぶ》やお上り?」と聞いた母に、只うんと二三度うなづいた丈けで、力ない目にぢつと洋食の皿をみつめたま、、

あとで。と目をつぶつてしまつた。小さな体はいたいたしく痩せおとろへて、薬ももう呑んでも呑まなくてもよい様な頼みすくない容体に刻一刻おちていつた。母は夜も一めも寝ず帯もとかず看護した。信《のぶ》は体を方々いたがつた。母がま夜中に、このあはれな神経のたかぶつた病児の寝付かぬのを静かになでつ、、

信や、くるしいかい?

と聞くと

うん。苦痛をはげしく訴へず只静かにうなづく。

ぢき直りますよ。直つたらあの嘉義《ここ》へ来る途中の田の中にゐた白鷺を取つて上げますからね。と慰めると

うん。とまた。その頃はもう衰弱がはげしくて、口をきくのも大儀げであつたがしつかり返事してゐたさうである。子供心にも直り度かつたと見えて死ぬ迄薬丈けは厭やといはずよく呑んだ。体温器も病気馴れた子でひとりでわきの下に挟んでゐた。夕方になると、土人《ひと》の家の樹に啼く梟の声は脅かす様な陰鬱の叫びを、此廃居に等しいガラン堂の病院にひびかせ、その声は筒抜けに向うの城壁にこだま返して異境に病む人々の悲しみをそそつた。

病苦で夢中といふよりも死ぬ迄精神のたしかであつた弟は、この夕方の梟の声を大層淋しがつた。見も知らぬ土地に来てすぐ佗しい病室に臥した弟は只父母をたより、姉をたより、私をたより、二人の兄達を偲びつゝ身も魂も日一日と、死の神の手にをさめられようとして、何の抵抗もし得ず、尚ほ骨肉の愛惜にすがり、慈母の腕に抱かれる事を、唯一の慰めとしてゐるのであつた。不慮の災からして遂に夭折すべき運命にとらはれてしまつた不幸な弟、いたはしいこの小さな魂の所有者が我儘も病苦もさして訴へず、ギーギー鳴る竹の寝台に横はつてゐるのを見て、母はにじみ出る涙をかくしつゝ弟を慰め、一日を十年の様な心持で愛撫しいとみしつゝ最後の日に近づいてゆくのであつた。父は昼は病院から出勤し、夜は又病院で寝る為め私と姉とは淋しい県庁の中の家に召使とたつた三人毎夜寝てゐた。昼はムクの木の下に姉と行つて木の実をひろひ、淋しい時には姉と病院の方を眺めて歌をうたつてゐた。私の歯はその頃は丁度ぬけ替る時で、グラ〳〵に動いてゐる歯が何本もあつた。一生けんめい揺すつてゐた歯がガクリとわけなく抜けた或朝だつた。病院から姉と私に早く来いとむかひが来た。

二三日前に、弟の厭やがり父母もどうせ死ぬものならといやがつてゐた、歯の根の膿を持つたところを院長が切開したところが、いつ迄も出血が止らず、信《のぶ》は力ない声で、

いやあ、いやあ、切るのいやあ。

と泣いてゐたがとう〳〵死ぬ迄水の様な血が止らなかつた。前日私の行つた時はそれでも、私を喜んで大きく眼をあけてゐた。弟の病気が重いとは知りつゝも死を予期しなかつた私達は胸をドキ〳〵させてかけつけた。やつと間にあつた。院長も外の軍医も皆枕元に立つてゐた。「それ二人とも水をおあげ」と母が出した末期の水を、夢中で信《のぶ》の唇にしめしてやつた。何とも画きつくせぬ沈黙の中に、骨肉の四人の者は、次第にうはづりゆく弟の上瞼と、ハツハツハツと、幽に外へのみつく息を見守つてゐた。母は静かに瞼をなでおろしてやつた……

のぶさん!! 苦しくない様に、寝られるお棺にして上げるわ。

私は、叫んだ。今迄の沈黙はせきを切つて落した様に破られて、すすり泣きの声が起つた。

その時八つだつた私の胸に之程大きく深く刻まれた悲しみはなかつた。声いつぱい私は泣いた。

淋しいふくろが土人の家の樹で啼いてゐた其の日の夕方しめやかに遺骸の柩を守つて私共は県庁の官舎へ帰つて来た。其当時の嘉義にはまだ本願寺の布教僧が只一人あるのみであつた。十日間の病苦におもやせてはゐたが信《のぶ》のかほにはどこか稚らしい可愛い俤が残つて、大人の死の様に怖い、いやな隈はすこしもなく、蠟燭を灯して湯灌し経帷子をきせると死んだ子の様にはなく、またしてもこの小さい魂の飛び去つた遺骸をいたんだのであつた。棺は私達の希望した寝棺は出来ないで、坐る様に出来てゐた。

お葬式は県庁の広庭であつた。信光の憐れな死は嘉義の日本人の多大な同情を誘つて、関係のない人々迄、日本人といふ日本人は殆どすべて会葬してくれた為め、大きな椋のきかげの庭はそれらの人々でうづもれた。かの病院長も来て下さつた。郊外の火葬場——城門を出て半丁程も行つた侘びしい草原の隅《すみ》の小山でした——へは父と、極《ご》く親しい父の部下の人々が十人許りついて行つてくれた。

火をつける時の胸の中はなかつた。ここ迄来てあの子をなくすとは……

と、火葬場から帰つて来た父は男泣きに泣いた。母も泣いた、姉も私もないた……

信はとう〳〵あの異境で死んでしまつた。

五寸四角位な白木の箱におさめられた遺骨は白の寒冷紗につゝまれて、仏壇もない、白木の棚の上に安置された。信のおもちやや洋服は皆棺に入れて一処にやいてしまつた。

せめて氷があつたら心のこりはないのに……

と父母を嘆かしめた、その氷は信光の死後漸く台南からトロで届いた。信の基隆で買つたあの汽車のおもちやもサーベルも、あとから来た荷物の中から出て、また新らしく皆に追懐の涙を

流させた。

　父は思出のたねとなるからとて、信のつねに着てゐた、弁慶縞のキモノも水兵服も帽もすべて眼につくものは皆焼き捨てゝそこいらには信の遺物は何もない様にしてしまつた。鍾愛おかなかつた末子の死は、一家をどれ程悲嘆せしめたかわからなかつた。

　姉と私とは毎日草花をとつて来ては信の前へさし、バナヽや、龍眼肉やスーヤー（果物）や、お菓子でも何でも皆信へおそなへした。

　父も母も多く無言で、母は外出などすこしもせず看護りつかれて、半病人の様なあをい顔をしつゝわづかに私達の世話をしてゐた。

　土人の子の十五六のを召使つてゐたけれど友達はなし父母は悲しみに浸つてゐ、弟はなし、私と姉とは、龍眼《りゆうがん》の樹かげであそぶにも、学校へ行くにも門先へ出るにも姉妹キツと手をつないで一処であつた。県庁の中の、村に私達四五人の日本人の子供の為めに整へられた教場へ五脚ばかしの机をならべて、そこへならひにゆくのにも二人は、土人の子の寮外《りようがい》に送り迎へされてゐた。全くまだ物騒であつた。或夜などは城外迄土匪が来て銃声をきいた事もあつた。夕方など私達が門の前で遊んでゐると父は自分で出て来て、
　静も久も家へもうおはひり。かぜをひくといけない
と、心配しては連れもどつて下さつた。厳格一方の父も気が弱つた。廟をすこし修繕して畳丈け敷いたガランとした、窓只一つのくらぼつたい家は子供心にも堪へられぬ淋しさをかんぜしめた。

　城壁のかげの草原には草の穂が赤く垂れ、屋根のひくい土人の家の傍には脊高く黍が色づき、文旦や仏手柑や龍眼肉などが町に出るころは、ここに始めての淋しい秋が来た。毎夜、城外の土人村からは、チヤルメラがきこえ夜芝居――人形芝居――のドラや太鼓などが露つぽい空気を透してあはれつぽくきこえて来た。

　遠く離れてゐる二人の兄に細々と弟の死を報じた手紙の返事が来たのは漸く初秋のころであつたらう。

　次兄は大空にかゝつてゐる六つの光りの強い星が一時に落ちたと夢を見たさうであるし、鹿児島にゐた長兄は、つねのまゝのゴバン縞のキモノで遊びに来たとゆめ見て非常に心痛してゐるところに電報が行き、いとま乞ひに来たのだらうとあとで知つた由。二人の兄共殊に愛してゐた末弟のあまりにもろい死に様に一方ならず力落ししたのであつた。

　それから丸一年を嘉義に過し其後台北に来、東都に帰つた後も尚ほ暫らく弟の遺骨はあの白布の包みのまゝ棚の上に安置して、弟の子供の時の写真と共々、いつも一家のものの愛惜の種となつてゐたが、桜木町に居を定めて後、一年の夏、父母にまもられて、父の故国松本城山の中腹にてあつく祖先の碑の傍らに葬られた。

弟が死んでからもう二十二年になるが、あの様な地で憐れな死に様をした弟の事は今も私の念頭を去らず、死に別れた六つの時の面影が幽ながらなつかしく思ひ出されるのである。

(「ホトトギス」大正7年11月号)

浅間の霊

岩野泡鳴

一

『あなたのやうにしんねりむツつりしてる人、わたし嫌ひ』と、お菅《すが》は云つた。

『…………』今田《いまだ》はこれを聴いて、心ではまた何を生意気なとつぶやいたが、事が面倒になるのを恐れて、おもてには少しも怒つて見せなかつた。そしてその翌日、役所へ出てゐるひまに俗語字引きを引いて置いて、帰宅してからかの女に半ば独り言のやうに、然し物を教へてやるつもりで、『しんねりむツつりとは、東京では、何ごとをするにもばかばかしくないことを云ふのだが、お前の亭主はそんな性質の男ではない』と答へた。自分の方が勤め先きをいつもかの女より早く帰宅するので、晩めしだツても自分が火を起したり、瓦斯《がす》で物を煮たりして用意して置くのである。かの女はそれがたま〳〵できてゐないのを発見すると、こちらを女中ででもあるかのやうに叱り付けるのだ。で、自分は第一のをんな鬼から免れて来て、また第二のそれにぶつかるやうになつたことを感じ初めてゐた。

『では、あなたの女房に専売局などへ行かして置いて、あなたはどんなにはかばかしくわたしを養つて呉れます？』

『まア、さう云ふなよ。今に発明が特許を得るやうになれば、ふたりで十分好きなことをして遊ぶ、さ。』

二

今田にはお菅は内縁であつた。渠《かれ》の戸籍上の妻は別に国にゐた。けれども、その国が渠に一生忘れられぬありがたい物になつてるのは、何も本妻がゐる為めではなかつた。渠は自分の生れた土地を霊地と信じて来たのである。

浅間山が目の前に屹立してゐて、高い空に勢ひよくけむりを吐き出してるのを、子供の時から朝ゆふに見ないわけに行かなかつた。大きくなつてから、一二度山上に登つて行つて、噴火口の周囲をもまわつて見たが、その二度目の時、けむりの太い柱がおほ風の為めにしなつて来て自分の方へ倒れさうになつた。自分は一心不乱に浅間の霊を念じた。この時ほど自分の信仰心を緊張させたことはなかつたので、その後になつても、時々山の鳴動が聴かれたり、またそれが地震となつて家に響いたりする毎《ごと》に、その時のことを思ひ出して浅間を崇敬した。

自分の家はその霊山のふもとに在つて、而《しか》も町ぢうでの旧家であるが為めに、年来の旅宿業の方は本妻にまかせて置き、自分は選らばれて三等郵便局を経営してゐた。そこに何不自由もなかつたのだが、自分は霊山のめぐみに由《よ》つて生まれたその為めか、貴顕のお姿にそツくりだと云はれるのが得意であつたに反して、かの女は山の荒《あら》みたまを受けたのか、荒ツぽくて口やかましく、気に向かないと亭主にでも子供にでも当り散らすさまが、まるで山の御神の荒ぶる時を思はせた。けれども、それが何となく神意のやうに見えて、渠は敬遠主義を取らないではゐられなかつた。

『あなたは何だ、ね、男のくせに子供を叱ることもできないで？』

『いや、おれは子供をさうお前のやうに叱らない。悪いと思へば、子供だツて独り手に直すやうにするだらう——もう、さうあたまから叱る年ごろでもない。』

こんなことにでも毎度衝突があつた。そしてその都度自分や自分の子供にかげながら同情して呉れるのは今の内縁の妻であつた。お菅は女中として甲斐々々しくもあり、親切でもあつた。それにほだされて、つい自分はかの女と関係してしまつたのがもとで、一層家ぢうの衝突が大きくなつた。中学三年生の長男はこちらに賛成したけれども、小学教員をしてゐる総領なる娘は、不断その母を嫌つてながらも、母の味かたになつた。

その結果、総領娘が二十二、長男が十七の時に、自分は自家を見限つて、お菅と一緒に東京へ出たのである。長男もあとを追つて来たけれども、自分の収入がまだないと云ふ理由《わけ》を以つて一緒に住まはせることにお菅が反対したので、或おもちや屋の小僧に入れてしまつた。そのうち、自分は政友会の関係を辿つて、且《かつ》、郵便局を請け負つてゐたり、字を綺麗に書くと云ふ為めに、元田さんが大臣をしてゐる○○省の傭ひに採用せられ、その官房の秘書課の人となつた。

自分には原さんや元田《もとだ》さんほど天下にゑらい人はなかつた。殊に、後者には役所で直接に会ふやうになつてから、一層ゑらい人に思はれたので、自分のところへ来て渠等を悪く云ふものがあれば、躍起になつて弁護の労を取つた。『元田崇拝者』と云ふのが自分の東京へ来て最初に得た仇名《あだな》であつた。少し年が行き過ぎてるがと云はれたが、俸給は三十五円貰ふやうにして貰つた。それまでの暮しは、お菅が上京後直ぐ通ふことになつた煙草専売局の、女工としての給金で何とか間に合はせてゐたのだ。

いよ〳〵夫婦とも稼ぎができるやうになつたので、居を自分の勤め先きに近い木挽町《こびきちやう》に定めた。狭くるしい横丁ではあるが、場所がらだけに、すぢ向ふには立派なはかま屋があり、また向ふ角には大きな酒屋がある。いづれも小僧を四五名から七八名は使つてる。こちらの角は年を取つた女戸主の貸し蒲団屋で、その隣りが今田の家で、そのまた隣りには大工の請け負ひがゐる。下に一と間、上に一と間の今田の家賃が安くして貰つて十三円には驚いたが、二階へ直ぐ一人経師屋《けうじや》の下請けをする老人が来たので、それから毎月五円の間代が取れるやうになつた。

半間の水口に並んで格子戸があり、これを這入つたところの奥行き半間の土間からあがると、直ぐ夫婦の住まひなる六畳の座敷だ。この突き当りにはまた半間幅の庭（と云ふよりも土間）があつて、それをかこつた低い板壁の上から、歌舞伎座の裏手の赤い煉瓦壁がのぞいてゐる。便所へ行くたんびにそれが見えないではゐなかつた。

兎に角、家も定まり、職もできたと云ふので、国からは娘の好意として簞笥一さをと紫檀《したん》の机とを届けると云ふ通知が来た。その手紙に拠《よ》ると、矢ツ張り、お菅の無教育を行く末の見込みがないと非難してあるけれども、

『全く父上がお好きの上で斯うなつたのでございますから、兎に角、おふたりで何卒《どうぞ》幸福にお暮し下さいませ』とある。本妻の無情、我むしやらに比べては、娘の優しい心根がありがたい。飽くまで母の味かたになつてることを発見した時には、これも一緒に憎かつたけれども、一たび離れて見ると、娘の方でもこちらと同じやうに同じ血を懐かしいに相違ない。あふれ出ようとする涙をお菅に押し隠しながら、あとの方をも読んだ。『うちでは、たとへ女が働く商売ではございますが、家の大黒ばしらが動いて行つたのですから、とてもうまくは続きますまい。けれども、私もをりますものですから、できるだけは母にも力を添へましよう。こちらのことには御心配なく、………』

『…………』お菅は平べツたい顔に白目がちな目をするゑて、こちらの顔いろばかり読んでる様子であつたが、この時突然け

んどんな声で尋ねた、『きツとわたしの悪くちでしよう？』

『なアに――疑ふなら読んで御覧！』渠は言葉やわらかにその手紙をそのままかの女の方にほうり投げて、込み上つて来る感情にちよツとすきを与へた。かの女が眼中無一文字で、どんな字をでも読めないのには安心であつた。

『人を馬鹿に！』いきなり引き裂かうとしたので、渠はかの女をすかして、一旦それを取り返してから、二三日のうちには荷が着くだらうと云ふことを云つて聴かせた。そして心では、この手紙は浅間の山霊に誓つても自分が娘に対する愛情の守り札として、毎日役所へ往き来の懐中にしツかり納めてゐようと決心したのである。

三

机と桐の古簞笥とが届いて見ると、簞笥の引き出しには今田の残して来た自分の衣物なども這入つてゐたけれども、お菅の物は何もなかつた。無論、ないのが当り前であつたのだが、それをもかの女は何だか不平の種にして、

『わたし、詰らない、わ、毎日働かされてばかりゐて』と云つた。

『…………』それも可哀さうだと思はれたので、渠は一晩かの女に芝居の立ち見をさせてやつた。そして今一つ、欲しい物を買へと云つて、最初の俸給日になにがしの金子《きんす》を自由にさせると、黄とえび色との幅一寸もある立て縞の紡績と、牡丹色地に雁とあしの葉とを白く抜いた綿更紗と、を買つて来た。

『赤ン坊の衣物《きもの》見たやうなのをどうするのだ』と聴くと、かの女は、

『派手でいいでしよう』と答へた。

『三十四にもなつてかい？』

『でも、あなたよりやまだずツと若いのよ。』

『…………』渠は自分の愛する者が若い気でゐて呉れるだけでも刺戟があつて嬉しいと思つた。官房や文書課に勤めてゐるものを見ると、皆大学出で而《しか》も皆年が若い。そして自分のやうな年輩者が段々、官界からも社会からも、追ツ払はれて行く傾きのあるのに対して今更らの如く憤慨までしないではゐられなかつた。東京へ来てからは、毎日のやうに頭髪の間のしらがを気にして抜き取り、役所に出る前には、必らず鏡を手に取つてあごに見える白色を墨の粉で以つて塗り隠した。

お菅もこれに倣つて濃いお白粉の外にも顔を墨で作つたので、たださへ引き釣つてる眉が一層いかつくなつて、最近に歌舞伎座で見た草履うちの岩藤《いはふぢ》さながらである。けれども、かの女がそれをいいことにしてゐるので、渠は別に何も云はないのだ。

感心にも縫ひ物だけは下手ながら独りで出来るので、かの女はいつのまにかその派手な紡績の衣物《きもの》にひわ色ガスの裾まわしを付けた。それから、綿更紗の方は被布になつたが、べに金巾《かなきん》の裏を附けた。そしてその両方を電気の光に着て見せて、その顔を後ろに反らし、足の裏でちよツと上げた裾まわしを見た。

『どうです、ね』と、突ツ立ちながらこちらに向つてにこ付き、

『ハイカラでしよう？』

『…………』渠は如何に田舎ものでも、かの女の年輩と衣物の縞、またその衣物と被布の小紋が皆、不調和なのを分らないではなかつた。それに、また、裾まわしのふきが出過ぎたり、詰め過ぎたりしてあつた。けれども、東京で暫らく突拍子もないことばかり見慣れて来た自分には、それででもハイカラに通用するのだらうと思へた。その上、電気の光が、もう寝むくなつてた自分に、微笑の女をいつになく美しくして見せた。

『この上にマントを着て行くのよ。』

『それもよからう、さ。』

　釣りがねマントはその前に古物を買つたのだが、夫婦がかたみ替りに用ゐると云ふ約束で、色は黒と鼠との地味にし、縞の方で派手なおほ格子を撰んだ。けれども、これを渠がちやんと着て出たのは初めのうち一二回切りで、大抵はかの女の出勤に用ゐられた。そして渠自身は雨の日にも外套なしで、背広に足駄でてくてく通つた。

『君の有名なマントはどうしました、まさか質に入れたのでもあるまい』と、無遠慮な或若手が冷かしたので、その翌日は着て行つた。けれども、またその次ぎからは向き出しであつた。

　それほど自分の女房が服装を気にするのも、

『○○省の官吏の奥さん』と云はれたい為めであるから、自分も却《かへ》つて結構なことだと許して置いた。自分の女房を無教育な女中と云はせるよりも、その方がどんなにいいか分らない。まして今回の発明が成功すれば、一挙にしておほ金持ちの細君になれるわけであるから。

　渠は一方の壁を床の間と見立てて、自分の顔がよく似てゐると云ふ貴顕の軸物を掛けた。倹約を訓令した或文書入りの石版刷りである。その反対の壁のはづれに国から届いた簞笥を置いた時には、机を室の真ン中に出して久し振りの読書をでもして見たいと思つた。そして、

『東京一の芝居も近くツて、ほんとうにいい場所だ、わ』と云つて喜んだお菅の言葉を再び心に浮べても見た。かの女は専売局の仲間からでもおだてられて来たのだらうが、『木挽町のやうな場所へは、東京の人だツて、なか〳〵住まうツたツて住めやしない』などと、通を気取るやうになつてた。

『そりやさうだ』と、渠も合ひ槌を打つた。

四

　渠には木挽町は自分の役所にも近く、日常の買ひ物にも便利で、またお菅の云ふやうに人聴きも悪くなくツてよかつた。が、ただ一つ困ることには、きまつたをわい屋が来遠《きどほ》くて、たま〳〵来た別なのに頼むと一荷二十銭づつ呉れいと云ふ。田舎なら、喜んで取つて行き、その場でなければあとになつて、大根なりにんじんなりを礼の為めに持つて来るのが当り前になつてるが、ここではそれが主客を顛倒してゐる。そしてそれだツて

もなか〳〵来合はせないので、隣り近所も皆一様にこれには困つてた。

『ちよツとはばかりを拝借します、うちのは余り溜つてますので』などと云つて、初めのうちは人数の少い家へはこちらから出張するのがお互ひのことであつた。が、そのうちにはそこのも亦溜つてしまつた。そしてどこのも気味悪く、どぶん、どぶん！　ぽちやん、ぽちやん！　とはねるのである。どこででも、申し合はせたやうに、便所へ行く時には、先づ新聞紙の大きな切れを敷き落す為めに必らず用意して行くのであつた。

それが然《しか》し渠の一つの野心を刺戟することになつた。如何に年は寄つても、わざ〳〵東京へ出て来たしるしには、安官吏のはしくれになつて若いもの等に馬鹿にされてるのでは満足できなかつた。何か一つ一攫千金の工夫をして、同僚どもを驚かし、また自分を如何にも老いぼれのやうにさげずんでる今の女房に随喜の涙を流させたかつた。その糸ぐちをここに得たのは、これ確かに日頃信仰する浅間の山霊のお助けだと考へられたので、初めてこの発見に思ひ付いた日、便所から出て手を清めるが早いか、坐敷の真ン中に坐わつて、それと思つた方向に向つて暫らく手を合せて感謝した。

『何ですの、俄かに？』お菅もまだ勤めには出かけてなかつた。朝の日光は歌舞伎座のうら煉瓦に当つてるけれども、うすら寒かつた。いつか縁日で七銭に買つて来た鉢植ゑの秋海棠が光を欲しさうにしてゐるが、けさに限つて、渠はそれを縁がはから出してやる気にはなれなかつた。

『いい思ひ付きができたのだ、必らず人にしやべつてはいけないぞ！』斯《か》う念を押してから、渠は自分でも他言を憚るやうにして、低い声でそれをかの女の耳もとへ行つて語つて聴かせた。ほかのことではない、便所のはねを避ける機械の発明であつた。

『ふ、ふん！』かの女は鼻で笑つた。そしていつもの通り手鏡を立てて眉を直してゐながら、『御飯がすんでるからいいやうなものの、若《も》しその前にそんなことを聴くなら、たべられやしない。胸が悪くなつて。』

『だから、金儲けばかりでなく、人の為めにもなる。』

『なんで、そんなことが！』立ちあがつて寝まきをぬぎ棄てたかと思ふと、直ぐ例の着物を着にかかつたので、今度は渠が入れ替つて鏡に向つた。

『…………』壁に掛けた貴顕の肖像に似てゐる顔のわきへ、かの女が衣物をたくつて見ては直し、見ては直すたんびに、その腰を巻いた赤い切れの色が映るのを、少し不敬のやうに感じられた。が、それを云へばまた却《かへ》つて、

『あなたのやうなおぢイさんが——失敬な』と云ふやうなことを云ふにきまつてるから、差し控へた。

『…………』そちらだツて、もう、若い女だとは云へないのだが——。

それにしても、渠は自分の顔色《かほいろ》がいつも陰気くさく青いと云はれて、実際にも青いのに、けさはさうでもないのを自分なが

らいい思ひ付きの為めだと頼母《たのも》しく思つた。そしていつになく痛いのを辛抱して、時間の許す限り、あごのあたりの短いしらがを抜き取つて、その残りのには黒々と墨を塗つた。そしていよ〳〵出勤の時には、既にマントがまた無くなつてたけれども、別に独りくどきはしなかつた。

『では、行つてまゐります』と、坐わつて手を突くところなどを私《ひそ》かに思ひやると、お菅もいまだに主人を主人として奉つつてる様子が見える。

『いよ〳〵あいつにもらくをさせてやる時期が近づいたのだ！』

『今田さん、けふは何だか愉快さうです、ね』と、若い同僚の一人が役所のひまにからかつた。

『はい、少しいいことがございますのです。』渠は自分ながら珍らしくもにこ付いて受けた。そして少からず日ごろの老人虐待に対する欝憤をも漏らす気になつておしやべりをした。『わたくしのやうな年輩のものがいつまでもお役所の御厄介になつてるわけにも行きませんので、今回一つ、別方面にいい金儲けを思ひ付きました。かの大正博覧会も目前に迫つてます時に当り、わたくしは一つ或発明に取りかかります。』

『へい、それは――どんな発明です』とか、『何を工夫したのだらう』とか云はれると、若いものに横取りされさうな気がして再び不断の謹慎と無言とに立ち返つた。

五

初めのうち、渠が役所の引けを待たれたのは、早く帰つて自分とお菅との為めに晩めしの用意をする為めであつた。が、発明を思ひ付いてからは、ただそのことばかりが気になつた。

朝でも夜でも、時間のある限り机に向つて、叮嚀な図を引いて見た。その叮嚀さは、役所の辞令や書類を書くそれよりもまた格別であつた。それが為めには、晩めしの用意を忘れてゐることもあるし、また徹夜をして寝むい目をこすり〳〵出勤もした。

『あなたの発明も大抵にしておよしなさいよ。わたしが働らいて来ても、張り合ひがないぢやアございませんか？』斯う云つて、お菅はその帰宅早々また台どころを働かなければならぬのをこぼした。『その上、たださへ陰気な人がなほ更ら陰気になつて、さ、ほんとに辛気くさい！』

『まア、さう云ふなよ。これができ上つたら、大した物ぢやアないか？』

『へん、そんな物が！』かの女はこちらとはまるで別な世界に住んでゐた。そして時々、余りくさ〳〵すると云つて、隣りの芝居へ出かけた。そんな時には、必らずかの女の同村から出て来た若い学生を伴つた。『陶山《すやま》さん、陶山さん』と云つて、工手学校の生徒だが、殆ど毎晩のやうにここへ遊びに来て、かの女の歓迎を受けてゐる。尤も、かの女から請求されて、よく菓子や酒を買ふが、今田は下戸で、酒の方にはお相伴ができなかつた。雪国に生れたものの習慣として、女でも一般に酒を飲む。そして飲むと、盆踊り歌のやうな物を歌ふ。渠だけはにや〳〵笑つてそれをただ聴きつつも、矢ツ張り、隅の方で図を引いた。

その初めは、田舎によくある水ぐるまを手本にして、自分の構図を拵らへてたのである。心棒があつて、その周囲に光線の如くいくつもの軸を出し、その各々《おの〳〵》のさきへ杓子のやうな広がりのある物を附け、そこへぽたりと当ると、下へまわる。そしてまた次ぎのぽたりをそのまた次ぎの杓子が受ける。さうして置けば、無論、一たび途中でとまるのであるから、はねても上まで来る恐れがないと考へられた。

いよ〳〵さうきまつた時には、隣りの大工に頼んでその形を――何の為めとはうち明けないで――二つ作つて貰つた。一つは実験の為めによごすもの、今一つは特許局へ出す見本としてだ。が、でき上つて見ると、この車の心棒をどこに掛けるかが疑問になつた。まさか、その両方のはじを据ゑる為めに二つの棒か板かを立てるわけにも行くまい？　よしんば、行けたとしても、あまりに費用や手数を要することで、こんな簡単な種類の発明には向かないにきまつてた。

『これは宙にぶらさげるより外に仕かたがない』と気が附いてそれを独り言に云つた。お菅はこの時ぐツすり眠つて、いびきを挙げてゐた。

翌朝になつて早々、心棒の両端に縄をゆはへ付け、私《ひそ》かに便所へ持つて行つて、それを宙におろし、縄の両端を両足で踏まへてゐて、自分で実際を試みて見ると、うまく杓子へ当つたことは当つた。が、第一回のが当るが早いか、くる〳〵とまわり出して、その勢ひが余りに目まぐるしかつた。そして次ぎへ次ぎへとぽたりが当るに従つて、その勢ひは一層烈しくなり、縄までが下からずん〴〵巻けて、そのよごれた機械は段々とうへの方へ上つて来た。そしてやがては人の尻を打ちさうになつた。『これでは駄目』であつたので、あわてて右の足から一方の縄をはづし、それをも仮りに左りの足したへ一緒にした。必然の排泄物はこの機械の具合ひ不具合ひには関係なく、無遠慮に出たので、下からは新らしい紙の落ちてないのを幸ひにしてぽちやん、ぽちやんとはねて来た。私《ひそ》かに顔をしがめながら、『これだから、困る！』直ぐ声に出して、『おい、お菅、新聞紙、新聞紙』と叫んだ。

『発明よりやアまだ新聞の方が役に立ちますか？』

『…………』渠はかの女のわる落ち付きに落ち付いてやつて来たのをがツかりしないではゐられなかつた。うへからも水をあびせかけられたやうな冷やりした気がしながら、十分に用を達してしまうと、立ちあがつて機械を縄に依つて両手に引き上げ、そのままそツと持ち出して、手洗鉢の棒ぐひの立つてるわきへほうり出すやうに置いた。手を洗ひながら、かの女に同情を求めるつもりで、『どうも、うまく行かん。』

『…………』かの女は寝まきのまま台どころの瓦斯釜に向つ

てた。もとは、先づ渠が起き出でて釜の下を焚き、朝めし一切のことが用意できる頃になつて、かの女は床を出て、夜具を畳み掃除をするのが役目になつてた。が、この頃では万事をかの女がして、渠の工夫にできるだけの時間を与へて呉れる。それだけでも、無学の割りに分つてありがたいのだが、渠は自分の一大発明家たるに対してかの女からもツと同情なり、親切なりを得たかつた。が、冷淡にも、『どうせうまく行きますものか』と、そツぽうを向いて云つた。その癖、機嫌のいい時には、『若《も》しこれがお金になれば、わたしもうんと衣物《きもの》を買つて貰ひます、わ。さうして一度、陶山さんや陶山さんのお友達を皆連れてツて、芝居をおごつてやる』などと。

『…………』かの女の陶山さん陶山さんが聴いてあんまり亭主として面白いことではなかつた。が、まさか、十以上も年したな男とくツ附き合つてはゐないに相違ないと堅く信じた。

『あなたも自分の好きなことをしてゐるのだから、わたしもわたしで好きなうわ気ぐらゐはします、わ』と云つた風なことは、渠にはかの女の冗談と云ふよりも寧《むし》ろこちらの発明中止を迫る威嚇の言葉として受け取れた。それがこちらには最も手頼《たよ》りなく、最も寂しく感じられる。時には、『わたし、専売局をやめて、活動の案内人にならうか知らん――〇〇館や△△倶楽部には男ツぷりのいい弁士が来てゐるさうだから』とも云つた。女工などに行かして置くから、ろくなことは覚えて来ないのだ。かの女の出勤をやめさせる為めにも、速かにこの発明は成就させなければならぬ。

こんなことに自分の考へがぐら付きながらも渠はなほ机に向つて、縁さきの地上に置かれた機械をじツと見詰めてゐた。去年の秋からかかつて、やツとこれまでに仕上げたものが失敗に終はつたのだ。その為めには役所でやるべき当前の職務以外の、写字その他の小仕事をすべて断わつて来たので、歳末の出費などに苦しい無理をした。その影響がいまだに及んでるので、お菅が時々焼けを起すのも一面には尤もである。ことしも、もう、三月の中ごろで、赤い煉瓦壁に反射する朝の光には多少ぽか〱したところがあつた。けれども、渠には自分の心がまだ冬のやうな冷《つべ》たさをおぼえた。

材料に木をばかり使つたが、せめて心棒だけを金にしてその両端に矢ツ張りかねの輪をはめたらいいとも思ひ直したけれども、それでは例の費用が嵩む。それに、あんなに勢ひよくまわる必要もないのみならず、あのまわりかたでは寧《むし》ろ杓子に当つたものを反対にはね返す恐れもあつた。

このことを尤もらしい口調に少し笑ひを帯びさせて勝手の方に向つて説明した。すると、かの女も笑つてこちらを慰めて呉れるだらうと思つた渠の期待は裏切られた。

『ふん』と、かの女はまた鼻で受けただけだ。あとは半ば独り言のやうに、『何の役にも立ちやアしない！』

『お前はぢきにさう云つてしまうが――なアに、まだ〱望みはある。』ここまで来て全く失敗に終はるのは如何にも残念であつた。

『…………』かの女は然《しか》しそんな返事に頓着なかつた。めしの焚けた釜を坐敷の方に運んで来ながら、『さア、できた、できた！　早くたべて、いつものところへ行つた方が面白い！』

『そりやアをんな同士で浮気な話ばかりしてをれば面白からう、さ。』斯ういや味を云つて、渠もお膳立てに向つた。ゆふべから夜ツぴて張り詰めてた心が急にがツかりしたせいか、けさは特別に空腹を感じてゐた。

『をんなばかりぢやアないのよ。』こちらを意味ありげに見上げてにこ付きながら、『監督さんは皆をとこだから、ね』と云つたかの女が、よそひ立ての熱いところを二三口がつ〳〵とかツ込んだかと思ふと、そのあとで突然箸をかたりと投げ出した。そして口にまだ沢山嚙み残してるのをくちや〳〵云はせながら、烈しく頰を漲らせて、『きたならしいぢやアありませんか？　あれをどこかへやつて下さい！』

『…………』渠は自分の一度使用した機械をかの女がこの時初めて見附けたのであると分つた。

『だらしがない、ねい――わたし、御飯がたべられやせん！』

云ふことはこちらにも腹を立たせる程の無遠慮とわが儘だけれども、眉毛を寄せてからだを左右に振り、いつものあまへかたをしたのには、こちらの心も多少は和らげられた。その上、顔を洗つただけでまだ作つてはない眉の方が、作つた時のよりは、まだしも引き釣つては見えなかつた。

『では、少し待つてをれ』と答へて、渠も箸を置いた。そしてのこ〳〵縁がはを下りて、自分の機械をその心棒の両端に附いてる縄によつてまた両手に持ち上げ、からだへは触れないやうにして、便所のかげなる掃除口の方へ運んで行つた。

自分が苦心の末にたツた今実験までした機械ではあるが、自分自身の如く斯《か》う女房に虐待されては、矢ツ張り自分にも余りいいにほひがしなかつた。不断は公益の為めなる科学的工夫として、きたならしい聯想などは独り手に遠ざかつてゐたのである。が、今も今、お菅に叱られた自分の意久地なさを私《ひそ》かに返り見ると、自分が主人としてかの女を女中に使つてた時のまだ〳〵権威もあつた位置が思ひ出されると共に、一度浅間の鳴動と急激な地震との為めに便を中途にして飛び出した時の、その感じの悪い嗅覚も亦さながらに恢復してゐた。

けれども、渠は機械から自分の手を直ぐ放したものの、自分の目と心とは矢ツ張りそれから離れなかつた。そして自分の発明進行の結局帰着するところであるべき大正博覧会が、曾《かつ》ては若いもの等の前で単に形容として云つたやうにではなく、今度はいよ〳〵実際の目前に迫つてることを――少からずやき〳〵した気味で――考へた。

木挽町のあたりが人気立つと、きツと市中は一帯に賑はつてる時だと云ふ。それも昨今のは博覧会の為めの前景気であらう。おかげで、おわい屋も場ずゐまわりで事が済むかして、たださへ来ないのがまた一層来遠《きどほ》くなつてる。

お菅が二階の老人や他の細君連と一緒になつてこのことにばかりますく〳〵神経過敏になつたのも、思ひやると可哀さうで――お尻に火が付くと云ふのも同様だもの！　食事などはあとまわしにしても、ぽちやん、ぽちやんを退じる考案の工夫は、渠には、人民を塗炭の苦しみから救ふ大事業であつた。

なほもそのよごれた見本を狭い庭の片隅に於いてじツと見詰めながら、そこからは見えないかの女の方へ聴えるやうに頓狂なおほ声で、

『分るもんか！　お前などに分るもんか！』と叫んだ。そして自分のからだを二度にゆすり上げた。

これが、謹直を以つて通つてる自分には、自分ながら異例のふる舞ひと思へた。

『分るもんか！　お前などに分るもんか！』赤煉瓦の向ふがわからも、芝居ものの物真似が聴えた。

六

ところが、その翌日、渠は思案に余つたので、何かいい考へを与へられるかと思つて、役所の帰りに直ぐ、ちよツとまわり路をして、久し振りで、特許局へ勤めてゐる同郷人のもとをそれとなく尋ねて見た。無論、発明をしてゐると云ふことなどはおくびにも出さなかつた。

けれども、却《かへ》つて向ふの方がよく知つてゐた。

『あなたも何か考へてをられますさうですが』と、渠は年したなだけにまだこちらを敬つて呉れてるやうであつたが、その次ぎの言葉が余りに人を馬鹿にした、『きのふ、奥さんが来ての話に、心配してをられましたよ、あなたが発明狂になつたのではないか知らんて。』

『発明狂！』寝耳に水であつたので、ただこの名詞を無意識に繰り返すと同時に、きちんと坐わつてる自分の洋服の胸を反らせた。が、やがて意識が自分には確かになつて、『そんな言葉さへ家内は知らない筈です。』

『そりやア、陶山から教はつてる、さ。』その口調までがぞんざいに変つた。

『…………』成るほど、陶山も同郷人だが、――して見ると、お菅は自分に隠して、時々、こんな用もない男のところまでもほつき歩いてるのだ。夜業があつたなど云つて遅く帰るのは、皆うその皮だ。そしてその亭主が飽くまで秘密にせよと命じてあることをみんなしやべつてしまつたらしい。途中で人に横取りされたら、どうするつもりだらう？『わたくしは然《しか》し浅間さまのふもとに生まれ、わが貴顕の御霊《みたま》が附いてをりますから、大丈夫気違ひなどにはなりません。』

『然《しか》し、君、――あなた、――雪隠《せつちん》のはね避けなどは、とツくの昔から、田舎の百姓家にはよくあるもので、たツた一本の棒切れのかたはしに四角な小板か矢の羽根がたをつけて置いて、そこへ屎が当ると下へさがるが、落ちてしまうとまた途中まで上つて来る仕かけになつてます。どうも、聴いて見るにあなた

のはそれよりやア拙《まづ》いやうぢやアありませんか?』

『なアに、また考へ直してをりますから。』むかし流の非科学的なものなどはお話にならぬと、私《ひそ》かに心であざ笑つた。が、そこに何だか一つの希望ある暗示を得たやうに思はれた。

『兎に角、君のことから同郷人の間に発明熱が高まつて、それが孰《いづ》れも皆くそに関係あるものばかりだから驚いてしまう。そのうちで陶山の友人が一つ先鞭を附けて、もう直きに特許がおりるやうになつてをります。』

『それは一体どう云ふ――』斯う尋ねかけたが、口がどもつて、くわツとのぼせた。お菅のおしやべりが禍ひして、人に先きんじられたと思ひ取つた。

が、さうでもなかつた。全く別なもので、一銭を投げ入れると、さくら紙の畳んだのが出て来る仕掛けの箱だ。そしてそれを博覧会の便所々々へ備へ付ける相談が既に成立したやうすだと云ふ。

『君もどうせやるなら、早く仕遂げ給へ――特許の方は及ばずながら僕が骨折つてあげますから。』

『さうです、な――一つ大車輪でやつて見ましよう。これが為めには実際に寝食を忘れてをりますのですから。』斯うは答へたものの、渠はこの人に対する非常な反感と侮蔑とを抱いていとまを告げた。こいつらの世話などになるものか? 陶山やお菅だツて、また霊山の気を受けては生まれなかつた下等なやつらだ。何が分るものか? 人を――気違ひとは!

『またやつて来給へ』と云ふ、乃《すなは》ち、こちらの高貴な生れに対しては余りに無礼な挨拶が聴えるやうであつたが、返事をしてやらなかつた。人の努力を横取りしないまでも、何かの世話にかこ付けて無努力にこちらの苦心をあやからうと云ふのだらう。

『愉快、愉快! そら、わツしよい、わツしよい』と云ふ気持ちを声にも歩調にも現はして、自分の目の前に来たる大道の通行人を押し除《の》けながら、渠は自分の家の方へ向つてた。すると、自分ではさう急いだつもりでもないのに、家の方が直きに到着したのが不思議であつた。

それにしても、陶山がまた来てゐた。ゆふべは幸ひにも来なくツて、まア、いいと思つてたのに! そしてお菅が長火鉢の向ふで、電気の光に打たれて、ころげるやうにして、あは、は、は笑つてゐた。

こちらの調子づいた足取りをどこかの貸し二階からでものぞいてたのかとも考へて見たけれども、さうでもなかつた。

『うはさをすれば影とやらよ。』かの女は、こちらがむツつりしてまだ土間に突ツ立ち、男女ふたりの方を等分に見詰めてゐる方に向つて、そのからだを坐わり直した。そして悪かつたと云ふやうすもしないで、『今、あなたのことを云つて陶山さんと笑つてたの。あなた、きのふの朝のくる〳〵とんをおぼえておいでですか。』

『…………』失敗であつたくるま仕掛け、縄巻けの登り打ちを、やツと今になつてをかしがつてるのだと分つた。が、まさかきのふのことを？　健忘性でもあるまいし！　かの女までが、もう、人を実際の気違ひ扱ひにしてゐるらしいのが癪にさはつた。じツと目を据ゑて瞰《にら》み付けたのである。

『あのおそろしい顔！』かの女は然《しか》し再び笑ひ出した。そしてあは、は！　あは、は！　と、二度にも三度にも腹をかかへて、とう〳〵また倒れてしまつた。それから再び坐わり直した時に、腹のあたりを両手でさすりながら云つた、『ああ、をかしかつた。――くる〳〵とんは陶山さんの発明よ。』

『…………』馬鹿！　何がをかしいのだ、何が発明だと云はぬばかりにして、今田はやツと自分のほこりだらけな、そして近頃磨いたこともない短靴をぬいだ。そして坐敷へあがるが早いか、何も云はずに、片隅の机に行つてきちんと坐わつた。あとから真似をして思ひ付いたものが成功したと云ふのに、こちらが油断してはゐられなかつた。そして女房にも万事をこれから秘密にすることに決心した。

渠の心の落ち付く世界はそこにしか無かつたのである。

七

いよ〳〵実際の春の季節に這入つて、而《しか》も上野に博覧会が開らけてからも、渠の考案はまだよくきまらなかつた。そしてそれに要するこざ〳〵した物の買ひ入れに、女房から見れば入らない入費が嵩んで行つた。

かの女の手ひどい反対があつたにも拘らず、『なアに、おれの物だ』と云つて、渠はさきに娘から届けて来た簞笥も売つた。また、その中に在つた衣物《きもの》も二三着七つ屋へ持つて行つた。

その結果、悪いことだとは思ひながらも、渠はお菅や陶山の云ふがままに、お菅の福島にゐる友達から頼んで来た東京初のぼりの女教員を――何かに喰ひ物にするつもりで――家に預ることにした。自分の娘とおない年で、而《しか》も可なり美人であり、またその生れが卑しくないかしてなか〳〵上品であつた。成るべくいいところへ世話をしたくなつたので、

『それには森久保さんにお会ひなさい。わたくしが紹介してあげますから。東京の教育界は青山と豊島師範との二派があつて、どこでも豊島派は冷遇されてます』などと云ふ親切な注意を与へてやつた。会つて話して見ると、喰ひ物どころではなかつたのだ。若《も》しできることなら、――とても、空想ではあるが、――自分の無学なお菅などは追ツ払つても、この女を女房にして見たいと、心のうちにだけは思つた。けれども、二三日間、自分の家庭と自分の心とを賑はして呉れただけで、惜しいことには、勝手に府下の小学校へ赴任してしまつた。

その女にだけは自分もこツそり自分の発明の二度目の工夫を打ち明けた、

『実は、もうさうだときまつたので、今、ブリキ屋へ見本を拵らへさせにやつてあります。』

今回のは材料が木でなく、そしてもツと、ずツと簡便なので

あつた。幅九寸、長さ一尺三寸のブリキかトタン板が一枚あればいいのだ。それを幅の方で円めて長い筒の如くし、その両端に鎖りを附けて釣るす。ぽたりとそこへ当ると、この最初の当りで筒がうまく揺れて、下からのはねをさへ切つて呉れるわけだ。

『何が嬉しいのです——こんなに貧乏して』と、お菅がはたで縫ひ物をしながら、また不平を漏《こぼ》すのをよそに聴き流して、渠は、この思ひ付きに定つた時には、ただ坐わつてにこ付いてたばかりでなく、机の前を踊りあがつて手をも打つた。

『もう、大丈夫！　大丈夫！』

『またくる〳〵とんぢやなくツて？』

『あは、は、は、はア！』渠はただおほ笑ひに笑つた。『お前などに見せるものか』と云ひつづけてゐたのである。そしてブリキ屋へ見本を註文する時にも、たとへ出来てもうちへは届けてよこすな。自分が取りに来るからと命じて置いた。

そして出勤の往きにも復《かへ》りにも、また休んだ日には三度も四度も、ブリキ屋へ行つて見るけれども、一向できてなかつた。

『そりやア、わたくしが一年余りもかかつて考へた物ですから、製造するにもなか〳〵六ケしうございましようが——』

『なアに、別に何も六ケしいからと云ふわけでもございませんが——』

『…………』渠はブリキ屋の主人を、ぢやア、何か心配ごとでもあるのだらうと見て取つた。『あなたの方もさぞ御愁傷でしようが、わたくしもこれはおほ急ぎでやつて貰ひたい発明品だから、一つ国家の為め、浅間の霊の為めに、よろしく頼むぞ！　金は十円でも百円でも出す』と、威だけ高になつて、ちよツと自分のえらいところを見せてやつた。

その晩に、こツそりお菅をそとへ呼び出した者がある。

『陶山か？　それとも、別な——？』渠は斯う感づいて、こちらもこツそりそのかげに近づいて見た。障子の締まつてる台どころのうち側から耳をそば立てると、その声は案外にもブリキ屋の主人であつた。

『そりやア、奥さんがさう保証なすつて下さいますなら、いくらもかからない物ですから、作つてあげてもよろしうございますが、——旦那さんの御様子が少し変だと思ひましたので——。』

『なんだ！』渠は障子を引き明けてはだしでそとへ飛び出した。そしてブリキ屋に向つて両手を固めて迫つた、『また人を気違ひ扱ひにするか！　これでも〇〇省の官吏だぞ！』

『あなたは、まア、引ツ込んでおいでなさいツてば！』お菅は感心にも仲へ這入つてとめた。芝居ででもこんな場面を見てゐるからだらうと渠に思へた。それが為めに渠は無事に済ましてやつたが、向ふは引き取る時にお菅から念を押されて、

『よろしうございます。ぢやア、あすの晩までに拵らへて置きますから』と云つた。

それを取りに行つても、その代価を渠は許可ずみになるまで

待たせて置くつもりであつた。が、お菅の『それぢやアあんまりだ、わ、あんなことが無かつたのならまだしもですが』と、たツて口説くのに従つて、止むを得ずまた一着を曲げることにした。凡その代金のところはかの女が聴いてあつた。

質屋で明きになつた風呂敷を以つて、渠はブリキ屋から、できたその見本――今回のは一つだ――を受け取り、しツかりとこれに包んだ。まだ秘密で、他人には勿論、お菅にも見られたくなかつたのである。

『わたくしは百万長者になりますから、その時はまた分割りをあげます』と云つてそこを出た。そしてその帰りに、二円のうちが七十銭残つてるのをすツかり出してあんパンを買つた。お菅がさぞ喜ぶだらうと思つてたが、まだ何でも欲しい物は約束通り何万円でも勝手に買ふがいい。やがて耳を揃へて払つてやる！

その夜は見本を自分の枕もとに供へて床に就いたが、誰れかに見られはしないかと云ふことが心配でろく／＼眠れなかつた。

翌朝になつて、たださへ怠りがちになつてる役所をまた一日休むことにして、特許局へ出頭した。手続きの書類を書くことなどはお手の物だから、とツくの昔、判このやうな字で以つてその用意がしてあつた。

この方の掛りの人がこちらの説明を一応聴き取つてから、『さう巧く動いて呉れればいいが、な』と、半ば独り言を云つた。それからまたこちらへはツきり向つて、『ところで、一体、この機械は便所の中の左右にかかるのですか？ それとも、前後にですか？』

『無論、前後にです。』こんなことは聴くまでもなく、分り切つてるではないかと云はぬばかりの厳格を以つてした。そして渠はなほ言葉の説明を補つて置くつもりで、見本の筒を両方の鎖りによつて両手に持ち上げ、そのままで応接室のテイブルから床の上に持つて行き、両手の鎖りで筒を前後に引き向けた。そして自分はこれをまたいで、洋服の腰を少しおろし、自分の尻を実際にちよツと前後に動かして見せ、『つまり、斯う云ふ風に致してすれば、鎖りで瀬戸の上に引ツかかつて宙に垂れてをる筒の方も自然にゆすれて行く仕掛けになつてるのであります。』

八

『占めたぞ！ 占めたぞ！ おい、お菅、「ははア、結構です、いづれ審査の上特許になるでしようから」と来たわい！』

渠は本通りを横町に曲つて自分の家が見えると直ぐ、近処の人にも聴えるやうに斯《か》う叫んで来た。けれども、かの女がいつも通り斯う云ふ時間には留守であるのを忘れてゐた。

独りで坐敷の真ン中にあふ向け大の字になつた。もう、これから思ふ存分の楽ができると考へると、若いものまでがテイブルや椅子で狭くるしくなつてる西洋室の中で毎日々々あくせくしてゐるあり様を憐み笑はざるを得なかつた。

そしてけふ初めて気が付いたのだが、世間はいつのまにか四月で、路傍の桜が咲いてるのであつた。往き来の人々も何となく浮かれた様子をしてゐた。道理で、自分の周囲もほか〳〵とあツたかくて、心の奥にまで愉快な気ぶんがみなぎつてゐる。

それはさうと、お萱の聴いて来たところでは、陶山の友達の発明が既に博覧会の便所に備へ付けてあるさうだツけが――。あんな価打ちのない物で成功したツて、それこそ『何の役にも立たぬ！』

『今に見ろ、おれのを』と、自分の片手を固めて、その握りこぶしを天井の方に突き出した。

そのうちに、ねむけがさして来たので、昼めしの用意を忘れてぐツすり寝入つてしまつた。そして呼びさまされて見ると、お萱が帰つてゐて、もう、晩であつた。

何はさて置き、けさの応対を詳しくかの女に云つて聴かすと、『今度こそほん物らしいの、ね』と喜んだ。そして、陶山の外にもいろんな男を出入りさせてこちらをどこまでも心配させてた女ではあるが、打つて変はつたやうにおとなしくなつて、枕を並べながら、或時こんなことも云つた、『若《も》し人の云ふやうに気違ひなら、あなたに発明などができるものぢやアないわ、ね。』

『無論、さ。――今だから云ふが、ね、人はおれよりもお前の方を気違ひのやうだと云つてるぜ。頓狂に不調和な衣物《きもの》など着てゐるので。』

『そりや気違ひぢやアありませんわ、ハイカラなの。』

『…………』それもさうだらうと、渠にも思はれた。兎に角、現金な女房ではあるが、親しんで来られると、それに対する可愛さがよみ返つた。『それにしても、な、おれは百万長者になるのだから、これからお前もつまらない男など相手にするなよ。』

『あなたが長者さまになれば、わたしはその奥さまさまですから、ねい。』

夫婦の情もこの肝腎な場合になつてるところで、生木を裂かれるやうな事件が起つた。と云ふのは、かの女の国なる母親が大病で、その看護にかの女は帰つて来ねばならなかつた。それには多少の金をも用意して行かねば、かの女ばかりでなく、渠の顔にも関すると云ふので、さうかと云つてその金を拵らへる質種も別になくなつてるので、最後に残つた机を売ることにした。考案や製図を超越してしまつた今日、そのみなもとであつた台の必要は二度とない筈であつた。

紫檀の材料だけに、それが案外高く売れたが、その上に、なほかの女は郷里へ着て行く晴れ衣を何とかしなければならなかつた。その為めにかの女は、渠が幾度も悪いからと反対したに拘らず、さきの女教員が当分のあひだと云つて預けて行つた大きな行李を、無断で、殆どそれしか這入つてゐない押し入れの棚から引きずりおろした。

『…………』かの女がそちら向きに力んでた厚化粧の顔をちよツとこちらへふり向けて、きまり悪さうにしたのは、あまり重かつたので、つい、ぶツと粗相をした為めだ。

『それをとめる発明もまだできてない、な。』

『御覧なさい、みないい物ばかりでしよう』と云つて、かの女は中の物を暫らく出したり入れたりしてゐた。

『丁度おれの娘に着せてやれば似合ひさうな物ばかりだ。』

『わたしにだツてもよ！』

　そのうちから選び出して、かの女は先づ赤いちりめんの裏が付いた友禅ちりめんの裾よけを腰に纏つた。次ぎに、かの女の説明によると板じめちりめんだと云ふ赤い襦袢を着た。その次ぎに、茶と白との筋が三つづつ並んだ縞のお召しの袷を着た。これには、うすい藤色ちりめんの裾まわしが附いてゐた。そしてその上に、褪紅色の博多と黒の中に茶ツぽい黄の三本すぢがある博多との所謂《いはゆる》昼夜帯を結んだ。それから、最後に、ききやう紫《むらさき》の紋羽《もんは》二重《ぶたへ》の三紋附きを羽織つた。

　これでは、もう、大発明家の立派な奥さまであつた。

『…………』渠はかの女の成り上つた姿にすツかり見とれてしまつて、『矢ツ張り、人間は身のまわりが肝腎だ。』

『さう？』かの女は手かがみを何の飾りもない壁の柱にもたせ掛けて、頻りにその姿を映し見てゐた。そして溢れる微笑を以つて、地が黒くて平べツたいその顔までを美しく輝かしめながら、こちらをふり向いて、『いいでしよう』と云つた。

『うん、悪くもない。』この自分の返事がかの女の留守を身《み》づから慰める思ひ出であつた。その他にもかの女は女教員の銘仙の羽織や衣物を持つて行つたのであるから、それを着た姿をも想像してゐた。

　けれども、今にもあの局からの許可が下りて来れば、直ぐ特許料を出さねばならぬこの時に当り、お菅が専売局の方を休んでるし、とても、金の見込みが付かないのも少からず寂しかつた。

　娘に当てて出した無心の手紙に対する返事は直ぐ来たが、発明の成功を祝してあるだけであつて、

『然《しか》しお金はとてもこちらから送れません。近頃のことを父上は御存じないのですが、母上の子供やお客さんに対するがみ〳〵病がつのつて来たばかりで、――これも母上のおもなる相手がうちにいらツしやらない為めですが、――それが為めに宿屋商売は実に衰微して行くばかりでございます。わたくしの俸給などではなか〳〵その埋め合せがついて行きません。特許とかが下りましたら、早速少しお金を送つて下さい。そして成らうことなら、東京をやめてこちらへ帰つて来て下さい。』

『誰れがあんな百鳴り婆々アのところへなど帰つて行くものか？』然し娘にはこちらへ呼び寄せてでも一度逢ひたかつた。

九

花曇りの天気が続いて、あたまがもや〳〵と鬱陶しい。が、

丁度さくらの満開で、近処の世間までか――渠には直接の交際はないけれども――全く浮き〳〵してゐる様子につられて、渠の気も一層そわ〳〵してゐる日であつた。お菅がまた金の入用を云つてよこした。

誰れに書いて貰つたのか知らないが、その手紙は割り合ひにうまく書いてある。そして、

『母の病気にも入費がかかり候へど、偶々の帰郷なる春に候へば、その方にも色々物入りが御坐候。』なんだ、遊び付き合ひの金かいと、読んでちよツと躊躇された。『貴殿も今回一大発明を成就致され候事に候へば、その特許さへ得給へば、その上で如何にとも埋め合せは附くことと存じますから』と、それでも、こちらが寧《むし》ろ云つてやりたいやうなことを云つてある。さう思つてにツこりしながら見て行くと、『何卒《なにとぞ》弐十円ばかり御工面成し下され度候。若《も》し如何にしても外に工面の道これなく候はば、一時、阿部さんの』と、女教員の名を出して、『行李中の品を持つて行き下されたく――』

『分つた、分つた』と、渠はかの女がそばに聴いてゐるかの如く返事した。そしてそのあとを読まなかつた。自分の心が直ぐ自分の取るべき俸給のことに移つてた。

けれども、役所の俸給日はまだなか〳〵であつた。さりとて、別に金を借りに行く友人の当てもなかつた。渠はここにちよツと自分の考へが行き詰つた。

ところで、自分もまた思ひ出したのは、かの女教員の行李をであつた。さきにお菅がしたやうにそれを、そのほかはからツぽの押し入れ戸棚からおろして、調べて見ると、まだ沢山残つてる派手な物がある。

『行李中の品を！　さうして弐十円ばかり！』

『ははア、これだ、な？』自分はさう気が付いたけれども、それは手紙で云つてよこしたのではなく、お菅が出発する時に云ひ残して置いたことのやうに考へられた。然しこの品物一切では二十円どころか四十円や五十円はらくに貸しさうであつた。が、さう借りると、受け出すのには何でもないとしても、さし当り、その持ち主の教員に気の毒だと思つた。

一々手に取つて見ると、絽の五つ紋だ。絽で朱色の下着だ。銘仙の羽織りだ。お召しの綿入れだ。鯉と金魚と蓮と目だかの裾模様がついた絽の紫地の衣物《きもの》だ。

渠はつるりと自分の髪の延びたあたまを円く撫でた。どうも、大きな真宗寺の娘ではないか知らんと思へたからである。蓮の模様と云ひ、絽の好みと云ひ、国の檀那寺の仏壇の飾りや袈裟を思ひ出すことができた。同時に、また、自分のあご髯を暫らく削らないことにも気が付いた。そして、斯うしてけば〳〵しい赤い色などを見るに付けても、これから面白いことができようと云ふ自分にしらがの増えて来たのが情けなかつた。

その他の物のうちに、また、絽の友禅の夏繻絆があつた。渠はこれを手に取ると直ぐ、自分の鼻を持つて行つて、その持ち主の上品なおもかげを嗅いで見た。

そして先づ十五円と云ふ見当を付けたのである。

渠はその一切を行李のまま自分の肩に載せて、真ツ昼間、而《しか》も午前の八時ごろに、

『なアなつ屋アだ、なアなつ屋だア』と、からだまでに調子をつけて独り言を云ひながら、出て行つた。

その金をかはせでお菅に郵送する手続きを済ましたあとで、いツそのこと、自分が持つて行つてやつたらよかつたのにと思ひ初めた。特許局の方へまわつてまた催促して見たら、もう直きに許されることになつてると云はれたので、もう役所のことなどはどうでもよかつた。それに、一度娘に逢つて見て、衰微したと云ふ自分の家の様子も知りたかつた。また、もツと大切なことには、ありがたい浅間さまを直接に拝して、いよ〳〵発明のできた感謝の意を表したかつた。

それに、まだ一つ大切なことがあつた。お菅の手紙をうちに置きツ放しにして来たので、今それを読み返すことはできないが、その手跡が――どうも――考へて見るに――ほかの男の手ではなく、陶山のであるらしかつた。あいつの字は前にも一度見たことがある。字ぞろひはきたないが、可なり達者だ。

『さうだ！　して見ると――』帰り道の大道の真ン中にぱツたり立ちどまつてたが、うツかり斯《か》うしてはゐられなかつた。

渠は今一度質屋へ行つて拾円の追ひ増しをして貰つた。そしてぷいと上野停車場へ急いだが、午後二時発のよりないので、それを待つて汽車に乗つた。

一〇

午後の八時頃に小諸駅に到着すると、渠はそれから人車で自分の町へ運ばれた。

渠は先づ以前に自分の郵便局で使つてた人のもとへ行き、そこへ娘を呼んで来て貰つた。が、足かけ二年目に見たかの女は、矢ツ張り母の味かたであつた、自分の思つてたやうな優しい子ではなかつた。その母親に似たのか、あたまから父に心づよい説法をしてかかつて、お菅のやうな女と早く手を切つて、もと〳〵通り母と一緒に住めと忠告した。

『でないと、とても家が立つて行きませんから。』

『おれはあんな家などのことを少しも考へてゐやしないぞ！』

斯う云ひ放つて、そこを出てしまつた。娘の泣いてる声があとに聴えたけれども、自分の感じでは、かの女も東京にゐて泣くのをさへ見せに来ない長男とさしたる違ひもなかつた。

待たせて置いた車にまた乗つたが、今まで自分の肌身につけてゐた娘の手紙を破りちぎつて、夜かぜに飛び散らしめた。そして星ぞらにそびえ立つてけむりを吐いてる霊山をあり〳〵と拝んで、すツとした気になつた。こんな旅行をするのはほんとうに初めてなので、そこに余ほどの脱俗した楽しみを感じてゐた。それから、お菅の故郷を見舞ふのも初めてなので、これにもまた余ほどの好奇心が動いてゐた。

車上の渠は、娘に対する反感と脱俗した楽しみとに駆られて、

電車よりも速かにお菅の里に向つてた。そして、その間に、『わツしよい、わツしよい』と云つて樽みこしを担ぎまわる東京の子供らのことを考へてた。

『さうからだを動かしたら困ります』と、車屋に云はれた。

近づいて見ると、この足かけ二年を住んだ町などに比べては、田舎も田舎、あまりの田舎であつた。そしてかの女の藁ぶき家が、その中へ這入らないうちから、まことに見すぼらしい乞食小屋のやうであるのを想像できた。茶の木か何かの低い灌木で三方を取り囲まれてるが、馬屋一つ建つてない狭い前庭から這入つて、戸締りをして皆が眠つてたところを叩き起した。前ぶれなしのことであるから、かの女は驚き且よろこんだ。

『丁度今夜帰つてゐてよかつた』と、かの女は見おぼえのある袷せの寝まきのままで語つた、『友達をつれて町へお花見に行つてたの。』

『おツ母さんはいいのか?』

『ええ、大分。』

かの女はあがりがまちに立つて、渠はまだ土間にゐたうちに、多くの寝どこが横の方へ取りかたづけられた。

『どうか、まア、こちらへ』と、おやぢさんらしい人が言葉をかけた。『むさくるしいところでございますが——。』

まだ電燈の発明が届いてゐない家の中には、うすら暗い竹の筒台のランプがともされてあつた。その光に照らされた自分らの坐わり場所を見ると、ゐろりの周囲《まわり》すべてが畳ではなく、一面に荒むしろであつた。

古く燻ぶつたから紙の奥に今一つ部屋があるだけらしく、天井がないので家根うらからは二つの室が見透しであり、今はき物をぬいだ土間には土の釜《かまど》土が大きな蝦《が》蟇《ま》がへるのやうにうづくまつてる。

お菅のおやぢなる人に云ひ付けられて、かの女の妹と云ふのが火の落ちたゐろりに太いまきを焚き初めた。おやぢに、かの女の弟夫婦に、またその子供に、ただ母なる病人を除いては皆、ずらりと並んでうやうやしく初対面の挨拶をした。が、一旦床に就いたのを叩き起された為めであらう、皆寝とぼけた顔をしてゐる。けれども、それだけに自分の家来が多くなつたつもりで、自分の方はますます〳〵ゑらいと云ふ気になつた。

『大した御発明をなさつたさうで』と、おやぢが皆を代表しておそる〳〵祝辞を奉つた。

『うん、これは浅間の霊だから。』渠は皆の方を瞰《にら》んで、両手を坐わつた洋服の膝に張り、両の肩を怒らせて見せた。けれども、まきの燻ぶる煙が目や鼻に這入つて息ぐるしかつた。

『また、浅間はおよしなさい。』かの女に斯う云はれても、この時、自分には、もう、東京に於ける原さんも元田さんもなかつた。

『木挽町は花が咲いたでしよう?』

『うん。もう、満開を過ぎたらう、な。』渠はここに来てまでもかの女が自分等の住んでる場所をかかる百姓家に比べて誇つてるのだらうと汲み取つて、心ではそれに賛同した。

『東京はいいところでございますさうです、な』と、おやぢは果して既にだまされてゐた。『うちにゐながら、二階の窓から直ぐ花が見えてるなんて！』

『そりやア結構なところである！』渠には、ここに来ては浅間が寧ろ東京の方に在つた。

『おかねを持つて来て？』

『うん、質屋から十円工面した。』渠はその前にかはせに組んだ方を忘れてゐた。

『それツぱかり？』お菅は目を見張つて、俄かに打つて変はつて、ふくれツ面になつた。

『然し、仕かたがない、さ。』

『足りなけりやア、いくらでもあの品を持つてけばいいぢやアありませんか？』

『そりやア、みな持つて行つた、さ。』

『それでたツた十円？　あなたもよツぽど頓痴気だ、ね――それに、顔のひげも削つて来ないで！』

ひげやしらがの手入れどころか、自分のあたまにはありがたい後光がさしてゐるのをかの女にも見せてやりたかつたのに、かの女は却つてそれの威光を滅却させるやうなことを云つた。で、暫らく黙つてゐたが、こと更《さ》らに笑つて見せてから、かの女の機嫌を取るつもりで話題を転じた、『実は、今、娘に逢つて来たんだ。』

『えツ！　わたしのところへ来る前にうちへ寄つたのですか？』かの女は却つてその怒りを大きくした。顔を真ツ赤にして、『ぢやア、また不足の分はうちへ渡して来たんです、ね！』

『いや、うちへは寄らなかつた。』斯う云つて、正直に道順を弁明したけれども、かの女はどうしても信じなかつた。そしてヒステリの本性を出して突然に泣き出した。

『うそです！　うそです！　あなたは娘と云つて、おかみさんに逢つて来たのだ！　それほど逢ひたけりやア、向ふへ行つてとまつて下さい、ここへとめることはできません！』

『これ、折角おいで下さつたのに、そんなことを云ふでない』と、おやぢはおづ〳〵しながらお菅を制した。

『…………』かの女はそれツ切り泣きをとどめたけれども、涙のまだ溜つてる目を以つて意地わるさうにこちらをじツと瞰《にら》み付けて、『いつから来てゐたんです？』

『けふ、二時に上野を立つて――』

『わたし、信じません！』

『…………』渠はかの女のひどくすねてしまつたのに当惑して、どうしていいか分らなかつた。

『わたしの留守につけ込んで』と、飽くまで追窮されるのがつらかつた、『もう、とツくにから来てゐたんだ。隠し立てしたツてその位のことはちやんと分つてます、助平ぢぢイ！』

『これ、お菅、どうしたことだ？』おやぢはまた娘を叱つた。

『…………』渠はまだ一人でも味かたのあるのが嬉しかつた

けれども、お菅のけふ町へ出たと云ふよそ行き化粧のままで、まだらにお白粉剝げのしたその顔は、熱したうへに持ち前のいかつさを見せてるのを見詰めてゐると、自分の物を云ひかねてる口びるまでがぶる〳〵顫へ出した。嫉妬されてるのだと気が付いた。

『そのざまを御覧、隠し切れないから！　あす、また町へ行つて、あなたのところへ怒鳴り込んでやる！』

『…………』怒鳴り込んでも真実は動かせないと思へたが、娘がお菅を落し入れる為めにこちらが二三日前から来てゐたなどと云ふうそを云ひはしないかと云ふことが心配になつた。陶山が初めてお菅を尋ねて来た時、自分はこれを自分の娘にめあはせてやればとも思つた。そしてそのことから今陶山を思ひ出して、自分も亦心の奥からふら〳〵と嫉妬が涌いて出た。が、ここに両方からの妥協点を求めるつもりで、少し声を低めてだが、どもりながら、『お、お前こそ――す、陶山を――つれて、き、来た癖に！』

『なんですツて？』かの女のは反対に甲走つたおほ声であつた。

『陶山なんかつれて来ないでも、東京で十分に楽しめます！』

『畜生！』如何に自分でも勘忍ぶくろの緒が切れた。これまでこらへ〳〵てゐたまさかが取り返しの付かぬ事実と分つたのだ。近頃になかつたほどの自分自身がそこにちよツと現はれたが、それがまた急にあたまへまで熱して行つて、『ぢやア、無論、あいつばかりではなかつただらう？』

『無論、さ！』かの女は飽くまでづう〳〵しかつた。『それでなけりやァ、どうして毎月三円づつでも親に送れるもんか？』

『…………』渠はそれを聴いて、怒りをつづけるどころではなかつた。ぽろ〳〵と涙をこぼした。自分の娘をまでも一緒くたにして、自分がふり切つたその娘の母は、如何にがみ〳〵屋であり、けんどん屋であつても、まだこの亭主を出し抜く淫売のやうな女ぢやアなかつた。が、それをさへふり切つた時の自分の奮発と反抗心などは、今や全く失せてしまつた。最初の発明見本が駄目であつた時よりも自分は一段も二段もがツかりした。あらゆる希望の絶頂から絶望の極に投げ込まれたのだ。自分の愛するお菅をばかりでなく、自分の発明品その物をも既に、自分の留守に、東京に於いて陶山や陶山の友人どもに奪ひ取られてゐると思ひ込んでしまつた。

一一

渠は自分の背中が打たれたあとのやうに痛むのを覚えて目をさますと、見馴れぬ床の上に寝てゐたのであつた。

ふと気が付くと自分の額には冷たい手ぬぐひが当つてる。そしてそのそばにお菅が坐わつてる。荒むしろの床からこれはまだかの女の里にゐるのだと分つた。

自分の隣りに寝てゐる病人もこちらに向つて何か物を云つてるが、それが自分の高い出世を祝つて呉れてるやうであつた。浅間の山霊が確かに自分のもとへ大辞令を持つて来た筈だが

――。

『少しは気ぶんがよくツて？』お菅は優しい時のおだやかな声でこちらへ尋ねた。『あなたが熱を出してからこれで二晩目の朝よ。』

『…………』ぢやア、その為めに自分の就任式の日取りが後れたのだらうが、けふは、きツと行はれるだらう。余ほど気ぶんがよくなつた。

『かはせがけさ来てよ。』

『あア、さうであつた、な。』

『あなたは若《も》しさうなら、さうと、早くおツしやつて下すつたらよかつたのに！』

『思ひ出さなかつた。』実際に、そんなことはどうでもよかつた。

『丁度いいわ、ね、あなたのお薬代にするおかねもできて。』

『…………』いや、自分は病気でも何でもない、旅に労《つか》れたのだ。早く東京へ帰つて、楽々したかつた。

起きあがつて、自分の着てゐる見馴れぬ古寝巻きを見るにつけても、古壁へ自慢さうにかけ並べてあるお召しの衣物や銘仙の羽織りが目に立つた。

『きのふも町へ行つて来たの。』かの女の得意さうな報告を聴きながらもいつ、自分がこんな立派な物を買つてやつたのか、自分自身には思ひ出せなかつた。『さうしてあなたのうちへも寄つて見たら、お杉さんは特許が取れたら、少しうちへもおかねを送つて呉れと云つてゐた。』

『…………』さうだ、自分の娘はお杉と云つたツけと考へて見たが、顔を洗つてから直ぐ渠は馬鹿に空腹を感じてゐる自分を炉ばたに出た膳に向はせた。給仕をするお菅のほかには誰れもゐなかつたが、黙つて箸を運んだ。

『そのにしんはわたしが喰べてたのよ、うちでは少しも砂糖はつかはないんだから、別にわたしが煮させて置いた。』

『…………』これにも返事はしなかつた。そして自分は何杯喰つたかおぼえないけれども、かの女は八杯だと云つて笑つた。その割りには腹が何ともなかつた。

やがて便所に行つたのだが、くそ溜の上へ板を二板渡してあるだけで、瀬戸などはなかつた。また、さきに聴いた旧式のはねよけもこの百姓家では備へ付けてなかつた。けれども、そこからまた遠く浅間やまを拝めたので、それに向つて自分の発明を感謝した。この二三日間に、浅間を斯う特別な気もちで拝めたのは三度だ。

『これで気が済んだ！』ので、渠はお菅を伴つて帰京した。信州で一度お菅に云はれて床屋へ行つたことは行つたのだけれども、人がまた自分の顔を余り青くなつたと云ふので、自分も念の為めに鏡をのぞいて見た。すると、青くなつたのではなく、小さいといつも笑はれる鼻のあたりにまでもずツと威光が増したのであつた。『古来稀れなる浅間の霊が乗り移つてるのだから、お前達は皆この霊体に敬礼を表すべきものである』と、近所の店さき、店さきを説いて歩いた。

　それにしても、渠の一番気にかかるのは質物の一件であつたところ、果して阿部さんが月末にもならぬうちに取りに来た。そして福島から上京中だと云ふその紹介者夫婦をも伴つた。

『分つた、分つた！　何も云はないでもこの霊眼に見えてる』と、今田は阿部さんに向つて云つた。不断着の肩を怒らせて、両の肱を左右に突ツ張つて、『お前は質物のことを心配して来たのだらうが、そんなことはどうでもいい。われは古来稀れなる浅間の霊が乗り移つて、やがて高位就任の式を行ふ。その時には、主務掛りに命じてお前を官女の取り締りに任命させてやる。』

『…………』阿部さんはにた〳〵笑ひながら、紹介者の細君の袖を引いた。

『そんな不真面目なことでは不敬に当るから、慎しんでゐなければならぬ。皆はお前を喰ひ物にしようとしてゐたのだから、暫らくの間は十分に身を慎しんでるがよろしい。――お前は、また』と、一方の細君に向つて、『無教育だから困るが、官女ぐらゐにはしてやる。』

『へい、どうぞ。』

『さうだ、さうおとなしくして。――それから、お前だが』と、紹介者その人に向つて、『お前はなか〳〵役に立つ男だから、宮ざむらひの頭《かしら》に取り立てる。』

『どうかよろしく』と、男は手をあたまへ持つて行つて、その上をくるりと撫でた。

　二人の女どもがそれを見て吹き出したので、今田の機嫌がそこなはれた。けれども阿部さんの持ち物のうち、質屋へ行つてゐない分だけは返すことにしてやつた。そしてそれを、はたから、何とか云つて拒まうとした不正直なお菅を一喝のもとに叱り付けた。

『さア、烏帽子《えぼし》と直垂《ひたた》れを持つて来い！』渠は先きに立つてそとへ出たが、蒲団屋やはかま屋、また通りの菓子屋、煙草屋、煮まめ屋などの店さきを一まわりして、店毎にまた『古来稀れなる浅間の霊』を説いた。

　皆が行列をして従つてるつもりであつたところ、再び家の前に来た時には、お菅ひとりであつた。他のもの等は、頻りに質屋のありかを聴いてたと思つたら、あの時行つてしまつたのらしい。

『いかの塩《しほ》から――かつをの塩から！』と云ふのがやつて来た。

『あ、からいの』と、その方にふり向いて、右の手を延ばしてさし示めした、『それを少し。』

『あまい、あまい――あま酒！』

『あ、あまいの』と、またその方に向いた。今度は左りの手でさし示めしながら、『それもよろしい。』

　渠は両手をさし延ばしたまま、お菅の二つとも買ふのを持つてゐた。

　そして発明品の特許は下りることに通知が来るが、金がないのでまだ取りに行けないのであつた。

（「中外」大正7年11月号）

蘇生

豊島与志雄

人物

高木敬助………二十四歳、大学生
中西省吾………二十五歳、大学生、敬助と同居人
山根慶子………二十一歳、敬助の自殺せる恋人
同　秋子………十八歳、慶子の妹
村田八重子………二十一歳、慶子の親友、省吾と許婚《いひなづけ》の女
其他――老婆（六十三歳、敬助と省吾との召使）、看護婦、医師、高橋及び斎藤（敬助の友人）、幻の人物数人

深い水底《みづそこ》に沈んだやうな感じだつた。何の音も聞えず、何の象《すがた》も見えなかつた。たゞ盲《めしひ》た一種の快さが深く湛へてゐた。と、何処からともなく明るみが差込んできた。その明るみが彼を上へ〳〵と引上げやうとした。然《しか》し彼の後頭部は鉛で出来てるかのやうに重かつた。そして上へ引上げやうとする明るみの力と、下へ沈ませやうとする後頭部の力とが、暫く相争つてゐた。やがてその両方の力が平均すると、何か張り切つた綱が切れたや

うな気がした。と急に明るくなつた。――敬助は眼を開いた。

黒い紗の布を被せた電球のタングステン線が見えた。それをぢつと見てゐると、胃袋の底から重苦しいものが逆にぐつと喉元に込み上げて来た。息がつまるやうな気がした。で両肩に力を入れてその重苦しい固まりを押へ止めると、胸から一人でに大きい息が出た。あたりはしいんとなつた。

輪廓の線が幾つにもぼやけた二三の顔が、彼の方へ覗き込んでゐた。眼ばかりが馬鹿に鋭く輝いてゐた。そのうちの一つが急にゆらりと動いた。すると何か大きい物音がして、耳にがーんと反響して、頭の底まで震へ渡つた。

その響きが静まると、意識がはつきりして来た。先づ天井板が眼にはいつた、板と板との重ね目が馬鹿に大きくなつて。それから人が三人坐つてゐた。

それだけの簡単な光景が、強く彼の頭裏《とうり》に飛び込んできた。と其処には前から深く刻み込まれてゐた別の光景があつた。そしてその中に新らしい光景がぴたりと嵌りこんだ。二つが一つのものになつてしまつた。たゞ何か一つ足りないものがあつた。眼球をぐるりと廻して眺めると、人数が一人足りないことが分つた。「誰だつたかしら？」と彼は考へた。すると眼がくら〱とした。

「気がついたか！」

さういふ声がした。見ると其処には中西が居た。婆さんも居た。も一人若い女が居た。見覚えのあるやうな顔だつた。「あさうだ！」と彼は思つた（然し実際は誰だか分らなかつた）、そして身を起さうとした。

「お静かにして被居《いらつしや》らなくては！」とその女が云つた。そして皆で彼を元のやうに寝かしてくれた。その時彼は初めて、自分が蒲団の中に寝てゐること、全身の関接に力が無くて骨がばら〱になつてること、中西と婆さんと看護婦とが枕頭《まくらべ》についてゐること、それだけのことを感じた。

何故だか分らなかつた。然《しか》しそれが至極当然なことのやうな気がした。

「気がついてくれてよかつた。どんなに心配したか分らなかつたよ。」と中西が云つた。

看護婦が手を上げた。猫が顔を撫でる時にするやうな恰好だつた。

「静かにしてゐ給ひよ。」と中西は云つた。そして彼は乗り出してゐた上半身を急に引込めた。

あたりがしいんとなつた。何処かでひた〱と水の垂れるやうなかすかな音がしたが、それはすぐに止んだ。「夜だな」と彼は思つた。然し時間といふものに対して妙な気が起つた。時の歩みが全く止つたのか、または同じ瞬間が永続してるのか、どちらか分らなかつた。二つは同じやうなものであり乍ら、非常に異つたものゝやうに思はれた。そしてその二つの間の去就に迷つてゐると、「夜だな」といふ感じが遠慮なく侵入して来た。「夜《よ》！……夜《よ》！」さう頭の中で不思議さうにくり返してゐると、夢を見てるやうな心地になつた。すると次には、夢を見たやうな心地に変つた。そして自然に頭がその方へぐい〳〵引きずられていつた。腹の中が急にむか〳〵して来た。彼は口の中にたまつた唾液《つばき》を呑み下した。すると何かふくよかな匂ひが鼻に感じられた。彼ははつと息をつめた。

「慶子さん！」何処かに在る幻に彼はさう呼びかけた。そしてがばと身を起した。

すぐに彼は看護婦と中西とから押へられて、また蒲団の中に寝かされた。いつのまにか幻が消えてしまつた。身体の節々が重く痛み出した。そして頭の下には氷枕があてがつてあることに気付いた。ずきんずきんと頭痛がして、眼に見る物の線がそれにつれてちら〳〵と震へた。彼は眼を閉ぢた。

暫くすると頭の中が真暗《まつくら》になつて来た。驚いて眼を開くと、彼の顔を先刻《さつき》から見つめてゐたらしい看護婦の視線がちらと外らされた。中西は両腕を組んで首《かうべ》を垂れてゐた。向ふに婆さんが坐つてゐた。袖を顔に当てがつてゐた。「何をしてるんだらう？」と彼は思つた。そしてふと見ると、皆の後ろの方に火鉢が一つ置きざりにされてゐた。見覚えのある鉄瓶がかゝつてゐた。口から白い湯気がたつてゐた。それを見ると全身の悪寒を感じた。彼は夜具の中に肩をすくめた。

「皆火鉢にあたつたらどうだい。」と彼は中西の方を見て云つた。

「あゝ。」と中西は頓狂な声で返事をした。

その時、婆さんが鼻をすゝつた。と思ふと、急に忍び音《ね》に泣き出した。腰を二つに折つて、膝の上に押当てた両肩をゆすつて、「おう、おう、おう！」といふやうな押えつけた泣き声を洩らしながら、その度に赤茶けた髪の毛が震へた。暫くすると、看護婦もぽたりと涙を膝の上に落した。

敬助は驚いた眼を見張つた。俄に夜の静けさが深さを増したやうな気がした。そしてその寂寥の底に、永く、本当に永く忘れてゐた母の面影が浮んできた。眉を剃り落した慈愛に満ちた母の顔が、室の薄暗い片隅にぼんやり覗いてゐた。彼は何故《なにゆゑ》ともなく母が死んだのだといふ気がした。それを皆が泣いてるのだと思つた。然《しか》し彼はどうしても泣けなかつた。何だかほつとしたやうな安心をさへ覚えた。するとその母の側に、厳めしい父の顔が現はれた。彼は何とか言葉をかけやうと思つた。然し喉の奥まで言葉を出しかけた時、父と母とは、ぢつと室の入口の襖の方を見た。梯子段に誰か上つて来る足音が聞えた。静かな低い足音だつた。彼もその方を見つめた。すると静に襖が開いて、一人の女が其処に現はれた。「おや！」と思ふと、凡ての幻は消えてしまつた。しいんと引入れられるやうな静けさになつた。するとまた新たに梯子段に弱い足音が聞えた。彼はその足音に覚えがあつた。然し誰の足音だか思ひ出せなかつた。でぢつとそれに聞き入つてゐると、やがてその足音は梯子段を上り切つて、襖を開いた。慶子の姿が現はれた。彼女は真直に彼の方へ歩いて来た。眼を上げると、彼女はにつこと微笑んだ。

彼は宛《あだか》も電光に打たれたやうな感じがした。一時に凡ての幻が消え失せて、頭の中に刻み込まれたまゝ忘れてゐた彼女の最後の笑顔が、まざ〳〵と其処に据ゑられた。

唇を上と下と少し歪めて、きつと歯を食ひしばつてゐた。口の一方の隅が平たく緊張して、他方の隅には深い凹が出来てゐた。白い歯が二本ちらと唇の間から見えてゐた。何といふ苦悩の口だつたらう！　そして眼が異様に輝いてゐた。彼女の眼はいつも冷かな鋭い光りを持つてゐたが、その時は魂の底までも曝げ出したやうな奥深い光りに燃えてゐた。黒目は小さかつたが、瞳孔《ひとみ》が非常に大きかつた。凡てを吸ひつくすと同時に凡てを吐き出すやうな熱い乱れた光りが在つた。何といふ残忍な眼だつたらう！　それに、その眼とその口とを包んだ頬の曲線はしなやかにくずれてゐた。心持ちたるんだ頬の肉が真蒼だつたが、凡てをうち任した柔かな鬢を拵へてゐた。額には清らかな色が漂つてゐた。何といふ信頼しきつた顔だつたらう！　而もそれは全体が微笑んでゐたのだ。

敬助は息をつめた。彼女の笑顔が頭の中でふらりと動いたかと思ふと、彼の眼には赤いものが見えた。

「あツ！」と彼は覚えず叫んだ。そして起き上つた。

中西が急に彼の立ち上らうとする肩を捉へた。

「静かにしてゐなけりや……」

「放しくれ給へ、放して！」そして彼は昏迷した眼付で室の中を眺め廻した。書棚の前に押しやられた机の上には、何やら一杯のせられて、白い布が被せてあつた。床の間の軸も置物もいつもの通りになつてゐた。自分は蒲団の上に坐つて、中西と看護婦とから肩を捉へられてゐた。婆さんが火鉢の側につゝ立つてゐたが、また静《しづか》に坐つてしまつた。

彼は深い溜息をついた。肋膜のあたりが急に痛み出した。それでまた蒲団の中に横になつた。電球に被せてある紗《きれ》の布が何だか不安だつた。

「あの布を取つて下さい。」と彼は云つた。

看護婦が立ち上つてそれを取り払つた。

室の中は明るくなつた。眼がはつきりしてきた。と共に頭の中が急に薄暗くなつてきた。意識の上に深い靄がかけてゐるやうな気がした。凡てのことが夢のやうな間隔を距てゝ蘇つてきた。彼は眼をつぶつた。そして静にその光景をくり返した。凡ては底の無いやうな静けさに包まれてゐた。

――敬助は机に片肱をもたして坐つてゐた。慶子は彼の方へ肩をよせかけて坐つてゐた。二人の前には火鉢に炭火がよく熾《おこ》つてゐた。夜はもうだいぶ更けてゐるらしく、あたりはひつそりと静まり返つてゐた。何の物音も聞えなかつた。二人の息さへも止まつたかと思はれる程だつた。その時、急に慶子の呼吸が荒々しくなつてきた。敬助は驚いて顧みると、彼女は眼を閉ぢて石のやうに固くなつてゐた。眉と眉との間に深い皺が寄つてゐた。それは彼女が何か苦しい思ひに自分と自分を訶《さいな》む時の癖だつた。乱れた荒い呼吸が、小さな鼻の孔《あな》から激しく出入してゐた。敬助ははつとした。彼女のさういう様子のうちには或る強い恐ろしいものが籠つてゐた。

——「どうかしましたか。」

——何の答へもなかつた。

——敬助は彼女の肩を捉えて激しく揺つた。「云つて下さい。何でもいゝから云つて！」

——慶子は眼を開いた。そしてぢつと彼の顔を見た。

——「もうお別れする時ですわね。」

——「えツ！　それではこれほど云つてもあなたは私が信じられないんですか。私達二人の心が信じられないんですか。」

——「信じてゐます。信じてゐます。信ずるから申すのです。」

——彼女のうちには、あらゆる意志と感情とを一つに凝らした或る冷かなものがあつた。敬助はいつもそれに出逢ふことを恐れた。そしてその時は一層強い衝動《シヨツク》を受けた。或る何とも云へない石の壁にぶつかつたやうな気がした。彼は苛ら〳〵して来た。そして自分の苛ら立ちに気付けば気付くほど、益々慶子は冷たく落ち付いてくるやうだつた。まだ自分は彼女に強い信念を与へることが出来ないのか、どうして自分達はたゞ一つの途に落ち付いて未来に進むことが出来ないのか！　彼はくり返して、愛の信念を説いた、愛の力を説いた。その間彼女は黙つて聞いてゐた。そして彼が口を噤むと、はら〳〵と涙を流した。「許して下さい！」さう彼女は声を搾つて云つた。

——何を許すことがあつたらう！　固《もと》より彼女には前に恋人があつた。然し彼女はその愛のうちに男の方に虚偽があるのを知るや、彼を捨てゝしまつたのではないか。愛に一点の隙間《すきま》をも許さない彼女の態度は純真なるものではなかつたか。またそのために家の中に於ける彼女の地位が危くなつてること、その男のために彼女の両親が未だに時々困らされてゐること、さういふことは敬助も凡て知つて許してゐたではないか。またその他に彼女の身の上に何か暗いものがあつても、彼女の心が一つにさへ燃えてゐればいゝと幾度もくり返して云つたではないか。そして敬助は何も尋ねないで、二人の心をたゞ一つの愛に燃え切らせることばかりをつとめた。その一筋の心で彼は故郷の両親へあてゝ長い告白の手紙をも書いた。両親からは拒絶の返事が来た。近々伯父が上京する由《よし》まで書き添へてあつた。然しそれはかねて予期したことではなかつたか。彼は最後の勝利を信じてゐた。

「たゞ信じて下さい！」と彼は慶子に云つた。

——「何を許すことがあります。私達はたゞ進んでゆくより外に途はありません。もう後へは引返されないのです。あなたはまだ躊躇するのですか。」

——「いえ〳〵、もう決心してゐます。」と彼女は云つた。「あんまり苦しいから、ゆきつめた所まで行つたから、……ひよつとするともうお別れする時ぢやないかと思つて。」

——「何で別れるのです。私は何処へでもあなたが行く所へついて行きます。あなたも私の行く所へいつまでもついて来ますね。」

――「え、、屹度！」

――さう云つて彼女はまた眼を閉ぢた。

――もう何にも云ふことは無かつた。敬助もぢつと眼を閉ぢた。さうして二人は長い間身動きもしないでゐた。言葉が無くなると、いつも二人でぢつと愛の祈禱のうちに沈み込むより外はなかつた。そして何物とも知れず二人を脅かして来るもの、幾度となく誓はれた信念の後にもなほ底深い所から上つて来て二人を距《へだ》てやうとする淋しいもの、それに対して心を護《まも》るより外はなかつた。とその時、敬助はふと或る冷たいものに触れたやうな気がして、全身を震はした。眼を開くと慶子がぢつと彼の顔を見つめてゐた。二人は食ひ入るやうに互の眼の中を見入つた。それから狂猛な抱擁のうちに身を投じた。

――やがて慶子は静《しづか》に彼の腕から身を離した。その顔は一瞬間、凡ての恰好を歪めて苦悶の表情をしてゐたが、すぐに澄み切つた朗かさに返つた。高い鼻の細りとした痩せ型の顔が、何とも云へず端正な趣きを呈した。それを見ると、敬助はどうしていゝか分らなかつた。彼は机の上につゝ伏して眼を閉ぢた。あらゆるものが頭の中から消え失せた。底知れぬ寂寥の感が全身に上つて来た。そしてどれだけ時間がたつたか覚えなかつた。

――何か、かたつといふ音が机の上にした。敬助はふと顔を上げた。慶子は火鉢の前に端坐して、眼を閉ぢ、両手を膝の上に組んでゐた。彼はぢつとその姿を見つめた。と俄にはつとして両肩を聳かした。首根ががくりとした。顧みると、机の上に小さな紫の壜がのつてゐた。彼はそれを手に取り上げた。壜の底の方に、紫の硝子を通して見らるゝ重さうな溶液が少し残つてゐた。

――その時慶子は顔を上げて、彼の眼をぢつと見入つた。全く表情を没した大理石のやうな顔だつた。そしてその一筋の視線に、彼は心の底までも貫かれたやうな気がした。彼の全身の働きがぴたりと止つた。凡てが深く落ち付き払つた。彼はふりもぎるやうに慶子の視線から顔を外らして、静に紫の壜を電気にかざして、中の溶液をも一度すかし見た。それからそれをぐつと一息に飲み干した。冷熱の分らないたゞ水銀のやうに重い感じのするものが、胃の底に流れ込んだのを感じた。慶子は彼の姿を見守つて、身動き一つしなかつた。

――敬助は彼女の側ににぢり寄つて、その手を摑んだ。その時彼女は云つた、「嬉しい！」そして苦悩の口と残忍な眼と信頼の頬とで彼に微笑んだ。彼も同じやうに微笑んだ（と思つた）。「慶子さん！」と彼は云つた。「嬉しい！」と彼女はまた云つた。二人の声は泣き声に震へてゐた。然し二人共涙は流さなかつた。

――それは殆んど名状し難い時間だつた。二人の取り合つた手がぶる〳〵と震へて、次第に深く喰ひ込んでいつた。敬助の頭の中にはあらゆる感情が混乱して渦を巻いた。それを或る大きな黒い翼がしきりに羽叩《はばた》いた。と急にあたりがしいんと静まり返つた。後には何物も残らなかつた。彼は眼を閉ぢて、握りしめた慶子の手一つを頼りにした。時間が飛び去つて行つた。腹の底から棒のやうなものがこみ上げて来た。彼は息をつめてそれをぐつと押えつけた。するとその棒が急にしな〳〵に崩れて、頭の中にがーんと大きい響きが起つた。その時、慶子がかつと赤いものを吐き出して彼の方へ倒れかゝつて来た。彼はその身体《からだ》を両腕に抱き取つた。そしてしきりにその身体を振り廻した（と思つた）。それから彼は意識を失つた。――

その光景がまざ〳〵と、而《しか》も霧を通して見るやうな静けさを以て、敬助の頭の中に浮んできた。勿論その時の会話は思ひ出せなかつたが、その会話の齎す気分はそのまゝ情景の中に籠つてゐた。而もそれが一定の距離を距てたゝめか、朗かな大気の中に包まれたやうに見えた。ぢつと見つめてゐると、薄暗い谷底から高い峯の頂を仰ぐやうな感じがした。たゞその前後は茫漠として少しも見分けがつかなかつた。

彼は一種の恍惚たる境に導かれていつた。清らかな翼のうちに包まれて、静に高く〳〵昇つてゆくがやうな気がした。何処かで慶子が微笑んでゐた。愛が微笑んで輝いてゐた。彼は空高く両手を差伸さうとした。

その時、一種の眩暈を彼は感じた。と急に深い闇黒の淵の中に陥つていつた。激しい加速度を以て墜落した。彼は思はず眼を開いた。

室の中にはたゞ電燈の明るみが澱んで、三人がぢつと坐つてゐた。看護婦は何かの雑誌を膝の上に拡げてゐた。そして彼は初めて自分が蘇生したのであることを知つた。然しそれは夢のやうな感じだつた。凡てが静に落付いてはゐたが、何処か不思議な点があつた。

「慶子さん！」と彼は心のうちで叫んでみた。「嬉しい！」と何処かで声がした。それが彼の心の底までを貫いた。残酷とも悲痛とも憂愁とも知れない名状し難い感が、俄に彼のうちに上つてきた。あツ！　と思ふまに、深淵の底に取り残された自分を彼は見出した。もはやどうすることも出来なかつた。彼は両手を胸の上に組んで、捩り合した。苦しいものが胸の底からこみ上げてくるのをかきむしりたいやうな気がした。

「慶子はどうしたらう、慶子は？」彼は身を踠《もが》いた。

中西が静に彼の側に寄つて来て、彼の手を握つてゐてくれた。それに気がつくと、彼はその手に縋りついた。

「中西！」

「あゝ。」と中西は答へた。

「慶子さんは？」

中西は何とも答へないで、夜具の乱れたのを彼の肩にまとつてくれた。それなら何とか云はうとした。

「しツ！」と敬助はそれを遮り止めた。梯子段に人の足音がするやうだつた。耳を澄すと果して静かな足音が梯子段を上つて来た。彼はその足音を知つてゐた。息を凝らしてその方を見つめてゐると、襖がすーつと開いた。慶子が立つてゐた。彼女はたゞぢつと敬助の顔をまともに眺めた。彼は何か云はうとした。と俄にその幻がすーつと彼の胸の中に吸ひ込まれてしまつた。金泥で笹の葉を描いた淡黄色《うすぎいろ》の襖が壁のやうに閉め切つてあつた。

彼にはぼんやり凡てのことが分つた。彼は眼を閉ぢて、中西の手を握りしめた。

「中西、すつかり僕に話してくれるか。」

「然し今君は……」

「いやもう大丈夫だ。僕は慶子さんが死んだことを知つてゐる。たゞ詳しいことが知りたいのだ。」

苦しくはあつたが不思議にもその言葉は落付いてゐた。彼は自らそれに心の落ち付きを覚えた。

「うむ、それでは凡て話してあげやう。知つておく方がいゝだらう。然し君は今どんなことにもぢつと面し得るだけの力があるか。そして……。」

「分つてる。」と敬助はそれを遮つた。「理屈はいらない。たゞ詳しい事実だけが知りたいのだ。僕は凡てを予期してゐる。云つてくれ、偽りの無い所を。」云つてしまうと胸が痛んだ。

「宜《よろ》しい。」

それから暫く言葉が途切れた。がやがて中西はかう云ひ出した。

「僕は簡単に云ふ。……君達が劇薬を飲んで倒れてゐる所を婆さんが発見したのだ。そして驚いて家の中を駆け廻つてる所に僕が帰つて来た。……僕はすぐに医者の許《もと》へ飛んで行つた。医者はすぐ来た。然しもうだいぶ時間がたつてゐた。どうにも仕様が無かつた。然し君の方には見込みがあると医者は云つた。後できくと君は飲んだ分量が少かつたのだ。然しその時は殆んど見当がつかなかつた。慶子さんの方はもう到底駄目だつた。それでも二人共手当はした。……夜明けになつて君は眼を開いた。何かしきりに云つてゐたが、言葉は聞き取れなかつた。神経が麻痺してゐたのだ。それから昏眠状態が続いた。ヂガーレンを二度注射した。夕方君はまた眼を開いた。然し医者は今覚してはいけないと云つた。脳を気遣つたのだ。モヒを注射した。そして先刻《さつき》から君は本当に覚めたのだ。」

敬助は黙つてその言葉を聞いてゐた。

「……慶子さんの方は助からなかつた。僕は変事を知らしてやつた。親父さんと兄さんとがやつて来てくれた。せめて君の方だけでも助けてくれと兄さんが云つた。僕は泣いた。皆泣いた。……慶子さんの死体はその午後家に運ばれた。」

敬助はいつかそういふことは夢にみたやうな心地がした。そして黙つてゐた。

「君は生きなくちやいけない！」と中西は云つた。「僕と慶子さんの兄さんとで手を廻して、世間には発表しないやうにしてある。知つてるのは僕達と、山根の家の人と、八重子さんとだけだ。周囲の者は、君に勇気を要求してゐる。この事件に面してまた立ち上るだけの勇気を要求してゐる。凡ては運命だ。君が信ずるとも信じなくともいゝ。たゞ感じてさへくれゝばいゝ。運命といふことを！」

深い沈黙が続いた。その時婆さんは立つて来て、敬助の枕頭《まくらべ》に坐つた。彼女は一寸敬助の顔を覗き込んだが、そのまゝ顔を袖の中に埋めてしまつた。

婆さんの泣いてる姿を見ると、悲痛なものが敬助の胸の底からこみ上げて来た。彼は歯をくひしばつて中西の手を握りしめた。

「中西！」さう彼は呼びかけた。後は言葉が出なかつた。そしてぢつと天井の片隅を見つめてゐると、何か恐ろしい打撃を身に感じた。

我を忘れて彼は立ち上つた。と足の関接ががくりとして其処に倒れてしまつた。

皆が集つて蒲団の中に寝かしてくれるのを彼は感じた。それから一人置きざりにせられたやうな寂寥を感じて眼を開くと、右の手首を看護婦の手に握られてゐた。彼はそのまゝ手を任した。

看護婦はやがて彼の手を離して、机の上から小さな紙箱を持つて来た。そして中から一包の薬を出して彼の方へ差出した。

「薬を召し上れな。」

敬助は息をつめた。白い紙に包んだ薬を差出してる彼女の顔が、一寸慶子の顔に思へた。とすぐにそれは冷かな看護婦の顔に代つた。然し、その薬は毒薬だと彼は感じた。それは動かし難い直覚のやうだつた。彼は首肯《うなづ》いた。そして眼をつぶつて、白湯と共にその薬をぐつと呑み込んだ。口腔と舌とがざら〳〵に荒れてゐるのを感じた。それから胃にどつしりと重い響きを感じた。

彼は眼を閉ぢて、もう一言も口を利かなかつた。全身に感ずる遠い疼痛のうちに、安らかな気分が漂つて来た。表の通りに箱車の通る音がした。あとはまたひつそりとなつたが、何処からか遠いざわめきが聞えてきた。彼はそれに耳を傾けて、何の物音だか聞き取らうとした。然しどうしても分らなかつた。

それから非常に長い空虚な時間が過ぎ去つたやうな気がした。額のあたりに重い陰影が下りてきた。

ふと何処からか、かすかな楽《がく》の音《ね》が洩れてきた。広い野原だつた。大勢の男が何か担いで、野原を真直に横ぎつていつた。よく見るとその群集に担がれたのは、一人の女だつた。乱れた髪の間から白い顔が見えてゐた。見たこともない美しい顔だつた。そして彼はしきりにその見知らぬ女の名前を考へ出さうとした。するうちに、その女はいつしか自分と変つてゐた。群集は自分を柔く担ぎながら、空間を飛ぶやうに野を横ぎつていつた。いつまで行つても野は広茫として際限がなかつた。仄かな明るみが大気のうちに湛へてゐた。そしてその明るみの中に彼は意識が解け去るのを感じた。後はたゞ茫とした。……

敬助が眠りから覚めた時、障子には晩秋の日が明るくさしてゐた。彼はきよとんとした眼で室《へや》の中を見廻した。看護婦が向ふに坐つてゐた。中西が寝転んでゐた。ぱつとした明るみが、室の中に一杯漲つて、凡てを不思議な世界に輝らし出してゐた。彼は柱から天井から襖までまざ〳〵と眺め廻した。その時彼はふと思ひ出した。——先刻誰か自分の側に来て、ひそ〳〵と泣いてゐた。彼は眼を覚さうとしたが、重い靄がどうしても頭から離れなかつた。そのうちにまた静になつた。

「おい!」さう彼は呼んだ。そして自分でもその声の大きいのに喫驚《びつくり》した。

中西が飛び起きて彼の側に来た。

「先刻《さつき》誰か此処に来てやしなかつたのか。」

中西は暫く彼の顔を窺つてゐたが、遂に云つた。

「秋子さんが来てゐた。」

その一言に彼は昨夜からのことがはつきり思ひ出せた。

「なぜ起さなかつた?」

「よく眠つてたから。……秋子さんはまた来ると云つてゐた。」

敬助は何とも云はないで、中西の顔から眼を外らした。静に涙が湧き出て来た。彼は夜具を頭から被つた。そして唇をかみしめた。云ひ知れぬ悲しみの情が胸の底からこみ上げて来た。眼瞼《まぶた》を閉ぢて涙を押へ止めてゐると、頭がくら〳〵としてきた。拳で一つ額を叩くと、凡てが遠くなつていつた。

やがて彼は静に蒲団から顔を出した。何といふ変化だらう。凡てのものが不思議に思へた。自分の生命が、時間が、あの事変の前後に於て、ふつと暗闇《くらやみ》のうちに吸ひ込まれてゐた。そしてあの時の光景ばかりが明かに輝いてみえてゐた。或る距離を置いてそれをぢつと見つめてゐると、それにもはや近づけないことを知ると、限り無い悲しみの情が湧いてきた。而《しか》も現在の事物が何といふまざ〳〵とした新らしさで、明るみのうちに曝け出されてゐることか。

「窓をしめてくれないか。」と彼は云つた。

中西は立つて行つて、窓の戸を閉めた。すると椽側の障子だけからさし込む光りが、室の中の陰影に程よく融け込んで、柔い夢のやうな明るみを拵へた。彼は何故《なにゆゑ》ともなくほつと吐息をついた。

障子にさしてる日の光りで、朝の九時頃だと彼は思つた。(さう時間を推測したことが、彼には自ら不思議に思へた。)八重子さんが尋ねて来た。

彼女は坐に居る人々に一礼したまゝ、黙つて敬助の枕頭《まくらべ》に寄つて来た。敬助はぢつとその顔を眺めた。すると彼女の眼から涙が出て来て、遂には其処につゝ伏してしまつた。

「もう大丈夫です。」と敬助は云つた。

八重子は顔を上げた。もう泣いてはゐなかつた。

「御免下さいね。」さう彼女は云つて微笑まうとしたらしかつた。然しその微笑《ほゝゑみ》は、顔の筋肉を歪めたまゝ中途で堅くなつた。彼女はそれをまぎらすためか、敬助の頭の下の氷枕に触つてみた。氷が水の中で音を立てた。その時初めて敬助は、自分が高熱に襲はれてることを知つた。

「僕はよつぽど熱が高かつたのか。」と敬助は尋ねた。

「うむ、一時は心配だつた。」と中西は答へた。「然しもう大したことではない。」

けれどもそれは気の無さゝうな声だつた。敬助は黙つてしまつた。八重子の方へ何か云つてみたかつたが、言葉がみつからなかつた。

やがて、中西と八重子とは隣りの中西の室へ立つて行つた。暫く何か話し合つてるらしかつたが、二つの室は壁に距てられてゐたので、声さへも聞えなかつた。敬助は天井板の木目を見ながら、自分達に味方してくれた者は中西と八重子と秋子とだけだつたことを思ひ出した。すると急に慶子の姿が頭に浮んできた。然し遠い夢の中のやうな気がした。彼はそれに自ら苛ら〳〵してきた。そしてしきりに凡てを近くに呼び戻さうとした。彼の眼はそれに裏切つて熱く濡んでゐた。

医者が来た。医者と共に中西と八重子とが戻つて来た。

敬助は初めてその医者の顔を眺めた。年の若い医者だつた。髪を綺麗に分けて、短い口髭を生やしてゐた。切れの長い眼がその顔立によく調和してゐた。

敬助は彼に反感が起つた。それは彼が年若いせいだつた。年若いことに不快を感ずるのを、自ら訳が分らなかつた。それでも静にその診察に身体を任した。医者は一通り診察をすましてこんなことを尋ねた。

「何処か痛みはしませんか。」

「痛みません。」

「嘔気《はきけ》は?」

「ありません。」

「頭痛は?」

「しません。」

敬助は凡てを否定した。然し実際は、さう云はれると身体の遠くにその三つを感ずるやうな気がした。それから彼は次の問ひを待つた。然し医者は首を傾《かし》げたまゝいつまでも何とも云はなかつた。彼はくるりと寝返りをして向ふを向いた。

医者が帰つてしまうと、急にひつそりとした。敬助は眼をつぶつた。長い時間が過ぎた。そのうちにうと〳〵としてゐると、後ろで声がした。

「私もう参りますわ。」

八重子の声だつた。敬助は驚いてふり向いた。八重子も喫驚《びつくり》したらしかつた。彼女は立ちかけた腰をまた其処に下した。

「覚めてゐらつしたの?」と彼女は云つた。

敬助は何とも答へなかつた。そして、彼女の眼が赤く充血してゐること、頬に血の気がなくて皮膚が荒れてゐること、髪が乱れてゐること、凡て不眠から来る様子を彼は見て取つた。

「済みません。」さう敬助は云つた。

八重子はちらと眼を瞬いて俯向いた。苦しい時間が過ぎた。

「ではもう行つたらい、でせう」といふ中西の言葉に、彼女は始めて顔を上げた。「ではまた参りますから。お大事に……。」そして彼女は低くお辞儀をした。

その時、彼女の束髪の下に隠れ去るその白い顔を眼瞼《まぶた》の中にしまい込むやうにして、敬助は眼を閉ぢた。

八重子が帰つてゆくと、凡てを取り失つたやうな寂しい時間が寄せて来た。障子に当つてゐた朝日の光りはいつのまにか陰《かげ》つてしまつてゐた。室《へや》の中にはしつとりとした空気が澱んでゐた。もう中西とも何にも云ふことはなかつた。

葡萄酒を一杯、鶏卵の卵黄《きみ》を二つ、鶏肉の汁《つゆ》を一椀、粥を少量、それだけ敬助は食べた。出来るだけ多量に取るやうにと看護婦は云つたが、嘔気がしてそれ以上は食せなかつた。

「でもまあこれだけ召し上がれば……。」と云つて婆さんは、室の中をうろ〳〵してゐた。然《しか》し何も彼女の片付けるやうなものはなかつた。

食物を取ると、敬助は急に嗜眠《しみん》を覚えた。そしていつのまにか力無い眠りに陥つていつた。

眠りの中に彼はかういふことを感じた。……高橋と斎藤とが室の入口に坐つてゐた。中西が彼等と何か話をしてゐた。言葉は少しも聞き取れなかつた。敬助は眼を覚さうとしたが、それが非常に億劫《おくくう》だつた。そのうちにも三人は何かしきりに話してゐた。そして暫くすると、二人は立ち上つた。敬助はしきりに気になつた。その時、中西が続いて立ち上つたので、彼は何か言葉を発した。然《しか》しそれは声になつては出なかつた。三人が室の外に出てしまうと、彼は妙に安心を覚えて、またうと〳〵と眠つてしまつた。……

夜になつて敬助は眼を覚した。そして昼よりは少し多量に食物を取つた。それからまた眠りに陥つた。

夜遅く明け方に近い頃敬助はまた眼を覚した。あたりはひつそりとしてゐた。中西の姿は見えなかつた。看護婦は室の片隅に蒲団の中に蹲《うづくま》つて眠つてゐた。婆さんが縕袍《どてら》を着てつゝ伏してゐた。それを見ると彼は何となく安心を覚えてまた眼を閉《ふさ》いだ。そして、電気を被せてある黒い紗の布《きれ》がいつまでも眼の中に残つてゐた。

……とん、とん、とん、とん、と間を置いた物音が何処からか聞えて来た。するといつのまにかそれが人の足音に変つた。梯子段を上つて来る足音だつた。敬助はふと眼を開いた。足音はなほ続いた。彼はぢつと待つてゐた。然しいつまでもその足音は梯子段を上りきらなかつた。そのうちにふと足音は止んだ。

敬助はぞつと全身に戦慄を覚えた。そしてその恐怖の情が静まると、彼の心は急に暗い淵の中につき落された。彼は前後を見廻した。室の中は静まり返つたやうな気がした。そして思はず「慶子さん！」と叫んだ。声には出なかつたがそれが室の中一杯に反響したやうだつた。「慶子さん、慶子さん！」さういふ響きが四方から起つてきた。そして「慶子は死んだ」といふ感情が現実の姿を取つてまざ〳〵と現はれてきた。

彼は急に起き上つた。皆疲れきつた眠りに陥つてゐた。機会は絶好だつた。彼は立ち上らうとした。然し全身に力がなくてまた其処に屈んでしまつた。その時彼の頭にちらと閃めいたものがあつた。彼は書棚の前に匐《は》ひ寄つて行つた。そして静にその下の引出しから懐剣を取り出した。鞘を払うと、刀身は鍔元に一点の錆を浮べたゞけで青白く輝いてゐた。彼は陰惨な笑ひを顔に浮べた。そしてまたそつと蒲団の上に匐ひ寄つていつた。

その時、椽側の障子にはまつた硝子板の一枚から、何か黒いものがぢつと室の中を覗き込んでゐた。彼はぞつと頭髪を逆立てた。そしていきなり手に持つた懐剣をそれに目がけて投げつけた。硝子の壊れて飛び散る激しい物音が家の中に響き渡つた。

婆さんと看護婦とが同時に飛び起きた。隣りの室から寝巻のまゝ中西が飛び込んで来た。敬助は石のやうに固くなつて其処に眼を見開いてゐた。一瞬間そのまゝの時間が過ぎた。それから中西は、慴《おび》えてゐる看護婦を促して、敬助を蒲団の中に寝かした。

蒲団の中にはいると、敬助は氷枕がいつのまにか普通の枕に変つてることに気付いた。「生きてる！」といふことがまざ〳〵と感じられた。眼をつぶると、慶子の幻が眼瞼《まぶた》のうちに浮んできた。

敬助は身を俯向きにして、悶えた。頭の中に慶子の最後の笑顔と「嬉しい！」と云つた言葉とが蘇つてきた。而《しか》も両腕の中には永久の空虚が感じられた。その空しい両腕で彼は枕にしがみついた。そして泣き出した。咽鳴《いんめい》が後から後からと胸の底からこみ上げて来た。熱い涙が頬に伝はつて流れた。

中西は廊下に落ちてゐた懐剣を拾ひ上げた。そしてそれを手にしたまゝ、其処につゝ立つて、何か云つた。然《しか》その声は、敬助の耳には聞えなかつた。

夜が明けるまで、中西と看護婦と婆さんとは、敬助の側に起きてゐた。

絶望と荒廃と寂寥とのどん底につき当ると、敬助の心は其処で止つた。彼は両手に頭を抱え込んで、つつ伏したまゝ動かなかつた。思ひ出したやうに時々、彼は慶子の名を胸の奥でくり返した。そして次第にその間の時間が長くなつていつた。夜が明ける頃には、彼の凡ての意識は大きい渦巻きの中に巻き込まれて、たゞ惘然《ぼうぜん》としてしまつた。

朝日の光りが障子にさした時、彼はぢつと壊れた硝子のあたりを見やつた。そして誰にともなく云つた。

「済みません。」

硝子の代りに、婆さんが白紙を糊ではりつけた。敬助はその手元を眺めた。それから寒い爽かな朝の空が彼の眼にはいつた。

「障子を開けてくれないか。」と彼は云つた。

「寒くはないか。」と中西が云つた。

「大丈夫だ。」

障子が開かれると、眩しい太陽の光りが室の中に流れ込んだ。空は綺麗に晴れてゐた。庭の樫の木の葉が、露に濡れてきら

〳〵輝いてゐた。敬助は蒲団の中に首を引込めた。

「やはり閉めてくれ。」と彼は云つた。

中西は障子を閉め切ると、敬助の枕頭《まくらべ》に寄つて来た。そして彼の顔を覗き込んで云つた。

「君、しつかりしてくれ給へ。それは悲痛だらうけれど、運命は君にそれを求めてゐるんだから。」

敬助は軽く首肯いた。

「中西！」さう敬助は云つて、ぢつと彼の手を握りしめた。涙が眼に湧いて来た。

けれどもその朝彼は、卵黄《きみ》を二つすゝつただけで、何にも食べなかつた。それから葡萄酒を二杯飲んだ。

八時過ぎに秋子さんが俥を走らして訪れて来た。彼女は眼を伏せて婆さんに導かれるやうにして室の中にはいつて来た。そして最初に障子の硝子の代りにはられた白い紙を見た。それから敬助の方を見た。

「秋子さん！」敬助はさう云つて、床の上に起き上らうとしたが、また身体《からだ》を横にしてしまつた。そして慶子にそつくりの彼女の真直な眉と心持ち黒目の小さな眼とを、彼は眺めた。たゞその眼は赤く脹《は》れ上つてゐた。

暫く沈黙が続いた。

「御気分は？」と秋子は云つた。

「もういゝやうです。」と敬助は答へた。

暫く沈黙が続いた。

「兄が宜しく申しましたの。」

「御心配をかけてすみません。」

また沈黙が続いた。

「外はお寒いでせう。」と敬助は云つた。

「えゝ、すこをし……。」

また沈黙が続いた。

その時中西は立ち上つた。そして階下《した》に下りて行つた。看護婦は階下《した》で食事をしてゐた。

二人になると急に感情がこみ上げて来た。敬助は身を起した。すると秋子は彼の手に縋りついた。

「兄さん！」と彼女は叫んで泣き出した。

それは彼女が敬助に向けた最初の呼名だつた。然《しか》し二人はそれに自ら気付かなかつた。

「兄さん！」と彼女は泣きながら云つた、「兄さんは、生きてゐて下さい。私がお願ひですから。」

「えゝ生きます。」敬助は声を震はした。

「私は覚えてゐますの。」と秋子はまた云つた、「姉さんが云つたことを。私は死ぬかも知れない、けれど高木さんは助けなければつて。」

敬助は思はず身を引いた。壜の中に僅かしか残つてゐなかつた劇薬のことが、初めて彼の頭裏《とうり》に閃いた。

秋子は息をつめて彼の様子を涙の眼で見上げた。

「どうかなすつて？」

敬助はその声に我に返つた。そして静に秋子の手を胸に抱きしめた。

二人はそのまゝ石のやうに固くなつてゐた。と急に秋子は肩を震はした。

「昨日、姉さんの、姉さんのお葬式をすましたの。そして今日は……。」

敬助は眼を閉ぢた。熱い涙が眼瞼《まぶた》に溢れてきて頬を流れた。もう何にも云ふことはなかつた。彼は気が遠くなるやうな気がして床の上に横になつた。秋子が彼の手を握りしめながら、片手で蒲団を掛けてくれた。

（「新小説」大正7年12月号）

反射する心

中戸川吉二

山村からスグコイと電報で云つて来たのは昼一寸すぎだつた。直ぐ私は彼の勤務《つとめ》先の本屋へ行つてみた。重見さんのうちへ、お夏からの電報が来てゐたといふのである。

「さつき用があつて重見さんのうちへ行つたんだがね。すると電報が来てゐたんだよ。重見さんから、僕に持つて行つてくれろつて頼まれて持つて来たんだが、ヒヨツとすると今日は僕、かへりが少し晩くなるかも知れないと思つたから……」かう云つて、山村は電報を私に手渡してくれた。

「さうか、どうもありがたう」

電報には、ビヨウキヨクナイスグオタチヲネガウと書いてあつた。不意に胸がときめいて来た。こりや直ぐ行かなくてはならないかなと、突差に私は思案した。

「電報で呼びつけたりしたんで、何の用かと思つて君は吃驚したらう」

笑ひながらかう云ふ山村の顔を視詰ながら私は、憐みを乞ふやうな弱々しい微笑を湛へて応じた。山村と机を並べてゐる同僚の青年の存在も気になつてゐた。しばらく、自信のないアヤフヤな態度でばつを合せてゐたが、そのうち私は本屋を辞した。

私は自分にも全く思ひがけなかつたほどに心を乱されてゐた。お夏の病気の経過は毎々の手紙でよく承知してゐる。手紙の度に、セ、ラ笑はしないまでも、ちやらつぽこ云つてやがらと云ふほどの気持でゐたのに、返事を書いてやる時には、心配で堪らなさうな調子を装ひながらも、実際はそれほど私は本気で心配もしてゐなかつたのに、それだのに、電報一つで、かう他愛なくころりとまゐつてしまうとは……

（しかし、なんだつて重見さんはぢかに私へ知らせてくれなかつたんだらう。山村へ頼んだんだらう。別に意味もなくしたのだらうかしら）ふとこんな考も浮んだが、直ぐ又消えて了つた。私の頭はだらしなくお夏のことで支配されてゐた。お夏の病気のことで一杯だつたのだ。（兎に角、行つてみてやらう電報の文句からまで差引いてものを考へちやよくあるまい、兎も角……）

お夏は北海道のA区で藝者をしてゐる。二ケ月ほど前から、ふとした動機で私はまた彼女と手紙などを往復するやうになつてゐたのだ。――もと、私がまだ廿才にもみたなかつた時分に、放蕩のためにうちから愛憎をつかされて、北海道のK町に追ひやられてゐたことがある。K町は、父の古い事業地であるといふことや、附近にうちの牧場があるといふことや、私の少年時代を送つた土地であるといふことや、種々な意味でうちとも私とも関係の深い町だつたから。その時分に、私自身でも自分を一文の価打もない人間だと思込んでゐた時分に、その頃K町で藝者をしてゐたお夏が、私に好意をよせてくれた。若い私は夢中になつて彼女を恋した。お夏を女房にして了はなくては承知が出来ないと云ふ点にまで熱が高まつて行つたが、いくら意気込でも、廿才にもみたない放蕩息子の言草などを誰も、真面目にとりあつてくれようとはしなかつた。間もなく私は東京のうちへ呼び戻された。其の後私は又放蕩も始め、一人二人の女に恋をしたこともあつたが、お夏ほど好きになつた女に一度も出会つたことがない。例へ出会つても、そんな場合は女の方で私を相手にしてくれなかつた。だから、何時までも私の頭にお夏の記憶が去らずにゐた。他の女と恋をしてゐる最中にさへ、夢ではよくお夏の姿をみることがあつた。全身を打込んで恋をした自分の気持をなつかしむ意味からも、機会があつたら、もう一度お夏を訪ねてみようと何時も私は思つてゐた。そこへ、丁度あしかけ五年ぶりで、二ケ月ほど前に、年老つた父を送つてK町まで行く役目を、母から私は命じられたのだ。母などには、お夏のことなどはもうとつくに忘れて了つたやうな顔をしながら、腹の中で私は小躍してゐた。勿論私は、K町まで父を送る役目をすまして後、此頃はA区へ転じてゐて、相変らず藝者稼業をしてゐる彼女を、訪ねずにゐられやうはずがない。それは僅かまる二昼夜にもみたない再会だつたが、古い日のそれと較ぶ可くもなかつたが、それにしても、兎も角、私は愉快な満足な時を過した。それつきりまたお夏と交渉が絶えて了ふのはイヤだつた。東京のうちへ戻つてからも、手紙を往復するやうになつてゐたのである。けれどもお夏の手紙はぢかにうちへよこされては弱つたから、誰か友だちのうちへ頼まなければならなかつた。それを重見さんへ頼んだことに就いて私は、重見さんが私の私淑してゐる先輩だからと云ふ、大好きな年上の友だちだからと云ふ、全く邪気のない心からばかり発したものだと空嘯かうなどと云ふ量見はない。

お夏の手紙は三日目か四日目位に来た。此の一二年来、私は丁度その位の割合で重見さんを訪ねてゐたから、いや、お夏と再会する一ケ月ばかり前に、ほんの暫くの時日ではあつたが、訪ねることが苦しいやうな気持でゐたことがある。併し私はそれに打勝ねばならないと思つた。打勝たうと思つてゐた。打勝つたやうな気持でまたそのうちに、以前のやうに三日目か四日目位には重見さんを訪ねてゐたから、故意々々手紙を受取りに行くことのためばかりに、そんな気持ばかりで、訪ねなくても好かつたのだつた。

（兎も角、お夏のとこへ行つてみてやらう。それにしてもA区まで行く旅費をどうして作らうかしら。母からうまく強請《せび》れるかしら。何と口実を作つてお金を貰はう……）

こんな風に、電車の中で、私はいろ〳〵と考へあぐまない訳に行かなかつた。

私は若い身空で、学校へも行かず、金をとる仕事もしてゐなかつた。年中ぶらしやら遊んでばかりゐて困つた奴だとしか、親の目からはみえないやうな生活をしてゐた。私一人が遊んでゐたつて別にうちでは生活に困りもしなからう、さういふ理由で平気でゐる訳には行かなかつた。きまつて与へられる小遣銭より余分に金を強請《せび》る場合には、私は何時も親の前でヒケ目を感じてゐた。それに、つい三ケ月ばかり前にも、書きだめてあつた小説を集めて自費出版するのだからと云つて、金を貰つた記憶もあつたし、正月から無駄遣ひばかりしてゐた記憶もいろ〳〵あつたので、旅行するから金をくれとは一寸云ひ出し難かつた。しかも、北海道へはつい二ケ月ばかり前に行つたばかりのところだつたから。

けれども私はお夏からの電報で可成り興奮してゐた。意識的にそれほど巧らまないでゐても、あの弱い心の持主に特有な、武器が働き出してゐた。自分の裡に潜む常識主義の私を蹴飛してゐた。ガムシヤラな、一徹な、駄々ツ子の私が猛然と首を持ちあげてゐた。

うちへ帰ると、私はぷり〳〵しながら、怖い顰つ面をしながら、母の居間へ行つて息をはずませながら云つた。

「一寸僕用があるんですが、いま云つても好うございますか」

「何です」母は、不意を喰らつて、やゝあつ気にとられたものゝやうに私を視守つた。

「僕、あした北海道へ行きます」

「北海道へ？」

一切の詳しい説明をあと廻しにして、先づ相手の胆を寒からしめる唐突な言葉を発するのが、金を強請《せび》る時の私の常習手段でありながら、親は、なか〳〵それにならされ切つて了ひはしない。

「北海道へだなんて又どうして行んだえ」

「勉強して来るんです」

「勉強ならうちにゐたつて出来るでせうに」

「駄目です。駄目ですようちぢや」と、私は言勢を強めて云つた。「うるさくつて、落ちつかなくつて、うちぢやとても駄目ですよ。だから、Ｋへ行つて牧場にでも当分ゐて、勉強して来る気なんです。あそこなら静かで屹度好いに違ひないんです。第一今度は少し長くゐる気ですから、あそこだと宿賃も要らないし、そりや無論山の温泉場へでも行つて好けりや行くけれども、今年は、宿賃が高いんで不愉快になつて了ふにきまつてゐるし、だから、牧場の事務所にでも行つてれば一番好いと思ふんです。ねえ、好いでせう」

こんな風に、私の話し方が幾らかづゝ説明的になつて行つて、幾らかづゝ条理立つて来ると、母は母らしく私を甘く蔑視《みくび》る余裕を気持の上にとり戻せるのだつた。

「でも、お前なんてにさう長く牧場になんぞゐられるかしら」

「ゐられますよ。ゐられますつて。今度は決心が違ふんですから。僕だつて、たまにや少し本気になつて勉強もしなくちやならない」

私は、甘くみられやうが子供扱ひにされやうが、その、目的さへ貫徹させれば好いと云ふ気持になつてゐた。

「そりや勉強しに行くのなら結構なことですけど、しかし、何も北海道まで行かなくつたつて好ささうなものですがねえ。それに、あしただなんて、そんな切急なことを云はなくつたつて好いんだらう」

「いや、駄目ですよ。あしたぢやなくちや駄目ですよ」と、周章て、私は母の言葉を遮つた。「少し位立つ日をのばしてみたとこで同じこつちやありませんか。仕度なんて僕には殆んど必要がないんだし、行つて好けりや、あした行つたつて好いぢやありませんか。あした行きますよ。さう云ひ出したら利かない何時もの僕のくせを知つてゐるくせにお母あさんたら……」

「そんなに行きたきや行つても好いがねえ」

「ぢや行くことにします。金なんて要りやしませんよ。牧場へ行くんですから、向うへ行く旅費だけあれば好いんです」

私は、先廻りをしずにゐられなくなつて、ついそんな、余計なことまで饒舌つた。

「そりやあ牧場へ行くのに何もお金が要りもしますまいが」と云つて、母はまだ何か考へてゐた。暫くして、「行くんなら、汽車賃とお小遣とで三拾円もあれば好いんだらう」

「えゝ、でも三拾円ぢや」と云ひかけたが、私はあとの言葉を呑み込んだ。それつぱかしではやり切れないと思つたが、汽車賃と途中の小遣銭以上にお金を強請《せび》る口実も思浮ばなかつたので、此際、お金の高などで兎や角云つて。折角得たお許しまでをフイにしては馬鹿らしいと思つたのだ。

「ぢや兎も角あした立つことにします」かう云つて、私は自分の部屋へ行つた。

(お金が欲しいな)

私は机の前にぼんやり坐つて考へてゐた。何しろ三拾円では仕方がない。A区までの汽車賃と途中の小遣には二拾円もあれば足りるが、併し拾円ばかしの余裕でどうすることが出来よう。手紙の度に、何時もお夏は呑気なことばかり云つて来てゐたが、稼業を休んで入院してゐるのだから、僅かの金のために不自由してゐるに違いないと私は思つてゐた。さうして、私自身が金銭のことゝなると極端に虚栄心の強い男なので、故意と手紙に呑気なことばかり書く、お夏の心持が、裏の裏まで見え透くやうな気がしてゐた。で、行くからには出来るだけの余裕は作つて行きたかつた。どうせ書生ツぽのことだから、お夏も私をあてにしてはゐまいが、あてにされたところで私には出来ツこないが、それにしても出来るだけの余裕は作つて行きたい。先づ本を売ることにする。併しそれもほんの拾円にもみたない額高にしかなるまい。少くとも、あと三四拾円はなくては心細かつた。で、私はいろ〳〵と金を借りることの出来さうな友だちを物色してみた。

(やつぱり重見さんしかない――)

その考が浮んだ同じ瞬間に、さつと血が頬に集つて来るのを感じた。真赤になつて私はドギマギして了つた。さうして赤くなつたことがもう卒業し切つたつもりのそのことに、未だにこだはつてゐたのだといふ反省を反射的に思はされて、又赤くなつた。

(さうだ、思切つて重見さんに頼もう。けれども、もしヒヨツと、俺が、同情を強ひてゞもゐるやうに思はれたら……)

私は重見さんから、同情を強ひてゞもゐるやうに思はれるのがイヤさに、どんな無邪気らしい態度でも、お夏のことを直接重見さんへ話したことがなかつた。手紙まで頼んでゐながら、殆んど何も話さなかつた。それは勿論弱い心からでもある。併し私の経験のうちに、嘗ての重見さんの過去の経験に類似したあまりに多くのものがあると思へたから、何かの目的のために、意識して私が饒舌るのだと解釈《とら》れることがイヤだと思ふ感情も、可成りに含まれてゐる。重見さんの過去に、幾度か私のそれと似通つた心理的の経験があつたといふことのために、重見さんが世間普通のおとなと異つて恋愛などの考方が因習《コンベンション》を超越してゐる文学者であるといふことのために、奥さんが、以前はお夏と同じやうに藝者であつたといふことのために、私が、お夏とのことは当然同情されても好いんだと思込んでゐる、と云ふ風にもし疑はれてゐたら我慢がならなかつたのだ。

(もしヒヨツと、俺が、お夏とのことで要る金を当然借りても好いやうに、図々しく思込んでゐると疑はれたら……)

かう考を進めながら又私は赤くなつた。それがまるで重見さんに金を借ることの辛い一番重大な理由のやうに、さつき自分のドギマギした原因のやうに、無理に思ひきめて了はうとする自分に気がついて恥かしくなつたのだ。

（嘘だ、まさかそんな風に疑はれやしないことは知つてゐるんだ。何ていふ俺は誤魔化屋だらう。違ふんだ。あれから始めてお金を借るんだからなんだ……）

　併しそこまで考へると、それ以上に自分の心をほじくり廻すことの無意味さに、私も気がついた。

（兎も角お金が要る。実際要るんだ。だから手紙でゞも重見さんに頼んでみよう。まさかそれが出来ないほどケチ臭い自分でもなからう。借りられたらこんな仕合はない。借りられなかつたらそれまでの話だ。汽車を三等にしよう。さうして凡てを出来るだけ経済にして行つたら、どうにかやれる）

　私は重見さんへ手紙を書いた。手紙を書き出すと、出来るだけ哀願的な調子を出すまいとする自分と、故意と哀願的に書かうとする自分とが戦つてゐることに気づいた。あした北海道へお夏を訪ねて行く気でゐる。お金が少し不足なのであなたに三拾円ばかり貸して貰ひたく思つてゐる。あした行きがけにあなたのうちへよるから、もし好かつたらお金を貸して頂きたい。かう書いて出した。

　手紙を出して了つてからの私の不安はヒドかつた。その不安は手紙を受取つたあとの重見さんの気持に置かれてゐた。終日、借りるお金に就いてこだはつてゐた。こだはるまいとする自分と戦つてゐた。苛々して、苛々する自分に腹を立てながら、買物などをして歩いたのである。

　夜、柳行李一個、小さな古めかしい信玄袋に、充てのあしたのための荷物を作りあげて了つて、荷物をキチンと枕下においてその晩を過さうとした。なか〳〵眠りつかなかつた。で、汽車中で読んで行かうと思つて買つた文藝倶楽部を出して、寝床の中でペツペツと頁を指ではじいてゐた。何といふ私は馬鹿だらう。文藝倶楽部を手にすると、それが何時も屹度最初にみる癖になつてゐる、今月の運勢といふ頁をみる勇気さへ私にはなかつたのだ。そこにもしヒヨツと、五黄といふ私の年の男の運勢が金談色事すべて凶とでも書かれてゐると堪らない、と思つて。

　翌朝、私は起ると不気嫌な顔をしてゐた。母や妹や女中たちなどに一言も口を利かうとしなかつた。午後一時に上野を発車する青森行の急行で立たうと思つたが、拾時頃になると、私はもうそは〳〵し始めてうちの中にぢつとしてはゐられなかつた。

「そんな顔をして立つものぢやありません」

かう云ふ母の顔を黙つて私は瞰らまへてゐた。ひつたくるやうにして旅費を貰ふと、俥を呼んで貰つて直ぐうちを出た。

　七月はじめの熱い陽がぢり〳〵と照りつける。北海道行だと思つたので、黒い単衣に厚ぼつたい夏羽織を着てゐた私は、俥の上で微かな風に顔をさらしてゐてさへ、かつとして目が暗みさうにまで顔中が汗ばんだ。母から行先を云はれてあつたのだらう。黙つて心得顔に上野へ向はうとする車夫に、麹町山元町の、重見さんのうちへよつて行つてくれるやうにと命じた。

（うまくお金を借りられるかな。あまり毎々のことだから故意と今度は断はられて了ふかな。いや、貸してはくれるだらう。貸してはくれてもイヤな顔をされて渋々出されたら）

　俥の上で顰ツ面をしながら私は、もう考へまいとしたことに、黙つて運命の成行に任せてゐようと思つたことを、またほじくり廻さずにはゐられなかつた。イヤな顔をされて渋々金を出される場面を想像に描くと、私の性分としては、断つて了はない訳に行かない。けれどもそれだけの金がないために、A区へ行つてから見栄坊の自分がお夏の前でひけ目を感ずることを思ふと、少しは辛くても我慢して、お金を借りて行きたかつた。

（あれから始めてなんだ……）

　ふと又私は赤くなつた。自分が幸福になるのも、不幸になるのも一時間も立たないあとの重見さんの態度一つにある。こゝ当分の自分の運命は、重見さんの掌中に握られて了つてゐる。私は重見さんを憎らしく感じた。

（あゝ、どつちにでもきまつて了へ。借りられても借りられなくてもどつちでも好い。早く、一刻も早く、どつちにでも……）

　私はこの一二年来重見さんのお世話になり続いてゐる。少しも恩に報ゆることが出来ずに、矢継早に、次から次へと重見さんのお世話になつてばかりゐた。人間としての自分にも、文学者としての自分にも、一文も価打のないものだと思つて愛憎をつかし切つてゐた私のうちから、少しづゝ、極くデリケートな態度で私の特長を掘り出して行つてくれたのが、さう云ふ私に、幾らかづゝ自信を感じ得るやうにして行つてくれたのが、自分を大事にしたい気を起さしてくれたのが、この一二年来の重見さんであつた。

　私が重見さんの生活態度に傾倒し過ぎてゐると云ふ点で、重見さんの書くものゝ影響を受け過ぎてゐるといふ点で、私を嗤ふ人があつたら、かう云ふことが出来る。私にしても一個の独立した人間としての人格を築き上げる上に、独立した文学者としての自分を築き上げる上に、先輩の影響を受け過ぎる事が、ある種の不利益を醸すであらうことを知らない男でもないのだと。――ずつと以前のことだつたが、私は重見さんから、かう云ふ話を聞かされたことがあつた。ある文学者が、先輩を追ひ抜きたい思にイキリ立つて、馴らされた獅子が次第に野獣性を発揮して行つて、遂にその飼主にかみつくと云ふ条の脚本を書いたといふ話を。重見さんが、どういふ気で私にその話を伝へたのかは知らない。けれども、私はその文学者を馬鹿だと思つた。腹の底に自信が出来てくれば、先輩を卒業することなどはイキリ立たなくても自然に出来る。ガムシヤラに、糞を喰へと云ふ気になつて野蛮な脚本を書いたりするのは、何といふ下等な情けない奴だと思つたからである。デリケートに自分を導いてくれた重見さんに酬ゆるためには、何処までも、自分もデリケートな態度を忘れてはならないことを私は思つてゐた。けれども、未だ実際に腹の底に自信の出来てゐない私にとつては、重見さんの上に頭のあがらない思に悶えては、幾度、自分をふみくちやにしたことであらう。幾度、デリケートといふ言葉の影にかくれて、弱い心から恥かしいまねを繰返したことであらう。私は大好きな年上の友だちに甘えるといふ気持から、何時からともなく、母から貰ふ小遣銭が種切になつたりすると、重見さんに金を借りる癖がついてゐた。御馳走好きな重見さんの性分に甘えて、始終中御飯をよばれるのを何とも感じなくなつてゐた。私は、全く邪気のない素直な心持で、只嬉しく重見さんの寛大や親切を受けることがあつた。けれども又反対に、何時までもそれにこだはつて重ツ苦しい気分になることもあつた。私のやうな弱い心の見主は、相手の態度を感じて、反射的に気分を動かされて了ふのでもある。

　三月ばかりまへ、まだお夏と再会しなかつた春のはじめだつたが、ある日私は重見さんと連立つて、本郷の方に住まつてゐるある日本画家のうちを訪れたことがあつた。画家は重見さんの古い友人の一人で、私も知合になつてはゐたが、画家のうちを訪れるのは其の日が始めてだつた。半日ばかり種々な話をして過して、日暮方画家のうちを辞したが、画家はそのまゝ別れたくない気持になつてゐたとみえて、私たちと一所にうちを出た。三人はや、暫く本郷界隈を歩き廻つてゐたが、やがて玉突場へ這入つた。私は、その時玉が敗けてばかりゐたことも可成り手伝つたが、小遣銭が種切になつてゐて、玉代を払ふ金すら持合がないことで不愉快な気持でゐた。

　玉突場を出ると戸外はもうどつぷりと日が暮れてゐる。誰の気持にももう夕食時をすぎてゐるのが感じられた。私は又今晩も何処かの料理店にあがることになるのだらうと思ひながら、其頃あまり続けさまに重見さんの御馳走になつてゐたので、今晩も又御馳走になるのかと思ふと気がひけた。何か口実を作つて二人に別れて了はうかと考へた。けれども別れ難いやうな淋しい気持もあつた。黙つて二人のあとについて歩いてゐた。

「君はまたヒドく憂鬱になつて了つたね。ぢき何処か飯を食ふうちをみつけるから、しばらく我慢したまへ」——重見さんは私の方をふり向いて、かう云つた。

　画家は笑つてゐた。その画家の笑に報いるやうに又重見さんは云つた。

「この人はね、お酒の顔をみないうちはとても快活になりつこないんだよ」

　私は黙つてゐた。二人に別れるうまい口実も思浮ばなかつたし、それにもう三人で飯を食ふことにきめられてゐると、それに反抗する勇気もなくなつてゐた。只無茶苦茶に不愉快な気持で二人のあとについて行つた。

　やがてある鳥屋をみつけて上つた。それはよく大学や高等学校の書生などの上るうちだつたので、一体が、粗野な趣味の雰囲気が醸されてゐる。で、それを揶揄しながら、口をついて出る警句を肴にして二人は酒を呑んでゐた。

　私は年に似合ない酒好きだつた。酒を呑み出すとなると出来るだけうまく呑みたい要求があつた。それに自分のケチな心から生じた不愉快な気分は、なるべく二人にまき散らしたくはなかつたので、みんなと調子を合せるやうにしてゐた。少しづゝ酔つて来ると、三人のうちでも角目立つて重見さんの態度のうちには、丁度場所柄に相応しく振舞つてやれと云ふほどの、デリカシーを欠いたものがあつた。それを感じて、私も同じ態度を保たうとしたが、私にとつては、日本橋や赤坂辺の上等なお茶屋に較べてその家が、それほど下等に感じないでやつてゐる点から云つても、とつてくつつけたやうな意識的な醜いものがあつた。例へば上から見下したやうな態度で女中をからかふにしても、それが絶えず、重見さんの尻馬に乗るやうなハメにばかりなつて、間抜な自分に腹が立つてゐた。さうして腹が立つてくればくるほど、今晩また御馳走になつて了ふのだといふことが、御馳走になる自分がみんなと調子を合せてゐるといふことが、執念深く意識にからみついて来る。居ても立つてもゐられないほどに苛々される。好いかげんな酔心地で、その鳥屋を出たとき私は、もうさういふ意識に堪へ切れなくなつてゐた。せめて今晩の御馳走だけでも受けるのは心苦しいから、何処かへ案内して返して了ひたいといふ切急な、ケチな願で心がみたされてゐた。で、二人に向つて、

「これから一つ白山にでもくり込もうぢやありませんか。このまゝ別れちやつちや馬鹿にあつけない……」と、云つた。

「白山ぢや……」

　笑ひながら躊躇してゐる重見さんを私は憎らしく感じた。

「白山だつて面白いや」

「ぢや行かう」

　何だ生意気なといふ荒々しい重見さんの気持は露骨に私の心に反射されてゐた。

　私たちは電車に乗つて白山へ向つた。酔つて電車で行くことが、俥にも自働車にも乗らずに行くことが、如何にも場末藝者を買ひに行くことに似合しかつた。

（本郷の鳥屋のあとが白山か）かう、腹の中でセヽラ笑つてゐるであらう重見さんを考へながら、併し私は、その白山ですらも、一文も金を持たずに二人を歓迎出来るやうなあてはなかつたのだつた。つい正月頃から、私は白山で遊んではゐたけれど、それほど馴染の深い待合や料理店は出来てゐなかつた。放蕩費を時々借りる口実のために、そして女のないことを恥かしがる放蕩児らしい虚栄心から私は、さも此頃は白山に好い穴が出来てゐるかのやうに、重見さんの奥さんにほのめかしてあつたが、奥さんにほのめかしてあれば重見さんにも伝つてゐないはずがない。あてのない惨めな自分を思ひながら、私は全く途方に暮れた。一軒の、少し借金の溜つてゐる安待合へ二人を案内する

気にはなれない。他に四五度行つたことのある鳥屋があつたが、そこで、今晩の勘定を貸してくれるかどうかは疑問だつた。けれども、そこより他にあてがないので、ヤケ糞になつて私は二人をその鳥屋へ案内した。酔つてゐた私は、顔馴染の女中を思浮べながら、行けばどうにかなるだらうと高をくゝつてゐたのでもある。

　白山の鳥屋では、私に対する反感があつただけに重見さんの口をついて出る、場末気分を揶揄する警句は辛辣を極めた。辛辣を極めれば極めるほど画家は側で陶然と聞き惚れてゐる。併し、今度は、それらの警句は私にとつて自分の顔を打たれるものだつた。買馴染の不見転藝者を呼ばずに三人の藝者を揃へた位が、せめてもの智恵で、好きな酒も喉へ通らなくなつて了ふほど私は悄気てゐた。何とかして手際よく今晩のところを切り抜けたいものだと思つて、苛々してゐた。勘定のことばかりが気になつて、呼んだ藝者に就いてなどはてんで問題にしてゐなかつた。

　頃合を見計つて廊下へ出た。顔馴染の女中をつかまへて大急ぎで私は訳を話した。あした屹度持つて来るから今晩の勘定だけは貸してくれろと哀願した。

「困りましたね、まあなんて云ふか帳場《した》へ行つて聞いて来ませう」と女中は云つた。

　私は坐敷へ戻りながら、女中が立替てくれろと云はなかつたのではとても駄目だらうと思つたが、それでもまだ一縷の望をおいてゐた。きまりの悪いハメになつてくれるなと神様があつたらお助を祈りたいほどの気持になつてゐた。暫くすると、先の女中が、

「一寸お顔をかして下さい」と云つた。「よし来た」と私は立つて行つたが、女中は冷淡な調子で私に云つた。

「帳場《した》ではお貸しする訳には行かないんださうです。――どうして下さるんです」

　いくらかでもその女中をあてにした自惚れた気持があつただけに、私は恥と怒で真赤になつて了つた。もうどうしようなどと云ふことを考へる余裕もなくなつて、逃げるやうにして坐敷へ戻つた。

　今度は女中の方から度々襖をあけては、「一寸お顔」と私を呼んだ。さう露骨に度々、待合でもない場所で、「一寸お顔を」をやられたりしては、何の目的だか誰にでも解り過る。私は重見さんの方を見向くことも出来なかつた。ヤケ糞になつて、廊下で女中にどうしてくれるのだとせめられても、勝手にしやがれといふ調子でものを云つてゐた。少しでも女中が、重見さんや画家の懐をあてにするやうな口吻を漏すと、なぐりつけたくなつた。さうして終に、私は恐つてぷり〳〵しながら帳場へ出かけて行つて、おかみさんをつかまへて談判した。これほどひとが頭を下げて頼むのに信用しないとはヒド過ぎる、と云つて。けれども、年中金のない酔つぱらい客ばかり接遇ひつけてゐる場末の御茶屋の女将が、せいぜいおつ母さんでもおどかす位な、

虚勢を張つた私の権幕に動じようはずがない。私は二十分も談じてやつと僅かの信用をかち得て、住所と姓名とを書いた紙をおかみさんに渡すと、二階の坐敷へかけ上つた。

「帰らう」

私の顔をみるといきなり重見さんは、ピシヤリと、平手でひつぱたくやうな調子でかう云つた。

「えゝ、帰りませう」

主人からなぐりつけられても文句の云へない、悪いことした哀れな小僧のやうな気持で私は、二人のあとについて白山の鳥屋を出たのだつた、直ぐ近くに知つてゐる待合があるのを私は思出したが、そこでなら一晩位遊ぶ費用をかしてくれさうだつたので、もう一度二人をそこへ案内してとり返しをつけようと思つたが、もぢ〳〵しながらもうとてもそんなことを云ひ出すことが出来ずにゐた。

「あゝ、ステツキを忘れた」

とつぜん重見さんがかう云つた。

「ステツキ？」

反射的にかう私も云つて、直ぐと今出て来たばかりの鳥屋へ引返して行つた。

「あのステツキはお預り申しておいたのです。あしたお金を持つてゐらつしやいました時にお返し申したら好いんでございませう」

かう、冷然と云ひ放つおかみさんを瞰みつけながら、私は烈しい怒でぶるぶるふるへるばかりで口が利けずにゐた。暫くすると、背後《うしろ》の方に重見さんが来てゐた。

「ステツキをかへしてくれたまへ。勘定は僕が払つて行くよ」

「そりやもうさうして頂けさへ……」

私はもうぢつとしてそれらの会話を聞いてゐられなかつた。かつとして目茶苦茶にとりのぼせて了つた。どうして重見さんや画家に顔が合し得られやう。あとのことを考へもしずに私は逃げ出した。最初に目についた横町へ姿をかくした。一目散に、待合や藝者屋の並んでゐる露路を走りぬけて、やがて明るい街路へ出た。誰もあとからついて来ないのを知ると私はホツとした。恥かしくて、あさましくて、私は居ても立つてもゐられなかつた。自分をふみくちやにして了ひたい思に悶えてゐた。あゝ、あしたから誰と顔を合せることが出来よう。私はこみあげて来る涙を制しやうともしなかつた。啜泣きしながら、終には声さへ立てゝ泣きながら、うちの方へ急いで歩いて行つた。一刻も早くうちへたどり着きたかつた。何も考へるのがイヤだつた。うちで自分を待つてゐるであらう静かな自分の部屋が、寝床が、何にもまさつてなつかしまれた。あゝ、もう永久に夜が明けてくれるなと、どんなに強く私はその一と晩中寝床の中で祈つてゐたことであらう。

翌日から三日ばかり私は自分の部屋に閉ぢこもつてゐた。重ツ苦しい気分になつて閉ぢこもつてゐた。嘘をついて、母から金を強請《せび》つて、白山の鳥屋で払つてくれたであらう額の金と、前から借りてゐた金の残りとを合算したものを、郵便で重見さんに送つた。併しそんなことが、どうなるであらう。そんなことでどうして重ツ苦しい気分から救はれ得よう。私の頭の上には、今までに矢継早に受けた重見さんからの恩が、あの寛大が、親切が、重石になつてゐた。私は重ツ苦しい気分でばかりゐた。その重ツ苦しさは、寛大や親切に報ゆる自信のなくなつたところに根ざすものだつた。重見さんの優越を感じない訳に行かなくなつて、反感を抱いて、過去を素直に受け入れる雅量のなくなつたところに、根ざすものだつた。

（あゝ一つうんと偉くなつてやれ。さうして重見さんを見下してやれ。金持にもなつて、精神的にも、物質的にも、あらゆる恩をすべてサラリと返して了へ……）かう、幾度、真赤になつて私はいきばんだことであらう。あの、獅子が飼主にかみつく脚本を書いた文学者を笑つた私が……。

けれども、やがて私にもさう云ふ自分の下等さに気のつく時が来た。受けた寛大や親切を、たゞ自分の気分から、恩にきたやうに感じて、反射的に恩を返す場合を予想する自分の下等さに気のつく時が来た。重見さんはある温泉場に旅立つてゐたので、半月ばかり会はずにゐたが、旅から戻つて来た頃にはまたもとのやうに私は訪れてゐた。三日目か四日目位には会はずにゐると淋しかつた。大好きな友だちを失ふのは辛かつた。

ともすると私はそれにこだはりはしたが、その度に打勝つて了はうと私は思つてゐた。打勝つたつもりでゐた。それだけのことで、自分自身に腹を立て切つて了つて、一文も価打のない人間だと安つぽく自分を放棄して了ふには、私の自尊心は少し強くなり過ぎてゐた。今までに沢山に重ねた重見さんに対する恥かしい行動を、何時かはとり戻す日のある自分を夢みてゐた。さう云ふ自信を、強い自愛心を、この一二年来の重見さんが、私の傷つき易い心にも植ゑてゐてくれたのだ。

一ケ月ほどして、私は北海道へ行つた。お夏とのことがあつてからは、もう殆んどそのことは私の心から拭はれてゐた。お夏から来る手紙を重見さんに頼むことに就いては、幾らかそれにこだはりはしたが、一人相撲をとつて苦しみはしたが、結局私は打勝つた。三日目か四日目位には重見さんを訪ねて、お夏から来てゐる手紙を貰つて来るのが楽しみだつた。お夏から来る手紙の文句には、何時もさういふ種類の女が持つ虚偽や誇張が矢鱈に書かれてあつた。併し決して私はそれから悪い感じを受取らなかつた。謂はばそれは心にしみついた習慣がさせる業《わざ》で、手紙を書く動機は私にとつて気持の悪いものでないと思つたからだ。手紙そのものは不愉快に感じても、お夏は不愉快でなかつたのだ。けれどもそれは、相手がお夏であつたために出来た自分の気持で、さういふ寛大や思ひやりが、他の女との場合にも、他の親しい友だちとの場合にも出来ると云ふ自信は私になかつたから、これからはたいていの自分の一身上のことは、正直に打明けて話さうと思つてゐた重見さんにも、お夏から来る手紙をみせることは恥かしくて出来なかつた。

暫くするとお夏は病気になつて入院した。病院からよこした最初の彼女の手紙に、病名が誌されてゐなかつた。私は怒つてそれを問ひ質してやつた。併し、直ぐあとで私は悪いことをしたと思つて自分を恥ぢた。怒つて問ひ質すことが、彼女に対する愛の深さを示すことだと知つてゐる自分が、可成り意識的に誇張して自分の感情を示したことをも恥かしく思つたが、そればかりでなく、手紙を出して了つてから直ぐ、彼女の病気が、自分には云ひ出し難い種類のものだらうと思つたからである。案の状、折返して来たお夏の手紙には、あはて丶病名も知らせないで悪かつた。実は子宮性のヒステリーなのだとか何とか書いてあつたが、読むと私はふき出して了つた。てつきり下《しも》の病《やまひ》に相違ないと瞰んだのである。何もさう恥かしがるには及ばないよ。俺だつて相応な無頼漢なことをお前だつて知つてゐさうなものだ。高が仲間同士のあやまちに過ぎない病気なんどをさう恥かしがるなよ。かう私は思つたが、無論手紙にはそんなことを書いてやりはしなかつた。何時も好いかげんになぐさめておいた。

段々にお夏の手紙の調子はセンチメンタルになつて来た。病気は悪くなるばかりだといふことや、だから、私に来て欲しいと云ふことなどがくどくど書かれてあつた。下《しも》の病《やまひ》なら命に心配はないと思つて安心はしてゐたが、併し、行けるものなら行つてやりたいと私は思つてゐた。うまい機会でまとまつた金を母から強請《せび》れたら、何をおいても先づお夏のところへ行つてやらうと思つた。私のやうなつまらない男を好きになつてくれる女が、さうザラに世間にゐると思つたら間違ひだ。五年も前にお夏と別れてから、全身を打込んで恋をする場合がなかつたのが何よりの証拠だ。お夏のやうな女がたつた一人でも存在してゐることは、有難いと思はなければならない。それにまた五年ぶりで再会して交渉がつくやうになつたのも、何かの因縁に相違ない、かう私は思つてゐたのだ。そこへ、昨日、電報が来たのである。ビヨウキヨクナイスグオタチヲネガウと書いてあつたのだ。私が、吃驚してドギマギして了つたのも無理がない。もう、敵の間者がよこしたものでもあるかのやうに、電報の文句の意味からまでお夏の本心を差引いて考へる気が、なくなつてゐた。

(あ丶、お夏はどうしてゐるだらう。電報の返事もまだやらずにゐるが、苛々して腹を立て丶ゐやしないだらうか。ぢき、一時に上野を立つ時に電報は打つてやる。それにしてもうまくお金が借りられるかしら。あれから始めて借りるんだが、あ……)

俥はもう半蔵門の近くを走つてゐた。額から、だら〳〵と流れ落ちる玉のやうな汗を私はハンカチーフに吸はせてゐた。

もうやがて拾一時だつたが重見さんはまだ起きてゐなかつた。締切日に後れた原稿を急いで書きあげるために、今朝も、明け方まで仕事をしてゐたのだと奥さんが云つた。

「手紙、届きましたかしら」

一時の汽車に乗り後れると晩の拾時まで待たねばならない、などと考へながら私は、自分勝手な用件で寝てゐるうちから訪ねたのが気がひけた。何時も仕事をしてゐる時の、焦燥《いらだち》を無理矢理内に潜めた不気嫌な重見さんの顔が想像に浮んで来る。

「えゝ、旦那さんみてらつしやいましたよ。あんた、北海道へ行くんですつて」

奥さんは笑ひながら私の顔を視詰めて云つた。人の好い奥さんは、親しい目下の若者をみると、からかつてみたくなる衝動をおさへることの出来ない性分だつた。

「えゝ今日。これから——」

私は出来るだけ打切棒な調子で云つた。あの、腹の中に思つてゐることを何でも露骨にスバ〳〵表白する、何時もの伝をやられては閉口だ。今日はお金をかりにやつて来てゐるのだからと思ひながら。

「これから行くんですつて、ぢや、旦那さんを起してきてあげませうか」

さうして欲しいと思ひながら、

「でも、よござんすよ。いくら寝坊の旦那さんだつてもうぢき起きるでせうから」

奥さんは黙つて了つた。気の小さな奥さんが、私の権幕に怖れをなして敬遠して了つたのだなと思ふと、一寸私は淋しくもあつた。少し鼻にかゝる甘えた調子で奥さんが、旦那さんと呼ぶ調子を面白く思つて、たゞ親愛を示す気持から私も、奥さんの前では重見さんを旦那さんと呼んでゐたが、その時何となくその癖が恥かしくなつて、今度からもう止めて了はうなどと考へてゐた。

やがて重見さんは起きて来た。案の状、不気嫌な顔をしてむつつりとしてゐた。寝起きの額が、魚の腹を思ひ出されるほどに蒼白くなつてゐる。私は視線を畳へ落して了つた。気が急いでゐても用件などを直ぐと持ち出せやうはずがなかつた。

「仕事をしてゐたんですつて」

「あゝ」

「書きあげちやつたんですか」

「あ、いや、まだ……」

かう云つて、重見さんはまた口を噤んでむつつりとして了つた。何とか場ふさげに云つた私の言葉に、一寸の間、返事をするのがイヤだつたのだらう。

「君の手紙みましたよ。今日立つんだつて」

やがて、重見さんはかう口を切つた。

「えゝ、今日立つんです」

「何時ので」

「一時ので立つ気なんです」

あのへんな重ツ苦しさが、圧迫が、私の胸を危く見舞はうとした。金を借りに来た自分を侮る気があつた。（ね、手紙でお願ひしておきましたがね、もうよござんす。今朝、おつ母さんをだまくらかして、少し余分に貰つちやいましたから）——こんな風にでも云つて、金を借りるのを断はらうかしらと考へてみた。母から貰つた旅費と、本を売つて作つた金とで胸算用を始めてゐた。

「お金は御用立しませう」

だしぬけに、重見さんはかう云つた。

私は一寸の間マゴ〳〵して了つた。

「へえ、さうですか。どうもありがたう」

面喰ひながら、併し私は、暫くしてやつとかう云つた。——（御用立だなんて、何だつてそんなへんに改つた言葉を使ふんだらう。可笑しな人だな）などと思ひながらも、不意に前途の明るくなつた嬉しまぎれに、さもさも有難さうな言葉が口をついて出ようとするのを、それでも、やつと制してゐた。（何も強ひて不愉快さうな顔をするにまであたらないが、極く普通な様子をしてゐなくてはみつともない）かう思ひながら、現金な心をみぬかれまいとして固くなつてゐた。

重見さんは銀行へ女中を使にやつた。私は三拾円お金を借りた。

お金を借りて了ふと、何だか私はぢつとしてそこに坐り込んでゐることが辛くなつた。重見さんや奥さんに、顔をみられてゐるのが堪らない気がされてきた。頭の上の柱時計ばかりが気になつて、もぢ〳〵し始めた。

「いくら上野だつて、一時の汽車で行くのならまだ少し早すぎるやうだわ」

こんな風に、奥さんが云つてゐたが、私は我慢が出来なくなつて暇乞をした。

「好いねえ、一人旅は簡単で……」

玄関まで送つて来乍ら重見さんは云つた。粗末な柳行李一個、小さな信玄袋一つしか道づれのない身軽な私の容子は、最近、奥さんや赤ちやんを連れた大がゝりな、世話のやける旅ばかりしてゐる重見さんには、一寸羨ましかつたに相違ない。それに、私は、そればかりではない……。

「ぢや失敬します」

待たしてあつた俥に乗つて私は云つた。

「さよなら、折角まあ楽んで来たまへ」

かう、流石に、最後に、笑ひながら……。

併しもう私は俥上の人だつた。どんなに辛辣に冷かされようとも、嬲られやうともビクともするものではない。黙つて。笑つて、応じるであらう。もう汽車に乗つてA区へ行くより外に用がないのだ。そこでは、お夏が私を待つてゐる……。

「君、一つ早くやつてくれたまへ」

私は俥夫に云つた。熱い午の陽はかつと顔に照りつけてはゐるが、併し、暑い位が何であらう。一時の汽車で立つて、二日たてばあさつての朝にはA区へ着く。

（二日、あゝ二日は少し長過ぎるな。併し好い。酒を呑んで行つてやらう。食堂車へ這入つて、あの軟かいクツシヨンにべつい、たりお尻をすゑて、テーブルに凭れか、つて、二日間は酒びたりだ。あさつての朝A区へ着くまで酒びたりに限る。限る……）

私の懐には、重見さんから借りた金を合して七拾円ばかりあつた。それだけで、すつかり私は幸福な若者になつてゐた。

（お夏の病気はどうだらう。なにたいした事はないにきまつてゐる。高が下《しも》の病《やまひ》だ。電報なんて打つて俺を驚ろかしたのだらう。悪い奴だな。併し堪忍してやるよ。僕は一寸驚いてみたかつたのだ。さうでなくつたつて、お前のとこへは行く気でゐたのだ……）

何だか、かう、目茶苦茶に恐縮して了ふやうな幸福さが、私のうへにやつて来た。誰にも彼にも感謝したくなつた。ハシヤイダ気持になつて、嬉し涙が、汗といつしよくたになつてだら〳〵と私の頬を伝つた。

七年十一月作

（附記。本篇はこゝで筆を擱くのが当然である。併し主人公の生活の続きとしては、本篇の続篇ともみなすべき作品を、不日書いて発表するつもりでゐる。—作者）

（「新思潮」大正7年12月号）

山の神々

ダンセニ作
松村みね子訳

人。

アグマア
スラッグ
アルフ
オーグノ
サアン
ムラン
（以上）乞食

泥棒

オーランダア
イラナオン
アクモス
（以上）市民

駱駝に乗つた男たち
市民等
その他、大勢

場処、東洋の或国。

第一幕

市の城壁の外、三人の乞食等地に座してゐる。


オーグノ。乞食渡世には悪い時世だなあ。

サアン。悪い時世だなあ。

アルフ。（他の二人より老年ながらまだ白髪にはならない男）この市《まち》の金持連には何事か悪い事でもあつたものか、此頃では慈善をやらかすのを楽みにしなくなつた、そして根性わるの吝嗇《しわ》つくさい気持になつちやつた。かはいさうなものさ！ 俺はあの連中のことを考へると時々は溜息が出る。

オーグノ。かはいさうになあ！ しわい心はさぞかし難儀なものだらうて。

サアン。まつたく、難儀なことに違ひない、俺たちの商売のためにも悪いや。

オーグノ。（熟考しながら）もう斯うなつて幾月も立つ。あの人たちに何事が起つたのだらう？

サアン。何か悪いことが起つたのだ。

アルフ。近ごろ此世界に近く彗星が現はれて地球が焦げて暑くなつて来た、そのためか神々はゐねむりを始めなすつて、人間の心の中にある神の性質が、つまり、慈善とか、酒に酔つぱらふこととか、贅沢とか、歌とかいふものが次第に消えてなくなつてしまつたが、神々はそれの注ぎたしをしようともしなさらない。

オーグノ。全くこの頃はあついなあ。

サアン。俺は毎晩彗星を見る。

アルフ。神々はゐねむりをしてゐなさる。

オーグノ。もし神々が近々に眼を覚まして此市《まち》を俺たち乞食社会に恥ぢない市にしてくれなけりや、俺だけでももう此渡世に見切りをつけて店でも買はう、そしてゆつくりと日かげに座つて、まうける算段でもやるかな。

サアン。お前が店を持つのか？

（アグマア及びスラッグ入り来る、アグマアはひどい服装をしてゐるが、丈高く、威厳あり、アルフよりも老年である。スラッグは彼に従つてゐる）

アグマア。いま話をしてゐたのは乞食か？

オーグノ。へえ、旦那さま、かはいさうな乞食でございます。

アグマア。乞食の職業は何時から始まつたものだ？

オーグノ。始ての都市《まち》が出来た時から始まつたものです。

アグマア。そんなら、何時の時代に乞食で商売を始めたものがある？ 何時の時代に値切つたり勘定したり店に座つたりしたものがある？

オーグノ。へえそんな奴はありませんなあ。

アグマア。それでは、お前がこの職業を捨てる始めての奴《やつ》だな？

オーグノ。此処では時世が悪うござんしてな。

サアン。まつたく時世が悪いんだ。

アグマア。それでお前は此職業を捨てるのか？

オーグノ。この市《まち》が我々の職業に不向きなんです。神々は居眠りをやりなさるし人間の中の善い心はみんな死んでしまふし。

（第三の乞食に）神々は眠《ね》てゐなさるんだなあ？

アルフ。神々は遠いマルマのお山で居眠りをしてゐなさる。七人の緑《みどり》色のお像は眠《ね》てゐなさる。わしどもに小言をいふお前さんは何者だ？

サアン。親方さん、お前は偉い商人《あきんど》さんかい？　ひもじがつてる貧乏人を助けておくんなさらないか？

スラッグ。俺の親方を商人《あきんど》だと！　どうして、どうして。商人ぢやない。俺の親方は商人ぢやない。

オーグノ。身なりをやつした貴族さんに違ひない。神々が眼を覚ましてわしどもを助ける為に此人をよこして下すつたんだらう。

スラッグ。なんの。なんの。お前たちは俺の親方を知らない。お前たちは知らないんだ。

サアン。ぢやあ、わしどもに小言をいふためソルダン様が仮に姿を現はしなすつたのか？

アグマア。わしは乞食だ、老年乞食《ふるこじき》だ。

スラッグ。（大得意で）俺の親方ぐらゐの人がまたとあるものか。どんな遠国の旅人だつて斯んな智慧者に会つたことはあるまい、エチオピヤから来た旅人だつて。

アルフ。わしどもの此市《まち》へよくこそ来ておくんなすつた、いま市《まち》には災が来て、乞食渡世には悪い時節だが。

アグマア。道路《みち》のうら路も知つたお前たち、毎朝毎朝あたらしく吹き起る風にも触れたお前たち、人間の魂から尊い慈悲心をも呼び起したことのあるお前たち、そのお前たちが商売のはなし店や商人のけちくさい利得のはなしをするのは止めて貰はう。

オーグノ。わしはうつかり云つたことだ、時世が悪いんでなあ。

アグマア。わしが時世を直してやる。

スラッグ。俺の親方がやつて出来ないといふことはない。

アグマア。（スラッグに）黙つて聞いてろ。わしは此市《まち》を知らない。わしは遠方から来たものだ、アッカラの市を荒し尽してからに。

スラッグ。俺の親方はアッカラの市で三遍馬車にひき倒されて怪我をした、一遍殺されたこともある、それから七遍打たれて泥棒された、それで其度毎にたつぷりと賠償金を貰ひなすつた。九遍も病気になりなすつて、たび〳〵死にさうなこともあつたが……

アグマア。スラッグ、黙つてゐろ……こゝのお前たちの仲間に泥棒はゐないか？

アルフ。親方、此処で泥棒といつてるものもちつとはあるがね、お前さんの眼には泥棒とも見えまいよ、あんまり上等の泥棒ぢやないからね。

アグマア。わしは極く上等の泥棒が入用だ。

（二人の市民、イラナオンとオーランダア立派な服装して入場）

イラナオン。だから、アルダスペスまで船をやることにしよう。

オーランダア。銀の門から真直ぐにアルダスペスまで入れるか。

（アグマア長い杖の太い柄を左の腋の下に移してそれに倚りか丶ると杖は彼の全身の重みを支へる、忽ち彼は真直ぐな身体ではなくなつてしまふ。右の手はぶらりと力なくぶらさがる。彼はよちよちと市民のほとり近く進んで恵を乞ふ）

イラナオン。せつかくだが、やれないよ。こ丶いらにはあんまり沢山乞食がゐるから、市の利益の為にも施しは止めることにした。

アグマア。（地に座して泣く）わたくしは遠くからまゐりましたもので。

（イラナオン再び戻つて来てアグマアに銅貨をやる。イラナオン退場。アグマア前の如く真直ぐな身体になつて他の一同の許に歩いて来る）

アグマア。俺たちは好い着物が入用だ。すぐ泥棒に出懸けて貰はう、成るべくは緑色の上着が欲しいものだ。

乞食。わしが行つて連れて来ませう。（退場）

アルフ。俺たちは貴族の真似して市の奴等を痛めてやらう。

オーグノ。さうださうだ、俺たちは遠国から来た大使だといつてやらう。

スラッグ。（アルフに小声でいふ）お前たちは俺の親方を知らない。貴族の真似して行かうとお前がいひ出したから、きつと親方はもそつと好い工夫をやるだらう。王様の真似して行かうといひ出すかも知れない。

アルフ。乞食が王様になるのか？

スラッグ。うん。お前たちは俺の親方を知らない。

アルフ。（アグマアに）わしどもにどうしろといひなさる？

アグマア。わしがいつたやうに先づ好い着物を着るのだ。

アルフ。それから、親方、どうするね？

アグマア。それから、わしどもは神様になつて行かう。

乞食共。神様になつて！

アグマア。神様になつて。わしが流浪の旅に近頃通り過ぎた国をお前たちは知つてゐるか？　マルマといふ地だ、その山の緑岩で彫つた神がある。その七人の神々は山を後にして座つてゐる。じいつと其処に座つて旅人がそれををがんで行く。

アルフ。うん、うん、その神ならわしどもも知つてゐる。この土地でも大変に信仰されてゐる。併し其神々だつて居眠りをやつてゐなさると見えてわしどもに何もけつこうな物を下しては下さらない。

アグマア。その神々は緑の色だ。両足をあぐらかいて右の腕を左の手に載せて、右の人差指で上の方を指して座つてゐる。わしどもは服装《みなり》を変へて、マルマの方角から市に入り、その神々だといつてやらう。あの神々の通りにわしどもも七人ゐなければならぬ。すわる時にはあの神々のとほりにあぐらかいて、右の手を上に挙げて座るのだ。

アルフ。もしそれでこの市の圧制者の手に落ちたら大変だ、商人に慈善心がとぼしいとほり裁判官には親切心が乏しい、神々が慈善心も親切心もわすれなすつたからだ。

アグマア。わしども祖先伝来の此職業では一人の人間が同じ町の隅に五十年も座つて同じことをやつてゐるかも知れない、併しその男が起ち上がつてほかの仕事をする日が来るかも知れない、臆病者はたゞ餓ゑるばかりだ。

アルフ。併し神々を怒らせるのはよくないことだ。

アグマア。すべての人間の一生は神々に乞食するのではないだらうか？　凡ての人間が絶えず物をねだつてゐるのを神々は見てはゐなさらないか、香をたき鐘を鳴らし利口なもくろみをして施捨《ほどこし》を求めてゐるのを？

オーグノ。さうだすべての人間が神々の前には乞食だ。

アグマア。強いソルダン様も始終その尊い神殿《おみや》の瑪瑙の祭壇に座つてゐなさるではないか、ちやうどわしどもが町の隅や御殿の門の傍に座るやうに？

アルフ。それはさうだ。

アグマア。そんならわしどもが新規な智慧と工夫で此神聖な職業をやりつゞけて行つたら神々も悦びなさるだらう、聖僧《ぼんさま》たちが新しい賛歌を唄ふと、悦びなさるのと同じやうなわけで。

アルフ。併しわしは恐ろしい。

（二人の男たち話しながら入場）

アグマア。（スラッグに）お前はわしどもに先だつて市に入り、市に予言をふり撒くのだ、山の緑岩で彫られた神々が人間の姿してマルマから此市に来る日があるといふ予言を。

スラッグ。承知しました、親方、わしが自分でその予言をやりますか？　それとも何か古い巻物にでもあることにいたしますか？

アグマア。誰かゞ或時なにか珍らしい書物の中で読んだことにするがよい。市場でその予言の話をやらせろ。

スラッグ。やらせませう。

（スラッグ躊躇する。サアン及び一人の泥棒入場）

オーグノ。これが仲間の泥棒です。

アグマア。（励ますやうに）はしつこさうな泥棒だな。

泥棒。親方、わしは緑色の上着をたつた三枚だけしか手に入れられません。現今は市にもあまり沢山はないやうです。それに、どうもうたぐり深い市でして、其疑り深いのを恥とも思はない奴等ですから。

スラッグ。（一人の乞食に）これは泥棒するわけぢやないからなあ。

泥棒。親方、わしはこれで精いつぱいです。わしも生れて以来一生どろぼうの修行をやつたわけでもありませんから。

アグマア。お前も手に入れたものがあるのだから、それが何か役に立つ。お前は何年ぐらゐ泥棒の修行をした？

泥棒。わしは十歳の時はじめて盗みました。

スラッグ。（驚いて）十歳の時だつて？

アグマア。その上着を裂いて七人で分けるのだ（サアンに）もう一人乞食を連れて来てくれ。

スラッグ。俺の親方が十歳の時にはもう二つの市から夜逃げ出すやうな始末だつた。

オーグノ。（感嘆して）二つの市からだと？

スラッグ。（うなづく）親方の生れ故郷の市ではルウナアの神殿《おみや》にあつた黄金の杯がどうなつたかいまだに知るものはあるまい。

アグマア。さうだ、七切れに分けるのだ。

アルフ。俺たちはみんなでその切れを襤褸の上に着るんだ。

オーグノ。さうだ、さうだ、俺たちも立派に見えるだらう。

アグマア。服装《みなり》を換へるにそれでは駄目だ。

オーグノ。ぼろを隠さないんですか？

アグマア。いやいや、誰でもよく視れば直ぐ分かる、これはたゞの乞食だ、それが服装を換へたばかりだと。

アルフ。それではどうやりますか？

アグマア。七人のひとりひとりが緑衣の一切を襤褸の下に着けるのだ。ぼろのあちこちからその切が少しづゝ見えるだらう。さうしたら人はいふだらう、此七人の人たちは乞食の風をしてゐる、併し何者だか分からないと。

スラッグ。何と利口な親方だらう。

オーグノ。（感嘆して）乞食だなあ。

アルフ。老年乞食《ふるこじき》だなあ。


（幕）

第二幕

コングロス市の市会場。市民及び其の他。

七人の乞食等襤褸の下に緑色の絹を着けて入場。


オーランダア。お前たちは何者、そして何処から来た？

アグマア。わしどもが何者か、又何処から来たものか。誰に返事が出来やう。

オーランダア。その乞食どもは何だ、なにしに此処へ来た？

アグマア。わしどもが乞食だと誰がお前にいうた？

オーランダア。その人たちは何しに来たのか？

アグマア。わしどもが人だと誰がお前にいうた？

イラナオン。さてさて、お月さんにかけて、不思議なことだ。

アグマア。あれはわしの妹ぢや。

イラナオン。なにつ？

アグマア。わしの小さい妹ぢや。

スラッグ。わしどもの小さい妹の月。彼女《あれ》は夕方になれば遠いマルマの山のわしどものところに来てくれる。彼女《あれ》は若いうちは山の上を駆けてあるく。わかくてからだのほそいうちは彼女《あれ》はわしどもの前に来て踊つてくれる、年をとつて姿がわるくなると山から逃げ下りて行つてしまふ。

アグマア。彼女《あれ》はまた若くなる。永久に若くはしこい。彼女《あれ》は踊りながら又帰つて来る。年齢《とし》は彼女《あれ》の姿を曲げることは出来ぬ、彼女《あれ》の兄弟どもの髪を白くすることも出来ぬ。

オーランダア。これは変つた話だな。

イラナオン。世間月なみのことではありませんな。

アクモス。予言者も考へつかなかつたことだ。

スラッグ。月は又新しくわかくなつてわしどもの処に来てくれる、古い恋愛《なじみ》を憶うて。

オーランダア。予言者がやつて来て我々に話をしてくれれば結構だ。

イラナオン。これは過去《いまゝで》にもなかつたことだ。予言者は来るがよい。予言者に我々の未来のことをきかして貰はう。

（乞食等マルマの山の七人の神たちの姿勢《かたち》をして床に座る）

市民。今日市場で人々のはなしを聞いた。古いむかしの予言を何処やらで誰かゞ読んだことがあるといつてゐた。その予言は七人の神様が人間の姿になつてマルマから降りて来るといふことださうな。

イラナオン。それは真実《ほんとう》の予言か？

オーランダア。我々はそれよりほかに予言を知らぬ。予言を知らない人は海図にない海を夜《よる》行く船のりのやうなものだ。何処に岩があるか何処に港があるかも知らぬ。水先案内の頭の上は何もかも真暗で星も導いてはくれぬ、どの星がどの星であるかも分からぬ。

イラナオン。此予言を調べて見ようではありませんか？

オーランダア。この予言を信じませう。それは小さいおぼつかない提灯の光《あかり》のやうなものかも知れませぬ、あるひは酔ひしれた男がそれを持ち歩いてゐるのかも知れませぬ、それにしても何処かの港の岸に沿うて行く光でありませう。我々はそれに依つて導かれなければなりません。

アクモス。ひよつとしたら、あの人々は慈悲深い神なのかも知れません。

アグマア。わしどもの慈悲より大なる慈悲はない。

イラナオン。それはさいはひ、我々の身に災を持て来はしないだらう。

アグマア。わしどもの怒りほど恐ろしいものはない。

オーランダア。もし此人たちが神ならば、供物《くもつ》を上げなければならぬ。

アクモス。我々は謹んであなた方ををがみませう、もし神ならば。

イラナオン。（同じく跪く）あなた方はすべての人類よりも力つよく、ほかの神々の中にも高い位置にあつてこの我々の市をも支配なされます、かみなりも旋風も日月の蝕《やみ》も人間種族のすべての運命もすべてあなた方のおもちやでございます
——もしあなた方が神ならば。

アグマア。かねて定められし疫病も今しばらく此市に来るな、地震よ雷のうめきの中に此市をいま一口に吸ひ込むな、激しき敵軍は逃る丶者をみなごろしにするな――もし我等が神ならば――

民衆。（恐怖を以て）もし神ならば！

オーランダア。さあ、供物《くもつ》をあげよう。

イラナオン。小羊を持つて来い。

アクモス。早く、早く！（或る人々出て行く）

スラッグ。（おごそかな様子で）この神様はありがたい神様だ。

サアン。ありきたりの神ではない。

ムラン。この神が我々を造つてくれたのだ。

市民。（スラッグに）あの神様は私共をお罰しなさりはしますまいか？　どの神様も私どもをお罰しなさりはしますまいか？　私共は供物《くもつ》をあげます、よい御供物《ごくもつ》をあげます。

他の市民。祭司様がお祝しなされた小羊をお供へいたします。

前の市民。私共のことで怒つておいでなさいますか？

スラッグ。あのかしらの神の御心に如何なる運命の雲が巻き起つてゐるか誰に分らう？　あの神は我々のやうにへぼい神ではない。ある時羊飼が山の中であの神と行き会うた。羊飼は歩きながら心に疑つた。あの神はその羊飼を罰しなされた。

市民。私どもは疑ひはいたしませぬ。

スラッグ。羊飼はその夕方山の中で死んでゐた。

第二の市民。立派なお供物《くもつ》を捧げることにいたします、

（人々死んだ小羊と果物を持つて再び入場。彼等は祭壇の火のあるところで小羊を捧げ、祭壇の前に果物を捧げる）

サアン。（祭壇の上の小羊の方に手を伸して）あの脚のところがちつとも焼けてゐない。

イラナオン。神々が小羊の脚の焼ける焼けないの心配をするとは不思議だ。

オーランダア。実に不思議だ。

イラナオン。いま口をきいたのは人間だとわしはいひたいくらゐだ。

オーランダア。（髭を撫でながら第二の乞食を凝視して）不思議、実に不思議。

アグマア。神々が焼けた肉を愛するのが何の不思議か？　神々が稲妻を用ゐるのもそのためである。稲妻が人間の手足にきらめく時、マルマの山の神々の許には快い香りがする、肉の焼ける香りがする。時として神々は、心のおだやかな時、人間の肉の代りに小羊の肉を焼かせてよろこんでゐる。神には何も同じことなのぢや。肉を焼くことはもう止めてくれ。

オーランダア。いえ、いえ、山の神様！

他の人々。どうぞ、どうぞ。

オーランダア。さ、早く、肉を捧げよう。もし食べてくれ丶ば、無事だ。

（彼等肉を捧げる、乞食等食ふ、アグマアのみ食はず、見てゐる）

イラナオン。無智なもの、何も知らぬものは、あの神々がひもじい人間のやうに食べてゐると、いふかも知れぬ。

他の人々。しつ！

アクモス。長いあひだ斯んな食事をしたことがないやうな様子に見える。

オーランダア。ひもじさうな様子だ。

アグマア。（食べないで）わしは此世界がまだ新しく人間の肉が今よりも柔かであつた時食べた切りだ。この年若《としわか》の神々は物を食ふことを獅子から習うたのぢや。

オーランダア。あゝ御老年《おとしより》の神様、めしやがりませ、めしやがりませ。

アグマア。わしのやうなものが物を食ふのは不似合ぢや。物を食ふは獣と人間とわかい神たちばかりぢや。日も月も疾き稲妻もこのわしも――わしどもは人を殺し人を狂はせもしよう、わしどもは物は食はぬ。

アクモス。もしあの神がこの供物《くもつ》を食べてくれゝば我々に災を下すことはあるまい。

一同。あゝ御老年《おとしより》の神様、どうぞめしやがりませ、めしやがりませ。

アグマア。もう十分だ。この神たちが獣や人間の真似しただけでもう十分であらう。

イラナオン。（アクモスに）だが、あれはつい先日《こないだ》私が会つた乞食によく似てゐる。

オーランダア。併し乞食は物を食ふ。

イラナオン。私が思ふに、ウオルダリイ酒を出されて飲まずにゐる乞食はあるまいと思ふ。

アクモス。あれは乞食ではない。

イラナオン。それにしてもウオルダリイ酒を一杯捧げて見ませう。

アクモス。あなたがあの人を疑ふのは罪だ。

イラナオン。私はあれが神だといふことを確めたいと思ふばかりだ。ウオルダリイ酒を持つて来ませう。（退場）

アクモス。飲むものか。併しもし飲んでくれゝば、我々に罰は下すまい。酒を捧げよう。

（イラナオン杯を持つて再び入場）

第一の乞食。ウオルダリイ酒だ！

第二の乞食。ウオルダリイ酒のさかづき！

第四の乞食。あゝありがたい！

ムラン。あゝうれしい！

スラツグ。あゝ利口な親方！

（イラナオン杯を取りあげる。一同の乞食どもアグマアまでも一緒に手を出す。イラナオン杯をアグマアに渡す。アグマア厳然と受取り、やがて非常に落ちついて酒を地にこぼしてしまふ）

第一の乞食。こぼしてしまつた。

第二の乞食。こぼしてしまつた。

(アグマア酒の気を嗅ぐ)

アグマア。折に適うた灌奠《みそぎ》ぢや。我等の怒りも少しは和らいだ。

他の乞食。ウオルダリイだのに!

アクモス。(アグマアの前に跪く)我が主よ、私には子供がございません、私は――

アグマア。もはやわしどもの邪魔をしてくれるな。今は神々が神々の言葉を以て神々と物いふ時刻である。もし人間がわしどもの話を聞いたらおのが未来を察することも出来るであらう、それは人間の不為ださがりなさい! さがりなさい!

残つた一人。我が主よ――

アグマア。さがりなさい!

(その人退場。アグマア一片の肉を取つて食し始める、乞食等立ち上がりのびをする。皆笑ふ、アグマアだけはひもじさうに食ふ)

オーグノ。あゝ! これで身上にありつけた。

サアン。これで貰ひがある。

スラッグ。親方! 利口な親方!

アルフ。よい日が来た、よい日が来た、だが、俺は怖い。

スラッグ。何が怖い! 何も怖いことはない。俺の親方のやうな利口な人間はほかにないのだから。

アルフ。俺は俺たちが真似してゐるその神々が怖い。

スラッグ。神々が!

アグマア。(肉の塊を唇から取りながら)スラッグ、此処へ来い。

スラッグ。(アグマアの側に行く)なんです、親方?

アグマア。俺が食つてるあひだ戸のところで番をしてゐろ。（スラッグ戸口に行く）神の恰好をして座つてゐろ。もし誰か市のものがやつて来たら知らせてくれ。(スラッグ、神の姿勢をして戸口に座る、見物に後を向けて座る)

オーグノ。併し、親方、ウオルダリイ酒は飲めないんですか?

アグマア。だん〴〵にのぞみどほりになる。始め少しの辛抱が肝心だ。

サアン。親方、誰か疑ひはしますまいか?

アグマア。わしどもはよつぽどうまくやらなけりや。

サアン。もしうまくやらなけりや?

アグマア。そりやあ、その時は死が来るばかり――

サアン。親方!

アグマア。――ゆつくりと。

(一同不安らしく動く、スラッグのみは動かずにじつと座つてゐる)

オーグノ。親方、あの連中はわしどもを信じてゐるでせうか?

スラッグ。(少し首を動かして)誰か来ました。(スラッグもとの位置に直る)

アグマア。(肉を押しやりながら)さあそれも直き分かる(一同神の姿勢を真似る。一人の男入場)

男。わたくしは物をあがらない神様におめにかゝりたうございます。

アグマア。わしがさうだ。

男。我が主よ、わたくしの子供は今日ひる頃毒蛇に咽喉を咬まれました。どうぞあの子の生命をお助け下さいまし。まだ息はございます。絶え〱ではございますが。

アグマア。その子はまつたくお前の子か?

男。それはもうわたくしの子に相違ございません。

アグマア。その子が健康《たつしや》の時分、お前はつねづねその子のあそびの邪魔をしたか?

男。あの子の邪魔をしたことはございません。

アグマア。死は誰の子であらう?

男。死は神々様のお子でございませう。

アグマア。自分の子供の遊戯《あそび》の邪魔をしたことのないお前が神々にこの願ひをするのか?

男。(アグマアの意味を了解して、恐怖を以て)あ、主よ!

アグマア。泣くな。人間の造つたすべての家々は神々の子なる死の遊び場である。

(男泣かずに無言のまゝ立ち去る)

オーグノ。(サアンの腕を握り)この人はまつたく人間だらうか?

アグマア。人間だとも、人間だとも、それもつい今の今まで腹の減つた人間だつた。

(幕)

第三幕

同じ室。数日の後。

山の巌石の如き形の七つの神座が舞台後方に並んでゐる。その上に乞食ども寝そべつてゐる。泥棒は不在。

ムラン。乞食がこんな目に遇ふのは始めてだ。

オーグノ。あゝ、くだものと柔かい子羊と!

サアン。ウオルダリイ酒と!

スラツグ。果物よりも子羊よりもウオルダリイ酒よりも、俺の親方のうまい巧らみを見てゐるのはなほさら愉快だ。

ムラン。さうよ! あの連中が行つてしまつたら親方が食ふかと思つてのぞきに来た時はなあ!

オーグノ。それから神と人間との問題で質問した時もなあ!

サアン。それから、奴等がなぜ神が癌を許可《ゆる》して置くかなんて聞いた時もなあ!

スラツグ。あゝ、親方は利口だ!

ムラン。親方の思はくはうまくいつたなあ!

オーグノ。ひもじい思ひも遠くへ行つてしまつた!

サアン。なんだか去年の夢の中の気持のやうでもあるし、ずうつと古いむかしの短か夜の苦労のやうでもある。

オーグノ。(笑ふ)はつ、はつ、はつ! あいつらが俺たちに祈るのを見ちやなあ!

アグマア。俺たちが乞食の時分には俺たちも乞食のやうな口をきいたぢやないか？　俺たちもあいつらと同じやうに泣きごとをいつたぢやないか？　俺たちの表情《かほつき》もあいつらと同じやうに卑しかつたぢやないか？

オーグノ。わしどもは乞食の中でも威張つたものだつた。

アグマア。それなら、今度は俺たちは神になつたのだから、神らしくしよう、そして礼拝に来る奴等を馬鹿にしないことにしよう。

アルフ。神々は礼拝者を馬鹿にしてゐるとわしは思ふが。

アグマア。神々はこの我々を馬鹿にはしなかつた。我々は夢にも見なかつた山の絶頂《てつぺん》までのぼつたではないか。

アルフ。人間が高くのぼれば誰よりも先づ神々がその人間を馬鹿にするのが掟《きま》りのやうにわしは思ふ。

泥棒。（入場）親方！　わしは何でも知つてゐて何でも見てゐる奴等の処に行つて来ました。泥棒の処に行つて来たんです。彼等はわしを自分たちの仲間の一人とは知つてゐますが、此方《こちら》の仲間の一人とは知りません。

アグマア。ふん、それで！

泥棒。親方、危険です、大変な危険です。

アグマア。俺たちを人間だと疑つてゐるといふはなしか？

泥棒。もうそれは疾うから疑つてゐます。わしがいふのは、あいつらがほんとの事を知るだらうといふことです。そしたら我々は破滅です。

アグマア。それではあいつらは知らないんだ。

泥棒。まだ知りません。併し今に知れるでせう、そしたら我々は破滅です。

アグマア。何時知れる？

泥棒。三日前からあいつらは我々を疑つてゐます。

アグマア。お前が思ふよりもつと大勢が我々を疑つてゐた、併し誰かさういひ出すものがあつたか？

泥棒。い、え、ありません。

アグマア。そんなら怖がるのは止めにしろ、どろばう君。

泥棒。三日前に二人の男が駱駝に乗つてマルマの山にまだ神々がゐるかどうかと見に行きました。

アグマア。マルマに行つたと！

泥棒。へえ、三日前に。

オーグノ。もう駄目だ！

アグマア。三日前に行つたのか？

泥棒。へえ、駱駝に乗つて。

アグマア。今日帰つて来るな。

オーグノ。もう駄目だ！

サアン。駄目だ！

泥棒。その人たちは緑石の神像が山をしよつて座つてゐるのを見たでせう。そして「神々はやつぱりマルマにおいでなさる」といふに違ひありません。そしたら、我々は焼き殺されます。

スラツグ。親方はまだ何か工夫するだらう。

アグマア。（泥棒に）こつそりと何処か高いところに行つて野の方を見てくれ、まだ工夫する時間があるかどうか。

スラツグ。親方はい丶工夫をしなさるだらう。

オーグノ。あの人のおかげで我々はわなに落ちてしまつた。

サアン。あの人の智慧が我々の破滅だ。

スラツグ。まだ〳〵い丶工夫をしなさるだらう。

泥棒。（再び入場）もう駄目です！

アグマア。駄目か？

泥棒。駱駝の人たちが此処へやつて来ました。

オーグノ。もういけない！

アグマア。黙つてろ！　わしは考へて見る。

（彼等一同静かに座してゐる。市民等入り来り跪き拝する。アグマアじいつと考へ込んでゐる）

イラナオン。（アグマアに）あなた様がたが山をお降りなされぬ前に始終座つておいでなされました尊い聖壇《おみや》に信心ぶかい二人の巡礼が行つてまゐりました。（アグマア何も答へず黙す）その者どもが只今帰つてまゐりました。

アグマア。わしどもを此処に捨てて置いて神々を探がしに行つたのか？　ある時一疋の魚が海を探がしに遠国まで旅をしたさうだ。

イラナオン。尊い神様、あのものどもの信仰は深うございますので、あなた様がたの聖壇《おみや》をさへをがみ度くて行つたのでございます。

アグマア。わしはさういふ信仰の深い人たちを知つてゐる。さういふ人たちは屢々わしの前に祈つた、併し彼等の祈りは受け容れられぬ。彼等は神を愛するのではない、彼等の愛するものは彼等自身の信仰である。わしはさういふ信心深い者どもを知つてゐる。彼等は七人の神々がまだマルマにゐたといふであらう。わしどもがまだマルマにゐたと彼等は詭りをいふであらう。彼等自身のみが神々を見て来たやうな顔をすれば、お前がたの眼には彼等が一段と信心深く見えるであらう。馬鹿者どもは彼等を信じ地獄の罰も共々に受けるばかりぢや。

オーランダア。（イラナオンに）これ！　あなたは神を怒らせてゐる。

イラナオン。わしが怒らせたのは神か人かわしは知らぬ。

オーランダア。神かも知れぬ。

イラナオン。マルマから来た男たちは何処にゐる？

市民。駱駝の人たちがまゐりました。只今此処にまゐります。

イラナオン。（アグマアに）あなた様がたの聖壇《おみや》から帰りました聖い巡礼共があなた様がたをがみにまゐりました。

アグマア。この者どもは神を疑ふものである。神々は疑ひといふその名をも憎む。疑ひは常に善を汚すものである。お前たちの清き心をくもらせぬやうにそのものどもを獄《ひとや》に入れてしまへ（立ち上がる）此処に入れてはならぬ。

イラナオン。あゝ併し、尊い山の神様、わたくしどもも疑つてをります、尊い山の神様。

アグマア。お前たちは自ら選んだ。お前たちはその道を選んだのだ。併しまだ時はある。悔い改めてそのものどもを獄に入れよ、まだ時はある。神々は決して泣いたことはない。併し神々も数万の骨を枯す永劫の罰とくるしみを思ふ時、もし神でさへなかつたら、神々も泣きたくなるであらう。さあ早く！　お前たちのうたがひを悔い改めよ。


(駱駝の人々入る)


イラナオン。尊い神様、それは力づよい疑ひでございます。

市民。あの人は何ともされやしない！　神ではないのだ。

スラッグ。(アグマアに)親方、工夫があるでせう。工夫があるでせう。

アグマア。まだ出ないよ。スラッグ。

イラナオン。(オーランダアに)これがマルマの神の聖壇に行つた人たちです。

オーランダア。(高くはつきりした声で)山の神々はまだマルマにおいでなされたか、それとももうおいでなされぬか？

イラナオン。おいでなされぬ？

駱駝の人。神々はマルマにはおいでなさいませぬ。


(乞食ども急いで其神座から立ち上がる)


駱駝の人。神々のお座は空《から》虚でございました。

オーランダア。これこそ山の神々様！

アクモス。まつたくマルマからおいでなすつたのだ。

オーランダア。さあ、みんなで行つて供物の用意しよう。我々のうたがひの罪の償ひにすばらしい供物をあげよう。(退場)

スラッグ。利口な親方！

アグマア。いや、いや、スラッグ。何事が起つたのか俺には分からぬ。二週間前に俺がマルマを通つた時には緑石の像はまだ彼処《あすこ》に座つてゐたのだ。

オーグノ。俺たちは助かつた。

サアン。まつたく助かつた。

アグマア。俺たちは助かつた、併しどうして助かつたのか俺は知らぬ。

オーグノ。乞食が斯んな思ひをするのは始めてだ。

泥棒。わしは行つて見張りをしませう。(泥棒忍び出る)

アルフ。だが、俺は怖い。

オーグノ。怖い？　俺たちは助かつたんだよ。

アルフ。よんべ俺はゆめを見た。

オーグノ。どんな夢だ？

アルフ。なんでもない夢だつた。夢で、俺はのどが渇いてゐたら誰だかウオルダリイ酒を飲ましてくれた。併しその夢の中でもなんだか俺は怖かつた。

サアン。俺はウオルダリイ酒を飲めば怖いものがなくなる。

泥棒。(再び入場)あの連中は我々のために愉快な御馳走の仕度をしてゐます。小羊を殺したり、娘たちは果物を持つて来たりしてゐます、ウオルダリイ酒も沢山ありさうです。

ムラン。乞食が斯んな思ひはまだしたことがない。

アグマア。わしどもをまだ疑つてるものがあるか？

泥棒。わしには分かりません。

ムラン。何時御馳走が始まる？

泥棒。星が出る時分から。

オーグノ。あゝ！　もう日の入方だ。うんと食へるんだなあ。

サアン。娘たちが頭に籠を載つけてやつて来るのも見られるな。

オーグノ。籠には果物が這入つてるだらう。

サアン。谷のいろいろな果物が。

ムラン。あ、、俺たちがこの娑婆の道を歩いて来たのも随分長いことだつた！

スラッグ。うん、随分ひどい道だつた！

サアン。ずゐぶんほこりだらけの道だつた！

オーグノ。めつたに酒も飲めなかつた！

ムラン。随分ながいこと俺たちはお願ひ申しお願ひ申した、それもほんとの僅かのもの、為にだ！

アグマア。今度といふ今度こそ何でも思ふ存分になるこの俺たちだ！

泥棒。いろいろな好い物が盗まないで取れることになつたら、わしの術もにぶりはしまいか。

アグマア。もうお前の術もいらなくなる。

スラッグ。親方の智慧でわしどもの一生は十分だ、(ものに怯ぢた男入場。アグマアの前に跪き額を床にすりつける)

男。お願ひいたします、市《まち》の者がお願ひいたします。(アグマア及び乞食等神の姿勢に座して黙す)

男。主よ、恐ろしうございます。(乞食等なほ黙してゐる)あなた様がたが夕方お歩きになりましては恐ろしうございます。夕方の砂漠の端《はて》は恐ろしうございます。あなた様がたをお見かけ申して子供たちは死にました。

アグマア。砂漠で？　何時わしどもを見た？

男。昨晩でございました。昨晩のあなた様がたは恐ろしうございました。くらがりのあなた様がたは恐ろしうございました。お手をお伸しなすつて物を探つておいでなさいましたあなた様がたは此市を探つておいでなさいました。

アグマア。昨夜といふのか？

男。くらがりであなた様方は恐ろしうございました！

アグマア。お前自身でわしどもを見たのか？

男。はい、あなた様がたは恐ろしうございました。子供たちもお見かけ申して、死にましてございます。

アグマア。お前がわしどもを見たといふのか？

男。はい。只今のやうな御様子でなく、違つていらつしやいました。どうぞもう、晩がたお歩き下さいませんやうにお願ひいたします。くらがりのあなた様がたは恐ろしうございます。あなた様がたは——

アグマア。わしどもが今と違つた様子で現はれたとお前はいふが、どんな様子で現はれたのか？

男。違つて居りました、違つて居りました。

アグマア。併し、わしどもがどんな風にお前に見えたのか？

男。あなた様がたはすつかり緑色でいらつしやいました、くらがりの中ですつかり緑色にお見えになりました、お山においでなされた時分のやうにすつかり岩にお見えになりました。人間のやうな肉のおからだをおをがみ申すことはよろしうございますが、岩がお歩きになりましては恐ろしうございます、恐ろしうございます。

アグマア。それではわしどもがさういふやうにお前に見えたのだな？

男。左様でございます。岩はお歩きなされます筈のものではございません。子供がそれを見ましたところでのみ込めません。岩は夕方なぞお歩きなされるものではございません。

アグマア。近頃疑ふ者が出来て来た。それらは満足したらうか？

男。彼等は恐入つて居ります。どうぞお慈悲をお願ひ申します。

アグマア。疑ふのは罪である。行きて信ぜよ。

（男立ち去る）

スラツグ。親方、何を見たのでせう？

アグマア。自分たちの恐怖《おそれ》心が砂漠に躍つてゐるのを見たのだらう。日が暮れて後なにか緑いろしたものを見たのだらう、それを何処ぞの子供がわしどもを見たといふて人に話したのであらう。何を見たのかわしは知らぬ。何が見えようぞ。

アルフ。何者か砂漠から此方をさして来るとあの男がいつてゐた。

スラツグ。何が砂漠から来るのだらう？

アグマア。馬鹿なやつらだ。

アルフ。あの男は蒼い顔をしてゐた何か恐ろしいものを見たのだらう。

スラツグ。恐ろしいものを？

アルフ。あの男のあの蒼い顔は何か恐ろしいものに会つたに違ひない。

アグマア。あれらを嚇かしたのは我々だ、あれらは怖いので馬鹿になつたのだ。

（僕一人松火或は提灯を持つて入場、あかりを台に載せて退場）

サアン。これで饗宴にやつて来る娘たちの顔が見える。

ムラン。乞食がこんな思ひをするのは始めてだ。

アグマア。そら！　やつて来る。足音がきこえる。

サアン。踊り娘《こ》たちだ！　やつて来る！

泥棒。笛の音が聞えない、音楽に伴れて来るといつてゐたが。

オーグノ。何といふ重い靴をはいてるんだらう。まるで石の足のやうにひゞく。

サアン。あの重たい足音を聞くのはいやだ。俺たちのために踊つてくれるのは軽い足つきのものでなけりや。

アグマア。しなやかなやつらでなけりや俺は笑つてやらないつもりだ。

ムラン。随分のろのろ来るなあ。もつとはしつこく来さうなものだ。

サアン。踊りながら来さうなものだが。あの足音はまるで重たい棒の足音のやうだ。

アルフ。(殆ど歌を唄ふやうに、大声で) わしは恐ろしい、何だか胸さわぎがする。わしどもは七人の神々の前に悪い事をしたのだ。わしどもは乞食なのだ、そして乞食でゐればよかつたのだ。わしどもは自分の職業を捨てゝ自分の身の破滅を招いたのだ。わしはもう此恐怖《おそれ》を我慢して押へてはゐられない。此恐怖《おそれ》は駆け廻り叫び廻るだらう、滅亡する市《まち》の中から駆け出した犬のやうにわしの中から駆け出して叫び廻るだらう。わしのこの恐怖《おそれ》は災を見た、そして悪いことの来るのを知つてゐる。

スラツグ。(しやがれた声で) 親方!

アグマア。(立ち上がり) 早く、早く!

(一同耳をすます。誰も口をきかない。石のやうな靴音が進んで来る。後方右手の戸より顔も手も一様に緑色なる七人の緑人の一隊一縦列をなして進み来る、緑岩の靴をはき、両膝を非常にひろく離して歩いて来る、数百年間あぐらをかいて座してゐた為である、右の手と右の人差指は上の方へ指して、右の肘を左の手に押へて、奇妙な様子に屈んでゐる。舞台の半分どころまでやつて来るとぐるりと左に向き変へる、それから恐怖の状態にある乞食等の前を過ぎ、六人だけは前述の姿勢で見物にうしろを向けて座る、一同の中の首領である一人は屈みながらやつぱり立つてゐる。)

オーグノ。(緑人がちやうど左に転じた時さけぶ) 山の神様!

アグマア。(しやがれ声で) 黙つてろ! 彼等は光《あかり》で眼がくらんでゐる。俺たちを見つけないかも知れぬ。

(首領の緑人ひとさし指で提灯を指す——灯は緑色に変る。六人が座し終つた時、首領は人差指を突出して七人の乞食の一人一人に指さす。その時乞食等は一人一人自分の神座に戻つて足を組合せる、恐ろしさうに一人一人の瞳が凝視する。この姿勢で乞食等はじいつとしてゐる、緑色の光が彼等の顔を照らす。神々は立ち去る。

間もなく市民等入り来る、或者は食物果物を持つてゐる、或者が一人の乞食の腕に触り又別の乞食の腕に触る)

一人。つめたい石になつてしまつた。

(一同床に額をすりつけて平伏する)

一人。我々は疑つてゐた。我々は疑つてゐた。我々は疑つた為に石になつておしまひなすつた。

他の一人。まことの神であつたのだ。

一同。まことの神であつたのだ。


(幕)

(「心の花」大正7年1月号)

「赤い鳥」の標榜語《モットー》

○現在世間に流行してゐる子供の読物の最も多くは、その俗悪な表紙が多面的に象徴してゐる如く、種々の意味に於て、いかにも下劣極まるものである。こんなものが子供の真純を侵害しつゝあるといふことは、単に思考するだけでも怖ろしい。

○西洋人と違つて、われ〳〵日本人は、哀れにも殆未だ嘗て、子供のために純麗な読み物を授ける、真の藝術家の存在を誇り得た例がない。

○「赤い鳥」は世俗的な下卑た子供の読みものを排除して、子供の純性を保全開発するために、現代第一流の藝術家の真摯なる努力を集め、兼て、若き子供のための創作家の出現を迎ふる、一大区劃的運動の先駆である。

○「赤い鳥」は、只単に、話材の純清を誇らんとするのみならず、全誌面の表現そのものに於て、子供の文章の手本を授けんとする。

○今の子供の作文を見よ。少くとも子供の作文の選択さるゝ標準を見よ。子供も大人も、甚だしく、現今の下等なる新聞雑誌記事の表現に毒されてゐる。「赤い鳥」誌上鈴木三重吉選出の「募集作文」は、すべての子供と、子供の教養を引受けてゐる人々と、その他のすべての国民とに向つて、真個の作文の活例を教へる機関である。

○「赤い鳥」の運動に賛同せる作家は、泉鏡花、小山内薫、徳田秋聲、高浜虚子、野上豊一郎、野上弥生子、小宮豊隆、有島生馬、芥川龍之介、北原白秋、島崎藤村、森森太郎、森田草平、鈴木三重吉其他十数名、現代の名作家の全部を網羅してゐる。

（「赤い鳥」大正7年7月号）

二人の兄弟

島崎藤村

一　榎木《えのき》の実

　皆さんは榎木の実を拾つたことがありますか。あの実の落ちて居る木の下へ行つたことがありますか。あの香《かう》ばしい木の実を集めたり食べたりして遊んだことがありますか。

　そろ〳〵あの榎木の実が落ちる時分でした。二人の兄弟はそれを拾ふのを楽みにして、まだあの実が青くて食べられない時分から、早く紅《あか》くなれ早く紅くなれと言つて待つて居ました。

　二人の兄弟の家には奉公して働いて居る正直な好いお爺さんがありました。このお爺さんは山へも木を伐りに行くし畠へも野菜をつくりに行つて、何でもよく知つて居ました。

　このお爺さんが兄弟の子供に申しました。

『まだ榎木の実は渋くて食べられません。もう少しお待ちなさい。』とさう申しました。

　弟は気の短い子供で、榎木の実の紅くなるのが待つて居られませんでした。お爺さんが止めるのも聞かずに、馳出して行きました。この子供が木の実を拾ひに行きますと、高い枝の上に居た一羽の橿鳥《かしどり》が大きな声を出しまして、

『早過ぎた。早過ぎた。』と鳴きました。

　気の短い弟は、枝に生つて居るのを打ち落すつもりで、石ころや棒を拾つては投げつけました。その度に、榎木の実が葉と一緒になつて、パラ〳〵パラ〳〵落ちて来ましたが、どれもこれも、まだ青くて食べられないのばかりでした。

　そのうちに今度は兄の子供が出掛けて行きました。兄は弟と違つて気長な子供でしたから『大丈夫、榎木の実はもう紅くなつて居る。』と安心し、ゆつくり構へて出掛けて行きました。兄の子供が木の実を拾ひに行きますと、高い枝の上に居た橿鳥がまた大きな声を出しまして、

『遅過ぎた。遅過ぎた。』と鳴きました。

　気長な兄は、しきりと木の下を探し廻りましたが、紅い榎木の実は一つも見つかりませんでした。この子供がゆつくり出掛けて行くうちに、木の下に落ちて居たのを皆な他の子供に拾はれてしまひました。

　二人の兄弟がこの話をお爺さんにしましたら、お爺さんがさう申しました。

『一人はあんまり早過ぎたし、一人はあんまり遅過ぎました。丁度好い時を知らなければ、好《い》い榎木の実は拾はれません。私がその丁度好い時を教へてあげます。』と申しました。

ある朝、お爺さんが二人の子供に、『さあ、早く拾ひにお出なさい、丁度好い時が来ました。』と教へました。その朝は風が吹いて、榎木の枝が揺れるやうな日でした。二人の兄弟が急いで木の下へ行きますと、橿鳥が高い枝の上からそれを見て居まして、

『丁度好い。丁度好い。』と鳴きました。

榎木の下には、紅い小さな球《たま》のやうな実が、そこにも、こゝにも、一ぱい落ちこぼれて居ました。二人の兄弟は木の周囲《まはり》を廻つて、拾つても、拾つても、拾ひきれないほど、それを集めて楽みました。

橿鳥は首を傾げて、このありさまを見て居ましたが、

『なんとこの榎木の下には好い実が落ちて居ませう。沢山お拾ひなさい。序に、私も一つ御褒美を出しますから、それも拾つて行つて下さい。』と言ひながら青い斑《ふ》の入つた小さな羽を高い枝の上から落してよこしました。

二人の兄弟は榎木の実ばかりでなく、橿鳥の美しい羽を拾ひ、おまけにその大きな榎木の下で、『丁度好い時』までも覚えて帰つて来ました。

二　釣りの話

ある日、お爺さんは二人の兄弟に釣りの道具を造つて呉れると言ひました。

いかにお爺さんでも釣りの道具は、むづかしからう、と二人の子供がさう思つて見て居ました。この兄弟の家《うち》の周囲《まはり》には釣竿一本売る店がありませんでしたから。

お爺さんは何処からか釣針を探して来ました。それから細い竹を切つて来まして、それで二本の釣竿を造りました。

『針と竿が出来ました。今度は糸の番です。』とお爺さんは言つて、栗《くり》の木に住む栗虫《くりむし》から糸を取りました。丁度お蚕《かひこ》さまのやうに、その栗虫からも白い糸が取れるのです。お爺さんは栗虫から取れた糸を酢に浸けまして、それを長く引延しました。その糸が日に乾いて堅くなる頃には、兄弟の子供の力で引いても切れないほど丈夫で立派なものが出来上りました。

『さあ、釣りの道具が揃ひました。』と言つて兄弟に呉れました。

二人の子供はお爺さんが造つた釣竿を手に提げまして、大喜びで小川の方へ出掛けて行きました。小川の岸には胡桃《くるみ》の木の生えて居る場所がありました。兄弟は鰍《かじか》の居さうな石の間を見立てまして、胡桃の木のかげに腰を掛けて釣りました。

半日ばかり、この二人の子供が小川の岸で遊んで家の方へ帰つて行きますと、丁度お爺さんも木を一ぱい背負つて山の方から帰つて来たところでした。

『釣れましたか。』とお爺さんが聞きますと、兄弟の子供はがつかりしたやうに首を振りました。賢いお魚《さかな》は一匹も二人の釣竿に掛りませんでした。

その時、兄弟の子供はお爺さんに釣りの話をしました。兄は

ゆつくり構へて釣つて居たものですから釣針にさした餌は皆な鰍に食べられてしまひました。

弟はまたお魚の釣れるのが待遠しくて、ほんとに釣れるまで待つて居られませんでした。つい水の中を掻廻すと、鰍は皆な驚いて石の下へ隠れてしまひました。

お爺さんは子供の釣りの話を聞いて、正直な人の好ささうな声で笑ひました。そして二人の兄弟にかう申しました。

『一人はあんまり気が長過ぎたし、また、一人はあんまり気が短過ぎました。釣りの道具ばかりでお魚は釣れません。』

（「赤い鳥」大正7年7月号）

蜘蛛の糸

芥川龍之介

一

或日《あるひ》のことでございます。お釈迦様《しやかさま》は極楽の蓮池《はすいけ》のふちを、独りでぶら〳〵お歩きになつていらつしやいました。池の中に咲いてゐる蓮の花は、みんな玉のやうにまつ白で、そのまん中にある金色の蕊《ずゐ》からは、何とも言へない好《よ》い匂《にほひ》が、絶間なくあたりへ溢れて居りました。極楽は丁度朝でございました。

やがてお釈迦様はその池の縁《ふち》にお佇みになつて、水の面《おも》を蔽つてゐる蓮の葉の間から、ふと下の容子《ようす》を御覧になりました。この極楽の蓮池の下は、丁度地獄の底に当つてをりますから、水晶のやうな水を透き徹して、三途《さんづ》の河や針の山の景色が、丁度覗き眼鏡を見るやうに、はつきりと見えるのでございます。

するとその地獄の底に、犍陀多《かんだた》と云ふ男が一人、外の罪人と一しよに蠢《うごめ》いてゐる姿が、お眼に止りました。

この犍陀多といふ男は、人を殺したり家に火をつけたり、いろ〳〵悪事を働いた大泥坊でございますが、それでもたつた一つ、善《よ》い事をした覚えがございます。と申しますのは、或時この男が深い林の中を通りますと、小さな蜘蛛が一匹、路ばたを這つて行くのが見えました。

そこで犍陀多は早速足を挙げて、踏殺さうと致しましたが、「いや、いや、これも小さいながら命のあるものに違ひない。その命を無暗にとるといふ事は、いくら何でも可哀さうだ。」と、かう急に思ひ返してとうとうその蜘蛛を殺さずに助けてやりました。

お釈迦様は地獄の容子を御覧になりながら、この犍陀多には蜘蛛を助けた事があるのをお思ひ出しになりました。さうしてそれだけの善い事をした報《むくい》には、出来るならこの男を地獄から救ひ出してやらうとお考へになりました。幸《さいはひ》、側を御覧になりますと、翡翠《ひすゐ》のやうな色をした蓮の葉の上に、極楽の蜘蛛《くも》が、一匹美しい銀色の糸をかけてをりました。お釈迦様はその蜘蛛の糸をそつとお手にお取りになりました。そして、それを、玉のやうな白蓮の間から、遥《はる》か下にある地獄の底へまつすぐにお下しなさいました。

二

こちらは地獄の底の血の池で、外の罪人と一しよに、浮いたり沈んだりしてゐた犍陀多でございます。何しろどちらを見てもまつ暗で、たまにそのくら闇からぼんやり浮き上つてゐるものがあると思ひますと、それは恐しい針の山の針が光るのでございますから、その心細さと言つたらございません。その上あたりは墓の中のやうにしんと静まり返つてゐて、たまに聞えるものと言つては、たゞ、罪人がつく微《かすか》な嘆息《ためいき》ばかりでございます。これはこゝへ落ちて来る程の人間は、もうさまざまな地獄の責苦に疲れはてゝ、泣声を出す力さへなくなつてゐるのでございました。ですからさすが大泥坊の犍陀多も、やはり血の池の血に咽《むせ》びながら、まるで死にかゝつた蛙《かはづ》のやうに唯もがいてばかりをりました。

ところが或時の事でございます。何気なく犍陀多が頭を挙げて、血の池の空を眺めますと、そのひつそりとした闇の中を、遠い遠い天の上から、銀色の蜘蛛の糸が、まるで人目にかゝるのを恐れるやうに一すぢ細く光りながら、する〳〵と、自分の上へ垂れて参るではございませんか。犍陀多はこれを見ると、思はず手を打つて喜びました。この糸に縋りついて、どこまでものぼつて行けば、きつと地獄からぬけ出せるのに相違ございません。いや、うまく行くと、極楽へはひる事さへも出来ませう。さうすれば、もう針の山へ追ひ上げられることもなくなれば、血の池に沈められることもある筈はございません。

かう思ひましたから犍陀多は、早速その蜘蛛の糸を両手でしつかりと摑みながら、一生懸命に上へ上へとたぐりのぼり始めました。

元より大泥坊のことでございますから、かういふ事には、昔から慣れ切つてゐるのでございます。

しかし地獄と極楽との間は、何万里となく隔つてゐるのですから、いくら焦つて見たところで、容易に上へは出られません。稍《やゝ》しばらくのぼる中に、とうとう犍陀多もくたびれて、もう一たぐりも上の方へはのぼれなくなつてしまひました。

そこで仕方がございませんから、先《ま》一休《ひとやす》み休むつもりで、糸の中途にぶら下りながら、遥かに目の下を見下しました。

すると一生懸命にのぼつた甲斐があつて、さつきまで自分がゐた血の池は、今ではもう何時の間にか暗の底にかくれて居りました。それからあのぼんやり光つてゐた恐しい針の山も、足の下になつてしまひました。この分でのぼつて行けば、地獄からぬけ出すのも、存外わけがないかも知れません。

犍陀多は両手を蜘蛛の糸にからみながら、こゝへ来てから何年にも出した事のない声で、

「しめた。しめた。」と笑ひました。

ところがふと気がつきますと、蜘蛛の糸の下の方には、数《かず》限《かぎ》りもない罪人たちが、自分ののぼつた後をつけて、まるで蟻の行列のやうに、やはり上へ上へと一心によぢのぼつて来るではございませんか。

犍陀多はこれを見ると、驚いたのと恐しいのとで暫くは唯、莫迦《ばか》のやうに大きな口を開いた儘、眼ばかり動かしてをりました。

自分一人でさへ断れさうな、この細い蜘蛛の糸がどうしてあれだけの人数《にんず》の重みに堪へる事が出来ませう。

もし万一、途中で断れたといたしましたら、折角こゝへまでのぼつて来た、この肝腎な自分までも、もとの地獄へ逆おとしに落ちてしまはなければなりません。そんなことがあつたら、大変でございます。

が、さういふ中にも、罪人たちは何百となく何千となく、まつ暗な血の池の底から、うよ〳〵と這ひ上つて、細く光つてゐる蜘蛛の糸を、一列になりながら、せつせとのぼつて参ります。今の中にどうかしなければ、糸はまん中から二つに断れて、落ちてしまふのに違ひありません。

そこで犍陀多は大きな声を出して、

「こら、罪人ども。この蜘蛛の糸は己のものだぞ。お前たちは一体誰に尋いて、のぼつて来た。下りろ。下りろ。」

と喚きました。

その途端でございます。

今まで何ともなかつた蜘蛛の糸が、急に犍陀多のぶら下つてゐるところから、ぷつりと音を立てゝ断れました。

ですから、犍陀多もたまりません。あつといふ間もなく、風を切つて、独楽《こま》のやうにくる〳〵まはりながら、見る見る中に

暗の底へ、まつさかさまに落ちてしまひました。

後には唯極楽の蜘蛛の糸が、きら〳〵と細く光りながら、月も星もない空の中途に、短く垂れてゐるばかりでございます。

三

お釈迦様は極楽の蓮池のふちに立つて、この一部始終をぢつと見ていらつしやいましたが、やがて犍陀多が血の池の底へ石のやうに沈んでしまひますと、悲しさうなお顔をなさりながら、又ぶら〳〵お歩きになり始めました。

自分ばかり地獄からぬけ出さうとする、犍陀多の無慈悲な心が、さうしてその心相当な罰をうけて、もとの地獄へ落ちてしまつたのが、お釈迦さまのお目から見ると、浅間しく思《おぼ》しめされたのでございませう。

しかし極楽の蓮池の蓮は、少しもそんな事には頓着致しません。

その玉のやうな白い花は、お釈迦さまのお足のまはりに、ゆら〳〵萼《うてな》を動かしてをります。

そのたんびに、まん中にある金色の蕊《ずゐ》からは、何とも云へない好い匂《にほひ》が、絶え間なくあたりに溢れ出ます。

極楽ももうお午に近くなりました。


（七・四・十六）

（「赤い鳥」大正7年7月号）

ぽッぽのお手帳

鈴木三重吉

一

すゞ子の「ぽッぽ」は二人とも小さな〳〵赤いお手帳を持つてゐます。この二人のぽッぽは、黒《くオ》よりも、にやァ〳〵よりも、「君《チみ》」よりも、だれよりも一ばん早くから、すゞ子のお相手をしてゐるのでした。

一ばんはじめ、或冬の、氷の張つてゐる寒い日に、二台の大きな荷馬車が、お荷物を積んで、ぽッぽたちの長く住んでゐた村から、町はづれの方へごとごと出て行きました。ぽッぽはあのまゝ籠に這入つて、その二ばん目の荷馬車の、一ばん後へ乗せられてゐました。二人は、一たいどこへ行くのだらうと言ふやうに、しきりにきよと〳〵と首を動かしてをりました。お父さまはそのとき、ぽッぽに言ひました。

「二人ともおとなしくして乗つてお出で。今度は海の見えるお家へ行くんですよ。」と言ひました。

「そして、そのお家《うち》へ、小ちやなすゞちやんが来るのですよ。」と、小石川のお祖母《ばあ》ちやんが、そツと二人に仰《おつしや》いました。ぽッぽは、

「お祖母さま、お祖母さま、そのすゞちやんといふのはだれでございます。」と聞きました。

お祖母さまは、黙つてたゞ軽く笑ひながら、みんなと一しよに車へ乗りました。

ぽッぽは、それから今度のお家へ着きました。そのじぶんには、すゞ子の曾祖母《ばアく》は、まだ正木《まさき》の大叔母《おばア》ちやんのところに入らつしやいました。ふゆ子叔母ちやんもまだ来てゐませんでした。そして「きみ」の代りには千代といふ小さな女中がをりました。

ぽッぽは、先《せん》と同じやうに、お部屋のそとの、硝子戸《がらすど》のところへ置かれました。このお家は、表から這入つて来ると、たゞの平家《ひらや》でしたけれど、上へ上つて、硝子戸のところへ行つて見ると、そのお部屋の真下が広いお台所で、そこからはお部屋は丁度二階になつて、突き出てをりました。

そのお部屋のぢき目の前は砂地でした。そして、そのすぐ先が海でした。ぽッぽは硝子戸の中から、どんよりした青黒い海を、びつくりして見てをりました。真正面の、ずつと向うの方には、小さな赤い浮標《うき》が微《かす》かに見えてをりました。

するとその向うを、黄色いマストをした黒い蒸汽船が、長い〳〵烟《けむり》を吐いて、横向きに通つて行きました。二人のぽッぽは、

「おや〳〵あんな大きなお船が来た。おゝ早い〳〵。ぽッぽゥぽッぽゥ。」と言つて、大さわぎをしました。

お母さまはこのお部屋へお炬燵《こた》をこしらへて、この小さなお家がすゞちやんを生んでくれるのを待つてゐました。そして千代と二人ですゞちやんの赤いおべゝを縫ひました。

暗い冬はそれからまだ長くつゞきました。

昼のうちは、表のじく〳〵した往来を、お馬や、荷車やいろ〳〵の人が通りました。それから、お向ひのうどんやで、機械を廻すのが、ごと〳〵ごとごと聞えました。

併し夜になると、あたりはすつかり、穴の中のやうに、ひつそりとなつて、たゞ、海がぴた〳〵と鳴るより外には、何の音も聞えませんでした。

暗い海の中には、星のやうな燈《あかり》がたつた一つ、ちかり〳〵と、消えたりとぼつたりしました。それは、昼に赤く見えてゐた、あの浮標の上にとぼる燈でした。

ぽッぽは、そんな晩には、さびしさうに、夜でも「ぽウ〳〵ぽウ〳〵」と啼きながら、

「すゞ子ちやんはまだ入らつしやらないのですか。いつでせう、〳〵。」と聞きました。

二

そのうちに、だん〳〵と五月が来ました。海も空もはれ〴〵と真つ青に光つて来ました。

お母さまは、ネルの着物に、青い洋傘《かうもり》をさして、千代をつれて、そこいらへ買ひものに行きなぞしました。

往来には、もういつの間にか、つばくろが、海の向うから来て、すい〱と往来の上をかけ違つてをりました。電信の針金にもどつさり留つてをりました。

お父さまは、いつすゞちやんを生んでくれるのかと言つて、毎日、お家に聞きました。小石川のお祖母ちやんも、とき〲聞きに入らつしやいました。

お家《うち》の近くには、高井さんのお祖母さんといふ、それは〱よいお祖母ちやんが入らつしやいました。そのお祖母ちやんが、とき〲お土産を持つて入らしつて、小石川のお祖母ちやんとお二人で、早くすゞちやんを生んでくれるやうに、お家へたのんで下さいました。

すると、六月の或晩でした。

お家はお父さまとお母さまとに、あすはすゞちやんを生んで上げますと言ひました。お母さまは、それは〱よろこんで、すぐに小石川のお祖母ちやんに来ていたゞきました。

でも、ぽッぽにだけは、みんな黙つてゐました。ぽッぽが喜んで、あんまり大さわぎをするとうるさいから、後でそツと見せてやることにしたのでした。

その晩お母さまは、すゞちやんの寝る小さな赤いお蒲団をちやんとしいて、その側《そば》へ寐《やす》みました。

それから翌る朝目をさまして見ますと、お家はちやんと「すゞちやん」を生んでくれてゐました。

真赤なお顔をした、小さな赤ん坊のすゞちやんは、だれも知らない間に、一人で、赤いおふとんの中へ来て、すや〱と寐てゐました。

お母さまは、よろこんで、

「お父さま〱、すゞちやんが来ましたよ。まあ、こんなに小さなすゞちやんが来ました。」

かう言つてみんなを呼びました。お祖母ちやんもお父さまも、

「まあ、すゞちやん。」

「すゞちやんや〱。」と言つて、それは〱喜びました。すゞちやんは、それからしばらくたつて、はじめて、お母さまにお乳を貰ひました。

すゞちやんは、とき〲「おぎア〱」と泣きました。それから、「おふんにやい〱」と言ふやうにも泣きました。

ぽッぽは、はじめてすゞちやんの泣き声を聞くと、

「あれはだれでせう。ぽッぽウ〱」と、頻りにお父さまに聞きました。お父さまは、

「あれはすゞちやんだよ。このお家が生んでくれた赤ちやんだよ。」と言ひました。すると、ぽッぽは、

「おやさうですか。」と喜んで、ぱた〱ぱた〱大さわぎをしました。そして、

「早く見せて下さい、早く〱。」と二人でねだりました。

併し、すゞちやんは、まだ当分は、そツと寝かせておかなけ

ればならないので、ぽッぽのところへつれて行くわけには行きませんでした。

　ぽッぽは、毎日〳〵、

「どうぞすゞちやんを見せて下さい。早く見せて下さい。」と言つて、代る〴〵やかましくせがみました。それで或る日お父さまは、すゞ子をそツと、お蒲団にくるんでぽッぽの籠の前へつれて行きました。そして、

「すゞちやん〳〵御覧なさい。これがお前のぽッぽだよ。」と言ひました。ぽッぽは、

「すゞ子ちやん〳〵今日は。」

「すゞ子ちやん私も今日は。」と、それは〳〵大喜びでかう言ひました。

　でも、まだ小ちやなすゞちやんは、まぶしさうに目《めんめ》をつぶつて、おぎア〳〵といふきりで、ぽッぽを見ようともしませんでした。すゞちやんは、たとへそのとき目《めんめ》を開けても、まだ、ぽッぽどころか、お父さまもお母さまも、なんにも見えなかつたのでした。だれでも小さなときは、目《めんめ》があつても見えないし、お手《てゝ》があつても、かたく縮めて、引つ込めてゐるだけなのです。丁度、足《あんよ》があつても、大きくなるまでは歩けないのと同じです。

　そのうちに、だん〳〵と暑い八月が来ました。海はぎら〳〵ぎら〳〵と、ブリキを張つたやうにまぶしく光つて来ました。すゞちやんは、昼でも、小さなお蚊帳《かや》の中に寐てゐました。

　お母さまは、お部屋の鏡箪笥《かゞみだんす》のふちから、寐てゐるすゞちやんのお目《めんめ》の真上へ横に麻糸をわたして、こちらの柱の釘へくゝりました。そして、赤い縮緬《ちりめん》の紐《ひも》の両はじに、小さな銀の鈴をつけて、それをその糸へつるしました。

　すゞちやんは、目《めんめ》がさめて、蚊帳をどけて貰ふと黒い、きれいな目《めんめ》を開けて、その赤い紐をぢいツと見てをりました。

　お母さまは、とき〴〵立つて行つて、その紐をこちらの方へ少し引いて見ました。さうすると、すゞちやんの黒い目《めんめ》は、すぐに、斜にこちらの方を見ました。今度は向うへやると、すゞちやんはまた黒目を動かして、そちらの方を見ました。

　鈴は紐の動くたんびにりん〳〵と鳴りました。お母さまは、

「まあ、ちやんと見えるのですね」と言つて、うれしさうに笑ひました。お父さまは、こちらの椅子にかゝつて、見てゐました。お部屋の三方には、真つ白な薄いカーテンがかゝつてゐました。その中に、すゞちやんの着てゐる赤いおべゝと、つるした赤い紐とが、きはだつて真つ赤に見えました。

三

　お父さまは、それからまた或日、すゞちやんを、ぽッぽの前へだいて行きました。ぽッぽは喜んで、

「すゞ子ちやん〳〵、今日は。ぽッぽゥ。〳〵。」

と言つて、お辞儀をしました。お父さまは、

「こつち〳〵よ、すゞちやん、こつちを御覧なさい。」と言ひながら、すゞちやんを籠の前へするゐるやうにして、ぽッぽを見

せようとしました。併し、すゞちやんは、片手を固めてしやぶりながら、違つた方を向いたきり、いくら教へても、ちつともぽッぽを見ようとはしませんでした。ぽッぽは、

「まあ、まだ〳〵お小さいんですね。いつになつたら、すゞちやんが、ぽッぽや〳〵と仰るでせう。」

と、さも〳〵待ちどほしいやうにかう言ひました。

お母さまは、

「ほんとにいつのことでせうね。」と言ひながら、お乳の時間が来たので、すゞ子をお膝に取りました。

「なに、もうぢきですよ。今にすゞちやんが一人でどん〳〵ぽッぽのところへ来るやうになりますよ。」

丁度入らしつてゐたお祖母さんは、かう仰《おつしや》りながら、お乳をいたゞいてゐるすゞちやんの、黒い髪の毛をお撫でになりました。

「あゝ、ぽッぽや、いゝものを上げてよ。」と、お母さまは、ふと思ひ出したやうに、帯の間から、小さな赤いお手帳を出してぽッぽに渡しました。

お父さまとお母さまとは、いつも〳〵すゞちやんが早く大きくなつてくれることばかり待つてゐました。ぽッぽもしじゆう、そのことばかり言つて待つてゐました。

その十一月に、ぽッぽは、また、すゞちやんや、みんなと一しよに、ちがつた町はづれの方へ遠く引つこして行きました。それは、ちか〴〵に正木の大叔母《おばア》ちやんが、はる〴〵と曾祖母《ばア〳〵》をつれて、すゞちやんを見に来て下さるからでした。そして、ふゆ子叔母ちやんもお家《うち》の人になるので、すゞちやんを生んでくれたお家では狭くて困るからでした。

すゞちやんは、とき〴〵ふゆ子叔母ちやんのお膝に抱かれて、ぽッぽの籠のところへ行きました。ぽッぽはこちらのお家でもまた硝子戸の中へおかれてゐました。すゞちやんは、ぽッぽの籠の側に立つちをさせて貰ふと、丁度お口が縁のところへ来ました。

すると、すゞちやんは、いつの間にか、ちゆツちゆツと、そこをしやぶつてをりました。それから、お手《てゝ》に持つてゐるがら〳〵を振りました。

「まア、すゞちやんは、先《せん》から見ると、随分大きくおなりになりましたね。」ぽッぽはかう言つて、叔母ちやんとお話をしました。

それからまた寒い冬が来ました。その冬が開けると、すゞちやんはそろ〳〵這ひ〳〵をし出しました。それからまた青い八月が廻つて来ました。すゞちやんは、歩いては倒れ歩いては倒れして、よちよちともう十足《とあし》ばかり歩けるやうになつてゐました。そのときには、すゞちやんを見たい〳〵と言つて、大さわぎをしてゐられた曾祖母《ばア〳〵》も、もうこちらへ帰つて入らつしやいました。

或日、すゞちやんは、よち〳〵とおすだれの外へ駈けて出ました。ふゆ子叔母さんは、

「あら危い。」と言ひながら、あわて丶追つかけて行きました。すゞちやんはもう少しで倒れるところをばたりと、ぽッぽの籠につかまりました。

「すゞ子ちやん今日は。ぽッぽゥ〳〵。」とぽッぽがお辞儀をしながら二人でかう言ひました。するとすゞちやんは籠につかまつたま丶、その真似をして、「ぽッぽゥぽッぽゥ」と言ひ〳〵お辞儀をしました。ふゆ子叔母さんは、それを聞いて、

「おや、今のはすゞちやんでせうか。」とふしぎさうな顔をしてぽッぽに聞きました。ぽッぽはにこにこ笑ひながら、

「え丶おしまひのはすゞ子ちやんですよ。まあお上手ですこと。さあもう一度言つて御覧なさい。ぽッぽゥ〳〵〳〵。」と言ひました。すゞちやんはまた真似をして、「ぽッぽゥ、〳〵〳〵」とお辞儀をしました。ふゆ子叔母さんは、びつくりして、

「あら、まあ、ほ丶丶丶。ちよいと、すゞちやんがぽッぽゥ〳〵ッて言ひましたよ。」と、思はず大きな声をしてお母さまを呼びました。すゞちやんはその声にびつくりして、いきなり「わア。」と泣き出しました。

これは、すゞちやんが口を聞いた一ばんのはじまりです。お父さまやお母さまはそれを聞いて大喜びをしました。ぽッぽもそれは〳〵喜んで、来る人ごとにその同じお話をしました。

すゞちやん、あの二人のぽッぽは、こんな時分からのぽッぽですよ。

お母さまは、もう先のお家のときに、すゞちやんの生れてから今日までのことで、二人のぽッぽの知らないことは、すつかり話して聞かせました。ぽッぽは、それをみんな、お母さまに貰つた小さな赤いお手帳へつけておきました。二人が見て知つてゐることは、もとよりすつかり書きつけてゐます。

ですから、すゞちやんは、大きくなつて、御自分の小さな時分のことが解らないときには、いつでもぽッぽのお手帳を見せてお貰ひなさい。

にやア〳〵や、黒《くオ》が来たのは、ぽッぽにくらべればずつと〳〵後のことです。にやア〳〵は、すゞちやんが、やつと這ひ〳〵するころに、或叔父ちやんが持つて来て下さつたのでした。黒《くオ》は、たつたこなひだ、お家の犬になつたばかりで、もとは、そこいらの野良犬だつたのです。その次に、一ばんおしまひに、「君《チみ》」がお守に来たのです。

(「赤い鳥」大正7年7月号)

評論

評論
随筆
記録

貝殻追放

水上瀧太郎

はしがき

古代希臘アゼンスに於ては、人民の快しとせざるものある時、其の罪の有無を審判することなく、公衆の投票によりて、五年間若くは十年間国外に追放したりといふ。牡蠣殻に文字を記して投票したる習慣より貝殻追放の名は生れしとか。

今日人《こんにち》は此の単純野蛮なる審判を、吾等には無関係なる遠き世のをかしき物語として無関心に語り伝ふれども、熟々《つらつら》惟《おも》みるに現在吾々の営める社会に於ても、一切の事総て貝殻の投票によりて決せらるゝにはあらざるか。厚顔無恥なる弥次馬がその数を頼みて貝殻をなげうつは、敢てアゼンスの昔に限らず、到る処に行はると雖も、殊に今日の日本に於てその甚しきを思はざるを得ず。その横暴に苦しみつゝ、手を束ねて追放を待つは潔《いさぎよ》きには似たれどもわが生身の堪ふるところにあらず、果して多数者と意向を同じくするや否やはしらずと雖も、然かず進んで吾も亦わが一票を投ぜんには。(大正六年冬)

新聞記者を憎むの記

大正五年秋十月。

八月の中旬に英京倫敦を出た吾々の船は、南亜弗利加の喜望峯を廻り、印度洋を越えて、二ケ月の愉快な航海の終りに、日本晴といふ言葉が最も適確にその色彩と心持とを云ひ現す真青な空を仰いで、静な海を船そのものも嬉しさうに進んで行く。左舷には近々と故郷の山々が懐を開いて迎へてゐる。自分は暁から甲板に出て、生れた国の日光を浴びながら、足掛け五年の間海外留学の為に遠ざかつた父母の家を明瞭に想ひ浮べて欣喜した。

勿論自分は後にして来た亜米利加、英吉利、仏蘭西に楽しく過した春秋を回顧して、恐らくは二度とは行かれないそれらの国に、強い悔恨と執着を残した事は事実であつた。けれども、過ぎ去つた日よりも来るべき日は、より強く自分の心を捕へてゐた。常に晴れわたる五月の青空の心を持ち、脣を嚙む事を知らずに、温い人の情愛《なさけ》に取囲まれて暮す世界を描いてゐた。而してその光明と希望に満ちた世界を、形に現したのが目前の朝日の中に聳ゆる故国の山河であると思つた。

船はもう神戸に近く、陸上の人家も人も近々と目に迫つて来た。昨夜受取つた無線電信によると九州から遥々姉が出迎ひに来てくれる筈である。東京では父も母も弟も妹も、九十に近い祖母も待暮してゐるに違ひない。その人々にも今夜の夜行に乗れば明日の朝は逢へるのである。日本人には珍しい狡猾卑劣な表情を持つてゐない公明正大な父の顔、憎悪軽侮の表情を知らない温情の象徴のやうな母の顔が、瞭然と目の前に並んで浮んだ。常に何等か自分の心を打込む対象が無くては生きてゐる甲斐が無いと思ふ自分にとつて、自分程立派な両親を持つ者は世界に無いと思ふ信念に心のときめく時程純良な歓喜は無い。その父母の家に明日から安らかに眠る事が出来るのだ。幾度も〳〵甲板を往来《ゆきき》して足も心も踊るやうに思はれた。

午前九時、船は遂に神戸港内に最後の碇を下した。船の廻りに集つて来る小蒸汽船の上に姉と姉の夫と、吾々の家の知己某氏夫妻が乗つてゐて遠くから半巾を振りながらやつて来た。約三年間音信不通になつてゐた梶原可吉氏も来てくれた。久々ぶりの挨拶を済してから、此の二月の間、寒い夜、暑い夜を過して来た狭い船室にみんなを導いて、心置き無い話をし始めた。

其処へ給仕《ボオイ》が二枚の名刺を持つて面会人のある事を告げに来た。大阪朝日新聞と大阪毎日新聞の記者である。勿論自分は面会を断るつもりだつた。折角親しい人々と積る話をしてゐるところへ、見も知らぬ他人の、殊に新聞記者が割込んで、材料《たね》取りの目的で欧洲の近状如何などといふ取とめも無い大きな質問をされては堪らないと思つた。然し自分が給仕に断るやうに頼まうと思つた時は、既に二人の新聞記者が船室の戸口から無遠慮に室内を覗き込んでゐた。二人とも膝の抜けた紺の背広を着て、一言一行極端に粗野な紳士であつた。勿論吾々の楽しき談笑は此の二人の侵入者の為に中断されてしまつた。彼等は是非話を承り度いと、殆んど乞食の如く自分の前後に立ちふさがる。

兼て神戸横浜の埠頭には此種の人々がゐて、所謂新帰朝者を悩ますとは聞いてゐたが、それは知名の人に限られた迷惑で、自分の如きは大丈夫そんなわづらひはないと思つてゐたので、同船の客の中に南洋視察に行つた官立の大学の教授のゐる事を告げて逃げようとした。けれども彼等は承知しない。五分でも十分でもいゝから自分の話を聞き度いと言ひ張る。話は無い、話し度い事なんか何にも無いと云ふと、そんなら写真丈撮《うつ》させてくれと云ひ出した。

これは一層自分には意外な請求だつた。誰人も名さへ知らない一書生の写真を新聞に掲げて如何するのだらう。自分は冗談では無いと思つて断つた。すると傍の姉夫婦が口を出して、写真を撮して貰ふかはりに談話の方は許して頂いては如何だと口を入れた。自分も之に同意した。談話より時間の短い丈でも写真の方が楽だし、且は此の粗野なる二紳士を一刻も早く退散させ度いと願つたからである。其処で自分は甲板に出た。梶原氏が付添になつて来てくれた。

ちやんと用意して待つてゐた各新聞社の写真係りが、籐椅子を据ゑ、いかにも美術的の趣向だといふやうに浮袋を側に立てかけて、扨て自分を腰かけさせた。

馬鹿々々しい事だと思つた時は、もう写真は撮つてゐた。それでおしまひだと思つて立上らうとすると、新聞記者は最初の約束を無視して是非とも話をしてくれと追つて来た。約束が違ふではないかと詰つても、平気で、値うちの無いお低頭を安売りするばかりである。しまひには一分でも二分でもいゝと、縁日商人のやうな事を云ひ出した。それでは五分丈約束するから、その五分間に質問してくれと云つて、自分はかくしから時計を出して掌に置いた。

二人の中のどつちが朝日の記者で、どつちが毎日の記者だつたか忘れてしまつた。後日の為に名刺丈は取つて置いたから机の抽出しでも探せば姓名は判明するが、それは他日に譲らう。兎に角此の二人は、他人の一身上に重大な関係を惹き起すやうな記事を捏造する憎むべき新聞記者であつた。

五分は瞬間に過ぎた。時計の針が五分廻る間に自分が質問された質問と、答へた返答は左の如きものであつた。

第一の問。貴下は外国では何を勉強して来ました。経済ですか。

第一の答。私は雑学問をして来たので、何といふ一科の専門はありません。但し学校では経済科の講義を聴講しました。

第二の問。文学の方はやりませんでしたか。

第二の答。私は学問として文学を修めた事は日本にゐた時も外国にゐた時も、全くありません。

第三の問。今後職業を択ぶに就いては保険事業をお択びですか、又は慶応義塾の文科で教鞭をおとりになりますか。

第三の答。私の父は保険会社に勤めてゐますが、それも稼業といふのではなく株式会社の事ですから息子も必ずその為事をするといふ事はありません。慶応義塾になんか行つたつて教へる学問がありません。

第四の問。貴下の就職問題に就いての御尊父の御意見は。

第四の答。父は私の撰択に任せるでせう。

第五の問。外国の文藝上新運動に就いて何か話して下さい。

第五の答。別に新運動なんてものは無いでせう。日本の方がその点では新しいでせう。

恰も五分たつたので自分は最後の一句を冗談にして立上らうとした。するとたつたもう一つ質問し度いと云つて引止められた。

第六の問。今後も創作を発表しますか。

第六の答。気が向けばするでせうが、兎に角自分なんか駄目です。以前書いたものなんか考へても冷汗です。

傍から梶原氏が、あれは既に作者自身が葬つたものであると、自分の小説集『心づくし』の序文を引いて説明してくれた。

右の如く簡単な質問に対する簡単な返答で苦痛の五分が過ぎた時、自分は後には何も気がかりな事の残つてゐない爽快な心持で姉や知人の群に帰つた。梶原氏は自分の新聞記者に対する応対が意外に練れてゐると云つて称讃し、これを海外留学の賜とする口吻をもらした。『君はなかなかうまいなあ。』と云つて彼は自分の肩を叩き、自分も『うまいだらう。』と云つて笑つた。

船の人々に別れを告げ、上陸してからは先づ湯にでも這入つて、ゆつくり食事でもしたらよからうといふ人々の意見に任せて、神戸の町の山手の或料理屋につれて行かれた。姉夫婦は今夜大阪まで、梶原氏は京都まで同行しようと云つてくれた。

事毎に新鮮な印象を受ける久々の故郷は、自分を若々しくした。姉は自分をつくづく見て、何時迄たつても小僧々々してゐると云つて笑つた。

楽しい食事の後で、自分は姉夫婦と話しながら夕方迄その家に寝転んでゐた。新聞記者の事なんか全然《すつかり》忘れてゐた。

三宮駅から、夕暮汽車に乗る時に、何気なく大阪毎日新聞の夕刊を買つた。その二面に麗々《れいれい》と自分の写真が出てゐて、『文学か保険か』と大きな標題《みだし》の横に、『三田派の青年文士水上瀧太郎氏帰る』と小標題《こみだし》を振つて、十七字詰三十八行の記事が出てゐた。その中に書いてある事は自分が想像もしなかつた意外千万なもので、殊に自分を驚かしたのは所謂青年文士の談話として、自分が廃嫡されるかどうかといふ問題を自ら論じてゐる事であつた。

今此処にその長々しい出たらめの新聞記事を掲げて、一々指摘してもいゝけれど、第一の問題たる廃嫡云々が、自分の如き我家の四男に生れたものにとつて、如何して起るかと反問する丈でも十分その記事の根拠の無い事を証明する事が出来ると思ふ。自分には尚二人の兄が現存して居る。その中の一人は既に分家して一家の主人になつてゐるけれど、当然我家を相続すべき長兄を差措いて、どうして自分が廃嫡される資格があらう。自分はこれを廃嫡される権利と云はう。その廃嫡される権利を獲得するには、先づ我家の嫡男なる長兄が廃嫡されてゐなければならない。

あまりの事のをかしさに自分は抱腹して、その新聞を梶原氏及び姉夫婦に見せた。

何処からどういふ関係で、自分に廃嫡問題なるものを結び付けたかは、その時はあまりの馬鹿々々しさに存外気にもかけなかつた。自分はたゞその記事の、今朝の甲板上の五分間に取交した問答に比べて、あまり手際のいゝ譃であるのを憤つた。しかし故意《わざ》と機嫌よく些末な記事の誤りのみを人々に指摘して笑つた。

第一にをかしかつたのは『氏は黒い頭髪を中央から劃然《くつきり》と左右に分け、紺セルの背広服を着けたり』と書いてゐるが、自分は曾て頭髪を中央から分けた事は一度もない。その日も中央から分けてゐなかつた事は、該記事の前に掲げた写真でもわかるのであつた。『劃然《くつきり》と分け』といふのも事実相違で、自分は人々に自分の頭を指さし示して笑つた。日本風の油でかためて櫛の目を劃然と入れた分け方を嫌つて、自分は油無しのばさばさの髪を故意《わざ》と女持の大きな櫛で分けてゐる。『紺セルの背広服を着けたり』とあるが、自分はその日黒羅紗の服を着てゐた。

記者は先づ自分と父との間に職業問題に就き『意志の疎隔を生じ居れりとの風説』を紏したと云つてゐるが、彼は自分にむかつて、そんな質問をした事は無い。自分は父の寵児ではあつても父との間に意志の疎隔などを生じてはゐなかつた。しかし狡猾なる記者は、その失礼な質問に対して、自分が平気で返答をしてゐるやうに捏造した。『併し私の趣味が既に文学にあるとすれば、保険業者として私が父の如く成功するや否やは疑問です』と洒々として新帰朝の青年文士は述べてゐる。

幸か不幸か自分は其の後某保険会社の一使用人として月給生活をする事になつた。自分と雖も会社に於て、出世をするのはしないよりも結構である。それが『成功するや否やは疑問です』などとふてくされた事を云つてゐると思はれるのは、第一出世の妨げであり、同僚諸氏に対しても甚だ心苦しい次第である。

次に上述の廃嫡問題が出て、その廃嫡を事実にしようと運動してゐるのは『三田文学』の連中で、青年文士はその運動者に対して『私はその好意を感謝するものです』と云つてゐるのである。

想ふに此の記事の筆者は極めて想像の豊富な人であらうと思ふ。第一文章がうまい上に、知らない人が読むと如何にも真実《ほんと》らしく思はれる程無理が無く運んでゐて、此種の記事にはつきものの誇張を避けたところなどは、譃詐《うそいつはり》の記事では黒人に違ひない。

殊に最後へ持つて来て『父の業を継いで保険業者になるか、友人の尽力によつて文学者になるかそれは帰京の上でなければ分らず、未だ未だ若い身空ですからね。一向決心がつきません。ハハハハハと語り終つて微笑せり』といふ一文で結んだところは、全然自分の会話の調子とは別であるが、知らない人には面目躍如たりだらうと思はれる。若しこれが他人の身の上に起つた事だつたら、自分も此の記事を信じたに違ひない。自分は此の如き達者な記者を有する大阪毎日新聞の商売繁昌を疑はない。

自分はいかにもをかしな話だといふやうにわざと平気な顔をして人々にその記事を見せたが、梶原氏も姉夫婦もひどく真面目な顔をして自分を見つめてゐるのであつた。

汽車が大阪に着くと姉夫婦は其処で下りて、自分は梶原氏と二人で残つた。さうして京都迄の小一時間に所謂水上瀧太郎廃嫡問題なるものの由来を同氏によつて伝へられた。

此の無責任極まる記事は初め東京朝日新聞に出たのださうだ。憎む可き朝日新聞記者の一人は我家を訪ひ、父に面会を求めてその談話と共に、無理に借りて行つた自分の写真とを並べ揚げて、世人の好意を迎へたのださうだ。

自分はその朝日の記事を知らない。しかし元来自分が廃嫡の権利を持つてゐない限り問題となる可き事柄で無いから、我が父の談話といふのも勿論耻を知らぬ記者の捏造したものに違ひないけれども、その記事を読む人間の数を思ふ時、自分は平然としてはゐられなかつた。

殊に自分を怒らしたのは、その朝日新聞の下等なる記者が、老年病後の父に対して臆面も無く面会を求め、人の親の心を痛める事を構へて、之を問うたといふ一事である。自分の帰朝期日の予定より早くなつたのも、父の健康が兎角勝れず、近くは他家の祝宴に招かれた席上昏倒したといふ憂ふ可き事の為であつた。物質的に酬はれる事の極めて薄かつたにも拘らず、日本の実業家には類の無い、責任感の強い父が一生を捧げた事業から退隠した時、最も父を慰めるものは吾々子等の成長であるに違ひない。その子等の一人の、長らく膝下にゐなかつた者が、幾年ぶりで帰つて来るといふ矢先に、不祥なる噂を捏造吹聴され、天下に之を流布すべき新聞紙の記事に迄されたといふ事は、親として心痛き事であると同時に、世の親に対して、如何にも無礼暴虐である。彼をおもひ之をおもふ時、自分は心底から激怒した。

京都で梶原氏に別れると直ぐに手帖を取出して、先づ大阪毎日新聞に宛て、夕刊記載の記事の捏造である事、その記事を取消すべき事、その捏造を敢てしたる記者を罰すべき事を書送るつもりで草案を書き始めた。先づ目に触れたものから、溯つて朝日の記事一読の後は、それにも一文を草して送り詰らうと思つたのである。

自分が久しぶりで帰つた故郷の第一日は、かくて不愉快なものになり終つた。新聞社へ送る難詰文を書き終り、手帳をとぢて寝台に這入つても、安《やす》かに眠る事は出来なかつた。

翌朝、愈々東京へ近づいて行く事を痛切に思はせる旧知の景色が、窓近く日光に輝いてゐるのを見た時、自分は再び爽かな心地で父母の家にかへりゆく身を限り無く喜んだ。口漱ぎ、顔を洗ひ、髯を剃つて、一層晴々した心持になつて食堂へ這入つて行つた。

何処にも空いた食卓は無く、食卓があれば必ず知らない人がゐた。つかつかと進んだのが立停つて見渡して、駄目だと思つて引返さうとすると、一隅の卓にゐた若い紳士が自分を呼び止めて、その卓に差向ひではどうだと云つてくれた。自分は喜んで会釈して席に着いた。

給仕に食品の注文をして、手持無沙汰でゐると、既に最後の珈琲迄済んだその紳士は、いきなり自分に向つて話しかけた。『貴方は今朝の新聞に出てゐる方ではありませんか』と、訊ねるのである。自分は驚いて彼の顔を見た。紳士は、かくしから一葉の新聞を出して自分に見せた。大阪朝日新聞である。『文壇は日本の方が』といふ変な題が大きな活字で組んであつて、傍に──ズツト新らしい──と註が這入つてゐる。此の題を見て自分は肌に粟を生じた。世の中に洒落の解らない人間程怖ろしいものは無いと云つた人があるが、此の記事の筆者の如き最も洒落の解らぬ人間であらう。自分は記者両人の愚問を避ける為に、文藝上の新運動如何の問に対して新しいのは日本だと答へたが、その時の自分の語気から、それが其場限りの冗談に等しいものだつた事は、誰にもわかる筈であつた。馬鹿に会つてはかなはないと思つた。

けれども更に考へてみると、此の記者も亦記事捏造の手腕に於ては、大阪毎日の記者に勝るとも劣らない黒人藝である。或は自分の言葉は勿論まともに取る可きものとは思はなかつたが、一寸標題として人目を引き易い為、わざとそのまゝ載せたのかもしれない。怖ろしいのは洒落の解らない奴よりも、責任感の無い奴が一層だと思はざるを得なかつた。

此の記事によると、初めて自分の廃嫡問題なるものを捏造掲載した時の標題は『廃嫡されても文学を』といふのであつた。浅薄な流行唄の文句のやうなこんな標題で、ありもしない悪名を書き立てられたのかと思ふと、自分の心は暗くなつた。

あまりにくだくだしい捏造指摘は自分ながら馬鹿々々しいから止めるが、日本新聞界の両大関と自称する毎日朝日の記者が、一人の口から出た事を全然違つて聴取つた事実を、此の二つの記事を対照して見る人はあやしまなければならない筈だ。二人とも全然自分勝手な腹案を当初から持つてゐて、記事の大部分は自分に面会する前に原稿として出来上つてゐたのだらうと思ふ。たゞ彼等が一致した事は、自分の黒い衣服を紺背広だと誤記してゐる一事ばかりであつた。毎日記者は『ハハハハハと語り終つて微笑せり』と結んだが、朝日記者は『苦し気に語つて人々と共に上陸した』と記してゐる。人を馬鹿にした話である。二人揃つてやつて来て二人で質問しながらお互によくも平気で白々しい出たらめを書いてゐられるものである。馬鹿、馬鹿、馬鹿ッ。自分は思はず叫ばうとして、目の前の紳士の存在を思つて苦笑した。

『どうも新聞記者といふものは譃を書くのが職業ですから困ります』と云ひながら、その新聞を持主に返へした。『それでも貴方のお話を伺つて書いたのでせう』と若い紳士はいかにも好奇心に光る目で自分を見ながら聞き出した。自分は不愉快な気持で食事も咽喉を通らなくなつたが、簡単に神戸港内の船中で二人の記者に迫られて四五の問答を繰返したのが、こんな長い捏造記事になつたのだと説明した。さうして肉刀をとり、肉叉をとつて話を逃れようとした。すると相手は給仕を呼んで菓物とキユラソオを命じ、巻烟草に火をつけて落ついて話し出した。食後のいい話材を得た満足に、紫の烟は鼻の孔からゆるやかに二筋上つた。

自分が如何に説明しても、彼は矢張り新聞の記事を信じるらしく、少くとも廃嫡問題の将来に最も興味を持つ心持をかくしてもかくし切れないのであつた。『兎に角才能のある方がそれを捨てるといふのは惜しい事ですから』などと一人合点で余計な事をいふのである。自分は苦笑しながら食事を終つた。

東京に着いて、母や義妹や親類、友だちに久々で逢ふ時、自分はもう悄気てゐた。誰しも自分を異常なる出来事の主人公と見做してゐるらしく思はれてしかたがなくなつた。あれ程心を躍らして待つた父母との対面にも、自分は合はせる顔が無いやうに思はれた。自分が東京に着く前に既に関西電話が伝へられて、毎日朝日と同じやうな記事が都下の多くの新聞に出てゐた。

その日から我家の電話は新聞社からの電話で忙しく鳴つた。玄関に名刺を出すごろつきに等しい新聞記者を一人々々なぐり倒したくいきまく自分と、それらの者の後日の復讐を恐れる家人との心は共に平静を失つてしまつた。老年の父母が、自分が憤りの余り、更に一層彼等から急地の悪い手段を以て苦しめられる事を気づかふのを見てゐると、遂々自分の方が弱くなつてしまつた。

社へ宛てて書いた難詰文も破いて捨てなければならなかつた。あまりに多数のごろつき――自分は此処にごろつきといふ文字を新聞記者と云ふ文字と同意義に用ゐる――の玄関に来るのを歎く母の乞ひを容れて、中の一新聞を択んで面談し、事実を語る事を承知して、折柄電話で会見を申込んで来たタイムス社の記者と称する者に丈け逢ふ事に決めた。

二人のタイムス記者と称する者が大きな風呂敷包を持つてやつて来た。自分は勿論ヂヤパン・タイムスと信じてゐたので、そのつもりで話をしてゐた。彼等は巧妙に調子を合せてゐる。自分は教はりはしなかつたが、慶応義塾の高橋先生は今でもタイムスに筆を執つて居られるか、といふ問にも然りと返事をしたのである。さうして約三十分は過ぎた。すると二人の中の一人は俄に話をそらして、実は今日は別にお願ひがあると云ひながら、その持参の風呂敷を解いて、「和漢名画集」といふものを取出し、それを買つてくれと云ひ出した。創立後幾年目とかの紀念出版だといふのである。自分は勿論断つたが、それならお宅へお買上を願ふから取次いでくれといふので、為方なく奥へ持つて行つた。母は買つてやつて早く帰した方が無事だと云ふのである。馬鹿々々しい、こんな下らない物をとは思つたが、母の心配してゐる様子を見ると心弱くなつた。とう〳〵自分はなけなしの小遣から「和漢名画集」上下二冊金四拾円也を支払はされた。

ところが後日聞くところによると、このタイムス社は、ヂヤパン・タイムス社ではなく、日比谷辺りに巣をくつてゐる人困らせの代物であつた。自分は自分の人の好さをつくづくなさけなく思ふと同時に、かゝる種類の人間の跋扈する世の中を憎んだ。

新聞雑誌の噂話に廃嫡問題の出る事は尚しきりに続いた。大正二年の春、憎むべき都新聞は三日にわたつて『父と子』なる題下に、驚くべき捏造記事を掲げた事があつた。その記事の記者は自分が曾て書いた小説を、すべて作者の過去半生に結びつけて、ありもしない恋愛談迄捏造した。厚顔にしてぼんくらなる記者は、その記事の最後に、『彼は今英国のケムブリツヂにゐる』と書いて、御叮嚀にも剣橋大学の写真を掲げた。当時自分は北米合衆国マサチユセツ州のケムブリツヂといふ町にゐたのである。

その都新聞の切抜を友だちの一人が送つてくれた時、自分は随分怒つた。しかし考へてみると、あと形も無い恋愛談も、あと形もない廃嫡問題よりは、少くとも愛嬌がある丈けましであつた。自分は自分が如何に此の下等愚劣なる賤民、即ち新聞記者の為に其後も屢々不快な思ひをさせられたかを述べる前に、ついでに出たらめの愛嬌話を添へて僅かに苦笑しようと思ふ。

大正五年十月二十七日発行の保険銀行時報といふ新聞には、二つの異なる記事として自分の事を材料とした捏造記事が出てゐる。記者はさも消息通らしい筆つきで書いてゐるのが寧ろ気の毒な程愛嬌があるけれども、書かれた者にとつては、矢張り憎む可き記事であつた。

第一は『保険ロマンス』といふ題下に『此父にして此子』といふ標題で、例の廃嫡云々が噂に上つてゐる。その記事によると或人が例の廃嫡問題を、我父に質問したといふのである。如何に父の齢は傾いたと雖も自分の四男を嫡男だと思ひ違へるわけが無い。然るに此の記事によると、父も亦その問題を事実起り得るものとして返答をしてゐるのである。記事の捏造である事は敢て論ずる迄もあるまい。

もう一つは『閑話茶談』といふ題で身に覚えの無い艶種である。『三田派の新しい文士に水上瀧太郎といふのがある。それにカフヱ・プランタンの（春の女）と（秋の女）が競争でラヴしてゐたことなどは文壇では夙に誰も知りつくしてゐたが、一般の世間はまだ余り知つてゐない』といふ冒頭で、同じく廃嫡問題に言及し、最後に『それにつけても余計なことだが、彼の派手な華やかな明るい感じを持つた（春の女）と寂しい静かなおとなしい（秋の女）は君の帰朝したことを知つてゐるかどうか、今は誰もその姿を見た者もない』と結んだ。

自分はカフヱ・プランタンといふ家に足を踏入れたのは前後三回きりである。一体に日本のカフヱに集る客の様子が、自分のやうな性分の者には癪に障つて堪らず、殊に一頃半熟の文学者に限つてカフヱ辺りで、しだらなく酔払ふのを得意とした時代があつたが、そんなこんなで自分はカフヱを好まない。プランタンといふ変な家もその開業当時友人に誘はれて、一緒に食事をした三回の記憶以外に何も無い。第一（春の女）（秋の女）などといふ女は当時はゐなかつた。これも亦自分は惚れられる権利を持つてゐないので、記事の捏造なる事は疑ひも無い。

驚く可き事は、初め憎むべき東京朝日新聞の記者の捏造した一記事が、それからそれと伝へられて、真の水上瀧太郎の他にもう一人他の水上瀧太郎が人々の脳裡に実在性を持つて生れた事である。此の水上瀧太郎は某家の嫡男で、その父と父の業を継ぐか継がないかといふ問題から不和を生じ、廃嫡になるかならないかといふ瀬戸際迄持つて来られた。勿論物語の主人公だから世にも稀なる才人である。新聞記者の語をかりて云へば天才といふものなのである。

ところが真の水上瀧太郎は新聞記者の伝へた都合のいゝ戯曲的場景の中に住んではゐなかつた。彼は天才でもなんでもない。彼はもつたいない程その父にその母に愛されて成人した。彼が小説戯曲を書いて発表したのは事実である。しかも曾て文筆を持つて生活しようと考へた事は一度もなかつた。彼の持つて生れた性分として、彼は身の囲《まはり》に事無き事を愛し、平凡平調なる月給取の生活を子供の時から希望してゐた。勿論自分自身十分の富を有してゐたら月給取にもなり度くなかつたらう、恐らくは懐手して安逸を貪つたに違ひない。彼は落第したり、優等生になつたり出たらめな成績で終始しながら学校を卒業し、海外へ留学した。父が保険会社の社員だつたといふ事は彼の学ばんとする学問には何の影響をも持つてゐなかつた。父とも約束して、彼は経済原論と社会学を学ぶつもりで洋行した。しかし学校の学問は面白くなかつた。学者となるべく彼はあまりに人生に情熱を持ち過ぎてゐた。時にふと気まぐれに保険の本を買ひ集めたり、図書館へ通つて研究する事もあつた。しかしそれが彼の留学の目的ではなかつた。足かけ五年の年月の欧米滞在中彼が学んだ事は何であるかといふと、それは人間を愛する事と人間を憎む事である。最もはげしい愛憎のうちに現るゝ人間性を熱愛する意志と感情の育成に他ならない。彼は不幸にして他人を愛する事が出来なかつた。そのかはりにその父母兄弟姉妹を、自分自身よりももつと愛する嬉しい心をいだいて帰朝した。それだけの人間である。

自分は自分を第三者と見て、上述の如き記述をした。しかしその真の自分を知つてゐる者は自分以外には数人の友人の他に誰もない事実を思ふと、流石に寒い心に堪へ難くなる。一度東京朝日新聞に奸譎邪悪憎む可き記者の為に誤り伝へられてから、自分の目の前に開かれる世界は暗くなつた。或学者は人間の愛を説いて、愛とは理解に他ならないといふ。それを愛の一部だとかしか考へない自分も、無理解の世界誤解の世界には生きてゐられない。見る人逢ふ人のすべてが、新聞によつて与へられた先入観念で自分を見る世界が、自分にとつてどんなものであるか、恐らくは人をおとしいれる事を職とする憎む可き程浅薄低級なる新聞記者には理解出来まい。

自分を知らない人で、朝日その他の新聞の捏造記事を見た人は、殆どすべて彼の記事を真実を語るものと思つたに違ひない。友だちの中にも、知己の中にも、彼の記事を信じた人がある。自分は屢々初見の人に紹介される時『例の廃嫡問題の』といふ聞くも忌はしい言葉を自分の姓名の上に附加された。打消しても打消しても、人は先入の誤解を忘れなかつた。甚しいのになると、自分に兄のある事を熟知してゐながら、尚且廃嫡問題が自分の身に起らんとしてゐるのだと考へる粗忽な人も多かつた。否その粗忽な人ばかりだと云つてもいい程、人々は憎む可き記者の捏造の世界に引入れられてしまつた。たとへその記事を全部は信じなかつた人も、多少の疑念をいだいて自分を見るやうになつた。自分を見る世界の目はすべて比良目の目になつてしまつた。幸にして自分は衣食に事欠かぬ有難い身の上であつたし、幸にして奉公口もあつたから、その点は無事であつたが、若しまかり間違つたら、此の如き記事によつて人は衣食の道をさへ求め難きに至る事は、想像出来ない事ではない。

幸にして自分は独身生活を喜んでゐるから、その点は心配はなかつたが、仮りに自分が配偶を探し求めてゐるとしたら、恐らくは廃嫡問題の為に、世の中の娘持つ嫡の親は、二の足を踏んだに違ひない。

要するに自分は、世間の目から廃嫡問題の主人公としての他、偏見無しには見られなくなつてしまつたのだ。多数の人間の集会の席に行くと、あちらからもこちらからも、心無き人々の好奇心に輝く目ざしが自分の一身にそゝがれ、中には公然指さして私語する無礼な人間さへある。

如何に寛容な心を持ちたいと希ふ自分も、かかる世の中に身を置いては、どうしても神経の苛立つ事を止めかねた。どいつも此奴も癪に障ると思はないではゐられなくなる。さうして自分は一日と雖も、新聞記者を憎む事を忘れる事が出来なくなつた。

自分は決して新聞記者を、社会の木鐸だなどとは考へてゐないが、彼等が此の人間の形造る社会の出来事の報告者であるといふ職分を尊いものだと思ふのである。然るに憎む可き賤民は事実の報告を第二にして、最も挑発的な記事の捏造にのみ腐心してゐる。さうして新聞記者といふものに対して、適当なる原因の無い恐怖をいだいてゐる世間の人々は、彼等に対して正当の主張をする事をさへ憚つてゐて、相手が新聞記者だから泣寝入りのほかはないと、二言目には云ふのである。それをいゝ事にして強もてにもててゐる下劣なるごろつきを自分は徹頭徹尾憎み度い。同時にこれらの下劣なるごろつきの日常為しつゝある悪行を、寧ろ奨励してゐる新聞社主の如きも人間社会に対する無責任の点から考へれば、著しく下劣なる賤民である。自分は単に自分自身迷惑した場合を挙げて世に訴へようとするのではない。それよりも一般の社会に悪を憎み、これに制裁を加へる事を要求鼓吹し度いのだ。

根も葉も無い捏造記事の為に、幾多の家庭の平和を害し、幾多の人の社会生活を不愉快にし、幾多の人の種々の幸福を奪ふ彼等の行為を世間は何故に許して置くのか。

繰返して云ふ。自分は新聞記者を心底から憎む。馬鹿馬鹿馬鹿ツ、その面上に唾して踏み躙つてやる心持で、この一文を草したのである。（大正六年十二月十七日）

（「三田文学」大正7年1月号）

公開状＝七作家に与ふる書

田中　純　　西宮藤朝
菊池　寛　　本間久雄
柴田勝衛　　加藤朝鳥
江口　渙

有島武郎氏に与ふる書

田中　純

有島武郎様――

今日は玉稿を有難うございました。読んで居るうちに、何時になく色々の事を考へさせられました。底のない沼をのぞいて居るやうなあの作が、明日から引きつゞいていたゞく原稿で、何う発展して行くのか、何を目指して行くのか、その期待を楽しく心にかき抱いて居ります。

しかし、あなたの此の作に就ての感想は、此処では申し上げません。それは明日御伺ひした時にでも、充分話されることですから。私が与へられた此の機会では、たゞ私信を差上げるにとゞめて置きます。さうです、全くの私信なのです。

今日、里見君の処へ御伺ひした時に、「君、僕の兄貴に何か註文を書くんだつてね。兄貴も君に何か註文があるつて云つてたよ。」と云ふ御話しがありました。

註文！　註文！　考へて見ましたが、ちよいとその註文と云ふ奴が頭に浮んで来ません。あなたの作品に就て、何か註文があれば、大抵その都度、御会ひした時に話してしまつて居るやうですし、最近に発表されたまた個々の作品に就ての評論は、これ迄、機会のある毎に、文章にして発表して居りますから、それに就ても、余り申し上げることがありません。こゝではただ私信を差上げます。かうした機会ででもなければ、男には書けない私信を差し上げます。私はあなたが好きだと云ふ――一種のラヴ・レタアですね、それを今あなたに書かうとして居るのです。

作品に対する批評や註文ならば、幾らでも面《めん》と向つて話すことが出来ます。しかし、「たゞ君が好きなんだよ」と云ふ一句を面と向つて語るには、人間可なりの厚顔を要します。女に向つて、「俺は君が好きなんだよ」を、可なりお安く押し売りすることの出来る人間でも、男に向つては一寸顔を赧らめる位の反省を要します。これが、私が今私信を書かねばならない所以です。

有島武郎様――

遊蕩派随一の論客近松秋江君の説によると、私は大変理窟つぽい男なのださうです。ところが、私自身は其理窟が大嫌ひです。殊に理窟つぽい小説や芝居が大嫌ひです。秋江君が推賞して措かない岡本綺堂君の脚本なども、それが余り理窟つぽい為めに何うしても私には親しめないのです。私があなたの作を好む理由の一つは、それが所謂理窟ではないからです。理窟っぽくないからです。少くとも、理窟を感じないで読めるからです。かう云ふと、秋江君あたりは直ぐに「有島君の小説は随分理窟っぽいぢやないか」と来るでせう。丁度、僕を理窟の好きな男と見ると同じ筆法なのですね。ところが、あなた自身は、矢張り僕と同じやうに、理窟が嫌ひだと自ら許して居られるでせう。

少し理窟になりますが、理窟と云ふものは、実感の不足を補ふ為めの小道具のやうなものなのですね。作者が貯へて居る実感が不足すると、それを理窟で補はうとする。また作者が作の中に投げ入れて居る作者自身の実感を、読者が的確に実感し得ない時に、読者はその作を理窟だと云ふのです。

あなたの作を或る人が理窟だと云ひ、私が理窟でないと云ふ、その場合の相違はたゞ、観照するものゝ貯へて居る実感の量と質との相違なのです。

私はあなたに、此の後も、たゞあなた自身の実感をのみ語って下さいと云ひます。そして、その結果、あなたの作が理窟っぽいと云ふ非難を受けることが如何程多くならうとも、それに煩はされる必要は毫末もありませんと云ひます。何故ならば、今や吾々の実感を実感し得る若い読者が多数に起りかけて居るのですし、また吾々の仕事は、国民に新しい実感を与へることにあるのですから。

有島武郎様――

私は今「実感の貯へ」と云ふことを申し上げました。藝術の仕事は――それが音楽であると、絵画であると、小説であると、評論であるを問ひません――人類の偉大な「実感の貯蔵」を作ることによって意味づけられるのだと、私は思って居ります。従って、実感の貯へられて居ない、若しくはその貯への貧しい作品を、私は嫌ひます。また、さうした作家に、藝術家の名を与へることを私は恥ぢます。私があなたの出現を喜び、更にあなたを愛好するに到った最も大きな理由は、あなたの実感の貯への大きさを見たからです。

世の中に苦労人と名づけられる一種族があります。私達とは可なり縁の遠い人達です。しかし、その人達の説によると、所謂苦労の多い者ほど実感の貯へが大きいのださうです。

此の説によると、古来の偉大な藝術家で、所謂苦労が足りない為めに落第する人が幾人あるか知れないでせう。あなたなども無論落第でせう。彼等から苦労人だとされるには、あなたは余りに金持ち過ぎ、健康すぎます。

しかし、苦労人の苦労ほど当てにならないものはありません。それはあなたの方がよく御存じでせう。大多数の人に取っては苦労は常に彼の実感を鈍くしますから。

しかし私の好きな人間が玆にあります。それは所謂苦労人ではない、しかし人間の苦痛を本当に味ひ識って居る人です。私がキリストを好む所以が玆にあります。あの人には所謂苦労人らしい面影は少しもありません。彼は所謂お坊ちつやん育ちであり、その一生もむしろ多幸な一生でした。——基督教徒が彼の一生を以て辛労に充ちたもの、やうに云ふのはむしろ思ひ過ぎです。——それにも拘らず、彼の一生は偉大な実感の貯へであつた。癩病の痛苦を実感し、空飛ぶ鳥の喜びを実感し、盲目《めしい》の悲しみを実感した。彼には人間苦の実感があつたのです。

私にあなたが好きなのは、此のキリスト式な実感の貯へがあなたにあるからです。そして私自身矢張りその実感を頒《わ》け前《まへ》にして居るからです。

もう与へられた紙数を越えましたから筆を擱きます。此の上私の云ひたいことは、元より聡明なあなたには大抵想像がつくでせう。

苦労が足りないなど、云ふ非難に、あなたは耳を傾ける必要はありません。深い人間苦の代弁は、所謂苦労人には出来ない仕事ですから。

芥川龍之介氏に与ふる書

菊池　寛

芥川君！

友人たる僕が、君に公開状を書くのは稍楽屋落ちじみて、気が引けぬでもないがまあ辛抱して呉れ給へ。が兎も角、書く以上私信と同じやうに自由な気持で書きたい。

が、君の個々の創作に就ては、その時々に、僕の考へを君に知らしてあるから、今更めて何も云ふ事はないが、まあこんな機会を利用して君の作物に就ての僕の思附を纏めて置くのも、無駄な事ではあるまい。

私信でも、僕は君の創作を貶した事はない。今茲に他見を憚つて貶して見る必要もない。

僕が君の作物に於いて、最も感心して居る点は君の作物に附き纏ふ品位だ。君の作風が持つて居る品位だ。之は何んなに、君を貶し付けようとする人でも認めずには居られまい。品位と云へば、之を持ち合はした作家は一寸見当らない、夏目さんや鷗外さんには、夫がある、もとより君の作物の品位は、鷗外さんの夫に見るやうな厳粛な渋い品位ではない、が夫は君が年が若いから仕方のない事だと思ふ。

夫から、もう一つ感心して居る所は君の作にある表現の清《セレ》麗《ニテイ》だ。僕は君も知つて居る通り、ダンセニイ卿の戯曲が好きだ。卿の戯曲の表現は如何にも清麗だ、君の作から受ける感じとダンセニイ卿の戯曲から受ける感じとは何処か似通つてゐる。

表現の点に於ては僕は君に就て全く安心して居る。君は藝術に於ける表現を重視して居る。（此事では君と幾回となく論じ合つたが）、君は個々の創作に於ても君の持説に忠実だ、君は表現に絶倫の苦心をする、僕は表現と云つて置いた、夫は文壇で通用して居る意味の技巧と云ふ事とは全く別なものだ、君は「表現の仕方で内容迄が全然別なものになる」と云つて居る、ドリンクウオタアと云ふ批評家もスタイルを論じてやはりそんな事を云つて居る、君は夫程藝術に於ける表現を重視して居る、だから君は新技巧派と云はれるのを嫌に気にするだらう。君の考へて居る表現は技巧などゝ云ふ表面的のものぢやないのだから。が僕が君の此の持説に全然反対な事は、君がよく知つて居る。僕は外の事では頭のよい君の云ふ事に、大抵推服するが、君の藝術観に対してのみは全然反対だよ。

が、君の作品には大抵感心して居る。之は友人関係を全然離れてさう云ふ事が出来る、僕は君の作品の愛読者の一人だ。此頃のやうに毎月数十篇の創作が雑然と現はれる恐ろしい世の中になつては、毎月の創作を通読するものは恐らく警保局の検閲官丈だらう。従つて僕も大抵の作品は読まずに過すが、志賀君と谷崎潤一郎君と君のものと丈は、万難を排して読んで居る。読めば必ず酬いられるからだ、殊に僕は読む事が一の労働であるやうな作品は余り読みたくない。

が、僕は今迄君の作品で涙をこぼさゝれた事は一度もなかつた。君は「本当の藝術に対する感じは「恍惚たる悲壮の感激」である」と云つたが、さうした「悲壮の感激」を君の作を読んで懐いた事がなかつた。僕は其点を不満に感じて居たが、今秋君が大阪毎日に書いた「戯作三昧」を読んで初て夫に近い感激を得た。あれは全くよかつた。年が老いて段々目が悪くなり、自分の創作に対する悪評を聞いて気を腐らせたり、老年の寂寞を感じて居る曲亭馬琴が、一旦戯作の筆を取ると、旺然たる創作の歓喜《エクスタシイ》の中に、凡てを忘れて這入つて行く所は、本当に涙がこぼれる程よかつた。君の創作の中では、あれに勝る傑作はない。そしてあの作は君が歩むべき本道の第一の標石にするといゝと思つた。

江馬修氏に与ふる書

柴田勝衛

「個性の力」、此の二三年程恁うした心持が苦しい程力強く僕の胸を圧附けて来た年はなかつた。新しい時代を生む程の作家に恁うした力のあるのは勿論の事であらうが、それと同時に古い時代から今日まで生き延びて来た作家にも亦此の力はある。それは表面ばかりの模倣や、借り物の思想丈では、何うする事も出来ぬ所の何ものかである。謂はば作家の実感から生み出される本当の欲求、真底からの苦悩の叫びであらねばならぬ。作家の人格其者であらねばならぬ。それ故毎月色んな人々の作品を読んで居る間にも、此の怖ろしい力が絶えず僕を惹附けずには置かなかつた。そして其の作家の個性の裡に、又それが作家の生活を通して時代の精神と反映する所に、批判の必要と興味と欲求とを唆された。

斯かる心持で居た僕が、初めて君の「受難者」を読んだ時には、君の有つて居る個性の力に殆んど脅かされ懸けた気持であつた。そして今度の「暗礁」を読むに至つて、再び個性の力の怖ろしさと云ふ事を沁々感ぜしめられた。勿論其処には君と同時代に生れ合はした人達の皆な有つて居る共通の精神も含まれて居るだらう。又あれ丈の労作を発表す可く君の与へられた機会と舞台との上の達運と云ふことも考へられないではない。併し乍らそんなものは君の個性の力の前に何も有たない。否な恐らく君には微傷さへも負はすことが出来ないだらう。「受難者」と「暗礁」との間には「澄子の兄」と云ふ短篇もあつたが、それにも君の個性の力はよく出て居た。そして此の三者の間には君の人格の発展が顕然と窺はれる。僕は此の発展こそ君が君の個性と時代精神との反映によつて贏ち得た生命だと信じて居るのである。

「暗礁」は君が是れ迄の作中で最も優れた作である許りでなく、新らしい時代の生んだ現実的の小説を代表する所のものであらう。あの中には母と子、夫と妻、乃至は兄と弟などの肉身的愛情、又其の人達の共有して居る博い人類的愛情が、実際生活の上に働き懸ける場合に、其の人達の性質、境遇或ひは感情によつて、如何に種々雑多な強度を以て現はれ、又如何なる響きを他人の精神に向けて与へるものか、左様いつたやうな事が君の生一本な、力強い筆によつて精細に描き出されて居る。前後七年間にも亙る長い生活事実の中から、あれ丈の精髄を摑み出すと云ふ事は、創作欲の熾んな作家に取つては別に怪しむに足らぬとしても、人と人との精神的葛藤の中に自己を没入して、而かも自己を無にする事なく、あれ程精緻に現実を再現した作家の心臓の疼みと努力とを想はずには居られない。

斯くの如く君の「暗礁」は、君の有つて居る個性の力と君自身の摑んで居る現実の相《すがた》とを明晰りと表現して居たに関はらず、又其処には巧まずして出来上つた自然の構図と、それを解体して行く読者の僕に取つては、宛かも糾はれた縄を解いて行くやうな興味とがあつたにも関はらず、唯一つ不満を避けることの出来ぬものがあつた。それは君が君自身を観る事に於て余りに利己的であつたと云ふ事である。恁う云ふのが悪ければ、君は君自身を省察する場合、乃至は君自身をあの小説の中の一性格として描く場合に於て、君の純一な真摯な深刻なヒユウマニテイが、小さな不純な利己心に禍ひされたと言つても好い。或ひは又君が君の鋭利なメスを以て君自身の心臓を剖く時に、其の痛みの予想に打たれて解剖の手を多少なりとも弛めた傾きがあると言つても好い。兎に角さうした心境の弛みがありはしなかつたか。尠くとも恁うした感じが此の僕の感覚から最後まで離れなかつた。

自己の矜恃を語るのに何の躊躇も要らない。また自己の信念を伝へるのに何の遠慮も要らない。けれど「暗礁」に現はれて居る君の性格は、余りに幸福な境地のみを選んで居る。之を逆に言へば、自己の周囲にあれ丈の不幸を有つて居る君としては、君の幸福は余りに内容が空粗過ぎては居ないか。君が他の性格の解剖にはあれ丈の強い個性の拡充とあれ丈鋭い手練とを示して置きながら、君自身が一個の性格として描写の対象に立つ場合になると、何う云ふものか矜恃と才能とを喰ひ飽きて、切つても血の出ない程丸々肥つた一理想的人物としてのみ現はれて来るのが、僕には何んなにか不思議に思はれたであらう。大きな矛盾である、そして君丈に惜しい矛盾である。然し翻つて考へてみれば、恁うした矛盾も当時は君の本当の心持であつたかも知れない、又それから可なり時間の経つて居る今日では、君も亦此の矛盾に気が附いて居るかも知れない。が、僕には此の矛盾が堪へられなかつた、君の作に畏敬し君を愛すれば愛する程、残念さが増して来る。

「個性の力」、此の力を示して呉れた君の作に感謝すると共に、君の将来の発展を祈つて、此の稿の筆を擱く。

里見弴氏に与ふる書

江口　渙

　里見君。まだ一度もお眼に懸つたことのない君へ、そしてまだ一度も文通をしたことのない君へ、今こゝで突然公開状を書く私の非礼をお許し下さい。その上、里見さんと書かずに里見君と書き、あなたと書かずに君と書くことの非礼をも併はせてお許し下さい。

　以前文壇的に不精であつた私が始めて君の作を読んだのは、たしか「朝日」に出た「母と子」でした。その時繊く然かも鋭い線でいかにもきび〱と書いて行つたそのうまさと、人間の心裡に鋭い刃を入れてぐい〱と切り開いて行く気持好さとに私はすつかり感服しました。無論たゞ感服したのです。敬服したのではありません。其後、中央公論で「題をつけない小説」を読み、更に「嫂の死」を読んで私は益々君の潑剌たる才気に撃れました。そして「里見つて云ふ男はうまいなあ」と一人で考へてゐるうちに、何時の間にか君は文壇の寵児になつてゐました。

　実際君は文壇の寵児です、少しく大袈裟に云ふならば、本年前半期の文壇は君一人の文壇であつたと云つても好い程です。少くとも作の数と大向ふの懸声とを土台にして考へるならば、さう云つても敢て過言ではないやうです。そして芥川党であり谷崎（兄）党であつた私も同時に何時か里見党になつてゐました。然るにものゝ半年と経たないうちに君の姿はすつかり変つてしまひました。段々軽佻な風が見え、妙に上づつて喋ぎ切つてその上足が地面につかなくなりました。全く近頃の君はあまりに好い気持になりすぎてゐます。

　世間では君の心理解剖に大変喝采を浴せてゐます。そして君自身も今のところ心理描写の作家をもつて自任してゐるらしく思はれます。少くとも心理描写が君にとつて最もイージーな途のやうに見受けられます。それを私は何も非難しようとは思ひません。唯私が云ひたいのは「心理解剖家としての里見弴君」が存在するとともに、他に「詩人としての里見弴君」が存在することを忘れてはいけないと云ふことです。勿論聡明にして英俊な君にしてそれを知らないわけはありません。然し近頃すつかり歩きなれた心理描写の途のあまりに歩き易いがために、他にも存在する君自身の途をつい〳〵忘れて終ふのではないでせうか。例へば「失はれたる原稿」の如き、又は「銀次郎の片腕」の如きもの、中にこそ、今や君自身からも忘れられやうとしてゐる「詩人としての里見弴君」の好いジヤームが覗いてゐると思はれます。こゝに云ふ「詩人」と云ふ意味は無論、アレキセイ・トルストイが詩人であり、ゴリキイが詩人であると云ふ意味に於ける詩人です。そして君の詩人と君の心理解剖者とがぴたりと一つになれた時、その時こそほんとうの君自身の途が現はれて来るのではないでせうか。

里見君。君をして潑剌として水を打つて躍り上る鯉魚の如くに、文壇の表面に躍り上らせたものは、云ふまでもなく君の縦横に奔る才気です、その煥発する才気はまことに卓厲風発の趣があつて、人をしてそゞろに声を放つて讃嘆せしむるに足るものがあります。然しあまりに才を頼み才を弄し、才を誇りすぎた君は、今や却つてその才のために見す〳〵身を過らうとしてゐます。よしや身を過るに到らないまでも、今のまゝでは君の才気は君の上に決して好い結果を齎らしはしないと思ひます。

殊に君が先月の本誌で云つたやうに、「死ぬまでに、たつた一度で好いから本当に立派な作が書きたい」ならば、その上今がその「準備の時代」であるならば、君は今のうちに一刻も早く君の才気と別れなければいけないと思ひます。才人は才人を超越することに依つてのみ、始めて本当のえらさを造り出すことが出来るのではないでせうか。才人が才人をもつて自任することにのみ終始する時、もうその才人の未来は見えてゐます、これが聡明な君に解らないはずはありません。それなら何故一刻も早くその「才人里見君」を超越しようとはしないのですか。才人を超越することの困難がいかに大きくあるにせよ、又才人であることの心易さが同じくいかに大きくあるにせよ、君自身を本当に生かすことを希ふならば、全く心から希ふならば、君は全力を挙げて「才人里見弴」を超越すべきであります。殊に才気は往々にしてその人から大切な気品を奪ふものです。かう云ふ意味に於いても君はまさしく君自身の才気を退けるのがほんとうです。たゞでさへ君は人を抜き撃ちに合はすやうな作家です。故に尚更その才気に要心をしなければ、何時かは自然と鞘走つて折角の銘刀も空しく君自身を殺すやうなことになるでせう。

里見君、云ふ可きことはまだうんと有りますが、紙数が尽きたからこれでやめます。たゞ最後に一と言附け加へたいのは、云ふまでもなく君の近頃の濫作です。濫作も時によれば……この春時分の君のやうに新に世間を背負つて立つた充分脂の乗つた時ならば好いかも知れません、それは君自身が書くと云ふよりも、むしろ世間の人気が君に乗り移つて書かすのですから、大した破綻もないかも知れません。然しその脂ののりも決してさう長く続くものではありません。後半年に於ける君の失態はまさしくそれを証してあまりあります。
　里見君。君の「幸福人」に依れば君の食ふための生活は甚だ安定の様子です。故に作家としてそれだけの充分な強味をもつてゐるならば、何を好んでこれほどまで濫作をするのですか。私にはそれが不思議です。怖らく君は十分自重しやうと思ひながらも雑誌社の巧妙な依頼に逢ふと見す〳〵ころりと落ちるのではないでせうか。この落ち易いと云ふことは本当の藝術家の上に決して幸をもたらすものではありません。故に今君は必ず雑誌社撃退に対しても十分な努力を尽されんことを切望します。これは文壇の寵児にとつて如何しても忘れてはならないことです。妄語多罪。

豊島与志雄氏に与ふる書

西宮藤朝

豊島与志雄様
　私は生れてから公開状といふものを未だ一度も書いた事が御座いませんし、又書かうといふ気持になつて見た事も御座いません。更に又公開状とは何麼性質乃至意義を持つたものであるかさへよく考へて見たことがありません。ですから昨日本誌の中村氏から話がありましてから、一応は承諾しましたものゝ、殆んど何を書いていゝかわかりませんでした。公開状といへば何だか作者に註文するとか、警告するとかいふ意味を持つてゐるものらしくも考へられます。けれども私は、作者に特に註文したり警告したりする程の勇気と興味とを持つてゐません。それで私はあなたの創作を読んだ感想の一部を文字にして見るといふ位の意味で述べて置くだけに止めます。
　私は勿論あなたには何の位創作の数があるか知りませんし、又従つてあなたのものを全部読んだ訳でもないのです。唯『生あらば』一巻に集められた『恩人』以下の五篇と『亀さんの死』と『煙草』と、題を忘れたが其外のもの一二篇とを読んでゐるに過ぎません。私はこれらの僅か計りのものから受けた印象を基礎としての感想を書くのですから、或は半面観に堕すかも知れませんが、それは止むを得ません。

豊島与志雄様
　あなたは嘗つて『文章世界』の本年六月号に、創作の実験を述べてゐるのを私は読みまして、非常に興味を覚えました。あなたは『或る書きたいものが出て来た時、それを求めるのに可なりの時間を費します。主観ばかりが先に走る時は創作の危機です。また材料ばかりが出て来る時も創作の危機です。そして私は可なり長く、筆をつける前に種々な苦しみを経ます』と其中に云つてゐられました。これはあなたの創作の際の覚悟やあなたの創作の特色をよく暗示する言葉と思ひます。あなたの創作を読みますと、主観と客観とがよく渾然と溶け合つて、『纏つたユニツクなもの』となつてゐます。而して筆を執る前に材料をすつかりムラの無いやうに、生《なま》なところが無いやうに消化してゐるやうです。近頃の人道主義とか新技巧派とか言はれる多くの新しい作家は、何うも『ユニック』なところが無いやうでありますが、あなた丈けは此点に於いて他の作家よりもすぐれてゐるやうに思はれます。

　併し同じユニックであると言ひ乍ら、作者の態度が、主観の方に面してゐるものと、客観の方に面してゐるものとあります。主観と客観と両方に面してゐる藝術もあり得ないと共に、又何れにも面してゐない藝術もあり得ない。何れかに面してゐなければなりません。此の場合客観に面してゐると、自然主義の藝術となり、主観に面してゐると理想主義の藝術となります。正宗白鳥氏の作品が同じくユニックなものでありながら、作者の態度が客観に向つてゐるのですから、自然主義の作品となります。けれどもあなたの態度は主観に面してゐます。其処がまアあなたの、人道主義者或は理想主義者としての出発点であります。

豊島与志雄様

　あなたの藝術がユニックであり、而もそれが主観に向つてゐることは前にも申し上げた通りでありますが、然し未だ何となく物足りなさを感じさせられるやうです。その原因はあなたの主観に関する問題にあると思ひます、取り入れた材料に溶かし込んだあなたの主観は、何うも唯センチメンタルな分子のみが勝つてゐるものゝやうであります。例へば彼の『生あらば』にしても『恩人』にしても、よくそれがわかります。もつと大きな、深さのある、従つて大切な感情に折角触れようとして近附いて行つては、触れないで通り過ぎてしまひます。あなたの創作を読んでゐますと、始終さういつたもどかしさが繰返へされます。あなたの主観にはセンチメンタルな浅い感じの皮がかゝつてゐます。それを突破つて、ほんとうの主観の泉を探り出さなければ、藝術に『深さ』或は『力』といふものが出て来ないでせう。あなたはもう少し此のまゝでゐると、其の感情の表皮が一種のマンネリズムになるかも知れないと思ひます。あなたの藝術が将来此の皮を突破つて内部に深く進んでゆくか何うかといふ大切な場合に臨んでゐます。而して又、此の表皮を突破つてから何うなるかといふ事も重大事です。動もすれば、多くの深酷らしい藝術家の如く、深い感情を摑まないで、理智或は概念を摑み易いのであります。又斯うした感情の表皮を突破らんとすれば、動もすれば、あなたの藝術のユニックな特色を破壊し易いのでありますけれども、飽迄も其れを失はないやうにして、其の表皮を突破り、概念に堕ちないやうに主観のまことの泉を深く掘り出す時に、あなたの藝術は更に立派なものになると思ひます。

志賀直哉氏に与ふる書

本間久雄

志賀直哉様

あなたにはまだ一度もお目にかゝつたことはありませんが、

あなたの藝術を通して、あなたといふ人を想像したのは可なり前からのことであります。しかし、たゞ想像したゞけで、別にあなたといふ「人」に対しても、又、あなたの藝術そのものに対しても、私は今しつかりした何等の見解を持つては居りません。ですから、公開状めいたものをあなたに対して書くことは差し控へた方がよいのですけれども、先日本誌のNさんへ、あなたへの公開状めいたものを書くことを私はつい安請合に請合つて了つたものですから、ついこんな纏りのつかないものを書くことになつたのです。

尤も安請合——いやな言葉です——に請合つたといふわけでもありません。実は、これを機会に、あなたの作物——嘗つて読んだものは読みかへし、まだ読まないものは新しく読んで、あなたの作物を全部読んで、そして、あなたに対する私自身の忠実なるアプリシエーションを纏めようと思つたのでありました。そしてそれをあなたに見て貰ふためといふよりも、私自身の満足の為に纏めようとしたのでありました。

かういふ動機からあなたに対する公開状を書くことを私は請合つたのでありました。しかしさま〴〵な事実はつひに、私に、あなたの作品とあなたの人とを忠実にアプリシエートする時間の余裕を与へませんでした。で、それは他の日にゆづり、こゝではこんなほんの一寸したあなたに対する感想を記すに止めるやうなことゝなつたのであります。

私がはじめてあなたの作を読んだのは、何でも五六年前「白樺」に出された『児を盗む話』と題するものであつたと記憶します。あれを読んだとき私は一種の驚異を感じました。そして作者たるあなたのテンパラメントの特色的であること、天才的であることに非常に感心しました。そしてこの特色的なあなたが、どういふ径路を取つて将来を進まれるかといふことに私かに少なからぬ一種の期待をかけざるを得ませんでした。

その後暫くは、しかし、私はあまりにあなたの作品に接する機会を得ませんでした。あなたもあまり多くは書かれなかつたやうでした。あなたの最近に公けにされたものでは短篇集『大津順吉』とか本誌の八月号所載の『好人物の夫婦』などを読みました。評判の『和解』はまだ読んでゐません。あなたの最近のこれらの作品に依つて私はます〳〵あなたのテンパラメントの特異であり天才的であることを知りました。そしてあなたに対する敬愛の念を一層深めました。

『大津順吉』の中では「大津順吉」よりもやはり「児を盗む話」とか「不幸なる恋の話」などに私は却つて興味を感じました。「好人物の夫婦」は恐らく最近の小説壇で最も注目すべきもの、一つだと私は考へます。あの、今までさうだとばかり思つてゐた妻君が、夫から下女の妊娠が夫の所為でないといふことを打ち明けられて、思はずほろりとするあたりなどは実に人生の機微を穿つたものとして深く感服してゐます。

私は前に、あなたのテンパラメントが特色的だとか天才的だとか申しました。それならどう特色的であるか、どう天才的であるかといふことを申し上げなければなりません。理由を示さない単なる批難が悪罵であると同じく理由を示さない単なる賞揚が結局単なる追従に外ならないからであります。しかしこゝでは私は前にも申上げた通りこのことについての纏つた意見を申上げることの出来ないのが残念です。たゞ簡単に私の意のあるところを申しますと、あなたのテンパラメントは非常に複雑な近代人のそれです。ヒューマニステックな一面とダイアボリカルな一面とが相闘ひながら不思議に錯綜し混合してゐるといふのが、あなたのテンパラメントであるやうに思はれます。尤も現在のところでは前者よりも後者の方がより多くの領域をあなたの「気質」内で占めてゐるやうではありますが。人道的と悪魔的と、この相反する二方面が、而も相闘ひながら並存してゐるといふことはたしかに一種深刻な事実です。そしてその深刻さは藝術家の気質としては、まことに得易くない、貴いものであることは申すまでもありません。

私は、あなたが、この相反した二方面の争闘を一層深く意識されることを望みます。決して所謂ヒューマニズムの作家になられないことを望みます。同時に決して所謂悪魔主義の作家になられないことを望みます。簡単に人道派といひ悪魔派といふにはあなたの「気質」は余りに複雑であり、余りに近代的であり余りに深刻であります。

これは少し余談になりますが先頃の本誌にも、あなたに対する諸家の印象が載つてゐました。私はあれはざつと読みましたが一々覚えてゐません。しかし誰方かのに、あなたは非常にナーブァスな人であるといふやうなことがあつたやうに覚えてゐますが、(或ひは覚えちがひかも知れません)たしかに、あなたといふ「人」は、非常に神経家で、どこか悪魔的で、病的で、その上、どんな小さなことでも善悪共に見落すまいとするやうな鋭いところのある人でせう。表面は丁度「好人物の夫婦」の中の男主人公のやうに、おつとりした好人物に見えながら、裏面はむしろ、どこか、意地のわるい、悪魔的なところのある恐ろしい人でせう。少くも作物から推測したあなたといふ「人」は、私にはそんな風に映じます。

私はあなたとぢかに会つて話しをしようとはあながち思ひません。たゞあなたが、あなたの独自な気質を基として観察された人生を、あなたの藝術から見せていたゞけば沢山です。今まで知らなかつた、乃至知つても等閑に附してゐるやうな人生の微細な一面を、あなたの藝術に依つてブィブィツドリーに味はせて貰へばそれで沢山です。

どうぞ、あなたの独自《ユニツク》なテンパラメントを飽くまでも尊重して下さい。

広津和郎氏に与ふる書

加藤朝鳥

告白文学のうちでの英雄的なものとでも云はうか。作者の人物の偉大な点、情熱の猛烈な点で、その人の告白が、よし片言隻語であつても非当に面白い場合がある。僕は此の種の告白文学に接したいと前々から想ひつゞけて来た。しかし我が国の自然主義論が産むだ告白文学は、之れと正反対である。自然主義が産むだ告白文学は、ただ人生の参考材料として、自家の正直な記録を提供するだけである。

単なる正直な記録と云ふ意味での告白文学に今の読者はやうやく飽いて来た。さらばと云つて絶対に自己を離れた純客観の文学——後藤末雄氏の所謂俯瞰描写なども或は此の意味かも知れぬが——人生の未熟ものであるところの青年文士の手から、容易に満足に生れさうもない。これは悪写実主義論の対象となつて、幾度も真価をうたがはれて来たものである。おそらくこらの辺から人道主義者の叫びも出たらう。何でもいゝから真面目なものは聴く価がある。人道的に生活することは何を措いても、それによつて生ずる文学をして、読むべきものたらしむと云ふ様な漠然とした叫びが、理論的順序も何も蹂躙してしまつて、随分鼻呼吸のあらいものになつてしまつたのである。併し僕は此の傾向を喜ぶ。之れによつて、文壇は自由になつたのである。主義への奉仕など云ふことがなくなつたからである。

広津君。君が創作界にうつて出たのは、かういふ事情のもとに文壇が解放された潮合ひなのである。僕は此の時機を、君の為めに非常にいゝ時機であると思ふ。

君の小説には、多量に報告的告白があるが、同時に如何にも、老成ぶつた鳥目瞰的概念もある。そして全体の基調として、人道的傷心が、温情掬すべきものとでも云ふべき親しみのある手ざはりで、脈々と流れて居る。特に面白いのはユモアが漂つて居ることである。

君が始めて中央公論に出した『神経病時代』に、当時の月評家が『スケールは大きいが粗雑だ』と云ふ様な批評を加へて居た。粗雑だとか、粗笨だとか、云つても、それがどう云ふ標準から来て居るか？　又スケールは大きいがとは何う云ふ意味か。僕自身は、『神経病時代』を以つてそれ程スケールが大きいものとは思はなかつた。あれがスケールが大きいなどと驚いて居るとすれば、いつたい広津君以外の日本の小説は、どんなにスケールの小さいあはれなものだらう。主人公の鈴木定吉と云ふ一神経質な人間を藉りて来て、その脊後に、大きな時代の動揺を見せる……かう云ふことは藤村氏の『春』などから此のかた極めて珍らしくない、あたり前なことである。

その粗雑だと云ふ批評に就いてだが、僕は此の意味をむしろ鵺的と解したい。前に云つた様に一種の自由な解放された様な現文壇に立つて、積極的に何をか成さうと思へば、何処かに混和した濁つたものがあらはれて来るべきである。すくなくともそれが過渡的である場合、むしろ鵺的になるのが僕等の是認するところである。広津君の他の二作『転落する石』と『本村町の家』とにおいて、『神経病時代』よりも粗雑でない点を見るのであるが、作の価値としては、むしろその粗雑と云ふことに重きを置いて居る。

広津君は、創作上のさしあたりの目安として、性格破産者を描きたいと云つた。君の洞察力と、心理解剖とは稍ともすれば他人の意表に出たがるところがあり、それで居て、必ずしもメスの鋭さと云ふ様なキラリとする感じがあまりない。むしろふわりとして、理智的愁訴があり、女性的に意志のくぢかれる処に、世のはかなみと、永遠の慰楽をもとむる淡い心があり、心索がさほど深刻でなくて、加之も飽くまでも人の心をひきつけるものがある。一面に江戸人でありながらも、他の一面でトルストイアンである。その作風は決して新鮮なものでなくして、何となくジョージ・エリオツトあたりの心理文学にでも接する様な手ざはりがある。読むで居て頗る饒舌的であるが、しとやかな、決して度を逖さない処がある。多く脱線的な近頃の小説のなかで、之れを十年後に出して読んでも、又どの国の言葉に訳して見ても、多く失ふところのない材料の適確性がある。

右の様な物色を総がらめにして、粗雑とも粗笨とも名づけ度いものは名づけるがいゝ。

広津君。粗雑でもいゝ、粗笨でもいゝ。もつと大胆にやり給へ。此れと同じ様な言葉を、僕は中条百合子氏にも贈りたい。醇化はむしろ年齢とゝにも来るべきである。スケールを大きくし、現代生活を網羅的に一掃的に取扱へ。

詩集『転身の頌』を評す

山宮　允

日夏耿之介君の第一詩集「転身の頌」が出た。私は多大の愉悦を以てこの集を読み了へた。これは近頃珍らしい、藝術的気稟に充ちた、尊い詩集である。

「心性鈍《うとま》しく真純の気稟に乏しい迷蒙不遜な民人が軽佻な理由に駆られ、劣材を頼んで藝術の神壇を蹂躙し汚損して憚らぬ」「この民主の時代」に斯くの如き内生の輝きに充ち盈ちた詩集の現れたのは全く異例のことゝ言はねばならぬ。現代の傾向と背反せるこの集の著者の精神は到底一般民人の歓迎を受くべしとは思はれぬ。併しながら著者は藝術の「秘壇」に参ずるにはひたすら知見の矜りを棄て、求道者の謙抑と精進とを以てせねばならぬことを信ずる、正しき詩道の修験者である。言葉に対する鋭敏な感性をもち言葉の駆使に秀れた詩人である。漠然たる「民主々義の理想」の美名に憬憧れて民人の向上は窮極個人内生の拡充にあることに思ひ到らぬ軽浮硬心の徒、言葉を愛撫し、之を彫琢して霊性の花押とするの努力を惜む僭称詩人は

「転身の頌」の著者に顧て自己の硬粗なる心性を深く恥ぢなければならない。

著者は常に謙虚の心を持して自然に対し、自然の霊と交通しその刹那の貴き喜悦をいみじき詩句の中に叙べて居る——

隻手をあげよ
こゝろゆくまで
脈搏途絶えて
燃ゆる血行《けつかう》のこと〲く萎へはてむまではつねに隻手をあ
げよ

天心たかく——まぶたひたと瞑ぢて——
気澄み
風も死したり
あゝ善良《よ》き日かな
隻手はわが神の聖膝の上にあらむ
——隻手は神の聖膝の上に——

秋晴の佳日偉大なる自然殿堂に於ける謙虚なる黙禱者の静かな歓喜がこの優れた詩篇にいかにして自然に歌はれて居るか。
著者は屢自然の霊を「神」と呼んで居る。
爽快なる自然の景情に面しまた著者の豊かなる想像は軽く碧空の積雲の上に優游する——

透明なれば
こゝろは空《くう》に泛《うか》べり
日輪は照り波唱《うた》ひ緑明の空澄みわたりぬ
あゝ肉身《み》はかろく
智慧はおもきかな
吹きおこる疾風を截断して
香気《にほひ》高き積雲の丘に翔ばむ
——海の市民——

併しながら病弱にして智性濃かなる著者は常に非力と孤独の悲哀を味はなければならぬ。而も著者の強靭なる精神は終に自然と人工との圧迫の下より「非力は褻瀆なり」の意識を以て浮び出で、只管「内なる神」の拡充によりて力ある生活を希ふ——

一人をして生活《いき》しめよ
千人みな死してはてんも
万象こと〲く動かざらんも
あはれ　かの高山に登攀《よぢのぼ》り
沈みゆく落日の悲壮に心かなしみつゝも
内なる神の稜威《みいつ》を頌へんかな
一人をして生活《いき》しめよ
——ある宵の祈願の一齣——

併しながらまた次の様な沁々《しみ〲》した佳作を生んだ著者の肉身の羸弱に対して吾々は感謝しなければならない——

身を抱擁《だき》しめる秋の沙《いさご》
白くひかる
波の穂がしら
たはむれ遊ぶ異民の女らよ

心は塩垂れためらひがちに
身は弱く生命の息を圧して

あゝ心寥し

漁人よ　白鷗よ　若い散策者らよ
大地も秋に　覚醒《めざ》め
海光のみかぎりもなく
日を孕んで蕩揺する海辺に
——寂　寥——

「なに故にかくわれは心忙ぎ逍遥するか　こゝろ縛められたるか　この瞳閉ぢざるべからず」と歎じた頽廃羞明の時期は著者にもあつた。併しながらかゝる時ですらも叡知なる著者の霊性は物象の蔭に働いて居る実在の力を見遁さなかつた——

孟夏の十字街をおもへ
神ありて　こゝに街樹を現はし
幹ありて水枝をたもち
枝ありて若葉をさゝげ
葉ありて果実をまもり
果ありて核種をふせぎ
核ありて細胞をみとれる
細胞に性染色体のありて
禀性のいとなみにいそしめり
これ事実ぞ
類推の至上命令ぞ
風は街頭に亡び
日は高く頭上にみちかゞやき
人馬なく　鳥語なく　色相なく
物象に陰影なし
世界は　あげて銀製の大坩堝のみ
わが神経かゝるとき羞明し歔欷するなり
——羞　明——

詩集「転身の頌」はこのがさつな嫌悪すべき「民主の時代」に於ては洵に得がたき霊感と思想とに満ちた詩集である。この詩集の読まれる範囲は限られて居るかも知れぬ。併し選れたる少数の読者は必ずや多大の感動を受けるであらう。さうしてこの感動は軈て他の多くの人々の霊性の上にも善果を齎らし、民人の霊性の上にも善影響を及ぼす時があるであらう。

著者日夏君は深く言葉を愛し之を自由に駆使する技能に長けた詩人であるが、又君は「言葉を絶対に駆使するには」これを

「伝統の羈絆から切り放たねばならぬ」ことを信ずる独創ある作家である。唯その作品の外形によつて著者を現代生活と関係のない古典的技巧の作家と速断する様な粗暴軽薄なる論者は偕に詩を語るに足らないのである。

私は日夏君が正しき詩の道の修験者であることを信じ、著者の思想に情想の摯実豊富なることを信じ、吾国の詩壇が君の如き作家を得たことは深く喜びとするものである。併しながら日夏君の作品は未だ完美完全の域に達したものとは言はれぬ。「転身の頌」の著者は尚その詩想詩技の浄化と統一とに就て稽ふべきことを持つて居ると思ふ。私は君の才分を信じ、君の将来に期待を繫ぐこと多きが故に、敢てこの苦言を以て君の発程に餞《はなむけ》て、君に一層の自重精進を祈るのである。（一月十六日）

（「早稲田文学」大正7年1月号）

『愛の詩集』を読む

野口米次郎

室生君。僕はまだ君に面識を得ないが『君の友人として』僕は君が一月元旦（僕等のやうに四十代に成るとこの日位寂しいことは無い！）に贈つて呉れた『愛の詩集』に対して感謝する。君の詩集は薄暗い北向きの書斎（僕の心も年の替り目にはいつも薄暗い）に投げられた愛の太陽の光線であつた。――実際僕が君の詩集に関して書きたいことはこの言葉で尽きて居る。だがこれ丈けでは君も不満足だらうし、又僕も何か書いて見たいやうな気もするので不束かな愚鈍な筆を進めることにする。

君の詩集に僕の粗野な手を触れて開けると『永久孤独な自分』の詩が出た。『おれのからだはこんなに寂しく隙だらけになつてゐるのか！』と書きだして、『あゝ一人の自分あゝ永久孤独な自分』で結んである。僕は『孤独の境地』に起つ人が初めて愛を歌ふ権利があると思つて居る。僕が矛盾の言葉を弄する香具師でない、又利口者で無い。僕は君の『愛の詩集』を愛に対するPlea、或は憧憬と見る、肯定と見る。其処に君が詩人としての力と熱が流動して居る。若しそれが報告（実行を裏書するにせよ、又せぬにせよ。）の空虚な言葉であるに止つたならば最早君は僕の友人でない。恐らく北原君も亦萩原君も君を友人とはすまい。北原君が例の名文字で書いた序文のなかに『誰が読んでも、誰に読んできかせても、それは深い滋味のある言葉だ。誰しもが温められ、かき抱かれ、慰められ、力づけられる言葉だ。淫らな、何ひとつ不純な声が無い。これは水だ、いゝ茶だ、魂のパンだ。さうして日の光だ、雨の音だ、清々しい草花のかをり、木の葉のそよぎ、しめやかな霙、雪の羽ばたき…。おゝ、さうして貧しい者には夕の赤い燈火であり、富みたる人には黎明の冷たい微風となる。さうして生れてくる者には温かい母の頬ずりを、病めるものには花、寂しい者には女性を、さうして又死なんとする者には何ものにもまして美しい蒼空の微笑を、おゝ之等を示す。』北原君のこの言葉は世界に出版された何んな詩集の序文中にも発見することが出来ぬ程麗しい推讃の辞であるが、僕はまづ以て北原君に賛成するのを愉快とする。それは必ずしも僕の批評が鈍つたので無い。序だから語るが、僕自身は詩の批評家であり又批評家で無い。詩の批評家で無いといふ理由は、僕は狭い堅苦しい一定の定木（定木に丁字三角平行雲形種々あるが）で生きた詩を秤らうとせんからである。又僕が詩の批評家であるといふ理由は、作品の色彩と力の特質に同情して、その価を尊重せんとする努力を有して居ると信ずるからである。

僕は北原君が君の『愛の詩集』、云ひ換へると『人類の言葉』に対する同情ある批評的印象を読んで、確に僕が以前北原君が萩原君の詩集に書いたものを読んだ時と同様な愉快を感じた。北原君は技巧上では名文章家であり、精神上では豊かな同情を持つた一種の『愛人《ラバー》』である。何んなに僕は君の詩集に書いた序文を第一に読むのを恐れたであらう。何故ならば、僕は北原君の麗しい言葉に誘惑せられて、君の詩を読む為めの僕自身の弁別力がまるでその生気を失ふかも知れぬと思つたからである。然し僕は大分危険を冒して北原君の序文を読んだ。してそれから君の詩の全部を一々読んだ。又僕は何んなに君の詩集を書いた萩原君の跋文を最後に読むのを恐れたであらう。何故ならば、僕は萩原君の若々しい正直な言葉で僕が君の詩から得た印象を或は根元からうち倒されるかも知れぬと思つたからである。然し僕は大分危険を冒して萩原君の跋文を読んだ。僕は幸に北原君の場合又萩原君の場合にも僕の心配はたゞ杞憂に過ぎなかつたのを知つた。序文を書いた北原君の心持、『愛の詩集』の作者である君の心持、跋文を書いた萩原君の心持と、又それ等を読んだ僕の心持、合して四箇の心持は、北原君の言葉を借りていふと『廻り澄む四つの独楽が今や将に相触れむとする刹那の静謐』をあくまで完全に味ふことが出来たのである。僕はそれを非常に愉快とした。実際僕は君の詩が所謂詩であるや否やは知らぬ。然し君の詩集に語られて居る言葉で僕の心は動かされ、喜ばされ、又苦しめられたことを白状する。——さういふ言葉

は生きた言葉であると僕は信じて居る。それで沢山だ。君が第一に入れて居る『はる』の詩を読むと、

『おれがいつも詩をかいてゐると
永遠がやつて来て
ひたひに何かしらなすつて行く
手をやつて見るけれど
すこしのあとも残さない素早い奴だ
おれはいつもそいつを見ようとして
あせつて手を焼いてゐる
時がだんだん進んで行く
おれの心にしみを遺して
おれのひたひをいつもひりひりさせて行く
けれどもおれは詩をやめない
おれはやはり街から街をあるいたり
深い泥濘にはまつたりしてゐる。』

この『何かしらなすつて行く永遠』の詩趣は印度の女詩人サロジニ・ナイヅウの句、

"……all our mortal moments are
A session of the infinite."

を僕に想起せしめる。表現の姿は千差万別だが詩の真実はたつた一つである。三〇一つの真実な詩は萩原君の言葉を借りると、『卒直なる情熱的の人格と、男らしい単純さと、明るく健康なたましひをもつた人格』の人が握ることが出来る。君はドストイエフスキイの言葉を通していつて居る、『熱い日光を浴びてゐる一匹の蠅。此蠅ですら宇宙の宴に参与《あづか》る一人で、自分のゐるべきところをちやんと心得てゐる。』君は君の住むべき場所に居て、『いまは天にいまさむ、うつくしき微笑いまわれに映りて、我が眉みそらに昂る……』と慕つて居る父の追憶に心を清浄にして居る。君の境地は詩の境地で、その詩の境地に住む君を僕は羨ましく思ふ。君は自序のなかに書いて居る。『自分の詩の根本は苦悶で漲つてゐる。自分の苦悶は永久で、泉のやうに無限であらう。自分をよくしてくれるものは、完全な円満や歓喜のみの世界ではなく、絶えざる憂慮によつてだんだん精神が磨かれてゆき、深くなりゆき、正しくなりゆき、なほ幾多の蹉跌や失敗や没落やを意味するやうになるであらう。』この言葉は其他君の言葉のやうに等しく或はそれ以上に真実の響を発する。今君の詩境を僕は羨やんだが、考へると君の詩境は苦痛であると云はねばならぬ。悲哀は永遠である。この永遠の姿である悲哀を摑み得た君は人間としてよし悲しきものでも、君は確に祝福された詩人の一人である。僕は君の『雨の詩』が雨を喜ぶ僕の心を歌つたものとして喜んだ。

『雨は愛のやうなものだ
それがひもすがら降り注いでゐた

人はこの雨を悲しさうに
すこしばかりの青もの畑を
次第に濡らしてゆくのを眺めてゐた
雨はいつもありのままの姿と
あれらの寂しい降りゆくを
そのまま人の心にうつしてゐた
人人の優秀なたましひ等は
悲しさうに少しつかれて
いつまでも永い間うち沈んでゐた
永い間雨をしみじみと眺めてゐた。』

北原君は君を一本野生の栗の木に比較し、又萩原君は『子供のやうな単純さと野蛮人のやうな生生《なまなま》した原始的の驚き』に充されて居る君の精神を語つて居る。君の心は野蛮人のそれかも知れぬが、『愛の詩集』に顕れた所では君は文明人の印象を与へずには止まぬ。云ひ替へると『文明』なるものは無い方が結局結構だと思はせる。真実なる詩の上に野蛮文明の区別が有らう筈が無く、又純な愛の上にもその区別は無い。君を野蛮人といふのも正当だらうし、又文明人と云つても間違は無い。君は詩の人、云ひ換へると愛の人である。

僕は年齢四十に成つて初めて『愛』の意味がやつと明白になつて来た。一面識も無い僕に君の容貌風采や年齢を想像する力は無い。萩原君が書いた所では『「愛の詩集」を懐中にした彼の現実には、あまりに重厚で静謐な中年者の姿を思はせるものがあつた』とある。君の年齢が暦の上では何うあらうとも、『女人に対する言葉』のなかに『乞食には少しづゝ与へるやう』又『夫の本は時時読め』と書き、又『子供は自然の中に居る』のなかに『子供は自分に触れることを厭ふ、その清さが厭ふ』と書いて居るのを読むと君は已に人生の裏や表をよく読んだ男であるのを知ることが出来る。実際僕は『乞食には少しづゝ与へるやう』と自分の妻につい近頃助言し能ふやうに成つたばかりである。之れは僕の正直な自白だ。

君の詩集には僕の愛し敬する言葉が沢山入れられて居る。僕は以前萩原君のことを書いた時の例に従つて、三田文学の読者に君の詩を知らぬ人が多いかも知れぬから、もう一つ二つ君の作を引用したい。然しそれは止めにしよう。仮令それ等を引用しても、詩の真実が分らぬ連中には君の詩はとても分るまい。然し……僕は何うしても此処に書かねばならぬ句があるのを発見した。それは『また自らにも与へられる日』のなかにある以下の三行である。

『けふも友人の苦しみを聞いた
その人のことを考へるだけでも
おれはよいことをしたと思ふ。』

室生君。まだ一面識もない君の詩集は僕にこの長い手紙を書かせた。僕が君の詩集に感謝するやうに、君も君自身の本に対して感謝し給へ。それが今は君自身だけの本でないからである。左様なら。

（「三田文学」大正7年2月号）

素木しづ子論其他
——日記より——

谷崎精二

二月A日　一月の中旬から約三週間、殆ど毎日の様に家を出て山の手方面へ貸家を探しに行くのだけれどちつとも思はしい家がない。二三年前友人のI君が家を持つので一緒に牛込辺を探し廻つた事があつたが、其の時は三間四間位な手頃の家がいくらもあつた様に思ふ。此の頃では探しに出ても一日に一軒も見つからない事が多い。毎日寡くとも三里位歩くので、此の半月許りの間に私は着物の裾をすつかり切つてしまひ、足袋も二足迄破れてしまつた。今日も昼から家を出て江戸川の附近を見て歩く。H町でやつと一軒貸家を見つけたので、隣りの家へ声をかけて案内を頼むと、女名前の標札が出て居る其の家の中はひつそりして物音もしない。二三度大きな声で『御免下さい。』と怒鳴るとやつと返事があつた。隣の貸家を見たいのだが、中へ這入つてもよいかと問ふと、『病気で寝て居ますから失礼しますよ。どうぞ庭の木戸を開けて這入つて下さい』と若い女の声が答へた。庭口から雨戸を開けて室内へ這入ると、二階が一間、下が三間で、小さな庭もあり、間取りも丁度良かつたが、家の中が余りに汚なくつて、殊に屋根が瓦葺きでなく、トタン張りなのが欠点である。

『面倒だ、いつそ此処に決めてしまはうかしら？』

私は二階の欄杆に凭れて暫く考へたがどうも決断がつかない。直ぐ裏手は広い庭を控ゑた隠宅向きの瀟洒たる邸宅で、多分其の家の茶の間辺からしとやかな琴の調べが洩れてくる。温かい日光を浴びて私はぼんやり縁側へ佇んだ。此の家の価値をXとすると、琴の音だけは確かにXプラスになるのだ、がトタン屋根と、室内が汚ない事がどうしてもマイナスになる。

『今日一日考へてみやう、明日迄に塞がつてしまへば其れ迄の事だ。』

さう考へて外へ出ると、私が空家の中へ這入つたきり、余り永く出て来ないので、隣の家の格子口へ女の人が出て来てそつと様子を窺つて居たらしかつた。だらしのない姿をして、確かに寝て居たらしかつたが、病気だか何だかわからない。急に私は此の女を隣人として持つのが厭やになつた。又マイナスが一つ殖えた訳だ。

『よさう、こんな家は。』

さう思つてすた〳〵歩み去つた。

夕方家へ帰ると以前発電所に居た時分の知己だつたHと云ふ人から手紙が来て居る。此の頃物価騰貴の影響で生活難が烈しくなつたから、内職に私の原稿を清書させて、いくらか都合してくれないかと云ふ依頼であつた。発電所の人達とは別れて以来約五年間、殆ど音信をしないで居たが、H君は私が大変出世したと思つて、面会さへもむやみに出来ないかの様に考へて居るらしいので少なからず恐縮する。私は今自分一人の生活を支へるのがやつとこさで経済的にも気持の上にも、他人の扶助をする余裕はとてもないので気の毒ながら手紙で断りを云つてやる。H君はまだ比較的若いのだから勉強すればもつと生活の前途が拓ける事と思ふ。

其れにしても発電所の人達は皆懐しい。私は十八歳から廿四歳迄六年間一生涯の中で恐らく最も貴重な時期を発電所の夜勤員をして暮して来た。其の後私は早稲田を出てから二年間、或る新聞社の編輯局へ通つた。だが所謂教育あり、地位ある新聞社の人々よりも、粗野な、単純な、手と、顔と、心とを持つた発電所の人々の方が今でもずつと懐かしい気がする。カアペンタアの言葉ではないが、何か文明の病弊が此処に潜んで居る様に思ふ。

ＢＨ　晩にHを訪ふと、彼はどうしたのか大変しよげて居て、作が思ふ様に書けないし、いろ〳〵境遇上の煩ひが多くつて俺はもう生活が厭やになつたと云ひ出した。（尤も之れはかなり誇張した言葉である。私とHの様に三日をあげず会つて居ると、たまには極端に感情を誇張した事でも云はなくつては面白い話の種がなくなるのだ。）

生活上の煩ひの多い事は私もHと同じである。今の若い作家の中で原稿のみで生活して居るのは恐らく私とH位なものだらう。而して又生活の負担が多い事も私とHが一番らしい。だがそんな事は此の頃急に始まつたのではなく、今更気にかけたつてどうなる物でもない。此の頃何かの新聞に自然主義時代の作家は大概原稿料で衣食して居たが、現時の新進作家の多くは資産を持つて居て、原稿を売らなくつても食ふに困らない、之れは明らかに文壇の一進歩であると云ふ様な事が書いてあつたが、之れは少々変な論定である。白樺の人達は、彼等が富裕であるが為めに尊敬されて居るのでは決してなからう。若し貧乏の為めに堕落した作家があるとしたら、反対に富裕の為めに堕落した作家が如何に多い事だらう。藝術に対する操守を無職業の為めに捨てた人と、職業の為めに捨てた人と、どつちが多い事だらう。私たちが毎月何か書かなければ生活出来ない事を思ふ時、資産を持つた人々がいつも羨ましくなる。然し唯其れだけである。貧乏は決して富裕以上に私たちの魂を蝕ばませるものではない。藝術家は藝術を作る前に職業と資産とを得て置かなければならないものではない。

D日　素木しづ子女史の葬儀の通知が来たが多忙のため式場へ列席出来なかつた。女史に会つた事はないが、私は今の作家の中で、而して又俗悪な多くの女流作家の中で女史を最も敬愛して居た。傑作として知られて居る『たそがれの家の人々』や、『松葉杖をつく女』などをつい読んで居ないが、私の読んだ其の他の作品でも皆本質的にすぐれた価値を持つた物であつた。無論作品の味は単調である。どれもこれも貧乏な青年画家と、不具で病身な其の妻との生活を描いたものである。世間並の観察に従へば彼の女の一生は不幸であつたに違ひなかつた。彼の女は不具であり、病身であり、而して又彼の女が予期した通り短命であつた。彼の女は死ぬ迄所謂文壇の寵児になれなかつた。然し彼の女の作品の各ページに溢れて居るあの愛と感激とが其のまゝ彼の女の生活を支配して居たなら、彼の女の短かい生涯にも本当の大きな幸福が宿つて居たのだと云はねばならぬ。

アルフレツド、ミユツセを評したヘンリー、ジエームスの言葉に『一つの小さい藝術を造る為めに如何に多くの人生が費されねばならない事であらう。』と云ふのがある。然し素木女史の場合は之れと反対に『大なる藝術を造る為めに如何に小なる人生が費された事であらう』と云はねばならぬ。然り、あの尊とい藝術の為めにあの至純な愛と感激との為めに如何に唯短かい、而して経験に乏しい人生が費された事であらう。

久しい以前に徳富蘆花氏が訳したマリイ、バシカートセツフの日記を読んでかなり感激を与へられた事があつた。マリイも確か廿四歳の時に肺患で殪れた様に記憶する。だが彼の女は余りに強い名誉心の奴隷となつて居た為め、漸く迫り来る死の前でかなり烈しく悶え苦しまねばならなかつた。生に対する未練と、死に対する呪詛とが、静かにさうした特色ある彼の女の生活を味ひ慈しむ事を妨げた。然るに素木女史の場合は彼の女があんなに間近かに死を期待し乍らも其の生活気分は著しく光明的で、静寂に充ちて居た。彼の女の藝術は彼の女があるがまゝの運命を素直に受容れて、其の愛と聡明とによつて其処に自らの不幸を幸福に置き換へやうとした尊とい努力の結晶である。運命が彼の女を導く限り、彼の女は何物をも、死其の物をも愛さずには居なかつた。死の前に、迫り来る魔の手の前に、真の愛と感激とを持つ者にのみ人生は尚無限に幸福であり、光明であり得る事を私たちに教へてくれる女史の作品は必ずや長く後代に伝はるべきものであらう。

DH　D社のO君と云ふ人が来て面会を求めた。原稿を書いてくれと云ふ依頼である。此の頃忙しいので断る。金は欲しいし、書けば書けない事もないのだが、今月は月末迄に二つ書く約束があるので、此の上書くのは如何にも辛い。

O君はまだ世慣れない様な、おとなしい人で、始終俯むき加減になつて視線を伏せ乍らぽつ〳〵文壇の話などを私に問ひかけた。細かい雨が少しづゝ降つて居たのが、二人で話して居る中に漸々大降りになつた。O君が時々言葉の合間に硝子窓から空を見上げる様子を見て、傘が無いのではないかしらと私は思つた。帰ると云ふので玄関へ送つて出ると、案の定O君は傘を持つて居ない。

『番傘でよければ貸してあげませう。』さう云はうと思つて居ると、O君はお辞儀をしてすた〳〵出て行つてしまつた。雨は益々大降りになつた。O君は電車道へ出る迄さぞ困つて居るであらうと思ふと気の毒になつて、平常から私が妙に口が重くつて、必要の時に云ふべき言葉を云ひ損《そこな》ふ癖があるのが悔やまれて来た。

二階の書斎へ帰つてから読み残した二三の新聞を読む。此の頃東京の新聞には努めて上品にならうとするのと、低級の読者に媚びる為め思ひきつて下品になるのと、二つの傾向が見える様だ。無論上品になつてくれる方が有難いが、然しさうどつちにかに偏さなくつてもよさゝうに思はれる。文藝欄も亦此の頃賑かになつた様だ。文藝を一般の民衆と接近させる為め至極結構な事ではあるが、其の場限りの無定見な批評を六号でべた〳〵並べられる事は閉口である。世間には新聞記事と云ふ物は天気予報の外は過りの無いものだと思つて居る人もあるのだから。

一体月評は相当の素養のある人が忠実に作を読んでくれて其の欠点を指摘し、好意ある忠告を与へてくれた場合、恥づかしい気こそ起れ、決して腹立たしくなる筈の物でない。寡くとも私自身はさう云ふ点でかなり素直なつもりで居る。然し本当の藝術のわからない人が好い加減の事を云ふのだけは全く困る。(褒められたつて作者は必ずしも愉快になるものではない。劣等な作と並べて褒めたてられたりすれば却つて迷惑である。)尤も斯く云ふ私は月評に対して割合にのんきであつて、わざ

〳〵新聞や雑誌を探し廻つて読む様な事は殆どしない。忘れもしない学生時代、始めて小説を書き始めた頃の或る日、私が早稲田の教室に居ると此の間死んだ今井白楊君がやつて来て『おい、良い物を見せてやらう。』と云ひ乍ら私を門の外の雑誌店へ連れて行き、或る文藝雑誌を取り上げて月評欄を開けてみせた。読み下すと私の作の悪口が出て居て、其れも良いが終ひの方に『然し乍ら此の作と雖も相馬泰三君の「地獄」などに比べればずつと優れて居る。』と云ふ様な事が書いてあるので、私は思はず失笑した。あの時分相馬が書いた作は皆良い物だつた。殊に『地獄』と云ふ作は当時文壇でも好評があつたし、今読み返してみても非難の無い立派な物で、其の時の私の作はずつと見劣りがした。然るに月評子は私の作がつまらないが、相馬の『地獄』よりは優れて居ると云ふのである。其の頃から私は月評を余り信頼しない方が本当である事を悟らせられた。

Ｅ日　此の頃批評などを書く人がやたらに感激した物の云ひ方をするのがはやる様だ。だが理性を欠いた情熱程有害な物はない。無内容の感激程いやな物はない。藝術は人生に感激を伝へる物である。然し時として又藝術は人生から感激を取り除く物である。

今日も一日貸家を探しに出歩いた。小石川のＭが白山に一軒あると知らせてくれたので行つてみたが、広過ぎて駄目だつた。帰りに牛込へ廻ると、以前私が住んで居た或る町では其の頃十五六だつた美しい煙草屋の看板娘が丸髷に結つて店頭に坐つて居た。日当りの良い二階の縁側にはおしめが干してあつた。ちよつと田山さんの小説にでもありさうなシーンである。

晩に神保町の往来を散歩すると、友人のＳ君が菓子屋の店頭に立つて進物用の美しい西洋菓子の箱を買つて居るのを眼に留めた。久しぶりなので話し乍ら一緒に歩く。其の菓子折を何処へ持つて行くんですと聞くと、なあに家へ持つて帰つて一人で食べるんです。綺麗な箱に入れてあると体裁も良いし、人から贈られた様で嬉しいんですと云ふ。Ｓ君も幸福な空想家である。

（「早稲田文学」大正7年3月号）

有島武郎論

江口　渙

数多くの新進作家の中で現在最も華々しく活躍してゐるのは有島武郎氏である。そして同時に最も衆目の焦点となつてゐるのも有島武郎氏である。殊にその製作力の旺盛なる点に於いて、又作品の結構布置の堂々たる点に於いて氏は今や益々衆目注視の焦点となりつゝある。従つて今私が敢てこの一篇の評論を書くのも決して尚早に過ぎはしない。

一

有島武郎氏は年歯まさに四十一、既に三人の子の父である。まことに『三十而立、四十而不惑』氏もその年歯から云へば人間としての基礎は既に略充分固つてゐるものと見て差支へない。殊にその閲歴は大体に於いて創作家として立つに充分なる背景を備へてゐる、と私は思ふ。殊に最初から藝術家志願ではなかつたと云ふ事が、私に何よりも多くの興味を与へる。

明治三十四年に札幌農学校を卒業した有島氏は、三十六年八月に米国に渡つた。そして三十七年には早くもハバーフオード・カレツヂに於いてM・Aの学位を受けた。その後米国にあつて時には狂癲病院の看護夫となつて二ケ月の苦しい勤労に服し、時には農家の厨房に働いて皿を洗つた。その間にも近代思想の殊にトルストイ、クロポトキンなどの思想の強烈な洗霊を受けて、少なからず内生活の動揺革命を惹起した。同時に氏は生涯を百姓か藝術家か教育家か、三者の中の何に投ずべきかに就いて幾度か深くその撰択に就いて苦悶した。然し当時に於ける深甚なる読書の感化は、今日氏をして遂に藝術家として、殊に理想主義の作家として立つに到らしめたのである。三十九年の夏米国を去つた氏は半歳の慌しい旅を欧洲に試みた後四十年春再び日本へ帰つた。帰つて間もなく札幌農科大学予科の教師となつた。かくて程なく人の夫となり、やがて又人の父となつたが、大正五年夏その愛する夫人を相州平塚の病院に失つた。その間にも氏は屢々内心の危機に逢着して遂に在来奉仕してゐた教会的基督教の信仰を捨てるとともに、危険人物として北海道庁から監視をさへ受けるに到つたと云ふ話である。

有島氏は新潮二月号に於いて、藝術家を造るものは所謂実生活に非ずして、愛の強さ、深さ高さであることを力説してゐる。そして氏は云ふ。

『これまでの生活をするのに私はありたけの力を出す必要を感じなかつた。私は十だけの力があるのなら六だけの力で生活して来た。……然し信じて貰ひたい。六だけの力で私が取入れた実生活を私はある限りの力で省察したと云ふ事が出来る。そこからのみ私は私の藝術を生まうとしてゐる。……私が安易な実生活の享楽者でありながら敢て藝術に関はらうとするのは、唯この省察が私の実生活の欠陥を補ひ得ると信ずるからだ』と。

然し私は云ひたい。藝術家としての有島氏にとつて必要なる実生活の量は今までに氏が持ち得た総量をもつてして既に充分である。実際閲歴に於いても学殖に於いても、当今多数の作家達に較べれば、怖らく氏の方が余程複雑であり豊富であるに違ひない。この点に於いて氏はむしろ充分自恃して然る可きである。然しほんとうの藝術家にとつて大切なのはたゞその実生活の質如何である。凡ての問題は懸つて一つにこの上に在る。

実生活の質とは云ふまでもなく体験そのものの内容である。外形ではない。量ではない。まことに藝術家にとつて人間にとつて、重すべきはこの内容である。質である。氏の所謂『愛の強さ深さ高さ』である。そしてその『愛の強さ深さ高さ』は要するに個人の素質そのものに依つて決せられる。否な更に進んで好き素質を如何により好く成長させたかに依つて決せられる。そして同時にその成長の結果如何を当然作品その物の上に顕然と現はれて来なければならない。かう云ふ意味に於いて、有島氏が果して有る限りの力で実生活を省察したか否かは要するに氏の作品その物が充分実証してゐる可き筈である。むしろ余りに実証しすぎてゐるかも知れない。

二

有島武郎氏の作品には矢張り他の新進作家の多数と同様に、純然たる藝術衝動に依つて生まれたものと理想主義の露骨な宣伝を志して生まれたものとの二つがある。そして前者の顕著な代表作は『アツシジの秋』『凱旋』『カインの末裔』などの諸作である。後者の代表者は『死とその前後』『平凡人の手紙』『宣言』などである。無論他の諸作は皆この中間に位する。

有島氏の藝術の基調をなすものは、云ふまでもなくその熾烈な愛の宣伝である、氏にとつて愛することは即ちほんとうに生きる事である。従つてその藝術にとつて愛が最高の価値である。氏は云ふ。

『人間にして愛しないものは一人もない。愛に依つて自己の中に取入れた若干かの生活を持つてゐないものは一人もない。その生活は常に一個の人の胸から、出来るだけ多くの人の胸に拡がらうとしてゐます、私はその拡充性に打負かされるのです』と、

然し氏の愛の内容は武者小路氏などの説く愛とは多少その趣を異にしてゐる。少くとも両氏の間には、その愛を投げ懸ける対象とそれを表示する形式とに於いて甚しい差異がある。武者小路氏は常に人類的愛を絶叫し、世界的平和を力説してゐる。然かも全然思索らしい思索の篩を通過せず、かつ又夥しく無反省であるが為に、それは極端にプリミテイヴであり単純であり

同時に又幼稚である。然しそれだけ対象は恒に明白単一である。従つてその態度は一と向きに勇敢であり挑戦的である。然るに有島武郎氏は恒にその愛を充分思索の篩に懸けようと努めるがために、かつ又宣伝に際して形式の整頓を充分に期するが為に、氏の態度は多くの場合常識的な説教者の態度を遂に一歩も出ない。然かもその態度は時に余り消極的に失しると共に、愛を投げる対象も必ずしも確然としてはゐない。『平凡人の手紙』の中で平凡人の哲学を説いて強ひて挑戦的態度を取らうとする処などでも、結局余りに不徹底に終つてゐる。その上進んでその不徹底を肯定しようとする傾向の見えるに到つては、吾人は少なからざる不満を感ぜざるを得ない。

氏の説く哲学の中で随所に最も顕著に現はれてゐるのは、親の子に対する愛である。自己が自己のネキスト、ゼネレーションに対する愛である。種の保存は自己にとつて、やがて自己保存の別種の形式である。従つて飽くまで自己を熱愛するものは同時に飽くまで種を熱愛しなければならない。そして自己を熱愛することに依つて自己がほんとうに救はれるとともに、その種を熱愛することに依つて又自己は救はれる。この点に於いて熾烈な愛を説き力強い執着を説く有島氏が、『子を持つて知る子の恩』と云ふ新しいプロバーブを造り出したその心持には充分同感することが出来る。

然し私は一人ひそかに疑つてゐる。有島氏のネキスト、ゼネレーションに対する愛は、時に主情的な影を没して甚しく主知的になりはしないかしらと。何となれば氏の近来の佳作と云はれる『小きものに』に於いても、子に対する父の愛は遂に常識以上の何物でゝもない。殊にあの父よりも母の方が遥かにより多くの愛を抱いてゐたとさへ思はれるその上に、両者の愛は子を焼き尽し並せて読者を焼き尽すほどに熾烈ではない。熾烈であるかの如くに見えて、それは案外主知的である。何となればあの作品のフレームをなしてゐる客観的事相そのものだけは好く読者を動かすことは出来ても、あの主人公の力説は如何に行届いて説かれても遂に多くの感激を与へない。怖らくこれは本来極めて主知的な基礎に立つてゐる氏の哲学に有意識的に又は無意識的に主情的な外衣を着せようとしたがために惹起した破綻なのではあるまいか。然かもこの破綻は『暁闇』の主人公が何等の愛情なくして結付いたP夫人の胎児に対して、然かも尚的確に親の知れざる胎児に対して愛を感じその愛に依つて苦悩する処に於いて、端なくも根本的に暴露されてゐる。

実際有島氏は甚しく多量に主情的に見えながら、その実案外多量に主知的なのではあるまいか。若しこの洞察にして謬なくんば、数多くの新進作家の中でも氏位その本体と投影の形を異にした人も亦珍しい。然し有島氏の省察は、氏自身恒に強調して止まないその省察は果して好くこの一事に想ひ到るであらうか否か。私はそれに対して少なからざる興味を持つてゐる。

三

有島武郎氏の作品には二種の傾向のあることは既に云つた。この二種の中では大体に於いて純藝術的傾向を帯びたものの方が、露骨な理想主義的作品よりも遥かに傑出してゐる。『アッシヾの秋』と云ひ『凱旋』と云ひ『カインの末裔』と云ひ悉くまさにさうである。

『アッシヾの秋』は伊太利の聖地アッシヾの古刹を訪うて低徊顧望去る能はざりし日の紀行である。わけてクラシカルな空気に浸された聖地の風物を描きつゝ、その間に聖女クララに対する追懐《エリンネルング》を点綴するあたりは、情景相共に好く躍動して、此種の文章としては殆ど完璧に近いものがある。

『凱旋』と『カインの末裔』とは共に原始人に近い盲昧なる強者を中心人物として、更にそれぐ〳〵の地方色をからませたものである。殊に『カインの末裔』は力作の多い氏のものの中でも稀なる力作であり、かつ傑作である。主人公があはれな妻を逐ひ立てつゝ寒い暗の野途を突いて、開墾事務所まで辿り着くところや、愈々土地を得て開墾をし始めると猛然と強暴な野性を発揮し来るところなど、その一つ一つのシーンは如何にも躍如として鮮かに浮き出てゐる。『凱旋』に於いても御者が猛烈に老馬を駆り立てるところに於いて、名馬の惨憺たるなれの果てと野蛮な御者と狡猾な村吏と、それ等のものを高所から温い心で憐み眺めてゐる老将軍とを対立させて、それ等の反対色《コントラストカラー》の調和から特種の情趣に富める世界を造り出した手練などは、等しく手練に優れた今の文壇に於いてすら、尚得易からざるほどの才気が見える。

然しここに唯一つ、ほんとうに唯一つ如何しても見逃すことの出来ない不可思議な事実がある。それは外でもない。作の冒頭と基調との描写の甚しい不平均である。冒頭に於ける描写は如何なる場合にも殆ど驚嘆に値ひする巧みである。然るにそれが最も大切な根幹に到ると透徹力も表現力も不思議に薄れて、甚だ鈍いものになる。そして是非とも描かなければ成らないもの、最も重要視しなければ成らないものは全く描けてゐない。この一事はそれが藝術家にとつて根本の問題であるだけに氏にとつても殆ど致命傷ではあるまいかとさへ危ぶまれる。

私はこれを一つ一つの例に就いて述て見度い。『カインの末裔』に於いては、主人公の狂暴な気質をして更により多くの自棄的状態に陥らしめる処の、重要な転機である児供の死が少しもヱッフエクテイヴに書けてゐない。又函館に農場主を訪れて烈しく威圧される所や、さては思ひ設けぬ愛馬の負傷から遂に愛馬の屠殺から夫婦の逃亡となるまでの、暗憺たるデスペレートの心境に到つては殆ど何物も描けてゐない。

この欠陥は『凱旋』に於いても矢張同じである。馬車が山村の悪路を疾駆する処では、作者の筆は全く思ふやうに飛躍してゐる。然るに作者が作中第一の重点を置いたと見る可き最後の一節は全然失敗である。三人者の心境を三様に描き分けるのは甚だ好い。然しそれを描くに当つて心理に対する作者の透徹力は余りに浅い。御者が多大の祝儀を貰つた嬉しさから一と向きに情婦の家へ急いだ結果、馬に飼料《かひば》を附けるのを忘れる一事の如きまさに好個の例である。如何に馬を酷使する御者ですら又如何に疎放な御者ですら、親代々の馬車屋である以上、酷使が終つて家に帰れば一と通り馬を労はらずに置かない、むしろその酷使に対する瀆罪と感謝とを並せ捧げざるを得ない程だ、決して如何なる場合でも飼料を忘れ去る可き筈は断じてない。実際少しでも彼等の真の生活を洞察し得る作家ならば、ほんとうの作家第一級の作家ならば、夢々斯る重大な錯誤を惹起せしめる筈はない。

　藝術家にして重大視しなければ成らぬこの種の欠陥は唯にこの二篇だけに留らない。『お末の死』や『実験室』や『迷路』に於いても悉く然りである。

『実験室』に於いても傑出してゐるのは重要ならざる前半、即ち医学士が愛妻の死屍に対し純客観的態度を取つて肉を裂き骨を削るところは、しつとりと力の籠つた筆致に依つて申分なく描かれてゐる、然るに一度心境が回転して反省悔恨が生起し来るや作者の筆力は不思議に鈍つて全然空疎なものしか描けてゐない。今まで人体解剖と云ふ外部的な事相を描いてゐた間は非常に活躍した作者の筆が一度その対象が推移して内面の苦悶激動に向けられるや殆ど苦悶、激動らしい激動の描かれてゐないのは不思議である。殊に最後に『人間は唯愛に依つてのみ生き得る』と高唱してそれに依つて凡ての救済《くざい》をヂヤステイフアイしようとする点に於いて、作者の心が少しも赤熱されてゐないためか、それは余りに空弱である。

『迷路』に於いても同じである。最も大切な主人公そのものが全く描けてゐない。P夫人の胎児に対する苦悶や、暗澹たる人生上の破産や、さては博士の令嬢に恋を訴へて却つてそのトリツクを知る辺など、作の基調に最も重要なものは全く描けてゐない。却つてニヒリストが酒場に酔ふ処や、博士の家族と橇を雪の郊外に駆る所などの方がずつと優れてゐる。殊にあのニヒリストは主人公よりどれだけ活躍してゐるか解らない。そして主人公が描けてゐないためか作全体が余りにちぐはぐな余りに寄せ集めのものになり過ぎてゐる。

　実際作者自身が専心描写の重心を置いたと見る可き部分が又は重ず可き筈の部分が全く重きを置く必要のない部分より、出来栄が遥かに低劣であると云ふことは、ほんとうの藝術家にとつて決して看過することの出来ない重大な寒心事である。そしてこの一事はほんとうの藝術家としての有島氏の前途にとつて、或は重大な障害となる日があるかも知れない。私は心ひそかにそれを怖れてゐる。

四

　最後に私は有島氏の理想主義の露骨な宣伝とも見る可き『死とその前後』に就いて一言したい。

此戯曲に於いて私が最も諒解に苦しむのは、作者は冥府の場とか又は夢の場とか云ふ風な非現実的なシーンを何故多く取り入れたのであるかと云ふ一事である。もしこれが作全体に哲学化《ヒロソフアイジング》を与へんがための手段であるならば、それは齢既に不惑に達した有島氏としては余りに幼稚な手法ではあるまいか。この戯曲に於いても、死の近きを知つた妻が夫に『もう嘘のつきつこは止しませう』と云ふ処や、妻が死際には室内の装飾をすら悉く撤して夫と唯二人きりになりたいと云ふ処や、さては死後になつて漸く注文の水菓子が届く処などは、その一句一句に読者をして衷心からの激動に堪へざらしむる程のシンセリテイーが籠つてゐる。その他看護婦のことや婆やのことなどでも矢張同様に、地上に於ける事相の凡てはとにかく或る程度までは描けてゐる。然るに一度描写が非現実的なシーンに移ると作者の腕は不思議に鈍つて、そこに何等の緊張をも圧力をも見出すことが出来ない。その上それに依つて読者は一種の遊戯感情以外の何物をも与へられない。

　忌憚なく云へばこの一篇は作者が自己の哲学を布衍せんが為に、その愛の教を宣伝せんがために、作品の実在性を無視してまでも結構布置を恣に変更したものに違ひない。然かも斯くして読者が享受し得るものは、全然冷く硬化した愛の概念である。血と熱と力とに依つて裏付けられた生きた愛そのものではない。何故に作者は運命から与へられた尊む可き経験を唯経験そのものとして読者に提供しなかつたのかしら。何故必然的な人為を加へて、経験の浅弱なる哲学化を敢て加へたものであらうか。その上何故に氏は好んで神の位を僭して自らを説教台の高きに上げたのであらうか。説教者としての斯る態度は基督教の安価なる牧師に於いては或は許されるかも知れない。然し藝術家にとつては、真実の藝術家にとつては断じて許されない。

　私は今まで余りに多く氏の欠点弱所ばかりを数へて来たやうだ。然し私とても氏の価値を全然否定するものではない。そのスケールの大きい処、態度の堂々たる処、人生の諸相に対して敢然として正面衝突を試みる処、その企模と勇気と学殖とに対しては充分の敬意を払つてゐる。然し私の把持せる藝術上の最高標準に照して氏の作品を検する時、私は遂に以上の不満を感ぜざるを得ないのである。

　最後に於いて、自家頭上の蠅を逐ひ得ずして好んで他人の事を批議した罪を謹んで有島武郎氏に謝したい。

（「文章世界」大正7年4月号）

詩壇の散歩

日夏耿之介

一言前以ていふ事がある。

由来、衝動人物と感傷人物に少なからず富む詩壇に於ては、楽壇に於けるが如く（試に純情の抒情藝術として彼とこれとは姉妹である。）に斯く著しく個人の小感情の衝突に因つて論争を繁からしめてゐる。これは左まで論ふべき事ではない。予自らも激情の奔騰を、しば〳〵「不感無覚」の鉄仮面に偽き、意力の苦練を試みて情意の均衡を支持してゆく者である。

予自らの詩壇に於ける特質が可なり在来の詩派の系統、詩社各派などの通性に離れて特異のものである故に、自ら予は凡ての詩派の作者らと交遊し詩友の美所を認めて交誼を継続したい予の念願を成就すべく可なり至便な位置を保てるを知り、今迄かなり自らと異つた各詩派の交友と盟誼を持続して来る事が出来た。これは予の持論として予の当然と自ら思惟する処の事を行つたのである。然るに妬婦の如く小人の如き詩壇のあるものは、予が各派に交誼を保てるを見て、一種社交的如才なさを以て其間に往来して自己の地位を確保してゆく者と嗤笑してゐる相である。僅かの虚名を架空的文壇に獲て得々たる劣材がかゝる迷妄を無思慮にも浅墓にも公言して歩く事は、現代青少年の軽薄を最も遺憾なく具象した興味ある社会現象である。かゝる蕪言に対し正面より弁駁する要はないが今此一文を草するに最も適当な順序として一言句に云ひ尽して置きたい。

予は今の詩壇に於て何等尊崇すべき偶像的人物を認めぬ。予の詩友及び先蹤者には凡てに於て予と異り、且予よりも優越な多くのものを有する望ある詩家あるを知つてゐるに係はらず、予は終に稟性に於て予一人である。何人をも追随してゐるものでない。過去に於てもかゝりし如く又未来に於ても左様であらう。又、予は今の架空的文壇の一時の虚名に調子附いて他人を無責任に冷罵し歩くものを極端に蔑視してゐるが如くに、文壇そのものゝ虚名（予自らが力の円満なる自覚に到達せざる限り、予に与へらるゝ一種の讃美は予にとつて不断に一種の羞恥であり冷汗であり教鞭である。従つて如何な意味に於ても如何な場合に於ても虚偽感の附随は免がれない。）を嫌はしもの触るればかぶれるうるしの如きものと思ふ。予とてもかゝる虚名の讃美に自ら滑走して浮れ歩く小さき然し人の欲する享楽を知らぬものではない。その甘美性を知らぬものではない。しかし、冷静に思考して常にそれはよき結果を齎らさぬものである。又、文壇を形成する各分子の一瞥視によつて、かゝる虚名は有難いものとも思はれぬ。所詮、文壇は二三の優秀あれど大多数は蛙鳴の徒の集合に過ぎない。か丶るもの丶虚名は寧ろ進んで避くべきとも求むべからざるものである。然るにこの言をなした一輩は己が醜汚の心を以て敢て易く他を忖度したのである。

予がこ丶に友人室生犀星の近作の一読感を略叙するに当り、か丶る小さき事を大事であるかの如くに談つたのは少くとも此一文の筆者として自ら覚ゆる責任感に附随する予の権利である事を感じてゐるからである。

最も吾儘なる小児の如く、街上の労働者の如く、又、北原白秋君の所謂「蛮人のごとき新鮮さ」をその稚醇にして単純敦朴な、や丶荒々しい元気のよい然も甚だ感傷的な性情の全てに持つ室生犀星君の詩集「愛の詩集」は予の少からず興味を持つもの丶一である。

斯の如き綴文は、しば〳〵現代人物をしてその直截な表白法の故を以て感傷的な而してや丶誇張的なあるもの丶附随に因つて、一種の「見え」を切つた衒気ある偏失の文章と思惟せしむるであらう。しかし、此文章の対象とする作家の性向を知つた人々は斯く誤解の恐れある表白が最もその実妥当せるものであることを知つてゐる。

「愛の詩集」の作家は、正しく予と正反対な思想、感情、境介を持つてゐる。しかもその故に予は彼と尚更ら対晤する事の気易さを思ふ。そして彼の原始的人格の全てが自然力の如くに予に不断の反省を与へる事により正しく又予は彼に尠からず負ふところある事を思ふ。

彼は万人に愛せられるべき型の人である。しかし彼は一種の博大な基督者的愛の心持ちにより、自分の詩集を香はしめてゐると自信し自ら「愛の詩集」と称してゐる。かの詩集に散見する「涙ある感情」は、愛の緑林泉に迸り出る清流ではなくて、愛せんとする心の丘に花咲く単純な薫香である。

更に卒直に物語らしめよ。彼は余り学統ある知識の所有者ではない。彼は単純である。彼は甚しく怒りつぽい。しかも彼は感傷人物である。衝動人物である。そして誠に快い赤裸々を持つ。此赤裸々は、彼の人格の全てを語るものである。

彼は、かつて予を目して「絶えず微笑してゐる人」と云つた。この不遜な性向の気難かしさ曲りくねつた感情神経のために自ら悩んでゐる予は、彼に向ふ時のみ、いつもの沈欝なるグリマースを突忽の間に変相して、微笑にうつらざるを得ない事を常としてゐる。それ故に予は彼の予に対する反感や抗言や無理解に対しても微笑を以て迎へる。これは予が自ら高く踏んで賢者を装ふのではなくして、無理解に対する予自らの感情の度合も、彼なるが故にそれが他の人物の場合よりも遥かに劣つてをり、反動的に彼の原始的人格に対する予自らの愛が躍動を開始するためである。

予自らの統一なき知識と、分裂せる人格とに現況に自らもてあぐむ予の心持ちに対しての無理解は兎に角予の知識感情性向趣味生活の全てに有機的な洞察を持たぬ無理解は時として予に対する批評を無稽の架空となし、更に予を悲劇的な境致に迄引つ張つてゆくやうな事を敢てする。これらの無理解は単り室生君のみではない、詩壇に於て多く論評に筆を染める人々の全部に当て篏まるべき事である。予個人にとつて無理解な批評は何等の指導をも意味してをらぬ故、従来一度の賢明なる批判言をも聴読する機に接しない事を悲しんでをるが、無理解は無理解として一種の刺戟を予に附与し、部分的卓見によつて少からず鞭撻せられた喜悦を持つ故を以て予は又全ての詩評家諸君に感謝すべき義務を感じてゐる。

　室生君の無理解も、此種の感謝によつて予は迎へた。

　彼の諦味が、時としてかなり鋭利な触手を所有するに係はらず、彼の推理は幼児の如く稚醇であり、野性あるものである故に、彼は時として驚くべく無思慮を、無反省を非論理を反思念的迷想を露出する。彼は予を神秘主義的立脚地の者也として正面から攻撃を加へ且つ予の智性の重積を忌みきらつてゐる。知性が概念として詩篇を壟断したならば匆論予の詩はいけない。其場合もあらう。只君の常識が予にとつて常識としてとらるゝ事のある様に、予の常識線上を出でぬものとして日常に取扱つてゐる片言隻句が、又、室生君には知識として受取られる事もあらう。かゝる場合に疑ひないと思惟する各経験をしば〳〵予は持つてゐる。そして、表面の字面を見て其官覚と黙思との交錯せる光ある光景、又、金属性ある用語が時として君に一種外面のみの鑑賞しかされなくて其為め表白の真の骨髄が理解されない為めに只単純に知識を晒し、美感に自ら耽湎するものゝ様に受取られる。予とても自作の凡てが快心の作とは思はぬ。表現の技拙なれば知識の滓《をり》も残留し、官覚的字句の有害なる暗礁も現出されるであらうが、それは同じく君が若し毎月発表の作品を快作の名作と思はれない限りは、幼稚な感傷の滓も残留し、官覚のための官覚なる奇怪に馳せすぎた戯文字の暗礁も現出されるであらう。室生君は一種の感情生活の型を破つて近頃更に新らしい方向にその単一な触角を向けてゐる。然し、「愛の詩集」中それらに属してゐる作は、今尚彼の惝恍が惝恍として力なく生命なく現出されてゐるのみで、彼の至純な人格から「わがもの」として放出されてゐない。寧ろ、前期の作の方が、流石に作者胸中の奥底より青白き生命の火花となつて散りかゝつてゐるものだけ、力量と緊張と詩情とに富む。愛の詩集は、所詮、蛮人の如き新鮮をその原始的野性と単純性とある感情の上に持つ卒直な小児の如き詩人室生犀星君の聽て愛せんと欲する心の詩集である。今の詩は凡て道程に在る。未完成の多くを持つものゝみである。予は彼の独立せる、流行藝術に災されぬ、真純な気息に富む将来の彼の上に来らん事を望む。

（「早稲田文学」大正7年4月号）

『漱石俳句集』に就いて

――零余子君に――

小宮豊隆

『漱石俳句集』に落ちてゐる句を指摘して下さつて難有う御座います。御礼を申上ます。其指摘して下さつた句の内で、実は集中に収められてゐるのに見落しておゐでのものも大分あるやうに見受けましたが、是に就いては野上が既に委曲申述べて居りますから、私は何も申上げない事にします。「屠牛場の」の句以下の句は、是も野上が申上げてゐる通り、何処で発表されたものか、私も丸で知らなかつた。あれは何処に出たものですか、序のとき教へて下さい。尤もあの中で「白菊と」の句と「青山に」の句とは、私自身ちやんと心得てゐた句なのに、集には洩れてゐるので、前にも人から注意されて、甚だ面喰らつた次第であります。従つて貴方から重ねて御注意に預つて、忸怩の程度を一層劇げしくした次第であります。

集に洩れてゐる句はまだ〳〵大分あるやうです。今後とも御気づきの節はどうぞ御教示を願ひます。現に此間も金沢の大谷繞石さんから二十句近くも脱漏の句を知らせて下さいました。此句の中には何日だつたか高浜さんの御話しの中にあつた「神仙体」の句が十句も纏めて書きつけてもありました。此「神仙体」の句なんてものは恐らく即興の出鱈目なんだらうから、話丈に残つてゐて正体は今は存在してゐないのだらうなど、、余り暢気に構へ込んでゐたものですから、大谷さんの御手紙を読んだときには、はつとして急に駈け出したくなつた位です。

一体『漱石俳句集』の原稿は、故先生から昔正岡さんへ送られた俳稿と故先生の手帳に書き留められてゐるものと正岡さんの御宅に保存されてゐる『承露盤』からと海南新聞や日本新聞やホト、ギスや国民新聞やなどの切抜きからと其他書簡の端や短冊や色紙や軸物などに認められたものを、出来る丈綿密に漁つて輯写したものではありますが、何分にも短小な詩形ではあり、長年月に亘つてゐるものではあり、又此詩本来の性質上散逸し易い傾向を持つてゐるものではあり、殊に故先生の俳句生活の極めて短い期間にしか廻り合せなかつた我々ではあり、万十全を期する覚悟で仕事はしても夫は唯覚悟だけで、成績は甚だ不都合な成績ともなり得る次第だと考へます。従つて句集の脱漏を補遺することは、江湖斯道の士の御親切に俟つより外はありません。

然し今では句集を公けにして置いて可かつたと思つてゐます。夫は、皆さんから気を注けて報知して頂く御親切を享受することが出来るから、厳格な意味で『漱石全集』では十全を期することが出来るからであります。句集の方にも最近改版の機会を以つて一と纏めにして補遺を付ける積りで居ります。夫に句集には大分誤植がありますから、夫も最近改版の機会を以つて一纏めに正誤したいと思つてゐます。零余子君は句作年号に疑義のある旨を御書きになりましたが、夫は何の句に就いての疑義ですか。年号にも可也誤植がありますが、私共で間違ひではないと思つてゐるものでも、専門家から慥かな証拠をつき付けられゝば、其言葉に聴かなけりやならない場合が出て来ないとも限らない。又私共には凡その年号は推察出来ても、事実確と何年だと定めかねてゐる句も大分あります（尤も是等は皆疑点を附けては置きましたが）。是非御注意を願ひたいと思ひます。

然し「行燈にいろは書きけり独り旅」の下五を「秋の旅」の誤り、「雀来て障子に動く花の影」の上五を「鳥や来て」の誤りではないかとの御推察は、全然とは云はないまでも、少々違ひました。是は野上も云つてゐる通り、原句は句集にある通りなのです。是は『漱石全集』第十二巻の書簡集を御覧下されば分かりますが、故先生から正岡さんへ宛てた当時の手紙の中にさう書いてあるのです。ホト、ギスに出てゐる句は恐らく正岡さんか高浜さんかゞ手を入れたものなのでせう。是は私も野上の推察に同意します。「蓮を見る内を仏のこゝろかな」といふ句が落ちてゐると云ふ御注意も、私共の方から云へば夫は句集第三百四十五頁の「見るうちは吾も仏の心かな」を外の人がなほしたものに過ぎないから、脱漏と認める訳には行かないといふことになります。

尤も前にお話しした故先生から正岡さんへ送られた俳稿を見ると、世間の人の目に触れてゐる故先生の句には、正岡さんが直した方の句が往々あるやうです。此意味から云へば、貴方が誤りだと御思ひになつたのも無理はないと思ひます。幾ら原作には何うあつても、世間には違つた形で発表されてゐるのだから。さうして故先生も夫に対して何等の抗議も持つておゐでゞはなかつたのだから。

然し私共の立場から云へば、原作は飽くまで原作の形で公けにしたい。若し正岡さんの直ほしがあつて、さうして其直ほしの方が世間に流布してゐるならば、夫が直ほしであるといふことを一目見てすぐ分かるやうな仕組みにして置いて、さうして原作を発表することにしたい。私はさう思つて原稿をつくると き、其区別をはつきりさせて置きました。然し中には誰が直ほしたのか分らないやうなものもあります。口伝へに少しづゝ変つて行つて、結局原作と大分違つた形になつてゐるやうなのもあります。さういふのは仕方がないから、明瞭にすることが出来ない限り、原作だけを書き上げることにしました。逆に、原作を知る便宜の少しもないものは、是も仕方がないから、公けにされた句其ものを凡て原作と認めて仕舞ひました。

一方から云へば、即ち専門家の立場から云へば、「行燈に」だの「見るうちは」だのゝ句には季がないから、是は寧ろ漱石先生の名誉のために割愛すべきで、其代り下五を「秋の旅」として上から八つを「蓮を見る内を」として掲載するが可いと云ふ説が、或は出ないとも限りません。然し私共から云へば、故先生が季無しの句を作つておゐでだと云ふことは、些しも故先生の名誉を傷けるものではなく、却つて夫は故先生の俳句生活の揺籃時代を記念する貴重な又意味の深い材料を形作るものであると思ひます。貴方が前のやうな専門家の立場に立つておゐでだなどと私は決して思ふのではありません。又大方の諸君子も私共と同じやうな考へで見てゐて下さるものだと信じてゐます。然し序に私共の意のある処を一寸明らかにして置きたい心持になつたから一言申添へる迄であります。

御礼と御頼と御返事旁、右迄申上ます。以上。

（「ホトトギス」大正7年4月号）

霊的に表現されんとする俳句

飯田蛇笏

この頃しきりに自分に考へさせられることは俳句鑑賞の上に若しくは其創作の上に或る作家と或る作家との著るしい隔りを見出すことである。その実表面は極めて平静で殆ど風波を見ない水面のやうなものであるが、水底に見做された内部は全く其の色彩と深みとを異にして居る。遠景に見た水面の平静は近よつて其の水底を見た眼に僅かに浅く湛へられた冬田の水と紺碧の色を帯びて渦巻いた深淵との差である。即ちその隔りといふのが思想及能力の隔りであつてそれが鑑賞の上にも創作の上にも普ねく及ぼして来るものであることは言を俟たない。俳句といふ恁うした短い形式のもので、殊に季題といふ略共通した土台に立つて居るものであつて見れば一見顕著に識別し得られないかの感があるが静かに其の全思想全能力の尖端の閃きを示す作品から背景を透して窺ふとき其処に全く相異らんとする二つの世界が見出さるゝ。

世人は我が俳壇の皮相を眺めて徒らに党派の関係を結び付け

曰く何派曰く何党として軽浮な色どりを以つて之れを区別付けようとする癖を持つて居た。けれども其の思想の根柢として流る丶潮流、時の産んだ箇々の能力は遂に党派の奈何を諮はず進むべきは進み、落伍するものは落伍する事を明らかにして、相進むもの丶一潮流と残りゆくもの丶一団とは二つの世界を区画せんとすることの外に示すべき何ものもなからんとする。

此の一つの世界と彼の一つの世界との分界は一歩能く渉り得べきが如くにしてその実計り知るべからざる深淵であり所詮彼此相通じ能はざらんとすることを見出す。早くも他の文藝界に於いて明らさまに恁うした事実を観ぜしめられたかとは此の文藝界に横はる事実を看取するべく首肯せしむるに甚だ都合がい丶。

過ぎし硯友社隆盛の時代に故紅葉が漸次創作界に頭角を擡げ来り続いて其の門弟たる風葉鏡花春葉等の諸氏が盛名を謳はれるやうになつて来たのであるが、其の時相前後して故国木田独歩が漸く世間から認られるやうになつて来た。而うして此の時新らしい時代が藝術界に開展せられんとする気運を示したものである。処が一時代の創作といふ上から大体に於いて同じやうな色彩を帯びたかの如く見えた諸氏の産む藝術がその実相互に甚だしい隔りを持つて、その間に深い渠溝を示しつ丶あつた事は事実であつた。大体に於いて同じやうな色彩を帯びて見えたのは単に創作といふ上から小説的な色に彩られて居たことを看る皮相な観察に過ぎない。紅葉一派の架空的な分子の多い、多く因襲道徳の是非の上に立脚する創作に対して故独歩の如きは欠陥の多い大成されなかつたものではあるにしても兎に角人生の真に触れ現実的精神を土台とする作品を見せて居た。少くとも遊戯的分子を排した作品が間々見られた。私の記憶に止まるものを挙ぐれば古く「文藝界」に表はれた「悪魔」や「牛肉と馬鈴薯」や「文藝倶楽部」に発表された「第三者」、之れ等の作物は軈て大藝術を産み出さんとする端緒を見せて居るものであつた。惜しいかな彼は余りに大ならず畢つてしまつたのである。それは彼自身が我等の期待したゞけそれだけ偉大なる境に到達し得なかつた為めに其の藝術の偉大なる輝きを示し得なかつたもので致方ないことではあるが其の全自我を傾け尽し現実的精神に立つて社会人生の真相を窺はんとした真面目な彼の態度は自ら落伍の硯友社派を睥睨する威力を備へ軈て澎湃と起り来つた藝術界の新たなる大思潮に対して根柢を形作つた遺績は世上如何なる批難があつても閑却し去ることは出来ないのである。

斯くて我が文藝界は大風の過ぐるが如く進転し更らに進転して、今日の旺盛を致して居る。

俳句界が遅々たる歩調ではあるが、子規時代を通り越して現時の眼ざましい時代に到達し斯かる気運を示し来つたのも決して偶然ではない。茲に創作界の独歩現出前後の時代にも比すべき我が俳句界の「新俳句」時代の句二三を摘出して当時の俳句をふり返つて見ると——但し茲に称して新俳句時代といふのは正岡子規の存生の頃で明治三十年前後上原三川、真野碧玲瓏両氏共編し子規居士之れを閲すること丶して出版せられた「新俳句」の成つた時代を指すのである。子規居士はその巻首に題して、

新俳句は明治に於ける俳句集の嚆矢にして明治の俳句は此後益変化すべく第二第三の新俳句は続々世に現はれんことを希望し且つしかるべきを信ずるなり、

と謂ひ、更らに又、

明治二十五年以後は漸く元禄の高古を摸し文化の敏贍を学ぶ、之れをすら世人は以て奇を好み新を衒すと為せり、其後蕪村を崇み天明を宗とするに及んで文人学者は始めて俳句の存在を認めしが如く可否の声諸処に起る、可否の声忽ち消えて俳句は其価値の幾分を世に知られたる時、元禄に非ず天明にも非ず、文化にも非ず固より天保の俗調にもあらざる明治の特色は次第に現れ来れるを見る。此特色たる天明に似て天明よりも精細に蕪村に似て蕪村よりも変化多し、芭蕉其角の夢にも見ざりし処、蒼虬梅室輩の到底解する能はざる所に属す。

と述べて居る。以つて明治第一の俳句の新声たる句集であり、且又此の時代が漸く模倣の境域を脱却して其の特色を発揮し来り文藝として価値ある新俳句の実を挙げんとする時代を明かにするものである。即ち創作界等に於いて漸く新興文藝の気運を認め澎湃たる運動の波動を感知する所謂過渡時代に比するも強ち過ちなからんことを信ずる所以である。却説その句は、

藻の花や竹伏す岸に乱れ咲く　子規
一つ家に飯くふ秋の名残かな　虚子
秋風やつめたき飯に朝日影　同
うか〳〵と風引く秋の夕かな　同
河骨の花に集る目高かな　碧梧桐
森の中に出水押し行く秋の雲　同
市中や鴉人を見る秋の暮　同
海晴れて水鳥近う鳴くあした　左衛門
村雨の菖蒲わけ行く田舟かな　鳴雪
末枯や草山上る御狩の衆　霽月

の如きであるが、然も此れ等の句は、当時の他の句に対しては、比較的力強い清新の句境としての誇りを示して居ればとて決して遜色あるものではなかつた。「藻の花」にしても「一つ家」にしても或は「森の中」「海晴れて」「村雨」「末枯」の如き皆当時にあつては異数な句であり、「一つ家」「うか〳〵」とに纔かに主観の色彩を帯びたるものを除くの外は単なる客観の写生として他を睥睨するの力があつたであらう。殊に「秋風」「河骨」「市中」の如きは客観の写生としても更らに力強く濃厚な感情を現はし印象的な句境を窺はせる点に於いて全く模倣等の境域を脱却して自明的境地を明らかにして居る。又「一つ家」「うか〳〵と」の如きは稀薄ながら主観的色彩を帯びてゐるところは更らに異数に認めねばならぬものであつた。

此等の外猶精細にしらべて行くときは恁うした句は、「新俳

句」中まだ〳〵数ふるに遑ないまでに現はれ来るであらうと思ふが此処には僅かに点在した数句を取り上げて示したまでに止ることは勿論である。

けれども此れ等の句が現代の我等をして充分に咀嚼し翫味し得せしめて満足ならしめ得る力を具備し居るや否やといふと決してさうではない。尚多くの慊らない感があり、尚深く強い要求が伴はれて居るのである。而して事実上現代の俳句は更らに深みと強みと多分に具備して我等の眼前に横はりつゝあるのである。之れ即ち時代の推移進転が我等に齎らす鑑賞力と創作能力の厳正批判が然らしむる当然な又余儀ない事実である。

然しながら我が俳句の、他の文藝に比して形式の短小なるだけそれだけ極めて微々たるかの如き進歩発達のあとは、尚世上多くの批判者をして今日の俳句界へ如上の句を持ち来つて挟むと雖も或はその「新俳句」時代の句であることさへ識別するに苦しましむるものがあるであらうと思ふ。事実上、現今の我が俳句界には如上程度の句は枚挙に遑あらず見出し得られるのである。否、寧ろ此等の句にも匹敵し難い更らに低級な卑俗な思想と能力とを窺ひ知り得る俳句が処せまきまでに羅列しつゝあるのを見るのである。

茲に余は一々例をあげて其の立証とし、評論して見ようとも思つたのであるが、其の煩を敢てするまでもなく識者はこの言に了知するものと信じ、少時く他日の論に譲ること、して主要なる論点に言及する。

之れは輓近虚子氏が「進むべき俳句の道」の末尾に於いて「客観の写生」も亦忘れてはならぬ、といふ意味の事を書かれた、それが為めに理解力の乏しい低級な思想を抱いた世上蒙昧な徒輩は直ちに之れを与し易しと做し単に客観を称呼し、徒らに軽浮なる客観描写をのみ之れ事とし、其結果做すところは彼の新俳句当時の境に後戻りをして或は此れにも劣りていたづらに故人の糟糠を舐るに日も之れ足らない有様であるのを見る。過るの甚だしいものではあるまいか。

けれども亦翻つて思ふに、既に彼等自ら古人の糟糠を舐らんとして意識的に之れをするのでもなく徒らに先覚者の謂ふところを理解なく早計して早くも過らんとするは、所詮彼等の時代と共に推移し難い思想、能力が彼等自身をして落伍者ならしめ低級能力を闡明ならしむべく余儀なくせらるゝものであらう。

此の場合に立つて私は俳句の創作といふよりは主として鑑賞の上に於いて恰も音楽の鑑賞に甚だ共通する帰一点を痛感する。音楽は要するにセンシビリテーであつて即ち媒介物たる或る音を通じてその指し向くる所の能動的想像若しくは指し向けられたる所動的想像に対して直接に感動を印象する所の感動であるが、若し甚だ低級能力の聴者をして如何に耳を傾けしめんとするも彼等は漠然と朧気に聴取するのみであつて、その旋律、諧調、節奏等を真に心神にかき抱き感情的霊魂をして感動せしめ純粋に歓喜を歓喜とし悲哀を悲哀として恍惚の状態に到らしむることは出来得ないであらう。之れを指し向けらるゝが儘に感動すること十分に咀嚼し得ることは人間の根本的能力に俟たねばならぬことである。更らに面白い事は天然の音声を発するもの、譬へば樹間に囀る小鳥とか梢をわたる松籟といふやうなものに対するとき、私は又低級な俳句に譬へ得べき事を見出す、此れ等のものはその音高、音強、音質並びに音の緩急は音楽に模倣し得べきものではあるが其の内容としての感情そのものを喚起するところの対象を表現しなければならぬ点に於いて完全に音楽として取扱ふわけにはゆかない。然るに之れを完全なものとして聴取するは即ち俳句として完く其の要素を欠いたる作物に対して殆ど同様なエクスタシーを得つゝあると選ぶところはない。又仮りに一歩を進んだものとしても路傍阿法陀羅経或は法界節を翫味するの能力に過ぎないものであつて高尚にして幽玄な高踏的な音楽に対しては所謂ミユジカル、ダイナミツクスの欠乏した点から言つても人間の根本的能力に俟つ問題に帰着せねばならぬ。俳句鑑賞の上に於いて亦痛切に斯の如き感をおぼゆるのである。

茲に於いて我が俳句界は、進みゆくものと落伍するものと相隔ること百歩、遂ひに全く相容れざる二つの世界を形作つて一つは他の世界を顧みず一つは他の世界を識るによしなく、漸く一線を引いて新期を画せんとしつゝある事を明らかに視る。而も低級な世界に在つては何等の焦燥もなく苦悩もなく一種の安慰を得つゝ、生存しつゝ、ある哀れを暴露しつゝ、あるのである。抑ゞ党流派等の事は論の末葉であつて、要は旧思想と新思想とが相岐れんとする根柢に横はる潮流の大問題が我等をして視聴を働かせつゝあるのである。

私をして忌憚なく言はしめよ、無為にして俳句といふ短詩形の所謂ごまかし易い、かくれ易い天地に呼吸する者をして露骨に赤裸々に彼等の本来の心を露出し正体を暴露せしめよ、仮面を脱落せしめよ。

我等はこの人間世界に生存する上に於いて最も尊い仕事の一つに携はりつゝあることを自覚せねばならぬ。最も尊い仕事の一つとは何か、それは言ふまでもなく文藝である。ただ文藝に携はる上に於いて社会人生に対して如何なる態度を持すべきであるか、自覚すると共に此の態度の闡明せらるゝ事が其の生産せらるゝ文藝の価値如何を論じ批判付けらるる事になるのである。単に自覚といふ、橋畔の乞食も亦乞食たるを自覚するであらう、貧を貧として訴へ、苦を苦として述べ、哀れを哀れとして呼ぶと雖もそれは卑俗なる取るに足らざる自覚の声であつて偉大なる人間至上の能力が齎す声ではないのである。我等は我等の世界に生きて居る上に於いては、強く現実を観、之れを深く味ひ、根本的に生存の実を挙げたい信念から常に最善の世界を形作るべく賢明なる努力を持続しなければならぬ。この努力は軈て人間至上の能力の美である。此の努力が他へ及ぼす時其処に人間としての輝きが認められ、此の人間から産み出さるゝ文藝美術は我等が世界に於いて最も崇高な最も厳粛なものでなければならないのである。こゝに認めらるゝ自覚の声は始めて偉大なる声として世上に伝はり人間社会に崇高にして厳粛なる輝きを示すのである。

短篇ではあり新聞紙の僅かに一部を領したに過ぎないものなので余り世評には上らなかつたが、虚子氏が此の正月発表した「長命」の如きは其の思想乃至能力が此の格段な努力を表示するもの、一端を闡明するものと私は認めた。要するに斯の如きは人としての「信仰」であり「熱」である。

我が新時代に於ける俳句も亦文藝の一科を為してゐる以上、当然背景として此の「信仰」と此の「熱」とをひそめねばならないものである。「俳句」と「信仰」と「熱」と、渾然として始めて此処に我等が文藝にたづさはる自覚の土台に立つて人間至上の能力の美を発揚する効果が認められねばならないのである。

私は如上の立場から此処に現代の俳句としての作品中数句を摘出して其の代表的なものであることを明示し一つは以つて俳壇の覚醒を促さうと思ふ。

初空や大悪人虚子の頭上に　虚子

草摘みし今日の野いたみ夜雨来る　同

風早西の下に余が一歳より八歳迄郷居せし地なり家空しく大川の堤の大師堂のみ存す、其の堂の傍に老松あり、

此松の下に佇めば露の我　同

夜観世音に詣づ、

秋の灯に照らし出す仏皆観世音　同

雪解川名山けづる響かな　普羅

海女の死や鉦きゝに来る秋の浪　同

曠野目を閉ぢて冬水湛へけり　同

樹々の息を破らじと踏む秋日かな　水巴

生きて歩く市の日強き柳かな　同

兵役のなき民族や月の秋　雉子郎

溺死ありおごそかに動く鰯雲　失名

木蓮に翔りし鳥の光りかな　零余子

以上の句は過去数年間に於いて我が俳句界に表はれた高踏的な作品の代表的なものとして特筆大書すべきものである。此れ等は創作的態度に於いて各々作家が自然及社会人生に対して現実そのものをあるが儘に見ようとする在来の卑下なさもしい態度の外に人間至上の藝術的能力の美を社会人生に体現しようとする潑溂たる勇気ある箇々の信念と努力をひそめて、偉大にして輝きある背景を具備しつつあるのを明らかに認める。かゝる信念と情熱と相俟つて至上藝術としての詩を俳句として認めることが出来るのである。

此処に一新期を画して霊的に表現されんとする俳句は所詮斯くなければならないのであつて、彼の粉末に均しい徒らに季題観念に囚はれ過ぎた一種の手心地をもつて拵へ上げんとする軽浮なる俳句は、如何に努力するも結局空しい結果を産むのみであらう。

世上の俳句が俗悪に流れんとし卑下に陥らんとしつゝある一面の傾向は暫らく措き、茲に一新期を劃しつゝある高踏的俳句は、他を顧るに遑なく永遠に至上の輝きをもつて世上に見え高遠にして偉大なる藝術的世界を形作るであらう。

此論代表的の俳句を挙げるに当り主としてホト、ギス誌上の「雑詠」より之れを取る。一つに同誌雑詠が我が俳壇の権威として従来最高標準を示し来れる所以を以てなり。故に其の点狭小に過ぎ多少の遺漏なきに非ざれども機を得ば再び稿を起して其の他世上広く散在する代表的な句に就いて評論して見たいと思ふ。（七、四、二）

（「ホトトギス」大正7年5月号）

『新しき村』の批評

堺　利彦

（一）

武者小路実篤君の『新しき村』の計画について批評せよと云ふ御注文は、ちよつと面白いと思ひますから、少しばかり書いて見ます。

先づ武者君の計画は、徳富健二郎君の田園的別荘や加藤一夫君の飯事的農業などに比べると、同じくトルストイの影響は受けてゐながら、其の理想の社会的な点と、其の規模の稍や大きそうな点と、及び其の意気込の頗る真剣らしい点とに於いて、遥かに立ち優つたものと思ふ。

武者君の理想は、大体に於いて私共の理想と同じ様なものだと思ふ。然し武者君と私共とは、其の理想を実現させようとする手段が違ふ。其の手段の違ひの生ずるのは、社会の見方、歴史の解釈の仕方、一般事物の考へ方に、根本的の違ひがあるからである。即ち私共は物質主義者であり、武者君は精神主義者（若しくば理想主義者）である。

（二）

武者君は云つてゐる。『労働者に味方することは、中流以上の階級を敵にすることを意味しなければならないとは思はない。』『新らしい世界をつくるのに暴力は用ひたくない。』『理性とか、愛とか、理知とか、さう云ふものによつて、尤だと思ひ込むことによつて一歩づゝ進みたく思つてゐる。』そして武者君は『北風と日光と、どつちが旅人の外套をぬがせたかと云ふ話』を持ちだして、『僕は北風のはげしさよりも、日光の暖かさの方が力が弱いとは思はない』と云つてゐる。

然し徳川慶喜が政権を返上したのは、『日光の暖かさ』の為であつたか、『北風のはげしさ』の為であつたか、それをチヨツト考へたばかりでも、此の比喩の力は消えて了ふ筈である。

又あの時、徳川幕府の人々と薩長其他諸藩の人々とが、『理性とか、愛とか、理知とか、さう云ふものによつて、尤だと思ひ込むことによつて一歩づゝ進』んだかどうか。

現に武者君自身も別の所では斯う云つてゐる。『社会の力をもつてすれば、富者も労働者の草履をとる位なことは甘じてやるにちがいない。』『社会の力』は『暴力』と同じ者では無いだらうけれども、『理性とか、愛とか、理知とか』と同じ者でもあるまい。武者君は又『富者は……輿論に反抗するだけの力はない』とも云つてゐる。富者に対して反抗を許さないほどの圧迫を与ふべき『輿論』なる者は、其の背後に大きな強い力を持つてゐなければならん筈である。『社会の力』と云ふのは即ち其事だらうと思ふが、其力が『日光の暖かさ』であつて、『北風のはげしさ』でないと云ふ証拠が何処にあるだらう。

（三）

武者君は又云つてゐる。『自分は少数の人が協力して新らしい生活をつくることから始めたい。』凡そ改革の事業が少数の人の協力から始まるは無論である。初から多数でありよう筈がない。そこで其の少数の人の協力した『新らしい生活』といふ事が、維新の際の志士等が、それ〴〵の藩を脱して、謂ゆる処士横議の浪人生活に入つた様な事、或は近世の欧米労働者等が、将来の新社会の萌芽として、諸種の組合生活に入つた様な事を指すとすれば、私共に於いて勿論異存がない。然し武者君のは只、現社会から離れた処で将来の理想社会の『見本』を示さうと云ふのである。其の『見本』が果して出来るかどうか。

十九世紀の前半に多くの空想的社会改良家がヨーロツパに現はれた。カベー、オーヱン、サンシモン、フーリエー等が即ちそれである。武者君は勿論それらの主張と理想と事跡とを知つてゐるだらう。彼等は皆な『見本』的新社会の建設実現に熱中した。アメリカに行けば只で幾らでも土地の得られる時代であつたので、彼等は皆なアメリカに行つて色々の共産村を作つた。一時は非常な社会的センセーシヨンを起して、人も集まり、金も集まり、何百人、何千人といふ大きな団体の出来た事もあつた。然し大抵は皆な失敗に帰した。

（四）

なぜ失敗に帰したか、社会の変遷は必然的進化の径路である。其の進化の趨勢と理法とを見究めずに、道徳的、若しくば宗教的、若しくば藝術的に、或エライ人の頭の中から編みだした考案に依つて、其通りに社会を作り直さうとするのは無理である。小さな見本だけでも、其の考案どほりに拵へあげる事は到底出来ない。現社会から離れると云つても、矢張り諸種の関係を持つてゐる。現社会を支配する経済力から免れる事はどうしても出来ない。然るに彼等は其の経済力、社会力の根本には手を触れずに、ソツト其の支配を免れようとするのだから駄目である。

現に武者君は、『一人について一段以上の田と少しの畑に相当する土地』で農作をやる積りらしいが、『労働時間は六時間を超えない』と勝手に極めて置いて、其の農作が果して出来るか。尤も武者君は『会員外の労力もこばまないにしろ、地主が小作人に対する態度はさけねばならぬ』と云つてゐるから、矢張り小作の様な事もやらせる積りと見える。然し其の小作を地主の態度で待遇せぬとすれば、年貢米は取れない事になる。若し極僅かな年貢米を取るとするならば、なぜ態々土地を買ひこむか。其金を銀行にでも預けておいて、少しづゝ米を買つた方が安上りではないか。若し又年貢米は世間並に取るが、態度だけは他の地主と違ふと云ふのなら、丁度、小学教員の俸給は増せないが、待遇だけ善くすると云ふ様な話と同じである。

武者君は又綿も作る積りらしいが、近来日本全国の綿作が全く無くなつて、印度綿ばかりが輸入されてゐるのを何と考へてゐるか。武者君が綿を作つて、それを自分の機織工場で布に織ると、其布は、印度綿を輸入して紡績会社で産出する布より、安価に出来ると思つて居るだらうか。武者君は『他の社会よりもよりよき品をより安価につくり出すことに苦心もする』と云つてゐるが、『苦心』ばかりでそんな事が出来るだらうか。又武者君は『千人近くの人が智慧をしぼつて喜んで全力をつくして協力してつくるのだから、一家族だけで旧式の方法で、精神ぬきでやつてゐる仕事よりもしまひには勝つのがあたりまいと思ふ』と云つてゐる。然し今日の紡織事業は、『一家族だけで旧式の方法で』やつてゐるのではない。大資本の力で大機械を使ひ、何千人何万人を協力させて最新式の方法でやつてゐる。共産的の『精神』は『ぬき』であるけれども、資本家的の強烈な精神でやつてゐる。此の大勢力に対する武者君の事業は、初から負けるのがあたりまいである。

（五）

猶ほ実験共産村の失敗した原因の中には、主唱者と随従者との関係もある。共産村の理想は其の根本が自由平等に在らねばならぬ事は勿論である。然るに実際はいつも一人のエライ人が中心になつてやるのだから、そこに不和の原因が存する。どんなに無我無私に見える人（若しくば自らソウ信ずる人）でも、矢張り我儘の出る時もあり、間違つた事をやる時もある。又善美崇高な理想の所有者が必ずしも事務の才の所有者ではない。そこに無理な点がある。現に武者君も『自分を信じ切つてくれる』人があればと云つてゐる。此の言葉の中に早や専制者の態度が見えてゐる。一人を『信じ切』る様な人が集まつて、自由平等の社会が作られる筈がない。

（六）

然しズツト現社会から遠ざかつて、原始的な生活をするのなら、それは或時日の間、出来ない事もあるまい。現に台湾の生蕃はあの山の中で、自分等の特殊な社会組織で、文明社会の下層貧民よりは遥かに平和な安全な、愉快な生活を送つてゐる。然しそれでは武者君の理想とは大ぶん掛けはなれたものになる。

或人がカベーのイカリア村を見た時、こんな事を云つてゐる。『あゝ空想家の空想よ。私は三月の薄寒い或日曜日に、イカリア村をぶらつきながら、カベーの小冊子（カベーの有名な著述、イカリア旅行記。この旅行記の空想を実現させる為にイカリア村が出来たのである。）を繰りひろげて読んで見た。そしてカベーがあの小冊子の中に華々しく描きだした愉快と雅致とに対する、此村の実生活の無趣味な貧困のコントラストを、しみ〴〵と痛ましく感じた。』武者君の理想と実現とのコントラストも恐らく此轍を踏むより外はない。

そこで近世の社会運動は、社会進化の趨勢と理法とを善く見究めて、それに従つて方針を定め、手段を定めると云ふ事になつてゐる。だから今更武者君がそんな計画をするのは、徳富別荘加藤農園に比べては遥かに立ちまさつてゐるけれども、畢竟アナクロニズムの沙汰である。

（七）

然し武者君をして今日その様な考へを起させたのには、又相当な社会的原因がある。第一、日本の社会は一面には恐ろしい勢ひで、資本主義が発達してゐるけれども、何分まだ年月の短い事だから、一面には又、甚だしく世界の経済的進歩に後れた所がある。従つて丁度その未熟な経済状態に相応する空想的改良主義が持ち出されるのである。

第二、日本の社会運動は、必然的に先進国の運動の歴史（即ち進化の過程）を短時日の間に繰返してゐる。生物学の法則上、種の進化の過程が個体の発育の上に繰返されると同じ様な訳である。そして其の短時日の間の繰返しが、場合に依つては同時に並行して現はれる事になる。丁度、東北地方に行けば、梅も桃も桜も同時に花が咲くと云ふ様なものである。武者君の梅が他の桜と同時に咲き出すのは、そういふ訳である。

第三、右二つの理由の外、日本の社会運動は、どれもこれも殆んど手足の出されない形勢に陥つてゐる。故に成るべく安全な他の道を取る事になる。故にそういふ人は、逃避するとか、猫を冠るとか、鼠色になるとか云ふ意識は勿論無く、自分の取つた其の安全な道を、客観的にも最善の者と信じてゐるが、実は矢張り猫鼠と同じ種類に属するものである。武者君の立場も矢張り（少くとも幾分かは）そういふ心理の作用であると思ふ。『我々はこの世の制度にさからふ必要はない、それは内が生長すれば自づとかはるものだ』などと云ふのは、トルストイ其儘のアキラメ言葉である。

（八）

然し武者君は中々善く分つた事も云つてゐる。豚を熟睡中に麻酔剤で殺さうと云ふ様な些細な考案に耽つたり、男女関係の解決のつかないのに余ほど困つてゐたりする所は、少し滑稽に見えるけれども、『新らしき村』に於いては、『器械は人間につかへて人間を使用しやうとはしない』と云ふ様な、深い意味のある言葉を、善く理解して使つてゐる。

又武者君が、『なぜ今迄にかう云ふ社会をつくる人がなかつたか、よしあつてもなぜそれが世界的にまで生長することが出来なかつたか。それは時機の問題である。……人類其処までまだ進歩して来てゐなかつたからである。……世界は、人類は一つの目標を目がけてもう一歩と云ふ処に来てゐる』と云つたのは、余ほど面白い。だから私共は武者君に賛成が出来ないのだが、然し一種の刺激といふ意味で、此の『新らしき村』の計画も存外結構だと思つてゐる。兎にかく之は日本に於いて初めての企てである。こんな事でゞも多少なり社会の注意を引くのは、今日の『時機』として、決して、無益ではない。

然し又かういふ事も出来る。曾て或人々は、社会主義者等を一纏めにして何処かの離れ島に送り、それに何程かの金を与へて、勝手に理想の村を作らせるがよい、といふ建策をした事がある。そうすれば本国の社会では厄介のがれが出来てよいではないかと云ふのである。武者君の企ては丁度この御註文にはまつたものだとも考へられる。

本篇は都合により諸処削除したるところ多し。筆者及び読者の諒恕を乞ふ。（編者しるす）

（「中央公論」大正7年6月号）

苦しき魂の苦しき記録

中村白葉

『これ迄の小説は時の推移に従つて横に長く平面的に〔一字欠〕展したが、今度の作は層の上に層を積むといふやうな立体的のものを書く積りだ。僕にも新しい試みだ』

これは『残雪』の作者田山花袋氏が、それを新聞紙上に発表せんとした当初にある人に語られた言葉である。それを聞いた時に、私は、田山氏が年を重ねて益々盛んなる意図を甚だ壮とし、潜かに此新しい試みの成功を祈り且つ期待した一人であつた。その私が、『残雪』一巻の出版を見るや否や逸早く一読を了したのはもとよりいふ迄もない事に属する。

さて、然らば読後の感は如何？

書かれたるものは苦しき人間の生活である。苦しき魂の記録である。一篇の構造は、謂はば無数の短篇の累積で（連続ではない）、それを哲太といふ主人公の人間として生れたが故の、魂の苦悶、世路の艱難を経て、最後に釈迦の遺した仏教思想に大なる共鳴を見出し、それに依りて魂の上に嘗て知らなかつた安慰と光明とを見出すに到る心的経路を以て一貫したものである。そして新しき試みとしての特色は、在来の小説のやうに時所の制約に限定されずに、作者の思想を生かすに必要なだけのシーンを思ふさま自在に扱つた点にあつて存する。が、残念な事に、然り、著者にとつても読者にとつても非常に残念な事に、此試みは何方かと言へば失敗に近いと言はねばならない。もとより、主人公の精神生活を背景に持つた個々の場面には、私をして屢々巻を措いて讃嘆せしめた程に勝れたものが多かつた。しかもそれを一貫した一つのものとして見る時に失敗であつたと言はしめるのは何故か？

由来作者花袋には二ツの歴然たる傾向があつて、作が思想的に傾けば藝術味を極端に失ひ、作が藝術的に傾けば思想味を多分に失つて、兎角に思想味藝術味に豊かな渾然たる作品を得難いと謂はれたものだが、私をして言はしむれば、これには花袋氏性来のせつかちが重要なる原因の一つをなしてゐると思ふ。此『残雪』一篇にも、此欠点はまざ〳〵と指摘する事が出来る。即ち、作者が己が胸中に堆積せる思想を語るに急にして、藝術に緊要な落着きを失つてゐる事である。前にも言つた達者な奔放な、何物にも拘束されない筆致は一面此作に奪ふべからざる特長ではあるが、それが一面読者に与へる感銘なり印象なりを稀薄にし紛難にしてゐる所以でもある。

此作が小説らしくない小説であるといふ事には私は何等の非難すべき理由を見出さない。只しかし、作者は余りに時の干係を無視し過ぎた。此一事だけでゞも、読者の頭は非常な混雑に陥れられる。人生は雑多紛々であるといふ。それは私にも分つてゐる。けれども、藝術はその再現であるが故に、雑多紛々でいいとは言へないではないか。私の見るところでは、人生は雑多紛々なるが故に、それに統一を与へ、それに依つて纏つた印象を得んが為めに藝術は存在するものである。此観方からして私は、読者に与へる感銘の不統一なのを此作が藝術品として大きな欠点を持つてゐるものと数へる。

以上の欠点はありながら、しかし、此作の持つてゐる力は大きい。主人公哲太の生に対し世間に対し又性に対するところの苦悶は、とりも直さず此人生で有ゆる真面目な魂が持つところの苦悶であり悲哀である。人間は遂に孤独である。箇と箇との対立を十分に痛感したものでなければ、本当の自他融合は望まれない。作者の此著しい目覚めは巻中随処で犇々と読者に迫つて来る。此思想が事実に於いて、一番痛切に感じられるのは男女の関係に於いてゞあるが、此点に就いての哲太の苦悶は、此思想を裏書きして少しも余蘊がないと言つていゝ。此方が追へば相手が逃げ、相手が追へば此方が逃げる、此間に横たはる不可思議の心理は、ひとり恋に悩む者ばかりではない。此人生の有ゆる事象の蔭に潜むわれ等人間の如何ともし難い運命であつて、又有ゆる人生の悲哀の根源である。これは私が大分前から持つてゐる人生の観方であるが、それを花袋氏の此作の根底に見出した時の喜びは！　作の全幅に漲つて脈々として波打つてゐる主人公の真面目な苦しみが、語を換へて言へば、作者花袋氏の人生に対する真面目な態度が私の魂の上に限りなき尊敬と力がましさと多大の慰藉とを与へてくれた事を、私は永久に忘れないであらうと思ふ。

偉大なる魂の偉大なる苦悶の記録！

此一篇に対しては私は、先輩に対し以上に様々な不遜を敢てしたのを謝すると共に、それに依つて自分が救はれ励まされた事を特に感謝して筆を擱きたい。（五月十一日）

（「中央文学」大正7年6月号）

武者小路兄へ

有島武郎

武者小路兄。

あなたや同志の諸君が合理的な生活を深く望まれる結果、あなた方の実際生活を改造しやうと企てられたに付いて、世間が色々な評判をし、既にそれに関して意見を公表したものさへあるのを知りました。早計に失するかも知れないが、私にも少し云はせていたゞきたいと思ひます。

昔から人類の生活はその進化境遇の変化につれて幾度か調節され改造されて来てゐます。過去と云ふ霞を透して眺めてゐるから、その調節作用は緩慢なもの、やうに見えるけれども、而して何んでもない自然な径路のやうに思へるけれども、仮りに想像を過去のその時代々々に遡らして、考察して見ると、人類生活の様式は可なり根本的な変化を幾度か経て来てゐるし、新しい様式が古い様式に取つて代はる時には、出産の時と同様な生か死かといふやうな危機を潜つてゐる事を発見します。然しながら人類が真に甦生する為めには、真に活動的な生活を持続して行く為めには、いやでもこの危険を犯して、新たな道を切り開いて行かなければなりません。

而して今の時代はその飛躍の時機である事を思はせます。奴隷使役の時代に代つた封建制度の時代、封建制度の時代に代つた資本制度の時代――即ち今の時代は既に老ひました。オーエンが出、サン・シモンが出てから百年の余になります。日本が封建制度から資本制度に移つたのは五十年前の事だとは云ふけれども、欧洲に十分発達してゐたその制度をその儘輸入したのだから、その凡ての特長と共に弊害も思ひ存分五十年の間に現はれて来てゐます。

如何なる時代の如何なる制度にも弊害の伴つて起るのは知れ切つてゐます。然しながらそれを恐れて現存制度の弊害がつのりつのつて、人の心まで萎まして仕舞はうとするのを看過してゐる訳には行きません。如何んな弊害が起つて来るかは知らないが、兎に角今の制度よりも人類の生活をより幸福に導くと思はれる境遇に転化する必要は日に日に逼つてゐます。

あなたも私も割合に安固な衣食住を保障されてゐる家に生れて来てゐます。それだのに、この人から羨まれるべき生活の中にも、私達は絶えず疾ましい思ひをして生活してゐなければならないのです。第一私達は都合のい、境遇に生い立つたといふ点から私達自身の才能をすら割引きして考へなければならないのです。公然とこれは自分が自分の力で造り上げた才能だぞと云ひ切る事が出来ないやうな立場にゐます。私達の持つてゐる品性でも、健康でも、愛心でも、こんな境遇にあればこそと省みねばならぬ弱さを持つてゐます。私達の本性が味はうとする幸福にさへこんなハンディキャップを置かねばならないのですから、物質的の幸福に対して疾ましい思ひをし続けなければならないのは勿論の事です。私達はその存在をぎごちなく縛られてゐます。本統の自由はありません。資本制度の恩沢を十分に受けてゐる私達ですらさうなのですから、この制度のまゝ子である人達の悲境は更らに思ひやられます。

私の若い友が云つた事があります。今の制度の下にあつては、資産階級の人の中に特志な人があつて、自責に堪へないで労働者になつたとしても、その人が余計に働けば働くだけ、労働階級の人の働く分野を蚕食して迷惑を及ぼす結果に終るに過ぎない。こんな制度には何処か間違つた所があるに相異ないと云ふのです。これは本統に考へて見なければならない事です。

生産過剰の私有を正当とし、その量の大小を以て人間の沽券を決めるといふ事は余りに情けない事です。こう簡単に云へば誰れにでも直ぐ判る事のやうに思へますが、実際になつて見るとこの小ぽけな現象が中軸になつて、生活機関が動いてゐるのですから恐ろしいのです。議会は民意を代表せずに金意を代表してゐます。社会は——人が集つて出来上るべき筈の社会は——金が集つて出来上つてゐます。戦争と平和は結局資本家といふ少数者の手によつて勝手に左右されてゐます。而して多数者の生命は無残々々その犠牲になつてゐます。かゝる現象は長い説明を加へるには余りに平明な現象です。如何なる権力がそれを被ひ隠さうとしても、被ひ隠す事の出来ない程平明な現象です。私のこの小さな手紙がそれを云ひ現はしたからといつて、若しこの手紙を生き埋めにしやうとするなら、この手紙の呼ぶ声より百倍も千倍も有力な大きな声が叫び出すに違ひない程平明な現象です。

もう凡てのごまかしは無駄な事です。社会を治める人も治められる人も、この一事にしつかりと気がついて、回避する事なしに、金の洪水から人間を救ひ出す為めに力を尽さなければならない時が来ました。姑息な彌縫をして、一時を凌いではゐられない回転期が到来してゐます。

それを無視する者は滅びます。人類の意志はかゝる人類進化の邪魔物を踏みつぶさないでは置きますまい。

それなら次の時代に資本制度に取つて代るべきものは何んでありませう。夫れは如何なる形式を取るにせよ、広い意味に於て人間が金に支配されず、金を支配する制度であるべき事だけは明らかです。今の制度の下では資本主も労働者も共に金に支配されてゐる点に変りはありません。資本主は金を集める為めにその力量の全部を集注し、労働者は力量の全部を提供して、生活を支へるだけの金を得やうとしてゐます。人類全体がこういふ風に金の締め木にかけられて、藻掻き苦しまねばならぬといふ事は悲惨極る事です。人類の尊厳が何処に認められませう。人類の本統の自由が何処に発見されませう。

あなたがこの不幸に忍び得られなくなつて、実際生活の改造に着手された事を私は尊い事だと思ひます。その方法の内容はまだ全部発表されない事であるし、又是れから研究を重ねて行かれる事と思ひますから、委しく立ち入る事は避けますが、あなたが思ひ立たずにはゐられなくなつたその心持ちを私は尊く思ひます。而して何事につけても、他人の新しい企てに対して、一とひねりひねつて皮肉な見方をしないでは気のすまないある種類の傍観者をはしたないと思ひます。他人の企てを批評する権利は、それを企てた人と同等以上の熱意を持つた人にのみ許される事だと私は思ひます。

私は殊に藝術家なるあなたがこの企てに走られた事を愉快に思ふものです。私一箇の見解によれば、今の時代にあつては、藝術家は謳歌者であるよりも改革者である事を余儀なくされると思ふからです。奴隷使役の時代から封建制度に代る時には、宗教が強権に結び付いて人心を収攬してゐました。封建制度から資本制度に代る時には、科学が思潮の根柢を支配してゐました。

然し科学は科学自身が告白する如く到底人間の全存在を満足させる力ではありません。科学の力を借りて自然を征服しやうとした第十九世紀の文化は、その功績と共に存分に弱点を暴露してゐます。この欠点を補ふ力は藝術にあると私は思ふものです。実際藝術の勢力が実生活の中に浸徹して、生活の実質に影響した著しさからいふと、現代に比すべき時代はなかつたと思ひます。イブセンが婦人問題や信仰問題に与へた暗示、トルストヰ、ドストヰブスキーが露国の国運に与へた威力、ロダン、セザンヌなどの思想的影響は他の時代に見難い強烈なものであります。それは現代の藝術家が強ち他の時代に立優れてゐるといふ訳ではなく、現代は藝術以外の精神活動から未来に対する暗示的な指示を受け難いからの事です。殊に未来を嗅ぐに鋭敏な鼻を有する者は藝術家です。彼等は未来を直覚します。現在のやうな時代の回転期に当つて、藝術家の見地が重く見られるのは当然です。

それだけ藝術家には尋常ならざる覚悟が要求されてゐます。あなたは先づ立つてその要求に応じやうとされるのです。私も藝術にたづさはる一人としてあなたに対して敬意を表します。

然し率直に云はして下さい。私はあなたの企てが如何に綿密に思慮され実行されても失敗に終ると思ふものです。失敗に終るのが当然だと思ふものです。あなたがこの企ての緒にも就いてもをられない時、こんな事を云ふのは幸先きの悪い事のやうですが、私は思ふ所を云ふより外はないのです。あなたの社界を周囲から取かこむ資本主義の社界は何んといつてもまだ十分死物狂ひの暴威を振ふでしやうから、ドハボールの移民達が外界から被つたやうな圧迫を受けられるでしやう。あなたの社界の内部の人も、縦令覚悟は出来てゐても、今まで訓練を経てゐない境遇に這入つては色々の蹉跎を牽起すでしやう。

けれども失敗が失敗ではありません。今までかゝる企ては凡て失敗に終つてゐます。然しそれを普通の意味の失敗とは云へませせん。若し今の世の中でかゝる企てが成功したやうに見えたら、それは却て怪しむべき事であらねばなりません。そこに人は屹度妥協の臭味を探し出す事が出来るでしやうから。

要するに失敗にせよ成功にせよあなた方の企ては成功です。それが来るべき新しい時代の礎になる事に於ては同じです。日本に始めて行はれやうとするこの企てが、目的に外れた成功をするよりも、何処までも趣意に徹底して失敗せん事を祈ります。

未来を御約束するのは無稽かも知れませんが、私もある機会の到来と共に、あなたの企てられた所を何等かの形に於て企てやうと思つてゐます。而して存分に失敗しやうと思つてゐます。草々。一九一八、六、二〇、

（「中央公論」大正7年7月号）

民衆の藝術

大石七分

これ迄の民衆藝術論は、多く民衆そのものの意義、言換へると民衆的事実と云ふものの具体的な考察が充分でない。此の概念が明白に成らねば真の人間性を持つと云ふ事が民衆的だと云ふ議論には成り得ない。

元来、民衆と云ふ概念には確かりした定義がない。だからそれは単に社会的な一階級の様にも思へたり、或は群衆の事の様にもとられたりする。従つて民衆の藝術は通俗藝術に外ならないとも云はれたり、或は政治的な、亦は経済的な特殊観念を背景に持つた藝術だとも考へたりせられるのだ。

之等は民衆と云ふ概念に対しての忠実な思索が足りない結果である、また論者それ自身の生活も、そんな事を考へる程未だ切迫詰つて居ないからの議論だと思ふから僕は今茲に取りたてゝ騒ぐ必要もない様に感じる。

が此処にもつと根強い要求に迫られて民衆的生活の徹底を喚んで居る人々がある。そしてその云ふ所は根本に於て民衆とは

真の人間性に目醒め、真の人間性に即した生活を為すものであり、民衆藝術はその真の人間性に即した人らの内面的表現であらねばならぬと云ふのだが、其は僕等も至極同感でもあり、亦すべての真面目な民衆論の基調となる可きだと思ふ。

しかし民衆とは果してどんなものか。何故真の人間性に即した生活が民衆的生活である可きかと云ふ説明が頗る不明瞭である。それ等の人々の根本思想は、甚だ直覚的ではあるが、間違つたものだとは思はない。しかし抽象字句の鬼ゴツコが初まらねばならぬ様な事では、民衆即真人間と云ふ事が第一に思想として失敗に終らねばならぬ。

勿論、思想は思想、藝術は藝術だ。藝術を求める者には思想はどうでも良い訳だらう。しかし民衆藝術と云ふ特殊な名前の附いた藝術があつて、之が他の既存する藝術と対立する場合には、少くとも多少の毛色の変つた気持なり、傾向なりが無ければならぬ。そしてその気持ちなり傾向なりが、少くとも言語で以てあらはし、説明の出来得る程度のものでなければならぬ。単に『具体的な人間性の表象を求むる時には、当然その表象されたる人間性の性質の如何に寄つて定まる可きだ』では、どう手の附け様もない。これなら、民衆藝術だなぞと云ふに及ばない。斯んな条件なら殆どどの藝術にも当てはまるからだ。

端的と云ふ言葉が可成流行る。だが、あまり端的に成り過ぎると反つて変なものに成つてしまふ。僕等はあまり思想が抽象的に成り過ぎるから、その当に成らない観念に囚はれぬ為、その羈絆を脱する為に端的ならん事を望むのである。

瞑想や独断があまりに吾々を悩ましたから、生の本然に復帰して新らしく物を見直す為に直観や実感を尊ぶのだ。つまり事実を事実として如実に認める事が本当の生活への必要条件だと信ずるからだ。だが、事実に正しい根拠を持つた思想はどうしても必要だと考へる。僕等は此の正しい事実に即した概念や観念なしには生きて行かれない。人間の生活に人格的統一がつかぬ。しかし、犬や猫は端的だ。いくら端的が良いと云つて、吾々は今更犬や猫には成り度くない。成り度くても成れない。亦、人間は矢張り人間らしく当り前な思想は持つた方が本当だらうと思ふ。

既往の民衆論者が民衆と云ふ事に結び附く可く失敗したのは、あまり端的に生きやうとした結果だと思ふ。抽象的と云つたり観念的と云つても丸で具体的事実の皆無な思想がない様に、端的と云つても丸で概念や観念をぬきにした感情は人間にはあり得ない。兎も角、世の中は普通にはあまり突飛なものではない。極端な思想や議論には可成の掛値がある。之に騙されると兎角変手古な事に成る。

で、僕等は兎も角ニヒリズムを通過した現代人として、土につかない思想や情緒には用はない。が、具体的事実に即した正しい概念は、人間の生活には是非とも必要であると信ずる。僕等の民衆藝術論も実に此の比較的正確な概念や観念の上に立つての議論なのだ。

僕は先に、民衆と云ふ概念が曖昧だから正しい民衆藝術論が成り立たないと云つた。そうだ。いくら真の人間性を発揮しても、その発揮されたものが民衆と云ふ概念或は概念を産附ける民衆的事実とぴつたり合はなければそれは矢張り個人的解放に過ぎないと云ふ事ははつきりした話だと思ふ。そんなら僕の謂ふ所の民衆的概念或は民衆的事実とはどんなものか。之を説明せねば僕等の民衆藝術論も只看板が新らしく成るのみで矢張り他の理想的個人主義の藝術と同様だ。

民衆とは社会を構成する個々を意味する事でもなければ、亦た社会を構成する者の全体的集合を意味する事でもない。社会を構成する個々には個人と云ふ立派な名前がある。また社会を構成する全体を直ぐに民衆と云つて終ふのは速断である。何故なら、彼等のうちには貴族もあれば平民もある。利己主義者もあれば、又その自覚すら持たない群衆もある。そのいづれかを民衆として終ふのは他に対して不合理である。

だが民衆的事実は立派に存在する。だからこそ吾々は民衆と云ふ言葉を使ふのだ。僕は民衆的事実を人間に内存する心的状態だと考へる。

民衆を構成する個々は常に入れ代る。が民衆心理は不断に実在する。何故ならば民衆心理はその存在を深く人間心理《ヒユーマンサイコロジー》に基礎を置くからである。人間の心理に民衆心理の傾向が強く燃える時に其の人間は民衆となり利己心理が甚だしく成る時に貴族と成り、紳闘閥と成つて仕舞ふ。それは何時も深く人間に内在して去る事は無いが只民衆にあつて最も色彩が鮮明にされて居る丈けなのだ。

そうだ。所謂民衆と一絡げに呼ばれる個々は、彼等が持つ一種の生活状態に共通なる心理即ち民衆心理を内的に把持し、外的に具体化して居るが為にのみ民衆と呼ばはれるのだ。此の個々に存在する内面的事実である民衆的心理に従つて生活して居るが為にのみ民衆と呼ばれるのだ。此の民衆心理を自覚して初めて人格的な民衆が出来上るのだ。其所に初めて本当の民衆精神なるものが生じるのだ。民衆の藝術は、真に、生きんとするものが、人間が自己の本質に遺伝されたる、しかしこれ迄に甚だしく虐待され、無視され、等閑され、そして解放を阻止されて居た、此の民衆心理の復活、再生を喚ぶ所の生命的藝術であり、人間として持たねばならぬ真の綜合帰一的生活に到達す可き唯一の藝術的表現なのだ。

勿論僕は心理学者を気どるつもりはない。だから学術的な民衆心理の研究は、篤学な科学者に期待して置く。僕等にはその民衆心理なるものが自覚的に把持され、それが精神と成つて働いて居る、その精神を藝術的に表現しやうとする所に僕等の使命がある。

科学は天才の心理、貧民の心理、狂人の心理を研究した。しかし人間の最も本質的で、健康的な此の心理の研究が誠に少ない。科学が藝術に与へた過去の贈物は多様である。誠に科学者も労働者も藝術家も共に友愛の手を携えて進まねばならぬ。誠に未来の藝術家は科学的詩人でなければならぬ。未来の労働者は詩人的労働者でなければならぬと信ずる僕等として科学者に甚大なる期待を以て望まねばならない。

人間は利己本能を持つと同時に社会本能を持つ。利己本能がなければ個的には生きられない。又社会本能が無ければ個々の共存は不可能である許りか個人そのもの、進化すら覚つかない。クロポトキンが『相互扶助』に説く処の全部は実に此の一言を裏附けるものに過ぎない。

之等の本能が人間の心理的態度と成つて表れる所に利己心理と民衆心理とも名附く可きものが生じる。此の民衆心理を自覚する時に真の民衆精神が生れる。そして此の自覚した精神が個人主義的精神、或は精化《リファインド》されたる利己精神《エゴイズム》と対立する所に民衆運動の真意義があり、又この対立的表現に民衆藝術の価値があるのだ。

民衆心理にはその特色があらねばならぬ。

民衆精神は人間の生存本能に基礎を置いた自発的な一致団結の精神である。民衆精神は平和的、生産的、友愛的な現実的精神である。それは空想的な野心的な独専的な征服的な個人精神とは大に趣を異にして居る。

民衆精神は実に資本家的気質の積極的進歩性があつて、しかも労働階級気質の団結を非妥協的な Initiative の特色を以て保持して居る。

民衆を構成するその大多数は非現実的な論理や貴族的空想で捏ね上げられた観念的学問や、征服的利己主義者等が自己に都合の宜い様に勝手に作らへた思想の毒牙から免かれて居る無智な本能的な直覚的な者が多い。又其故に常に社会本能と利己本能の自然的均衡を邪魔されずに居る。それは正しい事だとか善い事だとかと云ふよりも寧ろ現実に即した生活者としての本能の然らしめる所である。思想上から、理智上からではなく、人間性の必然傾向から左様するのである。勿論この精神を持つた個人主義者もあり得る。しかし個人主義気質は単に功利的に、打算的精神から出発して居る。社会をよりよくする事が自己をよりよくすると云ふ様な妥協思想、或は算盤が感じられる。之等の人々は一種の合理的利己主義者《ラショナルエゴイスト》とも呼ぶ可き者だ。

兎角妥協的なものに甘く行つた例しがない。妥協は次の戦争迄の一時的停戦《アーミスチス》に過ぎない。この打算主義の不快は個人主義を通さうとするからのこじつけ論であるからだ。そして亦た真に民衆心理が自覚されて居ないからの不徹底があるからだ。

民衆は他人を征服したり略奪したりする程の悪智慧を持たない。しかし生きて行く以上は食はねばならない。だから生産的であり平和的である。彼等は戦争や破壊は本能的に嫌悪するものである。

民衆は現実主義者である。瞑想や空想は彼等に米を与へない。病気を治さない。健康を増進しない。彼等は『プーシキンの全集はパンの一斤に如かず』と云ふ慧智を直覚的に持つて居る。

彼等は空想家でないから人間は事実に於て平等である事を知つて居る。共同扶助に寄らなければならぬ事を知つて居る。彼等は多く無智であり無自覚だから、彼等自身の正しい事を誇る事は敢てしない。だから学者や政治家なぞが、天才や英雄を賞めるのを聞く時に、左様かも知れないとは思ふが、事実彼等は天才や英雄と雖も彼等の労働の結果に依頼せねば生棲が出来ない事を知つて居る。だから頭丈けは下げるが、腹では笑つて居る。百姓等は特に左様な傾向がある。

しかし、彼等の平等観は誰れの哲学や宗教よりも正しいのだ。そして彼等の平等観は軈て友愛と云ふ事に成るのだ。彼等はかたく此相互扶助の真理を信じて居る。此の種の誠に美しい民衆的英雄主義《ヒロイズム》がクロポトキンの書物に面白く書かれてある。

民衆の友愛は人道的な感情や理智から生れた倫理愛とは違ふ。貴族精神から生れる愛は他個の心情や幸福に迄たち入つて考へる事を享楽する性質があり、亦た自己犠牲の程度が多い程享楽の度が深まつて行く。それは、Generasity《ゼネロシチー》に出発した愛である。

自由に胚胎した本能的友愛はLiberality《リベラリチー》である。他個に対する行為や判断や心情の寛大さを意味する。そして社会共存の快楽は誠に此の温かい心情と寛大なる行為の交換そのものでなければならぬ。民衆は人より憐れまるゝ事を好む卑屈な精神を他個に期待しない、又自己も持たうとはしない。

貴族がゼネロシチーに立脚するに反して民衆はリベラリチーに立脚する。従つて社会的態度は解放《リバーチー》に対する自由《フリードム》と成つて来る。貴族精神は成る可く多くの解放を許さんとするに対して民衆は自己も他個も平等な自由行為を要求するのである。解放は程度問題であるが自由は絶対である。

斯の様な民衆心理は昔から人類にあつて普遍的に、そして不断にその炎を燃やして居る。そして人類の本当の進歩は此の心理が存在するが故に行はれたるのだ。如何なる英雄も此の民衆心理に裏附けられねば失敗であつた。無言の民衆の勢力こそは天才を生かすものであつた。そして此の民衆心理が直覚的、本能的であり人間の自然であつて、理智や学問の産物でない事は民衆を構成する大多数のそれが大概無智な、そして推理観念の乏しいものだと云ふ事実に依つて明かである。

此の様な生の最も重要な心理は昔から、凡人気質として嘲笑されて来た。そして利己心理を代表する、天才主義、理想主義、観念主義、亦それ等を支持する天才、坊主、政治屋、御座なり詩人等に寄つて侮蔑せられ蹂躙せられて来た。しかし民衆は無自覚の故に順従に、又現実主義者の故に寛大な緩宥を以て、さうした駄々ツ子の我儘と偏狭の尻拭をして来たのだ。

だが科学の進歩は時間と空間を接近させ、文化をより普遍的ならしめた。民衆の自覚は軈ては之等の天才主義の専門家、卸問屋をば引摺り下ろさねば置くまい。

此の生命的健康に生れ本能の自由を求めて居る平和的であり生産的であり友愛的である民衆には此処に重要な一転期を画す

る時代が到来した。それは民衆の自覚と独立であり、そして民衆精神の偉大なる積極的活動を開始するの時代である。

久しく眠つて居た巨人は徐ろにその頭を擡げた。これからが個人主義とそれを支持する天才主義、観念主義、理想主義、浪曼主義、等が野蛮時代の遺物として滅茶々々に逆襲される時代である。それ等は誠に未開時代の必要物であつたのだ。偉大なる民衆心理が断片的利己心理に隷属して居る時代を何で文明と呼ぶ事が出来やう。

これからが民衆の自由に善を行ひ、自由に罪を犯し得るの時代である。（若し破壊すると云ふ事が罪悪であるならば。）若し罪を犯す事が個人主義者にのみ独占されて居るものならば、彼等から其の権利を取戻さねばならぬ。何故なら、真に建設する者のみに真に破壊するの権利がある可きだからだ。

誠に、真の人間性を生きんとして生き得ざるの悲哀は多くの誤まつた思想や観念の為である。既に誤まつた神や施政や真理の為に自からの本然を甚だしく虐げられた吾々はあるがまゝの自己に立ち帰つて其所にせめてもの生き甲斐を見出さうとした。が、自己に生きやうとした事が再び吾々が人間としての存在を失はしめた。其所から生れるものは無限の冷たい孤独、寂寥ばかりであつた。不断の自責と焦慮ばかりであつた。僕等は真理よりも徹底よりも何よりも心の健康《すこやか》さを憧憬した。人間としての歓喜が味はひたかつた。そして肉体の衰弱と病みたる精神に憔悴した僕等は端なくも生命的心願の対象を余期せざる文明の裏山に見出した。それは照り輝く太陽のもとにたち働く真粋な民衆であつた。友愛をその地声として平和的生産を肉体的遊戯とする民衆であつた。生の健康を語るその逞しい筋肉は目の喜びでありその太い声音は生の喜悦と感謝を語る音楽である。斯うして吾々の意識の底深く内在する民衆精神が惨憺たる高踏文明の穀皮を打ち破つて流れ出でた。

此所に僕等は真の人間性に生きんとする心が民衆に迄必然的に結び附けられた。

さうだ。真の人間性に生きると云ふ事は新らしい象牙の塔を造つて、それを人類にまで強ゆる事ではない。人間性の自由を阻止する障害を除去る事だ。そして其れは生の自由を拘束する事実と思想に反拒する事である。然して此の自由を拘束する思想或は感情に反拒して立つものこそ人間の藝術であらねばならぬ。

民衆藝術は社会階級のいづれにも属しない人間の藝術である。勿論民衆を構成する多数の個々は平民である。しかし無自覚なる平民や卑屈なる平民は真の民衆ではない。民衆藝術は単に無智、無自覚な民衆の啓蒙にのみこだわつてはならない。人道的博愛の色彩があつてはならない。不断に流れ進む生命それ自らの新らしい生活への男性的表現でなければならぬ。奴隷解放の為にその悲惨な生活を写出した小説の数万巻よりも、黒奴の眠れる民衆精神に自尊の光を投げ掛ける力ある音楽の一曲を作らなければならない。

これからは民衆の心を心とした藝術家が出なければならぬ。そして真に民衆に寄れる、民衆の民衆の為の、藝術を創造せねばならない。民衆的精神を自覚した所の藝術家の人格的表現こそは真に民衆を自覚に導き、その生活の肯定と享楽を得させるものである。

民衆精神は真人の重要な素質である。民衆精神の復活、再生に依つて初めて人類がその自由を愛し進歩を愛する精神と共に更に新たなる綜合と帰一の生活に入る事が出来るのである。民衆精神は唯一の現代精神であらねばならぬ。——七、六、一五——

（「民衆の藝術」大正7年7月号）

最近文壇の収穫

楠山正雄　宮島新三郎
西宮藤朝　加能作次郎
原田　実

秋田雨雀君の『三つの魂』

楠山正雄

A——君

戯曲集『三つの魂』の校正刷を送つてもらつたので君の「土地三部曲」をもう一度読みかへして見ました。

読みかへして見て、やはり三部曲の最初の作——『土地』が一番いゝと思ひました。去年の春はじめてこの作を雑誌で読んだ時にも秋田君もたうとう一人で自分の行く所へ行き着いたと僕は思ひました。この七八年日本に新らしいドラマの運動がおこつて以来、多少ともこれにたづさはつた人達が、大抵古い伝統の藝術の誘惑をうけて、未だに右へ左と方向のきまらないでゐる中に、君だけは寂しい、日陰のやうな道を、他人からは少し強情に思はれるほど一本筋に歩いて来た、その路筋を記念する最初の道標は、この『土地』であると思ひました。それが他の、形式こそちがへ、同じ傾向と色調を示した六篇の作と一所に集められて、全体として君の藝術を味ふ機会を得たことは、ほんとに愉快なことだと思ひます。

ほんたうをいふと『土地』その他の作の中に描かれた世界は、私なぞの知つてゐる世界とは随分縁の遠い、殆ど交渉のない世界だといつてもいゝのです。それにもかゝはらずやはり真実な私達の生活の一部であると思ひます。もつと大きなスケエルで、表面的な現代の生活のいろ〳〵な姿態をとり入れた、他の戯曲らしい戯曲よりは、この小さい戯曲の世界が意外に大きな国民の生活にふれてゐることが分かります。国民の生活にいろ〳〵、ふかく触れてゐるといふ点だけでいへば君の戯曲はたしかに日本で書かれた最初の国民的戯曲だと断言してもいゝと思ひます。

君の三部作の世界は、強ひて西洋の作家にこれと似た境界を求めればやはりハウプトマンでせう。ハウプトマンの郷土の生活を描いた三部作、(これは私のつけた名だが)日の出前、職工、馭者ヘンシエルと君の三部作とを比べて見れば、様式の上に大小の差別はあつても、共通した「土の悲み」の情調を根柢にもつてゐることは同じだと思ひます。君の作を貫いてゐる自然人らしい生活とその素朴なセンチメンタリズムをあまりこのまない人にとつては、独逸の批評家の誰かゞハウプトマンのヘンシエルを誹つていつた、「自然主義の感傷戯曲」といふ言葉が、そのまゝ君の作に対しても贈らるべき言葉です。

たゞしかし、君の作と外国の作家を比べるのは、境界と情調のどこか似通つた点を挙げて見たゞけで、根本の生活気分はあくまでユニイクな君のもの——といふよりは日本人のものだといはねばなりません。土に生れて土にかへるとか草木と同じやうに生れて同じやうに死ぬとか、死は自然の経済だとか、其他これに似た自然と人生に対する君の考は、やはり昔ながらの日本人の伝統的な思想だと思ひます、たゞ昔の西行だの、芭蕉だのといふ人達がより多く支那風の思想に影響されてゐたのに対して、君の思想はより多く西洋の近代思想に灌漑されてゐるだけのちがひです。君の近頃の傾向が段々と東洋風の冥想的な思想に向つて行くのも、やはり日本の昔の人達と共通したところがあるのだと思ひます。

西行や芭蕉のやうな人達に共通した一種の光明的な厭世観、日本人らしいあきらめの思想、貧しい乏しい境界にゐて強ひて求めず、つとめず、自然の黙つておくつてくれる僅かな光を受けて静かに草木のやうに生きて行くといふ思想は、そのまゝ君の作の根柢になつてゐるやうに思はれます。非常に消極的ではあるが絶望的ではない、弱々しくはあるが、頽廃的ではない、そこに君の作のやさしみも、力もこもつてゐると思ひます。

君の作には可成りみぢめな人間の生活を描いてゐながら、はげしい憤激の声も、冷たい嘲笑の声もきこえない、まして恐ろしい呪詛の叫びなぞはまるで聞えない。かといつて、誰であつたか、ハウプトマンの職工を評して戯曲らしい性格もない、事件もない、たゞ五幕を通じて、貧乏人の苦しい、苦しいといふ哀しい叫びを聞くだけだといつた、その哀しい叫びも聞えないではないが、決して胸をかきやぶるやうではない、おだやかな内省的なあきらめの思想に緩和されて、どんなみぢめな苦しい境界の上にも、弱い、しかし平和な日の光が照りわたつてゐる、これが君のユニイクな、東洋的な特色であると思はれます。

土地三部曲の内で、戯曲的といふ点からも、世評のよかつた『三つの魂』よりも、『土地』の方を僕は択びます。日本人の伝統的な生活の中に、いきなり闖入して来た近代生活の影響といふことがこの短い戯曲の中に可なり有機的にあらはされてゐると思ひます。性格も大変よく書けてゐる。知事も教師も校長も一寸したことだが、非常に印象的である。殊に百姓の父と娘がすぐれてゐる。これだけに真実な生活気分をもつた人物は外の近代劇風の作品にはあまり類がないと思ひます。

『三つの魂』では、三人の兄弟のちがつた心持が、際立つた、濃淡なしに、平淡に、同じ程度の同情をもつて描かれてゐる点に心を惹かれました。

『少年の死』には、君の昔からのテーマをまたくり返したと思ふ外の、さしたる特色を見出すことができませんでした。

戯曲集『三つの魂』には、土地三部曲の外に、君の「宗教的な傾向を示した」『東方の星』『最後の晩餐』『林檎の実の熟する頃』と、「社会改良的な思想の」『緑の野』の四篇が収められてゐるが、それについては別に僕の考を話す機会があるだらうと思ひます。

自然を標榜しながら、極端に不自然な境界と人物を作つて、その中で自然らしい虚偽の幻影を演じて見せたイプセン劇の影響の中から、三つの魂の作者のやうな素直な技巧をもつた作者の出たといふことは、めづらしい出来事であるに違ひはありません。やはり人の持つて生れた気質は枉げられないものだと思ひます。近頃になつて殊に極端にイプセン風の無理な、自然の仮面をかぶつた芝居が嫌ひになつてゐるので、余計そんな気がするのかもしれないが、イプセンの芝居の嘘を真似して書いてゐる中は、新らしい戯曲が歌舞伎の芝居の嘘に勝つ望はないと思ひます。

『三つの魂』はたしかに日本の芝居を純文藝の方へ近づけた最初の道標の一にはちがひはないが、同時にまだ可なり小さなみすぼらしい道標にはちがひないのですから私達はやはり不満です。しかしいつかは此不満が君によつてほんたうに慰められる時の来ることを、僕等は信じたいと思ひます。

志賀直哉氏の『夜の光』

西宮藤朝

一

『夜の光』の著者志賀直哉氏は白樺派の人々の中でも有島武郎氏と共に最も有望な、而してい丶素質を持つた作家であると言はれてゐる。『夜の光』は明治四十四年二月から大正六年九月に至る迄の短篇の中から十四篇を選集したものである。私は此の十四篇全部に対して一通り眼を通したのであるが、成る程是等の作に依つて得たところからすれば、氏は確かにい丶素質を持つてゐることは事実である。此のい丶素質が果して充分に生かし切つてゐるか何うか、果して充分発展成熟してゐるか何うか、それは今俄かに断言することは出来ないのであるが、然し兎に角此の素質を持つてゐるといふ事丈けは確かである。

然らばそのい丶素質とは何であるか。といふに其れは氏の筆がいかにものんびりとして卒直なことである。之を若し主観的に言ふならば氏は経験といふものを素直に受け入れて行くこと、それに余り加工しないで、充分発展さして行くことである。経験といふものは、大事にし過ぎると自然性が次第に薄れて行くし、又ぞんざいにし過ぎると是も亦、その光りを失つて行くものである。第一の場合は彼の田山花袋氏の如きそれである。田山氏の作、殊に最近の『残雪』を読むと、経験が余りに大切にされ過ぎて、経験がいかにも窮屈なものとなつてゐる感がある。従つて結局経験が経験でなくなつてゐる場合が多い。又第二の場合を私は小川未明氏の作に時々見る。氏の作は他面に於いて非常に感銘を与へるい丶ところを持つて居り乍ら、時には動もすれば経験がぞんざいに取り扱はれてゐることがある。小川氏は若し此の経験をもつと大事にするやうになるならば、恐らくは現代の他の何人の作品よりもよい作を書くやうになるだらうと思ふ。

それは兎に角として、志賀氏は何うであるかといふに、此の点に於いて他の人々よりも確かにい丶素質を持つてゐる。氏は経験を余りに弄んでそれをいぢけたものにしてしまふやうなことは無い。と共にさうかといつて早やのみ込みで、それをい丶加減に取扱ふのでもない。言ひ換へれば余り即し過ぎもしなければ、離れ過ぎもしない。されば氏の作品には所謂小説らしいところ、黒人の作らしいところは余りない。寧ろいかにも素人臭いところがある位である。けれども其素人臭い点が決して氏の藝術的特色を没却するやうなものではなく、却つて藝術的に伸びて行く可能性を孕んでゐるやうなものであるから、寧ろ氏の為めには祝福すべきである。『夜の光』の中でも『出来事』『正義派』『憶ひ出した事』等には殊にそれがよく現はれてゐるやうに見える。

二

それから氏はもう一つい丶素質を持つて居る。これも亦果して充分よい結果を生むやうに発揮されてゐるか何うかは疑問としなければならないが、然し兎に角い丶素質であること丈けは確かであらう。

日本に於ける最近の理想主義或は人道主義の作家が若し愛の感情、人間相互の理解の感情を描き出すことをその特色とするならば、氏も亦彼の有島武郎氏などと共に、さうした意味に於ける理想主義乃至は人道主義の作家といふことが出来るであらう。殊に氏の昨年頃の作たる『好人物の夫婦』や『和解』などに於いて明らかにそれを見ることが出来る。然し乍ら多くの理想主義或は人道主義の作家が愛を取り扱ふに当つて、二つの態度の何れかを採つてゐるやうに思はれる。一つは愛といふものを概念的に取り扱ふか若しくは概念的でないまでも意志の力に依つて愛の感情を無理に引き出すやうな態度と、もう一つは感情的に自然に愛を湧き出さしめるやうな態度とがそれである。愛の所因は勿論概念でもなければ意志でもなく、感情そのものである。殊に藝術的作品にあつては、感情の中からそれを汲み出さなければならない。

志賀氏の作品に現はれた愛は何うであるかといふに後者の場合が多い。即ち人間に対する愛は、飽迄も感情そのものとして現はれてゐる。『和解』にしても『好人物の夫婦』にしても、概念的なところや、意志に強迫されるやうなところは少しもない。此の点に於いて氏の作品は飽迄も藝術的である。自然であるといふこと丈けは確かである。

然し乍ら愛の感情が純感情的に取り扱はれる場合には動もすれば、甘い、センチメンタルなものになり易い。これが感激性の多い性格を持つた作家になつて来ると屹度さうした方面に陥つてしまふ。志賀氏は然らば何うであるか。私の見るところでは、悲しい哉氏はまんまとそれに囚われてしまつてゐる。

『和解』の主人公順吉は結婚問題か何かで、三年以上もその父と不和になつて、相互に顔を合せることを不快にして、なるべく逢ふまい〳〵とさうした機会を廻避して来た。けれども順吉は遂ひに其の不愉快に堪へられなくなり、且つ父に対する同情の湧いて来るにつれて、和解すべく父の部屋に這入つて行つた。『これ迄はそれは仕方が無かつたんです。それはお父さんには随分お気の毒な事をしたと思ひます。或る事では私は悪い事をしたことをも思ひます』といはれて、父は『実は俺も段々年は取つて来るし、貴様とこれ迄のやうな関係を続けて行く事は実に苦しかつたのだ――』云々と言つて泣き出した。『順吉も泣き出した。二人はもう何も云はなかつた。自分の後ろで伯父が一人何か云ひ出したが、其内伯父も声を挙げて泣き出した。』『母も其処へやつて来て、『それを見ると急に起上つて来て自分の手を堅く握り〆めて泣き乍ら、「ありがたう。順吉、ありがたう」と云つて自分の胸の所で幾度か頭を下げた。』『母は又伯父の所へ行つて「まさゝんありがたう。ありがたう」と心からの礼を云つてゐた。』而して母は父に『お祖母さんに直ぐお話して来い』と云はれて、涙を拭き乍ら急いで出て行つた。――

これが『和解』の中に於ける順吉が父と和解を遂げた時の描写である。成る程永い間不和の苦い感情を経験して来た人々が、初めて和解を遂げたのであるから、斯うした感情も湧くであらう、けれども聊かセンチメンタルになり過ぎやしないだらうか。少し感極り過ぎやしないだらうか。私は不和から生ずるいら〳〵した物足らない不快な感情やさうかと言つて打消し難い憎悪の感情がよく描けてゐるので、全く氏の描写に魅せられてしまつてゐたが、急に斯うした場面が展開して来たので聊か面喰つた気味がある。順吉が父と逢つて二た言三い言を交はした丈けで、嬉しさの余り父も泣き、順吉も泣き、伯父も泣き、而して母も泣くといふやうな場景に転ずる事は、何となく感激し過ぎるやうな気がする。言ひ換へればセンチメンタル過ぎると思ふ。センチメンタルな要素は必ずしも藝術から排斥すべきものではない。けれどもそれが過ぎると他の感情が見得なくなる場合が多い。センチメンタル過ぎることの欠点は其処にあるのである。処が藝術にあつては、生活現象に漂ふところの諸々の感情をなるべく広く多く把握しなければならない。従つてセンチメンタル過ぎることが藝術的に悪い結果を持ち来たすのである。志賀氏の『夜の光』には斯うした欠点が可也あるやうである。氏が愛を感情的に取り扱ふのは大いによい傾向であるが、唯それが聊かセンチメンタルになり過ぎる点に於いて、甚しく遺憾に思ふものである。是れさへ脱し切るならば、氏の作品は実に立派なものといふことが出来る。

三

文明が進むといふ事は果していゝ事か悪いことかわからない。さうなると社会が政治的、経済的或は社交的ないろ〳〵な方面から複雑に複雑を重ねて来て、人間は遂ひに素朴な性格では生活することが出来なくなる。場合によつては幾つもの「自分」といふものを持つていろ〳〵に使ひ分けをしたり、直接に打開ければ直ぐ分る何でもない事をわざと遠廻しに言つたりするといつた傾向がはげしくなる。心にもない嘘を言つたり何にもならない体裁を繕つたり。或は唯疲れる結果をうるに過ぎない意地を張て見せたりする。人間の感情が斯うした無駄な努力に弄ばれて、何の位ゐそれの純真なのび〳〵した発展を妨げられてゐるかわからぬ。文明の幼稚だといはれた時代、野蛮だと考へられた時代は、寧ろ却つてさうした悪い傾向に染むことがなく、ほんとうの人間的感情に生きてゐた。所謂文明が進むに従つて、益々それが失はれて虚偽な傾向が多くなつて来た。

ほんとうに人間性の価値を痛感する多くの思想家乃至藝術家は、其人の生きてゐる時代の空気を通じて、其人自身のテンペラメントに足場を置いて、常に此の虚偽を呪咀し之に反抗することを怠らなかつた。我国の近代の作家に之を求めて私は夏目漱石氏を得た。漱石氏の『虞美人艸』一巻は実に此の社会乃至文明の虚偽に『死』といふ最後の厳粛な事実を提げて反抗した貴重な戦誌である。彼にとつては此の恐ろしく膏毛に入つた病を払ひのけるには、死を以てする外の何物もよくすることが出来なかつたのである。クレオパトラたる藤尾が死ぬことによつて、初めて一切の虚偽の雲が晴れて、真の人間的道義的感情が明るみへ現れた。

私は斯うした虚偽に対する反抗者を現代の若い作家の中に更に新しく見出すよろこびを禁ずることは出来ない。それは言ふ迄もなく此の志賀直哉氏其人である。唯志賀氏は同じ反抗でも夏目氏とは大分その趣きが異ふ。夏目氏に比較すると氏は余程楽天的である。夏目氏にあつては死といふ人生の悲劇の力に拠るでなければそれが一掃されることは出来ないが、志賀氏にあつては、愛即ち人間相互の赤裸々な愛がほんとうに働きかけると、それが忽ち消滅して、円満なる幸福と調和とが得られるのである。即ち悲哀を以つて贖はなくとも、吾々がお互ひに理解と同情と愛とがあれば、それをよくすることが出来る。氏の楽天的であるといふ点は此処にあるのである。

私は此の二つの信仰を、理屈を以つて是否判断しやうとは思はない。何故なれば漱石氏にあつても、直哉氏にあつては何れも彼等自身にとつての唯一の感情の生活だからである。赤裸々に愛すること、正面から理解しやうとすること、これが志賀氏にとつての特色ある生き方でなければならない。志賀氏にとつては何麼に憎い奴でも、何麼に調和し難いことでも、それに遠廻しに接したり、計画的な心持で見たりしないで、卒直に正面から接して行けば、人間らしい愛も理解も出て来るものと思はれる。

『クロオデイアスの日記』では『ハムレツト』のクロオデイアスが自分を憎んでゐる計画的なハムレツトの心を何うかして柔らげ、誤解を妨げ、相互に理解し合はうと望んでゐる。其の中でクロオデイアスは『貴様は上手な洒落を云ふ手間だ、もつと〳〵考て呉れねば困る。露骨な裏廻り程醜い物はない。真正面から来さへすれば解ることも、廻りくどく仕組むと其間に真実らしく誤つて来るものである。』と言つてゐる。

『好人物の夫婦』になつて来ると、それがもつと〳〵はつきり描かれてゐる。女中が妊娠したのを亭主が自分の胤だと妻に疑はれると、其処にいろ〳〵な家庭上の波瀾が起きるのは判り切つてゐる。しなくてもいゝ喧嘩沙汰になつたりするのはよくある。それはお互ひに正面から正直に卒直に話し合はないところから起る。そこで亭主は卒直にきつぱりと、自分は女中に手を出し兼ねない人間だが、今度許りは決して自分でないと告白する。良人の口からさう言はれるのを待つてゐた妻君は之をきいて『ありがたう』と言つて感謝する。斯くて相互に信じ合ひ、理解し合ふ――といふのである。

『和解』にしてもさうである。此の作になつて来ると愛の感情をなるべくナチユラルに内からの出るにまかせて、それに依つてほんとうの和解を得やうとしてゐる。斯うした意味に於いて私は、此の『和解』を『好人物の夫婦』などよりはよい作品であると思ふ。唯和解の成立した時のセンチメンタルな光景が少し眼ざわりになる丈けである。

以上の如く、『クロオデイアスの日記』『好人物の夫婦』『和解』等に於いて作者は、愛、同情、理解等の感情を以つて、此の社会乃至は人と人との関係に於ける徒労な暗闘、隠険、嫉妬、裏切、虚偽などといふものを掃蕩し得る可能性に対する信仰を披瀝してゐる。此の点に於いて私は是等の作品を、現代の文明の悪傾向を把握し且つそれを是正すべき最も意味ある藝術であると思ふ。斯うした作品を社会一般の人々がよく鑑賞することに依つて社会の凡ての虚偽や暗闘が一掃されてしまふか何うかは、私は断言することは出来ない。けれども幾分にてもそれが減ずることが出来るならば、或はそれを回避せんとする感情を現代の人々の心の中に光明的に植ゑ付け得るならば、それ丈けでも志賀氏の作品の存在理由が充分に認められると思ふ。

四

右の外に、『夜の光』の中に於いて私は『正義派』『城の崎にて』等もすぐれた作品であることを一寸述べて置き度いと思ふ。『正義派』は電車の運転手が自己の不注意から女の児を轢き殺してしまふ。処が運転手が警察でベストを尽したことを申し立てるに拘らず、此の事実を見てゐた線路工夫が証人として、それは全く運転手の不注意であることを申立てる。此の工夫がそれらを使つてるものを曝露したといふ快感や、それにつれて起る物足らなさ、落付かない感情、さうした心持がよく描き出されてゐる。

『城の崎にて』は病後の淋しい静かな気持が渾然と表現されてゐる。蜂の屍やいもりの死を点出して来るあたりは、又となくしつくりした感じを起させる。而して此の『正義派』や『城の崎にて』の中にはセンチメンタル過ぎたところが無いのは、如何にも気持よく読ませる所以であると思ふ。

私は是等の作に対してもう少し委しく感想を書き度いと思ふのであるが、定められた紙数も尽きはてたから唯是れ丈け鳥渡附け加へて置くことにしやう。

×

吉田絃二郎氏の『島の秋』

原田　実

この頃私の読んだ『島の秋』は吉田絃二郎氏の近著創作集で、「島の秋」「別れ行く人々」「落葉の路」「眠られぬ男」「土堤店の息子」「雪の夜の旅」「二つの甕」「磯ごよみ」の長短八篇が収められてある。一二を除いてはすべて一度は何かの雑誌で見たことのあるもので、私にとつては、じめてゞはなかつた。然し私は、飽きることなしに全部を通読した。

×

吉田氏は「祈り」といふ言葉をよく使ふやうであるが、この祈りといふ言葉が私に与へると丁度同じやうな感じが同君の小説を読む時感ぜられて来る。

此感じが大抵は私の心をしみじみさせておくが、どうかするとそれが転じて少し馬鹿らしいといふやうな感じになることがある。いや馬鹿らしいといふやうな感情的な言葉で現はさないで、自分とは離れたものといふ感じ、即ちインデイフアレントな心持ちとでも言つた方が、却つて適切であるかも知れない。

吉田氏の小説は私は好きだから、自分の手に入る雑誌にそれの掲げられてある時は大抵読む。けれどもどうかすると、このインデイフアレントな心持ちが、最初の第一頁のうちからすら出て来て、終りまで読んで行かれぬことがある。

然るにこの『島の秋』に収められたものには、さういふ感じを全く起させぬものが多かつた。たゞ、「二つの甕」といふのだけは、この感じに時々襲はれないでは、読み終れなかつた。たとへば「二つの甕」のうちにかういふ個所がある―

「恐らく俺の生命は三時間の後に……」彼れは静かに鼓動する心臓の音を聞いた。

彼れの心が急に何とはなしに明るい希望に輝いた。彼れは静かに寝床を取つて横たはつた。彼れの心がまた暗くなつた。彼れの理智的批判力は一図に彼れの行為を是認した。

彼は努めて大きな声を絞るやうにして暗い心で不安を打ち消した。

「静かに滅び行く生命の鼓動を聴け！ 彼れは恰も寝床の上に横たへられた他人の屍を見守るやうな態度で、寝床の上の自分を想像した。

「冷かに、静かに、俺は最後の血管の鼓動をまで、俺の理智的批判力によりて批判しつゝ眠るのだ……彼の全心が、只自分の死を味ふ一点に注がれた。彼れは最後の呼吸までも彼れの批判的態度を忘れなかつた。彼れは泣きもしなかつた。笑ひもしなかつた。そして静かに自己の最後の生命の微動をまで見戍つた。

「俺の理智は誤るところなく俺の死を自然的にした。俺は俺の理智を歎美する。俺は俺の力を感謝する。俺は死を自由に取扱ふ力を有することを感謝する。俺は生命、理智、力のあらゆる確実さを最後の刹那まで味識し得たることを感謝する。

「$H_2SO_4+C_2+x=$Death」これが彼れの最後の意識であつた。

このあたりは、どうしても馬鹿らしく私には思へた。インデイフアレントな感じなしに読めぬ個所の一つであつた。

おもふにこれは、作者が余りに容易に断定的な筆を用ゐてゐるからであらう。死んで二度と居らぬ人の心理を斯様に断定的に書く以上は、作者は今少し大事を取つて読者にも「成る程」と信じられるやうな叙述の順序をとつて貰ひたいと思ふのである。そして、「感傷的な興味にわれとわれに誘惑されてたゞ調子づいた惰勢でこんなことを書いてるのではないか」といふやうな疑ひを読者におこさせぬやうにして貰ひたいのである。

×

とは言ふもの丶、右に挙げたやうな種類の個所が私にインデイフアレントな心持ちを起させるといふに就ては、更に根本的な理由、更に根本的な原因があるので、この原因なり理由なりに比ぶれば、実は叙述の順序云云など丶といふことは、末の末なのである。

といふのは、その断定が余りに独断に過ぎるとおもはれる場合には、私は作者が自然或ひは人生を侮辱し冒瀆してゐると思はないではゐられぬからである。これは作者は余りに自然や人生をお安く踏んでゐると思はないではゐられぬからである。

斯ういふと、吉田氏自身におかれては勿論、他の吉田氏の愛読者も、恐らくは意外に感じて、吉田氏に限つてそんな自然や人生を侮辱するやうなことはあるものでないと反対を唱へるかも知れない。なぜならば吉田氏は他の作家よりも一層自然や人生の歓美家であつて、現にこの『島の秋』の序文のうちにも、

静かな私の観照の底に映つて来た人生の姿をば私は成るたけさながらに描いて見やうと思つた。私たちは如何に生きなければならぬかといふ問題を考へることも大切である。けれども私自身にとりてはこの小ひさな批判の力を働かせるには、人生は余りに霊しく、余りに幽玄なものである。限りもない美しさや、儚なさや、懐しさを持つた人生の面に触れた刹那に、私は胸はたゞ驚歎と讃頌の念に充たされるより他はない。

と、斯う言つて居る程だからである。

けれども、自然や人生の奥底をさも見てゞも来たやうに断定的に独断的に描出してゐる、前に引いたやうな個所は、私にはどうしても自然乃至人生を侮辱したものだとしかおもへぬのである。

「別れ行く人々」のうちに、

お仙は克く横網の母を訪ねて行つた。横網の主人は板倉の老人とは十余り年上の七十を一つ二つ越した年配であつた。近江屋の勢右衛門と言へばこの界隈では恐しいしまりやか不人情な男の様に思ふ人もあつたが、真実は気の弱い善い人間であつた。たゞ金を儲ける仕事にかけてだけは随分思ひ切つた手段を取つた。安く手に入れた地面を高く売るために昔からその地面に住んでゐる人たちに対して何の遠慮もなしに立ち退きを命じた。そしてもし交渉に暇取るやうなことがあれば勢右衛門は容捨もなく公事沙汰にして借地人を追ひ立てた。けれども平常の勢右衛門は涙ツぽくてちよとしたことにも目を紅くすることも珍しくなかつた。「俺は子供の時余り貧乏で、その金のためにどれほど辛い目に逢はされたか知れぬ。それで俺は何うしても金だけは持つてゐなければならぬと思ひました……」など丶、話し出

す時横網の主人の眼にはいつぱい涙があつた。

斯ういふ箇所がある。作者はこの勢右衛門をば、「真実は気の弱い善い人間であつた」と解釈して、それで自然を漫りに独断したやうな一種の冒瀆の感を感ぜぬであらうか。尤もこれは如何様にも人の解釈次第であるから止むを得ない。

けれども吉田氏の小説には、余りに多くの人々を善人だといふ風に書いてゐる癖がある。自然や人生を善意に解するといふことは自然や人生を善だと解することゝ同じであらうか。何でもかでも善だと解することは、自然や人生に対する態度としては少し出過ぎた解釈だと私はおもふのである。創作家は自分の作中の人物を創造する権利を持つてゐるとでもおもふ人があるかも知れない。人物を善人にしやうが悪人にしやうが作者の勝手であるとでもおもふ人があるかも知れない。それも一つの考へ方であらう。けれども如何なるハ役に使はれた人物といへどもすべて神のものである。決して人の造り得るものでない——といふのが私の考へ方である。いゝ加減なところで彼は悪人だと言ひきることが出来ぬと同時に、彼は善人だとも言ひきることは出来ぬ。

これは吉田氏に聴いて戴きたいが、『島の秋』の作者の眼には自然はもつと深いもの、人生はもつと深厳なものに映つてゐる筈ではありませんか。

×

人三人集ると、よく他人の棚卸しをして、それが昂じて極端にまで行つて、さすがに良心の軽い圧迫を受けるやうな時分になると、よく「奴もあれで善人だよ、本当はいゝ男さ」などといふことを言ふ。私は斯ういふことを言ふ矯慢な軽薄な人達を憤りなくして考ふることは出来ない。私は私の尊敬する吉田氏を捉へて、まさかこの種の人々と同じだと言はうとするものではない。けれどもまあ例へにはなると思ふ。

無闇に何でもかんでも人さへ見れば善人だと口だけで解釈して、それでヒユーマニストのつもりかなぞでゐるのは、近頃の流行のやうに見える。けれどもこれは決していゝ流行ではない。吉田氏がこの種の流行にかぶれてゐるとは思はぬが、自然や人生を歎美するつもりで却つて自然や人生を侮辱するやうなことになる嫌ひが無いではないかを、私はこの機会に言ひたいのである。

×

私は吉田氏に対してたいへん無遠慮な筆を弄した。この上はふだんから自分の愛読する同氏の作品に対して讃美の言葉を連ねたいと思ふのであるが、私は今たまたま病床にあつて頭が疲れてゐるので、今回はこれで許しを戴いておく。吉田氏の努力に対しても、その読者として孤負するところが多いし、私如きに何か書かせようとした本誌の厚意に対しても孤負するところが甚だ多い。

（七年六月十三日）

相馬泰三氏の『荊棘の路』

宮島新三郎

相馬泰三氏のものを読むのは、今度が初めてゞあるといつてもよい。私は氏の出世作だと云はれてゐる『六月』を読んでゐない。それから大分評判になつたことのある『田舎医師の息子』(?)といふ作も知らない。読んだものと言つては、僅かに昨年の十月『新潮』に出た『新しき祖先』の一篇だけである。たま〳〵読んだその作から得た印象は、不思議にも私の頭に強くはつきり残つてゐる。

『新しき祖先』は何でも理想家である一青年が、父の意見に反対して、新しい知識と新しい方法とに依つて新たに農園を起し、其処に林檎や葡萄や実桜の苗を植ゑて来るべき成果の時を楽んで、日々を送つてゐると何時の間にか樹に虫がついてみのりどころか、最初の新しい『もくろみ』は全然失敗に終つて、漫然アメリカへ姿をかくして仕舞つたといふやうな筋であつたと記憶する。

其青年は農園の真中に洋風の小舎などを建てゝ一人で其処に寝起きして、未来の空想に耽つたり、村の青年と一緒に藝術や人生を談じたりした。材料としては余りに平凡であり、作者のねらつたつぼも何だか見えすいたやうなものであつたが、其作を一貫して流れてゐる非常に気持のよい、すつきりした藝術的センチメントだけは作者に取つてユニークなものであつた。

私はその時、氏のもつてゐるものには、ツルゲネーフのそれと一脈通ずる所がありはしないかと思つた。言い換へれば、抒情詩人《リヽカル・ポエット》としての藝術的感触が全篇に横溢してゐることを感じないではゐられなかつた。而かもそれは仏蘭西の作家に見るやうな明るい藝術的感触ではなく、何処までも露西亜式に行つた暗いサツドネスそのものである。

私は作者に対してはたゞそれだけの予備知識しかない。この予備知識がどういふ風に動いてゆくかといふことも、私に取つては、『荊棘の路』を読む大きな興味の一つであつた。

曾根が総べてのものから放たれたやうな気持を懐いて、小蒸汽船にゆられながら、自由の天地へ乗出してゆくあの最初の書出しは、全然私の予備知識を頷かせるに十分であつた。そして私は『成程』といふ頷きを以て到頭全篇を読了することが出来た。

『荊棘の路』は全くの労作だ。そして内容的にはサツドネスそのものゝ表現だ。かういふ作品は藝術的によい素質をもつた者でなければ、とても書けるものではない。藝術家の間にはざらにある、極めて平凡な材料例へば、貧乏とか――かういふと生計の苦しみなんといふことを少しも知らない白樺派の連中からは忿られるかも知れないが――、空想的な愛とか、青年文士の共同生活といふ材料を蒐めて来て、それ等に何等の手加減も加へずに、如実に赤裸々に投出して、而かも可なりの藝術的効果を納め得たといふのは、全く作者その人に根深い藝術的素質があるからに外ならない。

氏の取入れてゐる材料は、文字通りにライフの断片零細である。生活のミリユである。氏は普通の人ならば見のがして仕舞うやうなものをこまかく而かも生々と再現してゐる。彼は田山花袋氏などが長い間努力して築かう築かうとしてゐて、終に築き得なかつたものを、一挙にして成功的に仕上げたやうに思はれる。此意味で氏は確かに報告的写実主義の第一人者である。而かも氏は此作に於ても本質的にもつてゐるリ、シズムを決して失つてゐない。

貧乏そのものであるやうな吉村夫婦の生活光景、暗い浜辺を、抑へきれない嫉妬の情を懐いて『身体を紐のやうなものに縛られてゞもゐるやうに半ば無意識にふら〳〵』とよろめいてゐる香川の姿、月の峠茶屋を背景にした青年作家の集り、季節に依つて移り変る半農半漁の漁師村の生活など、数へ上げればきりはないが、それらの生活の種々相が眼に見るやうにライフライクに描いてある。

氏が若しあれ以上のロマンチストであるならば、あの材料にもつと色をつけ、もつとあの調子を高くしたであらう。若し又彼がより以上のナチユラリストであるならば恐らく読者に顔をそむけさせる程、憂欝を強ひ、貧乏の押売りをやるであらう。憂欝そのもの、貧乏そのもの丶表現であることはいふまでもないが、『荊棘の路』に表はれた憂欝若しくは貧乏はスウイートサツドネスであり、ハピー・ポヴアテイである。

個々の姿を描出することに於て、作者は確かに科学者のやうな態度を持してゐる。確実に、真摯に、ものを摑んでゆく正実さは現代の若い作家が動もすれば取りにがし勝ちのものであるが、『荊棘の路』の作家は、寧ろこれを唯一の武器として常に身につけてゐる。

然し彼も亦多くの科学者が得て陥り易い欠陥からのがれることが出来なかつた。而かも大きな一つの欠陥につまづいた。その大きな欠陥とは一体何であるかそれは外でもない、作品全体を引きしめる統一性の欠除といふことである。すなはち、作品全体に通ずる統一性がないと言つてもよければ、綜合性にかけてゐると言つてもよい。更に言ひ換へれば、描かれた事象が、どれもこれも皆ばら〳〵であつて、その一つ〳〵を一緒に統一する作者の大きな主観がない。つまり個に即した小主観はあつても、その個々の姿から湧き上つて来る小主観を全的に統一し綜合する大主観の流れがないといふことになる。

従つてリ、カル・ポエツトとしての作者の尊い素質は個々の姿を包んで、それを美しい一つ〳〵の珠数玉とすることは出来るが、その珠数玉はどれもみんなばら〳〵で、それ等を統一づける太綱がない為めに、言ひ換へれば作者の大きな主観がない為めに、一つのまとまつた珠数になつてゐない。

シモンズの言草ではないが、十分光り得るポツシビリテイをもつた火花は至る所に存してゐる。而かもその中の一つの火花と雖、若しも篝火をもす方法さへよければ、どんなにでも光を放つて、計り知ることの出来ない程尊い要素となり得るのである。けれども『荊棘の路』では惜しいことには、その篝火の燃し方が白熱的でなかつた為めに、それから発する火花は賑かに燃え立ちはするが、直ちに消えて仕舞つて、後には只前よりも一層暗い闇が取りのこされるばかりである。

要するに作品としての全体の印象は、作者のもつたよい素質である。リ、カル・エレメントと、材料によるリアル・エレメントとが、喰ひ違つて、不調和の世界を作り出したといふことである。言ふまでもなくリアル・エレメントは、丁度網の目をつくつてゐる一本々々の細い糸が大きな一本の太綱に依つて〆めくゝられてゐるやうに、作者の大きな主観に依つて統一されてゐなければならない。極く軽い打撃を一箇所に与へても、その衝動は全面に伝はつてゆくほどの緊張とつながりとがなければならない。けれども『荊棘の路』ではさういふ緊張とつながりの欠乏の為めに読者は可なり退屈を忍ばなければならない。

作品に対する作者の横の関係は申分なく現れてゐるが、縦の関係が稀薄である。私は此縦の関係をもつと濃厚にもつと深く掘り下げて行つたならば、此作は更に一層の価値を増すことが出来たであらうと思ふ。謂ふ所の縦の関係とは、今も一寸述べた作者のもつた、リリカル・エレメントと材料によるリアル・エレメント（『荊棘の路』の作者に就いて言へば）との交渉に外ならない。

然しながらかういふ調和の世界は容易に望まれるものではない。さういふ要素の喰ひ違ひ若しくは不調和は独り相馬氏の作品にばかり見出される欠点ではなく、総べての藝術が持ち得る、否持ち易い危険である。かういつた内と外との世界の調和が得られて、そこに渾然とした客観世界が作り出されるといふことは、取りもなほさず藝術の極致に到達することである。これはあらゆる藝術家がなやんでゐる道であつて、独り、『荊棘の路』の作者だけをせめるのは寧ろ残酷であるといはなければならない。

私はこの論の初めの方で、『荊棘の路』はサツドネスそのもの、表現だといふことを述べた。『荊棘の路』は全く淋しい道である。曾根が前途に光明を認めて這入つて行つた路も、『人間は誰でも自分の坐る場所をちやんと心得てゐなければならない』といふ自覚を以て新たに踏み出した香川の路も、貧乏そのものを具現したやうな吉村夫婦の生活も総べては暗い淋しい道程である。香川は香川、曾根は曾根、吉村は吉村、兼子は兼子で、銘々満たされない異つた心持を懐いたまゝ、銘々異つた淋しい路を歩んでゐる。彼等はこれが生活の道だ藝術の道だと信じて、かういふ苦しみに甘んずることを以て如何にも尊い意味があり又如何にも重大な価値があると心得てゐるらしい。けれどもそれは大きな間違ひだ。貧乏に甘んずる為の貧乏や淋しさに堪へる為の淋しさには決して大きな価値はない。幸福ならんが為めの貧乏であり、ライフ・ジヨイに達せんが為めの淋しさであつてこそ意味があるのだ。然しながらそれだけの自覚が彼等にあるであらうか。何だか貧乏を享楽し、淋しさを享楽しようとする心持の方が勝つてはゐないであらうか。

ツルゲーネフは『貴族の家』の中で、ラウレツキーといふ主人公の老後の淋しい気持を描写してゐる。ラウレツキーは老後になつて、若い頃の住家であつた邸宅へ行つて見ると、周囲のものは何一つ変つたものはなく、総ては旧の如くであつて、庭には匂ひの高い花が咲いて居り、樹蔭には楽しい鳥が歌つて居り、青々とした芝生の上には嬉々として子供達が戯れ遊んでゐる。さういふ中にあつては彼一人は年老いて、生活に倦み疲れ力なく萎れてゐる。何時も花の咲き匂ふ自然の中にあつて彼は明日の望みも絶え果てたやうな気分を沁々感じないでは居られない。ツルゲネーフは此主人公の心持を世紀末的の気分であると解釈して同情してゐられるがあの作に依つて示された主人公は其淋しみを感じてゐることは事実であるが、それと同時に私達はさういふ気分を主人公は勿論作者ツルゲネーフまでが如何にもスウイートに享楽してゐるといふ事実をいなむ訳にゆかない。『荊棘の路』に現はれてゐる人物に就いても私は或程度まではこれと同じやうなことが言へると思ふ。つまり彼等は何処かに貧乏を享楽し淋しさを享楽してゐるやうな所がある。無論彼等はさういふ境から踏み出したいとは思つてゐる。かうした淋しい暗い道に何時までもさ迷つてゐることは彼等に取つて堪へられないことだ。誰も同じやうに光明の路へ出てゆきたい希望をもつてゐる。さうしてあせつてゐる。

然し一体彼等が求めてゐる光明の路とはどんなものであるか。彼等はその光明の路を外へ向つて求めてゐはしないであらうか。私には何だか彼等自身が自らの裡に光明の路の開けて来ることを忘れてゐるのではないかと思はれる。つまり光明の路が常に外にある、其処へゆきつけば総べての淋しさも悲しさも喜びに変じ賑かさに変ずるといふやうな可なりなまぬるい生活態度であるからこそ、彼等の苦しみや彼等の淋しさが借り物になつて、本然的に彼等自身の生活に喰ひ入つてゐないのである。

彼等はそれでは何が故に何時までもあゝしたじめじめした淋しい貧乏な生活に落込んでゐて、光明の路へ踏込んでゆくことが出来ないのであらうか。貧乏だから思ふやうに創作が書けないからといふ理由は、余りに表面的に失する。もつと其根柢に、其奥に、是認され得る大きな原因がなければならない。

それは彼等が自分達の生活を生活そのもの、根柢に据ゑつけて置かないからではあるまいか。彼等は生活そのものに苦しむのではなく、生活の幻影を画いて、その幻影に依つて苦しめられてゐるのである。藝術そのものを生む苦しみを苦しむのではなくて藝術を生む苦しみの幻影、つまりその蜃気楼に依つて苦しめられてゐるのである。此意味で私は彼等を生活の犠牲者であり、藝術の敗北者であると言ひたい。余りに大げさな言ひ方ではあるが。

香川といふ人物は作者に依つて何処かハムレット型に鋳込まれてゐるやうな所はあるが、最も多く人間らしさを具へたタイプである。けれども彼も亦一箇の犠牲者であることを免れない。本当に自分自身の価値を知らないでゐた一箇の犠牲者である。彼は自ら画いた幻影的自我に酔つて、其結果、真我を知ることの出来なかつたよつぱらひである。

彼は可なりの熱烈さを以てお時さんといふ女性に対して愛を感じた。けれどもその愛は何時の間にか対象を距れた愛、さうだ抽象化された愛になつてゐた。

彼は愛を生活方便として宣伝すること、理論化すること、又興味ある話題とすることは出来ても、終に彼自身心から而して肉体からそれを具現することは出来なかつた。所詮は安価な愛の宣伝を以て任ずる所謂人道主義者であり、おざなりな愛のデモンストレーターである。

それから、これは独り香川の場合に限つたことではないが、愛といふことを、愛の生活といふことを、何か特別の状態の下にでなければ生れて来ないやうに思つてゐるのはどうした訳であらうか。言ひ換へれば愛を財産か何かのやうに貯へてゞも置けるやうに心得て、日常の生活にはそれと全く関係のない生活、つまりノン、ラヴの生活を送つてゐるのはどうした訳であらうか。

試みに曾根と香川の生活を取つて見る。真の愛は苦しいものだといふ哲学を論ずることは出来ても、彼等の何処に愛に根ざした生活の断片があるか。彼等は只二人で共同生活をしてゐるといふだけの話である。友を愛し合ふといふやうな気持の少しもないのは、愛を論じ愛を宣伝する人達にも似合はない。こゝにも生活の幻影化とがある。

かういふことをそれからそれと考へて来ると、ある都から来た一闖入者といふ型の高梨の皮肉と嘲笑とは決して単なる皮肉であり嘲笑であるとのみ受取ることは出来ない。作者は高梨の浮薄な軽卒な点を描かうとしたのかも知れないが、その浮薄な軽卒な高梨の皮肉と嘲笑とは偶然にも彼等一群の青年文学者の生活に対する最も正しい最も重味のある痛切な批評ではないか。彼等の生活には高梨の皮肉と嘲笑とに価するやうなエレメントがないと果して断言することが出来るであらうか。彼等はどんなに隠さうとしても隠しきれない生活虚偽を高梨に皮肉を言はれ、嘲笑されずには居なかつたサムシングをもつてはゐなかつたか。

然しながら総べては踏台だ。よりよい生活へ向つてゆくに必要な踏台である。彼等文学者の一群も何時までもあゝした淋しい貧乏な生活に甘んじてゐるのではない。彼等は銘々自分の進むべき途に向つて突進してゆかうとしてゐる。誰もあゝした生活を本当の生活だとは思はなくなつて、新しい出口を求めてゐる。『荊棘の路』は何処までも荊棘の路ではない。『光明の路』へ達する一つの踏台にすぎない。

私は随分厚かましく遠慮も会釈もなく先輩の苦心の産物であるものに対して愚見を述べた。顧みて思はず顔の赤くほてるのを禁じ得ない。

終りに私は『荊棘の路』に描かれた生活が、よりよい生活へ進んでゆく途中の踏台であるやうに、作者に取つて『荊棘の路』そのものが更によりよい藝術の完成に向つてゆかれる一箇の踏台となることを望んでゐる。

白石実三君の『返らぬ過去』 加能作次郎

白石実三君の新作長篇小説『返らぬ過去』が、今度愈々出版せられるやうになつたのは、作者にとつては言ふまでもなく、文壇の為にも大に慶すべきことである。此の作は曾て大阪朝日新聞の懸賞募集に応じ、選者の一人たりし島崎藤村氏が傑作として最高点を附したものだといふので、出版前からかなり評判の高かつた作である。私は早稲田文学から此の作を細評するやう委嘱せられたが多忙の際に、只ざつと筋が分る位の程度で走り読みをしたばかりで実はまだ、批評するだけの準備を欠いて居り、私自身もその大胆過ぎることを非常に恐れてゐるので、作者白石君に対しても礼を失するやうで甚だ相済まぬ感なき能はずであるが、極く簡単に断片的に読後の印象を述べることにする。

『返らぬ過去』はポイント組菊版三百頁、回数百に亙る大作であるが、その質から言つても、近来稀に見る力のこもつた立派な作である。作者が全力を傾注して、真剣に、血みどろになつて書いたものだけに最初の一頁から最後の一頁まで些の弛緩なく、緊張充実して居る。殊に作者の態度が飽くまで真率で質実で、匠気や衒気や当て気など浮薄なところの微塵もないのが何より気持がよかつた。

『返らぬ過去』といふ標題を読むと、何となく現在の生を果敢なみ悲しむのあまり、過ぎ去つて返らぬ過去の生活を偲び懐しむといつたやうな、追懐的な感傷的なものであるやうな感じがあるが、此の作の内容となつてゐるところは、決してそんなものではない。寧ろ却つて過去の苦悶絶望の生活を、現在並に将来の自己の中に生かさうとする強い欲求から生れたものといふべきである。所謂破邪的否定から顕正的肯定への一転歩、自然主義的な、物質的機械的な、人生観から、ヒューマニスチックな人生観への脱却の径路を描いたものだと言つてよいと思ふ。寧ろ「新生」といつたやうな感じである。

極く簡単に筋を言へば、主人公秦良蔵が、曾て学生時代に寄食してゐたことのある家の勝子といふ娘との恋が破れ、その失恋の打撃に苦しみ悩み悶えてゐる時、近くに世を憚るやうに一人の母と共に住んでゐた明治初期の著名な文学者池内紅波の一人娘の広子と関係するに至り、幾多の迂余曲折を経た後遂に広子と結婚し、それから二三年の間の複雑な精神的波瀾に富んだ生活を書いたものである。これだけでは極くありふれた男女関係に止るやうだが、広子は秦と関係する以前、曾て斎藤といふ男と夫婦生活をなして居たことがあり、その間には喜久子といふ一人の女の子まであるので、秦と広子との関係は、普通の恋愛関係から夫婦関係に移つたものとは著しく其の趣きを異にし玆に主人公の心内に全く特異な複雑微妙な煩悶葛藤が起つてゐるのである。

而して秦が広子を、肉体的にも精神的にも完全に所有せんとして所有し得ざる懊悩苦悶の描写は、作者の最も力を尽したところで、それが全篇の中心となつて居り、実に精細深刻に、微に入り細を穿つといふ風に描かれてゐる。吾々は人間の最も根本的な性に対する人間苦を苦しんで居る人間の悲惨な姿を秦に於て見るやうな気がする。

秦は周囲の事情にせまられて、といふよりも、自然の成行によつて広子と結婚はしたが、広子の背後のつきまとうてゐる彼女の過去の幻影によつて絶えず苦しめられるのである。広子の前夫であつた斎藤は跛者の医者で、以前広子等と同棲中不埒な行為があつて放逐せられ、今は台湾に行つてゐるので、広子とは全く手を切つて了つて居るし、また喜久子は、秦の結婚前東京を遠く離れた或る町に養女にやつて了つたのであるが、秦はその斎藤及び喜久子の存在を恐れ、広子の身体の心の何処かに斎藤並に喜久子の影を宿してゐないかといふ深い疑惑に責め苦しめられるのである。彼は未知であると知己たるにも拘らず、只だ斎藤といふ同じ姓を名乗るだけでもその人を憎み且つ恐れた。彼はあらんかぎりの手段を尽して、斎藤の幻影を打ち払はんと努めるが、執拗に惨酷につきまとふのである。また彼は喜久子を親の手より引き裂いて遠く養女にやつて了つたがそれでも尚ほ事足りなかつた。彼は広子並に母親が喜久子のことを思ひ出しはしないか、広子や母親が、彼に秘密に喜久子の養家と交通しないかを非常に怖れた。彼女等が、ほんの一寸でも喜久子の方に心を向けることは秦にとつて到底堪らない苦痛なのである。かくて彼は家中嗅ぎまはり探しまはつて苟くも斎藤や喜久子の思出となるやうなものは、家具であらうと、玩具とあらうとも、何でも之を家中嗅ぎまはり探しまはつて、裂き壊ち焼き捨てねばやまなかつた。

この殆ど悪魔的な猜疑嫉妬は、秦の胸中深く食ひ入つて行く、彼は一刻も不安なしに、疑惑なしに、また憎悪敵意なしに生活することは出来なかつた。広子が過去に於て暗い陰をもつて居ることを意識すればするほど、彼女をそれから引き離して完全に自己の所有とせんとの欲求が強くなり、その欲求が強くなればなるほど、広子の過去の暗影が益々明かに或る威嚇をもつて彼の心に蘇つて来て、彼を苦しめ悩ますのであつた。彼は広子を所有せんが為めには、彼女のたつた一人の母親、一人の娘を秦に奪はれて他に寄る辺なき母親の出入をも、その好意ある家庭上の注意や世話をも、恰も彼の生活への闖入者、攪乱者であるかの如くに之を拒み斥けようとするのであつた。けだしこの母親の秦の家庭への接近は広子をして夫から母親へ心をうつさしめ、ひいては子供の喜久子に、それから更に、その父たる斎藤に心を移さしめる誘因となるからである。

妻が暗い過去をもつて居るといふことは、自意識の強い近代人にとつて、誠に堪へ難き苦痛であらねばならぬ。私はこの点に於て主人公秦の苦悶に深く同情せざるを得ない。若し此作が世間の噂の如く、作者自身の実際経験を取扱つたものだとすれば、私は此の作を透して、白石君のこれまでの内面的生活の如何に苦しい地獄的なものであつたかを想察することが出来る。而して此の苦悶が、殆ど批難をはさむべき余地なきまでに活写され、到る処に作者自身の血の滴るやうな生々しい実感が出て居て、割合に単調な事実を平面的に描写したものなるに拘らず、読者の強い感銘を喚び起さないでは置かぬであらう。私は此の点に於て此の作は十分の成功を収めて居ると信ずるものである。

しかしまた慾を言へば言ふこともないではない。私が最も物足らなく思つたことは、主人公に対する作者の批判が割合に不足して居る点である。秦は近代人に有り勝な、極めてエゴイスチツクな主我的な男である。これは性格としては面白いものであり、且つさういふ性格であることそのものが、この作の効果を大にしては居るのであるが、そして私自身も彼の利己的な主我的なところに共鳴を感じ興味を覚えてゐるのではあるが、作者が十分に余裕ある態度で主人公を観察批判して居るかどうかに関しては疑なきを得ないのである。作者は秦の苦悶に同情するのあまり、否な彼の苦悶そのものを描かうとするに急で、彼の利己的な考や行動を悉く是認してゐる傾がある。彼の苦しい位置や境遇や苦しみそのものは遺憾なく描かれて居るが、彼が何故に苦しむか、また苦しまねばならぬかといふ根本のところを、作者は見逃して居はせぬか。一口に云へば、主人公秦は、あまりに好い子になり過ぎてゐる。秦の広子に対する愛の性質如何、広子の秦に対する愛の性質如何、これをもつと徹底的に深く観察すべきであつたと思ふ。彼は広子と関係する前に、宿の尼僧の戒林と関係して居た。また勝子といふ濃艶な女と関係して居た。而してその勝子との関係が断たれた煩悶に堪へず、その逃れ場所として、半ば勝子に対する復讐的に広子と関係するに至つたのである。彼は勝子と離れて日ならずして、広子と相知るに至り（ほんとうに逃れ路のない苦しみだ。いつそこの苦しみを積極的にあの広子に移してみたらどんなものだらう。広子の内にあの過去の勝子を探し楽しんで見たならば！）と言つて、そして間もなく広子を得たのである。つまり広子は勝子の身代りになつたのである。そして彼は広子と肉体的に関係を結び、いくらか自嘲と悔恨とに苦しみはしたが、すぐ、《けれども、自分はたゞすべての生けるものに共通な深い本質的の要求によつて行動したばかりだ。彼女の明日からの幸福を自分の負目とする以上、人間としての自分には疚しい点はないはづだ！　断じてないはづだ！》といつて、自己を弁解し是認して居る。彼の利己的な自是的な性格を証明するに足るかやうな例はいくらも挙げられるが、兎に角、秦は広子に対して最初から愛を感じてゐなかつたのである。彼が勝子との恋に破れて、広子と関係するに至る心持は同情することが出来る。そしてそこから遂に逃れることの出来なくなつて行く事情にも同情される。けれども彼自身の行つた行為に対する道徳的良心の苦しみの殆ど見られないのが不思議である。秦の苦しみは広子が過去を持つた女だからだといふ所にその大部分が繋り存するのである。自分自身の作つた罠にかゝり陥穽に陥つて悶え苦しむのは、満腔の同情に値することであるが、それが、全く他に向けられた苦しみであつて、自己の内に向けられたものでないのが、而して作者がその点を、即ち人としての主人公秦に対する批判を十分に下して居ないのは深く遺憾とする所である。

また勝子に対する秦の態度は、如何にも不真面目な無反省なものである。勝子自身の性格は極めて曖昧にしか描かれてないのであるが、秦は広子と結婚し、広子との間に既に子供までなして居ながら、一旦手を切つた勝子と再び何等の道徳的反省も苦悶もなしに密通して、自由な歓楽を享楽して居る、これらの点に対しても作者はあまり頓着して居ないのである。公平な眼で見るならば、作中最も同情に値すべき人物は、秦自身にあらずして、妻広子である。彼女は善良な女である。そしてその境遇から言つても恰もかのイブセンの『鴨』に於けるギイナのやうな憐むべく傷ける女である。秦の立場は、同じ作中のヤルマーのそれであるが、作者はヤルマーである秦にのみ同情して、ギイナたる広子をば、むしろ苛酷に取扱つてゐる。秦と一緒になつて、憐れなる広子や、その母やその子の喜久子を責め且つ憎んでゐるの気味さへある。

広子に暗い過去があつたことは、秦は彼女と知る前に既に詳しく知つて居たのである。それを十分承知して居たに拘らず、彼は広子と関係し、且つ結婚したのである。彼はすでに、その第一歩に於て誤つて居たのである。それに対する反省なしに、また自責なしに、却つて自己の行為の何等疚しく咎むべき点なきことを強弁しながら、尚は且つ他を責め同時に己を苦しめて居るのである。彼は広子を愛しいたはらうとせずに、却つて疑ひ猜み疎みさへしてゐる。本来なれば、秦は広子の運命に対して大きな責任を感じて、むしろその為に苦しむべきである。そして共に手を取つて祈るべきであらうと思ふ。

尤も、彼は後になつて、自分のあまりにセルフイシユな、妻に対して酷薄であつたことに気がついた。そしてそれが動機となつて、彼の心持に一転機が来た。

『それはあまりに残酷だ、あまりにSelfishだ。妻にのみ酷薄なるお前が、なぜお前の問責を曾てお前自身に向けることをしないのか！……』

かう彼は反省した。かくて彼の心は、次第に和いで行つた。広子を許す気になつた。

『妻を許さうといふ考が閃めくやうに胸に湧いて消えた。それは彼女にあつても、あの斎藤の記憶からは生涯を通じて逃れられるものではなかつた、夢の中に於ても、知られざる意識の外に於ても、自身が勝子に対するやうに、彼女の魂があの男性の許へ走つてゐないとは言はれなかつた。何処かではきつと相会つてゐた。《けれど自分は許さう、自分が彼女から許さるゝときに》』

かういふ考が彼に起つてから、彼の心は次第に和らぎ、暗い方から明るい方へ、否定から肯定へ物質的機械的人生観から、博いヒユーマニスチツクな考に次第に転じて行つた。尚ほ幾多の心理の曲折を経つゝも、最後に彼は、新しい自覚に到達し、新らしい前途の生活様式を発見するに至るのである。

『……人として、一個の精霊として、よりよく活きんが為には、彼は改めて前途の生活様式に活きねばならないことを思つた。それが為には、従来の機械観から、物質から、また物慾からも釈放されなければならないと思ひ立つた。むしろそれらのすべてを自身に包括し自身の一部として活かし導いて行かなければならないことを思つた。而してこの肉体といふ存在の制限をも越えて霊ある生き物としての特性を能ふだけよりよきへ活かして行かねばならないと思つた。その特性を通じて、それを階梯としてより高い世界に標的を求めようと考へたのであつた。……』

秦は長い間の嚙み苛まれるやうな心の苦悶を逃れて最後に斯様な心的境地に立つたのである。この境地は作者自身の現在の心的境地であると推すことが出来る。

併しこの自覚が覚醒が如何なる動機から生れ、如何な確実性を持つてゐるか、それが果して徹底的のものであるかどうか、私の疑問とするところである。彼は広子と喧嘩して家を飛び出したが、それがあまり自分が残酷であり利己的であることに気がついて、深く自己反省を行つた後、『家庭に恋愛を求めてゐたが、自分の根本の大きな誤謬だつた！　家庭は単なる育児の保護機関にすぎない、また社会に対応しての女の為めの小さな一種の経済機関に過ぎない。』と言つてゐるが、彼の自覚の第一歩は此の考から発してゐるので、決して広子との愛に眼覚めたものでも何でもない。彼の真の愛は広子の心の中に在るのでなくして、最後まで勝子の胸の中に存するのである。彼は妻を憐む心になりはしたが、それは純真な心からではなく、一種の悲しい侮蔑の情を交へたものである。それ故に彼の覚醒は、寧ろ諦めではないかと思はれる。妥協的な、理智的な、割合に根柢の薄弱なものではなからうかと思はれる。

思ふに秦の新しい生活への転換は、広子との間の真愛の眼覚めをその根基としたものでなければならぬ。でなければ、やがてまたこの一時の覚醒は根柢から覆へされるやうな危険を伴つて居ないだらうか。主人公の心持をその儘作者自身の心に移して考へることの危険は十分知つてゐるが、作者が此の作の主人公秦の心的境地を肯定してゐる限り、そこには以上の如き批評の余地があると思ふ。

以上私は主として本篇の主人公の取扱方について作者の態度の批評から、ひいて主人公の生き方について私自身の意見の一端を述べ、作者に対してかなり礼を失する位忌憚なき批評を加へた。これは所謂隴を得て更に蜀を望の比ひであつて、『返らぬ過去』一篇が最近文壇に於ける最も注目すべき意味深き傑れた作物たるを疑はぬものである。主人公秦と広子及び広子の母との関係、秦の兄弟姉妹と広子並に母との関係、またそれらの人々の性格乃至主人公を中心としての生活その他の精緻巧妙なる描写などに、実に嘆称すべきものがある。殊に、作の舞台となつてゐる武蔵野の自然描写に至つては、作者の最も得意とするところで、恰も無韻の詩を読むが如き感のする所が随所に之を見出すことが出来る。且つまた現代生活に於ける男女関係及び家庭生活に対する諸種の問題の提示されて居るのもまた注目すべきである。妄評多罪。

（「早稲田文学」大正7年7月号）

堺枯川氏の評を見て一寸

武者小路実篤

○堺枯川氏は物質主義者であることに異存はない。堺枯川氏の目から見て精神主義者と簡単にきめられることも無理はないと思ふ。

○労働者と同じく資本家も人間である。

○北風よりは日光の力こそ望ましい。日光の力のないものは北風流でより北風流に勝つことは出来やう。

○与論に屈服するものは馬鹿だけである。馬鹿はあとまわしでいゝ。僕は馬鹿許りを相手にするよりはたよりになる人間が生活を改めればあとは与論でどうにでもなる人間たちだから気にしないでいゝと云ふのである。そんな人間のことは眼中におかないでいゝと云ふのである。さう云ふ人間許り頭においてゐる人は北風流に出るより他はあるまい。しかしそれでは本当の人間は引こんで、ヒヨツトコだけがおどり出す。人類にとつて幸福ではない。北風のひどい時は日光も役に立たない。しかし今の日本ではもう日光の力を受け入れられる人が沢山あるのである。自分は日光ではない。しかし自分のしやうと思ふものにはそれだけの力はある。堺枯川氏達は北風の中にとび込みすぎてのりかけた舟になつてゐる舟からおりない間は日光の力は不用にちがいない。しかしまだのりかけない舟はいくらもある。このことは十年後の事実がきめる、議論で勝つだけでは他愛ないから。

○アメリカに出かけて失敗するのはあたりまいだ。僕達は日本で働く。日本で働くから、だん〲仲間がふへて仕事が出来てゆく、アメリカでは始めは景気がよくつても、流れこむ水のない川のやうなものだ。消えてゆくのは当然である。始めあまり景気よくすると、その景気をたもつのに一苦労だ。始めは景気のよくない方が反つて安心だ。生長する余力を十分にのこして仕事にかゝる。始め手一ぱいやつては駄目だ。それに規則づくめや、器械的に人間を考へても駄目だ。僕は彼等のことを十何年前に少しはよんだが、社会主義のこと、一緒にもうすつかり忘れてしまつた。しかしその時分から彼等の失敗するのは当然だと思つてゐた。自分はもつとずつとぬけ目があるように見せて賢こい。人間と云ふものを彼等より理解してゐるつもりだ。堺枯川氏には本当の人間と云ふものがわかつてゐないのが一番いけないらしい。

○小作すると云ふ誤解されやすい言葉をつかつたのなら自分のあやまりだ。今の世の法則を超越する為には今の世の法則に一寸は従はなければならない。土地を買ふのに金がいる。家をたてるのにも土地をたがやすにも。金をつかうことも時によつてはこばまないかも知れないと云ふ意味なのだ。なるべくは自分達だけでやりたいのは勿論だ。一日平均六時間の義務労働では一段あまりの田を生かし切る事が出来ないやうに氏は云つてゐる。氏はどう云ふ経験から云つてゐるか知らないが、それは人智を軽蔑した話だ。十年後になつたら事実で一人平均三百坪はおろか、六百坪の田でも五時間以内の義務労働で十分にやつてお目にかける。馬や器械の助けをかりるのは勿論だ、電気や蒸気の力もかりてうまくやればそんなことは朝飯前でなければならぬ。しかし事実でお目にかけるまでは笑ひたければ笑はれる。

○綿のことでの挙足はとらしてあげる。別にとられても困らない。

○一家族で云々は今の日本の内地百姓に就て云つてゐるのはわかり切つたことだ。工場に就いては別の処で云つてゐる。いゝ齢して挙足をとらうとらうとしてゐる様は甚だ見つともないものである。とつたと思つてよろこんでゐるのは他愛ない。

○男が信じ切つてくれない者の為に働けるか。お互に信じられて始めて平等はなりたつのだ。白樺の同人だつて互に信じてゐる。それでこそ皆平等だ。信じ切つてくれると云ふことには専制をしないと云ふことも信じてくれることを意味してゐる。それだけの資格はある。僕達は少し今の人には通じない言葉をつかつてゐるらしい。はがゆい。

○或人がカベーの村についてはいた凡人らしい警句は恐らく新

らしい村に就てもあてはまるだらう。たゞあてはまらないのは皆がキタナイ風しながら傲りと喜びと希望を失はない点だ。少くもその方にかけては自分は天才である。
○その他の歴史的説明は当分御返上しておく。十年程しまっておいてほしい。その時氏の言葉が立派に通用するか。そんなことを云つたことを知らん顔するかはおたのしみだ。ともかく氏の言葉には何の参考になることも、反省させてくれることもなかつた。百も二百も承知なことを今更らしく聞かされた。挙足はとられた処もあるかも知れない。がとつた方がより恥ぢになり、とられた方は笑つてすませられる程度だ。
○堺枯川氏の頭に映じた僕は今時に存在出来る代物ではない。歴史はくりかへるが、同一ではない。たゞ簡単頭に同一に見へるだけである。十年後二十年後を見てほしい。五六年は笑はれてあげるつもりだ。（六、一一、一）

（「新しき村」大正7年7月号）

米騒動に対する一考察

吉野作造

米が一升二十五銭台を突破したと云つてさへ非常な騒ぎな事がある。如何に戦乱の余波として物価騰貴が普通の現象であるとは云へ、又如何に下層階級一般の景気が好いとは云へ、一升五十銭の声を聞く迄生活の圧迫を受けては黙つて居られないのも無理はない。八月十六日農商務省に開ける各府県内務部長会議に於て、仲小路農相の訓辞の如きは白々しく事実を糊塗するの甚だしいものであつて、之を読んで予輩は言ふべからざる不快を感じた。民衆も恐らく却て反感を激成したかも知れない。何故ならば農相は例年五月より八月に至る間は、米価の最も騰貴する時だから予め備を為して置かざるべからずと考へ、外米輸入其他いろ〱の注意を加へて遺憾なきを期した為め、「幸にして一時は漸次下落の傾向を現はし、一般をして稍々愁眉を開かしむるの状態を見たりしは社会の為めに深く喜ぶ所なりしに」其後出兵問題や其他各種の風説の為めに再び昂騰の徴候を表はしたから、極力種々の手配りをなし、「漸く八月に至りて茲に転換の機も近からんとするのみならず、幸にして本年の天候極めて順調にして、先づ全国豊穣の見据も付き、将来漸く安堵の思を為さんとせし時に際して、地方に於ける不穏の状況を耳にするに至りたるは、本官の呉々も遺憾とする所なり」と云つた事である。親爺がいろ〳〵心配してやつと無事に納り懸けた時に、心無き若い者が軽挙盲動して飛んでも無い事になつたといふ態度であるが、我々は斯う云ふ親爺に万事を任して、果して一升五十銭の米を四十銭三十銭に下ることを期待し得たであらうか。理に米価暴騰の原因の大半は在米の不足にあらず、一部奸商の買占めにあらず、全く政府の措置宜しきを得ざるに在りとの有力なる説もある(八月廿日時事新報所載岩崎清七氏談)。米価の騰貴を防がんとする誠意は之を諒とするも、遣り損つたら遣り損つたと事実を明白にした方が寧ろ国民を安心せしむる所以である。何にしろ昨今の如き不自然なる暴騰を抑へ切れずして、民衆の生活を斯くまで圧迫するに任かして居つては、天下多少の事あるも亦已むを得ないではないか。と云つて決して暴動其事を弁護するの意は毛頭ない。

生活の圧迫に反抗して民衆運動の起るのは世界普通の現象である。前世紀の初め以来民衆は其要求を貫徹する為めの最後の手段として動もすれば団体的行動に訴ふると云ふ方法を執る事頻繁となつたが、其初めは多く政治問題に就いてゞあつた。最近でも選挙権の拡張とか又は選挙権の公平なる分配とか云ふ問題で民衆運動の起る例は少くない。今より十一年ばかり前の墺太利の選挙法改正の如きは全く此運動の結果である。白耳義などでは戦前まで此意味の運動は頻繁にあつた。然し二十世紀に於ける民衆運動の普通の標目は政治問題よりは寧しろ経済問題となつた。中には社会党の運動の如く主義の主張を貫かうと云ふ者もあるけれども、それよりも一層適切に民衆を動かすものは此物価の騰貴をどうして呉れると云ふ問題である。運動の主催者は社会党たる事を常とするが、然し社会主義の直接の主張ではない。予輩も欧米留学中民衆運動を見たる一再ならずあるが、多くは皆食料品昂騰と云ふ問題に就いてゞあつた。人生に執つて何よりの実際的の問題であるから圧迫が強く来ればどうしても黙つては居られない。

此等の運動が一方に於ては政府に反抗し、他方に於ては貴族富豪に反抗するの形を執る事も亦世界普通の現象である。社会主義者の主張するが如く、今日の政府は即ち資本家の政府であり、資本家は法律と権力とを擁して自家の利益の為めに下層階級を犠牲にして顧みないと云ふ説が乱暴な説明であるとしても、兎に角今日の政治法律が貴族富豪の階級を偏愛し、下層階級の利益と発達の為めに考ふる所比較的に薄いと云ふ非難は決して免るゝことは出来ない。就中下層階級の生活の問題に就いては政府に決して怠慢の罪無いではない。政府が怠慢にして何等為す所ないからこそ彼等は最後の手段として自分の力に訴へんとするのである。民衆の要求する所の者其事が毎《つね》に正当なりや否やは姑く別問題として、政府が民衆の要求に耳傾くる事比較的吝なりと云ふ共通の事実が、民衆騒動の主たる原因をなす事は先づ事実として之を認めなければならない。西洋でも一般民衆の利益と発達に関する諸般の施設は、民衆の側より来る此種の事実上の強要の結果として表はれたものが多い。政府当局者が進んで民衆の為めに計つたと功名顔して誇る所のものも其根を敲けば多くは民衆の要求の結果である。

必要に迫られたる民衆の結束は案外に強いと云ふ事実と此事実に対する民衆彼自身の自覚とは又民衆運動の頻々として行はる、形勢を馴致した事も亦見逃してはならない。

斯く考ふれば、物価特に主要食品の価格騰貴を問題として民衆の騒ぐのは西洋特有の現象ではない。今頃我国で斯んな運動が初まつても之を西洋思想の余毒と思ふのは誤りである。禍の源は西洋思想其物に非らずして寧ろ民衆を度外視した短見なる為政者にある。

口では何と云つても我国歴代の当局者が国民一般の生活問題に対して如何に無神経であつたかは我国の生活品の物価の高い事が世界無比なる事実を見ても明白である。日本の食物の代価と西洋の食物の代価と其儘比較しても日本の方が頗る高いが、若し之を西洋が一般に物価が高いと云ふ事実を念頭に置いて考ふれば、日本の食品が素敵滅法に高い事に驚ろかされる。ステーシヨンに手荷物の一時預りを二銭で出来る日本で、一夕の簡単なる食膳に五六拾銭を要するのに、一時預りの料金が四十銭もする米国でも同じ程度の夕食を五六十銭で出来ない事はない。欧羅巴大陸に行けば尚一層安く食へる。之れ皆為政家の心を用ひた結果である。而して斯くするには為政家に可なりの苦心があつた。何故なれば斯くするが為に取り易い民衆の懐に租税を免じて、取り難《にく》い少数富豪の懐に重き負担を転嫁したからである。日本では租税を取るにも一番抵抗力の弱い所のみを漁《あさ》る。斯くして民の矇昧に乗じて少数富家の気に入るやうな政治をする事が敏腕なる政治家の仕事となつて居つた。其外彼等がいろいろ施設経営をなすに当つても彼等の専ら意とする所は、如何にして民衆の幸福と発達とを計る可きかに非らずして、如何にして元老の擁護を得るか、如何にして枢密院や貴族院の反対を切り抜けるかと言ふ事である。我々は先づ之れ丈けの事実を承認した上で今日の米価暴動と云ふ現象に対して見たい。国家の責任を双肩に荷つて西伯利に出征した其将軍の放言せる如く、民心の最緊張を要する今日の場合徒らに軽挙盲動して讖を外に招ぐのは誠に慨嘆に堪えないと云ふ丈けでは余りに時勢と懸け離れた物の見方である。

我々の今度の暴動に於て更に一層深く感ずる事は一旦激発した民衆の力の非常に怖るべきものたる事である。場所によつては剣戟も銃砲も之を奈何ともする事が出来なかつた所すらある。こんな事が再々あつては我国の将来が気遣はれると云ふ人もあるが、其心配には誠に同情に堪へない。併しながら民衆と云ふものは一遍やつたからと云つて之に味を占あて翌日も明後日もやると云ふ風にさう軽々しく動くものではない。或意味に於て民衆は非常に激し易い一面があると共に又存外激せしめ難い一面もあるものである。そこで騒動が長くて一週間も続けば又元のやうに鎮るを例とするではないか。さればと云つて又民衆の騒動は何時でも竜頭蛇尾に終る一時的の根抵のない空騒であると云ふ風に見るのも亦大いなる誤りである。永くは続かないが然し竜頭蛇尾に終る根抵のない空騒丈けではない。畢竟するに之を憂ふ可きものと見ねばならぬ事になるか、或は空騒として軽蔑して可なるものとなるかは民衆夫れ自身に非ずして当局者の施設如何にかゝるものである。後《あと》の遣《よ》方が良ければ先の運動が竜頭蛇尾の空騒ぎに終るならんも、後の遣方が悪るければ時を隔てゝ二度も三度も繰返さるゝ。為めに国家は之が為めに非常な不利益を蒙る事になる。只今度の暴動に就いて一つ遺憾に堪へないのは一旦起り出すと動もすれば暴動の形を執り常軌を逸して自他を損ずるを顧みざる事である。予等は民衆運動の起るに至つた理由に就いては厭くまでも同情する。又かゝる運動にでも拠らなければ達せられない至当の要求を彼等が有つて居ることをも承認する。けれども此要求をいよ〳〵事実に表はすとなると彼等のなす所は丸で当初の要求とは何等の関係もない滅茶苦茶な運動になる。之が実に識者の痛嘆して措かざる所である。そこで政府でも力を尽して之が鎮圧を試るのであるが之が又十分に其効を奏するものでもない。何故なれば暴動の鎮座は又其已むを得ざる余弊として正当なる要求其物をも抑圧するの形を執るからである。茲に民衆運動は処理に非常に困難な所がある。茲に於て我々は応急的方策は別として根本の解決としては宗教教育の社会的勢力の振興を念はざるを得ない。蓋し民衆の要求は之を抑ふる事が出来ない。而して之を強いて抑ふ可からずとすれば、出来る丈け合理的方法に拠つて之を訴へしむる途を開かなければならない。西洋に於て民衆運動が、殊に昨今正々堂々極めて猛烈に而かも極めて着実に行はるゝ所以のものは一に宗教々育の力が隠然として一般民衆を支配して居るからである。宗教家と教育家の最も尊敬せらるゝ国程民衆の運動は常に規律と節制とに富んで居る事は争はれない。根本の培はれて居る国は何事が起つても危気がない。

（「中央公論」大正7年8月号）

パンを与へよ！（案頭三尺）

内田魯庵

（一）全国を動揺する叫び

パンを与へよ！

此の叫びは先づ北海の孱弱《かよわ》き女の口から発せられて全国都市に波及し、到る処多少の動揺を見ざるは無い。中には数千人が隊伍を組んで放火奪掠し、警官又は軍隊と搏闘し、真夏の夕涼みの賑はう宵から商家は大戸《おほど》を卸して消燈し、憎悪の的《まと》と目指さるゝ商家は木柵《もくさく》を結んで防衛に努め、良民は日没以後の外出を禁じられ、電車は運転を停止し、軍隊は出動して辻々を堅め、其の物々しさ騒がしさは殆んど小内乱である。

新聞紙は箝口令《かんこうれい》を布《し》かれて此騒擾を報道する事が出来なくなつたが、東京の騒擾第二日目は更に前夜に倍する群衆が喊声を挙げつゝ大通りを殺到し、東京の娯楽の中心たる浅草の諸興行は当分四時限り閉鎖すべく余儀なくされた。官憲が頻りに狼狽して人民の耳目は壅蔽《ようへい》しやうとすればするほど人民の疑懼心《ぎくしん》は愈ゝ長じて不安に堪へられなくなる。

（二）唯米ばかりの問題乎

今度の騒擾の原因を米価の暴騰の為めだといふが、単に米ばかりの問題であらう乎。或は内閣の無能に対する民心離反の為めだと云ふが、啻政府の非政の為めのみだらう乎。無論米価の狂騰が直接の原因となつてをる。内閣の不人気も確かに手伝つてをる。が、是れ以上の禍因が更に深く潜んでゐる事は無いだらう乎。

一体米価の騰貴は――五十円台を突破した事こそ今度が初めてだが――其の今日《こんにち》の相場あるは数年前から予期されてゐた。消費者たる都会人の立場から見れば極めて法外の価らしく思はれるが、生産者たる農民の側から云へば今日以下の価では決して遣り切れるものでは無い。

今日物価の騰貴は米ばかりでは無い。日常生活の消耗品は何も彼もが騰貴してをる。総ての租税町村費までが増額してをる。米は主要食物であるゆゑ其の関係する処は最も洽ねく且最も深いが、同じ生活の圧迫に苦まされる農民が米ばかりを安く供給する事が出来る乎。米作が慈善事業に非ざる限りは同じ経済関係に伴ふが当然であつて、総ての物資が昂騰する中に米ばかりが独り安かるべき理由は無い。僅に二三年前と比ぶれば、総ての物価は平均十五割を騰貴し、中には二十割三十割に達したものさへある。米価が唯十割を騰貴したといふは寧ろ其率の少きを思ふ。
然るに他の物価に比べては米の騰貴は平均騰貴率に及ばない中に、早くも米に対する騒擾を勃発したのは米が主要食物である為めであるが、畢竟するに総ての物価騰貴に対する民心の不安が米に集中して一時に爆発したので、啻《たゞ》米ばかりの問題では無い。米ばかりが一時人為的に低落しても此問題は解決されたのでは無い。

又此の米の暴騰は当局者の政策宜しきを得なかつた為めも有らうし、内閣全般の失政に対する不満も伴つて一緒に激発したのでもあらうが、唯是ればかりでは無い。今日の物価の騰貴は大戦に伴ふ世界共通の趨勢で、唯独り日本一国の問題では無い。如何なる聡明の経綸家が其局に当つても此の騰貴の大勢を如何ともする事が出来ない。又今の内閣が国民の信望を繋ぐの力に欠けてゐるは誰も認めるが、既往の何れの内閣と雖も真に国民の輿望を荷つてるものがあつたらう乎。近くは大隈内閣がドレホド善政を行つて国民を信頼せしめたらう乎。今日の時局の紛糾する場合藤桂《とうけい》二公を泉下に起して局に当らしむるも何程の事が出来やう。将た原内閣をして取つて代らしめやうとも民心を新たにするの経綸が有らうとは思はれない。所詮は団栗《どんぐり》の脊競《せいくら》べをする今の政治家の誰が内閣を組織しやうとも五十歩百歩である。此の米の騒擾が半ば現内閣の不人気に原因してゐるとしても、唯是《たゞこ》ればかりでは無い。内閣を更迭しても、此問題の総解決にはならないのだ。

（三） 寒心すべき中流以下の生活

米価の騰貴の稍や急激ならんとするや当局者は極めて楽観してゐた。所謂奸商を戒飭し懲罰すると同時に外米輸入の気勢を示せば米価は忽ち低落するもの、如く信じてゐた。且当局者を初め一般官僚は本より直接人民に接触する市公吏までが一向民情に通ぜず、米価は騰貴しても賃銀も亦騰貴したから国民の生活は夫程切迫してゐないと雲煙過眼し、又縦令多少窘窮してゐても副食物の贅沢を節すれば米の高いぐらゐは何でも無いの、内地米が高ければ外国米にしろの或は米の代用食物を研究しろのと、極めて呑気な道徳説や安価生活論に得々としてゐた。

一体経済道徳や安価生活は呑気な官僚や市公吏に教へられないでも真実生活に切迫してゐるもの、方が遥に能く知り能く実行してゐる。渠等も亦人の子であるから偶《たま》には稍《や》や贅沢な副食物を取る事もあらうが、平素の饑を充《な》たすものは豆糟飯《まめかすめし》以上である。今日の生活の苦痛は塩を甞めても藷《いも》を喰つても堪へられないほど物価が騰貴したからで、之に対して生活苦痛者の方が百も二百も承知してゐる道徳説や安価生活を説くは溺るゝものに向つて水の危険を説法するやうなものだ。

成程、職工及び労働者の賃銀は値上げされた。が、其増給率は物価の騰貴に比例して遥に低位である。神戸の如き成金の中心地は知らず、東京其他各地の工場に働く職工の大部分は多くも二三割を増給されたに過ぎない。現に職工の賃銀増加に対するストライキは名地に連続蜂起する。渠等が若し物価の騰貴に比例するだけのものを請取つてゐるなら此種のストライキの簇出すべき理由が無い。或は時局に密接の関係ある諸工業に服するもの、内には二倍三倍の給与を受くる特殊の技能者もあらんが、是等少数中の極少数者を除いては滔々として皆物価の騰貴に苦まされざるは無い。

日傭労働者の賃銀は普通の職工と比較し稍やヨリ多く値上げされたが、日傭は仕事の有る事も無い事もあつて照降なしに取れるものでは無い。且賃銀は値上げされても矢張物価の騰貴には比準してゐないから、多く取れても其実購買価格は低下してをる。シカモ仕事の無い時に受くる苦痛は数年前に数倍してをる。渠等の賃銀の値上げを見て渠等は少しも窮迫してゐないと思ふは極めて皮相の断案である。

更に最も悲惨なるは官公私の下級使用人である。今日、日傭人足ですらが一円乃至一円五十銭の賃銀を取るものが少くない時、多少の学問才弁を有して洋服又は羽織袴で執務する階級者に、労働者からは旦那と尊称されつゝ、其実労働者よりも少ない給金に生活するのがあるとはウソのやうな咄だ。渠等は忠実に使用人道徳を守つて職工のやうにストライキをもせず、朝《あした》に衣服を典じ夕に道具を売つて裸体になるまでも柔順に職務に服する。渠等が黙して不平を云はざる為めに其生活に余裕があると思ふは大いなる短見である。

猶ほ一層悲惨を極めるは下級使用人中の上級者、即ち五十円以上百円程度の給与を受けるものである。此階級の者は大抵家族数口を養つてをるが、仮に妻子老人六七人の家族と見れば今日の物価にては米代と家賃と薪炭《しんたん》燈火費だけにても七八十円以上を要する。此の七八十円は生活の全くの正味である。裸体でスツポリ飯を喰つてるだけの価である。夫故に此の七八十円を取る為めの資本即ち通勤の洋服代靴代と多少の電車賃と若干の社交費、及び最低位の副食品、児童の学校費等を見積れば如何に少くとも四五十円を要する。即ち此階級のものは毎日身の皮を褫《は》いで暮してるのだが、シカモ中等階級の体面上愚痴も覆されず不平も訴へられず、従容《しようよう》として士人の面目を守らねばならぬから、其精神上の苦痛は下層階級に倍してをる。

啻に恁ういふ階級ばかりでは無い。恐らく局長格又は支配人格のものと雖も、物価の法外なる騰貴の為めに給与を半減されたと等しい苦痛を共感せずにはゐられないだらう。唯此階級者は大抵若干の資産を蓄へてるが、全く資産の無い俸給生活者は数百円の給与を受くるものと雖も減食減肉せざる限りは気候の移り換への衣服の算段にだも窮するであらう。市民は左程に困つてをらぬと呑気な事をいふ官僚市公吏輩も、若し偽らざる告白を許すならば、渠等自身の生活が呑気な事を云つてゐられない筈である。

我等は数月前に、月収百円に達しないものは事実上に貧民階級であると云つたが、其以後益〻奔騰して止まざる今日の物価の趨勢は二百円前後のものまでをも貧民階級に巻込まんとしてをる。俸給生活者の殆んど十分の八九までが皆生活の危惧に脅かされてをる。誠に由々しき社会問題なる哉。

(四) 富の分配の不均等

現下の物価の騰貴は戦争の為めの世界に共患である。が、欧羅巴では直接戦争に累せられて商工業が半ば底止し物資の欠乏して上下共に疲弊してゐるに反して、日本では欧羅巴の商工業の半停止が倖ひして著るしく外国貿易を伸張し、昨年までの総利得が十五億を算してをる。

夫故に、欧羅巴では貴族も富豪も一斉に緊粛し、貧民よりも寧ろ率先して減肉し且賑恤《かつしんじゅつ》に努めてる事が、日本では戦争が倖ひした国富の自然的膨脹に踊躍して、大なり小なりに此分配に与かつたものは皆有頂天となつて生活を尨大にする。都会が近年の活気を呈して娯楽と贅沢との中心たる巷が繁昌するは之が為めである。が、此分配に与からぬものは唯物価の騰貴に禍ひされるばかりだが、物価の騰貴に泣く声は市況の景気に歓喜するヨリ高いヨリ騒がしい声に消されてをる。当局者が皮相を見て、市民は左程に困つてをらぬと判断するも万更無理は無い。

富の分配の不均等は現在の社会及び経済組織の不完全の為めで、強ち或る階級者の擅私《せんし》の貪慾の為めばかりでは無いが、今度の如く偶然の形勢が倖ひして一時に巨富が流入した場合の不均等なる分配は故更《ことさら》に貧富の懸隔を著大ならしめて険悪なる社会問題を生ずる危険がある。

例へば無一物から一攫数百万乃至数千万の奇利を制した成金の輩出は一方には堅実なる企業心の成長を妨げ空虚なる射倖心を長ずると同時に、暴慢倨傲に流れ易き渠等の言動が社会的平和を溷濁《こんだく》する恐れがあるが、他方には富の固定を破つて自然的に流動を助ける経済的効果がある。且成金は縦令偶然の僥倖にもせよ危険を賭して奮闘した努力の報償として稍や首肯《うなづ》けるが、何等の努力をもせず懐手《ふところで》をして国富の自然的膨脹に均霑して其資産を数倍乃至数十倍にしたものがある。例へば多くの商事会社中には時局が僥倖して自然的に増大したものもあるが、其場合株主は懐手をして何にもしないでも不相当なる過大の配当を受け若くは増株《ましかぶ》を分配されたが、実際に事業に勤労した使用人級は此分配に少しも与からない。縦令与かつたにしても、(或る少数の大会社を除いては、)使用人級に分配されたものは僅に九牛の一毛である。

即ち資本を擁するものは働かないでも国富の膨脹に均霑して自然的に資産を数倍乃至十数倍にしたが、資本を擁せざる使用人級は国富の膨脹に基ゐする物価の騰貴に禍ひされて恰も給与を半減されたと等しい痛苦を脊負はせられた。働く者は報はれないで働かない者が利益を独り占めにする。危険は即ち爰に在る。

此の如きは決して日本ばかりの問題では無いが、欧羅巴では貴族も富豪も社会問題の教育に馴らされてをる。苟くも経綸の志あるものは皆社会問題の解決に鋭意してをる。随つて富を独占する事があつても其独占の結果を私しやうとする利己心が稀薄である。殊に亜米利加は黄金崇拝国と称されてるが、米人の愛するものは事業であつて富其物で無く、金を集めるよりは金を散ずる方法をヨリ多く考へてゐる。然るに日本では之に反して、金其物を以て終局の理想とする町人根性がマダ中々に消えないで、己れの一家を肥やすに汲々たるばかりか剰つさへ之を子孫にまで世襲しやうとする。此の如き卑俚《ひり》なる無理想の素町人が富を独占する国は誠に禍ひである。経済上にも富を沈滞する不利益があり、社会上には貧富の反目を愈〻大ならしめて階級戦を切迫させる恐れがある。現に中流階級以下が轍鮒《てつぷ》の水に喘ぐが如き今日、焦眉の急を知らず顔に傍観した渠等の態度が今度の騒擾に方つて家を焼かれ若くは破壊されてをる。

(五) 賃銀及び俸給を二倍とせよ

　今日の物価の騰貴は何時停止するか殆んど計られない。例へば米の如き、在米は左程に不足してをらず、且五風十雨順調を得る今年の豊作は予期し得られるに拘らず奔騰又奔騰して止まざるは、本より猾商の買煽りの為めばかりでも無ければ識者の云ふなる通貨の膨脹の為めばかりでも無からう。今度の騒擾があつてさへ、人為的には低落の気配を見せたが、大勢は依然たる騰貴である。所詮何事も世界的交渉を有する今日、唯日本ばかりの需給の関係を以て物価を律する事は徒爾《とじ》である。

　且此の物価の騰貴は、縦令一時の経済的変調であつて早晩幾分か低落しやうとも、大勢上再び旧時の価に復する事があらうとは思はれない。且又日本の文明が進歩すれば進歩するほど生活の向上するが自然の帰趣であるから、物価が若干低落しやうとも生活の苦痛を済《すく》ふ事は出来ない節倹説や安価生活の如きは道徳説として聞くべきも之を以て解決出来る如く思ふは極めて呑気である。由来道徳説は奔馬を控制する手綱のやうなものだ。之を以て奔馬の正道を逸し邪路に陥るを覊制する事は出来るが、張り切りたる奔馬の足を止める事は不可能である。

　夫よりも先づ官私を通じて勤労に対する給与の如何に少きかを考へよ。凡そ世界の文明国を尋ねて、日本の如き給与の少い国は有る乎。支那の如きすらが、労働こそ廉いが、簿書筆算或は技術に関する服務に対しては日本よりは遥にヨリ多くを支払つてをる。今日の日本の物価は欧羅巴と比較して、我の主要食たる米は彼の主要食なる麵麭《パン》よりも高く、副食物たる肉や乳の彼に比べて法外なるは云ふまでも無い。然るに主要食糧のドコよりも高価なる国の勤労給与がドコよりも低位であるといふは普通の経済説にては考へられない不思議な咄である。

　此破綻が今や物価の暴騰に方《あた》つて極端に暴露したので、日本の俸給生活者の殆んど過半が俸給だけにては生活出来ずに売喰ひをしてゐるといふは何たる悲惨であらう。シカモ給与者は僅に一割か二割を増給して以て解決し得たる如き顔をしてをる。是れ恰も一椀を求むる飢人に向つて一粒を与ふるが如きものである。

現下の物価の騰貴に原因する生活難を解決するは物価其物の調節よりも勤労に対する給与の増額である。給与さへ増加すれば問題は極めて易々として解決出来る。此増額や既に実行し若くは実行されやうとしてゐるが、平均十五割の暴騰に対して二割や三割を増給したとて何の役に立つ乎。少くも思切つて之を二倍とせよ。若し資本家が何等の努力も無しに此の国富の自然的膨脹に倖ひして其資産を数倍にしたを顧みて其の過当の分配の半ばを割いたなら使用人の給与を二倍にする如き極めて些事である。

一言すれば此解決は資本家級の良心問題である。若し欧羅巴の如く上下共に困弊して貴族も富豪も一斉に減食するならば、物価の騰貴の如きは問題とならず、各人皆緊粛して飢餓と闘つても働くべきであるが、資本家級が飽食美餐《ほうしょくびさん》しつゝ独り使用人級に向つてのみ減食を強ゆる理由は無い。

思切つて賃銀及び俸給を二倍とせよ。是れ刻下の急務を解決する最も簡易なる方法である。加之《のみ》ならず、低廉なる給与は平時に在つても秀才を逸して鈍才をのみ集め、且怠慢不忠実ならしむる経済上眼に見えぬ損失がある。

我等は先づ手初めとして、政府が思切つて現時の俸給を二倍にするの増俸を断行せん事を希望する。聞く処に由れば今年の議会には増俸案を提出する議があるさうだが、二割の三割のといふ如き姑息の増俸は無効である。且百円以下の下給官吏に向つては、此際少くも五割以上の増給を断行せん事を欲する。此騒擾に方つて一千万円の臨時支出をして且必要あらば更に多くを支出しやうと声言する丈けの余地があるなら、下給官吏の増給の如きは即時に弁ずべきである。

（六）　騒擾が教へる危険

騒擾は如何なる場合に於ても非理である。が、時の勢ひに制せらるゝもの理非理を超越してゐる。且『パンを与へよ』の叫びは如何なる罪過をもラシヨナライズする。然して何事を云はざれば如何に死地に踠《もが》いても傍観冷視する如き為政者乃至資本家に対しては騒擾は止むを得ざる正当防衛である。

此騒擾の結果はドウである。昨日までは出兵に有頂天となつて此の目前の危急を対岸火災視した当局が俄に狼狽して一千万円を支出し、『今にドウかなる』と呑気な顔をしてゐた市長までが血眼になり、大小富豪は争つて義捐《ぎえん》し、各ゝ皆自ら一人が天下の憂を脊負つて立つ如き顔をしてをる。今になつて俄に貧民の友らしく之ほど力瘤を入れるなら、何故最《も》う二三箇月早く救済策を講じなかつたらう。

此頃某の市会で、議員の一人が細民の窮状に就て質問した時、理事者の一人は平然として、マダ餓莩路《がへうみち》に横はるほどでは無いと答へたさうだ。渠等は餓莩路に横はるまでは救済する必要を感じないのだ。渠等の妻子が病める時、愈ゝ死なゝい中は医者を迎へないだらう乎。官僚市公吏の無神経は此の如くである。

此騒擾が教へた事は、日本の官僚及び資本家は愈ゝ騒ぎ出さなければ決して目が覚めざる事である。且騒ぎ出せば群衆の威力は頑迷なる官僚をも無知なる資本家をも十分威嚇するに足る事である。危険は即ち爰に在る。

且今日は警官又は兵士は鎮撫の任に当つたが、渠等も亦人民の子である。警官兵士を官僚の家の子郎党と思つた時代は既に過ぎてをる。渠等は職務上鎮撫に努め、或は暴漢を逮捕しつゝも恐らく此騒擾の動機に同感せずにはゐられないだらう。且此騒擾の結果が低廉なる米に飽くを得たるを心窃に感謝してをるだらう。危険は即ち爰に在る。

（七）　重大なる問題

が、此騒擾は米の廉売で一段落を告げても、物価騰貴の趨勢が騒擾の為め左右されやうとは思はれない。現に薪炭はマダ秋冷に向はない今日既に著るしく騰貴し、猶ほ此以上の暴騰の気勢を示してをる。仮に米ばかりが新米の市場に現れた結果幾分か低落しやうとも、他の物価が依然たる時は裸体《はだか》で生米を噛つてゐなければならない。此の如きの状勢が猶ほ何時までも続く時は此騒擾は又もや反覆される虞れがある。

が、最も慮かるべきは中等階級の逼迫である。細民は愈〻となれば慈善に済はれる。が、慈善に縋るを屑《いさぎよ》しとせず救済せらるゝを蛇蝎の如く忌む中等階級は、愈〻となれば自ら起つて自ら解決しやうとする。危険は即ち爰に在る。

今日の場合、中等階級は進んで資本家級に頼る乎、或は退いて下層に沈淪する外は無いが、最も恐るべきは自屈して資本家級に頼るを欲しない硬直狷介の中産者である。渠等は逼迫に逼迫を重ねて窮極する時は、尾を垂れ首を下げて資本家級に行くよりは寧ろ労働階級に趨つて汗と力とで正直に生活するものと握手する。危険は即ち爰に在る。

今度の騒擾を唯米の暴騰に対するモツプと見るは皮相である。又唯現内閣の非政《ひせい》に対する不平の勃発と思ふは短見である。其以外更に〳〵深く潜んでる原因があるを考へねばならない。此問題は極めて重大である。（八月十八日）

（「太陽」大正7年9月号）

最近の感想

広津和郎

○

八月の『白樺』の六号雑感で、武者小路実篤氏が有島武郎氏の手紙に答へてゐる。武郎氏の手紙と云ふのは、恐らく七月の『中央公論』に載つた武郎氏から武者小路氏に与へた手紙であらうと思ふ。

武者小路氏の答は大変いゝ感じを私に与へて呉れた。それを読んで氏に対する敬意と好意とを一層私は持つ事が出来た。それは武者小路氏が屹度さう云ふ様に答へるだらうと予想してゐたやうな答であつた。『武郎さんには返事を書くのが礼かも知れないが、僕はかく気になれない』と云ふ武者小路氏の気持もよく解る。『武郎さんと僕とのちがひが今更にはつきりして来たやうに思つた』と云ふ武者小路氏の気持もよく解る。

先月有島武郎氏のその手紙なるものを読んだ時、私は少し変な気がした。ハアトに不調和な響き方を受けた有島氏が武者小路氏の新しき事業――『新しき村』の事業についての感想を述べるのに、如何にも学者らしく古来の革命家の経て来た歴史を説明してゐるところは勿論直接なぴつたりした感は来なかつたが、それでも未だ不愉快な感じはしなかつた。退屈でリヅムのルウズさが感じられたが、それでもその後の頁《ページ》に屹度氏のほんたうの物が出て来るのだらうと云ふ予想があつたゝめに読んで行けた。ところが読んで行つても何もない。何もないと云ひ切つてしまふのが語弊なら、尠くとも私達の胸にぴつたり来るものが何もない。

最後まで読み終つた時、私の頭に残つた印象は、或不愉快だつた。筆者の常識とそれによつて事象にある程度までの解決をつけて、それで以て安心してゐると云ふ暢気さであつた。併しそれだけなら未だ〳〵ゆるせる。さう云ふやうな物の見方をしてゐるのはひとり有島武郎氏ばかりではない。今、現在、我々の周囲《まわり》にはさう云ふ人達が無数にある。私はさう云ふ人達に対して、一々不愉快を感じてゐたらキリがないと云ふ事を知つてゐる。そして実際に又不愉快を感ぜずにゐられもする。

ところが、武郎氏のその手紙にはさうしたもの以上の、どうしても不愉快に感ぜずにゐられない或物があつた。それは殊に最後の五六行の文章の中に結晶してひゞいてゐた。

武者小路氏の今度の事業が失敗に終るかどうか、それは今は解らない。成功するかも知れない。失敗するかも知れない。どうかして失敗させたくないと思ふ。成功させたいと思ふ。だが、それは解らない。そしてそれは又今此処で問題にしようとは思はない。だからその点に関して有島氏が武者小路氏に、あなたの事業は失敗します。かう云ふ事業は多く失敗する、今までの歴史がこれを証明してゐます。けれども、それは決してあだなる失敗ではない、その失敗が何かを生み出す、だからその失敗がつまり成功です、どうぞ存分失敗して下さい。（文字通りではないかも知れないが、かう云ふ意味であつた）と云つたところで、忠告したところで、その言葉そのものが伝へる意味に対しては、私は此処で反対しようとは思はない。私の感ずるあきたらなさは言葉そのものではなくして、有島氏の内心のリズムの動き方である。それ等の言葉の底に働いてゐる有島氏の精神生活のあらはれである。

それは結末の数行に至つて、終《をはり》にはつきりした形を取つて、それ自身を現して来た。その言葉を引いて見る――

『未来をお約束するのは無稽かも知れませんが、私もある機会の到来と共に、あなたの企てられた所を何等かの形に於て企てようと思つてゐます。而して存分に失敗しようと思つてゐます。』

つまり私が此処に述べようとした根本のあきたらなさの一番強いあらはれは、此最後の一句、『而《そ》して存分に失敗しようと思つてゐます』と書いた有島氏の気持なのである。

これは氏の知識の過剰がさせる業なのだらうか。此対句、『あなたも一生懸命にやつて、そして美事に失敗して下さい、私も一生懸命にやつて、そして存分に失敗しようと思つてゐます』と云ふ此対句を平然として、かう云ふ場合に書き得る氏の心持は、氏の知識に対する信頼に依るのであらうか。――かう云ふ事は多く古来失敗に帰する、だから、自分も一生懸命に戦つて、そして存分に失敗する、――古来の歴史に対する知識が、かう云ふ不可思議な、ルウズな結論に氏の心を導いたとすれば、そんな知識は人間の生活の上に何の必要もないものであるやうに私には思はれる。

それとも今の時代にあつては、斯かる事は失敗に帰する。失敗に帰すると云ふ事を百も承知ではあるが、併し止むに止まれぬ熱情に駆られて、自分はやつぱりやらなければならない。そして存分に失敗しようと思ふと云ふ、自分の力や時代の流行やに対する聡明な認識から来たのであらうか。私はなるたけなら氏のためにかう取りたい。かう取らうと努力しても見た。けれどもそれとすれば、氏のあの言葉に無限の悲痛と涙とが籠つてゐなければならない筈だ。それが少しも感じられない。

氏のあの対句は余りに美辞に過ぎる。あまりに調子が好過ぎる。喜ばし過ぎる。そして又誇りかに過ぎる――そして我々のハアトの表面を余りに軽く擦過し過ぎる。

『存分に失敗しようと思ひます』と軽く云つて退けてしまへない或物が、武者小路氏の胸に充満してゐるのが私には解る。失敗の計算は失敗してからで遅過ぎはしない。失敗に意味をつけるのは、失敗した後になつて失敗者の心に浮んで来る誠実な

『我恥ぢず』と云ふ信念から来たものでなければ意味をなさない。

武者小路氏は恐らく失敗しようなどとは思つてゐないだらう。成功しようと思つてゐるだらう。何処までもやり抜かうと思つてゐるだらう。氏の口癖の『今に見ろ、今に見ろ』と思つてゐるだらう。氏の中にある臆病さが時々前途に暗い予想を抱く事があつても、氏はその臆病さを更に次の勇気を湧かせるためにのみ役立たせようとするであらう。

そこに武者小路氏の誠実がある。そこに武者小路氏に対する私達の信頼がある。

私は此人生に生まれて、武者小路氏とは異つたものを見てゐる。異つた運命をせをつてゐる。異つた道を踏んでゐる。或時には殆んど、氏とは全然反対のものが問題になつてゐる。氏の問題にするものが私に全然問題にならない事がある。私の問題にしてゐるものが、氏の問題にならない場合もあるであらう。

併しその傾向が如何に違つても、氏が目指すものに対する熱情はよく解る。人生観上で氏に反対しようとする事があつても、氏の持つてゐる精神の進みに対しては、益々多大の敬意を払へるやうになつて来てゐる。私は心から氏の成功を祈つてゐる。

○

近頃になつて、私はあるきつかけから、二葉亭四迷の『平凡』と『其面影』とを読み返して見て、強い感動を与へられた。

二葉亭はやつぱりえらかつたと思つた。

未だ私が文学書に余り親しまない中学の四年生時分の事であつた。ある日父の書棚から『太陽』の臨時増刊の何周年かの記念号の赤いクロース綴の厚い本を探し出して、二葉亭の『浮雲』を読んだ事があつた。その頃は小説に興味を持つてゐなかつたから、その本を引き出したのも『浮雲』を読むためではなく『浮城物語』を読むためなのであつた。ところが、序《つい》でに読んだ『浮雲』が私の頭にこびりつくやうな強い印象を残してしまつた。

その後白鳥氏の初期の作物を読んで、私はすつかり文学と云ふものに興味を持つやうにされてしまつたが、併し白鳥氏の物によつて興味を起すに至つたよりも前に、明確な意識はないながら『浮雲』によつて与へられた感動が、私を文学に導く最初の土台を作つてゐたやうに思ふ。

『浮雲』は近い中読み直して見るつもりでゐて、未だ読み直して見ないが、その事件の細かな点は殆んど忘れてゐながら、あの作の基調になつてゐた重苦しい感じは今でも尚私の心に残つてゐる。

『平凡』や『其面影』を読んで何よりも一番先に感ずる事は、二葉亭の人生観や、気持が、如何にしつかり地面を踏みしめてゐたかと云ふ事だ。人に依ると二葉亭の厭世的傾向を好かないかも知れない。けれども、私は性格的に、そして又テエストの上からも、ぴつたり共鳴する事が出来る。

『自分は文学を以て男子の一生の事業とする価値のあるものとは思へない、それは自分が子供の時から受けた教育のためかも知らないが、何かそれより他にもつとしなければならない事業が自分にはあるやうに思はれてならない』と二葉亭は実際人に向つても云つてゐるし、又『平凡』の中などでも、文学に対する軽蔑を思ひ切つて述べてもゐる。

二葉亭はほんたうにさう考へてゐたのであらう。二葉亭がさう考へてゐたと云ふ事に対して、不満を抱く人々の気持はよく解る。二葉亭が文学を尊重してゐる人々から見て愉快でないのは解り切つた事だ。『平凡』の中で日本の文学者の意気地のない無力と無価値とを解剖し批評してゐるばかりではなく、彼は更に外国の文学者をも、結局面白くないものとして批評してゐる。トルストイの『クロイツエルソナタ』などには、真向から皮肉を浴びせかけてゐる。

けれども今度『平凡』と『其面影』を読んで感じた事は彼が如何に文学を軽蔑してゐても、結局人生を軽蔑しては少しもゐないと云ふ事だ。あのふざけたやうな皮肉と揶揄とを以て文章の色合をすつかり塗りこすつてゐながら、彼は結局人間生活を少しも揶揄してはゐない。或は彼は書いてゐる時に、意識的には人間生活をも軽蔑しようと思つてゐたかも知れない、そしてあゝ云ふ書方をしたのかも知れない。けれども意識の二葉亭四迷が揶揄と皮肉とを以て冷然として軽蔑し去らうとしてゐる物の方に、無意識の二葉亭四迷はぐんぐんと引つぱられて行く。引つぱられて行くどころではない。一緒になる。一緒になつて、そして人間生活の苦しさに胸の底から絞り出されるやうな涙を流してゐる。

『浮雲』にしても、『其面影』にしても『平凡』にしても、その主人公はみんな意思の弱い、その癖自己批評の鋭敏な、一生を自責に噛み殺されるために生れたやうな不幸な弱者である。二葉亭があれを書いた時代よりも、今になつて却つて益々此日本に生じて来かけてゐるやうな人物である。（理想主義者の叫びにのみ耳を傾けて、此実際の日本をまともから見る事を怠つてゐる人々には、私のかう云ふ言葉は信じられないかも知れない。けれども、日本人の性格が日に〱弱くなりつゝ行くのは、悲しいけれども実際の事実である。）――その人物に対して、総てを理解し、そして抱擁しようとするのが、二葉亭の表現の形式の意識的のふざけを破つて迸つてゐる。

『其面影』の結末に近づけば近づく程、その感じが苦しい程私の胸を襲つて来た。主人公についての作者の限りない愛と理解、そしてその上作者は、此主人公の性格がどんな事をしても到底救はれないと云ふ点までも見抜いてゐる、愛しもし、理解しもし、だが又到底救はれないといふ事をも見抜いてゐる此人物に対する作者の同情は、云ひやうのない苦しさと絶望と憂鬱との色に染められて来る。ガンチヤロフやツルゲエネフの持つてゐるやうなペシミズムがそこから生じてゐるのである。

私は二葉亭のリアリズムは随分正しいリアリズムであつたと

思ふ。センチメンタリズムと混同して花袋氏の『蒲団』の如きものがその代表作であるかの如く賞讃された。小つぽけな好い加減な、厳粛ぶりながらその実甘かつた。あの第一期自然主義の勃発以前に、既に『浮雲』『其面影』のやうな堂々たる『大人の作品』が此日本に出てゐたといふ事を考へると、実際一個の驚異である。

所謂自然主義当時の否定は、年を経るか又は誰か他の者が云つてそれに何か呵けば、直きにぐら〳〵と崩れてしまひさうな否定が多かつた。ほんたうは性格的には楽天的傾向を持つた人間までが、否定をえらい事のやうに謳歌してゐた。けれども自然主義以前から二葉亭が作に表してゐたペシミズムは、さう云ふやうなものではなかつた。さつきも云つた通り、地面にしつかり足がついてゐた。ちやんと根を持つてゐた。誰か側から何を云つたところで決してゆるぎさへもするものではなかつた。

今更こんな事を云つても仕方がないが、二葉亭が早く死んだ事はほんたうに惜しかつた。一般的にではなく、私自身の心持からだけで云へば、独歩や漱石が死んだよりも余程惜しかつた。独歩や漱石の仕事はほゞ見当がつく、けれども、二葉亭が今生きてゐたら、何をやるか解らないと云ふ気がする。恐らく二葉亭のあの性格では、彼自身の云ふやうな『文学以外の何か事業』は出来なかつたらうと思ふ。やつぱり文学が一番適してゐたらうと思ふ。そして文学を意識的に軽蔑しながらも、人生を少しも軽蔑したりタカをくゝつたりする事の出来ない、無意識の彼が、やつぱり文学の形式によつてその発露口を見出すより外仕方がなくなつたらうと思ふ。

『浮雲』は三十三で書いたと聞いた。それは当時非常に評判なものだつたさうである。さう云ふ評判をされても、その処女作に次いで直ちに第二作を発表しようとしなかつた彼の気持がいろ〳〵に想像される。大概の人なら少しは乗気になつたらうと思ふ。ところが彼はそんなところを少しも見せてゐない。これも彼の文学軽蔑の致すところだつたのだらうか。

二十年の間にたつた三つの作しか残さなかつた彼はいろ〳〵な方面からいろ〳〵に考へて見て、何と云つても今更ながら余りに惜しい気がする。

そして私は二葉亭の残したリアリズムは、所謂日本の自然主義が残したリアリズムよりも未だ掘り出せばどんな貴《たつと》いものが出るか解らない。半ば掘りかけられて中断されてゐる坑道であると思ふ。（大正七年七月八日）

（「雄弁」大正7年10月号）

志賀直哉氏の作品

菊池　寛

一

自分は現代の作家の中で、一番志賀氏を尊敬して居る。尊敬して居るばかりでなく、氏の作品が一番好きである。自分の信念の通に云へば、志賀氏は現在の日本の文壇では、最も傑出した作家の一人だと思つて居る。

自分は、『白樺』の創刊時代から志賀氏の作品を愛して居た。夫から六、七年に成る。その間に、自分は且つて愛読して居た他の多くの作家（日本と外国とを合せて）に、幻滅を感じたり愛憎を尽かしたりした。が、志賀氏の作品に対する自分の心持丈は変つて居ない。之からも変るまいと思ふ。

自分が志賀氏の作品に対する尊敬や、好愛は殆ど絶対的なもので従つて自分は此の文章に於いても、志賀氏の作品を批評する積はないのである。志賀氏の作品に就いて自分の感じて居る事を、述べて見たい丈である。

二

志賀氏は、その小説の手法に於いても、その人生の見方に於いても、根底に於いてリアリストである。此の事は、充分確信を以て云つてもいゝと思ふ。が、氏のリアリズムは、文壇に於ける自然派系統の老少幾多の作家の持つて居るリアリズムとは、似ても似つかぬやうに自分には思はれる。先づ手法の点から云つて見やう。リアリズムを標榜する多くの作家が、描かんとする人生の凡ての些末事を、ゴテ〳〵と何等の撰択もなく並べ立てるに比して、志賀氏の表現には、厳粛な手堅い撰択が行はれて居る。志賀氏は惜しみ過ぎると思はれる位、その筆を惜しむ。一指も忽《ゆるがせ》にしないやうな表現の厳粛さがある、氏は描かんとする事象の中、真に描かねばならぬ事しか描いて居ない。或事象の急所、所謂カン所をグイグイと書く丈である。本当に描かねばならぬ事しか描いて居ないと云ふ事は、氏の表現を飽く迄も、力強いものにして居る。氏の表現に現はれて居る力強さは簡素の力である。厳粛な表現の撰択から来る正確の力強さである。かうした氏の表現は、氏の作品の随所に見られるが、試みに「好人物の夫婦」の書出しの数行を抜いて見やう。

「深い秋の静かな晩だつた。沼の上を雁が啼いて通る。細君は食堂の上の洋燈を端の方に引き寄せて、其の下で針仕事をして居る。良人は其傍に長々と仰向けに寝ころんでぼんやりと天井を眺めて居た。二人は長い間黙つて居た」

何と云ふ冴えた表現であらうと、自分は此数行を読む度に感嘆する。普通の作家なれば、数十行乃至数百行を費しても、かうした情景は浮ばないだらう。所謂リアリズムの作家にかうした洗練された立派な表現があるだらうか、志賀氏のリアリズムが、氏独特のものであると云ふ事は、かうした点からでも云ひ得ると思ふ。氏は、此数行に於て、多くを描いて居ない。而も、此数行に於いて、淋しい湖畔に於ける夫婦者の静寂な生活が、如何にも潑溂として描き出されて居る。何と云ふ簡潔な力強い表現であらう。かうした立派な表現は、氏の作品を探せば何処にでもあるが、もう一つ「城の崎にて」から、例を引いて見やう。

「自分は別にいもりを狙はなかつた。ねらつても迚も当らない程、ねらつて投げる事の下手な自分はそれが当る事などは全く考へなかつた。石はコツといつてから流れに落ちた。石の音と共に同時にいもりは四寸程横へ飛んだやうに見えた。いもりは尻尾を反らして高く上げた。自分はどうしたのかしら、と思つて見て居た。最初石が当つたとは思はなかつた。いもりの反らした尾が自然に静に下りて来た。するとひぢを張つたやうに傾斜にたえて前へついてゐた。両の前足の指が内へまくれ込むといもりは力なく前へのめつてしまつた。尾は全く石へついた。もう動かない。いもりは死んで了つた。自分は飛んだ事をしたと思つた。虫を殺す事をよくする自分であるがその気が全くないのに殺して了つたのは自分に妙ないやな気をさした」

殺されたいもりと、いもりを殺した心持とが、完璧と云つても偽ではない程本当に表現されて居る。客観と主観とが、少しも混乱しないで、両方とも、何処迄も本当に表現されて居る。何の文句一つも抜いてはならない。また如何なる文句を加へても蛇足になるやうな完全した表現である。此の表現を見ても分る事だが、志賀氏の物の観照《ヴイジヨン》は、如何にも正確で、澄み切つて居ると思ふ。此の澄み切つた観照は志賀氏が真のリアリストである一つの有力な証拠だが、氏は此の観照を如何なる悲しみの時にも、欣びの時にも、必死の場合にも、眩まさしはしないやうである。之は誰かゞ云つたやうに記憶するが『和解』の中、和解の場面で

「えゝ」と自分は首肯いた。それを見ると母は急に起上つて来て自分の手を堅く握り〆めて、泣きながら「ありがたう。順吉、ありがたう」と云つて自分の胸の所で幾度か頭を下げた。自分は仕方がなかつたから其頭の上でお辞儀をすると丁度頭を上げた母の束髪へ口をぶつけた。」と、描いてある所など、氏が如何なる場合にも、そのリアリストとしての観照を曇らせない事を充分に語つて居る。

三

志賀氏の観照は飽く迄もリアリスチツクであり、その手法も根底に於いてリアリズムである事は、前述した通りだが、夫ならば全然リアリズムの作家であらうか。自分は決してそうは思は

ない。氏が普通のリアリストと烈しく相違して居る点は、氏が人生に対する態度であり、氏が人間に対する態度である普通のリアリストの人生に対する態度人間に対する態度が冷静で過酷で、無関心であるに反しても、ヒユーマニスチツクな温味を持つて居る。氏の作品が常に自分に清純な快さを与へるのは、実に此の温味の為である。氏の表現も観照も飽迄リアリスチツクである、がその二つを統括して居る氏の奥底の心は、飽迄ヒユーマニスチツクである。氏の作品の表面には人道主義などゝ云ふものは、おくびにも出て居ない。が、本当に氏の作品を味読する者に取つて、氏の作品の奥深く鼓動する人道主義的な温味を感ぜずには居られないだらう。世の中には、作品の表面には人道主義の合言葉や旗印が、山の如く積まれてありながら、少しく奥を探ると、醜いイゴイズムが蠢動して居るやうな作品も決して少くはない。が、志賀氏は、その創作の上に於て決して愛を説かないが氏は愛を説かずしてたゞ黙々と愛を描いて居る。自分は志賀氏の作品を読んだ時程、人間の愛すべきことを知つたことはない。

氏の作品がリアリスチツクでありながら、而も普通のリアリズムと違つて居る点を説くのには氏の短篇なる『老人』を考へて見るといゝ。

之は、もう七十に近い老人が、老後の淋しさを紛らす為に藝者を受出して妾に置く。藝者は、若い者に受出されるよりも老先の短い七十の老人に受け出される方が、自由になる期が早いと云つたやうな心持で、老人の妾になる。最初の三年の契約が切れても老人はその妾と離れられない。女も情夫があつたが、此老人と約束通に別れる事が、残酷のやうに思はれて、一年延ばす事を承諾する。一年が経つ、その中に女は情夫の子を産む。今度は女の方から一年の延期を云ひ出す。そして又一年経つ裡に女は情夫の第二の子を産む。そして今度は老人の方から延期を申出す、そしてその一年の終に老人は死病して妾に少からぬ遺産を残す、そして作品は次のやうな文句で終る。

「四月の後、嘗つて老人の座つた座蒲団には公然と子供等の父なる若者が座るやうになつた。其背後の半間の間には羽織袴でキチンと座つた老人の四ツ切りの写真が額に入つて立つて居る……」

此の題材は、若し自然派系の作家が扱つたならば、何んなに皮肉に描き出したゞらう。老人が何んなにいたましく嘲笑されたゞらう。が、志賀氏はかゝる皮肉な題材を描きながら、老人に対しても妾に対しても充分な愛撫を与へて居る。『老人』を読んだ人は老人にも同情し、妾をも尤もだと思ひ、其中の何人にも人間らしい親しみを感ぜずには居られないだらう。情夫の子を、老人の子として、老人の遺産で養つて行かうとする妾にも、我等は何等の不快も感じない。もし、自然派系の作家が扱つたならば、此題材は寧ろ読者に必ずある不快な人生の一角を示したであらう。が、志賀氏の『老人』の世界は、何処迄も人間的な世界である。そして、我々は老後の淋しさにも、妾の心持にも限なく引付けられるのである。氏の作品の根底に横はるヒユーマニスチツクな温味は『和解』にも『清兵衛と瓢箪』にも『出来事』にも『大津順吉』などにもある。他の心理を描いた作品にも充分見出されると思ふ。

四

氏の作品が、普通のリアリズムの作品と違つて一種の温かみを有して居る事は、前に述べたが、氏の作品の背景はたゞ夫丈であらうか。自分は、夫丈だとは思はない。氏の作品の頼もしさ力強さは、氏の作品を裏付けて居る志賀直哉氏の道徳ではないかと思ふ。

自分は、耽美主義の作品、或は心理小説、単なるリアリズムの作品にある種の物足らなさを感ずるのは、その作品に道徳性の欠乏して居る為ではないかと思ふ。ある通俗小説を書く人が「通俗小説には道徳が無ければならない」と云つたと云ふ事を耳にしたが、凡ての小説はある種の道徳を要求して居るのではないか。志賀氏の作品の力強さは志賀氏の作品の底に流れて居る氏の道徳の為ではないかと思ふ。

氏の懐いて居る道徳は「人間性《ヒユーマニテイ》の道徳」だと自分は解して居る。が、その内で氏の作品の中で、最も目に着くものは正義に対する愛（Love of justice）ではないかと思ふ。義《たゞ》しさである。人間的な「義しさ」である。『大津順吉』や『和解』の場合には夫が最も著しいと思ふ。『和解』は或る意味に於て「義《たゞ》しさ」を愛する事と、子としての愛との恐るべき争闘とその融合である。が、『和解』を除いた他の作品の場合にも、人間的な義しさを愛する心が、随処に現はれて居るやうに思はれる。

が、前に云つた人道主義的な温味があると云ふのも、今云つた「義しさ」に対する愛があると云ふ事も、もつと端的に云へば、志賀氏の作品の背後には、志賀氏の人格があると云つた方が一番よく判るかも知れない。そして作品に在る温味も力強さも、此人格の所産であると云つた方が、一番よく判るかも知れないと思ふ。

志賀氏の作品は、大体に於いて、二つに別つ事が出来る。夫は氏が特種な心理や感覚を扱つた『剃刀』『児を盗む話』『范の犯罪』『正義派』などゝ、氏自身の実生活により多く交渉を持つらしい『母の死と新しい母』『憶ひ出した事』『好人物の夫婦』『和解』など、の二種である。志賀氏の人格的背景は、後者に於いて濃厚である。が前者も、その藝術的価値に於いては決して後者に劣らないと思ふ。氏は、その手法と観照に於ては、今の文壇の如何なるリアリストよりももつと、リアリスチツクであり、その本当の心に於いて、今の文壇の如何なる人道主義者よりも、もつと人道主義的であるやうに思はれる。之は少くとも自分の信念である。

五

志賀氏は、実にうまい短篇を書くと思ふ。仏蘭西のメリメあたりの短篇《コント》露国のチエホフや独逸のリルケやウヰードなどに劣らない程の短篇を描くと思ふ、之は決して自分の過賞ではない。自分は鷗外博士の訳した外国の短篇集の「十人十話」などを読んでも、志賀氏のものより拙いものは沢山あるやうに思ふ。日本の文壇は外国の物だと無条件でいゝ物として居るが、そんな馬鹿な話はないと思ふ。志賀氏の短篇などは、充分世界的なレヴエル迄行つて居ると思ふ。志賀氏の作品から受くる位の感銘は、さう横文字の作家からでも容易には得られないやうに自分は思ふ。短篇の中でも、『老人』は原稿紙なら七八枚のものらしいが、実にいゝ。説明ばかりだが実にいい（説明はダメ飽く迄描写で行かねばならぬなど、云ふ人は一度是非読む必要がある）。『出来事』もいい。何でもない事を、描いて居るのだがいゝ。『清兵衛と瓢簞』もいゝと思ふ。

志賀氏の作品の中では『赤西蠣太』とか『正義派』などが少し落ちはしないかと思ふ。

色々まだ云ひたい事があるが、此辺で止めて置かう。兎も角、自分の同時代の人として志賀氏が居ると云ふ事は、如何にも頼もしく且つ欣ばしい事だと自分は思ふ。

最後に一寸云つて置くが、自分は此文章を、志賀氏の作品に対する敬愛の意を表する為にのみ書いたのである。

（「文章世界」大正7年11月号）

「煉瓦の雨」を読みて

奥　栄一

「煉瓦の雨」は沖野氏の小説集である。

沖野氏は数年来私が尊敬して居る先輩である。加ふるに「煉瓦の雨」一巻の材料となつてゐるものが、大抵いろ〳〵な意味で、私には親しいものであるだけに、私は特別の興味を持つて、氏のこの一巻を読まずには居られなかつた。

人も知つて居る通り、氏は基督教の牧師で徹底した長年の宿命論者である。

従つて、氏の一巻の緯をなして居るものは、基督教の倫理観であり、経をなして居るものは其宿命論の哲学である。

もう四五年も以前の事である。氏が嘗て私に、

『僕はもう一切文学書を手にしないやうにしやうと思つて居る。僕は文学書に親しむ事によつて、何麽に損をして居るかも知れない』

と云はれた。私は其時に、

『一増の事、神様も捨てゝしまうと、一番損をしないで済むぢ

やないですか』と云つて、氏の苦笑をかつた事がある。

私は此間氏の長編小説「宿命」の中で、高木とか云ふ、嘗て牧師であつて、俳優になつて居る男が、藝術を妻にしやうか、宗教を妻にしやうかと迷つて居る処を読んで、この四五年前の言葉を思ひ浮べた。「煉瓦の雨」を読んで、より明に再び其言葉を思はずには居られなかつた。

氏は非常に記憶のよい人である。氏は非常に話の上手な人である。氏は非常に雑多な経験に富んだ人である。「煉瓦の雨」一巻はこの優れた氏の天分を裏書する為に生れ出でたものである。然も我々が其中のどの頁からも見落すことの出来ないのは、長い法衣を着た長老のとりすました静かな微笑である。或時には情に充ちた、「髪」の場合がそれである。或時はさげしみに充ちた、「転宅」の場合がそれである。或時には悟り切つたやうに、「煉瓦の雨」の場合がそれである。私はあの中で「髪」が一番すきである。「転宅」が一番嫌である。「煉瓦の雨」が一番面白い。併しどれの場合でも長老のガウンを忘れる事が出来ない。

あの長いガウンの袖を振りながら、静に静に語り出す好奇に富んだ氏の物語《ストリー》を非常に面白いと思ふ私は氏があのバイタリティーの上に立つた、現実的な併もロマンチック、フアンタジーの溢れた、多角的な時代の人としての大童になつた心臓のひゞきを、たまらなく聞きたいと思ふのである。

こゝまで書いて来ると、亦、藝術を妻にしやうか、宗教を妻にしやうかと迷つた高木の事を、「文学の為にどんなに損をしたか知らない」と云つた氏の言葉を重ねて思ひ出す。

私は仏を信ずるが故に、美くしい妻を娶つた親鸞聖人を非常に好きである。従つて、尊敬して居る氏についても神を信ずるが為に藝術を娶つた事を信じたいと思つて居る。

〆切の催促に急きたてられて筆を擱く。

云ふまでもなく寛大なる先輩に spoil した後進の駄々だと思つて頂きたい。

（「民衆の藝術」大正7年11月号）

広津和郎氏の『二人の不幸者』を批評す

田中純　菊池寛
江口渙　谷崎精二

弱い心に就て

田中純

　広津君の非常な力作であり、氏に独自な観照や性格やテマや描法が、充分成功して居ると云ふ意味で、私は「二人の不幸者」を立派な作だと思ふ。殊に私には、此の作の描法が、非常にこくめいであり、達者であると云ふ点に、私などにはとても企て及ばないと云ふ意味で、むしろ一種の驚嘆を感じた程である。よくこんなに細かく、ぐん〳〵と書けるものである！　と云ふやうな気で、私は一気に読んで行つた。

　しかし、また其処から、多少の疑問も起つて来る。こんなにじり〳〵と、細かく細かく自分を反省して、その魂を小刻みにして行く人間が現実に居るだらうか？　居たにしても、そんな人間が、精神的にも肉体的にも、果して生きて行けるだらうか？

　兎に角、世の中の大多数の人々は、常にこれ程繁瑣には自己を内省して行かない。彼等はむしろ、時々思ひ出したやうに、自分や自分の周囲を顧ることはあるが、大抵の場合に、眼前一寸の小さい幻影に引きづられて、（終局の目標は持つて居ないが）、其時其時を過して行くのではないか。其意味で、広津君のこの二つの創造物は、不幸だと云へば不幸な人々である。

　然し、本統の意味で、此二人の者が「不幸」であるか何うかは、些いと早急に判断出来ない。こんな人達こそ、本統の「幸福人」ではないか知らと云ふ気も起る。

　彼等は不幸でなければならない、と作者は思つて居る。然し、彼等自身は、自分をさう不幸に思つて居ないのではないか。その場合、さう思はふとする作者が不幸なのか、自分の不幸を意識しない彼等が不幸なのかも、吾々は早急に判断することが出来ない。

　なる程、彼等の境遇は惨めである。彼等は何う躁《もが》いて見ても、到底良い社会に浮び出る事の出来ない人間である。その生存の全体を蝕まれた、腐木のやうな性格である。私は、かう云ふ種類の人を、現実に可なり多く知つて居る。

　しかし、彼等の多くは、彼等自身の性格の欠陥を、殆んど常に意識して居ない。たとひ意識しては居てもそれを心の底から自ら病むやうな事はない。この病みのない点に、彼等の性格の不健康があるのである。従つて彼等は、もつと強い、しかしもつと不幸な多くの性格の中に見るやうなあの絶望を持つて居ない。此の点では、広津君の筆は正しい。なる程、氏の描いた二人の運命は、吾々から見れば、また作者から見れば、今のところ絶望的なものであるに違ひない。彼等の心持も苦しいには違ひない。しかし、彼等は決して陰欝ではない。悩ましげではない。それは時には、陰欝な言葉を吐いたり、悩ましげな顔つきをしたりするかも知れないが、しかしまた何処かに明るい処が見える。つまり、心のどん底から陰欝であつたり、悩ましかつたりするのではなくて、もつと表面的な、官覚的な錯誤から来る欠陥であるらしい。その意味からは、彼等の心持は少しも絶望的になつて居ない。もつと極端に言へば、彼等は全然、心のどん底と云ふものを持つて居ないやうに見える。その点が、此作に善く描かれて居る。

作者は彼等を性格の破産者だと云ふ。しかし、ひよつとしたら、彼等は性格の無産者ではないかしらと私は思ふ。蠣崎の方には、多少破産者らしい姿が見えるが、押川に於ては、何うも無産者であるらしい。

頭《てん》から、性格などと云ふものを持ち合せて居ない人間、心のどん底を持ち合せて居ない人間――こんな風に、あの押川と云ふ男が私の目に映じたのは、私の読みそくないだつたのだらうか？

それにしても、あの蠣崎は何故、あんなへまな結末を得なければならなかつたらう。もしお仙と云ふ女を無事にかくまうことが、彼をあのへまな結末から救ふことが出来るのであるとすれば、彼があんな結末に陥ると云ふ事は少し莫迦げて居る。蠣崎は押川に比べれば、可なり高い学校的教養もあるらしいし、可なりな聡明さも持つて居る。或る場合々の、他人の心理なり状態なりに対しても、可なりデリケイトな正しい洞察をする能力を持つて居る。その彼が、何故わざ〳〵あんなへまな、最もへまな場合を選んで、あんなへまな役廻を演ずるやうに自らを仕向けたのか？

作者はこれに就て、或る無意識的な誘惑的な力が、この主人公の意志に反して、そうした行動に出でさせたのだと云ふ風に考へて、その時の心理をかう語つて居る。

『早まるな、早まるな、蠣崎は心の中でさう叫び通しに叫んでゐたが、その途端に、たうとう手が戸に触れてしまつた。「しまつた！」と思つた時には、がらがらと音がして入口が開いて居た』

恐らく此処が、作者の見せ場なので、「だから彼等は性格が弱いのだ」と言ひ度いのだらう。

しかし私には、此処のところに少し無理がありはしないかと思ふ。若し蠣崎が本統に聡明で、そして本統に弱い心の持主であるならば、恐らくは彼は此の場合此の家の中へは飛び込まなかつたらう。彼は非常な焦燥や痛みを心に感じながらも、矢張り窓の下に立つて石のやうになつて停んでは居なかつただらうか？　今飛び込まなければ今飛び込まなければと思ひながら、尚且飛び込み得ない、其処に彼の弱い心の正体があるのではないだらうか？　そして彼のまづい結末はもつと後に、もつと悪い結末を持つて起つて来るのではないだらうか？　私は此処に、作者が未だ考へて見ても可い何かゞあると思ふ。此の場合の彼を、弱い心の彼と見るのと同じ妥当さを以て、強い心の彼とも見得るかも知れないと思ふ。それはハムレットを弱い心と見、ドンキホーテを強い心と見るのと同じである。しかしハムレットを強い心、ドンキホーテを弱い心の持主とも見得るのである。

それに、女をかくまう為めに、特に田舎に逃げなければならないと思はせ、その為めに原稿を書かせて好い機会を失はせるのなども少し変である。蠣崎の程度の聡明を持つて居る人間が、隠れ家としての大都会の肚に先づ気がつかない筈がない。而もそれは、非常に容易に実現され得る逃亡である。しかし作者は何故だか、最も莫迦げた道を取らせやうとして居る。

要するに此結末は、作者が可也現実をひん曲げて居る。或不幸なへまな結末を作る為に、作者が故意に、へまな罠を作つて置いて、其中へ主人公をまんまと陥れた形である。

尚、此書に入れられて居る「転落する石」からは、吾々はもつと純粋な印象が受けられる。それは此作の主要部分が、主人公自身の告白になつて居て、而も其告白の形式が、文章が、如何にも此主人公の書きさうなものである所から来る感じであらう。兎に角、広津君一流のあの細かい心理解剖や、魂を刻むやうな詳しい筆は、此作に於て最もよく其材料と調和して居る。私は、どちらかと云へば、此作の方が好きであるし、総ゆる点から見て、不純な分子が少いと思ふ。

殊にあの貞子と云ふ十七の娘などは巧みに描かれて居る。つまり、彼女の描写に必要な点だけが極めて聡明に捕へられて居て、而も不必要な点がすつかり捨てられて居ると云ふ点に、貞子の描写が成功した所以があるのだと思ふ。総じて広津君のこの二作の難は、描写や説明が余りに饒舌に過ぎる点にありはしないだらうか？　必要なものを取つて、不必要なものを捨てる、その適度な按配が欠けて居る為めに、時として描写のバランスが失はれるやうな傾向があるやうだ。その点で、私は、広津君が佐藤春夫君に与へた忠告の或るものを、私から広津君に進言したいと思ふ。

しかし、それにしても、吉田は何故、貞子の愛が不安になり出した時、結婚と云ふ事を考へなかつたらう？　愛の問題に於て既に不安である彼等が、結婚して見た所で所詮仕方がない、と吉田が考へたからか？　それとも作者がさう考へて、故意に——この作を単純化する為めに——それを書かなかつたのか？

兎に角、かうした恋の不幸者には、結婚が唯一のかくれ家である。其処には、不幸な男に取つて非常に都合の好い法律や伝習があるのだから、それを根城にして、女の愛を強要する事も出来るのだ。愛の強要なんて非常に不合理な事だが、弱い者はそれにでも頼らねば仕方がない。社会は、弱い者に都合悪くも出来て居るが、また時として都合よくも出来て居る。吉田は何故、その社会の根城に拠つて、最後の戦ひをする気になれなかつたのだらう？

「二人の不幸者」に於て、弱い心の持主がどれ丈け社会から虐げられるかを、あれ程熱心に語つた作者が、何故この「転落する石」に於て、弱者が受ける社会からの補助を、もつと注意して見なかつたのだらう。

二つの問題

江口　渙

「二人の不幸者」は広津和郎氏にとつて最初の長編小説である。それを作者広津氏から忌憚なく批評してくれろと云ふ意味の手紙と共に送られた時、私は先づ序文を読んでいろ〳〵な問題を考へさせられた。そして本文を読んだ後、又序文を読み返して、更に前よりは一倍いろ〳〵な事を考へさせられた。この序文とこの本文に描かれたる事相とを相照応させる場合、私の考察は自ら二つの途に岐れる。序文に於て示した作者の意図が、作品に於いて果して充分実現されたかどうかと云ふ事が一つ。もう一つはこの作品に取扱れた主題だけが、果して作者の云ふやうに、「現在の日本に取つて最も重要な問題である」か、どうか。私は自分の便宜上、第二の問題から考察する。

「二人の不幸者」に取扱はれた性格破産は、性格破産としてはむしろ軽微な破産である。謂はゞ破産の第一段とでも云ふべき種類のものである。現に私の直接知つてゐる範囲に於いてだけでも、この程度の破産よりはもつと極度の破産がいくつもある。その極度の破産に較べれば、この程度に踏み停つてゐる事の出来る破産は、まだ〳〵幸福であると云はなければならない。この程度の破産者は譬へ如何に弱くとも、尚弱いながらに少しでも「生きんとする意志」を持つてゐる。極度の破産者に到つては、これ等の「生きんとする意志」を全然喪失してゐるばかりでなく、更に「死せんとする意志」をさへ失つてゐる。然かも尚破産し尽した自己を憐れむ感情だけは失はずにゐる。この種の破産者に到つては、こゝに描かれた「二人の不幸者」よりは遥かに不幸であると云はなければならない。然し程度の如何に関らず、現代文化の副産物とも云ふべきかゝる性格破産に関していろ〳〵意義ある考察を下し将来も亦下さうとしてゐる広津氏その人の態度に対しては充分な同感も出来るし、又充分な敬意をも払ふ者である。

唯かゝる性格破産と云ふ問題だけが「現在の日本に取つて最も重要な問題であるとは私に信じられない。無論、性格破産の問題も亦寒心すべき重要な問題ではある。然しまだ〳〵外に寒心すべき重要な問題が、多数にある事を考へて貰ひたい。それ等の寒心すべき重要な問題の中では、性格破産の問題は謂はゞまだしも軽い部類に属する問題であつて、必ずしも広津氏の云ふやうに「最も重要な問題」ではない。

　現在の日本に取つて寒心すべき重要な問題は、今、私の頭に徂徠してゐる丈でも随分多数にある。曰く労働者の問題、農村の問題、経済組織、社会組織、政治組織の問題。是等の最も寒心すべき重要な問題を、其細目の一つ一つに就いて挙げたならば、怖らく驚くべき数に上るであらう。同時に性格破産の如き問題は、必ずしも「最も重要な問題」ではなくなつて終ふ。

　茲に到つて広津氏が、性格破産の問題は「現在の日本に取つて、最も重要な問題である」と云つたのは、或は「現在の広津氏自身に取つて、最も重要な問題である」と云ふ事の誤では無からうか。若しさうであるとするならば此作品に現はれた広津氏の如き純粋無垢な理想主義者、乃至はかゝる理想主義者としての好い芽生《ジャーム》を持つてゐる人は、宜しく眼をもつと重大にして緊急なる社会問題に注いで欲しい。是は単なる概念から云ふものではない。今や書斎から街路に出やうと云ふ意図をさへ抱き始めた私にとつて、心からの希求である、同時に、私は今、広津氏の人格の中に理想主義者としての好い芽生《ジャーム》を発見し得た事を歓ぶとゝもに氏が其好い芽生《ジャーム》を益々より好く育て上げん事を切望する。

　さて、この問題はこの程度で切り上げて、愈々作品としての「二人の不幸者」に就いて述べる事にする。ここに描かれた二人の不幸者の中で私には押川の方がいろ〳〵の点に於いて多くの同感を与へる。自己の卑屈をどうしても矯正し得ないが為めに、悪人でない癖に見す見す「悪」に引摺られて行く経過や、乃至はかく「悪」に引摺られて行く自分の卑屈さを恥ぢもし嘲りもしながら、本来の「弱さ」のために如何する事も出来ない心持は好く一つの生きた形となつて現はれてゐる。社長の悪事を心から憎みながらも、一度社長の威圧に逢へばその悪事から生れた金を見す見す受取つて終ふ処や、真実惚れたとまで行つてゐない染井と、安々結婚して終ふ処なども、この種の弱者の行為として少しの無理もなく書かれてゐる。成程こんな男はこんな風にして悪事に参与し、こんな風にして女と世帯を持つものだと云ふ事が充分同感出来る。その上、世の中にはこの種の気の毒な弱者、広津氏の云ふ処の不幸者が随分多数にあるに違ひないと云ふ事も考へさせられるし、又、それを是非ともどうにかしなければならないと云ふ事も充分に考へさせられる。同時に作者が押川に配した染井のやうな憐れむべき女性の存在にも、亦その行動にも同感出来る。殊に世間にいくらでもありさうな押川の如き性格を取扱ひながら、作者が好くタイプから救つて、それに生きた個性を与へ得たのは確かに成功と云はなければならない。何となれば由来性格描写に於いては余程特異な性格を取扱つた積りでも描き上げられた性格は多くの場合タイプになり勝ちなものであるから。かくの如く押川を生きた個性として描上る事が出来たのは、作者が一面押川の心持を一通り行届いて描出したといふ点にもあるが、他面に於て押川が恒に接触する外面の世界を何時も其の背景として描く事を忘れなかつた点にある。斯の如く何時も背景を描く事を忘れなかつたと云ふ一事は、唯に押川の個性を生かす事が出来たばかりでなく、それに依つて押川の描写が現代の文明批評の一つとして成立する事が出来たのである。此の意味に於いて作者は二重の成功を贏ち得たものであると云ふ事が出来る。

それに反して蠣崎の描写は殆ど始終タイプをもつて一貫したのは遺憾である。謂はゞ蠣崎は童貞を失はざる安価なセンテイメンタリストのタイプを一歩も出てゐない。勿論この種の性格は作者が好意を持てば持つ程、タイプになり易いものであるから、これをタイプから救つて一つの個性に描き上げるのは、余程の至難事である。然し蠣崎の接触する世界をかうまで狭くしなかつたならば、又、その世界へ入つて来る人物をかうまで少数にしなかつたならば、或はもつと個性を附与する事が出来たのではあるまいか。

蠣崎に配した女性お仙、暗い職業をしてゐたお仙が蠣崎の純な刺戟に逢つて醜き自己から正しき自己へ自覚して行く推移には充分同感出来る。殊に戸山ケ原に於いて蠣崎に対し処女のやうな表情をしてその正しい恋を表示するあたりは最も生彩に富んでゐる。唯、最後に到つて計らずもその聡明を失つて母親と猛烈に抗争すると云ふ一段になつて、計らずもその性格の必然性を失つたのは遺憾である。何となればあれほど聡明な、そして自覚した女が、明日の午後には蠣崎に完全に救はれると云ふ事を前々承知しながら、あの場になつて殊更、母親と猛烈な正面衝突を試みる筈がないから、井戸端で蠣崎と駆落の堅い約束をしたお仙と、家へ呼び込まれてから母親と正面衝突を始めるお仙との間には、どう見ても大きなギヤツプがある。その大きなギヤツプを作者がお仙をして無雑作に、又不自然に飛び越させたが為めに、蠣崎とお仙との折角の物語の結末がすつかり新派悲劇になつて終つたのは、更により以上遺憾である。この種の悲劇ならば、同時にこの種のアイデアリズムの破産ならば、常盤座や観音劇場にさへいくらもある。敢て新進作家広津和郎氏を煩す必要はない。殊にお仙の母親の逆襲と、蠣崎の敗北に於いて然りである。然しこの悲劇を裏付けてゐるアイデイアリズムは、仮令新派悲劇を裏附けてゐるアイデイアリズムと同じものであるにしても、その純な点に於いて好く万人の共鳴に値ひするものである以上、他の何等かの方法でその難関、新派悲劇化の難関を切りぬける事が出来たら、確かに全く異つた大きな価値を持つ事が出来たであらう。さう思ふと尚更この難関に挫折した事が遺憾である。

最後に一言附け加へたい事がある。それはこの作品を構成してゐる二元的描写の行方に所々不満な点のある事である。私は何も泡鳴氏のやうに一元的描写を主張する者ではない。二元的描写どころか何元描写でも構はないが、蠣崎の方のシーンを描いて更に押川のシーンに移らうとする際に、作者自身が「一方押川は」と云ふやうな説明を殊更加へるのは不服である。これを種彦、馬琴の言葉に翻訳すれば「かゝる処に押川は」とか

「それはさて置き押川は」と云ふのと同じになる、一寸したことではあるが敢て作者の熟考を煩したい。

小説観の相違　　菊池　寛

「二人の不幸者」中の人間では、作者が中心人物として描いて居る二人の男性よりも、夫々配されて居る二人の女性の方に、自分は心を惹かされた。殊に染井と云ふ女事務員はよくかけて居ると思ふ。其純真な虐げられた処女性がいかにもよく描かれて居る。「二人の不幸者」を読んで一番感心したのは此女の性格描写である。自分は此女には限りなき親しみを感ずる。

　が、二人の男主人公は作者が、丹念に描き出して居るけれども、自分は何等の親しみを持ち得ない。うまいとは思ふ、本当だと感心する。然しあゝした性格に対して自分の懐く不満は、広津君が序文の中に引いた工学士の言葉と可なり似たものである。自分は葛西善蔵氏の「子を連れて」を読んだ時にも可なり感心したが、主人公の性格に対して少しの同感をも持ち得ない為に、その作品に心の底から感心することが出来なかつた。「二人の不幸者」に対しても自分は、一寸夫に似たやうな感じを持つて居る。作者が二人の不幸者に対して限りなき同情を持つて居ることもよく解るし、ああした性格破産者の不幸も充分に描けて居ると自分は感心する。が、然し作者があゝした不幸者をその儘に描くのみで、工学士の言葉に従へば、少しもその救の光を示さないと云ふことは、夫は確に一つの態度である。作家として立派な態度である。が夫と同時にその救の光を示さうとして苦悩をして居る作家の苦悶が作品の内に、浸じみ出て居ると云ふやうな作風も、自分は決して悪いことではないと思ふ。

　之は自分の迷妄であるかも知れぬが、自分は此頃凡ての作品から何等かの道徳を要求するやうな心持になつて居る。即ちその主人公の性格の中に、何等かの道徳が具体化されるか或は作家の道徳がその作品を裏付けて居ることを要求するやうな心持になつて居る。此の意味で、自分は「二人の不幸者」に対して序文中の工学士が感じたやうな不満を感じたことは事実である。

　然しかうした自分の不満は、広津君と自分との小説観の違から来る不満であつて「二人の不幸者」の藝術的価値に対する不満では少しもない。作品としては処女作の「神経病時代」よりも、凡ての点に於いて勝つて居ることは事実である。たゞ「本村町の家」や「ある犬の話」に現はれて居る広津君の美しい感情をこの作に於いてミスする事を遺憾には思ふが。

性格描写の成功　　谷崎精二

　私は今病気で寝て居る。医師からは絶対安静を勧められ、仰臥したまゝ身動きをする事さへ禁ぜられて居る。外部から強ひられた、さうした不自由はともすれば私の気持迄無気力にしてしまつて、仰向いて本を読んで居る中に本のページが二三枚一度に捲くれても、其れを戻して読み直すのさへ面倒になつて来る……さうした物憂い気持の中から私は今、約束を果すために『二人の不幸者』の合評の筆を執らねばならぬ。

どう云ふ顔触れの人が此の合評で落合ふのだか、而して其等の人々がどれだけの Reserve を持つて此書の著者に対するのだか、私には今分つて居ない。だが恐らく私は著者の親しい友人として、お世辞を云ふのが本当の友情だとは思つて居ない、友人の一人として、或程度迄遠慮の無い物の云ひ方が許されると思ふ。

『二人の不幸者』を読んで第一に気付かれる事は作中の主要人物の性格の説明（と云つて悪ければ描出）に作者が及ぶ限りの力を注いだ事である。而して此の点で作者は見事に成功して居る。同時代の若い作家の中で恐らく此の作者程綿密な、精緻な性格描写を試み得る者は無いかも知れない。だが作者が余り性格描写にのみ念を専らにした結果、他の点で此の作を聊か物足りなく、窮屈過ぎる物にした憾みがある。

“Bankruptcy of Character and mind” と云ふ言葉はマックス・ノルドウの論文などに見かける言葉であるが、日本の文壇で、性格破産者の群を意識的に、問題的に、題材に執り始めたのは此の作者が始めらしい。作者は此の書の序に於て、現代にはかうした性格破産者が次第に増加しつゝある事だが、彼等を救ふにはどうしたら良いかと云ふ事はまだ作者に判つて居ない事を述べて居る。果してかうした性格破産者が現代に於て次第に増加しつゝあるか否か、反対に飽く迄意志の強い、狂信的な、単純過ぎる程性格が纏つた人間も同様に殖えて行くのではないかと云ふ事、さう云ふ問題に就ては、茲で統計的に調べたり、又は他の方面から論証したりする必要も無いし、作者の所謂彼等を救つてやる方法が果してわからないかと云ふ問題にも茲では触れないで置く事とする。唯然し問題は作者が所謂性格破産者にどれだけの関心を持つて居るか、彼等を人生に於て如何なる地位に立たせんとして居るかと云ふ事である。ツルゲーネフの「ルーヂン」は私も、此の作者も、かなり愛読した作品である。此の頃誰やらがあの作に出て来る人物を評して、ルーヂン以外の人物は皆ルーヂンを引立たせるため、ルーヂンの性格を説明するための道具に過ぎぬと云ふ様な事を云つて居たが、是は軽卒な断定であると思ふ。私に云はせればツルゲーネフは決して、ルーヂン以外の人物を単なる道具立てに使つて居りはしない。ナターリヤにしても、レジネフにしても、レジネフの妻となつた婦人（名を忘れたが）にしても、皆ルーヂンと同等に極めて鮮かな、潑溂たる個性を持つて描かれてゐる。殊にルーヂンをよく理解し、憐れんでやるレジネフの気持に私は寡からず同感を覚える。而して一方にあれ程深くルーヂンの性格の弱きを理解し乍ら、他方其れと同程度にあれ程意志の強いレジネフの気持を理解し得たツルゲーネフに対する尊敬の念が益々高まつて来る。

評者をして邪推せしむれば、「二人の不幸者」の作者は余りに偏した興味を性格破産者にのみ持ち過ぎて居るのではあるまいか。此の人生に対する広やかな同情を唯性格破産者のみに擲つてしまつた虞れは無いだらうか？　万一ルーヂンのみに関心を持つて、レヂネフに関心を持たぬ作者があつたとしたら、読者は其の作者の気持に対して、（作品の効果からは離れても）かなりの不満を見出さねばならぬであらう。或る物の存在の価値を力説する事は必要だが、其れは人生に於て其れ相当の価値に於て認められねばならぬ。

作中の人物は蠣崎も、押川も、皆よく書けて居る。殊に人の好い、だが無気力な、反省はしても何の意志も其処に伴はない押川の姿は、よく書けて居ると云ふ以上に、実際彼が読者の親しい友人の一人であるかの様にまざ〳〵と私たちの眼の前に浮んで来る。蠣崎もよく書けて居るが、此の男は性格破産者と云ふ程でもなさゝうである。不幸者には違ひないし、弱い男でもあるが、彼は其れでも或る意志と、一徹さとを持つて、其れによつて自分の生活を支配しようと努力して居る。蠣崎に対しては作者の説明が少し勝ち過ぎて居る様に思はれる。やゝもすれば作者は蠣崎に何か云はせて、「こんな事を云はなければよかつた」とか、「あゝ、何と云ふ下手な云ひ方だらう？」とか心の中で呼ばしめて居るが、作者の性格破産者愛好癖の方へ少し蠣崎を引張り過ぎた感が無いでもない。強ひて性格破産者にして終はなくとも、蠣崎の性格は説明がつくと思ふ。

向ひ合つて物を云つて居る気で、かなり勝手な注文を作者に出し過ぎた様に思ふ。さまざまの不満を勘定に入れてみても「二人の不幸者」が最近の文壇で特筆さるべき価値を持つた作品である事は疑ひを容れぬであらう。「神経病時代」などに比べて性格描写の手際は愈々鮮かになり、忠実な作者の観察の眼がどのページにも光つて居るのを感ずる。殊に是れだけアムビシアスな作を試みて、些の破綻を来さないところに此の作者の藝術家としての力量の大きさと、未来の進展とを十分思はせるものがある。

（「新潮」大正7年12月号）

四五の作家に就て

広津和郎

○

去年の文壇、今年の文壇、来年の文壇と云ふやうに、一年々々しめくゝれるやうなもので文壇がない事は、云ふまでもない事ではあるが、併し年の暮になると、今年の文壇はと云つたやうに、振返つて見たいやうな気にもなつて来る。

もとから一体月々に発表される創作の多くを読まないのが例であるが、今年も亦、思ひ出して見ると、新年以来発表された創作を幾つも読んでゐない。だからどう云ふ作物が今年の文壇に出たかと云ふ事を一々精密に挙げる事は出来ないが、読んだだけの作物から考へて見ると、文壇全体が兎に角二三年前とまるで変つて来たと云ふ感じだけはする。そしてやつぱり過渡期だと云ふ気がする。どういふ作家が今にほんたうの物を産み出すか、どういふ傾向が今にほんたうに徹底的に深められて行くか、未だはつきりした見当はつかないと云ふ気がする。

これからだと云ふ気がする。今のままでは知れたものであるが、併しもつと好い方にやがて変りか進みかして行くだらうと云ふ気がする。——何と云つても、新しい、そして若い人達がほんたうに努力して行かなければいけないと思ふ。——武者小路氏等の企ても、どんな風にはこばれて行くか、来年になつたら今少しは予想がつくだらうと思ふ。

○

『有島武郎著作集』の刊行によつて、文壇及文学愛好者達の視聴を一身に集めてゐるが如き感がある有島武郎氏の活動振り、一体寡作の谷崎潤一郎氏の例年にない程な活動振り、さう云ふものによつて、かなり賑かされた年であつたには違ひないが、両氏の作物に対してあんまり興味を見出し得ない私には、今年の文壇はやつぱり淋しかつたといふ感が、どうしてもまぬがれない。

有島氏と谷崎氏とが非常に傾向の違つた作家であることは、誰でも認めてゐるところであるが、併し両氏の何処が一般の人々に喜ばれる点であるかを仔細に吟味して見ると、なるほど、今の一般の人々はかう云ふ作家を好むかと云ふ事の合点の行く共通なところがある。——此点はいづれその中に、詳しく論ずる事があるだらう。が、此処ではそれを論ずる事が目的ではないから云はない。

○

谷崎潤一郎氏については、十一月の『雄弁』で佐藤春夫氏を論じた時に、かなり云ひ及んで置いたが、併し氏は結局今の傾向のままで押通して行くであらうし、そして今のままで押通して行く限り、いつまで経つても私には興味のある作家とはならないけれども、併し芥川龍之介氏は、いつかはもつと変つて行くだらうと思ふ。そして又変つて行き得る素質が氏には過分にあると思ふ。氏の敏感と氏の才智とが、いつかは今の氏の世界から、足を踏出さしめる時が来るだらうと思ふ。そしてそこに期待が持てる。余りに才で片づけ過ぎると云ふ氏に対する非難には、一面の理由がない事はないが、それと同時に、氏の持つてゐる頭の明敏さは、今向けられてゐる傾向こそ私には面白くないが、それでもやはり一寸《ちよつと》類のないものだと云ふ事だけは感ずる。ある作には氏のテエストが余りに総てを支配してゐて、一寸骨董いぢりと云ふ感があるが、ある作には又得がたい高雅な気品が感ぜられる。けれども、芥川氏の眼が、もつと広い世界に向けられるやうになつた時、氏の明敏な頭がどんな働きを見せるかと云ふ事は、これからの事だと思ふ。今のままで終る氏でないであらうと思ふ。一寸つまんで見せて、蔭にかくれてかなり人の悪い頬笑を洩らしながら、見物人の顔をあべこべに観察してやらうと云ふ事にいつまでも興味を持つてゐる氏ではないであらうと思ふ。一寸味のある人の悪さには違ひないが、それにしてもその味が小味に過ぎると思ふ。

人の悪さで思ひ出したが、潤一郎氏があれで『人の悪さ』を今少し持つてゐたならば、あの茫漠とした大味な藝術から、救はれるだらうと考へる。人が悪さうで案外頗《すこぶ》る人が善く、アブノオマルのやうで案外頗るノオマルなところに、非常識のやうで案外頗る常識的なところに、潤一郎氏の根本の弱みがあるのだと思ふ。

○

菊池寛氏は今年は盛んに活動したらしい。今年中に発表された氏の作物は随分多いやうであつたが、私はその多くを読んでゐない。僅に三四篇しか読んでゐない。そして私の読んだものは、或は氏の重要な作物に属するものではないのではないかと思ふ。だから、此処では氏に対する明確な批評は出来ない。けれども、読んだものについてだけ、少し感想を述べて見ようと思ふ。

私が読んだのは『大島の出来る話』『海の中にて』『父の模型』『愛嬌者』の四篇であつた。

氏のある友人が氏を評して、イゴイズムの解剖家であると云つたのを何かで読んだ記憶があるが、併し『海の中にて』の結末の場合、あの心中しようとして身体《からだ》と身体とを結び合はして海に投じた男女が、死の苦しみのために、互に相手を突き放し合ふやうなところに、氏の所謂イゴイズムの解剖があるのだとすれば、私にはかなり疑問が湧く。若《も》しあれが氏の所謂《いはゆる》イゴイズムの解剖家としてのメスの切れ味だとすれば、人間の感情をあまりに簡単にきめ過ぎてゐはすまいかと思ふ。或はあれはあの作に描かれた男女だけの特殊の場合であつて、氏が人間はあゝいふ場合になると、あゝいふイゴイズムを暴露するのだと思ひ込んでしまつてゐるのではなからうとは思ふ。無論そんな事を思つてゐるのではなからうとは思ふ。併し、若《も》し氏の友人の評した所謂イゴイズムの解剖家としての氏の眼に、人間があんな風にばかり映ずるのであつたならば、氏も随分淋しい人であらうと思ふ。そして淋しい人であらうと思ふと同時に、氏の眼が人間の或固定した一面にのみ向けられ過ぎてゐはしないかと思ふ。

私は三四年前に、逗子の海で溺死した兄弟の中学生の話をきいた事がある。友人四五名と一緒にボートを漕いでゐる中に、ボオトが顚覆して、乗つてゐる者全部が溺死してしまつたのである。その兄弟と云ふのはたつた二人きりの兄弟だつたので、彼等の父は、兄が自分の身を殺したばかりでなく、幼い弟までも一緒につれて行つて殺してしまつた事を非常に怒つたさうであるが、併し、やがて死体が上つたところを見ると、その兄は死んでも弟の身体をしつかりとかばうやうに抱きかかへてゐて放さなかつたといふ。それを見ると、父は今までの怒りがすつかり消えてしまつて、感涙にむせんださうである。——私は菊池氏の『海の中にて』を読んでゐる中に、その作に盛られた思想(或は解釈)に是認が出来ずに、殆んど本能的に此中学生の兄弟の話を思ひ出した。読んでゐる中に、すぐ思ひ出したのである。こんなものではあるまい、と思ふと同時に、浮んで来たのである。これは兄弟の情であるが、併し男女の愛でも、やつぱり同じ事であらうと私には思はれる。若しほんたうに心中する気にまでなつた時には、水中でいかに苦しくつても、共に抱き合つてゐるであらうと思ふ。そしてその方が自然でもあるし、又多くの場合実際にさうなるであらうとも思ふ。『海の中にて』の男女の場合の方が寧ろ特殊な場合であらうと思ふ。——併しこれは氏がさういふ特殊な場合を唯描いたのであつて氏の友人の評した所謂イゴイズムの解剖家としての氏の特色を見せやうとしたものでないならば、それは全く別問題である。そしてその場合には、批評は他の点からされなければならなくなつて来る。そして新《あらた》に氏の此作を書いた動機を他に探さなければならなくなる。

三四篇の氏の作を読んだところによると、氏はかなり幻滅家らしい。今云つた『海の中にて』は無論の事、『大島の出来る話』にしても、『父の模型』にしても、氏は随分幻のない現実を、真正面から見つめてゐるらしい。そして又見つめ得る心の『手固さ』をも今の新作家にはめづらしい位多分に持つてゐるらしい。そこに私は大変興味を感じてゐる。氏の地味さがそこにある。そしてその地味さに私は大変好い感じを受けてゐる。けれども、氏のその幻なき現実の凝視が、極めて安価なセンチメンタリスト達の夢をほろぼさせて、一種の反省を与へるに役立つ効は多少あつても、私の読んだ作物についてのみ云ふ限り、それはそれ以上深いものを暗示してはゐないやうに思はれる。そして又氏のその現実を見る眼が、ややもすると余りに軽くシニズムに流れて行き過ぎる傾向があるやうに思はれる。『海の中にて』がさうであり、『大島の出来る話』がさうである、『父の模型』は程度は少いがやはり多少さうであり、『愛嬌者』がさうである。

『大島の出来る話』を例に取つて見る。あの主人公が恩人の死によつて、日頃から欲しいと思つてゐた大島をかたみとして残される。――あの主人公に取つて、その恩人はかなり重大な恩人であるらしい。だから、その恩人の死はかなり重大な事であるらしい。ところがその恩人が死ぬ。そして大島がかたみに残される。――これが作に表れた事実である。けれども、その重大である恩人の死と、日頃から欲しいと思つてゐる大島がかたみとして残される事と、つまり恩人と大島と、かう対照させるところから生じて来る一種の気分が、直ちにあの作を成立たせる動機として撰ばれてゐる事が、私には、少し気軽過ぎるやうに思はれるのである。云ひ換へれば、あの事件の中に、もつと重要なものがありはしないか。恩人が死んで大島が出来たといふより以上に、もつと重要な点が他にありはしないか。これは勿論作中の主人公について云つてゐるのではない。作者がその主人公及びその事実を見る視点について云つてゐるのである。――作者の眼が余りに無雑作に軽く事象の視点を極め過ぎる嫌ひがないかといふ事について云つてゐるのである。――恩人の死と大島、そしてそこには極めて軽い、常識的なシニズムしかひそんでゐない。

『海の中にて』にしても、一篇の目標は、例の海中で心中する男女が互に突き放し合ふところに置かれてゐる。それまでの筋は、その結末のその目標に辿りつくためにはこばれて来てゐる。そしてその目標が、やつぱり一種の軽い常識的なシニズムに過ぎないのである。心中しようとする男女が、水中で苦しくなると、互に相手をつき放さうとする、そこが作の眼目なのである。これが前に説いた氏の所謂人間のイゴイズムの解剖家と云ふ旗《き》印《いん》を見せるために企てられたものではなく、唯男女のかう云ふ特殊の場合を描いたのだとしても、結局作の眼目となつてゐるところは、そして此作を作者に書かせた動機は、余り深味のないシニズムにあると云はなければならない。心中しようとする男女が海中で突き放し合つたといふ点ばかりが、眼目として書かれてゐるだけで、二人の心理が深く描かれてゐるのでもなければ、二人の個性が描かれてゐるのでもなく、二人の恋の成立から、生活から、心中に至る動機から、すべてが類型で、おざなりで深味がない。唯最後の眼目だけが際立つて力を入れて書いてあるのである。此処でも私は思ふ。此心中するに至つた男女が突き放し合つたといふ事以上に、もつと重要な、作者の見なければならないものが、此二人の男女のいきさつに於いて、他にあるのではないか、と。作者は余りに気軽に安心して事象の視点を極め過ぎる嫌ひはないか。

もう一つ例を引く。『愛嬌者』は或は氏の作中では最も重要でないものなのかも知れないと思ふ。併しこれなどを読むと、氏の視点の置所《おきどころ》の気軽さが、尚一層はつきり感ぜられる。子供の夕刊売が泣真似をして、金を落したふりをして、それに同情寄せる客から、二銭とか五銭とかの金を恵んで貰ふ。それが始終の事で、幾人もの人がその手にかかるのである。――ところが、主人公は、そして作者自身も主人公と一緒になつて、二銭五銭の僅なはした金で、ひとかどの慈善をしたやうな気になつて、安価な快感を感じてゐる人々が沢山あるから、僅な事で人々にさういふ快感を与へて行くとは、その狡猾な小さな子供は何といふ人生の愛嬌者だらう、かう解釈してゐる。――一寸気が利いてもゐるし、面白くもあるやうである。けれどもその気の利いた、面白い解釈が、結局ほんの座談の興味以上に出ないやうに私には思はれる。『愛嬌者さ』かう云つてのける作者のウヰツトが、軽快ではあるが、余りに一味に過ぎるやうに思はれる。その話を聞いて、ははと一寸微笑する気にはなる。けれども、一度笑つてしまへばそれまでである。おしまひである。だから、甚だ頼りない気になつて来る。

『父の模型』にも氏のさうした気軽い解釈が幾分あつたが、それでも全体として、私には四篇のうちで一番真実な感を与へた。氏が見なければならないものはやつぱり見なければならないとちやんと覚悟してゐる人である事が、そして又さうした覚悟をしてゐる人の忍耐と苦笑とが、少しもあぶなつけなく、作のトーンに滲んでゐるのが感ぜられた。氏が、幻がないものは結局幻がないと思つてゐる気持が、つまり甘い安価な修飾を加へずして、此日常生活を見つめる強さ――一種の強さを持つてゐる気持が感ぜられた。此傾向が好い傾向だと思ふ。地味で、浮ついてゐなくて、手固くて、少しも厭味がなくて、大変いゝと思ふ。此傾向を飽迄氏が地味に、手固く、浮つかずに掘り下げて行つたならば、ほんたうに好いだらうと思ふ。そして此地味な、浮つかない、手固い氏のトーンを見るにつけ、氏のあの気軽な解釈は、却つて余分なつけたりであつて、氏の成長に役立つものではないだらうと思ふ。――一口に云ふと、氏が興味で物を書く事をもつと止めるといゝと思ふ。

いづれその中、氏の他の作物をよんで見るつもりでゐるが、他の作物をよんで見たなら、又違つた印象を受けるかも知れない。

○

相馬泰三氏の『荊棘の路』や『道づれ』については既に二三度意見を述べたから、此処では云はない。その他に久米正雄氏の作物も一二篇読んだ。豊島与志雄氏の作も一二篇よんだ。谷崎精二氏の作も一二篇よんだ。岩野泡鳴氏のものも一二篇よんだ。正宗白鳥氏のものも一二篇よんだ。……けれども、今思ひ出して見ても、みんな深い印象は残つてゐない。――長与善郎氏のものは読まうと思つてゐて、たうとう一つも読まなかつた。江馬修氏のものも読まなかつた。吉田紘二郎氏のものは『半島の町』に一寸心を惹かれたが、併し取立てゝ云はうと思ふ事もない。

昨年の十一月に『和解』を発表して以来、志賀直哉氏が殆んど新作をひとつも見せて呉れなかつたのが、何と云つても私には淋しかつた。月々の一般の創作を読む事は怠つてゐながら、志賀直哉氏の創作集はいつも私の手許をはなれない。志賀氏の創作だけは、どんな短いものを読んでも、裏切られない。大概の人の創作は、日本人ばかりでなく、外国でかなり評判な人達の作でも、二度三度と繰返して読むとアキが来るが、志賀氏の作にはそんな感じがしない。『城の崎にて』などは、読むたんびに新たな、尽きぬ味がある。尤も私自身の要求から云つて、志賀氏に或物足りなさは感じてゐる。けれども、此処で今志賀直哉論をかくつもりはないから、いつか又書く事があらうと思ふ。

志賀氏の沈黙のために寂寥を覚えてゐた私の胸に、多大の慰藉を与へて呉れたものは、佐藤春夫氏の『田園の憂鬱』であつた。それについて私は十一月の『雄弁』に詳しく書いたから、此処では繰返さない。

『田園の憂鬱』を読んでから、半月ほど経つて、私は永井荷風氏の『腕くらべ』を読んだ。今年の始めに出版されたものであつたのださうだが、私は評判にだけ聞いてゐて、その時まで読んだ事がなかつたのであつた。

『腕くらべ』は私に又多大の感動を与へた。現在の私の心持から云つて、荷風氏の辿つて行きつつある傾向は、物足らなくもあるし、同感も湧かないが、併しそれにも拘らず、荷風氏はやつぱり荷風氏の道を、深く深く掘つて行きつつあると云ふ気がした。まつしぐらに、真実に、自分の道を深く掘つて行きつつある人々を見ると、いつでも尊敬の念が湧いて来る。『腕くらべ』一篇の底のトーンとなつてゐるあの淋しい世界に、荷風氏の人間生活に対する心持がにじみ出てゐるのを感じた。態《わざ》と『花柳小説』といふ銘を打ち、序文なども大いに戯作者を気取つてはゐるけれども、その感じは、単なる『花柳小説』でもなければ、又単なる戯作でもない。書かれてゐる事は花柳界の事であるけれども、受ける感じは、人間と云ふものに対する荷風氏の『感じ方の深さ』であつた。

傾向はどんな風に違つてゐても、そのそれぞれの傾向に於て、どれほど深く根を掘り下げて行つてゐるか、と云ふ事が何よりも一番の問題である。明治以来、いろいろな傾向の作家、いろいろな特色を持つた作家、いろいろな思想を抱いた作家が我が文壇に現はれたが、そのそれぞれの傾向なり、特色なり、思想なりで、誰がほんとうに根を深く掘り下げて行つたかと考へると、甚だ淋しい気がして来る。人によると、一人をも数へないかも知れない。けれども、若《も》し四人なり五人なりを撰ぶとすれば、永井荷風氏はその一人であるといふ事を私は信ずる。尠くとも明治から大正へかけての文学の流に、荷風氏は立派に一里標を立ててゐると信ずる。

○

荷風氏の『腕くらべ』春夫氏の『田園の憂鬱』それと共に今年発表された創作の中で私に深い感銘を与へてゐるものが今一篇ある。それは葛西善蔵氏の『子をつれて』である。

葛西氏は既に五六年前から創作の筆を取つてゐるが、その驚くべき寡作は、平均年に僅に一篇の短篇ぐらゐしか発表してゐない。『子をつれて』によつて文壇の一部に初めて氏は認められて来たが、四五年前に書いた『悪魔』『哀しき父』等は、既に氏の立派な天分と、独特な藝術的世界とを示してゐる。――此処で葛西氏に対する日頃から抱いてゐる私の考を少し書きたいとも思ふが、いたづらに紙数が長くなつてしまつたし、又葛西善蔵論を書くのは、未だにその時機ではあるまいと思ふから、他日にゆづる事とする。

（「新小説」大正7年12月号）

国画創作協会の経過と態度

土田麦僊

我々が国画創作協会なる名の下に、一つの団体を形成したのは今年の一月であつた。然し我々五人が藝術上に相交渉してゐたのは昨今のことでなく、まだ京都絵画専門学校に在学してゐる時からであつた。野長瀬晩花君が一級下であつたゞけで、我々は皆同じクラスに在り、私と小野君とは本科に、榊原君と村上君とは専科に籍を置いたが、明治四十四年に卒業の後も、私は智恩院の崇泰院に居り、小野君は真源院に居り、野長瀬君は高台寺内円徳院に居り、村上君も岡崎御坊に居れば榊原君も附近に家があるといふ風で、自から往復の機会が多かつた。それに在学中以来、各人の特色は皆それ〴〵に異つて居たものゝ、日本画の将来に就いて思ひを致す処は期せずして相共鳴するものがあつた。そんな関係から常に往復して、作品を見せ合ひ、或は相談じ合つて、自然に接近してゐたのであるから、仮令文展に対する意味はなくとも、早晩我々五人の間に一団結の具体化せらるべき趣勢になつてゐたのである。

それ故文展と我々との関係については、強ちこれが動機となつて、国画創作協会を剏めてこれに当らうとしたのではなかつたが、種々なる意味で文展に我々の作品を出すことに慊らなくて、此の一月我々の会を設けたと見れば見られる。鑑査顧問にお願ひした中井宗太郎氏は、学校時代に我々の先生で、美学や英語などを教はつた以来、指導を受けて居たためであり、竹内栖鳳氏も学校の教授として直接薫陶を受けた関係もあり、私如きは門下生でもあつたので、特にお願ひした次第である。当初我々で創立の具体案が決定した時是非竹内先生にお願ひしようとなつた時、先生は文展の委員であるのに、文展に対抗すべき我々の団体に賛助して下さいと願つても、それは不可能であらうと、不安を抱き乍ら打ち揃つて先生を訪れた。然るに先生は、藝術に対して博大な考を持つて居られるので、文展に関係あるの故を以て、世界的に国画の精華を発揮しやうといふ諸君の健気なる団結に賛同しない道理はない、諸君は諸君で大いに遣るべしと快く諾せられた。その時の我々同人の欣び、実に譬ふるにものなく、舞ふが如くに洛中の夜を帰つて行つたことは今に忘れ難い。世間此の点に関して揣摩臆測を逞くするやうであるから、同人に代つて真相を語つて置く。何処までも我々の協会は吾々が主で、竹内先生は受身的の立場に在られるのである。

私は文展に慊らないと言つたが、その主なる理由は審査委員に対する不満と陳列法の不備とである。文展は固より国家的施設で、我国現在の各流派各傾向の美術を承認し、その発展進歩を助くるのが本旨であるから、今の如き審査委員を任命するに不当はあるまい。併し、新しい自己の藝術を樹立しようとする我々からすれば、投票数に依つて決を取らるゝが如き鑑査審査の方法に依る文展に、世界的の藝術思想の理解もなく、新人の新抱負をも認めざる底の固陋な審査員が多数を占める間は、折角努力した我々の作品も正当なる取扱ひを受けらるべき筈がない。その一現象が昨年我々の経験した如き一種の屈辱となつた次第で、我々は到底これを忍ぶ訳に行かないので、愈〻別途の団結をなすに至つたのである。又その陳列館は不快極まるバラツク同様の無設備に加ふるに、その陳列たるや、光線の顧慮、位地の顧慮などもなければ、たゞ目白押しに架け陳ぶるに過ぎない。壁張の布の如きも破れて居ても我れ関せずといふ有様で、我々が生命を披瀝して作つた藝術品をば、自ら愛護する心持からすれば、実に見るに耐へざる虐待である。愛子を荒野に棄てられるに等しき斯やうな待遇に、デリケートなる藝術心に生きる我々が、何うしてじつとして居られやう。我々が自分達の手で、自分等の藝術心を満足せしめる方法に依つて公衆に作品を示さうとする決心するに至つた主なる理由はこの点にもある。それのみならず、我々は単に文展などに見る如き展覧会式の作品を示すに満足せず、二科会などの如く、我々の日常の生活をも、公衆に知らしめ得る如き習作的作品をも公にしたい。それには無論我々自身の会でなくては不可能であるといふ意味も我々の団結の一つの理由である。その他此の一月創立の当時、宣言書を発表して、同人の意見は示したが、固よりそれは一片の形式であつて我々の業績を今後に示して、世に向ふのが唯一の抱負である。

我々は別に、藝術上の城壁を築かうと思ふものではない。新しい藝術を慕ふ人々が、真に自己の藝術的良心から製作したものであれば、それが多少未完成であらうとも、また我々と共鳴しないからとて尊重の念を失はない積りである。あらゆる人々の個性、特色、傾向それ等が真にその人の物であり、或は将来その人の物として伸ぶべき可能性《ポッシビリティ》がある限りは、我々はこれを受け容れる態度を失はない。併し、斯くなればなる程、益〻個性的になるは免れない次第故、将来我々五同人の一団が一種の色彩となつて、国画創作風なるもの丶出来ないとは断言されない。又そんな色彩の生ずるのは、妥協せざる我々の第一義的生活から考ふるも、藝術上の新運動として意義あらしめる点からするも悪いこと丶は思はない。随つて同人外の作品に対する受容力は、前言の如く成る可く博大にして、他のよい物を認めると同時に、同人的団結の色彩は益〻鮮明となるのは止むを得まい。これが我々の態度である。若しそれ、同人個々の作品に至つては、初めより吾々は互に各人の個性を尊重し、一人を以て他を化するが如き態度は常に慎しんでゐるから、進んで行く方向は是れまで通り思ひ〳〵で、互に自己を守つて行くのである。

同人については、必ずしも我々五人のみを以て貫かうとは思はない。作品のみでなく、意気の相投合する人あらば、盟に加はつて貰はないとも限らない。現に今年「降魔」を出品した入江波光君の如きは、矢張り我々とクラスを同じくし、以前から特色のあるよい藝術に生きて来た人で、今度の作品もよいから同人説も起りつ丶あるが、元来氏は孤独に安住する人で、団体的事業は却つて五月蠅く感ずるであらうと遠慮をしてゐる。東京でも同人を物色しないではなかつたが、共鳴点のある人は大抵美術院の同人であつたりなど、思ふに任せなかつたから、当分此の儘で維持することになるであらう。又我々の事業は、当分年々の作を白木屋呉服店に於て展覧に供するにとゞめ、美術院の如く、団体的示威運動《デモンストレイション》は致さない積りである。その方がまだ、俗的の事務に関らつて、第一義的の藝術生活を分裂するの煩がないだけでもよい。実は斯る団結をなしたために、非藝術的なる種々な煩累もあつて、藝術家の行為でない様に自ら思ふこともあれど、しかも文展に出品して苦しい雑念に悩まされるよりも遥に心持がよい。

我々の立場は日本画の新気運の勃興にある。我々の所謂日本画とは、材料の上に、若くは題材の上に日本在来の基礎を有する外、和洋古今の埒を廃して個性的に籠められたる新人の新藝術のことである。固より或は京都といひ、或は東京といひ、或は何々の傾向といふが如き、伝統からは全然離脱して、自己の実生活に根ざした藝術を表現せんとするのである。而して此の種の気運が青年藝術家の間に日々に作興しつ丶あることは明かで、今度の出品中にもまだ絵画としては見るに足りないが、内面に鬱勃として動いてる純真なる藝術的衝動の窺はれるやうなものが幾点も見られた。我々はかゝる人の一人でも多くなることを気強く思ひ、味方として歓迎するのである。実に我々青年の仕事はこれからである。幸にして我々の団体が、此の新気運のマウスピースとなつて、何物かを齎らしたらば此上の欣びは無い。

　尚ほ此度の第一回展覧会に於いて、我々の習作的作品をも公にしようとの説があつたが、出すやうな物のなかつた為めと、力作は矢張り大きいものであるのとの点から、皆比較的展覧会式の画面となつて仕舞つた。併し互の藝術を尊重するためと、影響を恐れたためとで、出来上つて会場へ持ち込むまで、五人共に相互の作品を嘗て一度も見なかつた。来年は、尚ほ世評をも参酌して、小品的の物を出すかも知れないが、場所の関係上、売却を目的とするかの如く誤解されるのを掛念してゐる。序に本年の出品画は殆ど何れの作も、満場一致を以て通過した物のみである。中には同人の或る人の摸倣追随であるかの如く見える作もないではないが、しかもその裡に何等かその人ならでは持たない分子があつて、それを捨て難く思つたから取つたのである。又、物の見方、デツサン、藝術化の力等に於て、余程問題となる二三の作もあるけれど、それ等もまた尊重しなくてはならない何かの理由があつて選んだ次第である。特に選外の名目を存したのもそれ等の理由に基く。文展に於いては当然看過せらるべき、歯牙にも掛けられざるべき作でも、我々は捨て難き何物かゞあれば拾ふに躊躇しない。それと同時に、文展に出すが如き心持を以て、煩瑣な因習に囚はれた南画、或は絵巻物式の屛風などを持ち込まれたには却つて迷惑を感じた。我々の主張は最初から、新人の新興藝術を創作するにあることを特に記憶せられんことを望む。その意味で、藝術的手練は足りない人でも、自然を真面目に凝視したやうな作品などに対しては、見逃さない積りである。要するに、真の新しい藝術に眼覚めた人の来ることを歓迎するのである。

（「太陽」大正7年12月号）

詩歌

詩
短歌
俳句

詩

阿毛久芳＝選

紅《あか》い雲《くも》

小川未明

あゝかい雲《くも》、あかい雲《くも》、
西《にし》の空《そら》の、あかい雲《くも》。

おらがをばのおまんは、
まだ年《とし》、若《わか》いに、
嫁入《よめいり》の晩《ばん》に、
海《うみ》の中《なか》に落《お》ちて、
あゝかい雲《くも》となつた。

おゝまん、おまん、
まだ年《とし》、若《わか》いに、
あかい紅《べに》つけて、
あかい帯《おび》しめて、
からこん、からこん、
下駄《げた》はいて、
西《にし》のお里《さと》へ嫁《よめ》に行《い》つた。

あゝかい雲《くも》、あかい雲《くも》、
西《にし》の空《そら》の、あかい雲《くも》。

（「赤い鳥」大正7年8月号）

病める者へ贈物としての詩

山村暮鳥

林檎より美しいもの
かすてらより柔いもの
此の愛をそなたにおくるのだ
此の愛を
雪のやうな此の愛
落葉《おちば》のやうにはらはらと
そなたの上に翻へる
そなたはそれをどうみるか
風の中なる私の愛を……
何といふ冷い手だ
何といふさみしい目だ
おお病める者

そなたのためには純白な雪
そして火のやうな私だ
この愛の中で穀物の種子《たね》のやうな
強き生《いのち》をとりかへせ
光りを感ぜよ
しづかに生きよ

雨は一粒一粒ものがたる

一日はとつぷりくれて
いまはよるである
晩餐《ゆふげ》ののちをながながと足を伸ばしてねころんでゐる
ながながと足を伸ばしてねころんでゐる自分に
雨は一粒一粒ものがたる
人間のかなしいことを
人間の生きのくるしみを
そして燕のきたことを
いつのまにかもうすやすやと眠つてゐる子ども
妻はその子どものきものを縫ひながら
だんだん雨が強くなるので
播いた種子《たね》が土から飛びだしはすまいかと
うすぐらいあかりの下で
それを自分と一しよに心配してゐる

（「詩歌」大正7年1月号）

（「詩歌」大正7年6月号）

北原白秋

新邪宗門秘曲

おお、外道婆羅門《ブラーフマナ》の暁が来た、
紅《あか》い不可思議国の夜明だ。
わしはいま万法の理《のり》を超えて、
茲に新邪宗の大自在力を示す。

荘厳せられた邪悪、
もろもろの美と驕奢とを崇《あが》めよ。
あらゆる醜の中に輝やき、
あらゆる幻想と罪過の闇に沈め。
わしは思ふ、三眼の破壊神湿婆《シバ》の妖術、
印度恒河《ガンゲス》の奔流はその額《ひたひ》より迸ばしる。
わしは思ふ、梵《ボム》。これこそは法界の髄、
わしは思ふ、真の真、幻の幻、吠哆《ポダ》の讃唱と禁呪。

わしはこれ、梟の黒と赤との心臓、
麝香猫の麝香の腋臭《わきが》、
酔ひ痴れた緑鶴亀《みどりがめ》の血染めの胃の腑、
燃えあがる虎の足爪、蝸牛の触覚の角、

おおさうして霊牛の仏性と知慧の瞳。

わしは蝎毒、而かして大宇の滋味、
わしが言葉は縷々として糸の如く、煙のごとく、
日夜　夜見城の蜘蛛の糸巻の中に坐り、
近づくあらゆる凡てに怪しき芬香をそそぎかくる。

わしは見透す、立体のうしろの面《めん》を、
円球の心《しん》、角錐の尖《さき》、あらゆる物質の重さと力、
わしが魔法は而も空間に我を放つ。

わしは裸身《らしん》の善天魔、又悪天魔、
永久の嬰児、
天界と地獄のかけはし、
風、雲、電光、澄みわたる蒼穹の微笑。

わしは又雨、しんしんとふりつもる雪、
わしは又太陽、えんえんたる宇宙の火、
幽霊の真の正体、
燐と硫黄の発光体。
わしは知る、神より魔へ堕つる一刹那と、
魔より又神へ飛ぶ一刹那を。

その大歓喜、大悲哀、
縹々恍惚たる霊と肉との管絃楽。

おお、わしが信徒よ、わしと共に饗宴の限りを尽くせ、
真に浄罪の証《あかし》は身を以て身を滅ぼす事だ。
おお、腐れ、泣け、もがけ、踊れ、苦しめ、狂へ奔れ、叫べよ。
おお、さうして愛せざる可からずして愛せ、
真に涙をこぼして地獄の沼より伸びあがれよ。

またの世は神か、悪魔か、
人間のわしが云ふ言葉はこれかぎりだ。
おゝ、わしが信徒よ、わしと共に祈れよ。

（「詩篇」大正7年1月号）

新邪宗門宣言

詩は詩である。人間の肉体及び霊魂全部を以てする真の直覚である。六官七情のあらゆる、凡ての真実に根ざすところの一大管絃楽、而してそれら凡てを統一するところの真の意力、睿智、斯くして真の奇蹟が吾等の空間に初めて真の詩として顕現される。私が再び永い沈黙を破つて、茲に改めて新邪宗門の宣言をなす所以は、彼の現在詩壇に跳梁する観念のみの人道主義、根抵なき偽神秘主義、若くは人為的象徴主義その他あらゆる拙

劣なる散文律の詩派に対する挑戦である。ほんとの詩はこれから生れるのだ。

愈新邪宗門宣伝の暁が来た。日本のあらゆる詩派を統一する真の使命が果して誰の頭上に下つたか、今日以後を見るがいい。

(千九百十八年一月一日の暁光を紀念する為め、北原白秋識す。)

(「詩篇」大正7年1月号)

新邪宗門宣言（二）

『われは思ふ末世の邪宗切支丹でうすの魔法。黒船の加比丹を、紅毛の不可思議国を』と歌ひ、更に『百年《ももとせ》を刹那に縮め、血の磔《はりき》背にし死すとも惜しからじ、願ふは極秘、かの奇しき紅《くれなゐ》の夢。』と祈り、肉をあげて官感と神経の糜爛と陶酔とに深く耽溺した彼の『邪宗門』の管絃楽を私は再び呼び戻す。而も茲に霊の意力と睿智とを以て統一し透覚し、更に純愛と真実とを以て、真に人間の血たり鹹たり光たらむとする。これが新邪宗門の詩である。吾徒の詩は水ではない、無論パンでもない。魔酒であり、火焔であり、砒石であり、鴆毒である。而もその中に真の霊智は地獄の花の如く、淫蛇の精、夜陰の星、更に肥え太《ふと》りたる妖婦の小さき頸玉の如く光る。茲に、縦まに現世詩壇の本流と称する者に対し、新邪宗門の朱色の大旆を翻すと雖、畢竟するに吾徒の行ふ道こそ真の詩の正風である。真の人間の、真の現代の詩篇である。吾徒は神の名によりて猥りに天の宝位を僭するもの、若くは詩を宗教哲理の方便視する詩の自辱者、凡庸倭弱なる散文者流に対し、真の人間の詩、真の天才藝術の権威を宣言し、顕揚する。今後を見よ。

(「詩篇」大正7年2月号)

野茨に鳩

おお、ほろろん、ほろろん、ほろほろ、
おお、ほろほろ。
春はふけ、春はほうけて、
古《ふる》ぼけた草屋《くさや》の屋根で、よ。
日がな啼く、白い野鳩が、
啼いても、けふ日《び》は逝《い》つて了《しま》ふ。

おお、ほろろん、ほろろん、ほろほろ、
おお、ほろほろ。
庭も荒れ、荒るるばかしか、
人も来ぬ葎《むぐら》が蔭《かげ》に、よ。
茨《ばら》が咲く、白い野茨《のばら》が、
咲いても、知られず、散つて了ふ。

おお、ほろろん、ほろろん、ほろほろ、
おお、ほろほろ。
何を見ても、何を為《し》てもよ、

ああいやだ、寂しいばかり、よ。
椅子が揺れる、白い寝椅子が、
寝椅子もゆさぶりや折れて了ふ。

おお、ほろろん、ほろろん、ほろほろ、
おお、ほろほろ。
日は永い、真昼は深い、
そよ風は吹いても尽きず、よ。
だるい、だるい、ひもじい、
どうにもかうにも倦んで了ふ。

おお、ほろろん、ほろろん、ほろほろ、
おお、ほろほろ。
空は、空は、いつも蒼い、が、
わしや元《もと》の嬰児《ねんね》ぢやなし、よ。
世は夢だ、野茨《のばら》の夢だ、
夢なら、醒めたら消えて了ふ。

おお、ほろろん、ほろろん、ほろほろ、
おお、ほろほろ。
気はふさぐ、身体《からだ》は重い、
おおままよ、ねんねが小椅子、よ。
子供げて、揺れば揺れよが、
溜息ばかりが揺れて了ふ。

おお、ほろろん、ほろろん、ほろほろ、
おお、ほろほろ。
昨日《きのふ》まで、堪へても来たが、
明日《あす》ゆゑに、今日《けふ》は暗し、よ。
人もいや、聞くもいやなり、
それでも独《ひとり》ぢや泣けて了ふ。

おお、ほろろん、ほろろん、ほろほろ、
おお、ほろほろ。
心から、笑ひも得せず、
さればとて、泣かうに泣けず、よ。
煙草でも、せめて喫《す》ひませう、
煙草も煙になつて了ふ。

おお、ほろろん、ほろろん、ほろほろ、
おお、ほろほろ。
春だ、春だ、それでも春だ、
白い鳩は啼いてほけて、よ、
白い茨《ばら》が咲いて散つて、よ、
かうしてけふ日《び》も暮れて了ふ。

おお、ほろろん、ほろろん、ほろほろ、
おお、ほろほろ。
日は暮れた、昔は遠い、
世も末だ、傾ぶきかけた、よ。
わしや寂《さ》びる、いのちは腐る、
腐れていつかと死んで了ふ。

おお、ほろろん、ほろろん、ほろほろ、
おお、ほろほろ。
ほろほろ、ほろろん、
おお、ほろほろ。……………

（「詩篇」大正7年5月号）

雨《あめ》

雨《あめ》がふります。雨《あめ》がふる。
遊《あそ》びに行《ゆ》きたし、傘《かさ》はなし、
紅緒《べにを》のお下駄《げた》も緒《お》が切《き》れた。

雨《あめ》がふります。雨《あめ》がふる。
いやでもお家《うち》で遊《あそ》びませう、
千代紙《ちよがみ》折りませう、たたみませう。

雨《あめ》がふります。雨《あめ》がふる。
けんけん小雉子《こきじ》が今《いま》啼《な》いた。
小雉子《こきじ》も寒《さ》むかろ、寂《さび》しかろ。

雨《あめ》がふります。雨《あめ》がふる。
お人形《にんぎやう》寝《ね》かせどまだ止《や》まぬ。
お線香花火《せんかうはなび》もみな焚《た》いた。

雨《あめ》がふります。雨《あめ》がふる。
昼《ひる》もふるふる。夜《よる》もふる。
雨《あめ》がふります。雨《あめ》がふる。

（「赤い鳥」大正7年9月号）

赤《あか》い鳥小《とりこ》鳥《とり》

赤《あか》い鳥《とり》、小鳥《ことり》、
なぜ〳〵赤《あか》い。
赤《あか》い実《み》をたべた。

白《しろ》い鳥《とり》、小鳥《ことり》、
なぜ〳〵白《しろ》い。
白《しろ》い実《み》をたべた。

青《あを》い鳥《とり》、小鳥《ことり》、
なぜ〳〵青《あを》い。

青《あを》い実《み》をたべた。

（「赤い鳥」大正7年10月号）

加藤介春

舌出人形

（上）

左様なら、
左様なら、
かういつて別れて帰る、
あなたの白い顔、
かゞやく眼《まなこ》燃ゆる唇《くちびる》、
すべてあなたが夜《よる》のあなたに消え失せる、
そのくらい夜《よる》の路上に
ふとおもひ出す舌出人形。
花壇《くわだん》の薔薇《ばら》があなたの白い顔になり、
うつくしいあなたの全身になり
煌々として太陽の如くかゞやく時にも
ふとおもひ出す舌出人形。
金色《きんいろ》のあなたと、
あなたの踊り――金の踊りと
そのうつくしさに眼も眩《くら》み、
心も遠く消え失せ、
只管に恍惚として
うつくしいあなたを拝する時にも
ふとおもひ出す舌出人形。
あなた、
そいつはおそろしい仕掛けによつて
おそろしい舌を出し、
又すぐに引きこめる――
そいつの頭《あたま》を
あなたの白いやさしい透き通つた手で
一寸おさへて御覧なさい、
あなたそいつは
生きものゝような舌を持つてゐる、
おそろしい舌を持つてゐる。
うすぐらい物かげから、
或《あるひ》は深い箱の底から
ぢつとそいつがわたしとあなたを見て
あざ笑ひ、
又はふざけて、
ペロリと赤い舌を出す、
おそろしい舌出人形、
獣的な舌出人形、
そうしてそれをわたしがあなたと別れて帰る時、
あなたを一心に眺めてゐる時、

あなたをぢつと抱《いだ》いてゐる時、
又はあなたを高く両手でさしあげてゐる時
ふとおもひ出す舌出人形。
その人形はわたしです、
その人形はわたし自身です。

（下）

わたしはあなたの為めに
おそろしい恋の舌出人形、
あなたが白いやさしい手を
そつとわたしの頭《あたま》にのせて被下る故に、
多くの見物人と一緒にゐるわたしに対して
舞台の上からさす
あなたの流し目が急激になるにつれ
あなたの手と足が高く〳〵あがる故に、
舞台一面感激に慄《ふる》へる故に、
あなたがダイヤの指輪を抜いて
ちよいとわたしの指にさし
それを眺めてにつこり頬笑む故に、
それを又あなたの指に返へす時頬笑む故に、
すべてあなたが全身を
わたしの心の上に投げ出して被下る故に、
私はおそろしい舌出人形、
獣的な舌出人形。
あらゆる神々は知らせ給へり
愛は愛する者にのみあることを、
そしてわたしは耻かしい舌出人形、
ふざけた人形、
わたしはわたしのふざけた心を
あはれみなぐさめ又耻ぢながらも
尚もふざけける舌出人形、
おそろろしい獣的な恋の人形。

（「詩歌」大正7年3月号）

萩原朔太郎

仏の見たる幻想の世界

花《はな》やかな月夜《つきよ》である、
しんめんたる常盤木《ときはぎ》の重《かさ》なり合《あ》ふところで、
ひき去《さ》りまたよせ返《かへ》す美《うつく》しい浪《なみ》をみるところで、
かのなつかしい宗教《しうけう》の道《みち》はひらかれ、
かのあやしげなる聖者《せいじや》の夢《ゆめ》はむすばれる、
げにその人《ひと》の心《こゝろ》をながれるひとつの愛憐《あいれん》、
その人《ひと》の瞳《ひとみ》にうつる不死《ふし》の幻想《げんさう》、
あかるくてらされ、
またさびしく消《き》え去《さ》りゆく夢想《むそう》の幸福《こうふく》とそのあやしげなる影形《かげかたち》、
ああ、その人《ひと》について思《おも》ふことは、

その人《ひと》の視《み》たる幻想《げんさう》の国《くに》をかんずることは、
どんなにさびしい生活《せいくわつ》の日暮《ひぐ》れを色《いろ》づくことぞ、
いま疲《つか》れてながく孤独《こどく》の椅子《いす》に眠《ねむ》るとき、
私《わたし》の家《いへ》の窓《まど》にも月《つき》かげさし、
月《つき》は花《はな》やかに空《そら》にのぼつて居《ゐ》る。

仏《ほとけ》よ、
私《わたし》は愛《あい》する、おんみの視《み》たる幻想《げんそう》の蓮《はちす》の花《はな》を、
青《あを》ざめた生命《いのち》に咲《さ》ける病熱《びやうねつ》の花《はな》の香気《かうき》を、
仏《ほとけ》よ、
あまりに花《はな》やかにして孤独《こどく》なる。

鶏

しののめきたるまへ、
家家《いへ〳〵》の戸《と》のそとで鳴《な》いてゐるのは庭鳥《にはとり》です。
声《こゑ》をばながくふるはして、
さむしい田舎《ゐなか》の自然《しぜん》からよびあげる母《はゝ》の声《こゑ》です、
とをてくう、とをるもう、とをるもう。
朝《あさ》のつめたい臥床《ふしど》の中《なか》で、

私《わたし》のたましひは羽《は》ばたきをする、
この雨戸《あまど》の隙間《すきま》からみれば、
よもの景色《けしき》はあかるくかがやいて居《ゐ》るやうです、

されどもしのゝめきたるまへ、
私《わたし》の臥床《ふしど》にしのびこむひとつの憂愁《いうしう》、
けぶれの木々《きぎ》の梢《こずゑ》をこえ、
遠《とほ》い田舎《ゐなか》の自然《しぜん》からよびあげる鶏《とり》の声《こゑ》です、
とをてくう、とをるもう、とをるもう。

恋《こひ》びとよ、
恋《こひ》びとよ、
ありあけのつめたい障子《しやうじ》のかげに、
私《わたし》はかぐ、ほのかなる菊《きく》のにほひを、
病《や》みたる心霊《しんれい》のにほひのやうに、
かすかにくされゆく白菊《しらぎく》の花《はな》のにほひを、
恋《こひ》びとよ、
恋《こひ》びとよ。

しのゝめきたるまへ、
私《わたし》の心《こゝろ》は墓場《はかば》のかげをさまよひあるく、
ああ、なにものか私《わたし》をよぶ苦《くる》しきひとつの焦燥《せうさう》、
この薄《うす》い紅色《べにいろ》の空気《くうき》にはたえられない、
恋《こひ》びとよ、
母上《はゝうへ》よ、
はやくきてともしびの光《ひかり》を消《け》してよ、
私《わたし》はきく、遠《とほ》い地角《ちかく》のはてを吹《ふ》く大風《おほかぜ》のひゞきを、

とをてくう、とをるもう、とをるもう。

（「文章世界」大正7年1月号）

黒い風琴

おるがんをお弾きなさい　女のひとよ
あなたは黒い着物をきて
おるがんの前に座りなさい
あなたの手はおるがんを這ふのです
かろく　やさしく　しめやかに　雪のふつてゐる音のやうに
おるがんをお弾きなさい　女のひとよ。

だれがそこで唄つてゐるの
だれがそこでしんめりと聴いてゐるの
ああ　このまつ黒な憂鬱の闇の中で
べつたりと壁に吸ひついて
恐ろしい巨大な風琴を弾くのはだれです
宗教のはげしき感情　そのふるえ
けいれんするぱいぷおるがん　れくれえむ
お祈りなさい　病気のひとよ
恐ろしいことはない　恐ろしい時間はないのです
お弾きなさいおるがんを
やさしく　とうえんに　しめやかに
大雪のふりつむときの松葉のやうに
あかるい光彩を投げかけてお弾きなさい
お弾きなさいおるがんを
おるがんをお弾きなさい　女のひとよ。

ああ　まつ黒の長い着物をきて
しぜんに感情のしづまるまで
あなたは大きな黒い風琴をお弾きなさい
恐ろしい暗闇の壁の中で
あなたは熱心に身を投げかける
あなたは
ああ　何といふ烈しく陰鬱なる感情のけいれんよ。

（「感情」大正7年4月号）

大手拓次

曼陀羅をくふ縞馬

ゆきがふる、ゆきがふる。
くろい雪がふる。
あをい雪がふる。
ひづめのおとがする
樹をたたく啄木鳥《きつつき》のやうなおとがする。
天馬のやうにひらりとおりたのは
茶と金《きん》との縞馬《しまうま》である。

わか草のやうにこころよく、その鼻と耳とはそよいでゐる。
封じられた五音《ごいん》の丘《をか》にのぼり、
こゑもなく空《くう》をかめば、
未知の曼陀羅はくづれおちやうとする。
おそろしい縞馬め！
わたしの舌からは、わたしの胸からは鬼火《あをび》がもえる。
ゆきがふる、ゆきがふる、
赤と紫のまだらの雪がふる。

（「詩篇」大正7年4月号）

わたしの顔

わたしの顔はほそい線が消えて鈍角になつた。
わたしの額は光りが消えてくもりをおびた。
わたしの眉はほそやかさが消えてばうばう眉になつた。
わたしの顔のうちで最後までのこつてゐた、
もつともうつくしい薔薇色のまぶたも茶色がかつてきた。
わたしの白眼《しろめ》は黄色くなり
わたしの黒眼《くろめ》はぼつとしてきた。
わたしのほほは手ざはりがあらく、橙《だいだい》の肌のやうになつた。
わたしの脣の紅《べに》はうすくなつて、その切れめはあいまいにふく
らんだ。
それから、鼻のしたにも、両頬にも、あごにも、いやな髯が生
えてきた。
わたしの大切な眼尻《めじり》も眼頭《めがしら》もくづれてしまつた。
たのみに思つてゐた鼻も、むかしの高雅が失はれた。
ああ、わたしの顔からは春がいつてしまつた。
ひかりをまき、にほひをこぼし、
ひびきをかよはせた顔の春もいつのまにかいつてしまつた。

（「詩篇」大正7年5月号）

川路柳虹

解脱

われらの周囲を
われらの中に見よう。
そは共々に呼吸する存在、
同じ「時」の寝床にねむりまた起きて
再びおなじ朝をむかへる二人《ふたり》。
あゝわれらの和解の言葉は分有、
二つの心をひとつにもつこと。
ともどもに一つの心を分け合ふこと。
さればはてしない争ひの饒舌を
たゞ沈黙のなかに流して終はう。
われらの土のうへには

ときじくの木の実香《かぐは》しく匂ひをはなつ。
あゝ、飛ばんとする心よ、先づ土に帰れ、
蒼空は大なる環をなして
地上に折れ込む。
焔はゆるやかに世界をあたゝめ、
永遠の太陽はおまへの血のなかにも住む。
吾れ自らを掘りさげよ、泉を見んためには。
吾れ自らを砕けよ、愛を知らむためには。――
吾れ自らの分子に、わが切ない言葉をかけよ。

苦悩にゆだねよ――苦悩を呑むためには。
「生《いのち》」は赤らむ遊泳者の胸の如く泡沫《しぶき》に濡れて
おそろしき波のうねりの中に漂ふ。
あゝ泳げよ、そのうねりのまゝに。
われらの地上の黎明《あきあけ》はわれらが悩む沈黙のなかに生れる。

あゝわれは力をこめて圧搾する暗き葡萄の房
そのはじけ上る粒《つぶ》の滴りに新鮮な
生の酒を味《あぢは》はう。
われらの縛めをほどかむものは。
至上の幸福に酔はんものは。

（「現代詩歌」大正7年6月号）

自分はもう初夏だ

室生犀星

そよ吹く風にも
深い驚きをかんじる
こころが揺れるのだ
自分のものでないやうに心は
ぼんやりと庭の木をながめてゐる
広く支配されてゐる
自分の「春」はもう終りかけてゐる
呼びもどすことも出来ない
寂しいとも思はない
いまこそ「春」をうしろにする
なやましい其処の芝生に
もう自分の姿はないだらふ
だれ一人として顧ないだらふ
花も実もない「春」を
いま僕は踏みにじつて立つてゐる
自分は自由だ
自分は「力」や「花」や「実」を
実によくとらへるけれど
やはりあちこちの岸に漂ふたり

早い瀬に流されたりするだらふ
岸から岸をさまよふ波だ
つきることのない流れだ
自由だ
自分はもう初夏だ

（「感情」大正7年6月号）

一つの陶器

一つの陶器を据えて見てゐると
その底の方が微妙な音をたててゐるのが
けさは私の胸につたはつて来る
貝類に耳をあててゐるやうだ
そのまるい柔らかい底から
限りも知られぬ泉が湧くやうだ
ひたひたと心を濡らしてくるのだ
愛陶の精神がけさ始めて
実によく感じられたやうだ
全体が抱含する物質的な沈静な重みは
疲れた心に涼しさを送つてくるのだ
静物の美しさに見とれて
しばらくは安まるのだ
その開いたふちに
しづかに映つてくる
空のいろがいかによく調和することか
実にそれらは隙間もなく落ちついてゐる
私自らの精神の在るところも
立派に沈着してゐる
実にいま自分は晴れた朝の机の上で
一つの古い陶器を眺めてゐる

（「感情」大正7年7月号）

柳沢　健

ローン・テニス

深き緑と、もつるる微風と、
踊れるものよ、湧きたつものよ。
足には軽き白靴を、手にはボールを、
覗ひ、覗ひて、彼女の肩を。
ボールは強く右手にひゞく、
微風よ、微風よ、さゞめき立てよ。
白きラインと白靴と、緑の芝生、風の舞、
ボールは弾《はじ》き、一息にさゞめく風を切つて出づ。

白き網《ネット》に燦爛《さんらん》と陽《ひ》は粉々《こなごな》の青と散る、
五月の黄金《きん》に塗《まみ》れたるボールは跳る靴のそば。

子供は叫ぶ柵の外、
空には光る蝶の羽《はね》。

深き緑と、もつるる微風と、
踊れるものよ、湧き立つものよ。

（「三田文学」大正7年2月号）

日夏耿之介

しかし笛の音はない夜

今宵の月のひかりは
銀いろの繊息《ほそいき》を吐きながら
樹《こ》の芽《め》樹の芽《め》をそつと撫でてをる
温情のこころにみちみちた
しかし笛の音はない晩。

夜風も淫《みだ》りがましい五月の晩
病後の身は新鮮な万物に手をとつて迎へられるまま
魚のやうに泳ぎまわり
天上の月に狂ほしく甘へ心地で
わしもつひ　この邸《や》の透垣《すいがき》を窺《のぞ》いたのだが。

泪ぐんだ繊柔《やはらか》な芝生
そのなかに身をまろばせ
かの少女は忍び耐へかね悲しみ泣くけれども
まばらな雑木林の奥手の
黒堅い洋館の一間に
いまだ大冊の古典書と試験管と
父らしい老人《としより》は七十歳に老いながら
古めかしい鼈甲の鼻目金を離さぬ
因襲の世態。
またわしは
冷たい顔で黙々と手足を振り試み
なつかしい古城の窮理室の灯のもとで
不可思議なもつとまことの世界の中に没入すべく帰途をとる。
温情のこころにみちみちた
しかし笛の音《ね》はない夜の事。

——一九一七、大森

（「早稲田文学」大正7年1月号）

書斎に於ける詩人

それ故………
われは　雪の降る日の午下り
水晶のやうに明るい客間の長椅子で誦む

ああ　書籍よ
爾の古風な柔かい感情の肌さわりを嬉《うれ》しみ
慄へる情熱が　もの静かに
接吻する　私語を交《かは》す
僧房年代記外篇の淑やかな意向よ

しかし
春の宵《よ》は　内園の樫の内扉《うちど》に凭れ椅り
思量に重い小胸に幾度も嘆息しつつ
爾の薄黄な羊皮の貌色《かほいろ》に見惚れる
ああ　書籍よ
東方　白法衣派《びやくはふえは》　神秘詩の幾むれは
一字　一字
肉身にひしと喰ひ入り
限りもない内面界を展開する裡に
かよわい情緒がしなしなと羽ばたいてあゆむのである

それから……
濃緑の斑目《ばらふ》をつくる椎の樹の森陰に
夏　六月の午後一時ころ
千一夜譚のいと気軽な夏を切る
血みどれ　夢裕かな
花園の銀色の石級を一息に駈けのぼる

折り折り微笑が
表紙を伏せて
遠く膨脹《ふくら》む緑の帽を被つた
赤い断層面を見入つてしまふ

つひに
秋晴のある朝
白芙蓉の淋しい花の麓に彳んで
内気な悒鬱なエラス・ムス神学書の
重い内とびらを切り開く
一句　一句
ふかい呼吸《といき》は厳格《いかめし》く清麗な
心の奥の聖龕の白い素絹《すずし》に染み込んでゆく
それ故
わが書籍たちは一どきに重黒く微笑する
わが書籍らよ　書籍らよ

―一九一八年―
（「詩篇」大正7年4月号）

光の満潮

白鳥省吾

朝のねざめに
私の室に光は薄明るく射してくる、

温かくなつかしく
それは潮《しほ》のみつるやうに音もなく
この世を明るくする。

あゝ私は
人々や鳥や獣や草木や家々や
それら数限りない生物無生物が
この光のなかにめざめて
光の中へ舟のやうに漕ぎ出すのを知る。

動作のものや静止のものや
その数限りない魂が、
この光の満潮に揺蕩しよろこび輝いて
漕ぎ出すのを知る、
この世の光の満潮のなかに
私の詩は音のない船唄のやうに響き渡る。

（「早稲田文学」大正7年1月号）

殺戮の殿堂

人々よ心して歩み入れよ、
静かに湛えられた悲痛なる魂の
夢を光を
かき擾《みだ》すことなく魚のやうに歩めよ。

この遊就館のなかの砲弾の破片や
世界各国と日本のあらゆる大砲と小銃、
鈍重《どんじう》にして残忍な微笑《びしやう》は
何物の手《て》でも温めることも柔《やはら》げることも出来ずに
その天性を時代より時代へ
場面より場面へ転々として血みどれに転《まろ》び果てて、
さながら運命の洞窟に止《と》まつたやうに
凝《じつ》然と動かずに居る。

私は又、古くからの名匠の鍛へた刀剣の数々や
見事な甲冑や敵国の分捕品の他に、
明治の戦史が生んだ数多い将軍の肖像が壁間に列んでゐるのを
見る。
遠い死の圏外から
彩色された美々しい軍服と厳《いか》めしい顔は、
蛇のぬけ殻のやうに力なく飾られて光る。
私は又、手足を失つて皇后陛下から義手義足を賜はつたといふ
士卒の
小形の写真が無数に並んでゐるのを見る、
その人々は今どうしてゐる？
そして戦争はどんな影響をその家族に与へたらう？
たゞ御国の為に戦へよ

命《いのち》を鴻毛《かうもう》よりも軽《かろ》しとせよ、と
あゝ出征より戦場へ困苦へ……
そして故郷からの手紙、陣中の無聊、罪悪、
戦友の最後、敵陣の奪取、泥のやうな疲労……
それらの血と涙と歓喜との限りない経験の展開よ。埋没よ。

温かい家庭の団欒の、若い妻、老いた親、
なつかしい兄弟姉妹と幼児、
私は此の士卒達の背景としてそれらを思ふ。
そして見えざる霰散弾も
轟きつゝ空に吼えつゝ何物をも弾《は》ね飛ばした。
止《や》みがたい人類の欲求の
永遠に血みどれに聞こえくる世界の勝鬨よ、硝煙の匂ひよ。進
軍喇叭よ。

おゝ殺戮の殿堂に
あらゆる傷つける塊は折《を》りかさなりて、
静かな冬の日の空気は死のやうに澄んでゐる。
そして何事も無い。

（「詩歌」大正7年3月号）

佐藤惣之助

普請場

銀座から日本橋へかけて
初夏の市街は水を撒いたやうだ
人道の樹木が若葉して
陳列場や硝子戸は刃物のやうに新らしい
艶のある人達が行き違ふ
自由な音楽が起る
舗石も店も幽寂な空気が鬱蓊としてゐる
電車がガン〳〵通る
荷車や自働車も活躍してゐる
山の手の方から熱い天気や眼つきを運むでくる
きれいな女が通る、香炉が燃える
若い男も通る、海の光が眼にうかぶ
光線が瓦斯より白くなる
保険会社の建設場の板囲ひがある
子守や立ン坊が休むでゐる
情愛のあるのも、無心のもある
そばへよると日光の花粉がついてゐるやうだ
赤い鉄骨が稜々と聳えてゐる
空中から麗気が降つてくる
石屋がカン〳〵石を砕いてゐる。
ペンキ屋が啄木鳥のやうに高い足場で仕事をしてゐる。

大理石のアーチが出来か丶つてゐる
鉄の百貫もありそうな扉が支えてある
そこをくゞつて中の普請へ通へる
腰をかゞめて大工が出入してゐる
子供が馳けよつて見ると
鉄の扉には人間界の事情を知らない巨人が書いたやうに
青ペンキで極く拙く大きくべつとりと
（こゝをくゞると死ぬぞ）と落書がしてある
無鉄砲な鉄職工の意志が見える気がする
子供でないものまで吃驚する
何処に深淵があるかわからないと思ふ。

（四月二十八日）

花園

ある日自分は汽車の窓から
郊外の壮大な新築の家を見た
大風が吹いてゐて庭中の花が盛り上つてゐる
山吹や八重桜やいろいろの草花が
日光の中に血の如く沈澱してゐた
そこには誰もゐなかつた
無人境のやうに無限は動かなかつた
すると家の中から青年が一人飛び出して
髪を逆立て丶庭へ馳け出した
殆ど絶望してゐる獅子のやうに鋭かつた
青年は弓形になつて
大空に両手をつき出した
嵐は呼吸もつかず到着した
青年は倒れんばかりにその風を支えてゐる
自分の乗ってゐる汽車はすぐそこを通過した
花園も家も青年もくる〳〵と廻つて
空へ引ついて遠くへ飛むで行つた。（四月三十日）

（「愛の本」大正7年6月号）

堀口大學

雪の庭

この夜《よ》、雪に被はれた私の庭は
乳色玻璃管の中《うち》に光る
蛍《ほたる》の燐光《りんくわう》の死布《かけぎぬ》の下《もと》に
静かに処女の眠《ねむり》をねむる。

黒い獣の群の様に見える
糸杉と柊《ひいらぎ》の木立をめぐらした庭に
雪は他界の月影の様に
雪は死んだ魚《さかな》の目の様に光る……
空気は顫動する光の微粉末に満ち

（それは空から降つて来る様にも見え
また雪の面《おもて》から立ちのぼる様にも見え）
そしてちくちくと私の両眼にしみる……

四囲に響は死に果て
深々《しんしん》と夜《よる》は更け
木立の中《なか》の哀れな小鳥のわななきが
私の前額《ひたひ》の青い病気の皮膚に感ぜられる……

（「詩篇」大正7年4月号）

目

愛人よ！　私はお前の目《め》を好きだ。
私はお前の目に見入る。

お前の目は大きな窓の様《よう》だ。
私はそこに花の咲いた広い野原を見る。
そこにはものを温めるやさしい日《ひ》が当り、
幸福な人々は花と木の実との間で
楽しい美くしい生活をつづけてゐる。
そこの人々は塊も肉体も裸体《はだか》でゐる。
そこの人々は無花果の葉も葡萄の葉もその用ひ方を知らぬ。
そこの人々は耻かしいことを知らぬ。
そこの人々はかなしいことを知らぬ。
獣はやはらかい草の新芽を食べ、
小供は一人手《ひとりで》に病気を知らずに育ち、
女は愛せらるる為めに生き、
男は愛する為めに生き、
そこでは恋愛が一番正しい事なのだ。

愛人よ！　私はお前の目を好きだ。
私はお前の目に見入る。

お前の目は大きな窓の様《よう》だ。
私はそこに、お前のねがひを、お前の夢を見る。

（「詩篇」大正7年5月号）

西條八十

蠟人形

寂《さび》し、寂《さび》し、
籬《かき》の野薔薇《のばら》の実《み》を捥《も》ぎて
屋根《やね》にのぼれば
日《ひ》は真昼《まひる》。
あをく燻《くすぼ》る
大空《おほそら》に

誰《たれ》が忘《わす》れたる
蠟人形《らふにんぎやう》
素絹《すゞし》の糸《いと》に
日《ひ》は攣《つ》るゝ。

あたれ、あたれ。
ひとり野薔薇《のばら》の実《み》を抛《な》ぐる
冷《つめ》たき屋根《やね》の
このこゝろ。

いつまでか
外《そ》るゝ礫《つぶて》や
空《そら》に浮《う》く
蠟人形《らふにんぎやう》に
恋《こひ》びとの
俤《おもかげ》は遠《とほ》し。

（「文章世界」大正7年3月号）

かなりあ

——唄《うた》を忘《わす》れた金糸雀《かなりあ》は後《うしろ》の山《やま》に棄《す》てましよか。
——いえ、いえ、それはなりませぬ。
——唄《うた》を忘《わす》れた金糸雀《かなりあ》は背戸《せど》の小藪《こやぶ》に埋《う》めましよか。
——いえ、いえ、それもなりませぬ。
——唄《うた》を忘《わす》れた金糸雀《かなりあ》は柳《やなぎ》の鞭《むち》でぶちましよか。
——いえ、いえ、それはかはいさう。
——唄《うた》を忘《わす》れた金糸雀《かなりあ》は
象牙《ざうげ》の船《ふね》に、銀《ぎん》の櫂《かい》、
月夜《つきよ》の海《うみ》に浮《うか》べれば
忘《わす》れた唄《うた》をおもひだす。

（「赤い鳥」大正7年11月号）

生田春月

くちなし

あかい雛罌粟《ひなげし》がかはいけりや
摘《つ》んでおゆきやれほろほろと
かゝる露《つゆ》さへそのきぬぎぬの
思《おも》はせぶりではないかいな
わたしやくちなし愛嬌《あいけう》に
つひぞ笑《わら》つたこともない
よしすねものといはれても
どうせ冷《つめ》たいわたしなら
いつもかうしてしよんぼりと
人《ひと》のあふ瀬《せ》を見《み》てくらそ

そらぎき

波《なみ》が急《きふ》に音《おと》をおさめて男《をとこ》の足下《あしもと》を這《は》ふ。
何《なに》か恐《おそ》ろしい企《たくら》みでもしてるかの様《やう》に、
波《なみ》は急《きふ》に黙《だま》りこんで、彼《かれ》の足下《あしもと》を這《は》ふ。

………ぢやぶ、ぢやぶ、ぢやぶ………
それが女《をんな》の声《こゑ》になつて、幽《かす》かに幽《かす》かに
「ねえ、あなた、いらつしやいね。きつとよ」………

素足《すあし》が気味《きみ》の悪《わる》いほど白《しろ》く浮《う》いて、
波《なみ》に浸《ひた》つて、この頃《ごろ》の涙《なみだ》のやうな冷《つめ》たさを、
じいと堪《こら》へてゐる………黙《だま》つて波《なみ》がゆれにゆれる………

くらいくらい海《うみ》の上《うへ》に白《しろ》いものが見《み》える………
きれいな幻《まぼろし》だ………きれいな女《をんな》の幻《まぼろし》だ………
「ねえ、あなた！」波《なみ》の音《おと》ともなく女《をんな》の声《こゑ》ともなく………

風《かぜ》が来《き》て接吻《せつぷん》する「春《はる》だもの、ねえ君《きみ》」と。
だが、男《をとこ》はやつぱり闇《くら》い海《うみ》を見《み》てゐる………
「きつとよ！」………また、ぢやぶ、ちやぶ………

（「新潮」大正7年5月号）

氷の墓にて

こゝに眠る、熱き心は、
渇き渇きて焦げし心は、
太陽に堪へざりし心は、
あゝ、青春はこゝに眠る、——
この氷の墓に。

すべての熱く熱烈に燃えし心を、
無関心の氷は埋む、
老年の氷は！
(時ならずして大人びしこの心を
時ならぬ雪は埋むる。)

小さき苦痛はかたらんとする、
大いなる苦痛は沈黙せんとする、
幸福は醒めんとすれど、眠らんとする
あゝ、弱き弱き破《や》れし心は、
さびしき青春の夢と涙は！

幾たびとなき北極光に
なめらかなる薔薇もて飾らるゝ墓の
なかに憩《いこ》へるさびしきものよ、

つかれたるものよ、さらば眠れよ、
覚る時なく眠れかし、永遠に静かなれかし。

あゝ、弱き弱き若き心は
その恋人と——おぼこなるその『夢』とともに、
こゝに眠る、世の終るまで、
あゝ、青春はこゝに眠る、——
この氷の墓に。

（一九一六年冬）

（「新潮」大正7年9月号）

福田正夫

大地と蒼空

碧りの、
うれしい輝かしい空、
せめて悩みの胸のとけて行く大空
心もふるへる大空。

いつもこの蒼空の愛の、
暖い春を考へながら、
心の春を考へながら、
世界の愛を考へながら、
生きるかぎりの永遠にしのんで行かう、
生きるかぎりの苦悩に耐えて行かう。

土が黒く燃え、
春は緑りの生に燃え、
光は眩しく大地を卓める、
『沖は曇つて地方《ぢかた》は晴れる………』
心の沖は曇つて、
大地はいま晴れやかに微笑した、
愛は微笑した。

空と大地と、
かぎりなく光にとけて、
心のどこかで歌つてる、
『沖は曇つて地方は晴れる………』
私は涙しながら輝かしく、
微笑みながら苦しく、
ぢつと碧りの空と黒い土と曇つた沖とをみつめながら歌ふ、
ああ、心のどこかでさみしく歌ふ

（「民衆」大正7年4月号）

平戸廉吉

夕宵《よひ》の戯画《カリケチユール》

幾台も見送る電車、奥様、大きな時計舗、ずつとつゞく舗道、
花舞台。柳の下の花壇には、昔の思ひ出、すみれ草。

だんだんと化膿《うみもち》の瘡のやうに喘いで来る銀座通り。瓦斯の臭気、
心配さうに立つてゐるのは、よその奥様。

今日こそは、あの真赤な唇を焼きつかねば置くものかと、電車
を飛び出す逞ましい青年。古い戯曲的な足どり。感ずいたらし
い微笑に、己のほゝえみを注ぎ込むで、
さあもえろもえろ………

と青年は接近する。此春めいた夜の気分で、どつと下された身
軽さ、二人はぽつぽつと歩き出したが、たちまち黒い手を噛ん
だ宝石の指輪、女は無言、暖い脉搏。曇つてはゐるがよくある
奴、空はまづ大丈夫。それにしても嫌《いや》な辻占、かすり疵！

そら鳴り出したぞ、もぐらの様な奴も立どまつた。土まみれの
足で飛び込んで来る客、そら鳴り出したぞ、カツフエの音楽！
ブカブカドンドンブカドンドン………甘茶でカツポレ、渋茶で
カツポレ………珈琲だ！麵包だ！果物だ！肉をくれ！洋刀《ナイフ》の音、
肉叉《フオーク》の音、ガチヤリガチヤリ………皿の音。

現代人の鯱鋒立、呻き声、たまらない音響！

ホツと赤い息をついた青年、リキユルの廻つた熱で、ぐいと黒
い水鳥のしつ尾を摑んで外へ出る。くるくると廻はる水鳥、ぽ
つと薫る甘たるい匂、外は春風。

さあこれからは、何処？　あの汽車で走らうか、と意気込む青
年、めそめそと泣くのは女。きつぱりと彫りつける夜の影。灯
のぐつしやりと爛れついた路、出盛る人の声。やつぱり後の祟
りが恐ろしいと、意気地のない男の言葉――

《あうたうれしさ
　わかれのつらさ
　うれしつらさの
　　むねのなか》

空からはやるせない雨の雫が………。

（「現代詩歌」大正7年5月号）

創造

わたしは一つの形にあこがれる――
わたしはその屈竟のものを摑まんために
真赤な熔岩の流れに飛び込む。
刹那、
わたしは世にも敬虔な信者の姿をかりて

その真正直なこゝろに牽かれて行く。
次第に急迫する律をもつて
わたしはわたしの信ずる方へと
その求心円をたどつてすゝむ
そしてわたしは
巧みな調和から成る凝集点を
一つのものに誘導する。
刹那、
わたしは陽気な踊子をして其処に踊らせる
ずらりと諸君の前に並べて
しかも奇異な（と思はれる）舞踏を踊らせる。

小さい自画像

寒い空から落ちて来た雪の模様で
そして雪の上に染み込む街燈の光で
ラデアルなわたしの息吹の結晶が出来る。
一つ一つの小さい花が集つて
ぶつきら棒な姿が出来る
煤けた外套《マントウ》にくるまつてゐるわたしの肖像。

（「現代詩歌」大正7年11月号）

沢ゆき子

静かに風の夢みる日

うらゝかに輝ける日のなかに
かく孤独の黒髪をのばして、
はてしなく永らふる病ひの心を
自らの悲しみもてなぐさめむ。

神の心もしりぞけえし自由なる寝台をば
柔らかなる花園の熱にほてらしめ
清き酒の香もて心ゆくばかり輝かせむ。
吾は寝台のうえに楽しくもからだを伸し
そこに思ひといふ思ひをば忍びやかにひそません。

ほのかに風の夢みる日は
静かに愛する幻想《おもひ》ぞきたる、
黄金《こがね》の翼はわが身をおほゝひ
眼をとぢて耽る心の甘さに溺れ泣く。
やりばなき肉のけだるさは溶けゆくばかり切なければ
よろこばしき薔薇の蓐《しとね》に身をくづし、
いとしき人のあるがごとくに、おもふさま
心優しくたふれんとす。

力ある人の腕を頼まんとせしことなき
孤独の恋になれはてたれば
あゝ、ほのかに遂げんとする夢のなかの
接吻《くちつけ》のしばしばなる悲しみよ。

（「現代詩歌」大正7年5月号）

竹村俊郎

ぬすつとかんかく

あなたがたは盗人のかんかくをごぞんじですか
それは曇りの晩に三日月が樹の葉の隙に洩れその一端に蝙蝠が飛ぶやうなものです
盗人はいろいろな夜のかぎりない秘密の所有者でそれは永遠につらなるものです
星屑がたくさん空にぴかぴかするときなど盗人は怖しさに身慄すると申します
それはあまりに多く秘密を囁かれるからであります
星の一つ一つが盗人のからだぢういちめんに太い線を抛げて盗人は氷責にされた澄み切つた苦しさを感じると申します
盗人はいつも曇りの晩の暖かな空気の中にゐて育つてゆくものです

（「感情」大正7年2月号）

短歌

来嶋靖生＝選

風の日

木下利玄

風すさび庭木の小枝《さえだ》もまるゝを玻璃戸ゆ見つゝ外出《そとで》うとむも
杉木立幹ごとゆすぶれたけびをり嵐につぎて嵐吹ければ
中空に大樹の梢さいなまれ嵐を堪ふるうなりゆゝしも
大地にはしばらく絶ゆる風間《かざま》にも大樹《おほき》の梢《うれ》のうなりやまずも
ましぐらに埃たてくる向ひ風眼をひたつぶりたゞ中ぬくる
牛車さぞおもからむきしみつゝ道路の砂利をめりてませゆく
風埃り橋に吹き立ち日のくれの堀割水の皺《しわ》めるさむさ
冬空の日の入り後《あと》の色うつる水に風おち皺《しわ》みをり見ゆ

（「白樺」大正7年4月号）

夏子に

木下利玄

大正六年十一月中九日妻の母と呉より道後に着き、郵便局に至れば、「ナツコヤマイスコシワルシ」との電報、別府の我寓居よりとゞきゐつ。

心配に胸おしせまり温泉《ゆ》の街に遊ぶ人等をうとみつ我は

その夜の不安云ふべくもなし。

或《ある》は来《こ》ん次のたよりをおそれつゝ足音《あおと》に耳立て安眠《やすい》しなさぬ

病める子に心はかゝり夢に見つうつゝに思ひつ安眠《やすい》しなさぬ

翌日昼出づべき別府行の吉野川丸は遅れて夜おそく高浜を出帆す。

船室のあさき眠の覚め勝ちに執念《しうね》く吾子《あこ》をおもひぞ吾がする

海《わた》の沖のしら〳〵明けに海人小舟出でゐる中を汽船《ふね》すゝみをり

黎明《いなのめ》の光に向ひ舟こげる漁人《れふし》の顔を汽船より見たり

ふなべりに吾子おもひをれば眼に揺れて暁海の波は蒼しも

十二月一日早朝別府埠頭に着く。夏子妻に伴はれて末綱病院に在り。

久しくて吾子《わがこ》によればカンフルの匂させゐつ切なくかはゆし

いとし子の臥床《ふしど》によりそひその額に手おけば熱しかはゆきものを

いたつきに命おとろへ吾見ても笑はぬ吾子となり果てしはや

吾子よ〳〵くるしからめど力《ちから》出しこのいたつきをしのぎてくれよ

真夜中の戸外《そと》にすさべる風の音吾子《わがこ》よ父はこゝにゐるぞも

三日朝は大に快かりしに、四日午後吾も妻も家に帰りゐし時、俄によろしからずときゝ、吾は直に入浴中なりし妻もすぐ後より病院に走る。

わが妻とぢつと眼をみあはせぬ又この吾子の死にめ見んとす

肉身の捨てはてかねし望さへ今は絶えゆき吾子《あこ》死ぬるなり

脈あらず医師おごそかに声低に三時半なりと云ふ吾子《あこ》全《また》く死す

金輪際なくなりし子を声かぎりこの世のものの呼びにけるかな

婢《はしため》はまだ息あるにと吾子により医師《いし》をいきどほる心いたがゆし

おぎろなし子と父母と一心に慕ひあひつゝも死にわかれけり

わが妻は吾子《あこ》の手握り死にてはいや死にてはいやと泣きくるひけり

眼のまはり真紅になして泣きやめぬ妻のうしろに吾子死にてあり

吾ひたすらに慰めつ。

吾妻も今は泣きやめしみ〴〵と銀杏が黄なりと云ひにけるかも

泣きやめて心は澄めり向うなる一つ藁家の夕げの煙

はりつめし心はおちてしみ〴〵と向うの煙みつめしかなや

痛みに爪たつる如なつ子死すと身よりに知らす字をかきにけり

日暮れてより、数日前、妻が風にあてじと、その顔に布おほひて、病院につれ行きしとおなじ道を、遺骸を抱き、吾等つきそひ寓に帰る。星斗天に満つ。

吾子《あこ》の事可愛がりくれし隣人よその子死なせて今かへり来つ

椽側に亡くなりし児の汚《よご》れものこの夕かげにしろくうかべり

この事もすぎ去りにけりと椽先の白菊見つゝ嘆かひにけり

吾子のゐぬ寝ざめくるしも甲高《かんだか》にさはな呼びそね物売り童

いとし子を焼場にやると親さびて好みし着物をきせにけるかも

六日夕荼毘に附す。

何事も今は甲斐なき吾子なれば野辺に送らんいとなみするも

まなかひにもとなかゝりし吾子の身を火に焼くものか死にせればとて

きぞの夜に吾子の焼かれしあとゞころ未だ小さかりし骨を拾ふも

隠亡のひく車の気疎さよ。

黒塗のあやしき車吾子のせて山へ山へと行きにけらずや

隠亡は今火を入ると竈の中の吾子にむかひておらびけらずや

棺の中の吾子の面わをおもひつゝ人のうしろに立ちてゐにけり
掌《て》に媚びしかの実の入れる頬まろやは手炎の舌のまつはりけめか
めら〳〵と炎の立ちの吾子のゐる棺《ひつぎ》つゝむをひた目守りつも
夕空に立つ煙突にわが夏子煙となりてなびかひゆくも
鶴見峰に曇りつゞける夕空に吾子の煙のなびかひゆけり
吾子一人焼場に残し夜と云ふに吾等大人はかへらんとする

十七日、遺骨を携へ、別府を引き払ひ、上京の途に就く。

汽車うごく別るゝものはかたみに眼をひたまもり別れけるかも
海峡の夜浪荒しも船室に骨壺守りて眼をおとし居り
骨壺を網棚に上げ気にかけて時々あふぐその白つゝみ
冬の夜の東京駅に骨つぼの白き包もち下り立ちにけり

夏子がありし日の追憶。

鼻の上に少し皺よせ我妻のいとしみし子は死にゝけるかも
みごもれる程もおとなしくわが妻に女の童《わらは》らしと云はれし子はも
乳房ふくみ涙にぬれしまみ上げて乳母をしげ〳〵見いりし子はも
はゝそばの母に抱かれてふとり身を日毎温泉《いでゆ》にひたせし子はも
襁褓《むつき》かへに前はだくればふとり足ばたり〳〵と上げにしものを
がら〳〵を振り倦きくれば振りすさびおのがつむり打ち泣きし吾子はも
知らぬ人に抱かれてさへむづかりしめぐしきものよ死にてゆきけり
旅行ける朝は停車場に抱かれ来て父のあたりに眼を向けゐしを
胸まとふ湿布かふると抱く時しかめし面わは眼に彫られたり
こよなくいつくしみたまふ母上の御手をはなれて便《びん》なき乳児《ちご》よ
死にたくはなかりけんものを手足冷え息絶えきては生きらるべしや
母と子の相したひゐるいつくしさ父われさへに見とれしものを
追ひ行かば何処の隈かにいかくれてある如も吾子をおもほゆるかも
吾子よ吾子よ生きてだにあらばかい抱きいやます〳〵にいつくしまゝしを

谷中なる墓どころ

二才《ふたつ》にて失せたる兄の傍に一才《ひとつ》の妹を葬《はふ》りけるはや
をさなければ樒の枝にとりそへて色ある花を手向けけるかも
墓土に水をそゝげばしみ入りつこゝの下なる吾子とこそおもへ
これやこの三人の吾子の墓どころ土のしめりに身をかゞめけり

（「心の花」大正7年10月号）

劫火

川田 順

事なしにありふる命おびやかし地震《なゐ》の如くも追憶は来る
思出の海の音にふといざなはれ黒き断崖《きりぎし》の上に立つかも
初めてに似たる手紙《ふみ》など書きもせばこの冬の夜の心なごまむ
君がよりし藤棚の蔭に霜葉おち君が見し水は流れゆくなり
君とその河岸《かし》をゆきし時早 雲真赤《ひでりぐもまつか》に水に映りゐしかな
その年の大火事のこと思ひつつ風氷る夜の橋をゆくなり
魅《み》られて黙せる我の眼前《まなかひ》をはせゆく炎《ほのほ》しいままなる
奈落の火あらがねの土を燃えぬけて天《あめ》ほとほとにおびやかす見ゆ
燃ゆる火をいともかしこみ夜の闇黒《やみ》は天《あめ》のそぎへに退《しぞ》きてゐたり
人間《にんげん》はせんすべ知らず紅ゐの火の洪水《おほみづ》はひた押しに行けり
川をちの下火《したび》の焔朝早み君がよる壁にほの映《は》ゆるかも
真夏の日たゞに照りたれひろびろと焼原の灰《はい》燼ほとぼりやまず

（「心の花」大正7年1月号）

幻の華

柳原白蓮

男とも女ともなき心してこの頃過ぎぬ強くかなしく
すべてもの悲しかるべき夕べかも悦びにさへ涙ながるゝ
わが心塵もすゑじと思ひしは祈れる時と恋する時と
あはれこのむなしきものも忘れねばまさしき影の今も見ゆるに
つくし路の山のあなたの吾子まつと今年の秋もはやくれにけり
いたづらに越え得ざる子をつくし路の山のこなたにいつまで待たむ
人の身は神の宮ぞと教へられ神の宮ゆゑ悲しとおもひし
やごとなき裔と思へば我子にもぬかづくはこれ神にひとしく
色里のなりはひはよしおもしろとふとおもひたりわれを忘れて
けふの日もわれある世なり天地にこのあるわれがなにをあたふる
唯一つ三世の中に見出でたるこの我身さへわれにはつらき
都見ゆ人のかほ見ゆ帰り来て安らにいねしわが屋の夜床

（「心の花」大正7年1月号）

日記帳より

新井洸

葛飾の田中の水にきさらぎの日のかげとろり淀みたるかも
春を浅み雨戸をさせば玻璃窓にともし火うつり風の音すも

八幡社の庭に母が背にありて見おぼえけらし
二歳に満たぬ児のなすところを見れば

赫耀と沈む日に向ひ合掌すあこの姿のかなしくいつくし
霜やけにあかくふくらむ手あはせて吾《あ》をしも拝む祖父《ぢぢ》をしもをがむ

寒餅搗き

七十路にとゞきし父がまめやかに寒の餅つくと杵いとらすも
雪ぐも霽れ凪ぎし冬日に杵の音すこの我家は富めるが如し

釜のうなる音といふをはじめてぞ聞きし

ほう〳〵と高くも釜は鳴り出でぬ餅搗く今日をよきその音かも
二つの終りの臼は粟の餅黄いろほく〳〵湯気立つほがら

薄暮街頭

日暮れのものせはしなき街頭に子供が投げし鞠高く飛ぶ
冬の日の夕映えあはき凪空に護謨の手鞠の黒くとべるも
役所がへりの娘の足袋のうすよごれちまたさびしも暮れはてなくに
地下線の工事のあとのやはら土歩みて過ぎぬ寒きたそがれ

（「心の花」大正7年2月号）

木枯

島木赤彦

病院に我が子を連れて道とほし落葉ころがる日暮《ひぐ》れの街《まち》に
足袋《たび》買ひて子に穿《は》かしめぬ木枯《こがらし》の落葉吹き下《おろ》す坂下《さかした》の街に
落葉せる大き欅《けやき》の幹《みき》の前を二人通りぬ物言ひながら
忙《いそが》しき我の仕事《しごと》を思ひつゝ子を守り行く冬木の前を
坂《さか》の上《うへ》を音して通る電車の灯《ひ》すでに明るし嵐《あらし》の日暮《ひぐれ》
国遠く来つる我が子を埃《ほこり》上がる日ぐれの坂に歩ましめ居り
木枯の埃《ほこり》吹き上ぐる坂《さか》のうへの夕焼《ゆふやけ》の街《まち》の空は紅《くれなゐ》
あいそよき足袋屋のおかみ物を言ひ埃は立ちぬ我と我が子に

護国寺の木群《こむら》をふかみ日暮るれば木兎《つく》鳴く聞《きこ》ゆこの街の中へ
木枯の街のはづれに灯《ひ》明《あか》きは小学校の夜学なるべし
山門《さんもん》は早くとざせり木枯の冬木を鳴らす夜の空の星
山門の冬木の下に灯火《ともし》もつ車夫《しやふ》物を言ふ過《す》ぎゆく我に

旅の歌

阿武隈の川の雨雲《あまぐも》低く垂《た》り水《み》の音《と》かそかに夕さりにけり
縁側《えんがは》の竹の柱の冷《ひ》や〳〵と夜は更けにつゝ近き川音
みちのくの旅のをはりにいささかの酒に酔ひ寝ぬ夜《よ》の雨の音
汽車の窓《と》に夜明けて見れば百合の花いくつも咲けり草叢の中に
朝あけの風にもまるる草高し白百合多く動きつつ見ゆ
みちのくに深く入り来ぬと思ふ野の霧に靡けり白百合の花
雨あがる奥州街道の草の中に雀つるみて落ちにけるかも
温泉《ゆ》に入りて一夜《ひとよ》ねむりぬ陸奥《みちのく》の山の下なる入海の音

（「早稲田文学」大正7年1月号）

奥蝦夷

島木赤彦

一

平らかに蝦夷の楢原《ならはら》曇りたり歩みとどまらぬ我は旅人
あゆみゐる我に向ひて音もなし青草原に曇れる大川
夏の日の曇り時経《ときふ》る野の川の音もせぬかもと立ちて聞きつる
雨曇《あまぐも》り暗くなりたる森のなか蜩《ひぐらし》鳴けば日暮かと思ふ
真向ひの十勝が岳の名を知らぬ夫婦木を伐れり落葉松《からまつ》の森に
笹のなかに一人とぞ思ひ立ちとまる我の頭《あたま》に暑さは徹《とほ》る
雨すでに落ちて居りやと見まはせる笹生《ささふ》の曇り暗くなりつる
はろ〴〵に来つるものかも笹原の高みの上ゆ見ゆる青海

二

うつし世に心は似ねば野の川の曇り明るむ時のまも行かむ
蚯蚓《みみず》鳴く土の曇りや深けぬらし一人ごころの歩みに耽《ふけ》る
笹原の曇りにつづく大海を遠しとも思ふ近しとも思ふ
わが歩み敢へて進めり笹原に直ちに近く曇れる大海
森の中の堀たて小屋にはがき書きはるかに人を思ひわが居り
ほりたての小屋に縫ひゐる赤き帯この森の中に娘《むすめ》となりしか
家うらの畑の馬齢薯掘る母の尻に物言へりまる裸の子
国々の人並び住む小屋づくり親《した》しましもよ蕎麦畑の中に

三

おほ伯母《をば》の墓は磯べの笹の原海より風の吹く音止まず
われひとり立ちて久しき笹山に海風吹きて曇りをおくる
のぼり立ち見る笹山は小《ちひ》さくて海果てしなしおくつきどころ
北蝦夷のつちのはたてと思ひ立つ笹山の風はさわぎけるかも
一人子が母をはふると笹原の笹苅りそけし土もくぼめり
笹の中のみ墓のまへに心親し従弟《いとこ》とふたり物うち語る

信濃国茅野の停車場に伯母を送りしは
何年の昔なりけむ

四

おのが子と共に住まむと遠く来てとはにかへらず磯の笹生《ささふ》に
日はくれて道わからねばわが従弟《いとこ》ことばかけたり笹の中より

昼のあつさ忽ち冷ゆる灰土《はひづち》の磯山道を日ぐれてくだる

従弟より伯母の晩年の事いろ〳〵語り聞かさる

忙《いそが》しみ常《つね》忘れゐて七年ののちなる今日に涙ながるも
たまきはる命のきはにおのが子の膝に抱かれぬ奥蝦夷の家に
母一人息子《むすこ》一人の家思《も》へば幸ひ多し死にてのちにも
夏の夜をいとこと語りつくしたる暁さむく羽織着にけり

小樽に弟を訪ふ

波のよる浜べの町に家をもつ弟の顔は未だこどもなり

（「アララギ」大正7年3月号）

わが父 二

島木赤彦

六月十四日早暁茅野駅下車、一里の峡道を歩みて老父を訪ふ。老父年七十五、心甚だ安静にして却りて病後の頼み少きを思はしむ。

青山の雪かがやけりこの村に父は命をたもちていぬます
雪のこるたか山すその村に来てはたけ道ゆく父にあはむため
この真昼声するわれを床のうへに遠眼をしつゝ待たせ給へり
古田のくぬぎが岡の下庵にふたたびも見む父ならなくに
稚芽《わかめ》ふくくぬぎ林は朝さむし炬燵によりてわが父います
郭公《かつこう》の鳴くこゑ近しちちのみの父のへに来て飯食ふわれは
間《あひだ》なく郭公鳥《かつこうどり》のなくなべに我はまどろむ老父のへに
川の音山にしひびくまひるまの時の久しさ父のかたはらに
くれなゐに楓芽をふく窓のうちに父とわがゐるはただひと日のみ

薄暮家を辞す

日のくれの床のうへよりよびかへし我を惜しめり父のこころは

○

山にて

白雲の山べの川をふみわたり草鞋はぬれぬ水《み》漬《づ》く小石に
霧の雨はれて寂しき山くぼの羊歯《しだ》のしづくに肩ぬらしつる
青き葉にたまりておつる霧雨の雫の寒きこの真昼かも

大正七年二月

寒き国に父はいませり歩みゆく山かひの霜のひと日とけざる
冬木の枝のわかれの猶見ゆる夕空を仰ぎ歩みを急がす

（「アララギ」大正7年10月号）

山の宿

平福百穂

たびやどり目覚めて未だ起きなくにあかとき蜩《ひぐらし》鳴きつぎ遠ぞく
あかときの枕に近く蜩の鳴きとよみつつうつつともなし
室内はまだを暗きに鳴きとよむ蜩の声を聞きて我が居り
蜩はみなひとときに鳴きとよみ天霧《あまきら》ふ夜は未《いま》だ明け切らず
朝明《あさけ》の霧こむる中より蜩はつれ鳴きとよむ端山裏山に
一ところ山の蜩鳴くなべにつぎ鳴き遠ぞくこの朝暁を
山の峡《はざま》の蜩鳴けどあかときのさ霧はふかし尾上見えなくに
蜩のこゑにはかに止みて山がひの夜明けむとする霧のただずまひ
ひぐらしの鳴きて夜あくれば草鞋穿きはや商人は旅立ちにけり

○

はるはると山の峡来て岩蔭のしめれる宿に夕《ゆふべ》着きたり
夕《ゆふ》未だ合歓《ねむ》咲く宿にあゆみ着き古《ふる》き草鞋をぬぎ棄てにけり
はろはろと家を思はずかにかくに水を含みて草鞋を湿めす
かがまりて草鞋を結ぶ朝立の草戸は濡れて霧雫すも
草の宿の瓜の花黄に咲きたるをかへり見につつ朝立つ吾は

赤彦諏訪に帰臥せむとす訪ねたる門を閉ざしあり

心淋しく路次を曲れば向ひの久世山蔭ゆ月昇るらし
あかあかと灯影《ほかげ》かがやき人ごみのさわがしき街を通り過ぎつも

（「アララギ」大正7年10月号）

霧降る国（抄）

石原　純

潮ふくむ暖かき気のながれくる空に霧ふる冬ふかきくに
霧こむるおほ空ひくく垂れたればおもたき家はをぐらみにけり
冬くらきろんどんの街のなかほどゆあまた離れて我れはすみにし
かりそめに住みけるものを冬は来《さ》り霧のふかきにおどろきにけり
霧ふかく朝あけゆきて霧ふかくゆふべ昏《く》れゆくあわただしくも
ただしろく霧はふりゐぬ朝おきてまどの硝子の外の面をながむ
霧こめて見るものあらず我がふかく息づきしたれ霧うごくなか
霧こめてふかくしあれば部屋のなかしめる匂ひのしげくおそへり
かりそめにひとり我が寝ね部屋のなか霧の匂ひをしれる朝明
霧こめて朝陽とほらずほのぼのと街ゆくひとのかそかにもみゆ
霧こめてまぶかくあれば相対《むか》ふひとも見えなくあめつちしらむ
あめつちのみな白めれば地《ち》のうへにせまきをあゆむはてを知らなく
しろき霧我れをたちこめやうやくに狭きさかひを我れにのこせる
おほらかに霧ふるくにに我がすめば昼のくもりは慣れてよどめり
こよひしも霧はたちなむ暖かみひとりの部屋に炉はたかずけり
霧うごくさま眺めをればむやむやと息にせまりく堪へずしもあり
さ霧ふるこひしむゆふをひとりゐてあめにみなぎる流れをおふも
ぬばたまの昏《くら》きに生くるさびしみのわきておもほゆ霧のふかみに

（「アララギ」大正7年1月号）

霧

中村憲吉

朝ゆふの息こそ見ゆれもの言《い》ひて人にしたしき冬近づくも
霧くらく道路《だうろ》にふれば顔むきてつぶさに人と言ふがかなしさ
道に出て人にいふ間《ま》も息ふかく被《かゝ》りて濡るゝあはれ朝霧
寒き霧いく朝ふかき宿駅《まや》よりは荷ぐるま鳴りてこも〴〵下る
うしろより町への用を云ひしかど霧にかくれて荷車行くも
炭積みてあかとき峡《かひ》を出てくだる落谷《おちや》ぐるまに霜おきそめぬ
しまらくは向うの家の軒瓦《のきがはら》ぬれて降りくる霧が目に見ゆ
庭のうへに霧ふりなづむ朝まだき霜の白きを踏む鶏の脚

秋　夜

中村憲吉

家びとをみな寝しづめていち日《にち》の息やすらぎぬはじめて吾は
日もすがら人に倦《う》みたる下ごゝろ直《たゞ》に息づく夜ふかみかも
竈竈土《くど》端《ばた》のこほろぎの声みちにけり長夜《ながよ》のひとは皆さめざらむ
よる更けて近くきこゆる屋《や》敷川《しきがは》竈土にも鳴ける蟬《こほろぎ》のこゑ

度の間《ま》に帳簿《ちやうぼ》をおそく閲《よ》み終へて餓《ひも》じさを覚ゆ夜はながみき
土間《どま》のうへの寒きかぜより酒瓶《さかがめ》のにほひ流るる夜は深けれ
唯ひとり寝酒《ねざけ》飲み居るうつつなさ今宵はことに疲れたるかも
大き家ふかく眠りて静かなりをりをり棟《むね》の木のしとる音

（「アララギ」大正7年2月号）

牛

古泉千樫

茱萸《ぐみ》の葉《は》の白《しろ》く光《ひか》れる渚《なぎさ》みち牛《うし》ひとつゐて吾《わ》れに向《む》き立《た》つ
ふるさとの春《はる》の夕《ゆふ》べのなぎさ道牛《みちうし》ゐて牛《うし》の匂《にほ》ひかなしも
夕日《ゆふひ》てる笹生《さゝふ》がなかゆ犢《こうし》いで乳《ちゝ》のまむとす親牛《おや》はうごかず
入《い》り日《び》赤《あか》く子牛《こうし》に乳《ちゝ》をのませ居《ゐ》る牛《うし》の額《ひたひ》のかがよへるかも
入《い》りつ日《ひ》の名残《なごり》さびしく海《うみ》に照《て》りこの牛牽《うしひ》きに人《ひと》いまだ来《こ》ず

＊

ふるさとのまひるの道《みち》を一人《ひとり》行《ゆ》き埃《ほこり》まみれしわが足寂《あしさび》し
ふるさとの海《うみ》には来《き》つれ一《いち》めんにまひるの光《ひか》り白《しろ》く悲《かな》しも
日《ひ》に照《て》らふ汐入《しほい》り川《がは》の橋下《はしした》に一ぴきの牛《うし》つなぎあり見《み》ゆ
橋《はし》のかげせまく映《うつ》れる水中《すゐちう》に白《しろ》き特牛《ことひ》は立《た》ちて動《うご》かず
橋《はし》の上《うへ》ゆ吾《わ》がのぞけども水《みづ》に立《た》つ大《おほ》き白牛顔向《しろうしかほむ》けずけり
橋杭《はしぐひ》につなげる特牛《ことひ》わが見《み》むと笹生《さゝふ》わけつつ渚《なぎさ》にくだる
川中《かはなか》に立《た》ちて久《ひさ》しきことひ牛水《うしみづ》にぬれたる尻尾《しりを》振《ふ》りつつ
川口《かはぐち》にせまりかがやく油波《あぶらなみ》しんと音《おと》なき昼《ひる》のさびしさ

＊

朝《あさ》なさなおく露寒《つゆさむ》み秋《あき》の野《の》の草《くさ》の葉《は》硬《かた》く肥《こ》えにけるかも
秋《あき》づきて草《くさ》の葉《は》かたく肥《こ》ゆるなべ牛《うし》の毛《け》並《なみ》のいつくしきかも
草《くさか》刈りにあさあさ通《かよ》ふ山坂《やまさか》の秋萩《あきはぎ》のはな咲《さ》きにけるかも
秋《あき》ふかみ刈《か》る朝草《あさくさ》は短《みじ》かけれどかたく肥《こ》えつつ手《て》にここちよし
秋《あき》づきてかたき草《くさ》の葉《は》ねもごろに牛《うし》に切《き》りやるその朝草《あさぐさ》を
秋《あき》の野《の》に朝草《あさくさか》刈り来《き》ひもじさのこころよくして笑《ゑ》まはしきかも
朝早《あさはや》み秣刈《まぐさか》りきて一《いっ》ぱいのつめたき水《みづ》を被《かぶ》りけるかも
この日《ひ》ごろ秣《まぐさ》に交《ま》ずる切藁《きりわら》の白《しろ》くともしく秋《あき》ふけにけり

（「文章世界」大正7年4月号）

向日葵

古泉千樫

日ざかりのちまたを帰るひもじけど勤めを終へてただちに帰る
昼ふかくま日照りつくる大通りただに静けし吾れはあゆむに
深川の八幡《はちまん》のまつり延びけらし街のかざりを取りゐる真昼
米たかきさわぎひろがれりこの街の祭にはかに延びにけるかも
祭のびし街のまひるのものゆゆし大き家々おもて戸ざせる
この街の祭のびけりそらへ衣《きぬ》きたる子どもの群れつつ寂し
日のさかりこの川口に満ちみつる潮のひかりに眼《め》をあき歩む
まひるの潮満ちこころぐし川口の橋のたもとの日まはりの花
大きなる蕋くろぐろと立てりけりま日にそむける日まはりの花
大き花ならび立てども日まはりや疲れにぶりてみな日に向かず
満ち倦める潮のひかりのいらだたし真昼の長橋わがわたり行く
秋づきて暑きまひるの地上のもの緑はなべて老いたるらしも

異国米たべむとはすれ病みあとのからだかよわき児らを思へり
日輪はひたかがやけりまひるの空かすれかすれの雲はうごかず
炎天にあゆみ帰れりやすらかなる妻子の顔を見ればかなしも
疲れやすき心はもとな日まはりの大き黒蕋眼《め》に仰ぎ見る
牛の肉のよき肉買ひて甘《うま》らに煮子らとたうべむ心だらひに
な病みそ貧しかりともわが妻子米の飯たべただにすこやかに

（「アララギ」大正7年9月号）

夜道　　釈　迢空

山かげは既《はや》く昏がりこゝの村風呂たてゝゐる柴火のにほひ
村なかに人かげうごく。くらき声子どもも親も軍歌をうたへり
ほのけき香を蜜柑と思ひのぼり行くなぞへのうへに星空光り
道ばたにそよぎかそけきもの、声うづくまり触る麦の芽ぶきに
くらがりを足音おもくうごき来る牛やりすごす木原の霜に
はだか火を守《も》りつゝ行けり霜光る矮木《ひくき》の梢つらなる丘を
松山はしづまり深しあたまのうへ夜目のたどりに暗くつらなり
家のおとにとほりすがりの旅びとが耳たてをりと人知らざらむ

初奉公　　釈　迢空

ちぶすやみて死にたる高梨の家の小婢お花のこと。

朝々に火を持ち来り炭つげるをさなきそぶり床よりぞ見し
死に病ひ身には持ちつゝ国とほくお花が来つと思ふに堪へず
病院の寒きべっどにかゞまりてお花はちさく死にゝけむかも
奉公にいさみ来にしをいぢらしき一つばなしにその母哭けり
下《した》に坐《ゐ》てもの言ふべきを知りそめてよき小をんなとなりにしものを
よろこびて消毒を受くこれのみがわがすることぞお花の為に
くろき目の鼠に似てしお花の顔泣かぬ心にさびしくうごく
泣きてやる人のなかにもまじらはずわれは聴きゐる小をんなの死を

三年　　釈　迢空

はじめより軋《きし》みゆすれしこの二階三とせを移《こ》さず風の夜ねむる
岩崎の娘がさらふピアノの音《ね》三年を聞けばとゝのほり弾く
小石川金富町《かなとみちやう》にかりそめに住むと思へど三とせとなれり
雇はれ来てやがて死にゆく小むすめの命をも見つ。くめが二階に
この町の娘むすこの若き日の三とせを見つゝも。久米が二階に
若き友、思案外史《しあんぐわいし》が季《おと》むすこわれよぶ声はのどぶとになれり
夕さればひとつ湯にあひ三とせ知るこの人々を見ずかなりなむ
家とうじ与《あづか》りがたきやまひゆゑ年《とし》の三とせをぬめりくらすも

除夜　　釈　迢空

年《とし》の夜《よ》の雲吹きおろす風のおと二たび出て行く砂捲く町へ
月の下に大きくかげのゆれてゐる樫《かし》の木あふぐ年の夜の阪に
はねかへり枢《くるゝ》はひゞく。みぞれむと二階の窓へ言ひかけて行く
家かげにみだりがはしきとよみ湧く。人だちしたる年の夜の町
年の夜を買ひ物に来て銭とぼし銀座の街をおされつゝ行く
銀座をば帰らむとして渡る橋下くらく鳴る年の夜の波

除夜の鐘鳴りしまひたり電車来ぬをぐらき辻にたゝずみてゐる
笹の葉のさやぎ夜ふかく吹きあふつ大門松のその下くらく

旧年　釈　迢空

金太郎待ちくたびれて年の夜の燈をあか〳〵とつけてねむれり
戻り来てあか〳〵照れる電燈のもと寝てゐる顔にもの言ひ、さびし
わが買へる年玉はみなおもちやめく。机にならべすべなかりけり
金太郎、起きねと言へばあたまあげて湯にや行かすと臥《ね》てゐてきくも
年の夜の午前一時に床とりていざ風呂屋へとさそふ。金太郎
女湯にわめく子どもの声ひゞき大年《おほとし》の夜のがらすは曇る
湯のそとにはなしつゝ洗ふ人のこゑ。げに事おほき年なりしかも
人こぞる湯槽《ゆぶね》のうへのがすの燈《ひ》を年かはる時と瞻《まも》りつゝをり
年の夜の暁近き街の霜ふろをあがりて花買ひに行く
七銭が花をもとめて帰るなり年の夜、霜の降《お》りのさかりに
わが部屋に時計の夜はのひゞきはも大つごもりの湯より帰れば
年の夜は明くる近きに水仙の立ちのすがたをつくろひゐるも
年の夜を寝むと言ひつゝ火をいけるこたつの灰はしとりしるしも
年の夜の明くる待ちつゝ我と弟子とこも〴〵起きてこたつを掘るも
下屋《したや》の子ゆまりに起くる音聞ゆ大地は凍てゝ月さえぬめり
天井の鼠はおりて枕がみ薬の瓶にその尾触りけむ
臥《ね》てのちもしばしおきゐる年の夜のしづまる街を自動車来る
しづまれる街のはてより風のおと起るを聞きつゝうつゝなくなる

年ごもり　釈　迢空

髣髴《けしきた》顕つ。速吸《はやすひ》ノ門《と》の浪の色。年の夜すわる畳のうへに
槐の実まだ落ちずあることを知る師走みそかの月夜《つきよ》の風《かぜ》に
雄祐《いうすけ》は夜ふかく来り手をつきて年ごもる夜の挨拶をすも
岩崎の分家は早くとざしたる大年の夜に茶をいれにけり
蕎麺かひて喰はせて戻す。大年の暗く風吹く街を行く子に
櫟のこゝにむらだつ葉のそよぎ年の夜とよむ街を折れ来て
わが怒りに会ひてしをるゝ一雄の顔見てゐられねば使ひに起《たゝ》す
あか〳〵と電燈つけて年ごもるこよひはいねむ。心たらひに

雪　釈　迢空

さ夜なかに覚めておどろく夜はの雪ふりうづむとも人知らじかも
ひそやかにあゆみをとゞむ夜はの雪ふみ行くわれを後も知らじな
鴉なくお浜離宮の松うれ一つら白くふりおぼれけり
向つ尾に人のうごきのしるく見ゆ夕空さえて雪おち来る
かの峰に雪さえ〴〵し夕たけてのぼる道問ふ人来て去れり
さえ昏るゝ外山の雪に端《つま》赤きらんぷのかさを貸ひて戻るも
松むらに吹雪はけぶる丘のうへ閑院さまの藁の屋根見ゆ
足柄の小峰《こみね》の原に昼の雪淡《あさ》らにふりて雀出てゐる

（「アララギ」大正7年3月号）

薄荷草

土屋文明

ふるさとに似し夕道の火山岩こゝろ安けくわが歩むなり
ゆるやかに円き山裾めぐりゆきて一条白くかわきたる道
溝埋む叢の根のたまりみづ水はほのかに光りけるかも
ゆくりなく摘みたる草の薄荷草思ひに堪へぬ香をかぎにけり
夏されば野風呂が中にいれし草亡き弟を思はしめつゝ
谷わたる何こだまかも心ぐしひたすらにほふ薄荷草の茎
並ぶ山みな円やかにひくければ夕の影は谷に深しも
谷あひに夕のとよみは遠くして又啼きいづる郭公の声

碓氷嶺

土屋文明

上り来て峠の茶屋に茶は飲みつひそかに望むふるさとの国
雲わけば間近き峯もかくろひて畑の葱に時じくの花
谷底に盛れ上る青葉日にいきれ嶺旧道をわが下るなり
歯を染むるおほ母はもてば山深くわがもいでゐるおはぐろの玉
いきれ風に榛はふたふたそよげれど垂るゝ花房いまだ青しも
追ひつきし炭つけ馬は馬臭し青草いきれかぎろひ立てり
苦しければ馬は人みていなけりうれしがるぞと馬方は呼ぶ
夏の日は傾きにけり谷の山影は坂本町に届かんとする

（「アララギ」大正7年9月号）

折にふれて

土田耕平

ぬば玉の清き月夜に子ら出でゝ遊べるらしも清き月夜に
この夜《よる》の月更けたらん遊べりし少女らの声今はきこえぬ
戸をたてゝ虫の音耳に遠ぞけりともし吹き消し蚊帳に入《はひ》るも
床ぬちに寝返るわれは眠らめど外には虫の声止まざらん
ゆふぐれの心はもとなとぼそ行く稚若声《みづわかごゑ》にさそはれにけり
飯鍋の煮え立つ音に黄昏れてひとり坐《ざ》し居れば雨も降り来《き》ぬ
屋根を打つ一むら雨の過ぎぬれば窓に明るき宵月の影
しめやかに牛ひき連るゝ人の声外を通りぬ雨のけはひに
亡き人の七々日もすぎしかば売られたりとふ隣の家は
あか〳〵と窓の灯見ゆれ住みかへて妻子を持てる人移り来《こ》し
夜となればひえびえとすも一人ゐる屋ぬちにこもる蟋蟀の声
大風の明日《あした》を来ればおしなべて山の夕ガヤは穂に出でにけり
昼あらし音なくなりぬあか〳〵と芋の破《や》れ葉に光さし居り
夕焼の海平らかに凪ぎぬればわが目に遠く行く船もあり

故郷より妹の写真届けるに

さかり居て三年を見ねば稍ふけし写真の顔をしみじみと見つ
亡き父に似たりと思ふ妹の眉写真に見つゝそゞろ寂しも
父母もまさなくに今は遠く病む兄の心をたよりにかする

（「アララギ」大正7年11月号）

富士の裾野

窪田空穂

谷江風君と富士の裾野めぐりを企て、甲斐の大月駅で汽車に別れ、川口湖、精進湖、本栖湖、山中湖を見て、駿河の蘆の湖にと出て、いはゆる八湖めぐりをした。これはその時を追想して詠んだ歌の一部である。

大月より吉田への途上。

照る日避《よ》くと馬も笠著《き》る穴あけてその耳出《だ》して菅笠を著る（馬車馬）
暇請ひとほき旅してかへりぬとよろこび余りいふや若人《わかうど》（馬車に同乗したる人）
路はさみ立てる小家《こいへ》ゆ筬の音さやかにひびき若き女《め》のみゆ
くれなゐの草花うゑて小き家戸はあけはなつ涼しくやあらむ
門《かど》の辺《べ》を走りながるる山みづの日にきらめきて岸に余るかも

幽寂を極めた西の湖を舟で渡った。

櫓の音のかすかに起る眼にせばき青雲の上《へ》か濃青き水か
濃青なる水のおもてにさざなみのあらはれ出でて銀《しろがね》を揺る
そそり立つ巌のもとに極まりてさらに濃青く水の面《おも》はみゆ
ひぐらしの声する方《かた》を見やりしが眼落《まなこ》して水のおもて見き

西の湖より精進湖に到るまでの二里に余る樹海を夜に入つて越えた。辛くして精進に着くと、土地の者も危険として敢てしないことだと云はれた。

か黒なる熔岩の上《へ》に路のみえ行く行くつゞく繁木《しげき》が奥に
熔岩に生ひたる苔のたつる香のこもりただよふ繁木《しげき》が下《もと》に
静けさの今はきはまる杜あゆみはるかなる蟬の声を聞きつつも
あをざめて友が顔みゆ何事かいはむとおもへその事のなき
熔岩に生ふるあを苔うつくしみ手触《たふ》れむとして触りはかねてき
青木《あをき》が原しげき幹立《もとだち》かぎろひの夕日さし入り乱れ照りたり
木下路をぐらき上に夕日さし照るかと見るに忽ち暗き

その二

ぬば玉のやみの澱《よど》みを渉《わた》り来《こ》しわが足今は踏み出しがてぬ
われ囲む繁き幹立《もとだち》ぬばたまのやみに浸《ひた》るがマチの火に見ゆ
闇ふかみ歩み難しとたたずめばこほろぎの音《ね》のすみたるきこゆ
たまきはる命《いのち》凝りてはぬばたまの闇を押し分け進み行きつつも
踏みてゆく闇につらなり何なれか光りひろごる隈べの見ゆる
マチの火の燃えむとするをぬばたまの闇は揺れつつ寄り来り消す
マチの火の燃ゆるを消しつつぬば玉の闇がわが眼をうち叩くらし
額《ぬか》の上《へ》ににじめる汗を拭はむと触るれば熱《あつ》しわが掌《たなそこ》は
友が名を呼べるわが声ぬばたまのやみの彼方《あなた》に嗄《しわが》れきこゆ

精進湖より本栖湖へと、樹海の中をたどる。

たたなはるこの青山《あをやま》の瞳《ひとみ》かと高きより見るみづうみは見ゆ
か黒なる熔岩ならび日にひかり濃青き水をかぎりたり見ゆ
石や切るはるけき音の照りひかるみづうみわたりさやに聞ゆる
湖を越えて見ゆるは昨夜《ゆうべ》知り今朝みおくれる絵師にかもあらむ
懸巣《かけす》啼くと見あぐる峰は真青《まさを》くもかぎろひ光り空を被《かづ》くも
涯《はて》しらぬ繁木《しげき》が原にたたずみて照りひかる空たのもしみ見き
はるかにも繁木がなかをたどり来てなつかしみ見る稗の畑かも

本栖湖より鳴沢へと、馬の背に跨つて、樹海に沿つた草山を越えた。

茅《かや》あをき小山円山うづくまり日に光りをりぬ高原《たかはら》来れば
茅原《かやはら》はいま一方《かた》になびき偃《ふ》し偃しつつ光る風や来ぬらし
茅原のなかにまじりて咲ける見つめづらしみ見るなでしこの花

ここに照る光をやけみ女郎花《をみなへし》ありと見えつつ消《け》ぬかにも見ゆ
青茅《あをかや》はら吹くかぜ細みひとすぢの流れなしてはゆれ光り行くも
路のべの青茅が根のくれなゐの苺とりくる若きわが馬子《まご》
蹄の音《ね》さやかに聞えわが眼には青峰《あをね》を越えて垂るる空みゆ
茅山《かややま》に一もと老ゆる橡《とち》の木のその葉照りひかり近寄りがたき
かの見ゆる青山脈《あをやまなみ》は富士が根ゆ熔けほとばしり流れ来《こ》し岩か
草藉きて憩ふとすればたたなはる青峰《あをね》日に照りわれを囲むも

（「早稲田文学」大正7年1月号）

緑光鈔

土岐哀果

北海道漫遊中につくれる歌のうちより

上野発程

さだまればこころたちまち静《しづ》かなり、かりそめのこのわが在《あ》るところ。

×

あはれかの埃《ほこり》まみれのいたましさ、炎天《えんてん》のもとの一列《れつ》の汽車《きしや》。

×

くろ〴〵と上野《うへの》のやまの崖《がけ》の土《つち》、今《いま》のあたり見《み》て過《す》ぐるなる。

函館に着く

函館《はこだて》の鐘《かね》三郎《らう》をたより来《き》て、まづ語《かた》る夏《なつ》の霧《きり》の寒《さむ》けさ。

×

古《ふる》むしろ腰《こし》にまとひて追《お》ふは鬼《おに》、港《みなと》の子《こ》らが遊《あそ》ぶさびしさ。

×

しののめの廂《ひさし》はづれの丘《をか》つゞき、たゆたふ霧《きり》に潮風《しほかぜ》の見《み》ゆ。

×

鷗《かもめ》、鷗《かもめ》、啄《つひ》ばむとしてかすめつつ魚《うを》や追《お》ふならむ、さざなみの上《うへ》に。

×

ひよろ〳〵と流《なが》るゝ霧《きり》のひかりあへず、白《しら》けてひとつ太陽《たいやう》のある。

×

なりはひはかなもの研《と》ぎのひとりもの、深雪《みゆき》とくれば北見《きたみ》より来《く》る。

函館の立待岬にある啄木の墓に詣づ

なきがらは悲しきものか、あら磯のかゝるところに埋《うづ》めはおきつ。

×

しら〴〵と、おんみの骨《ほね》の眼《め》には見《み》ゆ、この地《つち》の下《した》にふたゝびは死《し》なじ。

×

心《しん》の臓《ざう》はたととまりし一瞬《しゆん》を死《し》にたるなりといかで思《おも》へや。

×

腹《はら》のなかに針《はり》をとほして、いきの身《み》の血《ち》みどろの水《みづ》はしぼられにけむ。

×

いつぱんの杭《くひ》にしるせる友《とも》が名《な》の、それも消《き》ゆるか、潮風《しほかぜ》の中《なか》に。

×

はるばると沖《おき》より来《き》たるうねり浪《なみ》、たどらんとする磯《いそ》のさびしさ。

×

荒磯《あらいそ》のかなしき友《とも》が墓《はか》の杭《くひ》、このまゝ朽《く》ちてあとなかれかし。

町をあるく

そのかみの露《ろ》探小路《たんこうぢ》をのぞけども、わが啄木《たくぼく》は住《す》みてはあらず。

×

この家《いへ》に住《す》みきと聞《き》けど、古簾《ふるすだれ》、かなしき友《とも》よ、君《きみ》の妻《つま》も亡《な》し。

大沼公園一泊

×

ひえ〴〵と夏《なつ》の宵闇《よひやみ》のふところ手《で》、沼辺《ぬまべ》におりて蛍《ほたる》をさがす。

×

ひえ〴〵とあらしのあとの夏《なつ》の夜《よ》のうす闇《やみ》のなかにうごく船《ふね》あり。

×

あかつきの大沼《おほぬ》の霧《きり》になく鴉《からす》、かあをかあをとなく影《かげ》はみえず。

北に向ふ

×

八月《ぐわつ》の辺土《へんど》の海《うみ》のあか濁《にご》り、船《ふね》この三日《かい》入り来《こ》ずといふ。

×

汽笛《きてき》なが〳〵、また隧道《とんねる》に入《い》らんとす、こゝらあたりの赤《あか》き草《くさ》の実《み》。

×

働《はたら》くをいかで厭《いと》へや、おほけなし、炎天《えんてん》のもとのあら野《の》のみどり。

×

雑草《ざつさう》のあひだあひだに土《つち》の見《み》ゆ、黒々《くろ〴〵》として手《て》はふれがたし。

×

雑草《ざつさう》の斜面《しやめん》のうへにしら樺《かば》のたち枯《が》れの株《かぶ》の真夏日《まなつび》あはれ。

（「文章世界」大正7年7月号）

大和百首（抄）

尾山篤二郎

今《いま》の世《よ》の人《ひと》にかも似《に》し秋篠《あきしの》の十二神将《しんしやうあし》足ふまひたり

足《あし》ふまひ弓絃《ゆづる》ひかなとする神《かみ》のこれの面輪《おもわ》の何《なに》か愛《かな》しき

太《たく》しき腕《かひな》をさすり身《み》をそらす仏《ほとけ》を見《み》れば現《うつ》しけなくに

菅原《すがはら》の寺《てら》に詣《まふ》でて水《みづ》こへば飲《の》むに堪《た》へざる悪《あ》しき水《みづ》これ

都《みやこ》の西《にし》のはづれときくからにこの西大寺《さいだいじ》あれにけるかも（西大寺）

塔のあとの礎石《きせき》に腰《こし》をおろし石間《いはま》に生《お》ひしかたばみを見《み》る

蓮《はす》の葉《は》の噴井《ふきゐ》の水《みづ》は盤《ばん》にあふれ水《み》あかゆるがしわきてあふるゝ（唐招提寺）

鳴《な》く鳥《とり》のこゑだにもあらぬ静《しづ》けさに噴井《ふきゐ》の水音《みおと》こゝに充《み》ちたり

見《み》がほしく聞《き》きのよろしき古《いにしへ》の唐招提寺《たうせうだいじ》今日《け》見《ふみ》たりけり

道《みち》まどひふるき墓山《はかやま》にわが来《き》つゝ陶器《すゑもの》のかけわがひろひたり

遠世人墓《とほよびとはか》かも築《つ》きし所《ところ》ならむ今人《いまびと》すきて茶《ちや》を植《う》ゑにけり

失《うしな》ひし道《みち》を求《もと》むと墓丘《はかをか》の柿《かき》のしげみに地図《ちづ》をひらきぬ

橘《たちばな》に名負《なお》はせし人奥津城《ひとおくつき》はすめらみことに添《そ》ひ奉《たてまつ》る（田道間守の墓）

風《かぜ》し吹《ふ》けば小波立《さゞなみた》てつ大君《おほぎみ》の山陵《みささぎ》の池水《いけみづ》さはぎたり（垂仁陵）

ひろびろと日《ひ》に照《て》る池《いけ》の水《みづ》はうごき何処《いづく》よか鳶《とび》のなくこゑきこゆ

せせらぎの縁《ふち》おもしろく菖蒲《あやめ》の葉蒲《はがま》の葉《は》かげに茂《しげ》り生《お》ひたり

高円《たかまど》の尾《を》の上《へ》はかすめ三笠山《みかさやま》あかねさす日《ひ》に照《て》りて匂《にほ》へり

春日《かすが》山近《やまちか》くはありて見《み》るからにおほほしきかも山《やま》のうねをは

二山《ふたがみ》の峰《みね》に立《た》ち生《お》ふる松《まつ》の木《き》を正《まさ》しに見《み》つゝ道《みち》すぎにけり（大津皇子をおもふ）

二山《ふたがみ》に隠《かく》りこもりし大君《おほぎみ》の御命《みいのちも》思へは現《うつ》し気《け》なくに

二山《ふたがみ》の尾《を》の上《へ》はるけみこの道《みち》ゆ通《かよ》ひし君《きみ》の行方《ゆくへ》しらずも（大伯皇女をおもふ）

明日《あす》よりは兄《せ》とぞ告《の》らして仰《おほ》ぎませし山《やま》のすがたはいまもあるものを

七夕《たなばた》の小笹《をざゝ》も見《み》えて家々《いへ〳〵》に子《こ》らの遊《あそ》べりいはけなき子《こ》の

常盤《ときは》なる木《き》すら齢《よはひ》のあるものを人《ひと》の命《いのち》のすべなかりけり（薬師寺宝物大津皇子の木像を見て）

つぬさはふ磐余《いはれ》の池《いけ》もあらぬ世《よ》となりてを忍《しの》ぶ君《きみ》が古事《ふるごと》

この夕家《ゆふべいへ》を離《はな》れて西《にし》に行《ゆ》くと云《い》ひけむ人《ひと》のまこと逝《ゆ》きしか
薬師寺《やくしじ》の仏《ほとけ》は見《み》れど空蟬《うつせみ》し腹空《はらへ》りてまこと心落居《こゝろおちゐ》ず（薬師寺金堂）
午過《ひるす》ぎて幾時経《いくときへ》しかみ仏《ほとけ》に相対《あひむか》ひゐて現《うつ》しともなし
この寺《てら》に百日紅《さるすべり》あかく咲《さ》くものかいまだ稚《をさな》きうなゐ子《こ》を見《み》たり
（「文章世界」大正7年10月号）

竹屋の浅春

北原白秋

遠く見て今朝《けさ》寒けかり並倉《なみぐら》の上にひしひしと竹の尖《ほ》の列《なみ》
竹河岸《たけがし》の空にひびらぐ声すなり竹立てかくる人ひとりゐて
さむざむし星の光に目のさめてその河岸《かし》の竹をゆさぶる人か
竹河岸《たけがし》に竹立てかくる声寒むし細《こま》かに見ればその尖《さき》の揺れて
ひしひしと立てつらねたる竹のほさき今朝《けさ》見れば寒しその蒼空《あをぞら》は
竹屋の空春は浅みか一羽の小鳥さむざむと翔《かけ》る真上《まうへ》を見れば
竹屋の露地《ろぢ》今朝《けさ》も寒みか青竹は手触《たふ》れつつゆく童《わらべ》がひとり
ひしひしと立てかくる竹木蓮の上《うへ》に突き抜けまだひびらぎぬ
白木蓮《しろもくれん》いま立てかくる青竹のその尖《ほ》の揺れに揺れかがやけり
青あをと竹立てかけし木蓮花《もくれんげ》あはれなるかも花盛りなり
（「新潮」大正7年1月号）

夏の歌

河野慎吾

青　梅

夜《よる》ふけて土《つち》に落《お》ちつく梅《うめ》の実《み》のかそけき音《おと》はたれ知《し》らめやも
おのづから腐《くさ》りて落《お》つる梅《うめ》の実《み》をただに寂《さび》しと告《つ》げやらましを
さびしさを堪《こら》へてゐたりかたはらに眉《まよ》びき細《ほそ》く妻《つま》は眠《ねむ》るを
昨夜《よべ》の雨《あめ》に落《お》ちたるならむ梅《うめ》の実《み》の熟《うれ》たるなかに青《あを》きもありき
疾起《とくお》きて円《つぶら》に濡《ぬ》れし青梅《あをうめ》をただに寂《さび》しみつぶさに見《み》るも

雨の晴間

さみだれの晴《は》れてあかるき縁側《えんがは》に蟻殺《ありころ》しつゝこころがなしも
籠《こも》りゐて心《こゝろ》はさびし蟻《あり》いくつあつめて庭《には》に捨《す》てられにけり
青葉山《あをばやま》はれて清《すが》しきひとときは人《ひと》もろともに息《いき》づくごとし
初夏《はつなつ》のひかりながらふ時《とき》のまはいのちに向《むか》ふゆらぎ覚《おぼ》えつ
立《た》ちて居《ゐ》てもたどきは知《し》らにけふの日《ひ》もいのちに向《むか》ふ吾《わ》が悔《くい》ごころ

初　夏

籠《こも》りゐてうつつともなし日《ひ》に光《ひか》るほそ枝《え》わか葉《ば》をよろこびにけり
橡《とち》の木《き》の彼面《かのも》此面《このも》に刺《さ》す光《ひかり》つめたく妻《つま》の手《て》をとりて来《こ》し
橡《とち》の木《き》の若葉《わかば》を染《そ》めし夕《ゆふ》づく日水《ひみづ》の辺《へ》に来《き》て汗《あせ》ふき拭《ぬぐ》ふ
うつうつと曇《くも》りて暑《あつ》し大木《たいぼく》の梢《こずゑ》とよもし蟬鳴《せみな》きやまず
ひだりみぎり梢《こずゑ》とよもす蟬《せみ》のこゑうつゝともなし吾《われ》ゆかざらむ

亀戸の藤

鈴房《すゞふさ》のみ藤《ふぢ》もろむきむらさきの花咲《はなさ》き垂《た》れり青葉《あをば》がくれに
総《ふさ》とけし花《はな》を宜《よろし》み妻《つま》の名《な》を人《ひと》ごみの中《なか》に呼《よ》ぶはさびしも
昨夜《よべ》の雨《あめ》に重《おも》くし見《み》ゆるむらさきの藤《ふぢ》の垂花鬢《たりばなびん》にさやりぬ
みなみ風《かぜ》ふきしくゆゑに咲《さ》きさがる藤《ふぢ》の花房塀《はなふさへい》に垂《た》れたり
つどひたる人《ひと》の乏《とも》しくなりぬれば藤《ふぢ》の垂花《たりはな》くろぐろと見《み》ゆ

新　居

八つ手《で》の木《き》移《うつ》し植《う》うると軒《のき》かげに土掘《つちほ》り居《を》れば雨《あめ》こぼれ来《き》ぬ

雨《あめ》ふりて水足《みづた》りぬらむ八つ手《で》の葉《は》玻璃戸《はりど》に大《おほ》きく影落《かげおと》しゐつ

（「文章世界」大正7年9月号）

渓百首（抄）

若山牧水

朝山《あさやま》の日《ひ》を負《お》ひたれば渓《たに》の音冴《おとさ》えこもりつつ霧《きり》たちわたる
朝雲《あさぐも》の散《ち》りのかすけさ秋冴《あきさ》えし遠嶺《とほね》に寄《よ》ると見《み》れば消《き》えつつ
筏師《いかだし》の焚《た》きすてていにしうす霜《しも》の川原《かはら》のけむりむらさきに立《た》つ
はだら黄《ぎ》の木《こ》の間《ま》に見《み》えて音《おと》もなく流《なが》るる此処《ここ》の淀深《よどふか》からし
朝晴《あさはれ》のとほきに見《み》ゆる草山《くさやま》のまろきいただき黄葉《もみぢ》せる見《み》ゆ
瀬《せ》のひびきにまじりて聞《きこ》ゆ向《むか》つ岸杉《ぎしすぎ》の茂《しげ》みの樫鳥《かしどり》の声《こゑ》
杉山《すぎやま》の茂《しげ》みのなかゆまひ出《い》でて渓越《たにこ》す鳥《とり》の光《ひか》る秋《あき》の日《ひ》
啼《な》く声《こゑ》の鋭《する》どかれども鈍鳥《のろどり》の樫鳥《かしどり》とべり秋《あき》の日向《ひなた》に
真砂《まさご》なす石《いし》も動《うご》きて渓川《たにがは》の秋《あき》の浅《あさ》き瀬《せ》ながれてやまず
石越《いしこ》ゆる水《みづ》のまろみを眺《なが》めつつこゝろかなしも秋《あき》の渓間《たにま》に
朝曇《あさぐもり》やがてほのぼの明《あ》けゆくにつらなりわたる山黄葉《やまもみぢ》かな
たたなはるだんだら山《やま》の雑木《ざふき》山黄葉《やまもみぢ》しはてていまは散《ち》らむとす
八重《へ》山《やま》の折《を》りのひだひだにこもらへる雑木《ざふき》のもみぢつばらかに燃《も》ゆ
ひとよさの泊《とま》りの背戸辺《せどべ》おもはぬに杉《すぎ》の花咲《はなさ》けり枝《えだ》もとををに
水痩《みづや》せし秋《あき》の川原《かはら》の片《かた》すみにしづかにめぐる水車《みづぐるま》かな
瀬《せ》のなかにあらはれし岩《いは》のとびとびに秋《あき》のひなたに白《しら》みたるかな
瀬《せ》に乗《の》れる長《なが》き筏《いかだ》のまがりつつ流《なが》れゆくかたに寒《さむ》しもみぢ葉《ば》
ほそほそとうねりながるる真白木《ましらぎ》の筏《いかだ》かなしも秋晴《あきは》れし渓《たに》に
筏師《いかだし》にわれはあらねど渓《たに》の瀬々《せぜ》ながめくらしぬ秋《あき》のひと日《ひ》を
一人乗《ひとりの》り二人乗《ふたりの》りたるとりどりに筏《いかだ》は過《す》ぎぬ秋光《あきひか》る瀬《せ》を
うらら日《ひ》のひなたの岩《いは》に片《かた》よりてながるる淵《ふち》に魚《うを》あそぶ見《み》ゆ
片《かた》よりて岩淵《いはせ》なせる岩渓《いはたに》のしづかにはあれどくるめき流《なが》る
胡桃《くるみ》の樹枝《きえだ》さしかはし渓《たに》あひの早瀬《はやせ》のうへに薄黄葉《うすもみぢ》せり
白《しろ》き雲窺《くものぞ》きては居《を》れ四方《よも》の峰《みね》の際《きは》あざやかに秋晴《あきば》れにけり
自転車《じてんしゃ》の走《は》せぬけ行《ゆ》ける渓《たに》ぞひの秋《あき》の往還《わうくわん》晴《は》れわたりたり
ほそほそと軒端《のきば》を越《こ》えて菊《きく》の花《はな》の白《しろ》きが咲《さ》けり瀬《せ》のそばの家《いへ》
岩《いは》はしる滝津瀬《たきつせ》のうへに古榎《ふるえのき》 欅《けやき》 植《う》ゑ並《な》め住《す》み古《ふ》りし見《み》ゆ
山《やま》の鳥《とり》の啼《な》く音《ね》にもふと似《に》て聞《きこ》ゆをりをり起《おこ》る機織《はたおり》の音《おと》
若杉《わかすぎ》の白木伐《しらきき》り乾《ほ》せる片山《かたやま》の見《み》のはるけしも秋《あき》のひなたに
円山《まるやま》の芒《すゝき》の穂《ほ》なみ銀《ぎん》のいろにひかり靡《なび》きてならぶ幾山《いくやま》
わが妻《つま》の好《この》める花《はな》の濃《こ》むらさき竜胆《りんだう》を冬《ふゆ》の野《の》に摘《つ》めるかな
妻《つま》が好《この》む花《はな》のとりどりいづれみなさびしからぬなきりんだうの花《はな》

（「文章世界」大正7年1月号）

夜の雨

若山牧水

みごもりのかなしき妻《つま》に添《そ》ひ寝《ね》つつ夜深《よふか》く居《を》れば雨降《あめふ》る聞《きこ》ゆ（ある夜）
みごもりていまは手《て》さへもふりがたきかなしき妻《つま》とそがひには寝《ね》る
わが屋根《やね》に俄《には》かにふれる夜《よる》の雨《あめ》の音《おと》のたぬしも寝《ね》ざめて居《を》れば
あららかにわが魂《たましひ》をうつごときこの夜《よ》の雨《あめ》を聴《き》けばなほ降《ふ》る
聴《き》き入《い》りてただに居《を》りがたくぬばたまの闇夜《やみよ》の空《そら》の雨《あめ》をあふげり
ややしばし思《おも》ひあがりて聴《き》きてゐしこの夜《よ》の雨《あめ》はなほ強《つよ》く降《ふ》れり
垣《かき》ちかく過《す》ぐる夜汽車《よぎしゃ》のとどろきのなつかしきかもいまの寝覚《ねざめ》に

雨《あめ》の後《のち》のけふのうらら日《び》そことなく陽炎《かげろふ》のぼり大《おほ》き杉立《すぎた》てり（杉）
来《き》て見《み》よとならびてみつつ人妻《ひとづま》のにほへるひとと大《おほ》き杉見《すぎみ》つ
めづらしく見《み》るとにはあらね春《はる》の日《ひ》のほほけ赤杉見《あかすぎみ》れば親《した》しき
わが宿《やど》の裏《うら》の大杉《おほすぎ》こまごまと影《かげ》をつつみて春《はる》の日《ひ》にたてり
身《み》の疲労《つかれ》いやすとくめるゆふぐれの酒《さけ》はなかなかさびしくぞ酌《く》む（晩酌）
口《くち》にしてうまきこの酒《さけ》こころにはさびしみ思《おも》ひゆふべゆふべ酌《く》む
夜雨《よさめふ》降り過《す》ぎたる後《のち》の篁《たかむら》のひややけきかも春《はる》の朝《あさ》げに（春暁、その一）
戸外《とのも》いま明《あか》るみ来《き》なば歩《あゆ》まむとねざめゐて待《ま》てり春《はる》の朝《あさ》げを（春暁、その二）
春《はる》の夜《よ》の屋根《やね》のしめりもおもはるるこの東明《しののめ》に風吹《かぜふ》きたちぬ
春寒《はるさむ》きみそらの星《ほし》もしめらひてよきこの朝《あさ》を風吹《かぜふ》き立《た》ちぬ
くれなゐの雲《くも》のうかべる東《ひんがし》のそらのあたりも風吹《かぜふ》けるらし
留守居《るすゐ》してひそまり居《を》ればわが宿《やど》の庭《には》の杉垣《すぎがき》めづらしく見《み》つ（留守居）
乾物《ほしもの》のきたなき軒《のき》もさりげなくけふのわが庭《には》よく晴《は》れにけり
かぎろひのほのかに上《のぼ》り冬《ふゆ》さびし庭《には》の杉垣《すぎがき》かがよひて見《み》ゆ
稀《まれ》にゐて独《ひと》りし見《み》ればわがやどの庭《には》の杉垣春《すぎがきはる》めきにけり

（「文章世界」大正7年4月号）

産みのつかれ

若山喜志子

目《め》ざめゐて聞《き》くはま悲《かな》し別《わか》れ霜降《しもふ》らむ寒夜《さむよ》の水田《みづた》の蛙《かはづ》
梟《ふくろふ》の啼《な》く音《ね》につれて人心《ひとごころ》われにかへりし悲《かな》しき目《め》ざめ
わが赤子《あかご》ひた泣《な》くからに青暗《あをくら》き外《と》の面《も》の梟《ふくろ》いよよ啼《な》くらむ
手荒《てあら》にもわが玉《たま》の緒《を》を断切《たちき》ると苦悩《くなう》のはての産《う》みのつかれぞ
魂《たましひ》はたしかなれども疲《つか》れゐて一すぢ細《ほそ》き糸《いと》とこそおもへ
煎薬《せんやく》の名《な》もなつかしき実母散《じつぼさん》にほひかなしも産《う》みのつかれに
この室《へや》に男《をとこ》は来《く》るな情《なさけ》なく産《う》みつかれたる身《み》をなげゐるに
つかれはて今《いま》はや生命《いのち》糸《し》の如《ごと》し窓《まど》の明《あか》りもたへがたきかな
やごとなき極《きは》みの人《ひと》のやすらひか疲《つか》れのはてのわれのしづけさ
ゆるされて身《み》を憩《いこ》はするしづけさに今《いま》ありながら疲《つか》れのふかく
ひそまりて斎《いは》ふ産室《うぶや》の臥床《ふしど》ふかく今日《けふ》も今日《けふ》とて思《おも》ふさまざま
疲《つか》れては散《ち》る葩《はなびら》の一《ひと》ひらのゆくゐはかなき夢《ゆめ》も見《み》るかな
三七日《みなぬか》は掌《て》の裏《うら》かへすときくほどに生命《いのち》はもろく疲《つか》れたるかな
かくばかり脆《もろ》きいのちをこらへつゝひとにも身《み》にも笑《ゑ》みて来《こ》しかな
今《いま》ここに事《こと》な起《おこ》りそ吾命《わぎのち》はいまか葉《は》ずゐにやどる白露《しらつゆ》
ききなれし耳鳴《みゝな》りに似《に》てたえみたえずみ早《はや》もすだくか夏虫《なつむし》の声《こゑ》
故《ゆゑ》はなく涙流《なみだなが》しぬゆゑはなく涙流《なみだなが》しぬ産《う》みはてしとき

枕頭の妹

黒髪《くろかみ》を惜《を》しめと妹《いもと》はまじなひの臙脂《べに》ふふませぬ産《う》みはてし時《とき》
その手《て》をとりしや妹《いもうと》が握《にぎ》りしや産《う》みはてし時手握《ときたにぎり》にけり
底《そこ》ひなき睡《ねむ》りにおつる安《やす》らかさ妹《いもと》の膝《ひざ》に手《て》をおきながら
足音《あしおと》もしのびて坐《すわ》る妹《いもうと》のなつかしけれど目《め》を閉《と》ぢてゐる
見《み》すまじき産《う》みのなやみを処女子《をとめご》の妹《いもと》に見《み》せて口惜《くや》しくなりぬ

（「文章世界」大正7年6月号）

相模の歌

前田夕暮

故郷に帰れど父はあらざりきまましきなかの母とはらから
我が家にひと夜をかへる亡き父の寝間《ねま》の畳の足ざはりはも

小夜ふけて我が家の門《かど》の小坂みち提灯とぼしのぼりけるかも
冬の夜の村道のべの家内《やぬち》より焚火のにほひ流れたるかも
小夜更の路傍の家をよぎりしに家内《やぬち》焚火の音したりけり
月光は枯蓬葉にひとところ白く光りて小夜ふけにけり
あか星ははるかに赤くのぼりたり相模野《の》平《たひら》 夜をほのかなり

*

はろばろにあからひきたる冬霞なかなる村のあたたかげなる
冬されば鐘撞《かねつき》山の吊鐘の松の木《こ》の間《ま》ゆみえわたるかも
阿夫利山《あふりやま》（我が郷里の北に尖りて黒き山、又雨降《あふり》山ともいふ）
さき尖《とが》る阿夫利の山のうしろなる冷たき空の色澄みにけり
黒木山阿夫利の嶺にながれたる冬日の暮の光さむしも
阿夫利嶺《あふりね》の麓七山七瀬越えさむさむとして木枯ふくも
相模野のはての黒木の阿夫利嶺に時雨ふる日をわがかへりけり

高野豆腐

寒《かん》の空星の光のすみとほり豆腐氷らすわら屋根の上
蚕《こ》飼籠《かひかご》なかに藁敷き白豆腐しろ〴〵としてならべけるかも
裏藪の竹の梢の寒空にときをり光り夜を豆腐きる
釣洋燈竿につるせるもとにして霜氷る夜の豆腐のしろさ
小夜ふけの屋根の上にて切豆腐氷るけはひの身にしみにけり

（「詩歌」大正7年1月号）

俳句

平井照敏＝選

ホトトギス巻頭句集

瘦蔓の葉ふるふ力なかりけり　信州　土音
稲かたぐや膝にとらへて足を抜く　同
一羽鳴けば皆鳥動く冬木哉　同
秋蠅の羽かる〴〵と菊を去れり　同
ある夜山に雪来る響き障子迄　同
焚火人皆朱の如き面上げぬ　同
稲刈るを見て烏あり木は落葉　同

（「ホトトギス」大正7年1月号）

冬籠るや鶲は桐に妻は化粧に　鎌倉　はじめ
霜よけや鶏に巻かれて餌まける婢　同
鴛鴦や寒林の日の落椿　同
春待つやふと来りたる返り事　同

夢殿は梅の枯木に霰かな　同
霜除や日表の洋館日裏の和館　同
（「ホトトギス」大正7年2月号）
梟や尾上の月に森移り　高崎　鬼城
おとなしく飾らせてゐぬ初荷馬　同
硯北や莟見せたる迎春花　同
雑煮食うて卓に掛けたり白木綿　同
（「ホトトギス」大正7年3月号）
椿掃きし瞳に蕊の輪や弥生尽　東京　石鼎
落椿の尻少しあせし紅さかな　同
落椿を飛ぶ時長き蛙かな　同
欠伸とぢて唇《くち》一線や春日猫　同
土と掃かれて賊《と》草《くさ》あはれや春日影　同
枇杷の幹を流れ来し迅き井桁に鷦《みそ》　同
草に日惜む蝶しばし見えし朧かな　同
みぎはの石にふれゆく水や小草萌ゆ　同
梅に来し眼白椿をのぼり居り　同
春鹿の眉ある如く人を見し　同
松の梢をねぶる鹿あり草萌ゆる　同
春宵の灰をならして寐たりけり　同
下萌や籠鳥吊れば籠の影　同
（「ホトトギス」大正7年4月号）
落葉かぜにひゞき添ひ来て友現はる　鎌倉　はじめ
春月や萱負ふ馬に径ほそ〴〵　同
落花吹かれて青苔見ゆるところかな　同
石灯籠に雀猛るや若楓　同
ちやぼ檜葉に飛ぶ蜂の輪のいびつかな　同
春雨に起《たち》居《ゐ》や沖のさより舟　同
烏賊舟のあと二タすぢや花の雨　同
鶯や返り文かく化粧の間　同
（「ホトトギス」大正7年5月号）
春暁や心《しん》をつゝみて松細葉　東京　石鼎
迅雷や天《あま》つる蔓に色もなし　同
手に払へば蜘蛛あらぬ方へ墜ちて歩む　同
鰹木に藤房垂るゝ青田かな　同
痢人腰細く手水つかひや藤の雨　同
土少し榻にあげ居り藤の雨　同
蜫《だに》居ると人言ひ去りぬ春の鹿　同
春の蚤うすべり這うてかくれけり　同
近き花遠き花と擦れちがふを見つゝ漕ぐ　同
行く春の近江をわたる烏かな　同
牡丹大樹の後ろに廊の柱かな　同
足投げ出せば足我前や春の海　同
（「ホトトギス」大正7年6月号）
大島晴れて木の芽に風の荒きかな　東京　零余子
寝惜しめば花茣蓙にかげる月ありし　同

芋掘の提灯太し露の中　同
蓼へ倒れし厨戸にかゝる驟雨かな　同
障子しめて火桶なつかし若楓　同
（「ホトトギス」大正7年7月号）

一茎の紫蘭重くゆる、泉かな　鎌倉　はじめ
夏蝶翔るや杉に流れ来て翅一文字　同
茂りに入りて微笑《ゑまひ》冷めたき白日傘　同
（「ホトトギス」大正7年8月号）

大蜘蛛の虚空をわたる木の間かな　高崎　鬼城
禿山やはためきかへす日雷　同
桑の実や二つ三つ食ひて甘かつし　同
大雷やそれきり見えず盲犬　同
（「ホトトギス」大正7年9月号）

向日葵もなべてあはれの月夜かな　東京　水巴
一ト雨や萎えし朝顔露一杯　同
きのふ古るし遺筆に活けてこぼれ萩　同
萩散るや軽ろく虫死ぬ潦　同
障子入れて日影落ちつきぬ雁来紅　同
亡父画債整理の為め又々遺墨を売却す
妹泣きそ天下の画なり秋の風　同
（「ホトトギス」大正7年10月号）

白う咲きてきのふ今日なき蓮かな　東京　水巴
縁の瓜に日当りながら風雨かな　同
散る薔薇に下り立ちて蜂吹かれけり　同
つかのまを雅俗皆去れ籠枕　同
買ふ我に寄る人うれし草の市　同
（「ホトトギス」大正7年11月号）

水車大きく柿にめぐるや鶏そちこち　鎌倉　はじめ
稲雀上らぬ夕田戻りけり　同
夕《ゆふ》鵙《もず》に答ふる鵙もなかりけり　同
穂に拍《う》つて螽とらへし掌《たなごゝろ》　同
一つ刺して蝗の茎の大ゆれす　同
萱の日や薄煙上げし馬糞茸　同
茎枯れて花に蝶居る薊かな　同
（「ホトトギス」大正7年12月号）

『山廬集』（抄）　飯田蛇笏

大正七年二十八句

新年

万歳　万歳にたわめる藪や夕渡し

春

三月　三月や廊の花ふむ薄草履
春の空　春天をふり仰ぐ白歯とぢまけて
花　花を揺る上ヮ風や夜をふかめつゝ

夏

硯洗　硯洗へば梶ながるゝやさや〳〵と
花火　花火見や風情こゞみて舟の妻

秋

秋　乾草をまたぎあへず蚕る秋の雞
秋の夜　墨するや秋夜の眉毛うごかして
月　刈草に尾花あはれや月の秋
題婢
秋風　秋風や顔虐げて立て鏡
露　金剛力出して木割や露の秋
つまだちて草鞋新たや露の橋
露の日に提げてながし屠り雞
心中もせで起きいでぬ露の宿
秋の蝿　水門や木目にすがる秋の蝿
ひるねさめて嚙みつく犬や秋の蝿
秋の草　秋草やぬれていろめく籠の中
萩　風の萩喰むまもはねて仔馬かな
芋　芋喰ふや大口あいていとし妻
白膠木紅葉　もみぢして松にゆれそふ白膠木《ヌルデ》かな
茅萱　崖しづくしたゝる萱や紅葉しぬ

冬

霜　霜凪ぎや沼邊にいでし郵便夫
うら〳〵と旭いづる霜の林かな
氷　書窓耳さとし氷踏む沓おとも
煤払　虫の巣や折り焚く柴に煤の夜を
医鳳嶺
手袋　手袋の手をもて撲つや乗馬《ウマ》の面
麦蒔く　地上三尺霧とぶ笠や麦を蒔く
鴛鴦　月さして鴛鴦浮く池の水輪かな

（昭和7年12月、雲母社刊）

『八年間』（抄）　河東碧梧桐

肉かつぐ肉のゆらぎの霜朝
肉かつぐ者に轍氷りたり
我行く道の霜空の肉をはこび
待たるゝ、松とる日誰れか我に背かん
曼陀羅をとり出して掛け股引まだはかず
濠の氷無駄をするなりき我影
氷が張り詰めたこそ〳〵堤下りる也
障子日一杯な座布団をずりて青縞の
硯を重ねつめたくも凝る心なる哉
著流れた外套の古本屋の灯

猿茨の落ち残ツた葉の水が流るゝ
草臥れの炭火を灰で覆うた
蕎麦屋を出て来た女のフリーショール
棕梠がもよれて藪の冬なり
晒市場工場ばかりの霜柱を踏み
榎裸かの質屋までつれ立ち
強い文句が書けて我なれば師走
もつと言はぬ暮の話に携はるなる哉
外套の手深く迷へるを言ひつゝまず
舟から上げて歳暮に提げたり
冬の生きた鯛を食ひ俗友にも堪ふる
餅切つてゐるらし遠のく思ひのよろし
親を離れた君を無造作に迎へて火鉢
霜夜蓬髪の坐るなりの詞が出で
水洟を落した歩廊裾ずり
塔の葭簀の陽の冴えたる声音
繭玉持つたどこの子のえましげな
ひゞ薬の二貝のつや〳〵しく
煉瓦塀の林の道が菜畑になつた
鹿に物やることしの胼薬の黒し
この鹿覚えてゐる爪引きずつてこの子
キヤビンの銅鑼が内海にての霜晴れ
木の江港の冬の夜明の碇を下ろし
物さながら炭割れてこゝろよし
鷗が北へ〳〵とぶ水尾の冬の旭
さほど米すてるとぎ汁の荒浪
鵜のをる荒浪のうちあがり
東京に着いた貨車の雪のカラ橋
我が新年の驢尾につき来んか
我に遊びのある年頭の壮語をものし
泣いて亢奮してゐる火鉢にて見下し
ことしの裾模様裁ちそめし無駄言
人とうれしく彼も炭火ふく
紙入を敷寝する布団に嘲られをり
寒の内の浅草の賑ひ誇張してしまひ
物もらひが出来た涙の日南ぼこ
物盗む女ではなしゐついて正月
マントの下の紙包み兄との無言
決算の労れ枯芝の中にて我ら
今朝凍て解けて鉢土をあけた
嫂が先生と言ふて布子のその子ら
森の中の工場が建つて湯婆をこぼし
子を憎む割屑の炭が踏まるゝ
林檎をつまみ云ひ尽してもくりかへさねばならぬ
今年の嵐蜜柑落ち残て居るもぎ残し
葉牡丹水をあげ無かつた茎の荒肌

木に棲む鳥探し霜晴れ行くべし
屑蜜柑も出払ひし莚畳まれ
子供のマントの事で業を煮やし妻ら
鉢一杯な雪割草背ろにし坐すべき
酔うてもたれて正月の屛風
酔うことの許されて我正しき火鉢
地べたの炭切る鋸手とり難し
君の絵から離れて寄るストーブあり
君の絵の裸木の奥通りたり
寒が明く潮流の底鳴りの我はも
ずわ枝ゆたかなる蕾もつ梅なればこの子
防風をふむふみ立つて人影はなく
防風掘る女とかはす詞の出端
大汐であつた塩田にて風迅し
椿捨ふことのあらかじめなる哉
下ぶくれの顔を雛壇にさらした
恋さめた猫よ物書くまで墨すり溜めし
加賀様初午の太鼓が据わり向への も兄弟
縁の隙間もる日春になりふむ
雪解待つ夫婦子供こしらへる
山開きの支度に上つてけふまで下りず
雪解のこの小屋の炉端の旅人
阿爺のぐるりを飛びまはつてもう雪はなく

子を引越すので親犬の雨の夜
小者が犬つれて走つて芹汁するのであつた
今時分の泥だらけの朴歯をぬいでムキに上つた
新海苔の包をほとくけふにても座を進む
話のいとぐちがほぐれ若鮎の香が漲つた
麦踏んでまだ土離れず我等
芝の梅が冷たく女は一人で来て居た
残つた雪掻く爪先きの芝草
行く手の浄水道の春の松が並んだ
堕落したのだ我手冬瓜
弟兄を知らざれば襟垢を重ね
最後の話になる兄よ弟よこの火鉢
夜通し冴え〳〵あるいてゐる二階の弟よ
砂まみれの桜鯛一々に鉤を打たれた
尾の道のセコから盗人が曳れて春日
淋しかつた古里の海の春風を渡る
古里人に逆つて我よ菜の花
いつも花やかな顔してマテ貝をくれた
遠浅の大汐の我一杯に立つた
女が正しくひた〳〵の大汐にイむよ
時化名残るメバルが釣れる岩が躍つて
白浜の岩沮がメバルを寄せて
静かに暮すやうに梨畑花さく

女を側へ袖触る、桃
送別の詞が出でずつと霞んだ
そばやで真面目な話して綿入襟垢
巣立ちした羽顫ふ我見るにてあるや
槻の根に巣立ちして落ちてゐる
網元がやさ男であつて草餅盛られ
女は網元を垣間見て苣畑
白木瓜鉢植ゑ地にかしいで売れず
女と坐る隔れば沈丁花あるべし
僧の階級の袈裟を著る春の人也
白魚一ふね君の前ながら買つてしまひ
弟二人が土曜日の桃見したことをうちあけ
春の埃りのずつとの廊下のかしぎ
摘草の海苔巻が砂にまぶれて
輪に坐つてこの砂原の我らの土筆
我らの土筆皆々の頭もたぐる
中腰で目刺を炙つて戦はんとす
目刺頭を並べ舌硬ばれり
梨畑の高いところで君はア、と坐つた
春染めの暖簾の婿らしく町を眺め
春染めの暖簾のけふのはた〳〵の風ある也
風呂敷包が雪汁に落ちた婆さん
巡査とイみ埃捲く雹落ち

君をこんな二階にあげて山焼く夜のやうで
木瓜が活けてある草臥を口にす

□

諏訪丸船長室

牡丹を挿して行きし女なりしやうしろ影

同

あかりとりの真中をあけて我らの日永し

夜濃霧の為め仮泊（二句）

春の濃霧になつて足もと手もと
仮泊してしまつて徐かなる南の風よ

杭州岳飛廟

塀に限られた空の楠若葉見るのみ也

西　湖

蘇小々の墓我が積むは夏艸の石
白き日覆の我舟湖心に浮び出づれ
桑つむ舟の行く方も城壁高からん

杭州城内

四月の絹店先に巻くよ地に垂れ

上海義勇隊生活（四句）

軍服脱ぎ捨て、もう夏なる畳
雨期の軍服を著る我子離る、
この室の芍薬よ軍律は我張る
テーブルの葛饅頭一つ減りて乾けり

北京所見（六句）

足なれば蚊を打つ君熱し来る
槐の茂りこの中庭にそれ〴〵の室を出る
中庭の籐椅子空いたのがなく旅の大声
根気に蚊遣香立てゝ唾を吐くしきり
鞄が開いた朝の浴衣の何するでなく
こち向かぬ女朝の浴衣の旅やつれする
椅子の一日の我れ蚊帳一杯な
ベット生活のアカシヤの頭の葉ゆれ
日曜だといふ朝の蠅叩もてり
客間のうたゝねのよれ〳〵の白服

曲　阜（五句）

我ら聖地の巡礼の瓜店にての言葉
栢が並ぶ刺す蟻の行方見つむる
下葉刈る高粱の少女らひそめける哉
穂に出初めた高粱日くるゝ土民と楽まず
熱い茶を無暗に飲んで墓守の鬚を憐め
双肌の蚊を打つて飯になりたる笑へり
轍日盛り行く目を反らし目をつぶる
この子私を好く丸はだかのむつきが落ちた
私にすがる子よ汗疹に触れじ
ハンモツクから抱き上げて私でなければならない気がして
直射の日乞食らに石畳まれり

窓々の蔦女学校寄宿舎の物音
青芝見下ろしてゐるにお前らは横ぎる
合歓大樹いきなりな同胞の親しい言葉
黄魚の腹鱗剝がれたる手に
筍の皮捨てる楽しみの水まさり
真桑瓜はき出してこの轎に乗らねばならぬ
瓜を食つてこの轎にのるまでの我らばら〳〵
睡眠不足の筆かむ我が歯
汗くさい手拭置場なき膝よ
ごろ〳〵ねてゐるしゝむらの葉影の動き
寝るまでは起きてゐた大地の光り
引船の中にて我が薬のウヰスキー
白靴法外な塗り方をした別れのポチ包む
船長ボーイ睜つた目の汗を拭はず
ブリツヂにての海図汗落すまじく
この女この夏帰国しようとしてゐる空目づかひ
靴に馴れきつた子露出の膝皿なるや
ひとり離れての夜蚤とり粉皆にし
蚤取粉も撒かず朝起されてうれしき一人
アカシヤはづれのなやましき我空我夏
蠅除け窓の限れるが寝起し難し
ありたけのきのふからの筍をむぐに交れり
又一つ石段を上り筍が束ねてあつた

筍薪のやうに下ろされてこの馬
むぎ落した一つの足もとの藺にかゝはらず
刈り遅れた麦で皆んながそれ〴〵に不満なのだ
城壁にもたれてゐることの真ツ日の寝覚
一輪車がつゞく又た藺買の眼が光るのだ
藺買が乗つて城門に轎車轟けり
トンヤン彌買馴染む女の夕べになつて
桃を盗まれてそこまでの増水を見てゐたのだ

泰　山（五句）

牛飼牛追ふ棒立て、草原の日没
牛飼の声がずつとの落窪で旱空なのだ
牛糞手づくねて乾かねばならぬ一日
野生セロリーだ牛の群は谷に下りたり
あぢきなく牛糞を焚く真午の焔
お前に長い手紙がかけてけふ芙蓉の下草を刈つた
秋空の句を書いてやつてどれも変じが生温るい
籐椅子が二つ其一つに自らなるあなた
当世の廃物利用を笑つて張物板を重ねた
上陸間際のお前を見出して一重帯が身について
氷屋の阿爺が子をおぶつてひまな夕べだ

寧　波（五句）

子猫が十二のお前を慕つて涙ぐましい話
筍藪のそこらで野羊がなく繋いであるのだ
野羊の群が啼く私は天童寺の筍藪を見て来た
野羊が私を恐れる枝花の薊立つ哉
野羊追ふ杖で蜻蛉を追つて牛飼が話す
薊が逞しい花でまともな轎の向けやうなのだ
嬉しがる声の中芋畑を行く影したり

□

父の前に坐つたことが虫の音の草原なのだ
我顔死に色したことを誰れも言はなんだ夜の虫の音
弟よ妹よ余処々々しう今宵蚊帳つるまいと言つた
私がどんな匂ひがする星空で諸人ら
私の知つてゐるもの、肌の匂ひだ芙蓉の色だ
曳かれる牛が辻でずつと見廻した秋空だ
又隣のドラ声の夕べの真ツ白な月だ
子規十七回忌の子供の話婦人達とおほけなく
妹の病ひ早やう冬にしたい
秋夜妹を抱擁して私の泣く番だ
栗が煮てあると言つた妹よ立居を見せるのだ
出来て来た冬服出したまゝで私を見離さないで妹よ
稲が黄に乾いて踵の泥がイヤにくつゝいて
楢の葉が散る楢の幹の中の格子戸
客と戻つて敷居が汚れて萩が晴れ〴〵しい
新藁一筋々々が明るい刈口を見ねばならぬ
藁の節々我手離れたる青し

新藁の香の誰れかさげたあかりが届く
新藁ほのぬくい夜のつゝ立つてくたびれとる
藁が積み上げられる土に落付いて今日の仕事だ
積藁なかば日が落ちた明日のある今日だ
藁踏む君の首筋が丁度の目の前だ
熟む柿掌にあるごと我平の平ら
うまし柿手ふるゝふれんとしふるゝ
我家のうまし柿母よそこなはず
うましかき口つけてはにかんで何を云ふか
ありたけの柿であつて人数に足るのであつた
外套の裏袖はねてぬがず
外套手ざはりの風引ぬ也
夜の鏡があつて外套の襟が折れないで
八ツ手の花が茎立てゝ伯母さんを労する
日南ぼつこして長うなつて髪を感ずる
祖母の部屋にも松茸の歯朶が印してゐるのだ
父の部屋六畳にせねばならなくなつて柿が三本
代々木八幡の椋の実が拾はれる界隈の女房ら
菊がだるいと言つた堪へられないと言つた
ぽつてりした肉づきの菊の一々である
小菊が売れる堅くるしい頭になつて
菊忘れんとする我家うしろに
馬の艶々しさが枯芝に丸出しになつてゐる
枯芝がすべる皆がなだれる方向に私を見出して
ずつとの枯芝で静かに騒しい群集にひきづらるゝ
一人でスタンドを下りた歩みつきた枯芝
あなたに会ひたくて枯萩の知らない私
この道毎日通る君の椋の木のはだか
だら〳〵わけなく下りてしまつて三人の浮き鴨
重くるしい包みが身に添うて酉の市が更けた
酔へないでしまつて秋刀魚の腸が出てゐた

（大正12年1月、玄月社刊）

〔大正七年〕

高浜虚子

湯婆に唯一温の草盧なり

（「ホトトギス」大正7年2月号）

春雪を払ひて高し風の藪

（「大阪毎日新聞」大正7年2月17日号）

年々に衰ふる梅の盛りかな

（「国民新聞」大正7年2月19日号）

本尊にと持たせよこしぬ草の餅
国難や本尊の前の草の餅

（「大阪毎日新聞」大正7年3月24日号）

枯枝に初春の雨の玉円か
老衲火燵に在り立春の禽獣裏山に
雨の中に立春大吉の光りあり

水温む利根の提や吹くは北
（「ホトトギス」大正7年4月号）

鞦韆に抱き乗せて沓に接吻す
（「ホトトギス」大正7年6月号）

雨雲の下りては包む牡丹かな
（「ホトトギス」大正7年7月号）

山吹の狂ひ花あり土用波
（「国民新聞」大正7年7月23日号）

夏の月皿の林檎のたゞ青し
見失ひし秋の昼蚊のあとほのか
紫陽花や田舎源氏の表紙裏
夏の月人語其辺を行たり来たり
（「ホトトギス」大正7年9月号）

盗まれし後のふくべに野分哉
（「国民新聞」大正7年9月17日号）

今朝も亦焚火に耶蘇の話かな
野を焼いて帰れば燈下母やさし
梅を探りて病める老尼に二三言
山吹に来り去りしや青かつし
船にのせて湖をわたしたる牡丹かな
夏草を踏み行けば雨意人に在り
夏草に下りて蛇うつ烏二羽
夏の月皿の林檎の紅を失す
初空や大悪人虚子の頭上に
草の上に蝶を打ちたる書籍赤
白扇や漆の如き夏羽織
礼者西門に入る主人東籬に在り
（「ホトトギス」大正7年10月号）

船に乗れば陸情あり暮の秋
能すみし面の衰へ暮の秋
秋天に下に野菊の花弁欠く
二三子や時雨るゝ心親しめり
（「ホトトギス」大正7年11月号）

茶屋客や並び受取る時雨傘
（「国民新聞」大正7年11月19日号）

『雑草』（抄）　長谷川零余子

春

二月　父死病知りたる二月六日かな

花曇　叔父の葬具などを焼き棄つ
水泡大いなる中に居る船花曇

陽炎　陽炎や火の這ひわたる卒都婆の字

田螺　浜寺にて
石の中に家灯りけり田螺鳴く

春の蚊　松の幹によるべなくとぶ春蚊かな
梅　汽船送らず梅に籠りて句を作る
梅の幹のつくる闇濃し僧も踏む
梅の幹に梅の落花や漂へり
木の芽　曙の水ほの白き木の芽かな
蘆の角　蘆の芽にいつまで漬けて竹瓮かな

夏

葛水　葛水に我脊峙ちて柱の如し
葛粉水に浮いて松籟に廻る〳〵
葛水の解くるともなくて白きかな
花茣蓙　寝惜めば花茣蓙にかげる月ありし
若楓　障子しめて火鉢なつかし若楓
胡瓜　よくなりて花あはれなる胡瓜かな

秋

秋の朝　石階に尻打ちて起たず秋の朝
焼米　焼米を炒るや田の神見そなはす
朝顔　溝に垂れて朝顔咲きぬ野分跡

冬

年の市　銀杏の闇に店ともり残る年の市
干菜　厨窓の内よりとりし干菜かな

焚火　焚火燃えて遠く人行く木蔭かな
帰り花　帰り花薪は日向に寒げなり
枯草　草枯に蚯蚓呑みゐる蜥蜴かな

〔大正七年〕

原　石鼎

短日の梢微塵にくれにけり　東京　石鼎
いつの間に塒《とま》りし鶏や枯木宿　同
短日の日色に月をかゝげゝり　同
冬嶺の頂き潰えて翠濃さよ　同
山襞の辺よりし樹林冬に入る　同
大霜や壁に乾ける馬の沓　同
（「ホトトギス」大正7年1月号）

こち向き浮く鳥やゝにこち向き浮寝鳥　東京　石鼎
浮く霰に浮み上りし松葉水に出て　同
斧さましあへず霰大空よりす　同
今は霰龍髯にたまるばかりなり　同
鶩動かねば寒鴉汀に遠く歩む　同
麦蒔きし畝つや〳〵と枯木宿　同
（「ホトトギス」大正7年2月号）

雲二つに割れて又集るそゞろ寒　東京　石鼎
われのほかの涙目殖えぬ庵の秋　同
清流に黒蜻蛉《きやんま》の羽《はね》や神尊と　同
日の鵙や霧の高木に尾振り居る　同

黍の垂葉《たりは》に羽うすくとまり赤蜻蛉　同
露如何に流れ終りし竹の幹　同
（「ホトトギス」大正7年12月号）

〔大正七年〕

村上鬼城

節分の薄日出でたる戸口かな　高崎　鬼城
こま〳〵と榾割つて乾す主かな　同
凍蝶の翅をさめて死にゝけり　同
炉二つあけて賑はし草の宿　同
春待つや福縄といて上田味噌　同
（「ホトトギス」大正7年4月号）

枯韮の生ゆるけはひに一ト固り　高崎　鬼城
長閑さや山の端を押廻はす千羽鳩　同
春山や岩の上這ふ産嫌ひ　同
（「ホトトギス」大正7年6月号）

行春や炭竈いぶる寺の前　高崎　鬼城
畑打をなぶり殺すか寺鳥　同
石積んで棚畑作る春の山　同
うしほ雅兄出産の賀
花の戸におとなしき子や玉枕　同
（「ホトトギス」大正7年7月号）

大岩に錨なげけり藤見船　高崎　鬼城
少しばかり山林持ちて木の芽かな　同

宿山寺
蚊帳の中人々立ちて歩きけり　同
（「ホトトギス」大正7年8月号）

秋風やうしろ見せたる梓巫女　高崎　鬼城
葉鶏頭の夕日消えたる狭庭哉　同
街道をきち〳〵と飛ぶバッタ哉　同
大ゆれにゆれて居直りぬ蓮の花　同
（「ホトトギス」大正7年11月号）

麨や鼻毛伸たる相撲取　高崎　鬼城
上人の草書めでたし古酒の酔　同
（「ホトトギス」大正7年12月号）

解説・解題

紅野敏郎

編年体　大正文学全集　第七巻　大正七年　1918

解説　一九一八(大正七)年の文学

紅野敏郎

日本近代文学館の「近代文学研究資料叢書」の企画として、最初期に選ばれたのが、『「新潮」作家論集』(上)(中)(下)三巻(昭和四六年十月)である。推進は「図書資料委員長」の稲垣達郎だが、私もともに参加させて頂き、いくつかの候補のなかで、大正文学、大正文壇全体を視野に入れるためには、明治期の文藝出版社の中軸だった春陽堂にかわって、「新潮」を中心に「新進作家叢書」その他の企画を押し進めていた新潮社という出版社を凝視する必要ありと思い、なかでも「新潮」誌上の特色ある人物月旦、人物印象、新人論、諸家年譜の類を総括、収録することにした。まだこの時点では、『日本近代文学大事典』全六巻も、「新潮」の『総目次・執筆者索引』やマイクロフィッシュの仕事もまったく緒についていなかった。

「新潮」とその別働隊ともいえる「文章倶楽部」について検討、「大正期文壇の成立」という論考を私が発表したのは、日本近代文学会の機関誌「日本近代文学」第一輯(昭和三八年十一月)、のち『文学史の園　一九一〇年代』『増補新編文学史の園　一九一〇年代』に収録。このたびの編年体の『大正文学全集』の一九一八年(大正七)を担当するに際し、私個人として最初に思い出したのは、かつてのこのような仕事の数々であった。さらにさかのぼれば、岩波書店の「文学」誌上でのリレー式に展開された近代の文藝雑誌についての企画のなかで、私が担当した大正中期の総合雑誌「黒潮」と「中外」、さらに「科学と文藝」、「白樺」衛星誌などの実体調査活動ということになる。さらにかつてを顧みると、大学での卒業論文のときの「白樺」百六十冊の探索、また大正期の文学者の、著名というよりはむしろあまり知られていなかった作家群像への関心、それは河出書房刊行の「現代日本小説大系」の同時代作家の横ならびの編集に刺激を受けてからの始動開始ということになる。そのころ「近代文学」誌上で、同人たちによる「大正文学討論会」の特集号も、大きなバネとなったことを今でもありありと覚えている。

『「新潮」作家論集』全三巻を刊行したとき、近代の研究者の幾人には大変喜んでもらえたが、はじめはあまり売れず、文学館として困っていたが、谷沢永一が七千円のこの全三巻を支持、これを手もとに置かぬものは研究者の風上にもおけぬもの、という趣旨の一文を書いたためもあってか、やがて売り切れてしまった。資料をふまえた現場意識の大切さが、ようやくひろがりはじめた。

1 新潮社の進出

一九一七年(大正六)二月よりはじまった「人の印象」(その年は島崎藤村・谷崎潤一郎・徳田秋聲・田村俊子・武者小路実篤・里見弴・田山花袋・有島武郎・芥川龍之介・志賀直哉・上司小剣。まさにその時点での自然主義関係者、耽美派、白樺派の有力な人びとを適切に選んでいる)にひきつづく翌一八年(大正七)の「新潮」誌上で採りあげられた作家と執筆者は、

○有島生馬氏の印象(大正七年一月)
藤村・三島章道・鈴木三重吉・尾島菊子・孤蝶・正宗得三郎
○永井荷風(大正七年二月)
魯庵・久保田万太郎・小沢愛圀・秋江・水上瀧太郎・井川滋
○長与善郎の印象(大正七年三月)
長与又郎・元麿・新城和一・安倍能成・木村荘八・武者小路
○北原白秋の印象(大正七年四月)
長田秀雄・犀星・朔太郎・北原章子・吉井勇・水野葉舟
○豊島与志雄の印象(大正七年五月)
新関良三・菊池・潤一郎・芥川・後藤末雄・江口渙・久米
○正宗白鳥の印象(大正七年六月)
上司小剣・武林無想庵・中村星湖・正宗得三郎・秋聲
○片上伸の印象(大正七年七月)
前田晁・加能・中村吉蔵・谷崎精二・秋田雨雀・本間久雄
○吉井勇の印象(大正七年八月)
白秋・万太郎・秋江・小笠原長幹・長田秀雄
○久米正雄の印象(大正七年九月)
豊島与志雄・上野山清貢・後藤末雄・江口・菊池
○生田長江の印象(大正七年十月)
堺利彦・野上豊一郎・平塚らいてう・秋江・泡鳴
○小山内薫の印象(大正七年十一月)
藤村・秋田雨雀・吉井勇・蒲原有明・岡田八千代・万太郎
○岩野泡鳴の印象(大正七年十二月)
秋聲・荒木滋子・秋江・蒲原有明・生田長江

右のリストにつづく翌年は、菊池寛・広津和郎・小川未明・葛西善蔵・若山牧水・佐藤春夫・相馬泰三・久保田万太郎・谷崎精二・藤森成吉・江口渙・中村星湖、その次は舟木重信・宇野浩二・千家元麿・加能作次郎・中戸川吉二・吉田絃二郎・室生犀星・南部修太郎・田中純・宮地嘉六・吉江孤雁・近松秋江というようなメンバーであった。中堅・新人の作家の結集がうかがえるが、評論家や詩人や歌人などをも対象としている点も、この時代の特質といってよかろう。しかもこれらのメンバーは新潮社の「新進作家叢書」と交響しあっているし、また春陽堂の「新興文藝叢書」とも照応していた。武者小路実篤の『新らしき家』(大正六年五月)からはじまり、里見弴の『恐ろしき結婚』(大正六年五月)、豊島与志雄の『生あらば』(大正六年六月)、志賀直哉の『大津順吉』(大正六年六月)、谷崎精二の『生

と死の愛』(大正六年五月)、長与善郎の『結婚の前』(大正六年九月)、有島生馬の『暴君へ』(大正六年九月)、芥川龍之介の『煙草と悪魔』(大正六年十一月)、相馬泰三の『夢と六月』(大正六年十二月)とつづき、翌年に入ると、久米正雄の『手品師』(大正七年一月)、中條百合子の『一つの芽生』(大正七年二月)、広津和郎の『神経病時代』(大正七年四月)、江馬修の『愛と憎み』(大正七年五月)、野村愛正の『土の霊』(大正七年九月)、菊池寛の『無名作家の日記』(大正七年十一月)、さらにその次の年の佐藤春夫の『お絹とその兄弟』(大正八年二月)、江口渙の『赤い矢帆』(大正八年六月)、中戸川吉二の『イボタの虫』(大正八年八月)、葛西善蔵の『不能者』(大正八年十月)、加能作次郎の『霰の音』(大正八年十二月)、ついで水守亀之助、南部修太郎、室生犀星・宮地嘉六・細田源吉・岡田三郎・宇野浩二・細田民樹・須藤鐘一・近藤経一・三島章道・新井紀一・瀧井孝作・宮島資夫・藤森成吉・加藤武雄・戸川貞雄・犬養健・横光利一・牧野信一・前田河広一郎・宇野千代・佐佐木茂索・中河与一を経て、最後の稲垣足穂の全四十五冊は、一九一七年(大正六)から一九二五年(大正一四)までの長期にわたっての、菊半截判、角背、紙装(アンカット)、一冊一五〇ページぐらいから二〇〇ページぐらいの、手軽で便利なこの本は、昭和期に活躍する作家の前哨線の役割を果たし、大正作家全体を眺めるにはまことに好都合の叢書であり、しかも広津和郎や牧野信一などに象徴されるような、彼らの第一創作集たり得ている事実、中條百合子などの新進とか、有島武郎を敬愛した野村愛正なども加わり、「白樺」「新思潮」(第三次、第四次)、「奇蹟」の人びとを軸に、各流派、主義、主張の枠を取り払い、天窓を開いた広場ともなり、多くの版を重ねていったのである。しかしこの叢書に、永井荷風や谷崎潤一郎や長田幹彦ら耽美派系の人が少ないのが目立つが、これは明治期からの中堅でもあり、また「情話新集」などの企画もあり、遊蕩文学の枠にはめ込まれ、「撲滅」の対象ともなっていたせいでもあったかと思える。ただ有島武郎がこの叢書に入っていないのは、彼独自の著作集との関係があってのことと察せられる。

さらに「新潮」は「人の印象」を鋭く深化させるために、「大正八年一月」から「大正九年十一月」まで十八回にわたって、

芥川龍之介を論ず(田中純)/有島武郎論(福士幸次郎)
菊池寛論(南部修太郎)/志賀直哉論(広津和郎)
佐藤春夫論(柳沢健)/広津和郎論(宮島新三郎)
葛西善蔵論(宇野浩二)/久米正雄論(小島政二郎)
千家元麿論(木村荘太)/宇野浩二論(舟木重信)
加能作次郎論(加藤武雄)/藤森成吉論(木村毅)
長与善郎論(南部修太郎)/舟木重信論(広津和郎)
室生犀星論(藤森淳三)/福士幸次郎論(増田篤夫)
中戸川吉二論(三宅周太郎)/吉田絃二郎論(平林初之輔)

という企画を実行。これらの対象に向っての発言者のほとんど

「新進作家叢書」(大正6年5月〜大正14年9月、新潮社刊)

どが、同じ大正期文壇の仲間うち、という特色を持っている。つまり大正文学は、人が人を語る、その人の性格、その人の作品を含めて、語りに語る、という風景が随所に見られたのである。作品について論ずることもあったが、その中核はつねに当該作家との関連のなかで、その位置づけが行われていたのである。しかもそれらはただの賛美だけではなく、歯に衣着せぬ発言もあり、その長所と欠点を指摘、核心をついたものとなっていた。

そういう傾向は、いちはやく「田村とし子論」(大正二年三月)、「相馬御風論」(大正三年六月)、「森田草平論」(大正三年七月)、「徳田(近松)秋江論」(大正三年八月)、「新進作家と其作品」(大正三年九月)、「小川未明論」(大正三年十月)などよりはじまり、江馬修の「武者小路実篤論」(大正四年四月)、生田春月の「近松秋江論」(大正四年五月)、「作家論特集」(大正四年六月)、「新進十家の藝術」(大正五年三月)、「新進女流作家三氏の傾向」(大正五年五月)、「武者小路実篤論」(大正五年十月)、「作家論特集」(大正六年一月)、というふうにたえず行われつづけていた。そういうものの延長線上に、「人の印象」と「作家論」があり、また同時並行的に「新進作家叢書」がはじまっていったのである。これでもか、これでもかと、たたみかけるような一貫した企画であり、「新潮」誌上に名作も相当に掲げられはしたが、主として作家が、作家を語りに語ることによって、大正中期の文壇なるものの現場は、明確に見えてくる。

この編年体の「大正文学全集」の有力な柱ともいうべき特色は、巨視というより微視に徹して、現場を押え、現在から見えにくくなっている要素を摘出する点にこそある。そのときすでに「文壇新機運号」(大正五年十月)を発行していた「新潮」は、現場中の現場としての役割を果していた。さらにいうならば、その「新潮」の地方青年向けの啓蒙的な文藝誌「文章倶楽部」(大正五年五月)が創刊。写真や文章などによって、作家の日常、その家庭や嗜好、執筆態度、交友関係などもつぶさに伝えられ、両誌がかみあって、進行速度を早めていった。これはかつての第二次「早稲田文学」と博文館の田山花袋が推進した「文章世界」、さらに「読売新聞」の文藝欄との歯車のかみあった呼応とほぼ同じかたちと見てよい。投稿者も重視、加能作次郎や前田晁らに牧水・白秋らなども、「文叢」欄で投稿の選をし、選後の批評も行っていた。また「文章世界」の一月号の口絵写真は、斎藤茂吉のヨーロッパへの送別会、それに「現代文士録」と「現代美術家録」とを掲載、二月号では日夏耿之介の『転身の頌』の出版記念の会、三月号は「舞台に立つた坪内士行氏」、四月号は「書斎に於ける有島武郎氏」……というような多彩な情報を伝達していた。挿絵にしても、小寺健吉・岸田劉生・恩地孝四郎・秦テルヲ・万鉄五郎・関根正二・山脇信徳というようなメンバーを、至るところで示す、というような方針を採っていた。前年からの島崎藤村の「桜の実の熟する時」の連載も、この「文章世界」であったし、小川未明の代表作のひとつ「文明の狂人」もこの「文章世界」であった。しかし本巻では「抄」はつくらず、他のところでもよく読むことが出来る作は、採らない方針を貫くことにした。柳沢健によって「新しき三詩人―（福田）正夫・（北村）初雄・（前田）春声―」を書かせ、詩歌の領域にも十分な関心を払っていることを示した。「文章世界」投稿者は、のち一家をなす人が多く、それらは周知のことだが、特筆しておきたいのは、夭折した塚越亨生（大正六年の早春、激しい吐血ののち死去）のことである。亨生については、その年の年末に、一冊の『亨生全集』が編まれていた。そういう「文章世界」に比べると、「文章倶楽部」はそれほどではなかったが、それでも「新潮」を支え、文壇の動勢、作家の生活をくわしく伝え、投稿者などにも配慮したことは確かである。「文章倶楽部」の「大正九年五月」号においては「短篇小説二十人集」を編み、そこで動員されたのは、

芥川龍之介・室生犀星・葛西善蔵・江馬修・藤森成吉・久米正雄・吉田絃二郎・江口渙・菊池寛・谷崎精二・舟木重信・水守亀之助・宇野浩二・南部修太郎・中戸川吉二・宮地嘉六・細田源吉・吉屋信子・里見弴

の二十人。つまりこれらのメンバーのほとんどが、「新潮」と直接かかわり、「新進作家叢書」に加わっていた。大正期の文壇人として共存同居。まさに短編小説時代であり、大正文壇の成立の図といってよかろう。

この年の「文章倶楽部」を繰つていると、その「六月号」の口絵に「文壇近事」として、「四月二十五日日比谷大神宮に於

大正5年10月号

て挙げられたる故夏目漱石氏令嬢筆子と、漱石の門下生にして新進作家たる松岡譲氏との結婚」「最近露西亜留学より帰れる早稲田大学教授片上伸氏が東京停車場に於て出向へし愛子を抱ける」写真が一ページに収まっている。また「二つの会合」として、「八月号」には、相馬泰三の長編『荊棘の路』の出版記念会と、秋田雨雀の戯曲集『三つの魂』の出版記念会の写真が掲げられている。「新進三作家」として、「菊池寛・野村愛正・鈴木善太郎」（九月）の口絵写真も見られた。また「模範とすべき文章」のなかで、久保田万太郎の「藤村、弴、薫、龍之介」と題した文が見られるが、あの万太郎が「私の好きなのは、島崎さんの文章です。（中略）島崎さんの文章の好きなのは、まづ技巧に始終してゐるからであります。口で読まないで、目で読む文章を書き度いと私は常に願つてゐます。それには言葉、文字を吟味してかゝる必要がある。この点に於ても私は島崎さんを尊敬します」と発言しているのには、その結びつきの意外性に驚くとともに、「目で読む文章」、といういいかたによって、なるほどと納得させられる。

右より
相馬泰三『荊棘の路』（大正7年5月刊）
広津和郎『二人の不幸者』（大正7年10月刊）
谷崎精二『結婚期』（大正8年9月刊）

武者小路（一月）・長与（二月）・相馬泰三（三月）・豊島（四月）・谷崎精二（五月）・里見（六月）・江馬修（七月）・芥川（八月）・広津（九月）・後藤（十月）・久米（十一月）・素木しづ（十二月）の『日記一年』につづいて、『文壇名家書簡集』が新潮社より刊行されたのも、「大正七年七月」のことである。菊半截判、角背、厚表紙、二六六ページのこの書簡集の巻頭には、漱石の毛筆による「『猫』死亡の通知」の葉書の写真と、二葉亭より独歩にあてた書簡（ペン書）の写真をまず示し、その「例言」には、

一、現代文壇の諸家が実際に往復したる書簡を集めて、此の一巻を編む。総て九十有三家、百五十通。現代文壇の表裏種々の消息此の一巻に窺ふことを得ん。

一、収むるところ、皆未だ曾て公にせられたること無かりしもの、み也。

まだ個人全集が完全なかたちで編集されていなかった段階で、こういう書簡を先に公開することも、人、人、人に対する興味が、バネとなっていたはずである。「早稲田文学」（八月）の表紙裏には、いちはやく次のような広告を掲げていた。

　坪内逍遥氏が中央公論記者に与へて中條百合子の奇才を推奨せるの書。幸田露伴氏が松魚（田村）俊子の結婚を祝して規戒を籠めたるの書。芥川久米両氏が師の漱石に送りて避暑生活の情景を軽快無比の筆に語れるの書、若き島崎藤村氏が放浪の途上より都の友に切々の情思を書き送れる書、長田幹彦氏が紅囲粉陣の間に筆を執りて酔余の興を託せる書、その他何れも現代文壇に於ける表裏種々の消息を語るものにあらざるはなし。又故人の部には、謂ゆる一読三嘆の妙味ある漱石氏の長文の書簡十数通を始め、二葉亭、緑雨の書等、文藝史料として尊重す可きもの少なからず……

とある。ここに収められた書簡の実物は、今日個人全集の編集に際して、すでに実物が失われているものもあり、これをよりどころとして採らざるを得ないものも含まれていた。現存の人（これが当時としては珍らしい）として、鏡花・小波・泡鳴・生田長江・芳賀矢一・秦豊吉・時雨・与志雄、蘇峰・秋聲、秋江・沼波瓊音・未明・風葉・桂月・大杉栄・薫・牧水・和辻哲郎・片上伸・薫園・花袋・潤一郎・虚子・俊子・御風・相馬泰三・逍遥・善郎・長田秀雄・幹彦・星湖・荷風・実篤・魯庵・野上豊一郎・野口米次郎・空穂・万太郎・正雄・百三・前田晁・白鳥・豊隆・烏水・露伴・小杉未醒・水蔭・江馬修・能成・阿部次郎・武郎・生馬・芥川・赤木桁平・雨雀・茂吉・弴・白秋・菊池・杢太郎・葉舟・露風・直哉・藤村・抱月・柳浪・和郎・平塚明子・鷗外・草平・元麿・杉村縦横（楚人冠）・三重吉らに、故人として漱石・緑雨・眉山・愛山・田岡嶺雲・大塚楠緒子・上田敏・押川春浪・柳川春葉・啄木・素木しづ・二葉亭らが加わった一冊、これが「大正七年」という時点での企画であったことの意義は、十分に認めねばならぬ。現今のジャーナリズムでは、特種なかたちでの、故人になった人の歳月を経てからの未公開書簡の公開はときどき見られるが、現在活躍中の新進・中堅作家の書簡集を刊行するということなどは、まったく考えられぬ風景である。

2　受身の春陽堂

　春陽堂の「新小説」には、芥川の「西郷隆盛」（一月）「世之助の話」（四月）「枯野抄」（九月）、菊池寛の「盗みをしたN」（四月）「敵の葬式」（八月）、豊島与志雄の「蘇生」（十二月）、葛西善蔵の「遁走」（十一月）などの新進作家の掲載が見られるが、そうじて新進作家への配慮は万全とは言い難く、正宗白鳥・岩野泡鳴・田山花袋・小山内薫・中村星湖というような明治期以来の馴染みが多く、谷崎潤一郎の「人面疽」（三月）ぐらいが、特色のある作ということが出来る。花袋の門下でもあった白石実三が起用されているが、ここではさほどの力を発揮

大正7年7月号

していない。長田幹彦などになると、「隅田川」というエッセイを寄せているが、これはかつてのパンの会当時の回想という点では、興味をそそられるが、新時代を切り開く迫力には欠けている。泉鏡花と縁の深い「新小説」である故、鏡花への思い入れを、この時点で提出するような冒険はなされていない。

むしろ「新小説」の別働隊ともいうべき「中央文学」のほうが、「文章倶楽部」と同じように文壇の情報を広く流し、それなりの編集上の工夫が見られる。志賀直哉の「或る朝」をここに掲げたのも、時代の動向を読みとってのことと思える。そもそも「或る朝」は、一九〇八年(明治四一)一月、「白樺」創刊以前の段階で書かれた、志賀日記でいう非小説「祖母」が母胎の作品である。志賀の三つの処女作といわれている「菜の花と小娘」「網走まで」とともに周知の作であるが、「網走まで」は、いくつかの草稿を経て「白樺」創刊号に載ったが、非小説「祖母」や「菜の花と小娘」は、そのまま放擲されたままで、第一創作集『留女』にも採り入れられなかった。「中央文学」に「或る朝」の題で掲載されたのは、やはり父と子の対立、葛藤を経ての「和解」を一挙に発表したあと、かつての作をよみがえらせたと見たほうが自然(町田栄も指摘)であろう。しかもそのあと、春陽堂の「新興文藝叢書」の一冊として『或る朝』を刊行。そこには不快よりはじまり、対立、葛藤を経て、和解、調和の心境に至る志賀文学の原型が意識されての処置であったと思える。本巻に「或る朝」を据えたのも、一般の人の眼に入り込んだ最初はこの時期であった故である。

ほぼ同じような例が、里見弴の「河岸のかへり」である。もともと「白樺」(明治四四年五月)に一度発表されたのだが、里見の第一創作集『善心悪心』にも、第二創作集『三人の弟子』にも採り入れられず、「中外新論」誌上で大きな手直しをし、そこではじめて改訂の「河岸のかへり」となり、鏡花に捧ぐとの献辞のある第三創作集『慾』(大正八年九月、春陽堂)に収録された小説である。「白樺」発表当時から泉鏡花に称賛された作品だが、その加筆、削除のあとはすさまじく、これでもって世に問うという意向のうかがえるもの故、本巻に収めたのである。

春陽堂の「新興文藝叢書」は次の十八冊である。

田山花袋	一握の藁	大正六年十二月二十一日
正宗白鳥	波の上	大正六年十二月二十一日
長田幹彦	秋の歌	大正六年十二月二十三日
谷崎精二	蒼き夜と空	大正六年十二月二十三日

小川未明	小作人の死	大正七年二月十五日
森田草平	初恋	大正七年三月二十日
志賀直哉	或る朝	大正七年四月十八日
芥川龍之介	鼻	大正七年七月八日
里見弴	不幸な偶然	大正七年七月二十日
有島生馬	葡萄圃の中	大正七年七月二十五日
菊池寛	恩を返す話	大正七年八月十五日
長与善郎	陸奥直次郎	大正七年八月二十八日
豊島与志雄	二つの途	大正九年八月十八日
広津和郎	横田の恋	大正九年十二月十八日
久米正雄	漱石先生の死	大正十年一月一日
室生犀星	鯉	大正十年六月一日
吉田絃二郎	草路	大正十年六月十日
葛西善蔵	贋物	大正十年十一月一日

右のリストを眺めていると、「大正七年」刊行のものが圧倒的に多いのにすぐ気づく。「新進作家叢書」と同じく菊半截判、ページ数は七十ページほど多く、紙装、厚表紙。初版は角背だが、版を重ねていくと丸背になり、箱もつけられていく。手軽で手にとって読みやすい点では同じだし、顔ぶれも花袋・白鳥・幹彦などを除けば、大正期文壇における実質的な新人というよりも中堅作家の、主義、主潮、流派を超えた広場たり得ている。しかしここにも谷崎潤一郎などや労働文学関係の新人はとり込まれていない。

志賀の『或る朝』は先にも触れたが、ここでさらに言及しておくと、明治末の「白樺」に掲載された「濁つた頭」が発禁となり、収録作品をやや変えて改訂版『或る朝』（丸背）として刊行されている。また芥川の『鼻』に収められた「羅生門」は、「帝国文学」初出のもの、前年刊行の第一創作集『羅生門』に収めた「羅生門」とは異なり、推敲が加えられ、ここではじめて現在流布している末尾の「外には、唯、黒洞々たる夜があるばかりである」の次の「下人の行方は、誰も知らない」の最後の一句に定着。本文の点からいえば、この「新興文藝叢書」は無視することの出来ぬシリーズとなっている。総合的な視点に立つと、「新進作家叢書」が重要だが、「大正七年」を中心とした「新興文藝叢書」も、春陽堂の意地として視野に入れておくべきであろう。小川未明にしても、すでに明治四十年代からの活躍者という点からか、「新進作家叢書」には採り入れられていないが、この「新興文藝叢書」に収められた「小作人の死」「心臓」「魯鈍な猫」「密告漢」――とくに「密告漢」などには、彼自身の困窮な生活体験を通しての社会批判、現代文明への呪咀の面がにじみ出ている。――第一次世界大戦当時の好景気、大正デモクラシーという言葉とは違った、無職者の次のような「清吉」という人物が登場する。

清吉はよくこの絶望といふもの、影を胸に刻んでゐる。この形も色も普通の生活を営んでゐる人々等には決して分らないやうな影や其の色を、此頃では毎日眼の中に刻んでゐる。

寂然とした火の気の絶えた、うす暗い、冷たい我家の四壁には常にこの滅入るやうな灰色の影が漠然として漂つてゐることを思つた。其の影は自分の心を暗くする。

未明の「文章世界」（四月）掲載の「文明の狂人」、「早稲田文学」（五月）掲載の「河の上の太陽」などは本巻に採りたかつたが、他の巻でも未明はよく採られているので、省くことにした。

3　「個」としての営み—荷風・実篤・直哉・三重吉—

のち発表されたのだが、荷風は前年九月より断腸亭日記」を書き出していた。その「断腸亭日記巻之二大正七戊午年」「荷風歳四十」の項のいくつかを拾い出しておくことで、この時代と、荷風との特種なありようが鮮明になる。

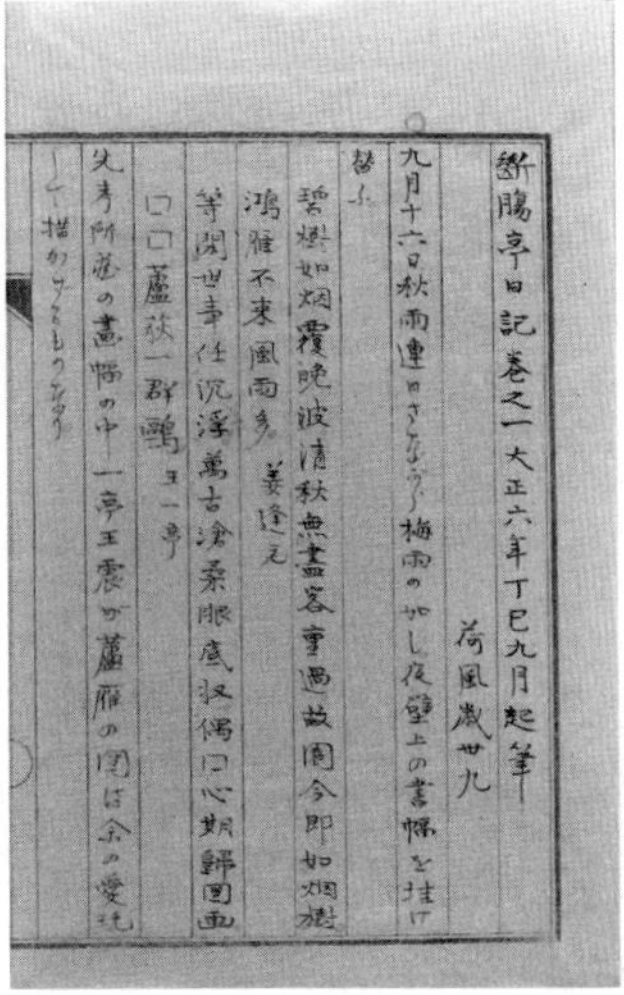

荷風『断腸亭日記　巻之二』冒頭

正月元日。例によつて為す事もなし。午の頃家の内暖くなるを待ちそこら取片づけ塵を払ふ。

正月二日。暁方雨ふりしと覚しく、起出て丶戸を開くに、庭の樹木には氷柱の下りしさま、水晶の珠をつらねたるが如し。午に至つて空晴る。蠟梅の花を裁り、雑司谷に往き、先考の墓前に供ふ。音羽の街路泥濘最甚し。夜九穂子来訪。断腸亭屠蘇の用意なければ倶に牛門の旗亭に往きて春酒を酌む。されど先考の忌日なればさすがに賤妓と戯る丶心も出でず、早く家に帰る。

正月二十日。堀口大學来訪。其著昨日の花の序を請はる。

正月廿四日。鷗外先生の書に接す。先生宮内省に入り帝室博物館長に任ぜられてより而後全く文筆に遠ざかるべしとのことなり。何とも知れず悲しき心地して堪えがたし。

二月十二日。腕くらべ製本二部を添へて出版届をなす。

二月十五日。三田文学に書かでもの記を寄す。

三月二日。風あり。春寒料峭たり。終日炉辺に来青閣集を読む。

三月三日。園梅漸開く。腕くらべ印刷費壱千部にて凡金弐百六拾円。

三月十日。春陰鴬語を聞く。午後烈風雨を誘ひしが夜半に至り雲去り星出づ。

四月朔。啞々子及び新福亭主人と胥議して雑誌花月の発行を企つ。

五月四日。築地けいこの道すがら麹町通にて台湾生蕃人の一行を見る。巡査らしき帯剣の役人七八名之を引率し我こそ文明人なれと高慢なる顔したり。生蕃人の容貌日本の巡査に比すれば、いづれも温和にて陰険ならず。人の世には人喰ふものより遥に恐るべき人種あるを知らずや。

六月十七日。この頃腹具合思はしからず。築地に行きしが元気なく三味線稽古面白からず。

七月廿六日。風あり稍涼し。瀧田樗蔭来談。

八月十四日。啞々子花月第五号編集に来る。用事を終りて後晩涼を追ひ、漫歩神楽阪に至る。銀座辺米商打こはし騒動起りし由。妓家酒亭灯を消し戸を閉したり。

八月十五日。残暑甚し。晩間驟雨来らむとして来らず。夜に至り月明かに風涼し。市中打壊しの暴動いよ〳〵盛なりと云ふ。但し日中は静穏日常の如く、夜に入りてより蜂起するなり。政府は此日より暴動に関する新聞の記事を禁止したりと云ふ。

八月十七日。紅蜀葵開く。萩正に満開。

八月廿七日。おかめ笹続稿執筆。夜ミユツセの詩をよみて眠る。

九月十七日。早朝築地に赴き薗八清元のけいこをなす。午下帰宅。旧稿を整理す。

十月十六日。燈下禾原先生渡洋日誌を写す。

十一月四日。陰。石榴の実熟す。楓葉少しく霜に染む。

十一月十六日。欧州戦争休戦の祝日なり。

十一月十七日。雨ふる。午前五来素川氏来訪せらる。雑誌大観に寄稿せよとのことなり。

十一月廿一日。午前薗八節けいこに行く。この日欧州戦争平定の祝日なりとて、市中甚雑遝せり。日比谷公園外にて浅葱色の仕事着きたる職工幾組とも知れず、隊をなし練り行くを見る。労働問題既に切迫し来れるの感甚切なり。過去を顧るに、明治三十年頃東京奠都祭当日の賑の如き、又近年韓国合併祝賀祭の如き、未深く吾国下層社会の生活の変化せし事を推量せしめざりしが、此日日比谷丸の内辺雑遝の光景は、以前の時代と異り、人をして一種痛切なる感慨を催さしむ。

十二月七日。宮薗千春方にて鳥辺山のけいこをなし、新橋巴屋に八重次を訪ふ。其後風邪の由聞知りたれば見舞に行きしなり。八重次とは去年の春頃より情交全く打絶え、その後は唯懇意にて心置きなき友達といふありさまになれり。この方がお互にさつぱりとしていざこざ起らず至極結構なり。日暮家に帰り孤燈の下に独粥啜らむとする時、俄に悪寒を覚え、早く寝に就く。

その翌年の「七月朔」の、「独逸降伏平和条約調印紀念の祭日」、「工場銀行皆業を休み」、「日比谷辺にて頻に花火を打揚る響」を聞きつつ、「明治廿二年頃憲法発布祭日の追憶より、近くは韓国合併の祝日、また御大典の夜の賑など思出るがま丶に之を書きつゞらば、余なる一個の逸民と時代一般との対照もおのづから隠約の間に現し来ることを得べし。」という記述を読むと、これが大逆事件の秋水らを途上目撃したという有名な小品「花火」となつていつたことはだれにでもわかってくる。つまり大正中期に「一個の逸民」が現然と存した事実を押えておくべきであろう。文藝雑誌「新潮」などの興隆とは別に、「花月」という小なる場をみずから設け、『腕くらべ』につづいて「おかめ笹」を書き、孤独のなかで、江戸情調に耽り、趣味に徹した自己の生活スタイルの確立に立ちむかっていたのである。しかもこの荷風の日記は、鷗外はじめ明治第一世の人びと共通の人間形成上必須とされた漢文を土台とした文語文を活用、その簡潔にして余情を含んだ特有の表現は、言文一致体の全国的な流布状況を視野に入れると、まさに別格といってよい。

(1)日本武尊　大正六年四月二十八日

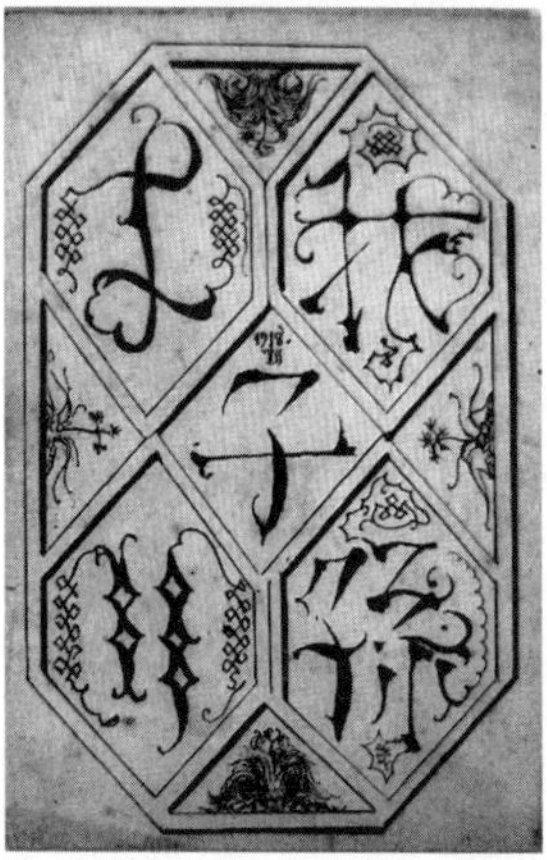

『我孫子より』表紙

(2)雑感　第一集　同　五月十二日
(3)不幸な男　同　七月十二日
(4)雑感　第二集　同　九月十五日
(5)AとB　同　十月二十三日
(6)雑感　同　十一月三十日
(7)雑感　大正七年一月二十五日
(8)我孫子より　同　五月三十一日

以上の八冊を「我孫子刊行会本」と称しているが、我孫子町字根戸に移り住んだ武者小路の自宅を刊行会とした四六判、角背、紙装の小冊子だが、この個人の営みのみによって、自己と読者を直接につなぐ方針は、「新潮」などの商業ジャーナリズムとは違ったやりかたをとり、これをバネにして武者小路は日向の「新しき村」創設への道を歩むことになる。「新しき村」のそもそもの発想は早くから彼の心奥に存していたが、弾みをつけた一文は「大阪毎日」掲載の「ある国」(大正七年七月十二日から九回)であり、米騒動の前の段階で、雑誌「新しき村」を創刊、全国の有志に呼びかけ、曲折を経て、その年の十一月には、日向の地に移住し、理想郷の建設にとりかかった。しかしその直進的なユートピア志向は、堺利彦をはじめ「白樺」内部の有島武郎からも、武者小路の資質を十分押えつつも、この試みは資本主義社会の現実をそのままにして、少数の同志とのみの行動である故、つまるところ現実社会の変革とはならず、狭いサークル内の実践となり、失敗するが、その失敗は貴重、というような批判が出され、武者小路はそういう批判に対しての対応に追われつつも、いささかもめげず、楽天的にその志を貫くべく奮闘する。千葉県の我孫子に柳宗悦・志賀直哉・武者小路実篤やバーナード、リーチら、さらに中勘助などが移り住んだが、そういう「白樺」文化圏は、中央の文壇との接触は絶無ではないが、少くとも中軸にいて、周辺にいつも気を配ったり、文壇の大御所的存在になることはなかった。荷風のように斜を向いたわけではないが、少くとも文壇的文士になることを避けた。「新しき村」創設の実行も、文壇の文士の枠をはずれた行為であり、志賀のやがて我孫子から京都―山科、そして奈良移住となり、出版記念会などの類は一切開かず、文士の集まりにも参加せず、気分のあった友人とのみという生活スタイルも、芥川などの眼から見れば、別格と見えたに違いない。

翌年四月、「白樺」は岸田劉生の表紙によって飾られた大冊の「十周年記念号」を出す。創刊当初以来、他人の権威を借りず、おのれをして権威たらしむるべく、十人十色の個性の発揚に努めた、ウブな素人集団が、内ふところ深く蓄えていた「十年後を見よ」の向上的意欲は、ともかくも達せられたが、武者小路の力は「新しき村」にふり向けられ、また彼自身も日向のはずれの地において、「友情」はじめ数々の代表作を書く。

武者小路への信頼はゆるぎのないものであり、さらに「新しき村」への素朴な信頼も寄せていた志賀直哉ではあるが、「新しき村」そのものには一歩の距離をとり、みずからの資質にあった創作活動を静かに勁く、ジャーナリズムの思潮とは無関係につづけていった。この年の一月に、バーナード、リーチ装幀の『夜の光』を刊行。このなかにはこれまで書いてきた「老人」「清兵衛と瓢箪」「襖」「范の犯罪」「母の死と新しい母」「城の崎にて」「憶ひ出した事」「佐々木の場合」「クローディアスの日記」「好人物の夫婦」「正義派」「赤西蠣太」「出来事」「和解」の十四編収録。第一短編集『留女』とは「老人」「襖」「母の死と新しい母」「クローディアスの日記」「正義派」の五編が重なり、「新進作家叢書」の一冊『大津順吉』とは「憶ひ出した事」「清兵衛と瓢箪」の二編が重なり、残りの七編がここではじめて収められたことになる。そういう点では、いかにも寡作の志賀、ということになるのだが、この『夜の光』と「新興文藝叢書」の一冊『或る朝』とによって、志賀の大正文学における中堅作家としての位置はきわめて明確となる。『留女』(大正二年一月)は、「白樺叢書」の一冊として洛陽堂(実質的には自費)、それからやや歳月が飛んで、「大正七年」の『夜の光』が新潮社、『或る朝』が春陽堂、という推移のなかにも、休筆は休筆、モチーフが強固にかたまれば一挙に、つまり肉体の生理に従っての執筆活動という本来の文学者の姿勢がうかがえる。これが菊池寛の賛辞となり、また翌年における広津和郎の名評論「志賀直哉論」を生み出す基盤となる。本間久雄に至っては「公開状―七作家に与ふる書」において、人格美学的観点からではなく、一度も逢ったこともない志賀でありながら、その身辺を描いた作品よりも、デカダンスの要素のはらんだ小説への興味を示している。ワイルドより出発した本間らしい発言といってよい。武者小路が我孫子を去って日向の地に向ったのち、志賀は我孫子で「和解」のあとの、初期の構想とは違ってきた「暗夜行路」への準備を自然なかたちで、一人で深めていたのである。

　鈴木三重吉が「赤い鳥」を創刊したのも「新しき村」創刊と偶然に一致する。表紙には「鈴木三重吉主宰」とある。その「標傍語《モットー》」には、子供の読物に見られる俗悪の要素を排し、子供の「純心」をそこなわず、自分の周辺の良心的な作家たちを動員。それらに対して三重吉好みの添削を施し、理想の花園を作ろうとした。また全国の心ある学校教師より子供の作文、童謡の類を集め、投稿雑誌としても成果あるよう配慮した。芥川たちは、三重吉の要望に答えて、「蜘蛛の糸」「杜子春」などの力作を寄せたし、北原白秋や西條八十らは、「童謡」による創作活動を展開、それを山田耕筰をはじめ有力な作曲者が協力、文部省制定の「唱歌」とは違った、近代童謡の流れを創出した。そもそもの源流は、三重吉が自己の好みの作家、作品を選び、自宅より刊行していた小型の「現代名作集」(大正三年九月)よりはじまるし、三重吉自身のつくりあげた自分の作品集の刊行、というところにまで至りつく。これらも普通の商業主義的なジャーナリズム路線とは違う自己流の開拓であった。「赤い鳥」は創作意欲の枯渇した三重吉の一種の再生の姿でもあった。この俗悪の要素の排除は、彼の理想主義を示すものであり、「新しき村」に通いあう花園の設計でもあった。良い子供にのみ与えるよい作品という意図は、それなりにいいのだが、子供の本質は、その枠内にこぢんまりと収まるものではない。良心的ということが、文学の土壌においては、いかにまやかしであることかが見とおせず、本人は懸命にその路線をつっ走ったのである。

　谷崎潤一郎がこの年「中外」(八月)に発表した「小さな王国」を読めば、少年の知恵のなかに、うわべだけの大人たちの心の奥底に潜んでいる悪の要素がみごとに摘出され、資本主義制度のなかの金銭感覚をあざ笑う小説たり得ている。傑作なのだが、広く流布してもいるため省くこととした。

　武者小路の「新しき村』は、この時点においては、失敗となったが、彼はその理想を放擲することなく、昭和期に入って、池袋に近い、東の「新しき村」(埼玉県毛呂山)において、各自の能力の生かせる、平等の村の経営に成功、数十人がそこで初期の精神に基づいた生活をしている。この理想をあきらめず、持続し得た向日的なエネルギーは、文学者という範疇でのみくくられぬ一個の人間としてのユニークな武者小路がここにいる。

4　江口渙らの「文藝時評」

「帝国文学」誌上において江口渙と菊池寛とが推進、ほぼ一年間つづけた文藝時評は、大正中期の文壇の発表の場と実作との関連が具体的に見とおせる有効な風景として受けとめたい。

一月の文壇（菊池寛）―「新潮」「新小説」「異象」「早稲田文学」「三田文学」「文章世界」など

新年の創作（江口渙）―「中央公論」「太陽」「黒潮」「帝国文学」「新公論」「新日本」など

というふうにはじまっていく。商業文藝雑誌、総合雑誌、同人雑誌すべてにわたって展開。「三月の創作」において、江口渙は、志賀の「或る朝」をとりあげ、十月の「文壇一家言」では、春夫の「田園の憂鬱」、菊池の「忠直卿行状記」、芥川の「奉教人の死」をとりあげる。

江口渙には、『新藝術と新人』（大正九年四月、聚英閣）という評論集がある。これには主として「大正七年」に執筆乃至発表したもの、それに「大正六年」と「大正八年」のものが若干加わっている。この評論集は、広津の著名な『作者の感想』と佐藤春夫の『退屈読本』とともに、大正文学研究上必須のものなのだが、広津と佐藤のは「白眉」として知らぬ人はいないが、どうもこの江口の評論集は、それほど評価される率が低いように思える。私は三幅対として把握すべきものと思っている故、あえてここに登場させておきたい。私の手もとの本には「一九六三年十一月三十日」「江口渙」のペン字の署名がある。これは確か日本近代文学会で、江口渙を招いて話を聞いたときに署名してもらったものと記憶している。あるいは接渉にあたったときであったろうか。この本には「永井荷風論」「有島武郎論」（本巻所収）「芥川龍之介論」「豊島与志雄論」「藤森成吉論」「最近文壇に於ける新人四氏」「戯曲家としての武者小路氏」「俳人三汀としての久米正雄氏」「二人の不幸者」「荊棘の路を読む」「生田長江氏の決闘」「藤森成吉君の処女作」「漱石先生の手」「文壇の大勢と各作家の位置」などのほか十編ばかりの時評が収められている。しかし「帝国文学」に掲げた時評の類も、すべて収録したほうがよかったのではあるまいか。「大正七年十一月七日」執筆、翌年一月の「雄弁」に発表した「最近文壇に於ける新人四氏」は、志賀・里見・芥川らのあとを受けて、頭角を現した人――「佐藤春夫・菊池寛・葛西善蔵・沖野岩三郎」を筆頭に、加藤武雄・三津木貞子・野村愛正・宮地嘉六・藤森成吉・吉田絃二郎」の名をあげ、とくに前者四人にしぼった論である。

春夫の「田園の憂鬱」ついて――「黒潮」に発表した初出稿「病める薔薇」においては、「独特の技巧は不思議に混濁してその鋭い感受性を鈍らせてゐた」が、「田園の憂鬱」になると、「始めて氏が在来持つてゐたものの大部分を発揮」「鋭い感受性の所有者」「近代的な病的神経の所有者」「画家として及び詩人としての佐藤氏の全部が打つて一丸」となった作と激賞。さらに「オスカー・ワイルドの諸作に現はれた、頽廃的傾向や、デイ・クインシーのオトピアム・イーターに示された病的感受性を想起せしめたとも述べていた。

菊池寛についても、「『勲章を貰ふ話』『若杉裁判長』『無名作家の日記』『忠直卿行状記』等、いづれも何等かの点に於いて、文壇の視聴を峙てしめたもの」「一種病的な心理を解剖するに当つて、如何にも明晰な頭脳と確実な手腕とを具備」、従つて「新興文壇の異彩」――ここで菊池は一歩も二歩も先を走っていた芥川と肩を並べることになる。

葛西善蔵については、「子をつれて」「贋物提げて」などの作品は、「甚だ善良な心の所有者であるところの人間が、唯、非生産的であると云ふ先天的の素質のために、止むなく生活の苦しみに追ひまくられて、次第に暗澹たる人生のドン底へ落ちて行く径路を極めて的確に描いてゐる。然かも非生産的な素質と云ふが如き先天的な、むしろ運命的な条件の為に、斯かるドン底へ落ちて行きながら、猶飽くまでその善性を失はず、又、敢て騒がず悲しまずに生きて行くと云ふ点に於いて、珍らしい位に徹底した生活を見せたところのある作品」と評価する。

大正9年4月刊

沖野岩三郎を前者三名と並べることは、実は勇気がいる。しかし江口は「ヘツポコ牧師」とは異なった「基督教な精神」の持主の沖野を押しあげ、「煉瓦の雨」も藝術的完成度においては、「未完成」だが、文壇の色に染まらぬ存在として期待をつなぐ。富本憲吉装幀の『煉瓦の雨』（大正七年十月、福永書店）には、「煉瓦の雨」「指相撲」「髭」「親」「転宅」「侵入者」「自転車」「彼の僧」「山鼠の如く」の九編収録。その末尾に与謝野寛・岡田哲蔵・西村伊作・賀川豊彦・佐藤春夫・三並良・富本憲吉・加藤一夫・内ヶ崎作三郎・与謝野晶子・生田長江の十一人が「跋」を寄せている。与謝野寛は、沖野は「座談の名手」だが「小説の名手」ではないと率直に述べつつも、一人の自由人沖野への信頼、期待を抱いていたし、西村伊作も、二人の間には「痛い程切実な交り」があることを喜び、春夫は、自由人である沖野に、まだ残っている牧師的要素を一掃せよと忠告する。晶子は、「沖野さんの小説は、地理的にも、歴史的にも、また人間的にも、世に知られない特異な要素の多い南方紀伊の地方色を以て包まれた雑多な社会的記録」であり、大逆事件の「大石誠之助」とも思える「大星ドクトルの死を叙して、その死因を云はない作者の用意に到つては、明治大正の歴史を背景とした大きな謎の涙堂ではありませんか。読者は作者の口元にたゞよふ凡人的な微笑を物足らなくも歯がゆくも思ふでせうか、それが作者の沈痛な涕泣に代へた表面的な微笑であることを私は直観せずに居られません」と好意ある意見を寄せていた。

5 「上山草人」という個性

上山草人の「煉獄」の単行本（大正七年十月）も、彼の処女作の「蛇酒」とあわせて新潮社より刊行（装幀は山内神斧）されている。それに生田長江と谷崎潤一郎が序文を寄せているが、長江は「事実ありの儘を何の蔽ふところもなく赤裸々に報告したもの」だが、「読んで見て、奇々怪々のロマンテイツクな印象を刻まれ」「事実は小説よりも小説的であると云ふことを、此小説以上に考へさせるものは恐らくあるまい」「此作家は聊かも偽善的な矯飾をしない。飽くまでも自由思想家らしく、勇敢に、傍若無人に行かうとするところへ行く」、と上山草人の実力を認めている。谷崎は職業的作家のものに比べると、素人くさい欠点もあるが、「文学と云ふものが彫虫の末技にあらざる限り、そんな些細な欠点は藝術の上質には何の関係もない」「読者をして一気に読み下さしめる同君の筆力は、まことに驚嘆に値する。私はどちらかといふと、淋しい優しいメロデイーに富む文学よりも、豪宕にして複雑なるシンフオニーの文学を好むものであるが、恰も規模雄大なるオーケストラを髣髴せしむる同君の傑作を、敢て江湖に薦むる所以」と断言している。

『煉獄』（大正7年10月刊）

上山は早大文科を中退、逍遥の文藝協会演劇研究所に入ったが、独立して夫人の山川浦路とともに森鷗外を顧問として近代劇協会を創設、「ファウスト」などを上演、また演劇と文藝を兼ねた雑誌「近代」（大正二年十二月）を創刊。この「近代」は一号のみで終ったが、北原白秋・本間久雄・相馬御風・人見東明・矢口達・島村民蔵らも寄稿。抱月の文藝座ともなじめず、独自の道を歩き、その演劇人としての、複雑にして不可思議な実体が、この「蛇酒」「煉獄」の前半には描かれている。そういう前半の記録的分子と、後半のアナーキーな自己凝視の分子とが混在、小説としては分裂しているが、作者の内部に破天荒なエネルギーが横溢。技巧を競いあい、短編小説の藝術的完成度を志した、いわゆる大正文士の枠をはみ出ている点に魅力があり、映画や演劇に興味を持ちつづけた谷崎潤一郎との交わりが深められていったのである。のち渡米し、ハリウッドで活躍、とくに「バグダットの盗人」で活躍したが、昭和初期に帰国。日本の映画界では独特のマスクと演技で、脇役として迎えられたが、それとて永続きはしなかった。志賀直哉原作、伊丹万作監督、片岡千恵蔵主演の「赤西蠣太」の按摩の「按甲」役で、この上山草人登場、それを私は中学時代に観ているが、その強烈な印象は現在に至るまで残っている。帰国後の草人の『素顔のハリウッド』（昭和五年七月、実業之日本社）にも、潤一郎は、演劇人、映画人としての「多角的な草人」は「筆の人」としてもユニークな存在、という「序」を寄せていた。さらに佐藤春夫も「わが友上山草人は胸底に詩魔と詩仏とを併蔵する熱情漢」であり、「虹のごとき気を吐き、縷々千万語を羅列」「彼が天真爛漫は期せずして天下無比の有情滑稽」を生ず、という「序」を書いていたのである。この草人の小説「煉獄」が「中外」に二回にわたって連載、しかも「中外」には、春夫の代表作「田園の憂鬱」、谷崎潤一郎の「小さな王国」が掲載された事実も押えておかねばならぬ。草人が十一年目ぶりにアメリカより帰ってきたとき、吉井勇は、

草人を見ればほのかに思ひ出づ　早稲田の森のひぐらしのこゑ

といふ歌を残しているが、草人の根っこには、逍遥や抱月とはまた異なった、早稲田人（吉井勇もそうであるが）の魂の持主であったのだ。

本巻にこの上山草人の三百枚の小説を入れるか、沖野岩三郎の大逆事件の余波の一端に触れた『煉瓦の雨』『宿命』にするか、迷ったのだが、沖野に関しては、新宮関係者の、大杉栄とも交流のあった奥栄一の同時代の批評にまかせることにした。

昭和5年1月、上山草人11年ぶりの帰国を祝う会。立っているのが草人、右へ1人おいて谷崎潤一郎

6　「総合雑誌」の時代

瀧田樗陰が編集長として新人を発掘、総合雑誌であるとともにその創作欄を充実させた「中央公論」には、荷風の「おかめ笹」、実篤の戯曲「野島先生の夢」、小山内薫の「英一蝶」、百合子の「地は饒なり」（一月）、潤一郎の「兄弟」（二月）、芥川の「袈裟と盛遠」、白鳥の「ある心の影」、潤一郎の「二人の稚児」（四月）、春夫の「李太白」、菊池の「無名作家の日記」（六月）、菊池の「忠直卿行状記」、白鳥の「密室の盲想」、里見の「子ころし」（九月）、春夫の「お絹とその兄弟」、久米の「敗者」などのほか、七月号には、「新探偵小説」として、

谷崎潤一郎　「二人の藝術家の話」
佐藤春夫　「指紋」
芥川龍之介　「開化の殺人」
里見　弴　「刑事の家」

を特集。とくに「指紋」は、「阿片に溺れて不思議なる苦悩と悦楽とに全生活を委ねつつある人間の病的な心の波動」（江口渙）が描かれ、しかも作品に「活動写真」を取り入れるなどの技巧を施し、純文学作家の手による「探偵小説」の魅力を存分に伝えた。本巻でも、この四作をあわせて採録したかつたのだが、個人全集も刊行されている作家たち故、省くことにした。そのほか「知名の兄弟を生んだ両親の研究（有島兄弟・長与兄弟・長田兄弟・箕作兄弟）、（正宗兄弟・小山内兄弟・松岡兄弟）を二度にわたってとりあげたり、新時代流行の象徴としての『自動車』と『活動写真』と『カフエ』の印象」（柳沢健・小杉未醒・春夫・菊池・万太郎・潤一郎ら執筆）の特集も行っていた。大正デモクラシー関係をはじめ総合雑誌らしい論文と創作欄、それに時の話題となる特集、さらに説苑欄も設け、中間読物として田中貢太郎や松崎天民や沢田撫松らを起用、品格を保ちつつ、一般向けの読物も準備する、というような誌面づくりを心がけていた。翌年には、「我等」「改造」「解放」というような、時代の変革に応じようとする総合雑誌も創刊され、つまるところ「太陽」の時代は去って、「中央公論」「改造」の時代、さらに「文藝春秋」が加わる、というような総合雑誌時代を迎えるに至る。しかしここで従来よりあまり注目されてこなかつた他の総合雑誌――「六合雑誌」「新時代」「新公論」「科学と文藝」「中外新論」「黒潮」「中外」「表現」などにもつねに眼を向けていかねばならぬ。「雄弁」のような大衆性を持った雑誌でも、江口渙の「労働者誘拐」（四月）や福永挽歌の「夜の海」、広津の「哀れな犬の話」（九月）花袋の「山の巡査達」はじめ武者小路と有島武郎、「新しき村」や二葉亭に言及した広津などの評論も掲げられていたし、青柳有美や安成貞雄が編集者として推進した実業之日本社の「女の世界」などには、俗的要素を持ちつつも、世相、風俗の特色がぐっと押し出されていて興味深い。春夫の「田園の憂鬱」の初稿「病める善戳」は、前年の「黒潮」であったし、志賀の「和解」も「黒潮」誌上であった。「新潮」の進出が目をひくが、大正中期はむしろ第一次世界大戦の勃発、その終了、労働問題の勃発などの起つた総合雑誌の時代ともいい得る。現在ではこれらの短命に終つた総合雑誌のほうが、探索しにくい状況である。大隈重信主宰の「大観」の創刊も、この年の五月のことであった。

アジアとヨーロッパとアフリカなどを示す地球儀を表紙とした「中外新論」（大正六年十一月創刊）の「創刊の辞」には、政府への謳歌でも、また罵倒でもなく、「人道の味方」の立場を貫き、「日本の国策」「支那問題」「亜細亜主義」「欧州大戦」に言及するときも、「中外万般」の事物を「高所より大観」することの必要性が訴えられていた。春季拡大号（大正七年四月）

の小説欄は、

高瀬と愛人　谷崎精二
嵐の如く　斎藤吊花
お三輪　水野仙子
法学士の大蔵　岩野泡鳴

であり、本巻では「お三輪」を採り入れた。この他に中野正剛の「出兵問題賛否論」、松崎天民の「民衆藝術興隆の機運」や

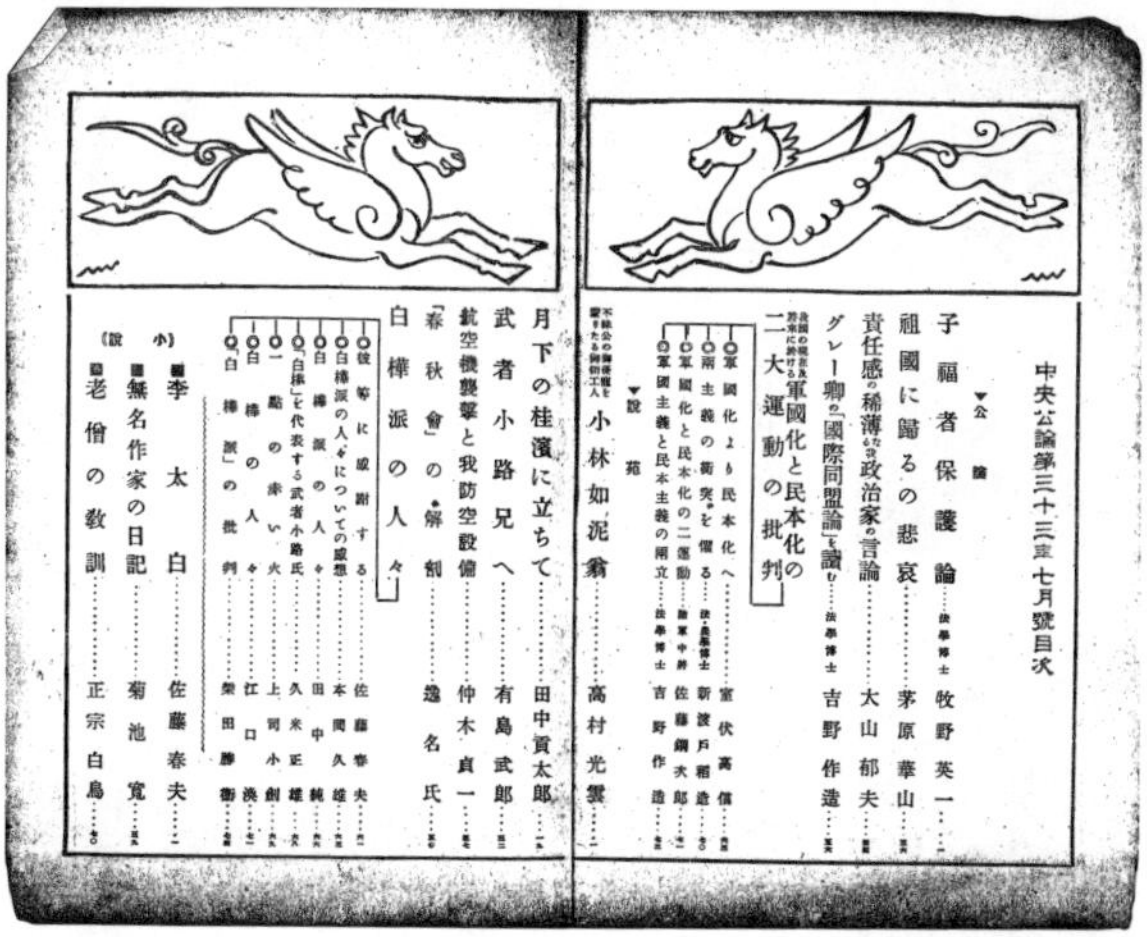
中央公論第三十三年七月號目次
▼公論
子福者保護論……法學博士 牧野英一
祖國に歸るの悲哀……茅原華山
責任感の稀薄なる政治家の言論……大山郁夫
グレー卿の「國際同盟論」を讀む……法學博士 吉野作造
我國の現在及將來に於ける軍國化と民本化の二大運動の批判
○軍國化より民本化へ……室伏高信
○兩主義の衝突を懼る……法・農學博士 新渡戸稲造
○軍國化と民本化の二運動……陸軍中將 佐藤鋼次郎
○軍國主義と民本主義の兩立……法學博士 吉野作造
▼說苑
不穏公の論旨謬を駁するたる御用工人 小林如泥翁……高村光雲
月下の桂濱に立ちて……田中貢太郎
武者小路兄へ……有島武郎
航空機襲撃と我防空設備……仲木貞一
「春秋會」の解剖……逸名氏
白樺派の人々
○彼等に感謝する……佐藤春夫
○白樺派の人々についての感想……本間久雄
○白樺派の人々……田中純
○「白樺」を代表する武者小路氏……久米正雄
○一點の赤い火……上司小劍
○白樺の人々……江口渙
○「白樺派」の批判……柴田勝衛
（小說）
李太白……佐藤春夫
無名作家の日記……菊池寛
老僧の教訓……正宗白鳥

「中央公論」大正7年7月号目次

岩野抱鳴の「三人の妻をもつて」など、二百八十ページ近い大冊。花袋の門より「文章世界」で鍛えられ、また有島武郎からも注目された水野仙子は、翌一九年（大正八）五月に死去。有島の友人足助素一の営む叢文閣より唯一の著書、遺稿集『水野仙子集』が、岸田劉生の装幀で刊行されているが、そこに収録の「お三輪」は彼女の晩年の力作。徳田秋聲の「あらくれ」のお島のようなバイタリテイはないが、結婚、離婚ののち、やむを得ず次から次へと居所を変えていく女性——しかし悲観もせず、楽観もせず——運命と割り切って、サバサバと生きていく。新刊紹介には、夭折した素木しづの遺稿集『青白き夢』と中條百合子の「新進作家叢書」の一冊『一つの芽生』がとりあげられていたが、これも好対照の文学的風景といってよかろう。

「中央公論」に比べると、その衰えは若干目につくが、「太陽」の存在も依然重要である。とくに小説で強調しておきたいのは、吉田紘二郎の「清作の妻」（四月）の掲載である。一種の反戦文学といえるが、この小説の収められた『大地の涯』と『島の秋』は、吉田のロングセラーとして戦前まで愛読されたエッセイ集『小鳥の来る日』以上に評価されるべき作品集である。「早稲田文学」（七月）誌上での「最近文壇の収穫」として、秋田雨雀の戯曲集『三つの魂』、志賀の『夜の光』、相馬泰三の『荊棘の路』、白石実三の『返らぬ過去』とともに大きく評価されているが、確かに上記作品集のなかでは、志賀の『夜の光』につぐ収穫に違いない。

「太陽」では、一貫して丸善の「学鐙」の編集の推進をしていた内田魯庵の『ミリタリズム鼓吹の危険』（七月）「パンを与へよ！」（八月）「覚めよ、中等階級」（十月）などの諸論が、時代を洞察、醒めた眼で現実を見据え、文学者であると同時に正常な一市民としての自覚にもとづいた、警世の言を放っている。これらの発言は、「太陽」誌上に設けられた「案頭三尺欄」のもので、魯庵はこの欄を、一月から十二月まで担当。このような一貫した姿勢の基盤には、書物を媒介にして泰西文化の適切な移入に、趣味人としてタッチしつづけてきた魯庵の本領を認めていくべきである。「太陽」（一月）に発表された野村愛正の「土の霊」は、有島武郎の推薦により「新進作家叢書」の一冊となった。その直前の野村は「明ゆく路」を「大阪朝日新聞」の懸賞に応募、一等に入選、この「明ゆく路」が新潮社より上梓（五月）。その広告には、

「大阪朝日新聞」が一等千五百金の賞を懸け、弘く長篇小説を募集するや、集るもの実に二百数十篇。中に就き文壇三大家の厳選の下に第一等の選に入れるもの、即ち此の作にして、世評自信相伴へる処女作也。新聞の為めに書きたるものなれど、断じて世に謂ゆる通俗小説の類に非ず。実に作者が半生の体験を披瀝して、新道徳の宣伝を期せる、純粋の藝術品也。日本の文壇、藝術家の為めの藝術ありて一般民衆の為めの藝衛無きを慨し、最も理想的なる民衆藝術たらしむとて此の作を成せりとは、作者自ら語るところの抱負也。此の意味に於て、此の篇が小説界に一期を画するといふも過言に非ず。其の主人公の人生の惨苦に処していかに生きたるかの径路は、其の洗煉の描写と巧妙の構想とによりて、具体的の一大教訓を齎すものあらむ。これ通俗小説にあらず、新人の掲げる新藝術也。

とある。多少過褒の気味があり、翌年の島田清次郎の『地上』のようには、多くの読者を得ることも出来なかったし、『土の霊』も「新進作家叢書」のなかでは、上質の作とは言い難い。野村自身は、昭和期に入ると、「少年倶楽部」の常連の作家に転進、そこで愛正の少年読物に私などは読みふけった。こういう転進のありようも、大正作家の特質のひとつであった。

大正7年4月号

大正6年6月号

大正7年1月号

大正7年10月号

7 「早稲田文学」「三田文学」及び「異象」など同人雑誌

「早稲田文学」では、歳末の十二月に全面特集として「島村抱月追悼号」が編まれ、逍遥・相馬御風・川村花菱・伊原青々園・生方敏郎はじめ多数の人が寄稿、忘れ難い追悼号となった。これより先に、新人の水谷勝の「金髪の子」、岡田三郎の「影」(二月)を起用、さらに「新人特集」(六月)として、

夜霧　大槻憲二
蠢動　浜田広介
白鼠を飼ふ　須藤鐘一
鴉が縊り殺された日　岡田三郎

を企画。これが契機で翌年には、「基調」とか「地平線」、さらに牧野信一らの「十三人」というような有能な書き手が輩出する同人雑誌が出るようになっていった。第二次創刊より一五〇号めには、『「早稲田文学」及文壇十二年史』(五月)を編み、秋江・天渓・花袋・御風・楠山正雄・本間久雄・片上伸・加能・雨雀・紘二郎・森口多里・西宮藤朝・五十嵐力らが寄稿、過去の全盛期への回想が語られている。その年の卒業生のなかに、「メレヂス喜劇論」を卒業論文にした柳田泉、「『罪と罰』研究」の岡田三郎、「プウシキン」の戸川貞雄、「チエホフ論」の水谷勝、「フヨードル、ソログープ論」の浜田広助(広介)、「悲劇本質論」の大槻憲二、「短篇小説論」の吉田甲子太郎、「近松の女性観」の綿貫六助らがいた。のちの彼らの活動を視野に入れると、やはり多士済々というべきか。

「三田文学」では、水上瀧太郎の「貝殻追放」(一月)がはじまり、井汲清治・小島政二郎・宇野四郎・南部修太郎・井川滋らによる「故プレイフヱヤ先生の追憶」(二月)があり、戸川秋骨も、翌月号にプレイフヱヤ教授の追憶を書いている。

大杉栄が中心となった「文明批評」に掲げられた伊藤野枝の「転機」は、荒畑寒村の記録文学『谷中村滅亡史』のあとを、二人で訪れる話である。鉱毒事件の被害を受けた、利根川上流の荒涼とした風景と人、それを描く野枝の筆致も重いが、作品自体の高揚感は意外に乏しい。保高得三(のちの徳蔵)らと「美の廃墟」(大正二年十月創刊)より出てきた細田源吉だが、その後しばらく春陽堂の「中央文学」などの編集の仕事にタッチし、やがて「早稲田文学」で登場。「空骸」には、ニヒルな筆致が見られる。加能作次郎の「故郷の人々」も、彼の故郷の能登半島ものだが、「世の中へ」のほうが量感に富んでいる。彼の能登もののすべてにわたつて、駄作はなく、渋くくすんでいるが、そこに人生の滋味が静かに秘められていた。

舟木重信・宇野喜代之介・関口次郎らが中心の同人雑誌「異象」は、「白樺」と縁の深かった山脇信徳が表紙を描き、この時期の同人雑誌としてはひとつの特色を持ったものであった。舟木重信は、のち早大のドイツ文学の教授、ハイネ研究家となるが、このときは創作や評論、翻訳にうち込んでいた。代表作「楽園の外」には、彼の泰西文学摂取のあとがうかがえる。単

行本『楽園の外』（これも装幀は山脇信徳。兄の重雄が「奇蹟」のまとめ役であり、志賀直哉らと交わりが深かったので、山脇の協力が得られたもの）には、「狂兄弟」「猫」「給仕のたこ」はじめ十二編収録。舟木の制作集はこれ一冊しかない。山本露葉・武林無想庵・生方敏郎・仲木貞一らは、「鐘」（のち「鐘が鳴る」と改題）を出し、福田正夫らの「民衆」も出ていたし、ゴッホの「糸杉の道」を表紙にした「ＬＩＦＥ」には、河合勇・渡平民らがいた。しかし時代を大きく変える力を持った同人雑誌は、まだこの「大正七年」には出ていなかった。

里見弴に兄事した中戸川吉二が、第五次「新思潮」（十二月）に「反射する心」を発表、その過敏な心理の描きかたが、翌年の「イボタの虫」でさらに輝きをましていく。その中戸川が自費で刊行した最初の創作集が『団欒の前外二篇』（大正七年三月二十日）である。「団欒の前」「兄弟とピストル泥棒」「嫉妬」の三編を収め、「大正七年三月四日」の執筆日を記した里見の序には、「今の君は、鬼は鬼でもかな棒を持つてゐない鬼だ、——かな棒を得たいと願ふ心の弱い、不精な鬼だ、と私には思へる」という言葉が見られる。やがて雑誌「人間」などを媒介にし、中戸川吉二は大正作家の時を得た活躍者となっていくが、昭和の時代に入ると、その創作力は急激に衰える。早熟早老の大正作家の典型的存在といってよかろう。

「読売新聞」の「文藝欄」では、シベリヤ出兵に対する反応、また米騒動に対しての反応も決して敏活ではなかった。むしろ七月初旬から十二月下旬にかけての野上豊一郎の「木曜会」、幹彦の「パンの会」、綺堂の「脚本改良会」、抱月の「早稲田文学」、白秋の「屋上庭園」、小山内の「自由劇場」、泡鳴の「白百合」、茅野蕭々の「スバル」、内藤鳴雪の「ホトトギス」、平田禿木の「文学界」、後藤末雄の「新思潮」、日夏の「仮面」、広津の「奇蹟」、小波の「硯友社」、坂本紅蓮洞の「嘗て文壇に名ありし現存の人々」などをはじめとする「文壇昔話」（談話）とか、白鳥の「予がよみうり抄記者たりし頃」というような回想、「文藝家の集まり」というような交友録が興味深い。しかしこの種の回想は、それなりに読者を満足させるが、新局面を

大正7年10月号

大正7年9月創刊号

大正7年2月号

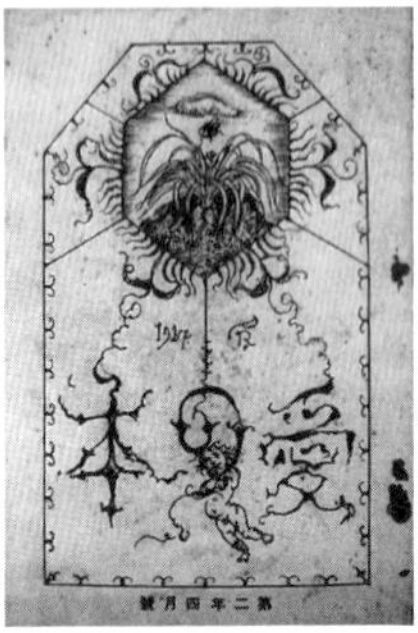

大正7年4月号

切り開くものとは言えない。十一月下旬には、読売文藝欄の実質的な推進者であった島村抱月の死去に際しての「追憶録」が四回にわたって報じられたし、「日曜附録」では「抱月故士追悼号」が組まれた。連載小説しては、秋江の「秘密」、潤一郎の「前科者」、広津の「二人の不幸者」、加能の「世の中へ」などがあり、広津と加能の小説がとりわけ注目に値する。

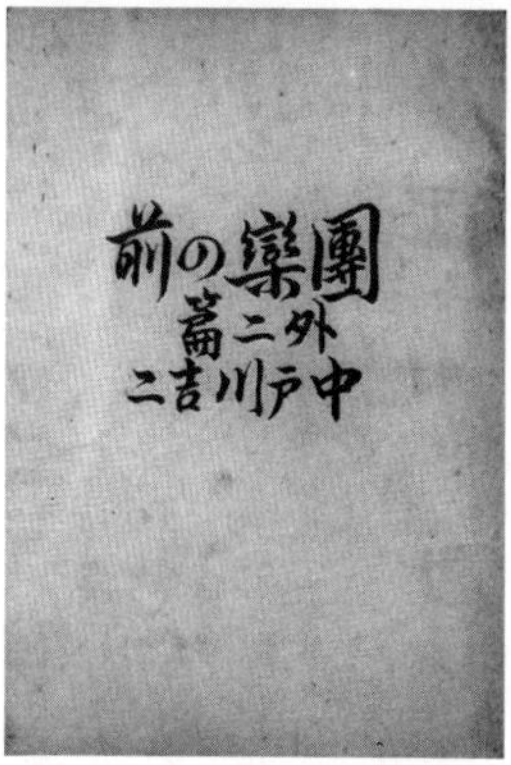

大正7年3月、東京堂刊

8　短歌・俳句・詩など

「ホトトギス」には、従来からの「山会」と称する写生文勉強の場があり、小説、エッセイの類も多く掲載されていた。そういうなかより、のちプロレタリア文学運動に飛び込み、評論活動を旺盛に展開し、ドイツにも行き、転向後は、日本ペン・クラブの仕事、北村透谷研究の鬼のような存在となる勝本清一郎と、個性的な俳人の杉田久女の作品を選んでみた。勝本は「水甕」常連のメンバーの一人としても、短歌活動に力を入れていたし、慶応では美術の勉強をするとともに、劇研究会の中心人物でもあった。勝本の短歌には、生れ育った江戸の爛熟した情調が色濃く反映されていた。

　赤と白垣根の木瓜が咲きましたもえる男に冷いをんな
　歯を黒く染めた女《ひと》から「器用ぢや」と云はれなどして三味を弾くかな

右は「大正六年五月」の「水甕」の「湘南秘曲」十六首のなかのものだが、岡本かの子の「若き愁ひ」(大正七年一月)とともに並んでいる「いのちほそぼそ」八首のなかには、

　瓜弾きの三すぢほそぼそ絃《いと》ふるへ此宵いとしい身のやまひかな

などがあり、あの勝本清一郎の若き日の一齣に、都会青年の頽廃的気分に染った、一瞬のかげりが見られる。

　また「真空放電讃歌偈」十七首(四月)には、

　こはまこと六道輪廻ひとの世のさびしさなれや電子のひかり
　とこしへの秘めのひかりと思へばぞ電子の踊りが淋しうてならぬ

というような、都会人勝本の繊細な神経のゆらぎも押えておきたい。「方丈記」の一節を引いた、「弾箏閑居」(十一月)には、頽廃の要素、繊細な才気は抑えられ、町に隠れ住む、艶なる東洋風の隠者の姿勢が見られる。若くして複雑怪奇、一筋縄でいかぬ、厄介な存在ともいうべき勝本であったのだ。

　早大を中退し、生れ育った山国甲斐の境川の地にもどり、そ

の一角より天下を睥睨していた飯田蛇笏も、若き日には小説もつくり、この時期の「ホトトギス」（七月）には、「甲州の男」を発表、さらに「霊的に表現されんとする俳句」（五月）を発表している。とくにこの評論は、俳壇復帰後の虚子の「進むべき俳句の道」を受けつぎつつも、しかし虚子以上に、俳句の霊的ともいうべき内実を重視、客観写生に加うるに、個人内部の主観をもあわせ把握する必要を力説した。これも大正文学の特色ともなる内部生命重視の傾向と響きあうものであった。

漱石の没後、小宮豊隆や野上豊一郎らが、「漱石俳句集」の必要を痛感、作家と俳句、あるいは漢詩などとの関係の大切さが徐々に浮き彫りになっていった。笹川臨風らによって組織された樗牛会が中心となって発刊された「人文」（大正六年十月）誌上には、大槻憲二の懸賞論文当選の「夏目漱石論」が掲げられ、漱石読者史の一端を示すもの、とかつて私は書いてきたが、同じ「人文」（大正七年七月―八年一月）に、志田素琴によって試みられた、断続連載の「漱石俳句集選攷」も見逃してはならぬ。

　俳人としての漱石氏の偉大さは、小説家として偉大に覆はれてしまった傾があるが、併し氏の小説の発程の特色を完全に究明しようが為には、氏の句作生活の検覈が重要であると共に、自分の視る処から云へば、氏の俳句の生長拡大したものが即ち氏の小説であると云へる様に思ふ。

と素琴は大胆に断言していた。

「聖杯」、のちの「仮面」より出発した日夏耿之介は、詩人、英文学者であるとともに、評論家、研究者として、高踏的姿勢を貫いた人として知られているが、「早稲田文学」（四月）に掲げた「詩壇の散歩」は、のちこの表題でもって一冊の鋭利な本が編まれる。この文においても「予は今の詩壇に於て何等尊崇すべき偶像的人物を認めぬ」「予は終に稟性に於て予一人である」「所詮、文壇は二三の優秀あれど大多数は蛙鳴の徒の集合に過ぎない」、ときっぱりと言い切る。室生犀星の『愛の詩集』をとりあげつつ、犀星とは「正反対な思想、感情、境介」を持つている故に、「率直な小児の如き」詩人と評し、「今の詩は凡て道程」で「未完成」、従って「予は彼の独立せる、流行藝術に災されぬ、真純な気息に富む将来の彼の上に来らん事を望む」と強く言い放った。日夏にとっては、犀星の『愛の詩集』という表題自体、あまり歓迎出来ぬ語と受けとめたのである。その日夏の第一詩集『転身の頌』を評したのは、日夏とほぼ同じ姿勢の山宮允であった。山宮は「この民主の時代」に、「斯くの如き内生の輝きに充ち盈ちた詩集」が出現したことは、「異例」と述べる。口語自由詩から民衆詩派の声が大きくなってきた「民主の時代」を、山宮もまた「がさつな嫌悪すべき」ものとして退ける。「言葉を愛撫し、之を彫琢して霊性の花押」とする努力を惜むのは、「僭称詩人」であり、日夏のような精神こそ必要と強調する。

これは民衆詩派の人はもとよりのことだが、大石七分が大杉栄らをもまき込み創刊した「民衆の藝術」の主張とも大きく食い違う。「中外」（九月）誌上では、春夫の「田園の憂鬱」と同じく宮地嘉六の「煤煙の臭ひ」を並列させて載せているが、「煤煙の臭ひ」のような労勤文学が出てくるのも、時代の象徴といえよう。労働文学のはしりの雑誌として翌年「黒煙」（三月）が創刊されている。

前年の十月に創刊された短歌の総合雑誌「短歌雑誌」は、西村辰五郎（のちそこで勤めていた江原辰五郎が養子となり、西村陽吉として活躍する）の営む東雲堂書店からで、短歌の商業的な総合雑誌としては、これが最初といってよい。「歌界全般の公平なる一機関」であること、同時に「一般文藝即ち文壇との接触を謀る一の機関」という目的をもって編集されていた。鉄幹・晶子らの「明星」、牧水らの「創作」、夕暮の「詩歌」、白秋の「朱欒」、土岐哀果の「生活と藝術」にしても、種々のジャンルを交錯、広場の意識があった。東雲堂書店の「短歌雑誌」（創刊号の表紙は白秋の意匠）も、短歌に重点は置かれてはいたが、岩野泡鳴や田山花袋、また室生犀星の詩や萩原朔太郎、芥川龍之介なども登場、実務的な編集は松村英一や尾山篤二郎が担当、投稿者には、のち根岸正吉との共著、堺利彦の序文のある詩集『どん底で歌ふ』（大正九年五月）の伊藤公敬の、

赤旗を立て、火薬箱輓きゆける荷馬車の馬の老いたるあはれ

というような歌も発見出来る。「大正七年」一月号においては、瀧田樗陰・加能作次郎・中村星湖を動員し、「無名作家をどう取扱ふ歟《か》」という特集がなされていたし、西村陽吉は「文章世界」の夭折した投稿者あがりの房総半島出身の人、才能のあった「塚越亨生の追悼会」が「三月七日上野」で催され、「参会者のすくない淋しい集りであつた」と前書き、

いそがしき用事の途次《とじ》に廻り来てここに座れど心落ちゐず

というような追悼歌を作ってもいた。志を得なかった塚越の心情に思いを寄せた西村。ここでも遺稿集『亨生全集』一巻をとり出してみたくなる。尾山の推進で「異端」（大正三年九月、四年一月）二冊が出され、そこで萩原朔太郎と室生犀星が強く結びついたのだが、犀星の『愛の詩集』に対しても、「余は彼の

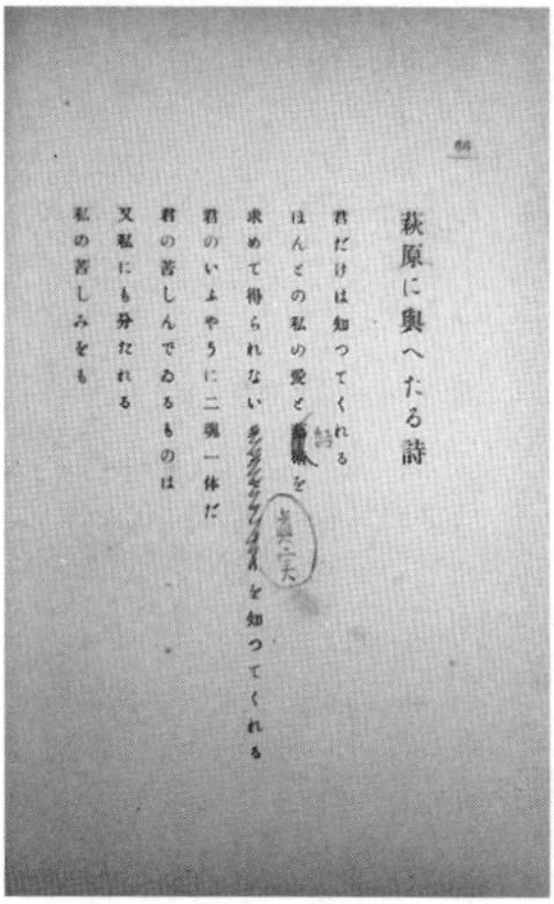
萩原に與へたる詩

君だけは知つてくれる
ほんとの私の愛と詩を
求めて得られない[illegible]を知つてくれる
君のいふやうに二魂一体だ
君の苦しんでゐるものは
又私にも分たれる
私の苦しみをも

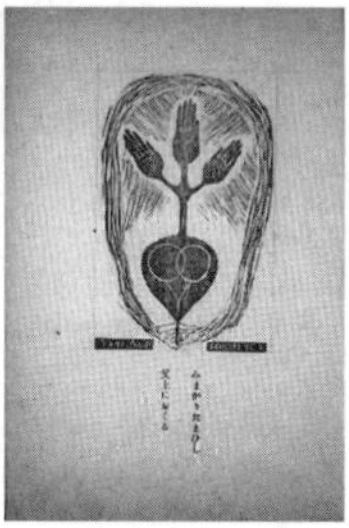

室生犀星『愛の詩集』（大正7年1月刊）、犀星の書き入れ（左）と本文装画（恩地孝四郎画）

詩を読むが毎に少年の日を思ひ出す。然して、彼の良き詩を読むが毎に彼の苦しき努力の跡が、幾多の怪奇な伝記となって余に迫つて来る。深淵から湧きあがる噴泉のやうな熾なる彼の情調は、時に甚だ奇怪なあらはれとなって余をおびやかした。その屢々の時に於てすら、余は彼の熱心なる愛読者であつた」と賛辞を呈していた。

そもそも東雲堂書店は詩歌関係の良質な本を多く出していた。白秋の『桐の花』、牧水の『別離』『死か藝術か』、吉井勇の『水荘記』、土岐哀果の『黄昏に』『佇みて』『街上不平』、岡本かの子の『かろきねたみ』、赤彦と中村憲吉の『馬鈴署の花』、西村陽吉の『都市居住者』などがすぐ思い浮ぶ。この「大正七年」においても、「新歌集叢書」を企画。そのリストは、

窪田空穂	泉のほとり	大正七年四月十五日
若山牧水	渓谷集	大正七年五月五日
尾山篤二郎	野を歩みて	大正七年六月二十日
土岐哀果	緑の地平	大正七年十一月二十日
西村陽吉	街路樹	大正八年四月二十五日
尾上柴舟	空の色	大正八年六月二十日

の八冊。この「短歌雑誌」に深い縁を持った人びとであることが明白。空穂の『泉のほとり』の発端の初出が、この「短歌雑誌」に掲載。のち推敲を経てシリーズの一冊となっていく。「国民文学」(大正三年六月創刊)も空穂が中軸で、のち松村英一が編集を担当。出発当初は、小説、評論、詩、翻訳などをも含み、幅広い編集をという心がけが確実に見られた。

「短歌雑誌」(七月)では、「自選歌二十四家」を編んでいるが、ここで選ばれた二十四家は、

―岡麓・三井甲之・植松寿樹・川田順・古泉千樫・新井洸・石榑千亦・石井直三郎・四海多実三・西村陽吉・窪田空穂・前田夕暮・金子薫園・佐佐木信綱・木下利玄・中村憲吉・橋田東聲・尾上柴舟・斎藤茂吉・半田良平・若山牧水・松村英一・尾山篤二郎―

白秋や女性歌人が加わっていないが、この時点では適切なメンバーではなかろうか。歌集『微明』(大正五年十月)を竹柏会より刊行していた新井洸は、利玄と同じく一九二五年(大正一四)に死去する故、この『微明』が生前唯一の歌集ということになる。

竹柏会の川田順の『伎藝天』(三月)の装幀は、かつての同人雑誌「七人」の表紙(人間の七情を写した能面)も担当した有島生馬。信綱と桑木厳翼の序文、跋文は「七人」以来の仲間の武林無想庵。「短歌雑誌」には、歌人の経てきたこれまでの回想などもあり、空穂のものなどとくに貴重。利玄は「大正四年十二月五日」に「一年九か月」で死去した次男への挽歌「二郎に」(十月)十五首を掲載。のち第二歌集『紅玉』収録のときに、著しい推敲を経、二十六首にふくれあがっていた(現在の「短歌研究」に私が二年間連載した「東雲堂『短歌雑誌』を繰る」を参考にして頂きたい)。

9　総括―広津和郎のエッセイ的評論

『神経病時代』にひきつづく性格破産者のテーマを内にはらんだ広津の『二人の不幸者』は、おおむね好評であったが、問題意識が先行し、藝術的結晶度においてはそれほど昂揚することなく終った。やはり広津の本領は、評論活動において遺憾なく発揮された。「四五の作家に就て」は、年末に際して今年度をふりかえった文で、思いつくままに平明に述べられているが、それが広津の本音を率直に語ったものとして、やはり読者に十分納得させる書きかたになっている。観念的な主義、主張ではなく、自己の心に刻印された、具体的な感想なのだが、その感想スタイルが、翌年の『作者の感想』として実を結ぶのである。

大正9年3月、聚英閣刊

「藝術」大正7年11月創刊号

新潮社刊行（のちには有島の友人足助素一の営む叢文閣に移る）の有島武郎の『著作集』（有島の生前の本の出しかたは、こういう「著作集」シリーズに統一）の盛況、谷崎潤一郎の例年にない活躍ぶりに触れながら、「両氏の作物に対してあんまり興味を見出し得ない私」、と広津ははっきりと言い切る。この二人に対しての姿勢は、広津の晩年の特筆すべき『松川裁判』の仕事に至るまで一貫して変らなかった。芥川に対しても、頭は明敏、しかし「一寸骨董いぢり」の感があり、作品には「高雅な気品」があるが、「小味に過ぎる」、と批判の眼を向けることを忘れていない。菊池寛の進出を評価しつつも、「氏が興味で物を書くことを止めるとい、と思ふ」、と痛い点もつく。同じ「奇蹟」仲間であった相馬泰三の『荊棘の路』などに対しては、安易にモデルにされた問題より鋭い批判を放っていた。広津の眼は、すべての作品を読んだのではないが、常にリアルで、聡明に全体を眺めわたす力量を持っていた。久米正雄も豊島与志雄も谷崎精二も岩野泡鳴も、ほとんど読まず、正宗白鳥の作品を「一二篇読んだ」が、「今思ひ出して見ても、みんな深い印象は残ってゐない」、長与善郎も読まうと思っていて、遂に読まなかつたし、江馬修も然り。吉田絃二郎は「半島の町」にいささか心ひかれたが、とり立てて言うほどのこともないと語っていた。そういうなかで、この年具体的な創作活動を示さなかった志賀の沈黙を惜しみつつ、「志賀直哉氏の創作集はいつも私の手許をはなれない。志賀氏の創作だけは、どんな短いものを読んでも、裏切られない」と語り、これが翌年の古典的な

「志賀直哉論」となっていく。志賀の「沈黙」のため、「寂寥」を覚えていた「私」の胸に、多大の慰藉を与へてくれたのが佐藤春夫の「田園の憂鬱」であり、また荷風の『腕くらべ』であった。それは「花柳の小説」でもないし、「戯作」でもなく、「書かれてゐる事は花柳界の事であるけれども、受ける感じは、人間と云ふものに対する荷風氏の『感じの深さ』であつた」、と率直に述べる。それにあわせて葛西の「子をつれて」に深い感銘を受けたことを告げる。「大正七年」の創作界の総括を、このように平明、率直にしめくくっている広津の、生涯貫いた、澄んだ「平作家」の、批評眼に敬愛の念を私は抱く。

この年多くの人が見おとしてきた小説に、早大英文科出身の福永挽歌の「夜の海」がある。翌年山崎斌の営む東京評論社より刊行されたとき、この二人の友情に感銘を受けた藤村は、その本の末尾に「後序」を寄せ、暗いところを通ってきた「たましひの記録」であり、「デカダンスの傾向」もある悲痛で正直な作品と評した。小説の単行本は、これ一冊という福永である。

松村みね子（片山広子）が「心の花」誌上（一月）で、ダンセニーの翻訳を試みているが、「愛蘭土文学」は、大正初期の「仮面」の時代より、急激に関心が持たれ、その研究会が早稲田を中心に展開、菊池寛らにも波及していった。同時に堺利彦が「中外」誌上で連載した、ジャック・ロンドンの『野性の叫声』（五月）が叢文閣より刊行、広く読まれた。「あとがき」は有島武郎で、「この書物は私が札幌で英語の教員をしたゐた頃不図思ひ附いて教科書に使用したもの」と語っていた。“The Call of the Wild”という原題より、「ワイルド会」という会が、寄宿生の間で出来あがつた。学校でも、家族の間においても、社会の一員としても、優等生の面をかぶりつづけた有島のなかに、野性への本能がかきたてられたことは、「カインの末裔」や翌年完結する『或る女』を見ても理解出来よう。

関根正二が「信仰の悲み」はじめ、心に深いおもりをおろす画を描き、展覧会を開き、翌年二十歳そこそこで夭折。小冊子『信仰の悲み』も、画文交響の象徴的なパンフレットといい得る。内に向う霊的な内部生命というべきものだ。岩波書店より「思潮」（大正六年一月―八年一月）が創刊され、阿部次郎が編集の中心となり、いわゆる大正教養派の拠点となる。また岸田劉生がこの年に麗子像にとりかかる。劉生に有島武郎・木村荘八・長与善郎・和辻哲郎・小林古径らが中心になり、四六倍判の「藝術」（十一月）が創刊され、仏教美術、東洋美術の関係者も加わってきた。そういうなかで京都の絵画専門学校の関係者が「国画制作協会」を設立、その中心に中井宗太郎や土田麦僊などがいて、「制作」（十二月）が創刊され、日本画に「白樺」などより影響を受けた洋画の摂取が行われ、麦僊はじめ村上華岳・小野竹喬などが、地に足をつけた仕事を展開する。ケーベル・深田康算・植田寿蔵・阿部次郎ら哲学、美学の関係者も寄稿。「思潮」「藝術」「制作」などの延上線上に和辻哲郎の「古寺巡礼」の初出が鮮烈に浮びあがってくる。

解題　紅野敏郎

凡例

一、本文テキストは、原則として初出誌紙を用いた。ただし編者の判断により、初刊本を用いることもある。
二、初出誌紙が総ルビであるときは、適宜取捨した。パラルビは、原則としてそのままとした。詩歌作品については、初出ルビをすべてそのままとした。
三、初出誌紙において、改行、句読点の脱落、脱字など、不明瞭なときは、後の異版を参看し、補訂した。
四、初刊本をテキストとするときは、初出誌紙を参看し、ルビを補うこともある。初出誌紙を採用するときは、後の異版によって、ルビを補うことをしない。
五、用字は原則として、新字、歴史的仮名遣いとする。仮名遣いは初出誌紙のままとした。
六、用字は「藝」のみを正字とした。また人名の場合、「龍」、「聲」など正字を使用することもある。
七、作品のなかには、今日からみて人権にかかわる差別的な表現が一部含まれている。しかし、作者の意図は差別を助長するものではないこと、作品の背景をなす状況を現わすための必要性、作品そのものの文学性、作者が故人であることを考慮し、初出表記のまま収録した。

〔小説・戯曲〕

土の霊　野村愛正

一九一八（大正七）年一月一日発行「太陽」第二十四巻第一号に発表。総ルビ。同年九月二十八日、新潮社刊『土の霊』（「新進作家叢書」第十三編）に収録。底本には初出誌を用い、ルビを取捨した。

転機　伊藤野枝

一九一八（大正七）年一月一日発行「文明批評」第一巻第一号に発表。ルビなし。一九二五（大正十四）年十二月八日、大杉栄全集刊行会刊『大杉栄全集』別冊、『伊藤野枝全集』に収録。底本には初出誌。

子をつれて　葛西善蔵

一九一八（大正七）年三月一日発行「早稲田文学」第百四十八号に発表。パラルビ。翌年三月一日、新潮社刊『子をつれて』に収録。底本には初出誌。

或る朝　志賀直哉

一九一八（大正七）年三月一日発行「中央文学」第二年第三号に発表。パラルビ。若干の修訂をほどこし、同年四月一日、春陽堂刊『或る朝』（「新興文藝叢書」第七編）に収録。その際、末尾に「（明治四十一年正月）」と執筆年月が付記された。底本には初出誌。

清作の妻　吉田絃二郎

一九一八（大正七）年四月一日発行「太陽」第二十四巻第四号に発表。総ルビ。一九二〇（大正九）年五月十二日、新潮社刊『大地の涯』に収録。底本には初出誌を用い、ルビを取捨した。

お三輪　水野仙子

一九一八（大正七）年四月一日発行「中外新論」第二巻第四号に発表。パラルビ。一九二〇（大正九）年五月二十一日、叢文閣刊『水野仙子集』に収録。底本には初出誌。

虎　久米正雄

一九一八（大正七）年五月一日発行「文章世界」第十三巻第五号に発表。総ルビ。一九二四（大正十三）年十月二十一日、春陽堂刊『金魚』に収録。底本には初出誌を用い、ルビを取捨した。

白鼠を飼ふ　須藤鐘一

一九一八（大正七）年七月一日発行「早稲田文学」第百五十一号に発表。パラルビ。翌年五月二十日、新潮社刊『傷める花片』に収録。底本には初出誌。

鴉が縊り殺された日　岡田三郎

一九一八（大正七）年七月一日発行「早稲田文学」第百五十一号に発表。ルビなし。底本には初出誌。

煉獄　上山草人

一九一八（大正七）年六月一日発行「中外」第二巻第七号、同誌七月一日発行第二巻第八号に発表。総ルビ。一九一八（大正七）年十月二十日、新潮社刊『煉獄』に収録。底本には初出誌を用い、ルビを取捨した。

河岸のかへり　里見弴

一九一八（大正七）年七月一日発行「中外新論」第二巻第七号に発表。パラルビ。一九一一（明治四十四）年五月一日発行「白樺」第二巻第五号に発表したものを大幅に推敲、訂正。一九一九（大正八）年九月二十一日、春陽堂刊『慾』に収録。

夜の海　福永挽歌

一九一八（大正七）年九月一日発行「雄弁」第九巻第十号に発表。パラルビ。一九二〇（大正九）年四月十九日、東京評論社刊『夜の海』に収録。底本には初出誌を用い、ルビを取捨した。

田園の憂鬱　佐藤春夫

一九一八（大正七）年九月一日発行「中外第四特別増大号」第二巻第十号に発表。総ルビ。前年六月一日発行「黒潮」第二巻第六号に発表の「病める薔薇」とあわせて、「病める薔薇《さうび》――或は田園の憂鬱」の題で、同年十一月二十八日、天佑社刊『病める薔薇』に収録された。底本には初出誌を用い、ルビを取捨した。

線路　広津和郎

一九一八（大正七）年十月一日発行「文章世界」第十三巻第十号に発表。総ルビ。翌年三月十日、天佑社刊『握手』に収録。底本には初出誌を用い、ルビを取捨した。

故郷の人々　加能作次郎

一九一八（大正七）年十月一日発行「早稲田文学」第百五十五号に発表。パラルビ。翌年二月二十二日、新潮社刊『世の中へ』に収録。底本には初出誌。

空骸　細田源吉

一九一八（大正七）年十一月一日発行「早稲田文学」第百五十六号に発表。パラルビ。底本には初出誌。

楽園の外　舟木重信

一九一八（大正七）年十一月一日発行「帝国文学」第二十四巻第十一号に発表。極少ルビ。底本には初出誌。翌年十二月五日、新潮社刊『楽園の外』に収録。

K温泉素描集　勝本清一郎

一九一八（大正七）年十一月一日発行「ホトトギス」第二十二巻第三号に発表。パラルビ。底本には初出誌。

梟啼く　杉田久女

一九一八（大正七）年十一月一日発行「ホトトギス」第二十二巻第二号に発表。少なめのパラルビ。底本には初出誌。

浅間の霊　岩野泡鳴

一九一八（大正七）年十一月一日発行「中外」第二巻第十二号に発表。総ルビ。翌年五月一日、玄文社刊『猫八』に収録。底本には初出誌を用い、ルビを取捨した。

蘇生　豊島与志雄

一九一八（大正七）年十二月一日発行「新小説」第二十三年第十二号に発表。総ルビ。翌年四月十五日、新潮社刊『蘇生』に収録。底本には初出誌。

反射する心　中戸川吉二

一九一八（大正七）年十二月一日発行「新思潮」第一巻第三号に発表。少なめのパラルビ。底本には初出誌。一九二〇（大正九）年一月十日、新潮社刊『反射する心』に収録。

山の神々（ダンセニ）　松村みね子

一九一八（大正七）年一月一日発行「心の花」第二十二巻第一号に発表。パラルビ。底本には初出誌。

〔児童文学〕

「赤い鳥」の標榜語《モットー》

一九一八（大正七）年七月一日発行「赤い鳥」第一巻第一号に発表。ルビなし。底本には初出誌。

二人の兄弟　島崎藤村

一九一八（大正七）年七月一日発行「赤い鳥」第一巻第一号に発表。総ルビ。底本には初出誌を用い、ルビを取捨した。

蜘蛛の糸　芥川龍之介

一九一八（大正七）年七月一日発行「赤い鳥」第一巻第一号に発表。総ルビ。底本には初出誌を用い、ルビを取捨した。

ぽッぽのお手帳　鈴木三重吉

一九一八（大正七）年七月一日発行「赤い鳥」第一巻第一号に発表。総ルビ。底本には初出誌を用い、ルビを取捨した。

〔評論〕

貝殻追放　水上瀧太郎

一九一八（大正七）年一月一日発行「三田文学」第九巻第一巻に発表。パラルビ。一九二〇（大正九）年九月三十日、国文堂書店刊『貝殻追放』に収録。底本には初出誌。

公開状——七作家に与ふる書　田中純　菊池寛　柴田勝衛　江口渙　西宮藤朝　本間久雄　加藤朝鳥

一九一八（大正七）年一月一日発行「新潮」第二十八巻第一号に発表。少なめのパラルビ。底本には初出誌。

詩集『転身の頌』を評す　山宮允

一九一八（大正七）年一月一日発行「早稲田文学」第百四十六号に発表。パラルビ。底本には初出誌。

『愛の詩集』を読む　野口米次郎

一九一八（大正七）年二月一日発行「三田文学」第九巻第二号に発表。極少ルビ。底本には初出誌。

素木しづ子論其他　谷崎精二

一九一八（大正七）年三月一日発行「早稲田文学」第百四十八号に発表。ルビ一語のみ。底本には初出誌。

有島武郎論　江口渙

一九一八（大正七）年四月一日発行「文章世界」第十三巻第四号に発表。ルビ二語のみ。一九二〇（大正九）年四月二十日、聚英閣刊『新藝術と新人』に収録。底本には初出誌。

詩壇の散歩　日夏耿之介

一九一八（大正七）年四月一日発行「早稲田文学」百四十九号に発表。ルビなし。一九二四（大正十三）年十月二十五日、新詩壇社刊『詩壇の散歩―自大正五年至大正十三年』に収録。底本には初出誌。

「漱石俳句集」について　小宮豊隆

一九一八（大正七）年四月三日発行「ホトトギス」第二十一巻第七号（二百六十号）に発表。ルビなし。底本には初出誌。

霊的に表現されんとする俳句　飯田蛇笏

一九一八（大正七）年五月三日発行「ホトトギス」第二十一巻第八号（第二百六十一号）に発表。ルビなし。一九九五（平成七）年一月十日、角川書店刊『飯田蛇笏集成』第三巻に収録。底本には初出誌。

『新しき村』の批評　堺利彦

一九一八（大正七）年六月一日発行「中央公論」第三十三年第六号に発表。ルビなし。底本には初出誌。

苦しき魂の苦しき記録　中村白葉

一九一八（大正七）年六月一日発行「中央文学」第二年第六号に発表。ルビなし。底本には初出誌。

武者小路兄へ　有島武郎

一九一八（大正七）年七月一日発行「中央公論」第三十三年第七号に発表。ルビなし。一九八〇（昭和五十）年四月二十日、筑摩書房刊『有島武郎全集』第七巻に収録。底本には初出誌。

民衆の藝術　大石七分

一九一八（大正七）年七月五日発行「民衆の藝術」第一巻第一号に発表。極少ルビ。底本には初出誌。

最近文壇の収穫　楠山正雄　西宮藤朝　原田実　宮島新三郎　加能作次郎

一九一八（大正七）年七月一日発行「早稲田文学」第百五十二号に発表。ルビなし。底本には初出誌。

堺枯川氏の評を見て一寸　武者小路実篤

一九一八（大正七）年七月一日「新しき村」第一年七月号に発表。署名・無車。ルビなし。一九八九（平成元）年二月二十日、小学館刊『武者小路実篤全集』第八巻に収録。底本には初出誌。

米騒動に対する一考察　吉野作造

一九一八（大正七）年八月一日発行「中央公論」第三十三年

第七号に発表。ルビなし。底本には初出誌。

パンを与へよ！　案頭三尺　内田魯庵

一九一八（大正七）年九月一日発行「太陽」第二十四巻第十一号に発表。多めのパラルビ。底本には初出誌を用い、ルビを取捨した。

最近の感想　広津和郎

一九一八（大正七）年十月一日発行「雄弁」第九巻第十一号に発表。多めのパラルビ。一九二〇（大正九）年三月二十日、聚英閣刊『作者の感想』に、前半部を「武郎氏の手紙と実篤氏」、後半部を「二葉亭のリアリズム」と改題し収録。底本には初出誌を用い、ルビを取捨した。

志賀直哉氏の作品　菊池寛

一九一八（大正七）年十一月一日発行「文章世界」第十三巻第十一号に発表。少なめのパラルビ。一九二〇（大正九）年六月一日、アルス刊『文藝往来』に収録。底本には初出誌。

「煉瓦の雨」を読みて　奥英一

一九一八（大正七）年十一月一日発行「民衆の藝術」第一巻第五号に発表。ルビ一語のみ。底本には初出誌。

広津和郎氏の『二人の不幸者』を批評す　田中純　菊池寛　江口渙　谷崎精二

一九一八（大正七）年十二月一日発行「新潮」第二十八巻第六号に発表。極少ルビ。底本には初出誌。

四五の作家に就て　広津和郎

一九一八（大正七）年十二月一日発行「新小説」第二十三年第十二号に発表。総ルビ。底本には初出誌。一九七四（昭和四十九年）二月十日、中央公論社刊『広津和郎全集』第八巻においてはじめて収録。

国画創作協会の経過と態度　土田麦僊

一九一八（大正七）年十二月一日発行「太陽」第二十四巻第十四号に発表。極少ルビ。底本には初出誌。

〔詩〕

紅い雲　小川未明

紅い雲　一九一八（大正七）年八月一日発行「赤い鳥」第一巻第二号に発表。

病める者への贈り物としての詩　ほか　山村暮鳥

病める者への贈り物としての詩　一九一八（大正七）年一月一日発行「詩歌」第八年第一号に発表。雨は一粒一粒ものがたる　同年六月一日発行同誌第八年第六号に発表。

新邪宗門秘曲　ほか　北原白秋

新邪宗門秘曲・新邪宗門宣言　一九一八（大正七）年一月一日発行「詩篇」第二巻第一号に発表。新邪宗門宣言（二）　同年二月五日発行同誌第二巻第二号に発表。野茨に鳩　同年五月五日発行同誌第二巻第五号に発表。雨　同年九月一日発行「赤い鳥」第一巻第三号に発表。赤い鳥小鳥　同年十月一日発行同誌第一巻第四号に発表。

舌出人形　加藤介春

舌出人形　一九一八（大正七）年三月一日発行「詩歌」第八年第三号に発表。

仏の見たる幻想の世界　ほか　萩原朔太郎

仏の見たる幻想の世界・鶏　一九一八（大正七）年一月一日

発行「文章世界」第十三巻第一号に発表。　黒い風琴　同年四月一日発行「感情」第三年第三号に発表。

曼陀羅をくふ縞馬　ほか　大手拓次

曼陀羅をくふ縞馬　一九一八（大正七）年四月一日発行「詩篇」第二巻第四号に発表。　わたしの顔　同年五月五日発行同誌第二巻第五号に発表。

解説　川路柳虹

解説　一九一八（大正七）年六月一日発行「現代詩歌」第一巻第五号に発表。

自分はもう初夏だ　ほか　室生犀星

自分はもう初夏だ　一九一八（大正七）年六月一日発行「感情」第三年第六号に発表。　一つの陶器　同年七月一日発行同誌第三年第七号に発表。

ローン・テニス　柳沢健

ローン・テニス　一九一八（大正七）年二月一日発行「三田文学」第九巻第二号に発表。

しかし笛の音はない夜　ほか　日夏耿之介

しかし笛の音はない夜　一九一八（大正七）年一月一日発行「早稲田文学」第百四十六号に発表。　書斎に於ける詩人　同年四月一日発行「詩篇」第二巻第四号に発表。

光の満潮　ほか　白鳥省吾

光の満潮　一九一八（大正七）年一月一日発行「早稲田文学」第百四十六号に発表。　殺戮の殿堂　同年三月一日発行「詩歌」第八巻第三号に発表。

普請場　ほか　佐藤惣之助

普請場・花園　一九一八（大正七）年六月一日発行「愛の本」第二年第六号に発表。

雪の庭　ほか　堀口大學

雪の庭　一九一八（大正七）年四月一日発行「詩篇」第二巻第四号に発表。　目　同年五月五日発行同誌第二巻第五号に発表。

蠟人形　ほか　西條八十

蠟人形　一九一八（大正七）年三月一日発行「文章世界」第十三巻第三号に発表。　かなりあ　同年十一月一日発行「赤い鳥」第一巻第五号に発表。

くちなし　ほか　生田春月

くちなし・そらぎき　一九一八（大正七）年五月一日発行「文章倶楽部」第三年第五号に発表。　罌粟　同年六月一日発行同誌第三年第六号に発表。　氷の墓にて　同年九月一日発行「新潮」第二十九巻第三号に発表。

大地と蒼空　福田正夫

大地と蒼空　一九一八（大正七）年四月一日発行「民衆」第四号に発表。

夕宵《よひ》の戯画《カリケチユール》　ほか　平戸廉吉

夕宵《よひ》の戯画《カリケチユール》　一九一八（大正七）年五月一日発行「現代詩歌」第一巻第四号に発表。　創造・小さい自画像　同年十一月一日発行同誌第一巻第十号に発表。

静かに風の夢見る日　沢ゆき子

静かに風の夢見る日　一九一八（大正七）年五月一日発行「現代詩歌」第一巻第四号。

ぬすつとかんかく　竹村俊郎
ぬすつとかんかく　一九一八（大正七）年二月一日発行「感情」第三巻第二号に発表。

〔短歌〕

風の日　木下利玄
一九一八（大正七）年四月一日発行「白樺」第九巻第四号に発表。

夏子に　木下利玄
一九一八（大正七）年十月一日発行「心の花」第二十二巻第十号に発表。

劫火　川田順
一九一八（大正七）年一月一日発行「心の花」第二十二巻第一号に発表。

幻の華　柳原白蓮
一九一八（大正七）年一月一日発行「心の花」第二十二巻第一号に発表。

日記帳より　新井洸
一九一八（大正七）年二月一日発行「心の花」第二十二巻第二号に発表。

木枯　島木赤彦
一九一八（大正七）年一月一日発行「早稲田文学」第百四十六号に発表。

奥蝦夷　島木赤彦
一九一八（大正七）年三月一日発行「アララギ」第十一巻第三号に発表。

わが父 二　島木赤彦
一九一八（大正七）年十月一日発行「アララギ」第十一巻第十号に発表。

山の宿　平福百穂
一九一八（大正七）年十月一日発行「アララギ」第十一巻第十号に発表。

霧降る国（抄）　石原純
一九一八（大正七）年一月一日発行「アララギ」第十一巻第一号に発表。

霧・秋夜　中村憲吉
一九一八（大正七）年二月一日発行「アララギ」第十一巻第二号に発表。

牛　古泉千樫
一九一八（大正七）年四月一日発行「文章世界」第十三巻第四号に発表。

向日葵　古泉千樫
一九一八（大正七）年九月一日発行「アララギ」第十一巻第九号に発表。

夜道・初奉公・三年・除夜・旧年・年ごもり・雪　釈迢空
一九一八（大正七）年三月一日発行「アララギ」第十一巻第三号に発表。

薄荷草・碓氷嶺　土屋文明
一九一八（大正七）年九月一日発行「アララギ」第十一巻第九号に発表。

折にふれて　土田耕平

一九一八（大正七）年十一月一日発行「アララギ」第十一巻第十一号に発表。

富士の裾野　窪田空穂

一九一八（大正七）年一月一日発行「早稲田文学」第百四十六号に発表。

緑光鈔　土岐哀果

一九一八（大正七）年七月一日発行「文章世界」第十三巻第七号に発表。

大和百首（抄）　尾上篤二郎

一九一八（大正七）年十月一日発行「文章世界」第十三巻第十号に発表。

竹屋の浅春　北原白秋

一九一八（大正七）年一月一日発行「新潮」第二十八巻第一号に発表。

夏の歌　河野慎吾

一九一八（大正七）年九月一日発行「文章世界」第十三巻第九号に発表。

渓百首（抄）　若山牧水

一九一八（大正七）年一月一日発行「文章世界」第十三巻第一号に発表。

夜の雨　若山牧水

一九一八（大正七）年四月一日発行「文章世界」第十三巻第四号に発表。

産みのつかれ　若山喜志子

一九一八（大正七）年六月一日発行「文章世界」第十三巻第六号に発表。

相模の歌　前田夕暮

一九一八（大正七）年一月一日発行「詩歌」第八巻第一号に発表。

〔俳句〕

ホトトギス巻頭句集

一九一八（大正七）年一月一日発行「ホトトギス」第二十一巻第四号（二百五十七号）。同年二月四日発行同誌第二十一巻第五号（二百五十八号）。同年三月一日発行同誌第二十一巻第六号（二百五十九号）。同年四月三日発行同誌第二十一巻第七号（二百六十号）。同年五月三日発行同誌第二十一巻第八号（二百六十一号）。同年六月五日発行同誌第二十一巻第九号（二百六十二号）。同年七月五日発行同誌第二十一巻第十号（二百六十三号）。同年八月一日発行同誌第二十一巻第十一号（二百六十四号）。同年九月一日発行同誌第二十一巻第十二号（二百六十五号）。同年十月一日発行同誌第二十二巻第一号（二百六十六号）。同年十一月一日発行同誌第二十二巻第二号（二百六十七号）。同年十二月一日発行同誌第二十二巻第三号（二百六十八号）。

山廬集（抄）　飯田蛇笏

一九三二（昭和七）年十二月二十一日、雲母社発行。

八年間（抄）　河東碧梧桐

一九二三（大正十二）年一月一日、玄同社発行。

〔大正七年〕　高浜虚子

一九一八（大正七）年二月四日発行「ホトトギス」第二十一巻第五号（二百五十八号）。同年二月十七日発行「大阪毎日新聞」（一二四三二号）。同年二月十九日発行「国民新聞」（九三五一号）。同年三月二十四日発行「大阪毎日新聞」（一二四六七号）。同年四月三日発行「ホトトギス」第二十一巻第七号（二百六十号）。同年六月五日発行「ホトトギス」第二十一巻第九号（二百六十二号）。同年七月五日発行「ホトトギス」第二十一巻第十号（二百六十三号）。同年七月二十三日発行「国民新聞」（九五〇五号）。同年九月一日発行「ホトトギス」第二十一巻第十二号（二百六十五号）。同年九月十七日発行「国民新聞」（九五六一号）。同年十月一日発行「ホトトギス」第二十二巻第一号（二百六十六号）。同年十一月一日発行「ホトトギス」第二十二巻第二号（二百六十七号）。同年十一月十九日発行「国民新聞」（九六二四号）。

雑草（抄）　長谷川零余子

一九二四（大正十三）年六月二十五日、枯野社発行。

〔大正七年〕　原石鼎

一九一八（大正七）年一月一日発行「ホトトギス」第二十一巻第四号（二百五十七号）。同年二月四日発行同誌第二十一巻第五号（二百五十八号）。同年十二月一日発行同誌第二十二巻第三号（二百六十八号）。

〔大正七年〕　村上鬼城

一九一八（大正七）年四月三日発行「ホトトギス」第二十一巻第七号（二百六十号）。同年六月五日発行同誌第二十一巻第九号（二百六十二号）。同年七月五日発行同誌第二十一巻第十号（二百六十三号）。同年八月一日発行同誌第二十一巻第十一号（二百六十四号）。同年十一月一日発行同誌第二十二巻第二号（二百六十七号）。同年十二月一日発行同誌第二十二巻第三号（二百六十八号）。

著者略歴

芥川龍之介―あくたがわ　りゅうのすけ―一八九二・三・一～一九二七・七・二四　小説家　東京都出身　東京帝国大学英文科卒　『鼻』『羅生門』『河童』

新井　洸―あらい　あきら―一八八三・一〇・九～一九二五・一〇・二三　本名　幸太郎　歌人　東京都出身　東京府尋常中学校（府立一中）卒　『微明』

有島武郎―ありしま　たけお―一八七八・三・四～一九二三・六・九　小説家・評論家　東京都出身　ハヴァフォード大学大学院卒　『或女』『惜みなく愛は奪ふ』

飯田蛇笏―いいだ　だこつ―一八八五・四・二六～一九六二・一〇・三　本名　飯田武治　俳人　山梨県出身　早稲田大学英文科卒　『山廬集』『山廬随筆』

生田春月―いくた　しゅんげつ―一八九二・三・一二～一九三〇・五・一九　本名　生田清平　詩人・翻訳家　鳥取県出身　明道小学校卒、高等小学校中退　『霊魂の秋』『相寄る魂』『象徴の烏賊』

石原　純―いしはら　じゅん―一八八一・一・一五～一九四七・一・一九　歌人・物理学者　東京都出身　東京帝国大学理科卒　『靉日』『相対性原理』

伊藤野枝―いとう　のえ―一八九五・一・二一～一九二三・九・一六　本名　伊藤ノヱ　社会運動家・評論家　福岡県出身　上野高等女学校卒　『出奔』『無政府の事実』

岩野泡鳴―いわの　ほうめい―一八七三・一・二〇～一九二〇・五・九　本名　岩野美衛　詩人・小説家・劇作家・評論家　兵庫県出身　明治学院普通学部本科中退　専修学校（専修大学）中退　東北学院中退　『耽溺』『泡鳴五部作』

内田魯庵―うちだ　ろあん―一八六八・四・五～一九二九・六・二九　本名　内田貢　評論家・翻訳家・小説家・随筆家　東京都出身　東京専門学校（早稲田大学）英学本科中退　『くれの廿八日』『思ひ出す人々』

江口　渙―えぐち　かん―一八八七・七・二〇～一九七五・一・一八　小説家・評論家・児童文学者・歌人・社会運動家　東京都出

身　東京帝国大学英文科卒　『労働者誘拐』『わが文学半生記』

大手拓次―おおて　たくじ―一八八七・一一・三〜一九三四・四・一八　詩人　群馬県出身　早稲田大学英文科卒　『藍色の蟇』

岡田三郎―おかだ　さぶろう―一八九〇・二・四〜一九五四・四・一二　小説家　北海道出身　早稲田大学英文科卒　『涯なき路』『巴里』『三月変』『伸六行状紀』

小川未明―おがわ　みめい―一八八二・四・七〜一九六一・五・一一　本名　小川健作　小説家・童話作家　新潟県出身　早稲田大学英文科卒　『赤い蠟燭と人魚』『野薔薇』

奥　栄一―おく　えいいち―一八九一・三・二七〜一九六九・九・四　詩人・歌人・評論家　和歌山県出身　早稲田大学英文科中退　詩歌集『蓼の花』

尾山篤二郎―おやま　とくじろう―一八八九・一二・一五〜一九六三・六・二三　歌人・国文学者　石川県出身　金沢商業中退　『さすらひ』『明る妙』『草籠』

葛西善蔵―かさい　ぜんぞう―一八八七・一・一六〜一九二八・七・二三　小説家　青森県出身、早稲田大学英文科聴講生　『哀しき父』『子をつれて』

勝本清一郎―かつもと　せいいちろう―一八九九・五・五〜一九六七・三・二三　評論家・近代文学研究家　東京都出身　慶応義塾大学大学院卒　『前衛の文学』『赤色戦線を行く』『日本文学の世界的位置』

加藤朝鳥―かとう　あさとり―一八八六・九・一五〜一九三八・五・一七　本名　加藤信正　翻訳家・評論家　島根県出身　早稲田大学英文科卒　『最近文藝思想講和』レイモント『農民』

加藤介春―かとう　かいしゅん―一八八五・五・一六〜一九四六・一二・一八　本名　加藤寿太郎　詩人　福岡県出身　早稲田大学英文科卒　『獄中哀歌』『梢を仰ぎて』『眼と眼』

加能作次郎―かのう　さくじろう―一八八五・一・一〇〜一九四一・八・五　小説家　石川県出身　早稲田大学英文科卒　『世の中へ』『若き日』『乳の匂ひ』

上山草人―かみやま　そうじん―一八八四・一・三〇〜一九五四・七・二八　本名　三田貞　映画俳優・新劇俳優　早稲田大学文科、東京美術学校（東京藝術大学）中退　『蛇酒』『煉獄』

川路柳虹―かわじ　りゅうこう―一八八八・七・九〜一九五九・四・一七　本名　川路誠　詩人・美術評論家　東京都出身　東京美術学校（東京藝術大学）日本画科卒　『路傍の花』『波』

川田　順—かわた　じゅん—一八八二・一・一五～一九六六・一・二二　歌人　東京都出身　東京帝国大学法科卒　『伎藝天』『山海経』『鷲』『国初聖蹟歌』

河東碧梧桐—かわひがし　へきごとう—一八七三・二・二六～一九三七・二・一　本名　河東秉五郎　俳人　愛媛県出身　仙台二高中退　『新傾向句集』『八年間』『三千里』

菊池　寛—きくち　かん—一八八八・一二・二六～一九四八・三・六　本名　菊池寛（ひろし）　小説家・劇作家　香川県出身　京都帝国大学英文科選科卒　『父帰る』『真珠夫人』『話の屑籠』

北原白秋—きたはら　はくしゅう—一八八五・一・二五～一九四二・一一・二　本名　北原隆吉　詩人・歌人　福岡県出身　早稲田大学英文科中退　『邪宗門』『桐の花』『雲母集』『雀の卵』

木下利玄—きのした　りげん—一八八六・一・一～一九二五・二・一五　本名　利玄（としはる）　歌人　岡山県出身　東京帝国大学国文科卒　『銀』『紅玉』『一路』

楠山正雄—くすやま　まさお—一八八四・一一・四～一九五〇・一一・二六　児童文学者・演劇評論家　東京都出身　早稲田大学英文科卒　『日本童話宝玉集』『近代劇十二講』

窪田空穂—くぼた　うつほ—一八七七・六・八～一九六七・四・一二　本名　窪田通治　歌人・国文学者　長野県出身　東京専門学校（早稲田大学）卒　『まひる野』『濁れる川』『鏡葉』

久米正雄—くめ　まさお—一八九一・一一・二三～一九五二・三・一　小説家・劇作家　長野県出身　東京帝国大学英文科卒　『父の死』『破船』『月よりの使者』

古泉千樫—こいずみ　ちかし—一八八六・九・二六～一九二七・八・一一　本名　古泉幾太郎　歌人　千葉県出身　千葉教員講習所卒　『川のほとり』『屋上の土』

河野慎吾—こうの　しんご—一八九三・四・一一～一九五九・一・二二　歌人　兵庫県出身　早稲田大学卒　『雲泉』

小宮豊隆—こみや　とよたか—一八八四・三・七～一九六六・五・三　独文学者・評論家　福岡県出身　東京帝国大学独文科卒　『芭蕉の研究』『夏目漱石』

西條八十—さいじょう　やそ—一八九二・一・一五～一九七〇・八・一二　詩人　東京都出身　早稲田大学英文科卒　『砂金』『西條八十童謡全集』『一握の玻璃』

堺　利彦—さかい　としひこ—一八七一・一一・二五～一九三三・

一・二三　社会主義者・ジャーナリスト　福岡県出身　第一高等中学校中退　『人不知』『売文集』

佐藤惣之助―さとう　そうのすけ―一八九〇・一二・三～一九四二・五・一五　詩人　神奈川県出身　暁星中学付属仏語専修科卒　『華やかな散歩』『琉球諸島風物詩集』

佐藤春夫―さとう　はるお―一八九二・四・九～一九六四・五・六　詩人・小説家・評論家　和歌山県出身　慶応義塾大学文学部中退　『田園の憂鬱』『殉情詩集』『退屈読本』

里見弴―さとみ　とん―一八八八・七・一四～一九八三・一・二一　本名　山内英夫　小説家　神奈川県出身　東京帝国大学英文科中退　『善心悪心』『多情仏心』『極楽とんぼ』

沢　ゆき子―さわ　ゆきこ―一八九四・二・一五～一九七二・一一・二九　本名　飯野ゆき　詩人　茨城県出身　『孤独の愛』『沼』『浮草』

山宮　允―さんぐう　まこと―一八九二・四・一九～一九六七・一・二二　詩人・英文学者　山形県出身　東京帝国大学文科大学英文科卒　『ブレイク論考』『明治大正詩書綜覧』

志賀直哉―しが　なおや―一八八三・二・二〇～一九七一・一〇・二一　小説家　宮城県出身　東京帝国大学国文科中退　『大津順吉』『暗夜行路』

柴田勝衛―しばた　かつえ―一八八八・六・四～一九七一・一・一六　翻訳家・新聞記者　宮城県出身　青山学院高等科卒　ボーヤル『オスローの乙女』

島木赤彦―しまき　あかひこ―一八七六・一二・一七～一九二六・三・二七　本名　久保田俊彦　歌人　長野県出身　長野尋常師範学校（信州大学）卒　『柿蔭集』『歌道小見』

島崎藤村―しまざき　とうそん―一八七二・二・一七～一九四三・八・二二　本名　島崎春樹　詩人・小説家　長野県出身　明治学院普通部本科卒　『若菜集』『破戒』『夜明け前』

釈　迢空―しゃくの　ちょうくう―一八八七・二・一一～一九五三・九・三　別名　折口信夫　国文学者・歌人・詩人　大阪府出身　国学院大学卒　『海やまのあひだ』『死者の書』

白鳥省吾―しろとり　せいご―一八九〇・二・二七～一九七三・八・二七　詩人　宮城県出身　早稲田大学英文科卒　『世界の一人』『大地の愛』

杉田久女―すぎた　ひさじょ―一八九〇・五・三〇～一九四六・

一・二二　本名　杉田久子　俳人　鹿児島県出身　お茶の水高女卒　『杉田久女句集』『久女文集』

鈴木三重吉―すずき　みえきち―一八八二・九・二九～一九三六・六・二七　小説家・童話作家　広島県出身　東京帝国大学英文科卒　『千鳥』『桑の実』

須藤鐘一―すどう　しょういち―一八八六・二・一～一九五六・三・九　本名　須藤荘一　小説家　島根県出身　早稲田大学英文科卒　『傷める花片』『愛憎』『神に通ずる心』

高浜虚子―たかはま　きょし―一八七四・二・二二～一九五九・四・八　本名　高浜清　俳人・小説家　愛媛県出身　第三高等中学校、東京専門学校（早稲田大学）中退　『俳諧師』『柿二つ』『五百句』

竹村俊郎―たけむら　としろう―一八九六・一・三～一九四四・八・一七　詩人　山形県出身　山形中学卒　『葦茂る』『十三月』『鴉の歌』『旅人』

田中　純―たなか　じゅん―一八九〇・一・一九～一九六六・四・二〇　小説家　広島県出身　早稲田大学英文科卒　『妻』『闇に哭く』

谷崎精二―たにざき　せいじ―一八九〇・一二・一九～一九七一・一二・一四　谷崎潤一郎の弟　小説家・評論家・英文学者　東京都出身　早稲田大学英文科卒　『蒼き夜と空』『離合』『葛西善蔵と広津和郎』

土田耕平―つちだ　こうへい―一八九五・六・一〇～一九四〇・八・一二　歌人　長野県出身　私立東京中学卒　『青杉』『斑雪』『一塊』

土田麦僊―つちだ　ばくせん―一八八七・二・九～一九三六・六・一〇　本名　土田金二　画家　新潟県出身　京都市立絵画専門学校別科卒　代表作『湯女』

土屋文明―つちや　ぶんめい―一八九〇・九・一八～一九九〇・一二・八　歌人　群馬県出身　東京帝国大学哲学科卒　『ふゆくさ』『山谷集』『万葉集私注』

土岐哀果―とき　あいか―一八八五・六・八～一九八〇・四・一五　本名　土岐善麿　歌人　東京都出身　早稲田大学英文科卒　『NAKIWARAI』『土岐善麿歌集』

豊島与志雄―とよしま　よしお―一八九〇・一一・二七～一九五五・六・一八　小説家　福岡県出身　東京帝国大学仏文科卒　『生あらば』『野ざらし』

中戸川吉二｜なかとがわ　きちじ｜一八九六・五・二〇～一九四二・一一・一九　小説家　北海道出身　明治大学中退　『反射する心』『イボタの虫』『北村十吉』

中村憲吉｜なかむら　けんきち｜一八八九・一・二五～一九三四・五・五　歌人　広島県出身　東京帝国大学法科卒　『林泉集』『しがらみ』『軽雷集』

中村白葉｜なかむら　はくよう｜一八九〇・一一・二三～一九七四・八・一二　本名　中村長三郎　翻訳家　兵庫県出身　東京外語大学露語科卒　『トルストイ全集』

西宮藤朝｜にしのみや　とうちょう｜一八九一・一二・七～一九七〇・五・一九　評論家・翻訳家　秋田県出身　早稲田大学英文科卒　『人及び藝術家としての正岡子規』『新詩歌論講話』

野口米次郎｜のぐち　よねじろう｜一八七五・一二・八～一九四七・七・一三　詩人　愛知県出身　慶応義塾大学中退　『Seen and Unseen』『二重国籍者の詩』

野村愛正｜のむら　あいせい｜一八九一・八・二一～一九七四・七・六　小説家　鳥取県出身　鳥取中学卒　『明ゆく路』『黒い流』『土の霊』

萩原朔太郎｜はぎわら　さくたろう｜一八八六・一一・一～一九四二・五・一一　詩人　群馬県出身　五高、六高、慶応義塾大学中退　『月に吠える』『青猫』

長谷川零余子｜はせがわ　れいよし｜一八八六・五・二三～一九二八・七・二七　本名　富田諧三　俳人　長谷川かな女の夫　群馬県出身　東京帝国大学薬学科卒　『雑草』『零余子句集』

原　石鼎｜はら　せきてい｜一八八六・三・一九～一九五一・一二・二〇　本名　原鼎　俳人　島根県出身　京都医専（京都大学医学部）中退　『花影』『深吉野』

原田　実｜はらだ　みのる｜一八九〇・四・八～一九七五・一・六　教育学者　千葉県出身　早稲田大学英文科卒　エレン・ケイ『恋愛と結婚』『教育学原論』

日夏耿之介｜ひなつ　こうのすけ｜一八九〇・二・二二～一九七一・六・一三　本名　樋口国登　詩人・英文学者　長野県出身　早稲田大学英文科卒　『転身の頌』『黒衣聖母』『明治大正詩史』

平戸廉吉｜ひらと　れんきち｜一八九三～一九二二・七・二〇　詩人・美術評論家　大阪府出身　上智大学中退　『日本未来派宣言運動』『K病院の印象』『飛鳥』『合奏』『無日』

平福百穂―ひらふく　ひゃくすい―一八七七・一二・二八～一九三三・一〇・三〇　本名　平福貞蔵　歌人・画家　秋田県出身　東京美術学校（東京藝術大学）日本画家専科卒　『寒竹』

広津和郎―ひろつ　かずお―一八九一・一二・五～一九六八・九・二一　小説家・評論家　東京都出身　早稲田大学英文科卒　『神経病時代』『風雨強かるべし』『年月のあしおと』

福田正夫―ふくだ　まさお―一八九三・三・二六～一九五二・六・二六　詩人　神奈川県出身　東京高等師範学校体操科中退　『農民の言葉』『世界の魂』『船出の歌』『歎きの孔雀』

福永挽歌―ふくなが　ばんか―一八八六・三・二二～一九三六・五・五　本名　福永渙　詩人・小説家・翻訳家　福井県出身　早稲田大学英文科卒　『夜の海』『深淵』

舟木重信―ふなき　しげのぶ―一八九三・七・二七～一九七五・四・二九　小説家・独文学者　広島県出身　東京帝国大学独文科卒　『楽園の外』『ゲーテ・ハイネ・現代文藝』

細田源吉―ほそだ　げんきち―一八九一・六・一～一九七四・八・九　小説家　東京都出身　早稲田大学英文科卒　『死を侍む女』『はたち前』『罪に立つ』『誘惑』

堀口大學―ほりぐち　だいがく―一八九二・一・八～一九八一・三・一五　詩人　翻訳家　東京都出身　慶応義塾大学文学部予科卒　『月下の一群』『人間の歌』

本間久雄―ほんま　ひさお―一八八六・一〇・一一～一九八一・六・一一　評論家・英文学者・国文学者　山形県出身　早稲田大学英文科卒　『エレン・ケイ思想の真髄』『生活の藝術化』

前田夕暮―まえだ　ゆうぐれ―一八八三・七・二七～一九五一・四・二〇　本名　前田洋造　歌人　神奈川県出身　中郡中学中退　『収穫』『生くる日に』『原生林』

松村みね子―まつむら　みねこ―一八七八・二・一〇～一九五七・三・一九　本名　片山広子　歌人・翻訳家　東京都出身　東洋英和女学校卒　『翡翠』『野に住みて』『燈火節』

水野仙子―みずの　せんこ―一八八八・一二・三～一九一九・五・三一　本名　服部てい子　小説家　福島県出身　須賀川裁縫専修学校卒　『徒労』『道』『嘘をつく日』

水上瀧太郎―みなかみ　たきたろう―一八八七・一二・六～一九四〇・三・二三　本名　阿部章蔵　小説家・評論家・劇作家　東京都出身　慶応義塾大学理財科卒　『大阪の宿』『貝殻追放』

宮島新三郎―みやじま　しんざぶろう―一八九二・一・二八～一九三四・二・二七　英文学者・評論家　東京都出身　早稲田大学英文科卒　『明治文学十二講』『大正文学十四講』

武者小路実篤―むしゃこうじ　さねあつ―一八八五・五・一二～一九七六・四・九　小説家・劇作家　東京都出身　東京帝国大学社会学科中退　『お目出たき人』『友情』『人間万歳』

村上鬼城―むらかみ　きじょう―一八六五・五・一七～一九三八・九・一七　本名　村上荘太郎　俳人　鳥取県出身　明治義塾法律学校中退　『鬼城句集』『鬼城俳句俳論集』

室生犀星―むろう　さいせい―一八八九・八・一～一九六二・三・二六　本名　室生照道　詩人・小説家　石川県出身　金沢高等小学校中退　『抒情小曲集』『性に眼覚める頃』『杏っ子』

柳沢　健―やなぎさわ　けん―一八八九・一一・三～一九五三・五・二九　詩人　福島県出身　東京帝国大学仏法科卒　『果樹園』『南欧遊記』

柳原白蓮―やなぎはら　びゃくれん―一八八五・一〇・一五～一九六七・二・二二　本名　宮崎燁子　歌人　東京都出身、東洋英和女学校卒　『踏絵』『几帳のかげ』『荊棘の実』

山村暮鳥―やまむら　ぼちょう―一八八四・一・一〇～一九二四・一二・八　本名　土田八九十　詩人　群馬県出身　聖三一神学校卒　『聖三稜玻璃』『風は草木にささやいた』『雲』

吉田絃二郎―よしだ　げんじろう―一八八六・一一・二四～一九五六・四・二一　本名　吉田源次郎　小説家・戯曲家・随筆家　佐賀県出身　早稲田大学英文科本科卒　『島の秋』『西郷吉之助』『小鳥の来る日』

吉野作造―よしの　さくぞう―一八七八・一・二九～一九三三・三・一八　政治学者・評論家　宮城県出身　東京帝国大学法科政治家卒　『吉野作造博士民主主義論集』八巻

若山喜志子―わかやま　きしこ―一八八八・五・二八～一九六八・八・一九　本名　若山喜志　若山牧水の妻　歌人　長野県出身　『無花果』『芽ぶき柳』『眺望』

若山牧水―わかやま　ぼくすい―一八八五・八・二四～一九二八・九・一七　本名　若山繁　歌人　宮崎県出身　早稲田大学英文科卒　『別離』『路上』

編年体 大正文学全集

第七巻 大正七年

二〇〇一年五月二十五日第一版第一刷発行

著者代表――佐藤春夫 他

編者――紅野敏郎

発行者――荒井秀夫

発行所――株式会社 ゆまに書房

東京都千代田区内神田二―七―六

郵便番号一〇一―〇〇四七

電話〇三―五二九六―〇四九一代表

振替〇〇一四〇―六―六三一六〇

印刷・製本――日本写真印刷株式会社

落丁・乱丁本はお取替いたします

定価はカバー・帯に表示してあります

ISBN4-89714-896-0 C0391